吴秋輝 遺稿
張乾一 吴少輝 輯存
張樹材 整理

侘傺軒説經

齊魯書社

吴秋輝先生遺像

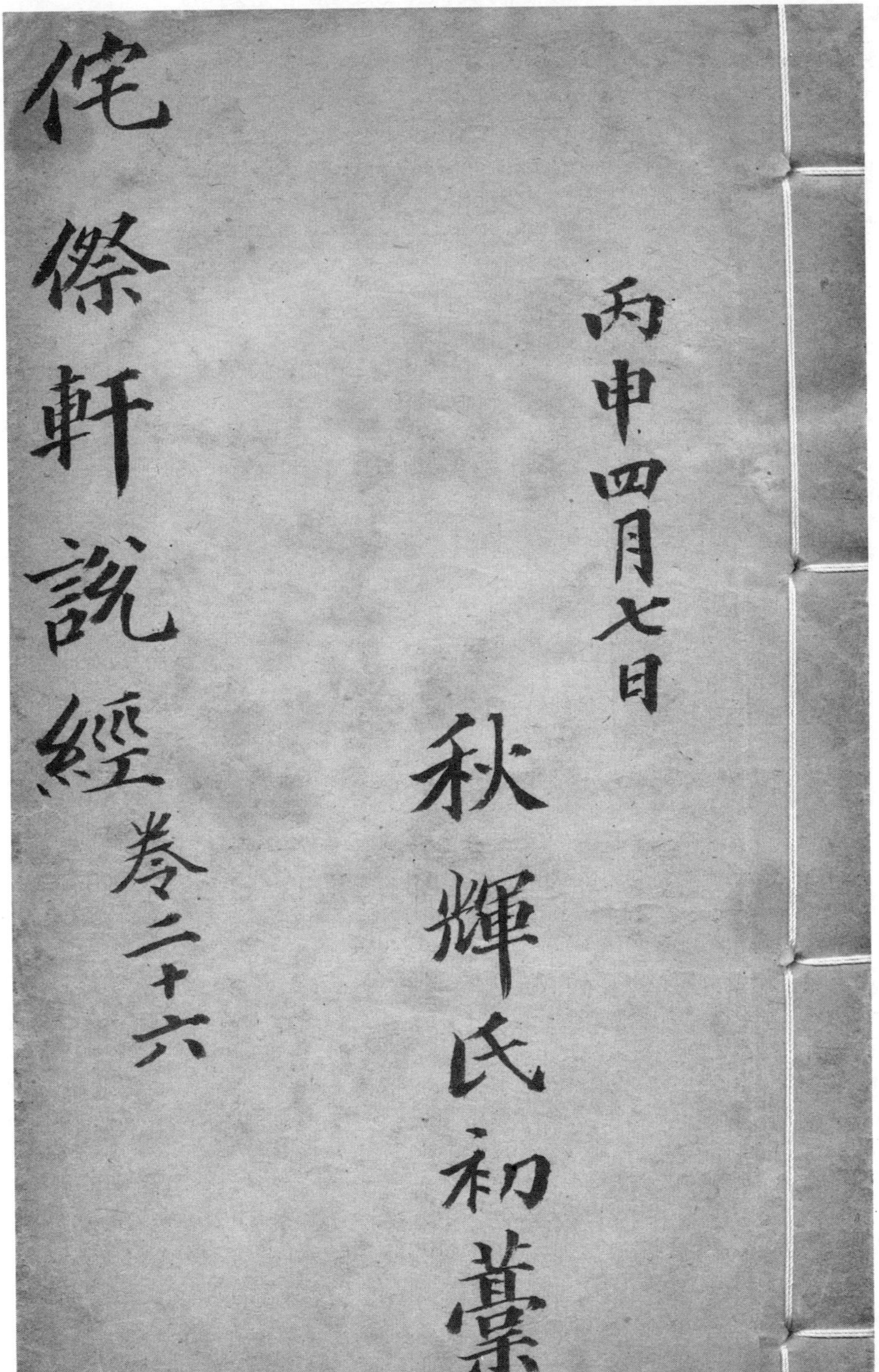

《侘傺軒説經》原稿封面

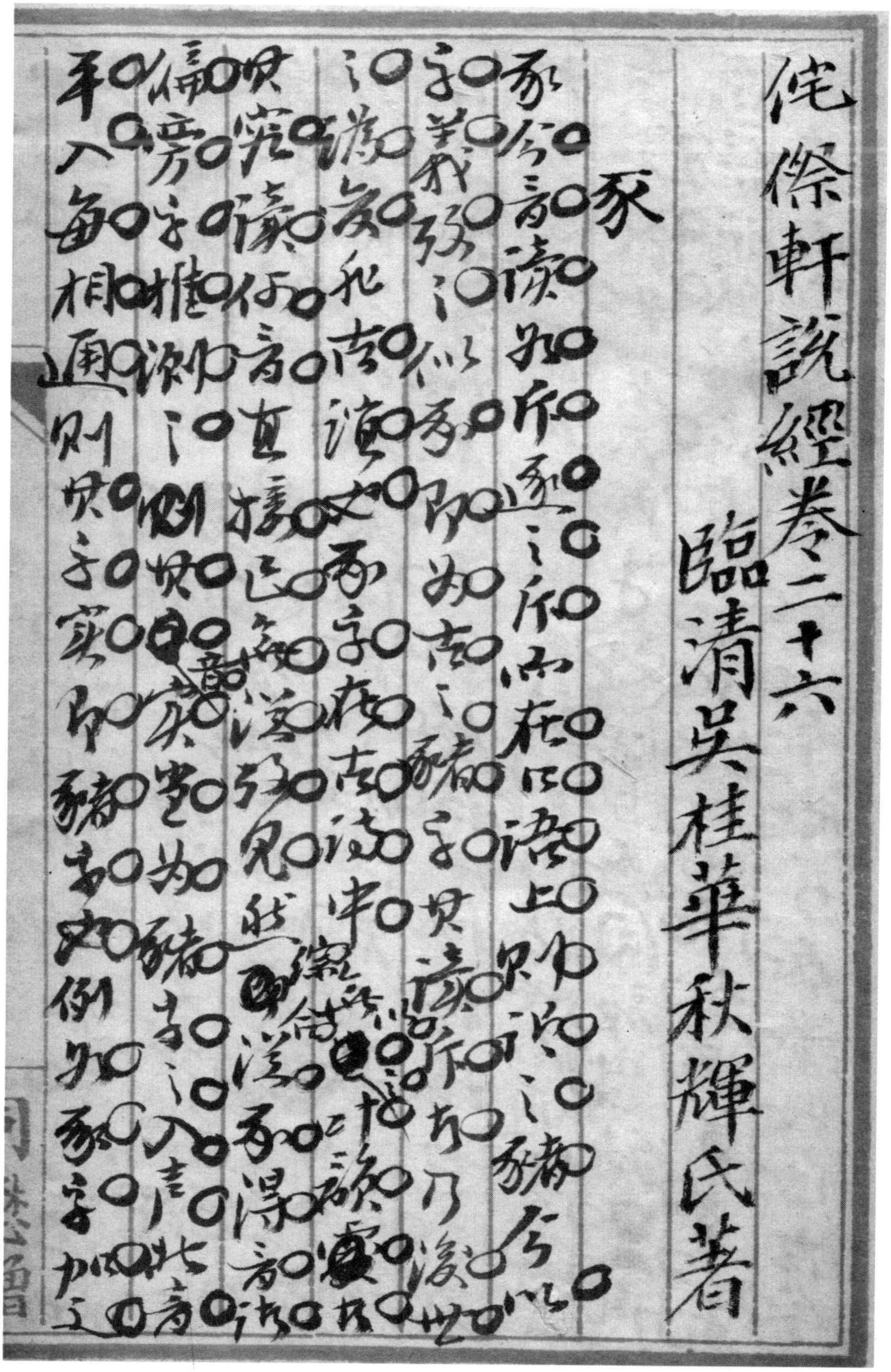
佗傺軒說經卷二十六
臨清吳桂華秋輝氏著
家

《佗傺軒說經》原稿

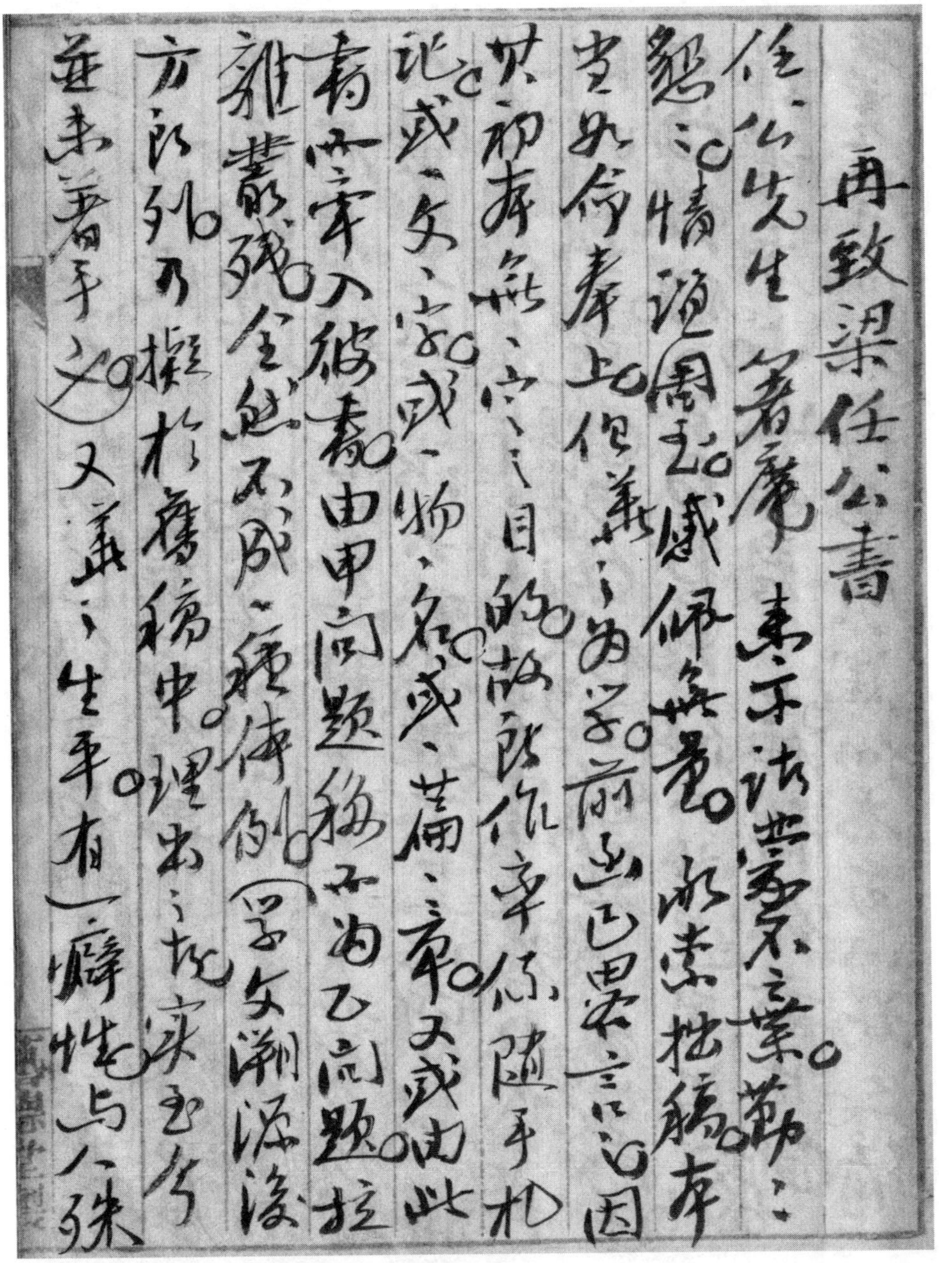
再致梁任公書

任公先生箸席：來示[illegible]業業勤勤，懇懇之情，逾骨肉也。感佩無量。所索拙稿本，當如命奉上。但義之為學，前函已畧言之。因其初本無一定之目的，故所作札記，隨手札記，或一文、或一物、或一名、或一篇、或一章，又或由此書而牽入彼書，由甲問題而涉乙問題，拉雜叢殘，全然不成一種體例。[illegible]文溯源[illegible]方面，乃擬於舊稿中理出之，從容[illegible]並未着手也。又義之生平有一癖性，與人殊

吴秋輝先生手迹

目錄

序

吴秋輝先生生逢民國北洋政府時期，社會動亂，軍閥連年混戰。在戰亂的間隙中，他以辛勤的努力，卓越的才華，寫下了幾十種開創性的學術著作，可惜當時社會環境使他侘傺一生。他的《説經》手稿曾於八年前在北京圖書館出版社影印出版，受到學術界高度評價。

影印手稿的優點是保持了秋輝先生的手迹原貌，讀者見其書想見其風采。不足之處不便普及，對一般治文史者不便閱讀。現在出版普及本，適應更廣泛讀者的需要，是一椿盛事。

清代乾嘉，考據之學極盛，解決了古籍中許多疑難問題。但他們也有不足之處，有時遇到某些實在難以將通的地方往往硬加解釋，「宰割以求通」，違背了科學精神。

吴秋輝先生擴大取材範圍，充分利用古文字、古器物的銘文，以及民俗學社會學多方面資料，調動多學科文獻原始資料綜合對勘。千百年來不少陳陳相因的誤解的滯礙，得以涣然冰釋。昔年王國維以此法治史，取到立竿見影之效。吴先生把此法推廣到説經，給後人開通了一條治經講史新路。此後，陳寅恪、聞一多、羅常培諸先生治文史古音韵，他們的造詣都超過清代乾嘉學者。

吴先生曾受清華大學之聘，正打算赴京講學，惜因病未能成行。這不僅是吴先生個人的遺憾，也是學術界的損失。他的多利用科學會勘的治學方法，他書中個别或有可供商榷之處，幸得他的遺著保存下來。這種珍貴的精神財富，值得我們珍惜，好沿着這條大道繼續前進。

任繼愈

二〇〇八年四月二日

吳秋輝先生《説經》序

吳秋輝先生是二十年代一位傑出的古文字學家、史學家、訓詁學家。一生著述甚豐，多數都未出版。印出的幾部也因印數甚少，很難找到。現在他的《侘傺軒説經》由他的外孫張樹材君整理出版，我願利用這個機會向文字訓詁学界和整理古籍的同行友好們做些介紹。

秋輝先生名桂華，自號侘傺生。1876年生，山東臨清縣人。曾讀過當時的優級師範，畢業後從事教育工作，民國以後主編過幾年報紙，因不滿當時的政治，便埋頭從事學術研究。從1917年到1927年逝世，十年内共寫出了四十餘種著作，可以考訂已經完稿的有：

一、中國文字正變源流考二卷
二、學文溯源五卷·又續編
三、古文字
四、齊魯方言存古三卷
五、三百篇通義三十二卷
六、毛詩正誤四卷
七、詩經名物拾義五卷
八、三百篇古物今考五卷
九、説幽
十、説詩解頤録
十一、楚辭正誤二卷·又續編
十二、古史鈎沉二卷
十三、左傳正杜
十四、姓氏名字號謚源流考
十五、五霸考
十六、秦建國考
十七、貨幣源流考
十八、商代遷都始末考
十九、中國石刻考
二十、襍考一卷
二十一、古史考源
二十二、周武王考（周公封於魯考）
二十三、侘傺軒説經三十一卷
二十四、説易　八卦分宫正謬一卷
二十五、周易考略

二十六、論語發微一卷
二十七、儀禮今古文考異
二十八、檀弓糾繆一卷
二十九、禮記正誤
三十、學海紺珠三十二卷
三十一、漁古碎金二卷
三十二、致梁任公書（附答書）
三十三、再致梁任公書
三十四、與康南海論尚書真僞書（附答書）
三十五、再致康南海書
一、侘傺集（詩）
二、寄傲軒吟稿（詩）
三、侘傺軒詩賸
四、侘傺軒詩餘
五、侘傺軒詞餘
六、藝苑擷華
七、藝苑襍抄
八、東樓瑣録
九、破屋賓談
十、說鬼

以上這些目録，祇是他全部著作的一部分，有許多撰著，或未定稿，或尚待整理，或已散失，尚待考訂、蒐集、補充。

秋輝先生的驚人處，著作豐富、領域寬廣尚在其次，最令人折服的是治學方法的創新和見解的新穎。和他同時代的文字訓詁學家，多半繼承乾嘉學者的治學方法，使用的材料和方法上都較少創新。拿文字來說，一般人都還局限於許慎的《說文解字》。那時雖然已有少數人開始研究甲骨文、金文，但有些人不相信（如章太炎先生），有的則尚未能用以考訂先秦典籍。羅振玉、王國維是當時的古文字學大師，王國維利用甲骨卜辭的記載同《史記·殷本紀》對照，肯定了《史記》關於殷王朝的世系，成爲利用古文字考訂古史的創世之作。但用以考訂先秦典籍，秋輝先生則是二十年代唯一的學者。

例如，《詩·鄘·桑中》「美孟弋矣」。毛傳云：「弋，姓也。」朱熹《集傳》說：「弋，春秋或作姒，蓋杞女，夏后氏之後。」都解釋得很模糊。吳先生認爲：「弋本作㚤，乃古時國姓。古文姓多省女旁，如嬀常作爲之類，故字亦作弋。

漢『鉤弋夫人』即其後。近日出土古彝器，古之姓此者甚多，字皆作『妘』。《宿妘鬲》即其最著者。因古之婦女稱姓，間有冠以其夫家之國名者。……《説文》載『妘』字，不得其解，乃臆指爲女官名。然遍稽載籍，卒未見有此官也。『孟弋』猶上云『孟姜』。即下章『孟庸』亦此例。『庸』注：『未聞，疑亦貴姓也』。按：即『鄘』之省文，……古器中有《墉夜君鼎》，意即當時之器。」——用古器物和《詩經》相對照，「孟弋」、「孟庸」就解釋清楚了。

又《大雅·江漢》：「既出我車，既没我旟，匪安匪舒，淮夷來鋪。」「鋪」字《集傳》解爲「陳也。」但「淮夷來陳」四字殊不成語。又《常武》篇也有「鋪敦淮濆」句，舊注也解爲「鋪，布也；敦，厚也，厚集其陳也。」同樣費解。吴先生認爲，這兩個「鋪」字當「𢦚」的借字。𢦚是攻伐，古彝器中常見。如《宗周鐘》云：「王敦伐其至𢦚伐厥都兮」，《田盤》：「敢不用命則即刑（行字假借）𢦚伐」，《散氏盤》：「用矢𢦚散邑（用，因也。）」都作攻伐解。《江漢》的「淮夷來鋪」即「淮夷來𢦚」，猶云「淮夷來攻。」古人語言往往如此，意即「來攻淮夷」。「敦」亦即《宗周鐘》「敦伐」的敦。「𢦚敦」猶𢦚伐，即攻擊。都是古人常用語。

又《詩·小雅·正月》：「天之扤我。」毛傳：「扤，動也。」鄭玄釋爲摇動，不成文理。吴老認爲，「扤」當是「扼」字之誤。「厄」古文作[古文字形]，《毛公鼎》、《番生敦》都有此字。「厄」本象形字，象服馬叉項之木。引申之，凡以手叉人或物之項而絶之，亦謂大厄，後加手旁作「扼」。扼、扼、搤本一字。《史記》：「搤天下之吭而拊其背，」正合古義。《説文》於搤字釋捉，於扼字釋把，皆非其本義。「天之扼我」謂天之搤抑我。

這樣利用彝器銘文材料同先秦典籍相印证以考證古書的辦法，是秋輝先生的創見。不但當時没有人做到這一點，就是七十年後的今天，也還很少有人有計劃地走這樣一條新路子。

除此以外，秋輝先生還利用語法和方言的知識探求古義。他已經具有了古今語法不同的觀點。他經常利用現代方言中的詞彙解釋古語，他還常常用古今風俗、社會現象來擬測古籍中的一些詞語。這種方法又同今天大家所熟悉的社會人類學方法極爲一致。

所有這些治學方法，不但在當時是創新，就是在今天，也仍然可以充當這一領域的楷模。

梁啟超是當時的學術界泰斗，平時極少稱許他人，但對吳秋輝則備加讚譽說：

> 先生識力，橫絶一世；而所憑籍之工具極篤實，二千年學術大革命事業，決能成就，啟超深信不疑。大著不可不亟謀全部公之天下。（1926年梁啟超給吳老的覆信）

一方面說他的識力「橫絶一世」，一方面肯定了他的治學方法（即工具）。因爲吳先生曾以從事二千年中國學術大革命爲奮鬥目標，梁氏對這一點也「深信不疑」，可以看出吳老的學術成就是何等突出。

梁啟超當時正在清華大學研究院任導師，曾經敦聘吳先生也到清華去任教，可惜没有成行，以致他的一套學問一直到今天，還不能爲更多的人所稔知。

他自名爲侘傺生，取齋名爲侘傺軒。《離騷》：「忳鬱邑余侘傺兮。」王逸注：「侘傺，失志貌。」這便是他自名「侘傺」的來由。他一生窮苦，逝世後又如此冷落，「侘傺」二字確實切當。但他的大部分遺稿，都由女兒少輝女士保存，女婿張乾一先生數十年來不斷整理。乾一先生逝世後，其子張樹材又繼續這個工作。現在吳老的《說經》一書即將出版，真是值得慶祝的事。

乾一先生是我讀初中時候的校長，少輝女士是我的同學。我雖然没有見過吳老，由於這原因，我一向非常崇敬這位前輩。也由於我這些年的主要研究領域是在文字訓詁方面，所以更希望能早日見到吳老全部著作的面世。樹材弟要我作序，便把我所知道的情況寫出來，給同行友好們作些介紹。

劉又辛於西南師範大學

一九九二年四月八日

侘傺軒說經　卷首　　　　　　　　乙未仲秋

序

余少不喜訓故之書，以其糾纏附會，說經而經反晦。人生可為之事正多，何苦矻矻孜孜為是慢聖以誣民也。攷諸經古皆無訓故，以各書義意，皆自具於文字之中，人但就文字求之，自不難了解，更何煩於文字之外牽纏附會，作此種種蛇足為耶。自漢人興儒家者說，始各以說經為見才地。故秦延君說堯典十餘萬字，朱普說尚書三十萬言，蔓延支蕪，流宕忘返，讀者未終篇即目晦神昏，厭厭欲睡。又其俗極重師說，一人創之於前，後之人雖明知其非，亦必委曲遷就，力為迴護，助成其誣而後已。甚至改經以從之亦所不恤。說經如此，不亦大可以已乎！洎乎兩宋，始力湔積習，然事不師古，但資冥悟，於書一無所徵引。不曰某字當作某，即曰某詩為某事而作。叩其所以，則曰「吾以理知之」。嗚呼，理之一字豈宋人所獨叔，前人顧未知之耶？故一時空疏学子，目不窺二篆之文，心不悟六書之旨，端坐一室，便抗顏以經師自命（王荊公之字說、袁文之甕牖閒評，頗足代表當時風氣。）以致鄭國賢相，對嘉賓而歌淫奔之章；京室后妃，懷遠人而發傷春之詠。「五十」可以與「卒」字同形，「棘萵」可以與「夢天」合篆（見朱注楚詞、天問）義有所未達，則指為衍文；例有所未通，則斷為錯簡。離合隨心，竄改任臆，幾使古書面目，不得復見於今茲，權其功罪，與漢人初未易顯為軒輊也。至勝清乾嘉諸儒，鑒於二者之失，始以漢人之學術，研精宋人之義理。義必求其可通，而說必求其有據，於經義頗有所是正。然其所根據者，特一殘缺不完之說文解字。夫六經本皆古文，壁中書已非其舊（見吳氏說文古籀補．自序）今以數百年後之小篆繩之，是猶以羅馬文字詮釋埃及金字塔之墓誌。雖間有所得，而謂其悉訢合而無間，此常不及之勢也。竊嘗謂以說文說經，縱極精確，推其極至，亦不過如漢人之說經而止。以說文乃漢時一種通行文字，使其可以盡釋諸經之糾結，則漢人固早已先我而為之。而無俟乎吾人之由隸書而小篆，而始得以小篆說經之多此曲折也。吾之為此言也，非敢謂吾之材學識力能遠過於古人也。特以當時古文之學未興，其所視為最古之字典者，舍說文外無他屬。時代限人，雖魁傑亦無能為力。若今日，則地不愛寶，古器之發見者日多，其考訂訓釋，亦漸精確。雖尚苦字少，然即此千數百字而善運用之，則精騎三千，未必不勝於羸卒十萬也。況古器之供獻，初未有已；而印刷之精良，更足以促其流布。逆料數十年後，古文學一派，必將蔚為大國，起而奪漢學家之席而代之。是蓋由歐趙以來，上下千餘年之醞釀蓄積，至今日而始結其果。有志者丁斯時會，吾知其必不肯頹惰自甘，坐視以大業讓人也。惜余落拓半生，奔走流離，精力摧頹殆盡；近復迫於衣食，依人作嫁，絕無安硯之時。力絀心長，汗青無日，良可悼歎。茲僅就管見所及，拉雜書之。其他無關古文，而於經義有所商榷者，亦間附焉，以當未來者之喤引。庶後人見之，以為大輅椎輪，其初亦不過爾爾。而用之以覆醬瓿，是則余之所深幸者已。

說詩解頤錄序——侘傺軒經說之一

世皆謂《詩》亡於秦火，至漢而復傳，此第就其顯見者言之。夷考其實，則《詩》之亡當在於戰國之世。漢儒之所傳者，特其文字，至其大義微言，則至今日尚未有人能見及之也。余之為此言也，驟聆之，當莫不以為狂易。然經文具在，知必有以證明余說之不誣。蓋《詩》之所以亡者，習原於陋儒之誤解《小序》。至毛氏傳《詩》時，《小序》與陋儒之所以解《小序》者，已合併為一，不可復辨。則謬種之流傳，其為時已不知凡幾。《竹書》出魏安釐王冢中，其於詩義已多誤會，遑論其他。此吾之所以斷定：《詩》之亡實亡於戰國也。漢儒繼起，不知《序》之言已與謬說相雜，以其為出自子夏也，乃就《詩》言強為附會之。《經》文之與《序》說不合者，則悉加以別解。不知因緣《經》以疑《序》，反思執《序》以疑改《經》，此詩學之所以終漢之世迄不能大顯也。漢儒既誤之於前，後之人雖明知其非，而代遠年湮，無所資以為之佐證。又自漢以降，凡世之號稱儒生者，率皆埋首案頭，不諳庶務。對於一切名物制度之繁然者，從不解為實物之考察，惟日取前人相傳之謬說，反覆糾纏，以冀其有當。獨不思舊說果有當，又何俟吾之喋喋為耶？故其說非無徵不信，即蹈舊說，而適以為舊說所愚。此吾之所以謂詩學之與，雖亘兩千餘年而終晦也。華也不幸，生丁此文學絕續之交，每念及詩學之凌夷，竊痛焉傷之。然竊自幸，古文之學至當代復明，其可以供史傳之

八年己未山左吳桂華秋輝氏自序於京師之寓廬

參稽、文字之糾正者，正復不少。而少賤多能，於事物之体象、名称，亦稍能窺其崖略。故暇輒弄筆，取詩義之不合者，擇尤訂正之，成爲《說詩解頤録》八卷。蓋即舊說而詳言之，無一不足資人嘔噱也。然一誤則無不誤，此篇所録，僅其一鱗半爪。至欲蘄經術之昌明，則非取全詩，一一加以釐定不可。此則關乎國家文化之廢興，而非華所能自期者已。

十年辛酉五月，山左吳桂華秋樺氏自序於燕京

侻僿軒說經序

吳子秋樺，倜儻士也。以所著侻僿軒說經卷第十四見示，說止王風，自黍離至采葛八篇，意主尊序，而能根據六書發揮新意，如釋「括」爲「佸」，釋「揚」爲「朗」，皆繁引博徵，匯通聲轉，而非望文生意者比。其他比附詩義推廣言之，類皆傷今思古，設諭諷時，雖不盡守經師家法，然推衍說經，鄉先哲牛空山先生已開此例，固有合於韓詩外傳遺意，而不失以意逆志之旨者也。用世以來，未暇專力於此，惟睠懷舊學，時有凋零之歎。是書雖未窺其全，披閱數四，猶想見鄒魯諸生斷斷持論氣象，信乎致用必本通經，能者固無適不宜也。因識數語而歸之。

李繼章

總詁

一、詩之原本，當日定自何人，古書中罕有言者，後人已無可稽攷。以魯獨称頌觀之，則其本必出自魯人無疑。惟鄭康成因小序有風雅正變之言，乃強就各詩中隨意亂指，謂何者為「正」，何者為「變」。謂「正」者皆周公時所定；「變」者則孔子録之，並自作為詩譜，一一詳為分晰，一若其曾親見古人，而告以其不傳之秘者。漢人之逞臆妄作多此類。不知子夏之所謂正變者，乃泛即各詩之得失美刺言之，初非謂風於各國之外，復分有正變；雅於大小之外，復分有正、變也。今觀其所指為周公時所定者召南，則已称平王之孫，下武則已称成王之孚。成王之没則後周公已久（成王若不没，則不得称謚也。）而平王則已入東遷之後，其言尚足與辨耶？至其謂變雅為孔子所録者，尤屬無稽。孔子称「詩三百」，又称「誦詩三百」，則是當時之詩，原已有三百篇。使其由孔子繼周公足成此数，則不應不称行世之本，而專稱己之著作也。今攷詩之時代，下迄於陳灵公，月出、株林二詩是也（月出，前人不知為刺灵公作。）其事在宣之十年，詩之輯更於其後，則其去孔子之生，中間僅四十餘年。（孔子生襄二十二年，至宣十年，止四十八年。）殆當孔子時，師儒所傳誦之本，實只此数，孔子特取而釐定之耳。觀其「返魯樂正雅頌，各得其所」之言，則孔子於詩之篇章次第，實曾有一番修正。特謂其作於孔子，則未免近誣耳。

一、前人於孔子録詩以外，又有刪詩之言，其說殆昉自馬遷。史記‧孔子世家云：「古者詩本三千餘篇，去其重，取其可施於禮樂者，三百五篇」，此說在前人即已疑之。故孔穎達謂：書傳所引之詩，見在者多，亡佚者多，不容孔子十去其九。所見甚是。且古人為詩，皆用以合樂，又焉有不可施於禮樂者。如謂此禮樂指典禮宴會而言，則伯有賦鶉奔當時已譏之。今其詩明載於篇，又焉得謂所存者盡可施於禮樂耶？後儒為調停之說者，則又謂孔子刪詩，但刪其字句。此亦無稽。究之孔子之刪詩，尚無確証，更何論其所刪者之何在耶！大抵為此說者，皆因經傳所引之詩，間有為經之所不載者，故遂逆臆而成此迂論。不知一書而不能兼備眾說，此乃勢理之所必至者。古人之詩，其不甚為人傳誦，散在一方，或一、二人之手者，安必其無？彼倚相之博，尚不能知祈招之詩，其事在孔子前，豈得謂其詩先被孔子刪去耶？則三百篇之外，更有逸詩，又烏容疑耶。

一、孔子當日，不惟未嘗刪詩，且嘗增詩，則商頌五篇是也。攷孔子屢称「詩三百」，則是當時所傳誦之詩，實只三百。今以全詩計之，除去商頌及笙詩無辞者六篇外，恰合此數。則謂詩称三百，為舉其成數言之者，殆未加深攷而姑為之詞也。蓋全詩所載，皆有周一代之詩，初不涉及前代，而笙詩則本無辞，不得謂之篇（馬遷合商頌計之，謂為三百五篇亦此義。）故舊傳之詩，僅有三百。孔子自以為殷商後人，商頌十二篇，又係其先人親向故府求得，今已亡其七，懼其久而復有散佚，乃取其所餘之五篇，筆而附之全詩之末，以冀其得傳。此古詩之所以稱三百，而今詩乃有三百五篇也。觀於孔子以前，商頌之文，初不為人所稱道，則其為自孔子始行加入無疑。此則篇章具在，不難於僂指數者。不此之求，乃反謂孔子為刪詩，不亦適相反背耶？

一、孔子論詩之言甚多。編詩者宜荟萃其言，冠諸編首，以為後來學詩者之指導。其尤要者，則為「不學詩，無以言」一語。蓋詩人之善於詞令，實足啟發人無窮之智慧。故孔子又以「使於四方，不能專對」為誦詩者之大憾。子貢於詩初不見有所著作（詩傳乃漢人偽作，其言甚陋，不足以誣子貢也。）而夫子亦許其「可與言詩」，非徒因其「如切如磋，如琢如磨」之兩言。蓋其平日之辯給，其得於詩者甚深，故夫子以此許之也（知此，則可以知作詩傳者之誕妄矣。）乃詩自一般陋儒妄加箋注後，絕妙好辭，竟一變而半成支絀不通之語，則學之轉將「無以言不能專對」矣。豈非詩學之大厄乎！

一、詩自孔子後，其有得於詩者，當首推子夏。今觀其所為小序，雖止寥寥數字，無一不千鍾百鍊，自鉥肝劌膽中來。其言悉扼要鉤玄，置身題外，無一字入詩之中，却又無一字不監詩之腦。夫子既許其「可與言詩」，而記者又將其廁諸文學之列，非無故也。後之陋儒不知詩，因之以不知序，乃專一摭拾詩中所有之字面以妄相附合。詩義既乖，而序之精絕处亦不見。宋儒不能識別，因一筆而併廢之，於是乎子夏之苦心，遂湮没而終古矣！此則不可不急圖救正者也（清代詩義折中，知後序之謬而廢除之，乃仍不能知前序之精，則特識之難也。）

一、自子夏後，古今之善言詩者，厥惟孟子一人。今觀其論詩之言，無一不批卻導窾，鋒發韻流，如犀分水。由其識高，故發言無不洞中肯綮也。至於說詩者「不以文害詞，不以詞害志，以意逆志」三語，尤屬卓絕之論。為古今來說詩者之極重要關鍵（後世之說詩者，偏力與此道相反。可歎。）嘗謂：使孟子當日對於詩有所著作，則詩之沉晦，決不至於今日。無如其志在匡時，初不暇肆力及此，坐令高子、萬章、咸丘蒙之徒，得挾其愚謬不通之見，以肆其矯誣，而詩學遂不可問矣（大抵古今來，凡人之材識卓越者，多不肯留心於著述。因之著述一道，乃專以歸之一般迂拘無用之人。夫迂拘無用之人，其獨可以著述乎哉！此三代後所以著述益多，而有用者絕少也。詩之不明，亦坐此弊。）

一、由孟子之言觀之，則詩在當時，人亦多不能了解。更參之於竹書，益可瞭然。竹書於春秋已前事，多取材於詩，如其於幽王六年書「夏六月隕霜」，明係由誤会「正月繁霜」之詩；於成十二年，書「燕師城韓，王錫韓侯命」；宣四年書「王命蹶父如韓，韓侯來朝」，明係由誤会韓奕之詩。其如此者甚多。作者為魏之國史，所見猶復如此，則彼私家之著述，尚可問耶？故必謂詩之亡，亡於秦火，或純由於漢儒之妄加訓釋，亦非持平之論也。

一、漢初言詩者，原有齊魯韓三家。齊魯二家早亡，然今世傳有詩說，或題為魯申公撰。又有子貢詩傳，與之多相出失。殆即由其徒所僞託，以嫁名於子貢者。其書之荒誕離奇，實有十倍於毛者。以毛猶僅從文字間捃摭附会；而二書則一味於文字外捏造事實也。則其詩之不傳，初非不幸。然鄭箋毛詩時有採用其義者，似康成時猶未亡也。韓詩至唐猶存，今則止存外傳。諸書間有引用其與毛不同之字，以資攷正者。以古義校之，大抵韓非而毛是，則其書亦不足存也。故詩之流傳至今者，止毛氏一家而已。

一、毛詩雖傳自毛氏，至其書果為何人所作，則已無可攷。漢書所記各家之授受源流，殊難據信。夫以家絃户誦之詩，而謂其一代止傳有一人，寧有是事？觀於古書中引詩者之多，則其傳授必不至如是，可斷言也。大抵各家之徒，分門別户，各欲託其傳於聖門，故特於其中間，捏造出許多若有若無之名字，以明其源流之有自。此在漢人中，幾視為当然者。經尚可僞造，況此區區者耶？然今人則共信之矣。

一、詩學之晦，全晦於續小序者一人之手。此公之程度，實文理尚不能通順。乃妄欲說詩，寧非詩學之大阨！惟其智識不足以知詩，因之以並不能知子夏之序。彼雖不知序，却知其序之確出於子夏，故其續小序專一摭拾詩中之字句以解釋序言。而不知子夏之序，乃悉皆置身題外，凡讀詩而可知者，在彼必不再言。而此公乃專於字句求之，與所謂南轅北轍者何異！則其不能有合於詩義，固其勢之所必至者也。乃不幸而此公之生也較早，而後世所傳，又適為此公所授之本。此其所以詩學沉晦至今也。

一、毛詩当日之授自何人，其詳已不可攷。然其書必為最古之書，則有可斷言。以其所載諸錯誤不識之字而知之也。（凡辨别古書之真贋，当就其誤字觀之。在当日彼猶不識此字，又安得誤乎？又安得誤得恰好乎？竹書或指為晋、宋人作，予以誤字攷之，知其書之確出於戰國，特多不可信耳。然此眼力，則需人自具也。）然其作必去續小序者之時代甚遠。一由彼已不知小序已經人誤續；一則彼續小序者之愚謬猶能知者，至此已不能解也。此事於燕燕于飛序中即可証明之。此詩原序云：「莊姜送歸妾也」，其事已明。續小序者知之，故不復續。以其詩既不甚難解，而所送之人已具詳於詩中，無所庸其牽強附会也。至毛傳已不能解篇中「仲氏任只」之義。乃因左傳有戴媯生桓公，莊姜以為己子之言，千載之下，強誣戴媯以大歸之事（其實古書何嘗有此事）遂傳誤以至於今。而莊姜之本以送仲任者，乃以送戴媯矣。以此知續小序者之時代，去後來姓氏不分之時代尚遠也。

一、續小序者之弊，在於不知詩亦不知序。而作毛傳者之弊，則於不知詩不知序之外，更加以並不知序之後半，乃係為後人所竄，絕非子夏之原文。而遍覽詩與序之中，他處悉不能通，而惟此續小序者之數言，尚可以得其崖略。此乃程度之所関，猶蝍蛆之甘帶，蜣螂之轉丸也。於是不論詩之義旨如何，專一伺續小序者之言附会。好在其解說字義，乃係隨意訓釋者，雖一字解至七八義，亦所不恤。自經此一番解說，而詩不惟非詩人之詩，非子夏之詩，乃直成爲續小序者之詩矣。

一、續小序者之不通，其弊初不難顯見也。人但即詩言逐一講解，便自覺其與序言諸多不合。此其弊他人猶或忽之，而在當時傳授之諸大經師，乃首感其困難者也。迨乎傳習既久，人漸知序言之不盡足據，於是異說蜂起，各出其私見以曲相附会。再不能通，則更捏造爲種種事實以逆臆之。近世所傳之詩說、詩傳，即此類也。而詩學自此遂成爲齊、魯、韓三家矣。

一、毛傳雖出自漢人，然其中確有相傳之古說，在彼亦不能甚明瞭者。如其傳雎鳩云「雎鳩王鴡，其鳥摯而有別」。由此二語觀之，知其於「摯而有別」四字，乃因歷來師儒之相傳若此，故亦如是云云，其意中固未甚了解也。何者？彼苟真能了然於此四字，必不能指雎鳩爲並無此物之「王雎」。彼既以王雎二字支吾搪塞，即可知其於此四字初未了然也。此固可互証參觀者也。

一、毛傳之誤，固由拘牽於續小序者之謬文。而其對於字義，胡乱加以解釋，亦其弊之大者。其不加解釋，後人猶可因經文以攷知序言之謬。自經此一番之妄解，經文皆改而從序，淺識者遂無由發見其乖舛矣。如其釋「述」字爲「匹」，釋「仇」字亦爲「匹」，甚至「儀」字、「特」字皆可爲「匹」。（鄘風·柏舟）又其釋「不顯」曰「豈不顯」，「不時」曰「豈不時」，此皆與原文適相反對者，蓋一否定、一肯定也。今如有人作書曰「不用」，而得者則曰「汝豈不用」，則文字至此，不且失其效用耶？

又一字也，往往解作七八義；一名也，往往指為四五物。然則見者，果何由而確知其為某義某物耶？此皆事理之所必無者，而自來竟無人敢聲言其誣，則以其非易知，而別求其是之難也。

一、尔雅一書，在漢以前人絕無有道之者。自終軍以是獲賞，世始知之。然其書实更出於毛傳後，以其多直襲毛傳之文也。其尤可笑者，凡一草木鳥獸，輒羅舉多名。夫一物一名，乃自然之理，名多則轉無以知其物也。縱物名不能無今古之異，然不必物物如此。古名之至今未改者甚多，如董、韭、牛、馬之類。此人所共知者，將用何名以轉注之耶？再其所羅舉之名，不惟於古無徵，於後世亦無攷。大抵皆当時經生，荟萃各家不同之傳疏所成。而各家之所以造成此許多奇衺之名者，不過在彼实不能知经言之果指何物，而諸生又問難不已，乃特造出此許多不可攷之名，支吾搪塞，以圖茍免。此在彼原出於不得已，而郭璞之徒，偏欲求其物以实之，幾何不為前人所窃笑耶！

一、毛氏誣经之罪，固不可逭，而其傳经之功，亦不可没。以其所傳者，確係為從前真本也。其為真本，不第以冠有子夏之序知之，即由其不識之字，亦不難攷見之也。如「有頍者弁」之「頍」字，「烝也無戎」之「戎」字，「維糜維芑」之「糜」字等。在当時彼固不識之，茍非古本之相傳如是，彼必不解為此誤也。至說文所引各詩之異文，乃漢季諸儒，欲改经文，而舉世不從之者。以当時詩之傳習已久，各有定本，僅一家一人改之，世莫之應，乃僅存為一種之學說。許氏無識，特摭取之以廣異聞，非經之原本，果如是也。乃今之陋儒，竟有冥欲據說文所載之字以改經者。此種人不惟不足以知經文，其於說文為何代之書，尚未了了也。

一、在漢人之解釋古書，雖不免種種荒謬，然却有一事，為後人之所不可不效法者，則對於古書所傳之文字，不敢輕有所改易是也。如毛傳注「茹」曰「度」（邶風・柏舟），注「皇」曰「匡」（破斧），注「戎」曰「助」（常棣）等訓。在彼原非解釋字義，不過因經文原字，於訓釋不合，特擬此一字以代之者。故其所擬之字，於義意不必其相通，而於聲韻則求其必合。蓋彼當日之講習傳授，固即以其字作某字讀也。然彼私家之講習傳授雖如是，而對於經文，却終不敢改，故後人猶得以攷知其真義。若在漢季人，則作偽猶恐其不暇，更無此休風矣。（觀說文所載之字，即可以想知其時風氣矣。）

一、漢人之妄改經文，偽撰文字，其用心極為曲折，誠不知其何苦為此。如「維縻維芑」之「縻」字，其音門原屬錯誤，及作尒雅者，以其不合六書也，乃妄欲改之。夫但欲改其字為音門，則從草從門作菛足矣，而其心又恐人識其淺近，於是千方百計，想到「釁在亹」之「亹」字，俗音亦讀為門（實則此字讀門亦不合）。然却又不肯直用其字，乃別取一與其音稍近之「虋」字代之，而「虋」字遂造成矣。究其所以如此者，不過藉以掩其杜撰之跡。又以其字形奇觚，使人疑之為古（尒雅所載之字多此類），皆爾人用以欺世之無識者。实則此公学力極淺，彼並不知古文最忌煩。彼視以為古者，乃古人之所必無也。）实則「釁」字何以能有門音？而古今載籍中，又何尝有「釁」字？彼一人造之，而古今竟絶無一人遵用，尚得謂之字耶？而世之無識者，方且羣奉之以為古也。（又尔雅所改詩經原字，無一不俚淺可笑，茲不遑於縷述。其最淺近者，如「緑竹猗猗」。「緑」本指竹色而言，初無須注。自毛氏誤指「緑」為「王芻」，而彼杜撰一「菉」字以易之。实則古書中何尝有「菉」字！豈古人專為此一詩造此一字耶？況下章更有「緑竹如簀」云云，豈竹可以如簀者？王芻一小草，亦可以如簀耶？此最易顯見者。在毛氏之釋此詩，已屬荒誕。而此公乃欲並其字而改之，吾真不知其與古之詩人有何仇怨，乃必千方百計，務將其極明瞭之語句，穿鑿竄易，使之不可復通而後快也。然此種妄人，又何時蔑有哉。）

一、古之妄人，除作尔雅者外，即当首推作說文解字者之許氏。此公心目中之所有者，止為当時所流傳之一種繆篆（「繆篆」二字，以之謚漢人所作之小篆極合。故特借用之，所以別於秦篆也）。其於斯翁所作之小篆尚未能多窺，（觀其謂「也」字為女子陰，「女」字為象女子掩抑之形等，是其於篆文之繚曲，始於漢人，尚不及知。苟其能多見秦篆，亦不至有此俚論也。）遑論古文，更何論乎上古之文。（其書所載之古文籀文，非戰國時之一種変体，即在漢世久經傳譌者。故以古文校之，不合者常十之八九。且其体勢，亦與古文不類，不得直認以為古文也。」此等眼光，乃竟欲尚論文字之源流，則其誕妄，又與王荊公之作字說者何異。然王氏作字說，在当時有識者猶或非之，如蘇東坡劉貢父之流，故其傳不久輒止。而說文乃流傳至今，又經清代之所謂漢学家者之提倡，幾視以為金科玉律者。則以字說專以今文為主，今文以前，尚明有隸書小篆，故其弊易知。若說文則作於隸書盛行之世，人之視漢篆，实已不啻古文（隸書之興甚久，殆直繼李斯之小篆而起者。在西漢初間，或猶沿用小篆。至其後則但視為一種文体，有大典礼時始用之。而實際上所習用者，則為一種非篆非隸之文字，即世之所謂「八分」者也，此但觀傳世漢器，即可知之。若漢篆之與漢隸，其時代本無甚差異，甚或隸書反出乎其前。觀於隸書所傳之字，時或與古文相近，而篆文則反有相去甚遠者。即可知隸書实繼秦人之小篆而起，非繼漢人之小篆而起也。不過在漢初時，儒者之視隸書，薄之為一種俗体，故篆猶賴以不廢。而無如変本加厲。篆之趨日以繁縟，隸之趨日以簡捷。至其終結，遂無往而非隸矣。此亦談字学者之所当知也。）況其所託始者，又為一種変形之古文。而真正之古文，復久已不傳於世，則其說之当否，人又烏從察知！此正諺之所云「畫鬼易，畫狗馬難」也。許氏惟其識陋，故其書所收之字，離奇紕繆，幾於不可究詰。有宜有而反無者（如刘為國姓，而彼反無之，他如「桃」字、「祚」字等，乃經文所習用者，亦復不載，此類甚多。）有本無而反有者（如引經之各種怪字等。）有部居錯乱者（如「御」字本從辵，而彼反收入彳部等。大抵其分部尤荒謬無理，故以古時文字之簡，彼竟能分至五百四十部。实則即今日文字之繁，其常用者，亦不過三、五千字，亦斷不至有如許部位也。），有音義乖迕者（如「㞢」本古往字，彼則以為「草妄生」；「衒」本古率字，彼則以為「行賣」之類。）。其餘如齊東野語（如謂古「悖」字，古文為雨或顛倒之類。此種字無論真草篆隸，如何作法，殆当時無識者之讕言也。）、市井讕言（如「解役」字，謂古人懸羊皮以驚不当入市者之牛馬之類，其言直足使人噴飯。乃三尺童子之所不能欺者。而彼竟不惜大書特書之，其識可見。）亦因不載入，可謂極荒謬之能事。至其於引用經文經說之處，在彼原自聲明，係採自当時各家。各家之書，今儘有存者，其言猶多不可據，豈一經其引用，反足據乎？又其所引之經，往往有同此一句，而文字即前後不同者。是在彼一己尚不能明定其是非；而世之人反欲以其言為斷，然則果何道之從耶？平心論之，秦漢以前之字書，世久無傳（竊謂古人必不容無字書。不過經戰國及楚漢之乱，上下数百年間，人民蕩析離居，救死不遑，無人及此，而遂失之耳。凡秦以前之書籍皆如是。世但歸其咎於秦火，猶未為知言也。），前漢人又無致力於此者，則許氏此書確為天地間不可少之著作。惟其識太陋，而不足以上窺古人六書之原。且好摭拾当時曲儒之謬說，以廣異聞。遂致真贋雜糅，是非莫辨，而古人造書之真義反隱。世但存其書，以備古今文字變革上之一種參攷，而不必斤斤焉以之說經，則善已（段氏注說文，極力為之解說，可謂許氏之功臣，然仍不免有窮於應付處。殆猶孔氏之疏解毛、鄭也）。

一、說文在當時，其書初不甚顯，北齊顏之推始稍稍称道之。至南唐，徐氏父子復為之注，書乃大行。然亦習篆書遵用之，初不甚以之說經也。自勝清諸儒，欲於經學中別闢一境界，以與宋人之空疏對抗，遂資之以為武器。以其雖不足憑，然較之宋人之純出臆造者，尚有別也（然前人之知說文之不足據者實尠）。迨其末流，荒村腐儒，偶覓得一部說文，便視之以為天書。第見其上有篆字，便不更問其書之出何時代，見經書有與之不合者，即一味亂改。初猶擇其近似者而改之，繼則不論情理，惟以將經書改至不成文、不成字為事。如吳江陳氏復古編謂「左右芼之」之「芼」，依說文宜改作「覒」字。其所持之原理，則以說文訓芼為「草覆蔓」（即此三字，已煞費解說。覆則覆耳，蔓則蔓耳，何以謂之覆蔓？吾不知說文家如何措辭也）。而毛傳則訓為「擇」。及細攷說文，乃得一「覒」字訓「擇」，與毛同。心已喜之。及檢康熙字典（余非刻苦，此公之學，必不能有玉篇也）見所載玉篇云「覒，擇也」，與芼通，詩「左右芼之」。遂更不細問玉篇為何時人作（此等腐儒，固視億萬年如一日也。蓋一古字已包括盡之矣）。毅然謂芼當改覒。又其於「節南山」之節字，從趙凡夫之說（名曰凡夫，則誠凡夫矣！）謂節字實「岊」字之訛。其說謂岊省作「卩」（岊亦不知如何省作「卩」）。

卩本作「㔾」，乃象人向前之形，字之從之者甚多。若如此者法，則可為卩者多矣。且巴共卩，（今文雖相近，古文則差以萬里也。）卩又訛作「節」耳。（此語尤奇，卩何以能訛作節？若如此訛去，則天訛作地不難也。則又烏用文字哉！）又俞樾謂「癸子發夕」，當改作癸子「癶止」。此二字本不成字，前一字不過為並足形（兩足形相並，而適相反。以從中視之，始見其相同也。古文於並足形，其拇指多向內，此自本形。然亦有向外者，則文便也。若今所存者，如「登」、「發」等，則從其變者也。）後一字則趾字之古文也（止本象足趾形，即「趾」也。加一為「㞢」，足所止之地也。因其與語助詞之「之」字同音，故常借作語助詞。後因久假不歸，中古

乃於止旁別加「彳」字以別之。師遽尊「王𢓊正師氏」，即「王之正師氏」也。）許氏訓癶為「刺撥」，（此北方俗語，謂兩股分張也。）訓止為「蹈」，已為不識字義。而此公以生長南方，並不知刺撥之義，乃竟合癶止二字而成文。此不必論其於詩義不通，即其自己之所言，亦不通矣。蓋人既刺撥，必不能再蹈地也。凡此種喪心病狂之談，稽清代說經之書，幾於不可殫數。其意本不在說經，不過故舉數怪誕之字，以驚世駭俗，冀盜虛聲以圖富貴耳。末世劉師培、章太炎等，尚以此得名，此後當稍衰也。究之說文、爾雅二書出，不啻為詩添兩重魔障。世間真能讀書者有幾？而秦前之書，其存者又復有限，人但稽諸注疏既如彼，求諸二書又如此，則

終身在醉夢中矣！余謂天生二書，乃正以供古詩人為敵，非遍論也。

一、毛氏之後，說詩之書，當以鄭氏詩箋為最著。鄭箋雖曰申毛，然時亦自標新義。今取二家之義比較之，則鄭義之較勝於毛者，不過十之三二；而其不及者，常居十之七八。此則因鄭氏之生，後於毛又數百年（毛詩非毛一人所作，其中多沿自戰國者。）去古益遠。在毛氏或猶能知之者，至鄭則已無從審正。鄭氏又因其嘗注礼，乃於詩義中，往往無端摻入不相涉之礼制，作無謂之糾纏。如說關雎而闌入九嬪三夫人之屬；說湛露而連及同姓異姓；說涇渭而連及士娶之越國不越國。諸如此類，難以悉數。究之作繭自縛，詩義益不明，而礼意亦愈剌謬。此其中更別有故意牽扯，以預為其注礼作地步者。此種卑劣手段，漢、宋儒俱優為之，而鄭氏則其尤甚者也。至真正應用礼經之處，彼反茫乎不識，亦第隨聲附和。如其於兩髦之制，則仍不能據礼經以糾正之也。然至此以後，詩學則益微矣。

一、前言漢儒說經，不輕改字。有改之者，則自鄭氏始。鄭氏於韓奕「句膺鏤錫」之錫字，不知其已轉韻，妄意仍當與上「淑旂綏章」、「簟茀錯衡」之章、衡字相叶。乃妄於錫字上加一畫作「鍚」，且自釋之為「馬當顱」。此則因毛氏以「清揚」為眉目之間，鄭更引伸之及於馬之眉目。毛氏猶以清揚二字當之，而鄭則竟以鍚字之半當之。因此之故，乃索性舉其所注之三礼，凡有錫字者俱改之，至今日竟使人靡所依據。所謂其父報仇，其子行劫者也。不知古今何嘗有「鍚」字？易與「易」今文雖相近，在古文則判若胡越。以易字乃由「汐」轉成（昜）；而易則由「号」轉成也。（揚字之轉變甚多，茲不及縷數，但舉其近者言之。）此句錫字，與上句「舄」字，下二句「幭」、「厄」字皆韻，乃職陌部正音。毛氏於鍚字無傳，以己於「如金如錫」句釋之，茲不贅也。鄭氏變亂之，貽誤至今，竟無人救正。而其自己釋三禮，亦不能自圓其說。然則何苦如此哉！究之此公之識太陋。「汁光紀威靈仰」尚可以入注，則何事不可為哉！

一、漢儒之說詩，其支離荒謬處，讀者苟稍一玩索，即不難見出。然卒無人顯攻之者。則以指斥前人之非易，而別求其是難也。此事在他人，猶可以不求甚解置之。至唐孔穎達奉詔作疏，乃独承其弊。以疏者所以申明傳注。凡傳注之不合者，在彼猶得以含渾了之，至此乃不覺全行暴露。故孔疏中對於傳箋提出之疑問頗多，無一不洞中肯綮。然其弊仍猶之前人，知其非而不解別求其是，又為其体例所拘，傳箋雖極無理，亦必須緣飾附會之，而終沿用其說。此其所以於詩學之本義，終不能有若何救正也。

一、詩自孔氏作疏後，雖曰申明毛鄭，然實不啻為之暴露許多之弱點。以其所附會而緣飾之者，終不能有補於其原本之不合也。宋人因之，遂不能不懷疑於漢人之傳注。及更加考察，則舊說之可疑者，正不至此。而一追尋其說之所由來，則胥原於序。於是乎以不信漢儒者，乃上及於序。漢儒之學說，至此已不啻根本動搖。然漢儒可攻也，序亦可攻也。至子夏之原序則不可攻也。此其義東萊呂氏已見及之，故其於詩有「前序」、「後序」之說。自子夏後，兩千餘年中，惟呂氏可謂具有特識。然呂氏雖能知前序之不可廢，至其於前序之精妙處，則仍未能見及。以其於詩之本義，仍不甚明了也。乃不意此時，更有所謂「獨肩道統」之考亭先生出，以其正心誠意之學，發為傳注，別行其嚮壁虛造之所謂新序者。挙此一線之明機，而復剷斷之，使近七、八百年間之學者，仍復迷離顛倒於黑海之中，以直至於今日也（余之為此言也，非以助朱陸之攻。第以朱氏所注之各書觀之，其人实為吾所不取。至道學二字，乃人生立身行事之大本，而不得假之以為名也。）

一、今攷朱氏之為集注也，其於詩義，初非有若何之攷見。不過見舊注支離，而序言又不可盡信，遂一意推翻之，而為一己立名之地。至於詩義，果能有当與否，則非所計也。故其雖注詩，而其對於詩言，实未嘗為詳細之推求。今但觀其所為之序，或僅據詩中之一二字（如雄雉于飛、風雨、等篇。見其中有君子字，則指以為婦人，而其詩即為淫奔之詩等。如此類甚多。）又或僅據首章，以後雖有多章，亦皆置之不顧（如其注「丘中有麻」，謂為淫婦望其所與私者而不來，因意「丘中有麻」之處，別有與之私而留之者。「子嗟」即為所與私者之名。其於首章，尚可言也。若合下二章言之，則此淫婦，所其私者，实有三人，約其同時而至。而三人於三處，各有留之者，豈非笑柄！是此公作注時，並未見下二章也。其如此者，亦甚夥。即可知其注詩之意，惟在苟異前人，以自為名高。詩序相傳為子夏作，故其攻之尤力，務求其不稍存留而後快。其有後序者無論已，其並無後序且絕不見其有可議者，亦必加以深文，強相排斥。如其於序所指為刺某人者，則曰：「詩未見其為刺某人」；序所指為某人作者，則曰：詩亦「未見為某人作」。此等全無道理之言論，幾有類於鄉村妒婦聲口。豈古今人每作一詩，必須將其所指之人，所言之事，並自己之姓名履歷，而一一填入之耶？然其說竟得行矣。

一、朱氏之作集注，其志既在於廢除小序，故其書亦只以廢去序文為止。序文既廢，則其於詩，舊說可也，新說亦可也，或舊說不可用，而又無新說以當之，則本其正心誠意、不昧之虛靈，憑空捏造，欺人以自欺，亦無不可也。凡其造為妄語以欺人之處，後当於各篇中指出之。至其尤擅長者，則為貌襲孟子說烝民之詩之形式。遇有難解處，則就原詩，加以數語助詞，作為順講。使人讀之，一若其於詩義，固自瞭然，而非有所不知者。然苟即其語以還叩之，恐其自己亦不知其作何解也。此類甚多。如其說樛木云：「南有樛木則葛藟纍之矣。樂只君子，則福履綏之矣」。其說有狐云：「在梁則可以裳矣，在厲則可以帶矣，濟乎水則可以服矣。」其說大東云：「有饛簋飧，則有捄棘匕。周道如砥，則其直如矣。是以君子履之，而小人視焉。」此皆其最為顯著者。觀其言似甚通，進而求其義，在彼應亦不能自解。蓋其平日於詩義，本未暇研究明了，而又不肯示人以不知，以減損其聖賢身分。又因其曾注孟子，讀書有得，乃於千有餘年後，竟學得此絕妙之筆法，以為藏身之固。然則彼輩所傳之道統，其在斯乎！（宋人之中，其學識較高者，当首推東萊呂氏。惟其學識高，故其人品亦高，絕不肯效朱氏標榜虛聲之所為。其名之所以不及朱氏者，以此。然至今人人仍知有呂氏，此則東萊之所以有異於新安也。）

一、朱氏之作集注，意惟在於攻序，而不在明詩，既如前述。然使其學識材力，果有以高出前人處，則經此一番步驟，当然於詩教之真義，亦可以稍窺知其一二。無如朱氏本一華士，其於經無所不用其注者，殆皆原本於好名（朱氏所注之書雖多，然無一有心得者。其好名之極致，乃並注及魏伯陽之參同契。此又何異鄭康成之注緯。究之人果能有所述作，則一經已恐其不能盡通，必無此許多閒情逸致也。故欲觀人之著述，但觀其多少斯可矣）至其腹中之所有者，則惟自六朝、唐、宋來，輕薄側艷之詞（朱氏之詩文，在宋人中，实屬卓卓者。惟世人多震於其道學之名，而能知之者少耳）。而其於古人深切著明、溫柔敦厚、微婉風刺之旨，实生平未嘗夢見。故其於古之詩人，亦只視以為李白、杜甫、蘇若蘭、李清照之流。一意於懷人念遠、登山臨水、流連光景諸處求之（其說卷耳，乃其尤著者〕。以此等眼光，而欲求合於三代上之古人，殆猶鷽鳩之飛搶枋榆，而據之以測大鵬之所至。其不能有当，固必然之勢也。故集注中，於前人所指為比興者，則聽改為賦。而於興之中，其義之為彼所知者，則概指為比；而於其所不知者，則概指以為泛話〔其云興者，先言他物，以引其所咏之詞。則其意固謂興者，初不必有關於正義，而惟用之以為局外閒文也。獨不思詩僅四句，而先去其半以為閒文，天下果有此体例否耶〕？平心論之，漢宋人之於詩，雖同一荒謬，然漢人猶知於深處求之，而不敢上薄古人。至宋人則竟以古人為不通文理，故在後人本可以二句了之者，在古人則必須先著以二句「泛話」，致閒文上儕於正文。又在後人本可以一章了之者，在古人則僅就前章改易其一二字，即別作一章。甚或蟬聯至四五章而後已，藉充篇幅。宋人之此種意見，於集注中，無處不可以徵实之。在彼雖未敢明言菲薄古人，而其意实如是。是其主旨，尚不及漢人之稍為近之也。然宋人之此種懷疑，在彼之自行解釋者，則否，实足以引起人研究之興味。乃自此以後，政治上竟以朱氏定為宗主，凡學說須一秉之。此在政治上固別有其不得不然〔考試科舉，本為一般中材所設，意惟在於審視其人之於文字之通不通，固不蘄其能發明經義也。若不定為一尊，則語雜言龐，文字之真，轉難見矣。凡清季之反對科舉者，其所言固無一能見及科舉之本義者也。〕然於經學上則未免貽以絕大之影響矣。

一、宋人之推翻舊說，其事固不得謂之盡非。然見前人之非易，而己能别求其是難。此義前曾屢言之。舊說之得以存留至宋者以此。非宋人智而前人盡愚，亦非前人怯而宋人獨勇也。乃宋人既不自量其力，不知舉鼎者之將絕其脛，竟毅然舉舊說而推翻之。夫推翻之誠是也。乃進觀其所以易之者，非淺陋不成文理，即鑿空亂道，於古義一無所徵。其尤可笑者，名為推翻舊說，乃於舊說中之荒謬至極者，反一一沿用之，而不敢稍有所是正（如一字或訓為四、五義。又其字本無其義，乃強附以此義。又其於草木鳥獸之隨意亂指處皆是）。是則其所謂推翻舊說者特其名，其學識材力，實並不足以語於舊說也。以此之故，明清以來，雖以宋儒之書列為功令，而學者之攻之者，仍後先相望。至有清一代，則更有所謂「漢學家」者起，專執一部說文爾雅，而上與宋儒論列是非。蓋經學至此，乃不在經而在注矣。此詩之真義，所以直沉晦至今也。

一、以前所言，乃詩自子夏後二千餘年中之遷流轉变，上源於戰國時人之誤釋小序，而下迄於漢學家之遺棄本經，惟知佐漢、宋人之私鬭。雖其間亦自有淺深高下之可言，而其無當於詩學之宏旨則一。故謂詩自子夏來，竟無一人能得其解，非過論也。竊嘗即詩之原文攷之，則其義固原自明瞭，且其字義亦與今無異。雖其所言之一切名物制度、典章事實，因時代之改革，語言之变易，有待攷而始知者，然亦非甚難之事。故嘗謂詩在當日，如但存子夏原序，别無種種之謬説以相乱，則其況晦必不至於如此之久。蓋世人之讀書，大抵皆不甚求解。意有所疑，見前人已有解釋，遂不復更問其所解釋者之果合與否，即模糊置之。間或有對於詩言，稍事研究者，則其人又多係奄鄙腐儒，其識力不足以超越乎常識之外。乃惟是尋章摘句，拘拘於行墨之間，一挑半剔，以自矜其博雅。終日言窮經，却終日只是窮傳，故終不能以打破謬説之範圍，而别於本原上有所發見。此吾之所以深為孟子惜也。究之詩學之失傳，至今已歷千百年。後之人胸中又常横亘一「古」字，一若其人一為古人，便当其言無不是者。否則即古人之中，斤斤焉以評論其時代之遠近，為漢學者之攻宋人，此即為其最大之原理。

謂漢之去古為較近，而宋則已遠也。為宋學者，本多空疏之士。特樂其易而為之者，卒亦無以折之，而僅恃其虛渺無徵之「理」字，以赤手相搏。二者終日顛倒於一古字中，實則終日顛倒於詩學失傳後之古字中。此其所以終不能有當於詩之本義也。

中露

《詩·式微》：「胡為乎中露」。《集注》：「中露，露中也。言有霑濡之辱，而無所芘覆也。」此說大非。朱子不知攷古，但知涵泳白文，不明古文之義，例其弊多此類。按，古文於同聲之字多假借。不惟筆畫之多者，時假作少者；即筆畫之少者，亦時假作多者。如不濟之濟，有時竟假借作「薺」（《左傳》），朝夕之夕，有時竟假借作「昔」（《楚詞·招魂》）是也。此露字，亦「路」字之假借。中路，猶俗言前不歸村，後不歸店，言無所歸宿也。後人常沿用中道、中途等，字義皆本此。且不獨此露字為然。《行露》章「厭浥行露，豈不夙夜，畏行多露」，首一露字，亦為路字之假借。不然三句中，兩押露字，古人雖疎忽，亦萬不至此也。且「行露」二字既不辭，「厭浥」二字亦難解。舊說之牽強糾紛者，殆以此也。據《說文》：浥，濕也。而《集注》則併上厭字牽入之，曰：厭浥，濕意。行則釋為「道」。殆亦知行露二字，既不可以後世行雲行雨解之，乃不得不強指作實字，如周行、微行之類，以求其稍為近理也。然行露二字苟細按之，亦何嘗不足以駭人聽聞。其冒然出此者，蓋亦不得已耳。「厭浥行露」猶云：惡濕行路。正以明下文之非不能夙夜，畏行多露」，正以為惡濕之注脚。乃貞女託辭以禦強暴者。意謂性本厭冒濕而行路，並非不能夙夜而行。茲之所以不行者，特畏其行時之多露耳。意微而辭婉，千載下猶可想見其立言之妙。若如《集注》所言，則是道上真有露，女之不為所汚，乃真得力於畏露矣。豈非大可噱哉！

騶虞

朱子於古今音韻之學，本無心得。其所恃以定三百篇之叶韻者，僅係信口開合，但求其順耳，全不問古人之曾否有是，故常有一字而兩叶者。豈作詩者一地一人，而竟有兩是耶？此亦足見其不足據矣。其尤謬者，要莫甚於《騶虞》一篇。古歌辭多有送聲，如《子夜》以持、子送，《鳳將雛》以澤、雉送。歡聞曲終必以歡聞，不為送聲也。《竹枝歌》之「竹枝、女兒」、《採蓮歌》之「舉櫂年少」亦此類。猶今俚曲之有「剪剪花」、「夜夜游」也。《騶虞》原只二句，末句乃曲之送聲，故首二句常變，而末句常不變。《集注》乃必強之使與上二句相叶，以致以一虞字，而或叶為「牙」（按，古無麻韻），朱子不知，即以叶。論虞，亦當讀如字，而不得讀平也。）或叶為「烘」，豈非咄咄怪事！至下《麟趾》篇末句「吁嗟麟兮」句與此正同，乃又不叶。則朱氏亦知其說之不可通，而不得不自亂其例矣。蓋按其例，首章之麟字當叶理；第二章之麟字當叶令；第三章之麟字當叶鹿，其卒未嘗出此者，未始非其一時之卓見也。近有人謂「吁嗟乎騶虞」，虞字與乎字相叶，乃自成一韻者。其說較之朱說，相去不啻十倍。然終無解於同一句法之《麟趾》，故知其說亦不足據也。

不可休息

《漢廣》「南有喬木，不可休息。漢有游女，不可求思。」「息」，韓詩作「思」，是也。蓋是詩「思」字，皆語助詞。「休」字與下「求」字相叶，乃韻字。若改思作息，不惟本字與下求字不叶，即休字亦格於例，不得與求字相叶矣。「息」與「思」，形相近而誤。此當依古本改正者也。

有齊季女

《采蘋》：「誰其尸之，有齊季女」。注：齊，敬貌；季，少也。其説沿襲千餘年，卒未有疑之者。竊謂「有齊」二字殊不合文理，且祭祀之禮，主婦主薦豆實以菹醢，初不聞以女從事。如謂少女即指主婦，然既為婦矣，又指之為少女，古人應不若是粗忽也。按，齊當讀「如」字。周初異姓之國，惟齊為大，故與王朝世通婚姻。觀《何彼襛矣》之詩，可見嫡長多適王侯。故歸王朝卿士大夫者，多屬叔季。「有」齊猶有夏有周之有，「季」乃女之行次。蓋以夫家言，則為主婦；以母家言，則有齊之季女也。古制婦人多從母姓，如鄧曼、衛姬皆是。間有稱謚者，則須夫亡之後，從夫之謚，如穆姜、定姒之類。謚之稱「有齊季女」，乃情事之不得不然。以舍是更別無可稱也。

江有氾

《二南》、《風》、《雅》、《頌》純以聲為判，其詩不必作於一地一時。觀《周南》有東遷以後之作，《豳風》有周公居東之咏。可見宋儒不達此旨，對於《二南》必盡指為南國之詩，殊涉牽強武斷。其尤可笑者，莫過於《江有氾》一章。注云：水決復入為氾。是氾乃大水岐出小水之通稱。言江水猶不能無氾，以喻嫡不能不有妾媵，其義本至明晰，非謂氾為地名也。至《詩序》，乃謂是時氾水之旁，媵有待年於國，而嫡不與之偕行者，乃作是詩。是又以氾為作詩者之地名矣。然則次章《江有渚》亦當云渚水之旁，三章《江有沱》亦當云沱水之旁。三章作於三地，有是理乎？蓋注詩者心目中，膠執一南字，處處思向南國字附會。不幸此詩所用之氾字，與地名之氾水又同為一字，乃強謂其作於氾水之旁，而不悟其與下二章不可相通融也。按，楚有渚宮，見《左傳》；南亦有沱水，見《禹貢》。宋儒未嘗三章各為一序，謂其詩作於三處，其卓識亦不可及。

維參與昴

《詩·小星》「嘒彼小星，維參與昴。」注：「參昴，西方二宿之名」。按，昴為十一小星集合而成，望之如雲氣，固可謂之小星。若參，則由七大星聯合而成，以三為身，四為足，其星光皆居星等中一、二等地位，絕非八等以下之昴星所可同語。詩人亦謂之小星，殊不可解。攷參宿中間有小星三，曰伐星，其光與昴星相似而微大。詩人之所謂參，殆指伐星而言。即詩言攷之，古人之所謂參者，初不止今之七星，即伐星亦參之一部。而《甘石星經》實起於漢以後也。

誰謂鼠無牙

《行露》「誰謂鼠無牙」注：「牙，牡齒也」。義本甚明。牡齒，即今之所謂臼齒。鼠本齧齒類動物，僅有前齒而無後牙，故云然也。至俞曲園氏，不知古人牙與齒之分，誤以齒為牙。妄意鼠非無牙，謂鼠本有牙。有牙而謂之無牙者，乃以喻訟詞之以無為有。然「鼠無牙」與「雀無角」為對文。鼠既謂之牙，而雀實不能謂之有角，乃強行穿鑿，謂觜即角。且以觜字從角，謂為觜可稱角之証。讀之幾令人失笑。不知觜之從角者，乃以觜與角同質（古觜字僅指鳥喙而言，非若後人直以為口之代名也。）豈得以其字從角，即可謂之角。若然，則雪、霜、霧、露均可謂之雨；筐、籠、箱、籃均可謂之竹乎？俞氏生平說經之文，大都類此。近日章太炎氏实親承其衣鉢。余嘗謂此種攷據家為南派，若北人則不肯如此也。（毛西河乃此派之卓卓者，北派大抵以顧亭林為圭臬。）至鼠之有齒，《相鼠》篇已明言之，俞氏殆未一細思也。又按，此詩前章以屋、獄、足，後章以墉、訟、從為韻。其餘角字、牙字及兩家字皆非韻。朱氏因角字偶然合韻，乃恃其信口開合之秘訣，謂牙字當讀「烘」，兩家字一讀「谷」、一讀「公」，以一字而出諸同時同地一人之口，而竟有兩音，豈非怪事！余前所謂朱氏不以「吁嗟麟兮」分叶上三韻，為自知其不可通。由是觀之，正不必然也。

騶虞義

賈誼《新書》謂騶虞為騶人虞人，其說甚是。蓋是詩本言田獵，騶人具車乘，虞人司山林川澤，草木之盛，獲獸之多，皆二人之力，故咏歎及之。至漢儒，乃叔為白虎黑文不食生物之說，謂為獸名。徵諸天下古今初未聞有此種之獸。且所獲者五豝五豵，與騶虞之獸又何與？此即以文理論之，亦不能通也。乃相沿千餘年，卒不知改，漢魏且用以繪幡，奇矣。宋儒雅號善涵泳白文，此處仍取舊說，而不覺其於文理有不適。然則，其所謂涵泳白文者，不過借以為其穿鑿無據之說解嘲。其真得力於白文者亦僅矣。

《礼·射義》云：「騶虞者，樂官備也。」所謂官者，即指騶人虞人而言。漢儒既解騶虞為獸，此官字遂無所指。故鄭氏注《礼》，不得不妄加穿鑿。謂一發五豝，為喻得賢者之多。然則「彼茁者葭」又喻何物耶？攷《詩箋》，初不載此義。則鄭氏當日亦自知其不可通，其姑為此說者，乃因全詩僅三句，别無可施以附會者。故不得不為此掩耳盜鈴之計，以自欺欺人耳。亦苦矣哉！

政事一埤益我

《北門》「政事一埤益我」注：「埤，厚也。」又云：「政事一切以埤益我。」是以埤益二字連讀，而以一字作「一切」解。然古今初不見有如此文法。且下章云：「政事一埤遺我」。一埤字不變，而益字獨變為「遺」以叶韻。則埤字當屬上「一」字，而不得屬下「益」字明矣。竊謂「一埤」猶云一切也。「一切」乃後起之詞，始見《漢書·平帝紀》，在古當稱「一埤」。今方言一批子，當即為其轉音。

美孟弋矣

《桑中》「美孟弋矣」，注：「弋，春秋或作姒，蓋杞女，夏后氏之後。」此說大非。姒自音祀，與弋絕不相涉。注者知弋當為女姓，而不得其說。因姒從「以」得聲，與弋相近，遂附會為此說耳。按弋弋本作㚤，乃古時國姓。古文姓多省女旁，如嬀常作「為」之類，故字亦作弋。漢「鉤弋夫人」即其後。近日出土古彝器，載古之姓此者甚多，字皆作「㚤」。《宿㚤鬲》即其最著者。因古之婦女稱姓，間有冠以其夫家之國名者。如《晉姜鼎》等，未敢決其姓之果屬何國耳。若以常例攷之，則宿國即當姓㚤。注《左氏》者以為風姓，恐不必然。即古器攷之，後人所傳各國之姓多不確。如邾曹姓，小邾郳姓等皆是。按古器、邾自姓姝，初不姓曹也。（古器不見有姓曹者，與姓風者。郳字雖有之，然非姓也。）《說文》載㚤字，不得其解，乃臆指為女官名。然遍稽載籍，卒未見有此官也。「孟弋」猶上云孟姜，即下章孟庸亦此例。庸，注未詳。按即鄘之省文。蓋前代之貴族而以國為姓者，如邾即姓姝，即其例。古器中有《墉夜君鼎》，意即當時之器，特載籍無可攷耳。

淮夷來鋪　鋪敦淮濆

《江漢》「淮夷來鋪」，《集注》：「鋪，陳也。然」「淮夷來陳」四字，殊不成語。又《常武》「鋪敦淮濆」，《注》亦曰：「鋪，布也，敦厚也，厚集其陳也。」文尤支離。此皆不諗古義，妄以後世之語義，強合古人者也。「鋪陳」一語，在古人惟曰「敷陳」。鋪字，乃古文「簠」字。在此處本屬借用，其本字則當從「戡」，攻也，在古彝器中習見之。《宗周鐘》云：「王敦伐其至，戡伐厥都」；《田盤》云：「敢不用命則即刑（行字假借）戡伐」；《散氏盤》云：「用矢戡散邑（用，因也。後世用是二字本此）——。皆作攻伐解，與後世撲字義相近而範圍稍狹。「淮夷來戡」，猶云：淮夷來攻。古人語言往往如此。若在後人，則當云：來攻淮夷也。敦，即《宗周鐘》敦伐之敦，讀當與《玉盤》珠敦之敦同音。原本一字，擊戰也。《不欺敦》云：「汝及戎大敦擊」，言與戎大擊戰也。《寡子卣》云：「子惟呼辞帝家，以敦不淑，康乃邦」。言子（寡子自称）惟有呼籲帝室求其擊伐不善者，以康定邦國也。「鋪敦」猶戡伐，即攻擊也。此皆古人常用語。然非古器復出，其不為《集注》之牽強附會，而仍不能通者幾希矣。

肇敏戎公

《江漢》「肇敏戎公」，《集注》：「肇、開。戎、汝。公、功也。」謂「開敏汝功」亦非。肇、乃發語詞，猶肇牽任肇車牛之肇。公為假借字，本當作「工」。戎工，猶戰事也。《不欺敦》云：「汝肇誨（按、即敏字，乃竟篆作誨字。古器中多此例。）于戎工號季子」。《白盤》云：「庸武于戎工」，皆謂戰事。工亦有時假借作「攻」。《叔弓鎛》亦有「汝肇敏于戎工」之文，工則作攻。與此之假借作公者，事同一例。蓋古人於同音之字，皆可假借也。

自召祖命

《江漢》「自召祖命」。《集注》：「召祖、召穆公之祖，康公也。」恐亦非是。召公為召伯虎之祖，雖《傳》有明文，《召伯虎敦》亦自稱「列祖召公」。然召祖二字殊不詞，古今絕無如此稱謂者。且篇中稱召公者凡三，或出自稱，或出王稱，不應此處獨變稱「名祖」。此亦後人不通古文之失也。蓋古文召、紹本只一字，觀《召伯虎敦》與《盂鼎》紹又字可知（又、古埧文命作韶埧，韶字亦與召同），此召字本當作紹。殆當日改寫今文時，以篇中此字凡六見，五皆作召，此處寧容獨異？因亦以召釋之，而不悟彼皆名詞，而此則活用字也。後儒不識召、紹之為一字，又不幸召公適為召虎之祖，於是一誤再誤，而古人本義，遂湮沒不可復觀矣。

按、「自紹祖命」，乃勉其克自紹續乃祖之命令，猶前言召公是似也。蓋召公實先受命于周，今虎又受之，故深望其克繼召公之命令也。義本易明。若如《集注》所云云，不惟召祖二字難通，而自命二字亦無從索解矣。

王猶允塞

《常武》「王猶允塞」。《集注》：「猶、道。」非也。猶即「猷」字，古文偏旁，往往任意移易，凡字類然。《詩》猷字皆作「猶」。如：「秉心宣猶」，「猶之未遠」，「謀猶回遹」等皆是。古器則多作「猷」。如《宗周鐘》「朕猷有成」，《毛公鼎》「雝我邦小大猷陳猷釜」等。然實一字。殆時代有後先，故習尚有不同耳（如從女之字，在春秋前，十九居右，後此則漸多在左者。至小篆，則無不在左矣。）猷皆訓「謀」。《集注》則時訓「謀」，時訓「道」，全無定義。然攷其訓為道者，以義求之，實無不以訓謀為協也。

戎雖小子　戎有良翰（略）

纘戎祖考　王躬是保（略）

以上二節可不存。因韓奕尚有以佐戎辟句訓，戎不合也。

以上二篇眉批「不存」，故未加整理。

——張樹材注

揉此萬邦

《崧高》「揉此萬邦」。《注》：「揉，治也。」非是。按，此揉字乃「柔」之假借，即「柔遠能邇」之柔，謂懷柔也。揉字初未見有訓治者。前人不知古文之多假借，恒膠執本字穿鑿附會，曲為解說，此古義所以終不能明也。

敦商之旅克咸厥功

《魯頌·閟宮》「敦商之旅，克咸厥功」。《集注》：敦，治之也。咸，同也。言輔佐之臣，同有其功，而周公亦與焉也。大非。此本言武王牧野之事，故上文「無貳無虞，上帝臨汝」二句，即直用大明語意，初與周公無與。作者苟意在歸美周公，當必有特筆表揚周公之處，初不得云輔佐之臣同有功，即可謂為周公有功也。且表攷文中，不惟無言周公之文，即諸臣之文亦不見。然則，所云能同其功者，果誰指耶？在古人當不至有此不通之文字也。按，敦即敦伐、敦擊之「敦」（說已見前「敦彼淮濆」攷下），「敦商之旅」，猶云伐商之眾。若訓為治，則「治商之眾」寧復成語？「克咸厥功」，猶云克畢其功。言克畢太王翦商之功也。「咸」之訓畢，古義久湮，後世所傳僅訓「皆」一義。而「能皆其功」又不可通，於是不得不更就其訓「皆」之義，引而伸之轉訓為「同」。然上文所叙皆武王一人事，絕無可指為同功之人。而下文「王曰叔父」句，適指周公，於是乃硬歸其功於周公。無如周公之有功於牧野，絕無根據。且僅一同字，又不得即坐實為周公。於是不得不迂曲其詞，謂諸臣同有功，而周公亦有功。似此千迴百轉，誠可謂極牽合之能事矣。不知「王曰」之王乃成王（舊注亦以為成王。因有叔父之稱限制之也，不然恐又指為武王矣）。魯侯之封，若果係賞周公牧野之功，則武王當早行諸克商之後，不應遲至十四年之久，待成王始行之也（據《竹書》，武王克商在十二年，後五年王崩。伯禽之封在成王八年）。此皆由後人不知咸之訓「畢」，又不知戡之訓「攻伐」，乃緊承上文伐商之事言之，遂致以極明晰之文，左右支絀，幾不可解。是則疏於攷古之過也。嘗攷咸之訓畢，乃咸之本義，古彝器中往往用之。《趩尊》云：「王格於太室咸謂王有事於太室事畢也」。《毛伯彝》云：「王命毛伯適虢城公服由王位作四方□秉繁□□命錫鈴勒咸王命毛公以邦冢君徒馭□人伐東國㾓戎咸」（下文云：「王命吳伯曰以乃師左比毛父王命呂伯曰以乃師右比毛父遣命曰以乃族從父征造城衛父身」云云）。謂王命毛伯司虢城，用公服，且錫旂四鈴攸勒（即鞗革）。既畢，又命毛公（既毛伯，因前命已錫公服，故改称公。）以邦冢君徒馭□人等，伐東國犬戎，既畢也。又《綌子卣》云：「王格于呂□牢于□咸」，義亦同（下尚有一字說者，因《詩》有「受命咸宜」，句釋為宜字共咸字成文，然多數金文家皆不敢定也），此皆古義之僅存者。以前金文家亦多未盡知，故對於《趩尊》，頗有以咸、井、叔三字相連成文者。特井、叔之見於古器者不一，且無咸字。而咸字既非國名，又非族氏，尤殊不合。且對於《毛伯彝》二咸字，亦不可通。是以人多懷疑而不敢從，然卒無有能明其真諦者。予嘗即其文義推勘之，而知咸之訓「畢」為確不可易，且為其最初之本義也。畢之義，本從咸字引伸，故咸與成同從戌，以畢即完成也。由完成之義引伸之，故咸又可訓「備」，以完成即完備也。由備之義引伸之，故咸又可訓「皆」，以備至即皆至也。此皆由一義孳乳而生者。猶盡字，義本訓「罄」，故其文從手持帚滌器。既罄則事物已告終，故盡又可訓終」。終又可訓畢，畢又可訓皆，故盡亦可訓畢、訓皆，同一理也。此詩首述后稷（述姜嫄亦所以述后稷），所以著周之有國。繼述太王至「克咸厥功」，所以著周之有天下。「王曰叔父」下至「土田附庸」，所以著魯之有國。周公二句，所以著當時主祭之人。此皆其開國承家事蹟上之犖犖大者，初非泛述世序，依次頌揚其祖宗功列之所為。故聖如文王，賢如周公，亦只輕輕點過，別無一語及其功烈。以文体固應爾爾也。後儒既不明「敦商」二語之真義，又疑魯人頌揚先祖，不應於周公反涉忽畧，故逆臆而為此說。不惟不諳古義，抑且不嫻文体矣。

作召公考

《江漢》「作召公考」。《集注》：「考，成也。謂作康公之廟器，而勒王冊命之辭，以考其成也」。後又引古器物銘云云。往嘗病宋人不通古文，此則又為古文所誤矣。注者第見上文：「虎拜稽首對揚王休句」，古器物銘中，多有其語。遂硬釋「考」字為作廟器、勒王冊命之辭而考其成。不知二語乃人臣受冊命時所習用之文，非作廟器時所用之文也。受命不必皆作器，作器亦不必皆受命，又烏得有拜首對揚之文，即可決定其必作廟器耶？且只一「考」字，又安得包容此作廟器、勒冊命、考其成許多複雜義意！此皆不得其真義，而強行牽合附會之所致也。（又按，既訓考為成，則不當更云「考其成」。以考係名詞，若云考其成，則又動詞矣。此皆中心無主，故一己亦不能自圓其說。

今按考、新廟落成之祭也。《左傳·隱二年》「考仲子之宮」，《杜注》：「成仲子之宮，安其主而祭之。」是也。《斯干》、《序》云：「宣王考室也」，《竹書·紀年》：「宣王八年初考室」即指其事。亦謂太室成，妥先靈而祭之也。周更厲王之亂，宮室必多殘闕，後又屢遭犬戎之擾，故遲至八年始復新而祭之。此史所以書「初考室」也。蓋居室成，張飲食以饗之，則謂之「落」。《左傳·昭七年》：「楚子成章華之臺，願與諸侯落之」是也。宗廟成，祭祀以妥之則謂之考。此「考」字及《詩序》、《左傳》、《竹書》所云云是也。「作召公考」，謂作召公廟落成祭之（蓋諸侯不得祖天子，召公為文王子，故至召虎受命，始得立召公廟也）考、為新廟落成之祭名，故但言考，而作廟自見。如書書考室，不必云作新室，即可知其為新室也。若如舊注，則必有作廟器、勒王冊命曰考之文義始可通。宋儒雖武斷，恐亦不敢自信也。然世之能知考為祭名者，亦鮮矣。

舊說以召虎為康公十六世孫，恐不合。自成王至厲王不過二百年，安得有許多世耶？

此非詩序，乃集傳所云也。序「宣王考室也」，作劉即本此詩。

《詩》小序·斯干》，厲王既流于彘，宮室圮壞，故宣王即位更作宮室，既成而落之。然則《竹書》之記初考室，殆即此時事。蓋居室不先宗廟，宮室既新，宗廟亦必新。故《書》記考室而《詩》詠落成也。是亦「考」為祭新廟之名之一證。 倪徐又誌

一于胥

「于胥」歎美詞，猶嗚呼、於戲也。三者皆雙
聲疊韻，且同居一部，殆同字而異文。觀於戲
之為嗚呼，知于胥亦即嗚呼也（「嗚呼」二字
後世始專用為悼歎詞）。讚歎詞本有音無義，
故不妨各隨其意書之。古人於有定義之字，尚
多假借，則此種純取叶聲之字，其必不能拘於
一格可知。後儒不知古人文例之寬，但知即字
面求之，有不可通則穿鑿附會、曲相遷就，雖
支離誕怪而無所恤。此所以說經而經反晦也。如
《詩·有駜》「于胥樂兮」，乃深讚歎其樂之
詞，猶後世之言悲者云：「嗚呼哀哉噫嘻乎悲哉
也。」注《詩》者不知因胥有訓「相」之義（《書·囧
克胥匡以生》），乃亦訓為相，與下樂字成文，
似亦可通。特是「相樂」可解也，「于相樂」
又作何解耶？然此猶可以曲解也。《篤公劉》
「于胥斯原」亦注曰：「胥，相也。言公劉至豳
，欲相土以居。」則是胥字，不第可訓相共之相
，並可訓為相驗之相矣，天下有如此武斷者乎
！由此言之，則言本訓「說」，而亦可訓為「喜
說」（即悅）之「說」；尔本訓「女」（即汝），
而亦可訓為男女之「女」。而胥字且更可以訓
宰相之相、形相之相矣，有是理乎？是蓋注者
徒知墨守字面，而又固執一相字以強求其通。不
幸此胥字之下，適與語助詞之「斯」字相屬成文
。「相斯」二字實不能成語，於是乃不得不更
從相字上着想，由助詞之相，轉而為動詞之相
（若非有時代之限制，恐且以「胥斯」為秦相
李斯矣。一笑）。不知胥之訓相，原不過相之
一部，非胥字即完全同於相字，猶馬牛同為家

畜，而不得謂馬即牛也。此義至易明。乃卒不恤故蹈之者，蓋智窮慮竭，不得不為此自欺以欺人也。注書如此，亦云苦矣！「于胥斯原」即：嗚呼斯原。乃讚歎其原之美，猶「於鑠王師噫嘻臣工」也。

敦

「敦」字在《詩》注中，凡有五音八義。「王事敦我」音都回反（推），注：猶投擲也。「敦彼獨宿」音堆，注：獨處不移之貌。「有敦瓜苦」音堆，無義。注中有：苦瓜繫於栗薪之上語，似訓為繫。「敦琢其章」音追，注：雕也。「敦彼行葦」音團，注：聚貌。「敦弓既堅」音雕，注：敦雕通畫也。「鋪敦淮濆」音墩（原本無音，以其讀如字也），注：厚也。「敦商之旅」音堆，注：治之也。音義逐處不同。文只九見（惟「敦弓」字再見）而義乃有八。甚至於一詩之中，音義即雜然並陳（《行葦》），寧非怪事！乃上下千餘年，户誦家絃，竟無一人疑議及之者。甚矣哉，讀書之難也。今按敦字，本有三音四義。一、敦厚之敦，音墩。一、簋敦之敦，音兑。一、敦伐敦擊之敦，音追。一、敦請敦促之敦，督迫也，今讀如敦厚之敦，義亦應音追。《詩》所引用，概屬第三義，乃諸義中之最古者（惟《北門》章係第四義）。至第四義，乃由第三義而引伸者，以討伐即有督迫意也。後儒既失其真解，乃不得不姑就各文而憑虛逆臆。無如諸詩之運用不同，殊難得其通貫。逆臆所得合於此或不合於彼，適乎彼又不適乎此。左支右絀，大有擧足荆棘之勢。情非獲已，乃不得不將良心一横，不論体例，不論是非，信口開河，以求暫解目前之厄。幸而敦字之見於《詩》者僅此數字，若以此例推之，即以此一字而概括全部字典，不難也。所最可憐者，九字而創為八義，固足奇矣！而此八義之中，竟無一能得其真義，不尤奇乎！此猶尋人者，當面既經錯過，以後縱詢遍天下人，亦徒覺其辭費耳。敦義之至明顯者，當莫著於「敦商之旅」句。以上文「無貳、無虞」二語，雖奉揚天命，尚未盡伐商之事實也。無如注者之心，先有一周公在，而周公又不見於伐商。欲向周公身上用力，於是乃訓敦為治。以周公雖不見於伐商，曾有功於治商也。此等文字猶不能通悟，則其餘益不可究詰矣。敦之訓攻擊、斬伐前已有說（「鋪敦淮濆」、「敦商之旅」、「克咸其功」解中）。茲謹將各敦字，依次解說於後。

敦彼獨宿

敦。舊說以為獨處不移之貌。是特因下文有「獨宿」字而傅會之耳。處而不移或尚可特制一字以形容之，若云「獨處不移」，恐古人無如許之特制字也。且上文云「蜎蜎者蠋，烝在桑野」，而此乃云「敦然獨宿，亦在車下」。然則所謂「敦然獨宿」者果何物耶？抑即上文之蠋耶？（以文理論之，即當指蠋）此皆未嘗深思之過也。桑蟲之不能離乎桑，猶戰士之不能離乎車。彼「蜎蜎之蠋，在乎桑野」，猶人在攻戰之中，雖獨宿，終不離乎車下也。若如舊說，則「亦」字之語妙全失矣。

有敦瓜苦

此字《集注》惟如前字、音為堆，別無解釋。乍觀之，似以前已有解釋，此不必重出者。然有「獨處不移之貌」，苦瓜實不能成語。順解中有「見苦瓜繫於栗薪之上」之語，是知注者意中，固以此敦字為繫也。其所以不肯直注為繫者，因前敦字既已訓為「獨宿不移」，同在一詩，不應此又別訓為「繫」。然前義實不可通，於是不得已乃於注中闕焉。不講藉以藏拙，而於串講中則一點即過，冀人之不復深求，此誠可謂極支吾之能事矣。而無如其終不可掩也。「有敦瓜苦」言有戰伐之事，如瓜之苦。烝在栗薪，栗、甘木，言今乃由苦得甘也。若如舊注，則當云「苦瓜」而不得言瓜苦矣。且苦瓜繫於栗上，又何異於「自我不見，于今三年」耶？（我字乃征人夫相謂之詞，非征夫自謂也。舊注亦非。）

敦琢其章

敦、攻治也。舊注訓爲「雕」，似是實非。敦、有勇猛精進意，乃玉石之粗製者。玉石質堅，非猛力不爲功，故借用敦伐字，猶鶴鳴之言攻也。治玉石者，先削斲之使形体粗具，然後再施以琢磨之細工，乃一定之順序。此之言敦，即《淇奧》之所謂切、磋、琢，即《淇奧》之所謂「琢磨」。若訓爲雕，則成細工，於語言爲無序矣。注者意中，不過因《行葦》有「敦弓既堅」語，妄意改敦爲雕，故先訓此敦字爲「雕」，以預爲下文逞臆改經地步。真可謂之作僞日拙者矣。

敦彼行葦

敦、伐也。敦本訓攻戰殺伐。《行葦》之言敦猶伐，本訓討伐，而伐木、伐蛟亦可言伐也。行葦既見伐，故戒牛羊以勿踐履。若云團聚之行葦，則又何必斤斤以踐履為戒耶？蓋行葦見伐，所餘生機已屬無幾，若再使牛羊踐履之，則生機立盡矣。下文「方苞、方体」二句，正以申明既伐行葦，不可復踐履之故。以喻人由父母之身分而為兄弟，已有日益疏遠之勢，猶行葦之既被斬伐者然。若再任其疏遠而不思親近，是猶縱牛羊更從而踐履之，使其僅存之生機，而亦歸於澌滅也。此正古人体物類情極微妙切至處，以與起下文「戚戚兄弟，莫遠具邇」兩句，實屬貼切不可移易。若行葦未經斬伐，何以即見其「方苞方体，維葉泥泥」，豈行葦固常如是耶？所最可怪者，《詩》明言「方苞方体，維葉泥泥」，實為行葦初萌芽之狀態，而注者乃竟注敦為「團」，豈行葦甫在將生未生之際，即可見其蓊然團聚耶？蓋注者本不明敦字作何解，見詩係因兄弟而作，兄弟義主團聚，乃遂硬改敦字為「團」字，而不悟其與下文「方苞」二句相牴牾也。是蓋中無所主，故無論如何說來，無不足步荊棘也。

敦弓既堅

舊注：「敦、雕通，畫也，天子雕弓。」其說甚怪。「敦」與「雕」通，不知何所本。古文通假，必其同聲之字。敦、古本音追。即敦厚之敦，今音墩，亦係由後世轉音所成。通敦為雕，實屬刱聞，且絕不見於他書。大抵注者，既不明敦字之義，而心目中先橫亘有「天子雕弓」一語，於是直情徑行硬指此敦字即為雕字。且吾尤不解注者，當日何由即認定作此詩者之必為天子也。昔人嘗謂宋人勇於改經，由此觀之，漢人之胆畧，初亦不下於宋人也。敦弓、言攻戰用之弓。古弓制，有攻戰用及燕射用之二者：此本咏燕射，而乃言敦弓者，所以明其多力也。惟其為敦弓，故下言「既堅」，又言「四鍭如樹」（注：如手就樹之言貫革而堅正也），又言「序賓以不侮」（注謂：「不侮、敬也」非是。不侮、不可侮也。言挽強命中序賓，且示人以不可侮也。）數語皆由敦字生出。敦字之義一失，而以下數語亦遂失其根據矣（如其注不侮曰「敬也。今弟子辞所謂無憮、無敖、無偝立、無踰言者也。或曰：不以中為病，不中者也。射以中多為雋，以不侮為德。」支離惝恍，即自己亦不能自信也）。敦字之應用甚廣，故《詩》中屢及之。然要不外乎攻戰、殺伐二義。苟得其旨，則所有各敦字，無不可一以貫之。乃不求其通，反即各文而逐一附會。至此詩二敦字，則附會之計亦窮，乃竟橫施武斷，硬指為並非此字，變其義並變其音。其尚留有一念之慈祥者，幸未忍直並其字而易之耳。亦豪矣哉。

王事敦我

《毛詩》諸敦字，其可称異義者僅此字耳。敦、本訓討伐，討伐即含有督迫義。故引伸之，凡以事相督迫者，亦可称敦。猶刼訓、刼掠，而以勢相挾制者。亦可称為刼也。後世敦請、敦促之義，即原本乎此。注者乃訓為「投擲」，音作都回反（顇）。是蓋注者本不明敦之本義，因以私意妄訓為投擲。音義家又因世俗讀投擲之「投」轉音如顇（北語多如此），亦遂釋作都回反，以助成其誤。而敦字遂又多一異音矣。究之訓為「投擲」者，初無根據。而音作「都回反」者，亦曲為迎合也。

制彼裳衣勿士行枚

《集注》：「勿士行枚」，未詳其義。鄭氏曰：「士，事也，行，陳也。枚如箸，銜之有繣，結項中以止語也。」其說甚怪。詳攷鄭氏所言之枚，大似今人所用馬口之銜。人豈如畜類之無知，欲使無語必須有物焉以制之。且古今之言軍器者多矣，卒未聞有所謂枚者也（鄭氏殆為《周禮》「銜枚氏掌司囂」一語所誤。以古文攷之，《周禮》頗不足據）。即如鄭說，亦只可言銜枚，而不得曰「行枚」。若行陣與枚並舉，能成語耶？《集注》不敢徑從其說，而僅附之於後，殆亦以其太不近乎情理，故不如直注之為「未詳」也。今按、枚，樵採也。枚即「伐其條枚」及「有條有枚」之枚。《汝墳》注：「枝曰條，幹曰枚」。枚、蓋材木之最適於樵采者。樵采謂之枚，猶「芻蕘」本所刈之草名，而刈草亦可謂之芻蕘也。行、乃行獵、行汲之行。「行枚」即行樵也，行樵最易於擦損衣裳。茲已無事於行枚，故不妨更制新衣也。「勿士行枚」正承上文「制彼裳衣」句來。若云已不從事於行陣銜枚，與裳衣果有何關係耶？若第謂兵事已罷，將去軍服而易著常服，則古人之語妙全不出矣。

東山小序

《東山》四章，皆託為征夫喜於得歸，懸擬其歸後，家人團聚之樂之詞。非於其既歸之後，即其事而一一實寫之也。故首章云：「我東曰歸，我心西悲。」明言其猶未至於西也。「制彼裳衣，勿士行枚。」亦虛擬作囑其家人之詞，非實囑其家人。故下又云：「敦彼獨宿，亦在車下。」若既歸，則無事更宿乎車下也。第二章乃懸擬其未歸前，家庭荒涼之情狀，故終之以「亦可畏也，伊可懷也。」若既歸，則無事於懷也。第三章則就軍士中之有室家者着想。因在途中遇零雨，因懸想家庭之中，正有「鸛鳴于垤」，婦亦「愁歎于室」。「不須愁歎」，可即「洒掃穹室」，以我征已將至也。昔遭有兵戎之事，殆如瓜之苦，而今則有如栗薪矣。廻計自我（接下頁）

之不相見，于今殆已三年矣。二我字皆其夫對於其婦之詞。注者乃謂其婦洒掃穹窒，以待其歸，而其夫則已至矣。然則篇中兩我字，豈其婦自謂耶？又謂因見苦瓜繫于栗薪之上，而曰：自我之不見此，亦已三年矣。豈其夫不喜見其婦，乃喜見苦瓜栗薪耶？且歸後何以必即先見苦瓜栗薪耶？第四章則就軍士中之無室家者着想，懸擬其既歸而親迎時物之嘉，禮儀之盛。而終之以新舊二人調笑之詞，尤覺餘味曲包。四者逐層寫來，無不精微切至，入情入理，如就各從征軍士心中抉擇而出。此正古聖人之善於体貼人情處。其最神妙者，尤在第三章數句中。有情有景，有比有賦，至今讀之，紙上猶時聞笑聲。而注者乃獨於此篇多致錯誤。攷其原因，皆由《小序》「室家望汝」一語誤之也。《小序》雖多可取，然亦第出於秦漢間說詩者之手，其言初未可盡從。宋人非之，不為無見。特其一概抹殺，並其不可去者而亦去之。又其所改易者，核其得失，正復無以大遠於舊，斯其蔽耳。即如此詩，《序》曰：「一章，言其完也；二章，言其思也；三章、言室家之望汝也；四章、樂男女之得及時也。君子之於人，序其情而閔其勞，所以說也。說以使民，民忘其死，其惟東山乎。」拉雜說來，幾不明其意之所指。首章云：「言其完也」，不知所謂完者，果作何解？如謂兵事完結也，則全詩皆兵事完結事也。如謂家人完聚也，則初未嘗完聚也。如謂兵士完全無闕也，則詩中並未一言及兵士果完全否也。《集注》謂完、謂：「全師而歸，無死傷之苦」，殆亦不得其說，姑從而為之辭耳。二章言思，殆因詩中有「伊可懷也」之句，故云然。然全詩何莫非言思？三、四或有所不明，首章明言「我心西悲」，獨非思乎？三章言「室家望汝」，殆亦因「婦歎于室」字樣，因指為「室家望汝」。不知此之「婦歎于室」乃由征夫心中懸揣而出，正後世之所謂對面寫法。杜甫《鄜州望月》詩「今夜鄜州月，閨中只獨看。遙憐小兒女，未解憶長安。」即本此意。如讀此詩而謂為家人懷杜甫，寧非笑話！不然下文「我」字更作何解耶？四章之言「樂男女之及時」，尤覺頭巾氣不可嚮邇。戍歸迎娶，乃適然之事，非周公因軍士迎娶而罷歸，亦非戍歸而必須迎娶也。至云：「序其情而閔其勞」，序其情則有之矣，初不見有一語閔其勞也。又，「說以使民民忘其死」云云竟不知所謂。大抵其意在歸美周公，乃極力鋪張此詩之功用，而不悟其於此詩固無當也。《小序》之膚淺迂板，純乎漢人說經習氣，秦以前人絕無此等文字。然其中多存古說，故亦不容盡廢也。

受言藏之

《彤弓》「受言藏之」者，謂受賜者藏之也。文本甚明。東萊呂氏乃謂「弓、人所獻，藏之王府以待有功。而下文「中心貺之」始為賜與有功」。然則下二章之所謂「載之櫜之」者，亦王府櫜之載之乎？而「中心喜之」亦可強解為賜與乎？宋人好為異說，而不求其心之所安，類如此。

中心好之

好、乃以物投贈，藉重情誼之謂。《左傳》「好以大屈」是也。《木瓜》「永以為好也」亦其義。《注》訓為悅，亦通，然非古義也。

載沉載浮

「菁菁者莪，載沉載浮」，《注》：「載、則也。」非是。「則沉則浮」成何語耶？按《爾雅》、《釋詁》：「載、初也。」載沉載浮猶今言「乍沉乍浮」。凡載清載濁、載馳載驅，皆宜作如此解。

六月棲棲

舊注「六月，建未之月也。棲棲，猶遑遑不安之貌」。恐非。作詩者周人，不容反用夏正。魯居外藩，孔子又夙主行夏之時者，其於春秋，猶壹以周正為本，豈畿內之民，服教畏神幾二百年，反不知有周正乎？大抵注者心目中，先有司馬法「冬夏不興師」一語，遂強以夏正合之，以見王事之急，而不悟其於事情相左也。周正六月，乃夏正四月，建巳之月，正農忙之候，至不宜於興師者。棲棲，乃忙亂之狀。言六月中正忙於農事，棲棲然也。棲棲二字，乃從六月生出，非言棲棲於出征也。「六月棲棲，戎車既飭。」言六月中忙於農事，正自棲棲然，而戎車則既飭矣。此正寫出征之急，發令之驟，以見事前絕無預備也。若如舊注，不惟棲棲二字無根，「既」字之神亦不出矣。

載是常服

前人之注經，有至令人大惑不解者。其於原文深晦難通之處，而施以穿鑿附會猶可說也。若原文本自明了，不知就原文疏通之，乃反曰：經文言雖如是，而意則不如是也。豈古人當日屬文，即逆知後世必有注之者，乃故為是心口不相應之文，以待後人注之而其義始明耶？是真不可以理解矣！《詩·六月》「載是常服」文，明明曰常服，而注者必曰軍用之常服。若然，則詩人第曰軍服或戎服可矣，又何必顛倒錯亂，本軍服而言常服耶？舊注者不知即經文深加玩味，遇有所疑，即逞其私臆肆意变乱之，以強經從我。此所以解經而經反晦也。彼第見詩咏出征，出征者不應御常服，故特曲為之說曰：軍用之常服。不知軍行而著軍服乃當然之事，又何紀載之可言，而詩人必特别著明之耶？「四牡騤騤，載是常服。」正言四牡騤騤然（騤騤，强壯貌。）所載者宜為軍服。而今所載者，乃悉常服，正以見當日出令之驟，赴事之急，事前絶無戒備。即軍服亦不暇俟其成，而即以常服就道。故下文「玁狁孔熾，我是用急」二句，正以申明所以常服之故。若如《注》所云云，又何以見其用急耶？統觀此詩前三章，胥以「四牡騤騤，載是常服」二語為主幹，借以描寫軍行之迫促。下章比物四驪二句，乃承四牡句言之。言至此，乃得「脩其毛色」也（二章所言，悉途中事。）「維此六月，既成我服。我服既成，于三十里」四句，即緊接上文「常服」二字言之。常服究不可以從事，故即在此六月之中，而我軍服亦既告成矣。然俟我軍服既成，而我行已三十里矣。蓋師行一日而軍服始成也。三章則既至戰地矣。四牡四句，仍承前四牡言。蓋四牡至此，則益形長大，故能「薄伐玁狁，以奏膚功」也。「有嚴有翼，共武之服。」即指上章即成之服言之。「共武之服」，供武事之服也。服此嚴肅之服，供武事以定王國也。通篇脈絡分明，層次井井。但即原文讀之，即不難了解。乃經注者妄加詮釋，遂致迂回凌亂，不可復通。所尤奇者，前二章服字悉指衣服，而第三章服字又注云：「服，事也。謂為將帥皆嚴敬以供武事也」。然則全詩何從有將帥字？而「有嚴有翼」四字，竟有形容詞，而無被形容者之主体，豈非怪事耶？吾真不解前人何以不善讀書如此也（服、固有時作事字解，然事奉之「事」，非事物之「事」也，是動詞非名詞。注者往往強服字作事物之事解，大非。）

玁狁匪如

古之注經者，往往不加深攷，遇有不通之處，即隨意杜撰一義以應之。至其字之果否有此義，與此義之能否適用於他處，所不問也。至於他處而其義不可復通，則別撰一義以應之，故一字往往有數義，而義各不同。正不獨敦字以一字而有八義之怪劇也。如一茹字，在「柔亦不茹」句，則注曰：「納也」，因其與吐字對文也。至「玁狁匪茹」句，不可以云「玁狁匪納」也，則又注曰：「茹、度。」以玁狁侵鎬及方至於涇陽，陽太不守法度也。夫以玁狁而責以法度，奇矣！迨其侵鎬及方至於涇陽，而始責其不守法度，不尤奇乎！是皆不明茹字之真義，而意為解說者也。今按茹、柔，易欺之謂也。今人對於柔軟不需咀嚼之物吞食之，謂之禿茹（譯音，而謂人之過敵恇怯者，亦謂之「柔茹」），殆即為茹字古義之至今存者。「柔亦不茹」謂柔亦不以其柔弱而吞食之。「玁狁匪茹」，謂玁狁初非柔弱易欺也。侵鎬及方至於涇陽，乃正寫玁狁非柔弱易欺之故。若云「玁狁不度」，是何易責水之赴壑、而獸之走壙耶？然彼方巾大服之儒者，因優為此膚潤之論也。

夜未艾

《庭燎》「夜如何其夜未艾」。注：「艾，盡也」。非是。按《曲禮》「五十曰艾」，《注》：髮青白色如艾。是也。艾，本生人年齒過中就衰之謂。引而申之，故一切事物之過中就衰者，皆得謂之艾。《左傳》「憂未艾也」，言其未來之憂正多，未始衰退也。《杜注》為「絕」，亦非是。二者殆僅即其概括之義言之（盡、絕，皆可以概括就衰一層在內），而就衰要非盡、絕也。）而未嘗就原文深加體會之也。即如此詩首章言「未央」，謂猶未中也。此章言「未艾」，謂雖已至中，猶未過中也。若過中即「鄉晨」矣，故下章始言鄉晨也。三章次第井井，初不得於中間驟言未盡。以鄉晨亦非即夜盡也。艾字直注為盡，不如增注為向盡為有分寸也。

無相猶矣

《斯干》「無相猶矣」，《集注》：「猶、謀也。」大非。古猶、猷通，故猶當訓「謀」。然「猶」名詞，非動詞，故猶可訓謀略之謀，不得訓圖謀之謀。猶「服」可以訓臣事之事，而不可以訓事物之事；「胥」可以訓相互之相，而不可以訓相驗之相也。注者往往渾各詞併為一談，殆欲求其說而不得，不得不藉此曲為附會，苟且以求其可通也。今按猶乃尤之假借字，古字猶、尤、由、繇、郵、胥相通。「相尤」謂相怨尤也，與「式好」字正相反。若「相謀」則不詞也（注者意中之「相謀」，固謂為相圖。然「圖謀」雖互訓相圖，究不得謂之相謀也。）

君子攸芋

《斯干》「君子攸芋」，《集注》：「芋、尊大也。君子之所居，以為尊且大也。」支離幾不成語。不惟經不能明，即注語亦先令人莫知其意之所云云也。大抵注者因揚子《方言》有「芋大也」一語，而君子所大又不成語，於是又於大字上復加一「尊」字。然「君子所尊大」仍不成語，乃復支離其詞曰：「以為尊且大也」。意在使人不解而不復深求，而吾責則既盡矣。注經如此，豈非自討苦吃耶？是又何如直注為「未詳」之為愈耶？今按芋字，殆即《左傳》楚姓之芊字。楚本姓嬭，見王子申作《嘉嬭餐敦》。（舊作「盞」，蓋係原文，經予改定）古姓多從女，其稱「嘉嬭」，猶《陳侯敦》之稱「嘉姬」。歷來金文家，舉不知其為芊本字、乃援《李賀傳》「阿嬭」之文，以為祖母之称。不知祖母例称祖妣，且祖母上絕無有冠以「嘉」字者。況復元和去春秋時，已一千七八百年，豈後世村俗俚語（「阿嬭」字乃鄉里方言，並非當時通用語），反足上繩古人耶？嬭之轉而從芊，殆後人因本文太繁，故特假此音同而文省之「芊」字代之。觀於《楚詞》「嬭妣」字猶作嬭（「羞嬭妣些」今本誤作「順彌代些」．詳見拙著《楚詞正誤》中。）則知楚人己身固始終未嘗姓芊也（宋玉時代已去楚亡不遠）。芊之本義，今已不可攷。《說文》「羊鳴」之說亦不足據。大抵後世既不知芊之出於假借，而直以為楚姓，故其本義反日就湮沒，無人復加以深討。漢人不過因其字之從羊而附會之耳。今攷從羊之字，多具安善義意，如：羞、養、善、義、祥、美等字皆是。芊或即此類，亦未可定。然愚竊意其為「弭」之假借，於理似為近之也。蓋「弭」訓有止息之義，《左傳》「自茲以往，兵其稍弭矣」；杜注：「弭、息也。」是也。「君子攸芋」，猶君子所止息。其下章「君子攸躋」、「君子攸寧」為同一句調。若如舊注，不獨義有未通，其下二章亦不合也。（蓋下二章不得謂為「君子之所居以為升也」，君子之所居以為安也」，故云然。）

不騫不崩

此句凡兩見：一《天保》、一《無羊》也。《天保》謂「山言不虧損，不潰散」，《無羊》謂「羊羣不走失而虧損，不紛擾而潰散也」，義本相通，文亦甚明。乃《無羊》特於「崩」字注曰：「羣疾也」。轉難索解。不知其所謂「羣疾」者謂闔羣疾病乎？抑羣中相互疾視耶？按崩字，止作潰裂解。觀分崩字，可見漢人好穿鑿。於《天保》崩字，《疏》云：「自上墮下曰崩」，然則《無羊》之崩字，亦可解之曰：「從上墮下」乎？

或寢或訛

《無羊》「或寢或訛」之訛，即《兔爰》「尚寐無吪」之吪字。本當作吪，其作訛者，同音相假也。《集注》似亦知二字之為一字，故二詩皆訓為「動」。然細攷二吪字，皆與寢寐字相對成文，其義意似不能如動字之廣汎也。今按吪字，殆即「噩」字之異文，夢驚也。《周禮·春官·占夢·六夢》二曰噩夢。杜子春云：「噩，當為驚愕之愕」，謂驚愕而夢，義近而實非。噩、非由驚而夢，乃由夢而驚者也。吪、噩乃一音輕重之轉，字皆從口，會意。吪、本訓夢中驚呼。引伸之，凡人睡夢初醒，神氣尚未全復、惝恍迷離之形狀，亦得曰吪。猶今人謂夢中囈語或動作曰「撒囈掙」。而於人睡夢初醒、神氣迷惘之會，亦称曰「囈掙」也。

此皆可以即二詩之義玩索而得者。若如舊說訓訛為「動」，則上文「降阿飲池」何一非動，此又烏得復言動耶？三句乃分寫羊之種種形狀，降阿飲池寢三者各具一種特殊狀態，初不得以概括詞之「動」字羼入之也。

四牡項領

《節南山》「駕彼四牡，四牡項領」。項、頸後（《說文》）領、頸前（《桑扈》「有鶯其領」。注：「領、頸也。」乃概括之詞。）合言之即頸也。「四牡項領」，言四牡引頸竦首，以靜待人之驅策也。故下文云：「我瞻四方，蹙蹙靡所騁」，則萬方一概，已反莫知所之矣。《集注》乃訓項為「大」，真令人大惑不解。

謂之尹吉

《都人士》「彼君子女，謂之尹吉」，《集注》云：「尹吉、未詳。」鄭氏曰：「吉讀為姞。尹氏、姞氏，周之婚姻舊姓也。」今按鄭説甚是，但謂尹吉為尹氏、姞氏則非。尹、氏族；姞、則姓也。古者男稱氏，女稱姓。尹氏為周之望族，殆姞姓之裔，故其女稱「尹姞」也。尹姞之稱，如盧蒲氏之女稱「盧蒲姜」，子夏氏之女稱「夏姬」也。先儒於古人姓氏之分，多不能明，每致錯誤。李氏謂：「周稱尹吉，猶晉言王謝，唐言崔盧。」意亦以尹姞為二。不知尹既非姓，姞又非氏，稱述二人而姓氏錯舉，古人初無此例也。

二月初吉　十月之交　正月繁霜

作《詩》者周人，不容不識周正。予前於「六月棲棲」解中，已詳言之。不知注者何心，乃必於各詩中凡言日月者，悉改從夏正而後已，是真可謂咄咄怪事已。如「十月之交」句，本記述之詞，不過是月適有是事，因而誌其時日耳，初非別有所用意也。乃注者必曰：「十月以夏正言之，建亥月也。」然就全詩攷之，初無以見其必為建亥之月也。為之說者又曰：「日食最忌正陽之月。夏正四月為純陽，故謂之正月；十月為純陰，疑其無陽，故謂之陽月。」若然，則日食最忌純陽者，食於純陰乃其宜矣，詩人又何為醜之耶？是皆附會之，而又不能自完其說者也。「正月繁霜」詩明言正月，乃注者必曰：「正月，夏之四月。謂之正月者，以純陽用事，為正陽之月也。」然則《春秋》之所紀「春王正月」者，當改為「夏王正月」矣，何以又書夏四月耶？正月、即周正建子之月，正繁霜之時，故詩人見之起興。以繁霜即嚴寒之預兆，以與起「訛言四起，危難將至也」。正月二句乃興体，初非紀異謂氣候失時也（詩特用一「將」字，何等明顯。乃又訓將為「大」，真任意胡云也。）然二詩之為周正非夏正，雖甚顯明，猶未有切實之証據可以關其口也。至《小明》「二月初吉」句，詩中屢言「歲聿云暮」，又云「載離寒暑」，則其為周正二月，夏正十二月明甚。乃注者亦必曰：「二月、以夏正數之，建卯月也」。若然，則為周之四月矣。周之四月，去周之歲暮，中間只經夏、秋二季，不得云「載離寒暑」也。「歲聿云暮」，「采蕭穫菽」，此正用周正之明証。若夏正則歲暮不得尚有蕭菽也。蓋作詩者自夏十二月初間徂西，至夏十月將盡猶未得歸，中間只差一十一月，未克周年，所以懷歸而涕零如雨也。若紀月用夏正，紀歲又用周正，恐古今無此雜乱無章之文例也。

天之扤我

《詩·正月》「天之扤我」，《集注》：「扤、動也。」犬非。「天之動我」幾不成文理。殆注者本不諗其義，姑為此籠統之詞以應之也。今按扤字，殆「扼」字之誤。戹字古文作𠨜（古器中甚多，《毛公鼎》、《番生敦》皆是。）本象形字，當時傳本或偶有缺蝕，失其上端，因遂沿襲而成「兀」字。故扤字除此處外，別無攷見也。戹字本服馬叉項之木（詳下金戹解中），故引伸之，凡以手叉人物之項而絕之，亦謂為「戹」。後更加以手旁作「扼」，合為形聲字。猶戹本字，後或加以車旁作「軛」也（古詩：「牽牛不負軛」。）扼、抗、搤本一字，《史記》「搤天下之吭而拊其背」正合古義。《長楊賦》「搤熊羆」，亦謂叉熊羆之項而殺之也。《說文》於搤字釋「捉」，於抗字釋「把」，皆非其本義也。「天之扼我」謂天之搤抑我，故下文云「如不我克」也。特是傳誤之由來已久，故《說文》亦載其說。然於義終未安也。

——乃棄爾輔——無棄爾輔——————

漢人雖去古未遠，然中更戰國及秦，羣治上迭起急激之變化，先民之文物制度，摧蕩無餘，其留貽至漢者，千百中殆不得其一二。故漢人之言古制與今人殆無甚差異，以其同出於意想也（其尤甚者，殆莫過於漢人之說《禮》。由經生家言之，幾若古人之一舉一動，一器一物悉有一定之限制規律。其繁文縟節，直非生人所堪而言之者。則固以之為先王之大經大法，平治天下之道，舍是末由也。）即以車制一端攷之，漢人所言諸車制，殆無是處（散見下篇「茀」、「鉤膺」、「金厄」諸解中。）其尤顯著者，厥為其說「輔」字。按左氏云：「輔車相依」（詳見《說文》輔字下段注。）又，古文之從輔得義者，如師之次，即曰輔（今文作「傅」，古音作「輔」。見《師𩛥父敦》。）及輔佐、輔弼、輔相等皆含有極鄭重依賴之意。則輔必為車制上極關重要之一部可知。乃漢人久不知輔之確為何物，故其注《左》因下文有「脣亡齒寒」語，遂牽強附會而訓輔為「頰車」，謂兩頰車相依。不知《呂覽》亦有此文，固云：「猶車之有輔也」。車依輔，輔亦依車，則輔、車二字，初不得混為一物也。《說文》於輔字下，止引傳文，末復曰：「人頰車也」。則許氏亦不知輔之本義也。然諸輔字猶可強解也，獨至《詩》「正月」「乃棄爾輔」及「無棄爾輔」兩輔字，詩明言其車既載，則實無計再往「頰車」上牽扯，而又本不識其義，乃不得不支吾其詞曰：「輔、所以防輔車也」。此等籠統解釋，不惟經不能明，即其注語，亦幾令人莫解（「防輔」二字甚奇！）嗣又見下文有「員於爾輻」語，遂復變易其說曰：「輔、所以益輻也（員、訓益），其說尤為奇特！夫輻，內着於轂，外着於輞，乃輪中固定之物，豈輪外隨時可以損益者？若如其制求之，吾恐公輸復生，而亦無以應命也。是皆中無所主，而又不肯闕疑以示弱，乃姑為此游移無根之語，自欺以欺人。而不知己心先不了了，無論如何說來，必無望其有合也。

窮尝即輔字之諸義攷察之，而知所謂輔者，乃車箱兩側之匡也（按箱、當即舊日輔之俗称。以箱、廂古通。廂之本義為主房兩側配屋之名，而車之兩輔似之，故有此称。後乃積漸沿襲而謂兩箱之間亦曰箱。今里俗猶謂大車兩側之匡為箱，而謂箱之中間曰：箱裏，即其証。茲仍用舊義。）凡車必有輔以匡護之，而後乘載者始不虞其顛躓於車外。故凡從輔得義者，皆含有匡正、擁護之義。又，輔必有兩，故又称「夾輔」。即頰車之得名為輔，亦以其位口之兩側，防止食物外溢，其形体、功用，大似於車之有輔也。此皆就輔之引申各義，可推測而知者也。至《詩》之言輔，義尤顯著。蓋車本不可以無輔，而既載物，則需輔尤亟。乃反毀棄之，此其所以「載輸爾載」也。孔氏疏此詩時，為漢人迷離之說所誤，苦求其說而不得，百無聊賴中，乃更杜撰出一「縛車之杖」。微論天下古今，必不容有此制。即令有之而縛之於輻，其車中之物又何涉？奚以一棄之即輸其所載？且今世之車多矣，絕無一縛杖者。而於所載之物，初未見有幾微之不便也。孔氏之誤雖原於舊說，而不明詩旨，實為其受病之最大原因。孔氏以詩有「乃棄爾輔」一語，遂疑輔為可棄之物。不知詩之所謂「乃棄爾輔」，正謂其必不可棄而棄之，非謂其果可棄也。若其可棄，則詩人亦無所用其疑訝矣。此章及下章，本皆譬喻之詞，初不必實有其事。若如孔氏所說，則《詩》謂「誰謂雀無角」，則雀必有角；「俾出童羖」，則童必生羖！真可謂癡人前說不得夢矣。至所謂「無棄爾輔，員於爾輻」者，非謂輔所以益輻。蓋全車之重，皆支於輻。反輔於車，即加重於輻。員之訓益，乃增益之益，非附益之益也。夫以此等極明晰之文，極習見之物，漢人已不能了解，則其所言一切纖悉微瑣之儀制，更何足信！而世之佞漢者，方且墨守一部《說文》，穿鑿傅會，以為說經之秘鑰，不亦大可以已乎！

輔字後義

輔之本義，既如前述。抑又思之：輔既占車中最重要之部位，而古來傳記，何以涉及之者殊尠？一再攷之，始知輔之本字，在古文時代，已早經蛻化也。蓋輔、本車輔之本字，故於文從車。嗣因引伸之義盛行，而本義反泯。後之人偶涉筆及之，而又恐其與「輔相」、「師輔」之文相溷，因更別撰一「𩊚」字以應之。乘車之輔多裹以革，故從革得義，而取尃字以諧其聲（尃、即古文「敷」字。《毛公鼎》「敷命」、「敷政」之敷，皆作尃。非博、鏄等字之所從也。）仍定為形聲字，是猶「其」、本為箕之本字，故其字純象箕形。後因引伸之義盛行，乃更別加竹於上以別之。「午」本杵之本字，故其字純象杵形（觀古貞卜文字可見）後因引伸之義盛行，乃更加木於傍以別之也（文字之類此者甚多，難以悉舉。）《說文》不明「𩊚」之即為輔，乃從而釋之曰：「車下索也」。不知此字在古金文字中，至為習見。大抵凡紀錫命車服者，十有八九必及之，其文悉曰「畫𩊚」。使𩊚果為車下索，何從施以繪畫？且車服所以辨等威，明貴賤。有所宣示，必於其顯者著者，斷無取資於車下之理。蓋許氏本不識𩊚之本義，因其字從革，又以其字與縛相類，疑即可用以束縛之物，故逆臆而為此說也。（金文中言「畫𩊚」，常與「畫輡」相屬成文。《說文》：「輡、車伏兔下革也。」亦非。伏兔已不足以彰物采，若伏兔下革，則尤為幽隱，且極微細，斷無可以施繪畫之理。漢人所言車制，多不可信，此亦其一也。）（⿰革專為車之兩壁，則縉當為車前之門。或即由闇字引伸得名，然別無確証也。）攷《左傳·襄二十四年》「皆踞轉而鼓琴」，此轉字當即「⿰革專」字，亦即「輔」字。蓋古文所從之偏旁，常可以隨時変易。如牢字本從「牛」，有時亦可從「羊」（見古貞卜文字）。匜字本象形作「也」，有時亦可從「金」、從「皿」，或並從金、皿（見《古籀補》）此類甚多，大抵悉視其實質而変。如牢有大小，其從牛者，即表明其為大牢；其從羊者，即表明其為小牢。若別有大、小字以紀之者，則兩字胥可通用。匜本器皿之一，其本質為金，故或金或皿，或併從金皿，或併不從金皿，胥無一定。此轉字之從車者，以金文所載，悉為錫命之車，大路先路之屬，其輔常用革飾之，故特從革。兵車無飾，故仍從車本義（大車亦無飾，故《詩》仍用輔字，亦即此意。）至叀之轉為專，則以其文本相近，而從車從叀，又不可識（《說文》無轉字，《集韻》始有之，足証漢人本不識此字。《集韻》注「車下索也」，殆亦知其為⿰革專之異文，惜乎其仍沿襲《說文》之謬也。）因臆改而為轉字。初或僅以便誦讀，久遂積非成是，而無復知其為從叀者矣（古書傳訛之字，類此者甚多。詳見拙著《楚詞古文攷正》中。）獨是「轉」雖習用字，而於文實不可通。以「轉」本為動詞，初不可以言路也。故自漢以來，即疑以傳疑，絕無一人能加以解釋（《說文》轉字下不具此義）。至服氏乃為之注曰：「轉、衣裝也」。微論轉字必不容有此義（「轉」字從車得義，其去衣裝不啻萬里。字典以其無理，特為彌縫曰：「車上衣裝」。夫衣裝豈以置於車上，便須另易一名乎？）縱令有之，戰爭何事，廣車何地，豈有攜帶衣裝之理？況二子本乘，乘車近敵始躍登廣車，二子縱究心服御，上陣亦攜帶衣裝，亦當位置於乘車之中，而不能先取此不急之物，填塞於廣車之內（若使二子將乘之以降敵者，則此說為得之矣。一笑。）且兵車六尺，乘者已三人，加以櫜鞬戰器，更從何處再著二人之衣裝（以非元戎之車），御者皆居中，二子皆踞轉，故知其有兩也。）捲卷思之，寧非笑話！是蓋注者本不知轉原屬轉之誤（即知之而亦不得其解）而苦思車中又不見有可踞之物，以下文有取胄於櫜語也，因聯想而及於衣。衣不可踞，即再聯合而為衣裝。衣裝可踞矣，

而無如其太不近乎情理何也！蓋轉字本為轉字，而轉即為全文之轉，即今文之輔。踞輔而鼓琴，蓋二人不居車內，分踞車旁兩輔之上，相對而鼓琴。車行顛簸，踞輔上極不易，故二人特借之以示閒暇，且以示其技巧。若為衣裝，則人盡能之，左氏亦不必特記之矣。二子升車，即踞輔而鼓琴，既免仍踞輔不鼓琴，則始終初未嘗一入車內，徒使射犬在車中御車而行，有不屑共同乘之感，此射犬之所以怒也（若只鼓琴示暇，共射犬何與？）下文「公孫同乘兄弟也」句，正以其不肯同乘而謂之同乘，乃一種調笑語，所以為妙，實一篇文字之點睛處。如若舊注，則射犬之怒為無根，而「同乘」二字之語妙，亦不可見矣。（左氏此篇文奇事奇，其妙處全在語言之外。三子神情，至今猶宛然

在目。乃二千年來，竟無人理會得出，甚矣！解人之不易也。」此由各方反覆証之，則轉之即轉，轉之即轉，轉之即輔，輔之即車兩側之匡，確無疑義。然非古文尚存，得以灼知漢人種種之謬誤，恐終無由於此承訛襲誤、屢經蛻變之餘而一一是正之也。其有功於經傳，不綦重哉。

不我告猶

《小旻》「不我告猶」，《集注》謂「不復告其所圖之吉凶」。其意蓋猶以「猶」字為謀猷之「猷」，故特宛轉其詞，而謂所圖之吉凶也（猷字不得訓圖，已詳前《無相猶矣》解中。）

按、猶乃「繇」之通假。龜卜之詞曰繇，《左傳·閔二年》「成風聞成季之繇」，注：「繇、卦兆之占詞」，是也。繇字與猶古通用，《爾雅》，「繇、喜也」。郭注《禮記》曰：「人喜則斯陶，陶斯詠，詠斯猶」。猶即繇也，古今字耳。是漢人猶以「猶」為繇也。

淪胥以鋪

《雨無正》「淪胥以鋪」。《集注》：「淪、陷；胥、相；鋪、徧也。謂相與而陷於死亡。」義極牽強。相與淪陷當曰「胥淪」，而不得云淪胥，且句中並無死亡字。而「相與陷於以徧」尤不成語，況實際更當云「陷相以徧」乎？

按《爾雅·釋言》「淪、率也」。注：相率使頗合古義（《爾雅》乃漢人說詩書之書，傳者或以為出自周公，殊謬。周公豈反能於身後注爾雅乎？）「淪胥」二字，大抵為古人日常習用語，故《小旻》云：「無淪胥以敗」（抑云：「無淪胥以亡」）其不曰「胥淪」而曰淪胥者，淪乃一種副詞（殆即渾然不分之意），初非實字、猶交相之不可為「相交」也。《爾雅》本漢人說詩之書，既釋淪為率，而後人卒少從之者，實緣誤釋鋪字之故。蓋既以鋪字為徧，若再釋淪為形容詞，則全句將悉成語助詞，益不協於文理也。不知鋪乃古文「戩」字，即「鋪敦淮濆」之鋪，殺戮也（詳見前《鋪敦淮濆》解中）。《兮伯盤》云：「敢不用命，余即形戩伐。」謂即加以形戮也。「淪胥以鋪」謂渾然相率以即殺戮，正承上文「斬伐四國」句來。猶「無淪胥以敗」、「無淪胥以亡」，謂無渾然相率以及於敗亡也。「淪胥以鋪」與《桑柔》：「載胥及溺」正同一句法。知彼「載」字之不可作實用字解，則知此「淪」字之不得訓為陷也。

不懲其心覆怨其正

《節南山》：「不懲其心，覆怨其正」，《毛傳》：「正、長也。」；《孔疏》云：「汝師尹不懲止其心，乃反邪僻妄行，故下民皆怨其君長，由師尹行惡而致民怨也。」其說甚曲。《集注》易之曰：「尹氏猶不自懲創其心，乃反怨人之正己者。」不為無見。然訓「正」為人之正己者，亦涉牽強。愚按正、正人也。「不懲其心，覆怨其正」，謂師尹不自懲正其心，反怨人之正者，蓋即《韓非子》：「舉國皆狂，反以不狂者為狂。」。意文本甚明，不知前人何以必若是之曲為解說也。

在宗載考

《湛露》：「在宗載考」，《集注》：「夜飲必於宗室，蓋路寢之屬也。考、成也。」義頗難解。稽之舊說則「夜飲必於宗室」句，乃出於《毛傳》；至訓考為成，則鄭氏《詩箋》之文也。《箋》云：「載、則也；考、成也。夜飲之禮在宗廟同姓諸侯則成之，於庶姓其讓之則止。昔者陳敬仲，飲桓公酒而樂，桓公命以火繼之，敬仲曰：『臣卜其晝，未卜其夜。』於是乃止。此之謂不成也。」其說至支離可笑。微論「在宗則成」四字殊不能成語，既以其說言之，既以宗為宗廟，又羼入同姓、庶姓云云，似又以宗為宗族。末復牽入一渺不相關之敬仲以為不成之證（《湛露》為天子燕諸侯之詩，見《春秋傳》。乃天子飲人，非人飲天子。敬仲事共此絕不相類。）豈鄭氏之意以為夜飲之禮，在同姓者則可行，在異姓者則不可行乎？恐天下無此煩苛無理之禮制也。鄭氏似亦覺其說之不可通，乃不敢直注之為庶姓則不成，特委曲其詞曰：「其讓之則止」。然則庶姓若不讓，是亦非不成也（實則敬仲辭桓公，乃主人辭客，並不得謂讓也。）又何以云同姓則成之耶？蓋鄭氏本不識此句之義，第知考本訓成，而「在宗則成」又不能成語，乃但即「成」字百計穿鑿以附會之。初亦沿用毛說，以宗為宗室。無如謂夜飲於宗廟則可、於他處則不可，殊不近理，因又轉而以宗為宗族。然謂非宗族不許夜飲，亦涉誕怪，因又強牽一渺不相關之敬仲以為之證。豈敬仲之辭桓公夜飲，全為其不同姓耶？是皆胸無真知灼見，徒拘拘於字面，強為牽合，以求其通。故自己說來，亦覺左支右絀，而終不敢下一切實解釋，以其本不成義意也。按此考字，即《江漢》「作召公考」之考字，宗室初落成之祭也。居室之初成者曰「落」，宗廟之新成者曰「考」。《春秋》之書「考仲子之宮」；《竹書》之書「初考室」是也（詳見《作召公考》解中）。載、初也，始也（見《爾雅．釋詁》）。「載考」質言之即新落成也。「在宗載考」，謂在新落成之宗室中也，文至明順。然苟非先明「考」之古義，正未易言也。《集注》但著云：「考、成也。」而不取鄭義，似亦知其說之不可通。然卒未能別加考釋，故僅作此模稜語，以為藏拙地步。按「成」、實考之本義。故凡用考字之處，訓為成字多可通（如「初考室」、「考仲子之宮」等。其不可通者，僅「作召公考」一句耳、。）以考之義，固包有成字在內也（成、為通用詞；考、則宗廟新成之專用詞，特範圍有廣狹耳。）即如此句，若訓為「在宗初成」，未始不可通。然終無人道及者，其受病處尤在誤釋「載」字為「則」字。一誤再誤，詩之真義遂無由窺見矣。攷諸各書，載字絕不見有訓則之義。凡箋注之訓為則者，以「初」字之意易之，無不適合（如「載沉載浮」即今語之乍沉乍浮。竊疑今之「乍」，或即由古之「載」字轉音得來也。載、乍一聲之轉。）不知前人何以解為此義也。

王事靡盬

「王事靡盬」一語，其見於《詩》者，殆不下十餘處，當為古人日常習用之詞。其義至不可解。故古之注《詩》者，一已即不一其說。如於《四牡》，既注曰：「盬、不堅固也」。於《鴇羽》又注曰：「盬、不攻緻也」。同此一句，同此一字，而前後竟有兩義，豈非奇事！然此猶可曰二義相近，原本一義，語言有異耳。無如「王事靡不堅固」或「靡不攻緻」，殊不成語。且就諸詩攷之，義尤不合。他不具論，即以前二詩言之，「王事靡不堅固」而乃云：「我心傷悲」，豈王事不堅固，然後快於心歟？又云：「不遑啟處」、「不遑將父」、「不遑將母」，豈王事不堅固，始得安處而奉養其父母乎？此《四牡》篇之不可通也。「王事靡不攻緻」而乃云：「不能蓺黍稷、稻粱」，豈王事不攻緻，始能蓺黍稷稻粱乎？此又《鴇羽》篇之不可通也。其餘各篇中，凡引用此語者，考其下文必與之正相反背，無一合者。則舊注之不足據顯然可見。盬即鹽字之義放之，文從鹽省形聲，其本義自當為鹽屬。《左氏傳》成六年「郇瑕氏之地沃饒而近盬。」注：「盬，鹽也。」是也（《說文》以為鹽池，殆即本此文附會而成，以《傳》所謂「近盬」，即指鹽池而言。然不得謂盬即鹽池也。）《周禮·天官》鹽人：「凡齊事鬻盬以待戒令」亦即此義。又《左傳·僖二十八年》：「楚子伏己而盬其腦」。注：「盬，啑也。」，此乃盬字之作動詞用者。除此數字外，見於他書者甚少。至毛氏之所謂：「堅固」、「攻緻」二義，適求合書，殊不能得其據。惟

前漢《息夫躬傳》有「器用盬惡」語。然其時代已遠出漢後，正沿用毛氏義，初不得反引以為毛說之証。若前舉二義，固絕無一合也。後詳加研索玩味，始恍於盬字乃同聲之假借，其實則「暇」字也。暇、古音古。《何草不黃》：暇與虎、野相叶，是其確證。蓋古音無六麻一部，凡從叚得聲之字，悉入魚模部，音皆如古（「迨我暇矣，飲此湑矣」，暇、湑相叶，亦暇本音「古」之證。）若暇、嘏、遐等，亦本只一字通用。如《寰敦》：「今余亦弗暇組」與《曾伯霥簠》：「遐不黃耇」；《寰盤》：「敢對揚天子丕顯嘏休命」，三字皆同作「段」，則其讀如一音可知。今惟嘏字尚存古音，遐字則轉入麻部，作夏、平聲。而暇字更轉為胡稼切音如夏，與盬字相去日遠，遂無復有知

其為同音得相通假者矣。暇之假借作暨，猶濟之假借作蔬、塈；羞恥之羞之假借作膳羞之羞（今之羞字，實即今之饈字，故從手持羊。至羞恥、羞辱之羞，秦漢以後已不傳，今惟《毛公鼎》尚存其字，作以手掩面狀。《叔公鎛》：「毋或承羞」，亦從本文。惜原器不傳，拓片屢經摹刻，小有出入，惟大体尚可辨。）蓋古人之同音假借，必擇其義之必不可通者而用之，以免人誤會。因原文義不可通，故一見即可知其為假借也。後儒不諗其義，遇此等處，偏專於字面求之，又何怪乎其愈穿鑿而愈不能通耶？今監字若一以暇字讀之，則一切疑難，皆不煩言而解。如《四牡》，詩人因王事靡暇，所以傷悲，所以不遑安居養親。《鴇羽》，詩人因王事靡暇，所以不能力穡。皆眼前義，口頭語。一經道破，即無不渙然冰釋。然苟非熟悉古文義例，則其不為毛氏之多端附會而仍不能通者，蓋亦鮮矣（攷《字典》監字各義，惟方言謂：「監、雜促也」稍為近之，然適得其反。蓋逆億之詞，必無望其或合也。）

兩服上襄

《大叔于田》：「兩服上襄」。《鄭氏箋》：「襄、駕也。上駕云者，言為衆馬之最良也。」《集注》從之，謂：「馬之上者為上駕，猶言上駟也。」非是。按下文「兩驂雁行」，乃言驂馬與服馬其次序猶如雁行。豈有於驂馬，言駕車之次序，於服馬，則言馬之材質之理！古今決不容有此文理也。今攷襄、乃古驤字。馬奮迅奔馳貌。《說文》：「馬首低昂也」，亦即此義。蓋馬奔馳，則其首低昂。非謂馬首低昂即謂之驤也。古文簡質，凡同音之字，多一字通用。至後人始加馬旁，定為馬之專用詞。然攷《前漢書·韓彭英盧叙傳》：「雲起龍襄」，驤猶作「襄」，則知魏晉時人，固猶知襄、驤之為一字也。上、猶前也。正月上日，謂正月之最前一日，即朔日也。凡上丁、上九之類，皆作前字解。「上襄」即在前騰驤，故下云：「兩驂雁行」也。驂之雁行，即本服之上襄而言。若解上襄為上等之馬，則驂馬與之雁行，當為次等之馬矣！豈有以此頌人者乎？凡此，但即原文讀之，即了然可見者，乃二千年來，竟無人見及之。吾真不解，前之人何以不善讀書若是也！

雜佩以贈之

《雞鳴》：「知子之來之，雜佩以贈之」。贈字不韻。《集注》云：「贈，叶音則」，大非。夫所謂叶韻者，乃古音本如是，嗣後音隨世变，漸覺其不合，因仍讀古音以合之耳。非其字本無此音，特因其與他韻不合，隨意変換以遷就之也。後儒不明此義，遇有不可通之處，即信口杜撰一音以應之，且名之曰「叶韻」。甚有一字而數変其音，曰：「叶某或叶某者。」推其意，雖百字亦不難使其合為一音；即一音亦不難散為百字。似此，字無定音、音無定義，吾不知古人當時言語，又何以能表明其意思也。此事前人論者甚多。古之音義家，大抵皆不免此弊，而尤以朱氏為敢於作古。即如此「贈」字，宋以前人雖知其不合，然卒未有擬議及之者。蓋於古無徵，不敢臆斷也。至朱氏，乃毅然注之曰：「贈，叶音則」，吾不知古今來從曾之字，何以能有則音也。若然，則來字又何不可以叶作稷耶？來、贈二字，又何不可以並叶下文順問韻，而叶為嫩譖耶？恐不容有此理也。今按贈、本當作「⿰貝會」，即賄字也。賄字、古只作餽遺解（謂動詞）。若作名詞用，則財貨之通稱也。）《左傳·文十二年》：「厚賄之」注：「賄、贈送也。」是也。至後世始轉為贓私之專用字，古無是也。古文於形聲字之偏傍，往往可以用同聲之字变換。如饑字本從幾，而亦有時可作「几」；棲、本從妻，而亦有時可作「西」；忡、本從中，而亦有時可作「蟲」。諸如此類甚多，不勝枚舉。賄字本從貝、有聲（有、古音矣）而會字與有同音，故賄亦有時作「⿰貝會」。後之人習用賄字，而⿰貝會字又不可識，察其義與「贈」字頗相類，而字又相近，因妄意其為贈字之誤，而改定為「贈」。字義固無甚出入，而獨無如其音之不諧何也。按會、曾二字，在今文固極相近，而在古文為尤甚。《畢段敦》會字作「曾」，而《曾伯霥簠》之曾字則作「曾」，相差僅在幾微之間，故至易啓人之誤會。且「⿰貝會」字係屬別体，為世人之所不經見。即使其字至今存在，吾意世之讀者，亦當認定其為「贈」之誤字，而無人能知其為賄之異文也。況賄之本義已早經轉變耶！

予所蓄租

《鴟鴞》：「予所蓄租」。《集注》訓租為「聚」，其義甚拙。且其句對上「予所捋荼」句成文，文理亦覺不倫。嘗即《集注》之說攷之，知其說殆本於《韓》。蓋《毛詩》租字原訓「為」，此殆毛氏本不知其義，第疑其為作為之一種，故特以此籠統之詞解之（毛氏於不知之義，多如此解釋。如訓吪為動，訓抏亦為動之類，甚多。蓋無真知灼見，難於指實，故特用此等廣泛語，以冀其或有合也。）其不可信，無足深辨（他不具論，即如上文「蓄」字，已是為之一種，下又言為，豈復能成文理？）。《韓詩》則訓租為「積」。殆因毛說訓為之廣泛，見租字與積同從禾，又適與上文蓄字同義，故改訓為「積」。《集注》之訓「聚」，則又由積字轉注而出者也。然租之訓積，在古人文字中，實不經見。韓氏果何由會出，殆亦想當尔尔也。今按租字，當即前章「八月叔苴」苴字之假借。古人於文字之偏旁，往往可以任意變易。苴亦耕作物之一，因特改從禾。如匜、簋古文皆從皿，有時亦可改從金之類。或謂古人之變易偏旁，必本無此字而後可，則又不然。敏字本從手，而《不敗敦》改從言旁，竟成「誨」，作字本不從攴，而《叔弓鎛》更加攴旁、竟成「致」（致字見《師和父敦》）。敦字本不從皿，而《徐王義楚敦》改從皿、竟成「盂」（《王子申敦》亦然）皆此例。要之，租字之本當作苴則無疑也。《毛傳》：「麻子也」，蓋鳥類所蓄聚以備冬月之食者。《月令》所謂「羣鳥養羞」是也，亦鳥巢中所不可缺之物。「蓄苴」正對上句「捋荼」言之。捋荼以藉体，蓄苴以防飢，皆營巢者之急務也。文極諧適。自漢以來人，不明古人假借之法，而古人文字，遂多不可讀矣！

烝也無戎

《常棣》：「烝也無戎」。戎字既不可解，與上文「侮」字韻復不合。歷來經學家對之不加以精審之研究，然擬議百端，卒無一能得其竅窾者。《毛傳》：「戎、助也」。毛氏殆亦莫明其義，而其韻又不可通，故特擬一「助」字以代之也。毛氏於所不能通之義，往往如此。如「不可以茹」注：茹、度也。蓋謂其字之當作「度」，非謂茹字即訓為度也。（鄭氏不知此義，故於「玁狁匪茹」之茹字，仍據《毛傳》釋作度，且更轉而為法度之度。誠可謂之沿訛襲謬也已）「四國是皇」注：皇、匡也。蓋謂其字之當作匡，非謂皇字即訓為匡也。此注助字，亦即此義，非謂戎即有助義也。易戎為助，義可通矣，韻亦合矣。然文明明作「戎」，何得竟易之為助？此即賢之毛氏，恐亦無以自解也。

（河間紀氏謂：「宋儒逞臆造，勇於改經。」觀此則漢儒已嘗為之。然大抵皆因其義本不可通，不得已而出此，與宋人尚微有辨。）余少讀《詩》至此，即懷疑問。三十年來，每一念及，輒覺如梗在喉。窮極思考，終不能通其故。初頗疑戎字古文與戍、戊甚相近，二字皆與侮字韻叶，疑為筆誤。然戍字義既不可通，戊字則為最初之斧字，尤屬不合。且全篇文字，俱極諧暢，尤不應此處忽著此極晦澀之語句，是以日常往來於心不能去。日前偶取詩繙，忽恍然大悟，始知其不惟非誤字，且義極易了解、復極叶韻。古今來多數學者，寢饋於此，乃竟無一人見及，真異事也。蓋古音讀戎如汝，故其於汝字，往往假戎字為之。如「戎雖小子」、「戎有良翰」、「纘戎祖考」、「以佐戎辟」等皆是。毛氏於諸戎字皆注曰：「汝」，而於此反獨忘之者，一則因彼處文義較顯，一則毛氏本從文義得之，但知諸義之當作汝，因遂疑戎字原有汝義，而不知其字之即汝也。戎字以捲舌促音讀之，即変為汝。《常武》首章以戎字與「祖」、「父」二字相叶，即其證。以是知古人語音，初不似今人之舒長也（但即北人言）。烝、衆也，即「天生烝民」、「烝然罩罩」之烝。「烝也無汝」，言雖衆、終無若汝者也。此汝字乃詩人作為兄弟相謂之詞。視其他諸戎字，文義較曲，故毛氏一時未能見及，而別指一「助」字以代之。然兩相比較，「助」固遠不如「汝」之親切有味也。此詩自「死喪之威」至此，皆言有事之時，友生遠不如兄弟之可恃。故上章言「兄弟急難」，每日雖有「良朋」（每日即常時。今人猶謂常時為「每日」，殆古語之留遺至今者。）然「況」之，只堪長歎耳（況、比也）。此章則言兄弟雖「鬩于牆」，外侮猶共禦之。每日亦有良朋，雖衆也，然終無如汝者焉。故下章即接言「喪亂既平」之後，人又復視兄弟「不如友生」。蓋反覆以申明之，力戒人之視友生，不可重於兄弟也。毛氏因一字之誤，遂至「烝」字、「烝」字皆誤（二字皆注曰：「發語詞」。獨不思天下豈有發語詞之下，即繼以「也」字者哉！），亦勢之所必至也。二千年之癥結，一旦以無意中得之，且其義只在眼前，可云厚倖。援筆書此，為之歡躍者累日。不知彼「經史學會」中之諸大經師，視之為何如也？庚申六月十三日夜

四國是皇　四國是吪　四國是遒

《破斧》：「周公東征，四國是皇」。《毛傳》：「皇，匡也」，大非。皇初不具匡字義。毛之訓匡，殆由不明皇字本義，而私擬一匡字以易之者也（觀其必取其叶韻可見。說已見前。）至《集注》則更変本加厲，以皇字既可訓匡。匡、正也，與《鴟鴞》：「正是四國」義正合，乃併四國亦改訓為「四方之國」。義雖較完，而去詩人之意乃逾遠矣。今按皇、即惶，恐也。言周公東征而四國皆惶恐也。四國、毛以為管、蔡、商、奄，甚是。（按《蔡仲之命》云：乃致辟管叔于商，囚蔡叔于郭鄰，降霍叔于庶人。則四國當為三監及商，或三監所分治者即商地。商别無地，則當為三監及奄。究之，則周公之所征者，確為四國，則無可疑也。）特一時不知皇字即惶之通假，乃妄意其為「匡」（古文皇、惶常通作皇。如「皇皇」即惶惶也。）宋儒因之胸中更橫亘有「正是四國」一語，遂併四國之義而亦竄易之。則是周公之東征，非討商奄，乃直征四方之國矣，有是文理乎？或曰：周公聖人，其興兵也，不當徒使人畏其威而悚惶，仍當以匡義為長。如然，則周公併不當有東征矣！且破斧缺斨，又何為也耶？古人質直，初不如後世之多所忌諱也。然使皇字果可作匡字解，亦何嘗不善？而無如其絕無根據何也！皇字之義一失，因之而次章「吪」字、三章「遒」字，亦牽連並誤。吪、《毛傳》：化也。吪雖從化得聲，然初不訓化；訓化者「訛」字。所謂「式訛爾心」者，非吪字也。此吪字，乃「尚寐無吪」之吪，驚也。（吪字見《或寢或訛》解中。）共皇正同義。觀此章之言吪，則前章皇之為惶，愈無可疑也。道、急迫也。《楚詞．招魂》：「道相迫些」，是其證。言四國皆急迫也。《毛傳》訓為「固」，豈周公之東征，乃鞏固管、蔡、商、奄也乎！豈非笑柄。鄭氏別訓為「斂」，亦未合。《集注》乃兼取之曰：「斂而固之也」，則更模棱不成語矣！是皆不知從經文研求、而拘泥於傳說之失也。

視民不恌

《鹿鳴》：「視民不恌」。《集注》：「恌、偷薄也」。視共示同，謂示民以不偷薄。義亦可通。竊謂「視」當訓為視事之視。視民、即臨民也。恌乃挑之假借。《青衿》：「挑兮達兮」，注：挑、儇薄也，是其本義。恌字乃專主威儀言之，不得謂之偷薄也。後世或別作佻。

胡不旆旆

《出車》：「彼旟旐斯，胡不旆旆」。《毛傳》：「旆旆，旆垂貌。」、《集注》則以為飛揚之貌。二說皆非也。此二旆字，乃動靜詞，猶「于時言言，于時語語」之例，非疊字之形容詞也。首一旆字，乃《左傳》：「明日或旆以會」之旆，謂揭之於旗上也；次旆字，乃《左傳》：「亡大旆之左旃」之旆，《說文》謂「繼旐之旗」是也。郭注《爾雅》、何休注《公羊》皆謂：「以帛繼旐末如燕尾曰旆」。「彼旟旐斯，胡不旆旆」，謂彼旟旐已設，胡為不以旆旆之也。蓋旟為方旗，其首則有旒，旒下復綴以長斿曰「旐」。旐之末復結以帛曰「旆」。注者於旟、旐、旒、旆之分，殊究未能十分明了，無或乎其說來全無是處也。

牆有茨

此詩至為熟習，凡曾致力於《詩》者，殆無不知之。其義亦人能言之。乃傳誦逮二千年，竟無一人悟及其非，坐使詩人立言本意不復傳於後世。甚矣！解人之不易索也。《毛傳》既訓《牆有茨》之茨為蒺藜，遂並訓《楚楚者茨》之茨亦為蒺藜。不知蒺藜而可稱之為「楚楚」乎？且楚楚者為蒺藜，下乃云：「言抽其棘」，不除蒺藜而除棘，豈非桃僵李代乎！另有說，故不闌入。今試執人而問之曰：茨字作何解？莫不曰：「茨、即今之蒺藜也」。牆有茨何以不可掃？則曰：「蒺藜多刺，掃之恐傷手也。」其說似非無理。然苟一思之，即覺其不然。蒺藜何以能生於牆上？（牆上固有時可以生草，然必其種子之極輕微者，始能飛揚而上。蒺藜子碩大，必不能至也。）且不可掃者，又何必獨為牆上之蒺藜？豈蒺藜生於他處，便可掃耶？不然詩人何以必曰「牆有茨」耶？毛氏當日，似亦有見於此，乃為之說曰：「欲掃去之，反傷牆也。」若然，則蒺藜反似牆之賴以保護者矣。伊古以來，初未聞有樹蒺藜以衛牆者也。蓋毛氏徒知注意於「不可掃」三字，以為所謂不可掃者，必其物掃之有害。而茨字又從草從次，次與「刺」同音，草之多刺者，厥惟蒺藜。蒺藜掃之，又有傷手之虞，因是遂妄意「茨」為蒺藜。至蒺藜之於牆有無關係，初未嘗擬議及之也。既而覺其與牆字義太脫略，於是遂更移其傷手之說，舉而加之於牆，曰：「掃之傷牆」。天下之牆，有懼為蒺藜所傷者乎？是皆不知從「牆」字上着想，而又敢於杜撰，因而愈說愈支離也。今按蒺藜、在古即曰蒺藜，別無異名。《易》及《左傳》所謂「據於蒺藜」是也。（朱子注《離騷》：「薋菉葹以盈室兮」句曰：「薋、蒺藜也」，即原本於此。然毛僅以茨為蒺藜，而朱氏則更以「薋」亦為蒺藜，可謂長於融會。按王逸注：「薋、蓼也」，亦非。《說文》曰：「薋、草多貌。」是為得之。蓋薋即「滋」，所謂「無使滋蔓」也。後人別作薋，以為草之專用字。字雖從草，乃草之狀貌，非草名也。朱、王皆誤認為草名，於文實不合。因此字若作實字解，下以字便無着落也。）至茨，乃古人日常習用字，謂覆蓋宮室垣墉之草也。《甫田》：「如茨如京，瞻彼洛矣福祿如茨」。二茨字，鄭氏《詩箋》皆曰：「茨、屋蓋。」是也。（《毛傳》於《甫田》注曰：「積也」。《瞻彼洛矣》則無注，是毛氏始終不解此字也。）蓋覆屋之草，常重疊積壓相次，故於文從草從次，次亦聲。乃會意字，非形聲也。鄭氏於二茨字皆釋為屋蓋，而於此詩乃獨異之者，一則狃於漢代墨守師說之陋習，一則鄭氏之時代去古已遠，版築之制已不甚行。但知屋宇或用草覆，而不知垣墉亦用草覆也。蓋古時牆壁概用版築，土質鬆軟。每逢霖雨，易於剝蝕。故外必用草覆之，使雨水悉沾草上，隨草下滴，不得直接侵及牆壁。今鄉村間版築之牆，猶有然者。鄭氏殆未之見也。《書·梓材》：「若作室家，即勤垣墉，惟其塗塈茨。」《孔傳》：「如人為室家，已勤立垣墻，惟其當塗塈茨蓋之。」乃古時垣牆，亦須用茨覆之明證。此書從前解者，亦微有誤。其蔽，殆皆原於不知塈之即為「暨」，亦即為「及」。三字在古人常相通用。《谷風》：「伊余來塈」即謂伊余來時所及之景況也。《泂酌》：「民之攸塈」即謂民之所歸及也。《左傳》：「猶懼不塈」即謂猶恐不及也。塗茨本兩事，故中間特用一「塈」字。後人不知塈之為暨，因塗、茨二字皆修繕房屋之事，而塈字適又從土，遂疑塈亦為修繕之一種名詞。《孔傳》以塗、塈二字連讀，即本此意。《說文》：「塈、仰塗也」，正用漢人說經語。不知既云塗，何得復別仰塗為一事？而塗、塈、茨三字相連，於文法亦不適。此皆未嘗加以深究之過也。塗、茨二字，乃專即上文垣、墉二字言之。蓋垣墉既立，其向內一方適當屋內，與風雨不相接觸，則當塗之使其光澤；其向外一方，乃所賴以障蔽風雨，則當茨之以防其侵蝕。二事分屬牆之內外，故必加一塈字於義始顯。注者於古人牆壁之制，未能了然於心，乃率然以塗、茨二字，渾舉而歸之室家，此所以於古人文義，全不能領會也（觀仰塗茨盖諸字可見）。至此詩之言，尤為顯著。盖茨所以覆牆，掃去之則牆將全暴露於外。以喻「中冓之言」，其中包藏有許多醜事。道破之，其醜亦將全播揚於外也。其義理只在眼前，證據亦只在本書。一經說破，當莫不渙然冰釋。乃世人竟無能知之者，真令人大惑不解也。

俟我乎堂兮

前人說詩，至有令人大惑不解者。其於不易知之義，牽強附會、支離穿鑿，猶可說也。若人人能知之義，乃必曰：此不其然，當如何如何解，於義始合。而其說又誕妄而不可通，則真不知其是誠何心矣。如《丰》：「俟我乎堂兮，悔予不將兮。」此詩初無甚難解。不過首章言俟之於巷，待其偕行，悔當時不與之俱去，所謂「送」也。此章則言俟之於堂，待其出迎而入，悔當時不出而相迓，所謂「將」也。三章之「駕予與行」，即承前章之送而言；四章之「駕予與歸」即承此章之將而言。一偕行、一偕歸，兩兩對舉，脈絡極為分明，原無待於煩言解說。乃《毛傳》曰：「將、行也」，義已不合。鄭氏則更《箋》曰：「將、亦送也」，則直於文義相背矣！按「將」、只可訓迎，初無送字義，《鵲巢》所謂「百兩將之」也。鄭氏之訓送者，殆本於《燕燕于飛》之「遠于將之」。不知彼將字乃謂相將而行，猶《九歌》之所謂：「子交手兮東行，送美人兮南浦」，實雖為送人，而將字究不得即作為送字解。鄭氏因前章言送，疑此將字亦當為送，是殆未嘗即全詩意旨体會之也。至「堂」，乃會客室之通稱，即今人之所謂廳堂也。堂以外即為庭，堂以內即為寢。著之詩首曰：于著，次曰：于庭，終之曰：于堂。蓋客之造人者，至此而止，《禮》所謂：「將上堂，聲必揚」，又曰：「堂上接武，堂下步武」，此固盡人能知者也。毛氏本無傳，亦謂其無須詮釋。鄭氏箋《詩》，乃獨曰：「堂當為棖。棖、門梱上木近邊者。」可謂奇矣。詩明明言堂，而鄭偏謂當為「棖」，是直以詩人之所言者為不合，而欲充古人之一字師矣。且人非猿狖，門梱上本豈能登之以俟人，不尤奇中之尤奇乎！孔氏作《正義》，亦不明鄭氏意，乃曰：「箋以著篇言堂在著庭之下，可得為廟之堂。此篇上言於巷，此言於堂，巷之與堂，相去懸遠，非為文次，故轉堂為棖。」然則凡書之言堂者，皆為廟堂乎？謂巷及堂非文次，豈由巷及堂，必一步一詩，始得為文次乎？謂非天下之怪論耶！蓋古今來說此詩者，皆未嘗統全篇玩索其意味，不知兩俟字，一為俟其偕出，一為俟其偕入，乃截然兩事，並非出於一時。與《著篇》之由遠而近，由外而內者，迥乎不同。於是作繭自縛，愈糾紛而愈不可解。倘合下兩章「與行」、「與歸」二與字一研究之，當亦啞然自笑其多事矣。（此堂字更有引《禮》：「門側之堂謂之塾」，謂為出俟於塾者；又有引《士昏禮》謂堂為廟堂者；或更謂庶人不得有塾，亦不得有廟堂，當為寢堂者。糾繞紛歧，令人觀之目眩。以此等至淺易之字，乃竟幻此奇觀，真所謂天下本無事，庸人自擾之也。《朱子集注》於「堂」字不加詮釋，可謂卓見。其於「將」字，仍取鄭義，訓為送，是朱氏亦未嘗解此詩也。）

齊子發夕

昔人謂毛西河氏說經，其禍烈於洪水猛獸。然毛氏腹中尚有若干書卷，足以供其驅使。若近世德清俞樾、餘姚章炳麟，則手中但執一部斷爛《說文》反覆摶揰，不曰某經某字、當為《說文》某字，即曰某經某義與《說文》不合，當改從某義。其論調大抵為甲可通乙，乙於某處又可通丙，丙與丁形聲相近，則甲可通戊。其不通論理，在有識者一望可知。至其以後世書證前古事，猶其小焉者也。推其意，直欲舉一部十三經，盡易為不可識之字，盡変為不可通之義，於心始快。則其禍又不止於洪水猛獸，則直秦始皇之焚書禁挾冊矣！余於二氏之書，多置不論，茲僅舉俞氏說「齊子發夕」一節，以見一斑，則其餘當可想見已。此詩從前解釋，原有微誤，如《韓詩》云：「發、旦也」，殆以發為明發之發。然明發可謂之旦，僅一發字，不得遂謂之旦也。且「齊子旦夕」亦不成語，其不合無足深論。《毛傳》云：「發夕、夕發至旦」是已。然曰夕發可矣，復綴以「至旦」二字，殆猶拘牽於韓氏之說，不能毅然擺脫，故作此模稜語，致使讀者反疑不能明。《集注》殆即為此二字所誤，乃盡反前說曰：「夕、猶宿也。發夕、謂離於所宿之舍」，其說尤謬。夕、縱可訓宿，豈並可訓為所宿之舍乎？謹按、發夕、即「夕發」，猶今人謂早起曰「起早」也。夕、本非出發之時。向夕出發，所以形容文姜之急於求合，即一夜亦廹不及待也。此詩《小序》以為刺襄公，故《鄭箋》齊子為襄公。然《南山》、《敝笱》、《傳箋》皆以齊子指文姜，何此處忽又変而屬襄公？鄭氏殆不明《序》所言刺襄公之意，乃有此誤會。蓋襄公兄妹宣淫，文姜固無耻，襄公亦不道。詩作於齊人，自應以刺襄公為主，非謂詩中之事，皆襄公事也。攷諸《左史》，文姜屢會齊侯於齊，而襄公卒未嘗一至魯。則鄭說之絕無根據，可斷言也。乃俞氏之意，則初不係此。其言曰：「此詩二章言豈弟，三章言翺翔，四章言遊敖，獨首章言發夕，語意不倫。疑此詩本作齊子艸屮，發者艸之假字，夕者屮之誤字。屮、隸作「夕」，與夕字相似。《說文》、艸部艸足刺艸也，讀若撥。止部屮蹈也，讀若撻。齊子艸屮亦形况之詞，艸音撥，屮音撻，與豈弟、翺翔、遊敖一律。艸屮二字，經典罕見，許書未出，或毛公未之識矣。」云云，令人讀之，直可噴飯。彼謂發夕與豈弟等字為不倫，然則《詩》無論若干章，用字必須一律乎？即如《綢繆束薪》首章言「良人」，卒章言「粲者」，中間忽變言「邂逅」，此邂逅字又當作《說文》何字乎？《彼汾沮洳》首章言「美無度」，次章言「美如英」，卒章言「美如玉」，此無度二字又當作《說文》何字乎？即如所言作齊子癶少，依《說文》當釋為「足刺癶蹈」，此何語乎？且二字相聯能成文乎？（刺癶乃兩股分張之謂；蹈、則踴躍也。兩股分張豈有能踴躍之理！是此公於「刺癶」之義亦未嘗識也。）再、發字何以即癶之假？隸書何從見有「夕」字？豈毛氏時之隸書，即如今日之楷書乎？其尤奇者，謂許書未出，毛公亦不能識。許氏後毛公數百年，其書皆雜採諸經學家學說所成，使前代人皆不識，許氏更從何處識之乎？此等妄誕不經之論，吾不知其當時何以竟能落筆也。蓋此公早歲沉酣於八股中者，殆三十年，於經學本無所得。四十罷官後，始求得一部《說文》，遂奉為枕中秘寶。乃取諸經遍翻之，見其中字句，有可以與《說文》牽合附會者，即援《說文》以恣其變亂。彼初不知《說文》乃後漢人根據諸家經說所造出，初非諸經悉本《說文》所製成也，故其說經荒唐可笑者，不一而足。而無識者或且震其核博，斯真經學之大不幸也已。

其從如雲　其從如雨　其從如水

《敝笱》：「齊子歸止，其從如雲」。《毛傳》：「如雲，言盛也」。《鄭箋》：「其從，姪娣之屬。言文姜初嫁於魯桓之時，其從者之心意如雲然。雲之行，順風耳。後知魯桓微弱，文姜遂淫恣，從者亦隨之為惡。」其言甚怪。齊姜雖通於齊襄，豈必其姪娣皆通之？文姜歸齊，豈必悉携其姪娣偕行？且淫奔何事，而乃容其多人共之耶？即云「隨之為惡」，則又何惡之能為？靜言思之，寧非笑柄！《集注》知其不合，变其說曰：「魯莊不能防閑其母，故歸齊而從之者衆也。」，則不以從者為姪娣，而以為隨從之人、其義似較舊說為完善。然從者之多少，其淫縱又何涉？豈從者不多，即不能淫奔耶？則其說亦未為得也。今按二說之蔽，皆原於誤讀「從」為去聲所致。此從字宜讀如從田、從獵、從事之從，猶言赴之也。「如雲」亦喻言其疾，與《韓奕》之言「祁祁如雲」者不同（鄭氏之以從者為姪娣，殆亦原本於此）。「其從如雲」，言其從事於歸，猶如雲之疾也（鄭氏「雲之行順風」意却與此合）。蓋父母死，女子原無歸寧之義。而齊子之於歸也，乃竟「從之如雲」，則其歸之意旨何在，言外自見，蓋猶齊子發夕意也。如雨、則言其急，如水、則言其順。舊說以為言多、言衆。《集注》皆以為言多，並非也。（如水不得云言多。昔人謂「平如流水」亦但言其聯續不絕，非直喻其多也。）統觀此詩大旨，殆即「魯道有蕩，齊子發夕」之義。《小序》以為刺文姜，甚合。《毛》說以為刺魯桓（亦《小序》文。

《小序》除首句外，餘悉毛氏續作。另有說）《集注》以為刺魯莊，悉非。二說皆由於不明詩人取喻於「敝笱」之義，乃不得不於題外別尋一主人，以當「敝笱」之喻。但攷之經傳，自桓三年秋，夫人姜氏至自齊，至桓十八年春，公與夫人姜氏遂如齊。中間凡十四年，絕無夫人適齊之事。公於春間如齊，夏四月即薨于齊。是公聞文姜之事，甫謫之即遭毒手。則桓之薨，正坐於不自甘微弱。使其果微弱，力不能防閑文姜者，齊襄亦無取乎必拉殺之矣。文姜甫與齊襄通，而魯桓即死，相去初無幾時，則詩人又何必取已死之人而惡之耶？《集注》之易桓為莊，殆即為此。然攷桓六年九月丁卯子同生，至公薨之年，僅十一、二歲，何得即責以不能防閑其母？至莊元年三月，夫人即孫于齊，乃文姜初未敢歸魯，至是欲歸，而魯人

莊更爲從而防閑之？（以傳文攷之，三月之孫于齊，

絕之。觀經不書即位，傳謂文姜出故，則文姜前此原未即歸）。如謂後此之會禚享祝丘等事，則前既絕不為親，又果何法以防範之乎？（《集注》：「哀痛以思父，誠敬以事母」云云，直是腐儒之見，酸氣撲人。若如所云，則是魯人之絕不為親，亦過舉矣。有是理乎？）人子遭此禍變，旁觀者只有代傷其不幸，而謂詩人反舉之以為刺乎！有以知其必不然矣（若其忘親事仇則可刺。此猗嗟之所以作也）。不知敝笱二字，乃全由一「歸」字生出，猶設言禮義之防也。「笱」本所以制魚，猶「禮」本所以制欲。若笱之既敝，則笱失其用，而逸出者將為大魚。今齊子不守「父母死、不歸寧」之義而歸，則禮失其用。而其從之也，亦必將如雲之疾，

雨之急、水之順矣。蓋藩籬一決，勢必至於不可收拾也。前人對於「歸」字，率皆滑口讀過，以致敝笱二字全無著落。加以誤讀「從」字為去聲，上下文益復不相呼應，正喻兩方，遂形成兩橛。然苟能潛心讀之，其義初非難見也。古人文字，未有不適合於文理者也。（依舊解，其不合文理者甚多，大抵皆解釋錯誤所致，此其一耳。）

魯道有蕩　齊子由歸

《南山》：「魯道有蕩，齊子由歸」。舊說、《集注》，皆以道、為道路；蕩、為平；歸、為嫁。言適魯之道，蕩蕩平易，齊子即由此道于歸於魯。大非。詩本刺齊襄、文姜之淫蕩，與魯之道路又何與？且文姜之通於齊襄，乃在歸魯十四年之後，又在齊不在魯，詩人胡為於數百里外，忽念及此十餘年前歸魯時所經之道路，其文又與上下文悉渺不相涉，寧非無聊之至！古之詩人，當不至如斯之雜湊也。按道、乃道德、道理之道，泛言法制禮義也。蕩、即蕩檢踰閑之蕩，謂潰敗也（蕩蕩可訓平，止一蕩字，不得訓為平也。且平上加一有字，尤不成語）。歸、即就歸齊言之。「魯道有蕩，齊子由歸」，言魯之法制禮義有所潰敗，此齊子之所由得歸也。蓋女子父母死，無歸寧之義。苟非魯之道義蕩失，齊子何由得歸？此則由齊子之歸，益以見魯道之有蕩也。文至易明。乃前人多所謬誤者，大抵皆原於下文「曷又懷止」一句。以齊子既歸，不當又懷之也。此則因誤讀又字為如字之故。不知又、有古通，「曷又懷止」乃何有於懷之也。苟不如此解，則下三「又」字，皆不可通矣（另有解）。此詩以「南山崔崔」與「魯道有蕩」；「雄狐綏綏」、與「齊子由歸」，上下緊相呼應。《毛傳》為興，正合。《集注》因解釋錯誤，不得其起興之所在，乃妄改為「比」。此雖宋人之果於自信，實則果依舊注求之，本無從尋其呼應之跡也。斯又未可專以責之宋人矣！（南山崔巍而高大，所以有雄狐之綏綏；魯道放失而蕩墜，所以齊子得歸。崔崔字正針對蕩字，前人於此等字，皆輕輕讀過，所以於詩意多所誤會。古人之詩，固不容有許多支聲曼字也。又注。）

葛屨五兩　冠緌雙之

此詩至易了解。乃古今來說此詩者，無一不足供噴飯，真不得不詫為異事也。《毛傳》第曰：「葛屨、服之賤者；冠緌、服之尊者。」引而未伸，初不必論。（觀其斤斤於二者之賤與尊，知毛氏亦未能了解。）鄭氏曰：「『葛屨五兩』，喻文姜與姪娣及傅姆同處；『冠緌』、喻襄公也。五人為奇，而襄公往從而『雙之』。冠、屨不宜同處，猶襄公、文姜不宜為夫婦之道。」此等怪論，真覺「匪夷所思」！因葛屨言「五兩」，乃遂七牽八扯，湊足五人，姪、娣以外，並牽及傅、姆。豈襄公之通文姜，不惟淫及其姪、娣，並年長色衰之傅、姆，亦且不免乎？若如所說，則是二人之通，並非文姜赴齊，直是襄公入魯桓之宮，而鵲巢鳩據之矣！媵嫁縱有姪、娣，姪、娣豈必各一人？況傅、姆亦未必即為二人耶？何必與文姜同處者，便當為五人！且葛屨原屬五兩，若以數論，則當為十，其必以二屨當一人也何故？五兩之屨外，復加一冠緌，則為數十一。所謂往從而雙之者，不適以奇之乎？不然，何屨則以兩計、緌獨以一計乎？豈非事之至怪者耶！《集注》知其不合，乃一眼看定「兩」字、「雙」字，遂變易其說曰：「屨必兩、緌必雙，物各有耦，不可相亂也。」即兩句分析言之，義似較舊說為長（後來解經者率從朱說）。然葛屨固以兩為耦，豈必以「五兩」為耦？且天下之冠，幾曾見有雙緌者耶？而謂緌必以雙為耦耶？（緌即纓也，一冠必不容雙纓，今制猶然。朱氏以為「緌必雙」，不知其又以緌為何物？愚於六經未暇適覽，不知其孰此義而妄議他文者，又何如也。）由是言之，是漢人猶識綏為何物，而知其必不容雙，故特即上文以遷就之。至朱氏則並不知綏之為何物矣。就不識古義者觀之，朱說固為長；若自古人觀之，未有不啞然笑者也。今按二句所言，乃葛屨以一雨為用，而兹乃五兩；冠綏以一為用，而兹乃雙之。以喻人皆從一，而文姜乃於一之外，別有所戀也。下文「魯道有蕩、齊子庸止」之「庸」字，正承此二句言之。言魯道廢矣，齊子乃竟以此五兩、雙綏為用也。此詩之要旨，全在一庸字（即用字。《毛傳》：「庸，用也」，甚合。）蓋二者皆以其用言也。自「魯道有蕩」句誤解，而庸字之義亦遂不見矣（新舊說皆釋為：文姜用此路以歸於魯，能成語乎！）。

既曰告止曷又鞠止　既曰得止曷又極止

前人之解此數句者，大抵皆不成語義。不惟讀者不能解，即注者返諸本心，恐亦未必了了也。《毛傳》第曰：「鞠，窮也；極，至也」，別無解說，不知其意中果作何詮釋，初不具論。《鄭箋》則曰：「鞠，盈也。魯侯、文姜既告父母而取，何復盈從其欲令至於齊乎？」又云：「女既以媒得之矣，何不禁制，而恣極其邪意令至齊乎？」二章皆非魯桓，其說之牽強，幾至不可句讀。微論鞠字、初無訓盈之誼，且「盈從」二字成何語義？況必須更加以「其欲」二字乎！以一「鞠」字，而訓為「盈從其欲」，天下有如是煩複迂曲之字義乎？其訓「極」字為：「恣極其邪意」，蔽其此同。若果如所說，是詩人意中，本欲言「盈從其欲」，乃僅言一「盈」字；本欲言「忿極其邪意」，乃僅言一「極」字，是在詩人為辭不達意，必待數百年後，有鄭氏者出，為之添補數字，始得完成其語氣而表明其心思，吾恐古人應不至若斯之拙也。至《集注》知鄭氏訓鞫為盈之不合，乃仍從《毛傳》訓「窮」，較鄭說似稍有根據（鄭之訓盈，本毛「降此鞫訩」傳；朱訓窮，則本此傳及「昔育恐育鞫」傳。朱援窮凶極惡語，訓鞫「訩」、亦為窮凶，絕不取盈字義。《爾雅・釋詁》亦曰：「鞫、盈」，故知《爾雅》為漢人彙萃經注所成，決非古書，殊不足為說經之據。余此編殊尠引用。）其實鞫之訓窮，亦出漢人謬解，其無稽一也。（詳見《昔育恐育鞫》及《降此鞫訩》解中。）且其言曰：「今魯桓公既告父母而取矣，又曷為使之得窮其欲而至此哉！」亦必須於窮字外，別增出「其欲」二字方成語。其於極字注曰：「亦窮也」，則其於極字外，亦必須別增出「其欲」二字。共鄭說正在伯仲之間。「楚固失矣，齊亦未為得也」。今按鞫、養也。《蓼莪》：「母兮鞫我」是其本義。凡詩「鞫」字，皆宜作此解（惟《節南山》「鞫訩」係借字或筆誤）。「又」、「有」古常通用，《書》「惟十有三祀」、「十有三年」等有字，古器皆作「又」，是其證（古書中如是者甚多，不遑枚數）。「曷又」即「何有」也。何有即「於從政乎何有」之何有，謂：何難也。「既曰告止，曷又鞫止。」謂既告父母而娶，則初非私奔野合，何難於養之，而令之歸就養於齊耶？此反言以誚文姜也。極、即《孟子》：「又極之於其所往」之極，謂錮之也。「即曰得止，曷又極止」謂既屬憑媒所得，則正名定分，權有專屬，何難於禁制之，而令其自由歸齊耶？此正言以譏文姜也。此二章雖皆就魯桓一方面說，實則詩人故為擬議之以刺文姜，非真責魯桓也。首章猶言：豈其夫能娶之而不能養膳之；次章猶言：豈其夫能娶之而不能約束之！責其夫正所以深罪其妻。前此說詩者，第見文中有取妻字樣，遂認定以為非魯桓。是則所謂死於句下，不足以語於風人之旨者也。

或謂二句作「又何不養之」、「又何不極之」解，亦可通（曷、何不也）。但與前二章語氣似有未合。如曰：「既已歸之，又何不思之；既已庸之，又何不從之」。既歸而胡更云思；既用胡更云從？蓋思前而歸後，庸內而從外也。故必須釋為：「既已歸之，復何有於懷之；既已用之，復何有於從之」方合語氣。四章同一句法，前後不應歧異也。

揚之水

《毛詩·小序》，舊說以為出於子夏，宋儒力攻之，以為不可從。二者皆非也。有清學者，以《小序》首句為子夏作，餘為子夏、毛公合作，其識解至為超卓。然以其餘為子夏、毛公合作，似猶不免含有調停語氣。子夏、毛公相去懸遠，復安得有合同作傳情事？竊嘗即其旨趣觀之，除首句確出子夏口授外，其餘不惟非子夏作，且並非毛公作。殆毛公以前傳習此詩者，詮解詩義之詞，而毛說之所自出也。意當日傳習時，即附載此師說於《小序》之下，輾轉經久，後人遂誤合為一。毛公併傳之固非，宋人乃因此而並疑及《小序》，尤為無見也。今案《小序》多誌詩之緣起及作詩者之事實，於詩中詞義，絕不相涉。而續作者則多就詩中詞義，推測言之，且上下文常有自相衝突之處。（如《敝笱》首言：「刺文姜也」，下忽接言：「齊人惡魯桓微弱，不能防閑文姜，使至淫亂，為二國患焉。」則又是刺桓公矣。如此者甚多。）其非出諸一人之手，顯然可見。子夏親受業於聖門，又為聖人所特許可與言詩者，其去作詩者之時代，近只百餘年，遠不逾二百歲，其所紀述，當然可信。至續作則當出於秦漢之間文教滅絕以後。鄉曲傳授，不能得《序》中所言之意，乃捃摭詩中之片詞隻字，牽合傅會、雜湊成文，其於詩之本義，十不得其一、二。兩者相形，直如糠秕之與粒米，碔砆之於美玉，稍加玩味，斯真偽立辨。乃宋儒對於《序》文之有續作者，既斥其不合；而於其無續作、但云：指某事、刺某人者，則又駁謂：初亦不見為指某事、刺某人。然則，詩人作詩，必須將所指之事、所刺之人而一一填入之耶？是不惟不識《序》之體例，並不識詩之體例矣。至其推翻一切，但就詩中所援用之字面而別撰《新序》，殆猶黃口小兒，而謂高年耆舊之目擊其事曰：「尔所見不如我知之確」，則雖百口，亦無從以辭其妄矣！茲姑就《揚之水》一篇言之。《序》謂：「刺平王也。」此子夏原文，確乎其不可易者也。下又云：「不撫其民，而遠屯戍於母家，周人怨思焉。」此則後儒不知《序》言刺平王之義，第見詩中有「戍申」字，又復誤解揚字為激揚之揚，「不流束薪」為膏澤不下於民之喻，遂成此似通不通之謬解，乃其决不可信者也。今以詩言攷之，此詩實平王母申后所作以刺平王，故其言曰：清淺之水（《毛傳》以揚為激揚，固非。《集注》以其「不流束薪」故，改訓為微弱，亦非。今合《唐風》觀之，當為清淺靜止之貌，不得第言微弱也。）無望其能流成束之薪（水本所以流薪，若「揚之水」，則必不能流束薪也。）猶「彼其之子」，不能望其為我「戍申」也（「與我」猶為我也。《鄭箋》以為「彼其是子，獨處鄉間，不與我來守申，是思之也。」幾不成語。然則所思者果何人耶？）彼雖不能為我戍申，我豈能釋然於懷：「懷哉懷哉，曷月予還歸」以親視之耶？蓋申后是時之父母已死，無歸寧之義，故曰：曷月還歸。殆猶許穆夫人之賦《載馳》也。曰：「彼其之子」、曰：「與我戍申」，文自瞭然。若作周人語，則申豈周人之中；若作成人語，則成人豈有怨望其君不與同戍之理？且若如舊說，則前二句所起與者，果安在耶？（《集注》仍用舊說，謂「彼其之子」為家人，因之不能得取與之義」。乃曰：「與取之不二字，例與《小星》同。」天下豈有取與不以其義，而但取其虛字相呼應者哉！真堪發一大噱也。）《小序》但表明其為刺平王，則刺之之人與所刺之事，詩中自見。其不曰平王母刺平王或申后刺平王者，一則古文簡質，一則閱時未久，此等事實，當時之人率皆習聞，初無取乎辭費也。乃不謂中丁戰國之擾亂，嗣後繼之以秦火，絃歌輟響，文獻無徵。漢儒收拾於灰燼之餘，抱闕守殘，竟至並此清空如話之文，而亦不能了解。紛滋臆說，穿鑿支離，襲謬沿訛，亘二千年而不得大明於世，是又子夏當日所不及料者已！（若如舊說所言，是平王真嘗戍申、戍甫、戍許矣！究之何嘗有是事！不明文義，乃至揑造事實，真古人之巨厄也。）

仲氏任只

《燕燕于飛·小序》，但言：「衛莊姜送歸妾也」，初未言妾之為誰氏。至毛氏，乃因《左氏》載有戴媯、厲媯事，竟直指所送者之為戴媯。然攷諸《左氏》，實不見有戴媯大出之文，毛氏於數百年後，又烏從知之？殆亦所謂想當然耳。（此詩《小序》下無贅文，知毛氏前初未有此說也。）今按莊姜之所送者，不惟非戴媯，且並非陳女，實則薛女也。薛、妊姓，今文皆作「任」，《左氏》所謂：「寡人若朝于薛，不敢與諸任齒也。」篇中「仲氏任只」即為所送歸妾之名。蓋臨別贈言，故直呼其名而告之也。舊注以仲氏為戴媯字（殆亦由《左傳》「其娣戴媯」之娣字誤會而來），而別訓任字為「大」。不知古時女子，未有不姓而惟称其字者。如孟姜、伯姬、叔隗、季隗，固不得僅称之為孟氏、伯氏、叔氏、季氏也。《大明》之「摯仲氏任」，與此之「仲氏任」正同一称謂。如解其義曰：「摯仲氏大」，能成語乎？蓋毛氏既誤指歸妾為戴媯，自不容復釋任字為姓。而任字本義，又不相合（任字除姓氏外，只作責任解），乃不得不更取「壬」字義，以勉強附會之。（《魯頌》「有壬有林」注：壬大也。）其實任字何嘗有大字義，「仲氏大只」又成何語氣耶？後儒概為毛說所誤，無一人能見及此者。至今詩中明明具有主名之「任氏」，反湮沒無聞，不復見称於世，而張冠李戴者且亘二千年。人之傳不傳，殆真有幸不幸耶？

公孫碩膚及居常與許併狼跋全章

《狼跋》：「公孫碩膚」，《毛傳》：「公孫，成王也。豳公之孫也。」詩本美周公，何以忽咏及成王？若然，則此詩當為美成王非美周公矣。且謂成王為「豳公之孫」，古今亦無此称謂。《鄭箋》知其說之不可從，而周公又無可称公孫之理，乃別剏一說曰：「孫、讀當如『公孫于齊』之孫，孫之言遁也。周公攝政七年，致大平，復成王之位，孫遁辟此，成公之大美（《毛傳》：「碩，大；膚，美也」）。欲老，成王又留之，以為大師，履『赤舄几几』然。」其言拉雜不倫，合之幾不成語。且所謂「孫遁辟此」者，尤不知何指，豈謂周公之居東，乃七年致政以後事耶？下又言「欲老、成王又留之」，則是公初未嘗遁矣。公未嘗遁，詩人胡為故言其遁耶？《集注》似亦知其不可通，而又無以大變其說，乃仍承用其讀孫為去聲之義，而改訓孫為謙孫之孫。雖較鄭說稍為圓到，然無論其為孫遁之孫或謙孫之孫，「公孫大美」四字，古今有此句法耶？是皆不得公孫之指，而妄滋疑議之詞也。今按公孫、謂伯禽也。古者國君之子謂之「公子」，公子之子則為「公孫」。若公子復正位為君，則其子仍為公子，而不得復称公孫。周公為文王子，故不得推本王季言之，而謂公孫為指周公。若成王，則周室開國承家之嫡子，更何從得有公孫之目？初不得以商代諸王之称湯孫例之也。（「湯孫」乃即其開國之始祖概括言之。公子、公孫乃周之通制，不得相溷也。）伯禽為文王孫，而周公又未嘗為君，則其公孫之称適合。詩為美周公，則公孫之為伯禽，可無疑也。此詩之作，不知其確於何時。續《小序》者及《毛傳》，以為出諸周大夫之手；並周公致政以後，其說固無可徵信（《小序》下半多後人所續）。若然，則當指伯禽受侯魯之命時而言，故人見其履「赤舄几几」然。推本以為周公之德。然以古制攷之，則初亦不必其盡然。以《豳風》所載關於周公諸詩，多周公居東時作，此詩亦當為東人美周公之詞。蓋公之居東，伯禽實從之，而「赤舄」亦不必即為公侯之服也。近世所傳古彝器，其言周公伐許者二。公之伐許，雖不見於載籍，然以《魯頌》：「復常與許，復周公之宇。」及春秋時，魯尚有許田觀之，則周公之嘗有事於許，確無疑義。許近東周，則伐許之役，即在居東之時，亦顯而易見。後世書闕有間，其事不傳。世之注二書者，不能得魯邦所以有許田之由，乃逞臆穿鑿，以為成王賜周公朝宿之邑。不思既名許田，成王何得以賜周公？且周公本在王朝，初未外出，又何從而有來朝之事？若謂預賜之，以備他日之往朝，然古今未聞有為其暫時來朝，而先賜之邑，以供其偶尔休沐之理。況成周為公所手營，遠方侯服、齊衛大國，皆未有此制。而已以左右王朝、追隨輦轂之人，乃巧立名目以厚自封殖，又豈聖賢之所忍出乎？況王如東都，諸侯來朝之日，魯侯猶未受封（《竹書》：「成王七年，王如東都，諸侯來朝。八年，命魯侯禽父、齊侯呂伋遷庶殷于魯。」實為魯有國之始。）豈國尚無之，而先預計及其來朝乎？其為誣罔，無俟煩言。乃二千年來，卒無一人致疑之者，則以魯之有許田，固明載於經傳，而許又近東都，且別無說以易之也。（許之近洛，係指宗周言之。其實許之去洛，亦數百里，不得指為朝宿之邑也。）今攷諸古器，知當日許書有罪，王命周公伐之，即披其地，以賜周公。至其獲罪之由，或黨於管、蔡，抑有別故？古文簡質，莫由攷見。然其事要即在於周公居東之會，則有可斷言。因周公此外，更無復有東征之舉，而伯禽是時尚未就封也。二器、一為周公所作，紀述王嘉公伐許之功，策勲錫命之辞；一則伯禽自作，即吾所謂足以證明公之東征，伯禽實從，且尚未就封於魯者也。此器世號《太祝禽鼎》，其文曰：「王伐許侯，周公某（此當即「謀」字。謂周公為之謀主，即將帥。或合下文讀之亦通。）禽祝（此字字書不載，當即「宜」字。《太誓》「類於上帝、宜於冢土。」注謂：「祭社曰宜」。《禮》「王制宜乎社」，注引《爾雅》：「起大事，動大衆，必先有事乎社，令賞罰得宜。」則宜乃祭社之名。字本作祝，後通假作宜。至「賞罰得宜」云云，則又因宜字而附會之耳。）禽又殷祝（殷、復祭也。《左傳》「祭以特羊，殷以少牢」，杜注：「殷為盛」，謂「三年一大祭曰殷」，恐非。殷有重複義，所謂「殷殷」也。殆既祭而復祭之曰殷。古龜甲卜辭，常有曰「殷貞」者，亦既卜而復占之詞。其曰「賓貞」者，則初占也。此之「殷宜」，當是師與而祭社，事畢復致祭以答之。）王錫金百鍰，禽用作寶彝。按、祝為祭社之名。凡與師命衆，必先祭社，以後遇有賞罰，即就社前行之。《夏書》云「用命賞於祖，不用命戮於社」即其一證。迨事畢則復祭之以為報，所謂殷也。茲云：「禽祝、禽又殷祝」，是伐許之役，伯禽固始終其事。使其已就封，當不能從征如是之久也。至詩所咏之「赤舄几几」，當是王賞伯禽從征之功，而賜之以章服，抑或王即以伐許所得之土田，命伯禽先尹其地。後因得齊侯之援助，始遷庶殷於魯，别啟藩封，而仍以其地為魯私邑。為時未久，故人罕称道及之。並於此時賜之以赤舄，亦未可知。實則當時冊命章服及於赤舄者甚多，如《吳彝》、《龙敦》、《師虎敦》、《師和父敦》等，不遑悉數。其在伯禽，尤無足異。初不必如《毛傳》所言，周公為太師，始得有之也。歷來解此詩者之誤，大抵皆由於不明首二句之義，以致竟以周公為狼，「跋胡疐尾」為喻周公之被難。不惟不能得其取與之所在（《毛》、《鄭》、《集注》皆以為與也），且直上下反對矣。新舊注皆訓跋為「躐」，訓疐為「跲」。而攷之《說文》、《爾雅》，則躐與跲實為一義。且胡何物，乃可云躐；躐何事，乃能在胡？（胡、項下垂肉，躐、越級而進之義，所謂躐等也。）況「跋躐疐跲」，於古更未之前聞。而所謂「進而躐其胡？則退而跲其尾」者，幾令讀者如墜雲霧中，百思而不能得其情狀。蓋注者對於跋、疐二字，本無真知灼見，第見跋字從足，有跋涉之義，而「胡」又不可以云：跋涉，乃轉而曰：「躐」（實則躐字亦何可言！）。至疐字，則尤罕見，乃因躐字之義，牽聯而臆訓為跲。躐、跲二字義並不相應，其特取此二字者，以二字不甚習用，人多不察，使於自欺以欺人也。《集注》沿用之，而不敢稍加剖白者，亦以其便於自欺以欺人也。起興之義不能明，又何怪乎其於正義模糊影響、而莫知其誰屬也耶！（今按跋字，乃「拔」之通假，猶捋取也。疐、即《曲禮》「士疐之」之疐（紀述削瓜禮之文）。《孔疏》以為「不中裂橫斷，僅去疐而已」又云：「疐、脱華處。」是直以疐為蒂之假借，而疐字即「蔕」字也。然以此詩攷之，則殊不然。蓋疐乃細長物從其本去之之通称。《禮．月令》「燒薙行水」，《疏》謂：「迫地芟草曰薙」，殆亦即此疐字之異文。以其專就草言，故字從草耳。孔氏注疐為「去蔕」，義固不誤，但以疐為蔕，則未免武斷耳。「狼跋其胡，載疐其尾」謂人之於狼，苟採用其胡，則必不遺其尾，而疐而用之。以喻成王既登用周公之聖，必不能遺伯禽之賢，故伯禽亦碩大膚美而「赤舃几几」也。詩以胡喻周公，以尾喻伯禽。故下文但言伯禽，而周公自見。咏伯禽實美周公也。自子夏後（《小序》原不誤），後儒不得跋、疐二字之義，又不知就胡、尾二字玩索之。但思狼既有事於其胡，復不恕於其尾，則此狼危矣。而周公前此，又嘗遭疑謗，其狼狽之情形似之，遂以為此狼，殆即周公。而不悟此詩之為興，而非比也。且即以此論，又安有於狼則寫其困頓，而於人則寫其從容者哉！殆亦未嘗深思其故焉尔。（自續《小序》者美其「不失聖」一句，貽誤以至於今。宋人攻《小序》，若《小序》之贅文，則誠哉其可攻也，特不可併《小序》之原文而亦非之耳。）

舒窈糾兮

《陳風》：「月出皎兮，佼人僚兮。舒窈糾兮，勞心悄兮。」此詩新舊說無一可通者。《毛傳》：「僚、好貌。舒、遲也。窈糾、舒之姿也。悄、憂也。」《箋》曰：「思而不見則憂」，是毛、鄭皆以舒為「待人」，謂待而不見，故勞心悄然也（悄、乃憂貌。毛釋悄為「憂」，亦非。）然舒縱可訓為遲緩之遲，又豈可訓為待人之遲？且遲字下，復加以「窈糾」二字，形容遲之貌，古今豈有此文理？（如曰：「待徘徊兮」或「待窈窕兮」，成何語句？）至孔氏《正義》，則並不明《毛傳》言遲之為待，乃竟誤以為遲緩之遲，故其言曰：「皎兮、喻面色皎然，謂其形貌。僚、為好貌，謂其形貌好。言色美身復美也。舒者、遲緩之言。婦人行步，貴在舒緩。言舒時窈糾兮，故知「窈糾」是舒緩之姿容。」其言模糊影響，幾不能明其意之所在。是殆以「舒窈糾兮」一句，仍就佼人身上言。然則下文「勞心悄兮」一句，突如其來，何以見其為思而不見則憂耶？（至《正義通疏》尤為可笑，曰：「言月之初出，其光皎然而白兮，以與婦人白皙，其色亦皎然而白兮。非徒面色白皙，又是佼好之人，其形貌僚然而好兮。行止舒遲，姿容又窈糾然而美兮。思之既甚，而不能見之，勤勞我心，悄然而憂悶兮。在位如是，故陳其事以刺之。」云云。此諸「兮」字，與《鏡花緣》之諸「之」字，又何以異！）《集注》知舊說舒之訓遲為不可通，別訓舒為展布之舒。窈、為幽遠，糾、為愁結，而定為男女相悅而相念之詞。曰：「月出則皎然矣，佼人則僚然矣，安得見之而舒窈糾之情乎！是以為之勞心而悄然也。」此說驟觀之極為諧適，幾無人能辨其非者。然一經細按之，則其不可通立見。因朱氏特於本文外，增出「安得見之」四字之事實，而本文無之也。今試將四字塗去，則首二句言其人之美；第三句言道達其悃誠；第四句何忽又變言其勞心悄兮耶？且詩本興体，亦不言其取興之何在，是反不如舊說，以為第一句與第二句，語雖不合，為尚能知詩之體例矣。今按此詩，本以上二句與下二句，與他詩正同。自後人誤解一「舒」字，不惟正義不能明，即喻義亦不可得見。蓋全詩之主腦已失，無論如何說來，必不能以有合也。舒、乃人名，即夏姬之子徵舒也。古人二名往往只称其一，晉重耳之称晉重，孟明視之称孟明是也。窈、即「窈窕」之窈，深沉幽靜也。糾、即「糾糾武夫」之糾，勇武貌也。「舒窈糾兮」，謂徵舒沉毅而武勇也。此詩殆因靈公淫於夏姬，而其子徵舒已長，他人代為危之之詞也。觀其次《株林》之上，則其為同時之作可知。《小序》以為刺好色，「特隱括其事而概言之耳。」（下文「在位不好德而說美色」句，則後儒所續，因詩有「佼人」句而附會之耳。於大義雖不悖，實無關宏旨也。）全詩之旨，皆具於上二句。說者因下二句失其指歸，故於上二句亦無從窺其本義。毛氏之訓僚為好，不過即上文佼字推測而出，非果有真知灼見也。《箋》、《疏》、《集注》之因之者，亦因其於本義悉無所發見，卒無以易其說耳。不知僚字乃「瞭」之假借，「僚兮」猶今人之言瞭如瞭然。（按此詩兮字，皆可易作然字解，以其皆形容詞也。）謂清晰也。瞭字今人定從目，不過取義於目之黑白分明，此特就其至近且習者言之。其實古之言清晰者皆曰瞭，故於水則曰「瀏」（按、字當作「潦」，嫌其與水潦之潦相同，故變其文作瀏。瀏、尞古同聲。次章瀏字，即瀏字假借，或由筆誤所成。）於火則曰「燎」（非「燎之方揚」之燎），於人則曰「僚」（非「僚友」之僚）。隨指而異，初無二義也。「月出皎兮，佼人僚兮」謂明月一出，則物無遁形，非箋泛言美人對月也（歷來讀此詩而不復加以深攷者，弊皆由此。）今徵舒沉毅而武勇，此所以使我心勞思而悄然也。正面但言徵舒之才智，則淫其母者之危立見（次章並言舒之憂而順受，則詞愈迫矣。）意含蓄而不盡，此詩人之言，所為婉而多風也。詩人此言，即已看到後來出廐射殺之禍。而二、三淫人，日游於羿之彀中，乃猶恬不知儆，且不恤發為「似汝似君」之惡謔，此其所以終不免於蹊田奪牛之慘報，而為詩人之所痛心而疾首也。此詩與《燕燕于飛》之「仲氏任只」，詩中皆有其主名之可按，而世猶不得其解。然則吾人欲假文字之力，以見知於後世，不其難哉！

丘中有麻　全章

嘗怪考亭大賢，平生嚴氣正性，凜然不可犯，所謂「非禮勿思者」。乃其注《詩》則動輒指為淫奔。甚或人皆不見其淫奔之跡，而自先生觀之，亦昏以淫奔目之。若以誠中形外之說相繩，恐不能免於唐突大賢矣。其於鄭、衛之詩，苟非有許多顯證介乎其間者，幾全體皆注為淫詩。其至堪發噱者《風雨》，思君子也。其卒章「風雨如晦，雞鳴不已」二句，文義至顯，即續《小序》者亦知其為世亂不變節。至先生乃獨曰：「此淫奔之詩」，且為之說曰：「風雨、雞鳴，正淫奔之時也。」風雨縱可以云「淫奔之時」（其實風雨絕與淫奔無涉。淫奔不惟無俟乎風雨，風雨或轉足以阻淫奔。）豈雞鳴亦為淫奔之時乎？天下有聞雞鳴而始往淫奔者乎？（曰、有之。此世之所謂「趕熱被窩」也。一笑。）然此猶可曰誤於前聖「鄭聲淫」（並非鄭詩淫），及「桑間濮上」之說故也。至「二風」以外，亦往往臆指為淫奔，則誠莫能為之解矣。即如《丘中有麻》一詩，反覆讀之，殊不見其有淫穢輕蕩之處。《小序》曰：「思賢也」正合詩意。至續《小序》者曰：「莊王不明，賢人放逐，國人思之而作是詩也。」已非詩義。若毛、鄭之說，則又因續小序者之言而傅會之，讀之儘可使人捧腹不置。如曰：「留、大夫氏，子嗟字也。丘中墝埆之處，盡有麻麥草木，乃彼子嗟之所治」。至二章「彼留子國」，則曰：「子國、子嗟父」。於三章「彼留之子」則曰：「之子、留氏之子」。纖論彼留子嗟四字之不成語（即舊說言之，注者特於注中增出

「之所治」三字，今試抹去此三字，能成句乎？）今以同此句法，同此文理之句，平空而派為祖、父、孫三輩。幸而此詩止於三章，若增至五、六章，不將曾孫、耳孫、高祖、始祖一齊出現乎！且詩本咏思賢，而賢者之所能，乃惟是植麻、植麥、植李。晉老農、老圃所優為，而詩人所思之賢者，固如是乎？豈無此賢者，而天下將不知有麻、不知有麥、不知有李乎？其說之荒唐可笑，夫人見而明之。（鄭氏箋《詩》，已有異說，謂留氏放逐而復事此。然其不能成語與前同。）然即今觀之，其說雖非，猶知往思賢上用意，則正未可厚非也。獨至朱氏不知有何感觸，乃毅然斷曰：此淫奔之詩！乍觀之，幾莫明其所以然。及讀其新序，故疑「丘中有麻之處」一語，始知此公之勘此公案，全在一「麻」字。蓋麻葉蒙密，高可隱人，如幕如屏，正可資之以行其歡欲，詩所謂麻麥幪幪者也。今留客者不於明堂夏屋，而乃於麻地之內，則其為私而不為公可知。於麻地之內即留客與私，則其為淫婦可知。（然謂之男子，又何不可。）乃詩人謂留之者為「彼」，則必非詩人所自留，即非詩人所與私。此外別有留之私之之人，而詩人寡居於第三者之地位，確無疑義。然被留者苟與其人無關，則其被留與否，又何須介意？今一見麻，即想見有人留之與私，則其人必熟於此道，常與其人私於麻地之內。故以己度人，見麻既疑復有與之私而留之者。此所以特斷定為婦人望其所與私者而不來，故疑「丘中有麻之處」，復有與之私而留之者也。似此抽蕉剝繭，層層深入，苟非正心誠意，達到渣滓盡去、清光大來之地位，安能有此卓見！淫祀子嗟、子國、之子等，千餘年偉逃法網，反冒竊賢者之名號，而今而後，可謂之奸情敗露矣！然竊有疑者：「丘中有麻」之處，可以有人留之共私；即二章之「丘中有麥」，亦可云然。若三章之「丘中有李」，則枝葉皆聳然在上，其下落落清疏，又豈可留人共私之處？豈留之者能猱升樹顛，如「兩個黃鸝」，攀援而私之耶？如其不然，則前此之取資於麻、於麥者，又何為耶？或曰：人至淫慾熾盛時，初或見有物可以容隱處，疑有人留其所歡。繼即萬無可容隱之處，亦常疑有人留之。古所謂見堯於牆、見舜於羹；諺所謂疑心生暗鬼也。曰是則然矣。然據首章言，則疑為被留者為子嗟；據二章言，則疑為被留者為子國；據卒章言，則疑為被留者為無名無氏之「之子」。然則三者果孰為其所共私者耶？抑三者皆共私，而一時望其同來耶？今章三者皆分道被留，設一旦三人同時而至，其又將如何耶？且此婦何故見麻而即疑被留者之為子嗟；見麥而即疑被留者之為子國；見李而即疑被留者之為之子耶？見一物即另望一人，何其中情變換如是之速耶？恐朱氏亦無以自解也。此詩自儒先相傳，即以為興體。毛、鄭之說，雖已無復興之義意，然仍存其興體之說如故。至朱氏始毅然改興字為「賦」，而真義遂不可復覩矣。今按此詩之義，皆具於首二句（凡興體皆然）。而二句之中尤重在首句。此句一誤，則其餘各句悉失所根據，必致鉏而不能通，此自然之勢也。古今來解此詩者之誤，大抵皆原於忽畧起手一「丘」字。

起興之義，僅此四字。而四字中為實字者，又只此二字。今畧去其一，如之何其能尋得其義意耶？竊謂丘、高田也。字本象高田形（觀古幣可見，小篆已非本形），故後又借作田畝之名，《春秋》所謂「作丘甲」是也。世儒因其常與「陵」字相連用，遂誤以為陵之小者，實非本義也。（即按俗義解之亦可）高田乃田之美者，當然用以植嘉穀。以喻崇高之位，當然用以待賢士。麻乃人生冠服所利賴者，故人必以高田植之。因言丘中則人用以植麻，彼又烏得不留子嗟乎？彼之所以留子嗟者，乃「將其來施施」耳。將、即古「請」字。舊注訓「願」，義近而實非。蓋古無請字，字即作「將」，此詩「及將仲子兮」是也。後世始別作請。將、請一聲。觀慶字之古讀「羌」、今讀「磬」，

知將、請古只為一字也。「施施」、音駝駝，古文只作「也也」。古器中常用之，如《齊侯盤》：「也也熙熙，男女無期」等是。施施、重沓之義。「將其來施施」即請其常來也。（《孟子》：「施施從外來」亦音駝，但彼乃狀其行之狀，即俗所謂拖拉、拖拉也。）次章義亦如是。卒章「貽我佩玖」，則養賢之報也。通篇皆言養賢之事，何嘗有幾微淫穢輕蕩之存？「子嗟」、「子國」，殆即當時之賢者。「之子」則不必實有其人而概括言之者也。《小序》不曰養賢而曰「思賢」者，或二人當日賢而不在高位，實無人焉留之。詩人特意為此說以諷當世。《王風》多東周以降之詩，是時王道凌夷，養賢之道久不講，以其時故之，想當然也。乃二人者，遭逢不幸，生不遇於時。死去既遇毛老先生於

前，強之聯父子之親；嗣復遇朱公於後，更誣之以嫪毐、登徒之醜行，以致含冤負屈者兩千餘年。使不遇區區，正不知其何年始得復睹天日也。

又按子蓋（即嗟假借）、子國皆鄭人，此詩又適當《鄭風》之前，或即由鄭詩竄入於此。詩之篇次多凌亂，無復舊觀，想當然也。朱氏之指為「淫詩」，或亦本此。

論比興

《詩》之為用，莫大於比、興。以事或難於顯言，又直言易盡，不如隱約言之，婉約而多風也。二者異流而同源。比固比，即興亦比。不過先取譬於他物，嗣即以本義申明之者則為「興」；其先後僅就他物言之而不復申明，使人自想像於語言之外則為「比」。一而二、二而一者也。統觀《三百篇》中，興多而比少。其純乎為比者，如《鴟鴞》全章；《正月》「終其永懷」兩章；《匏有苦葉》前二章及其卒章；《谷風》「桑之未落」二章，其餘寥寥可指。至興則十居其五、六。其故則以「比」純寫喻義，人或終不明其用意之所在。又、比之純寫喻義，與「賦」之純寫正義者，其易於直率而寡味也正同。初不如興之正、喻夾寫，喻義既立，後再隨意申明之，或反或正、或偏或全；或長言以咏歎，或含意而待申，伸縮之間，正多餘地。《三百篇》之妙處，全在於此，即古人立言之妙處，亦全在於此也。自《詩》亡以後，《禮》、《樂》歇絶，《雅》、《頌》之道闕焉弗講，在續《小序》者於《詩》之体例，已復瞀然。故其說《詩》也，正、喻不分，以喻義往往夾雜於正義之內（如以《兔罝》為「罝兔之野人」；《丘中有麻》為「子嗟所種」之類），而毛、鄭益無論已。然舊說謂：興是譬喻之名，語原不誤。至云：「意有不盡，故題曰興」，則適得其反。蓋喻意無不盡，惟下文之申明正意處，則或盡或不盡耳。至朱子作《集注》，則於詩之体例，益無所窺見，而又好苟異前人，乃併將前人譬喻之說，全行抹去，而別為規定曰：「興者先言他物，以引起其所咏之辭也」。推其意似以興之所言，與詩之本義，初不必有何關係，而但用以為話之開端，下此始為正義。不思天下古今，顧有此枝蔓之文理哉！古詩原多為四句，今先除去兩句，用以為話之開端，僅有兩句述說正意，吾恐古人不致若是之浮文妨要也。蓋朱氏並非對於興之体例有何研究，第見標題曰興，興有「起」義，遂臆斷其義為興起。而朱氏於古人取譬之義，又多不了解，於是於詩之取喻淺近、為彼所能知者，則別定為比；而於彼所不能知者，則概指為興。以此見朱氏於比、興之分，固毫無標準，而僅以其意之能知與不能知為斷。今幸而其所知者尚不甚多，使其果能了解，則全《詩》之興將悉改為比，而無復興字之存在矣。惟是朱氏既不知興之即比，而又不明比、興之所由分，是以乍見為興者，忽又見為比者，忽又見為賦（一因興体下必有說明之故。）；恍惚迷離、捉摸不定。於是所謂：「興而比、比而興，賦而興又比」等等怪誕不經之名詞，乃聯翩發現。不知既為比，則必不能再為賦、興；既為興，則必有賦，即決不能再為比。賦、比、興三者，三分鼎足而各不相容（賦為正，比為喻，興則先喻後正。），初不得忽彼忽此隨意亂指也。賦、比二者，其為用也簡單而純粹，故人易知。至興則正喻夾寫，隨篇立局，變幻莫測，其用較為複雜，故人多不能明了。然苟能即其喻義研求清晰，則其下申明處，自勢如破竹、迎刃而解，言中、言外之意，無不畢現於毫端。世之言詩者，不知於此處注意，而乃於全詩中，無關緊要之字句，攫取其一鱗半爪，拉雜湊合，而指為詩義，此其所以說經而經反晦也（如說《兔罝》謂：「罝兔之野人，皆可為干城」；《有狐綏綏》謂：「託言有狐獨行，而憂其無裳」之類，不能悉數）。今且即興之各種体例分別言之。有全起而全應者，如《關雎》之以「窈窕」應「關關」；「淑女」應「雎鳩」；「君子」應「河洲」；「好逑」應「在」。《螽斯》之「以尔」應「螽」；「子孫」應「羽」；「繩繩」應「薨薨」是也。此詩之正格也。有全起而不全應者，如《雞鳴》以「風雨」喻時亂，以「雞鳴」喻「君子」。而下但言見君子而喜，則其為世亂可知。此但應其下句者也。《月出》本取喻於皎月一出，則人無遁形。而下但以徽舒之窈糾應「月出」，而代為之勞心，則為所獨者之危自見。此但應其上句者也。語半神全，詞歩吞吐，詩之作用，全在於此。所謂言者無罪，聞者足以戒也。外此有正起而反應者，「江有汜」而乃應以「不我以」；「相鼠有皮」而乃應以「人而無儀」是也。有反起而反應者，「誰謂雀無角」四句、「豈其食魚」一章是也。有反起而正應者，《豈曰無衣》全章是也。此用筆之變化也。至布局，則或有以多句起，以少句應者。「敦彼行葦」以四句起，而下以「戚戚兄弟」兩句應之是也。有以少句起，以多句應者，如「南有喬木」以二句起，而下以「漢有游女」六句應之是也。此又格律之變化也。與之体例雖變化多端，至其為上下呼應、相對成文，則百變而不離其宗，所謂神明不離乎規矩也。人但能求得其呼應之跡，則全詩之旨趣自見。是猶庖丁之解牛，批郤導窾，自不見其有全牛也。漢世詩學家，幾無人注意及此，故其說詩，多拉雜可笑。宋儒知之矣，而於賦、比、興三者之所由分，未能言之了了，而又不能即喻意加以甚深之研幾。致於詩之正義，多了草讀過，不能得其呼應之跡。後之君子，執余說以求之，則於讀詩之道，必能事半功倍。而舊說之不足信，亦將了然如指上螺紋，必不誚余為誣謾前人也。

說關雎

此為《三百篇》之首章，古今之說之者多矣，當無復毫髮之遺憾。然其中似仍有些微之未合者。則以歷來之說此詩者，莫不注重於雎鳩之摯而有別，而於二句則從略。此雖不乖乎詩義，然以文理言之，「雎鳩」實只興起下文之「淑女」，至「河洲」始興起下文之「君子」。非以一雎鳩況文王，又以一雎鳩況后妃也。意謂關關之雎鳩，則在河之洲矣，言其得所也。彼窈窕之淑女，君子能不好以逑之乎？此「逑」字，即下文「寤寐求之」之求。古文於往來動作之詞，往往隨意加以「辵」字。如來字，本不從辵，而時或加以辵作「逨」。往字上半即「止」之變形，或更加以辵作「迬」。甚則萬年之「萬」，猶時時加辵作「邁」。此逑字亦猶是也（其加辵也，殆有往而求之之意。或謂一章之中，不應求字或加辵或不加。不知此例在古文中甚多。《論語》第二章：「其為人也，其為仁之本與。」二人字，一加二作「仁」，一不加即其例。）漢人之說此詩者，間或以逑為「仇」，此則由於沿用毛義而然。因毛氏於古文体例，多不了了，見有異体文字，不知其即為一字，輒逐字臆造一義以賦之。即如此「逑」字，何嘗別有所放見！乃傅會詩意而訓之曰：「匹也」。蓋既誤讀好字為上聲，作形容詞，自不得不更以此字為名詞也。毛既訓此字為「匹」，又訓《秦風》「與子同仇」之仇字為匹。漢人沿用之，故遂誤以為一字也。其實不惟逑字不得訓匹，即仇字亦不得訓匹。「仇」字在古書中，常與「讎」字互用或合用，意即讎人也，絕無有作匹閑者。毛之訓仇為匹者，殆誤會《左傳》「怨耦曰仇」之文。不知《傳》文實謂：怨耦不得稱之曰耦，乃讎人也。今人之所謂「歡喜冤家」者即此，豈得因此而遂訓冤家為匹耦乎？至「與子同仇」，乃謂：與子同讎其人。若既訓為匹，豈可曰「同匹」乎？（既曰「匹」，則不得復曰「同」，此義甚明。）訓逑為匹已誤，而誤逑為仇者實再誤矣。前人既不識此逑字即下章之二求字，故文氣遂為之中斷。不知此詩章法，在諸詩中實至為緊湊。此章既以「在河之洲」興起求字，故下章即緊承此求字言之。而別以求荇菜者，喻求淑女，言其求之之切。卒章則求之既得之後，而仍緊承上章之荇菜言之，以形容其求之既得之樂。三章一氣蟬聯而下，緊相銜接，一經頓挫，便為減色矣。《小序》

釋此詩曰：「后妃之德也」（此句乃係序此詩之詞，以下則綜序全詩。以古來載籍，無弁首之例，其敘述全書之詞，多附於首章之下，不獨此書也。）。而詩中所敘，乃悉文王求后妃之事。其形容后妃者，只有「窈窕淑女」一句。《序》顧歸之於后妃者，乃推本言之，言文王之求，實后妃之德有以致之也。《小序》之所言，多從題外主論，所謂：識距題顛也。若詩中所言，則人人能解之，無待乎《序》矣（就子夏當時言之）。孰意弦歌中絕，後人不明《詩》者，因併不明《序》。世儒見《序》之所言，多與詩中所言不相應，乃隨手摭拾詩中之片文隻字，連綴成文，以上合於《序》，兩相牽掣，於是詩不可讀，而《序》亦不可讀矣。宋人疑《小序》，所見未嘗不是。乃不知分別觀之，至使詩學鼻祖之子夏，併蒙千載之誣。此則千慮之一失也。

說葛覃

予謂《小序》惟首句為子夏原文，其後皆後儒掇拾詩中詞句，牽雜以傅會之者，觀於《關雎》之詩即可見。《關雎》為全《詩》之冠冕，而子夏之說之也，只「后妃之德」一句，絶無一語涉及詩中。乃後儒亦不復紹續之者，則以其下有子夏綜叙全詩之文銜接之，無餘隙可以容其羼入也。至《葛覃》則可以大放厥詞矣。《序》本曰：「葛覃，后妃之本也」。後之說詩者，不得其為本之說，乃捃摭字面，雜湊說之曰：「后妃在父母家，則志在於女功之事，躬儉節用，服澣濯之衣。尊敬師傅，則可以歸安父母，化天下以婦道也。」，其言之支離破碎，讀之直可使人失笑。因詩言「歸寧父母」也，則以為后妃在父母家。見詩言「為絺為綌」

也，則以為志在於女功之事。見詩言「害澣害否」也，則以為躬儉節用，服澣濯之衣。見詩言「言告師氏」也，則以為尊敬師傅。其所采摭及之者，僅后妃之種植灌木、飼養黃鳥耳。可謂極組織之能事矣！獨不思既云后妃在父母，則所謂歸寧父母者，將從何而歸？豈在其父母家，而告其父母家之師傅曰：「吾將歸寧父母」乎？文止數句，而前後自相矛盾至此。鄉曲閭稍明通之學究所不肯出，而謂子夏為之乎？且所謂「后妃之本」者固如此乎？此合上下文觀之，其截然非出一手，確無疑義。蓋既能作后妃之本一語，決不至再能如以下云云也。朱子盡棄其說，不為無見。乃復自為之序曰：「后妃既成絺綌而賦其事」。則是朱氏於后妃之本一語，初亦未能領會，第就詩之表面、人所共見者言之。此則朱子之淺也。按此詩舊說相傳，皆指為興（《毛傳》）。毛、鄭所訓釋，雖無復興之意義，然仍存其說。至朱氏則硬改為賦，殊涉武斷。實即詩之意義求之，謂之興固有不合（上下不相呼應），謂之賦則尤屬寡味，實則前二章皆比也。首章以「葛」與「黃鳥」對言之。葛之覃者，得施於空谷，故維葉萋萋；黃鳥于飛，得集於灌木，故其鳴喈喈。二物皆以能得其所，故得各暢其生機，以比后妃得歸文王，猶葛之施空谷、鳥之集灌木，故得克遂其素志，而為王化之本也。在詩人即物起興，或且眼前偶有此物，而因以詠歎之。若直解為賦，則神味索然矣。《小序》之所謂：「后妃之本」者，即指后妃之德，以得配君子為本。蓋夫婦和而萬事成也。第二章則專就葛、申言之，以明其為本之義。蓋葛之覃者，施於中谷之既久，則維葉莫莫矣（莫莫、茂密貌。蓋已成熟也。），故刈之濩之，製為絺綌，以被服天下。然其得力處全在施於中谷，故曰本也。后妃之化乎天下，其本在於得配文王，故曰「后妃之本也」。至三章「言告師氏」一章，乃不過約言其得配文王，夫婦諧睦，得以為德化之本者之一節，或是時適有歸寧之事，因舉以為言，隨時指點。所謂「本」者，不盡在此，亦不必其不在此也。究之所謂后妃之本者，盡具於前二章。前人因忽略「施於中谷」、「集於灌木」兩句，故其義不見。而又有續《小序》者之讕言以淆惑之，此此詩之所以終不明於世也。

說卷耳

《小序・卷耳》：「后妃之志也」。此等議論，非子夏不能發之。（凡《小序》皆然，不獨此詩。）惜後儒不明詩義，不能得《序》所謂「后妃之志」者何在，而詩中詞句又無可据拾。幸《左傳・襄十五年》曾引用此詩，曰：「詩云：『嗟我懷人，置彼周行』，能官人也。王及公、侯、伯、子、男、甸、采、衛、大夫，各居其列，所謂周行也。」乃一口咬定「官人」兩字，從而為之說曰：「又當輔佐君子，求賢審官，知臣下之勤勞。內有進賢之志，而無險詖私謁之心，朝夕思念，至於憂勤也。」，其言之蕪雜凌亂，乃續《小序》者之本色（如「險詖」云云，乃因詩中有「崔嵬」、「虺隤」等字而傅會之）。約其大旨，固以輔佐君子，求賢審官，為后妃之志也。夫牝雞司晨，古人所戒，豈有賢如后妃，而乃以攬權干政為心者？且后妃遠處深宮，又烏從而輔佐文王求賢耶？兩漢外戚之禍，未始非此等瞽說有以階之厲也。不知《傳》之所云云者，乃吟詩斷章，僅節取此二句之義，非謂全詩皆咏官人也。《傳》之引此二句為官人之證者，以詩之所謂「置彼周行」者為文王，故曰：「能官人也」。後之說詩者，不知於此加之意，乃曰：「后妃思為文王得賢人而置之周行」。若然，則所謂「置彼周行」者，尚無其人，更何從而定其賢否，又烏得即稱其為「能官人」耶？（豈但得人而置之周行，即可謂之「能官人」耶？）是不惟不明詩意，即《傳》所以引用此詩之意，亦未能明也。然因有此番引用，「周行」二字之義，乃得有詳正之說明，是又不幸中之一大幸也。歷來之說此詩者，除此二字外，殆無一合。不謂攷亭朱氏作《集注》時，因胸中橫亘有唐人「提籃忘採葉，昨夜夢漁陽」之語，強改此為賦，更強解周行二字為「大道」，是併此僅存之碩果，而亦剗除之矣。微論周行必不得訓為大道，且獨不思二《南》、《風》詩之盛，王化之基，烏容有此輕薄側艶之詩耶？而況其出於后妃耶？然「周行」二字，《左氏》雖有確詁，而毛、鄭因拘於字面之故，訓釋亦微有錯誤。則以其釋「周」字為周之國號，至「行」字始釋為列位也。不知此周字乃「朝」之通用，古周、朝同聲，常相通假。《汝濆》：「惄如朝飢」，乃假作「輖」是也。（「朝廷」之朝與「朝夕」之朝，古亦只一聲。觀《楚詞》朝夕之朝，常假作「鼂」可知。）周行即「朝列」。若解周作國名，則不復成語也。細繹此詩，殆文王受命得專征伐以後，后妃憂聖危明，常恐其君子，不克盡於其職，而代為憂勤惕厲之作。不以晉爵為喜，而以不勝任為懼，閨帷念憶，而不及燕暱之私。故子夏曰：「后妃之志也」。「采采」，不一采也；「卷耳」、微物也；「傾筐」、器之易盈者也（筐不易盈，傾筐則易盈。傾、攲側也）。今「采采卷耳」，則不盈傾筐矣。嗟我所懷之人，乃置之於朝列，其能勝此周行之任乎？第二、三章，則以「馬」喻文王，而以「崔嵬」「高岡」喻周行，憂其力絀而任重。而終之以「不永懷」（此懷字、即承首章懷字來）、「不永傷」，則憂之甚也。至卒章，則作一失意想云：「陟彼砠矣」，我馬果「瘏矣」，我僕亦「痡矣」（此僕字、當指文王左右輔弼之人），如之何其不傷懷歎息耶？（吁、憂歎也。承上傷字來。即此可見古人文字之密）則出憂之極，而恐其萬一之或然也。后妃對於文王之受命，其憂勤惕厲如此，則其平日之所以輔佐君子，助成其德化，而惟恐其有負於周行之位置者，當復何若！則謂關雎王化之成，即基於此一念，亦無不可也。乃此義自子夏序「詩」後，竟無一人能見及之。謬說流傳，一誤再誤，孰謂解人之易索哉！

說兔罝

此詩初無甚深意，亦不甚難解。乃歷來說此詩者，無不成為笑柄，則真怪事也。如詩明明曰：「兔罝」，而說者則必解之曰：「罝兔之野人」。豈罝兔之野人而可以目之曰兔罝乎？今試執網魚之漁翁，稱之曰：「魚網」，人能解乎？且下文所言「椓之丁丁」者，又何物耶？豈即椓此罝兔之野人耶？二、三章所言「施於中逵」、「施於中林」者，即施此罝兔之野人耶？罝兔之野人何辜，而乃肆諸市朝誕置之平林耶？掩卷思之，寧無捧腹！推原其故，殆皆由於續小序者，不知《序》言「后妃之化」之故。見詩中有「糾糾武夫」及「干城」、「腹心」句也，則以為賢才衆多，且為之說曰：「關雎之化行，則莫不好德，賢人衆多也」。後之人因崇信《小序》，而不悟其中有續作，遂即其意而傅會之，因之以演成此種怪論。不知《序》之所言「后妃之化」者，乃緊承上文《卷耳》「后妃之志」來。觀中間三詩，《序》文皆稍變，而此獨於開端三詩同一筆法，其義可見。蓋《關雎》后妃之德；《葛覃》、見后妃得成其德之本；《卷耳》、后妃之志；而此篇則人皆感於后妃之志而化也。后妃因君子得置周行而憂勤惕厲，故公侯皆感而化之，而急於求賢以自輔。篇中所咏，皆求賢之事，非賢材之事也。篇中以罝兔喻求賢，殆猶是禮羅義網之義。初不過借以為喻，不惟無與於罝兔之野人，即亦非咏罝兔也。「肅肅」、布網聲也（若在今語，則當云：「沙沙」然。沙、古音莎，與肅同音。《集注》誤以為嚴肅之肅，注云整飭貌。兔罝豈可言整飭耶？），「椓之」則既張矣（凡張網必先布之，而後椓其四隅）。人能以罝兔者求賢，則「糾糾武夫」，皆將為「公侯干城」矣。第二、三章，則反覆以罝兔喻求賢之道。而第二章則千古無人解者，以致謬誤百出而仍不可通。說者亦只有依文訓義，苟且支吾，而不敢下一切實解釋。因「逵」乃九達之道，罝兔者胡為而置網於此耶？不知此章乃反言以喻求賢之必以其道，不可以率然從事也。如不得其道，則如罝兔者然。以其罝而施諸九達之逵，則必無望其能得兔，而「糾糾武夫」，皆將為「公侯」最善之讐人矣（仇字除假借外，只作讐人解，說已見《關雎》。此詩亦舊訓為「匹」，謬說也。）。第三章則轉正言之，若求賢得其道，如罝兔者施其罝於「中林」，則獲兔必多，而「糾糾武夫」，皆將為「公侯」之「腹心」矣。文義本自明瞭，但以經文求之，即無不了然。乃世之人不知信經而信傳，作傳者之知識又不足以窺《小序》之旨，於是沿訛襲謬，致以此等淺顯之文，而亦不能得其確解。世競言漢、宋，予不得不歎為一邱之貉也。

說漢廣

《小序》：「漢廣、德廣所及也」。第二廣字、似是衍文。殆由前一廣字之錯亂，否則為續小序者所增添。有其字初亦無大礙，但與其他文字不類，故可決其為誤也。至續小序者，不能得《序言》「德之所及也」者何在，見詩中有「江」、「漢」字，又有「南」字，乃為之說曰：「文王之道，被于南國，美化行乎江漢之域，無思犯禮，求而不可得也」。其說一出，後世乃翕然從之。《集注》則更先坐「江漢」以淫亂之俗，謂：「自被文王之化，故其出游之女，人望見之，而知其端莊靜一，非復前日之可求矣」。是竟以所謂不可求者，不在男而在女矣。至說二、三章，則竟以「之子」指游女，謂：「悅之至而欲為之秣其馬（朱氏此注，殆由讀陶靖節《閒情賦》得來）。若然則是女不可求，而男仍思犯禮，所謂被文王之化者，固如此乎？即詩攷之，初不見其詩之必出於江漢，且有以決其必不出於江漢。以詩中本以「南」與「江」、「漢」喻遠也。詩之主旨，在勗人以各安其分，而勿復為出位之思。因特即娶妻一事發其凡，以為好高騖遠、荒棄其本圖者戒，故曰：喬木、人之所休息也。而「南有喬木」則「不可休思」矣。游女、人之所爭求也（女之美者，每好出游以自炫，故即以游女代美人）。而「漢有游女」則「不可求思」矣。何以言其不可求思也？以「漢之廣矣」，不可泳思」也。何以言其不可休思也？以「江之永矣」，不可方思」也（由周至南，必須渡江，故即以江代南字。正喻雙承，乃興體中之變格，實則皆寓言也）。二、三章則仍本此義言之。言喬木既不可得，即彼翹翹然錯雜之薪，其長短高下亦至不齊也。吾且刈其至短至下者之楚焉、蔞焉（楚、灌木之最低下者，所謂「平楚」也。蔞、舊說以為「蔞蒿」，當即今之萵苣，亦草之最低下者也。近人多習用「翹楚」名詞，殆不明詩義。）。「之子」之與「游女」，殆猶錯薪中之「楚」、「蔞」然。然既于歸於我，則言秣其駒馬以迎之焉。末復述前言以咏歎之曰：「漢之廣矣，不可泳思」也，「江之永矣，不可方思」也。迴環往復，深切著明，苟非深被文王之德化，而能以義命自安者，曷足以語此。苟即此一念推之，人人皆能以義命自安，各盡其分內之職，而不敢為軌外之想，則事無不舉，位不相凌，王化之成，又豈有他道乎？

說芣苢

《小序》：「芣苢，后妃之美也」。續小序者不能得所謂美后者何在，而篇中除「芣苢」二字為實字外，餘皆虛字，無可以施其捃摭附會者。因見芣苢即車前，能治產難，乃從而為之說曰：「和平則婦人樂有子矣」。夫人之樂有子與否，與產難何涉？豈婦人不樂有子，遇產難便當不愈之耶？毛氏知其說之不通，特為變換其文曰：「宜懷妊」，不思芣苢之所以愈產難者，以其性能驅水，峻利下行之故」。豈有峻利下行之藥，而能宜懷妊者？若然，則大黃、川軍皆廣嗣安胎之聖劑矣，有是理乎！且即曰宜懷妊、樂有子，又與后妃何與，而乃指以為后妃之美耶？《集注》以上下兩語之不相通貫，乃直將《小序》原文抹去，而專取其續者，數衍成說曰：「化行俗美，室家和平，婦人無事，相與採此芣苢，而賦其事以相樂也。」則併詩中之主人而屏棄之，誠可謂之買櫝而還珠矣。今攷此詩之所謂「后妃之美」者，乃美后妃之能擇善，不遺乎小者、近者，而孳孳不已。故能由近以及遠，積小以高大，以成其大美。此詩人之所由從而美之也。通篇皆比喻之詞。縱當時或適有采芣苢之事，固假以取譬，要其實則初非泛咏采芣苢也。古今來說詩者，乃無不專注目於「采芣苢」三字，而其餘不同之五字，則概置不論。殊不思僅咏一采芣苢，乃敷衍至於三章，而約其旨則仍為采芣苢，天下固有此無味之詩耶？夫詩人之美后妃，乃必取譬於芣苢者，以芣苢可供醫藥，雖微物而有一節之長，與《谷風》之言「采葑采菲」者，同一用意，初不問其所治者為何疾也。言后妃之擇善，雖賤如芣苢，苟片長可取，亦必采之無遺，故通篇即以采芣苢為喻。言人之采此芣苢也，初不敢必其有也，第漫言采之而已。而采采不已，既而果有之矣。有之而采采益不已，則姑就其落地者而掇之（掇，拾也）。掇之而采采益不肯已，則並就其未落者而捋之。捋之而采采仍不肯已，而手中已盈，則承以衣、執其衽而袺之（袺，即今之所謂以衣兜之也）。袺之而采采猶不肯已，而手已不勝其執，則更扱其衽於腰帶之間而襭之。蓋芣苢之為善雖小，而經此勤求而不已，則由近而及遠，積小以高大，遂有終身用之不能盡者矣。其創始也簡，其將畢也鉅。人之好善如此，其盛德為何如乎！《小序》謂為「后妃之美」，不亦宜乎！

振振君子　歸哉歸哉

《殷其靁》：「振振君子，歸哉歸哉」，二句舊傳無韻，《集注》亦不詳其叶法。今按「哉」與「子」兩字可互叶也。古音讀哉如「基」，故在《詩》中常與支紙部相叶。《君子于役》：「曷至哉？雞棲于塒」，哉與「塒」相叶；《園有桃》：「彼人是哉，子曰何其」，哉與「其」相叶，蓋古音本如是也。自哉字轉為直齋切，此兩句遂無韻矣。

我心匪鑒　不可以茹

《柏舟》：「我心匪鑒，不可以茹」。《毛傳》：「茹，度也」。此非毛氏之注茹字，乃毛氏以茹字之義不可通，特私擬一字以當之者也，故其字必與上下之韻相合。當時門弟子之傳誦授受，殆即以度字為義。其原文仍存茹字者，不過示古本相傳本如是，特《傳》疑而不敢改耳（古人無敢輕自改書者）。毛氏於所不識之義，往往如是，如《破斧》「四國是皇」，《傳》曰：「皇，匡也」；《常棣》「烝也無戎」，《傳》曰：「戎，助也」，皆此類。非謂皇字可訓匡，戎字可訓助也。鄭氏作《箋》，不識此義。因此詩「茹」字訓度，併《六月》「玁狁匪茹」之茹字，亦釋作度，更轉而為法度之度，則大非矣。今攷毛氏之釋茹為度者，因下文有「往愬」、「逢怒」之文，言：「我心匪鑒之明，不能度人，故往愬逢怒」。鄭氏則根本其說而反之，謂：「我心匪鑒，徒能鑒人容色，而不能度人真偽，故未往愬即知其不可據。」二說皆可通，然皆從下文逆臆而出，而不知即本字着想。至茹之何以即為度，則在所不計也。今按此茹字，乃假借字，本當作「鑢」，磨也。《大雅》：「白圭之玷，尚可磨也」，《鄭箋》：「尚可磨鑢而平」是也。此二句本與下章「我心匪席，不可卷也」、「我心匪石，不可轉也」同一句法。此不過曰：我心匪鑒，不可磨爾。因志不可磨，故至往愬而逢怒，正不必多所傅會也。古人凡假借之字，必取其聲同而義絕不可通者，以免滋人之誤會，此茹字亦其一。漢人不知假借之義，而專即字面求之，故說來多穿鑿可笑。其無所施其穿鑿者，索性併其字棄去之，而逞臆揑造一字，以為之代。此古義之所以日湮也。

其心塞淵　秉心塞淵

《燕燕》：「其心塞淵」。《傳》：「塞、瘞；淵、深也」。《正義》云：「其心誠實而深遠也。俗本瘞作實。《定之方中》：『秉心塞淵』」。《鄭箋》云：「塞、充實也；淵、深也」。毛訓「塞」為瘞，義固不甚相遠，但「瘞淵」二字，不成文理，豈瘞之於淵中乎？况更訓淵為深，而曰：「瘞、深」，尤為不詞，殆謂其心理之深深耶？則天下又安有以此頌人者耶？《箋》及《正義》知其不可從，乃别訓為「充實」、「誠實」，義似稍進矣，然塞之得訓為實者，乃動作詞，猶「實玄黃于篚」之實，非充實、誠實之實也。且訓淵為深，義亦不合。淵可以喻深，而不得謂淵即深，猶山可以喻高，而不得謂山即高也。況實、深二字，亦未有聯合作一名詞者耶。今按，塞、似也，勝也。音讀如賽，今俗語猶沿用之。凡遇有兩物相較而勝者，則曰：「塞似某物」，俗書多轉作賽。殆因塞字之義久失，而其字又有兩音，世多讀作思色切，與俗音不合，執音求字，故轉而從賽。其實賽為投社之名，初無此義也。北土方言，多有古義之僅存者，此亦其一也。「其心塞淵」，謂其心勝如淵之平靜也。（舊說訓淵為深亦非是，）淵固可以喻深，然心深乃機械變詐之謂，所謂胸有城府是也。初非美德，詩人絕不能以之頌人。淵為止水，性至平靜，故取以為喻。下文「終溫且惠」，溫、惠二字，殆不啻為此句注腳。若如舊說，則訓任為「大」，此句又為實為深，下文又為溫、為惠，三句十二字中，而形容字竟居其五，何蕪雜若斯耶？有以知其心不然也。

涇以渭濁，湜湜其沚

《谷風》：「涇以渭濁，湜湜其沚」，《集注》以為渭清涇濁，涇入渭，渭不入涇。然以文義言之，則適得其反。余於水道素未殫心，又未嘗身履其地，不敢懸揣以為斷。但注者苟不誤，則是當時作詩者之誤也。故《毛傳》，但曰：「涇渭相入而清濁異」，初不言何清何濁，亦不言涇入渭。《鄭箋》云：「涇水以有渭故見渭濁」，是仍以濁者屬渭，故云：見渭濁。至《正義》始言：「涇水以有渭水清故見涇水濁」。蓋根據《漢書·溝洫志》：「涇水一碩，其泥數斗」及潘岳《西征賦》：「清渭濁涇」之言，又引《地理志》以為「涇小渭大，故不言入涇」。其說正與前說相反，當即為《集注》之所本。其言雖不無根據，實際上亦或有然，然詩人之意，則固與之大相剌謬也。蓋「涇以渭濁」句，猶可勉强訓爲涇本濁，與渭之清者相形益見其濁。然涇水苟濁，其旁出之沼沚，又安能獨清耶？且謂涇入渭，渭不入涇，則涇自入渭以後，則當然屬之渭，其旁出之沼沚，又安得更屬之涇耶？此其絕不可通者也。歷來説此詩者，皆指爲涇渭相形而清濁見，故後世更有剏爲涇渭分流之說者。然以詩意攷之，則初無此義。詩之本義，不過謂涇水本清，以有渭之濁者來入之，遂一變爲濁。然經流雖爲所奪，至其旁之沼沚，固猶是湜湜然也（湜湜，清貌。《毛傳》以爲相入貌，不成語也。）以此己之位雖被奪，猶當有餘地以自處，以反襯下文「燕爾新昏，竟不我屑以」也，文本極直捷透快。自涇渭清濁之爭起，或更以相形見絀之義附會之，謂婦人自愧其色衰，不若新昏，因相形而益著。苟然，則其見奪乃當然之事矣。不論名分而論容貌，天下安得此悖理之言乎！且人皆有自尊之天性，又焉有甘以「濁」自居，而以「清」讓人者乎？又攷之《禹貢·導渭》：「自鳥鼠同穴，東會于灃，又東會于涇」，則涇處渭之下流，渭大涇小，自當是渭奪涇之故道，挾之以同趨于河，凡大川類然。今河之下流屢更故道，然其入海也，必奪一巨流以並下（黃河先奪淮，後奪濟）即其例。蓋自其經流言之則曰：入，而自其支流言之則曰：奪，其實一也。茲之取喻於涇渭者，特借言其奪，至其入不入，初無庸深辨也。至二水清濁今古不同之故，或由周至漢，上下千餘年，陵谷變遷，中間不無改易。或衛在東河，涇在西河，相去千餘里，作者不必親見，但當時傳聞如是，特借之以抒寫己意，於實際初不必其相符，皆意中事（《鄭箋》：「以衛去涇絕遠，歌詩者宜操土風，不應遠及於千里之外，謂為婦人絕去以後所經見。」其說近固。詩人取譬，豈必盡為其身所經見者！然頗足以助成予說也。）。《孟子》曰：「讀詩者不以文害詞，不以詞害志，以意逆志，是為得之。」乃古今來讀詩者無上之秘訣。吾不意後來說詩者、何高叟之多也。

不我能慉

《谷風》：「不我能慉」，《毛傳》：「慉、養也」；《鄭箋》：「慉、驕也。君子不能以恩驕樂我，反讎惡我」。二說截然不同。《集注》則從毛說。今考毛之所以訓畜為養者，殆以慉為「畜」，而訓作「畜我不卒」之畜，其義亦可通，故《集注》從之。但字本作慉，不作「畜」，又非出於假借（凡古人假借字，必取其義之絕不可通者，以防誤會。此慉字則不然，故云。）則其義亦有未安。至《鄭箋》則因上章縷述其治家之勤勞，人能如此，理宜加以恩禮。而下文又云：「反以我為讎」，則此字應為讎之反面，其意甚善。乃不知何故，竟訓慉為「驕」。既訓為驕，則與恩禮義又不協，因不得不強行牽扯，謂「以恩驕樂我」，夫「

驕樂」二字，寧復成語？豈以《論語》有「樂驕樂」之語耶？則「驕樂」二字，初非美事，人豈肯以此自居、且懸之以為希望耶？文只一驕字，訓為驕樂已不可，況更訓之為「以恩驕樂」耶？蓋鄭氏一意往讎字反面著想，而用力太過，以為讎為惡之至，則「慉」當為好之至。而好之至者，當寵之無所不至，其流極當為驕。既驕而猶寵之，始足為讎之反面，因臆剏而為此訓。而不知此乃其人之自述，斷無有肯自先居於有過之地者也。由此可見漢人之好為揑造，而不足為據矣。今按慉、本亦可省作畜、好也。《孟子》曰：「其詩曰畜君何尤？畜君者，好君也。」正畜字訓好之顯證。好、乃心之一種作用，茲更加以心旁，則其義尤顯。蓋畜之于心之謂好，《詩》所謂：「中心藏之」也。則從心從畜，乃慉之本字，殆會意字也。毛氏認慉作畜，原無不合，惟訓為畜養之畜則非。鄭氏知其意之當為好，而設想太離奇，因之轉不成語。而孰知其注腳即在眼前，人自熟視若無睹耳。然非有《孟子》此句之存，則古義亦惟有就湮而已。

昔育恐育鞠，及爾顛覆

歷來說此詩者，無不轉成笑柄，其弊殆皆由於誤解鞠字為「窮」。因之以二育字悉不能成語，乃不得不百端穿鑿以遷就之。卒之各字之本義盡失，而其文義仍復不通。此猶如適楚者已北其轅，以後無論若何之範我馳驅，必無望其或至也。嘗怪世之說經者，不求之於經，乃反求之於注，抱定一前人之謬解，以曲相傅會，甚且不惜變亂經文以湊合之，不知其果何等心理也。故「鞠」字絕無訓窮之義，而毛氏則不知何所惑觸，乃遇之則輒訓為「窮」（或變其文曰：「極」，實則仍為窮也。其殆有感於《左傳》「山鞠窮」之文乎？一笑。）獨至《蓼莪》：「母兮鞠我」一語，實不能再釋為窮，智窮力竭，始不得不引用其本義，注曰：「鞠，養也」。是則其心固非不知鞠之訓「養」，乃於其他諸鞠字偏強訓為窮，雖文不可通而無所恤，斯真不得不謂之怪事矣！按《詩》所載諸鞠字，除「降此鞠訩」之鞠字，係「鞫」之假借或筆誤外，餘皆訓養。「曷又鞠止」即：何不養之也。「鞠為茂草」即：養成茂草也。文俱極偕適，乃棄而不用。反支離迂曲，別訓為窮，後人亦無復疑之者，又何怪乎說經而經反晦也。此詩鞠字亦只作養字解。育、生育也，實言之即生產也。《生民》：「載生載育」其下文：「既生既育」同一句法，即同一義意。下文育字，即緊承此二育字成文。「育」於文從肉從倒子。子之生也，首常在下，肉所以養之，故引伸之、生而養之亦曰「育」。此詩所用，乃其本義也。「昔育恐育鞠，及爾顛覆」，乃極言舊時之貧困。謂昔日生子，常恐其生後須鞠養之，累及於爾，相共顛覆也。故下言今則「既生既育」矣，則故未嘗顛覆且有子矣，乃不意竟「比予于毒」也。蓋此婦初來時，家極貧困，即生子猶恐其無以為養。後既生子，而家道亦漸充裕，乃反因新昏而棄之。故下文又云：「我有旨蓄，亦以禦冬」，又云：「以我御窮」。其尤明顯者，下之「昔育」，即此之昔字。「不念昔者，伊予來塈」，謂不想念昔者，伊予來時所及之情況也（此句前人解釋，亦皆謬誤。塈即「及」字，乃妄訓為「安」。是來時固安適矣，與詩言不正相反背乎？）。來時所塈之情況，即生子而猶恐其無以為養之情況也。一經錯誤，而上下緊相承接之文，竟至不通，亦可謂詩人之大不幸矣！今試就舊說之謬誤，約畧陳之。《毛傳》：「育、長；鞠、窮也」，別無解釋，無從窺其意究何在。但即其義言之，則當云：「昔長恐長窮」，殊不成語句。鄭氏作《箋》時，似亦不明其旨，乃異想天開曰：「昔育、育稚也；及、與也。昔幼稚之時，恐至長老窮匱，故與汝顛覆盡力於家事，難易無所避」。於「既生既育」句，則《箋》曰：「生、謂財業也；育、謂長老也」。其說之不可通，姑不具論。而一句之中二育字，一訓幼稚、一訓長老，同文異義已奇，而二義又正相反背，不尤奇之奇乎？（《正義》曰：「以育得兩說，故《釋言》為稚，《釋詁》為長。由此可見，《爾雅》一書，皆漢人薈萃當時各經學家謬說，雜湊所成。而世之所謂漢學家者，方且奉為金科玉律，以為出自周公，不亦大可哀乎？）《集注》知其說之不可通，乃仍沿用其鞫字義，而别訓育為生。謂：「因念其昔時，相與為生，惟恐其生理窮盡，而及爾皆至於顛覆。今既遂其生矣，乃反比我於毒而棄之乎？」聯三育字為一串，其說似較鄭說稍進。然「昔生恐生窮」五字，仍覺費解。且育之所以訓生者，乃產生之生、不得指為生計、生活之生。而第一育字訓曰：「為生」；第二育字又訓為「生理」，亦非一致。則其差勝於舊說者，只百步五十步耳。末復附以張子之說曰：「育恐、謂生於恐懼之中；育鞫、謂生於窮困之際」。則以育恐、育鞫四字為對文，其妄誕直可令人噴飯。而朱氏乃謂之亦通者，則以己說亦原非甚通也。上下幾二千年，乃羣相顛倒於毛氏一「窮」字之中，而莫能自振。吾殊不知前人讀書，何以不信經，偏信注也。

自牧歸荑

《靜女》：「自牧歸荑」。舊說以「荑」為茅之始生者，殆根據於《碩人》：「手如柔荑」之文也。說亦可通。竊疑此荑字，當為「篪」之假借字，即上文之「彤管」。馬融《長笛賦》所謂：「程表朱裏」者也。漢世但朱其裏，古時或並其表朱之，亦未可知。至漢以後，則併裏亦無朱之者矣。不然，不應甫貽之以「彤管」者，嗣忽又貽之以「茅」也（以茅為贈答，亦罕見）。「篪」、「荑」皆音池。然攷從虒得聲之字，音多如提，無音池者，如「嗁」、「遞」等字是。此之音池，殆偶取其適口耳。以嗁字例之，音亦當如提，與荑同聲，故相假借。至後世，則用其轉音，別作「笛」，與遞同聲。篪之變為笛，猶同一虒音，或為篪、嗁，或為遞也。

「牧」，毛氏以為田官，其不可通無足深論。《集注》以為外野，甚是。（邑外謂之郊，郊外謂之「牧」。見《爾雅》）殆即首章所言之「城隅」。此詩所咏乃一時事，故所貽之「彤管」與「荑」，亦當為一物。蓋自人言之則為「貽」，自我言之則為「歸」也。「彤管」，《集注》以為未詳何物，頗得闕疑之義。舊說則以為「筆」，且其說極拉雜可笑。特迻錄於下，以博一粲。《毛傳》：「古者后夫人，必有女史彤管之法，史不記過，其罪殺之。后妃羣以禮御於君所，女史書其日月，授之以環，以進退之。生子月辰，則以金環退之；當御者，以銀環進之，著於右手。事無大小，記以成法」。《鄭箋》云：「彤管，筆赤管也」。

新臺有泚　河水瀰瀰　燕婉之求　籧篨不鮮

十二國之《風》，惟《衛》至淫亂，亦惟衛之詩人其嫉惡為最嚴。《相鼠》刺無禮，而直祝其遄死；《鶉奔》刺無良，幾不肯認其為君與兄。其詞皆顯指直斥，絕無復宛轉含蓄，為其人稍留餘地。雖有乖風人微言諷刺之常軌，要其嚴氣正性，不可干以非禮，嫉惡如仇之風概，在其餘諸《國》之中，實所僅見。延陵季子，聞歌《邶》、《鄘》、《衛》，而歎美康叔武公之德。又曰：「衛多君子」，殆謂此也。《新臺》之詩，其詞旨亦復如是，而其深惡痛絕之旨，殆或過之。惜古今來解釋錯誤，致使詩人嫉惡如仇之意志，竟不傳於後世，甚且正與之相反。古人有知，當不勝其鬱鬱也。此詩通章全為興体，原文甚明。人苟即經文逐字之本義求之，其旨自見。乃世之說此詩者，於詩中之字，其義本甚明晰昭著者，屏棄之而不用。而反妄行穿鑿，加之以素所本無之義以解釋之，以致上下之文義，絕不相通，而詩人起興之旨，亦遂全然不可得見。至是乃不得不改興作賦，以求其便於解說。此固勢之所必至者也。即如「泚」字，本訓汗也，《孟子》所謂：「其顙有泚」是也。人心有所慚則汗生，「新臺有泚」猶言新臺之有慚德也。託言新臺者，正以顯言臺中之人。臺本無泚，以有人居之而始有泚也。但人之有泚者，水可以濯而去之。今非無水也，河水且瀰瀰然也。言河水雖多，終不能濯其泚而去之也（《毛傳》：瀰瀰、滿也）。（今俗諺：「縱然掬盡西江水，難洗今朝滿面羞」，正即此義。蓋不可洗，臺本無泚也）。二句緊相關聯。泚字何嘗有鮮明意，乃《毛傳》注曰：「泚、鮮明貌」。則二句但泛言新臺而已河水而已，不獨與下文無關，即二句更有何關涉乎？至「燕婉之求，籧篨不鮮」二句，乃正言申明新臺之所以有此之故。言人本所以求燕婉，乃不意竟得此籧篨也。鄭氏訓鮮為「善」，尤謬。鮮即作如字讀，亦只可訓為鮮明、鮮妍，又豈可訓之為「善」！且籧篨何物，乃可以言善耶？（「籧篨戚施，不能俯仰」，明見《國語》。鄭注亦非）。《集注》從王說，改訓「少」，於文義稍合，然仍非本詩所用之義。茲之所謂鮮，乃餓死也。《左傳．昭五年》：「葬鮮者自西門」；《疏》：「餓死曰鮮」；《列子》：「生子鮮而食之，謂飢而食之是也」。此之「不鮮」與次章之「不殄」同義（殄，滅絕也）。蓋深恨其不死也（鮮字改，詳見「葬鮮者自西門」解中）。至次章「洒」字，《毛傳》訓為高峻貌，其無稽與訓泚為鮮明者同。文從水從西，何從得高峻義？由此可見，毛、鄭之解詩，並不深求字義，乃隨意加以解釋。至其他處不合，則不妨再加以意義。此其所以一字常具數義，而猶或不能通也。乃世人不加辨別，竟依為確據，豈不大可哀乎！至其讀洒為七罪反，尤屬荒謬。而韓氏則更改洒為「漼」，可謂勇於改經。豈以下句浼字，或讀如「昧」，而因改之以叶韻乎？然則第四句之殄字，便當不顧耶？豈殄字亦可讀為「瘁」耶？是真「匪夷所思」矣！按此浼字，初非「若將浼焉」之「浼」。即彼浼字從免得聲，亦不必其讀昧。而況下文之「殄」，上文之「洒」，又皆適與「免」韻叶耶？「洒」字古通「洗」，殆即其異文。《孟子》：「寡人恥之，願比死者以洒之」，世皆讀洒作洗，是也。洗字古音讀如銑，乃從先得聲，則洒字亦當讀如銑。以茜字從西得聲，而音讀如欠觀之，則洒之讀銑，正與浼、殄同部，可斷言也。雪除恥辱為「洒」，則有恥辱待雪除者，亦可曰「洗」。猶滌濯垢穢曰「汙」，而垢穢亦可曰「汙也（《葛覃》：「薄汙我私」。《集注》：「汙，煩撋以去其汙，猶治亂而曰亂也）。「新臺有洒」，謂新臺有恥辱待洒，而河水空自浼浼然也（舊注：浼浼，平也）。用一洒字，與河水之關係，尤為明顯。乃世儒竟忽視之，取兩從水之字，必強以附之臺，致二語各不相謀。試問：古人曾有此毫無意味之詩乎？（然如舊說，則似此全無意味之詩多矣！古人有知，不知其當何何處哭也。）下二語與前章同，而殄字之義較前　尤很毒。蓋前不過恨其不餓死，而茲則恨其不絕滅也。其憤恨之情，殆達於極度！視《相鼠》、《鶉奔》二詩，尤為峻厲。此種風裁，在《三百篇》中，至為罕見。若衛之君子，可謂能惡人矣！

此詩惟首章「鮮」字，不得其讀法，是以無從叶韻。然由此可知鮮字之作餓死解者，當別成一音。而《左傳》「葬鮮者自西門」句，不惟不可讀若仙，並不可讀若銑也。至其音之必歸紙止部，則無可疑矣。

誰因誰極

《載馳》：「控于大邦，誰因誰極」。《毛傳》：「控，引；極，至也」。《鄭箋》：「今衛侯之欲求援引之力，即於大國之諸侯，亦誰因乎？由誰至乎？」以控為引，其說幾不成語。「『引』于大邦」，豈可訓為：求引於大邦？而「亦誰因乎」、「由誰至乎」二語，竟不能明其意之所在！《集注》謂：「控，持而告之也；因，如因魏莊子之因」（即《論語》「因不失其親」之因），甚是。惟「極」字仍用毛說，作至字解。殊謬。以「誰因誰至」四字，全然不成義意。蓋誰因即因誰，不得以云「至誰」也。朱氏似亦覺其艱於解釋，乃將誰字別訓為「何所」，曰：「其將何所因而何所至乎」？細按之於文理，仍不可通，此則墨守舊說之過也。故「極」字，初無作「至」字解者。凡解作至字者，皆誤會也。極之本義，原為屋之主梁，處屋之極巔，為一切材木之所歸，故於文從木，稱之曰：「極」。《莊子·則陽》篇「其鄰有夫妻臣妾登極者」，司馬氏注云：「極，屋棟是也」（歷來注《莊子》者，於此句多成笑柄，因皆誤以登字為登山、登樓之登。則是此人全家，皆緣升屋梁之上矣，豈非笑話！後有覺其失者，因改訓極為「平頭屋」，似可以容此全家之登臨矣。無如極字何嘗有此義！且此人率其全家，同登屋上，又何為者耶？不知此登字乃《左傳》：「鳥獸之肉，不登於俎，皮革、齒牙、骨角、毛羽不登於器」之登，謂升之也。登極，乃今之所謂上梁。此人蓋率其家人婦子而自為屋，故聖人謂其「自埋於民」也。此種明瞭文字，竟無人能解，且妄行穿鑿，怪哉！）極、為一室之主，衆材之歸，而天之北極似之，故引伸而為北極。而《洪範》：「惟皇建極」，又云：「會其有極」、「歸其有極」亦即此義。謂王者建德以為天下主，而為天下之所會歸也。衆所會歸，則有終了意（如水會歸於海，而海即為水之終了），所謂止境也。故極又引伸而為終止。至《孟子》：「極之於其所往」之極，則又從終止義引伸而出，謂令其所到之處，即為止境，而不復再能活動，質言之即「錮」之也。極字只此三義（餘義皆由此引伸而出。《康熙字典》曾羅列極字義至於十餘，皆此三義之支流也），何嘗有作「至」字解者？況即作至解，而於文又不通乎！此極字即「會其有極」、「歸其有極」之極，主也。而自我言之則歸也。蓋我之所歸，即為主也。「誰因誰極」謂：以誰為因、以誰為主乎？文勢至順。而乃於本義外，妄行穿鑿，是真作繭自縛也（《洪範》極字，《孔疏》悉訓作「中」，亦謬。因主雖有中樞意，要不得直訓作中也）。

有狐綏綏　在彼淇梁

《詩》自秦、漢而後，習之者不下百千萬衆，述說者無慮數十百家。即言《詩》之書，亦幾乎汗牛充棟，則似乎詩人之微言大義，以下至一名一物之微，均當章明於世，而毫髮無遺憾矣！乃綜舊說觀之，不惟於言中之文、言外之意，多未能攷見；即詩之全文，亦若未嘗寓目者，是真怪事矣！即如「有狐綏綏，在彼淇梁」，此不過借狐以喻人之失所，文義本自瞭然。蓋狐本山獸，今乃「在彼淇梁」，則其失所可知。猶咏「關雎」者，言其在河洲；咏「葛覃」者，言其在中谷，以喻言其得所也。乃歷來說《詩》者，對於下一句，幾若熟視無覩者。而於二句之中，又僅見得一「狐」字，於是不曰：「狐、淫獸」，即曰：「狐、妖媚之獸」。茲無論狐之果淫與妖媚與否，使詩人之取義，果在乎此，其又肯以自比，或以比其所欲嫁之人乎？（《集注》謂此詩爲有寡婦見鰥夫而欲嫁之）詩只四句，而前二句，乃專言一狐，更復成何義意！且此狐又與下文所言之「之子無裳」有何關係乎？毛氏似亦覺其太無意味，乃別從「綏綏」二字生出義意曰：「綏綏、匹行貌」。《正義》曰：「喪其妃偶，故知綏綏是匹行貌」。《集注》亦用其說，更添出「求匹」字曰：「綏綏、獨行求匹之貌」，其意殆以爲見狐之獨行，所以念及之子也」。然《南山》之詩，毛氏既訓綏綏爲「雄狐相隨」，綏綏然無別」。曰相隨，曰無別，則其非一狐可知，至此「狐之綏綏」，何以又不相隨而有別耶？同此二字，同此言狐，而義意竟相反對，豈非異聞！且毛氏又何從得知彼詩人之言綏綏為「隨行」，此詩人之言綏綏為「獨行」耶？按綏綏、不過泛言狐之徐行若有所失之貌。一狐之行如是，即多狐之行亦如是。豈狐因偶而獨行，便當另換一種步法耶？又狐原非摯而有別之獸，出必以偶，如關雎然。則偶見一狐，何以即傷其無偶，此尤其不近乎情理。下文明明尚有一句，乃棄置不顧，偏獨從此等無字句之處，強行穿鑿。吾謂其苟曾見下句者，當不至若此之窘蹙也。至《集注》之說此詩，尤多妙語。如曰：「在梁則可以裳矣」，此七字真足令人百思不解。在梁何以即可裳？何物在梁？何物可裳？豈不在梁則不可裳耶？（次三章云：「在厲則可以帶矣，濟乎水則可以服矣」，義甚此同，終不明其意旨所在。）下又曰：「有寡婦見鰥夫而欲嫁之，故託言有狐獨行，而憂其無裳也」。上句全然不接下句。託言有狐獨行而憂其無裳，所憂者人之無裳乎？抑狐之無裳乎？於「見鰥夫」以下，橫插入「有狐獨行」四字，以文理論之，則是天下之狐，皆阿紫、青鳯類矣，不大可嘔噱乎！按《小序》云：「《有狐》、刺時也」，此自可信。至續《小序》者，不知何所見，乃申之曰：「衛之男女失時，喪其妃耦。古者國有凶荒，則殺禮而多昏，會男女之無夫家者，所以育人民也」。其言拉雜蕪織，按之於詩，全無一合。即以文論，亦斷非子夏所作。如「男女失時」下，更加以「喪其妃耦」，而男亦可謂之「無夫家」之類。子夏在聖門，負文學之盛名。當時如《檀弓》、《左氏》等不甚顯著者，其文章尚足以涵蓋千古，而謂子夏乃竟不通文理至是乎！朱氏素攻《小序》，於此詩反獨採用之，而更加以鰥夫、寡婦之名，亦可謂之舍精取粗者矣。今以詩言攷之，殆當時世亂民貧，百姓流離失所，其妻感歎其夫之窮困之言。故以狐之失所，喻人之失所，而憂其夫之無裳。《序》言刺時者，乃刺時政之故失，以致人民如此。詩言自明。若續《小序》者之言，則直是醉漢囈語，即其則古稱先，亦絕無道理也（如古者云云，直不明其於意云何）。

彼黍離離　彼稷之苗

此詩之膾炙人口，幾於耳熟能詳，顧其義則罕有人道及之者。一由於歷來言詩者，其目光往往專注於詩中實質之物，而於其一切活動字、詩人之藉以見意者，則反多棄置不講。一由於續《小序》者，先立一謬說以擢乎其前，而不求甚解又為我國讀書人之通病。既有序言以入乎其中，遂自以為已經了解，而不復肯再就原文加以嚴密之思攷。此所以人人服習之，而卒無一人能通其義也。今試持此義以叩人，則莫不曰：詩不過言黍耳、稷耳，此有何難解！然黍、稷初非可憂之物，詩言心憂，何以涉及黍、稷？則又莫不曰：大夫行役，至于宗周，見故宗廟宮室盡為禾黍，此黍稷乃生於故宗廟宮室之地，故見之而憂也。此其說似也，然覆按之，則仍有未盡可以釋然者。詩僅言黍稷，何嘗言宗周？又何嘗言宗廟宮室？又烏從知此黍稷必生於宗周，且生於宗廟宮室之地？則必曰：《序》言固如是。然則使非序言，詩人不幾詞不能達意耶？且當時詩人何以知後必有人為之作序，將其所未嘗言者，為之曲曲補出，乃故留此缺陷以待之耶？不然，斷不至於所最感歎之宗周、宗廟、宮室，屏棄不言，而但以泛言黍稷者當之也。蓋續《小序》者，見詩首言黍稷，而下又接寫心憂，莫得其所以然之旨。因下文之言「行邁」也，則以為行役。因《序》言「閔宗周」也，則以為至於宗周。因宗周而念及宗廟宮室，因宗廟宮室而牽及黍稷，若是則可憂矣。而無如詩言初未嘗一及此也。今按《序》言「閔宗周」，初不言所閔者為何事。若以「行邁靡靡」一語觀之，當與下章《君子于役》之刺行役無期者，同一意旨。此章為行役者自傷，下章則其家人代悼之也。其言「彼黍離離，彼稷之苗」者，以黍稷二物，原極相似，非詳察幾不能辨之。根、莖、葉、穗，無不盡同。惟黍之穗疏散，其狀離離然，而稷則否，至今田家猶以此為辨。二句乃正寫其中心搖搖、如醉如噎情況。蓋心有所憂，對外物每不能詳審，所謂思深則目眩也。因疑其行邁時之所見曰：彼黍之離離乎？曰：否，彼稷之苗也。以稷之苗則不離離也。何忽黍稷之不分若是？因「行邁靡靡」而「中心搖搖」也。其傳神處，全在兩「彼」字及一「之」字，將一種迷離惝怳之神情，活現紙上，千載下猶如聞其聲。下復急以「中心搖搖」等句說明之，是何等婉妙！

何等透露！此等文字寧可求諸秦漢以下？乃二千年來，竟被一般謬說，湮沒殆盡，絕無人能領會及此，豈不大可哀哉！（舊注離離為垂貌，亦非。嘗見《國粹學報》攷「黍稷」二字，連篇累牘，凡《爾雅》也、《埤雅》也，陸機也、郭璞也，拉雜捃摭，令人目眩。卒之其所攷得者，竟成為今之高粱。蓋因《詩疏》有「黍稷高丈餘」一語誤之也。不知漢之丈餘，當今僅五、六尺。而黍稷之名，至今仍一無變遷，婦孺胥知之。書生之見，可憐亦可笑也。觀此詩則今之黍稷，猶古之黍稷。益信。而離離二字，形容黍，尤為切至也）。

中谷有蓷

多識於鳥獸草木之名，為學《詩》者之一益。則名物之學，亦為吾人所不可廢。然方音之變換不同，言文之雅俗各異。上下二千餘年，而欲執古人所說之名字，而一一辨其為某某，此固常不及之勢。況復不知求之於實物，而乃根據其瞽說謬解，穿鑿支離，以曲相傅會。如此而謂其所攷得者，為能信今而傳後，竊不敢遽以為然也。今人之言草木鳥獸者，多推本於《爾雅》。《爾雅》乃薈萃漢人之經說，拉雜成書。觀其《釋言》、《釋文》、《釋詁》等之多荒誕不經，則其說又何可盡信。下至於陸機、郭璞等，益無論矣。大抵人之所不知者，概當闕疑，以俟後來之或有所發見。若先以求倫者，逞臆妄指以實之，則以訛傳訛，將後難懷疑，而亦有無從糾正者矣。如《谷風》言「采葑采菲，無以下体」，謂無以其下体之惡而棄之也。則葑菲之為物，必其下体惡而上体猶有可取者，故云然也。乃注者竟指葑為「蔓菁」（其所言之菲，予尚未敢知其為何物）。夫蔓菁之為用，全在下体。葉雖有時可食，然食之者甚寡，故《書》亦但言其可飼馬（蔓菁、又名「諸葛菜」），是其義正與詩言相反，其不確可知。殆當時解詩者，誤解此二句，而適得其反，因即以蔓菁實之。後之人雖覺其不合，而卒亦無以易也（《集注》知其不合，乃為之說曰：「其根有時而美惡」）。世曾見蔓菁之根有惡者哉）。又「中谷有蓷，暵其乾矣」，此二句與下「有女仳離」。女以遇人不淑而仳離，則蓷亦必以有於中谷而暵乾。二者皆為依託不得其所，故取以為喻，此詩言之至為顯見者也。詩以「中谷有蓷」言蓷之不得其所，斯蓷必非生於谷中之物，可以斷言。蓋非谷中之物而生於谷中，所以至於暵乾也。舊日注詩者，不明比興之義，見詩中有言及鳥獸草木者，不深求其義，率指為「覽物起興」。一若詩人偶然見此物，而此物之義意初不必與詩中之言有若何關係者，此其注釋所以多隨意指物，而謬誤百出也。如此詩之「蓷」，竟指以為「益母草」。使其果為益母草，則生於谷中，乃其地矣，何以使致「暵乾」，又何以得喻女之仳離，此二句於詩中不其漫無所指乎？在詩人又何必特著此二句，以為詩之附贅懸疣耶？蓋注者於詩義，本未嘗深加玩索。第見詩中有女字，而草之中與女有關者，當屬益母，遂即以益母釋之。

至其何以有於中谷，何以暵乾，初絕未計及之也。然自有此注，而蓷遂永為益母，而此二句亦遂永無義意矣！吾不識詩人何不幸，乃遇此注者也。蓷字在今，實已無從確指其為何物。要其物必為水草之一種，故一至中谷，遂至於暵乾。世有博物君子，即予言以求之，或當不難以得其梗概也。

緜緜葛藟　在河之滸

此二句亦喻言失所。蓋葛藟本陸生植物，且又必附託喬木，始足以發榮滋長，《周南》所謂「南有樛木，葛藟縈之」也。今乃在河之滸焉，是葛藟之失所附託，而轉以託諸不宜託之地也。以興起下文，人之遠其兄弟，而謂「他人父」。葛藟雖在河滸，而終不能生，此所以雖「謂他人父」，而終「亦莫我顧」也。凡詩人比興，無有不確切者。前人率置之不講，殆皆由於「覽物起興」一語誤之也（朱氏幸而於起興之義，多不能領畧。若果知之，則全詩之興，皆將改注為比矣）。

猶來無止

《陟岵》：「上慎旃哉，猶來無止」，舊注幾不成語。《箋》云：「止者、謂在軍事作部列時」，其說甚怪。豈其父望其子棄其軍事逃竄而歸耶？（古之兵即民，逃遁則無所歸，故古無逃兵之說）。至《正義》之說尤為荒誕，乃並上字亦解作如字，真不知其聯此八字作句時作何解法。如曰：「上言行役，是在道之辭也，此變言上」。又云：「可來乃來，明在軍上，為部分行列時也」。下又引《曲禮》左右有局注，以証明軍中之有部分行列。觀其東拉西扯，似已忘其所解說者為何字，更無從問其言之何指、只可置諸不論。竊鄭氏之意，似以止為步伐止齊之止，謂停止前進時也。夫軍令作坐止息，皆相其勢而為之，豈遠道之人之所能預定。且軍法縱橫百變，亦無有專以不止為事者。況一方望其猶來，一方豈又望其在軍無止息耶？《集注》以上為「尚」，甚是。以止為休止，謂「猶可以來歸，無止於彼而不來也」，其說亦通。但其曰：「無止於彼」，則意是而詞非。按止、見獲也。《左傳·隱十一年》：「公之為公子也，與鄭人戰於狐壤，止焉」，杜注：「止、見獲也」。又新築之戰，石祁子曰：「子以衆退，我此乃止」，止亦謂見獲。蓋石子見軍已敗，謂孫桓子先退，而己則守此以俟見獲也。此「無止」字，與下「無棄」、「無死」同一意義。見獲則不能來，死而為人所棄亦不能來也。朱氏知其說而不用其義，可謂別有會心者矣。

載獫歇驕

《駟鐵》：「載獫歇驕」，《毛傳》：「獫、歇驕，田犬也。長喙曰獫，短喙曰歇驕」，世皆從之。《鄭箋》則更訓載為始，曰：「始田犬者，謂達其搏噬，始成之也」，其說之不能成語，無足深論。《集注》改訓載為「其車既載」之載，謂：「以車載犬，蓋以休其足力也」，甚是。然仍本舊說，以「歇驕」二字為犬名，則非。驕、犬名；歇、謂休息之也。「載獫歇驕」乃對文。若謂「載獫」與「歇驕」之犬，則古人初無此句法也。攷朱氏「休其足力」一語，似亦知歇字之當訓「休息」，乃卒因仍舊說者，以歇驕之名，曾見於《爾雅》，故不敢改也。不知《爾雅》乃漢人薈萃當時各家之經說所成，以便習經者之檢閱。故其說不出於《詩》、《書》、《禮》三經之外，而於《詩》則尤詳，其說亦與現存漢人之經說，同一荒謬。後乃相傳為周公作，豈周公能壽至五百年後而為之注《變風》、《變雅》耶？世復有為調停之說者，謂《釋詁》一篇為周公作，餘乃漢人所益。此等調停，全無辨論之價值。書既偽矣，而乃指其中之一篇一節曰：此則不偽！而又絕無確切之証據。是猶辨護梅賾偽古文《尚書》者，指其見諸各書所徵引者謂為不偽也。《爾雅》之偽尤為顯著者，則其中多雜有秦漢地名，又其從「鳥」之字，多變隹為鳥。攷古文字，鳥字之文，幾不經見。凡從鳥者皆作「隹」，而《爾雅》反之。則其出自漢人之手，可斷言也。《爾雅》本薈萃漢人經說所成，而今人乃復取之以注經，極其所至，亦不過如漢人之注經而已。漢人所注之經，今存者尚復不少，其於經義之得失，果何如耶？吾嘗服乾、嘉諸儒，自名其學為「漢學」。蓋其說經初非為發揚經義，乃補苴掇拾，以餔啜漢人之糟醨也。漢人之說經如足貴，吾人可無復從事於此矣！

嘗謂古今之偽書二，曰《爾雅》、曰《山海經》；古今之謬書一，曰《說文》。三者存之以攷察漢人之學說則可，若以之解說經文，則初不得引為確據也。此吾之說經，所以必求諸諸子及古金文字也。

致天之屆　不知所屆　君子如屆

世傳文字，有習非勝是者，然其字轉得賴以行，亦異聞也。如屆字，人莫不知其訓至也。今攷以屆為「至」之見於書者，乃始於偽古文《尚書》之《大禹謨》中「惟德動天，無遠弗屆」。《孔傳》曰：「屆，至也」。同時郭璞之注《爾雅》及《方言》，又皆以「艐」字為古屆字，同訓為至，是為屆字訓至之始。以後庾子山《哀江南賦》：「屆於七澤，瀕於十死」句遂沿用之，至於今不改。然晉以前固未有訓屆為至者也。《詩．閟宮》：「致天之屆」，《小弁》：「不知所屆」，《節南山》：「君子如屆」，《毛傳》皆訓屆為極」。至鄭氏箋《詩》，於《小弁》屆字改訓為「至」，則已在漢、魏之交矣。是漢人初未嘗以屆為至也（即《說文

》猶然。屆字下曰：「行不便也，一曰極也」．許氏生鄭氏前數十年，猶不云訓至）．然漢人之訓屆為極，亦非是。以對於《小弁》、《節南山》二屆字，尚勉強可通。而於《閟宮》不可以云：「致天之極」也。今按屆字當訓為命字，「致天之屆」即致天之「命」，所謂「奉天伐罪」也。《小弁》：「譬彼舟流，不所知屆」，謂譬如中流之舟，不知所命駕也。《節南山》：「君子如屆，俾民心闋」，謂君子如有所命，輒使民心缺然。言其出命不叶乎民心，故下文言「君子如夷」。「夷」即平居無所命，反能「怨怒是違」也。君子乃所以出命者，今乃言其不出命，反能違怨怒，蓋甚言其出命之不合，出命反不如不出命之為愈也。凡此皆非作命字解不可通者．《毛》訓為極，固已不成義意；《鄭》改訓為至，則更為謬以千里也。大抵鄭氏之誤，全由「不知所屆」一語而來．其說雖能通，較之於毛氏之訓為不知所終極者，已覺膚淺．然取二說，以較之詩人之本意，訓為「不知所命」者，則猶碔砆之於珠玉矣．乃自鄭氏一誤，郭氏和之，《偽古文》又和之，而屆之古義，遂不可復，後世因常相沿用。使其依古義仍訓為命，將無復有顧及者也。字之廢興，亦有幸不幸哉！

又、《采菽》：「君子所屆」，《鄭箋》亦云：「屆、極也。此之服飾君子，法制之極也」，至宋儒始改訓至。此亦當訓「命」，言此車服，乃君子之所受命也。

楚楚者茨　言抽其棘

《毛傳》之穿鑿不通，殆莫甚於此二句。而承訛襲謬者，幾二千年。從前之老師宿儒，其講解授受時，不知其若何費力，乃卒無有一人悟其失者，亦可憐已。今攷其所以致誤之由，殆毛氏既誤解《牆有茨》之茨為蒺藜，以後乃持其蒺藜之說，遍求之各詩，卒無一能合者。因《詩》中之用茨字者，僅有四處。《瞻彼洛矣》之「福祿如茨」，既不可以云：福祿如蒺藜；《甫田》之「曾孫之稼，如茨如梁」，又不可以云：曾孫之穡如蒺藜。獨此詩之茨字，不幸又與棘字對文，乃色然喜曰：此其是矣，可以為吾蒺藜說之佐證矣！遂奮筆注之曰：「茨、蒺藜也」。以棘有刺之惡木，而蒺藜則有刺之惡草，二者同類，可以互相證明故也。然蒺藜之為物，滋蔓無度，與棘正同，又豈可以言「楚楚」？以楚楚乃整飭之貌，猶今之言齊齊楚楚、清清楚楚也。而毛氏則但欲伸其蒺藜之說，則雖謂蒺藜為「楚楚」亦所不恤，索性乃併棘亦牽連在內，以見不獨蒺藜可以稱楚楚，即棘亦無不可以稱楚楚也。好在古人已死，其鬼不靈，即強派謂其所援用之形容詞為不當，古人亦無如何也。因是更注楚楚二字為「茨棘貌」。茲姑無論其說之當否，即以其說求之，楚楚者蒺藜，而乃言抽除其楚楚之棘（《毛傳》：「抽、除也」），不幾李代桃僵也乎！至鄭氏作《箋》時，悟其言楚楚之非，而不知其實由於誤解茨為「蒺藜」之說有以致之，乃從而為之詞曰：「茨言楚楚，棘言抽，互詞也」。《正義》復取其說申之曰：「經言楚楚者茨。并言棘者，以茨言楚楚，須抽之。棘言抽，明是楚楚，故云互詞也」。二說皆以楚楚為既抽後之茨棘貌。其視毛氏之直以為茨棘貌者，固為得之。然蒺藜棘何物，豈抽之便能楚楚！且二者皆惡物，不除去之，而但抽之使其楚楚，又何為者耶？（《毛傳》直訓楚楚為「茨棘貌」，故抽可訓「除」，言除去此楚楚之茨棘也。《箋疏》謂：「茨言楚楚須抽之，棘言抽明是楚楚」，是但抽之使之楚楚，不得訓抽為除去之也。若除去之，則更無楚楚之可言也。）詩本言蓺、黍、稷，而開端先言整理蒺藜棘，豈蓺黍稷者，必須先蓺蒺藜棘耶？況詩初未嘗言抽茨，亦未嘗言抽棘乃使之楚楚耶？是皆蒺藜之說有以誤之也。毛氏之為《詩傳》，直至《甫田》之詩，始不堅持其蒺藜之說，改訓曰：「茨，積也」。而於《瞻彼洛矣》之茨字，則併無傳。一以前之茨已嘗改訓積，此義同可以不贅；一以其與彼所抱之蒺藜說不合，不欲多所論列也。然毛氏之蒺藜說，雖以窮而變，乃變而仍不能通。則以積者，原禾稼積累之本名，故其字從禾。「曾孫之稼」，積則積矣，何云如耶？凡云如者，必其本不相同之物，比而類之之謂。若本為一物，則直物之而已。如山、但可指其為山，而不得云：「如山」；水、但可指其為水，而不得云：「如水」也。鄭氏知其不可通，特糾正之曰：「茨、屋蓋也」，可謂啟若發蒙矣（鄭氏於《瞻彼洛矣》，亦訓茨為屋蓋）。獨是鄭氏既知茨為屋蓋，乃於前二茨字，不知加以糾正，仍沿用其舊說，致使支絀牽強，不能成語，輾轉貽誤者幾二千年。是則漢人師承之惡習有以誤之，不得不為鄭氏惜也。今按此詩，乃以整理覆屋之草者，喻蓺黍稷，純為興体。以前二句起，以下四語分應，於諸詩中為變格。非泛咏治田者，必先除去其棘也。田非新開闢者，雖不免滋生惡草，卻絕不生荊棘。《左傳》：「芟除其荊棘，驅其狐狸豺狼」，謂墾殖荒田，非謂其樹蓺熟田也。前人不察，見一棘字，謂其與田有關，乃遽然改詩人之託興者為賦，此亦誤認茨為蒺藜之一原因也。詩言彼覆屋之草之楚楚者，必抽除其中所羼雜之棘，以喻蓺黍稷者，亦必先除治其惡草也。「言抽其棘」四字，以一蓺字暗應之，是以人多略過，不加省察。至下文「我黍與與，我稷翼翼」兩句，乃正應「楚楚者茨」四字。以「與與」、「翼翼」應「楚楚」；以「黍稷」應「茨」。謂黍稷之所以與與、翼翼者，悉由於蓺之使然，猶茨之所以楚楚者，由於抽其棘使然也。脈絡分明，針鋒相對，凡古人託興文字，莫不類然。特此詩下一句四字，乃以一字應；上一句四字，乃以八字分應，体格變換，燥妄者每不易体會及之耳。世之人得予說而細參之，又何取乎穿鑿傅會之紛紛也乎！

不遂其媾

《候人》：「不遂其媾」。《毛傳》：「媾、猶厚也」。《箋》云：「遂、猶久也。不久其厚，言終將薄於君也」。其說幾不成語。媾何嘗有「厚」字意？而訓遂為「久」，尤為駭聞！竊怪漢儒對於字義，既不求其依據，而隨意予以解釋，何以不直截使之成語，乃必先予以若可通若不可通之義，而後再為之牽合傅會之，其殆欲藉是以欺人而掩其杜撰之跡耶？抑其心以為古人之語，必須在若可解不可解之間，方足以為古人耶？是真莫能窺其命意之所在矣！《集注》訓媾為「寵」，是仍用《毛》義，而稍變其詞。遂字舍《鄭》義而別訓為「称」，引今人謂称意為「遂意」為證，甚是。然遂字之所以為称者，以遂本訓「諧合」，而称即含有諧合意。如上章「不称其服」，即謂其不能與其服相諧合也。至媾字則當訓為「遇」。古人「遘」、「媾」、「覯」三字，常相通用。此字以今文言之，則當作「遘」。而《詩》則多以覯、媾代之（遘字見《洛誥》，其來亦甚古。今龜文中，有「其遘大鳳」語，按、古無風字，「鳳」即風，蓋謂其遇大風也）。《草蟲》「亦既覯止」，《毛傳》訓為遇，即「遘」字。《鄭箋》訓為昏（即婚），即「媾」字。是三字在漢尚不甚分也。「不遂其媾」即不称其遇，謂不称其際遇也。鵜、捕魚之鳥，而又遇在梁，正宜盡其職以捕魚，茲乃不濡其喙焉。此所以為不称其際遇也。眼前義乃別尋曲解，此其所以為漢人也。

往近王舅

《崧高》：「往近王舅，南土是保」。《毛傳》：「近，已也，申伯，宣王之舅也」。《鄭箋》：「近，辭也，聲如『彼記之子』之記」。《集注》仍用其語，是也。李厚菴解作「往保南土，王舅是近」，乃強為之詞，而於義實不可通。蓋王舅即申伯，不得謂申伯近申伯也。全謝山謂其本字當作「其」，或轉作「忌」，則非是（忌見《大叔于田》）。鄭氏之謂如「彼記之子」之記者，乃謂其聲，非謂其字之當作「其」也（全之言其，即記字）。其字之語辭，只可曰彼其何其，不得曰「往其」也。至全因《毛》之訓「已」，乃云：「猶言往矣也」，則尤非。近能轉作記，近不能轉作矣也。今按近之本字當作「哉」，哉之古音本讀如基，而促音讀之則為記。此猶其字在句尾，其音舒長，則讀如基，如「夜如何其」、「子曰何其」之類是。若在句之中間，其音急促，則讀如記，「彼其之子」是也。近字從斤得聲，古從斤之字，音多類其，如祈、蘄等字是。旂字古讀如芹，而今聲則讀如其，亦其義也。至哉之讀基，凡詩皆然。如《殷其靁》、《君子于役》、《園有桃》、《終南何有》等，無不如是。而《陟岵》之「上慎旃哉」，亦當是與「役」、「已」、「止」等叶韻。蓋其字既有兩音，故平上二韻皆叶也（《殷其靁》，即叶上聲子字）。往哉王舅，乃一最熟習之詞。而聲韻一經變遷，且又出於假借，遂無人能辨。此讀《詩》之所以須通古音也。

彼爾維何　維常之華

《采薇》：「彼爾維何，維常之華」。舊說以爾為華盛貌，恐非。此爾字與下文「彼路斯何，君子之車」之路字為對文。路即是車，則此爾字亦必即是華，此文義所當然無可移易者。若以爾為華之形容詞，則路字亦必為車之形容詞而始可也。殆注者先有「常棣之華，鄂不韡韡」兩句，橫亘於胸。彼既以韡韡為韡韡然盛與（《鄭箋》、《毛傳》以為光明貌），不幸此詩又云「維常之華」，乃遍尋不見韡韡之跡，因強以其義加諸爾字。此等比附武斷，真可謂截鶴續鳧者矣。今按爾字之本義，載籍已無可攷。今行世稱謂形容二義，實皆出於假借，觀各書於稱謂之爾時作「而」，形容之爾時作「耳」可見。至此詩爾字，乃其本義之僅存者也。爾字字形，古今來初無甚轉變。其在古文則作「爾」（《齊侯中罍》、《龙姞敦》彌字），乃象形字，上象萼蒂形，下象花瓣重疊方開未開之狀，宛然一倒置之花朵，則其義亦必為花朵之通名無疑。今行世蓓蕾等字，殆即由爾音轉變而成者也。詩意蓋謂：彼花朵為何，乃維常之華也；彼路車者何，乃君子之車也。字義經文，無不絲絲入扣，因歎今文之用，決不能及古文。今文訓故一失，則雖聖智亦無所施其揣測。古文縱有時失其音訓，而其義則仍望而可識。文字愈古，斯其象形也愈工。今傳世古龜板，其象形之佳妙者，直遠過於圖畫。以圖畫僅寫其形，而文字則以簡單之筆畫，追攝其神也。由此可知，古人之識字，頗易於今人（古文筆畫多少，悉所不拘）。而古人文字之所及，亦較今人為廣。以語音雖異，文義則不難默會也。今之所謂新學家者，乃欲舉舊有文字一舉而推翻之，別行記音之文字。微論勢所必不能及，即可以推行於一時，而異世語音，一有參差，則載籍皆故紙耳，果何所益哉！

《說文》因此詩爾字，乃別加草作「薾」，注為華盛貌，是真不知六書之義者也。

四牡騤騤

前之說經者，於義有所未通，不知於各字之本義求之，而乃逞其臆之所之，隨意亂指。甲不妨注為乙，丙不妨訓為丁。至他處不能通，則不妨更命以新義，故常有一字數義，甚且有一字兩義而正相反對者。使字之本義果如是，則文字將無復有代表意志之功用矣。如意本在於甲丙，而人或誤以為乙丁，質諸文字，則各從其是，則文字不將為爭訟之媒介矣乎！恐古今必不容有此制也。舊注之類此者，不遑枚舉。而其於「四牡騤騤」一語，亦復如是。攷此句在全詩中，凡三見。而注者於《採薇》、《六月》，則注曰：「騤騤、強貌」。於《桑柔》則注曰：「騤騤、不息貌」。同此四字，而解說歧出，且相反背。不知注詩者，何以知《採薇

》、《六月》詩人，其所言之騤騤為強，而《桑柔》詩人，其所言之騤騤為不息也。若云以意度之，則說經者但以意度之可矣，文字不幾為多事耶？今按騤騤乃品質毛色不齊、馳驅强弱不習之貌。觀《六月》詩中，其反面為「比物四驪，閑之維則」可見。蓋文中凡從癸之字，皆含有乖違斷隔之義。如睽（違也）、闋（缺也）、揆（斷也）、睽（目不合也）皆是。騤騤亦其一也。然舊注之所由誤認為強者，則以《採薇》前既言「四牡業業」，後復言「四牡翼翼」，皆非不善之形容詞，因臆斷此二字亦當為形容馬之強壯。不知前之業業，已非美善之詞（業業，即兢兢業業之業業，戰悚之狀貌也。馬而戰悚，則其憚於馳驅明矣。然豈敢定居哉，一月須三次之報捷也。舊注不察，以為業業然、壯也，豈非笑話。古今有謂壯為業業者哉！）而此之騤騤，則尤反乎美善也。此章前四句，殆設言之，謂駕彼四牡，四牡乃騤騤然其參差不相習也。以此而為君子所依辱矣，不知其猶為小人之所病也。腓即「百卉俱腓」之腓，《毛傳》訓以為「病」，甚是。至此詩乃又改訓為「庇」，鄭氏則直欲併腓字改之，《集注》又引人身之腓骨以為證，皆屬癡人說夢。蓋古者車馬，皆賦於里，故言四牡雖騤騤，猶當念其為小人之病。若如舊注，豈遣戍者並其小人而遣之耶？（小人指平民而言，若師徒則不得謂之小人也。凡詩書言小人者皆然。）至下文之「四牡翼翼」，始就實際上言之，翼翼則非騤騤矣。其所以不為騤騤而為翼翼者，以「玁狁孔棘」，豈敢不日為戒備耶！此詩「四牡」字凡三見，而義各不同，而尤以騤騤一節為訓詞深厚。按此詩本為征戍之作，而當時用之以為遣戍之歌者，殆即由此。注詩者乃混而同之，不惟凌雜無次，且全無義意矣。（此詩《小序》：「遣戍役也」，乃序之原文。下所云云，直是夢話，無足深辨。）至《桑柔》「四牡騤騤，旟旐有翩」，因下句言旟旐翩然其不整（舊注亦以為不息貌，曰：「翩翩在路不息也」。豈一翩字，既訓為翩翩然，又可訓以在路不息耶？豈不在路，即無所謂翩翩然耶？且僅云翩翩然，何以即見其為不息耶？前人不就字義解釋，偏從字外妄行傅會，類如此）；上句不可以言車馬獨騤騤然强壯也，乃不得不舍棄前說而另行穿鑿。以其詩為傷亂而作也。意為世亂則征戍不得止息，遂訓之曰：「騤騤、不息貌」。夫不息又安得有貌耶！此二句本就所乘之車馬，以見世亂民貧，賦役繁興，物力凋敝，故四牡則騤騤然其不齊，旟旐亦翩然其不整。蓋「亂生不夷，靡國不泯。民靡有黎，具禍以燼」，實無力以供之也。（「民靡有黎」，謂民無有黑頭者，所餘悉老弱也。本無須注，乃《毛傳》則以黎為齊，《鄭箋》又以黎為不齊。支絀不通，直同笑柄，真不知何苦乃爾也。）此詩之「四牡騤騤」，乃民力疲敝，勢不得不騤騤。《六月》之「四牡騤騤」，乃出征倉卒，不暇使之不騤騤。《採薇》之「四牡騤騤」，乃設詞謙言，謂雖騤騤亦不當賤視之，而實則不騤騤也。用意雖各別，而為義則一。說者不知就文義求之，乃妄行揣測，隨時變易其說，以圖互相遷就，又安有能通者哉。

麟之定

《周南》：「麟之定」。《毛傳》：「定，題也」（題即額），殊謬。此詩本以麟喻文王，以趾、定、角，分喻公子、公姓、公族。故其取喻於麟之身者，若趾、若角，皆其極微末而疏遠之物，所以得喻為身外之人。若定果為額，又為得與麟分別言耶？且前章言趾，後章言角，悉身体外附屬之皮膚變形物質（趾、即足甲。據生理家言，爪甲毛髮，皆皮膚之變形物），中間忽插入一極關重要之部位曰：額。俗諺有謂人之語無倫次者曰：「頭上一句，脚上一句」，其即此詩人之謂矣。蓋古之說《詩》者，不知逐字深求其義，而又好逞臆說。見此詩之言「麟之趾」也，則以為此但泛言麟趾而已，之字則已全拋諸度外。至麟與趾之若何關係，若者為麟，若者為趾，絕不一加思索，故說來多不得詩意。乃不幸此定字，又為彼所不解。因見下章之言角也，以為角必生於額上。介於趾與角間者，當然為額，遂臆斷其為「額」。試問：古今來曾有一書、曾有一人謂額為定者耶？至後之編《爾雅》者，原本其說，更特變其文作「頞」，則直如竈嫗說鬼，愈出愈奇矣。茲按定、臀也。今北地方言猶然。謂臀為定，蓋人坐則以臀著地，其勢穩定，故遂以臀為「定」。猶次指之作用在食，因謂其指為食指也。詩之言定者，其意實在於尾，以尾生於定上，特變言定以叶下韻耳。其取義於尾者，殆猶《狼跋》以狼之胡喻周公，以其尾喻伯禽之意，義取其為之後也。《集注》謂：「麟之定、其義未詳」，似已知其說之不可通，而無說以易之，故特著此語以誌疑也。然自有毛氏此注後，而世俗之称臀為定者，乃不敢直用此定字，而別撰一「腚」字以代其用。文字與語言，一失其文，一失其義，二者相需而遂不可復合，不其大可哀乎！

營營青蠅　止于樊

《營營青蠅》：「止于樊」，《毛傳》：「樊、藩也」。其說樊字義固得，而非此詩之所謂樊也。蓋樊、藩原只一字，故樊從二木，中作交X形，以象籬落，實為會意字。迨後人或用為國名（《樊侯仲山甫》）或氏族（《樊皮》），乃別撰一從草潘聲之形聲字以代之，即藩也。六書之起，形聲最後，則謂「樊」為古藩字可也。至此詩之言樊，其意實在於溷（即廁也）。蓋古之為廁者，必為藩以障之，故謂之藩溷今北地鄉野及貧寒之家猶然。《晉書·左思傳》：「門庭藩溷，皆著紙筆」。又《南史·范縝》謂：「竟陵王子良曰：『人生如樹花同發，隨風而墜。有拂簾幌，墜於茵席之上者，殿下是也；有關藩籬，落於糞溷之中者，下官是也。」是藩溷之名，至六朝時，尚沿其語。此詩之藩，即指藩溷也。蓋青蠅之為物，酷嗜不潔，故常止於藩溷。（青蠅即今之所謂「綠豆蠅」，惟廁中多有之。）詩人以青蠅之所止，必為不潔之地，以喻好信讒言者，必無良士。以青蠅正與讒言，以樊反與豈弟君子，故云：「豈弟君子，無信讒言」也。二章、三章之「止棘」、「止榛」，二者乃同類之物，俱為青蠅之所常棲止。人苟留心細驗之，方知古人之精於体物也。棘、榛皆多刺而紛亂，故以與下文之「交亂四國」、「構我二人」，即所謂交亂之也。毛氏只知樊之為藩，而不知藩之為溷，故其於榛字又《傳》曰：「榛，所以為藩也」。鄭氏本其義，更從而《箋》之曰：「言止於藩，欲外之令遠物」。不思青蠅之為物，豈藩所能障？天下幾見有為藩以障青蠅，且以棘、榛為藩以障青蠅者哉！是皆不知詩人之意，而但即藩之常義，姑為之辞者也。

交交黃鳥止于棘

古詩之精粹處，全在比興，前已專言之。其体物之工，比擬之切，直令後人無從下手。漢人說詩，猶知於比興處求之，惜多不得其義，或且與詩義相反。而於其所不知之處，又好穿鑿附會以強求其通，以致荒謬支離，往往不復能成文理。至宋人則一概抛却，一若古人之爲詩，其起首三、二言，本可任意泛言一、二品物，以爲開端，不必與詩中所言有何關係，以下始入詩之本意者。宋人自命爲善言文理，專從事涵泳白文，試思古今來，故有此蕪泛枝蔓之文理耶？如《黃鳥》之詩，秦人之哀三良也。其開端曰：「交交黃鳥，止于棘。」《毛傳》曰：「交交，小貌。黃鳥以時往來，得其所。人以壽命終，亦得其所。」《鄭箋》云：「黃鳥止于棘，以求安已也。此棘若不安，則移。興者，喻臣之事君，亦然。今穆公使臣從死，刺其不得黃鳥止于棘本意。」是漢人舊說，固皆謂以黃鳥喻三良，以「止于棘」反興從葬之不得其死，初非泛然詠黃鳥也。其與詩義爲近而適得其反。殊不思棘爲何物，而謂黃鳥之止于其上，爲求安已耶？且古今來曾見有黃鳥止于棘上者耶？棘之爲物樛結而多刺，除青蠅外，（青蠅好集棘上，驗之則知。）殆無一物能集其上，故古人常取之以爲不得其所之喻。如《鴇羽》之「集于苞棘」，《葛生》之「葛生蒙棘」，皆是。毛、鄭竟以「止棘」爲得所，何其不察物情如是耶！（《鄭箋》之迂曲，幾至不可句讀。）毛訓交交爲小貌，亦非。交交即「喈喈」，一聲之轉，黃鳥鳴聲也。《葛覃》：「黃鳥于飛，集于灌木，其鳴喈喈」即其顯証。古之形容詞，本無定字，故喈喈、膠膠、交交，其義一也。此詩本言交交然之黃鳥，人之所共愛也，今竟止于棘焉，其不得其所也甚矣。以喻三良，人之所共愛也，今竟從穆公以殉葬焉，其不得其所為何如乎？蓋哀之也。二章、三章之「止桑」、「止楚」，義亦如是。二者叢雜之木，皆薪材，非禽類之所宜棲止，故古人之言棘者必連類及之。如《鴇羽》言：「集于苞棘」，又言：「集于苞桑」；《葛生》言：「葛生蒙棘」，首言：「葛生蒙楚」。蓋二者之惡雖源于棘，要之皆賤木也。漢人不知於詩人所言各物深加体察，而概以常木視之，此其說來每至於詩義相牴牾也。（毛說《鴇羽》，因不知此義，乃謂鴇不樹棲。其實鴇何嘗不樹棲，特不棲栩、棘、桑等蕪惡叢雜之木耳。）《集注》因舊說之多不可通，乃一切拋棄之，故其說此詩也曰：「交交，黃鳥，則止于棘矣。誰從穆公？則子車奄息也。」蓋以所見起興也」云云。推朱氏之意，殆謂奄息殉葬時，適有黃鳥止于棘上；仲行殉葬時，又有黃鳥止于桑上；鍼虎殉葬時，又有黃鳥止于楚上。殉葬者三人，而黃鳥即三易其處，而其每次所止之木名，又必適與殉葬者之名叶韻，古今有此黃鳥，洵可入《齊諧志怪》中矣！且秦人方哀三良，又何心有此閒情逸致耳耳聽此交交之黃鳥，而目光隨之起落耶？使朱氏苟得吾說以質之，當自己亦啞喙不能已也。所謂因噎廢食者，其即此覽物起興之說乎？

葛生蒙楚　蘞蔓于野

《三百篇》中，有後人之所謂加倍寫法者，昔之說詩者，多忽畧視之。故其所說，雖不失古人之大指，而究不能上契古人之心，蓋只能見到其第一層，不能見到其第二層也。如《葛生》之詩是也。「葛生蒙楚，蘞蔓于野」，《毛傳》：「葛生延而蒙楚，蘞生蔓于野，喻婦人外成于他家。」《集注》用其說，謂：「葛生而蒙楚，蘞生而蔓于野，各有所依託。」此其說似也。以與下「予美無此，誰與獨處。」二句，義亦可通。然不思天下之葛，有蒙于楚上者乎？蘞之蔓于野，亦豈可謂之得所依託也乎？（蘞即藥品中之白蘞，乃需人蓺植之物，如栝蔞然。雖亦野生，究不得謂之得所也）。以下章「蒙棘」、「蔓域」觀之，其義益顯。蓋天下之物，未有以託於棘上為得所者。而北域（即今之墳垣）之間，尤非可以滋生之地也。詩人之意蓋謂：葛非有所蒙則不生，今乃蒙于楚，其失所也甚矣，然猶有所蒙也。蘞非得地則無所蔓，今乃蔓于野，其失所也甚矣，然猶有所蔓也。予美則併此而無之，又誰與獨處乎？此字即緊承上文「楚」與「野」而言，以喻人之遇人不淑者已可哀，而此乃並此不淑之人而無之。非羨其有此而實深哀其無此也，所謂加倍寫法也。此篇殆夫寄其妻之詩，故特以楚棘野域自謙，深哀其妻之無依也。舊注偏以「予美」二字為妻謂其夫之詞，《集注》復從之。豈男子之生，亦必有所依託乎？是皆由於不知楚棘、野域為何物何地，乃為所依託者自謙之詞，而又不知此字乃承上文來，因誤解「亡此」

為不在此（《毛傳》言：「我所美之人無於此，謂其君子也」。但知勉强牽扯，不惟於「亡此」二字之間，硬增一「於」字，即此「無於此」三字，能成語乎？）。遂致其詩人本意，全然反背，而極明適之文理，乃支絀而不能通。此真詩人之大不幸也。此詩情深文明，在《唐風》中乃僅見之作。其末兩章，乃至以其歸要諸百歲之後，則終身不得歸矣。其哀感之深，直足令羈旅隕涕！而千餘年來竟無人能解，則解人豈易索乎？

所尤奇者，詩明言：「歸于其居」、「歸于其室」，而說者乃强指居為「墳墓」，室為「壙」，其武斷力可謂横絶古今！若然，則男女居室，乃謂「人之合葬」；而爰居爰處，為詩人自擇葬地矣，寧不令人啞然失笑！蓋說者意中先横亘有「穀則異室，死則同穴」二語，遂不顧詩之所言，與彼是否相類，乃硬改經以從我。而世竟無人能指其非，不奇之尤奇者乎！

又按、「夏之日，冬之夜」，《毛傳》言：「長也」。尚未大非。《鄭箋》謂：「思者於晝夜長時尤甚」。《集注》用之，云：「夏日冬夜，獨居憂思，於是為切」。是皆因後世詩中有「愁人怨夜長」之語，故云然。然愁人怨夜長，初不聞云：愁人怨日長也。鹵莽說詩，但見其中有一、二字偶與己見合，其他之不合者，遂亦不妨憑臆改之，以强伸己說，此古今說詩者之通弊也。今按二語，乃以日夜之長，與言歲月之長，以喚起下文「百歲」句。意謂：夏之日冬之夜，其時長矣。人之歲月，亦豈遽止于是！百歲之後，會當歸耳。語似自寬，實則哀之甚也。此詩通篇皆興体，朱氏承前人之謬，而不悟其非，乃將後三章悉改為賦。此皆因惑於後世詞家觸物懷人、眠思夢想之常套，強以上合古人。而不悟古人初無此淺薄側艷之詩也。

角枕錦衾，亦是以伴宿之物，喻伴宿之人。詩之定例，至申明處，承正義不承喻義。「予美亡此」，即謂：予美無此伴宿之人，非謂其並無衾枕也。猶前二章之「此」字，皆指所依託之人言，非憂其無楚野棘域也。前人不知此義，乃不得不解「此」字為此處。雖不成語，而卒無以易之也。

此詩並可見續《小序》者，必為毛公以前，傳授《毛詩》之人，以其說常與毛氏之謬說相應也。《小序》本云：「葛生，刺晉獻公也」。以詩言攷之，則所謂刺者，乃指其勤師遠戍，久不得歸，致男嗟怨曠，女患仳離，初無死喪字義。至續之者，則云：「好攻戰，則國人多喪矣」。是蓋因《毛傳》訓居為墳墓、室為壙故也。序與詩沆瀣一氣，則其出於一家師說可知，可決其非出於毛公一人者。則以《燕燕》之詩，毛說固附注於序下也。

畏此簡書

《出車》：「畏此簡書」，《毛傳》：「簡書、戒命也。鄰國有急，以簡書相告則奔命救之」，其說頗支絀。鄰國有急，何以不求援而以戒命相告？此戒命何人所定，乃見之即須奔命相救？春秋二百餘年中，出援鄰國之事甚多，何以絕不聞有以戒命相告者？且詩本言「王事多難故不遑啟居」。今言「懷歸」，乃云：畏鄰國有急以戒命相告，豈既已不遑啟居矣，鄰國以戒命相告，更當分其身以往救之耶，而顧曰：「畏此簡書」耶？此蓋由於誤會《左傳》引用此詩之義，乃遂穿鑿附會以成此不通之說。人常患腹儉，此則多書之為患矣。按《左傳·閔元年》：「狄人伐邢，管敬仲言於齊侯曰：『戎狄豺狼，不可厭也；諸夏親暱，不可棄也；宴安酖毒，不可懷也。《詩》云：豈不懷歸，畏此簡書。簡書，同惡相恤之謂也。請救邢以從簡書』。齊人救邢」。《傳》之所載，雖為救鄰之事，至其引此詩以告齊侯者，乃為管敬仲，初非鄰國自以簡書來告。且其引用此詩之旨，亦不過斷章取義。以「豈不懷歸」，申明宴安之不可懷；以「簡書之同惡相恤」，申明內外之不可不安攘。簡書之義，在於「同惡相恤」，則簡書之設，原不必專為救鄰一事。即「救邢以從簡書」之語，亦只謂救鄰以從簡書之意旨，非謂邢人以簡書來責其必救乃不得不從之也。乃毛氏竟因此一語，遂妄意簡書專設為救鄰之用，且嚮壁虛造為有急以之相告，則必奔命救之說。一若鄰國間故有此一種契約，其效力更遠出於告急求援文檄之上。一經提出，則無論如何必須從之者。是真癡人前不得說夢矣！今按簡書、刑憲典章也。古無紙，作書必於竹簡之上，刑典亦然，故謂之簡書。《左傳》：「晉人殺鄧析而用其竹刑」，即刑書用簡之證。刑典之要旨，在於善善惡惡，故管子謂之「同惡相恤」。攘戎狄、暱諸夏，亦同惡相恤之一事，故管子謂之「從簡書」。此但即簡書之意旨而言，非簡書之用，專在於救鄰也。此詩之「畏此簡書」，質言之，即畏此國家之刑典耳。極淺顯之文，乃經此一番章扯，竟至於支絀而不可通，是真不知其果是何用意也。

歌以訊之

《墓門》：「歌以訊之」，訊，一本或作「誶」，當從之。以「訊」字失韻，且訓訊為告，亦不合也。訊之義本為「問」，如執訊、訊囚、訊訟之類皆是。至誶字後人雖多用作詬詈義，然古義則訓為「告」或「籲請」。《寡子卣》銘文云：「子惟呼誶帝家，以敦不淑，康乃邦」。「呼誶」二字連用，義即謂呼而告之，或籲請之。「帝家」即王室，對於王室而言呼誶，則古義誶字，初不訓為詬詈，可斷言也。至誶字果何由誤訊，則實為疑義。說者或以為二字篆文相近致然，此則不通古文者之臆說，猶朱子注《論語》，謂：「卒字篆文類五十」，「瓜字篆文類必」也。（朱氏注《楚詞。天問》「啟棘賓商」謂：「棘商二字近夢天」，尤奇！）訊字古文作「[illegible]」（《不欺敦》）、「[illegible]」（《揚敦》）。其異文甚多，然大体要無甚出入。至許則作「[illegible]」（《寡子卣》），從言、從衣。衣即古卒字，二字殆無甚分別（《天吳鼎》或名《明鼎》，卒事作衣事）。則訊與許之相去，其易辨直不止於菽麥，顧謂其為相近，有是理耶？然訊字實不能通，而許則今古義皆合。是不得不存為疑案矣！

說檜風羔裘

續《小序》者之聯綴詩言，牽強成說以上釋《小序》，其支絀無理，令人望而失笑。致累及《小序》正文，縱極其精切詳至，人亦不暇為之分辨，而一概吐棄之者，殆難更僕數。余嘗謂續《小序》者傳《詩》之功，與其誣《詩》之罪，蓋適相等（續《小序》者，即傳《毛詩》者，前已屢論之）。如謂其更烈於焚坑，則言之未免過當也（如《詩》不傳，吾人今亦不得改正之矣）。至其說之尤無理、而足為《小序》之累者，當莫甚於《羔裘》一章。此詩《小序》本云：「大夫以道去其君也」，其說至精。蓋大夫既以道去其君，則不得復效忠於其君，而其心又實不能忘君，此《羔裘》之詩所為作也。續者不能得《序》言「去其君」之義，乃因詩首言「羔裘逍遥」也。遂附會之曰：「國小而迫，君不用道，好絜（即潔字）其衣服，逍遥遊燕，而不能自強於政治，故作是詩也」。其言之支離誕怪，幾於不可究詰。檜國雖小，豈其君服一羔裘狐裘，便為過舉？又因詩有「如膏」字也，曰：「好潔其衣服」。豈人之於衣服，必力求其不潔，而始得謂之道耶？又因「逍遥」字，而更加之以罪曰：「逍遥遊宴」，豈人服羔裘，便不許其逍遥？而逍遥即是遊宴？若然，則如次章所云：「羔裘」而「在堂」，亦必為罪矣！是人君必不許其服裘也。此之不已，因以前說服裘之罪太輕，不足以蔽其辜也，更憑空加以「不能自強於政治」七字罪名。夫如是則檜君之罪定矣！君子之去之宜矣！乃獨不悟《序》之所言者，本為「大夫以道去其君」，非謂大夫以其君不道而去之也。《序》言大夫，而續《序》者乃專言君，上下顯分兩截，其為非出諸一人之手可知。然人多不察，其足為《序》說之累也甚矣！今按此詩，乃大夫去其君，而又不能忘情於其君之所作，於其君之政治得失，初未嘗有毫末之關係。詩本與体，續者因欲加檜君以罪，乃竟改與為賦，此則昔之說《詩》者之敢於自用也。古者大夫之服，退食無事，則衣羔裘，《召南。羔羊》之詩是也；朝君則狐裘，《彼都人士》及《晏子》：「一狐裘三十年」是也。大夫既去君而又思君，因即託其裘以起興，謂：羔裘則用以逍遥；狐裘則用之以朝，所事不同，則裘亦因之而異。以喻昔事君則有事君之道，今去君則有去君之道，今昔之地位不同，因之其道亦不能無異，故雖思君，亦徒有勞心悼之耳。蓋不在其位，不謀其政，愛君縱極切，終不能如昔日在位時之得致於君也。首二章辭意相同，至三章則以常服此羔裘而不得復服狐裘朝君自傷。蓋羔裘之体質與狐裘迥異，狐裘久御則蒙戎，而羔裘久御則反光潤，《鄭風》所謂：「羔裘如濡」是也。今羔裘光輝之爛然如膏，日出且有曜，則是閒居已久，然豈不思狐裘以朝君者？特道之所限，中心雖悼之而亦無如何也。此詩人雖去位，而時刻仍不忘君，所謂身在江湖之上，心存魏闕之下者，庶幾似之。而又能以道自守，絕不肯冒昧求進，以自干出位之咎，自非學養兼到者，曷足以語此！宜乎進以禮退以義之夫子，取之以冠《檜風》之首也。

無集于穀

「黃鳥黃鳥，無集于穀，無啄我粟」，《毛傳》：「黃鳥宜集木啄粟者」；《正義》曰：「言人有禁語云：『黃鳥黃鳥，無集於我之穀木，無啄於我之粟』」，是舊說固皆以穀為木名也。至《集注》見下句云「無啄我粟」也，以為粟乃穀之所生，禁其集於穀，正所以禁其啄粟也。故特改注穀為禾名，而為說曰：「爾無集於穀而啄我之粟」，是直以穀與粟為一物矣。但即此章言之，非不可通。然次章云：「無集于桑，無啄我粱」；三章云：「無集于栩，無啄我黍」豈粱亦桑之所生、黍亦栩之所生乎？豈他章之集與啄者為二物，而首章乃獨為一物乎？朱氏之說詩，往往但即其中之一章言之，至其與他章之是否能通，則概置不顧。謂其未見有他章，則他章下亦有其少許無聊之注解；謂其既見他章，初不知其不可通，則未免失之昧；謂其既知其不可通，乃姑存之冀以自欺以欺人，則又似非君子之所用心，二者皆不足以語朱子。蓋朱子之注書，好為苟異，偶得一說，見其可以立異於前人，即欣然命筆。至其說之能否共各處相通，則以欣喜之餘，初不暇顧及，因此每至釀成笑柄（《邱中有麻》、《交交黃鳥》諸篇，即其例）。是皆好名之心過盛，有以搖其中而動其氣也。正心誠意數十年，而仍不免於好名之過，則克制之難也。今按舊說以榖為木名，本無可議。其有可議者，則其於詩人特言榖、桑、栩三木之意，未能有所領會耳。大抵昔之說《詩》者，對於《詩》中所言之草木鳥獸，多不知深加体會，遇有不知，又復逞臆附會以指物之故，其於詩也，十九不能得詩人之意，甚且正與之相反背，此則蔽於物情之過也。即如此詩之榖與桑、栩，在前人視之，不過曰木而已，木而可為鳥之所集者而已。然木衆矣，詩人何以特言此三木，則初未嘗一顧慮及之也。不知此三木皆木之至賤者也。此至賤之木，猶不許其集，則凡貴於於此者，益可知矣！蓋極言以例其餘也。質言之，即凡木皆不許其集而已。榖，即楮也，字本作「榖」。《說文》云：「從木，㱿聲」，是也。字本從木，所以下文又云：「不我肯穀」，二字不同，故不妨同用。若訓以為五穀之穀，則與下穀字韻重複矣。古詩用韻，雖不似後世之嚴，然故未嘗有此也。榖本賤木，除其皮可造紙外（當時又無此項製作），至為不材，故《鶴鳴》之詩亦以「其下維穀」為止賤之喻。《史記》：「太戊時桑穀生於朝，以為不祥」亦因二木至賤，而朝廷又非生木所也（後人不知此義，乃因不祥字，造作種種妖妄，乃齊東語也）。桑與栩亦然，詩人凡言鳥集之非其所者，輒以桑栩與棘楚並稱，如《鴇羽》言：「集于苞桑」、「集于苞栩」，又言：「集于苞棘」。《交交黃鳥》言：「止于棘」、「止于楚」，又言：「止于桑」。以棘、楚例之，則其為人所厭棄，可斷言也。蓋二物僅其葉可以飼蠶（栩即櫟，野蠶所食也），其材則止供薪用，殆與樗同為不材之木（《白華》：「樵彼桑薪」），故人多與棘楚惡木一例視之也。三句正與「不我肯穀」。《毛傳》以為喻天下室家，不以其道而相去，是失其性，是不識文理之言也。

我行其野

《我行其野》與《黃鳥》、《序》說皆以為刺宣王也。今攷其所謂刺者，殆刺當時政教不行，民德涼薄，睦姻任卹之風，澌然以盡。《黃鳥》則傷居人之不見容；《我行其野》則怨姻戚之相棄。二詩同一命意，亦同一用筆，當即為一人所作。似此文義並同之詩，《集注》竟一以為比、一以為賦，寧非怪事！朱氏又云：「二詩按詩文，未見其為宣王之世」，豈宣王之世之詩，必須將其時代嵌入，或姓名加入耶？前人之說《黃鳥》，雖未透澈，尚無大誤，至此詩則幾怪誕不可究詰矣。舊說則因見詩中有「昏姻」字也，乃大發其奇論。《毛傳》謂：「刺其不正嫁娶之數，而有荒政，多淫昏之俗」；《鄭箋》則以「蔽芾其樗」謂為「樗之始生」（以蔽芾為始生），何等奇淑），仲春之時，嫁娶之月，以婦之父、婿之父，相謂為昏姻，謂言為我」；「昏姻之故，言就爾居」，謂為：「我奉二父之命，來就爾居，並非無禮而來」；「爾不我畜，復我邦家」，謂為：「男女失道，以求外昏，棄其舊姻而相怨」。牽扯說來，直成為人於仲春之月娶妻，妻不納其夫，且此娶妻者，初非娶妻，乃在妻家為贅婿（所以云：「復我邦家」也），其離奇殆不下於竈媼之說鬼。具此卓識，又何怪乎其動言汁光紀赤熛怒耶？《集注》棄其說而盡屏之未嘗不是。其云：「民適異國，依其昏姻，而不見收恤」，亦合詩意。特其所以解說此詩者，其離奇處，比之舊說幾不多讓。如蔽芾盛貌，此見諸《甘棠》之詩者也。朱氏因其言之絕無義也，乃將芾字抹去，僅留一蔽字曰：「我行其野中，以惡木自蔽，於是思昏姻之故，而就爾居」。由是言之，是此人初非有意依其昏姻，乃偶行其野中，蔽於惡木之下，始思及昏姻之故，而就之居也。茲姑無論此人何以必擇惡木自蔽，在惡木之下，何以即思及其昏姻之故而就之居？信如所說，則是此人之依其昏姻者，殆已三次，而皆不見畜矣。蓋初則行其野，以惡木自蔽，思及其昏姻，往就而不見收畜；繼復行其野而采蓫，復思及其昏姻，往就而不見收畜；末復行其野而采葍，乃不思舊姻而求新匹，仍不見收畜也。此人何事既經不見收畜，乃仍復屢行其野，而每行其野，又不為良圖，蔽則取惡木，采則擇惡菜（注：樗、惡木；蓫、葍，惡菜），豈此人自暴其惡乎？不然，何自聲明其惟惡是務耶？且此人每得一惡木惡菜，即念及其昏姻而往依之，豈其與其昏姻，情誼素惡，故聯想及之乎？若然，則其不見收畜，固其宜矣。以惡人，倚惡木，持惡菜，往謁其惡昏姻，又安望其有善遇耶？而乃一之不已，至再至三，誠可謂之不憚煩者矣，吾不知朱氏其將何說以處此也。蓋詩本興体，朱氏乃妄改為賦，既改為賦，則必實有其事（賦者、直陳其事）。而詩凡三章，之中所言又各異，則必是事凡三舉。即強以事只一次，初蔽於樗下者，中途又采蓫、采葍，解之於文理亦不合也。故詩中比與皆可更端，惟賦不可更端者以可更端者便非實事也。朱氏說詩，每不顧及全篇，此亦其一也。今按此詩與《黃鳥》篇，文義全同。此之言樗、蓫、葍，猶《黃鳥》之言穀、桑、栩，皆取其惡而賤，為人之所不甚愛惜，極言之以盡其致也。詩意本謂：夫樗惡木，人素所賤視者也。乃我行其野，則蔽芾然其盛也。則人之於樗，尚能畜之也；今我以昏姻之故，言就爾居，則其情誼之隆重，非樗比矣，乃爾竟不肯以樗焉者畜之也。則我亦惟有言還言歸，復我邦家耳（樗、即今之臭椿樹，乃人所共厭棄者。世俗重男輕女，故里諺云：女兒臭椿樹，男兒靈芝草。是今人猶以樗比其所賤棄之人也）。以「樗」反與「昏姻之故」，以「蔽芾」反與「不畜」，上下詞義釐然，初無俟煩言解釋，又何有於前人所說之紛紛耶！二、三章義亦畧同，而旨微異，前言人之不肯賤畜之，此則言己之往就，本只求其賤畜之也。蓫、葍皆惡菜，人所不甚愛惜也。今我行其野，亦只求采其蓫與葍耳，則所求故無幾也。重之以昏姻之故，似不至卻我矣，乃並此不可得也。餘與前章畧同。三章則詞旨又變，前之所謂：「昏姻之故，言就爾宿，爾不我畜」三句者，止以「不念舊姻」一句括之，下乃申言其所以不見畜之故：其所以不念舊姻者，乃求其新知特異者也（特、舊說皆訓為匹，此臆說也，「特」無訓匹者。《柏舟》「實為我特」，亦不訓匹）。且自為解說曰：我之所以棄舊憐新者，非以其富，祇以其異耳。誠哉其不以其富、祇以其異也，蓋反言以譏之。實則言其所以棄舊憐新者，只以舊者貧而新者富耳！似此冰釋雪亮之文，千載而下，猶口吻如生。乃竟沉薶於濃雲濁霧中者千有餘年，何世間能讀書者之少耶！

芣苢解

昔孔子謂：「學《詩》能多識於鳥獸草木之名」，非謂誦之即能識之也。蓋學《詩》者，必先於鳥獸草木之名，加以精細之攷察，而後詩義乃見。《詩》學既通，而鳥獸草木之形、聲、色、態，亦無不了然於胸，此昔人之所以遇物能名也。自中更戰國之擾攘，上下二百餘年，絃頌道衰、師傳中絕（《史》、《漢》所載之授受源流，以今觀之，特保守《詩》之白文者耳）。及至漢初諸儒，掇拾於灰燼之餘，其於詩中所載之品物，已強半不可識矣。然使其於此時，即詩之所言，精心攷察，十尚不難得其八九。乃諸儒於詩言既多誤會，而又好於無文字處，妄施其穿鑿，於是遇有不知，即隨意指一物以實之。以致張冠李代，謬誤百出，名物既乖，詩義亦隱。降至今日，歷世愈深，言之變遷日以劇。後人雖明知其謬誤，而無徵不信，亦有徒扼腕於無如何者矣。即如芣苢，舊說皆指為車前，余前說亦嘗用之。乃及今思之，則可確定其決非車前也。蓋車前之子，其細僅如罌粟，雖終朝採擷，亦不易盈掬。今詩云：「薄言袺之」，「薄言襭之」，是即累日為之，亦斷不能有如是之多。古人體物之精，決非後人之所能幾及。今即詩中所言人所易知之物，加以印証，覺其体貼之精至，纖悉畢列，無不恰如其分而止。間或有為人之所不及見者，如謂姑妄言之，實際不必其如此。但求達吾之意，而不顧其拂物之情，古人初無是也。且攷其所以指芣苢為車前者，初非確有所攷見也。不過以詩為「美后妃」，而后妃女子，且多子息。車前則能治產難，為女子所或需之藥（車前之主治，不專於婦科。且在婦科中，用亦不廣。注者初未之知耳），遂逆臆而為此說耳。是猶《中谷有蓷》，見下云：「有女仳離」，遂以蓷為益母；「言采其蝱」，見作者為許穆夫人，遂以「蝱」為貝母（蝱、即今之斑蝥，服之使人狂惑，以與下「衆穉且狂」。字從二虫，竟不憚強派為草，其武斷為何如乎！）。不於義理求之，而乃別求之於文字之外，以此等眼光而說《詩》，《詩》安得而不晦耶！然則芣苢果何物？曰：菲也；菲又何物？曰：臺也；臺又何物？曰：夫須也；夫須又何物？即今之莎草也。蓋芣苢者「菲之」切音，急讀之則為菲，緩讀之則為芣苢。古者各地語音之緩急不同，故同物往往異名。吳子壽夢或作「吳子乘」；寺人勃鞮或作「寺人披」

，胥此類也。至夫須、則又芣苢一音之轉，猶屠蒯之或為杜蕢也。若臺，則其或名耳。此詩本以美后妃之不遺小善，故特以菲為喻。菲雖賤草，而其莖葉可以織物。有此一節之長，所以人知采之，猶后妃之擇善，苟有可取，必不肯以其微細淺近而忽之也。前說此詩時，即疑采芣苢為「采葑采菲」之義，而不意其果為菲也。又、菲之可用以織者，乃其上部柔韌處，至下体則以過老僵硬不適用，故《谷風》謂：「采葑采菲，無以下体」。舊日說者，《毛傳》則以菲為「芴」；《鄭箋》則以菲為「葍」；楊雄、郭璞、陸機輩，紛紛擾擾，牽強附會，愈說而愈不可通。蓋菲苟為芴或葍，則只為一種惡菜，又何下体之可言？故歷來對於此詩，率皆籠統混過，卒不敢下一確切之解釋，以一經推求，即不成義意也（前此說者，大抵皆共葑牽合言之。因舊訓葑為蕪菁，雖共詩意正相反背，然葑猶有下体可指，至芴共葍，則併無所謂下体也）。菲可織為笠。《彼都人士》云：「臺笠緇撮」，《傳》云：「臺所以禦雨」；「南山有臺」，《傳》云：「臺、夫須也」是也。亦可織為屨，草屨或名為「扉」，扉即由菲得義也。菲、賤草，人之所輕，故菲又轉訓為微薄。菲所織之物，文理秩然，故又轉為形容詞（「萋兮菲兮，成是貝錦」，即謂其織文也），是皆由菲字引伸而出者。而千有餘年竟，無人能名其物。則余之所得者，亦不為菲矣。

節彼南山

《國風》比興多而賦少；《二雅》比興少而賦多。《風》之中非無賦，然所重在比興；《雅》之中非無比興，然所重在賦。故《風》鮮長篇，《雅》多鉅製。惟其為比興，故可以更端而反復言之，說之者苟得其一章之義，則餘可例推。惟其為賦，故一章必有一章之事實，絕不容以重複，而說之者亦必逐章加以解釋，而其義始顯，往往非累牘聯篇，不能畢其詞。余之詩說詩，詳於《風》而略於《雅》，職此故也。然舊說之謬誤，《雅》視《風》為尤多。以《雅》之詞句多不同，可滋誤會之處甚廣，不若《風》之一義到底，一誤即不容再誤也。其得處亦復如是，縱極謬誤，亦必無通篇皆乖正義之事。故欲改正其謬誤，只可就各章或各句分析言之。至其通義，則人自尋求可也。如《節南山》之詩，舊說之不合詩義處，不一而足。即其開端一字，已大乖詩義，又何怪乎其後之支離破碎、不相通貫乎！「節彼南山，維石巖巖」。《毛傳》：「節，高峻貌；巖巖，積石貌」，至今從之。今攷「節」字，從竹即聲，何從而得高峻之義？古今載籍，曾見有一人以節為高峻者耶？且山即積石，積石之貌與山之高峻，又有何分別？既曰山，又曰石；既曰高峻，又曰巖巖，何古人之為文，若是之蕪雜泛濫耶？孔氏作《正義》時，似已覺之，故其言曰：「節與巖巖一也。言節先舉形之高大，乃言『維石巖巖』；見其視之貌狀，言『民具爾瞻』，雖與『維石巖巖』相對，而巖巖無視汝之文，具瞻少尊嚴之狀，互相發見」云云（姑不論其義之不通，即以文字言之，已足使人滿身生粟）。其說雖牽強可笑，然亦足見舊解之不合文理矣。《集注》似亦覺其費解，仍不敢頌言其非，乃用其滑頭之慣技支吾了事曰：「節彼南山，則維石巖巖矣；赫赫師尹，則民具爾瞻矣」，句中各義，皆略而不言。朱氏於文有所疑義而心不能通時，輒用此法以解厄，可憐亦可笑也。今按此字乃假借字，古人假借之例，必於其義之必不可通者以免誤會，前已屢言之。乃後之注者必欲於本義求之，其穿鑿不通，本無足怪。所可怪者，既知本義之不可通而出以杜撰矣，則何不杜撰一與文義諧適者冀其萬一之偶合，乃必為是似通非通之文，再以待煩詞之解說，此真莫從窺其用意者矣（似欲借此以泯其杜撰之跡，誰謂古人之不善作僞乎）。此「節」字、本當作即就而視之也。「節」、「即」二字古人常通用，以音同而義則絕不可通，故得相假借。此詩本家父刺幽王（《小序》）。其所謂刺幽王者，乃刺其寵任尹氏，聽其蒙蔽，致民知有尹氏而不知有王，多行秕政，卒以亡國也。詩本以南山喻幽王，以石喻尹氏。山本石所成，而視於山者維見石，以喻王本以尹氏為輔佐，而不見王者乃維見尹氏也。意謂南山、人之所共仰也，然南山則不得見也，其所得見者，則維石巖巖耳。人但見石而不見南山，猶民但見一師尹而不見王，故下云：「赫赫師尹，民具爾瞻」也。以巖巖與赫赫，以石與師尹，以節與瞻，上下字字針鋒相對。陸氏謂「維石巖巖」與「民具爾瞻」相對，笑談資耳。由此義觀之，石即南山、師尹即幽王。詩戒師尹，正所以戒幽王，故《序》直以為刺幽王也。第二章「有實其猗」，義亦如是。《毛傳》訓實為「滿」、訓猗為「長」，直堪捧腹！「有滿其長」，請毛公自讀之，能成語乎？鄭氏不從之，別箋云：「猗、倚也。言南山既高峻，又以草木平滿其旁倚之畎谷，使之齊均也」。聆其言似成義矣，然以之說詩，則與毛同一不通也。蓋以猗為旁倚之畎谷，雖無理，所解猶為猗字也。至「草木平滿」四字，果指何字乎？謂從《毛傳》解平滿二字為「實」，則草木二字又從何來？如以草木二字為實，則平滿二字又從何來？豈「實」字可解為「草木平滿」四字乎？是則意有所得，而中心不勝其困惑，因之以游疑不定，新舊雜糅，以成此進退失據之說也。蓋鄭氏意中，本疑實之當訓草木，而又以已誤訓猗字為「旁倚之畎谷」，「有草木其旁倚之畎谷」不能成文，於是忽然憶及此句中曾有滿字義，乃即以滿字加入，居然成文。而不悟其訓滿者，即其所改訓為草木者也。鄭說之類此者甚多，不暇為之一一指出，是在世之善讀者，逐經文原字而細核之耳。「實」原訓草木，所謂「落其實而取其材」也。「猗」即「菉竹猗猗」之猗，謂盛也。「節彼南山，有實其猗」，謂即彼南山，惟見有草木猗猗然，但見草木不見南山也。此詩仍以南山喻幽王，以實與師尹，以猗與赫赫。乃以上二句與下一句，至「不平」句，則已變為賦，無須再從上二句傅會之也。此詩開端二句，乃一篇之主腦，而節字又二句中之主腦。此字一失，不惟通篇之義不見，而本句亦不可復通。然不通者亘千餘年竟無人或識也。

不弔昊天　不宜空我師

「不弔昊天，不宜空我師」，《毛傳》：「弔、至；空、窮也」。《鄭箋》：「至、猶善也，不善乎昊天，愬之也。不宜使此人居尊官，困窮我之衆民也」。《集注》則又改訓弔為「愍」，謂為「不見愍弔於昊天」，於文義悉不甚合。今攷毛氏之所以訓弔為至者，以《天保》「神之弔矣，詒爾多福」，弔固嘗訓至也。然「不至昊天」四字，殊不成語，故鄭氏更從至字上，牽強而轉訓為「善」，實則至字何嘗得釋為善字。不過鄭氏即詩義求之，見其訓善方合，遂強誣至字以訓善耳。朱氏知其無稽，故盡棄其說，而引伸弔災弔喪之本義，別訓為「愍」。然弔唁雖含有哀愍意，實為人事上一種動作之名詞，初不得直解為愍也。今按弔字不惟不訓善，並不訓至，且其字亦不作弔也。弔字在今文中當作淑。《關雎》、《燕燕》、《中谷有蓷》《傳》皆云：「淑、善也」是也。淑字古文止作「叔」，與伯叔甥舅之叔同，其字皆作弔，間有假借作盄者。至今文之叔，乃古之赦，二字義意各異，初不相涵也（弔字古器中甚多，不遑枚舉；叔字見《吳彝》及《師和父敦》，乃象手持豆莢形，指事字也）。不淑字在古器中屢見，皆作不弔。《寡子卣》：「以敦不淑康乃邦」，即其一證。若叔字則古人常作色彩字用，即黑色也。古時命服，有所謂：叔芾金黃者，似降於朱芾葱黃，亦芾朱黃一等。《師和父敦》書用之，《吳彝》之「叔金」，亦其簡稱也。蓋色黑，故亦稱幽黃（幽、今文多改作「黝」）。今傳世古器中，絕無有以叔為稱謂者，知在春秋時，二字尚不相通假也（傳世古器，以成周及春秋時為多，其所以不相通假之故，殆以二者皆名詞，恐滋誤會）。不知何時，乃竟假叔為叔季之叔，而別於叔字上加草，用代叔之本字。經此遞嬗，而弔（亦有作此形者）字遂歸淘汰，不復見知於世矣（其蛻嬗當在戰國間）。後人不知弔為叔之本字，而其字又不可識，於是依形式求之，見其與「弔」字相類，遂誤以為弔。舊日之考究金文者，猶胥以弔釋之，則在前人更無足為異也（前之金石家，皆釋弔為弔。自吳清卿氏，因稱謂上，始悟其為叔字，如虢叔、獻叔等，古文胥作弔也）。不淑即不善。「不淑昊天」，猶今人之所謂天心不仁也。空舊訓為窮，亦非是。空未有訓窮者，此字本無須特加解釋。自有此注，而意義轉不明順矣。空、罄也，盡也。「不淑昊天，不宜空我師」，謂昊天縱不善，亦不宜禍我眾民至於罄盡也。此二句直喚起以下三章，皆以天為綫索，乃一氣流走文字。舊說於本句尚不能明了，又何怪乎其說來枝枝節節，不成義理耶！又「神之弔矣」之弔字，亦當為淑字。《毛》之所以訓至者，以不知其義，特就本句推測而臆斷之耳。僅即本句言，雖似可通，但此弔字乃與下文「民之質矣」之質字為對文。質、《毛傳》：「成也」；《鄭箋》：「成、平也」，是質字本形容詞。若訓弔為至，則動作詞。以動作詞與形容詞為對文，古今有此文理乎！毛、鄭說《詩》，往往杜撰而仍不能合詩意，此亦其一也。至鄭氏對於此詩弔字，竟能因文理而知其義之當作善，則不可謂非卓識矣。

弗躬弗親　三章

此三章皆承上「不弔昊天，不宜空我師」二句來，意謂昊天苟不空我師，則彼當弗躬弗親矣，以庶民固不信之也；亦當「弗問弗事」，勿使再誣罔我在位之君子；「式夷式已」，無使我小人日即於危殆矣（夷、閒居也。舊注為平、訓為平居，亦可。惟下已字訓作止息者同意。乃竟解作「平其心，平其政」，是全不知文理者也）。彼瑣瑣之姻婭，亦當無令其久膺膴仕，以蔽賢尸位矣。此章乃深苦尹氏之虐，而祈禱其罷政致仕之詞，言如是我民或尚可以倖生也。「君子」、「小人」乃對待之名詞，即所謂在朝在野者也。舊注之可怪者，竟以君子、小人為品性上之稱謂，謂小人即「瑣瑣姻婭」而君子則置之不顧。其解「式夷式已」，謂為「當平其心，視所在之人，有不當者則已之」，尤屬可笑。文只四字，而除去兩「式」字，僅有「夷」、「已」兩字，乃竟有如許之委曲義意，用此道以說《詩》，又安有不能通之義哉！特不知其心目中尚知其所注者，為「夷」、「已」二字否耶？次章乃轉正言之，謂前之所言者，昊天乃不用（傭、庸之假借。庸、用也。舊說訓傭為均，杜撰而又不通），而降此凶罪也（鞠、鞫之假借或錯誤。鞫、罪也、見《漢律》。後乃轉為問罪之詞，非古義也。舊訓為窮，其為杜撰，前曾言之），昊天竟不見惠，而降此大戾也。以故君子如有所命令（屆、命也。說見前），即前所謂躬親問事也，無不「俾民心闋」然失望。君子如果能安居無事，如前所云「式夷式已」也，則庶幾遠於民之惡怒乎？此章末四句，蓋仍承前章而反覆言之，以極力著明其在位之惡，去位之善，猶冀天之或去之也。此二「君子」，仍是在位之君子，乃指尹氏而言。說者仍強作有德之君子，與詩義正相反，其牽強拉雜而不可通，又何足怪乎？至三章始即其在位之惡而切實言之，謂不善者昊天，竟使其亂靡有定期也。其擾民之政，隨月而生，有加無已，而「俾民不寧」也。我之「憂心如酲」（病酒也），心雖苦之而無可如何，問誰秉國之大權（成、即今所謂總其成，謂總攬諸事之成者而裁度之也），而乃「不自為政」。今彼久於其位，以終勞我百姓乎！因苦尹氏而怨及秉國成者之不自為政，此《序》之所為「刺幽王」也。三章一氣相生，層次秩然，文理亦極明晰，初無俟煩言解釋，聞者當即了然。乃再經漢、宋人之穿鑿武斷，以致愈注而愈不能明。作繭自縛，其此之謂矣！

方茂爾惡　四句

「方茂爾惡，相爾矛矣。既夷既懌，如相醻矣」四句，形容小人之情態，可謂獨絕千古。後人失意杯酒間，白刃起相仇，世或傳為名句者，是猶得其淺而未得其深也。乃歷來注《詩》者，於此四句，亦只視以為泛言小人之輕喜易怒，而於詩所以言此之故，則初無一人道及。此因前之說《詩》者，不知統觀大義，但即一字一句，支離破碎，苟且補苴，其能見及三句以上者，已尠其人，又何望其能通全篇而尋其脈絡耶！漢人之傅會支絀無論已，如朱氏之說此詩曰：「蓋小人之性無常，而習於鬬亂，其喜怒之不可期如是」。因詩有「相爾矛」句，遂謂為「習於鬬亂」；此與讀「靡有孑遺」，而謂「周無餘民」者何異？不知古今之為高叟者，何其多也！此不過形容其怒之暴之詞，豈必果有此事，若必作實事解，則索然無味矣！朱氏號為精研文理者，何亦復作此死於句下之論耶！詩之所以言此者，蓋言幽王初未嘗無欲去尹氏之時，乃輕喜易怒方其怒也，則直欲「相爾矛」；不轉瞬，又轉怒作喜，「既夷既懌」而「如相醻矣」。天下人之一意於寵愛者，猶可冀其愛竭而去之。若茲之倏喜而倏怒、即怒而復喜，喜固無如何，怒亦不可恃，則其固結於中者已深，必無望其能去之也。此章乃刺幽王之正面（下章亦然），餘則多為指斥尹氏之詞，然其意實則在幽王也）。若如舊說，則漫無歸宿矣！

擇三有事

《十月之交》：「擇三有事」，《毛傳》：「有司、國之三卿」，其以「有事」為有司，甚合。而以三有司為三卿則否。有司小臣，乃專主其事者之名（殆猶今之主事）。《論語》所謂：「籩豆之事，則有司存也。」三卿、行政之首長，豈可以謂之有司？鄭氏箋詩，更從而說之曰：「《禮》、畿內諸侯二卿。今立三卿，言不知厭」。茲無論「皇父」之果為諸侯與否，初無可攷見。其作都于向，不過自治其私邑，豈必即有立卿之事。若如鄭說，則一卿即可曰一有司，乃何以歷來絕不見有所謂六有司、二有司，而但曰三有司耶？且《雨無正》篇亦有曰：「三事大夫，莫肯夙夜」；其上文云：「宗周既滅，無所止戾」，則所咏為王朝之事初無疑義。《禮》、「天子六卿」，何亦但言三事耶？鄭氏知其說之不通，乃又改訓為「三公」。同一三事，而忽以為三卿，忽以為三公，其進退失據若此。蓋漢人於周初官制，已無從攷見，第見文有「三」字，因即而傅會之。以為三卿不合，則以為三公，而不悟卿與公之俱不得稱有司也。今按三有司者：卿事僚、太史僚及公族大夫也。三者各有僚屬以分司其事，而統其名曰：「三有司」，古常以重臣兼領之。其範圍之所及，殆綜括今之六部、國史館、宗人府。即漢之所謂宮中、府中者，其範圍亦初不外是、古之設官也簡，此三部分，即不啻已總其全，凡官自正大夫以下皆屬之。約言之，曰：三有事，泛言之即百官也。《毛公鼎》云：「王曰，父厝，已曰，及茲卿事僚，太史僚，於父即君，命汝併司公族，粤三有司」，此三者併稱三有司之証（下云：「小子、師氏、虎臣，粤朕褻事」。則三者皆侍從之官，故曰：褻事，當即詩之所謂「暬御」也。暬、褻相近或異文）。又《番生敦》則惟曰：「王命併司公族、卿事僚、太史僚」，不復綜言三有司，以三者即三有司，不必再申言之也（番生、當即此詩所謂「番維司徒」之番。其人殆共皇父同時，皆僭總百官者，特不知其孰為先後耳。又今古器中，有數事，皆銘「膳夫克」者，疑其即為「仲允膳夫」之仲允，以「克」有允義，古人名字多類是，當克為其名、仲允為其字也。惜無別證）。「擇三有事，亶維多藏」，乃擇百官中之實維多藏者，本合二句為義。其擇之者、擇之使歸于向也。此擇字共下「擇有車馬」之擇字同一義。此二句亦直貫到「以居徂向」句，意始完備，故中言「不慭遺一老，俾守我王」也。舊說既以三有司為三卿，則只是三人，又何擇之可言？故不得不更訓擇字為選立。二擇字同章異解，此亦其不合之一證也。「三事大夫，莫肯夙夜」，「邦君諸侯，莫肯朝夕」，二者皆由小以及大，故云：由三事以及大夫；由邦君以及諸侯。若「三事」苟為公卿，於文理為不順矣。然使非古器重出，吾人又烏從於兩千餘年後，攷訂成周之官制哉。

匪其止共　維王之邛

《巧言》：「匪其止共，維王之邛」，《箋》云：「邛，病也。小人好為讒佞，既不共其職事，又為王作病」，其意似以共為「供」、以止為「不」。《集注》亦用其說，故云：「此讒人不能供其職事，徒以為王之病而已」。然以「止共」二字為不供其職事，語頗費解。且文明云：「匪其止共」，則是並非不供其職事矣。非不供其職事，惟為王之病，上下語意不相聯貫。豈為讒人者，必有其職事，一為讒人便不供其職事耶？此蓋不識古文義例，承訛襲謬，而強為說詞者也。今按止字，乃古文「之」字，古之字皆作止，小篆猶然。「之」、「止」初無二字，傳詩者不知何故，他止字皆改作「之」，而此字獨留作「止」。殆其心以惟一共字不能成文，故特釋此之字為止以便解說耶？蓋彼既誤以共為供，而「匪其之供」，殊不成義意也。不知此共字實為「恭」字。古文恭、功、供皆作共，加心者後起之字也。此二句乃緊承上文「盜言孔甘，亂是用餤」（餤、炎之假借，熾也。舊訓為進，亦杜撰之詞）二句來。言盜言之孔甘者，非其之恭也，而亂即用是而熾，則實為王之病耳。「其」字即指盜而言，「恭」字即指甘言而言，語極明顯。然後人多不明古文義例，一經錯誤，雖明知其難通，而亦無由改正之矣。

君子如祉　亂庶遄已

《巧言》：「君子如祉，亂庶遄已」，《毛傳》：「祉、福也」。《箋》云：「福者，福賢者，謂爵祿之也，如此、則亂亦可疾止也」，其說殊支離。文只言一福字，何以即知其為福賢者？又何以知其所謂福者，即爵祿之？且「君子如福」四字能成語耶？《集注》知其不通，乃改注曰：「祉、猶喜也。謂見賢者之言，若喜而納之，則亂庶幾遄已矣」。其改訓祉為「喜」，初非別有所根據，特以上文言「君子如怒，亂庶遄沮」。祉字與怒字為對文，而怒之反面則為喜，因逞臆而變易之耳。義有未通，而知於文義求之，此是宋人長於漢人處。然所謂文義者，須求之通篇或全章，豈得僅推尋於一字或一句！「君子如祉」與「君子如怒」雖為對文，其義意豈必即相反背？觀下文「亂庶遄沮」、「亂庶遄已」兩句亦為對文，其義意仍為一致，不過重疊言之，則上句益不得以反背成文。蓋此四句本承上文「君子信讒」來，豈君子聞讒而怒，亂可以止者；君子聞讒而喜，亂亦可以止耶？朱氏自知其不近理，乃特於注中增出「聞賢者之言」五字，如是則義可通矣。究之此章，皆論讒言，何嘗有賢者之言義意？此句與「君子如怒」，皆由「君子信讒」一句生出，又何處可容有插入此「聞賢者之言」五字之餘地？予嘗怪前人說《詩》，既不得已而出於杜撰，而杜撰又必求其不通，此亦其一也。不知此祉字，乃「耻」字之假借。君子如「耻」，謂君子如以信讒言為耻，與上文之言：如君子聞讒言而怒者，正同一用意，而義則更進一層。蓋前謂：如聞之而怒，固甚佳；而此則謂：即不幸而誤信之，如復能引以為恥，亂亦無由成也。文義何等周至！前人不明假借之理，乃專於本義求之。義不能通，則穿鑿附會、妄逞其私臆，甚且不惜變換經文以濟其窮。則古義之湮，諸經學家固不得辭其責也（即如此句，須於經文中，羼入「聞賢者之言」五字，方能成義。然注者初不恤經文之變亂，而但求其一字之通也）。

瞻彼中林　侯薪侯蒸　全章

《二雅》中舊說之錯誤者，幾於正不勝正。以其錯誤，初非一言一句修改之即可豁然貫通。如欲有所糾正，必須擧全章而申說之，而後其義乃見，是真令人每聞歌輒喚奈何者已。諸詩中往往有開闔動宕、餘味超然，寄旨趣於楮墨之外者。乃一經注疏家之點竄，無不索然如嚼蠟。今攷其所以然之故，蓋歷來之注之者，不知依文訓義適可而止，乃必妄添枝葉、任意牽合，於是本反言也，則拗之使正；本危語也，則緩之使平，致使詩人之言反顛倒錯亂於注疏之中。後之人但見注而不見詩，古人之真面目，乃無人得窺見矣。此其弊在漢人本無足異，以其初不知注重於文理也。宋人以精研文理自命，朱子於詩學又號稱作者（朱子之詩，在宋人中，除蘇、陸、歐、范數大家外，頗不多覯。世人不知，第見《千家詩》所選錄之數首，疑其為大服方巾一流人物，於詩學為門外漢，此未見其全集者也），乃其說詩，亦必如鄉村老農講鄉約，第覺俗腐之氣，使人不可嚮邇，不知果何苦而為此也。如《正月》「瞻彼中林」一章，悉怨天之詞。蓋人至不平之極，無辭可解，而歸其過於天，此固古今來學士文人之積習也。乃《集注》之說此詩也，則曰：「瞻彼中林」，則「維薪維蒸」，分明可見也。民今方危殆疾痛，號訴於天（看他憑空又添出「疾痛」、「號訴」字），而視天反夢夢然，若無意於分別善惡者，然此特值其未定之時爾。及其既定（添出「及」字，畧去「克」字），則未有不為天所勝者也。夫天豈有所憎而禍之乎？福善禍淫，亦自然之理而已」。照原詩之語氣，全顛倒而錯亂之。詩人之言如此，尚有何趣味哉！今按「瞻彼中林，侯薪侯蒸」，《毛傳》以為：薪蒸言似是而非。甚是。蓋觀於林中，但見其悉為薪材，而樹木之種類，材具之大小，舉所不辨，如是者詎可以謂之「分明」。若併此不辨，是併林亦未之見矣。朱氏之改訓為分明，特求苟異舊說，實則舊說固未可盡棄也（若《鄭箋》則直無理取鬧，茲不贅）。今民方危殆，而求助於天，起視天道，乃反夢夢然。如觀於林者，徒見其為錯雜之薪蒸，全不見其實際也。人猶曰天道有定，既克有定矣，則當靡人不在天道之中，而為福善禍淫之理所勝，更無所謂愛憎矣。今視天之夢夢，則殊不然，彼有皇上帝，所憎者果為伊誰，而使之獨膺其禍耶？叩天而問以所憎，蓋深疑天之有愛憎也。不求所愛而但求所憎，則以天之所愛者在他人，而己之無辜而受禍，當即為天之所憎者也。論天道而言愛憎，則以人有勝有不勝也。人有勝有不勝，則是仍不克有定也。不克有定，此天道之所以為夢夢也。此種骯髒激楚之作，在大、小雅中殊不多見。曲折低徊，大有拔劍斫地擊缺唾壺之概，司馬子長《伯夷傳贊》，殆全從此詩脫胎，而靈均之呵壁，則此其嚆矢矣。

謂山蓋卑　為岡為陵

《正月》：「謂山蓋卑，為岡為陵」，舊說之穿鑿無理，無足深論。《集注》云：「謂山蓋卑」，而其實則岡陵之崇也，今民之訛言如此矣」。以二語為訛言之比喻是矣，而語未透徹、又改興作賦，是則求苟異舊說之過也。其言曰：「今民之訛言如此矣，是固知其為喻詞，故曰如也」。既為喻詞矣，又烏得更以為賦耶？詩意蓋謂名者實之賓，夫言固各有所當也。山之不可謂之岡陵，猶岡陵之不可謂之山也。若於岡陵不謂之岡陵，而謂之為山，而蓋卑以實則是也，以言則非也，所謂訛言也。一為糾正之，則為岡為陵已爾。今民之訛言，其名實不相符合也。概如此矣，寧獨莫之矯而正之乎！「懲」即矯正之謂，《節南山》之所謂「不懲其心」是也。此句正承「為岡為陵」句生出。前人不明興之體例，以致對於各字之義意，亦不甚講求。苟知其為一定不變之格律，則上下互相印證，互相推求，當不至如斯之謬誤百出也。

佌佌彼有屋　蔌蔌方有穀

漢人之采於自用而不求其義理之安，其勇敢之致，遠非後人之所能望其項背。往往因片文隻義，即不恤變亂全章之義理以殉之。孟子所謂「養其一指而失其肩背」者，漢人大有此氣概。乃後人受其欺而不悟其非，竟翕然從之，其亦可哀也已。如《正月繁霜》：「佌佌彼有屋，蔌蔌方有穀」二句，即由上章之「彼有旨酒，又有嘉殽」四語脫化而出。二彼字同一義意，皆指得志之小人言。主名既定，安有於一章已後，復形容其人之理。「佌佌」二字之形容詞，即由「茨」字引伸得義。茨之狀重重積累，故因其義以形容物之重重積累者。詩之喻稠疊者，每言「如茨」，亦即此義。形容詞本無定字，此曰佌佌，亦第寫其聲如此耳，其本字之義，初無俟深求也。佌佌猶云重重，「佌佌彼有屋」猶云：重重然彼所有之屋，蓋極言其屋之多也。「蔌蔌」亦形容穀多之貌，猶言蕤蕤或或也。二語皆形容小人之富，以反襯下文「民今之無祿」，猶上章以「彼有旨酒」四語，形容小人之富，以反襯「念我獨兮」也。乃毛氏則以佌字之從人也，而又以此詩所指之人為小人也，特釋之曰：「佌佌，小貌」。然則凡為小人者其貌亦小，古今之奸邪讒佞，皆僬僥類矣。既以佌佌為形容人，則不得復以蔌蔌形容穀，於是不得不更從而釋之曰：「蔌蔌，陋也」。前者以佌為形容人者，猶因其從人，茲則併從草者，亦為人矣。然此特即毛氏之意而說之耳。若以文字論之，則當云：「小小者彼有屋，陋陋者方有穀」。有屋而小，有穀而陋，則其去無祿之民也，幾何矣。是前章之彼乃小人之富者，此章之彼又小人之貧者矣。幾曾見「蕭蕭馬鳴」可解作蕭蕭之人之馬鳴；「悠悠旆旌」可解作悠悠之人之旆旌耶？因仳字一誤，牽聯至於兩句悉誤，而通章亦不復可通。究之果於何書，而見有仳之訓小、蔌之訓陋耶？《集注》因仍其誤，而無所於疑，則其識之高出於漢人也，亦幾希矣。

豈曰不時　曰予不戕

《十月之交》「抑此皇父，豈曰不時」。時、《毛傳》釋為是，原不誤。《集注》改訓為「農隙之時」，謂皇父不自以為不時，殊屬非是。農時人所易知，時與不時，豈人之所可強言者。且如所說，則下文「胡」字，又從何轉出耶？「曰予不戕」，《箋》訓戕為殘，《集注》訓戕為害。皆謂為皇父自謂曰：予不戕汝，說亦可通。然與下「禮則然矣」句，似不甚銜接，且於通章語意，亦微嫌不貫。戕字實藏之假借。藏本從戕得聲，故即假戕作藏，抑簡策或有剝泐，亦未可知也。此章實為下章「皇父孔聖」句，立竿見影，語言間極抑揚之致，其妙處全在字句之外，就篇中數虛字求之，義自瞭然。乃說者不知循其語氣，詳加玩味，反枝節閒斷之，又安從窺見古人之語妙乎！詩意蓋謂：抑此皇父者，予豈敢謂之不是？但既曰是矣，則役我工作，即當就我之身代謀之，胡為我作，竟不即我謀，致我自徹其牆屋而不獲修繕（舊說此句以為：徑自徹毀我牆屋，使我築邑，殊不近理。築邑何用徹毀其牆屋？蓋深怨其不即我謀，不時徵詢既徹之牆屋，不得修繕也）。田事荒廢而卒為汙萊，是者固當如是耶？乃既致我如此矣，反謂予曰：汝自謀之不臧，論禮自當如是也。此之所謂禮者，即在上者無有不是，在下者無有是也。下之「皇父孔聖」，即此章之注腳也。「禮則然矣」四字，其刻毒殆尤勝於罵詈。口口稱皇父之是，卻口口是說皇父之不是，此正古人用筆之妙處。乃一經諸人之解說，遂無人識良工之心苦矣。

有饛簋飧　有捄棘匕

《大東》：「有饛簋飧，有捄棘匕」二語，語意本極明瞭，乃二千年來，竟無人識其義，可謂怪事！今觀其對於各字之解釋，本無不合，使其但即本文研索之，自不難得其旨趣。而乃意有所未通，不知深思其故，反拋卻本文於題外妄施其傅會。此其所以經義既不能明，而牽掣支離，自己說來，亦不復成語也。此詩本東人傷周人賦役之不均，以致貧富懸殊苦樂異趣，故言有饛然者之簋飧（饛、《毛傳》：「簋滿貌」亦膠柱之詞，實則形容餚饍之盛者，皆可用之），視之非不盛也，乃所用以食之者，則捄然之棘匕也。匕而捄然（捄、《毛傳》以為長貌，下文「有捄天畢」，又《傳》以為畢貌，《毛傳》之隨意解釋多此類。《集注》改訓為曲貌甚是。《周頌》：「兕觥其觩」觩字，與此當是一字，特因所指之器為角，故改從角耳），已不能適用（匕即今人之筯，所用以夾取食物者。匕必取其直，故昔人有賜箸以表直者），乃其捄然者又為棘，則不惟不可用以食，食之反適以傷口（棘、多棘之木），則雖對此饛然之簋飧，亦徒有目視之而已。此二句正與下「周道如砥，其直如矢。君子所履，小人所視」四句。以「有饛簋飧」興前二句，以「有捄棘匕」興後二句。此之「周道」，亦非言通周之大道（《集注》所言。《毛傳》曰：「如砥，貢賦平均也；如矢，賞罰不偏也」，直是夢話），乃借以泛言周人之生計，如砥言其平，如矢言其直，喻言其寬綽平易，人所易見也。然所謂如砥如矢者履之者惟君子耳。君子謂周人也。若我儕小人，則惟有視之而已，如饛然之簋飧，供之以捄然之棘匕也。下「睠言顧之，潸焉出涕。」是又從視字生出，所以足上文也。似此羅羅清疎，一經解說，當無不豁然通貫。前之說此詩者，似亦於棘匕二字，深資其疑訝。以其製太離奇，以之施於簋飧，殊覺其不適也。使其苟即此義求之，未始不可以稍窺其崖略，乃不謂未遑深考，而自欺欺人之念旋生，以簋飧為人之所習知，不易加以附會也。乃屏棄不顧，別為之說曰：匕所以載鼎實，棘赤心也。《集注》從其說亦曰：「以棘為匕，所以載鼎肉而叔之俎也。」審如所說，則是天地間果有棘匕一物，而其用又專主於鼎肉，與簋飧全無關係矣。然則《詩》胡為盛言簋飧，而必附以所不需之器耶？且棘之為才，不維繚曲不材，其心復類中空而易朽，故古今來絕無有以棘為器者。茲云取其赤心，是古之匕皆當以棘為之矣。究之諸公曾於何處見有棘匕，又從何故知而謂匕之用惟施於鼎俎耶？然則古人之食物竟用手攫取耶？蓋注者不明棘匕之義，欲加以附會，勢非取資於世所希見之物，不足以避人之非難，故前既借重於鼎，後復嫁禍於俎。《詩》雖明言簋，亦置之不論。以二者久不行於世，人無所施其駁辯也。詩人之設喻已奇，而後人之圓謊尤妙。古人有知，應深歎翻空之不易也。

《鄭箋》云：「飧者，客始至，主人所致之禮也。凡飧饔餼以其爵尊為之牢禮之數。陳興者，喻古者天子施予之恩，於天下厚。」置經文各字於不問，僅指一飧字，發生如許怪論，可謂奇矣。朱子解此詩尤妙，曰：「有饛簋飧則有捄棘匕，周道如砥，則其直如矢。是以君子履之，而小人視焉。」看他又是則、又是而、又是焉、又是是以，加了好幾個虛字，不知其意中到底是甚麼意思。朱氏於所不知之義，多好用此滑俗習套，自欺以欺人。恐其自己所言，自己亦莫知所云也。

糾糾葛屨可以履霜佻佻公子行彼周行

此四句本不待注而明，乃以觀舊注，則殊謬。毛鄭既非，而《集注》又矯枉過正，是不可不一辨也。《毛傳》「佻佻、獨行貌；公子、譚公子也。」（小序：以此詩為譚大夫所作，故云然。）《鄭箋》：「葛屨，夏屨也；周行，周之列位也。言時財貨盡，雖公子衣履不能順時，乃夏之葛屨，今以履霜，送轉餫，因見使行周之列位者而發幣焉。言雖困乏，猶不得止。」其說極穉俚可笑。毛氏因詩為譚大夫所作，遂以公子為譚公子。鄭氏則併指葛屨履霜為譚公子之事。東國雖困乏，何至其大夫之子，並一履之不能備？鄭又云：「送轉餫因見使而發幣」是則此公子竟著其草鞋出使矣。杜少陵嘗稱「麻鞋見天子」，此其嚆矢矣。毛又訓佻佻為「獨行」，然則譚國之運輸貢賦，亦皆須譚公子一人躬親負荷耶？足踏草鞋，肩承筐篚，以獨行此二三千里之長途（譚即今之濟南，周即今之西安，相去殆二千餘里。）譚大夫見之能不心疚耶！此種談論，與三家村不履城市之老農又何以異。《集注》改訓公子為諸侯之貴臣，改訓佻佻為輕薄不奈勞苦之貌，而仍以葛屨履霜為實事。則其所見者，視前人亦不過百步五十之比。若其並改訓周行為大道，則是舍櫝而併還其珠也。周行為朝列之通稱，前於說卷「耳」章已詳言之。鄭氏釋為周之列位，實因不明周朝相通之義，而第墨守字面臆為此說。然尚非大謬，若《集注》則謬以千里矣。今按此四句，本為興體，即後世為文所謂夾敘夾議者。《小雅》格局多變換，興不必專在首句也（《小弁》多複喻，亦《詩》中變格。）糾糾葛屨原不可以履霜，以興佻佻之公子原不可以參朝列。今以輕薄之子弟參與朝列，是猶以葛屨履霜，言其不勝任也。此「公子」乃泛指周人之子弟，下「西人之子」六句，即其注脚，乃艷羨西人之詞也。佻、即「桃兮達兮」之桃，亦即「視民不恌」之恌。《集注》訓為輕薄甚合。乃復綴以「不奈勞苦」四字，是則本知其當訓輕薄，而又思往大路二字上牽合，因遂成此進退失據之語義。所謂道路以多岐亡羊也。

契契寤歎

契契，舊皆釋為憂苦，義固不誤。然契實古文刻字。《緜》之詩「爰契我龜」，即爰刻我龜也。契契當訓為刻苦貌。

舟人之子

《大東》「舟人之子，熊羆是裘；私人之子，百僚是試。」以舟人與私人對言，則舟字之為假借，一望可知，乃古今來卒無能通其義者。則以假借之中又有假借，且古今音讀各異，此所以雖經多人之懷疑，終末由窺其真象也。「舟人」，《毛傳》則直從本義解作「舟楫之人」。成周既非水鄉，何至舟楫之人，竟自成一部？且舟人、私人俱承上「西人」來。舟楫之人雖多，亦何至除私人外，皆舟楫之人？此其說之不可通，顯然易見。鄭氏箋詩不從之，別以假借言之，不為無見。乃其所言者，較毛說尤為荒誕，此又令人聞而舌咋者也。《箋》云「舟當作周，裘當作求，聲相近故也。周人之子，謂周世臣之子孫，退在賤官，使搏熊羆，在冥氏穴氏之職」真堪絕倒。此詩本傷賦役之不均，致周人富而東人貧困。若如所說，則是周人亦不乏貧困者，故世臣之子孫猶然，而詩人之怨望為不知足矣。而況乎人縱貧困，亦何必皆熊羆是搏耶？《集注》經舍之而從毛義，非毛義果足從，亦比較之尚不大悖乎詩義耳。

今按鄭解舟字為周頗合，惟釋周字為成周之周則殊謬。上句「西人之子」，即指周人，茲何得復取周人，與私人對言之。蓋此之舟人、私人，正所以分疏周人。其所謂私人者，即謂周之私人，實為全周人之一部，他方不得更以概括的周人之全体作對也。不知此舟字，實古朝字之訛變，後人不識，誤以為舟耳。周之為「朝」，已於《卷耳》章言之；特後世音變，人莫能知之耳。或謂小篆朝字從「舟」，此舟字或當為朝字之脫落，則初不然。朝字小篆始改從舟，古文原不如是也（朝字古文所從之字，頗難解，既非舟又非月，近似古文泉字，又不盡然）蓋古朝字文本作[illegible]，從舟浮水上，斜下以示所向（字見邢侯彝、器見西清古鑒。文中廟字亦作[illegible]。）以朝之本誼，原為水流之所向，今書所稱「江漢朝宗于海」是也。今北人稱「向」為朝（如坐西朝東）猶其遺意。水流所向，不可表示，故特假舟以表示之。此朝字之最初義也。厥後人漸引伸而為朝會之朝；更以朝會之時，多在旦明，又引伸而為朝夕之朝。於是乎，作者乃更於[illegible]字之旁，別作一「日」在艸間（即𠦝），以誌其時，遂成為今之[illegible]字。然其古之所從，實仍為古朝字也。朝人即在朝之人，與下私人正相對待，所謂在朝在野也。一經道破，則絲毫不可移易，但人不細察耳。（百僚是試」，試字亦當作式字解，蓋以百僚為式也。此與熊羆句皆指衣服言之，所謂「祭之衣服」也。舊皆解作用。雖本義，然非此詩意也。）

踧踧周道鞫為茂草

《小弁》「踧踧周道，鞫為茂草。」《毛傳》「踧踧、平易也。周道、周室之通道。鞫、窮也。」《箋》云「此喻幽王信褒姒之讒，亂其德政，使不通於四方。」《正義》曰「太子放逐，由王信讒所致。言踧踧然平易者周室之通道也。今日窮盡為茂草矣。茂草生於道則荒。道路以喻通達者，天子之德政也。今日王政窮盡，為褒姒矣。」其說支離亂雜，幾不可句讀（所定《正義》句讀，不知其果如此否耶？）不論文義，不論字義，一味胡拉亂扯，真可謂極離奇之致。其尤奇者，則訓鞫為「窮」，豈道路亦可以論窮富或窮達耶？《正義》不得已，乃特於窮字下加一盡字，訓之曰「窮盡」，夫曰盡為茂草可也，曰窮盡為茂草，此何語乎（其尤怪者，則「今日王政窮盡為褒姒矣」十字。不惟不可句讀，直令人百思不知所云。）？且其解踧踧為平易，又何所本耶？大抵毛氏當日心中橫亙有「周道如砥」四字，未能去懷（使毛氏常能如此，亦不至《傳》中自相矛盾之處如是之多矣。）茲忽見有周道字，而「如砥」之義則不詳，而「踧踧」二字又不習見，於是乃硬以如砥之義，派之於踧踧二字。使承認之而踧踧又無力抵抗，由是而踧踧之本義，遂永戴覆盆，無復昭雪之望矣。在毛氏固覺前例具在，比附確鑿，又誰諒其事同而情異耶？至鞫之訓窮，在毛氏一己當別有特別之感觸，而非他人之所能擬議。（嚮嘗謂毛氏之訓鞫為窮，殆由讀《左傳》「山鞫窮」之文，輾轉得來，雖屬笑談，未必非實事也。）。此字之訓窮於他書既無可攷（古今載籍，絕無以鞠為窮者。《爾雅》則鈔襲毛說，非毛所自出也。）而於詩中所有諸鞠字，又無一能通，乃毛氏則見之必訓為窮，雖不通亦在所弗恤。綜核全詩，其不忍再訓為「窮」字者，僅《蓼莪》「母兮鞠我」一語，不知其與窮字，果具何因緣。豈世之所謂詩人少達而多窮者，在當時傳詩者，即不免有此習氣耶？今按踧即寂字。寂寂、闃靜無人之貌。茲言寂無人行，故特變文從足（古文中因用而變其偏旁之例甚多，前已備言之，雖與他文相複不恤）。鞠則除訓養外，殆無他義也（「鞠躬如也」之鞠，當為偮之通用；而「鞠有黃華」，則菊之通用也。）周道本非生草之地，若寂寂然久無人行，則將養成茂草矣。踧踧二字，乃「鞠為茂草」句之根。若平易之大道，何為而生茂草乎？唐耿湋詩云「古道少人行，秋風動禾黍」，殆即從此二語脫胎。然彼自為賦，而此則特借以起興也。此二句直興下「我心憂傷，惄焉如擣，假寐永歎，維憂用老」四句。蓋大道久不行，則將生茂草，人心常憂傷，則將成衰老。道不用則荒，人多憂則病瘉。《集注》仍沿用毛說，而巧為避就。凡《毛傳》所不可通之處，則置諸不論；仍用其滑頭故技，飾不知以為知曰「踧踧周道，則鞠為茂草矣；我心憂傷，則惄焉如擣矣」，特添出二則字、二矣字，一若其對於此詩之義若何明了也者。試思「惄焉如擣」上下，復安以則字、矣字，成何語氣乎！此種習套施之於《國風》，尚可冀其或中，在二《雅》則適形其醜。蓋《國風》乃詩之正格，其體例多以二句興二句（即其多者言之，不盡然也。）若二《雅》則變化多方，不容捉摸。有以一二句興數句者，有數句興一二句者（二例甚多，此詩各章，即多如此。）有賦之中忽參以興者，（《大東》之「葛屨」，《有頍》之蔦、蘿、雨、霰。）有興之中已變為賦者（如此詩四、五兩章言正意處，仍取喻於舟流壞木。）有託興重疊而僅以一句點明者（此詩三、四、五皆是。）有託興重疊而始終不復點明者（如《鶴鳴》）其結構之奇，命筆之幻，悉數不能終其物，乃仍執舊例以方之，非截指適屨，即刻舟求劍，徒見其不智而已。前輩變風變雅之說，竊疑其即以體制言之。若詩中所言，則治亂邪正各詩皆有之，不足以強為區別也。

忘我大德思我小怨

《谷風》「忘我大德，思我小怨」，怨字與上文嵬萎韻不合，而怨字又實不可與微歸韻相通，竊疑怨當作「⿱妃心」，實則為非字也。非、過失也。此之忘我大德，思我小非，本以心言。然非字從心則為悲，與異義之字複，故特變諧聲之非字作妃，以避悲字，而其意則實為從心之非字也。後人以其字不經見（古人往往好以意造字，或變換偏旁，雖原有之字，亦常臆造）而其形又與怨字極近，其義復適相脗合，遂妄意其為怨字。義固不殊，而二句乃終無韻矣。

既方既皁

《大田》「既方既皁」，皁字甚奇。古今載籍絕無有形容禾稼草木之生長曰皁者，且其字又非出特殊，而為人所不易知者（古人往往有特殊之字，借以形容事物。）攷皁字古有二義，一皁隸。《左傳》「士臣皁，皁臣輿是也」。一皁櫪。《周禮》「三乘為皁，皁一趣馬是也」（夏官校人文）至秦漢間又謂黑為皁，故柞實可以染黑謂之皁角。在古人初不經見，要之時無論今古，絕未有用作形容字者也。《毛傳》謂「實未堅者曰皁」，實未堅字義何等瑣屑。古人何至特製一字焉以備其專用。倘其如是，則古人之字，當多至不可紀極矣。今觀方、堅、好三字，皆為通用之義，此皁字豈容獨異？殆毛氏初不知其字為誤字，而其本義又不可通。因見下文言既堅也，以為此字在其上，當然為未堅。然「既未堅」又不成語，因所謂堅者謂其實也，乃更連綴成義曰「實而未堅」。此其杜撰之苦心千載下猶可想見者也。今按此皁字實阜字之剝蝕脫落者也。阜與皁相差止在幾微，故易致錯誤。不過皁字絕不成義意，而既阜孔阜等字，則為古人之所習用，一見即不難分曉。乃不幸竟遇此造化在手之毛公。義不可通，則不妨特製一義以贈之。而皁字至此，遂不得不退避三舍矣。又皁字在今人讀之，似與好字叶，而在古人則不然。好叶有韻，與阜同部；而皁則叶效嘯。《集注》知其不叶，乃於皁字注曰「叶子苟反」，是則皁應讀走矣。朱氏之隨口定聲，與毛氏之隨手定義，千古相望，可謂二難。自有毛氏，而古人不敢自信其詩為何指；自有朱氏，而古人並不敢自認其詩。以由朱氏讀來，在古人聽之，亦不知其作何語也。然皁字之不叶，朱氏固嘗知之矣。

祝祭于方　來方禋祀　以社以方（正文略）

（眉注：此篇謬誤殊甚，乃當時未就禮書詳考之也。後另有說，此篇不用。）

有苑者柳不尚息焉

「有苑者柳，不尚息焉」。此尚字原出假借。昔儒皆即本義解說之，故支離牽掣，然不能成句。而於詩中之義，仍不可通，此不通古文義例之過也。《毛傳》惟云「苑，茂木也。」對於下句無傳。《鄭箋》云「尚，庶幾也。有苑然枝葉茂盛之柳。行路之人，豈有不庶幾欲就之止息乎？興者，喻王有盛德，則天下皆庶幾願往朝焉。憂今不然。」《集注》亦沿其義，然說甚支絀。尚、冀望之辭，庶幾、亦冀望之辭。故尚可訓庶幾，然不得謂庶幾即冀望也。此猶大旱之望雲霓，不得謂為大旱之「庶幾」雲霓或大旱之「尚」雲霓也。「庶幾欲就之止息」，已不成句。而庶幾之上更加以「豈有不」三字，尤為奇觚。恐遍繙載籍，亦斷不復有此等文理也。蓋鄭既解尚為庶幾，以文義言之，當云「不庶幾」。然於行路之人，謂其不庶幾欲就茂樹止息，殊不近情理，乃不得不更曲折其說，曰「豈有不」。特是文明明曰「不」，而解者乃曰「豈有不」。使詩義果如是，是古人不惟詞不能達意，且直詞與意適相反矣。文字之無定如此，又何足以表明意思乎！故鄭氏之敢於為此武斷之說者，以毛氏固嘗以不顯為「豈不顯」也。不知毛氏之以不為「豈不」，猶僥倖勉強可通者，非其說之果合詩意。因其字原為古文之丕字，故將其字略去，尚無大礙。初不得認為古人文字本可以詞意相左也。毛氏因此一字之偶合，其踵而失者，已難更僕數。鄭氏此注，殆所謂尤而效之抑又甚焉者也。按此詩尚字，本當作上。上、尚二字，古常通用。《陟岵》「上慎旃哉」之尚字，假作上，與此章之上字假作尚，正堪對照。「不上息焉」者，謂不必攀躋而上以求止息之也。蓋柳之所以苑然者，雖在乎上，而就之止息，但蔭乎其下焉斯可矣。初不必攀躋而上，力求其苑然之處以自託，過於求而反蹈危險也。以興下「上帝甚神」（「上帝甚蹈」《戰國策》引之。蹈作神，甚是。當從之。）人亦當聽命於下，而無得過於暱近，求福反適以得禍也。以苑字興神字，以上字興暱字，上下文義一貫，脈絡分明。若如舊說，則互相杆格而不能通也。此詩小序以為刺幽王，當是（《序》之續文，雖尚不失詩義。惟其文雜亂無次，望而知其非子夏之舊。）而其詞則特託之上帝，故其詞就上帝言、就王室言皆可通，此詩人立言之巧也。其託詞上帝，蓋不欲斥王也。殆幽王之世，有不朝王者，故作此以自解。下文「俾予靖之，後予極焉。」亦即此意。二句解說不同，無一合者。惟鄭說訓靖為「謀」尚是。餘無足取也。「俾予靖之」，即使予謀之；「後予極焉」，極、即「誰因誰極」之極，謂歸往也。後時予歸往之可耳，所謂不肯自暱也。邁訓往義同。卒章「曷予靖之，居以凶矜」，則謂予何以自為謀者如是，乃以凶矜之人自居耳。以凶矜之人，為人之所厭棄，故不敢先人云爾。況彼人之心，更復無盡哉。朱注丟為徒然尤誕。

又按此詩但即本字解之亦通。尚當解作「莫能相尚」或「相尚以道」之尚，謂競爭也。有苑者柳所覆蔭者大，苟欲就而止息，無時不綽有餘地，初不必汲汲從事。矜、捷足之先得也。以喻王朝之所庇翼者廣，無時不可以往朝，無事乎一己之先自暱近，雖後時亦所碍也。故下文云「無自暱焉」，又曰「後予極焉」。則此二句，直以興起下文四句，以息字與暱字、極字。而自暱則尚，後則不尚，呼應尤為靈醒。此說視前說似更為圓到，當能不失詩人之本義。要之舊說則必不可通也。

湑

湑字《詩》凡五見而三義，其怪誕處與敦字之八義者，蓋堪媲美。《伐木》「有酒湑我」，《毛傳》：「湑、茜之也」。《蓼蕭》「零露湑兮」，《毛傳》：「湑、蕭上露貌」。《裳裳者華》及《車舝》兩「其葉湑兮」，《毛傳》皆訓為「葉盛貌」。惟「飲此湑矣」之湑，毛氏因其與有酒湑句，同居一章之內，未便別加以訓釋。然亦無傳。誠可謂極五花八門之能事矣。所最可憐者，穿鑿許多義意，竟無一義能合。則道以多岐，而反致亡羊也。今按湑字當訓為「注」。「有酒湑我」，即有酒即當與我傾注之；「飲此湑矣」，即謂其飲此傾注之酒也。《蓼蕭》及《裳裳者華》、《車舝》三詩，皆以湑字與下「我心寫兮」之寫字，寫字不得訓為心貌，則湑字不得訓為露與葉之貌也。寫、即古瀉字，本亦傾注之義，故特以湑字與之。「零露湑兮」，謂零露注之，乃以露之注蕭，興心之注之子也。兩「其葉湑兮」，文中雖不見露字，意實隱含有露字在內，蓋所注必有注之者也。又其文係全襲用《蓼蕭》，當為當時所盛傳，故不必復言露字，而人亦可共喻。此又原於習慣上之便利也。若解作葉貌，則葉與華仍屬一物，下文之「我與之子」，皆無着落矣。觀於下二章變文專從裳裳者華上形容，下文亦專從之子一方面形容，不復再言我心。以喻義所無，正義即不得有也。前人皆不諳習此興之義例，宜其雖極力迎合，而仍不得其當也。

有頍者弁

詩義之晦，誤於漢儒之任意穿鑿傅會者，固居其多半。而後人之鹵莽誦習，不知深求其義。對於舊義，不計其果否適合，即掩耳盜鈴，苟且以為已通，間或加以無聊糾正，是不啻証成其誤，亦不得辭其咎也。《詩·有頍者弁》，《毛傳》以頍為弁貌，「弁、皮弁也」。《鄭箋》以詩序言其為刺幽王也，乃曰「言幽王服是皮弁之冠，是維何為乎。言其宜為宴而弗為也。」其說迂曲而無理。弁之服非必天子用之，且服弁豈必皆宴。詩本言燕兄弟甥舅，章首何以先言一頍然之弁，而下文又叩其義之維何，則此弁必與下文有極密切之關係可知。若只泛言一弁又有何義意也。毛釋為興，却未能言其所以為興之故。朱氏作《集注》，則併其所謂興者而亦改之。第見下尚有蔦蘿云云，別注曰「賦而興又比也」。於詩義絕無所發明，而獨於此等無關宏旨之處，為此無理取鬧之舉。致於舊說之偉合者，而亦失之，亦可謂無聊之極思矣。今按毛之所以訓頍為弁貌，初非有何孜見，特不識頍字之義。因詩本言弁，則姑逆臆以為弁貌，此固毛氏之慣技。然誠如其說，則此句除弁字外，別無義意。下文何以特詰之曰「實維伊何」？豈詩人並一弁亦不能識耶？此詩之取義處，全在一頍字，竟被毛氏輕輕抹去，又何怪乎後人永不能得其義耶？竊疑此頍字即《淇奧》「會弁如星」之會，會又可稱綦。《鳲鳩》「其弁伊騏」，《鄭箋》：「騏、當作綦。弁、飾也，以玉為之」是也。綦頍音相近，故通用也。觀於綦之可為騏，則可知綦之可為頍．頍乃古稽字之異文，伯和父匜稽首字即用之（器見西清古鑑，文特作䭫，支在右方。古文偏旁，固多可移易也。）頍從支得聲，與綦騏同部，音亦如之，《音義》之釋為缺婢反，《集注》之音跬，皆臆說也。鄭注《衛風》曰「會，謂弁之縫中，節之以玉，皪皪而處，狀似星也。」《正義》引《弁師》云，「王之皮弁，會，五采玉璂。」《注》「會，縫中也。皮弁之縫中，每貫結五采玉十二，以為飾，謂之綦。」《詩》云「會弁如星」又曰「其弁伊綦」是也。此會即綦之確証。「有頍者弁」，即有綦者弁，謂他冠皆無綦，有綦者惟弁耳。「實維伊何」，欲其顧名思義也。弁必會萃衆綦，始得成弁，猶人必敦睦兄弟甥舅，然後得為人也。正以興下文「豈伊異人」等句，取喻至為精切。蓋綦雖非即是弁，而實所以為弁，猶兄弟雖異人而實非他異人也。似此眼前之義，千餘年來竟無人深攷。朱氏且欲併其所謂興者而亦改之，豈天下固有此漫無所託，首先著此不倫不類之二語，令人視之如贅肉懸疣而可以為詩者乎！其誣古人，不綦甚哉！

有周不顯，帝命不時

「有周不顯，帝命不時」，《毛傳》「有周、周也；不顯、顯也。顯、光也。不時、時也。時、是也。」後世因之。《鄭箋》曰「周之德不光明乎？光明矣。天命之不是乎？又是矣」《集注》亦曰「不顯、猶言豈不顯也；不時、猶言豈不時也」。至今祖述其說，一若古人文字，原有此一種口非心是之規律也者。若然則古人文字，又何足以定是非耶？由是說以推之，則「夫也不良」，亦可曰：不良、良也；「令聞不已」，亦可曰：不已、已也；「前王不忘」，亦可曰：不忘、忘也。而「不稂不莠」乃祈禱其田畝之荒蕪；「不騫不崩」乃頌揚其大命之頹墮；「不坼不副」乃產難之代名；「不寧不令」乃又安之嘉象矣。恐古人雖至檮昧，亦斷不至若是之語無倫次也。今攷毛氏之所以翻此怪論者，實原於不解不顯二字，而二字詩中又屢見之。百端推測，見其所謂不顯者，其意實在於顯。因是遂決定古人之所謂不如是者，意正謂其如是。雖有明文，正不妨隨意變亂。於說經上，又別開無數方便之門。蓋有此說，不惟義理可以通融，即美惡亦不難倒植也。然獨不思文字之無定至於如此，則古今又焉用此文字為耶？觀毛氏之意，似亦自有所未安，故於未解不顯以前，先就「有周」字抹去一有字而曰：「有周、周也」。復於即解不顯以後，更就「不時」字抹去一不字而曰：「不時、時也」以為之配。意若曰是皆同例，固不獨此一字然也。然不知經此牽掣，向之差以毫釐，而猶無害於大義者，至此則謬以千里，而全章之義意盡失矣。蓋不顯之不字，實為「丕」字。古文「丕」、「不」原屬一字，人只可於文義上領會，要在應為丕者，絕不至認為不。猶應用不者，亦決不至誤為丕也。毛氏不明其義，乃一以不字視之。既而覺其於文義悖謬，必須抹去此字，方能有合，遂毅然抹去之，而注曰「不顯，顯也」。但以不顯為顯，雖非古義，然於大旨，尚無甚礙。以丕原訓大，大顯與顯，輕重之間，雖不無分別，惟僅失去一形容詞，於顯之本義，固不至大相懸絕也。至並「不時」之不字而亦抹去之，則是與詩人之義，正相反背矣。蓋丕為形容詞，抹去之故無傷。而此不字初非丕字，若抹去之，則詩人之所謂必不然者，乃適認為必然矣。時本訓常。「帝命不時」，謂帝命之不可常恃，即下文之所謂「天命靡常」也。此詩本享祀文王之詩（詩序謂文王受命作周，乃渾指詩義。《集注》謂周公作以戒成王，則直是羌無故實，隨意捏造。如非祭祀，篇中何以聯想及於助祭之人哉！）篇首「文王在上，於昭於天」二語，乃一篇之主旨。篇中所言，大致謂周新受命，天命靡常，賴文王在帝左右，有以降鑒其孫子。中又引商之孫子之助祭者，以為鑒戒。末謂子孫但能儀刑文王，即不難配天永命。故通篇多以文王天命伴言。此命字即承上「其命維新」之命字來。言周雖大顯，帝命亦未可常恃也。故下文接言「文王陟降，在帝左右」，意謂賴文王有以左右之耳。以其文義極為明了。乃毛氏既為不顯之故，而解不時為時，又不可謂天命之有常，因不得不更解時字為是。然則天下固有謂天命為不是者耶？況在於親受命之人之子孫，而顧自謂其所受之命為不是耶？雖勉強解釋謂為「豈不是」，是則必先有謂之不是者，而後始得謂之豈不是，又果孰謂之不是也耶？且縱如所說謂為「有周顯帝命是」，然則二句對於上下文全無義意。古人又安得此無味之言語耶？因一字之差，而牽連至於全章不適。古有養一指而失肩背者，其真毛氏之謂矣。又次章「不顯亦世」，乃丕顯奕世。汪容甫述學，已先言之，深合古義，茲不復贅。

王之藎臣無念爾祖

「王之藎臣，無念爾祖」，此文承上「厥作祼將，常服黼冔」來。則所謂王者乃指殷王；所謂爾祖者乃指殷紂。文本甚明。因其常服黼冔（冔，殷冠），故感歎其為殷室遺臣，而戒以無效乃祖之所為。猶蔡仲之命，而戒以無若乃考之違王命也。此詩自「侯服于周」至「自求多福」，皆對於殷士戒勉之詞。戒勉殷士正所以戒勉周人也。自殷之未喪師以下始為正面對周人言之。細玩語氣自見。乃毛氏因見文中有無念字，欲為其解不顯作顯，多添証據，特以王為成王，而謂爾祖為文王，而從而釋之曰：無念、念也。以文王本為成王之祖，王指成王，則爾祖當然為文王。爾祖若果為文王，則文本言無念者，又誰得謂之無念耶？此皆因欲改無念作念，以為前說之佐證，遂不惜費如許之周折也。然詩所言者，乃指王之蓋臣，初非指王。文王雖為成王之祖，抑豈併為羣臣之祖？於是乃不得不更以蓋字為動作字，而改蓋為進。謂王之進用臣，當念爾祖。特文王之所當顧念者，又豈止進臣一事？且全詩皆言人之當儀刑文王，初未言其當儀刑者何事，以其無事不當儀刑也。茲無端而忽及其進臣，而後此又絕無一字及此，苟稍通文字者，當無不覺其不能通矣。故《集注》即改其說曰「蓋，進也。言其忠愛之篤進進無已也」。其解說蓋字姑無論其成語與否，但如所說，是直以所謂無念爾祖者，不在王而在其臣矣。好在朱氏尚非不論文字，乃即本此義而說之曰「於是呼王之蓋臣而告之曰：得無念爾祖之德乎？」蓋以成王不敢斥言，猶所謂敢告僕夫云耳。其言甚辯。特是以朱說言之，則此詩乃周公之戒成王。周公以叔父之尊，居攝之重，何至併戒之亦不敢斥言？且他事猶可，豈爾祖之言亦可亂稱乎？是皆但覺舊說之非是，而又不能得其所以然之故。僅就「王之蓋臣」一句言之，而不悟其所誤者，悉根本於解無念為「念」之一語也。蓋字當從《揚子方言》所說，解為遺餘。由其說觀之，則自漢世，已有此解。蓋字既解為遺，則王自為殷王，祖自為殷紂。此相連必至者，特後世無傳焉耳。獨是毛氏以誤解不顯之故，乃不恤並牽聯許多有否決語氣之處而殉之。《孟子》所謂「生於其心，害於其事。生於其氣，害於其政」，豈不信哉！

、握粟出卜自何能穀

《小宛》「握粟出卜，自何能穀」，毛無傳。鄭《箋》曰「我但持粟行卜，求其勝負，從何處得生」。其意似以穀為生，乃沿襲穀則異室毛傳之誤（穀訓養訓善，未有訓生者。此之穀與死對言，仍當訓善。蓋人皆惡死，故以生為善也。毛狃於與死對文，直訓為生，意雖不誤，而詞則非也。）故孔氏《正義》亦曰「貧者無財自救，但持粟以求卜者，問得勝負，世必無從得活，故可哀也」。《集注》知訓穀為生之謬，乃稍變其說曰「故握持其粟，出而卜之，曰：何自而能善乎。言握粟、以見其貧窶之甚」。其訓穀字雖較勝，至其以握粟出卜為實就詹尹而問吉凶，則猶之舊說也。殊不思人何事於粟？即云須以粟餽卜者，則粟云持已嫌不合（粟初非可持之物），然猶勉強可通。茲乃並不言持而言握（諸說皆籠統訓握為持。握與持豈並論哉！）雖云形容其貧窶，恐天下必不容有此事，在古之詩人亦必不容有此不近情理之言也。蓋人雖至鄙，亦何至受人手握之粟？既無裨於實用，而又適膺貪名，是何如併此無之之為愈？即稍通情事者，亦斷無持此以餉人者也。而顧可認之為實事耶？今按此乃古人之一種隱語，《風》詩中之別調也。握、謂藏物於手；粟、已經礱治之穀也。出、謂出其手；卜、猶使人射覆之也。穀、未經礱治之粟而世俗之所謂善也。握粟於手，出而令人測之，所握者粟，自無由得穀也。蓋非粟則不中，既中則仍為粟而不得為穀也。故曰「其何能穀」也。上句全為下句而設，而下句則惟取其諧聲之義，即其何能善也。後世子夜讀曲諸歌，多屬此體。如「黃蘗鬱成林，當奈苦心多。」「霧露隱芙蓉，見蓮不分明。」「麻紙語三葛，我薄汝粗疏。」「三更書石闕，知汝夜啼悲。」諸句，詞意皆如是。近世山歌中亦間有之。如「東邊日出西邊雨，道是無情卻有情」「雨裏蜘蛛織夜網，想情只有暗中思」之類，不可殫述。市俗俚諺（俗名為侃者），幾全從此出，其應用至廣，足見其淵源之有自，然殊無人能意及其萌芽於此也。《風》詩為詞章之祖，信哉！

女雖湛樂從弗念厥紹

前人之說詩，其義意之謬誤，雖獨較羣經為多，而句讀之差失則較少。以詩兼比興，其義意初不若他經之直白，苟不精心研究，則正喻不分，動成誤會。至句讀之間，則詩因有一定之格律，而又有韻焉以限之。縱有參差，相差不過數字之間，一經推測，即不難得其真諦。以視他經之縱筆成文漫無限制者，殆不可以道里計也（句讀之錯誤者，以禮經為最多，欲攷訂之，當非三數年不能畢業。左氏文最明，然亦有錯誤數十處。暇當一一攷訂之也）。乃其中亦有不盡然者，如《抑》篇「女雖湛樂，從弗念厥紹」。鄭《箋》云：「汝君臣雖好樂嗜酒而相從，不當念繼汝之後人，將傚汝所為」。以好樂嗜酒相從為義，是以「女雖湛樂從」為一句，「弗念厥紹」為一句也。《集注》知其解紹字為後來繼續之人之非，而句讀則仍其舊，改注曰「湛樂從，言惟湛樂之是從也。紹、謂所承之緒也」。其解紹字雖是，而其以湛樂二字為一名詞，則與鄭說之弊正同，以鄭說固釋湛字為嗜酒也。此皆由於誤從「從」字絕句，則自不得不合湛樂二字為一名詞，或並列為二名詞，不如是則不成文理也。不知此文樂字與下紹字，並係韻字。古文樂字，初不作入聲讀，常與蕭、豪、篠、嘯韻同用。如此詩第十一章；《正月》之第十一章；《關雎》之卒章等，不可悉數。樂與紹正同居一部，此字一失，而紹字遂無所叶。朱氏乃不得不更出其無字不可相叶之絕技，於上句酒字下注曰：「叶子小反」，則直笑談耳！今按湛與沉、耽通用，《說文》注為「沒也」甚是。謂沉酣於其中也。《常棣》「和樂且湛」，亦謂和樂而且沉酣爾。上文「荒湛於酒」，正謂其荒嬉湛酣於酒中，又豈可以湛作實字用耶？「汝雖湛樂」，謂汝雖湛酣於淫樂；「從弗念厥紹」，謂從來曾不一念及其所繼續之人乎！文義既明了，聲韻亦極諧適。乃傳誤逾千年，竟以無韻行，亦可怪已。

樂、虐、藥、謔等字，他處多作入聲，音如月。惟臨清左近不然，虐、謔、藥則讀如要去聲。樂作音樂用，亦讀要去聲。作哀樂用，則作勞去聲。至洛、落、雒、烙等字亦然與詩韻正合。臨清居衛水下流，當為古之中原也。

何以舟之

《公劉》「何以舟之，維玉及瑤，鞞琫容刀」毛《傳》訓舟為帶，至今從之。其說全出於杜撰。不惟於載籍絕無攷證，即與舟同音之字，亦殊無訓帶者。毛氏傳詩於不知之義，多隨意揑造，不僅此字也。後人之從之者，亦非以其說之果足從。特無所攷見，不得卒易之耳。今按此舟字，與《大東》「舟人之子」之舟字，同為一字，亦朝字也。蓋公劉服此服以朝之也。詳見前說。此文舟字不惟為朝字，且並從朝字韻，蓋舟字與下瑤、刀叶韻也。嗣又攷得古朝字作[illegible]，從舟行水上。見古鑒邢侯彝。朝字之右半即從之（朝字右半前人皆不知所從，今始釋然）。因知朝字初本為假借字，即潮字也（舟下有水，當為潮義）。後用作朝廷之朝。又因朝多在朝，故又引伸而為朝夕之朝，更於左方增日在林中以足其義。周以前當無其字也。

天不湎爾以酒不義從式

《蕩》篇「天不湎爾以酒，不義從式」。《箋》云「天不同汝顏色以酒，有沉湎於酒者，是乃過也，不宜從而法行之」，其說幾不成語，無足深辨。《集注》云「謂天不使爾沈湎於酒，而惟不義是從而用也」，亦多費解。按此文當重讀天字，謂天非湎爾以酒，爾自好以不義為法而湎之耳。

實虹小子

《抑》篇「彼童而角，實虹小子」。毛《傳》「虹，潰也」；《箋》云「此人實潰亂小子之政」；《禮》「天子未除喪稱小子」；《集注》亦沿其說。恐非。今攷其訓為潰亂者，特意其為訌之通假耳（《召旻》訌字毛訓潰）。然「實潰亂小子」，殊不成文。竊疑其為古哄字之通假，所謂人實誑汝也。哄或作叿，與虹字極相近，或為筆誤，亦未可知。哄字《廣韻》、《玉篇》、《集韻》諸書多載之。然第注曰人聲，義實未備。今方言謂以言語相誑者為哄，讀洪上聲；而作人聲解者，則讀洪上平聲。由詩言攷之，俚言實古義也。

慶既令居

《韓奕》「慶既令居，韓姞燕譽」，昔人皆訓慶為喜。然喜既令居四字，實不成文理。蓋失其本義，而徒即字面解釋之，固無怪其如此也。此猶「舒窕糾兮」之舒，而強訓以為舒緩，自不能與文理有合。特其字苟在曾通《左傳》者，或尚可研幾得之。若此慶字，則上下兩千年恐無第二人能確為指出也。今按此慶字，亦為人名，乃當日之居韓土者，殆即韓侯之名也。此章所述，胥本蹶父語氣，故不妨逕用韓侯之名，且古人初不以直呼其名為嫌也。韓本召公私邑，而燕則召公所封之國，故下文云「溥彼韓城，燕師所完」。蓋韓之有城，實召公時役其國人之所建築也（舊說封於燕之為韓築城，多致疑問，《集注》以為韓初封時，召公為司空，王命以其衆，為築此城。殆不知其故而臆為之說。豈王朝之司空，分應為分封之諸侯築城乎？）所謂慶者，乃召伯虎之庶兄（觀召伯虎稱之為伯氏，知其年必長於虎。而古者傳世，以嫡不以長，故知其為庶也）故其名同取義於獸族（慶從廌從心，本義當屬獸名。今失其指，觀古文灼然可見）召虎奉先人遺命，以韓城歸之慶（觀其稱考稱謚，則其先人已歿可知）宣王因即其地封之為韓侯。此詩首二章即咏其受册命之事。上章則咏其取妻，此章則從其妻父口中，深讚歎韓土之樂，祝其夫妻居之同臻安善也。「慶既令居」謂韓侯居之既美善；「韓姞燕譽」謂其妻居之亦當安樂也。即但以文義論之，亦當爾爾，况更復別有佐證耶？韓之得國最晚（自周之開國至宣王已二百二十餘

年）故不見於《書》（《書》所傳多周開國時事
）絕無韓之名。）而亡又最早。《國語》載幽王
九年，史伯云：　武王之子應韓不在，則其國
已早亡。幽王去宣王初年，不過四十餘歲。是
自韓侯受命後，不再傳即見併於晉，故韓之世
系鮮有能言之者。僅賴《國語》此文及《左傳
》富辰之言（僖二十四年）得知其為武王之後
耳。韓為武王之後，則召公奭當為武王庶子。
世於召公世系亦多不能知，但知其為姬姓。今
觀於韓之緒統出於召公，而二書皆言其為武王
之後，則召公必出於武王無疑也。成王之立，
周召夾輔，周公之為懿親，人所共喻。而召公
之所由倚重，則莫詳其故，且其勢位幾足以抗
衡周公（觀《書》所載，問答之詞可見。）頗近
於以疏間親。今經此推闡，當可釋然矣。慶之

為韓侯與其所以有韓城，並其邑之原屬於召伯
虎，古今典籍皆不載。惟現傳世之召伯虎敦，
其銘文所載，頗足與此事相發明。此器之行世
已久，乃百餘年來，歷經金石家之攷釋，卒無
一能知其義者。因其文字人多不能識，而語句
又稍鄰於詰屈故也。余以此詩攷之，始尋得其
線索。而銘文之所謂慶者，乃即此詩所言之慶
。反覆推求，益恍然於銘文之所言，皆召虎當
時以韓城與韓侯之事。數千年之墜緒，竟於一
器焉得之，由此足徵古器所關之重。搜討古籍
，必須能識古文。彼抱定一本謬妄無稽之說文
而自命為漢學家者，為無謂也（俞蔭甫於古文
一未寓目，中年後求得一本《說文》，便東牽
西扯，大作其羣經諸子平議，且力詆古文為不
足據。此則因己之不通，而反視他人皆妄也。

不知對於此等發見，其又將何詞自解。）茲謹
將敦文，譯錄於下，並稍加詮釋，其義意自瞭
如矣。

惟六年甲子日也，古無以此紀年者王在豐舊不識或釋邦，今因其從丰方聲定之召伯虎告曰「告于王也、下皆告辭余告慶曰公厥奉前人皆不識、余因此文及周客鼎相類、後敦古龜卜詞、始知其為古文傳字古借作風、周借作奉貝奉賞貝之命也用獄諫得聽訟也為伯封爵以上皆受冊命之詞、言公既已如是也有庸功也有成就也、古文習用之詞亦我考幽伯父也幽姜母也、上但言考、下更言母氏、古有此例。幽其諡也命余告慶告以予之邑也余以邑訊前人皆不識、博攷訊字知無誤也有司問諸司邑之官也余典稽典冊名也勿敢對前人皆誤為封今以不敢對者、下對揚字參攷之、示不欲也今余既訊有司曰侯命今則有司皆如命也今余既一名典名與典若一也獻伯氏歸諸慶也則報舊多誤為執璧慶答以璧也琱生此二字甚不合，琱字上從玉則當為雕，古文雕戈即從此生，字微有剝蝕，或為或釋報璧雕主，乃以所報之璧雕以為主，於文義雖甚合，然古不聞有雕玉為主之事，古器中又有琱生敦，當是人名，未敢妄指對揚朕宗句言慶之所報，乃對揚其宗也君其休頌宣王也告王語止此用敢作朕列祖召公嘗名祭敢其萬年子孫寶用享于宗應上宗字。

又按韓侯所取之韓姞，為汾王之甥汾王即厲王，蹶父之子」「蹶父」即《十月之交》所謂「蹶維趣馬」者。是至幽王之世，蹶父尚存。韓姞既為汾王之甥，則及其嫁人，至早亦須在宣之末世。而幽之九年，史伯即稱韓已不在，是韓甫受命未幾即見吞併也。其時蹶父當尚在，而亦無可如何。則天子之弱，諸侯之強可知已。韓之立國，本出於召公之私邑，淺土弱植，故其亡也，忽焉曇花一現，不過於吏冊上空留此名，人又烏從而詳其始末耶？乃人數武王孫子，而時猶及之者，則以武王孫子得國者本不多，故舉似往往及之耳。以召公之顯而人反不及於燕者，或未幾燕即叛周而獨立，否則以其僻在北狄，為人之所不注意耳（傳記述國名，初無有及召者）晉得韓地，

乃以其地賜一大夫（即韓萬），且即以名其原，則韓之偏小，亦可知矣。

《竹書紀年》「成王十二年，王帥燕師城韓，王錫韓侯命。」此則因詩言而妄行傅會者也。詩明言「汾王」、「蹶父」，與成王相去已二百餘年，成王又安得錫之命哉？且成王又為從而帥燕師也。《竹書》本出於魏史官，觀其誤宅陽為「宅」，誤茲氏為法，其為戰國時物，確無疑義。其紀當時之事，尚有可資引證者。至其述三代事，則多雜採經傳所成。故重事或遺之，而微瑣之事，見於《詩》、《書》者，反編年填入。如初考室、加元服、歸嘉禾之類皆是。而此節則讀詩未通，憑空逆臆者也。

又古有克敵告慶之禮，見《左·成二年傳》。然與此銘義不合，且文中屢稱伯氏，故知其為人名也。

鉤膺鏤鍚

《韓奕》「鉤膺鏤鍚」，今多讀鍚如羊，與上文章衡相叶。細審之，殊非也。古來之述車服者多矣，卒未聞有所謂鍚者，即其字亦絶不經見。故毛《傳》尚無其說，剏之者實肇始於鄭《箋》。蓋鄭氏不知此詩至上文「玄袞赤舄」句，已轉入職陌韻，誤以為此句錫字仍當叶入陽韻。故特就錫字上加一橫畫，改作鍚字，以使叶韻。此真所謂庸人自擾之也。夫使其字果作鍚者，則實為絶世未有之奇字。毛氏縱疏濶，亦萬不容不一解釋鍚之果為何物。今觀毛《傳》但云「鏤鍚、以金鏤其鍚也。」是毛氏意中固自以此錫字，即如金如錫之錫，乃人人之所共喻。故但云以金鏤錫，其義即明也。無如鄭氏於音韻之學，素不了了，而又性好穿鑿改竄。此字不幸其所從之易，與揚、楊等所從之昜，在隸書中又極相似（二字在古文，則相去直如風馬。又隸書中無昜字，昜、古文之揚也。）於是乎遂奮其自我作古之筆，而錫也，遂一變而為鍚矣。然既改其字，勢不得不別撰一義。因毛氏常解清揚為人之眉目之間也，於是乎乃推而施諸馬之眉目之間。馬之眉目之間，不可以言鏤也，於是乎乃更於注中別加入一金字，曰：「眉上曰鍚，刻金飾之，今當盧也」（若如其言，則鏤鍚二字，當解為刻眉上，不可噴飯乎！好在漢人注經，經文所無者，不妨於注中，隨意添補之，故人多不知其可笑也。）鄭氏既改錫為鍚，又改其義為眉上。雖云原本於毛氏之訓清揚，然於心實仍抱不安。蓋毛氏之所訓者清揚，非鍚也。徧繙各書，欲求其有幾微之證據，初不可得。於是乎良心一橫，不論情理，盡舉其所注三禮中，錫字之關乎車服者，悉改作錫字，以亂其跡。甚至於無關於車服者（如錫冕、錫干等。）而亦改之。漢人之果於作僞，類如此。好在所改之錫字雖多，竟無一可解作馬當盧者。想鄭氏改削之餘，應亦不免擲筆三歎，怨古人之不做美也。「鉤膺鏤錫」，謂鉤膺也，乃鏤錫以爲之，即所謂鏤膺也。鉤言其形，鏤言其制，四字皆即膺而言。簡言之，則爲鏤膺。因此並可知鏤膺乃以錫鏤金，正可轉以訓《秦風》之《小戎》。而乃不知就經解經，一味逞臆妄改，真不知其是何心理也。

賓載手仇

《賓之初筵》「賓載手仇」，《鄭箋》云「仇讀為㪺」、《集注》亦用其語，他無解釋。吳江陳氏《稽古編》云：「㪺從斗、𥄎聲。把也。𥄎亦音拘，從䀠從大，目哀也。」其事甚怪。明明仇字，何以必讀為㪺？仇之與㪺，字畫既繁簡不同，聲音又齒舌互異。鄭氏生數百年後，果何所見而知其當讀為㪺耶？且考㪺字，初不概見於他書。縱如所說作把字解，而於「各奏爾能」之下，即繼之以賓則手把，然則所把者果何物耶？如云把酒，則上文並無酒字。下文至「室人入又」以後，始云「酌彼康爵」，歸到酒字上。此處僅一把字，安得即謂為把酒？況此句本承「各奏爾能」句來，究之能固僅如是耶？蓋鄭氏之解經，於心所不通之處，輒不惜臆改經文以從己。如其注《禮》經其慎也句，則云慎讀作引；既祖填池句，則云填池讀如奠徹。此篇亦即其類（二者皆見《檀弓》）然二者雖不合（池古音駝，初不讀遲。）猶得諉為音轉。至此則直肆意為之，毫無所忌憚矣。所謂其父殺人報仇，其子必且行劫，固亦勢之所必至也。今按手仇二字，雖於他書無考，然即其字義推之，殆即今日拇戰之類。拇即所謂手，而戰即有仇敵之意。且以義言之，謂之拇戰，實不如謂之手仇之較為切合。以戰者確為手，不止於拇也。蓋祀事既畢，繼以燕私，歡飲無算爵時，各出其技能以佐酒。於是乎來賓中，遂有為手仇之戲者。以此時一切儀文，概從脫略，惟以盡歡為事也。下文三句，皆承此句來。賓既手仇，主人因更入室以侑（又通）賓。康爵者日常飲用之爵，猶《楚辭》之所謂康觚，所以別於禮器。「酌彼康爵，以奏爾時」，蓋主人更酌酒以飲勝者與不勝者，以祝其得時。猶投壺即畢，主人更令酌行觴，當飲者皆跪奉觴，曰「賜灌」；勝者跪曰「敬養」也。此詩自「其湛曰樂」以下，皆言燕私之事，以為既醉張本。下章「賓之初筵」，蓋指此筵也。能字、仇字、又字，皆入四支韻，以成一段落。《集注》於能字則曰「叶好金反」，仇字則曰「音拘、叶持林反」，而於又字則云「叶音由」，然則此由字，果叶何韻耶？朱氏之叶韻，本屬信口開合。至此章則手足失措，並信口開合而亦不能自圓其說矣，豈不哀哉（蓋朱氏知上句有仇字，而忘其已音拘，叶持林反。而此又字適緊與之相接，遂貿然注曰：叶音由。既而悟其失，則又不得不更扯入一時字，注之曰：「叶音疇」以救之。然則詩中又字本音刈，與時字正同部，又何必強二支韻字以併入尤韻耶？想朱氏亦無以自解也。）

采蘩

《召南·采蘩》，世多讀如字，音煩。舊說皆以為白蒿。據《爾雅》蘩皤蒿之文，故白蒿或又謂之皤蒿。然《爾雅》乃漢人薈萃當時經師注解所成，其書原不足據（《爾雅》之為僞書，明證極多，別有論。）《本草》白蒿入本經上品，又名蓬蒿。書舉以徧詢各地，初未見有云蓬蒿之可食者。宋·蘇頌《圖經》，謂「古以白蒿為菹，今人但食蔞蒿而已」，則已疑白蒿之不可食矣（蔞蒿當即今之同蒿），況白蒿之名蘩，除漢儒傳注外，更別無證佐耶？今按蘩、古本青波。《三國志》注：「蘩欽，蘩音婆」即其證。蓋記載所傳之字音，容有訛變；而氏族則子孫世世，稱道勿衰，必不容以或假。故能於舉世皆非之日，獨保存古音於一線也（姓員者，至今仍讀如云去聲，不讀如袁，亦古音之僅存者。）蘩、即今之菠菜，又號菠薐菜。好事者就波字附會之，或目為波斯菜，一若其種似來自異國者。此則鄉里小兒，強作解事。因世俗於波字，多讀如坡，而惟波斯字，尚知讀作潑平聲，遂附會而為此說耳。菠為菜蔬中日常需用之品，無論南北皆生之。性喜水而耐旱，故水陸咸能滋長。《豳風》之「采蘩祁祁」，陸生之菠也；此詩之「于沼于沚」，水生之菠也。若為白蒿，幾曾見其能發育於水耶（陶隱居謂白蒿生於川澤，二月采。則正因此詩附會之。此公於稷米尚不能識，他何論哉！）蓋經書之蘩字，既轉讀如煩，而日常習用之名稱又不能以驟改，勢不得不更別撰一菠字以代之，而名與實遂永相乖離矣。古字之類此者甚多，正不止此事然也。

采葑采菲無以下體

《谷風》「采葑采菲，無以下體」，舊注以葑為蔓菁，以菲為芴、為葸菜、為宿菜，可謂極謬。蔓菁之美，全在下體。莖葉雖云可食，然甚粗惡，故世但以之飼牛馬，自非凶歲，人鮮有供諸食用者。詩云「無以下體」，蓋謂無以下體之惡而棄而不取。若果為蔓菁，豈詩意固謂無以下體之美，而取而不棄耶？詎非與詩人之旨正相反背耶？朱子作《集注》，似亦覺其不合，乃曲為之說曰：「葑菲根莖皆可食。而其根則有時而美惡。」夫所謂嘉蔬珍果者，豈得謂其不時之時？若論其不時之時，則天下將無可食之物矣。且幾見蔓菁之根，因時而為美惡耶？況根縱極惡，亦必較其上端之莖葉為良耶。至其所目為菲者，列舉之名雖多，究之竟無一人能實指其物，故《本草》亦無從記載之。陸《疏》惟言其莖粗葉厚，竟絕無上下體之可言。而郭景純釋蔥菜云「生下濕地，似蕪菁（即蔓菁），華紫赤色。則亦只就蔓菁附會之。謂其大同小異，以便為此詩解結而已，非世間果有此一種變形之蔓菁也。蓋自學校之制衰、後世經生率皆埋首案頭，不親庶物。遇有所未通，不知精心考察，乃惟是望文生義，隨意指名。甚者其事物近在目前，而茫乎莫覩，反日取師弟相傳之謬說，反覆糾纏，以冀求其一當。古與今如一邱之貉，可憐亦可笑也。黍稷、日用之恒品也，而郭氏以為黍葉似蘆；陶氏以為稷米最難識。楊柳、木之至普遍者也，而歷來注疏家，率以二者為一木，且謂柳下垂，楊揚起。似此三尺童子能辨之者，而方巾大服之徒乃擾擾千餘年而不休。是非徒教化之衰，亦經學之大不幸也。漢儒第見此詩有「下體」字，乃一意向下體方面附會，而不悟詩人所指之下體，乃謂其惡，初非謂其美。而當時不暇致詳，竟貿然以蔓菁之美者當之。本以求合於詩，乃適與詩言相左，已屬可笑。其尤可笑者，就「下體」字着想，乃僅僅得一蔓菁，並不能再尋一物以當菲字，則又不得已向壁虛造一名以求苟免。說經如此，真可謂醜態百出矣。今按葑、即今之所謂菘也，俗俚之黃芽菜，又名白菜（別有箭幹白菜一種，與此異。）乃蔬菜之至美者，南北朝人之所謂「秋末晚菘」是也。惟其根則粗惡不可食，與蔓菁正相反。菘宜於原隰，而不宜於山陵，故采葑則於沫東。而以采葑於首陽之東，與人言之不可從。葑與菘一聲之轉。蓋葑音既轉為菘，世遂無復有知葑之即菘者，斯不得不別撰一菘字以代之。故菘字初不見於秦漢以前之載籍，而葑字亦不復見於後世。不然菜中之王（俗謂菘為菜中之王，謂其無論如何烹食，無不佳也。）不容古之人竟不一齒及也。至菲，即「茉莒」，即「夫須」，即今之莎草。說詳見《茉莒》篇。蓋莎草之上端柔韌處，可績為屨（即所謂屝），可織為笠（即所謂臺笠），可編為篋（即所謂篚），而其下體則堅強不入用。二物皆僅節取其上端，而遺其下體。然世亦未有因其下體而併棄其上端者，故詩人以為言。若如舊注云云，直囈語耳。

卬盛于豆

《生民》「卬盛于豆」，舊說皆訓卬為我，讀若昂。以「匏有苦葉」章，卬字固訓我也。我盛于豆，於文義雖亦可通，然語句殊嫌稚嫩，頗不類古人語氣。今按卬與仰，古俱作卬，觀《瞻卬》之詩可見。此詩卬字，似亦以讀仰為宜。蓋仰者敬恭之詞，猶進獻之言升也。句法亦較為凝鍊。特恐難為自命漢學家者言耳。

蓼

經書所載之蓼字、世皆讀若了。以為即今之水紅花，大非。《詩．小毖》「予又集於蓼」，《注》云：「蓼、辛苦之物」。又《內則》「烹雞豚魚鼈皆實蓼腹中，又切之以和羹膾」則是古之所謂蓼，味辛，且可以佐食，其用殆與葱芥等。今人之蓼，據《本草》所言，雖多至七種，然絕無一可食者，且味亦不辛。吳江陳氏作《毛詩稽古篇》謂「物性古今有變易」，殆知其不合，求其說而不得，乃姑為此模稜語耳。今按蓼、當即為今之秦艽，俗呼為辣艽者。華白，實赤，味至辛烈，為蔬菜中常具之品，且可和之以為醬。與經書之所謂蓼者正合。至水紅花之名蓼，特以其花穗殷紅，與蓼相似，因遂沿用其名耳。蓋蓼有膠、寥二音，蓼字本當音膠，與今日之方言合。讀詩者以叶韻故，乃轉讀如了，且取而畀之水紅花，而原本之蓼，轉無其字矣。後人以其為日用所必需，於文字上頗感不便，乃別撰一艽字以代之。不知艽本音求，見《小明》之詩（「二月初吉，至於艽野」）初不音膠。然本文既失，自不得不穿取他文，以資填補，此亦勢之所必至也。今按《急救篇》，蓼與葵、韭、蘇、薑並列；《淮南子》亦云：「蓼菜成行」；《說文》云：「蓼、辛菜」。而《尹都尉書》有種芥、葵、蓼、韭、蔥諸篇，以兩漢時人尚能知蓼即為今之辣艽。至魏晉以後，詩賦之道興，白蘋紅蓼之聲，日不絕於披覽，而音義遂並失矣。

鬼方

鬼方之名，見《易》既濟未濟卦。及《詩·蕩》之篇，說者皆謂鬼方爲遠方。至其國之所在，則莫能確指。宋、黄震因《易》言高宗代鬼方，《商頌》又言高宗代荆楚，疑二者爲一事，遂謂鬼方即荆楚。吳江陳氏非之。卒引干寶《易注》及《文選》所引《世本注》，謂鬼方初不屬南土。然二說皆出於後人，又於古書絕無佐證，其言更何足據。今攷古梁伯戈銘云：「梁伯作□戈，用伐鬼方蠻，宮行元用（鬼、銘文作魃。）謂鬼方爲蠻，則是鬼方確爲南夷之一種。黄氏之說，或不爲無見也。

履帝武敏歆

《生民》「履帝武敏歆」句，歷來之說詩者，紛如聚訟，然卒無一能通者。以履帝武敏之下，忽贅一歆字，古今初無此文理。故無論如何緣飾，終無以自圓其說也。今按，后稷之生，正當神話時代，見跡履拇之事，容有其說。然亦只當云：履帝武敏，而與歆字無涉。其爲之說者，因一歆字，乃敷陳之曰：歆歆然如有人道之感。豈僅一歆字，便含有如此許多意義耶？且下文「攸介攸止」，正承「履帝武敏」四字而來。言履帝之足拇，而隨其所至所止。若中間亘一歆字，則上下文義，爲之隔斷矣。又攷諸上下文，則此詩敏字，正當用韻之處，與上文祀、子，下文止字相叶。蓋拇字古音讀如米，與諸字適同居一部也。拇字之作敏，或以拇字古文作𢼸，與敏字作𢽊者，字形相近致誤，或敏字古音亦讀如米（觀農夫克敏，與上文止子喜否諸字相叶，可見。）特因其同音，出於假借，雖未敢定。要之敏字之當為拇字，則無可疑也。至歆字之由來，殆後世經師，因敏字轉變如民去聲，與本音不合，特分誌其本音於下曰：「拇音」。迨屢經傳寫，「拇」字僅餘其偏旁，又適與欠字相近，乃與「音」字合成一歆字。以致溷入經文，而無從分辨。然苟以文義及韻字言之，其差誤固了了可按也。此說雖近於奇𨁂，讀者苟平心思之，當必知其有合。特在泥古者視之，未免近於大逆不道耳。

（眉注）

《爾雅》引此詩，初無歆字。鄭注《儀禮》始從歆字絕句。自後讀詩者，或以歆字屬上，或以歆字屬下，迄無定說，要之皆不成義意。則胥不知其為衍文耳。

維糜維芑

《生民》「維糜維芑」，《傳》以糜芑二物為粱類，初不詳其所指。《孔疏》引《爾雅》郭璞《注》，釋糜為赤粱粟，芑為白粱粟。舉世從之，卒無有議其非者，真怪事也。攷糜芑之為粱類，於載籍一無佐證。毛氏不過以其與上文秠秬為對文。秠秬為黍，意糜芑或當為粱，因苟且以粱類二字模糊釋之。蓋純出於當時之一種臆說，故不敢確指其為何物也。至郭氏注《爾雅》，則因漢儒已有粱類之說，而粱類之中，適有赤白二種，遂妄以糜芑二字分當之，且臆𨁂為赤粱粟白粱粟之名。此乃襲繆承訛，勢之所必至者。《爾雅》所收之故訓概如此也。不知粟乃穀米之總名。粱與穀初不同類，斷不得併冒以粟之名。粱、粟之稱，不惟於古無徵，即求諸後世，亦不得有此名目也。且攷穈字從麻從禾，絕不見含有粱之義意。而自來音義家更釋其字為莫奔切，音門，尤屬奇剏！因所從之二字絕無門聲也。及細諗其所以音門之故，大都以麇字從鹿從禾音均，執彼例此，遂臆定為均聲。又以麇從鹿，乃形聲字。而穈則從麻，粱又不能強指為麻類，麻字似太無着落。於是更不得不稍變初旨，取向之音均者，使之與麻字相切，作為切音之字，而門字之音遂成立矣。然考古人之造文字，絕不聞有不論字義而率合兩字而惟取其切音之例。果其有此，則於六書之外，當別闢一格矣。況麇字之音均者，因其下所從之禾，實為囷字之省（麇即《野有死麕》麕字之省文。）非禾字實有均聲也。今字書中初不見有麕字，則穈之不得有均聲，

固有斷然也。《爾雅》所存，多漢儒之經說，而其書初不收穈字，別剏為虋字以代之。蓋作者知穈字之不合六書，冀並其本字而改革之也（其書之無理如是，而陋儒乃欲據之以改經，吾真不解其是何肺肝也。）若芑字則詩中凡三見。「采芑」則《注》云：苦菜；「豐水有芑」則《注》云：草名；至此詩則更注云：粱類。文僅三見，而義已三變。設其字不幸而數十見，不且將數十義耶！（敦字有五音八義，在注疏家固不以為異也。）且注者又烏從知采芑之芑，非豐水之芑？豐水之芑，非即此詩之芑耶？同一文字，而義意可以隨意改變，則文字尚能維持其效用耶？是蓋後世之號為經生者，率皆埋頭書案，不諳庶物之流。其於一切物理人情，半不甚了了。而對於草木鳥獸之名稱則

尤甚。因意有所疑，不知循其音義，就實物考察。而惟即曲儒相傳之謬說，互相稗販以自矜其博雅。間有人議其不合，則執某某人之書以相辨難。即實際上大相刺謬，亦只諉為古今之物性不同，絕不肯一致疑於經師注解之非。此謬種之流傳，所以互二千餘年而無由矯正，而經書所傳之古義，其能昌明於世者，幾於十不得一也（即以《詩》論之，其各種名稱不合者，至少亦當居十之七八。惜不遑為之一一指出耳。）今但即穈芑二字言之，初非異物，亦非甚難識之字。特世人囿於舊說，絕不知就其原來之文義，深加體察，以致其義即近在目前，亦無人能領會之耳。今穈字從麻從禾。麻者古人禾稼之一，乃當時極重要之物品。其時木緜之利未興，冠履衣服，率取材於是也。麻字本不從禾，今其下復附以禾字者，因古文之偏旁，初無一定，往往可以隨意增減。麻之加禾，猶戈字本不從金，而或加以金；匜字本不從皿，而或加以皿也（俱見古籀補，其例甚多。）又、古文之偏旁其部位亦無一定，凡稍通古文者，類能言之。設使此文禾字，加諸左方作穈，當無人不識其為麻之繁文者。今不幸適加諸下方，致今世之傳詩者，望文生義。但泥於上句秬秠之文，竭力向粒食上曲為附會。絕不思粒食外尚有所謂禾稼者。此亦經文之顯晦有時，應受此千餘年之誣衊故也。至芑字，舊說雖標有三義，實則並無一字之合。以其果有一合，則諸字自能一以貫之，初無俟再三揑造，作此種種醜態也。蓋新田菑畝，既非可以任苦菜滋生之地，而苦菜陸生，又不能宜於豐水。至此詩明明稱為嘉種，尤不能以麃草當之。此其所以進退失據，不得不各因其文而信口指目也。不知芑實為枲字之異文，麻與枲為同類而異物，猶秠秬之同為黍類也。枲、從木台聲。然枲實是草非木。其從木者，殆由轉變而成，非枲字之原文如是也。台、古音以，與以字常互相通用。古器中之以台為「以」者，不遑僕數。其最著者，《薛書》所載之郘公鐘、叔弓鎛皆是。經文既改木從草，而從草從台，又與苔薛之苔字犯複。即或改台為以，而從古文則犯芣苢之苢，從今文又犯苡薏之苡。是枲字苟變木為草，二字之聲必不能復用也。台以既不能從之得聲，則與之同聲者，當首推己字。以其文省，且為人所習見也。木既改草，而台又變己，雖同為一字，而形聲俱變，絕無幾希之形跡可尋。

設非經文與麻字並舉，雖有聖智，當亦無由推知其如是曲折也。麻枲為織用之物，與秠秬之食用者有別。故經文但言其產量之重，而稱之曰：「是任是負」，與秠秬之言「穫」者特殊。蓋麻枲之為用，既不可以體積計，如《大田》之「千倉」「萬箱」；而未經漚製，又不可以率言其良楛。則惟有形容其重，以見其出產之豐而已。若為粱類，豈有頌言其任負者哉？由此芑字推之，則凡詩之言芑者，率當為枲。枲為田畝之產物，故采芑以采芑必於田畝，與命將之必於元老。豐水為王都會之所在，乃猶藝之芑焉，以見武王並非無所事（若芑但為草，則豐水之有草，又何與於武王哉。全詩皆為賦，而《集注》獨指此章為興，亦緣前人之不識芑字之作何解耳。）即以二詩而論，芑字亦非作臬字解不合，況更益之以此詩之明證哉。然彼作《本草》及《草木疏》者，方且取石苣、白苣、生菜等等菜蔬，妄相附會而聚訟不已也（見《嘉祐本草》、《食療本草》及《李氏綱目》。姑無論其是非，據三人所言，已成三物矣。果何道之從乎？）

※中谷有蓷

《王風》「中谷有蓷」，《毛傳》云：「蓷、鵻也。」本不誤。《爾雅》云：「萑蓷萑鵻」，是漢時經師猶知四者之為一物，初非異種也。自注《爾雅》者出，乃分四者為二物，謂萑與蓷異。「萑、從草隹聲，益母草也。萑、從草萑省聲，音凡，薍也。俗省作萑。」陋儒翕然從之。而《爾雅》四名之中，竟三為益母草，一為薍矣。獨不思蓷之為益母草，果何所徵信？且《爾雅》類皆互相轉注，今於三者之中，忽羼以不類不倫之「萑」，全書亦曾見有此體例乎？且攷其所謂從萑之萑省聲者，古今載籍，初不一見。而萑字則「八月萑葦」、「萑葦淠淠」以及《左傳》之所謂「萑苻」，乃時常沿用。豈古人皆不識字，至後漢魏晉時，始知諸萑字之概當作萑耶？此蓋後世經生，因毛氏之注蓷為鵻，驟不能解鵻之果為何物。而見下文之所興者，為「有女仳離」，因別從女字上着想。謂藥草之與婦女有關者，當首屬益母草，於是遂以益母草釋之。此猶不識芣苢為何物，因其詠自南國婦人，遂臆斷為車前；不識蝱為何物，因其詠自許穆夫人，遂臆斷為貝母也。此皆望文生義，純從字面上牽合，至其於詩義若何，則固非若輩之所知也。然蓷字雖不經見，可以隨意誣指，而《爾雅》以之與萑字轉注，則二者當為同物而異名。無如萑字數見經傳，類皆作葦字解，無一可強指為益母草者。蓋一則為澤生物，一則為陸生物，文義皎然，不可矯誣也。說者技窮，乃不得不於《爾雅》萑、蓷、鵻三字中，妄插入一非驢非馬之萑字，於是乎既可指蓷、鵻、萑等字為益母草，而遇有萑不可以作益母草解者，則概指為萑字之誤，其用心可謂極苦。豈奈作偽日拙，既乖《爾雅》之常例，且萑字亦卒不能成字也（《說文》似此等字甚多，幾不暇一一指出。）今按蓷字，即萑字之繁文。古文於形聲字，往往可以任意改易，如鐲亦可以作鑃，飢亦可以作饑之例甚多，此蓷字亦即其類。萑者葦之別種，凡經傳所有之萑字皆然。至鵻字則後起之俗字。世人或以其同音，偶相假借。漢儒不識，誤認為異名耳（古文無鳥旁，凡鳥旁皆作隹。故鵻字既從鳥，又從隹，直可決必無其字。）萑從草隹聲，音如追，與蓷、鵻皆同字異文。今人承前人之謬，率讀為丸音。此乃音義家逞臆揑造，不知萑字即為萑（字形如此，能成字乎？）

亦不見其有丸音也。萑者、澤生之物，故生於中谷，託非其地，以致「暵其乾矣」。若為益母草，乃陸生之物，中谷正其所宜，何為忽致暵乾？若謂天久不雨，雖陸生之物，亦易暵乾。然則天時荒旱，暵乾者又豈獨一益母草？而必獨謂益母草暵乾乎？詩以萑生中谷而致暵乾，以興下女適非人而致慨歎。上下互相呼應，字字皆有針對。若如舊說，不惟暵乾二字為無根，而上下亦不相聯屬矣。然自古迄今，幾無一能明興之體例者，則其解釋之信口開河，又焉足怪乎！

匏瓠壺

《詩》之言匏者再：「匏有苦葉」、「酌之用匏」是也。言瓠者三：「齒如瓠犀」、「甘瓠纍之」、「幡幡瓠葉」是也。言壺者一：「八月斷壺」是也。《毛傳》、《說文》、《草木疏》、《集注》，皆溷三者為一物。書生之不諳物情，其可笑率復如是。陸佃《埤雅》辨其不同：以為長而瘦上曰瓠；短頸大腹曰匏；似匏而圓曰壺。匏苦瓠甘，復有長短之殊。其言雖較舊說稍進，頗似具有徵驗者。然按之實際，則除其言匏之形狀稍為近之外，其言瓠言壺，率皆似是而非，其於舊說，殆猶五十步之笑百步耳。今按、三者之名稱，至今日尚無甚轉變。苟持以詢諸田野，雖婦孺亦不難鑿鑿言之。而千餘年來，好學深思之士，矻矻孳孳，衣鉢相傳，竟不能得其崖畧，豈非天下事之大可哀者耶！瓠、至今仍名為瓠，乃菜蔬之一種，除取以佐食外，殆無他用。其葉當幼弱時，亦可食，詩之稱甘瓠即以此。蓋古人於草木之可食者，輒目之為甘為旨，非其物之果能甘能旨也。瓠之稱甘與苕之稱旨，皆其類。東萊呂氏不達此旨，因此詩稱甘，遂謂瓠有甘有苦，甘則可食，苦則不可食。此皆望文生義，意其當然，實則既名為瓠，絕無不可食者也（瓠間有苦者，乃發育不良所致，非別一種也。）匏與瓠雖同從夸，然亦只外貌粗為近似，其相去實不啻菽麥。蓋一則供食用，一則供器用也。匏、古音蒲牢反，至今則轉為蒲堯反。蓋古今語音之清濁微異，故開口上變為開口下也。古音既變，後人遂不敢定其字，於是乃不得不別撰一瓠字以代之。匏與瓠同為形聲字，匏從夸包聲，瓢從瓜票聲，二者之音義，固一而二二而一者也。匏本不可食，其葉當幼壯時則尤苦，故詩特以「有苦葉」，明其不可用。又匏除資之以濟水外，更可析而為二，以為挹注之器，詩「酌之用匏」，即後世酒瓢之濫觴也。至壺則今人名之為壺盧。殆今音嘽緩，不如古音凝重，故一變而為其切音。此猶「孔」之變而為「窟窿」，「巷」（古音烘去聲）之變而為「胡同」也。壺與瓠音雖相近，而相去實甚遠，其與匏反為同條而異派。蓋二者惟形狀為不同，其用以濟水與製以為貯物之器，其功用固畧相等也。陸氏謂：「匏短頸大腹」固合；至其謂壺為「似匏而圓」則全無是處。因匏體本圓，壺又烏得較之更圓耶？今考壺盧之形狀，雖隨其種類而異，而尤以大小兩圓形相累、中有細腰者，為最普通。其餘或長柄、或橢圓，或大、或小，要不下十餘種。然其用甚隘，故其滋生亦不甚蕃。因細腰者雖不能如匏之可析為二，而截其上口，即可代瓶盎之需，或用以盛貯一切瓜菰蔬菜之種子，尤為利便。《豳風》稱「八月斷壺」，蓋即謂斷以為器，以待貯來年種子也（八月則各色種子，皆將成實，故特斷壺以備用。）凡此三者，皆日常近在目前之事。而合之詩義，尤覺其所合無間。說詩者竟嘗未之知，則其他更何待論哉！

苞櫟

經傳所有之櫟字，世皆讀作歷音，殊難索解。櫟本形聲字，從木樂聲。樂有岳（讀如要去聲）、洛（讀如羅去聲）二音，與歷音皆絕無關涉。不知音義家之讀櫟為歷者，果何所根據而云然也。《晨風》：「山有苞櫟」，《集注》云：「音歷，叶歷各反」。夫所謂歷各反者，即此音所讀之羅去聲。蓋非如此讀，與下文「駁字不相叶也。以形聲之義論之，櫟當讀洛；以古韻證之，櫟更當讀洛。是則古音之讀洛，有斷然矣。彼讀歷者，特後儒之一種臆說耳。按櫟，即今之槲，葉肥大，可飼山蠶，而其木則不中繩墨。莊子遊于櫟社，而歎其以不材得全其天，殆以此也。其別名為柞，亦曰栩，或又謂其子為橡實，皆此物。今齊魯間猶謂其葉曰芑櫟葉（櫟音洛）。是則古語之流傳至今者也。

實維何期

《頍弁》「實維何期」。《鄭箋》：「何期、猶伊何也」，《集注》用之。其意則是，其解說字義則非也。何期何以即為伊何？豈何字又可以解作伊字，而期字更可以解作何字耶？鄭氏殆承上章，僅申明其大意，對於期字，初未嘗加以考釋也。今按、期即子曰：「何其」、「夜如何其」，以及「彼其之子」之其字。其作期者，則以其聲初無定字，人各乘其便而為之耳。今諸其字世人尚知讀期（音基），是則古音之僅存者，似前人尚能知其為一字也。特其以期、其為一字固合，而其對於其之本義，則概乎其未之知也。今考《集注》，於「夜如何其」注云：「其、語助詞」。夫語助詞多矣，又烏得以概視之耶？不知其字實為哉字一聲之轉，迨其傳習既久，遂與哉字並行。此不過圖文字上之便利，其實凡古文之所謂其（以讀基者為限），固無一而非哉字也。蓋哉字古本音基，故《殷其靁》以哉字與子字叶；《君子于役》以哉字與期、塒、來、思叶；《終南何有》以哉字與裘、梅叶。此皆足為哉字古音基之證。哉字既音基、故後人多假其字以代之，因其字古亦音基也。如「彼其之子」，實即為：彼哉之子，乃輕之之詞。孔子之論子西曰：「彼哉彼哉」，義即同此。「夜如何其」猶云：夜如何哉；「子曰何其」猶云：子曰何哉。至其與哉字並用者，則以其字與哉字久經並行，雖在當時之人，亦不知其本只一字也。茲之「實維何期」殆猶云：實維何哉。其變其為期者，則以作者之生較後（其詩當在幽王之世）其時其字，或已轉讀如奇，故特假期字以別之耳（按期字今亦多讀奇矣），非別有所用意也。其、期、哉古只一音，亦只一字。人能知此，則於經書之各其字，一以貫通矣。

（此卷除末篇《實維何期》確為先外祖手跡外，餘則似為抄稿，且本卷之開本為小三十二開，與其餘整齊劃一之各卷迥然不同。然亦可見逐篇訂正之處及卷面題字乃係先祖手跡無疑，以此可斷此卷為先祖手訂認可之成稿。其稿本之異於他卷者，或當時此卷手稿丟失，以後又行着人重錄補入。另有《說詩解頤錄．卷七》一卷，與其他各卷稿本制式一致，惟卷名獨異。其中與此卷部分篇目重複，文字間亦偶歧，且多一序文。現全錄附於後，重複篇目以※號標示，以資參照。或即為失而復得之「卷七」？）

附：說詩解頤錄

序

世皆謂《詩》之亡，亡於秦火，至漢而復傳，然此亦第就顯著者言之。夷攷其實，則《詩》早亡於戰國之世。漢儒之所傳者，特其文字。至《詩》之大義微言，至今尚未有一人見及之也。余之為此言也，驟聆之，當莫不以為愚且妄。然經文具在，知必有以證明余說之不誣。蓋《詩》之所以晦昧至今者，始原於曲儒之誤釋「小序」。而「小序」與後人之釋「小序」者，至毛氏傳《詩》時，已合併為一，不可復辨。則謬種之流傳，其為時已不知凡幾。毛氏特沿襲其謬，設淫詞而助之攻耳。然漢儒既誤之於前，後之人雖明知其非，而以代遠年湮，無所資以供其佐證。又自秦以降，凡世之號稱儒生者，率皆埋首案頭，不諳庶務。對於一切名物製度之繁然者，從不解為實物之攷察。曰惟取前人相傳之謬說，反復糾纏，以冀其有當。故其心雖意在排斥舊說，非無微不信，則闢舊說乃適以為舊說所愚。此詩學之興，所以亘兩千餘年而終晦也。華也不幸，生當此文學絕續之交。每念及詩教之不明，竊竊焉傷之。然竊自幸，古文之學至當代復明。其可以供史傳之參稽（如韓侯名慶，康王之初封應侯，伯禽初封於許之類。）文字之糾正者（如頍乃古稽字，逑乃古求字之類。）正復不少。而少賤多能，於事物之體象名稱，亦稍能窺其崖略。故暇輒弄筆，取詩義之不合者，擇尤而訂正之。成為《說詩解頤錄》八卷。蓋若即舊說而質言之，無一不足資人捧腹也。然一誤則無不誤，此編所録，僅其一鱗半爪。欲蘄經術之昌明，非取全《詩》一一箋釋而疏證之，不足以資補救。此又關乎國家文化之廢興，非僅華一家一人之故已。

十年辛酉五月朔日侘傺生自序於京師

説詩解頤録卷七

山左古清淵吴桂華秋樺氏初藁

采蘩

《召南·采蘩》，世多讀如字，音煩。舊説據《爾雅》蘩皤蒿之文，皆指以為白蒿。大非。《爾雅》本漢人薈萃諸家注疏所成，其言本不足據。按《本草》白蒿入本經上品，又名蓬蒿。嘗舉以遍詢各地，卒未見有云蓬蒿之可食者。宋·蘇頌：《圖經》謂古以白蒿為菹。今人但食萋蒿而已，則已疑白蒿之不可食矣。白蒿既不可食，則其與蘩確非一物，當不難想見。況白蒿即可食，亦別無證佐，證明其即為古之所謂蘩耶。今按，蘩從草、緐聲，本形聲字。而緐字在古時本音波。《三國志》注：「緐欽，緐音婆。」即其証。蓋記載所傳之字音，容有訛變。而氏族則子孫世世稱道勿衰，必不容以或假。此其所以於舉世皆非之日，而獨能保存古音於一線也（今氏員者，仍讀如云去聲，不讀袁。亦古音之僅存者。）蘩音亦當如波，當即為今之菠菜，又名菠蔆菜。好事就波字附會之，或目為波斯菜，一若其種似來自異國者。此則鄉里小兒，強作解事。因世俗於波字多讀作坡，而惟波斯字尚讀作潑平聲，遂附會而為此說也。菠為蔬菜中日常習用之品，無論南北皆生之。性喜水而耐旱，故水陸咸能滋植。《邠風》之「采蘩祁祁」，陸生之菠也；此詩之「于沼于沚」水生之菠也。若為白蒿，幾曾見其能發育於水耶？（陶隱居謂：「白蒿生於川澤，二月采。」則正因此詩附會之，故云然。此公於稷米尚不能識，他何論哉。）蓋經書之蘩字，既轉讀如煩，而日常習用之名稱，又不容以驟改。勢不得不更於蘩字外別撰一菠字以代之，而名與實遂永相乖離矣。古字之如此者甚多，正不僅此一字然也。

芣苢

《周南》：「采采芣苢」。《毛傳》：「芣苢、馬舃。馬舃，車前。」《爾雅》承其弊，曰：「芣苢馬舃，馬舃，車前。」於是乎二千年來，舉世無不知芣苢之為車前者。獨是此詩本以美后妃（小序：「芣苢，后妃之美也。」甚合詩義。）人之采此車前，與后妃何與？後之儒生，不知《毛傳》訓芣苢為車前之誤，乃專從車前上妄行附會。於是乎有以車前為宜男者（續小序者之說：「關雎之化行，則人樂生子矣。」）有以車前為治產難者（陸機說）。蓋咸以后妃為婦人，故專從婦人科中著想也。今徵論車前惟利水，初不宜男，亦不治產難。即如說云云，豈世無后妃，人即不樂生子；有產難即不加療治耶？且車前之取以入藥者，惟在其子。其子之細，殆視瞿粟尤甚。故凡煎治時，必先用紗布為囊別盛之，以防其糜入湯中，不可澄治。今詩云：「薄言袺之」（《集注》：「袺、以衣貯之而執其衽也。」）「薄言襭之」（襭、以衣貯之而扱其衽於帶間也。）使其果為車前，則雖窮累日之力，亦不能采取許多。况采之者既非開設藥肆，則其掇捋此許多之車前，又何用耶？今按芣苢、菲也。芣苢為菲之切音，而菲則為芣苢之合音。《谷風》所謂：「采葑采菲，無以下體」者，即是物也。蓋古時各地之語音不同，其輕重急緩各異。菲之為芣苢，猶吳子乘之或為壽夢；寺人披之或為勃鞮；邾婁之或為鄒。在作者第各隨其地之方音為之，初非有二名也。芣苢至漢又轉為夫須，此猶咎繇之或為皋陶，實為同音而異字。《詩·南山有臺》，《傳》

：「臺、夫須。」陸機注：「夫須、即今之莎草也。」其言臺則非（另有辨），其言夫須則是也。蓋夫須、芣苢、菲，三者實為一物，亦實只一名，至後世始改名曰莎草。此則因漢人既誤解芣苢、菲等為別物，不得不更別取新名以名之也。幸而夫須之名，尚不時發見俚俗之口，故陸機猶得據之以證明即今之莎草。不然三者將永為三物，而無復合之期矣。菲本草中之至微賤者，故引伸之凡物之微賤者亦可曰菲。《論語》之「菲飲食」以及後世之所謂菲材、菲敬是也。然菲雖微賤，至其上端之柔軟處，則可績之以織成種種器物。其織而為屨者則曰扉（字或亦通作菲。《禮》：「不杖不菲不次」。）其織而為筐筥者則曰篚（亦曰苞苴。）故人亦不能遺之。詩人所謂無以下體者，即指此也。此詩之作，本以咏后妃之不遺小善。故能集小善以成大善，因特託言采芣苢以美之。猶言微賤至於芣苢，然苟有一節之善，后妃猶不肯遺之。則其他之重於芣苢者，概可知矣。特是人之采此芣苢也，非必其果有之也，初不過「薄言采之」而已。然而采之不已（此詩之所以重言采字也。）則始之薄言采之者，既而果有之矣。有之而采之愈不容已，則姑就其上端而掇之。然而掇之不勝其掇，則併其下端而亦捋之矣。既捋之則兩握已盈，而采之仍不容已，則不得不別置諸衽間而袺之。袺之而采仍不容已，則不得不併扱其衽於帶間而襭之矣。蓋至是而采之事畢，芣苢之用成矣。此詩之精義，全在采、有、掇、捋、袺、襭六字。所謂芣苢者，不過一種託辭，特極言其效用之微小而已。乃歷說詩者，不知就義理上研究之，反專從芣苢上反復糾纏。殊不思全篇十二句，其不同者僅此六字。其餘七字，凡六見，概相同。使舍此六字，則皆複重疊，尚復成何文理耶？此詩舊以為興，固非。宋儒直改注為賦，尤覺淺薄可笑（若如《集注》之說，則全詩只有采芣苢三字。芣苢又不詳何用，則直有人拔草而已，尚復有何義理乎！此其所以於經文之外，憑空別添出「化行俗美」、「室家和平」等等文詞，以自解嘲也。）今按、此詩實為比體。歷來說詩者，對於賦、比、興三者，無一人能明白了解。此詩學所以亘二千餘年而終晦也。

葛藟

《詩》之言葛藟者凡三見。一、《周南》：「葛藟纍之」；二、《王風》：「緜緜葛藟」；三、《大雅》：「莫莫葛藟」是也。《箋》、《疏》釋文皆以葛藟為二物而相似。《集注》因之。故於《樛木》章注云：「藟、葛類」此大謬也。葛與藟苟為二物，何以言藟則必言葛，豈無葛便不能有藟耶？《爾雅》乃薈萃漢人經說所成，而《釋草》一篇，初無藟名。則是以葛藟為二物，在漢初尚不甚承認之。至《說文》始云：「藟、草也。」初不言其為草名，是許氏亦終不以此說為然也。又《孔疏》引《草木疏》云：「藟、一名巨瓜。似燕薁，亦蔓延生。」今按、巨瓜，陶隱居以為即千歲藟（當即千歲櫐。陶氏特改櫐作藟，以附會詩言耳。）又名藟蕪籐。生如葡萄，葉似鬼桃。陳藏器云：「蔓似葛，葉下白，冬只凋葉，大者盤薄，故名千歲藟。」審是則是其所謂藟者，乃籐本，多年生植。與葛之為草本，歲一枯榮者，不惟巨細不侔，且除一蔓生外，絶無幾微之相似。詩人何為每言葛即連及之耶？竊謂藟乃葛蔓之通稱。葛之言藟，猶籐之言蔓也。藟本指葛而言，故言藟必先言葛，以不言葛則將無所係屬也。此在文義上，乃當然之事。漢人之說經，本不顧文義，猶有可原。宋人乃自號涵泳白文者，乃所見亦復如是。則其所謂文義者，亦幾希矣。

甘棠

《召南》：「蔽芾甘棠」《毛傳》云：「甘棠、杜也。」《爾雅》承其說，故亦云：「杜、甘棠。」然又云：「杜、赤棠，白者棠。」則是當時已有二說，故作《爾雅》者兩存之。蓋云：「杜、甘棠」者，所以存《毛傳》；其云：「杜、赤棠，白者棠」者，所以明杜本赤棠，其白者始單名棠。今甘棠但名曰棠，初不言其赤白，則其不得為杜可知也。其義本甚明，郭氏不知此義，其注《爾雅》，乃誤併二者而一之，云：「白者名棠，赤者為杜、為甘棠。」則是甘棠非名棠，乃名甘棠，其實為赤棠、即為杜。而《爾雅》之謂白者棠者，為無敵而放矢矣。以甘棠果屬之杜，將無物以單棠也。殊不思甘棠本非名詞。古人於凡物之可食者，輒目之為甘。如《詩》云：「甘瓠纍之」，非瓠之中別有一種曰甘瓠，而其餘皆苦瓠也。茲之言甘棠，殆即其類，但言棠而已。因其可食，故特形容之曰甘。若果為杜，則其實澀酢而不中食。古人何為，而必稱之為甘耶？毛氏既以甘棠誤屬之杜，故陸機作《草木疏》雖意在申毛，而說來乃適得其反。蓋事實所在，初不容以意為矯誣也。今其言云：「甘棠、今棠梨。」是也。其下又云：「赤棠也。」是又牽引於《毛傳》，而欲以甘棠歸之杜矣。其下乃又為調停之說曰：「與白棠等耳。」夫曰相等，則是赤棠初無異於白棠；言甘者初不必斤斤然辨其赤白矣。而無如實物初不如是，故不得不更申明之曰：「但子有赤白美惡。子白而滑美，甘棠是也。赤棠子澀而酢，俗語云：『澀如杜』是也。」是又以甘棠為白棠，而不認其為赤棠矣。一人之言，而前後之矛盾乃若是，人亦可以思其故矣。《集注》不加深攷，乃猶踵前人之誤，云：「甘棠，杜梨也。赤者為杜，白者為棠。」是第知從他書稗販，絕未嘗為實物之攷察耳。今按梨、棠、杜三者原本一物。初皆為杜，以梨接之則為梨（以彼樹之芽，移著此樹，俗謂之接。《齊民要術》云：「梨核每顆十餘粒，種之惟一二子生梨，餘皆生杜。然接梨者必用之。」是接之名自漢已然矣。）以棠接之則為棠。梨之實其大如拳，為至甘美。其次則為棠，實大如核桃，皮白色，味亦可口，世所謂棠梨者也。至杜之實，其大僅如梧子，皮赤色，熟則紫黑，味止澀酢不可耐。故必埋置積藁中，俟其發酵而後食之，乃所謂杜梨也。甘棠之義果何屬，其易辨幾逾於菽麥，且為日常之所習見，雖婦孺亦不難鑿鑿言之。而二千餘年之名師宿儒，竟無人能識。則書生之見，尚足以語於天下事哉！

薇

朱子作《集注》，於舊說多所更易，而對於各種庶物之名稱，則改正者殊鮮。以朱子名物之學，其疏謬初不下於漢人也。然間有一二處特標新義者，則亦非於實物上別有所發明。不過心知舊說之非，而己心又無以確指其是。乃不得不雜取後人之說，依附穿鑿，虛撰一物焉以實之，藉以自欺以欺人。世以朱子為大賢，謂能正心誠意。余讀其書，竊有所未敢信也。朱氏之說詩，其不可信者，幾難悉數。其尤著者，則莫過於其解釋薇字。如其注《召南·采薇》云：「薇，似蕨而差大，有芒而味苦，山間人謂之迷蕨。胡氏曰：『疑即莊子之所謂迷陽。』」則是其說，似全根據於胡氏矣。然攷胡氏之言則曰：「荊楚之間，有草叢生。修條，四時發穎。春夏之交，華亦蕃麗。條之腴者，大如巨擘，食之甘美，野人呼為迷蕨。疑莊子所謂迷陽，即此蕨也。」云云，與朱氏之言殊不類。叢生修條，與蕨既絕不相似；而食之甘美，與有芒而味苦，尤顯然相背。朱氏果何所據，而竟強指為一物耶？且胡氏第言其為蕨，初未言其為薇，朱氏更何所據，而謂彼之所謂蕨即為薇耶？蓋朱氏之意，因此詩薇與蕨連章；《四月》之詩，亦蕨薇並咏，遂妄意薇與蕨當為一類。嗣得胡氏迷蕨之說，喜其正可以為蕨類之證，乃即援之以釋薇。而不悟薇為蕨類，僅出於其一己之私見，於經傳初無明文。且薇縱為蕨類，亦不得謂凡蕨類概可指為薇也。至其引胡氏之說，襲其名而易其實者。因迷蕨二字，雖可以為蕨類之證，而其所言之形狀，實又與蕨類迥殊。使即據之以入注，則又恐人議其僅以一蕨字之名，妄行附會。於是乃特以蒲公英之形狀賦之，以蒲公英固蕨類也（蕨、今北地猶多名蕨者。臨郡則俗呼為屈曲菜，蒲公英俗呼為婆婆丁，殆一音之轉。即朱氏所謂：「似蕨而差大，有芒而味苦」者也。）似此移花接木，自欺欺人，其用心直有令人不忍斥言者。而世之大儒，竟不恤躬蹈之，真不知其何苦乃爾也。然推原其故，實舊說之支離誕妄，有以促成之。非必其樂於作偽，特欲求詭勝，乃不得已而出此下策耳。今故自漢以還，經生之說此草者，幾於人各異致。《毛傳》云：「薇、菜也。」其言模稜不足據。《爾雅》云：「薇、垂水。」則又似其草常生於水旁也者，初不言其形狀。故注者亦第依文訓義，而無從確指其為何物。至《說文》始云：「薇、菜也，似藿。」似有所指目矣。故陸璣作《草木疏》遂用之。然又不識藿為何物，特見其常與豆同稱，因誤以為豆類。乃云：「薇草莖葉似小豆，蔓生，味亦似小豆藿（觀其於小豆之下，特綴一藿字，可見陸氏本不知藿為何物。）項氏不知其誤，乃更指實之，以為野豌豆。復引東坡改名為元修菜，以明其可采而食。於是本薇也，乃一變而為豌豆矣。不知藿乃野菜之一種，即今之所謂野莧。故古人常稱藜藿，亦稱葵藿，以其皆為野菜也。其稱豆藿者，因古人以豆為粗糲，多以供賤者之食。凡以豆為飯者，每以藿為羹，故常連類及之。非謂二者實為一物也。陸氏既誤解豆藿，因並誤解薇字。而野豌豆之為物，與詩言又多不合，此朱氏之所以不敢深信也。蓋薇常與蕨類舉，而野豌豆則與蕨相去絕遠。野豌豆之苗，雖亦可食，然為時甚暫，其為用終在於莢。與《采薇》篇之所云：既作、既柔、既剛，而隨時皆可采之者不類。此皆其謬誤之顯然者，朱氏之屏而不取，不為無見。特心知其當然，而見聞謭陋，不能求得其物以實之，終乃出於作偽。斯則好名之累，殊不能為賢者諱耳。今按薇即藜，亦即萊，即今里俗所稱之灰藋菜也。葉青色而背微白，葉心中常著白粉，如石灰然。故俗於原名外，別加一灰字。若薇之名，則古與今初未之或改也。莖有赤白二種，華著莖端，如穗狀。其葉可蒸食，亦可作羹，惟愈老則味愈不佳。《采薇》之詩，以既作喻及時，以既柔喻適時，以既剛喻過時者，即本此義。薇與蕨雖非同類，然同為野菜之一種，故常連類及之。朱氏第知野豌豆與薇為不倫，獨不思言薇之後，復繼以薇類，寧不虞其重複合掌乎？至薇與藜，乃一物而因時異其名。方其柔弱時名薇，迨既成長則名藜。藜之與萊，在古本同音而異字（萊字古亦音藜，入支韻。田卒汙萊，與時謀矣為韻；北山有萊，與臺基期為韻，可見。）故藜可作羹，亦可為杖。若但稱薇，則其材尚未堅實，只可供食用，不適供器用也。世人知藜萊之為灰莧，而不知灰莧在北人固稱灰薇。此薇字即古語之僅存者。蓋自魏晉以後，說經者多屬南人。南土之方言，初不足語於載籍，此其所以知二五而不知十也（吳江陳氏《稽古編》曰：「萊亦名藜。」《本草綱目》云：「藜即灰藋之紅心者。」案灰藋葉心有白粉，故名。藜心則紅粉。灰藋今俗呼灰莧。」其言藜心有白粉，故俗稱為灰，則是。至紅粉之說，則為《本草》「紅心」二字所誤。藜固無有紅粉者也。藜本有紅白二種，其辨在莖，不在粉。且統名白藜，亦無藋名。藋乃蔌字之異文。《本草》所言，亦妄說也。）

葑菲

《谷風》：「采葑采菲，無以下體。」舊說皆以葑為蔓菁，菲為葍、為葸、為宿菜，舉無有識其非者。可謂謬極。蔓菁之美，全在下體。其葉雖亦可食，然甚粗惡，故世但以飼牛馬。自非凶歲，人鮮有供諸食用者。詩云：「無以下體」，蓋謂無以下體之惡而棄而不取。葑若果為蔓菁，豈謂其無以下體之美而取而不棄耶，與詩言不適相反背耶？朱子作《集注》時，似亦覺其不合，乃不敢顯言其非，特曲為之說曰：「葑菲、根莖皆可食。而其根則有時而美惡。」其說甚怪。夫謂嘉蔬珍果者，豈得專論其不時之時？若以其不時之時論也，則天下將無可食之物矣。且幾見蔓菁之根有時而惡耶？況根縱極惡，亦必較其上端之莖葉為良耶？至其所目為菲者，列舉之名雖多，究之，竟無一人能實指其物。《陸疏》但言其「莖粗葉厚」竟絕無上下體之可言。獨郭景純釋葸菜云：「生下隰地，似蕪菁（即蔓菁。）華紫赤色。」則亦只就蔓菁附會之。謂其大同小異，以便為此詩解結而已，非世間果有此一種變形之蔓菁也。蓋自學校之制衰，世之所謂儒生者，率皆埋首案頭，不親庶物。遇有所未通，不知就實物攷察。乃惟是望文生義，隨意指名。甚者，其物本近在目前，而茫乎莫覩。反日取師弟相傳之謬說，反復糾纏，以冀得其一當。古與今如一邱之貉，可憐亦可笑也。黍稷，日用之恒品也，而郭氏以為黍葉似蘆，陶隱居以為稷米最難識。楊、柳，木類之至尋常者也，而歷來注疏家，率溷二者為一木。且謂楊揚起柳下垂。似此三尺童子能辨之者，而方巾大服之徒，乃擾攘亘千餘年，卒無以悉其物。是非徒教化之衰，亦經學之大不幸也。即如此詩，漢儒第見其有下體字，乃一意向下體方面着想。而不悟詩人所言之下體，乃言其惡，非言其美。當時竟不暇致詳，遂貿然以美在下體之蔓菁當之。本以求合於詩，乃適與詩言相左，已屬可笑。其尤可使人嗢噱者，就下體字着想，乃僅僅得一蔓菁以當葑字，並不能再尋一物以當菲字。則又不得已向壁虛造為種種名詞，以求苟免。說經如此，真可謂醜態百出矣。今按葑、菘也。俗謂之白菜，又曰黃芽菜，或又稱安肅菜（以產自直隸安肅者良，故名。）乃蔬菜中之至美者。《南史．周顒傳》所謂：「秋末晚菘」是也。惟其根則粗惡不可食，與蔓菁適相反。菘宜於原隰，而不宜於山陵，故言采葑則於沬之東。而以采葑於首陽之東，興人言之不可從。葑與菘乃一聲之轉，以葑字自有菘音也。葑、古作豐，豐即其象形字。豐姞敦豐作「豐」，上象其濶葉形，下象其根，不從豆。葑在蔬菜中，其葉至為豐盛，故引伸之，又作為盛字解。而古人置爵之器，形亦如之，故豐又為器物之名（豐見大射禮。其制似今百靈台。）後又用作地名或國名，殆亦以產生此菜得名也。後人因其引伸義行，或於其本字上加艹作蘴或別造形聲字作葑，實則一字也。《揚子方言》云：「陳楚之郊謂之蘴。」《注》云：「蘴、舊音蜂，今江東音嵩，字作菘也。」《集韻》亦云：「蘴、思融切，與菘通。」蘴本葑之或體，故《孔疏》引此文，直改作葑字。蘴字通菘、則葑字亦即為菘，可無疑也。蓋自漢人誤以葑屬之蔓菁，世遂無復有敢言菘之即葑者。而其實又不可沒，故注方言者，特即豐字發之。以見菘字古本通葑。不然，菘字初不見於秦漢以前之載籍，而葑字亦不復見於後世。豈菜中之王（俗謂菘為菜中之王，以其無論若何食之，無不美也。）在古人竟一不之知也。至菲、即芣苢，即夫須、即今之莎草，說已詳《芣苢》篇，茲不復贅。蓋莎草之上端柔韌處，可績為屨，可織作蓑，其下體則堅強不入用。與葑之僅食其上端，而下體則粗惡不可食者，其為用正相同。故詩人連類及之。然二者一供食用，一供物用。其為用雖同，而所用之者則大異，故說來並不合掌，此正古人體物精妙處。若如舊說，不惟與詩言相反，而采葑菁後，復繼之以采變形之蔓菁，則重沓不成文理矣。豈古人而有是哉！

蓷

《王風·中谷有蓷》，《毛傳》云：「蓷，鵻也。」《爾雅》亦云：「蓷，萑。」語本不誤。乃自鄭氏《箋詩》，始妄指蓷字為益母草。後世遂翕然從之，從無一人致疑焉者。獨是蓷既為益母草，而萑字以轉注之故，亦不得不牽連而並為益母草。無如萑字於經傳中凡數見，詳其文義，皆當為葦類，無一可強指為益母草者。如「八月萑葦」、「萑葦淠淠」，以及《左傳》之所謂「萑蒲」、「萑苻」是也。說者技窮，乃不得不曲為之說，謂萑自為益母草。至經傳所有之萑字，本非萑字。文當作雚，音丸，與萑初非一字。其作萑者，特前人傳寫之誤。審如是，則萑既不害其為益母草，又不妨其為葦類。不過輕誣古人以不識字，而兩結其俱解矣。其用心不可謂不工。特是謂古人為不識字，容或有然，然古人豈俱不識字？傳《詩經》者，既不識有萑字；傳《左傳》者，亦不識有萑字。以及秦以前之書籍，舉不識有萑字。則是世之人，無有識萑字者矣。吾不解彼生數百年後之東漢人，果何由而獨知當作雚字耶（以萑為雚，見《說文》）今按蓷、即萑字之繁文。古文於形聲字，其諧聲之字，往往可以隨意改易。如鐲亦作鑺，饑亦作飢之類，其例甚多。萑即葦之別種，凡經傳所有之萑字皆是。至鵻乃後起之俗字，世人或以其同音，偶相假借。毛氏不知，誤認為異名耳（古文無鳥旁，凡鳥旁皆作隹。今鵻字既從鳥，又從隹，直可決古無其字。）萑從草隹聲，音如追，與蓷、鵻皆同字而異文。今人承前人之謬，率讀若攴。此乃音義家所捏造，欲以其字當莞字。不知字縱作萑，亦不得有丸音也。萑者澤生之物，有於中谷，則託非其地，故致暵乾。若其為益母草，則中谷正其所宜，何以反致暵乾乎？如謂天時荒旱，雖陸生之物，亦不免於旱乾。然則旱乾者，又豈獨一益母草，而必獨斤斤於益母草乎？詩以萑生中谷、而致旱乾，以興下女適匪人，而致慨歎。上下互相呼應，字字皆有針對。若如舊說，不惟暵乾二字為無根，而上下亦不相聯屬矣。更復成何文理耶？今攷鄭氏之所以釋萑為益母草者，初非有何根據。特其心不知《毛傳》之所謂鵻者，果係何物。又見下文之所興者，為「有女仳離」，乃一意向女字上着想。而草類中之與婦女最相關者，厥惟益母草，於是遂臆定為益母草。此猶見「采采芣苢」為美后妃，遂臆定以為車前，見「言采其蝱」為咏自許穆夫人，遂臆定以為貝母（蝱乃今之斑蝥，另有解。）同一望文生義，僅就字面上牽合。至其於義理，果有合與否，則非若輩之所知也。凡漢人所言之一切草木，其無稽大率類此，故說來十有九誤。夫以詩中所言之名物尚不能知，則詩教又焉得而不晦乎！

糜芑

《生民》：「維糜維芑」，《毛傳》以二者為粱類，初不言其何指。《孔疏》引《爾雅》、《郭注》，乃以糜為赤粱粟，芑為白粱粟。至今從之，真怪事也。今攷糜芑之為粱類於他書絕無所攷見。毛氏之言此，不過以糜芑二字，與上秠秬為對文。秠秬為黍類，則糜芑或當為粱類，因模糊以粱類二字釋之。蓋純出於當時之一種臆說，故不敢確指其果何屬也。至郭氏注《爾雅》，則因作《爾雅》者，已有赤苗、白苗之說，又見毛氏之訓為粱類，乃遂臆擬為赤粱粟、白粱粟之名，以分當之。蓋承訛襲謬，其勢必至於此也。殊不知粟乃穀米之總名，粱與穀初不同類，何得粱兼冒粟之名？粱雖有赤白二種，至「粱粟」之稱，恐統古今亦無此名目也。且攷糜字，從麻從禾，絕不含有粱之義意。而自來音義家，又釋其字為莫奔切、音門，尤屬奇擬。音其所從之二字，全不見有門聲也。及細攷其所以音門之故，大都以麇字從鹿從禾，讀若均。茲糜字亦從禾，當然亦有均聲。但麇字從鹿，乃形聲字。而糜字則從麻，粱又不可以強指為麻類，使其與麇字同音均，於麻字似太無着落。於是乎異想天開，乃取麻字與均字相切。作為切音之字，而門字之聲遂成立矣。然遍攷古今文字，求其率取兩字，不論字義，但取切音，如此字者，殊不經見。果其有此，則六書之外，早當別闢一格矣。何上下數千年中，乃僅僅有此一字耶？則其說尚有辨論之價值耶？且攷糜字之所以音均者，因其下所從之禾，實囷之省（麇、即《野有死麕》麕字之省文。）非禾字實有均聲也。今字書初不見有𪎭字，則穈字之不得音均，可以斷言。《爾雅》所存，多為漢儒之經說，而其書顧不收穈字，乃別撰一虋字以代之。蓋其心亦知穈字之不合六書，蕢並其本字而改之也（漢人於經書中所傳之字，與己說不合者，輒逞臆改之。《說文》如此者甚多。如《牆有茨》及《楚茨》兩茨字，則臆改為薺；「八月萑葦」、「萑葦淠淠」兩萑字，則臆改為「雈」等皆是。此乃當時風習之最惡者，而陋儒反欲據之以實行改經，真不知其是何肺肝也。）若芑字則《詩》中凡三見：一、《采芑》，則注云：「苦菜」；二、「灃水有芑」，則注云：「草名」；至此詩則更指為粱類。文僅三見，而義已三變。設其字不幸而數十見，則其義尚可究詰耶？且注者又烏從知采芑之芑之必非豐水之芑？豐水之芑之必非此詩之芑耶？今按、穈既不得讀門，即芑字亦不得音起。漢儒不識其字，是以東牽西扯，羅取多名，而卒無一合。其實二者初非異物，其字亦非甚難識。特世人不知於文義上輾轉求之，乃反舍卻本文，向一切渺不相干之草木上，恣行附會。此其所以亘二千年而無人能解也。不知穈從麻、從禾，實即為麻字之繁文。其從禾者，以古人視麻亦為禾稼之一種，故《生民》之詩以麻麥並咏。而「邱中有麻」之後，即繼之以「邱中有麥」。蓋古者木緜之利未興，人類之冠履衣裳，率皆取材於是，初不容不重視之也。至他書皆不作穈，而此詩獨作穈者，則以古人對於字之偏旁，其增減初無一定。猶萑字他書皆作萑，而《中谷有蓷》之詩獨作雜也。又古文於偏旁，其部位亦無一定，上下左右，往往可以隨意為之。如㝵字（即得）㞢本在貝下，而「妥人鐘」則在貝上作貣；蝝字虫，本在彔右，而「諸婦尊」則在彔左作蝝也。此文之禾字，使其加諸左方作秝，當無不知其為麻之繁文者。今不幸而加諸下方，以致世之傳詩者，不敢確定其為何字。而其字又適與芑字並舉。芑字在漢儒固不識其字，今乃以兩不可識之字，聯綴成文，又何怪乎其舍却本文而逞臆亂指耶？芑字在舊說雖標有三義，然實無一字之合。以其果有一合，則各詩自能豁然貫通，而無俟乎其再三揑造矣。蓋新田菑畝，既非可以令苦菜滋生之地，而「豐水有草」又何足以為武王非無所事事之徵（豐水在王之京都，今乃任其滋生庶草，此正足以見主治者之怠惰，與詩言適相反背。）至此詩則上文明明稱為嘉種，則既不可以指為苦菜，復不可以指為庶草，故又不得不改其稱曰粱類。然殊不思同此一名，安得有此許多之物品以當之耶？不知詩中所言之芑字，實即為《禹貢》：「岱畎絲枲」枲字之異文。枲字在今文，本從木、台聲。然枲實是草非木。《說文》之改木從朩，殆亦因其從木之不合，而曲為解說耳，非天下果有從朩之字也（觀其所言之朩部中，除枲字外別無一字，可見。）枲字之從木既不合於六書，故古人初不甚遵用之，而別刱為從草之字。然枲字既變而從草，則台字又不可從之得聲，以從草從台，將又與菭蘚之菭字犯複也。台字既不可用，而與台字同音者首推以字，以台以二字古常通用也（古器中之以台為以者甚多。

如邾公鐘、叔弓鎛皆是。）然改台為以，從古文則犯苿苢之苢；從今文又犯薏苡之苡，是以字又不可復用也。台、以二字俱不可從之得聲，故不得不別取「已」字以當之。因其文省，且為人所易知也。於是乎木既改草，而台又變已，本枲字也。而形聲俱變，幾絕無幾希形似之可尋。苟非此詩與麻字並舉，吾恐雖有聖智，亦無由推知其如許曲折也。枲之生活力甚強，無論何地皆能成長。與其他穀類，必須俟墾治成熟方可樹藝者不同，故新闢之田畝例種之。《采芑》之詩之所謂：「于彼新田，于此菑畝」者以此。豐水在王之京都，然猶樹之芑焉。以見武王之初非忘情於農事，此皆其證據之顯然者。即第以二詩論之，亦當知其字之應作枲不得讀起也。麻與枲為同類而異物，猶秠秬之同為黍類。秠秬供食用，而麻、枲則供衣用。故一則稱其收穫之豐（「是穫是畝」）一則稱其產量之重（「是任是重」）詩人之言此四者，特分就衣食兩項，隨宜舉例之詞。猶言今人之得有衣食者，實皆出后稷之賜，非謂天降之嘉種僅有此四者也。若如舊說，則黍類之後，又繼以粱類。此外若菽類、稻類、穀類等尚多，詩人何不一一指目耶，而顧獨拘拘於此二類耶？嘗謂前人不惟不識物理，並不識文理。如此詩見秠秬之為黍類，遂妄意糜芑為粱類。《谷風》言「采葑采菲」，以葑為蔓菁，則以菲為變形之蔓菁；《草蟲》「薇」與「蕨」連章，則以薇亦為蕨類。使果如此，則詩人但言其一已足，胡為必重沓繁複，羅舉此許多換湯不換藥之名詞，以絮聒不已耶？然解此世界幾人哉！

蓼

經書所傳之蓼字，世皆讀若了，以為即今之水紅花，大非。《詩·小毖》：「予又集於蓼」注云：「蓼辛苦之物。」又《內則》：「於烹雞豚魚鱉，皆實蓼腹中。蓼又可和之以為醬。」則是古之所謂蓼者，味辛，且可用之以佐食，其用殆與蔥芥等。今人之蓼，據《本草》所言，雖多至七種，然絕無一可食者，且味亦不辛。則二者之確非一物，不難想見。吳江陳氏作《稽古編》乃諉之為古今物性之變易。夫物性果有變易，則其他品物何以不變，而變者乃獨在此？吳氏殆心知其不合，而又不能求得其所以不合之故，故特撇為模稜之說以自解耳。今按蓼、實即為今人所謂辣椒者之本字。辣椒、華白，實赤，味至辛烈，為蔬菜中常具之品。

其調和雞豚等物，與《内則》之所言者正同（今辣子雞當即為古之遺制。特古人用整，今人用散耳。）人又或研之以為醬（俗呼辣椒醬）當即為古人蓼醬之遺制。至水紅花之名蓼，殆以其花穗殷紅，與辣椒之實相似，故遂沿用其名耳。蓋蓼字本有膠、寥二音，蓼字本當音膠，與今日之方言合。乃讀詩者以其與趙（《良耜》）鳥相叶，乃轉讀如了。字音既變，世遂無復有知其字之本讀膠者。因專，取以畀之水紅花，而蓼之本體，轉無其字矣。然蓼本為日用必需之品，今其字既為他物所奪，於實用上頗感不便。於是乎乃不得不別假取木類之椒以代之，此亦勢之所無如何也。特是蓼本草類非木類，而椒又別有其物，故識者多知其非，而不敢形諸簡牘。今辣椒之名，雖婦孺皆知，而徵之古今各書，初不一見者，職是故也。今攷《急就篇》，以蓼與葵、韭、蘇、薑並列；《淮南子》亦云：「蓼菜成行」；《説文》云：「蓼，辛菜」；而《尹都尉書》有種芥、葵、蓼、韭、蔥諸篇。則似兩漢時人，尚能知蓼即為今之辣椒。迨魏晉以後，詩賦之道興，白蘋紅蓼之聲，日不絕於耳鼓，而音義遂並失矣。

今名。今人稱帚之小者曰苕帚，殆即為古義之僅存者。至掃帚之稱，則其後起者也。竊意古者之帚，皆縛苕為之，故名苕帚。迨後世縛竹之制起，其體較前者為大，專適於掃地之用，故謂之掃帚。相沿既久，輒乃不復論其縛帚之質為何物，第就其體之大小分別言之。而謂其體之大者曰掃帚，體之小者曰苕帚。以當時之苕帚，其體固較小也。降及近世，人更縛黍秫之苗（從方言。其實乃穗之去粒者，非苗也。）為帚，其體較之向之苕帚為尤小。而世俗狃於掃大苕小之習慣，乃不得不更謂此尤小者為苕帚。而向者之苕帚，遂不得不合同於前此之較大者，並名之為掃帚矣。苕帚既變為掃帚，則苕亦隨之而變為掃帚菜。因其所縛之帚，已不復為苕帚而為掃帚也。似此名實遞變，苕之名已不復在菜而在帚，而其帚之質實又非苕。此其所以雖經多人之研索，而二者之名終莫由正也。茲更以詩言攷之，則今之掃帚菜，即為昔日之苕，當無疑義。蓋掃帚菜當其柔嫩時，人多用以佐膳。蒸食之，其味與薇畧而較美，故呼之為菜。《陳風》之稱旨苕以此。掃帚菜之華，著於莖之尖端及葉腋，作小穗狀。當其盛時，與葉同色，驟視之幾不能辨。既老則作微黃色。霜降則與葉同隕，而作帚之材成矣。故《小雅》稱「苕之華」，一則以「芸其黃矣」喻不久；再則以「其葉青青」喻雖有如無。凡此二者，皆移置他華不得，實為掃帚菜所獨具者。彼紫葳、凌霄，視此寧有一合耶？觀此益足見古人體物之工。然苟非苕帚之名尚存，恐詩人之心，亦不免隨之以湮沒終古也。

楊

世之經生，凡於經傳中所有之楊字，皆指以為柳。其為之說者，更謂楊揚起柳下垂，此大謬也。夫萬物各有其主名，楊自楊、柳自柳，二者豈容相溷！雖柳之中別有楊柳一種，然亦只如蒲柳、杞柳之類，聊以別於衆柳。蒲與杞不得概指為柳，豈楊獨可以概指為柳耶？楊柳、今里俗謂之垂楊柳，又名倒裁柳（俗謂取柳樹之枝而倒植之，即變為楊柳，故有此名。）乃柳樹枝條之縷縷下垂者，與揚起之說適相反。凡經文中之以楊柳連稱者，概指此木而言。詩人特形容之曰：依依，則其狀之必非揚起者，可以想見。設楊既為柳，乃又與柳並稱，不幾涉於重複耶？今按古人之所謂楊，除楊柳外，悉屬今之楊樹。楊有青白二種，僅其皮色微異，形狀則大畧相同。葉似桑而滑澤堅韌，風至則蕭蕭作聲，故《車鄰》及《南山有臺》各詩，輒與桑並咏，以明其類似。而《東門之楊》，一則云：「其葉牂牂」再則云：「其葉肺肺」，言其葉特狀其聲，此皆楊木之特異於他木處。使其不為楊而為即今之楊柳，不惟其與桑絕不相蒙，且幾見柳樹之葉，而作聲牂牂肺肺者耶？又《易》言：「枯楊生稊」，此楊字尤不得強指為柳。蓋楊樹之當春發育時，率先華而後葉。其華自枝端，麗罽下垂，隨風搖動，大似人之垂涕，故里俗謂之楊鼻涕。經之稊字，殆即由涕字轉變而來。楊之稱稊，猶桐之稱乳，二者皆移置他木不得。彼《夏．小正》之所謂「杏稊」，特偽書耳。

楊與柳同為易生之物，故無地不有其跡。雖在婦孺，當無不知其釐然非一物者。而世之儒生，竟無一人能知之。則儒生之為世所詬病也，宜哉！

《韓非子・說林》云：「夫楊、橫樹之即生，倒樹之即生，折而樹之又生。」今之柳樹正如此，或即援此以為楊即柳之證。不知柳固如此，楊亦未嘗不如此也。楊樹之生也，人但即大樹斫取其木柹，埋之地中即生。其生活力之強大，初不在柳下也。況古人固明明謂之楊耶？

臺

前人不知詩人之援引名物，各有精義。故其訓故，不解於義理上求之，乃惟是東牽西扯，隨意指目。使詩果如是，則不惟不成義理，直不成文理矣。即如《南山有臺》之臺字，《毛傳》云：「臺、夫須也。」按夫須、即茱莒，即菲，即今之莎草。其名臺初無可徵信。不過解詩者，注「臺笠緇撮」句，謂臺笠為莎草所製之笠，因併解此臺字為莎草耳。不知彼臺字，乃亭臺之臺，實指笠之形狀言之。其釋為莎草，原屬臆說，則此之臺，若更臆訓為莎草不得也。蓋此詩所援用之草木，皆取其相類者，以興主賓之臭味，雖異地而無或參差。「南山」、「北山」，賓主之詞也。小序以為「樂得賢者」，實正合作詩之旨。《集注》以為燕饗通用之詞，乃就後來之用此詩者言之，非作詩之本意也（凡《集注》之所謂作某用者，皆同此例。其實序詩但當論其義，不得論其用也。七子賦詩，不出鄭志。使即據此，以諸詩為燕饗之用而作，可乎？）「南山」指賓，「北山」則主人自謂。以下兩「樂只君子」，皆主人祝賓之詞，此小序之所謂「樂得賢者」也。臺即今之臺菜，乃蔬食之一種。葉似今之小白菜（俗以之為菘之幼者，故有此名。然實則另為一種，專以供夏日用者也。）即老則中抽長莖，作華於其上，其狀略似乎菜。萊，一名藜，在古時二者特同音而異字，即藜之既成長者也。萊乃野菜，貧賤者亦取食之。《傳》所謂藜藿不甘者也。萊與臺胥可供食用，以見主賓聲氣之同。而二者一為園蔬一為野菜，實不無貴賤良楛之異，此則主人之卑以自牧，謙詞以頌賓也。次章之桑與楊，三章之杞與李，胥同此義。楊為今之楊樹（說已見前）其葉雖似桑，然不可以飼蠶，又不如桑之有椹。杞乃「梗楠杞梓」之杞，其紋理至堅細，故為木材中最珍異之品。而李之文理，雖略近乎杞，而堅細則較遜。其與臺萊，俱同一例。若如舊說，以臺為莎草，以楊為柳，以杞為枸杞；則臺之與萊，桑之與楊，杞之與李，六者絕漠不相關。直是一篇凌雜無序之草木狀，尚復得謂之文耶？由此推之，則四章之栲杻，五章之枸楰，亦當如是。此四者，舊注雖各有所指目，然事未得諸實驗，愚終未敢信其然也。

杞棘

《湛露》：「在彼杞棘」《毛傳》訓杞棘為「堅強之木」《鄭注》知其非，乃謂：「杞與棘異類，故取以喻異姓諸侯。」二說雖不同，而其以杞為「梗楠杞梓」之杞則一。此大非也。棘之見於詩者不勝僂數，然莫不指為惡木，無一視為美材者。毛氏之以棘為堅強之木，其不合初無足深辨。鄭氏知毛氏訓棘之非，而不知其訓杞亦未嘗或是。此則牽掣於其同姓異姓之說而強為之詞也（其實此詩，初不言同姓，亦不言異姓。鄭氏特因「在宗載考」句，牽合《禮》經，作繭自縛耳。詩曷嘗有此解哉！）今按杞、雖有杞與枸杞之分，然二者一為喬木，一為灌木，其易辨殆不止於菽麥。人但即其文義求之，則二者之果應何屬，自不難了了。故其凡言樹者，必當為喬木之杞。《將仲子兮》之云：「無折我樹杞」，所由與桑檀並詠也（桑檀亦皆喬木。）若其言采者，則為枸杞之杞。枸杞為灌木，故人得俯而采之。且枸杞之葉與實，皆可供食用。若在樹杞，則枝柯高聳，不惟人未由仰攀，而其枝葉，亦不聞其有用。人之采之者，又何為耶？至其不言樹亦不言采，而但以杞稱者，則當視其取義若何而定。《南山有臺》之杞，與李並言，李為喬木，則此杞亦當為喬木。此詩之杞與棘並言，棘為灌木，則此杞亦應為灌木。蓋非如是，則擬物為不倫也。此章之言杞棘，猶前章之言豐草，皆諸侯自謙之詞，猶言湛露之恩，不遺纖賤也。《野有蔓草》之託興，義即同此。若如毛說，則湛露惟潤堅強之木；若如鄭說，則湛露既潤喬木，又潤灌木，何其尊視異姓，而賤視同姓如此耶？

此皆其必不可通者也。

（注：此卷篇目上有※號者，與上卷篇目內容相重。篇目名稱與內文間有不同處，録以互為參照。——張樹材）

臨清吳桂華秋輝甫著

俔天之妹

《大明》：「俔天之妹」，語最難解，俔字亦不經見。《毛傳》云：「俔，磬也。」蓋本於《韓詩》。然磬字之不可通，殆較俔尤甚。俔字不經見，其義猶未可定。至磬字則人所習用，此字若改作磬字，如何成語？《說文》不得已，故又解此磬字為諭字。然亦第望文生義，心意其然，初非有所依據。孔氏取證於俗語，實則古今亦無此俗語也（鄭氏解經，於支離不通處，多託之方言，以其無可對證也。孔氏殆得其心傳者。然俗語方言，皆非無可對證之物。特前人囫圇讀過，無人加以研究耳。）今按、俔即見字。其從人實戰國間俗儒濫加之轉注。因此見字係指人言之，故加人，而不知見字之下已從人。三百篇中其類此者甚多，不獨或已從口，於其外又加口作「國」；友已從手（又即右手也。）於其側更加手作「拔」也。妹、古未字之通假，當以由此句係指大姒言之，故加女旁。然攷之古器，則假妹為未，實當時之一種習慣，初不止此一處為然。孟鼎乃成王時所作器，與此詩正相先後。銘詞中「女妹辰有大服」句，若以今文言之，則當作：汝未升有大服。辰、古牲字。《秦風》：「奉時辰牲」，即其本誼。牲、升同聲，故假作升字（升亦假借字，其本誼乃升斗之升，故古文斗作斗。而升則作升。其於文為指事，蓋有柄者為斗，無柄者則為升。因於斗之上端作一點，以指明其取義之所在。此在漢人款識中猶然，至今文則全無義意矣。升字見友鼎：「升于厥祖文王」）蓋盂乃南宮括之孫（故文稱：「乃祖南公」）於成王為從堂兄弟，其年應亦不相上下。故其命詞中，特為追述舊事曰：「汝未升有大服，余惟即朕小學。」乃所以申明前此己年尚幼，故未克別封以大邑，致仍依其祖南公之舊邑為治。下文「勿俾余乃辟一人」云云，即稱述文王別命以新邑之詞也。攷此鼎作於成王二十三年，計成王此時年已三十五歲，盂之年當亦相若，而其祖南公猶健在（文稱「錫乃祖南公旂，用狩。」則其尚生存可知。）當在周室近裔中年齡為最高矣。「見天之未」，謂其能見天意於未來。蓋自大姒歸周後，周勢始盛，則其歸周似有先見者，故詩特以此稱之也。此等文字，一經道破，便不須煩言而解。然非熟於六書，及有古器以為之佐證，則雖強為解說，亦必愈趨愈遠，支離而不能通。此但觀於前人之既改俔為磬，又改磬為諭、為譬。而「譬天之妹」仍不成語，即可知拋却經書本文，而以己意妄為窺測，必無望其或能倖中。二千年來之紛紜聚訟，不過為經文多添種種魔障而已。說經云乎哉！

王于出征以佐天子

自戰國間禮學家作為：天無二日，民無二王之說，後世遂以王為天子之專稱。凡非天子而稱王者，舉謂之僭。如徐（徐王義楚之祭鍴，徐王季量之孫宜桐敦，皆自稱王。）如楚（楚雖稱王，然公逆鐘乃熊繹作，公為鐘乃楚子圍作，卻自稱公。惟江芊鐘係楚文王作，而陽鐘係楚惠王作，則稱王矣。）皆是。余初亦以其說為然。及讀《小雅·六月》篇：「王于出征，以佐天子」語，以王與天子對舉，明明分屬兩人。後人欲曲全前說，解為：奉王命出征，以佐天子。徵論經文中本無奉命字，何得由己意妄添（若許如此添法，則王孫、王師等可添者多矣。有是理乎！）且奉王命于出征，亦全不成語耶？由此而詳攷之，始知西周之世，天子以下，實尚有王之一級。特經書止此一見，世人不及知耳！按录伯敔則稱其皇考為釐王；羌伯敔則稱其皇祖為武羌幾王；𤼷王盉則自稱𤼷王；呂王壺則自稱呂王。同敔則稱受金車於夨王（此夨王當即散氏盤之夨人，乃闕夨之後。器見《客齋集古錄》）南宮中鼎則有珷王（珷從王從戈，不知當今何字。古玉之與王，在偏旁上，每易相溷。此字或即戈字，而從王為轉注，如盂鼎玟、珷之類，亦未可知。）望敔則有畢王，其稱謂之見於古器者（𤼷即鄦字。向嘗疑𤼷王即遷鄦之篤公，而察其字則不類，至此始解。）不一而足。其尤奇者，南宮中鼎云：「王命大史汳，褭土（褭字從衣從自之倒文，乃人名，其音義尚未攷得。）王曰中，茲褭厥入事，錫于珷王作臣，今汳畀（古音如歸、茲假作歸字。）汝俞土，作乃釆。」望敢云：「王呼史年册命望，死司畢王家。」王之稱乃竟見於天子　口中，且戴之命詞，則非其人之妄自尊大，竊號自娛。不難想見，由此並可推知，毛伯彝、番生敢、毛公鼎之畀王位；邢侯彝之□用王乘車馬。乃當時自有此種禮數，不得概指為僭竊也。西周之世，天子外既別有王，則知吉甫此次出征，初非自將，僅為王師作前鋒，即詩所謂「元戎十乘，以先啟行」者，不過其功為獨多耳。至此王之果屬誰氏，雖經無明文，然以詩中所言之情勢觀之，則此王當即望敢中所言之畢王。蓋此次玁狁之入寇，實由東北西西南者，故詩云：「玁狁匪茹，整居焦穫。侵鎬及方，至於涇陽。」焦穫即《春秋傳》所謂焦瑕。瑕古音如古，與穫音近，故假用之，猶豐之假作方也。焦穫乃晉河外列城之二，於雍州為邊境。其地居涇水之東北，涇水以西即鎬，鎬以西即方。方、豐古通用。凡此方字及《釆芑》之「方叔」，《出車》之「王命南仲，往城于方。」皆豐之假借。即古豐京之豐字，亦由方得聲也（古豐字作⿱茻㫄，乃從茻㫄聲。㫄、今旁字，實方之繁文。所謂四旁，猶四方也。）畢在涇水西南，涇渭交合處，距涇切近。玁狁欲侵鎬及方，且直至於涇水之陽，則首受其患者厥惟畢，以畢更在豐鎬東也。首受其患者畢，則急切出征者亦惟畢。蓋渡涇即將及畢，其存亡直懸於呼吸。故人不及眼，馬不及比。及師行一舍（古師行日三十里，故以三十里為一舍。一舍猶今言一站也。）始漸就緒。觀其倉卒之狀，形勢之迫，則此王之即為畢王無疑也。古之戎狄，皆在內地，而猶以西河之間，為其淵藪。故《傳》稱：「晉在深山，拜戎不暇，及東遷以後，晉勢稍強，始逐漸芟夷，徐徐驅諸國外。然至戰國間，中山一隅猶為鮮卑所保有。」則當西周時，其氣燄之猖獗，種族之強盛可知。此之玁狁，當即為晉地諸戎中之一種，故其入寇也，則渡河而整居焦穫，及周之逐之也，則云：「薄伐玁狁」至于大原。」漢儒不知深考，謬以後代之情事，上繩古人。謂此玁狁乃自西北來者。又以大原之地，處周東北，與其謬說不合，更舍却昭如日星之《禹貢》，隨意妄指一甘肅涼州以當之。果如所說，玁狁東侵直至於涇水之陽，則不惟豐鎬久入於敵人之手，即雍州全境，亦且所餘無幾（渭自涇水下，再過漆沮入河，即將入豫州境矣。）則此出師者，果從何處出耶？不幾於笑談耶！大凡經傳所紀戎狄之事，除《小明》為西征外（此詩當為秦人得國之始）其餘皆在《禹貢》冀州境。不獨千畝之戰，即今界休左近，即後來西周之亡，亦即肇端於此。蓋當時諸戎最強者，首推姜戎。其與申呂，具有宗族之關係，故申侯得以勾結之。而平戎之功，晉為獨大，故平王有文侯之命。則以其地近而形便也。漢人見玁狁在西北，則以為自古即在西北。至經傳之與己說不合者，則概從抹殺之。後世諸儒，亦沿襲漢人之誤，絕無有能就經傳事實，一為覆案之者。所謂學者如是，經書又烏得而不晦耶？然今人固猶出入於漢宋之間，桃擊而未已也。嗚呼！

「于商郊弗迓克奔以役西土勖哉夫子

《牧誓》：「于商郊弗迓克奔以役西土」（僞孔傳》：「商衆能奔來降者，不迎擊之，如此則所以役我西土之義。」全然不能成語。孔穎達解「役我西土之義」句，謂爲「所以使用我西土之義。」實則經文中何嘗有義字耶？今按此數語，乃武王反言之以勵其衆。迓、戰國間之俗御字（迓從之牙聲。牙、古音如敔也。）古通禦。役、古及字之誤。及、古作彶，即今彶字。與役頗相近，故古書中二字常相溷。《表記》：「恭儉以求役仁，信讓以求役禮。」二役字即皆及之誤（舊注以役字難解，釋作爲字，乃不得已而強爲之詞者。）又《士喪禮》及《喪大記》：「甸人爲垼」之垼字，其字亦從土及聲，即今墼字。譯者不察，誤以爲役者也。此文本當以「于商郊弗迓」爲句，「克奔以及西土」又爲句。因前兩節皆勉其前進，故此特反言之，以絕其反顧之念。蓋周師此時已深入重地，有進無退，退亦無以自全。故謂于此商郊而不進擊，其能反奔而及於西土者，亦自勉之。因西土及此，爲程不下二千，決無能及之勢也。此等文字，一經道破，即不煩言而解。前人舍卻經文，專逞其私臆，穿鑿附會。微論其必不能合，即合矣，亦自成其一人一家之言，與古人又何與哉！

公伐邾取訾婁

《春秋·僖三十三年》：「公伐邾取訾婁。」訾婁、《公羊》作叢，是知此訾婁乃叢之切音。猶《僖十八傳》：「師于訾婁」之訾婁，為漕之切音也。按古器中有邾大宰簠，銘云：「惟正月初吉，邾大宰欉子畊，鑄其飯簠曰，余識龔子惠，其貴壽以飯，萬年無其（期），子子孫孫，永寶用之。」欉、叢之轉注。以叢本指木言之，故加木。舊多以欉為大宰名，畊為其子名，如虢文公子段，江仲之孫伯戔之例。然又不應直稱其父之名。至是始知此欉字即叢，亦即訾婁，乃邾大夫之以邑為氏者。其稱欉子畊，猶稱原伯魯，瑕叔盈也。今之叢氏，當即其苗裔（今叢姓獨盛於山東，殆亦由此。）語其淵源，實出於風姓也（大小二邾、宿、任、句須、顓臾等，凡濟上諸風姓，皆堯時羲仲之裔，源出於大皞者。舊以小邾為曹姓，亦然。曹非姓，乃氏也。）

干戈戚揚

《大雅・篤公劉》：「干戈戚揚」，歷來說者，皆謂四字悉屬兵器名。然歷攷古今，絕未見曾有兵器名揚者（若《爾雅》、《方言》、《說文》等，則不在此例。）且四字板板堆垛，與上文「弓矢斯張」句，亦覺不倫，懷疑久之。後就戚字詳加稽，始知不惟揚字無此兵器，即戰國人之以戚為斧名，亦純由此詩附會，在春秋前固無此說也。攷以戚為斧名之最先見者，厥惟《昭十二年傳》：「君王命剝圭以為鏚柲。」然左氏為七國初年書，其對於襄昭以還，尤多附會。殆此時以斧為戚之風已盛行，故左氏亦不察而緣用之也。此外《戴紀》中「朱干玉戚」四字，已成習見語，司馬法亦有「殷執白戚」之文。則以世無其物，說者乃以鉞之作白色者當之也。實則同此一物，寧有因其色稍異，即別易一名者。鉞有黃白，豈其他兵器，即無黃白者（黃白者金錫之齊）何以獨鉞特異其名耶？竊嘗戚字在古文上，本作□（見《愙齋集古錄》，戚作□。）從戉從尗，乃象以戉削木之形。尗兩側之小點，即象所削下之木・以戉削木，乃所以芟之使整齊。以此知戚之本誼，乃今文整齊之齊。後人失其義，但見其從戉，遂臆指以為鉞之異名也。至今文之齊，古本作亝，乃臍之象形字。所象者，即臍中之襞積形。其作整齊用，原出假借。然假借之齊字既盛行，而戚字遂成虛設矣。「干戈戚揚」，若以今文書之，則當作「干戈齊揚」，與上之「弓矢斯張」，恰成對語。三百篇多存古誼，此戚字亦其一也。由此併可知，婚姻之稱戚者，正均齊之義。今俗諺云：親戚親齊，親不齊，不親戚。語雖俚，實合古意。而俗稱男女之父母，為對頭親家，亦此旨也。若戚之訓為哀切，則又為親之引申，其去本誼也遠矣。

魯人三郊三遂

古者一國之內，其居於城內者，則曰：城。《詩》：「在浚之城」是也。其在城外郭內者，則曰都。《詩》：「在浚之都」是也。都本郭門名，故其切音或作闉闍（《鄭風》：「出其闉闍」）其轉音或作閍。鄭公孫閼字子都，今人稱土制之圍墻曰圩，皆本此。若今之所謂圍，在古人則作垝。《詩》：「乘彼垝垣」，即今所謂圍墻也。都城以外，概括言之，則皆為鄉。《詩》所謂：「沫之鄉矣」者是。郭之制不常有，古惟宗邑及國君所在地始有之（今府縣亦然。）故今人言住趾者，率以居城居鄉別之。古與今初無二致也。然鄉之區域頗大，有時分析言之，則更可區分為二部：即一在都城左近，而處於內外之交者，則謂之郊。《詩》於「

在浚之城」、「在浚之都」，繼之以「在浚之郊」，即謂徒役之被徵集者，人數衆多，非城都之所能容，故皆屯駐城都之外，以便於檢閱及出發（《干旄》乃僖十八年，邢人狄人伐衛，衛文公讓國於衆，國人感動，進師砦婁時作。故所言皆征集徒衆，整裝待發之事。《出之車》之「在彼郊矣」亦如此。）一即郊之外去城遼遠，交通鮮少，游踪罕至者，則謂之鄙。鄙者、古閴字之引申，乃冷僻之義。今人語亦然（閴、從門貝聲，本無定字。「易窺其戶，閴其無人」。因其承上文戶字言之，故從門。實則凡冷僻荒落之狀況，皆得以此字目之。今人於冷僻之地，輒目之曰閴，或曰閴靜，即此義。其本誼實由北字引申得來。蓋歷來向陽之處則繁盛，而背後之向北者則反之。此詩之所以取興於出其北門，喻勞而無人見賞也。北、背、閴、鄙，皆一聲之轉，義無殊也。）鄙陋、鄙吝、鄙瑣，皆謂其耳目狹隘，見聞譾陋（譾、即淺字之屬於語言一方者，猶其指髮言之，則作鬋也。鬋謂髮之淺者。《招魂》：「盛鬋不同制」即其義。蓋人之髮盛髮淺，制各有宜，故不同制。後人既不識古人轉注之例，乃臆解以為髮盛貌，則「不同制」三字，為無根矣。嗚呼！前人之無知妄作，自欺欺人，又豈止此一二字為然哉！）故致如此，其曰鄙夫，猶今人之曰村夫、鄉人也。城、都、郊、鄙，其在普通稱謂上則然；而所謂郊、鄙者，其間亦無一定之界畫。至政治上，為便於統轄故，其近郊之民，皆直隸於都。《定九年》：「陽虎之亂，戒都車，以癸巳至，孟氏則以壬辰」皆謂近郊之民之直隸於都者，為其征集易而赴事急也。若鄙則幅員廣濶，距離過遠，直隸於都，頗感不便。故各就其適中之地，分設屬邑，以統轄之，而後上隸於都。《隱元年》：「鄭共叔段之亂，大叔命西鄙北鄙貳於己，後又收貳以為己邑。即謂誘取鄭西北二方之鄙邑，向之隸屬於都者，貳而收之隸屬於己也。故古國境，概括言之，則為城為鄉；分析言之，則城之中有城有都，鄉之中有郊有鄙。此外復何有者。叔孫通之徒，撰造偽《周禮》，專以刺取古書中，舊有名詞，而附會之以己意，於是乎郊之外，乃更有所謂遂者。大司徒之下，至有遂人之設，作王制者因之，亦有移郊移遂之文。後人遂常以鄉、遂、都、鄙並稱。沿襲二千年，初無一人能斥其非（適見崔東壁論齊魯晉之微。篇中純以鄉、遂、都、鄙立論，因草此篇。崔氏論古有識，而於經書，多未能詳攷。此其成績所以不能盡合其初志也。）殊大怪事。以統轄言，則都鄙二者盡之矣；以稱謂言，則都鄉二者盡之矣。顧安有所謂遂者。況都鄙處中外兩極端，即令中間更有郊遂，相對併稱，亦覺不倫。天下豈有併兩端為一事，中間仍自為一事者乎（崔氏此篇之論極謬，實因主觀太深之故。其在各種著述中，蹈此弊者不一，然胥不若此篇之甚也。）今試一攷察此謬說之由來，知其原因，乃由於戰國晚年人之誤讀《費誓》。蓋《費誓》有「魯人三郊三遂，峙乃楨幹」及「魯人三郊三遂，峙乃芻茭」語，讀者不識遂字之義，第見其與郊並稱，即妄意其為郊類。此乃後人之一種陋習，實即其一般通病。見薇蕨並稱，則以薇為蕨類；見蛇虺並稱，則以虺為蛇類。皆其例也。初不知此遂字，實即為今文之隊字。在周初轉注之制，尚未大興，凡同聲之字，多相通假。後人不能了然於文字變遷之故，一以今文之眼光視之，此其所以謬戾百出，牴牾而不能合也。按遂、本為原始之隨字。從辶㒸聲，音如綴。今人稱從後而遥隨之者曰綴，猶其遺意。遂象犬張口，躡人跡而行，乃會意而兼形聲之字（古會意字，多兼形聲。會意字之時代，可以此辨之。）即追隨之義也。引申之，人相遂則成行，故成行列相追逐者亦曰遂。其在今文則作隊。「狄虒彌之拔戰自成一隊」是也。遂本音綴，故或通作綴字。《樂舞》之「以羣分為兆，行列為綴。」；《樂記》之「六成復綴」是也。遂、既由追隨而為行列，再引申之，則闕地為灌，層累遞下，如人之成行列相追逐然者，亦曰遂。其在今文則作隧。《詩》之「大風有隧」，《傳》之「清隧弗許」是也。三字者古本一字，字皆作遂。洎後乃有隧字，以當其第三義。乃由遂字轉注，而變為形聲者。其從阝，則以隧層累而下，如階然也（阝、古階字。《說文》以為阜字、謬。）惟隊字之發生為最晚，至早亦當在春秋以後。其字乃特就隧字，減去其辶，以示別異者。故其在六書中，幾無一可通。蓋犬上階既不含有隊字意；而轉注形聲，又不當從阝得義也。《費誓》之作較古，故其於應作隊字處，猶只作遂。厥後隧字興，亦或假用隧字。《春秋傳》「當陳隧者，井湮木刊。」此隧字，即譯今文時所改削未盡者。即此可知，在《左氏》前，隊字不作遂。即作隧，尚無不通之隊字出現。其作隊者，皆後人所改削也。至遂之作隨，則因遂在文辭上多用作遂事之詞（遂事實仍不外隨字之意。）因特變易其文字，以示區別。其用意與遂、隧之作隊者正同。隨字本由墮字改削而成，其事亦當始於戰國。蓋墮本古妥字之異文，音亦如妥，乃初就席時之祭名。鄭康成稱妥祭青齊間謂之墮，實合古義。墮字從阤從有。阤前土乃廷字，凡古文廷字之與他文相配者，皆作阤。有乃古祭字，從手摘肉（今祭字特於有字下加示，以為區別耳。）祭於階前，斯其肉墮於土上，故為妥祭之妥之會意字（引申之亦即墮落之意。），嗣因妥字之音轉為綏（荁荾之荾，今音亦如隨。）故墮字亦音轉如綏。當時學者既苦於隨之作遂，易於相溷，因即取墮字，去其土而加以辵，以當遂之本誼之專用字。不知墮若去土，則不成其為墮，再加辵則全不成義矣，此古今文字升降之大原也。《費誓》：「魯人三郊三遂」，猶言魯人三郊分為三隊。蓋人必分別部居，各有所統屬，始能即工集事，其義本不難解。乃謬儒不知於聲音文字求之，見有難解者，即任意揑造，胡亂訓釋。一人倡之於前，衆人和之於後，謬種流傳，輾轉附會。積重之勢成，而古人之真晦矣。以崔氏之學之識，而猶不免時為此等謬說所迷誤。謬儒說經之害，尚可勝道哉！

厲王流彘攷

厲王流彘之說，始於《國語》，實根本於《春秋傳》：「王通告諸侯之言，然子朝當日，第云王心戾虐，萬民弗忍，居王於彘」（《昭二十六年》）初無流之之說。其以為流者，乃因後儒誤解《韓奕》「汾王之甥」句，以汾王為厲王，而晉又有地名彘（即先以封先穀，後以封士魴者。）適相脗合，因即指以為厲王所居之地。晉在西河之東，去周京頗遠，遠出國外，因即妄意其為流。實則在春秋前猶為宗法社會，凡民皆有其直接之統屬。非王姻親，即王族姓，安得有此暴亂悖逆之事。蓋戰國人非奇不談，凡事必故甚其詞，非使之不衷於理，不能動聽（此乃國民腦筋遲鈍必有之現象。蓋非受甚深之刺激，不生感應也。其在今人為尤顯。）馴而成此習慣。此猶其言流厲王不已，反欲殺宣王也。怒其父，不殺而反流之，遷怒其子，反非得而殺之不可，至以他人之子代之始止。天下有此不通之情理乎？今按王子朝之所謂「居王於彘」者，其地即在宗周左近，即今之厔盩境。厔盩即彘之切音（今讀作周執，非。）他書亦有作墌圻者（臆似出《唐書》或《五代史》。今無書可攷，不能詳矣。）王之居彘，其地似有離宮，似後來之旱宮（即《斯干》之干；《旱麓》之旱。古器多作厈及啟。）濕宮然者（二者皆宣王時作。）其居王於此，乃所以使之不得干預朝政，非有所忿恨而然也。然王雖避居離宮，至歲時祭祀，及命爵行賞，事之需王為之者，仍須循例請其執行之。衛獻公所謂：「政由甯氏，祭則寡人」者，頗適合於當日情事。蓋「王心戾虐」，不過使之不與政、虐不及民而已，於王身非有所惡也（至《國語》所載衛巫監謗事，乃後來之齊東野語。作者特愛賣《春秋傳》「防民之口，甚於防川，大決所犯，傷人必多」數語。竊取之以敷衍成篇，援其說以作顯目耳，非事實也。）知其然者。今傳世之師釐𣪕，即共伯和攝政時器。其器有二，器蓋文各不同。蓋多首二句。其文曰：「師和父⿰乍攴釐菽芾，巩告于王。惟十有一年九月初吉丁亥，王在周，格于太室，即位。宰琱生內右師釐，呼尹氏冊命師釐。王若曰，師釐，在昔先王小學，汝敏可使，既令汝更乃祖考司小輔（即少傅）今余惟重𤔲乃命。命汝司乃祖舊官小輔眔鼓鐘。錫汝菽芾、金黃赤舄、攸勒用事，敬夙夜勿廢朕命。師釐拜手稽首，敢對揚天子休。用作朕皇考輔伯尊𣪕，釐其萬年子孫永寶用」。⿰乍攴、即今文作字。《薛書》叔弓鎛「以戒戎作」之作字。作字古多作乍字解。《大雅》之「遐不作人」即其義。此文從乍（即作）從攴，乃主張施行之意。《小雅》之「用戒戎作」意亦如此。巩即古共字，共恭古通。此文之師和父，即師毀𣪕之伯和父，亦即所謂共伯和。蓋以序稱之則曰伯，以爵稱之則曰師，初無異致也。由𣪕文觀之則知，師和父既主致師釐菽芾（⿰乍攴字他書亦有直釋作致字者。義雖有然、然文實作字，不得作致也。）然後告之于王，故王於九月嘗祭時（按周九月即今七月，本當為蒸祭。然周每以蒸祭為周歲之祭，在十二月，故云然。）乃補行其冊命之典禮。由此推之，其他之祭祀爵賞，當莫不如是。惜他器不及備載，悉如此器之器文然，吾人無從攷見耳。此器之蓋文二語，在當時視之，似為無關重要，故器文即行節去。然非此則當時情事，幾無以昭示於後。則謂天留此啟，以為攷古者之一助，非過論也。事在王十一年，則其居彘，必更在十一年前可知。舊說以為在王二十六年亦非。相忍既至於二十六年之久，則其年已老，縱不死，虐亦當稍殺，又何必更出之乎？凡此皆足以糾舊史之謬誤者。至汾王乃別有其人。如幽王、畢王之類，皆周之宗室。散居各地，以分掌其先王之祭祀者。汾屬於魏，魏乃周之發祥地。因即以其地之嫡長，爵之為王，承其祭祀。幽王、畢王概如此。前人不知周有封王之制，故相率以汾王為厲王耳。讀「王子出征，以佐天子」之言，可以了然矣。

臨清吳桂華秋樺氏著

百兩御之

《召南》：「百兩御之」，《集注》承舊說，曰：「御，音迓，叶魚據反。」此至可笑之事也。御何以音迓，反叶音作御與上句相叶？此猶樂字本音樂，後人誤讀為歷音，反謂讀樂者為叶韻也。今攷御之與迓，其聲音之相去，殆有如風馬，諸書亦無以御為迓音者。今此字朱氏竟音為迓，初非別有□□，不過因御字，《鄭箋》釋為迎字。而字書□□□迎字解者，惟有迓字，遂臆斷以御字為迓耳。其實古文何嘗有迓字。《盤庚》之迓字，特偽書耳。今按御字，引伸之義雖繁，然初無二音，亦無二字。後之人附會穿鑿，乃更救為音迓之說。揣其意，不惟音迓，殆即以其字為迓字。古之人不識字，誤用御字以代之，賴後人始有以矯正之也。不知御字古本作□（見古龜文），乃象人執杵之形（8字本午字，即象杵形。上虞羅氏以為子字，殆未深攷耳。）其意為禱，當即為禱之借字（龜文常云：□于祖辛，□于祖乙，□于母己等，可見。）（禱字古即音午。吉日維戊，既伯既禱。禱與戊叶，是其証也。）然禱必先迎其神，故引伸之，迎亦可以稱御（《六月》：「飲御諸友」，《鄭箋》釋御為侍。天下豈有召人飲，反令人侍之者哉！此御字亦應作迎解也。）凡古人之所謂「以御田祖」、「飲御諸友」等諸御字，悉本此。後又引伸為御車之御，則其義益繁。凡事物之操縱在手，取舍如意者，亦悉可曰御。此「琴瑟在御」以及「御食御女」等之□□□□□御字之為義雖多，惟但音魚據反，初□□字音。至御之音迸，乃自漢以來始有之，初不得執以為據也。今文中又有禦字，《常棣》所謂「外禦其侮」是也。其字亦係由御字孳乳所生。蓋禦者抵敵之謂。凡抵敵者必先迎之，此御之所以又轉為禦也（《毛傳》：「禦、禁也。」此則不得其義而強為之詞耳。）然禦字在古文中仍作御，初不作禦。敔敲云：「王命敔追禦于上洛。」不嬰敦云：「余命汝御追于洛」二御字在今文 悉當作禦。而顧不然，知禦字實後起者也。蓋禱本為御之本義，故字但作[illegible]。嗣因其引伸作迎字解，故特加以辵（即今文之⻌）作[illegible]。及許氏之作《說文》，乃並不知御字之從辵，竟以其下之止字，與上午字相連作[illegible]，而收其字於彳部。字尚不能識，而乃欲上論古今文字，安在其有當乎（今按李斯泰山碑「御史大夫」之御字，午字與止尚不連，則連之者實出於漢人也。）然今之所謂漢學家者，方且奉《說文》以為金科玉律，一若六經□□□文而作者。其無識如是，更何足語於六書□□義乎！

賓載手仇

「賓之初筵，賓載手仇。」《鄭箋》云：「仇讀爲𣂪」《集注》從之，於𣂪字亦未加解釋。按《小雅》：「不可以挹酒漿。」《毛傳》云：「挹，𣂪也。」似即爲鄭氏之所本。然明明仇字，何以得改讀爲𣂪？（仇之與𣂪字）字畫既繁簡不同，聲音又齒舌各異。鄭氏生數百年後，果何所據而知仇字之必當讀𣂪耶？且攷𣂪字，初不見於他書，惟《毛傳》及鄭氏《儀禮注》用之。則其字古之有無，尚不敢必，更爲得據之以改經耶？今縱如所說，謂仇字實當作𣂪。然𣂪之義實爲挹。於「其湛曰樂」，「各奏爾能」下，忽繼之以賓則手「挹」，然則其所手挹者，果何物耶？如以爲挹酒，則上文十句中，初無一酒字，且並無一與酒相類之字。此挹字將何所繫屬耶？在古人恐無此不通之文理也。蓋鄭氏之解經，於心所不通之處，不知就經文詳細推求，輒不惜改經以從己，此□□□人之惡習。如其注《禮經》「其慎也」句，則以□□□作引；「既祖填池」句，則以爲填池讀如奠徹（二句皆見《檀弓》）此仇字亦即其類。然二者雖不合，猶得諉爲音轉（實則古音並不如是。詳見拙著《檀弓糾謬》）至此則毫無根據，肆意紛更，全無忌憚矣。所謂其父殺人報仇，其子必且行竊者此也。今按手仇二字，雖於他書無攷，然即其字義推之，殆即爲今人之拇戰。拇即所謂手，而戰則有仇敵之意。且以實際言之，今人之名拇戰，實不如古人之名手仇，較爲切合。以其用賓爲手，不僅止於用拇也。此句正承上文「各奏而能」來。蓋祀事既果，繼以燕私。歡飲無算爵時，各出其技能以佐酒，于是乎來賓中遂有為手仇之戲者。以此時一切儀文，概從脫畧，惟以盡歡為事也。下文三句，即從此句生出。以賓既手仇，主人因更入室以侑賓。康爵者，日常飲用之爵，猶楚詞之所謂康觚，所以別於禮器。「酌彼康爵，以奏爾時。」蓋主人更酌酒以飲勝者□□□□以祝其得時。此猶投壺禮既畢，主人更□□通）酌行觴，飲不勝者曰：「賜灌」；飲勝者曰：「敬養」也。此徵諸上下文義，則手仇二字，為飲酒時之一種觴政之名，顯然可見。言獨不解漢人之何以必改之，而改之又必取其不通。果何所取義也（臆改杜撰，皆漢人解經之惡習。然既改之撰之矣，則當必求其可通者。乃今觀其所改所撰者，無一不在乎通與不通之間。殆改之撰之，而又欲掩其跡。以為古人文字，原本如是。若果出吾人所臆造，當不若是也。其用心極苦，而其計則拙矣。）

雎鳩

古今來著述之弊，莫甚於強不知以為知。而蹈其弊者，乃十人而九。嘗謂吾人每著一書，必各有其獨到處。使但即其見到處編纂成書，未始不足以行世而垂久遠。然人多以其零落不成篇幅故，則並以其所素未容心之處而亦羼入之，以致附會牽強，甚者且出於作偽。是猶寶珠□□，患其不足，乃併羅取無數之珷玞沙礫□□□之。而藉以充盈箱笥，則亦惟有並其真亦埋沒不見而已。此後世之所以少完書也。不知一人之知，斷無有周悉靡遺之事，故孔子猶有不如老農老圃之歎。又云：「多聞闕疑，多見闕殆」而以不知作知為戒。此乃事理之無可如何者，非孔子之故為謙退也。今人事事不能及孔子，惟此事則反欲駕乎孔子之上，是真不知其何苦乃爾也。此其弊在漢宋之儒者中，尤為顯著。蓋皆抱定「一物不知，儒者之恥」之謬見，而欲撐持其儒者之門面也。即如其說雎鳩是已。雎鳩果為何鳥，除《左傳》：「雎鳩司馬」一語外，在今已無可考見。《毛傳》以為「王雎」，《爾雅》取之。然亦不能言其形狀。似在當時，並王雎之名，亦在疑似之間。毛氏特因其一字之同而附會之耳。至後來之注《爾雅》者，益復無從指目。以毛氏曾稱其「摯而有別」者也，遂妄改摯字為「鷙」，以雎鳩當為猛鷙之鳥。於是乎郭璞則以為「雕類，今江東謂之鶚。」陸璣則以為「如鴟，深目，目上骨露，幽州人謂□□□之鷲。」揚雄、許慎則云：「白鷢、似鷹，尾上白□。」三說雖各自不同，而其胥從一摯字附會而出，則無異。獨不思此詩特以興夫婦居室之和樂，又何取乎猛鷙之鳥？且無論其為雎也、鷙也、鷙也，世有聞其聲作關關者耶（《毛傳》：「關關，和聲也。」《集注》則改為：「雎雄相和之聲。」）此在本句中即不可通，況僅有一雎鳩之名，而乃有許多之羽族以當之耶？（三者既不名雎鳩，又不名王雎，於他書更絕無所攷見。何所據而竟強指以為是！由此推之，則何鳥不可以謂之雎鳩，並謂之王雎耶？）其不合顯然可見，《集注》之屏而不取，不為無見。然屏棄舊說可也，在己果有別所攷見，正不妨直用己說；若別無所見，則直注云未詳足矣。又何必改頭換面，東牽西扯，定杜撰一莫須有之一物以實之耶？今按《集注》云：「雎鳩、水鳥，一名王雎。狀類鳧鷖，今江淮間有之。生有定耦而不相亂，偶常並遊而不相狎，故《毛傳》以為摯而有別」云云。今但即其言觀之，是江淮之間，果有一種水鳥，名雎鳩，又名王雎，且其性復摯而有別。與毛氏所說，絕無絲毫出入。以前之人皆不知□朱氏獨知之，不可不謂之一大發明矣。究之江淮間何嘗有此鳥：且不惟雎鳩之名，無人能知，即王雎之名，問之亦瞠乎莫解。朱氏果從何處而見其有此鳥耶？其夢境耶，抑囈語耶？況歷來治名物學者，如郭璞、陸璣輩，皆江淮間人。使其地果有此鳥，既名雎鳩，又名王雎，且適與詩言脗合，此正其寤寐求之者。豈容生長其地而不知，直待諸數百年後之朱氏始知援之以入詩耶？前乎朱氏者，既不知有此鳥；後乎朱氏者，又不知其有此鳥。是此鳥之生，特為朱氏一人而生，且特為其作《集注》而生耳，不然何所值如是之巧耶？今按朱氏之所據以恣其捏造者，特原本於鄭樵《通記》。鄭氏釋雎鳩以為鳧類，尾有一點白，是不過因揚許以雎鳩為白鷺，與經言「在河之洲」義不合，特臆改以為鳧類。又因白鷺有「尾上白」之文，更以尾有「一點白」當之。在鄭氏原屬一種臆說，乃不謂其父報仇，其子竟公然行劫。朱氏遂假其鳧類二字，大做其文章。以其為鳧類也，因曰：「狀類鳧鷖」。又以鳧鷖之為水鳥，因更定之為水鳥。既為水鳥，則當生於多水之鄉。而「二南」世又多指為南國之詩，因更實之以為江淮之間有之。至此鳧類二字之作用已畢，然於詩人之所以取興之義，尚未能圓滿無憾。於是索性一直做去，令之一合而無不合。因《毛傳》之以雎鳩為王雎也，遂曰：「雎鳩一名王雎。」；因《毛傳》稱其摯而有別也，遂曰：「生有定耦而不相亂，偶常並遊而不相狎。」蓋造化因心，鑪錘在手，不患其不為我用也。具此伎倆，天下事尚有不可知者耶？（其釋《草蟲》蕨字，獵取胡氏迷蕨二字之名，已再臆造一蕨之形狀以賦之，與此正同一伎倆。此等能事，大約胥自正心誠意中來。）今但平情論之，雎鳩二字，在前人未能攷得，儘可注為未詳。以雎鳩之名，世已無傳。漢儒之所謂王雎，原屬揹山賣磨。可據者．僅《郯子》：「司馬」一語。初難責人以必能攷得也。竊即詩義及《郯子》之所謂司馬者推測言之，則雎鳩實為鴻雁之古名，在周世即不復行用。此詩之作，至晚亦須在紂之初年。其時文字尚未大變更，故猶沿用之。若《郯子》所言乃古代事，更不得不歷舉其古名，此其所以此外絕不復見於載籍也。至雎鳩何以即為鴻雁，則鴻雁不再匹，而又整肅不相狎侮。此世人所熟知，正毛氏之所謂「摯而有別」者。昏姻之道必用之為贄，亦取此義。此詩本文王自咏其求后妃之事，以之起興，乃即眼前物指點語。猶《匏有苦葉》，咏「士如歸妻」，而託興於「雝雝鳴雁」也（凡詩人所託興之草木鳥獸，無一非人所熟知而易解者，故人聞之而知其命意。前人不知此義，反從人所不知之物求之，此所以十九不合也。）蓋娶妻納采用雁，故詩之言昏姻者，多託興及之。若如舊所云云，無論其為鷗、鷺、梟、鷖，與昏姻又有何關係？而必遠羅旁搜，示人以不可解耶？雁之鳴聲常相應，故此則稱其關關；而《匏有苦葉》則稱其雝雝（舊注：雝雝、聲之和也。）試問他

種鳥類，有作此聲者否耶？雁之棲止，以有水草且幽僻之處為宜，以其便於飲啄，且可全身遠害也。《九罭》以「鴻飛遵渚」喻得所；《鴻雁》以「集於中澤」喻安宅，即其明證。在「河之洲」亦即此義，故詩人以喻室家之安樂也。雁之行列，最為整肅，從不稍涉紊亂，故世稱雁行，亦曰雁陣，且其用法亦極嚴。凡其棲止，必令其羣中之失偶者，巡邏於外，有警則鳴以相告，有誤則衆共啄之。《少儀》之以為司馬，殆兼此二義。此就經傳二雎鳩字言之，則其即為今之鴻雁確無疑義。至雎鳩之變而為雁，周初已然，《九罭》之詩是也。其所以有此變革者，乃受文字上變遷之影響。此但觀於周已前禽鳥之有專名者甚少，即可想知之。暇當更論之也。

逑

《關雎》：「君子好逑」，逑字世最罕見。《毛傳》云：「逑、匹也。」在毛氏不過一種臆說，初不可以深信。蓋此公之解釋字義，強半皆任意為之，故一字常解至七八義（如敦字等是）在其意不過曰：據詩義當作此解而已（其所據者，乃其一己意中之詩義，非人所共喻之詩義也。）非別有所根據也。然自毛氏訓逑為匹之說出，後之人乃不得不百出其計以附會之。以逑字既不經見，而詳其六書之本義，又與匹絕不相蒙（逑字從求從辵，與匹何涉！）惟《兔罝》：「公侯好仇」句，好仇二字，與此同音，而又不明其義。適毛氏於《秦風》：「與子同仇」之仇字，曾訓為匹。於是乎遂指此逑字，即為仇之假借，而本逑也。乃變為仇矣。夫逑不訓匹，仇尤不得以訓匹，以仇實匹之反面也。然陋儒以不解「公侯好仇」之義（說見另條）或更執《左氏》：「佳耦曰妃，怨耦曰仇」之語為證，以為妃與仇對舉，則仇字當然亦可作妃字解。妃固可訓匹，仇應亦可訓匹。不知怨耦曰仇，《左氏》之言本明。其與妃對舉者，以妃固耦也，仇亦耦也，不過所異者嘉與怨耳。非謂□□□，若必以《左氏》之言解之，然則謂「窈窕淑女」，為君子之好怨耦可乎？恐又不謂然矣！蓋怨隙為讎，而讎人則曰仇，除此外別無他義。故晉穆侯名太子為仇，而師服深以為異。若等是匹也，在師服不為不識字義，而無端橫滋異議乎？鄭氏知其不通，乃別為之說曰：「幽閒處深宮貞專之善女（按此鄭氏解窈窕淑女也，看他牽扯許多字義，究竟何字當何字，想其自己，亦無從解說。好在《集注》已正之，茲不復贅。）能為君子和好眾妾之怨者。」其注重一好字，以仇仍作讎人解，似較毛義為長矣。然以文王之德，乃令眾妾有怨者，必待后妃有以和好之。則所謂刑于之化者，果安在乎！且所解者仍仇字而非逑字也。今按逑乃求之繁文，即下章「寤寐求之」、「求之不得」而求字之所自本。他字作求，而此字獨作逑者，則以古人之為文（文即字）其對於偏旁之加減，初無一定，往往隨意為之。求之加辵（即辶）或以求有往就之義，故特加辵以明其有動作之意。此猶來字本假借字（來乃麥名）而古文或作逨（見交尊）往本會意字（古文往作㞷，從止從土。止乃足跡形，土乃位字。人舉足出位而前，所謂往也。見古龜文。）而古文或作迬也（見《說文》）此乃古文之常例，為晚近金石學家所共知者。或又因此求字有往求之意，故加辵。其餘二求字乃泛指，故不加辵亦通。然求字非求之異文，即由求孳乳而生者，則有可斷言。好逑謂好以求之，猶《左傳》之所謂「好以逆之」也。至《民勞》之「以為民逑」之逑字，乃謂為民之所歸往。往歸往求，義本相通也。《毛》訓為合，《鄭》釋為聚，《說文》遂以為聚斂，皆臆斷不通之詞（若如所說，則是穆公勸厲王為聚斂之君矣。寧非可笑之事乎！）益不足辨矣。

左右流之

詩學之晦，雖原於秦以前相傳之謬說。而漢人之指鹿為馬，對於字義隨意解釋，必思有以助成其謬而後已，亦不得不分尸其咎。蓋謬說之不合，尚有經文可以正之。而漢儒則於經書所有之文字，其與舊說不合者，皆改作別解。無識者，不識其杜撰，反靡然奉之。此經學之所以歷二千餘年而終晦也。即如流字，凡稍通字義者，當無不知其應作何解。蓋其字為人所習用也。今使驟舉其字以問人，則必曰：流動也。若作實字解（即名詞）則流動之水也（如「在彼中流」之流，今方言則讀若溜，從去聲。）其引伸之義，則為放流之流，風流之流，流傳之流，流離之流，如是焉已矣。而《毛傳》則云：「流，求也。」夫流之為求，不惟於古書無所攷見；即求之後世，亦未見有人敢遵用之者。而世儒之解《關雎》者，則固莫不以流為求也。毛氏之以流為求已誤；而鄭氏則因其解淑女為嬪御也，乃併其左右二字，而亦加以別解，謂左右者，左右之人。《箋》云：「左右、助也。言后妃將供荇菜之菹，必有助而求之者，言三夫人九嬪以下。」若然，則后妃直一懶婦人矣。求一荇菜猶不可得，必仰給於左右。至求助不得，乃至於反側不寐。由此推之，則其于歸之後，未求得淑女以前，雖當供荇菜之菹，而亦無以將事可知也。夫供宗廟之菹，乃有荇菜，於禮未聞（《孔疏》：「天官醢人，陳四豆之實，無荇菜者」可見古人已疑之。）即云有之，乃正主婦所當為之事。《召南》之大夫妻尚能采蘋采藻，豈后妃乃竟束手無計，日夜呼歔，惟乞靈於他山之助乎！且古制王侯之女于歸於諸侯，其媵御皆由媵嫁而來者。絕無有既于歸以後，乃別求媵御之事（康成並此不知，乃竟注「三禮」，則其所注之禮可知矣。）如云為后妃未于歸以前事，則已尚未有夫家，乃代為其未婚之夫旁求姬妾，天下有此大臉之婦人乎？今按流字自仍作流動解。「左右流之」，言其流之無定也。此章之言荇菜，本屬興體（前人之不明興體，亦詩學不明之一大弊。）不過借求荇菜者以喻求淑女，非后妃之必有須於荇菜，亦非文王之急需此荇菜也。特因上章言：窈窕淑女，君子必當求之以謀室家之樂。故此章特轉言云：夫淑女流動不定，性無專屬，豈易言求者。如彼參差之荇菜然。其在水中，或左之，或右之，其流動寧有一定，而可以求則得之者。此正所以興起下文之「求之不得」而「輾轉反側」，至於「寤寐思服」也。然荇菜雖無定，茍順其流而求之，要不外於左之右之兩途。故下章又斷言：「左右采之」。蓋彼雖左右流之，而吾亦左右采之，則無定者而有定，自不患其求之不得矣。此其方法殆皆自「寤寐思服」中得來。以下之「左右芼之」，不過承「左右采之」之文，而暢言之耳。非芼之亦有分乎左右也。朱子作《集注》，知漢人訓流為求之不可從，乃改訓之曰：「順水之流而取之也。」夫止一流字耳，訓為水之流（即前所云中流之流）可也；訓為順水之流，已屬牽強，况更加以取之乎！朱氏殆有見於此詩之義，而忘其下文尚有采字，遂並采字之義，而亦加入於流字之中（其實則並下文左右之義，而加入之。順字即下文之左右也。）如是，則不惟於流字為淑解，而與下文采字，亦犯重複矣。此其所以更別訓采字為取而擇之也。采之訓取而擇之，與其訓流為順其流而取之，其幹正同。以其解流字，已併侵及於采字之地位；則其解采字，自不容其不更侵及於下文芼字之地位也（《毛傳》：「芼，擇也。」）解經而不求經文之本義，乃於經文外，任意妄加以種種無根之解釋。宋之與漢，殆如一邱之貉。吾不怪漢宋人，吾獨不解古今之能讀書人何如是之少也。

寤寐思服

《關雎》：「寤寐思服」。《毛傳》云：「服、思之也。」於思字之下，又言思之。其謬妄，初不待言。鄭氏改箋之曰：「服，事也。求賢女而不得，覺寐則思己職事，當誰與共之乎（寤覺寐寢，本《毛傳》文。二字皆屬名詞，猶俗言醒着睡着也。若鄭氏「覺寐」云云，則直以寤字為動詞，謂睡醒則求之思之；意殆謂既云寐矣，則不當再云求之思之也。果如所說，則當云寐寤，不當云寤寐。猶能言睡覺，不得言覺睡也。且世常言眠思夢想，在鄭氏視之，當為不經之詞矣。以如此執固不通之人而解經，又何怪宋人之嘖有煩言乎！）其解服為事，猶可說也，乃更解為己之職事，豈非事之至離奇者乎？不知服之訓事，乃從事之事，是動詞，非名詞。《論語》所謂：「有事則弟子服其勞」是也。從無作名詞解者（即事物之事）。其作名詞者，特鄭氏一人之臆說耳（如其解「共武之服」亦云：服事也。詳見《六月》篇。）《集注》不從其說（然《六月》篇則又從之，可見朱氏亦非有定見。）改訓為懷，似仍從毛義，而稍避去其字面。然「思思」不成文理，思懷即能成文理乎？且幾曾見服字作懷解者耶？今按此服字即衣服之服，言睡卧不安，輒思着衣服而起也。經文本至明，乃自經諸家之注釋，至明之文，反詰屈而不可通。吾不知其何苦必取而注釋之也。

左右芼之

《關雎》：「左右芼之」。《毛傳》：「芼，擇也。」蓋毛氏之意，以為既采之矣，必當擇之。故其於字義雖不合，然其心中尚知文章之必有次第。至作《爾雅》者，他義多取《毛傳》，而此字乃獨易之曰：「芼，搴也。」是其識更在毛下，並文理亦不通矣。夫搴之與采，有何分別。既云采，復云搴，天下有此重複無序之文理耶？《集注》之棄而不取，不為無見。因芼字從草毛聲，絕不見有採擇之義，且其說又絕無根據故也。乃更別為之注曰：「芼、熟而薦之也。」則又謬以千里矣。夫熟自熟，薦自薦，薦者不必皆熟，即熟者亦不必皆薦，二者判然，初非常相聯屬之事，安得有一字而兼此二義者。果其有之，則《論語》：「君賜腥，必熟而芼之。」但云：君賜腥必芼之足矣，何古人之不嫌辭費乎？蓋朱氏既以采字之義，併入於流字之中，作順流而取之。則不得不更以《毛傳》此字之義，併入於采字中，作取而擇之。以上二字，既各含有兩義，而此字之舊義，又已為上文占去，則不得不別撰兩義以配之。以不如此則於文為不稱也。又見舊注以芼作菹以供宗廟。明雖不取其義（《集注》初無供宗廟之說。）而暗則喜其恰好與此處解結。以供宗廟則必芼，芼則必先熟之，此其所以釋為熟而芼之也。今按芼，乃以菜和肉並烹之詞。《昏義》曰：「牲用魚，芼之用蘋藻」是也。由是引伸之，則和肉之菜，亦可稱芼。《內則》：「雉兔皆有芼」《公食大夫禮》：「鉶芼，牛藿、羊苦、豕薇。」是也。二者，一名詞，一動詞，皆經書之班班可考者。鄭氏於《采蘋》章，知引《昏義》，而於此章則忘之，可謂知二五不知十矣。至左右字，則承上文言之，乃文勢上不得不然。前已言之，茲不贅。

又按，齊魯之間，凡菜蔬之生食者，稍入水煮之，去其生性，不俟其熟即取出者，則謂之芼（讀毛）。因引伸之，凡他物之稍煮不待熟者亦曰芼。芼菜水草，取其清脆，其烹食之法，正以芼為宜。故前作《齊魯方言存古》時，曾援及此詩。然經傳既別有明文，自當仍以經文為主，方言但留備一說可也。

關雎通義

《關雎》一詩，在漢時即有兩說。《毛傳》以淑女為指后妃言。則求后妃者，當然為文王。其說尚無大誤。至鄭氏則大變其說，以小序言其為「后妃之德也」，則直以此詩為后妃作，而以淑女為嬪御，更憑空憑出三夫人九嬪云云，全詩之旨遂晦。今攷其所以為怪誕之說者，一因據毛說則可指為后妃之德者，僅有「窈窕淑女」四字，不足以盡后妃。一因次章言求淑女不得，至於反側不寐，近於好色者之所為。文王聖人，不應有此。因臆解詩之言求淑女者，為后妃之代文王求淑女。如此則既足以見后妃之德，又足以表文王之正。蓋其意固以不近人情為聖人，而婦人能為其夫廣置姬妾即為德也（其識見如此，乃竟能嚇退黃巾賊，亦云幸矣。）自古婦女無有代夫求妾媵之事，前已言之，則其說之無稽，無足深辯。至其所致疑於文王者，在古人早見及之，特後人不善讀書，故終不能破其拘墟之見耳。不知小序「后妃之德」一句，乃正為此而發。蓋言文王之所以寤寐求之者，慕其德初非慕其色。至后妃之德之所在，則以下七篇，方且縷析言之，非此篇之所有事。不然全詩悉咏文王之求后妃，而序乃言后妃之德，絕無一語涉及文王者。豈在子夏並詩之白文，而亦不能通乎（小序皆置身題外識踞題顛之文。殆非子夏不能作，故後之儒者，第就詩之表面求之，不能得其用意之所在。乃雜取詩中所有之字面，以曲為解說之。而小序遂廢矣。）小序又言：「是以關雎樂得淑女以配君子，愛在進賢，不淫其色；哀窈窕，思賢才，而無傷善之心焉。」是《關雎》之義也。其義本甚明了。蓋子夏師承聖人，習聞樂而不淫（若如鄭氏及《集注》之說，是非不淫，直不能淫矣。寧非笑話！）哀而不傷之旨（序言即從孔子之言化出。）故其言之深切著明若此。奈何世猶不能領會之乎！今試更以詩義言之，男女居室，本人生之大倫；而男之求女，又古今之通義，此何庸諱言之事。且其言求之不得也，不過曰：「寤寐思服」、「輾轉反側」而已。此亦只形容其思慕之無已，初無可指為侮暱狎褻之處。推俗儒之意，豈夫之與婦，必泛泛然若萍遊於江湖而適相值，方足為盛德乎！況其於既得之後，亦只曰：「琴瑟友之」、「鐘鼓樂之」。閨門之內，「相敬如賓」（《左傳》此句，殆即從此詩友字生出。）則其當日之所以「寤寐求之」者，慕其德非慕其色，已顯然可見。是詩言本自明了，孔子、子夏之一再申明之，亦僅隱括詩義，為當時之不善讀書者說法，以防其誤會。經此重規疊矩，而世人終疑不能明，吾殊不能不為古人哭也。《集注》既不從鄭說，卻又不從毛義，乃變其說為宮人之求后妃。故其於首章則云：「宮中之人，於其始至，見其有幽閒貞靜之德。」於次章則云：「此德此人，世不常有，不得則無以配君子。故其憂思之深至於如此。」於三章則云：「幸而得之，則有以配君子，而成其內治。故其喜樂尊奉之意不能自已（按此詩本五章，朱氏妄併為三章，實則當從舊說。）是則全襲鄭說而反用之。其愚謬處，與鄭氏正同。不思鄭氏之言嬪御，已屬無根，然猶可強指淑女以當之。而后妃則小序之所言也。今既合后妃淑女為一，則更從何處，尋出一可指為宮人者乎？如謂宮人即作詩者，豈作詩者，固可以隨意妄指乎？且謂此宮人為王季之宮人耶，則其父之姬侍，不得代其嫡室之長子求妾。謂為文王之宮人耶，豈文王尚未娶妻，乃先備妾媵？此皆其說之必不可通者。在朱氏初非於義理上果有所得，不過好苟異舊說以為己立名地耳。今按此詩之為文王之求后妃，在古人初無異說，故序又言為「人倫之正，王化之基。」若畧過文王，而專言后妃，尚得為人倫之正乎？且不惟詩言求淑女者為文王，即此詩亦必為文王作。以與《葛覃》詩對照而知之也。後人不解《葛覃》詩義，因亦不明此詩之義，此固勢之所必至也（詳下篇）。或謂詩如為文王作，似不當自稱君子。不知首章之君子，乃泛指，非文王自謂也。全詩畧謂：彼關關然之雎鳩，則在河之洲矣，其得所甚足樂也。然其所以得所者，則以雌雄互相呼應之故（所謂關關也。）鳥尚如此，則世有窈窕之淑女，凡為君子者，其可不好以往求，以共謀室家之樂乎？然淑女豈易言求者。求者既多其身又無所係屬，安必其即能屬之於我。如彼參差之荇菜然，其在水中，或左之，或右之，隨流變易，至無定也。則彼窈窕之淑女，果欲求之，雖寤寐其能已乎！至求之不得，則寤寐亦不能安，幾思披服而起。雖未必果起，而寤寐則終不能安。悠悠長夜，亦惟有輾轉反側而已。然因況思至極，而求之之道得矣。彼參差之荇菜，雖漂流無定，要亦只左右二者而已。我但隨其左右而采之，當無不得矣。果也，彼窈窕之淑女，吾得以琴瑟友之矣。然人之求此荇菜，本以食用之而享其益。今既采之則必芼之。而彼窈窕之淑女，亦果前之以琴瑟友之者，今則以鐘鼓樂之矣。此但就經文，稍加點染，詩義便顯豁呈露。彼漢宋人之穿鑿附會特作繭自縛而已。然歷來學者，偏不信經而信注，此詩學之所以終晦也。

又按、此詩本文王自作以為房中之樂，故末二章及於琴瑟鐘鼓。二者乃即事指點之詞，就樂器以表明其閨帷間嫻靜諧和之次第。若舊說則是文王之初得后妃日從事於琴瑟，迨其後，又日從事於鐘鼓矣。此義亦無人言之。

施于中谷

《葛覃》：「葛之覃兮，施于中谷。」《毛傳》：「覃、延也；施、移也。」至今從之。然以施為移，不惟於古無徵，即後人亦絕無敢援用之者。《詩》之言施者不一，如「施于孫子」、「施于松柏」，皆同此施字。毛氏於他施字不言移，獨訓此施字為移者，果何所見而知此施字之必有以異乎彼施字耶？且葛非可以移植之物，故歷言葛絕無有言及其移者。以葛之生也，本由人樹藝之。苟其地不足以容其生長而有待於移，則人早別擇其適宜之地而為之。而無俟乎其既生之後，然後再移之他所也。今攷毛氏之所以訓施為移者，其第一受病之原，則在於不知施與覃二字之區別。心疑其複沓，故不得不別加訓釋。繼見續小序者，有「后妃在父母家」云云，因意女子之適人，猶如草木之移植，遂臆揣而為此說（其言移雖非，其意則尚無大誤。至《鄭箋》、《孔疏》則並此意失之。若《集注》則益不足論已。）後人雖不主其說，然對於此字，終不敢不從之者，則以明知其非，而卒無說以易之也。蓋覃、延也，施、亦延也，二字根本犯複。且二字苟果一義，又不當特用兩字以代之。此其所以雖明知施字之當釋為延而有所不敢也。觀毛氏於「施于孫子」下，特傳云：「施、延也，施于松柏下。」遂不復再注（《毛傳》凡前已有傳者，例不復注。其復注者則必前說之不可通者也。）是施之本義。毛氏初非不知，此之改訓，特恐其與覃字犯複耳。不知施之覃，義同為延，而其用則有動詞與動名詞之異。覃、延之動詞也，猶云：延長也、延引也。其用專主乎動，故《蕩》之篇云：「覃及鬼方」。覃之下必着一及字，而不得云：覃于鬼方也。若施、則為延之動名詞，猶云：延及也。（《鄭箋》於「施于孫子」，《毛傳》延字之後，復釋云：「延、及也」是鄭氏當日已知施於延字外，復含有及字意，於義方足。非謂施即可作及字用也。）其用已由動而轉靜，故「葛之覃兮」必不得云：「葛之施」兮。而施字之下，其承接者，多為于字。蓋云延及，則有其延及之所在也。「施于孫子」，即延及于孫子；「施于松柏」，即延及于松柏。其不復言及者，以及字已具於施字中也。此文施字，正即其例。蓋上文方言延，故此句即繼言其延之所及之地。此正其上下文自相呼應處；猶下章「黃鳥于飛」，即繼言其飛之所集之處也。集者飛之所止，猶施者覃之所至。集字之中，具含有飛字意（集於文從隹止木上，故其義為飛之終了，餘義皆由此引伸也。）而不得謂集即飛。猶施字之中，具含有覃意，而不得謂施即覃也。比較參觀，覃與施雖同為延，其區畫已朗若列眉，不惟不患其複，且二字實正相呼應。若依舊說，訓施為移，則上句方言葛之延，下句忽又接言其移于中谷。延與移截然兩事，了不相關。在上句為未畢其詞，在下句為答非所問，尚成何文理耶？至施字本訓延及，而《左氏》稱潁考叔愛其母施及莊公者，以施字之行用既久，覃字至此，已不甚通行，乃併用施字以代之。此則文字之遷流轉變使然，未可一概論也。

無斁

無斁二字，在《詩》中最多，字或作射，如「服之無斁」，「古之人無斁」，「徒御無斁」，「在此無斁」，「無射亦保」，「無射於人斯」，「矧可射思」之類，不遑縷述。《毛》於《葛覃》篇傳云：「斁，厭也。」於義雖無甚大礙，然直以斁字為厭字則非也。無斁二字，在商代及周初時流行最廣，實為當時之一種習用名詞。相沿既久，故其異体最多，而其義意亦至廣泛。語其本義，則與近人之所謂不受打擊者正合。若其廣義，則無差失也，無隕越也，無挫折也，無患害也，無咎也，無虞也，無不適也，無不若也，皆是也。要言之則平安順適而已。至厭之義意，初未見其有然也。《毛氏》之訓以為厭，不過以其音與惡字為對文（「在彼無惡，在此無數ㄴ）又以其音與𢿱字同屬一母，疑其為一音之轉，因遂臆為此說耳。非篤論也。蓋數字在最初時，本只作攴，象以手揚杖下擊之形（今傳世之古龜板，及西清古鑒之邢侯彝，皆用之。知周之初葉，尚相沿未改也。）實即今文之扑字，亦即今文之扶字。蓋三者原本一音，實即一字也。攴字所孳乳之字甚多，皆用攴字為偏旁，所以標示其為打擊之意也。而攴字上畫突出，於結體殊不便，於是有屈其杖向左者，則為攵。敦殷等字之所從者是。其字仍音數，故役疫等字從之得聲。有於其右方加一小畫以稱之者，則為攴，鼓毆等字之所從者是。二者本一字，故常通用，至後始漸分析。然其字實多作偏旁。若作本字，則字畫又稍嫌其簡。於是乃即其上之從卜者，移而下之，而置其下所從之手於左，而扑字之形成，攴字之義失矣。然扑字世實兼作名、動兩詞用。此猶軍器曰兵，以軍器殺人亦曰兵也。扑字後多用作名詞，於是乎乃更作一形聲之扶字，用代動詞，而一字遂變成三字矣。然此乃就攴字之通用者言之也。若無攴則已習用而成一名詞，則其字又別為一種轉變。人因攴字之筆畫太簡也，於是乎更於其左作一人弓背受擊之形，即[illegible]是也（字見兮田盤）厥後屢經變換，其右之攴，有作攴者，有作[illegible]者。其左之[illegible]，有作[illegible]者，有作[illegible]者，有作[illegible]者，其異體極多。究之其左方所作之人形，本不成字，不過聊以示意云爾。迨又久人又以其不成字也，乃將其上之作背面形者改作[illegible]字，其下之作弓身形者，則改作弓形。於是本[illegible]也，又變而成[illegible]矣。[illegible]既成[illegible]，而攴遂變成ヨ，以便與𦥑字結合也。於是有從兩手者，則爾是。有從一手者，則爾是。又久之復將其上之橫臼省去，而數又轉而為射矣。以射字固從手從弓也。此又無弓之單獨轉變者也。

無斁二字，在古器中幾不勝縷述。有云：告無斁者，有云休無斁者，有云：得純無斁者，大抵皆頌禱之詞。與無譴、無競、無咎㬊相等。殆猶今人之言無恙也。如必以為厭字，則胥不能通矣。此亦言經學者所不可不知也。

葛覃通義

《葛覃》一篇，舊說對於字義之訓釋，除施字外，尚無甚大謬（若其解私為燕服，衣為公服。毛氏答「曷澣曷否」句，謂私服可澣，公服不可澣之類。皆所謂以文害辭，以亂害志者。衣如不可澣，然則詩人所謂「如匪澣衣」者，不且為妄語乎！然此小疵，不足論也。其實私衷服，衣外服耳。）惟其解說詩義，則謬不成語。蓋前人初不知於經文上求義理，乃專於經文外求之也。今按小序云：「葛覃，后妃之本也。」此一本字，實從千錘百鍊中來。全篇大旨，無不賅括靡遺，真所謂一語抵人千百者。乃後儒不足以知此，續小序者，第見詩中有父母字也，遂貿然加一「后妃在父母家」一語。推其意殆猶是向本字上用意，以為其在母家即如此當是其本性然也。不知有此一語，而全篇之詞意，遂不可通。其尤可笑者，即其一己，亦不能自圓其說，而不得不出於前後矛盾之一途。此種荒傖，在古今學人中，實為罕覯。而詩於子夏後，乃遇此人，真詩學之不幸也。今觀其言云：「后妃在父母家，則志在女功之事，躬儉節用，服澣濯之衣，尊敬師傅，則可以歸安父母，化天下以婦道也。」云云。撏撦全詩中字面，隨意亂行堆砌，絕然無絲毫文理。其兩則字，已屬可笑。乃上方言「在父母家」，下忽又云「歸安父母」。然則后妃並未出，更從何處歸耶？此在稍通文理者，當無不知其謬。乃毛、鄭之徒，竟胥沿之以立說，則其支絀而不能成理，又何待言耶？朱氏掃除漢說，所見未為不是。即其以後序之故，併前序亦掃除之，亦尚可原。惟是既盡棄舊說矣，則當就詩言詳玩之，而別求其命意之所在，庶或於詩義有合。乃今觀其目中之所見者，葛耳，黃鳥耳，為絺綌耳，歸寧耳。舉凡詩中之所謂，中谷也，灌木也，萋萋也，喈喈也，莫莫也，一切置諸不講。無寄託亦無義意。試問天下有此味同嚼蠟之詩乎？而況其在后妃耶！至其解首章云：「追敘初夏之時，葛葉方盛，而有黃鳥鳴於其上也。」是直以黃鳥之集於灌木，為集於葛矣。前方釋葛為草名，至此乃又謂之為灌木。是此公於葛之為草為木，尚不能分，以之注詩，又安望其能大遠於漢人耶！蓋此公生平習知舊注之非，而己心實亦未嘗力求其是。故其於詩，但求其苟異於舊說。至己說之果否能通，則非所問。此正所謂躬自薄而厚責於人者。

余嘗謂漢宋人之於詩，乃以暴易暴，而後世門户之見，亦基於此（紀大宗伯謂宋人之攻漢人，不平漢人而已。後人之攻宋人，不平宋人之攻漢人而已。實洞見癥結之論。）非苛論也。實則此詩之旨，並非深晦得小序「后妃之本」一語，尤易了解。特世人多沉溺於注之中，未看經，先看注。是以經文雖至顯明，亦無人解靜心領取耳（嘗謂經書若自古無注，決不至沉晦至今。以人若專就經文求之，自不難有得也。）蓋此詩所最注重者，實為中谷二字。灌木字特取以為中谷之配，其餘不過總葛之始終以極其功用耳。至末章則因制葛既成而歸寧，中含有公事畢然后敢治私事意，亦含有功成身退意。通篇皆就眼前之事物以寓意，實為比體。漢儒以為興，固非，宋人以為賦，則尤淺也。今試即詩言縷述之。猶云：葛之延也，乃延及於中谷之內（中谷非谷中，須詳察之。）故其葉得萋萋然其繁盛。黃鳥之飛也，乃飛集于灌木之上，故其鳴得喈喈然其和暢。葛固能延，鳥固知集，然使其不得乎中谷、灌木，恐未必其遂若是之萋萋喈喈然也。然葛之得此中谷，豈惟是萋萋然而已哉！未幾其葉已莫莫矣，則葛之功用已成矣。吾乃得即之以施其製葛之工，於是刈之濩之，而為絺為綌。服之者乃無不安樂順適。推原其本，殆無不自葛之施于中谷來也。蓋至是而葛之功用告成，而吾之公事已畢。於是乃言告師氏，告之以將歸。凡褻之污者，姑且去之，外衣之應澣者，姑且澣之。審視其何者應澣，何者不須澣。而吾則歸而安寧吾之父母矣。此詩全以葛自喻，而以中谷喻文王。言已之所以得行其志而衣被天下者，胥由於得適文王而然。小序之所謂后妃之本者，亦指此而言。至後則極言葛之功用，乃不得不說到已之製葛。說到已之製葛，乃不得不併說到已之製葛已畢而歸寧，以作餘波，此乃文勢上之不得不然，卻仍是喻意。蓋當時曾實有其事，故託之以為喻也。細諗此詩之意，殆全由答前篇而作。《關雎》文王樂得后妃，而此篇則后妃自幸其得適文王。二詩之相次者以此。猶《召南　鵲巢》之下，即繼以《采蘩》。小序謂：《周南》、《召南》正始之道，王化之基，實兼綜其開始二篇言之，非專指《關雎》、《鵲巢》，亦非泛言全風也。詩之次第，在他國全無義意，而二南則一絲不亂。不惟本風具有條理，即二者亦無不互相對照。此殆曾經聖人之釐定（觀「吾自衛返魯，然後樂正，雅頌各得其所」之言，則夫子於雅頌初未暇從事，故期諸返魯以後。若國風則其已有所修正，自可於言外得之。惟其所修正者，究至何處，尚難臆揣。至二南則必為其已定之作。）則可斷言也。善讀書者，即各詩比較觀之，當有以知余言之不誣矣。

谷

谷為兩山間空曠之陸地，乃田地中之最美者。字本作谷（見散氏盤𧮫字偏旁）其於文為象形。兩側象山形之重疊，中則象其地形。其下之從口者，乃古文谷字（薛書師寰敦「洛汝母以乃辟陷于艱」，毛公鼎則於谷旁，更加人字作㣿，乃其繁文。即各家誤認為俗字者也。）非谷字也。山高谷下，凡山巔肥沃之泥土，為雨澤所沖刷，率於積於是。故其土最饒衍，而為一切陸生草木，所最宜蓄育滋生之地。《葛覃》之「施于中谷」，《白駒》之「在彼空谷」（空谷多豐草，白駒所最宜也。）詩人皆以喻得所，即此義也。然谷雖窪下，在詩人卻只視為陸地，絕無有以之為卑濕者。則以谷之窪下，乃對山言之。而卑濕則就地言之也。毛氏不明此義，其於《中谷有蓷》乃傳云：「陸草生於谷中傷於水」（按其言適與詩義相反。實則水草生於谷中，傷於旱也。）已屬可笑。至孔穎達作疏，乃不得不申明之曰：「蓷草宜生高陸之地。今乃生於谷中，為谷水浸之，故乾燥而將死。」為水所浸而乾燥，寧非絕世奇文乎！至其他之泛言谷者，皆係對山而言。如「進退維谷」，「有空大谷」，「如臨于谷」，「高岸為谷」，「出自幽谷」之類皆是。蓋窪下為一事，卑濕又為一事也。今人不知於字義詳加攷察，乃或竟誤以谷為山洞，或直溷以為溪澗之通稱，則更失之遠矣。

又按谷字，近皆讀如穀，以其常與莫木穀鹿等字為韻也。然其字本為入聲，故各地之轉變不同。今觀於、裕、浴、綌、鵒等字皆從之得聲，字皆音玉。而白駒之詩，且以之與玉字為韻，似其字本當音玉，而音穀者乃其變也。今山東口語上尚讀如玉。特因其音與文言不合，乃於其字之旁別加一山字以別之。如今之所謂佛峪經、石峪等皆是也。其實谷字本音玉，初不必別有所加。至其所指為峪者，正古之所謂谷。北省口語中，多存古音，而足以矯正歷來文言之謬誤者，此亦其一，特人多不甚攷察耳。至語音之轉變，多在入聲者，大抵以其發音太促之故。在北省亦幾於各地不同。彼讀《史記》者，輒斤斤以人讀滑稽作如字讀者為誤，殆未嘗於音韻之學觀其通也。

周行

周行二字，在古人已有訓釋。襄十五年左氏引此詩，云：「王及公侯伯子男采衛大夫各居其列，所謂周行也。」左氏親孔子之說，雖不無疑義，然其人自當與七十子同時。其時詩尚未亡，所言自必無誤。今觀左氏於此二字特別加以解釋，且必一一實指之者，則是此二字之義在當時已有不能盡了然者，故不惜縷晰若此。然自經有此解釋，在宋以前人對此雖謬解百出，而其於此二字，大致尚不甚背謬。故《毛傳》云：「行，列也。謂周之列位。」鄭氏又從而箋之曰：「周之列位，謂朝廷臣也。」其說周字雖非，而其說行字則是，且與詩之大旨尚無甚大不合處。獨至朱氏作集注時，盡其後世之眼光，強欲取唐人提籃忘採葉、昨夜夢漁陽之意，以解說此詩。遂妄改舊義，毅然注周行二字為「大道」，而本義乃全失矣。夫周行二字何以能訓為「大道」？於古絕無所依據。且彼之所謂「大道」實謂大路。其特取用一道字者，不過因《鹿鳴》之「示我周行」，初不得再釋作大路，預備彼處，好另改作道理之道解耳。彼於此二處，俱改訓為大道；則其於《大東》之「佻佻公子，行彼周行」之周行，亦不得不釋為大道。此句驟視之，尚不覺其可笑。然細思之，以一公子行於大道之上，有何可異而特咏之？豈因其佻佻，即當不許其行路乎？此皆由牽合此詩之所致也。今改此周字，實為朝字之假借。周行二字若以今文書之，則當作朝行。人若能知其本字，則其語不待注而自明矣。蓋古時周、朝同音，其音即介於周啁二字之間，故常通假。《論語》「雖有周親，不如仁人」之周字，亦即朝字（二語本見《泰誓》，然實偽書，不足為據。前人之論之者已詳。其據《論語》填砌此二句，其心本不知其真解，故竟列之於「予有亂臣十人，同心同德」下。彼若在今日，應亦自笑其作偽之不通也。）朝字除假用此周字外，或更假用舟字，如「舟人之子何以舟之」皆是（朝之作舟，更有別故，乃字形上之關係。說詳二句解下。）亦以其同音故也。又古人一字只讀一音，初無後世以音別義之制，故朝廷之朝音周，即朝夕之朝亦音周。《汝墳》「惄如朝飢」，朝字假借作輖，即其証也（輖字以六書推之，即五絫梁輈之輈字。古文於形聲之字，其主音之字，常可同音者互相代易，其例甚多。如饑飢、鑺鐲、實寔等皆是。）朝字原本音周，以其實由舟得義也（非如《說文》之所說也。說另詳。）直至春秋戰國間，始轉讀如潮。觀《檜風·羔裘》，朝字已與遙卯為韻可見。左氏之解說此二字，殆亦以其時音讀已轉，人多不明其本義，故特詳說之。惜乎其未即文字語音之轉變申明之也。朝廷之朝既轉，則朝夕之朝亦隨之而轉，故《楚辭》於朝夕之朝常假用鼂字，即以此故。迨秦漢以降，以音別義之制興，後人乃始以朝廷之朝讀潮、朝夕之朝讀昭。此乃後世事，於古義無當也。至朝行何以必假作周行？詩凡數見，卒無一作本字者，此則由於當時之習慣。蓋古人於久經假用之字，每遇其字則必作假文，雖有本字亦不復用。即或本字較假字極形簡易，亦復如此。如「王事靡盬」之盬字，本係暇字之假字。二字之繁簡迥異，然詩人數經引用，皆作盬不作暇也。若非此句，他處又皆作暇。此猶朝行字則必作周，而他處則仍作朝也。此又可以想見古時文字之風氣者已。

卷耳通義

大凡古人之引詩，多係斷章取義，其所引之詩惟以足以證明其言為止，非為全詩作注疏也。此義甚明，即前人亦無不知之。乃獨至其說詩，則有大謬不然者。如《卷耳》之詩，左氏嘗引用「嗟我懷人」「置彼周行」二語。斷之曰「能官人也」。左氏此語，本謂此詩上句之所指者，實為文王。得文王而置之朝行，故謂之能官人。非謂此詩為官人而作，亦非讚美紂之能用文王也。乃後來之說詩者，因左氏曾有官人之言，遂不顧詩之本義若何，一意專向官人上牽掣（扯本字），以致鬧成許多笑柄，而全詩亦遂支絀而不可復通。如續小序者云：「又當輔佐君子，求賢審官，知臣下之勤勞，內有進賢之志，而無險詖私謁之心，朝夕思念，至於憂勤也」（看他東牽西涉，上句不接下句，幾如醉漢讕言，病人譫語。末句「至於憂勤也」五字尤怪。余嘗謂此公並不通文理，識者當不以余言為河漢也。然攷此公之生，實當在秦漢前。由此可知《左傳》雖晚出，而戰國時學者故無不知之，初不得與《公》、《穀》二家概論也。）窺其意本在推重后妃，乃竟將后妃說成「牝雞司晨」、「呂雉武曌」一流人物。后妃自在宮中，何以能求賢，又何以能進賢？豈后妃亦如今日之文明女子，富於外交，其所知，容有為文王之所不及知者乎？其說已極可笑，而毛、鄭諸儒因此乃愈覺陷於困境，以彼更須逐句訓說之也。其怪誕初不勝縷述（一部毛詩注疏，實無殊於一部《笑林廣記》也，然須由明白人觀之。若所謂漢學家者，方恃之以為衣食之源，崇拜擁護之不暇，初無此瞻量也。）茲特就其至顯著者言之，如鄭箋「我馬虺隤」之我字曰：「我、我使臣也。」又箋「我姑酌彼金罍之我字曰：「我、我君也。」以人人用以自稱之我字，猶可用以隨意亂指，則其他概可知矣。宋儒見其不通，一舉而推翻之，原不為過。然其所以易之者，則較之舊說，初無以遠勝。蓋漢儒以后妃為牝雞者，而宋人則又以之為蕩婦也。《集注》云：「后妃以君子不在，而思念之，故作此詩。」其於首章則曰：「方采卷耳，未滿傾筐，而心適念其君子，故不能復采，而置之大道之旁也」（之旁二字不知何指）其於二章則曰：「欲登此崔巍之山，以望所懷之人，而往從之（此二句亦不知所本）則馬罷病而不能進。於是且酌金罍之酒，而欲其不至

長以為念也。」三章則並不置辭，其意殆曰：義猶前章。不過改易數字，以苟且支撐篇幅耳。若末章，則言文俱變，勢必須有說以當之矣。乃彼亦一辭莫讚。今攷其由，殆窮於辭而不得不藉此以藏拙也。蓋彼前既以為后妃欲策馬登山，以望其所懷之人，而往從之。此章不幸，所用者俱係實指語氣（即矣字）如仍本前章而申言之，則必須云：后妃既登山，望見其所懷之人，策馬而往從之。因趲行過急，致馬疲病而不能前；所隨之僕，亦匍匐而不能行，而后妃仍思念不已也。天下有如此之事乎？無論登山者初不必策馬，更無論其必策病馬。乃更以望君子之故，而至令馬瘏僕痡，尤情理之所必無者。而詩中語語坐實，又不可以指為託言。此朱氏之所為躊躇而閣筆也。此不具論。即

但就其所注之首二章言之，全詩別無義意，惟后妃自言其以思念君子之故，至於采卷耳而置之大道，又策馬登山，傷懷對酒。然則后妃果何如人乎！此種毫無意味之詩，乃後世詩學失傳後，比興一道，無人能解，始不得不專主於賦，轉而求工於字句之間，如元微之、崔國甫等之所為，古人初無是也。又按此詩首章為興，下三章則皆比。朱氏既奮其私臆，通改為賦，乃又屢竊託言。然則本託言也，而亦可指以為賦乎？想此公自己亦莫知所云矣。今按小序云：「卷耳、后妃之志也。」此一志字，頗具斤兩。蓋讀此詩，即可以察知后妃之志。觀其憂勤惕厲，常恐其君子之不能勝任，則其夙夜之思，所以輔佐之者，自不難想見。王化之成，論者每歸功於后妃，殆胥由此一念基之也。小序之論詩，本靈眼光四射，此文之志字，與前二章之德字本字，及後此之逮下子孫眾多美字化字等，俱有照應。蓋后妃惟秉《關雎》之德，得《葛覃》之本，而又具《卷耳》之志，是以能成種種之德化也。此等眼光，陋儒烏足以知之。其鑿空亂道，亦其勢之所必至也。此詩之作，殆在羑里既釋，紂命文王為西伯，得專征伐時。故后妃鑒於前此之囚辱而深以為憂。蓋古之為伯者，須常左右王朝，輕易不得返國。周公終身無封，召公雖封燕，而終身未之國，即以此（厥后五伯之各據本國，而其身不肯屬之王朝者，乃竊其名而自擅其利，非古制也。）紂之無道，寧可以常理論者，則后妃之引為重憂，亦當然之事也。不然、文王世守侯封，久列周行，茲何忽又以置彼周行為慮乎（後文王之返國，殆有别故。意者其時周勢已強，遂託故之國，而遂不返耳。觀西伯戡黎，而祖己奔告。則當文王時，周與商已儼成敵國，則文王實未敢久在紂之朝行也。）今即詩之大意言之，略謂采卷耳者，雖采而又采（凡詩中疊字，除形容詞外，無泛用者，後人每以滑口讀之，此亦詩學不明之一大原因也。）即欹置之筐（筐欹則易盈）亦不能盈，何者？物小而器大也。然則以我所懷之人，而竟置之朝行，其即能勝任而快愉乎？豈非事之可為嗟歎者耶！我儀圖之，夫以我所懷之人，而置之朝行，其不能勝任，初非僅若卷耳之不能勝傾筐然也。殆猶策虺隤之馬，而上陟崔嵬之山，則其不能勝任，有必然者也。然我雖憂之，而無可如何也。我姑酌彼（金罍（罍、酒器之大者，乃尊屬。《蓼莪》所謂「缾之罄矣，維罍之恥」也。）惟求其不永為懷思而已。其云不永懷，乃正以見其不能不永懷也。抑退一步言之，今之朝行，不同於崔嵬之山，即我所懷之人，亦非為虺隤之馬（虺隤、臥病也。）然其不為山者，而為一高岡；其不為虺隤之馬者，而為一玄黃之馬（玄黃、馬之病色也。）則無可諱言者也。其即能勝任乎？恐亦未必然也。然我仍無可如何也。我姑酌彼兕觥（兕觥、角屬，乃酒器之小者。此等處雖無關大義，然古人言之，亦必有次第也。今人一概抹煞之，如之何其能讀書也。）惟求其不永傷而已。其云不永傷，正以見其不能不永傷也。而今果然矣。所遭者，不必其為崔嵬之山也，亦不必其為高岡也，乃僅僅「陟彼砠矣」（砠、小阜也。阜字、部類字，皆其轉音。）而我馬則已瘏矣（罷而病也。《鴟鴞》「予口卒瘏」）而追隨我馬之僕，則亦痡矣（痡、病也。《太誓》：「毒痡四海」。此語殆指散宜生閎夭等。）至此更復云何。則惟有吁嗟長歎而已（吁字、若以《何人斯》篇「云何其盱」句証之，則字當作盱。《爾雅》引之亦作盱，瞪目直視也。義亦通。今俗諺謂事至無可如何處，曰「瞪眼」，即此義。然與詩之大旨，無甚出入也。）統觀全篇，其低徊往復，周章警惕，憂患之深，至今躍然紙上。所謂情深而文明者，惟此等詩足以當之。而二千餘年來，世人竟無識者。然則空言垂世，亦豈易言哉！

南有樛木

此語本無甚深義，且極易了解。乃自一般迂儒言之，則頗有足資噱者。如一南字，《毛傳》則曰：「南土葛藟茂盛」。則是此南字非就樛木言，乃為葛藟言之矣，已涉牽强。而朱氏則又從而易之曰：「南、南山也。」尤屬誕妄。詩僅言一南字，何以即知其為南山？如云以下言樛木知之，然則樛木即不許其生於水旁乎？寧非怪事耶！又樛即喬之異文，喬乃樹木高大之通稱，與《漢廣》正同文同義。《禹貢》之「厥木維喬」，《孟子》之「故國非喬木」之謂皆是，故引伸之。凡人之好自高大者亦曰喬。鄙諺「余不敢為喬」。吳清卿氏謂喬為古之驕字，是也。若驕，則形容馬之高大，「四牡有驕」是也。「載獫歇驕」亦謂但使車載犬，使馬得資休息耳。後多假之以喻人，遂成今義，而古義盡湮耳。此詩因其係指木而言，故特變其文為形聲字，此乃古文所常有之事。無如一般迂儒，因不明《漢廣》所言之義，毛氏則釋喬為「木上竦」，已不成語。竦乃兀立貌，何以謂之上竦？殊難索解。作《爾雅》者，不敢用其語，特本其意而變通之曰：「句如羽喬」（羽非句首，不知句何以如羽）又曰：「上句曰喬」，又曰：「如木楸曰喬」，又曰：「小枝上繚為喬。」蓋其心牽於毛義，既不便言其有枝，而又知其為大木之通稱，又不便言其無枝，而此等有枝無枝之形狀，實難描寫，故再三曲繪之，而終於不通，因天下初無此等之木也。至朱氏則不顧一切，毅然於毛氏之「上竦」下添以「無枝」二字。其於解說「不可休思」之義，則痛快矣，然如是則揚州之木，必皆光幹；故國之木，必皆豎橛矣，不尤異乎！乃諸公因此之故，遂不敢認樛喬二字之為一字。豈惟不敢以為一字，且直謂二字之義實相反。故毛以喬為上竦者，則以樛為下曲。《爾雅》之以喬為上句者，則以朻為下句（朻乃漢儒所擬妄改之樛字。因樛與喬可讀作一音，恐人認知其為一字，改從朻字，則人將讀之如求，不必再虞其露出破綻也。好在此公之於文字，本係可以隨意揑造者，故其書中，前無古人，後無來者之字，極多（最可憐者，此公擬造此許多之怪字，其在六書中，只會得一形聲，再則改古文之從隹者作鳥旁耳。）特不知其所改之字他書皆不見，彼果從何處得來也。朱氏於喬字《毛傳》「上竦」之下，添以無枝二字；而於此字不知於《毛傳》「下曲」二字下，添以「有枝」，是其心尚不及作《爾雅》者之細也。究之南方為大木滋生之地，故後世楚猶楩楠杞梓之鄉。木之高大者，其枝條自掩翳四覆，鬖髿下垂，人得藉之以休息者，弱草亦得依之以滋蔓。斯乃自然之勢，初不曲折代為附會。迂儒於大義不求其明，而於此等無甚重要之處，偏好妄加穿鑿，此其所以於大義愈不能明也。

臨清吳桂華秋輝氏初藁

不遠伊邇薄送我畿

《谷風》「不遠伊邇，薄送我畿。」毛傳：「畿、門內也。」鄭氏及集注皆從之。以畿為門內，其事甚叔。若然，則「邦畿千里」當是天子之門內，方千里。世有如此之大院落乎？孔氏知其不典，乃為之說曰：「以言畿者，期限之名，故周禮九畿及王畿千里，皆期限之義。故《楚茨》傳曰：畿、期也（按、《楚茨》無畿字，惟「如幾如式」。毛傳云：「幾、期也。」孔氏殆誤以幾為畿。）經云不遠，言至有限之處，故知是門內。」其為毛辯說，不為不力。然以畿為限，說果何本？其所引《楚茨》，則並無其文。且世間何地非有限者，若邦若國，若井若邑，豈因其有限，即可悉目之為畿乎？孔氏又言：「經云不遠，言至有限之處。」是又不以有限為有限制，而直以有限為不遠矣。然則「邦畿千里」，亦可以謂之不遠乎？孔氏殆因其義有未妥，故不得已而為緣飾附會之說也。今按毛之所以臆解畿字，實原於其誤解上文「不遠」二字。孔氏引經之言，正其受病之處。彼蓋不知經所云「不遠伊邇」者，非真言其不遠，乃反言之以明其甚遠也。「不遠伊邇」云者，猶今語云不遠，而且很近。其言似嫌其近；其意則實惡其遠。凡人於忿怒之餘，每每有此種反激之言詞出現。不然，既云不遠矣，何以又云其近。今但即其語作兩句讀，曰：「不遠，近。」則其意之果為遠為近，自可於言外得之矣。至畿，則為王朝疆域之通稱，古今初無異解，此詩之作，不著時代，後序所云「衛人化其上」云云，似其詩為東遷以後作。則畿字當指成周言，然其說初不足據。彼第見此詩以前《雄雉》、《匏有苦葉》兩章，序皆以為刺宣公，因意此詩亦其時作耳。不知古人之序詩，初不以時代。觀此詩之後，乃次以《黎侯寓衛》二詩。黎侯之失國，在春秋前。則詩之次序，與時代無關可見。正不得以此即斷定此詩畿字之為成周也。今攷此詩次章以涇渭託興，涇渭二水，皆在宗周畿內。古人託興，多即眼前之事物指點，所謂觸物興感也。則此畿字，當然為宗周之王畿，殆無疑義。攷衛都朝歌，即今衛輝府地。而宗周即今之西安，其間相去幾二千里。故詩特反言以見其遠。薄之云者，猶古之言姑，今人之言「不過」，亦反激之詞也。「不遠」、「伊邇」、「薄」，皆反言以激起下文畿字。蓋一言乎畿則人皆知其遠而非邇，而送之者之為不情可知矣。毛氏既誤解不遠字，乃更誤解畿字。於是乎不得不更誤解送往字為送迎之送。以人既棄絕其妻，不容更置之於門內也。但上文既言行道矣，至此乃忽又言及，其夫送之於門內，將以此為其夫罪乎。則其身已見棄，更何有於此區區之禮節。且上文並未言其夫有棄婦之事，豈此婦特因其夫之不遠送，遂負氣而去乎？若然則曲不在夫而在婦矣。作者非自翹其過耶！不知此二句，正夫棄其婦之事實，之罪案，此詩之所由作也。蓋其夫既得新昏，乃遠置其故婦，於二千里外之王畿，其居心已昭然若揭。至其所以置之之故，或為見絕，或別有所藉口，則詩未嘗言，亦非他人之所能懸揣也。鄭氏於下章言涇渭之下，乃斤斤於士娶之越國不越國。夫人之娶又為有一定者。《檀弓》稱：「叔仲皮死，其妻魯人也。」特別之為魯人，則叔仲皮之非魯人自見。子思之母乃見出者，而《檀弓》屢書其死于衛。則伯魚當日乃娶于衛者。二者皆士，皆娶于異國，則其事又何足深攷。且寄娶亦古人所常有之事（見鄭語），則此婦之送往王畿，得見涇渭，又何必即其母家在於王畿耶？舊日言詩者，不知於經文上尋繹，乃專於經文外作無謂之糾纏，其可笑類如此也。

德音

德音字詩凡三見。一《日月》「德音無良」，一《谷風》「德音莫違」，一《小戎》「秩秩德音」是也。毛氏但於《日月》篇傳云：「音，聲也」，初不及於德字。鄭箋亦然，然又於《小戎》篇箋云：「既閔其君子興起之勞，又念其性與德」。是又真以德音，為有德之聲音矣。集注則於「德音無良」句注云：「美其辭，醜其實也」。是亦以德音為真有德。然既謂之德音矣，又謂之無良，上與下自相衝突，天下有如此不通文理之語句乎！今按德音，婦人自尊其夫言之通稱也。三詩皆作自婦人，德音二字，皆謂其夫之言，則其為婦人尊其夫言之通稱，已可概見。至《小戎》，則更以德音與良人對舉。良人為婦人對於其夫之通稱，則德音為故近代金文書中具有之（其出土當在明時，故薛書尚未有也）。在前人之所知者初不過曰：此之召伯虎，即召穆公，《江漢》之所稱「王命召虎」及「虎拜稽首」者也，於詩義固無關也。至其文字，則解釋者雖多，卒無一完善者。余嘗為更定其文如下。「惟六年四月甲子，王在豐，召伯虎告曰（告於王也。以下告王之詞）：余告慶曰（此稱慶者，君前臣名也），公厥奉（原文借用古鳳字）貝（奉賞貝之命也），用獄訢（訢原作諫，謂得聽訟也。楊敦：錫汝赤環芾，鑾旂，訊訟。訊訟、即用獄訢也）。為伯（為方伯也），有庸有成，亦我考幽伯幽姜（召穆公之父實為召幽公。此亦史傳所無者）。命余告慶（謂其告慶者，因受有先人遺命也。此稱慶者，父前子名也），余以邑訊

有司（有司司其邑者。虎將以邑畀慶，先徵求守其地者之意見也），余典（典冊也，即其邑之戶籍冊也。戶籍曰典，故按籍稽攷亦曰典，動靜字也），勿敢對（不對，示不欲也），今余既訊有司（今又復訊之也），曰，侯命（侯命、即惟命也。詩、侯栗侯梅，亶侯多藏諸侯字，皆作惟字解。侯字古文本從矢作厌，其義為射鵠，所謂終日射侯也。射鵠有單獨義，故引伸之又為惟一之稱。至公侯之侯，則因其為一國惟一之正鵠而得名者也。敦文此侯字作厌，與他侯字異。或當時本兩字，傳詩者誤合為一。或作敦時公侯之稱已盛行，恐其與之相溷，故示區別，皆未可知。然其始則必為一字也。又薛書尨敦有二厌字，與此字頗相近，其義則有擅專意，當亦即此字。惟其第二字以今文

惟字讀之，不甚通順。究之，此字之本義，失傳已久，今所存者，惟公侯射侯二義。在古時其用法殊不一也），今余既一名典（按籍稽名，符合若一也），獻伯氏（畀於慶也），則報璧（慶則報之以璧），琱主（雕刻字古文皆作琱，琱戈即其證。琱主、琱其璧為廟主），對揚朕宗（所以顯揚其宗廟也），君其休（告王之詞，至此已畢。君謂王。語終則頌君也）。用作朕烈祖召公嘗敦，其萬年子子孫孫寶用享于宗。」初亦不解所謂，第浮沉視之而已。及讀此詩，至「慶既令居」句，見慶字與韓姞對舉，即疑慶字當為韓侯之名（前稱韓侯，此稱名者，以對蹶父言之，亦父前世名義也。鄭舊訓慶為善，集注則改訓為喜，無論為善為喜，皆不成義也）。及讀下文「燕師所完」，以至「因以為伯」等句，始恍然於敦文之所紀，乃正即此一段歷史。簡冊淪亡，後人已莫識其事（東遷已前之事，其得傳於世者，寥寥無幾，即其傳者，亦模糊不可深信。其所歷之年歲，尚無定說，則他可知矣。今以古器所紀者，攷之，十之八九，不見於史。殆由犬戎之難，方策俱亡。平王倉卒東遷，百事草創，益無復留意及此，而急圖蒐補。迨後人雖欲補之，而代遠年湮，亦苦於文獻無徵矣。魯史之託始於平王，蓋有所不得已也）。賴有此文，尚得以稍悉其梗概耳。蓋所謂慶者非他，即此詩之所謂韓侯也。其所謂邑者，亦即此詩之所謂韓城也。韓侯殆為伯虎之庶兄。觀其同取名於獸類（慶從鹿從心，原本獸名），及文中稱其為伯氏可見。知其為庶者，以伯虎奉召公之宗祀，且邑原為其所主，當然其為宗子。慶之年更長於虎，則其為庶可知也。韓城本召公私邑，傳至召虎，曾受有先人遺命，命以畀慶。故召虎乘慶有功受王冊命時，即舉以畀之，使別建為侯國。慶與虎同祖召公，凡篇中所稱之祖考先祖，皆指召公言，非謂韓侯之先，即嘗有人受封於此、而韓侯特嗣續之，如《竹書》所云云也。韓本召公私邑，其城即其當日之所築，故詩人特追溯之曰「溥彼韓城」，乃燕師之所完。其所以稱為燕師者，以昔先祖之受命君燕，實兼撫有此百蠻之眾也。召公為燕君，則其眾皆燕眾。故城之築雖出自百蠻，亦不得不以燕師目之，所謂名從主人也。蓋召公雖受君燕之命，而其職則係方伯，召南諸國亦悉歸所統率（由是可知召南云者，實指南方諸國之屬於召公者而言，非漫言自召以南也）。故終身未嘗之國，其於燕事，但遙領之。殆以其僻陋褊小，而又過遠於王朝故也。其子孫中雖間有之國者，然險遠不足以自達於天子，其在王朝則仍由召氏世主之，而召氏亦只視以為屬邑。此春秋以前所以不見有燕事也。至是王乃併以燕錫韓侯，故又云「王錫韓侯，其追其貊，奄受北國，因以為伯」。蓋為伯者，例須領有屬國。召公之為伯，因以燕而兼領百蠻。韓侯之為伯，又因以韓而兼領燕，此首章之所以云「纘戎祖考」也。經此番印證，不惟「燕師」字，「百蠻」字，「北國」字，其疑難處皆瓦解冰消，而篇中兩「因」字，一「以」字亦一一還他着落。然苟非得有線索，吾知雖絞盡腦汁，亦萬不解擬議及此也。然因此併可以推知召公之世系。召公在詩書史冊上，聲名雖極顯赫，至其世系，則罕能言之者。其知者不過曰「周之同姓」而已。今以韓之出自武王言之，則召公實為武王之長庶。其年殆下周公無幾。故在武王時，已與周公同居十亂之列，後又與周公夾輔成王。二人者同屬懿親，一則伯兄，一則叔父，故遇事每兩不相下。觀《君奭》篇「周公因其不說，即不惜慷慨流涕以開導之」，則可見當時之朝政，實半握其手。若但為同姓，則疎不間親，未必其能然也。又周公稱召公，但稱其名，而上以君子冠之，尤足為召公與周公，實子姪輩之證。此則又可據之以補史傳之闕者已。

又按韓之亡，書不詳其何代。《竹書》則稱其亡於平王十四年。但其言初不足據。《鄭語．伯華對鄭桓》，歷數諸國，及應而不及韓。則是其時韓已不存，事在幽王八年。逆數至宣王六年召伯虎授之邑時，中間僅四十八年。即如《竹書》所云，亦只有六十五年也。則是韓之建國，不久旋為晉所滅。事跡之少，此亦其一因。又傳世有伯晨鼎，世多目為韓侯鼎。然其字果為韓與否，尚難確定。且其文曰「嗣乃祖考，侯于韓」，則此韓侯實繼承祖業者，其非即韓奕之韓侯可知。又據召虎告王之言觀之，則韓侯慶所受之冊命中，當有賞貝用獄為伯等文，而此則無之，亦屬不合」或當為其子孫也。然韓至是，已垂亡矣。

桃之夭夭

經文中有其義既沒，乃併其字亦俱失之者，夭夭二字是也。《周南》「桃之夭夭」，毛傳「夭夭，少好貌」，至今從之。然與詩義，實多不合。蓋此二字正與下文于歸字。于歸二字，非形容詞，則此二字亦必不得為形容詞，可斷言也。且此句方形容之曰「夭夭」，下句忽又形容其華曰「灼灼」，疊床架屋，在古人亦必無此文理（凡興體有通篇但改易數字，便演成數章者，無識者多議其重複。實則章各一義，絕無一重複者也）。況方華猶可謂之少好，若次章則由華而實，三章併由實而葉，實綜括桃之始終言之，又烏得概謂之少好耶！今攷毛氏之所以訓夭夭為少好貌者，初非果有何根據，不過因夭音近公。而公有小義，夭夭又為疊字，凡疊字在經書上概屬形容詞，以此遂逆臆而為此說耳。殊不知此二字非惟不得為形容詞，且併不得為疊字也。今按此二字，與《小雅·正月》篇「天夭是椓」之天夭，正為一字。彼處毛、鄭皆訓為天夭，則此二字亦必為天夭無疑。天夭二字在今古文中，俱極相近。殆當日傳詩者，因不解天夭二字之義，乃妄將上之天字亦改為夭字，苟且作為形容詞，以便於講解。至詩之體例，在彼時固無人能識也（不識體例，乃古今言詩者之通病。若明於體例，當自知其不合矣。此余之所以不容已而有此作也）。及後至「天夭是椓」句，則其字不惟不能解作少好貌，且並不能解作形容詞。則不得不姑仍其舊，但就二字之字面勉強敷衍。義雖不通，而字則猶是，未始非經文之大幸也（若其可改，則亦改之矣。今人則於此二字，尚多異議。不疑夭夭之當作天夭，反疑天夭之為夭夭。此亦由不知天夭之為一動名詞也）。蓋天夭二字，在古時實為一動名詞，至後世漸失其傳，故解經者不得不僅就原文推解。然本名詞也，而分析言之，其間有可強通者，亦有必不可通者。其可強通者，則姑仍其字，如《正月》之天夭是。此猶不知德音二字，為婦稱其夫言之名詞，而毛氏解作有德之聲。其必不可通者，則併其字改之，如此詩之夭夭是。此猶不知手仇二字，為一種觴政之名詞，而鄭氏徑改為手斠也（二字皆另有解）。究之，通非真通，而改尤妄改，其無當於經義則一也。今即詩言放之，則夭夭之為天夭，可無待言。以二字既為一名詞，則不得為疊字也。至其義意，當指樹木之被移接者而言。蓋凡有果實之樹木，必以此樹之枝條，移着於彼樹，然後其果實方能發育，否則雖結實亦必不美（如梨之初生為杜，桑則未接者其甚不可食）。而桃則並不能結實。此等作用，在後世則名之曰接（《齊民要術》中，已有此稱，至今則相沿未改），謂以此樹接於彼樹也。而俗語時亦謂之曰嫁（宋人詞所謂「桃李嫁東風」，又有所謂嫁杏者，悉是），謂以此樹之枝條，移着彼樹而開花結實，猶 女子之嫁人也。此詩之託興，殆即取義於此。不過在後人謂之接嫁，而在古人則謂之天夭而已。不然後世所有之果實，在古時已具有之，不容其不知此法。而接樹或嫁樹之名詞，在古書中初不一見，此亦可以推知其必當別有稱謂也。桃之一經移接，而華實葉俱臻繁盛，以喻之子一詩正樂，乃併不明詩義。豈聖人而能若是耶！由此推之，則其書之出於秦漢間詩學既亡之後，可無待言。此余之所以對於二書竊所不喜也。

殷其靁

《召南》「殷其靁」，小序云「勸以義也」，甚是。續小序者，不明其指，乃釋之云「召南之大夫，遠行從政，不遑寧處，其室家能閔其勤勞而勸以義也」。即其言觀之，彼心目中，殆僅見有「莫敢或遑」一語，故既云「不遑寧處」，又云「閔其勤勞」。至其於義字，固終身未嘗夢見也。前人於此詩之本指，既疑莫能明。故漢儒對於殷其靁二句之義，亦百端附會，而卒莫明其真解。如《毛傳》云「山南曰陽，靁出地奮，震驚百里，山出雲雨，以潤天下」，是直以靁能降雨，而作者望其夫之冒雨歸來矣。且所謂在南山之陽者，又何謂乎？鄭氏知其不可從，乃改箋之曰「靁以喻號令，在南山之陽，又喻其在外也。召南大夫，以王命施號令於四方，猶靁殷殷然，發聲於山之陽」，其說尤為無理。靁何以即為號令，在南山之陽？何以即施號令於四方？且既云受王命矣，其妻何以亟望其歸，豈其妻勸其夫棄王命而歸，猶得謂之勸以義耶？《詩傳》（原題子貢撰，實則漢人之偽書也）本此，乃竟謂此詩為召公宣布王命于諸侯，其荒謬初不待辯（然由此可知，《詩傳》之作，更後於鄭）。《詩說》（原題申公撰，亦偽書也）則更別造為種種事實，謂「武王克商，諸侯受命于周廟，出就終南之館，故作此詩」。是徒見此詩有南山字，而又因前二說已有施命布命字，逞臆而作為此無稽之談也。終漢之世，其說不過如此。故朱子作集注以其不成義意，悉屏棄之。夫屏棄舊說是也，屏棄舊說，而已又無說以易之，是直以詩言為全無義意，在文理上，為贅指懸疣矣。古今寧有此無謂之文字耶！今觀其言云「殷殷然之靁聲，則在南山之陽矣。何此君子，獨去此而不敢少暇乎。於是又美其德，且冀其早畢事而還歸也」。初不言此殷殷然之靁聲，與君子之去此何涉，與君子之還歸又何涉！但輕輕加上幾個虛字，便支吾完事。朱氏於所不解之處，多用此法自欺以欺人（如其說「南有樛木」也。曰「南有樛木，則葛藟纍之矣。樂只君子，則福履綏之矣」。於原文外，但加兩則字兩矣字，便自謂已畢乃公事。說詩如此，則解經初非難事矣）。究之，若有人問其究作何解？恐先生亦莫之知也。今按、靁也者，天氣晴明之預兆也。凡靁鳴則將雨止天晴，故古人常取以為將晴明之喻。《終風》以「曀曀其陰，虺虺其靁」，喻莊公性情之無定。蓋方陰而倏有靁鳴，則又將開霽，此其所以為無定也。此詩之殷其靁，義亦猶此。以天氣之將開霽，喻政治之日即清明。在南山之陽，則雖不為近，亦已不遠也。下章之「山側」「山下」，皆由遠及近之詞。至山下則即其所處之地也。此其所以興起下文之「莫或遑處」也。蓋召南之大夫，必有去其國而仕於外邦者。故其妻以其地被文王之化，其政治之清明，已由遠而近，特借靁聲以為喻。謂其君子何以違去斯地，而不敢稍或暇豫。末後勸歸來，以共享清明之治。此序之所謂勸以義也。蓋棄暗歸明義也，棄遠以即近亦義也。所謂義者，悉具於首二句之喻義中。後儒不明喻義，此其所以愈穿鑿愈不能通也。

草蟲

《草蟲》一篇，舊說無一合者。惟小序云「草蟲、大夫妻能以禮自防也」，為最得詩義。漢儒不明詩義，並不解序所謂以禮自防者何在，因之以穿鑿附會，演成許多笑柄（如鄭氏解首二句，謂「草蟲鳴，阜螽躍而從之。異種同類，猶男女嘉時，以禮相求呼」。解「亦既覯止」，為「男女覯精」之類，不可殫述）。宋儒以其不可通，乃徑改興為賦，以為大夫妻感時物之變，思念君子。若然則每章之首二句，為全無義意矣。此種文理，在宋人或有之，在古人則必不容有是也。今按，草蟲，不過泛言草間之蟲之善鳴者，蓋蟋蟀之屬（集注以為蝗屬非）。螽則蝗之古名，阜螽猶言大蝗也（舊說以為負蝂尤非。負蝂則並不能躍也）。凡昆蟲之類，有所求而不得則鳴躍。詩人特取以興己之求見君子不得則憂。因言彼喓喓者，其草蟲耶，彼趯趯者，其阜螽耶。彼以有求不得則喓喓趯趯，猶我之欲見君子而未得，而憂心則忡忡也。然我之思念君子，初不過僅欲見之耳。若亦既見止，亦既覯止，則我心之忡忡者，亦與之俱降而不復憂矣。此正所謂發乎情止乎禮義也。

雖然，我之求見君子，初非有何奢望也。如陟彼南山者然，其間之奇材異木美蔬嘉果，無不具也。但我之所求者，則惟言采其蕨而已。蕨野菜，物之最賤者也。我之所求雖有限，然當其未見君子，則憂心仍未免惙惙也。迨亦即見止，亦既覯止，而我心則亦懌悅而不復惙惙矣。且我之陟彼南山也，並非必采其蕨，即言采其薇，亦無不可也。薇即藜，乃野菜中之尤賤者也（薇字另有攷）。我之所求者如此，乃猶未得見君子，則我心又烏得而不傷悲耶！然我心雖傷悲，但亦既見止，亦既覯止，我心，則亦平夷而不復傷悲矣。但求足乎己，而並不願乎其外。懷人念遠，而絕不及乎情慾之私。子夏之所謂「能以禮自防」者，即指此而言。而陋儒則對於詩中所託言之一切品物，一概抹煞，反於詩之外牽掣糾纏，又何異南轅而北轍乎！

柏舟

詩人之託興於柏舟者再。一、《邶風》「汎彼柏舟，亦汎其流」。一、《鄘風》之「汎彼柏舟，在彼中河」是也。毛氏於《邶風》傳云「柏木所以得為舟也，亦汎汎其流，不以濟渡也」。其言全不成文理，故亦不能明其意之所在（毛鄭二人之文理，皆在通與不通之間。以此等人而言詩，安在其有當乎）。鄭氏乃從而箋之曰「舟載渡物者，今不用而與衆物汎汎然俱流水中而已。興者喻仁人之不見用而與羣小人並列，亦猶是也」。於柏舟之外，又別添出一衆物，以喻羣小，然則經文中果何字可解為衆物耶？經文所本無，必待鄭氏從注中添之，然後可解，是在古人為詞不達意矣，有是理乎（又毛傳「汎汎流貌」，亦令人不解。如以首一汎字作一讀，下乃云「汎流貌」，則汎流二字，殊不成文。如以二汎字作一讀，下云「流貌」，則詩中又初無汎汎字。鄭氏之指為汎汎然者，殆以上二字為一讀也）。朱氏知其不通，而生平對於物理又多不明了（想是先生之「格物致知」，尚未到豁然貫通地步），乃別訓之曰「以柏為舟，堅緻牢實，而不以乘載，無所依薄，但汎然於水中而已」。其注重一柏字，未嘗不是，獨是朱氏幾曾見人有以柏為舟者耶？柏木堅緻牢實，而人偏不以為舟，豈古今人皆好棄君子用小人耶？又其「不以乘載」字，係本鄭氏之所謂「今不用」，毛氏之所謂「不以濟渡」來。然詩中何嘗有此，豈僅一汎字，便可云然耶！若然，則「汎汎楊舟」，亦可指為不用耶？「汎汎其景」，亦可指為不以濟渡、不以乘載耶？況文中止一汎字，並不云汎汎耶？今按、柏木雖堅緻牢實，然獨不適於為舟。以其體重，上浮之力弱也。獨是謂柏木不適於為舟則可，實則柏木並非不能為舟者。且其為舟併較他木為耐久。特世人多只為目前計，而不暇顧及久遠，遂棄之而不用耳。惟其如此，故古之君子，懷貞固之操，而與時流異趣者，輒取之以自比，非世間果有以柏為舟者也。詩中兩汎字皆動詞，非形容詞。亦字則全由柏字生出。言柏舟雖不適時，然苟汎之，亦非不能汎也。《鄘風》之託言「汎彼柏舟」者，義亦同此。世儒不察實事，不明物理，乃竟貿然注詩，則詩言寧有幸乎！

不可以茹

《柏舟》「我心匪鑒，不可以茹」，此茹字本假借字。原當作鑢，謂磨也。「白圭之玷，尚可磨也」二句，鄭箋云「玉之缺，尚可磨鑢而平」是也。詩意蓋謂：鑒之堅尚可以磨之，而我心則並匪鑒，初不可以磨也。此其所以為柏舟也。古文之有假借，在當時似成為一種氣習（揣其意似因上古所傳之文字，以字少，多用假借。後人意在摹古，故雖有其字，亦特假別字用之。殆猶今人之舍棄日常通行之字，而別用南北朝時之訛體，以自矜其博雅也）。故其字，不獨文繁者假而從簡，即文簡者亦有時假而從繁（如暇之假作鹽之類），其取舍初無一定。然其中卻具有一不可易之規律，則所假之字，在本文中，其義必不可以相通是也。蓋人因其字之不通，故不問而知其為假字。知其為假字，則不難由音義上而推知其本字。若其所假之字，在本文中義亦可通，則見者無從而知其為假字，將羣以本字視之矣。此事理之所必至也。此茹字之可決為假字者，義即由此。蓋茹之本義，為不加咀嚼而吞咽。《易》之「茹毛飲血」，《孟子》之「飯臭茹草」、「崧高之柔則茹之」皆是也（今之所謂秃會，即茹之轉音）。其引伸之義，則以凡可茹者，必為柔弱之物，故柔弱亦可謂之茹。《六月》之「玁狁匪茹」是也。此外則有用之以作草名者。《易》之「拔茅連茹」，《詩》之「茹藘在阪」是。以上三義，於本文皆絕不可以相通，故知其必為假字無疑也。漢儒不知古人有假借之法（使其果不知此法，禮書後字多假用后字，何以又不作王后解耶？殆知二五不知十耳），乃專就本字上，牽纏附會。其笑談百出，又何足怪乎！

又按此章茹字，毛傳釋為度，非謂茹字當作度字解，實謂此茹字必改為度字方合也。蓋毛氏意中，知茹字於文義不合，而又不明其故，乃私臆擬一度字以代之，以便於當時之講解誦習。故其字不求其與本字切合，而必求其與本字同居一韻。殆其當日之門弟子，固直讀此茹字為度也。毛傳中之類此者甚多，如於「烝也無戎」句，則曰「戎、助也」，「四國是遑」句，則曰「遑、匡也」，義皆同此。非謂戎之果可以解作助，遑之果可以解作匡也。鄭氏不明此義，竟誤認茹字之果可以釋度也。遂即作度字解之。解之不已，乃並以此度量之度，别改為法度之度，而以之釋《六月》篇之「玁狁匪茹」。此則所謂其父報仇，其子行劫者也。朱氏之集注從之，蓋亦不得已耳。以朱氏之識，初不優於漢人也。

胡迭而微

《柏舟》「日居月諸，胡迭而微」。鄭箋：「微、謂虧傷也」。至《十月之交》「彼月而微，此日而微」兩微字，則又箋之曰：「微、不明也」。同一微字，同一謂日月，而前後講解，竟至歧出，則其言尚可信耶！集注因其二說之牴牾，乃為調停之策。特於其虧傷二字之中，抹去一傷字，取而通諸兩詩，皆注曰「虧也」。其說似為近之矣，語其實則猶非也。蓋微者掩蔽之謂，乃當時之通用語，非專指日月言也。《左傳·哀十六年》「白公奔山而縊，其徒微之」，謂其徒掩蔽之，猶言藏匿之也。《晉語》「諜其將浴設微」，薄而觀之，謂設物掩蔽之，猶言用物障翳之也。此二微字與詩言正同一義。鄭所言固不能通，即集注所言，亦不能適合也。攷古義須求之古書，師心自用固非，即後人之說，以緣飾附會之，亦未得為是也。然則近人不此之求，而反求諸說文、爾雅，其得失概可知矣。

髧彼兩髦

《鄘風·柏舟》，實古今來一大冤獄也。共姜乃女子中為其未婚夫守義者之第一人。其於共伯，並未婚娶，其誓詞中，何有於共伯，更何有於共伯之兩髦？自漢人不識髦之義意，而胡亂加以解釋，於是乎承訛襲謬，亘數千年。不惟共姜之奇節異行，湮沒不彰，即其自己所作之慷慨淋漓驚神泣鬼之詩，亦支絀而不成文理，寧非天下事之至可哀者也。今按此詩之情節事實，乃全具於一髦字中，故共姜即指之以自誓。此字之義一失，則全篇遂不可解，此固勢之所必至也。蓋漢之世，髦之制久廢不行，故漢儒亦無從悉其真象。乃毛氏讀禮不熟，第見《內則》有「子事父母，雞初鳴，咸盥漱櫛縰笄總拂髦」之文，誤認為髦之制當惟子有之，遂賈然注曰「髦、子事父母之飾」。後儒又因《既夕禮》言「既殯主人脫髦」，《喪大記》言「小斂主人脫髦」，《玉藻》言「親沒不髦」，乃更從而附會之曰「父母歿則脫之」。於是乎髦之本義盡失。而此詩之所以言髦者，遂不可解矣。蓋髦之制，若惟子有之，則無與於共姜。無與於共姜，勢不得不歸之共伯。但歸之共伯，則下又不當云「實維我儀，實維我特」。於是乎乃不得不強改儀字特字而併為匹字。此初非漢人之樂於改經，蓋亦迫於勢而無如何也。然既改儀改特為匹矣，特是，共姜之所匹者共伯，抑豈共伯之兩髦？今但汎言兩髦，何以即知其為共伯？且共伯死時，久已脫髦（見孔疏），共姜又何為特取其久經不御之髦而指之為共伯耶？至親歿則脫之言，尤足以助成此詩之誤謬。蓋髦之脫必俟諸親歿之後，則與共姜之嫁不嫁又何與？在共姜不且為無端亂語耶！而謂古人有如是不通之文字耶？殊不知髦之制，不惟男子有之，即女子亦有之。其脫之也，則男以冠，女以笄，不必盡俟諸親歿也。彼諸書特各就其本事言之，非謂髦之制本如此也。此其義亦明載禮經，且即繫諸子事父母婦事舅姑之下。而二千年來讀者竟若熟視無睹，則共姜之受誣，實不可謂非天意也。今攷《內則》云「男女未冠笄者，雞初鳴，咸盥漱，節縰，拂髦」。曰男女、曰咸，則其事皆男女同之可見，其別之曰未冠笄者，明其既冠笄則不復如是也。男女既各着髦，其有無則由已未冠笄而異。則髦之存去，由於冠笄而不盡由於親之存沒，彰彰明甚。特未及冠笄而親沒，則亦脫髦耳。蓋髦本事父母之飾。男冠女笄，則事父母之道終，而成人之事始。若未冠笄而親先亡，則事父母之道亦終，故均須脫髦也。且男子之脫髦由於冠，其顯証極多。《昭九年》「豈如弁髦而因以敝之」。弁即冠。蓋古人既冠而弁。《甫田》所謂「未幾見兮，突而弁兮」是也。弁之來，實由於髦之去，則二者實相因。但既冠，則人皆取其所脫下之髦，敝壞之以示不復用。其事近乎不情，故特取之以為喻。殆猶今人過河拆橋，好了瘡忘了疼之意。若弁與髦絕不相涉，則此語尚成何義意耶（歷來此語，亦無解者。今人所用弁髦二字，皆非本義）！由此以推，則凡詩中所稱「髦士攸宜」，「烝我髦士」及「譽髦斯士」等髦字，亦皆迎刃而解。蓋古人既以髦之有無，為已冠未冠之判，則凡士之未冠者皆着髦，故特稱之曰髦士，猶今人之言青年學子也。至「譽髦斯士」，則譽謂士之有名譽者，承上文「成人有德」來。髦謂士之未冠者，承上文「小子有造」來，二字各有針對。若舊說一律解作俊字，不惟髦字無此義（或曲為解說，謂髦乃毛中之長者，故可釋為俊。不知彼所說乃旄字，謂毛之可以作旌旄者，非此髦字也），且此章尚成文理耶！若女子之脫髦，則由於笄。而女子不嫁不笄，則笄之來，又實由於嫁。既嫁則去父母而事舅姑，事父母之道，至此而終。故既笄亦先脫髦，此《內則》所載婦事舅姑之禮，所以不復言有髦也。此正可與下一節（即前所引）比較參觀者也。人苟知女子之事父母，亦須加髦。而髦之去留，由於笄不笄，實由於嫁不嫁。則共姜之所以指髮自誓之故，當已瞭然。蓋共伯雖曾經聘定共姜，然未及迎娶，而遂被弒。故共姜此時尚在父母家，而未脫去其事父母之髦。若再改適他人，則又須脫去此髦矣。兩髦雖微，實關係乎嫁與不嫁。不脫髦即是不加笄，不加笄即是不嫁人。此共姜之所以指髦自誓，而之死矢其靡他也。若如舊說，則是共姜已嫁共伯，不惟此髦字為無因，且共伯雖死，共姜亦須在其夫家，其父母又烏從而強欲奪而嫁之哉！共姜此舉在當時實為剏見，故特以柏舟之不適時，而可以計久遠自比。至「在彼中河」，「在彼河側」，則一身之得失在所不計（在中河則得所，在河側則失所）其言彌苦而志彌堅矣。此等椎心泣血之文字，直足以感天地而動鬼神。觀後人於其既歿之後，猶繫以其故夫之謚，則當日其父母亦終遂其志可知。所可怪者，一般陋儒，對於古書，不加深攷，輒輕輕下筆，甚至並其中至明顯之文字，而亦妄加訓釋，致使古人之嘉言懿行，俱不得大明於後世。而歸震川方望溪之徒，且謂古無有女子為其未婚夫守義之例。而柏舟二字，乃一變而為孀婦守志之專稱。吾不知天果何意，生此一輩人，使專與古人為難。豈阨之於生前者，並須阨之於身後耶！吾草此文已，擲筆猶不勝憤憤也。

又按《內則》所云，實為春秋末年之制，與東遷前後已髦之制，初本為未冠笄者之飾，既冠笄則除去之。故周之冠禮，即名委貌。貌髦之假借，其名委貌者，謂謂去其髦也，所謂弁髦相因者亦為此。乃後來初意漸失，誤以為子事父母之飾，雖冠而仍不脫髮，必俟父歿後始脫之。此《內則》記「既冠者之事父母，於拂髦下」又云「冠緌纓端也」。但既冠而不脫髦，則與相因而弊之義相背，而於古人以髦分別童冠者亦不合。然上下相去三百餘年，積久而有所變遷，固勢之所不免也。此如在桓莊之世，六月朔日食（周曆），用牲伐鼓，當時猶知其非，乃後來竟據為典要。至昭十一年六月朔日食，季平子雖根據古禮，以為用幣伐鼓，惟當於正月朔日食行之。而太史竟以為所謂正月者當夏四月，即在此月。而昭子以此，且謂平子不君君，豈不寃哉！實則一歲之中，又烏容有兩正月耶？然傳訛既久，遂成典要，古今來事之類此者，幾難悉數。後儒注經，不知時有遷變，乃竟欲執一以概之，烏在其能有合耶！

又按古人之見誣於後人，至今尚未蒙昭雪者，載籍中幾難悉數（尤以禮經中《檀弓》一篇為多）。其尤著者，如《左氏．成二年》「齊衛新築之戰」，石成子（稷）捨身以救孫桓子（良夫）」與下文「鞌之戰，逢丑父以身免齊侯」兩事正遙遙相映。乃世人知丑父而不知石成子，此則後儒不明古人文法之有以致之也。左氏此傳，雖有闕文（按《左傳》之闕文，上有此節），然其文在夏有下，所失去者，特戰前及初戰時事。至石成子曰以下，則原文具在，初無所謂闕文也。今按其文云「石成子曰，師敗矣，子不稍須，衆懼盡，子喪師徒，何以覆命。皆不對。又曰，子國卿也，隕子辱矣，子以衆退，我此乃止。且告車來甚衆，齊師乃止。次于鞫居，新築人仲叔于奚救孫桓子，桓子是以免」。此文自熟悉古人文法者視之，絶無甚難解之處。無如後儒於古人文法，素未究心，見之遂不免發生誤會。因文中全不見有石成子之結局，而且告車來甚衆一語，又無所繫屬也。故杜氏于「且告車來甚衆」下注云：「新築人救孫桓子，故並告軍中」，其言幾謬不成理。夫新築人救孫桓子，乃在下文，此時尚未叙及，何得相隔數句，將其事倒提在「且告車來甚衆」上？且又云：故並告其軍中。其自告己軍以車來甚衆語，又何爲耶？況下文云：「齊師乃止」，則齊師之止，必有所因，觀一乃字可見。豈新築人告衛軍以車來甚衆，即可以阻止齊師耶？此就文理事理論之，均不可通者。更無論前半皆極寫石成子，至後半竟莫知其鄉，在古人亦必無此散漫無歸之文字也。不知且告車來甚衆語，即緊承子國卿也。隕子辱矣，子以衆退，我此乃止來。而齊師乃止，即緊承且告車來甚衆來。數句實緊相銜接，皆極寫石成子，初無所謂新築人，更無所謂自告其軍中也。今按子國卿也云云，乃因言以叙事。而且告云云，則又因事以紀言。至齊師之止，乃因聞石成子之言而止，非自止也。蓋成子以桓子爲卿，見獲於敵，將爲國大辱，故勸其帥衆而退，而己則留此，以俟爲敵所獲（止、被獲也。見《隱十一年》。則成子之故為齊師所獲，已具見於其對桓子語中，故下遂不復再敘其若何被獲。至且告車來甚衆語，乃其見獲後告齊師之言。且字即暗指其被獲來，謂其不惟以身見獲，冀以中止齊師。且告之以衛師之車來者甚衆，誑之以援師已至，故齊人信之，而遂不敢窮追。下所以云齊師乃止也。此皆成子以身全師，且以全主帥之事實。特後人不知古人文字有剪裁明暗之法，乃不論文理，而隨意胡亂扯，致令成子之義膽忠心，不得大明於後世。此則可為長太息者也。古人此等筆墨，在《檀弓》篇中，蓋屢見之。如其記柳莊事云「衛有太史曰柳莊，寢疾。公曰，如疾革，雖當祭，必告。公再拜稽首，請於尸曰」云云。於雖當祭必告下，即直接公再拜稽首請於尸。於柳莊之死，適當祭一層，絕不復道。正可與左氏此文相互參看。此若在俗手為之，於雖當祭必告下，必加以柳莊死，公適當祭，或以告等語，方能接公再拜云云。猶左氏此文，於我此乃止下，必加以齊人獲成子，成子告齊人等語，方能接衛車之來者甚衆也。實則上既云當祭必告，下繼云請於尸，則柳莊之死適當祭，不言自見。猶此文，上既云我此乃止，下繼云且告車來甚衆，則成子之為齊人所止，亦不言自見也。然成子則含冤終古矣。

寺人孟子

古之詩人，有流傳二千年，人尚不辨其為男為女者，則作《巷伯》之詩者之寺人孟子是已。由來言詩者，莫不認孟子為男子。以子者男子之美稱，而寺人又為閹人，乃男子之被宮刑者，此其所以共目為男子也。其尤可笑者，毛傳因其自稱寺人，更附會之曰「寺人而曰孟子，罪已定矣，而將踐刑，作此詩也」（此等文字，幾令人無從索解）。推其意殆謂此孟子者，本非寺人，特因被讒，將受宮刑，受宮刑，則為寺人矣。故其言一則曰罪已定矣。再則曰將往踐刑，是其心目中，直以寺人為宮刑之代名，而不復知其為原為寺人矣。不然寺人二字，其即可指為罪名，其即可指為刑名耶？且文止言寺人，何以即知其未為寺人，而將為寺人？即寺人而曰孟子，又有何可異之處，豈一為寺人，便不當有姓氏耶？此種荒謬不通之言詞，閱之實足令人捧腹。鄭氏不明其意，又改訓寺人為官名，謂孟子將去其職。夫孟子特自明其為寺人，何嘗有去職之言。然則人一自稱其官守，便可指之為將去職乎？其言與毛氏殆相伯仲。天之生此一輩人，殆專為誣衊古人之文字來也。集注云「寺人、內小臣，蓋以被讒而為此官也。孟子、其字也」。殆調停於二者之間而兼用之（以寺人為官，則主鄭。以被讒為寺人，則主毛）。其說似較為明順。然其以寺人為宦官，以孟子為男子則一。此則狃於後世之習俗稱謂，而不知詳察古義之咎也。夫所謂寺人者，在後世固為一般閹豎之通稱，而在古初則不必然。蓋寺本古之持字，故其字從手持足（

上止字乃足形，下寸字乃手形也），乃會意字。「邿公望鐘分器是寺」，即分器是持也。持寺古只一字，亦只一音（後持又加手，於義複矣。至轉音遲，則當在秦以後矣）。後引伸之，凡左右服役之人，多司執持器物，故又命左右服役之人為寺人。此寺人二字之所由來也。迨相沿日久，人以其指人而言，或更從其旁加以人字，故寺人而孟子或別作侍人（與侍人猶環）。究之寺持侍，在古初止有一寺字，此古之寺人，所以為一般左右服役之人之通稱也。蓋寺人即侍人，侍人即左右執持器物之人，三者義原一貫。初不必強為分別，而其人又不必限定何種，則實亦無可分別也。自後世宮庭燕寢之間，其左右服役之人，例用閹豎，而其時侍字，亦已盛行。於是乎乃專以寺字，歸諸閹豎，而以侍字則歸諸一般左右服役之人。寺之與侍，始顯有差別。然其事至早，亦須在東遷以後。觀於孟子時，二字猶互相通用，則其分必不甚久可知也（由是可知，左氏之所謂侍人賈舉者，其人亦必為寺人無疑）。此詩之作，小序以為刺幽王，當必無誤。則此寺人字，當然不能即指為閹豎。寺人不盡為閹豎，則不能概指以為男子。以女子之給事左右者，亦非無其人也。攷《瞻卬》一篇，全為幽王之嬖褒姒而作，故其詩中專以婦人為言。一則云「哲婦傾城」，再則云「懿厥哲婦」，三則云「婦有長舌」，四則云「亂匪降自天，生自婦人」，五則曰「婦無公事，休其蠶織」。通篇絕無語涉及奄人。惟中間云「匪教匪誨，時維婦寺」（時是通），於婦字外，別加一寺字。則此寺字，亦當指女子之給事左右者言之，乃必不容疑議者。以否則不成文理也。毛鄭知此寺字之不可解作奄人，而不知女子之亦可稱寺，故俱解此寺字為近字。其解雖謬（是惟婦近，成何語乎），然尚知此詩之事為嬖倖女子而作（毛鄭素不通文理，此處卻較朱氏為高）。至朱子則持其後世之眼光，不顧一切，直釋此寺字為奄人。且因此一字，特於其鐘鍾在手之新序中變褒姒之下，更加以「任奄人」三字。是此詩之作，不專為褒姒，更有所謂奄人者矣。豈天下古今有分詠兩事，而以通篇指一事，一字指一事者乎！是其於文理，並毛鄭之不若矣。由是以觀，則在古初時，寺人之稱，不專屬之男子，已無疑義。人但知女子亦可稱寺人，則此詩之孟子，其為男為女，不煩言而解矣。蓋子者婦人之姓，實殷商之後裔，所謂必宋之子是也。古者男稱氏，女稱姓，故姓多從女（孟子云「姓所同也，名所獨也」，則是至孟子時，姓氏已不甚分矣）。姓者人之所同，故其稱姓也，於其上必別取一字以冠之。今之婦人，於其母家之姓上，必別冠以夫家之姓，以為之識別，其遺制也。茲之孟子，乃子姓而字以孟者，猶惠公之元妃曰孟子。而昭公娶於吳，不曰吳孟姬，而曰吳孟子也。此寺人姓子而字孟，則其為女子，不言可知。巷伯殆即其在宮中所主之官，而後世失之者，故其自稱則曰寺人（即侍人），而人之稱之者則曰巷伯也。不然，則詩中初無所謂巷伯，後人何竟取之以名篇。毛鄭謂其懼傷及巷伯，夫讒人之所能傷者，豈止一巷伯，何以獨懼其傷及巷伯？宜乎其為集注所不取也。或謂子何以必為姓，孟何以必為字，彼戰國時之孟子獨非男子耶？此乃不識時代之論也。孟固亦為氏，子固亦為男子之通稱，然所謂某子某子者，乃他人之舉以見稱，非己之所得取以自名也。試遍尋古書中，曾見有自稱為某子者耶？孟子云者，乃門弟子所以尊美其師，若其自稱，則未嘗不曰孟軻也。至孟之為氏，實始於魯之慶父，其去幽王之世，已七八十年，豈此時已得有孟氏耶？當時既無孟氏，而子又非人之所得自稱，則此孟子之女而非男，更何待論耶！此等事驟聆之鮮不以為奇叔，實則一經道破，其道理即近在目前。而此女子者，擾攘二千年來，且謂其將踐刑而被宮也，豈不哀哉！

楊園之道，猗于畝丘

〈巷伯〉「楊園之道，猗于畝丘」。毛傳「楊園，園名。猗，加也。畝丘，丘名」，絕無義意，其不合不待辯。鄭氏乃從而箋之曰「欲之楊園之道，當先歷畝丘。以言此讒人欲譖大臣，故從近小者始」。其言似有義意矣。然其以楊園為大，以畝丘為小，究從何處看出。且既言道，焉有不有所經歷者，豈必楊園之於畝丘？況楊園既大，畝丘既小，則畝丘當然不能周乎楊園，又安見之楊園之必先歷畝丘耶？此二語之義，惟集注得之。集注云「楊園、下地也，猗、加也，畝丘、高地也。以興賤者之言，或有補於君子也」，與興義頗合。蓋首一句，興寺人孟子二句，次一句，興凡百君子二句也。然其於楊園之所以為下地，畝丘之所以為高地，則未之言。又其訓猗為加，原本毛義，亦為非是。此則不可不知者也。今攷其所以釋二地為高下者，殆全由一丘字看出。以丘固明明為高地也。其明知丘為高地，而終不敢詳析言之者，則以畝丘之為高地，尚易解釋，而楊園之所以為下地，彼不過由理想而來，殊不能指實之也。至猗字之訓為加，則彼於字義，平日本未甚講求，且此文猗字解作加字，義尚可通，故姑仍毛氏之舊也。今按楊園之所以為下地，以楊之為木（楊非柳，前已言之），雖無地不生，而終以下濕之地為宜，此《秦風》之所以云「隰有楊」也。今人之樹楊者，仍多取水澤沮洳之地，亦即此意。至畝丘則丘之大者，以丘之上得以墾為田畝，當然不得謂之小也。楊園之道，所以必猗於畝丘，則以地之所以卑下者，實由其四週高地相形之故。若無高地，則更無所謂下地也。此乃事理之所必然者，當不難想見也。猗即古倚字，亦即古依字。因古於四聲，不甚分也。凡「猗重較兮」，「兩驂不猗」，「有實其猗」皆是。猗重較兮之猗，今本或竟改用倚字，即其證也。若「綠竹猗猗」，猶云「楊柳依依」，倚依義本相通也。至毛氏於《節南山》之詩，又訓猗為長，則彼於字義，原屬可以隨意變更者，益不足為怪已。

猗嗟名兮美目清兮

漢人對於其所不識之字義，隨意加以訓釋，其情有極可惡者。以其不惟誤後人，且直以誣古人也。如猗嗟名兮，美目清兮之名字，在古人本出於假借，實則字當作「明」，謂威儀之爽朗也。此章之言名，猶上章之言昌，皆為概括之形容詞。此在稍通文理之人，所不難比附而得者。乃漢儒全不顧及文義，第覺名字之難於索解（凡古人假借之字，故無怪其不能解也），遂大肆其穿鑿。因下文為美目清兮，而此句又在其上，乃妄解之曰「目上為名」。而作《爾雅》者，亦遂篤信之，並據以採入《釋訓》（毛傳之傳甚久，且直出爾雅前，即此等處可見）。於是乎本形容詞也，乃一變而為名詞矣。彼既指名為目上，而下句清字，固彼所常指為眉目之間者也（見「野有蔓草」傳）。目上則猶是眉目之間，二者適相衝突，於是乎乃不得不變遷其部位，改訓之曰「目下為清」。而清字至此，亦由形容詞而變為名詞矣（孔疏因毛氏之訓清揚，忽而目上，忽而目下，曾於《君子偕老》章中，大為之辯護。語雖為之辯護，實則指陳其失。凡孔疏之類此者甚多，非此老心中全無皂白也，特不敢顯言之耳）。茲姑無論其所臆造義意，求之今古各書中，絕無根據。今即如其言訓釋之曰：猗嗟目上兮，美目目下兮，此能成人語乎！吾真不知前人之對此二語，作如何訓釋也。且經文八字，若果如所說，則綜覈之，實止有一目字（以目上目下，質言之，始終仍不出一目字也）。在古之詩人，又何至不通若是。況下文即繼之曰「儀既成兮」，豈古人威儀之成，即全成於此區區兩目間耶？今按上句名字，在古人以習於假借之故，後人容有不知。至美目清兮一語，此則無庸解釋，人視之即當了然者。以清字不過形容目之美，言其眸子瑩澈，如今人之所謂秋波秋水而已。原文甚明，又何必妄生枝節。無端而強加以附會者，推其用心，殆非將古人所傳極明瞭之文字，解至於不復可通，不復成語，而其心有所不快也。吾嘗謂天之生此一輩人，名曰傳詩，實則陰與古之詩人為敵。精至之文章，每為造物所忌，自古而然。然天雖忌之，天亦終不能滅沒之也。是在人之自立而已。

臨清吳桂華秋輝氏著

豐水有芑

芑字，前既證明其為古枲字（見《維摩維芑》解），諸結具解。惟對於「豐水有芑」句，尚不無疑義。舊說之不成語意無論矣（舊釋芑為草，豈武王以沿豐水種草為事哉！真笑談也）。即以枲字論，較舊說雖勝，然時至商周，君王已不能下同於齊民，武王又何能蓺枲。且此詩以「貽厥孫謀」語觀之，則當作於康王時代。去武王已數十年。武王當日縱蓺枲，此時尚安得有之？而為其非無事之徵耶！因此竊嘗意此枲字，當為豐水上一地名。枲本農作品，故詩人特借此地名，以見武王之初非忘情於農事。此以文義言之，乃所當然。獨苦無證佐，漫言之似涉鑿空。及細諗靜敦，則余說初非無可徵信。以是知天之存留古器，冥漠中俱有深意也。蓋靜敦中有一[illegible]字，以古文言之甚近乎芑（此字吳清卿釋作糾，極可笑。因此字作糾，下明明師字，乃不得不更強指為以，究之「糾以邦周」果成何語！上「饗肆」二字又如何成文？皆所不顧。此公所釋文字，多此類。史頌鼎之「廢右里君百姓帥俾」二句，硬從中間截取里君百姓四字，謂為「理群百姓」，上下文則置之不問，亦猶是也）。因凡古文之從艸者多作茻，此曾讀說文者即能知之（余之惡言說文者，惡其並不知說文之真價值。究之曾見說文，較並說文不知者，尚勝一籌也）。至其中間之所從，則固明明已字也。所稍異者，則其下更加以四字，為不可解耳。然古人為文，往往如此。如璧雝二字，本謂水之所雝會，故於文從氵從邕作灉。而邢侯彝則别加以皿作⿱雝皿，（此器揭本未見，僅見西清古鑑）是則芑之為蓋，猶雝之為⿱雝皿也。則⿱艹雝之即芑，可無庸疑也（又散氏盤有⿱艹雝淮司工虎，乃夨人有司。⿱艹雝字則不加皿，淮字亦當為雝之省。是豐京田畝，多為夨氏采邑。而散有司中則有邢人司工騂，是宗周田畝，又多為散氏采邑也。夨即閔夨之族，散即散宜生之族。二族因疆場，曾經私鬬，盤銘即其誓詞也）。知此則芑之為豐水上之地名，可得而言矣。今迻譯靜敦全文如下：「惟六月初吉，王在豐京，丁卯，王命靜司射學宮。小子、洎服、洎小臣、洎厥僕、學射。粵八月初吉庚寅，王以吳𠦪（此字不可識，人名也。吳當為虞省）呂剛（此依今文書之，但今文無此字，亦呂侯名也）饗，肆芑師邦周，射于大池。靜學無斁，王錫靜鞞剢，靜拜稽首，對揚天子丕顯休。用作父母外姑尊敦，子子孫孫其萬年用」。以敦文之所紀者畧言之，則王在豐京，以吳呂二侯，大饗於學宮，遂陳（肆、陳也）芑師邦周射於大池。大池謂璧雝也。芑師乃芑地之師，古器中多此稱。乙亥方鼎稱王在熊師，又有數器稱王在某師者（茲不暇詳攷），皆謂在某地師中也。邦周，則謂自宗周偕來者。以芑師與邦周對言，則芑師為豐京之師，可以斷言。蓋以城郭都邑言之則為豐，至其地則自名芑也。此猶今之北京，雖曰順天，語其實則大興宛平二縣也。由是可知詩人所謂「豐水有芑」者，謂豐水至今，尚有芑名。以見武王之關懷農事，其為子孫計久遠者，如是之深。此等義意，使非有古器可徵，若但即字面求之，更從何處索解耶！然則謂古器之出，為由於經史而出，當非過論也。

由此並可知，周自武王以來，雖徙都鎬，謂之宗周，而朝廟學宮，實仍在豐。宗周所有者惟便朝，藉以發布政令。至一切大典禮，則仍須就豐京行之。以大典禮必行之於廟，凡朝覲會同饗宴爵賞皆如是。廟之從朝即此義。非形聲字也。宗周自康王後始有廟，則不必再至豐，此周初器文，所以多云王在豐，或王客豐京（書亦屢云，王朝步自周則至于豐，亦為此也）。而後此則多紀王在周康宮，或周康昭宮，周康穆宮也。故周初之器，觀其所紀之廟名，即不難推知其時代。然後王亦時有云在豐者。則以周之九廟，其在豐者實居其四。若以七廟論之，則居其二，宗周只有其五，故亦不能不有事於豐也（余別有周七廟攷，曾詳論之，茲不贅）。然即敦文中大池二字，又可推知周之璧雝，乃由豐水天然豬成之大池。璧則言其形，雝則言其體，初非有意為之。謂凡古之學皆宜如是也。魯之仿而為頖壁，或出有意摹倣，當亦由其祖文王之故，他國則未見有行之者也。《西清古鑒》所載之邢侯尊，與靜敦頗可參觀，以想見周時璧雝之大略。其器今已佚，其文亦素乏詳解。茲特以意迻譯於後，當亦攷古者所樂聞也。

王命辟（當即璧字，今視為㚔字。古時實有其制。觀子產謂游楚為嬖大夫可見）邢侯，出𠦪（此字不可識）侯于邢。雩若邢侯見于宗周，無汲。會王客豐京，酬祀，雩若翌壁雝。王乘于舟，為大豐。王射，大龔禽。侯乘于赤旂舟，從死（死、職也，即事也。乃假借字。古文常云死司某事，意即職司也）。咸（畢也，古多用之）。時王以侯內于寢，侯錫瓓、琱戈。雩王在㡿，已月，侯錫諸武臣百家。由用王乘車馬，金、勒、冕、衣、芾、舄，惟歸迎天子休。告王𢿢，用龔義寧侯。顯考于井侯作冊，麥錫金于辟侯。麥揚用作寶尊彝，用享侯。逆朝迎明命，惟天子休于麥。辟侯世屯魯，孫孫子子，其永亡終。用廟□妥多友，享祈世□世令。

二子乘舟

伋壽爭死一事，在今日幾成疑案。蓋以年歲計之，諸多不合故也。此弊在唐人已覺之，故孔疏即力為彌縫。然其說絕無根據，終不能與情事適合。《容齋隨筆》云「宣以魯隱四年立，魯桓十二年卒，凡十九年。姑以即位之始，即行烝亂，而急即以次年生，勢須十五年然後娶。既娶而奪之，又生壽朔，已能同母譖兄，又能代為使者越境，非十歲以下兒所能辦。此決無之事也。」其言可謂洞中竅要。自此問題出，解說者雖百計周旋，卒不能為圓滿之答覆。蓋宣公在位之年數，前後實有許多事實，決不容以移易。外此則惟有移易其通夷姜之年月，以湊泊之。然無論如何說法，父亡而烝其庶母，生子即晏然認為己子，此必非未即位以前之所能，則有可斷言。有此二因，故武斷者，輒即以韓愈左氏浮誇一語了之，而置其事於若有若無之列，此亦無可如何之勢也。須知左氏縱浮誇，詩言豈亦浮誇者。詩之與傳，其初本不相謀，又何以符合若是，則其中必別有故矣。特是傳之所未詳言者，其事已詳見于詩。乃詩自子夏後，竟無人能解。此所以此種疑案直留貽至今也。今以詩傳二者參攷之，則可知宣姜之歸伋子，其時伋子之年，至多不逾五歲，而宣姜似已在二十左右。二人年齒之不相侔，此但觀《匏有苦葉》之詩即可見。其所以成此怪特之昏姻者，則《雄雉》之詩人，所云「忮求」二字，即足以盡之。二說俱詳見本詩。至余謂伋子之年，不逾五歲者，則以齊侯之平宋衛，事在隱公八年，去衛宣之立，僅有四年。兩國婚姻，當必以是年成之。以此等怪特之事，苟非兩家自言之，他人必不敢代為謀也。而兩公前此初未嘗相遇，則其事之必成於是年，可無疑也。又按伋子《左傳》作急，二字古本一字（伋乃及之古文，急則又其假借。及古音即讀作急也。伋本象以杖擊人，打擊乃其本義。引伸之則人之得以杖擊之者，勢必及之，故又為今文之及。而古文於作及解者，如邢侯彝等，則更於其下加之作返。至其單作及者，乃古音之扶，扶字即所蛻化，凡疫役等字由之得聲。又為今音之擊，擊字即所蛻化，凡支攴等偏旁之字，由之得義者也。若急字則因其象形極難，故亦假伋字代之。至後世則更去其左之人，而下加以心，作形聲字。而在急子之世，則似尚無其字也。以其時人皆作伋，而從及得聲之字，皆音扶也）。急乃甚早之意。伯魚以十九而亡，已生子思，故子思亦名伋，亦謂其甚早也。今以伋子之定名言之，則必衛宣烝夷姜後、不久即產生者。否則或二人先已暗通，及其即位而明納之。旋即產生，故得認為己子，而因取此名。要之衛宣之納夷姜，必在其即位之後，而伋子之生，即於是年，有斷然也。是則伋之生實在隱公五年（衛宣之立，在隱四年冬），去溫之會瓦屋之盟，止有四年。即云遲至次年迎娶，伋亦止得有五歲也。若更以經言攷之，則經書瓦屋之盟，實為秋七月。周之七月，即夏之五月。而詩記迎娶宣姜之時，匏葉尚苦，濟水正盈，則當為夏之六七月間。水潦方生，庶草猶暢，故詩人又譏其迫不及待。是則宣姜之歸於衛，即在三國盟瓦屋後一二月中。是時伋子為四歲，而語其實，則止三歲也（以伋之生，至早亦為夏秋間，迎娶時亦在夏秋間，故以實年紀之僅得三歲）。以是言之，則宣公納宣姜後，連舉二子，其與伋年齒之相差，亦不過六七歲間。視尋常人之兄弟，初無甚殊異。至伋壽爭死時，伋之年當為十七八，壽之年亦不下十二三或十三四，其事固無所謂不合也。然苟非二詩尚存，後之人雖百端逆臆，亦萬不能揣度及此荒誕離奇，前無古人，後無來者之事。則左氏之言，且將以浮誇終古矣。豈不冤哉！

匏有苦葉通義

《雄雉》與《匏有苦葉》二詩，序皆以為刺衛宣公，古今來竟無一人能解者，就中尤以《匏有苦葉》篇為特甚。說者幾莫知所云云。續小序者，指為公與夫人，並為淫亂，純屬模糊影響之詞。不過因衛宣有新臺事，鑿空言之。朱氏抹去衛宣，泛指為刺淫亂之詩，亦非別有所見。第以漏尋之，初不能得其所謂公與夫人者。遂本其攻序之本旨，毅然塗去之，而僅取其淫亂二字。蓋其心之所知者，止有「雉鳴求牡」一語。又此公與淫字，特為投契。無可指為淫者尚指之，況此詩更為前人所指為淫者乎？惟序言無人能解，故其於解說字義，亦刺謬百出，不可彈數。最怪者以濟為渡處，以厲為以衣涉水，以鷕為雌雉鳴聲，以軌為由輈以上，且直改其字作軓，以歸為使之來歸於己。更釋雝以請期納采親迎等，種種絕無關係之名詞。朱氏雖推翻攻序，而其對於字義，則殊鮮糾正。則以其說詩，本不於字義求之也。今但即其謬處略言之。濟可訓為以舟渡水，乃動詞，何以得變作名詞，指為渡處？又渡處盈，何以即當濡車軌？徒步渡水曰涉，厲何以又為以衣涉水？豈衣可用以涉水乎？且於何處，曾見有厲字作此解耶！雉本雞族，雌者本不能鳴。茲之云「雉鳴求牡」，正所以形容其反常，猶書之云牝雞司晨也。此乃以鷕為雌雉鳴聲，是雌雉真能鳴矣，然則牝雞又作何鳴聲耶？軌乃車轅，以今制言之，則輈與車平。古用曲轅，則輈更出車上。茲云自輈以上，更有何物耶？水濡至此，則全車沒矣。即云以乘輿濟人，亦不致如是也。以如是則並濟人亦不得也。其妄者又改軌為軓，而解之為車轊。徵論軓字古本無其字，而轊則車軸之延出轂外者，雖較前說稍為近理，然水盈何以即必濡之耶？歸本與取為相對之詞，蓋自與者一方發動則為歸，而自受者一方發動則為取，此定義也。茲乃云使之來歸於己，則是歸也而竟可變為取矣。然則「之子于歸」，亦可云之子使人來歸於己乎！至納采請期親迎等，詩中何嘗有其事。而作言昏旦者，忽而冬春，又何其語無倫次耶！此外如以招招為號召之貌，友為朋友（渡水何以必待朋友，豈無朋友便不能渡水耶？），猶其弊之小者。蓋天之生此輩人，乃專使之毀敗古人之絕妙文字，其職務殆與世間之蠹僧牧豎，天特用之以毀敗古蹟者同。其心初一無所知，而又不肯自閒，乃無端而造此種種，以惑世，而誣民。而古今人竟羣然奉之，遂亦無一人肯再向古人之原文上，加以研究。其結果乃竟以至明瞭之文字，二千餘年，無人能解。此乃中國人品性之弱點（然其事亦起於戰國以後）。凡百退化，胥原於此，正不獨經學一事為然也。今按此詩，乃齊衛婣事定後，齊人不待期而急催迎娶。衛人之所遣以迎宣姜者，渡濟感興而作。以由衛達齊，濟水為道路之所必經也。此詩之作，在新臺以前，衛宣之惡猶未著，故篇中皆責齊人語，初無一語及衛宣。而小序以為刺衛宣者，乃綜前後事，推本言之。但言刺衛宣，則其事自顯。若改為刺齊人，則人將益無從以察知其事，此乃文理所當然者。而不料後來之迂儒，並詩之白文，亦不能通。不知就詩求詩，乃反就序求詩也。如此言詩，雖子夏應亦自謝不敏矣。何者？詩固未嘗有一語刺衛宣也。今但即詩言述之，畧謂匏本用以涉水，然必須待其成熟以後用之。茲則尚有苦葉（匏即瓢），其葉苦，嫩者尤苦。集注云：「匏之苦者不可食」一若匏本食物然者，試問古今有食匏者耶？且古書亦初無言匏可食者。此不過誤會《國語》「叔向苦匏不材於人」一語。以為苦匏不材，當必別有甘匏，乃材也。甘匏何以材？以甘字推之，當必可食。凡此種種，皆其個人心中，所隨意想像者。至天下之果否有甘匏，甘匏之果否可食，則非所問也。中國之儒者如是，國勢安得而不日即頹敗乎！）是其去成熟之期尚遠，即以涉而論，亦不得資之以為涉也。況茲所欲渡之濟水，更非可一意於涉者。蓋濟有時而深，有時始可涉也（深則不可涉，涉則淺。深涉二字乃互文，此則牽於用韻故然。故下文涉字直易以淺字也）。匏既不可用以涉，而濟又非必即可涉者，則此匏與此濟，當然無可發生之關係矣。且此匏與此濟之不發生關係，又豈第在其深時為然哉！其深也，則必須寬其時日，大其規模，而為厲以渡之，其無須此匏無論已（厲即瀨，乃由水中疊石以渡人者。即孟子之所謂徒杠也。別有攷）。若其淺也，夫又何施不可者，但搴裳徑渡之足已。則更烏用此有名無實尚有苦葉之匏為哉！不且為多事耶！（由此二語觀之，則新臺之事，國人已逆揣知之，特不便明言耳。最可恨者，舊儒對於厲字揭字，妄加解釋。至宋儒則並將揭字改讀為器，且注之曰「與器同，然則淺則器」。成何語耶！厲古音賴，以入聲讀之，則如此音之列上平聲，所以與葉涉揭為韻也。即以今音言之，揭韻本叶，而偏矯揉造作，使其本叶者，改作不叶。吾知古人有知，必當為厲鬼以擊其腦，而不能任之安然誑食兩廡之特豚也。）至今之濟何如者，則瀰然者其方盈也。涉尚不可，更無論乎匏之何若矣。乃偏於此時，更有鷕然之雉鳴出乎其間，一若催人之渡此水者。然濟水雖盈，無論其盈至如何，終當不至於濡及車軌。何者車軌小而濟大，雖濡之而仍無救於其盈，且水陸不相及也（軌即車轍。看古人何等語妙，似此等尖刻語，直非後人之所能夢見。然亦惟衛之詩人有之。二南以下，即繼以邶鄘衛，雖別有故，即其詩人，實亦非諸國之所能及。朱氏因桑間濮上語，乃硬以淫字派之，癡人之說夢耳。惜乎世人無解詩者也。詳見總論）。而無如雉鳴，乃竟直求其牡也（由此語觀之，故可知此之迎娶，實齊人促迫之也）。夫嫁娶常事耳，然固自各有其時也。彼雁之雝雝和鳴也，至早亦必須俟旭日之始旦。以時各有定，早之無可早也（此之言旭日始旦，乃即其最早時言之，非謂雁過此不能鳴，亦非謂雁至此必鳴也。今幸而雁為人所常見，其名亦至今未改。一般以文害辭以辭害志之陋儒，無從施其附會，不然必將謂雁鳴旭日，猶雞之報旦矣。雌雉尚有鳴聲，則何事不可言哉！）以此之故，初不必在上者也。即為士者，如歸之以妻，至晚亦必須迨冰未泮之時，以過此將成野合，為禮之所不許也。（蓋古者霜降逆女，至冰泮為止。）《家語》云「霜降而婦功成，嫁娶者行焉。冰泮農業起，昏禮殺於此。」《家語》本僞書，此文乃剽竊荀子「霜降逆女，冰泮殺止」之文。其說下句雖非，其說上句則是也。故《周禮·媒氏之職》云「中（即仲。古文仲皆作中也）春之月，令會男女。於是時也，奔者不禁。」周之仲春，即今之十二月。嫁娶之期，於時為極。凡男女嫁娶之不能備禮者，得於此時行之，即所謂奔者也。過此以往，則非嫁娶之時，士庶人皆耻之。前人謂叔梁紇野合而生孔子，即指此也。此義作毛傳者，猶及知之。故其傳《東門之楊》云「男女失時，不逮秋冬」。其傳《綢繆》云「三星在天（王肅云、謂十月也），可以嫁娶」。至鄭氏則已莫知所云。乃於此詩箋云「冰未散，正月中以前也。二月可以昏矣」。其言幾令人不知所指。竊其意似以詩言為誤，直謂士之娶不當迨冰未泮，須待至二月也者。此公於書，雖無所不用其注，而於書實不甚加以研究（可謂朱熹第一）。此注殆誤會《周禮》仲春之文，直認仲春為今之仲春，而忘却其為周禮也。此弊初不獨鄭氏為然，漢人中多有之。彼僞作《夏小正》者，謂「二月綏多士女」，其所見正復如是（《夏小正》之為僞書，證據甚多，另詳），不得僅咎鄭氏也。）然則今何時耶。雉鳴濟深，匏有苦葉，固儼然夏秋間也，而求壯者則不顧也。若吾之對此濟水也，則惟有招舟子而已。招之不至而再招之（凡古人於重文，無妄用者，而無如後人率滑口讀過何也），以蘄其必得舟子而後已。人或不及待而徑出於涉，我則獨否也。夫人涉而我否者，我豈獨異於人哉。蓋凡事各有其相宜之人，得其人而後始可免他虞。

我須得有與我相宜之人，以相與共濟耳。與我相宜之人者何？則仍舟子是已。我固不敢以稍時之不忍而遂為此逆理之行動也。似此彌然之濟水，縱有匏尚不可涉，而況乎其所恃以為涉者，乃為此方有苦葉之匏也耶！此詩通篇皆比，前後無一正筆。驟讀之三章似興，四章似賦，宜為正文矣，然語其義則仍比也。此等詩在東遷後，殊不多見，惟衛詩中間有之（衛兼邶鄘言之）。然亦只此詩，及雄雉瞻彼日月一章而已。若周初時，則此體極盛。且驟讀之，幾不知其別有寄託，其渾厚更非此等詩所及。如《葛覃》、《卷耳》、《采蘩》、《采蘋》以及《楚茨》、《大田》、《信南山》等皆是。宋人竟臆改為賦，淺者見淺耳。此詩但就其原文陳述之，則其所指之事，知者即當已了然。

蓋事有不可明言者，自不得不出以閃爍之筆。此詩及雄雉子飛，皆通篇不見正文，亦文勢上之宜然者也。特無如後世之並原文不通者何也。今觀詩中，以濟之方盈喻宣姜，則宣姜之年，必已甚長可知。而其喻伋子始則云匏有苦葉，繼則與宣姜相比，乃直如盈濟之視車轍，則其年不可想見耶！至云「深則厲，淺則揭」則是齊僖與衛宣二人，鬼鬼祟祟，掩耳盜鈴之計畫，在詩人早經勘破。初不待新臺之築，而知此怪特絕倫之姻事中，兩家固別有懷抱也。所最難為情者，惟此方有苦葉之匏耳。蓋涉原非必有事於匏。其不能不借重於匏者，不過用以防蹉失。然其用亦惟成熟而久經乾枯之匏方能之。若匏尚未熟，而人即從事乎涉，則人亦第揭其衣焉，斯可矣（其云揭者，衣為人之所易見，而未來之危險，為人之所難見也），又何必負此苦葉支沙（俗語。用牡丹亭。今音又轉為作沙）之貌，致令其枉受此名也哉！此正喻禮者，原非人之所必要。其不能不有事於禮者，不過以防流弊，然其用亦求其可說。今若以未及髫髫之稚子，而使之當婚娶之任，是不如不假之之為直截痛快也。此語雖譏齊人，然實亦深譏衛宣。意謂既不顧禮，欲成此不正之婚姻，則徑成之耳！又何必為此掩耳盜鈴之計畫，使假子枉負此名耶（厥後《荷蕢》之引用此二語，義亦猶此。蓋謂世既莫知，在己亦不妨放寬一步，而不必以大義硜硜自守。玩其意殆亦知自己所行之非是，而深憐夫子所為之難，非識聖人之不知深淺也。「鄙哉」一語，亦謂聖人之不能自寬，非深有所不滿也。「孔子果哉莫之難矣」一語，亦非轉譏《荷蕢》之詞，蓋謂果其如是，則天下將更無難事也。一聖一賢，其所言俱披腹見心語，絕無幾微相輕之意。自朱氏言之，則幾同村婦口角，此乃其與陸象山等之所為，不惟不足語於聖人，並不足語於荷蕢也。竊謂荷蕢晨門皆孔子生平知己。晨門知其不可而為，與荷蕢之硜硜乎莫己知，實同一義意。不過晨門為背後評論，故但言其所為而已。而荷蕢則當面晤談，故更勸以自寬。二人之識孔子，胥超出乎楚狂接輿以上。即在七十子之徒，其識之及此者，亦不甚多。《魯論》特記之，亦為此故。不然，荷蕢猶可謂「其為果哉末之難矣」一語，晨門則與孔子之言一無所關，又何為特記之耶！）故吾謂世人苟明此詩，則對於二子乘舟一案，自不至再有疑於其年齡之不合。特此種怪特之事，苟非有傳言之年齡證之，又誰能擬議及此耶！則二者正互相發明者已。

厲

厲、列（即烈，下仿此，古文不加火也）、賴三字，古只一音，亦即一字。列為厲之所蛻化，而賴則其同聲之假借也。厲之本義，即今俗言之所謂利害（今俗作此二字，實則不成義意也）。利害二字，乃古厲字之切音，故賴字得從而假借之也（利害二字之合音，即賴也）。厲字於文，從屋下有蠆（萬即古蠆字，其作數目字用者乃假借。古文萬字，皆直作蠍形，後人始更加虫以別之耳），乃會意字，萬亦聲。凡最初之文字皆如是，實後世形聲字之所本，而當時則無其製也（凡字中會意而兼形聲者，皆最初文字，只可認為會意，不得指為形聲，以其時形聲之制，尚未能行也）。萬本蠆之本文，故其音亦如蠆。而從之得聲者，亦多作蠆音邁勸等字之音賣皆是，厲字亦其一也。《彼都人士》，厲字與蠆邁為韻，《有狐》厲字與帶為韻，皆其音賴之顯見者也。厲字在最初時，原非惡字，猶今人之稱利害初亦不僅為惡字也。大凡後人之應用烈字者，古人皆作厲。周厲王之取以為謚，殆亦取烈字意。不然，為人臣子，斷無有加其君父以惡名者也。然但稱其烈，則於詞已深致不滿（如英烈節烈，則為美字；暴烈酷烈，則為惡字是），此亦猶今人之但稱人利害，美惡初不容遽據以顯判也。而無如厲之為王，實非令主，故其字亦相沿以為惡謚。「楚恭之請，為靈若厲」，《孟子》云「名之曰幽厲」（靈幽二字，初亦非惡謚。故當時之謚二字者不一。是皆名為實累者也）皆其證也。以此之故，厲字遂亦不甚為人取用，而變其文為列。後人則又以其與行列之列無別，因火之烈，與本義相近，更加火以別之，遂成今字。然語其音義，實與厲並同。所變易者，僅其文字耳（後周有威烈王，若語其實，則與厲同也）。今攷厲之音烈者，雨無正今之為政，胡為厲矣。厲與結威滅為韻，此厲本義之音烈者也。《匏有苦葉》「深則厲」與葉涉揭為韻，此厲借義之音烈者也。至其由賴音變而為烈音者，則以賴列二音所差者僅在緩急輕重間也。蓋古者各地之語音不同，故同一字也，而其取音，遂不免稍異。惟一字既變，則凡與之同音之字，亦隨之皆變，而假借之法，依然得行。如厲字，既由賴音變作列音，則賴字亦自變作列音，而得仍假借厲字以代之，非若後世之竟將此三字改作三音也。蓋厲字之讀立者，乃其母音，而古音單綴大抵皆作雙合音（立乃單音）。故其語尾，若與爰合則為賴，若與夜合則為烈。而由烈賴二字之合音，則又可以轉為類。如《瞻卬》之詩以厲叶惠，而《左·桓二年傳》「鞶厲游纓」，厲字即勒之假借。勒即古所謂攸勒，而詩誤以為鞗革者也。此或由於風土，或由於時代，所難懸揣，然初非一字有若干讀法也。厲烈賴三字之同音，更可即賴字證明之。古文賴字，多假借厲字代之，則厲賴二字之同音，初不待言。若賴之與烈，則又同一得聲者也。蓋古文烈字本作刺，凡古彝器中之烈祖烈宗烈考皆然。其不知者，率誤讀作今文刺字。有疑作列者，然不能尋得其證據，亦只存之為一種臆說而已。實則列之從束者乃由之得聲，而賴亦為形聲字。其從束得聲，與列正同。故列賴古實只一音，而與厲字常互相關係也（今攷列之作刺，其來甚古，實為會意字，非形聲也。左象囊橐收束形，右以刀劃之，以示破裂之意，當即裂之本字。後因常假作行列及烈字等，其字盛行，故賴字又從之得聲。由是可知，賴字之產生甚晚，已在形聲字肇興以後，古書中賴字多假用厲字，此亦其一因也。至刺字後之讀拉，猶為列聲之轉。若讀七讀次，則更其後起者也。若《說文》所說之刺字，不惟古文不見，即小篆亦可决其無是字，以其不類也。《說文》所載，皆漢人所臆造。並未通行之字，不止此一字也）。厲與賴既同音，而賴字又屬後起，故古文賴字，多假作厲。《老子》「楚苦縣之賴鄉人」，其地即賴子故國。而他書或作厲鄉（如《前漢書·地理志》）

即此故也。《左傳》一書，本左氏薈萃各國史策所成，故其書極雜，即正朔猶不一，他可知矣。厲與賴本一國，而有時作厲，有時作賴，後人亦遂無知其為一國者，此則文字轉變之過也。賴既假作厲，則凡從賴得聲之字，亦皆得假作厲。如《莊子·天地篇》「厲之人，夜半生子，恐其似己」。《史記·范雎傳》「漆身為厲」等厲字，皆癩之假借（癩即今之大痲瘋，其病有遺傳性，故生子恐其似己。漆性毒，著人肌膚則潰爛，故以漆塗身，使其潰爛，則有似於癩）。而「深則厲」，「在彼淇厲」諸厲字，則又皆瀨之假借也。瀨乃積石水中，以通行人之名，其制似石梁而較小。梁可以通車馬。其中間之通水流處，上須用物覆之。至瀨則但用以渡行人，人步武之所能及處，則不妨置之而任水之通流。梁乃《孟子》之所謂「輿梁」，而瀨則《孟子》所言之「徒杠」（故杠字亦或從石作矼）。《九歌》「石瀨兮濺濺」，即指此也。《說文》訓瀨為「水流沙上」，囈語耳。水流何處，豈即須別造一名詞哉（漢人之此種讕言極多，皆足使人噴飯。水流沙上為瀨，然則水流山上，水流石上，水流土上等等，又何名詞耶？此殆因濺濺二字，而妄相附會故耳。因濺字原文本作淺也。至漢武之下瀨將軍，乃用當時南人之土語，不足語於正義也）！《有狐》以「在彼淇梁」，喻失所而尚有路可通行；在瀨則已不可通行，而勉強之尚可渡也（以上無覆，須躍而過也）。若在側，則直無路之可通矣。此其所以為失所之甚也。「無裳」，「無帶」，「無服」，即本此而言。「至深則厲」之厲字，亦復如是。深原不必止於為瀨，造舟造梁，均無不可。其云為瀨者，取其韻叶，且為功畧省耳（以便與揭字作對文，猶云至簡亦須為瀨也）。《說文》引此句厲作砅，其字似即本於孔壁之古文。以壁經乃孔鮒之所藏，其文字多戰國時變亂之偽體（詳見《說文·古籀補序》）。此字既不合於古文，亦不合於今文，實即當時偽體之一。然得此未始非厲字之一線光明。以其義視厲之純出假借者，較為易見也。無如說經諸公，率皆不通世務之流，又不知就經文詳加參攷，乃貿然釋之曰「履石渡水」也。蓋其心第知其字從石從水，而詩意又在渡水，因遂成此摸稜之注也。殊不思水既深矣，又豈履石之所能渡？且履石渡水，則其字當為動詞。其在此詩猶可，若《有狐》之「在彼淇厲」，豈狐在淇履石渡水耶！此《說文》雖存其說，而世人率不從之也（說詳《說文》段注砅字下）。《說文》於砅字下又作濿，乃俗儒因厲字附會者，益無足論矣。其最可笑者，前人不知厲字之出於假借，乃於厲字上胡亂牽扯。因《有狐》厲字，與下帶字，而《彼都人士》，又稱「垂帶而厲」，似厲字必與帶有關。而帶實又不能以之渡水。若渡水而尚需乎帶，則其渡水，必尚著衣。以帶本所以束衣，去衣而惟束一帶，其事尤覺駭人聽聞也。於是乎以帶之故，牽連而及於衣，注之曰「以衣涉水為厲」。此語已奇，謂衣可用之以涉水乎？則古今未聞有衣能涉水者也。謂着衣而涉水乎？則涉水與衣又何關？着衣涉也，去衣亦涉也。其褰裳可渡者，着衣可也。其稍深者，去衣可也。即其宜着衣而去衣，又其宜去衣而着衣，亦無不可也。以涉之與衣，固無直接之關係也。況茲明明云「深則厲」，豈人之涉水，過其深者，反須着衣耶？寧非天下之大笑話耶（實則中國之腐儒，固不知何者為笑話也）！然其心猶恐人不知其撮成此妙義之苦心也，乃更繼之曰，謂「由帶以上」也。如是則其必曰以衣涉水之義明（蓋全為一帶字也），而其語乃益復不成人語矣。夫水既及人，由帶以上，則帶以下者皆沒矣。豈人之着衣以涉水者，乃專為其濯滌（此二字實一字，今從文便）下裳之用，預先測量水之深淺而為此耶！且水亦豈有一定之深淺而備人之或曰：自此以上，自彼以上者？由是以談，則人之稱水淺深有曰沒踝者，有曰沒膝者，有曰沒股者，有曰沒腰者，有曰沒肩者，有曰滅頂者。凡人之對此種種，又當作何稱謂耶？然此猶以人身言之。若以衣言，豈更得云：自履以下，自冠以上耶！此其奇尤未已也。彼於「在彼淇厲」，更注之曰：「水深可厲之者」。觀其加一者字，似又以此厲字作為名詞，不復以之作為動詞矣。其意殆謂水之及腰以上者，而牽於厲字，又不得不為此許多不通之詞以自解。以言水之深淺，何必計及於人之對此水可如何耶？此本其牽於前說不得不然者。乃不謂近世一般自命為漢儒嫡嗣者，因其說於詩旨不合（以　在彼淇「水深可厲之者」不成語也），更臆改其者字為旁字，託之於某某刻本之不同，且從而按之曰「字當作旁」。殊不思水深可厲之旁，古今有此文理耶？蓋時至有清之世，一般學者，無不以漢為古，而於漢以前反視之為今。凡古說之與漢不合者，不指為偽書，即認為謬本。況漢以後人，更何不可以刊字錯誤誣之耶！然謬種流傳，至今尚方興未艾也。

又按前謂厲字為屋下有蠆，此第就厲字之今文言之。實則今日古文，尚未見有厲字也。惟魯仲伯匜云，作其庶女礪孟姬賸匜，礪字當即厲字。則其字從石下有蠆，不從屋也。蓋古文礪字作[illegible]，其上奄者，乃石之偏旁，非厂字也。後人因省去其中之口，遂作厲耳。從石較從屋，義為顯，想當然也。留以俟後來之別有攷徵可也。

友

古人之於友字，其義意之範圍頗廣，不僅如後世之專就朋友言也。大凡人之相得而足以為我助者，皆得以友稱之。故友字在古本音以，宜字當即由之孳乳而生。宜字之義，大致即同於友，而其範圍則尤廣。以友專就人言，而宜則兼人及一切事物。凡相得者，舉無不可以概括之也。所稍差者，宜不得以直作名詞用耳（宜有時可用為動名詞，如得其宜等。其作名詞者，僅視社之祝，偶假借之耳）。按友之古文本作羽[illegible]，從兩手，殆取互相輔助如左右手之意（後人之稱屬下執事之人曰左右，似即古友字之本義）。後來朋友之得專此名者，即以此。然在古時則多稱朋。如「朋淫于家」，「每有良朋」等。間有連稱朋友者，則或為文便，或含有他義，如祖宗昆弟等。似無別，實非無別也。今攷諸詩，「琴瑟友之」，則友之義通於夫婦者也。「則友其兄」，則友之義通於兄弟者也。「我不敢效，我友自逸」，則友之義通於僚寀者也。此人之所共知者也。若為人所不知，而為當時所習用以為定稱者，則謂其所隸屬及左右之人曰友是也，此其義則古器中多有之。如大鼎云「王在歸脤宮，大以厥友守」。又云「大以厥友入扞」。師奎父鼎云「司乃父官友」。師憘敦云「牽以乃友，扞敵王身」。其如此者，不勝縷述。詳其義，皆謂其屬下之佐貳也。由是可知，古人之文字中，其單稱友者，不必專指朋言。而朋友二字若詳言之，則朋指同輩，友則出乎其下者也。因此並可知《曲禮》僚友執友交遊之別。僚友即同寅，乃同官者，誼等兄弟，故稱其弟。執友即古之友，乃其屬下之執事者，常受其覆翼，故稱其仁。二者乃朝夕所常與共事之人，故於兄弟親戚外，即遞及之。至交遊始為古之所謂朋，而今之所謂友，其關係視前二者為較遠，故居後而稱其信。所謂與國人交止于信也。若此文之先稱州閭鄉黨者，乃統一切知與不知之人概言之。孝乃本文之正面，以下不過又就其中之別有關係者，提出而分析言之。以見各因其所居之地位，見有不同。而各如其意之所期，則無以異。此孝道之推也（下文見父之執之執字，即為執友之省。鄭氏不知執友之義，妄注為「志同者」。則上既無以別於僚友，下又無以別於交遊。且與稱其仁，亦不適。豈僚友與交遊，乃常食其惠者乎！在古人亦決無如是凌雜無次之文也）

。觀《曲禮》之如是分析，則是其時友字，已久變作交遊僚寀之通稱，故不得不更冠以他字以別之也。至詩之「卬須我友」，其字正古義之僅存者。意謂相宜而堪為我助之人，即指上文之舟子言之。若以今義言，則其文為不通矣。蓋必待有朋友而後渡水，豈非事之至不近人情者哉！然其不通已亘兩千餘年，至今尚無人能覺也。

又按今新名詞中之助手，及方言中之幫手，皆甚合古友字義。友於手下復出一手，即明其為相幫助之意。其兩手同向者，明其非出於一人也。其同為右手者，凡人作事，多用右手也。故友字即從右字得聲。古右字，亦讀如以也。「卬須我友」，即我須待我之助手幫手而已。篇中或稱卬或稱我者音變也。

許氏作說文，乃專以今義說古文，烏在其有當乎！

雄雉于飛通義

此詩小序本謂刺衛宣公。而續小序之陋儒，不明詩義，乃妄造為「衛宣淫亂不恤國事，軍旅數起，大夫久役，男女怨曠」等等。東牽西扯，亂雜無次。若通若不通之詞，以冀其幸有一中，已屬牽強可笑。而朱氏則一筆抹倒，僅取其男女怨曠一語，謂婦人以其君子從役於外，故作是詩。此公生平之心目中，本除卻男女淫奔而外，別無他事者。其特取此說，殆仁者見仁，智者見智也。今按此詩之刺衛宣，乃即其娶宣姜之事，推原禍本，而深究其所以然。實為洞見肺肝之論，衛國數世之禍，惟篝之醜，實胥由此一念基之。惟其事不可明言，故通篇皆出以比興。然其文本甚明瞭，特無如世人之不知就文字所求者何也。蓋宣姜之事，雖原本於衛宣之淫亂，而實則皆由於齊衛兩君一念之忮求（忮、冀望之冀之本字。即覬覦之合音也。說另詳），有以促成之。在齊僖則貪結衛國之援，故不惜以其女為犧牲，而結此不正當之婚姻。在衛宣則更圖結齊國之援，故亦即將計就計，順水推舟，甘冒天下之不韙而慨行之。是則兩家之目的，皆不在乎婚姻，而特以婚姻為市。不然，衛宣雖荒淫，身為國君，將何求而不得，又何必越國出疆，宛轉曲折，別求一諸侯之女，且嫁名其子而已娶之？安保齊人之不以為辱，而竟可以任我之為所欲為耶！觀於匏葉苦而雌雞鳴，新臺築而戚施得，齊人絕無一言，則兩家之心事，已昭然若揭矣。蓋齊國當齊僖時勢正微弱（某公作讀左補義，謂齊此時正強大，鄭人猶挾之以為重，直足令人噴飯。彼蓋未嘗即齊國之事實，詳加攷察，而徑以桓公稱伯以後之齊，為今日之齊也。此公曾自稱讀左數十年，此等大勢，猶復瞢然。乃竟扣槃捫燭，著書行世，亦可憐哉）。其時之號稱強國者首屬鄭，次則衛自州吁阻兵後。內情雖極疲敝，而外尚負有強國之虛名。又次則宋，連年兵役，而尚能勉力自支。此皆齊僖心目中所不勝歆羨者。故自三國釁啟，即汲汲然以平衛宋于鄭，為見好三國之地。觀《隱八年春》，傳即稱齊侯將平宋衛。秋又書齊人卒平宋衛于鄭。玩一將字，一卒字，則齊僖之平三國，實費有無窮氣力。其所以然者，則初不外乎牧求一念有以迫之也。洎乎溫之會得晤衛宣？一見而知其為荒淫之輩，於是乃更思申之以婚姻以固其援。而衛宣則自知此時之衛，其勝於齊者，正復無幾，初亦非無事於外援者。況議自彼開，在我則又何不可之有。惟是已於即位之初，即烝有夷姜。明目張胆，立為嫡室，生子撫國者，已數載於茲（彼與夷姜之事，當亦有別故，初非僅艷其色。後當別論之）。倘棄而別娶，於勢殊多滯礙。而此一段美滿姻緣，棄之又殊覺可惜。於是乎兩家搜索枯腸，乃想到伋子身上，為移花接木，掩耳盜鈴之計，託名於伋子。而彼實不能自御，則老夫正不妨越俎而代。如是，則在衛既可以免再娶之嫌，在齊亦可以掩其以女供人妾媵之辱，固一舉而數善備者。所難為情者，特伋子耳。然彼乳臭未脫，又安識乃岳與乃翁為之費此種種心力耶！於是乎此古今來奇掓之婚姻，遂告成矣。然自此婚姻告成，而衛宣遂疲於奔命。即須以上烝夷姜者，復須以下淫宣姜。而宣姜則以出身不正之故，大不為國人之所齒，已亦不復深自愛惜。以致中冓之醜道路傳揚，鵲彊鶉奔，不淑貽誚。其結果至於二子捐軀，夷姜畢命。已亦憤懣以死。而衛惠（即朔）竟得以芄蘭枝葉，上涵觿韘（此篇向無解者，且舊解直無一字之合。說另詳），卒以造成熒澤之難，衛幾不國。推原禍本，何莫非忮求之一念，有以階之厲耶。詩人於衛宣，不責其荒淫，而責其忮求。此等目光，豈後世俗儒之所能夢見！無或乎其不能解此詩，且並忮求之字義，而亦不能解也。今即詩之大旨畧言之。意謂夫雉之有羽，本所以助其飛也。若羽而泄泄，則不惟不足以助其飛，且反成為雉之阻礙矣。泄泄者何？孟子云：「猶沓沓也」。此泄泄之定義也。沓沓，即今方言之所謂沓沓囉囉。二音實為一音之轉，乃繁複累贅之貌。舊說乃訓泄泄為「飛之緩」，舍却古人正訓，而妄逞臆說，彼又安從而能得詩意耶（言緩可矣，雖乖本義，語尚能通也。必云飛之緩，然則「飛之緩其羽」，成人語耶！又「桑者泄泄兮」，則當訓為：桑者飛之緩；「無然泄泄」，則當訓為：無然飛之緩。即請彼自視之，此果為何等語言乎！然彼固有道以處此。謂字義固可以逐處隨意改變也）。今雄雉之于飛也，其羽乃泄泄然其繁複累贅也，則其為阻礙也，大矣。彼果何道而得此阻礙者？然以我懷思之，則皆由其自貽之也。此章殆喻凡人之娶妻，本所以助理室家。若娶妻而繁複累贅，則反成室家之累矣，然此累又豈他人能代為之者？實皆由其人之自取耳。抑又思之，雄雉之于飛也，多好鳴，其鳴本所以求雌也。然若所求之雌太多，時而求之於上焉，時而求之於下焉，則其勞甚矣。彼君子之行，竟如是，即我心亦不勝代為之勞也。此章以雄雉之上下其音，喻宣公之上烝夷姜，下淫宣姜，以一身周旋於上下之間，實不勝其勞瘁。其用意至為刻酷，而其措詞又至為明顯。乃歷來竟無人能識之者，則以其於上下其音四字，率滑口讀過也。其滑口讀過者，則以「燕燕于飛」之詩，亦用其語，遂視之以為鳥類飛鳴之泛常語。不知彼之言上下者乃兩燕，故稱燕燕。而此之言上下者，僅有一雄雉也。後之人讀慣秦漢以降，浮詞濫義之文字，乃持以上讀古書，此其所以雖終身誦之，而其義終不能明也。詩又謂，此雄雉之阻且勞如是，我瞻彼日月，乃不禁悠悠我思矣。彼日月之運行，固各有其道，相去懸遠，彼又何從而能來集此一處，而致人之疲於顧視。如此雄雉之上下其音者，常虞顧此失彼。然今百爾君子之所行，乃大率類此，是皆由其不知，有德者之所行耳。人但能無所覬覦，無所貪戀，不忮不求，又何所用而能得此不臧之結果哉！詩本刺宣公，而託之於百爾君子者，嫌其直言之，似太傷忠厚，故特推在大衆身上，作為泛論，稍覺含蓄。然具此眼光，具此筆力，閒閒言之，已足令衛宣置身無地。吾嘗謂十五國之詩人，實以衛為冠。其嫉惡之嚴，亦無其比。而無如世人之不識何也。

又就詩中忮求二字言之，則宣公之烝夷姜，亦不必盡為色叔爰選，其中必別具有重大原因。意者衛宣之得立，夷姜實從中左右之，而二人即以嫁娶為交換條件。故宣公即位後，即烝之。且不惟烝之而已，更明立為嫡室，而即以其所生之子為世子。此若但為尋常私通苟合之事，當不至遽若是也。又按夷姜為莊公庶妾。莊公之沒，去宣公之立，中間相隔已十六年。則夷姜此時，至少亦須在三十以外，衛宣何故而必烝之，而汲汲若此乎！觀其欲娶宣姜而不敢，寧冒天下之不韙，而假名於其子。又其既得宣姜，仍不敢漠視夷姜，乃至不惜為之上下其音。至後，納宣姜之謀欲廢伋子，尚復不敢顯廢之，而必假手於盜殺，則二人於秘密中，必別有關係，有可斷言。襄夫人之於公子鮑，則其志之未成者也。惜乎，左氏於春秋初年之事，言之多不能甚詳。殆當時尚無詳實之記載，而又相距已遠，僅據所傳聞，不能盡衷於事實，故其事遂不傳也（觀《左傳》於隱桓莊閔之世，尚沿《國語》體制，所載多煌煌大文，而紀事者則多從略。又其傳歸惠公孟子之賵，以為豫凶事。傳尹氏卒以為君氏卒，皆與情事不合。則當時於紀載之法尚未大備，不難想見。又《國語》雖託始於春秋以前，而其為文，初不甚多，又多紀言而少紀事。故春秋之託始平王，亦有所不得已也）。若其事在襄昭定哀之間，當必更有絕妙之文章出現矣。則事之傳不傳，亦須視乎其所處之時代也。

忮　不忮不求　鞫人忮忒

詩不忮不求之忮字，自毛傳妄訓爲害字後，遂貽誤以至於今。世之人因無一能明此詩之義者，故其誤亦無從發現。甚至並孔子引此詩之義而失之，此皆字學不明之咎也。今攷毛氏之所以訓此字爲害者，殆其心實並不識此字。而以聲求之，妄意其爲忌字之異文，因臆爲此說。而此字則除此詩外，惟《瞻卬》「鞫人忮忒」句一見之。其句之義，彼尤茫昧，故亦即以此義模糊解釋之，實則與本義正相反背也。蓋此忮字，實爲冀望之冀之本字。而古人於冀字之義、亦不若近人之廣泛（近人直以冀望與顧望通矣），其義實爲今文之覬覦。覬覦二字，殆即忮之切音也。故《左·僖三十三年傳》「鄭有備矣，不可冀也」。《楚辭·九辯》「心搖搖而日幸兮，然惆悵而無冀」，其義皆作傚倖如志解。此皆冀之本義，而實乃忮之本義也。冀本地名，故上從北，示其方向（今古文中，尚未見其字。下之所從，無從臆揣）。《左傳》「冀北之野，馬之所生」，即其地也。後又以音同之故，時常假作忮字。至二字之孰爲先後，則殊難判定之也。大抵字之起源，皆先有語而後有其字。當未有其字之先，勢不得不姑假他同音之字以代之。迨其後行用漸廣，始別制有專用之字，此事理上所當然者。倖人之倖，在《詩經》猶通作幸。而《左傳》則別之爲倖。急子之急，在詩序猶通作伋，而《左傳》已別之爲急，是其例也。此忮字想亦如是。初本假用冀字，然行用過久，後雖制有忮字，而人因狃於習慣，仍多從其假字，而其字終不通行。故忮字除再見於詩外，他書仍多作冀。此猶羞恥之羞，在金文本有專字，而各書則仍假用膳羞之羞，而於膳羞之羞，乃別加以月旁也。今按此忮字，雖為形聲，然其間實別含有幾許會意之義。因此字實由跂字生出。跂字為舉踵而望，所謂跂余望之也（跂又別作企）。忮字與之，正同一心理，同一作用。不過跂之用在足，而忮之用則在心。故但即跂字而易其所從之足為心，斯義意顯然矣。而無如世人之不通六書何也。字義尚不能識，如之何其言文義耶！今此詩之義已大明，則其字之不得釋作害字，初不待言。至「鞫人忮忒」句之忮字，尤不得以強釋為害。其義之至今不通，胥原於不明此字也。鞫、訟也，今人謂聽訟為鞫，此乃後起之義。在古人則以訟人之罪為鞫也。「篤公劉芮鞫之即」，即謂虞芮爭訟事，謂芮人以訟事來即也。《天問》「皆歸朕鞫」（今誤為「皆歸射鞫」），即謂萬方有罪，罪在朕躬事，謂皆歸朕一人訟其罪也。忒、小差失也。《鳲鳩》「其儀不忒」謂其儀不有小差失也。「鞫人忮忒」，謂訟人者，常冀望人有小差失，讒言始得以竟背之。蓋原本其忒以緣飾周納之，遂致沒其真象也。其事豈曰不為太過（極至極也，即太過也）。然在彼則曰，伊胡為慝也。是殆如賈者之有三倍之利，而為君子之所識之以為戒也。蓋取利未可非也，利而至於三倍，則君子弗為之矣。若婦人則於此等事更非所當問。如無公事（公事謂粢盛衣服之事婦人之所當為者），則亦第休其蠶織而已。通章宛轉關生，明白如話。而二千餘年無人解，亦寃矣哉！

天何以刺

吾前解厲字，謂厲列賴同音。賴之從束，即從列得聲，而刺字即古列字。其說不過根據古彝器言之。不謂經文中，尚有其遺蛻，則《瞻卬》之「天何以刺」是已。此詩刺字，毛傳訓為責，殊不成語。鄭氏因之，乃以其不成語也，更申之曰「天何為責王，見變異乎！」如此成語矣。然文中何處有見變異字，即通篇亦絕不見有天變字。鄭氏於何處見得天以變異責王乎？即令有其事，而詩但言責，必待後人足之始能成語，豈古人中竟有此不通文理之詩人乎（若使鄭公為詩，必多此類語，但觀其所為之「詩譜序」可知，惜乎！設詩人中果有如此者，吾知孔門師弟，早不敢領教矣）！今按此刺字，即為古列字之僅存者，其義實為酷烈之烈。古烈字無加火者也。其在古文，本當作厲。但此詩厲字，已假用在前，即首章之「降此大厲」是也。設此章復用其本義，恐其與前文相溷，故特假用列字以代之。以二字之音義並同也。至大厲云者，即今人之所謂惡鬼。《左傳》「晉侯夢大厲，被髮及地，搏膺而踊。」是也。凡伯此詩蓋直視幽王為惡鬼，殆逆知其必將覆宗周之祀，痛心疾首，而不覺其言之過也。毛氏訓厲為惡，然則降此大惡何謂乎？大厲之厲字，雖仍不離本義，然已由形容詞而變作名詞，故與其本義之字，轉恐其相溷。又厲字至此時，似已由嚴厲轉而為凶暴，且亦不便以加諸天也。「天何以刺」，若以今文書之，則當作烈。而其音則仍當讀厲列等字之古音。如類，方能叶韻。以此章刺富忌類瘁，五字皆韻也。後人不明古文之轉變，又何怪其百端穿鑿而終不可通乎！

戾

《瞻卬》之「降此大厲」，初以其下文云「士民其瘵，蟊賊蟊疾」，疑其為癘字之假借。意幽王之世，或癘疫盛行，故凡伯感之，作此詩以刺王。既而思之，癘疫二字，乃後人濫稱，在古人不當有其語（癘自癘，疫自疫。癘即今人之所謂癩，說已見前。《金縢》之「遘厲虐疾」，厲虐二字，皆形容詞，非名詞也）。又《節南山》「家父之刺幽王」亦有此語，厲則作戾，二字本即一字。彼戾字不可以釋作疾病，則此厲字亦不可以釋作疾病也。因即據左氏之言，釋大厲為惡鬼。又《襄二十六年》，孫文子詈孫蒯曰：「厲之不如」。杜注厲為惡鬼，亦其證也。至厲字《節南山》之別作戾者，戾字實厲之異文。其所以別出戾字者，不過以厲字，後來之應用太廣，義至廣泛，幾於美惡不分，故特就其美之一方面別作列（即烈），而就其惡之一方面則別作戾。厲之義為石下有蠆，而戾之義則為户中有犬，同取其猛烈不可犯之義。而厲之義，則猶可以通用。若戾則表人於犬，非極狂猘者，不得輕用也。知戾字之由厲生出者。厲之得音由於萬（即蠆），而戾字則有義無音，一以厲字之音為音，故知其特為厲字之異文也。厲之音由列賴二音，有時轉而音類，故戾字亦即音類。厲之母音，急讀之則為立，故戾字亦有時轉音立。而古人亦即以之假為臨蒞之蒞。凡詩所謂「鳶飛戾天」、「靡所止戾」、「魯侯戾止」等戾字，實皆蒞字也（蒞字之產生尤晚，故蒞卜之蒞字，龜文率作立，即所謂立貞也。周禮猶然。作諸詩時，或尚無其字也）。知厲戾二字之同出一源，即可知二詩之必不容以釋作二義。而二詩又同為刺幽王，則當時羣臣，目睹幽王之荒淫凶暴，共私謚之為惡鬼，固當然之事也。至「鞫訩」云者，字實當作鞫凶。鞫、訟也，亦即罪也，蓋訟之所以科其罪也。鞫凶即罪凶，猶今人稱人之橫暴者曰凶犯也。凶字古人以其指人言，或別於其下加人，即為今文兇字之所本，意謂為凶人也。然今於古文中尚未見。《左傳》子產謂子皙曰：「作凶事，為凶人，不助天，乃助凶人乎！」似子產時已有其字，故子產據之為言。此詩之作，則更遠出於子產前數百年。或當時尚無其字，故特即凶字左側加以言旁，以示與吉凶字有別。其加言者，猶後人之加人，蓋言必出自人也。鞫凶以人言，大厲則以鬼言。古人於平常之言語中，亦必具有次第。而世儒漫不加察，動曰「意猶前章」，或曰某猶某也。是直視古人之為詩，乃龐雜無理，外駁堆砌，以聊充篇幅者已。豈非古人之大不幸哉！

又按《桓二年》「鞶厲斿纓，昭其數也」，此句本皆就車制言之。鞶即樊，鄭注《周禮》云：「樊、讀如鞶帶之鞶，馬大帶也」，是也。厲即勒之假借，厲與勒古一音也。其在《周禮》，則曰「革路龍勒」，其在古器，則多云攸勒。凡錫命車服之銘文中，幾皆有之。即今詩誤以為鞗革者也（鞗乃攸繁文，而革則勒省文。俗儒不識字，以鞗字有似於條字，乃讀作條，而革字亦無從知其為省文矣。此其所以貽誤至今也）。勒字或別作𩋙（見邢侯尊），從束（即京），從手執（即丮，即小篆丮字之所本。古文則作𠃨，而今省為丸者也）。其從束，即表示其為列音也。斿則車上所建之旗。《周禮》謂「大常十有二斿」，以下大旂大赤大白大麾等，雖不言斿，亦皆有斿，特數減耳。纓無他義，即今之馬纓。不過其取義，原本於其物常當馬胸，古人謂胸曰膺，故其制初本謂之膺，凡金文皆然。後因引申至於他物（如冠纓矛纓之類，其在古則本為英字，如「二矛重英」，即謂矛纓，「三英粲兮」，即為冠纓也），乃始別制為纓字以代之。今人謂馬纓曰蹀胸，猶古義也。乃杜氏牽於毛氏之謬說，強釋鞶為伸帶，又釋厲為帶之垂者，其說直足令人噴飯。鞶已為帶而厲更為帶之垂者，豈所謂帶者，初不許其下垂，而下垂者，乃別為一物，其名為厲耶？然則詩所謂垂帶而厲者，尚成語耶！大抵其幹皆原於毛氏之誤認厲與帶有關，因成此種種之笑柄。其實《有狐》之厲乃瀨字，而《彼都人士》之厲乃形容詞。其與帶字，同用者，一則取其叶韻，一則其適然相值，初非有何深義。乃不圖癡人前說不得夢，而一般陋儒，竟假此以大施其附會也。不加深攷，而專好逞其臆說，此其所以為陋儒乎！

揚且之皙也　揚且之顏也

《君子偕老》「揚且之皙也，揚且之顏也。」此二句向無人能解。各家雖曲為穿鑿，卒無一成語者。初亦不明所謂，及細即文義求之，始恍然於全詩之所謂刺者，全在乎此。前人不明其意，當其轉迻今文時，不敢臆為指目，因即就古文之原字存之。經文之如此者不一。如《小雅》「匪其止共，維王之邛。」《陳風》「墓門有梅，有鴞萃止。」兩止字本皆之字。乃譯者不明其義，亦即存其原式，與此正可互證也。後之人目不睹古文，遂亦無從逆臆，此其所以傳疑直至於今也。按且字即古之祖字。凡金文中之祖字，率多作且。間或借用助字（如友鼎），或借用祖字（如陳逆簠），僅千百中之一二（若龜文則皆作且），其作祖者甚罕。

蓋且原為祖之本字，故其字即象廟主形。意謂人至於為祖，則其去廟主不遠也（由是可知，古人三十而娶之語為不虛。孫之與祖，多從廟主上見之。若今人則有祖孫相差，僅十餘歲者矣，計其年方壯也。）其字之筆畫又甚簡，故不須假用他文。至後世之加示者，因其字時常假作語助詞，恐其相溷，故不得不稍示區別。此猶午本象杵形，而杵乃別加木。其本象箕形，而箕則別加竹也。此所謂揚祖之皙者，謂其美如此，正所以顯揚其祖上之清白。此所謂揚祖之顏者，謂其美如此，正所以顯揚其祖宗之顏面也。頌其人之美，乃竟上牽及於其祖，謂其美，為自其先世所留遺。而姜之所秉，實足以昭示其先人之光采。則其不淑，亦必自其先世所留遺。而姜之所為，實適以昭示其先人之不德，自在言外。謂其美所以顯揚其祖，正謂其不淑，實所以玷辱其祖也。此種申申痛詈，直視宣姜不以人齒。吾讀《新臺》、《相鼠》諸篇，而歎衛詩人嫉惡之嚴，然尚不及此篇之甚。宣姜之潰而橫決，亦未嘗不由於此。嘗謂宣姜初亦一好女子，特因其父一念之忮求，與之結此不正之婚姻，致為全國之所賤棄。而姜亦以遷善無從，盜污行淫，遂不復有所顧忌。以至醜聲四播，流毒宮幃，禍延數世。尋厥由來，殆無不從名之不正始也。孔子論為衛國之政，謂「必先正名」，對蒯聵祖孫而發，實不僅為蒯聵祖孫而發也。《邶鄘》、《衛三風》及一部衛國歷史，舉無不可以此二字盡之（後當詳論之）。孔子殆平日有感於詩，觸於蒯聵之事而發之也（若在俗儒，則不曰孔子刪詩之意，即曰孔子序詩之意。實則孔子何嘗有此事耶！」。然則名之所關，詎不重哉！

臨清吳桂華秋輝氏著

考槃通義

自詩學失傳，後之人襲謬沿訛，有極可笑者。前此之隨時指出者，已不勝縷數。而其特甚者，尤莫甚於《考槃》，以其併男女亦不辨也。

《考槃》之詩，小序以為刺莊公是也。而續小序者，不明詩意，求之不能得其所以刺莊公之處。見詩中有澗阿等字也，乃逞臆牽扯。謂莊公不能繼先公之業，使賢者退而窮處。夫莊公之為人，豈可以是責之者。即明王御宇，亦難必其為野無遺賢。堯舜之世，尚有巢許，又何得以其時有賢者退處，使指之以為其君之失德耶！況莊公謔浪笑敖，其乖僻幾非人類，失德寧容細數？今乃以賢者退處責之，是何異對放飯流歠之人，而責其不能無齒決耶！其所以然者，序以為刺莊公，而詩則殊無可以指為莊公者。強行牽扯，遂乃成此不通之義。是猶《雄雉于飛》，序以為刺宣公。不明其說，乃謂宣公使國人怨曠也。今按此詩之所以序謂之刺莊公。以其不禮莊姜，謔浪笑敖，絕無人理。傷莊姜之過，以為過人如此。直不如匿影銷聲，遁跡於人跡不至之區，庶可以稍得一時之安靜，但一近人跡，使不能免除其擾害也。意雖在刺莊公，而詩却皆論宣姜。讀者苟死於句下，專向莊公一面求之，已不能得詩意。況乎其並詩中所言之碩人之為宣姜，猶不能知，其胡云亂道，又安足論乎！在昔人編詩之時，此詩之下，即次之以《碩人》者，意即在乎使人易了解詩中所言之碩人何指，而無如二千餘年之學者，竟熟視若無睹也。又此詩之所以滋人誤會處，全在一槃字。此字若以古誼論之，似出假借，語其實則不然。蓋古人於假借之字，必求其字之於本文，絕不可通者。若此字之一器物名，仍假借一他器物名以代之，乃絕所不許也。此槃字本當作鞶，在當日傳授時，偶因形近，誤而為槃。好在當時學者，槃與鞶悉所不解，遂傳訛至於今日。此猶桃之夭夭，竟誤為桃之夭夭也。鞶乃婦人所常御之物，用以盛箴（古針字）管線纊，凡將作女紅，必須先叩而出之。考即叩之轉音。《山有樞》所謂「子有鐘鼓，弗鼓弗考」，又《學記》所謂「入學鼓篋」。集注以為「鼓而發之，出其書籍」。彼之鼓篋，與此之考槃，同一義也（鄭注鼓篋，謂擊鼓警衆，乃發篋出所治經業。以鼓為擊鼓，以篋為發篋。姑無論其義也，試問天下古今，有如是之文理乎！吾謂鄭氏一生，併不通文理，其注經之荒謬處，強半原因乎此。而世人此則儀鄭，彼則師鄭，亦不過取其不通而已）。鞶之制雖莫得其詳，然以字義推之，殆猶今婦人所御之臂包，附諸帶上。其形式有類乎馬之鞶帶，故即以其名名之。不過馬之鞶以革為之，其博處如槃，乃正當帶之中，用以為藉。茲之鞶乃以絲帛為之，繫諸帶之右側，用以盛物。而形亦如槃，故亦假用槃名也。以此言之，則此詩之作，尚遠在春秋前。其時鞶槃等字猶未興，故作者仍不得不假用槃字。前人知之，而欲保存其真面，故不肯以之改從今文。至後人改譯今文時，則已莫知其義，則亦只可就原文書之，此亦當然之事也。至鞶之施，女與婦可以通用與否：則經無明文。然即經文攷之，則似其制至為婦時始有之。《士昏禮》「女子于歸，庶母送之，女及門内，始施鞶，申之以父母之命。」而《内則》婦事舅姑之禮，「右佩箴管綫纊施鞶袠。」女事父母，則不言施鞶。是女在母家時，猶謂之未成人，其於女紅，但有學習，初不責以成人之事，故不施鞶。及于歸，則成人之道始矣，女紅乃其天職，故古禮特於其將出門時施之。古人制禮，雖薄物細故，亦具有深意。而惜乎後人之不及知也。是則鞶之關係，幾與笄同一重要。而為婦與女之所由分，女未施鞶，則其獨宿，乃所當然。至施鞶則已歸夫家，苟非夫死，焉有獨宿之義？而茲乃云「獨寐寤言，永矢弗諼。」則為其夫者之為人，自可想見矣。此詩之鞶字，殆與《柏舟》詩之髧字，同為全詩中之眼目。而此字一失其解，全詩之言，皆無着落矣。前人不惟於鞶字義不通，即使其知此字為鞶字，彼於鞶字義，亦所不通也。今就詩之大略言之。意謂夫，鞶者，婦人之飾也。而考槃，則婦人之所有事也。既為婦人，則無可以遠人而獨居之義。然在碩人，則必考鞶於澗谷之中，為人跡之所不能至，於心始覺寬然也。蓋寧甘心於獨寐寤言，且永矢之以弗諼矣，而澗谷不可必得也。假使考之於山阿焉，其勢雖亦遠於人，然其地已為人跡之所能至。碩人在此，則已為遭逢之不幸，所謂命運之過失也。邁字就字義觀之，似即為後世萬苣之萬，茲特假借之者，取其義之為不可通，非其字果應作邁也。然其遇雖為碩人之不幸，亦惟以獨寐寤歌者，永矢之而弗達失而已。蓋其地一為人跡之所能至，恐將終不能免於若人之滋擾也。此過字與上文邁字，本當同為一字，而其義實有別。上過字指境遇言，猶所謂命途乖舛，乃動名詞。而此過字，則作違背解，乃純為動詞。然上一義實別無其字，故不得不權取邁字代之，以免其誤兩過字為一。詩中每有一字再押為韻者，皆其義有別者也。考槃在阿己為碩人之不幸境遇，況碩人之考槃，乃明明在陸焉。不惟澗不可得，即阿亦不可得。碩人固未能離人而立於獨也，此則碩人之至可悼歎者也。軸、毛訓為進固非，鄭改箋為病，近之矣，而亦非確估。至集注乃別訓為盤桓不行之意，則益不成語矣。軸字即《鼓鐘》「憂心且妯」之妯字。鄭注：「妯之為言悼也」是也。其字本無定字，故二字皆出於假借。其作軸或作妯者，語音有緩急輕重也。碩人既不能遠離若人，則其過良可悼歎。斯其所謂「獨寐寤宿」者，亦惟永矢之，而弗以告人而已。蓋其心雖永矢獨寐寤宿，而勢不可得。無可以告人，且告人人亦不信之也。此詩每章之所變易者止三字。而三章三義，有虛有實，有正有反，三字之中，一字不可移動。後世俗儒，以其習慣於後世膚濫通套之文字故，乃移以上窺古人之著作，於聯章之詩動以為「義猶前章」。然則古人胡為而不憚煩絮，而為此許多無意強言之文字乎！殆亦弗思而已。

手如柔荑

《碩人》「手如柔荑」。毛傳云：「如荑之新生」，初不言荑為何物。以《靜女》「自牧歸荑」，傳已訓荑為茅之始生者也。夫茅則茅耳，豈得以其始生便別賦一名。若然則蕭之始生，艾之始生，又應何名耶？且荑為茅之始生，彼於何處乃得此掓解也。不知彼荑字，乃篪之假借，即前章之所謂彤管，馬融《長笛賦》所謂「程表朱裏」者也。而此荑字即《易．大過》「枯楊生稊」之稊，王弼《易注》訓以為：「楊之秀者」是也。至孔氏作《正義》，乃強釋楊為柳。於是乎稊之義不明，而王氏之意亦晦。是皆由前人誤信一種謬說，凡經文中之楊字，率訓為柳，因而本義盡失也。楊之秀所以名稊者，因其秀麗毿下垂，大似乎人之垂睇，至今人尚仍其名。其物至柔，故詩人取以為喻。至稊之所以轉而為荑者，則似稊字原本作梯，為形聲字。後人因其與階梯字相犯，乃於木上加一畫成禾。而其字又與稊米字犯複，乃更就弟字加草作苐。而弟字古文，又甚似乎小篆之夷，蓋一作𢎎一作𢎨也。由是而本苐也，遂作荑矣。然文雖變音則未變，故仍讀啼。《周禮》「地官凡稼澤以水殄草而芟荑之」（芟音刈，即刈之異文。詳《載芟》），即假其字用代薙字。《月令》「燒薙行水」，即其事也。若其字本從夷，又何處得有啼音耶！

碩人通義

續小序者之不通，其全體刺謬者無論矣。即詩義本明，而一經此公之點染，亦必不通而後已。天生此公此一副筆墨，殆專用以誣蔑古詩也。如《碩人》一詩，小序云：「閔莊姜也」，文本明。又《左傳》「莊公娶於齊東宮得臣之妹，曰莊姜，美而無子，衛人所為賦碩人也」，則益為重規疊矩。乃此公偏故示其博，因其胸中有《綠衣》、《終風》等篇也，特續之云：「莊公惑於嬖妾，使驕上僭，莊姜賢而不答，終以無子，國人閔而憂之」云云。通觀此篇，何嘗有莊公事，又何嘗有不答事？寧非節外生枝？至閔憐也，惜也，下何得更贅一憂字？然則經此一續，不忝為畫蛇添足乎？又何必多此一續耶！今按此詩首章頌言其家世之正大，二章頌言其生質之昳美，三章頌言其勤政愛君，四章則綜前章，頌言其德澤之渾涵，如大河之滋生鱣鮪葭菼。故庶姜（指隨媵之姪娣）亦得以各如其志，而庶士（即庶子。其稱士者，凡天子諸侯之子，其初生皆士也。古今無生而貴者也。見冠義。）亦得以孑然特出。通篇初未言其無子，而頌言庶姜庶士，則其無子自見。頌莊姜之德，而及於庶姜庶士。其孽孽有朅，雖原本於莊姜之德，而莊姜以無子，乃致庶姜孽孽，庶士有朅，則其危亦在言外。此其所以為閔莊姜也。最可笑者，毛氏訓庶士為齊大夫之送女者。夫齊大夫之送女者，豈竟永不歸國，而隨莊姜終老於衛哉！又鄭氏箋卒章云：「此章言齊地廣饒，士女佼好，禮儀之備，而君何為不答夫人？」其一種鄙陋之胸襟，直不覺活現紙上。茲無論齊地何嘗有河（古所謂河，皆指黃河言，非通稱也。）夫夫之宜答其婦，豈以其母家之富饒與否為斷。若如鄭氏之言，則貧家女當然不為其夫之所禮矣。勢利起於家庭，有如此其甚者乎！故吾嘗謂鄭氏考亭之徒，其鄙陋浮薄，苟使其達而在上，其誤國誤民，必更較王安石尤甚。蓋言為心聲，觀其言論，初不必待其折足覆餗，而後始知其必敗也。識者當必不以予言為河漢也。

巧笑之瑳佩玉之儺

《竹竿》「巧笑之瑳，佩玉之儺」。此二句本承上文「淇水在右，源泉在左」來。淇水喻女，泉源喻母國。淇水雖為泉源之所生，而在右在左，終不復相會，喻女子雖生母國，終不得復歸母國也。巧笑二句，特以申明上義，此乃文理上當然之勢。乃毛傳以瑳為「巧笑貌」，以儺為「行有節度」。茲無論其不成義意也，今即就其言觀之，巧笑之巧笑貌，佩玉之行有節度，此何語耶？今按瑳、靨渦也，儺、佩玉下之衡牙也。瑳雖由笑而生，而瑳與笑則各異其處。儺雖由佩玉而設，而儺與玉則各異其方。此與淇水泉源之在右在左，正同一情勢也。由是並可知《君子偕老》之「瑳兮瑳兮，其之展也」。展字實作展笑解。《莊子》所謂「輾然而笑」，即其義也。後人或誤作賑，妄人好為異說耳。瑳兮重言者，瑳有兩也。（由是可知，玼亦有兩。古人重文，無濫用者也。）儺為佩下之衡牙，故凡物之麗簇下垂者，概取之以為形容字，即所謂猗儺也。是則又由儺之名詞，而孳乳而生者已。

檜楫松舟

「檜楫松舟」，理想之詞，必無之事也。松檜雖良材，而獨不適於為舟楫。其義猶之柏舟，非真有以松檜為舟楫者也。毛傳謂「舟楫得水而行，喻男女相配，得禮而備。」特囈語耳。

芄蘭通義

《芄蘭》、小序云：「刺惠公也」。蓋惠公以宣姜少子，非孫非子，而又譖害二兄以得位，名之不正也極矣，故同列之人，皆存羞與為伍之思。而詩人乃直以芄蘭之枝葉為觿韘比之，而自託於容遂，垂帶而悸，則宵人僭正，正士皆不自安也。芄蘭、草名，蔓生田野間。臨清方言則目之為羊角，以其枝端所結之莢，有似羊角故也。而古人所佩之觿，形正如是，「所謂解結錐也」。至其葉則又似古人所佩之韘。韘一作遰，即袋之本字也。其制以韋為之，故從韋，所用以盛決拾管者也。芄蘭之枝葉，雖有似乎觿韘，而芄蘭實不可以用作觿韘也。而童子則竟佩之以為觿韘、然彼雖佩之以為觿韘，至其所能，則非我之所及知而熟習也。（甲、狎通，熟習也，毛傳此尚不誤。）而彼則居然觿韘矣。似此以偽僭正，名實顛倒，則凡與之同佩之容也遂也，又安得不慄慄危懼，雖垂於帶，而竊竊然患不自保。蓋奸人得志，必無望正士之能容也。容乃正容小鏡，遂則燧通，即金燧木燧，皆與觿韘同佩者也。此詩通篇皆比，而寄託則顯然易見。苟能熟習《內則》，而就詩中之所謂觿也韘也容也遂也，各求得其確詁，則全詩自不難渙然冰釋。無如前人之說《內則》，謬誤相承，絕無人能得其真詁，故其於此詩，仍不能有合。蓋《內則》原文，除觿字外，若韘、若容、若遂，皆未嘗有顯著之文字也。故欲治此詩，則必須先就《內則》改正之，其義自顯。今試舉《內則》之原文，分誌如下：子事父母，左佩、紛帨。鄭注以為拭物之巾，是也。刀，此字無須注。礪，鄭注以為礱，大謬。時無古今，人豈有以磨刀之石，繫諸腰間者哉！今按礪、燧石也。古人凡謂石之粗者，皆曰礪，不必其定為礱石也。由此義推之，故凡米之粗者亦曰糲，則引伸義也。小觿，即所謂解結錐也。金燧，鄭注金燧可以取火於日，此謬說也。金燧何以能取火於日，古無定說，是皆不明情勢，妄逞其拘執之理想之詞也。金燧，殆即今日火鐮之類，敲礪以取火者。漢儒不知古人久已發明敲石取火之法，其仍不廢鑽燧者，乃當時相沿之古禮，非古人取火，定用鑽燧也。不然，改火之制，唐宋人猶有行之者。而因此遂謂唐宋人之取火必須鑽燧，有是理乎！然在拘執不通之漢儒，則不足以語此也。以上佩之屬於左者也，右佩玦，鄭無注。以其字習見，無須注也。玦、即決，所以鉤弦開體，即今之搬指也。捍，一名遂，又名拾。遂、謂其可以遂弦，拾、謂其便於拾物也。鄭注此字亦不誤，而說來則未極透徹，以其於情事固不甚了了也。蓋古人之射，但袒其右臂，而其左臂則仍御大衣。古制衣袖寬博，於弦之來往，殊感不便，故必須用物以束縛之，始形順遂，此其所以名遂也。凡射禮未射之先，必先言袒決遂，即此義。其又名拾者，以常時拾物，袖必先拂地，而既著遂，即無慮此，故又有此稱。其物以韋為之，後世之臂韝，即其遺制。鄭氏又以韘為遂，實贅說耳。他書作遂，而此名捍者，因其對弦言之則為遂，對臂言之則為捍。蓋所以捍衛人臂也。聖門弟子中，有馯臂子弓，馯實為捍之假借。此人傳者失其氏族。馯臂者其名，而子弓則其字，後人竟合其名與字為一，是則不諳古義之咎也。管、鄭注以為筆是也。遰、鄭注以為刀鞞，則笑柄矣。刀鞞即今之刀鞘。刀本佩於左，而刀鞘何以反佩之於右，豈刀鞘不必容刀，特佩之別有用途乎？孔氏作正義，知其不通，乃曲之說曰：「刀鞞云者，此刀大於左廂刀也。」夫鄭氏但云刀鞞，何嘗云刀？如云言鞞即言刀，則鞞附屬於刀，刀非附屬於鞞。言刀可以賅鞞，言鞞初不得以賅刀。刀尚無之，又何有於其大小？且鄭氏果何所據，而知遰之為刀鞞耶？（古今來，凡佩刀無有無鞞者。前之不言鞞，已括之於刀也。若刀無鞞，何以能佩帶耶！即此亦足以見鄭氏之不通矣。）今按遰即詩之所謂韘，而今之所謂袋也。帶在古本有韘聲，觀其常與屬為韻可知，屬古音近列也。遰之制以韋為之，故韘字從韋。至袋字則後起之俗字，觀其絕無與衣而從衣，即可決其在秦漢前，決無其字也。殆後人仍沿襲乎遰之名，而不得其字，乃不得不別撰一袋字以代也。以遰字已被鄭氏解成刀鞘也。此遰字正所以盛上文所言之玦捍管者。因三物皆甚零星，不宜佩帶，故為遰以盛之。此正與下文，婦事舅姑之道，右佩箴管線纊施鞶袠之文，相對照者。男子之玦捍管，與婦人之箴管線纊，皆職務所在，斯須不可去者。故婦人為鞶以盛之，而男子則為遰以盛之。男子之遰，與婦人之鞶，實同物而異名。不過男子之遰，以韋為之，婦人之鞶，以絲為之，形式稍異，及所盛之物不同耳。《內則》又云：「男鞶革，女鞶絲。」所謂鞶革者即遰。男本不名鞶，而變其稱曰鞶者，蓋人易曉然於其為一物也。（韘又作褋，《楚詞》「捐余玦兮江中，投余褋兮澧浦。」之褋即謂此。蓋褋即韘，玦即決，褋所以盛玦。故前既捐其玦，後併投其褋也。後人以從枼得聲，筆畫近繁，乃改從代字，代枼常同聲也。）大觿，則觿之大者。木燧，鄭注以為鑽火也，與其注礪為礱同一可為噴飯。皇氏更申其義曰：「晴則以金燧取火於日，陰則以木燧鑽火也。」若然則一遇陰雨，需火則必須鑽木，人將不勝其勞，樹木亦將無完膚矣。《孟子》謂「水火為至足」，不且成讆言乎：今按木燧，即後世焠兒之類，析木塗硫，藉以引礪與金燧所生之火者也。今陝人尚存其遺制。蓋古時無紙，故特以木之薄片代之也。以上則佩之於右者也。至前述數者之外，

更有二物，為人之所恒佩，而古今人皆不及知者，則容臭是已。《內則》於分述子事父母，婦事舅姑諸佩物外，更特記之曰：「男女未冠笄者，皆佩容臭。」則二物實無分男女皆佩之，故綜述之。又其佩帶之位置，初無一定，故不言左右也。容臭二字，鄭氏誤合為一，注曰：「香物也。」是則由於其但識臭字之義，而容字則久經湮晦故。容之為物，至今尚無人能知，初不得以但咎鄭氏也。孔氏正義，引庾氏之詞曰：「臭物可以修飾形容，故謂之容臭。」其說直牽强可笑。臭物但取其香氣，何以能修飾形容。豈以臭物塗之於面，傅之於頰耶！寧非天下之怪論耶！今按容乃鑒之小者，但資之以視察容貌者也。容又名鞶鑑，《左傳．莊二十一年》「王以后之鞶鑑予虢公」，《定六

年》「衛侯以定之鞶鑑，請納昭公。」皆此物。以其常佩之於鞶帶之間，故得此名也。容之於文，本屬象形。其外所從之冂，即象鑒形。中之谷，乃象人之眉目及口，非谷字也。金文乃直繪一鏡中人面形，人之面充塞鏡中，明其鏡之僅能容面也。後人因為文之便，其外之冂或轉而從宀。許氏不知其義，乃收入宀部，且為之說曰「從宀谷聲」。既而覺其不合，乃更僞撰一㝐字曰容「古文作㝐」，以濟其說之窮。蓋彼既以容為谷聲，而谷實無容音，故特撰成此字，以明容之所以為谷聲者。谷字實為公字所轉變，所謂谷聲者，實公聲也。亦可謂之心苦分明者矣。容之本義，除詩及此文外，更別見於《士冠禮》，初加之文曰「賓右手執項，左手執前進容，乃祝坐如初。」其曰右手執項者，執將冠者之項，令使正也。左手執前進容者，左手執容，前進之於將冠者之前，使得自視其冠之正否也。既正，乃祝之坐（即跪）如初。此文之至明瞭者也。再加亦有此文云：右執項，左執前進，而進之下落一容字，遂不成語。而此容字，乃誤厠於下文「素積素韠」下，出「序南面」上，中間橫亘以此字，亦不復成語。而古今來，卒未有人覺其錯誤者，則以舉不知容之為何物也。鄭氏則以進容二字為一讀，謂「進容者，行翔而前，鶬焉至則立。」（看此二語，牽扯得何等難受。）不知將冠者此時方坐（即跪），更從何處行翔而前，更有所謂鶬焉至則立耶！此公之注經率如此，初不能與之言理也。詩所謂容者，正即是物。至詩所謂遂者，卻非《大射禮》之所謂遂。彼遂字雖與此文字正同，然實非同物。因彼遂字，雖亦佩之於身，特卷而納之於鞢中，初非與鞶鞢同垂於帶，其同垂於帶者，乃金燧木燧也。《大東》「鞙鞙佩璲」，亦即指是而言。其從玉旁，似又因礪得義。又古彝器則或作鞞剢（靜敦），或作鞞䩶。即其文字推之，則現時之取火皮荷包之制，古已有之，金木燧及礪，早聯合為一也。其謂之鞞遂，正謂其外之韋包，有如刀鞘也。遂實燧之古文，至後人始加火以別之。春秋初年，或尚無其字也。此則即詩之取義，可推測而知者。正不得以其字同而誤認為一物也。

又按古彝器中，有紀錫鞞剢者。剢或作剢，或作䩶。前者見靜敦，後者見番生敦。剢當即古燧字也。其曰鞞剢，當即為金燧。其云鞞者，因其外有物以包之如刀鞞然。其形式殆與後世之火鐮皮荷包相似。以情事推之，想當然也。

北風通義

《北風》，小序云「刺虐也」。續小序者，不明其義，乃僅解得「携手同行」一句，因牽強為之說曰：「衛國並為威虐，百姓不親，莫不相携持而去焉。」其說固不成義意。朱氏則尤淺陋，乃曰：「北風雨雪，以比國家危亂將至，而氣象愁慘也。故欲與其相好之人，去而避之。」是皆不知此詩尚有末二句，且不知就其情事而細參之也。今畧舉其義言之。夫北風若是其涼也，而又加之以雨雪若是猛厲，此人之所當杜門不出，而權行避之者也。乃彼偏自以為惠而好我，携我手而與我出外同行也。是其好我也，乃使我往冐此北風雨雪之酷烈也。其虛詭不實，其邪慝[不]正既達極地，亦只有如此而已。只且止此也，我何不幸而偏蒙此惠也。已而北風之其涼者，漸變暖和，而其喈矣。喈即借用喈喈之喈，聲之和也。雨雪之其雱者，漸就止息，而其霏矣。霏、霏微，疏落貌也。則其酷烈已稍殺，初無碍於遊行矣。乃彼自以為惠而好我者，携我手，而又強我以同歸也。是彼何者之強我同行，實專為此北風之涼，雨雪之雱然也。其虛其邪，既亟想亦只有如此也。然北風雨雪，尤其事之小焉者也。今則無赤者之非狐也，觸目皆淫邪之獸也。無黑者之非烏也，到處皆不祥之鳥也。則世道之險惡也甚矣。而彼則仍不忘惠而好我，乃携我手，而竟挈我同車就道矣。其虛其邪，更何以加此耶！而在彼則自以為惠而好我也，此其惠我實有不堪任受者已。其惠與非惠，想明眼人自不難明辨之也。此小序之所以直著之為刺虐也。似此極明睽之詩，千古竟無人解，或且竟以惠而好我二句，作爲真惠好也者，是真癡人前說不得夢也。

綠衣日月終風總論

愚妄之人之讀書，直不如其未讀。蓋此等人滿腹漆黑，胸中但識得古人一二事，便覺不能容納。一遇有事之可以與之牽合者，即不論情理，不究事實，強行牽入之以炫其博。核其終結，勢必至於真象全失，而原有之文字，亦必至於支絀不通而後已。此猶庸醫之開方診病，無寧蘄其少知一二味藥物，猶可冀其少藥殺一二人也。（今日之漢學家，張口《說苑》，合口《列女傳》，與此正同一心理。經爲何時書，說苑、列女傳爲何時書？使其說而可以爲據，則諸傳注或更遠在其前，但墨守之足矣，又何必浪費此無謂之筆墨乎！然彼之意則初不在經也。）如綠衣、日月、終風三詩，小序皆以爲莊姜傷己也。雖其所以傷己之故不同，而其爲傷己則一。至其所以傷己之故，則已具詳於各詩中。序所不必言，而亦別無可言也。今按《綠衣》，傷寵妾之上僭也。《日月》，傷己之不見答也。《終風》，傷莊公之性情無定，狂暴無復人理，而己之遇人不淑也。三詩之中，以《終風》爲因，《綠衣》爲果，乃勢之相聯必至者。蓋惟以《終風》之狂暴，故有《日月》之不見答，而寵妾乃敢於僭上。此皆莊姜對於莊公事，雖後此之《考槃》、《碩人》、《擊鼓》、《燕燕于飛》等作，亦悉原因乎此。至此三詩，則固別無所謂也。乃續小序者，因其胸中曾讀得一二本《左傳》也，（又或因《擊鼓》之詩，曾加過一番參攷，亦未可知。）嘗不勝其腹笥充盈之感。彼深知莊姜以後，衛國更有所謂州吁其人者，實行爲亂。而又竊恐人不知其見聞之博洽，於是乃強解謂：《日月》、《終風》二詩，皆莊姜遭州吁之難後所作。其幸未波及《綠衣》者，因《綠衣》所言皆寵妾僭嫡事，實無從再言州吁之妾上僭莊姜也。夫州吁雖弒桓自立，阻兵安忍，衆叛親離，禍亂衛國，然其於宮庭帷簿之間，初未聞有若何之不道。況其於莊姜，則嫡母也。桓雖被弒，又非莊姜嫡子，則其於莊姜，更何所嫌疑，而必加以侮慢。且州吁之篡，去莊公之死，已十六年矣，莊姜至此時，至少亦須在五十左右，又何至遭州吁之難，而忽然感想其少年時之不見答於先君？而州吁初非鵲彊鶉奔之流，又何至調謔其鶴髮雞皮之嫡母，而顧之則笑，甚且謔浪笑敖，全無顧忌？況莊姜既戒之以莫往莫來矣，下復又云「悠悠我思」，豈莊姜竟不能忘情於州吁耶？不然「寤言不寐，願言則嚏。寤言不寐，願言則懷」，又豈母子間之所宜言耶！凡此種種，縱使儀秦復生，亦無從曲為解說。以至明瞭之詩，無端而節外生枝。憑空加入州吁二字，遂至支絀不成人語。推原其故，皆由此公胸中，預先有州吁二字為祟。因不擇地而湧出，以上誣古人，下誤後人也。毛氏本其義，乃併謂《燕燕于飛》之詩，為州吁上出其庶母之作，則更所謂其父殺人報仇，其子行刦者矣。茲分述三詩之義如下。

緑衣通義

緑、間色也，又由綠改染者也。黃正色也，又綠之本色也。古人尚質，故以黃色為貴，而綠則下之。此猶妾本由嫡而來，名分有定，妾究不得以奪嫡也。綠本間色也，而乃以之為衣。夫為衣則為衣矣，使其盡為綠色可矣，而以綠為衣者，偏以黃為之裏，是故意使內外顛倒，而令此黃焉者之無以為地也。（次句之重言綠衣，非間文也。）此以我心之憂思言之，曷若並此為裏之黃焉者而已之之為愈耶，而顧任其受此無端之摧抑耶！乃人之以綠為衣者，初不止此也。以綠為衣者，乃更以黃為裳，是問之所謂顛倒者，猶在隱顯。而今則直上下易其位置矣。以我之憂思言之，曷若並此為裳之黃焉者而亡之之為愈耶，而顧任其相形見絀耶！（

此兩章末句，舊解皆不成語。）此綠也，此綠也，綠即黃也，黃綠之正色也。彼之綠，實由汝所治成者也。（舊皆以女作如字讀，大謬。）然汝故無如之何也。我思古人，亦惟有任其縱横自恣，使其志得意滿，無復再有所怨尤斯可矣。（前人解此句，亦無一合者。）彼夫絺也綌也，皆葛之所製，體質粗疏，人用之以當暑者也。今乃淒淒然以之當風，亦惟有飽受其涼薄而已。我思古人，惟此語實有獲於我今日之心。蓋我今所處之境，正不啻如此也，更何表裏上下之可言耶！此詩莊姜以嬖妾僭嫡，而自傷其不如其已不如其亡，繼又念其本由己而來，而已反不能不任其欺凌，至以絺綌之當風自比，飽受淒涼之境遇。其傷心可謂極矣。而世竟無解者，則莊姜真不幸哉！

日月通義

日麗乎晝，月麗乎夜，猶男正乎外，女正乎內，此理之一定，而無可移易者也。然事正未易言也。彼日者月者（諸、古者字。凡諸字古俱作者也，故者字古即音諸。居、又諸聲之轉也，二字之分，僅在語音輕重間，實則一字也。凡古文之所謂何居，譯其義，皆當作何者。毛傳訓居諸為乎字，不識古人音義，逞臆妄說耳。）固以其一定之理而相繼照臨下土者也。乃如之人者，（之人，猶是人也。）適不知敦崇古義，（逝適假借，適、適然，猶言正也。毛傳為逮，不惟無其義，且不成語也。）又胡能如日月之有一定耶！（首二句全興一定字，毛傳為止，全章不成義矣。）如果能有定，寧能竟不我顧耶！又彼日者月者，以一定之理，而下土是冒者也，（冒、覆也。）乃如之人者，則適不與我相好也。斯欲望其如日月之有一定也難矣。不然，胡能有定，寧不知報我耶！報之為言答也。毛傳以為盡婦道而不得報，是直以報為報功矣，成何語耶！又日月之有定，初不止於其照臨與覆冒也。即其出亦有然也，二者蓋無不出自東方也。乃如之人者，其發為言語，幾絕無良善者也，更何望其有一定耶。不然，胡能有一定，而使人能忘之耶！所可傷者，此日也月也，固東方之所自出也。然日月雖出自東方，而日月初不能終於東方，而父兮母兮，畜養我乃不能終之也。（卒、終也。）此亦事理之一定，而無可如何者也。苟非有此一定之義，則之人之所以報我者，（此報字乃對待之意）胡能使我竟無地以述說之耶。此詩前三章皆以日月之有定，反興衛莊之無定。末章則因言日月之出自東方，聯想到自己之亦出自東方，因致怨於其父母之畜之不卒，致己雖不見答，而仍無處可以陳訴，此傷己之正面也。大抵莊公之無行，無定二字，足以盡之。合《終風》之詩觀之，其義益顯。此詩之抱定一定字立論，正衛莊對病之藥。此何嘗幾微有涉於州吁事，而顧謂莊姜為追懷十六年前，泉下之陳死人？莊姜何若是之不仁，於其死後，猶申申詈其無良也。

終風通義

終風、冬風也。終與冬古只一字。冬之為言，即一歲之終也。終字古文皆作𠔿，凡靈終（即令終）無終等皆是，即小篆𠔿字之所自出也。意古詩當改譯今文時，迻譯者因習知𠔿字之為終，因而此𠔿字亦譯為終，而不知其本當為冬也。此在古文中原不為誤。無如後來之文學失傳，不惟無人能知終冬之為一字，而終冬二字之音，亦相去益遠，讀者遂無由以推知古義。而傳詩諸儒，亦只得就原字勉強敷衍之，而解終風二字為終日風。夫文只言終，何以即見其為終日？然則終月終年，不同可以即此二字附會耶？蓋二字本不成義，而強即其字穿鑿之，其弊必至此也。冬日之風，至為酷冽，而衛莊之寒薄寡恩似之，故莊姜即取之以為比。此詩乃極寫衛莊之性情無定，喜怒乖方，幾非人理，以明己之不見答，初非絕不見答。似此種性情無定之人，其見答亦使人徒增忉怛也。此詩殆不啻為日月章「胡能有定」句作一注腳。彼章但傷其不能如日月之有定，而此章則言其如冬風且無定也。因言彼冬風者，寒威凜冽，當之者已莫不瑟縮危懼矣，而且加之以暴，則其威厲，益可想矣。然其變態則不僅於如是也。至其顧我，則忽又啞然而笑，是其威厲，亦非無霽顏之一日也。然而其笑也，初非為霽顏也，且亦非夫常人之笑也。乃謔浪笑敖，絕然無復人君威儀。其視向之冬風且暴者，前後直判若兩人。似此變幻無常，喜怒無定之人，每一見之，中心惟有自悼其遇人之不淑耳。又方其為冬風也，不惟其暴也，又一時而甚囂塵上，埃土障天，且變而為霾矣，謂其不能自安也．霾者，風揚土上天，簌簌下降，其勢如埋，因而得名也．然彼雖甚囂塵上，其對於我，固亦有時惠然肯來也。特是似此等乖戾之人，其來也，直不如其莫往莫來之為愈也。然是又豈真我之所欲者。遇人既已如此，則亦惟有悠悠我思而已。且彼冬風之暴也霾也，此猶其事之關乎其本體者也。至其暴與霾之結果，乃直使人不得喘息而為噎。所謂噎者，猶《桑柔》所云「如彼遡風，亦孔之僾。」也（毛傳訓遡為嚮，訓僾為唈，皆是。然唈即噎之異文，凡古人之所謂嗚唈，皆嗚噎也。噎或又作咽，實悉為一聲之轉。毛訓僾為唈，殊不如直作噎之較為明顯也。又按僾，後人復轉作呃，《正字通》謂「方書有呃逆症，氣逆上嘶作聲」是也。《說文》不識此字注云：「喹也」，直不成語矣。）噎與曀形極相近，傳鈔者因下文有曀字，遂亦併此字誤以為曀。不惟於文義上不可通，且詩中苟非覆述語，又豈有一字連押者耶？（凡詩中一字連押者，皆其義有別，詳見各章．）彼之威厲，既足使人不得喘息，則凡物宜無有能容者矣。乃不終日而雲翳全合，忽又變而為曀也。曀者翳之異文，謂雲翳也。其從日者，雲之陰先蔽日。毛傳謂「陰而風曰曀」，是直不識其字。因此詩之所言者為風，而下文又言「曀曀其陰」，遂據取陰風二字，穿鑿而成此瞽說耳。觀其旋曀旋曀，則其性情之變幻無常，實有不可以常情測者。故如若人者，我苟寐而言之，則直使人無寐。（寤、醒，寐、眠也。）我心苟願言之，則直使人嚏咳也。（嚏、噴噫。凡人氣有所不通則噫。）又吾之言其不日有曀也，其曀亦非常然者也。曀曀者方其陰也，乃不轉瞬虺虺然又作雷聲矣。雷之作，陰翳將散之兆也。（古人每以雷為將晴之兆，《殷其靁》之詩亦然，今人尚如是。舊說以為喻暴怒，不識物理之言耳。）是其曀又將收場矣。

以其如是之變幻無常，曾不能有一刻之安定，又何望其能正夫婦之倫？男正乎外，女正乎內，如日月之有定，以相代而照臨下土。遇人如是，亦唯寤言之則不寐，願言之則懷思而已。此其所以為傷已也。全詩直將衛莊之性情無定不成材料之狀態，活現紙上，此何曾絲毫涉及於州吁事。州吁無論如何，何有於莊姜？而莊姜之於州吁，又胡為若是之殷拳不能已耶？大抵前人皆不明詩意，扣槃捫燭，故不憚亂行牽扯。使其能了然於詩之本義，應亦自笑其不通也。然其貽誤已二千年已。

燕燕于飛

小序云「燕燕、衛莊姜送歸妾也。」其義已明。蓋其所送之歸妾為何人，已具詳於詩中。至其因何事而歸，則詩中初未嘗言，且亦非作詩之本義也。夫以續小序者之妄，其於此詩，獨不再續。則以其時去古未遠，其於古人男女姓氏稱謂之法，尚未盡失，故能灼知其所送之人，而不容以妄施其穿鑿。至毛氏時，則姓氏之分久溷，無復知婦女之稱謂，原有一定之法，乃一筆抹倒，硬坐戴媯以大歸之事。夫戴媯之大歸，其事不見經傳，即秦以前荒誕離奇之各種異說，亦絕無及之者。毛氏生千年後，果何從而知其有此事耶，無以曰想當爾爾耶！毛氏既綴此怪論，而後之人亦遂沿訛襲謬，絕無一人致疑焉者。此則吾國人之劣點，初無有研究性質，及判斷是非之能力也。（中國數十年來之動亂，皆此點發達之所致也。）今考毛氏之所以成此怪論者，亦非無因，而仍淵源於續小序之人。蓋其解《終風》，既謂州吁曾詬謔其嫡母，則又何不可以出其庶母？所最可笑者，州吁於身死數百年後，驀遇此不通文理之二頭巾，平白地誣以此不白之寃，當亦其九月中阻兵安忍之小報施也。實則莊姜此詩之所送者，其人自名仲任，詩中已明言之，何有於戴媯，更何有於州吁？毛氏不知任字之為女姓，乃誤認以為形容詞，以致其句於文理上既不通，（上呼仲氏，下乃僅接一任字，試問古今有此文理耶？）而於古來婦人稱謂之間，尤為別開生面，因自來絕無有稱婦人而但舉其行次者也。蓋古人之有姓，原專以備女子之用，故姓字即從女。（姓之從女，乃中古所增益，在古文則但作生字。近見有人謂姓之從女，乃古人用女統者，舉以為古時女權發達之證，此不讀書者之言，不顧識者之齒冷也。）而古人之姓，亦多作女旁，如姬姜媯姒姚嬴妘㚤姞己（古作妃。妲己之己即其姓也。）隗（古作媿，古人時或假用代媿字，後人乃誤認為媿之本字也。）芊（古作嬭，左氏之作芊，特因其文繁，故假用他字，芊實非姓也。《斯干》「君子攸芋」，乃其本義。）風（古作⿰虫奉，鄀國之姓。⿰虫奉風本字，古文多假作奉，今奉字即從之。⿰虫奉在今文，則當作⿰女奉也。史以鄀為曹姓，殊謬。曹初非姓也。）等皆是。（古姓之不加女者，惟有子字，以其字加女，便成好字也。）即此任字，古文亦加女作妊，不作任也。（妊字後世乃用作妊孕字。）今婦人尚不名，而但取其母家之氏為稱，猶為古之遺制。特今人姓氏不分，男女同之為稍異耳。（古男子絕無稱姓者，今人所傳之姓，十之八九，皆氏也。）任姓黃帝之後，在古時其姓甚蕃，初不止一薛也。（以古器攷之，鑄國亦任姓。《左傳》「公築臺臨黨氏，見孟任。」則黨氏亦任姓。此詩所送之歸妾在衛南，則漢上諸國，亦當有任姓者。文王之母太任，則摯國固任姓也。）此歸妾名仲任，則其人固與文王之母同名，此在古人中，乃所恒然者。因女子以姓為名，其上或更加以伯仲叔季等行次。間或有於其上更加以名者，如魯大司徒匜之「礪孟姬」，蘇甫人匜之「襄己」等。礪與襄皆其名，而習俗上則仍沿舊習，畧不稱謂。姓與行次，乃人之所同，故極易犯複，正不獨魯有兩仲子，（以桓公之母曰仲子，即生而有文在手者。惠公之母亦曰仲子，經別之為惠公仲子，即此義也。此事顧氏《日知錄》所言頗合。左氏豫凶事之說，乃年歲悠遠，據文揣測之詞，古今絕無此情理也。）楚有兩鄧曼也。（今文有嫚字，當即古之姓，近人則用作怠慢字矣。）此之仲氏任只，與《大雅》之「摯仲氏任」，正同一文理，亦同此三字。不過彼為追溯之詞，故於其名稱之上，更冠以國。（太任在周初時，則畧稱摯任。摯字則作⿰女豐。古器中之⿰女豐妊壺⿰女豐妊車缸等，皆太任廟之祭器也。⿰女豐乃古之任字，見齊索姬盤，載《西清古鑑》）此則直呼其人以告之，故但於其下加以語助詞，文勢已足，此亦文理之所當然也。只字即兮字之轉音。觀《楚辭》多用兮字，而宋玉則變而用些，景差則變而用只。可以概見，三者之異，僅在口齒緩急輕重間，無他義也。知此則毛氏之謬，不言可喻矣。此詩前三章，本無甚深義，亦至易了解。故歷來解說初無甚謬。惟人之所最易忽者，乃起手之燕燕字。其所謂燕燕者，實謂兩燕，非燕之名原係重文，亦非因用一燕字不成句，特再加一燕字以湊數也。惟其為兩燕，故或云「參差其羽」，或云「頡之頏之」，或云「上下其音」。但若用一燕字，下句便不成文理也。前人不知此義，毛氏直傳云「燕燕鳦也」，則是以燕之名原為燕燕。朱氏知其不通，乃易之曰：「燕、鳦也」，謂之燕燕者，重言之也。是又以古人為湊句矣。此何難解之義，而所謂漢宋大儒者，竟體會不出，吾真為二千年來之讀書人一哭也。此詩之大旨，全在卒章，所謂臨別贈言也。「其心塞淵」，乃美其平日居心之平靜。淵乃止水，其勢至平，而性則極靜。塞、勝也如也。今文則轉作賽字，古文則直用塞字也。報賽之賽，古猶作塞，似賽字實後起者也。毛傳云「塞瘞淵深也」。此不必論其無稽，即如其語，直改作其心瘞深，請先生自讀之，能成語乎！凡漢人之逞臆妄作，乃又必故令其妄作之言不成語，真不知其是何心理也。（鄭氏亦復如是。以理論之，既妄作矣，胡不取其近理者？乃故不然，此殆漢人之一種傳授心法。殆冀人以其不通，或不復疑其為妄捏也。作《爾雅》者，故意作出許多別字，以為贋古，與此正同一伎倆。）「終溫且惠，淑慎其身。」則望其能終身如此秉其塞淵之心，既溫且惠，以卒於淑慎。上一終字，直貫到末一身字，上下呼應成文，前人亦不及知也。「先君之思，以勗寡人。」則更望其感念先君之關係，愛屋及烏，推而及己。時而箴己之闕失，相勉以共終於淑慎。蓋雖離羣索居，仍不忘與之共敦道義也。寥寥二十字，分作三層，其陳義之正大，措詞之微婉，可謂極溫柔敦厚之致。自來女子中，除后妃之外，便當以莊姜首屈一指。《邶風》《柏舟》後，（按《柏舟》亦莊姜述志之詩。）即繼以莊姜四詩。殆亦以之與《葛覃》《卷耳》等作相對照。女子事得其人，則人倫正而教化成。女子事非其人，則志願乖而夫婦之道苦，國勢亦日趨於紊亂。子夏以《葛覃》為后妃之本，亦此義也。而知者鮮矣。

棘心夭夭

《凱風》「棘心夭夭」，毛傳云：「夭夭、盛貌。」此直為任意妄談，與詩義正相反背。在鄭氏已覺其不適，故箋之云：「夭夭、以七子少長。」以少長釋夭夭，乃因毛氏曾以少壯二字，釋《周南》之夭夭。而此則明稱棘心，勢不可以言壯，故特以長字易去壯字。雖改毛義，實仍用毛義也。至朱氏則合兩夭夭字，摭拾鄭氏一少字，由自己正心誠意之虛靈，又別配以一好字，訓之曰「少好貌」，以通解兩詩。其有本與否不必論，試問少好二字，幾曾能成一名詞？少好二字，尚不成名詞，而謂其更有少好之形容詞曰「夭夭」，古今來寧有此理耶！「桃之夭夭」之夭夭，宜作夭夭，說已見前。至此夭夭字，則為重文，如釆釆招招之類，初非疊字之形容詞，與《論語》之「夭夭如也」，文同而義異也。今按此夭夭字，與《檜風》「隰有長楚，夭之沃沃」之夭字，實同一字，皆為夭之本義。後人或假借作夭壽之夭，又或變其文作殀，皆其引伸義也。夭字於古文作夨，象人之偏頭狀。散氏盤云：「用夨戮散邑」，即閑夭族人與散宜生族人，因田界糾葛事，致成械鬭，後兩族各命有司，會同勘理疆界，畢事後兩家之誓詞也。（用夭戮散邑，即謂因夭人戮伐散氏邑也。）夭之本義則為削。凡言削即有偏側意，所謂斜削也。故其字即肖偏側形，吳字即從之為會意字。《說文》所言，特瞽說耳。（彼於丨字，尚不知其為十，他何論哉！）今人伐薪刈禾，猶必作斜削形，蓋取其便。不過今人則謂之鐵，（尚未攷得其字，姑假此字代之。）而在古人則謂之夭耳。夭之為用，自距根本不遠處刈取，有類乎人之生未久而即死，故人又假之以為殤之異名。至後人之别加歺旁，則因久假，而恐其與本義相溷也。（凡古字無二義者。特人不獲見原始文字，不能求得之耳。）「夭之沃沃」，謂刈削之而仍復沃沃然茂盛。此詩人所以歎人不如物，不能常任受人之殘虐也。（舊注直不成語。）此之「棘心夭夭」，謂棘心本不材之物，乃人之所賤棄，故為人夭之而又夭，而凱風則初不肯以其不材而不吹之也。此喻子雖不材，為母者亦一律長養之。無如不材者終止於不材，卒為人之所厭棄，不能上以慰母氏長養之心，而乃徒令其受此劬勞也。孝子以棘心自比。因此章已言夭，故下章即變言棘薪，以棘心一經夭之，即變而為薪也。不然，彼薪字又從何處生出耶？知此則舊說之荒誕離奇，正與經言相反背，不待辨而自明矣。

凱風通義

《凱風》小序云：「美孝子也。」只此四字已足。蓋其所以為孝子者，以為子而不能得母之歡心，但有引咎自責，絕無一語怨及其母，此詩所以美之也。至其母之為人果如何，則詩初未言，且亦無關於詩之本義。彼續小序者，生數百年後，果何從而得其母之行述，而津津樂道之耶？在孟子時，即以高子論詩之固，猶能知此詩之旨，全在乎不怨。而孟子則謂其親之過小，此亦第據情測度之詞。蓋孝子之居心如此，當然不能有過。其母雖有過，似亦非有若何之關係者，故但可以引咎自責。若《小弁》則非其倫也。是孟子時尚未有此公之瞽說。乃不意天挺此公，專意與古之詩人為難，不論情理，不論文理，不論物理，開口即先坐以衛之淫風流行之罪，因併謂此七子之母乃不安於室。嗚呼！此何等事，乃竟可以信口污衊耶！其尤可笑者，於七子之母上，更别加以雖有二字。一若既有七子，其母便當安於室者。不知若論婦人之當安於室，則初不以其有子無子而有所輕重。若其既不安於室，又豈其子之所能為力者。有子雖所以上慰母心，然其母此心，寧其子之所可上慰者耶？（由此二句言之，直是欠打。）在孝子引咎自責，本恐上傷其母，而此公則不惟侮辱其母，且並以侮辱孝子。死而有知，吾知此公必墮入拔舌地獄，萬世不能翻身也。此公之此段妙文，殆與其讀《何彼穠矣》章，雖則王姬，亦下嫁於諸侯語，同一語妙天下，非有其鄙污之胸襟，與其不通之筆墨，不能以臻此妙境也。茲撮舉其大略概言之。凱風者，安詳舒徐之風，簡言之即和風也。凱字古只作豈，其在龜文則作豈，而在金文則作豈，象豆上建栕（即匕箸之類）之形。其本義則為享燕。邾公望鐘，所謂「以豈諸士」是也。引伸之，凡享燕則必和平安樂。《魯頌》所謂「令德壽豈」，以及諸詩之所謂「豈弟」皆是。即此詩凱字，亦由此義孳乳所生者也。又凡軍士勝敵，於歸時必大饗，因又謂此享燕為豈。而「豈歌豈旋」等稱，實本此豈燕而興。而豈字之由廣義變而為狹義，亦即原因於此。許氏解豈字謂：「為還師振旅樂」，乃僅知其後起義耳。又云：「從豆散省聲」，此則任臆妄談。彼初不知有此字時，六書中尚無形聲制也。（至又云：「欲登也」，則直胡說矣。）豈於文本作豈，後又因其常假借作語助詞，久而恐其相溷，因念享燕則必有享之者，故更於其右加人作剴或䫴，（二字俱見龜文。）又念享燕則必有進之者，則或更於其右方作手執形作𢪛，即今文凱字之所本也。（凡手執形，古文作丮省作丮，小篆作丮，而今書則作几丸不定也。）知此凱字，則凡詩中豈字皆可瞭然矣。前人不知凱之本義，因其下云：自南也，遂臆指曰：「凱風、南風也。」此亦其不知作知不得已之詞。然此句果改為南風自南，不成為笑話乎！豈北風尚有自南者，抑南風或更可以自北乎？凱風本所以長養萬物，而自南則適當春夏之交，正萬物所賴以長養之時。凱與南乃兩重意旨，後世人乃以其如瞽之眼，瞭草讀過，如之何其能得詩義耶？凱風之自南，其為功專主於長養，對於萬物，初不忍加以別擇，即不材如棘，且降而至於棘之心，亦不忍舍而不吹之，（棘心，棘之細小者。心主乎內，其體甚小，故俗多謂細小者為心。而物之中央亦為心，皆其引伸義也。）則其為恩德也至矣。無如棘實不材，而棘心尤為人之所輕棄，因之為人夭而又夭，卒無以上副凱風吹之之心。此猶母氏之於子，雖不材亦不忍歧視之，鞠育撫養以冀其成立。乃子實不材，不能有所成就，徒令其為母氏者，枉受此劬勞也。雖然母氏之心豈遽止於是哉！彼夫凱風之自南也，雖棘心已為人夭之而為薪，彼猶不肯舍而不吹之也。（似此等沉痛語，但有人心者，讀之當無不愴然涕下。彼王裒之廢蓼莪，殆不解此詩義耳。實則彼篇遠不及此篇之沉痛。不過彼有出入顧復等字，為人之所易解耳。此等詩後人更從何處夢見之耶：）而實則棘至為薪，則棘之生機已絕，凱風雖吹之，亦無復有幾希成立之望，而凱風則終不自已。此猶母氏雖至聖善，而終無如我之無令人何也。（韓愈「拘幽操臣罪當誅兮，天王聖明。」乃直抄襲此末二句，然已覺握拳透爪，演出許多語病。彼殆徒知此二語之沉痛，而不知其極沉痛者尤在上文。遂摭取古人之喻母子者，移而施之君臣之間，因而不免過火，亦可謂不善變矣。）且夫母氏之於子，其若是之殷殷者，又豈有所為而為之哉！彼浚之為水也，自有其所以為浚者在也。至其下雖別有寒泉入之，而浚之為浚自若也。（浚、水名，出浚儀縣東，後因即以其名名邑。所謂在浚之郊，在浚之都也。）初不必即有若何之增益也。然彼寒泉，猶知入之也。今母氏則有子七人，而仍不免於勞苦也。（觀於此語，則此詩明明爲孝子自傷其母之不能免於勞苦而作，何嘗有不安於室之事，豈不安於室，可以謂之勞苦耶？此吾之所以深致恨於彼續小序者之腐儒也。）是直欲求其如寒泉之與浚，爲此些微之補助，而亦不可得也，則又焉用此七子爲矣。又如彼睍睆之黃鳥，固微物也，其於人初亦未嘗有若何之關係，如棘心之於凱風然也。而猶能載好其音，使人之聞之者，婉轉悅耳，得以暫慰於心。則子之與母，其宜有以上慰其心，爲何如者。今不謂有子七人，而竟莫慰母心，是直有七子，並不如一黃鳥矣。哀哉母氏，傷哉七子，人之無良，何竟至於此極耶！此詩通篇，皆推心泣血之文。讀之而不下泣者，其心必石，其人必獸。彼大舜之號泣於旻天，與此正同一心理，其精誠真足以感天地而動鬼神。乃二千餘年來，世竟無知者。而一般迂儒，方且信口污衊以莫須有之事。可見若輩之心，直不足與言孝也。然近日之所謂名士者，則正大聲疾呼，以不孝自雄也。

近來某名士，又自以爲哲學家者，乃大倡其非孝之論。而無識之徒，亦羣焉和之。其和之也，非其心果有所感於其說也。不過其人自知其不能有所表見於世，而資之以達其獸慾。（凡若輩之心理中，除卻食色權利外，絕不知有他事。故其一生事業，舉可以此兩字盡之。）故特冀假借此反道敗德之舉，以惹起世人之注目，桓溫流芳遺臭之說，實爲若輩之惟一秘訣。知其然者，以若輩雖終日大聲疾呼，勸人以不孝。卒未聞若輩田家，便毆辱其父母也。（其稱其父為仁兄者，則有之矣。可見言論易實行難也。）夫人之孝與不孝，此自個人良心上事。即在其父母，亦未必即責之以孝，與他人又何與。此正孔子所謂：「汝安則為之」者。其孝者初不待人之勸勉，其不孝者，雖勸勉之，亦終不孝也。其尤醜者：某去歲生一子，乃對衆演說，力陳其當日媾精時，初非為生子而然，以明為子者之不當孝。其言直足令聞者掩耳。夫人之當孝與否，豈專在乎是。如父子果無所係屬，則天地間人類之不得其道而死者，日以千百計，彼何為不一動心？倘有人舉其所謂無恩之子，撻楚而蹂躪之，彼必不任受也。至此彼必又謂吾為人羣計，乃當然之義務也。然此義務又誰賦之者：且他人之子，亦無非人羣之一，彼何以又無此義務耶！況人生定理，有義務即有權利。父母之盡其對子之關係為慈，即子盡其對父母之關係為孝。人苟不能破除此關係，則孝之與慈，終不能搖動也。若言乎其變，則弒父烝母，或虐殺其子女者，伊古以來，即不絕聞見矣，此亦非甚希奇之事。人人有父母，人人亦不乏有子女，正不妨各行其是，又何必多為此喋喋耶！嘗謂今人之材力聰明，不惟言正道，不能以上媲古人。（謂秦以前）即其恣邪說之程度，亦不足以及古人之萬一。蓋今人之所依賴以為邪說者，除却反背乎正道外，即不能著一語也。綜觀二十餘年中，凡一時所羣推為新理想，新學說，新政新法者，殆無一而不為古人之陳跡，且無一而能及古人之精粹。乃妄言妄聽，而世因以亂，國因以亡。至今尚冥行而不知止，又安得十萬廣長舌，取六經古義及周秦諸子，一一為之說明之耶！然天道如斯，又豈人之所能為力哉！

有洸有潰　既詒我肄

《谷風》「有洸有潰，既詒我肄」。毛傳：「洸洸，武也；潰潰，怒也；肄，勞也。」殊不成語。僅一洸字，既不得以解作洸洸，僅一潰字，尤不得以解作潰潰。且洸洸之為疊字形容詞，猶見江漢；若潰潰，則何處曾有其字，遑論其義耶！至肄之為勞，亦全屬誣妄，古今文字中，絕無有以肄為勞者。毛殆不識其義，妄意其為《小雅》「莫知我勩」之勩，因而成此臆說也。（《康熙字典》於肄字下，引《小雅》，作莫知我肄。殆因習知毛之訓肄為勞，而偶忘其字之不作肄也。）今即縱一如毛解，上下亦不成義意，而前人卒無有疑之者。則以歷來人之對於字義，初不知研求之也。今按肄，猶云餘孽也。《汝墳》「伐其條肄」，此肄字實為肆之本義。毛傳云：「肆、餘也。斬而復生曰肆。」其直訓肆為餘則非，而其云斬而復生則是也。蓋肆為草木之遺萌遺枿，故後人引伸之，即為人之遺育。《左傳·襄二十九年》：「晉國不恤宗周之闕，而夏肆是屏。」及此詩皆是。又肆為草木之斬而復生，故更含有復義。《文四年》：「臣以為肆業及之也。」肆業，猶云復業，謂習也。若僅釋以為餘字，則謬以千里矣。此肆字之義明，則此詩之旨，可不煩言而得。蓋詩所言洸潰，者非他，即此婦人所生之二子名也。前章所言「昔育恐育鞫；及爾顛覆；既生既育」者，即指此二子言之。故此章又繼言，有洸更復有潰。既詒我以此等餘孽，而乃不念昔者，伊余來塈時之情形而棄我也。塈、猶歸也。「泂酌民之攸塈」之塈字，與此正同。此詩本衛人影射夷姜之事而作。夷姜於生急子後，更生有公子黔牟，故詩人亦特拚二子之名以映照之。前人於此婦人之曾經有子，尚不能詳知，更何論乎其所生之子之名哉！（觀其解前章可見。）

樛木通義

《樛木》、小序云：「后妃逮下也」。其所以謂之逮下者，以下之人感其德而頌之，則非其德能逮下、曷克臻此，故序云爾也。其所謂下者，不必專指衆妾言，亦不必不指衆妾言。序但統言之曰下，則凡下之人綜賅之。詩初未嘗有所別白，後人更從何處，確指其為何許人耶！乃不意續小序者之愚謬，無端而於逮下之外，憑空羼入嫉妬二字云：「言能逮下，而無嫉妬之心焉。」夫不嫉妬豈必便為逮下，逮下豈必專在於不嫉妬。宮庭之內，除妾媵外，豈便無人？此其思想之鄙陋齷齪，殆與鄭康成之以婦人能為其夫備妾媵，即便是德之言論，同一見地。此種人直不應使之讀古聖賢之書，而古聖賢大經大法之經書，偏不幸而淪入其手，又何怪乎其流失敗壞，雖亘二千年，終不能明耶！今但即詩義畧述之，則其說之無稽立見矣。詩若謂南土有高大四垂之木，則葛藟之細，亦得繫纍之而託之以生。木初無須乎葛藟，而葛藟則不可以斯須稍離乎木。設非此木，彼葛藟將立見其失所憑依也。是樛木轉若為葛藟生也。然則葛藟為樛木計，正其所以自為計，此吾之所以樂此君子，而願其福履綏之也。蓋君子之福，實吾輩之福也，君子固吾輩之樛木也。且南之有樛木也，葛藟豈止於纍之哉。蓋有時並能掩覆於其上，所謂荒之也。荒即遂荒，《大東》：「大王荒之」之荒。《禮・喪大記》：「飾棺，君輔荒。」、「大夫畫荒」、「士布荒」諸荒字，乃荒之名詞，而此則其動詞也。夫以葛藟之細，樛木竟不恤任其掩覆，則其德之及於蔦蘿也厚矣，此吾之所以樂此君子，而願其福履將迎之也。又南有樛木，蔦蘿直縈繞之不能釋，則蔦蘿與樛木，已成不可分離之勢。其關係若此之密切，蔦蘿烏容以不日夜籌思其所以擁護此樛木者。此吾之所以樂此君子，而願其福履有以成其終也。詩義以樛木比后妃，以蔦蘿自比，君子則明指后妃。全篇第言己之託后妃以生，祝后妃正所以自祝，絕無一語及於其他。何有於嫉妒，更何有於衆妾，不悉為鑿空亂道乎？經文本甚明，乃歷來竟無人能解。朱氏強不知以為知，貌襲孟子，作盡種種醜態，冀以儌倖欺謾世人，對此其亦知所愧恧乎！

乘彼垝垣以望復關

《氓》之篇，「乘彼垝垣，以望復關。」毛傳：「垝，毀也。復關，君子所近也。」鄭箋云：「前既與民以秋為期，期至故登毀垣，鄉其所近而望之，猶有廉耻之心，故因復關以託號民云，此時始秋也。」二公所云，皆夢境迷離，故宋儒亦無從沿用之，不得已而改訓復關為男子所居之地。特是復關若果為地名，乘垣而望，見則見之，不見即不見，寧有初不見而後復見之之理。且僅望見其居，又何至載笑載言，並囑其卜筮遷賄。豈遙望其居言之，其人即能知之耶？況復關之為地名，更復毫無根據耶？今按垝從土危聲，本形聲字，音如圍，即今人之所謂圍子，乃村落外之周垣。《鄭風》之所謂「無踰我里」者，即指此言之。蓋在都邑則謂之城，在鄉里則謂之垝，實則一物也。其在南省則謂之圩，後人知圍字之不典，而垝字又為一般陋儒所釋壞，文字上乃沿用圩字。然在實際上北省人，固未有一人一地稱圩者也。（由此可知，南北方言之價值。）關者垝所從出入之門，傳所謂「從近關出，從近關以復入者。」是也。復即「言歸思復」，「公歸不復」之復，謂復還也。復關，謂其復來入關也。關即在垝垣之下，故當其未至，即日乘垝垣之上，而遥望之。望之而不見其復來入關，則疑其食言而毀約，故涕泣漣之。既而果見其復來入關，則久別重逢，知其果信實可依，不我遐棄，故載笑載言，而告以己所豫籌之計畫。先貞（問也）之於卜筮，見其體無咎言，（凡龜卜之法君占體，體者兆之本體。蓋龜之坼裂，必先一直，即所謂體。其自體橫出者，則曰兆，故卜字從之，作ㄚ，即體兆形也。）而後始復教之以車來以賄遷。其所以言此者，以見此男子後來所享有之事業，皆由此女子所挈往者也。此詩通篇，全影射夷姜及衛宣之事而作。衛宣之得國，胥夷姜代為之游說，故詩云然。首章涉淇至頓丘字，已明明點出，（蓋時衛宣方居邢，故然。）特難為陋儒言之耳。即如此二句，苟即文字上求之，無不可耆然而解。乃既妄訓垝為毀，而於復關二字，又復不論其字義，逞臆亂指，烏在其能有合於詩意耶！

辛酉孟秋

臨清吳桂華秋輝甫著

周公伐許攷

《九罭》及《狼跋》二詩，在《豳風》中至為難解。二詩序皆以為美周公，故歷來說此詩者率就周公身上着想，然於文義則頗多不通處。如《九罭》則既稱公，又稱之子，又稱汝。一詩之中，而稱謂之間，忽莊忽狎，忽尊忽暱，已自難解。而卒章乃直云：「以是有袞衣兮，無以我公歸兮。」則是有袞衣者，與公明屬兩人。若云此有袞衣者即周公，則周公之於袞衣豈至是而始有者。況下更屬望其無以公歸，又豈有屬望其一己之無以歸者耶！至《狼跋》則詩中又明明頌言公孫。夫周公之為文王子，此簡冊具在，絕不容有擬議者。在例宜稱公子，斷不得有公孫之號。故前人七章八扯，卒不能成義意。迨近人則更執《春秋》「公遜于齊」之文，強讀孫字為遜字。謂周公之居東，猶諸侯之出適他國。無如其於當日之事實既不合，且遜乃動詞，其下宜繼以名詞（即地名之類），方能成句。茲乃綴之以「碩膚」二形容詞，古今寧有此不通之文理耶！究之此二詩，經文原極明了，但即詩言攷之，本不難推知其義意。而二千餘年中，卒不能稍窺其崖略者，一則由載籍淪亡，書闕有間。一則原於中國人之短於研究心，無判斷推理之能力。故雖有經文，絕不肯就之着想，而專向後來一般陋儒之瞽說，尋討生活也。夷攷古今來之說此詩者，惟晉魏間人之偽造子貢《詩傳》及申公《詩說》者，為稍有一線之明機。二書似原出一人之手，其偽造此二書，殆全因有見於此二詩而然。蓋此公讀此二詩，知篇中之所謂之子及公孫者，舍伯禽莫與。而周公居周，伯禽封魯，迢迢數千里，又無從而求得其關係。於是乎乃因周公之東征，捏稱其實遜于魯（可見其於解公孫為公遜，雖覺其不適，而心目中實未能忘之也）。謂此二詩及《伐柯》、《鴟鴞》，皆周公在魯時魯人所作。《伐柯》、《鴟鴞》不過為此二詩陪襯，其主旨則專在此二詩也。以周公既嘗至魯，則詩人之頌公及於伯禽，不為無因。而詩中之所謂之子及公孫者，亦皆有着落。無如周公之居魯，古今之載籍，絕無其事，此其所以不得已而造此偽書，以上託之古人也。因欲徵實周公之嘗居魯，乃並謂召公亦嘗至燕，其餘各國之風，亦隨意加以變亂。大抵皆無理取鬧，冀以泯沒其作偽之跡。《詩說》雖荒謬，猶能勉強終篇。至《詩傳》則至《齊風》以後，已索然意盡，無力再行捏造。僅間取數詩擇取小序中三五字，故作為殘缺形，中加以無數方孔，以苟且了事耳。蓋其作此二書，原專為此二詩。而一書既成，又恐其不傳，乃復作為一書，以冀其幸有一當。二書之異處惟在篇名之或上或下（如《詩傳》云：為某事賦某篇，而《詩說》則變云：某篇為某事而賦。其說則一也）。此種無意味之事，即在其一己，亦覺其無聊。故其於第二書，但將其所注意之處說過，以下便不復再勉強支持也。今按其於此二詩，說雖支離，而其有見於此二詩之有關於伯禽，則初未可厚非。特其因此乃謂周公嘗至魯，殊未免於癡人說夢耳。蓋周公生平不惟未嘗至魯，且周公東征時伯禽尚未就封，周公更為從至之耶！周公之東征，乃成王初立時事。七年而周公復政，八年成王始命魯侯禽父齊侯伋遷庶殷於魯。竹書所言，雖不盡可信，然其言必有所本。況當時書尚未亡，伯禽之命，作者當得見之（書原有五十七篇，初無後人所言百篇之多。而伏生之二十九篇，實非完書。伯禽之命，見《左傳》祝鮀語）。其言伯禽就封，深資呂伋力，尤脗合當日情事，知其說之信而有徵也。周公居東時，魯尚未封，以後周公又絕不聞有離去王朝之事。然則此二詩之涉及伯禽也何故（實則《伐柯》之詩，亦指伯禽言之，當別論，此不及）？　此則魯邦開國之一段歷史，典策久亡，世人已無復有知之者，惟賴此數詩。及近時發現之數種古器，合之經傳，尚可以

推知其大略耳。蓋伯禽初在王朝，本職大祝，今古器中有大祝禽鼎，即此時所作器也。迨成王初年，許侯背畔，王命周公伐之，故又有周公伐許鼎。大祝之職，凡國有大師（即大軍事也），則宜于社，造于祖，謂軍社，類上帝，及軍歸則獻于社（以上《周禮》、大祝文），惟大祝實始終之。《左傳．定四年》：「祝佗所謂君以軍行，祓社釁鼓，祝奉以從」者，即謂此也。周公奉王命伐許，伯禽以其職從之，此又一禽鼎銘詞云（又名王伐許侯鼎，與前周公伐許鼎非一物）：「王伐許侯，周公謀禽宜（即前宜于社之宜，原文作祝，從示兒聲，乃形聲字，實為宜之本字。今則借字行而本字無識者矣），禽又殷宜（殷、報也。《左傳》：「祭以特羊，殷以少牢」。此之殷宜，即《禮》

所謂：「單歸獻于社」之宜祭也），王錫金百鍰，作茲彝對命」，即紀其從周公伐許之事也。更即此數詩觀之，知周公當日伐許，曾得有許地之一部分。王嘉周公之功，即以其地賜伯禽，爵之以上公之服，俾侯于其地，建國號曰魯，以其地之有魯山也（即今之魯山縣）。伯禽雖建國於此，然壤地褊小，實不足以昭周公之德，特其時别無他地可資以封建，故不得不暫尹於此。從前陋儒，對於古時封建情形，普無所知，一若全國皆無主之地，專以待天子一人之封建也者，其說極可笑。甚且畫為方罫，若者為百里，若者為七十里，若者為五十里，整整齊齊，有條不紊。試問古之時，部落離居，各君其土，各子其民，能有此一日耶？故古者凡封建一國，必須先得有他人之地。其壤地之大小，則各視其所遭，初不必有所軒輊。故同一親也，而有封有不封；同一封也，而有大小遠近。伯禽之初封於許，與召公之遠封於燕，皆此故也。武庚畔後，康叔始得建國於衛。鄭之於虢檜之間，乃自取之。韓則自析其采地，尤其事之至為顯見者。而陋儒並此不知，豈不大可哀乎！）迨其後賴齊侯之力，復取得太皞氏之墟，始更賜之以殷氏七族，遷都於曲阜，國號則仍其舊。而即以舊許之地，作為國外之附屬鄙邑，設官遥領之。此入春秋以後，魯之所以有許田也。魯之遷都曲阜，所以深賴呂伋者，以齊建國已久，其勢甚強，且與曲阜接壤。即其取得之也，亦必多假其力。以魯之故都，去之過遠也。此又勢理上所當然者。觀於《費誓》，則伯禽既遷後，尚未能即平定之也。

曲阜之魯，舊屬譙氏，今已無攷。然以意度之，則其地切近於淮夷徐戎。周之初年，雖全國咸從，而淮夷實未受命，故周初古器中，所紀伐淮夷之事甚多，惜後世絕無紀載。又孟子稱：周公誅討伐奄，三年討其君，滅國者五十，驅飛廉於海隅而戮之。其所謂奄，當亦即淮夷之一種，與誅討乃別為一事，故其兵勢，直達於海隅。後儒不知詳攷，乃因三監之畔，又牽及奄與蒲姑，謂其為一事。謂其果為一事，則武庚所有者，僅今河南省西北之一隅，又何以至於海隅也。由是言之，則鳧澤龜蒙之境，舊皆屬於南淮夷。後雖為魯所得，然時仍不免圖謀報復，此《費誓》之所由作也。此亦事之或然者也（又、由齊至魯，道必經弇中。《左傳·襄二十五年》：「申鮮虞與閭邱明行及弇中」，又曰：「出弇中，遂來奔。」則弇中之為地名，確無疑義，而又在齊魯境上。杜氏之以弇中為狹道，乃即一與一誰能懼我之言，推測言之。實則狹道之稱弇，古今絕無攷見也。疑此弇字，即奄之異文，因古奄字，亦作[illegible]也。所謂弇中者，當即為奄之故地。是則魯境之與齊接壤者，實為奄人舊域。而《孟子》所謂滅國者五十者，亦胥在其左近。魯之建國，即原於此。若淮夷徐戎，則當時未得遽滅者也。《傳》稱蒲姑商奄為東土，乃雜舉東方諸古國言之。毛氏說破斧四國謂為管蔡商奄，特鑿語耳）。究之周公之伐許，與伯禽之初封於許田，徵諸古器，及合之經傳，乃不可掩之事實。不然，則其建國曰魯，及其有許田。又《閟宮》稱：居常與許，復周公之宇等事，皆不可解。

正不獨此二詩，及《伐柯》之篇，莫得其主名也。知此，則三詩者渙然矣。

又就《閟宮》之詩所言，亦足證明伯禽當日，實曾都許之事。詩既稱其為周公之宇，則其地初必淵源於周公，確無可疑。設當時王苟不即以之賜伯禽，則伯禽既封於曲阜，周公斷不能於數百里外，別以許田附益之。蓋周公之在王朝，其子姓尚多，如《傳》所云凡蔣邢茅胙祭六國，皆其後。又君陳即伯禽之弟（即周平公），乃繼周公以尹東郊者。周公何得專重一伯禽，既有國，而復以此鞭長莫及之許田賜之？至漢人湯沐邑之說，尤覺可笑。不惟古無其制，而許田之於成周相去將及千里。即云為湯沐邑，豈預為周公朝東都計，乃令之奔馳千里就之湯沐耶？且周公之邑，何以能歸伯禽耶！大抵前人不知許田所由來，而又不明古人家族之情形，與方域道里之遠近，乃造為此謬妄之說，以曲相附會。後之讀書者，本尠通達之士，故亦無人知其不通。苟一展輿圖視之，自當笑不可仰矣。然知此者能有幾人哉！

伐柯

《伐柯》，美周公也。其所以美周公者，因周公東征，伯禽以大祝之職，隨從在軍，實始終其事。東人見其於宜造類禡等祭祀禱祠之事，籩豆秩然，禮儀不愆，知其得力於庭訓者甚深，故作此詩以美之。美伯禽正所以美周公，故序推本言之，直以為美周公也。其不及伯禽者，以人既知此詩為美周公，則之子之指何人，自不難想見。詩序為通文義者言之，初非為不通文義者每句作疏解也。詩意畧謂伐柯者當如之何，則匪斧不克也。以斧原以備伐木之用也。取妻者當如之何，則匪媒不得也。以媒原以供取妻之事也。伐柯而不得斧，取妻而不得媒，此常不及之勢也。前二句以物喻，後二句以人喻，皆以喻人欲其事之完善，必深先求得其精於其事之人之意。此以喻伯禽之克盡厥職，正由於朝廷之任得其人故也。雖然，在伯禽又豈無所取法，徼倖以及此哉！如彼伐柯者，以已伐成之柯，伐未伐成之柯，其法則則所用以伐者即是，初不得謂之遠也。以喻伯禽之所取法者，正無待於他求，蒞乎其先者即是，謂其道之胥視乎周公也。之子既有此不遠之法則，此我之覯之子，而見其於籩豆之事，皆行列踐然也。美伯禽而言其籩豆有踐，則伯禽之為大祝，益顯然矣。此詩與古器，正可以互相發明也。此詩本無甚精深之義，其取譬之妙者，全在伐柯伐柯二語。此但即詩言攷之，其義自顯然可見。乃續小序者，既妄綴以周大夫刺朝廷之不知語，後儒遂亦拋却經文而一意鑿空亂道。其尤可笑者，鄭氏知之子之稱為不肅敬語，乃指之為王之斥周公。其解籩豆有踐，又謂王欲迎周公，當以饗燕之饌行，至則歡樂以悅之。上方謂其斥周公，下即接言其欲迎周公。至其所謂行至饗燕歡樂等字，究不知其從何處看出。原文止四字，何以有許多義意，許多曲折？其不成語，益無足論矣。真詩學之魔王也。

九罭

《九罭》美周公也。此所謂美周公者，伯禽既受君魯之命，周公以事畢將歸，東人感周公之德，不忍其去，望伯禽有以留之。全詩雖對伯禽言之，實則仍為美周公也。署謂九罭之網，其所得之魚，必為鱒魴。蓋網之大者，必連結數網為之，其所連結之網，即謂之罭，猶地之一域也。網而至於九罭，則其所得者，必無細魚，故可決其為鱒魴也。以此之故，故我覯之子，亦儼然袞衣繡裳，而服此上公之服也。何者？以之子固九罭之魚也。是則子之袞衣繡裳，乃皆原本於公。子固得所，而公則將歸矣。特是歸，常事耳，然歸則必有所也。彼鴻之飛也，常遵循乎渚。渚水中陸地，優於水草，且為人跡所不至，鴻之安宅也（渚或謂之洲，乃一聲之轉，實本一字，後人或以洲渚連用，失其義矣）。若公之歸則何如者，實則並不若鴻之有渚也，乃無所也。夫以歸而無所，則不如無歸矣。此吾所以望其於汝信處也。信、久也，處、久處也。久謂之信者，信則可久也。古人常以之與宿對言，宿則暫，信則久也。陋儒望文生義，謂一宿曰宿，再宿曰信，此癡人說夢之言。若然，則三宿四宿又謂之何耶？由詩人「無所」二字觀之，則伐許之役，當在管蔡流言未靖之時。不然，公歸王朝，又烏得謂之無所耶？然我雖望公之與汝信處，而勢已不可得矣。彼鴻飛則遵陸矣。遵陸，將遠行也。凡鴻之前進，必下循陸上之大路而行。鴻既遵路，則將去此而他適，冀其復至此地也難矣。是則公之歸也，將不復望其能再至此地也。然我東人之心，豈遽能釋然於公者。故公雖不能於汝信處，猶望其於汝信宿數日，以稍慰吾等之觖望也。且夫吾等之留之不得，而殷殷然屬望於汝之留之者，非第為吾東人計，亦所以為子計也。他事不必論，即子苟顧念子之衮衣，亦不當如是之恝然也。蓋子之衮衣，非能自有之，以是人乃能有之也。以是人乃有衮衣，則子即為子之衮衣計，亦不得遽以我公歸去也。子苟能無以我公歸，則我心之悲懷，亦庶得以稍為制止，而深望子之無使我心之終不免於悲也。末章畧其父子之情，而斤斤於一衮衣，此正曲意形容其情詞迫切，急不擇言處。其一片精誠之流露，即在千載下人讀之，亦當為之感激泣下。此非古人之性情深厚，斷不能作此語，亦斷非性情深厚者，不能知其言之沉痛。彼後世尋行數墨之徒，或且執其言，以為古人不善措詞，不責之以天性骨肉之愛，而乃斤斤以功利相挾迫。此種人直不許其讀詩。而三代下之讀詩者，乃不意其盡為此等人也。

狼跋

《狼跋》、美周公也。此所謂美周公者，以伯禽之受命，實皆原本於周公之德，其義猶之乎《九罭》首章。篇中雖頌伯禽，而意實在乎美周公，故序亦謂之美周公也。此詩二千年來，實無一人能解者。其所以如此者，以世人於跋字疐字，舉無由通其義。此二字不能通，故其於通章之命意，亦無從以窺其崖略。學者雖循例誦習，其能言之成義者，殆絕無一人，無論乎其義之合不合也。蓋毛氏對於跋字疐字，不惟不通其義，即鑿空亂道，而亦窮於詞。以亂道亦必須成語也。此公窮於穿鑿，乃不得不別求苟免之計。見跋字之偏旁從足也，以為此字為形聲字，則其義必為足之作用之一種。然《鄘風》：「大夫跋涉」之跋字，前已妄解為「

草行曰跋」，而合之此詩，殊不成語，則不得不舍之而別取一義。特是狼之胡果當何如者，實窮於擬議。於是窮極智生，乃不復再作無益之研求，第取足旁之字之難識而為人之所不習見者，隨意填寫之，則其事畢矣。此其所以訓跋為躐也。若以躐之本義言之，則為凌越。狼凌越其胡，寧能成語者！然吾只知跋之為躐，至其成語不成語，可自向他人問之，非吾事也。跋字既已如此，則疐字義猶罕見，且並無偏旁之可以依傍，其棘手殆較跋字尤甚。好在其與跋字為對文，當亦不外乎足之作用，則第再尋一足旁之字，尤屬罕見者，充補之足矣。此其所以更訓疐為跲也。躐與跲二字之義，吾知即毛氏自言之，亦必不能成語。而後之人，甘受其紿，不知就經文別求其是，乃轉從此荒謬無稽之傳注，以曲施其附會（如《爾雅》、《說文》、李巡、孔穎達輩皆是）。吾恐毛氏有知，當亦在暗中竊笑也。毛氏於訓跋為躐，訓疐為跲外，意猶未已，乃更附加以進退二義，此二字更不知其於何字生出。豈跋訓為躐者，更可訓為進則躐，疐訓為跲者，更可訓為退則跲耶？其荒謬如此，而二千年來，隨聲附和，竟無人加察。此則中國人不能審察是非之特性，匪今斯今，極古如茲矣。今按跋、拔之通假也，猶言拔取也。疐、截取也，後人或別作薙字，見《月令》，至今俗書，則作剃字。大凡毛髮草茅等纖細之物，即其根刈取之皆曰疐，其本義則由蒂字生出。蓋凡物去蒂則曰疐，蒂與疐一名詞一動詞也。《曲禮》：「為士削瓜者疐之」，鄭注：「不中裂橫斷，去疐而已」，實為疐之本義。瓜之蒂微苦不中食，故須疐去之。作《爾雅》者不知疐之本義，又誤憶《禮》之本謂削瓜者，為治棗李，乃於《釋木》云：「棗李曰疐之」。夫棗李雖有蒂，然何必疐之，亦何由疐之耶？余嘗謂作《爾雅》者，乃古今第一妄人，亦古今第一可憐人。以其於一切義意，必實不明，故篤信秦漢間諸儒之妄說，以薈粹成書也。此二字之義明，則全詩自不待煩言而解。略謂人之於狼，即拔取其胡者，則亦必疐取其尾，以胡與尾本屬一體也。胡、項下垂髯，即世所謂胡鬚也。蓋人既有取於狼，須乎其前者，必不遺其後。則人之於人，尊用其父者，亦必兼貴及其子。此公孫之碩大膚厚，亦得以履赤舄几几然也。公孫，謂伯禽為文王孫。赤舄，上公之舄，猶《九罭》之袞衣繡裳也。然狼苟疐其尾，亦愈不容不拔其胡，以有尾則其胡之用益顯也。而公孫之碩大膚厚，其德之聲聞，無可瑕疵，則為之父者之德音為何如，自不難想見。蓋尾猶如是，則胡更可知矣。所謂後先輝映，相得益彰也。詩以胡喻周公，以尾喻伯禽，乃以部位之前後，喻行輩之高下，此乃詩人之常例。猶《麟趾》以麟喻文王，而以麟之趾喻公子，麟之角喻公族，麟之定喻公姓也。或疑狼乃貪殘之獸，不當取以喻周公，此正後世拘墟之見，《孟子》所謂以文害詞，以詞害志者。有許多極明了之詩，為此等人說壞，《螽斯》乃其尤甚者。此等人之愚謬，推其意殆直欲起古之詩人，而指摘其措詞之失當。故其於詩，往往舍棄極明了之解釋，而妄加改竄，牽扯糾纏，卒至於不可復通而後已。此真所謂別有肺腸，俾民卒狂者。不知古人之取喻，本係隨宜節取，初非謂其人即完全為是物。如此詩之取喻於狼，不過以其有胡有尾，以便分喻周公父子，非謂周公即為狼之胡，伯禽即為狼之尾也。猶《螽斯》之取喻於螽，不過取其醜類之繁多，以興起后妃子孫之衆盛，非謂后妃子孫，皆跳躍田中，相率以蠶食人之禾稼也。信如一般陋儒之說，則人豈惟不可取喻於狼及螽，即擬之以鳳凰麒麟，亦何莫非夷人於禽獸耶？則比興一道，不幾乎息耶！然此亦後世謟諛之道大興，深文周內之主，有以釀成之。其在古人又安有此許多忌諱耶！此亦可以觀世變矣。

七月鳴鵙

中國經戰國之亂，兵戈擾攘，亘數百年。人民之生其間者，朝不謀夕，慄慄危懼，絕無復有遠大之思想（戰國之遺物，除少數戈戟刀劍及銅鉥外，其彝器幾不及商周洎春秋時，百分之一二，亦坐此故）。故其於一切學術，概視之為迂濶無用。而其所汲汲者，惟在於目前幾微之功利。《孟子》：「宮室之美，妻妾之奉，所識窮乏者得我數語」，直可括盡當時一般人之普通人生觀念（讀者試一省今日之人心何如，則將來之結果可知矣）。此數百年中，中國自虞夏來二千餘年之文明，幾為之喪亡殆盡，而人民之品性，亦遂大行變易。凡近日之種種惡因，殆無不自此時造成之也。經學之散亡，猶其事之小焉者也。詩之不明，導源於是，已屢言之。然詩之所以不明者，其原因雖甚複雜，其直接受其影響者，則以博物之學，無人解講求故。蓋詩之所託興者，大概不離乎草木鳥獸。而當時學者，雖日與相習，而曾不能識。故一遇詩中草木鳥獸之名，則瞠目莫辨。不得已則羅取其偏旁相同之字，以臆為指目。今試即其所轉注之各字參觀之，不惟其於經文之本義不明，即其所自己箋釋之字，恐亦自不能解也。乃一人如此，實則人人如此。故一人敝之於前，雖謬不可通，亦無人能知其誤。自秦以降，教化益復凌夷，舉世之所謂儒生者，率皆埋頭書案，不辨菽麥之流。其於尋常日用飲食之物，尚不能舉其名（如五谷之名，至今經生，尚無定說，亦大可憐已。）他何論矣。更何望其能正前人之誤，而一一上窮其本源耶！詩人託興之物，既失其真，則其所託興之義，又焉從夢見？故詩學之不明，謂其胥原本於博物之學之不講，亦無不可也。茲幸而學者之所不識者，凡一般草野婦孺不識字之人，反能識之。在學者夜郎自大，初不以他人所說為然，而自有其先正先儒。專意向《爾雅》、《說文》、《草木疏》、《名物攷》等，種種不可思議之書，反覆糾纏，課虛無而求寂寞。開卷而如或相遇，出戶求之，有終身不能得其一物者。縱偶爾發見其不合，不諉之於古今物性之有變，即諉以為，土地異宜，其物或非目前之所有。若一般人，則其心初不知有書，第見一物，則曰此某也。更見一物，則又曰此某也。問其字，則不之識也；叩其義，則未能詳也；詢其何以知其名某，則亦惟曰：相傳若此而已。設進而質以書所云云者，則閉目搖頭，而不知所謂。即有人教以據書言，是宜名某者，彼亦不能聽之。蓋久經行世之名，驟然改之，他人終不能共喻也。是則書之所言，乃專為解經而設，初不適用於一般實物。似其於經義，當無不脗合。世俗之所言，但求適用於一般實物，初不與經言相謀，似其與經義，當無一相入，乃事理上所當然者。而其實乃正相反。諸書所言，除少數與俗言相同者外，其能有當於經義者，十中幾不得其一二。而里俗之言，其合於經義者，反居十之七八。閒或有學者已不識其字，誤讀他音，而其音，尚傳於流俗人之口者，此無他，里俗之所流傳，乃純由各實物，經驗得來。而學者之所誦習，乃由三五陋儒，所閉門臆造者也。而後世一般學者，尤有一種牢不可破之怪習，則解經偏不肯信經而信傳注，此其弊在所謂漢學家者，尤為顯著。動謂經文某字，宜改作某，或讀某。叩其所以，則某人某書之所說也。其所謂某人某書者，其後於經文，不知其若干年歲。而竟不惜據其言以改經。則俗說縱能與經義相合，彼又烏知重耶！凡此所說，舉凡舊傳注之物名，無不可作如是觀。而其於《邠風·七月鳴鵙》之鵙字，夫鵙字從鳥貝聲，何從得有決音？而世儒則羣讀如決，或且改其字作鴂。《毛傳》云：伯勞也，則直謬以千里矣！夫經云：「七月鳴鵙」，則鵙何以七月鳴。以周公之多材多藝，豈有並伯趙之司至而不知者（伯趙即伯勞，《左傳·郯子語》）。而乃誤認以為七月伯勞之來以夏至，其去七月，殆將二月，則其不合，寧須再計。乃世儒舊其劣性，以爲傳既如此，寧有誤者，誤者經耳。於是乎有言邠地晚寒，其氣候不與中國同者，故伯勞之鳴以七月。至孔穎達作正義，尤屬滅裂，乃直謂古五字如七（孔此語，實用王肅語），此七字實爲五字之誤。吾不知其所謂古者，指何時代言之。若其爲虞夏商周之古，則其時五字作⊠，七字作[illegible]（七之義，本爲箭鏃，《左傳》云：七入者三寸，實其本義。故其文直作箭鏃形）。此而謂之如，則天下字，將無不可指以爲如者矣。然細玫以鶪爲伯勞，則其說初不始於毛氏也。《月令》爲呂不韋所輯之書，其以鶪始鳴，歸之五月，則其意固已以鶪爲伯勞矣。伯趙司至，夏至宜爲夏正之五月，故直歸之五月。殆意在矯正此詩，以詩故云其鳴在七月也。《邠風》以其鳴在七月，說者雖謂之晚寒，然氣候無論若何之晚，豈有夏至遲至七月之理。則作《月令》者之心目中，固先曾亘有此詩在也。若《夏小正》之僞書，《爾雅》之謬種，其言更不足比數矣。特是伯勞自伯勞，鶪自鶪。伯勞自以五月鳴，又何妨鶪之自以七月鳴。二鳥之鳴，其遲早差至兩月，則其非一鳥，顯然可見。而說者乃必欲强鶪以爲伯勞，則其果何所據，而知其確無疑義耶！無亦四言詩者故云然耶。今按伯勞古名趙，至秦漢已前，即名伯勞。毛氏之說，夫有所授之也。古詩云：「東飛伯勞西飛燕」，唐人詩云：「伯勞飛遲燕飛疾」，則伯勞之爲鳥，初無他名（元稹《古決絕詞》：「東風撩亂伯勞語」，則是本不知伯勞爲何物，而誤以爲子規之類），至今人尚以此呼之。其在臨清，則呼之曰扈伯勞，或胡伯勞。扈胡字不知其孰是。意其鳥大似扈類，或當為扈字也。其土音之移轉，則如云胡撥（音步）刺（音拉），一聲之轉也。其鳥灰黃色，近似竊脂而較大，項下無暈，喜食田間蟲蟻及蝗蛹等，故為有益於人之鳥。又喜食瓦雀之雛，俚諺云：「扈伯勞巡房檐討巧吃」，即謂此也（雀、巧北音相同，故云然）。至趙之名，不知何時，乃移轉於瓦雀之老者。今臨俗率謂瓦雀之老者為老趙，殊無從得其義意。意伯勞以攫食雀雛之故，時與瓦雀之將護其子者爭鬥，前人隨時指點，聞者偶有誤會，沿習久之，遂致於張冠李戴。以情事推之想當然也。若鵙則自名鵙，音即如貝，今臨俗讀如貝兒之合音。其鳥自以立秋前後至，蒼灰色，似雀而小。其於伯勞，殆猶風馬牛之不相及。《邠風》謂其鳴於七月，正復脗合。其名鳴若云狄狄鵙然（鵙、讀如貝兒之合音），故俗即謂之狄狄鵙。至幽燕一帶，則謂之嘖嘖（音集）嘖（嘖讀如肥兒之合音），亦象其鳴聲名之，語音有輕重也。以詩言攷之，則臨語近是。臨清切近於中州，故其音於詩多合也（臨語讀學如簫下平，讀國如龜，讀樂、落、洛如澇，讀虐如要，皆與詩言合。在各處則多轉入入聲，音韻初不一定也。）鵙字，他書或作鶪，所從乃鼻之古文，亦非臭字。鶪當音鼻，亦鵙聲之轉也。至《孟子》之所謂「鴂舌」，《楚辭》之所謂「鷤鴂」，或作鶗鴂，亦即此物。鴂不知究作何讀，今人率讀作決音，恐非。以袂、快等字推之，則其音當讀如窋或檜，亦鵙鶪等音之轉也。鵙之舌轉變甚疾，有似乎南人之發言，故

《孟子》謂南蠻為「鴂舌之人」。鶗鴂即狄狄鵙三字之縮音，其作鶗者，音亦如是。鴂之鳴以初秋，草木以後，即日就藴落，故屈子云：「常恐鶗鴂之先鳴兮，使百草為之不芳。」此二鴂字，若訓為伯勞，不惟其舌初不甚蠻，而百草當夏至後，方當長夏長養之時，又安得謂之不芳耶！宋蘇東坡《蝶戀花》詞：「落紅處處聞啼鴂」，辛稼軒《賀新涼》詞：「綠樹聽鶗鴂」，二公率讀鴂字為決，且俱引以代子規之用。此則後世詞人，不能確指其物，而但薰香摘艷，意為指目之詞。猶元稹言伯勞之撩亂東風，同一大遠於情事，而不可據之以為信者也。其尤可笑者，鄭氏於此文箋云：「伯勞鳴，將寒之候也。」夫以五月則鳴之鳥，而謂其鳴為將寒之候，寧不可為噴飯。如謂其所謂將寒者，指邠地之七月言之，七月將寒又豈獨邠地為然者。若然則邠地之氣候，正與各地同，而非晚寒矣。蓋鄭氏如欲以晚寒，還就伯勞之鳴於七月，則必須云邠地之夏至，實在七月。夏至既在七月，則其地之氣候，亦須俱晚二月方合。是則邠之七月，暑節尚未過，何得謂之將寒耶？寧如所說，則邠當八月方盛暑，而九、十、十一，始為秋季。邠去中原，相去不千里，其氣候寧容顛倒若此耶！此皆曲意解說鵙之為伯勞，因成此進退失據之說也。魏陳思王作《惡鳥論》云：「伯勞以五月鳴，應陰氣之動。陽氣為仁養，陰為殺，殘賊。伯勞蓋賊害之鳥也。其聲鵙鵙，故以其音名云。」其言伯勞之名鵙，似有可據。然其於鵙字，究讀何音，則殊難臆斷。若果以貝音讀之，今伯勞之鳴，初不爾也。斯其言亦無足深論矣。

五月斯螽動股、六月莎雞振羽、七月在野、八月在宇、九月在户、十月蟋蟀、入我床下

《邠風》：「五月斯螽動股」至「十月蟋蟀入我床下」數語，不過列舉田家物候，及人之所以因應此物候者。其義猶之前後各章，初無甚深意，亦不甚難解。乃自各家解釋之，而其義始紛亂而不可復通。漢人有然，而宋人益復加甚，可謂相得益彰矣。《毛傳》云：「斯螽、蚣蝑也。莎雞、羽成而振訊之。」鄭《箋》云：「自七月在野，至十月蟋蟀入我床下，皆謂蟋蟀也。言此三物之如此，著將寒有漸，非卒來也。」其說已奇。斯螽、莎雞、蟋蟀，雖儼然三物，然「七月在野」、「八月在宇」，「九月在户」三語，初未言其為何物，何以知其即謂蟋蟀？下文「十月」下始別提出蟋蟀字，

則前此之所言，非謂蟋蟀，顯然可見。蓋前所言者，苟已為蟋蟀，則至此不應更別之為蟋蟀也。若以文理言之，與其謂此「在野」、「在宇」、「在戶」者為蟋蟀，無寧謂其為莎雞。以若謂為莎雞，猶可謂其為承接上文。斷無有突兀無根，破空立論，而倒合下文成義者也。此等說經，已屬得未曾有，乃不謂竈媼說鬼，愈出愈奇。至宋朱氏為《集注》，竟直合此三物為一物，注之曰：「斯螽、莎雞、蟋蟀，一物隨時變化而異其名。動股、始躍而以股鳴也。振羽、能飛而以翅鳴也。宇，簷下也。暑則在野，寒則依人」云云。則是此詩之大半章，乃全為蟋蟀作起居注矣。茲無論蟋蟀初不聞其有此許多之變化。而斯螽、莎雞，既不能詳指其物，而但言其始以股鳴者，繼乃以翅鳴，吾恐舉世求之，亦無從得其物。然則先生於何處，曾見有此種怪物，再經蛻化，而終成蟋蟀耶？且蟋蟀初非僻物，乃婦孺之所能知者。從古至今，不惟無一人知其為由他物所蛻化；即其所託身之地雖不一，亦絕無見其能應時按景，由田野，而簷下（以宇為檐下，解亦奇甚），而門戶，而床下，按步就班，徐徐移徙，而有條不紊者。若然，則一至八月，則將田野無蟋蟀；一至九月，則又檐下無蟋蟀；一至十月則各處皆不復有蟋蟀，而羣居於床下矣。不然，在詩人胡為言之鑿鑿，逐時逐地，而再四詳誌之耶？此等解釋，實非吾人之所能共喻。大抵非即物窮理，而一旦豁然貫通之後，不能詳悉蟋蟀之表裏精粗若此。不知當日周公之作此詩，其心之全體大用，亦果曾臻此火候焉否耶？似此賢者之所為，初非吾輩衆人之所知也。竊謂螽即蝗也，斯則指點之詞，猶言是蝗也。動股則漸能跳躍，謂其將能害苗也。莎雞、舊無的解。《爾雅》所云之「螒天雞」，乃讕言。不惟未聞其名，即其字亦不知其出何經典。大概其字為作《爾雅》者所獨有，其物亦惟作《爾雅》者所獨見也。樊光之所謂「小蟲，黑身赤頭，一名莎雞。」李巡則曰：「一名酸雞」。郭璞則謂：「一名莎雞」，又曰「樗雞」。諸公所言之莎雞、酸雞或天雞者，舉無人能知其物。惟郭所云「又曰樗雞」者，則實有其物，乃樗樹上一種介蟲，俗或謂之佯醉漢，以人近之輒作僵死狀故名。與詩義及諸公之所謂某雞某雞皆無涉，在諸公博物之學，大抵如是也。（樗雞羽在鞘中，亦不見其振也。）不知此所謂雞者，實即家禽之雞。莎、蓑通。雞之鶵以四月，至六月則雛已長成，其毛羽尚未整齊，鏒鏒然如人之披蓑者然（莎草，本以其草能製蓑得名。詩之作莎，不得謂之純出假借也。）今人謂禽鳥之甫生毛者，猶曰披蓑衣。莎雞，猶言披蓑衣之雞也。振羽，則言其鼓翼將試飛。蓋雛雞至此，已長成也。五月而蝗方動股，六月而雞之新雛，亦已振羽，方將資蝗以為食，故雞有蝗不為害也。二事乃相互關聯者。此但即各字之本義求之，其意初不難顯見。乃螽本謂蝗，偏不謂之蝗，雞本為雞，偏不謂之雞，任意亂指，而又不能成義，真不解其是何肺肝也。若七月則禾稼已將成熟，不可不有以邏守之，故在野。八月則禾稼已登場，堆積院內，仍須監視，故在宇（宇、院落也。）九月則漸寒，而禾稼則仍未納畢，故暫移於户内，以避風露，而仍可監視院宇。至十月，則我稼既同，蟋蟀畏寒，暫避而入我床下，我亦當有以知所處矣。在經文本羅羅清疏，既無深文，亦無僻義，一經疏解，在各字無不如土委地。而人自甘向歧途，妄行牽扯。此等説經，則又與洪水猛獸何異耶。

八月載績載玄載黄我朱孔揚為公子裳

此章自蠶月條桑以下，所言者皆蠶事。取斧伐條者，蠶事之始。績染為裳者，蠶事之終。中間七月鳴鵙一語，乃紀物候。言鶪鵙鳴則凉風至，女紅當開始，急謀禦寒之衣，後人所謂寒衣處處催刀尺也（人情物理，千古如一，特無計何一般腐儒，不通情理者。言之耳。）五章於在野在宇在户後，穹窒熏鼠塞向墐户，籌備入室前，中間夾寫一蟋蟀入床下，義亦同此。蓋古人觀物知時，物猶如此，則人亦當自為計。豳風所紀之風物，大抵皆原本於人事，初非漫無取義，而隨筆渲染者。在古人初無此閒情逸致，為一般庶物作本紀也（知此則朱注斯螽等句之謬不成理，益可知矣。）此章自八月載績下，本無甚深義，亦不甚難解。不過言舉前此蠶桑所得之絲績之成布，染之，則其色或玄或黃，其在朱色之鮮明者（古之所謂揚，大抵皆顯揚之意，其義甚廣，鮮明亦其一也。）則奉之公，以為公子裳。以公子之裳，例用朱色也。此又於微物之公私獻取間，隱寓愛君之意，與下章之私豵獻豜，同一旨趣。詩義本極明顯，讀之者亦無所用其疑議。質言之，則此等詩本無所用其注釋，即注釋之，亦不過如此也。無如一般陋儒，卒不肯因此而遽少釋其毒手。蓋天之生此輩人，原專以供變亂古人經書之用，故其生性即與尋常人異。愈見經文之極明顯者，而其心愈不能釋然。設竟輕輕恕過之，則其心或且痗懣成疾，以其有忝於所負之天職也。故毛氏即疾起而傳之曰，載績，絲事畢而麻事起矣。玄、黑而有赤也。朱，深纁也。陽，明也。祭服玄衣纁裳。夾七夾八，東牽西扯，若為說此詩，又若非為說此詩。顛倒黑白，橫生枝節，一味無理取鬧。使人驟讀之，直不能明其意旨之所在。吾意此時即起毛氏於九泉，叩其當日何若為此，在彼亦必不能自言其所以，殆亦出於一時無意識之作用而已。所謂天也。蓋傳本所以明詩，詩之通章，初無一語及麻，即統其前後章言之，亦絕無言麻者。而各詩之文，又非言麻不可解。則毛氏何所取義，而必指此載績之績字，謂所績者之必為麻。夫績原通用字，凡治理皆可以謂之績。下章載績武功之績字，義即本此。如謂凡言績者，必係之麻，豈麻更可以謂之為武功耶。且即以績之本義言之，則凡絲絮麻縷，有纖維之物，治理之使就緒，胥謂之績，猶後世之言紡也。今文編輯之輯字，即績之假借字，今人或讀如七非也。治理就緒曰績，故崩潰失緒曰敗績。績之為義，在古人之應用甚廣，又豈得以陳風有不績其麻之文，而遂謂凡古人之言績者，概指麻言耶。若信如所說則此詩曾言流火，以後凡遇流字，即指以為所流者皆火。此詩曾言授衣，以後凡遇授字，即指以為所授者皆衣。有是理乎。且此詩之但言載績，而不復言其所績為何物者，則此文原緊承上蠶月條桑來，通章之所言者皆為絲，故此處不必再聲言其為絲，此乃文理上所當然者。而孰意陋儒竟得因此以肆其毒耶。毛氏以載績為績麻，已奇。至下文載玄載黃，我朱孔揚等，但言染色。其所言之三色，又非隱僻而為人之所難見者，則似乎無所用其變亂矣，而未已也。詩本言玄也黃也朱也，此最通常之色，亦人人共喻之色也。玄即今之玄青也，其色如燕，故俗又謂之燕尾青。朱即今之正赤也，其色如硃，故硃即因之得名（硃、俗謂之銀硃）。若黃則為絲之本色，亦正色。但絲之原色，輕重深淺不勻，故亦須染之。其色古今初無異名，本無須注，亦無可注也。毛氏以黃字無可變亂，乃忽然舍棄之，可謂幸甚。而玄與朱遂難免矣。其謂玄為黑而有赤也，尚有可說也，以玄之色固微透赤也。特其所以特注重此色者，乃全為變亂下文之朱字地也。夫朱之所以為正色。而孔子之所以惡紫之奪朱者，以朱之色初不容有他色之羼雜，參加之則變。又其原本如此，初非由他色所能變成也。故朱與黃則色之原素也（此其義，通光學者，自能言之），不詳贅。茲之言此者，以明古人所言之理，其精

同為正色，其特立之性質能與黑白等。黑白者，色之兩極，而朱與黃

者，在今人亦無以易也）。而毛氏則於朱字下傳之曰，朱、深纁也。斯其合玄字成義之謬妄顯然矣。夫纁自為纁，朱自為朱，二者之為色，全不相涉。天下幾曾見有染纁而可以得朱者。毛氏謂朱為深纁，豈朱之淺者，即為纁耶。是毛氏不惟不知朱，並不知纁也。殆毛氏初不知纁為何物及其色為何色。而古人書中乃習用之，臆為解說，又苦於無所徵引。因見此詩有玄字，又有朱字，與其平時所私臆之謬解合。雖二字之中，尚亘有一黃字，正不剔去之，置諸不論，但撮合其兩端之字，中間別納一纁字，以便為異時解說纁字地步。是則毛之此傳，原非為玄朱而發，實全為纁字發也。蓋毛之意，以為由黑而赤則為玄，再加赤則為纁，再加赤則為朱矣。故其於玄則傳為黑中有赤，於朱

則傳云深纁也。夫傳本所以明經，若如毛氏所為乃直變亂經文以附會其所作之傳。所謂傳者如此，則經更何望其能明耶。寧非古人之大厄耶。乃毛氏自有此謬解后，世之說詩者，亦遂皆舍棄經文，而汲汲焉從事於傳。鄭氏則引周禮染人之文曰，凡染者春暴練夏纁玄秋染夏。凡所云云，直不知其於經言何指，其與經言相合者，僅一玄字。而經係之於八月以後，箋則言其在夏。是殆不啻執周禮，上與周公，論列是非。至唐孔氏作正義，則更引攷工記鍾氏之文曰，三入為纁，五入為緅，七入為緇。則是其言，乃專為說明毛傳之纁字。夫染色不言其所入之色，而但計其入，俗儒之愚謬，已大可憐。豈天下無論何色，但若干入之，即可變為某某色耶（若記言則別有義，與前鄭氏所引染

人文，玆俱不贅（詳）。大抵凡經文經前人變亂，十之七八，悉須改正也）。若其說鄭箋之文，尤屬可笑。謂鄭氏所以引染人文者，特以証經所言載玄載黃，當於夏日染之，非八月也。實在夏而文承八月之下者，以養蠶績麻，是造衣之始，故先言之。染色作裳，是衣之終，故後言之云云。是直以因鄭氏所引染人之文，為天經地義，而周公之作詩，乃顛倒事實矣。在周公何不先一為攷察其自己所作之周禮（此原本俗說，實則周禮之作甚晚，當在戰國間，孔子既沒以後，大抵出於七十子之徒之手。予別有說詳論之），而顧乃令其自相矛盾耶。想孔氏言念及此，或且不勝其代為周公着急也。夫蠶桑恒事，染色細故，何時不可染，又何時不能染者。世幾見業染色者，一逾盛暑，即便停止工作。而人之有事玄纁者，必須俟之明年四月以後耶。此詩本序言，一歲中蠶桑之事。蠶而後績，績而後染，染而後裳，乃事物一定之順序。理之當然，又豈為事之必然。否則有蠶而不績，績而不染，染而不裳者矣。豈得即據之以聲言經文之不可信耶。今再舍之而覆視經文，則經所言者，玄也黃也朱也，三者燦然。與傳箋正義之所牽扯糾纏者，除一玄字外，曾何有絲毫之關係。且即以玄言之，亦無事乎如是之紛紛也。中國人之習性，其於事也，本志在於甲，乃不中途遽變而之乙，因之而丙而丁，但隨其勢之所遭，而不時移易。迨其終極，或且並其當日之原因何事，而亦忘之，而不難於盡反乎初志（此其弊南人尤易蹈之）。故中國人之作事，卒難望其成功。又時而自埋自搰，舉由此也。此在一般人言之，則為志行薄弱，然其弊實出自先天，而非各人之所能自主。此殆由戰國後兩千餘年，社會之風習所積漸而成。其顯著之結果為善忘，為依賴，為苟且，為重人輕己，為褻邇忘遠，為貴耳賤目。吾嘗謂中國人無判斷是非之能力，此亦其最大之原因也。通觀今古人中，其能超出此範圍者，代不數覯。而於文字上，尤易見之。經學一失，雖原文具在，而二千餘年中，竟無人能畧窺其本面。此等事，當亦惟中國人能之，其在他民族，恐未遽然也。今按毛氏之所謂玄，實即其所謂纁。而其所謂纁，則莫從而窺其意之所在。若其所云深纁，則不惟不得謂之朱，且直無從想像其為何等間色也。今更即玄與纁二者詳言之。玄前曾言其為玄青，實則今尚此稱。但俗因避廟諱故，改稱玄為元。此則凡玄字皆然，不止此一事也。世之稱燕尾青者，亦淵源自古。燕古稱玄鳥，即以色得名。此則玄字最有力之注腳。燕一日存在，則玄之色一日不容變換也。又凡幽遠深邃之處，人之目力所不能極者，其色亦必為玄。故玄天玄奧（奧之本義，原指室者之，與其媚於奧，爗柴于奧等皆是。其作深奧解，乃借用也），以及玄遠玄妙等，皆從之得義。而人目以勞極，昏花謂之眩，亦因其久視玄深之物易致然也。玄即玄青，再入則為茲，故茲從二玄。茲後又轉而為緇，即深黑也。緇又稱菽，以其色似黑也。又稱幽，幽從茲從火，言如火上熏烟煤之色也。黝即幽之形聲字，其出最晚，然今人則知黝而不知幽矣。茲又作滋，因指水言之，故又加水也。左傳何故使吾水滋是也。若由玄而加赤則為纁，毛所謂黑中有赤也。今則謂之紅青。纁古文只作熏，凡古谿斷言虎冒熏裏者皆然（冒、前人因詩有虎韔鏤膺句，舉誤認為韔，實則全不相涉也）。熏之本義，原為火之烟燄，故文下從火。詩庭燎有煇之煇字，乃其異文。此則因熏字，久經以其引伸之各義行，故特別撰一字，以代其本義也。熏既為火之烟燄，則凡利用火之烟燄者皆曰熏，穹窒熏鼠等是也。此字後人別加草作薰。其加草者，殆因人之食葱，其臭味逼人，不可嚮邇，如火之烟燄然。卒乃推之於各種草之臭味，總其美惡，而統謂之薰。此猶熏熏本以形容酒氣，卒乃變其文作醺，更乃轉其義作醉也（如半醺微醺等）。向夕之日，其色紅黃而昏，其色甚似火之烟燄，故將沒之日，亦謂之曛。又凡烟燄之着物，其色概為紅黃黑闇，故形容其色者，亦舉謂之熏（俗所謂烟熏色）。熏之轉作纁，即謂絲之作此色者也。謂纁為與玄相近，尚能成語。其與朱幾為絕對相反者，初何得舉以相溷，以朱固絕着一絲之青不得，而纁之本體，則十之八九屬青也。寧非囈語耶。若朱之為公子裳，則以公子例服朱芾故，斯干朱芾斯皇即其義。凡古之所謂裳者，概指芾韠等言之。今人於古衣裳之制，亦言之不能了了，故不能明其所以然。說詳衣裳攷下，此不贅。若其所言祭服云云，則直是癡人說夢矣。

豳風周夏正考

豳風之於紀月，自四月以至十月，皆以月稱。其自十月之後，四月以前，則改稱一之日二之日三之日四之日春日。一篇之中而稱謂頓殊，卒莫能通其義。或疑十一十二為雙數字，於文不便。然既能改稱一之日二之日，豈不能直稱為十一月十二月，且一月二月三月，其稱謂正與四月以下畧同，又胡為改稱為三之日四之日及春日耶。毛氏更無端羼入三統為說，殊不成義。其一二三四者，自以周正言之，與殷夏何與，豈非妄生枝節耶。今按此詩之自四月以至十月，用夏正。自十一月以至三月用周正。乃周公有意為之。其用夏正者，以公劉之居豳，其時正當夏代，則欲摹寫當時之風物，自宜沿用夏正以存其真。又七月流火，八月萑葦，九月授衣三語，殆為當時流傳之古諺。周公特取其語，擴充之以成此詩。今但觀凡所言七月流火，九月授衣，或七月流火，八月萑葦，皆自成義，與下文迥不相涉。如首章於九月下，忽接云一之日。二章於九月下忽接言春日載陽。三章於八月下忽接言蠶月條桑。則首二語之係援用古語，以為發端，確無疑義。且火與衣葦三字，在周時語音，已不甚相叶。則其為傳自古昔，而非由於周公自作，益可想見。又按大田以火字叶穉字，似周時火字，尚叶紙尾韻。所援用之古諺，既用夏正，則欲演繹之以成詩，益不容其不沿用夏正。此三百篇中獨豳風用夏正也。然周公周人，此詩作於西周盛時，夏正之廢棄已久，使通篇皆沿用之，則或且滋成讀者之誤會，以將無所考徵得知其為夏正而非周正也。故特以言月者，著明古代所行之夏正。而更以變言日者，著明其為現代所行之周正。前後兩相對照，則所謂某月者，在周則當為某之日。所謂某之日者，在夏則當為某月，自不難玩索而得。所謂夏正者，既不得誤會以為周正，所謂周正者，亦不至誤會以為夏正，二者固以相互為用者也。至春日之稱，則又為兩者之關鍵。蓋其所謂春日者，以夏正言之，則當為三月。以周正言之，則又當稱五之日。而自此以前則為周正，自此以後則為夏正。此一月實介乎兩者之間，故作者特變其常稱，取周正之稱日者，而乃冠之以夏正之稱春（蓋若一以周正言之，則當稱夏日也。以夏之三月，實周之仲夏也）。一名詞也，而乃聯合兩朝之正朔成之，以著明此一月實為夏周兩正之樞紐，所謂辛苦為分明也。又夏正三月，以日言則謂之春日，以月言則又謂之蠶月。不以時紀，亦不以數指，而惟舉其月之物候名之，亦求其於周夏二正，俱得通用也。然分明如此，後之儒尚不之知也。則為之古人者，不亦難乎。

二之日其同載纘武功言私其豵獻豜于公

此文本無甚深義。所謂二之日者，以夏正言之則為十二月。同，齊同也，言國人齊集也。纘猶言治也。武功，謂田獵之事。以農隙習之，所以講武事。田獵則必有所獲，詩但舉豕之一端以見例。其稚小者，則自私而留養之。其壯大者則以獻之公家，以備牲牢。此殆與上章所言，我朱孔陽，為公子裳同義。皆言豳民之先公而後私，愛君而親上也。乃自一般陋儒言之，則又異想天開矣。鄭氏箋云，其同者，君臣及民，因習兵俱出田也，不用仲冬，亦豳地晚寒也。己心糊塗，反致疑於他人之明白，而不情曲為之說，亦可憐也。夫詩但言其同，不過為大衆齊集之意。其集者之確屬何人，文所不載，又何容確指。不必其不為君臣民，亦豈必其定為君臣民耶。且其所同者之為君臣民與否，於詩義又何關耶。至其言不用仲冬之說，尤可笑。鄭氏之所據者，周禮大司馬之文。其言云：仲春教振旅，遂以蒐田，仲夏教茇舍，遂以苗田。仲秋教治兵，遂以獮田，仲冬教大閱，遂以狩田。其說與經言本無不合。蓋周禮為周人致治之書，其紀時自不容其不用周正。而此之所謂二之日者，實為周正之二月，序屬仲春。其載纘武功，乃正周禮所云，仲春教振旅，遂以蒐田者。鄭氏殆不知周禮為周人之書，誤認以為夏人所制，故於其所用以紀時者，皆指為夏正。蓋鄭氏苟知其為周禮，奈何竟疑其紀時為夏正耶。周人自有之正朔，而自己之發政施令，反不承用之，然則其所頒布之正朔，將更責何人承用之耶。鄭氏於三禮，無所不用其注。乃其究也，並其書所用之正朔，尚不能知，則其所注之書，尚有價值之可言耶（鄭氏之意，蓋誤認周禮所言者為夏正，而周之二月，則為夏之季冬，故云不用仲冬。實則周之仲冬，乃為夏之九月，與此之為春蒐者，絕不相涉。彼獨不思周禮何以能用夏正也）。鄭氏之說上二句，已可笑。而其與毛氏爭論下二句，尤足使人噴飯。毛傳云，豕一歲曰豵，三歲曰豣。不計其大小 但究其年歲，其言已有語病。夫豕之生也，既無人為慶生日，又無人為作年譜，則人因田獵，貿然獲得之者，又烏從而確知其為若干歲，而隨時易其名稱耶。又一歲三歲，既各異其名，而二歲四歲五歲，以及數十歲，更當錫之以何名耶。且逐歲更名，又何其不憚煩耶。然其言雖不通，而其意尚無大悖謬

。蓋其意不過在以年歲之多寡分小大，與經言猶可勉合。至其隨意穿鑿，拘滯不通，此則漢人之特長。不知有幾多極明瞭之文義，被此等人說壞，不止此一事也（如自帶以上曰屬，自輈以上曰軌，馬高七尺曰騋，眉目之間曰清揚等，幾不遑悉數）。若鄭氏則更據爾雅謬妄之文，改箋豵字曰，豕生三曰豵。此則更匪夷所思矣。爾雅本薈萃漢初陋儒之謬說所成，意當時必有以今文從字，有二人從一人之象，因臆定其數為三。生三既別有異名，則生一生二，愈不容已。遂更敍之曰，二師，一特。至三以上，則其數甚煩，窮於擬議，乃不得已而漫置之。此其說之無稽，稍明事理者，即無不知其可笑。蓋獸類之中，獨豕之生殖為最蕃，一產動輒十餘，甚且有以乳不敷用而餓斃者（豕之

乳十八，猶不數用，則其數直能達二十左右也）。其生三者，乃絕無之事，而無論乎其為一二矣。且人之於豕，初不必皆出於自己所豢養。則偶得一豕，在豕身既不能自言其出身履歷，而人又無從求得此豕之族譜世家，將何由攷得此豕之生也。其同胞乃有幾，而再肇錫以嘉名。況此所謂豵者，實從田獵得來，於其生長之所由來，益復茫然耶。鄭氏亦自知其說之不衷事理，故於其答張逸又云，過三以往，猶謂之豵。若然，則豵之義又不為三矣。漢人好為臆說，而又不能自固，類如是也。今按豵，豕之從母者也。凡獸類之幼稚者率不敢離其母，而常自後從之，初不止於未能釋乳也。故豵於文從從從豕，形聲也，而實兼會意，謂其從乎母豕也。豕之稱豵，猶牛之稱犢，羊之稱羔，皆為其幼稚時之一種通稱，迨既長始復其常名。即以年歲限之，亦只能舉其大概，又安能確確鑿鑿，謂其為若干歲之稱耶。至豜則齊風作肩，又驅從兩肩兮是也。肩為其假借字，亦即其本字。若豜則後來所制之專用字，，其於文為形聲，其義反隱也。肩乃豕之壯大者，。豕之美在肩，其發育亦先在肩（肩即俗之所謂肘子）。故言豕者，但舉其肩，而其豕之大小肥瘠即可見。禮稱晏平仲豚肩不揜豆，君子以為過儉即此義。蓋豚之肩尚不能揜豆，則其豚之小可知。乃言其吝惜不肯用大豕，非謂其吝惜豕肉，故小其肩，不使之揜豆也。豕小則其肩小，肩小自不能揜豆也（此義前人亦未知）。豕之發育在肩，故舉肩即可以賅豕。豕之名肩，以其肩之發達言之也，故其義為豕之壯大者也。爾雅因還之詩，兩肩與兩狼兩牡同賦，妄意此肩字為揞鹿而言，乃偽撰一麙字以當之。其從鹿從幵，即暗襲此文之從豕從幵也。既偽撰其文，遂更謬賦以義。特於麙鹿之下，皆綴之云，絕有力者麙。夫鹿之為物，初非以力稱者，何以對於其絕有力者，別錫以名。且若何為有力，若何為絕有力，果以何者為標準，恐在作爾雅者，亦不能言之成義也。大抵前人舉不知豕之與肩，有特殊之關係，初非其他一般獸類之所得通用。故妄意變更舊說之謂豕者，移而加之於鹿。舍其能推知其真義，則早已無事乎此紛紛之作偽日拙矣。然陋儒雖妄肆此一番捏造，而世人胥莫之從，卒乃收羅其說於其所作之謬種流傳之大著中。蓋爾雅之作，固專為此等謬妄之說設也。然二千年來，世固羣奉之以為經也（古人於豕之稱肩，猶今人於豕之稱肘。肘之稱，不可以加諸牛羊等一般獸類，則肩之稱，亦不能以加諸其他之一般獸類可知。人情物理，無古今一也）。

鼓鐘送尸神保聿歸

楚茨所稱之神保，至今人無的解。毛傳於神保是饗句傳云，保、安也。鄭箋以為鬼神又安而饗其祭。集注亦用之。然殊不成語，故又更之曰，神保蓋尸之嘉號，楚辭所謂靈保，亦以巫降神之稱也。其說似矣，故世多從之。然於義實尚有未安也。五章鼓鐘送尸，神保聿歸。使尸與神保，原本為一，何得分別言之。上句方稱尸，下句遽改稱神保，古人初無此夾雜重沓之文字也。且尸也，何義而得稱神保耶。如以楚辭之靈保相例，則其所謂靈保者，雖為巫卻不必即為尸。巫之職在於左右鬼神，故稱之為靈保。鬼神雖有時降其身，其事有類乎尸，而其命名之義，則在彼不在此也。且祭之尸，皆臨時以卜得之，意在像神，與巫覡之專以事神為職業者其道迥殊，則尸又烏得為神之保耶。今按神保相尸者也。神依乎尸，則相尸即相神。相有保持之義，故稱之曰神保也。凡古者之祭祀，尸必有相。禮器云周坐尸，詔侑武方。鄭注云，武當為無，聲之誤也。方猶常也。告尸行節，勸尸飲食，無常，若孝子之為也。孝子就養無方，此之所謂詔侑，即神保也。蓋尸像神，其義主乎肅穆，故凡其行節飲食，舉須有相焉以詔侑之。相之事一主乎尸，故其於旅酬時，亦得與尸同饗。尸既醉而相之事亦畢，故鼓鐘送尸，神保亦遂歸也。此求諸文義，參諸載籍，所不難玩索而得者。而竟無人深攷，則經義安望其能通耶。

七月流火

邠風、七月流火句，歷來相傳，以火爲大火，謂心星也。以左傳火中寒暑乃退，及今火猶西流二語觀之，似舊說初無可疑議。然即實際言之，則其語實未甚明瞭。蓋心星者終歲經天，逐漸移動，其西流也，初非一時之事。季夏六月，昏火星中，至七月雖稍偏西，所差並無幾，苟非留心測驗，幾無以辨之。殊不足以使一般人觸目驚心，凜然知大寒之將至，而急思所以預備。與其他之僅就眼前事物，隨手指點，而情事即便瞭然者，不無微異。又詩但稱流火，而不稱西流，於文義亦未能盡合。以火固無時不流，而火之西流，亦不得但言流火也。今即物候攷察之，則所謂火者，似指螢火而言。流則謂其往來上下，飄忽無定，有似乎水之流也。今人謂螢爲流螢，即古人謂爲流火之證。螢則以其名言之，火則以其質言之也。螢之滋生，以入秋而盛，故昔人之言螢者，多在乎秋。輕羅小扇之撲，疏簾巧入之坐，皆其至淺近者。詩之言七月，正其初見時也。螢之爲物，以其有光故，最爲顯見，故人能觸目驚心。見麩金之上下紛飛（麩金謂螢，見姜白石詞），知氣候已由暑而寒，不可不未雨綢繆，早作禦寒之計。若其爲在天之大火，不惟流字之精神不見，則方且光景依然，每日所行者不過一度，與日日之所經見者，絕無甚顯著之殊異。邠民初非盡天文家，曷由仰觀之，而即知其已過中點耶（星之移轉，必須於一定時刻測之，方得。否則終夜轉移，初無定位也）。持此以與舊說相較，則舊說實未盡完善。然其義尚勉強可通。視諸其他之鑿空亂道，全不能衷於事實者猶爲稍勝。姑存之以備一説可也。

辛酉初秋

臨清吳桂華秋輝氏著

黍離通義

《黍離》、小《序》云：「閔宗周也」。此等語非子夏不能作，亦其詩義原本如是。苟取詩之所言者，參之以當時之時勢，則其詩之何為而作，固不難逆揣而知也。子夏之定此詩為閔宗周，乃洞澈本原之論。以不如是，則人將不明所指也。此在子夏，原本為之說明此詩之旨。乃不謂後儒讀之，反因是而增出許多之葛籐。蓋讀者既不明詩，因之以益不明子夏之序。合二者而參觀之，則不惟詩之所言者，不見於《序》，而序之所言者，亦絕無與於詩。《序》明言其為「閔宗周」，然詩之所云者，則唯有黍也稷也，行邁也，絕無有可以強指為宗周者。是則子夏之言，不且為囈語乎！然在彼則深信子夏非妄言之人，而實又不能以通其說，於是乎乃不得不雜取序與詩之言，如作截搭題者然，而妄施以種種之捏造。以序言宗周也，詩言行邁也，則謬指以為「周大夫行役」。至於宗周，既為宗周則必有宗廟宮室。而詩又屢言黍稷，黍稷者何？禾稼之類耳。於是乎乃更變言宗周為宗廟宮室，變言黍稷為禾黍。續之曰：「過故宗廟宮室，盡為禾黍。」其必變言宗廟宮室者，以禾黍生於宗周，初不為異。其必變言禾黍者，以宗廟宮室又不必專生黍稷也。至以下之閔周室之顛覆，彷徨不忍去，而作是詩云云，不過敷衍序言，及牽合行邁靡靡之義，以足成前意云爾，無關於要旨也。此等謬說一出，而二千餘年之學者，竟奉之以為不刊之論，絕無有參以疑義者。此則為中國學者之特質，所以造成今日之種種惡果者也。夫《序》本所以明詩，詩所未言，序者更於何知之？即子夏之《序》，亦悉原本於詩義，詩義之外，固不得妄參一語也。今詩中何嘗有宗廟宮室，又何嘗言其盡為禾黍。而此行役者，何以知其必為周之大夫？大夫行役，何以即知其至於宗周？且平王縱東遷，宗周豈遂無人？而宗廟宮室，何得即為禾黍？觀此詩及《君子于役》、《君子陽陽》諸篇，則當時君子方深以平王之不復西歸為憾。若如此說，則是望之西歸者，乃是驅之以竄身草野矣。秦仲得西周故地，秦遂以興，霸西戎者數百年，卒併天下。偶膺禍亂，何至即如此等陋儒，心目中之所云云耶！凡此一切稍具常識者，即當知其謬。乃二千餘年來，不惟不知其誣，即微覺其有不合者，亦無其人。蓋中國人性質，原不能辨別是非。以多自慰，以同自證，乃其牢不可破之結習。其於事也，但模糊影響，即自以為通。一妄人唱之於前，諸妄人即從之於後，斯時即再有人告之以事之真象初不然，則彼不惟不知詳加攷求，轉且笑他人為迂執。苟再三強聒之，則彼必將舍棄其所論之是非，不以為善意之研究，而以為其有意與之為難，而敵視之矣。迨大錯已成，而又不肯自負其責任，則亦第浮沉置之，一若當時之初未有其事者然，更不知別圖桑榆之補。故於其終也，絕不能有一事之成就。中國自戰國後，上下二千年，其社會之心理，莫不由是，正不獨經學一事然也。推其原因，大抵皆政治壓迫，教育失傳所致。然近日之教育，則又非余所敢知矣。）今按此詩，子夏之所指為閔宗周者，以平王遭犬戎之難，離去宗周而倉卒東遷，雖出於勢之不得已，然事平之後，豈可即苟安於東周，而委棄宗周於不顧者。故當時君子，無不殷殷然望平王之復歸於西。無如平王非有為之主，但苟圖目前一日之安，而不暇為子孫百年之計。卒乃舍棄其祖宗邱墓之鄉，國家根本重地，坐以予人，而甘自踡屈於河洛之間。西關盡失，而王靈亦因之以不振。此在後世讀史者，尚無不知其為失策，而在當日識深見遠之士，其咨嗟太息，當更何如耶！此詩即原本此事而作，故子夏特序言之為「閔宗周」也。此詩之大旨，全在黍稷二字，而以離離二字為之用。黍之與稷，其苗莖根葉，以及其穗，驟視之無不全同。惟黍之穗，則攢聚而合攏；稷之穗，則疏散而四垂，此其異也。至其實則黍之粒大而圓（故天津一帶則謂之元米。元、圓之省也。）其色黃（故濟南及南直一帶，則謂之黃米）其性黏，最宜於酒及糕，與稻類中之糯，其作用全相似。黏之從黍，即此義也。其在穀類中為最貴，故《家語》謂：「黍不雪桃」，其用亦最廣。稷之粒則細而長，其色微白，故又謂之粢，粢、白之義也。其性散，熟之則鬆浮無力，頗近於粗糲，故其用甚少，而人亦賤視之。其與黍殆處於反對之地位。然在其為苗，則雖老於農事者，亦不易辨晰也。作者以二物之形同而實異，造端近似，而結果攸殊，特取之以喻宗周與東周之不可溷視為一。蓋東周之不可視為宗周，猶稷之終不得以溷為黍也。南宋人西湖詩所謂「薰風吹得遊人醉，直把杭州作汴州」，乃無意中與此詩暗合者。世人已深其深婉，若以此詩視之，則直同駡街矣。學者但能識得黍稷二物，則詩人體物之工，取譬之巧，自不難領取。無如中國之所謂學者，率皆不辨菽麥之流。似此名物俱存，人生日用之所必須，叩諸田間婦孺而可知者。擾攘二千年，穿穴鑽研，博引繁稱，辨論之書，幾於汗牛充棟，竟無一人能得其真象，詎不大可哀耶！更何望其能明詩義耶。（前人之言黍稷者，無一不可為噴飯。毛、鄭於二物皆不言其形狀。二公北人，似其心尚知其物，為人所共喻，故不再言。然在漢時，則已多不識者矣。蘇頌以秫為黏黍，許慎以秫為黏稷，是其不識秫、亦不識黍稷也。崔豹則更以黍為黏稻，則併不識稻矣。郭璞、孫炎、賈公彥等則以稷與粟為一物。陶宏景則以為黍苗似蘆，稷米人最難識」，則其意中之所謂黍稷，又不知其謬指何物。《集注》為博攷衆書所成，觀其言，即不難於推知一般矣。《集注》於此詩云：「黍、穀名。苗似蘆，高丈餘，穗黑色，實圓重。」其說似本之陶宏景。據其所言，乃今之紅高粱，即古之秫也。（秫別有攷）其相去已如牛馬。其於稷，則並不能知其為何物，想彼亦不自知也。其注曰：「稷亦穀也，一名穄，似黍而小，或曰粟也。」東牽西扯，卒之已亦不能確指，則其言尚足道乎！近人攷究此事者甚多，亦無合者。惟李氏綱目尚為近之。其言「黍似稷而黏，稷似黍而散」二語，頗得其真。惟牽於詩「離離」二字，謂黍穗散而稷整，則適得其反。至吳江陳氏作《復古編》，取李說尚無不合，惟謂北方通呼黍稷為黍子，則謬。陳氏南人，妄談北俗，固宜然也。乃其於黍稷外，因其不識秫與粱與粟之分，乃連同黍稷，反覆糾纏，卒之治絲而棼，三者益淆，而黍稷之真亦失。（要之，一切名物，苟非從實物上攷察，而專向從前之陋儒之謬說求之，未有不如是者也。）詩意略謂：宗周與東周，雖同謂之周，然東周終不可以為宗周。此猶黍之與稷，其外貌雖極相似，而其實則殊不能免於精粗貴賤之分。初不得謂稷即離離然之黍也。（離離、四散下垂之貌。）稷果可以為黍，又何論其離離不離離耶！蓋稷離離而黍不離離，此黍稷之所以為黍稷也。黍而離離，則直是稷矣，又何得以謂之黍耶？而無識者不知此義，強指稷曰：此黍之離離者也。然黍豈果能離離？黍既離離，尚得以成為黍耶？且夫稷之不可以為黍，豈必實見其離離，而後知其非黍哉。即當其方苗也，其為黍為稷，初無以辨也。而乃曰：彼黍之離離者也，若然，則彼特為稷之苗耳，以黍固無有離離者也。苗既為稷，則其將來之所得，又安能為黍？而彼則方且愛重此稷，冀倖其或為離離之黍，絕不肯以稷自居。是則彼於黍與稷二者之間，已不為確實之判斷。其所以如此者，殆因其「行邁靡靡」而「中心搖搖」無所主也。夫黍之與稷，其間之關係，詎漫然者，而竟漫無張主。掩耳盜鈴，欺人自欺。此在我視之，又烏容即承認此稷，而以為離離之黍者。乃知我者謂我心憂，不知我者，方且謂我求多於黍。以為黍之離離然者雖不同於稷，又安知其結果之不終為黍耶？悠悠蒼天，吾其如此人何哉！雖然，當其為苗也，猶有倖也；則彼為稷者，或尚可冀其得變為黍也。而今則彼黍之離離，已不可掩矣，則彼之穗竟成為稷之穗矣。蓋所謂離離者，已得諸目驗矣，然彼則仍不以為稷，而以為黍之離離者也。夫穗已離離，而仍謂之黍，是直醉人之所為。殆彼行邁靡靡，而中心如醉也。然我自憂之，而人自謂我為求多於黍。悠悠蒼天，吾仍無如此人何也。今夫稷之苗也，而可以謂之黍稷之穗也，而亦可以謂之黍，然則尚有何事，而可以謂稷而非黍耶？夫稷之所以異於黍者，以其實之不可假耳。不然，則又何黍之非稷，何稷之非黍耶？乃今則對於稷之實，而仍不認其為稷曰：此黍之離離者也。嗚呼！名實之乖舛至此，則天下古今，尚有是非之可言耶！特所言既如是，

若仍以常情論之，則其人必未嘗嚐其味。苟其嚐之，又何至於黍稷之莫辨者？殆彼行邁靡靡，而中心如噎，未嘗下咽也。然其人既若此，則我之憂愈為容己，而人之謂我者如故，則悠悠蒼天，我亦終無如此人何也。此詩僅三章，而其所異者，止苗穗實、搖搖如醉如噎等六字。乃竟能將中國數千年來之民性之劣點描寫殆盡。其筆墨直能奪化工。此等事非古人不能有得到，亦非古人不能說得出。僥倖於二千餘年後識得之，已大屬不易。若其筆墨，則縱至億萬年，亦可決其無人能至也。此則人類之運會氣秉為之，非人力之所能自勉也。

愚嘗謂中國人之不能判斷是非，不必求諸其大者遠者，即其人之一身，亦絕無有一絲自主之能力。其事初不遑悉數。其最著者，如

着洋服，吃大菜，住洋樓，燃電燈等皆是。其心初非有所甚甘，且亦未嘗不感其不便。窮其所以如此之原因，不過曰：洋人如此。且不如此不濶耳。嗚呼！一己之服食起居，乃傷財糜費，特以供洋人之應聲蟲也。此詩前後三章，描寫其不辨是非之情形，形容曲盡。其言黍離與稷，二者名實之間，直不啻括盡中國此次致亂之原因。中國此次之禍亂，固皆由於此也。蓋中國以建國甚久之故，其於一切事故，幾於皆有定評，勢難驟改。黠者窺知此循名不責實之弱點，乃專就其名稱上變亂之。名稱一變，則其事實之若何，則固無人知過問也。故謀反、惡稱也，易之以革命，則壯事矣！降敵、醜名也，易之以響應，則義舉矣！鑽營則下士所羞，而易之為運動，則大庭之上，不妨昌言。侈糜則古今同戒，而易之為文明，則草澤之間，亦思學步。洩沓無恥，則以為有能力；反覆無常，則以為應潮流。聚衆要脅也，而可以曰請願；虛聲恫喝也，而可以曰示威。謠言惑衆，則可以曰新聞政策；邪說誣民，則可以曰哲學思想。恣獸慾則男女不可無社交；逞陰謀則政治不可無手腕。紈袴之子，自命以為勞工；勢利之徒，相率以為佛老。凡此種種，何一而不為稷與黍離之類？而自若輩言之，則稷與黍離，不惟不容溷一，且適相反也。竊即古今之事變衡之，則知古人之智識其遠過於今人者，實不止十倍。古之時其事變未嘗或如今日之甚，而古人已言之若此，且不止於此詩為然也。《小雅·正月》之詩，所謂「謂山蓋卑」為岡為陵」者，其義亦復如此。則知此等說在古時已萌其似，而古人即逆知其禍之烈，斤斤以為言，引之以為大戚。自此以後，乃無復有能見及此者。而國人乃終日顛倒於此黍離與稷二者名實之中，而不能自克，禍極於今日，而尚未之有艾也，使古人生於今日，其太息痛恨，更何如耶！

君子于役

君子于役。小序云，刺平王也。此詩之為刺平王，但稍識平王時史事者，合之詩言，即不難知之。以此詩之取義，初不若黍離、君子陽陽等詩之深婉，而託諷亦至淺近。一經尋繹，其意旨即瞭如也。乃自子夏後，所謂漢儒宋儒者，擾攘兩千餘年，竟無一人能窺見之。則以我國民性，但有一人亂之於前，後雖無論若干人，卒不能再辨其是非。實則其所謂是非者，即在目前，初非難辨。謂有人指出之，亦非不能渙然以解。特以囿於積習故，世不恒有其人耳（此第即經學一事言之。若其他事，則與此等民族習，苟必與之辨論是非，則甚屬危險也。）此詩之作者，以平王遭難東遷，情非得已，殆猶人之行役於外，乃人所常然之事。第行役則必有歸，固不得以行役故，遂即永遷流於外也。篇中並喻以雞與羊牛，尚能及時而知歸其故地。而所謂君子者，乃竟終於行役，則是併雞與羊牛之不如，其為刺也深矣。蓋平王於犬戎之亂平後，宗周之故物已復，本可以重蒞舊都，以光復前人之成業，故當時朝野人士望之甚切。王風十篇中，其因此而作者，十居其七（即此篇及黍離、君子陽陽、兔爰、中谷有蓷、葛藟、大車也。若丘中有麻則為鄭風之所闌入。揚之水則刺平王之懦弱，亦與此事有關。惟采葛尚不見有東遷事耳。）至此詩則直以禽獸之不如刺之，則當時之故老遺民，識深見遠之士，其一種咨嗟太息，痛哭流涕之情形，可以想見。情迫於中，故不覺其詞之過刻也。（此若在一般陋儒言之，則必又以為擬君於禽獸為大不敬，古之詩人，不應有此，而逞臆亂改。如螽斯、狼跋等篇之所為，必令之不成語而後已。好在彼等初不知此詩為刺平王得以免卻許多囈語也。）無如宜臼原非克家之子，其避近戎難，幸而得位，已出望外（犬戎之難，由於申侯，而宜臼時方奔申，則是幽王之弒，宜臼實與其事。此事世鮮有責之者，以幽亦無道故也。然此等人又安望其能大有為哉。）避位東都，早有此間樂不思蜀之意。而又有幽王為前車之鑑，深恐密邇犬戎，倘一旦乘機竊發，則己身或且重蹈乃父之覆轍，故直舉所謂社稷宗廟聲明文物等，一切不足以移易其心，而惟以苟且偷安為事。至子孫百年之計，長駕遠馭之謀，則固終身未嘗夢見。一任他人之呼籲譏訕，在彼初若未之聞也。迨鶉首賜秦，而宗周遂不復矣。周之盛衰，實以此為大關鍵也。詩意若謂人之于役也，事之常也。然于役則必有期也，至期則當然復歸也。乃君子之于役，則不知其期也；不然，何為其久久不至耶。以言乎雞，則見其棲於塒矣。日之夕矣，羊牛亦見其由牧下來矣。是雞與羊牛，亦至時自知歸來也，而君子則終於于役也。如之何其不一思耶。且夫人之于役也，其於期必有限制也。或以日計，或以月計，至期滿則自歸矣。乃君子之于役，則不以日也，不以月也，則又有何者，可以為之限制也。佸、毛傳、會也。純屬不知妄言，後人亦絕無非之者。則以後人亦無有能知此字者也。今按此字，現尚存北人口語中，音轉如盛兒之合音，間有作捆兒之合音者。北人凡謂人之發言行事，漫無檢束不可以常情限制者，則目其人為沒佸。佸又謂之佸程，沒佸或謂之沒準，或謂之沒則。以程與準、則諸字推之，則其義可知已。此古佸字之僅存者也。彼夫雞之棲也，其于塒，或猶可曰，為貪其塒之安適，在外無從得此善所也。若其于桀，乃其就刑之所，雞之所最忌也。桀、後別作磔，刑牲之木架也。凡牲畜之小者，宰割後，則必懸木架上，剝褫分剖之，其架即名桀。桀、古文作椉，象形字也（桀不見古文，乘字從之得義，觀邢侯彝乘字，即可知也。不然，桀字除夏癸名外，絕無義矣。古未有無義而專為名制之字也。）嗣後刑人之架，亦謂之桀。寖假而分裂尸體，亦謂之桀，則本義失矣。桀雖為雞之最忌，然其原本棲于是者，亦必歸而棲之。即羊牛亦何莫不然。羊牛之於栝，亦猶雞之于桀也。

括、後别作牿，牛羊之牢獄也。括之義本為牢（牢本牛羊之宮之專用字，後推而施之人之監獄，引伸義耳。此義人猶知之。）牢有容納義，故南宮括字容，後又轉其義為綜賅，而本義乃專屬之牿矣。費誓，今惟淫舍牿牛馬，杜乃擭，敜乃穽，無敢牿，牿之傷，汝則有常刑。前之牿，謂在軍之牢。牿牛馬謂軍中所用。在牿之牛馬，淫舍，散牧之也。後之牿，謂篡取此淫舍之牛馬而私牿之也（費誓所用，如敹字，敿字，敜字等，多北地方言，至今人尚未之知也。俟說尚書時當詳論之）牿之本字作告、告，象牛角端着橫木，所謂楅衡也（說見上虞羅氏古殷商貞卜文字攷。）即牛在牢之象。至牿乃後起字，告已從牛不應旁更加牛，古初文字無是也。羊牛之於括，本非善地，然因其常

息止於是，日之夕矣，猶下而歸之。而君子則終於于役也，且其于役也，更非别有所為也，但苟無饑渴而已。然則彼竟不肯歸也，其情事亦大可憐哉。此篇雖通篇為比，然其取譬甚近，且詞意迫切，不啻顯斥直指，與黍離、君子陽陽之體例畧同，而與兔爰、中谷有蓷、緜緜葛藟等之比中有興者較為易解。乃自續小序者之妄人，因不明詩義，第見其言于役也，貿然續之曰，君子行役無期度，大夫思其危難以風焉，拉雜成文，幾於不成句讀。其所謂君子者，不知其意中果以為何人。至其所謂大夫者，更不知其從何處說起。如以所謂君子為平王也，則平王初未嘗行役。如謂平王役人無期度乎，則詩惟怨于役者之不歸，非怨使之者也。且所謂危難者，又何在耶。似此種不成文理之言，

竟能誤盡二千餘年之學者，則中國之所謂學者，不大可哀哉。

君子陽陽

君子陽陽，小序云，閔周也。此一閔字，可謂千錘百鍊，爲東、西二周轉移間之定評。蓋平王之輕棄西周，而苟安東都，其事令人可恨可怒。而其愚懦鄙闇處，其情事實大可憐。故子夏於其輕棄西周也，則曰閔宗周也。於其苟安東周也，則曰閔周也。子夏之時，去東遷已二百年。周現在東，故特於西周別之曰宗周，而於東則但言周也。此一閔字，雖出自子夏之特筆，然實詩意云然，初非子夏之所臆斷。古人之於文字，固無有漫然下筆者也。故吾謂子夏之小序，其精眩處，直可與經並傳。古人文字之高處在此。而後世陋儒之不能解，致謬說橫滋，陷全詩於萬劫不復處，亦即在此。可見無論何事，切不可以過高也。世人常謂造物忌才，又自來能自樹立之士，其人必不能大顯於當世，愈久而愈光。於故紙上，則馨香而俎豆。若其生前，或求其杯水而不可得，其不至嫉而見殺斯幸矣。此自國人之品性為之，然其事亦不止於中國也（西洋諸大發明家，亦無有生前得志者。享其成者，乃另有人也。此則所謂命也。孟子論天降大任，知其然，初未言其所以然也。然其謂賢者所為，衆人不識，則已明言之矣。）平王之跼促東周，其可閔處，此詩可謂形容盡致。君子于役章，苟無饑渴之言，乃簡單言之。至此詩則於其一種愚懦鄙闇之狀態，描寫得維妙維肖，頰上三毫，栩栩欲活矣。古人之筆，真可畏也。作者以平王苟安東周，竊其意似甚樂，而其情實大可閔。殆猶樂工之以樂舞自娛，其意自以為樂，且招人前往觀之。而

不知人固各有其安居樂業之所，其視此等樂趣，特一笑置之，初無人肯舍其所安，而謀此無味之樂也。略謂君子陽陽然，意甚自得（今俗語常謂人揚揚自得，殆猶古語之留遺者。揚揚實應作陽陽也。舊儒不明此義。毛傳云，陽陽、無所用其心也。後世亦胥從之，失之遠矣。）其所以自得者，則執得一簧也。夫簧之為樂，特以娛人者耳。己雖樂之，其為樂亦無幾也。乃君子不第自以為樂，且左執其簧，讓出右手，而招我往就之。而我則自在我之房中，其所謂樂，我固久已耳聞而目見之。其樂亦只此而已，我不惟不見其為可樂，且我亦斷不肯舍棄其房中之安，而下與之共為此無謂之樂也。以我在房中，凡彼所謂樂者，我自安享之。我若往即之，是人之所以娛樂我者，我反取之而

娛樂人，其所謂樂者，又安在耶。然彼君子，則固陽陽然也。且濃情厚意，不時出其右手以招我也。夫其招我也，以執簧，猶可說也。以簧之為物，奏者與聞者，猶得以共之也。乃君子於此時，則更不止於陽陽，其為樂直陶陶矣。蓋始猶以為自得者，至此則更樂不可支，而形骸盡忘矣（陶陶，今亦俗語，音讀如濤，義與詩同也。）且其所執以為樂者並非簧，乃為翿矣。夫翿舞者之所執以娛人者也。陳風所謂無冬無夏，值其鷺翿是也。舞者之為容，在舞者之本身，初不得自見之，乃專以供人之樂者也。而君子之樂此，乃竟陶陶然也。不惟自樂之且更不時全執其翿，而讓出其右手以招我。而其所招我之處，則我更不止於在旁而在敖也。敖大射禮則作驁，所謂公入驁者也。後乃轉其文作奧。臧文仲燔柴于奧，王孫賈謂與其媚于奧，寧媚于竈，皆指是言之。後別有攷。簡言之則內寢也。夫我居內寢之安，而觀人之舞，此其為閒適為何如者。而彼君子者，乃濃情厚意，不時出其右手以招我，以與之共此翿也。我固不敢謂其不樂也，然其樂亦只此而已，我又安敢肯舍棄其所安，而與之共此無謂之樂耶。詩言如此，其為刻酷也至矣。然初亦非詩人之好為刻酷也。周之於西，其視東周，殆不啻囊中物。一猶處旁敖之中，觀聽人之樂舞者然，即至不得已時而下就之，亦不為晚也。乃平王於無事之時而下就之，則其與去旁敖之安，而下就樂工謀簧翿之樂何異。一己樂之不已，更從而以其樂招人，則適足以供人之齒冷而已。此詩之作，大抵當出自西周人之手。平王當東遷之後，意必嘗招致宗周舊人。而當時之人之思深見遠，瞻懷宗國之士，乃作此以謝之。平王苟人也者，當愧死矣。擬必於倫，在古人初無過當語也。無如世之陋儒，既不能明其詩之為此，更不復知只且二字之為何語氣，而於教字則益不知所云云。乃為之說曰，君子遺害，相招為祿仕，全身遠害而已。後之讀者，雖於心未竟了然，然亦只糢糊置之，付諸可解不可解之間（古今來於此詩初未有置議者也，而孰能悟及其固為天地間之妙文耶。）此其所以為中國人乎。

此篇教字，初亦不明所謂。毛無傳，殆以窮於擬議故。至鄭氏始從而箋之云，右手招我使我從之於燕舞之位。以教為燕舞之位，造語甚奇，後世亦糢糊從之。夫舞各不同，安有所謂一定之位，而可以指之為教者。故舞有行列綴兆，絕不聞其有位，況更謂之燕舞之位。則其所謂燕舞者，益令人不解其為何舞。豈舞之中，別有一種謂之燕舞，特有一定之位，其位名教乎。此明係鄭氏亦不明其義，見上文執翿之語，知其所言者為舞。而上章之與此為對文者，乃係房字。不幸樂章有所謂房中之樂，以例推之，此則當云教中之舞。然古今來初不聞有此怪異之名目，而在其私臆中則舍此幾無以易之。於是乎自我作古，變其文云燕舞之位。其所謂燕者，實仍暗襲房中之意，其云舞位則自翿字生出也。彼獨不思前之所謂由房者。若為樂人由房而招觀者，則必須樂人自處於房中，而觀者反退處於房外方可。否則樂人與觀樂者同處於房中，又安得獨標明樂人所在之地曰由房耶。且果如所云云，則當云由房招我，亦不得云招我由房耶。久懷此疑，知敖之義必較房尤為切近。嘗遍攷敖字諸義，如以敖以遊，謔浪笑敖，碩人敖敖，不吳不敖，搏獸于敖等，無一合者。於文義雖知其當然，然終苦于無所徵驗。及後讀大射禮公入驚之文，始恍然於此之所謂敖者，即儀禮之所謂驚，而他書之所謂興也。（驚字）鄭氏注云，驚夏，亦樂章也，以鐘鼓奏之，其詩今亡。此公出而言入者，射宮在郊，以將還為入。燕不驚者，於路寢無出入也。漢儒之謬妄，乃至如此，實出乎常人理想之外。夫所謂驚夏者，於何處嘗有其名。茲乃橫加以夏字，謂之為樂章，已屬奇事。乃云其詩今亡，而獨能詳其奏法

曰，以鐘鼓奏之。然則更於何處，求得其奏法乎。寧非怪事乎。其尤可怪者，經明明言公入，而注則必易之曰公出。出之與入，乃事之正相反者，而猶能變易之，則尚有何事不可為乎。下又引射宮在郊云云，彼獨未讀，前此唯天子有射於國中之文乎。而乃謂天子之射宮，必在郊乎。至其所云燕不驚二語，真不明其意之所在，似謂驚夏不於燕時奏之。至賓衆盡出，惟餘主人一人，乃獨享之也（試思之，有是理乎。）其云路寢無出入，則以其曾記得燕禮有朝服于寢之文（可謂強記，此等記法，竊又怪其太博也。）以為燕必在寢，而已又從而與之分別之為燕寢路寢（此亦令人莫名其妙。）更綴以無出入三字之絕世奇文，則彼注燕不驚之志，仲，而讀

者之腸亦斷矣。原彼所以云無出入者，不過云記不詳其出入。然如云記不詳，則又是有出入，於不奏驁之義又不合。一時急不暇擇，遂直注云無出入。於文雖較為痛快，特寢之制果如是，則是所謂寢者，比牢獄尤酷。而所謂君若臣者，乃終身葬送於此地，而絕無道路之可通也。可笑孰甚耶。要之，鄭氏此注乃全屬囈語。其謬濫膠葛處，大致緣於上文賓降下奏陔之文。而其私臆，強欲湊足周禮鍾師之所謂九夏之數，亦為其受病之一原因。特此文不惟無樂章字，且並無奏字，何得即指驁為樂章。況此文自賓醉奏陔後，賓與卿大夫之出，及公之入，乃同時事。諸人之出，公既不送，則出者自出，入者自入。時陔樂甫奏，又安於一旋踵之時，更取所

謂於古無關於世無徵之驁夏而復奏之。此在稍通文義者，亦不至若斯謬妄也。然吾國之所謂大儒，則固僵於為此也。今按此驁字，即詩教字之異文。大凡一字之初起，其始必先假他字代之。殆其義通行，而後始為專用之字。當其未有本字之前，其假借之字，初不必一致也。驁之稱原內寢之名。此記公入，乃特誌其於驁者，明大射之禮，自此而畢，無復餘事，儘可直入內寢安息，以明其與各種射禮之異。此但參觀鄉射禮自能明之，其文亦互相對照。蓋鄉射禮於賓降奏陔後，不惟賓及眾賓之出，主人須送之門外，而明日更有賓拜賜，主人拜辱，及息司正等事。若諸侯則或有繼此而行燕禮者，至天子之大射則無之。賓及卿大夫出，而公即入驁，明

其無復再有所事也。鰲與敖胥屬假借字，至其本字則為奧。奧由平聲轉入去聲者，以古音時有轉變，且古於四聲，不甚詳究也。奧之義本指內寢而言。內寢之義主深藏，為外人之所不易窺見，故引伸其義為深奧為秘奧為玄奧。而與奧同言者，相類則為窔奧（窔、墻之內隅，亦幽隱之處。今俗讀窔兒，不知者多誤為角，實則內隅如何謂之角也。楚詞冬有窔廈，即以窔為幽深義者。）相反則為堂奧（堂、宅第中之至明敞處，為外人之所得共見。奧、乃宅第中之至幽隱處，為第中人之所私有，外人所不得至也。）此奧之義，至為顯見者也。奧之義雖主乎幽隱，然其在第宅之中，則為一切之主。蓋第宅無論若何壯濶，而其所以供其主人之棲息者，止

此區區之地，其餘一切皆本此而生者也。故曲禮為人子者，居不主奧，為其擬於主而僭於親也。古者之五祀，為中霤門戶竈行。所謂中霤者即奧也。奧主乎寢息，門主乎禦外，戶主乎防內，竈主乎飲食，行主乎車駕。五者雖各有所主，然門戶竈行之四者，實皆託庇乎奧之下。蓋奧主寢息，凡居室一切皆屬之。門戶之為居室之一部，初不待言。竈與行亦必有定居而後始有所附麗，故奧獨為五祀之首。而中霤禮文，載祀五祀之禮，皆先設席於奧，即此義也。與其媚於奧，寧媚於竈。殆當時志行薄弱之徒，自有此一種俗諺，謂人寧可無居，不可無食。故奧雖尊可以不媚之，竈雖卑則不可以不媚。王孫賈之舉此以問孔子，殆欲諷孔子舍棄其大者遠

者，而先圖謀其急且近者之意。朱注謂王孫賈諷孔子使之媚己。作八比者，即因此遂謂奧為君竈為臣，並目王孫賈為權臣。夫天下寧有諷人媚己者哉。孔子謂獲罪於天，無所禱也。則謂凡事皆稟命於天，奧與竈舉無所用其媚。人但能順受天命，則奧與竈胥可不問，初不必以其有緩急大小而歧視之也。若不知順天，而專從事於媚，則必致獲罪於天，即奧竈亦無能為力，而無所禱也已。蓋人之於事，但當視其所遭，其緩急大小皆無所庸心，倘非分妄干，皆為逆理凌節，而非天之所許也。禮器載臧文仲燔柴于奧，孔子謂之不知禮。蓋燔柴乃祭中典禮之最大者，所以告天，非天子不舉。舜典柴望秩于山川，無惠鼎甲戌王格于周廟，燔于圖室是也。祭天燔柴，禮經原有明文（儀禮、祭天燔柴，祭山丘陵升，祭川沉，祭地瘞。）天子祭天地，故其制惟天子有之。魯以成王之命而郊禘，識者猶以為非。奧在五祀中雖尊，然其事甚細，其地近褻，故古者其祭直以主婦主之，其器亦極簡畧。臧文仲以一大夫祭而燔柴，已為非禮，乃復用之於奧，則於僭禮之中，更復不識禮意，實為事之至可笑者。故孔子特舉古禮以証之曰，夫奧者，老婦之祭也，盛于盆，尊于瓶。其曰老婦，主婦之謂也。婦之職主乎寢，故寢室之祭，即以為主。知其主祭者為老婦，則其褻可知。知其盛于盆尊于瓶，則其制之簡可知。夫以此等之祭，乃用燔柴，是其但知僭禮，不惟不知燔柴，並不知奧。但舉奧之本義，而燔柴之失自見矣。知孔子之所言古禮者，以其與逸禮中之中霤禮文，所載不合也（中霤禮文見鄭注，此則鄭注之有功經學處，使全書得流傳至今，則後人於古禮古制古文字，其獲益尚可僂述耶。惜乎古禮經五十六篇，其得傳至今者，僅得十七，而並無人能讀，中國人之苟陋，尚可言哉。）孔子之特舉古制，所以明禮之本義，所謂禮從其朔也。其若為現行之制，則無俟乎孔子之言之矣。臧文仲雖不知禮，亦何至並主祭者之應歸何人，應用何器而不知耶。不唯臧文仲不容不知，即孔子所與言之人，豈並與祭之應何如者而不知，待孔子言之而始悉耶。奧之祀最為普通，凡士之有家者，在所必具。中霤禮之所載，乃即大夫之有廟者言之，故其所言五祀之祭，皆依於廟。若士庶人則五祀尚不必備（如孔子云，以吾從大夫之後，不可徒行也。是車則士人不必備。五祀中之行，已無可祭。故禮云大夫祀五祀，孔子不可徒行之語，固為體制言之。而徒行則五祀不能備，亦大夫不可徒行之一大原因也。此義歷來亦無有能知之者。）其於奧或仍依舊制行之，亦未可知也（王制云，士一廟，又云士祭其先。則士非無廟者，然但祀先而已，不備五祀也。其不備五祀者，與門戶竈等，亦不容漠視之。或即從簡而循古禮，亦意中事也。）最可笑者，癡人之前，說不得夢。鄭氏注禮，見此文所載與中霤文不合也，又不明燔柴之為何義，乃謂燔柴為祀火神。夫祀火神而燔柴，此從何處見之耶。此猶不足為奇也。因經言奥為老婦之祭也，乃臆指云，老婦先炊者也。先炊者之必為婦，婦而必為老，設想可謂奇極矣。夫經明明言奥，而注乃言先炊，是又為竈矣。奥也竈也，則殊煩斟酌矣。卒之，見經前既言燔柴，燔柴既與竈相近，茲又云老婦，老婦又為先炊，則其為竈也審矣，遂斷定之曰，奥當為爨字之誤，或作竈。蓋因經文與其臆說不合，直起而改之矣。解經如此又何異於洪水猛獸耶。設使果依其言而改之，全文尚成人語耶。且其說奥也，初不止於此處也。其於曲禮為人子者，居不主奥之文，則曰室中西南隅謂之奥，與父同宮，不敢當其尊處。夫奥或謂之中霤，既曰中霤，何得之西南隅，豈先生並中與西南而不能分耶（其於注掘池視中霤之文，則又不以為西南隅矣。細攷此公之謬妄處無他，但善忘而又好逞臆說耳。）其曰不敢當尊處是也。室中西南隅，何以得謂之尊處耶。不知此公於何處，別有心得，而乃成此謬說（大抵此公之謬說，皆有所本，特其所本處，無一不令人捧腹，攷稽此公文字，亦一趣事也。）世人竟沿之千餘年。宋人之注論語，康熙時之韓字典猶從之，良可歎也。大抵一部禮經，多被此公說壞，至今尚謬種流傳，未之或艾。欲糾正之，則非薈萃全經（謂三禮）參互印證，詳細研求，以重為注釋不可。特其書卷帙稍繁，非專心致志，期之以十年，不能蕆事。余於詩論語左傳尚書後，當從事於此也。（至易經，則余與夫子，抱有同慨，尤須期諸最後。其義較深，而其事則似可緩也。（余之於易，非忽視之，實難視之也。）

揚之水

揚之水，小序云：刺平王也。今以詩言攷之，則平王之母申后刺平王也。序不言申后者，以其詩之出自申后，讀詩自知之，衡以序之體例，初不待言也（由是可知葛藟序中，王族二字，必非子夏原文）。申后以平王賴其母家，連結繒與犬戎（繒當即后世之鄫），攻殺幽王與褒姒及伯服等，而始得位（所謂幽王者，不知何人，周至此時，已彝倫攸斁矣）。禮宜有以報德，乃申國有難，平王竟坐視不能救，故作此詩以刺之。舊說之謬不成語，但稍明文理者，即當知之茲不再贅也。詩意畧謂，水之流薪常也，而朗然之水，勢必不足以流成束之薪。水之朗然者，必淺緩而無力。薪至於束，則非有力者不能以流之也。水本所以流薪，而薪大水小，尚不能流。天子雖所以禦夷狄而保諸侯，申國見偪，理宜遣師戍之。然以彼其之子之懦弱，其視朗然澄澈之水，又何以異。又安望其有流束薪之力，而與我戍此申國耶。然彼雖不能與我戍申，而我則豈遽能忘懷焉者。懷哉懷哉，何月予還歸而視之哉。蓋此時申后母家之父母已死，無歸寧之義。即母家之父母不死，未亡人亦無歸寧之義。故其言云云也，謂之曷月，無期望之詞也。詩中以申為我申，指平王為彼其之子（彼其之子，猶云彼哉是子，輕忽之詞，說詳實為何期下。在方言則為他呀，這個孩子）。則其人之為誰，自不難想見。故序但明著詩之所指者為平王，於義為已足也。世儒於詩之白文，尚不能通，更何得責之以領會語氣耶。二章三章，義亦猶是。但楚則更易流於薪（楚今之荊也），蒲則更易流於楚。甫一作呂，即作呂刑者。許即舊許，今河南許州府地，勢已迫近東周。甫許二國，皆申之同姓，故申后同謂之我。而二國之中，甫既較近於申，許更較近於甫。由是可知，古人之文字，其淺深次第之間，具有一定，絕無有一字之泛用者。前人注詩，動曰義同前章。否則但注其首章，而即置其餘一切於不顧。則其於白文尚未能遍讀，更何足與之言詩義哉。

揚

揚之水一語，在三百篇中凡三見，一王風，一鄭風，一唐風也。舊說皆釋以為激揚之水，其與詩意適相反背，初不待言。但激揚之水四字，細繹之實不成文理。蓋激揚二字，其所本者為激之使濁揚之使清二語。不知所謂揚之使清者，猶云澄之使清，非謂揚起之使之清也。天下之水，豈有揚起之，反能得清者耶。前人讀書不求直解，第見上文為激字，因誤以揚字為風起波揚之揚。獨不思下文乃使清字，求諸實際，安得有此事耶。激之與揚，非相成而實相反。則激揚之水四字，在文理上勢寧可通。然此誤正不獨毛鄭為然，秦漢後之人，想無不然也。蓋揚之本義，世久已無人能知，則其但作揚起解，亦勢使然也。今攷揚字在古文作[illegible]（異體甚多，茲即其最普通者言之），象人兩手捧玉向日之形，殆取其光輝發越之意，對揚顯揚發揚（發揚猶發射，亦言發皇。皇與揚每通用，其義同也。皇所從與揚同，惟於日上，更作數直畫，以象日光之發射，即世之所謂光線。毛伯[illegible]揚字析文作[illegible]皇，可証也），實其本義。揚字在古人最習用之，故其引伸之義，亦最廣泛，此文即其一也。至揚起之揚，其與此是否一字，無從攷知。觀猗嗟抑若揚兮，美目若揚兮二揚字連用，則其確非一義，則有可斷言。因詩中之用複韻，必其義異者也。揚之本義為光耀，故舉火亦謂之揚。大桀于田，所謂火烈具揚也。此字後別作煬，煬亦光耀意也。因光耀而引伸之，則其義又為明朗，猗嗟所謂美目揚兮也。揚與清對舉，而同屬之目，則其謂朗可知。不然，本目也，而故可以揚起為美觀耶（若作揚起之揚解，則是目望羊，又或謂之上視，乃目之病，非美矣）。故凡詩之以清揚稱者，皆謂清朗。毛鄭不知此義，因猗嗟之言目也，強牽其說於眉，謂清揚為眉目之間。其說不惟無稽，且美目揚兮，解以為美目眉目之間，尚成語耶（其所以如此者，因胸中橫亘一揚起義。揚眉二字又為世所習用，故不惜於經之言目者，傳偏注之為言眉，以演成此不通之解也）。揚之水之揚字，殆即由朗字義引伸而來者。目與水原同物，故凡可以形容目者，即可以形容水。清與揚二字同也。清之義人所習知，至揚則以文義轉移故，其義已失。而在古人則習用之。蓋凡水之淺清而靜止者，其表面必明，故古人於無流之小水，多謂之揚，又或用其切音曰滄浪（滄浪有二音，一倉郎，一羌凉也，故其後或轉作蒼凉，或轉作愴悢，不一。孟子所載，孺子之歌，所言滄浪之水，與此之揚之水正同義，謂平陂之積水也，故可以濯纓濯足。禹貢、又東為滄浪之水，乃江名，因其水之清朗而得義者，不可溷為一也），或轉其音曰汪。汪形容詞，亦或作名詞，今方言則轉作窪（汪之名詞見左傳，周人氏之汪。其轉窪見閱微草堂筆記），其義則古之揚也。揚之本音，又或作洋，此與揚之於火作煬者同。古之所謂洋者，乃小水，其作海洋者誤也。其誤一本於莊子秋水篇，於是焉河伯始旋其面目望洋向若而歎云云。後人不解讀古書，誤以洋與若為一物。不知其所謂旋其面目者，乃左右回旋其面目。其曰望洋者，乃望其向所自多之秋水。其曰何若者，始指海若言之也。一誤於洋洋之形容字，似模糊以為形容水之大。不知此所形容者乃其廣闊，無關於其淺深也。大凡平疇野水，其面積必廣闊，故謂之洋洋，又曰汪洋，猶言野水無邊也。由是可知洋即揚，亦即汪，又曰滄浪。則於詩所謂揚之水，以及清揚等義，俱瞭然矣。

中谷有蓷

中谷有蓷，小序云，閔周也。則其義乃複式的也。蓋平王舍棄其根本之重地而東遷，初猶妄冀其本稷也，或得化而為離離之黍（即以東周而收西周之實之意）。乃託根非所，形勢日非，殆猶女子之所適非人，雖悔泣而亦復無及。故詩人自託為女子之言以相諷。以蓷之託根失所，興女之所適非人。而所謂女者仍係託言。則其體似興，其意實仍為比。殆所謂興而比者，與葛藟同義，故於義為複也。詩意略謂，夫蓷者澤生之物，其於澤也，乃其畢生所託命，而不可斯須離去者也。今乃不有之於澤，而有之於中谷，則其傷於暵固勢之所必至者也。暵或作旱，猶言乾也。其與下乾字異者，暵動詞，乾形容詞也。然當其始有之也，雖傷於暵，殆猶不自覺也。則不過就其原來之乾處，覺其為暵而已。此猶女子之仳離失所依倚，初猶不覺其苦，但微感其不適，而嘅然發為歎息而已。其嘅然歎息也，亦第感人生遇合之不易，而見其艱難，蓋猶不意其所遇之人之果為不善也。然蓷有於中谷，其為暵也，初不止於僅暵其乾處也。乃未幾其去根本稍遠之處，而為其固有之潤澤所不易及者，而亦暵之矣。蓋暵其脩矣，此猶女子之仳離而失所依倚，漸覺其為不幸，而知其事之非等漫常，引之以為大戚，而條然發為長歗矣。歗者，撮口舒氣成聲，人至殷憂無可如何時，輒作此狀也。條之義猶長也，其條然長歗也，蓋已知其所遇之人之實為不善矣，淑之為言善也，然其結果亦豈至於是遽已哉。彼蓷之有於中谷也，勢已無可如何，終必至同歸於暵而後已，則並其原本濕處而亦暵之矣。濕處皆暵，其他處可知，蓋全體胥槁矣。此猶女子之仳離而失所依倚，雖深感其苦，而悔恨交加，卒亦無能為計，則惟有暗中飲泣而已（啜、飲也）。其飲泣也，在當其未仳離之先，在識者固早知其必有此日。而當局者顧漫不為意，以致一朝失足，以至演成此結果。則雖啜泣，其勢又何及哉。夫物之不可輕移其故土，女之不可妄適夫非人，其間之為得為失，初不難顯見。而或者但狃於目前一時之偏見，種如是之因者，冀其不結如是之果。其機已動，而猶徼倖其萬一不然，實則履霜堅冰，萬無倖免。即使懲而思變，亦已莫可如何也，而況乎其不知改耶。平王之東遷，勢原如是。歸則舊物不失，東西兩都，出入之間，正多餘地。不歸則偏隅坐守，故都萬難遥制，必另屬人。迨鶉首賜秦，則欲歸亦不可得矣。事機一失，則萬牛不可復挽。詩人以雉之生中谷，女之適非人爲喻，殆亦有慨乎其言之也。

兔爰

兔爰、小序云，閔周也。其所謂閔周者，亦指平王東遷之事言之。蓋國人之屬望平王，原冀言歸宗周，光復故物。今乃蹐伏東都，苟安旦夕，坐視以大業委人，其與緩兔在前，而乃誤獲一雉者何異。故詩人慨想其前此生長於宗周時之治平無事。而自遷入東周後，乃竟至憂患迭乘，不可紀極。俯仰今昔大有不堪回首之感，而惟勉之以不見不聞，其傷心也至矣。光緒初年人，其視民國，爲何如耶，將更何何處哭耶。續小序者，不明詩義，見他詩多爲刺平王，而此詩僅言閔周，且詩中又有生初生後之語，意其詩當出於平王後。而攷察周室之譜牒，則平王之後，實爲桓王，於是乎臆定其世爲桓王。而加之以失信諸侯背畔等語，未更謂君子不樂其生（詩雖感慨，然何嘗有不樂其生之言。此殆強撏摭詩中生字，納入序中，故成此不通之論耳），原屬一佗囈語。乃後人既知續小序者之誣（如詩義折中等），而猶原本其桓王之說。一則由其所見尚未正確，一則知二五而不知十耳。此詩初無甚深義，且其文亦不甚難解，在王風各詩中，為最易明了。然在余視之，則覺其甚難。此非他人之所謂難者，余故以為易，他人之以為易者，余故所謂難也。誠以詩中之所謂羅罦罿者，雖同一為田獵之網，而其制則今已無從攷得。又三字悉為形聲字，但具有網之概義，其詳又不可得聞。而詩則以此三字，為分章之淺深次第，絕不容以模糊置之。則欲蘄求得三者之真象，以為說此詩之根據，不誠戛戛乎難事耶。然其義則終不可得也，亦第意為解釋之而已（舊注以罦為翻車，以罿為同罦，此不通文理者之言。在古人初無是無俚之詩也）。詩意畧謂有兔而緩緩在前，則張羅而捕之宜矣（爰者緩之省文，猶納之作內，謂之作暋也。今人讀若元，大謬）。乃不意兔自緩，而離于羅者乃為雉也。夫羅之用雖雉兔無擇，若論其舉事之初心，則固在兔不在雉也。今兔無恙而離于羅者乃在於雉，則為之雉者，又何其不幸耶。今平王坐視宗周之亡而不歸，而乃苟且偷安於東都，其情形又視此何異。然我則受此影響，而一生之前後，形勢迥不侔矣。我生之初，其時猶未東也。雖已無復豐鎬舊時之盛，然兵戈不起，盜亂不興，尚可以無為而自足，其事亦殊可想也。迨我生之後，驀然逢此兔爰雉離之時代，東土偷安，西歸莫卜。

王網既解，形勢全非。蒿目不盡憂虞，跬步無非荊棘，凡百皆禍患也。由後思前，則向之所謂無為者，幾如人間之於天上。其事寧容再得，乃其機緘。則一自此雉免之得失焉者判之，至此尚復何言耶。而無如此之所謂百罹者，乃相逼而來也。則亦惟有付諸不見不聞，庶幾其常在夢寐中，而求其長眠無復驚醒，於心或能稍釋耳。然天下又安得有是事耶。且夫雉之離於羅也，猶可諉為羅之制本大，網免者，時或可以併及於雉，一舉原期其兩得，卒乃至免脫而雉離也。若茲則免之緩緩者自若也，即而捕之，勢尚可及也。則且不用羅而用罦，罦者翻車之網（用舊說，然本鮮碻證。翻車俗謂之張網子，乃以反張為用者，非車也），見物而始發，初非如羅之既張，而可以任物之自入者也。而無如罦本所以掩免，而離之者乃仍為雉也。則此雉之不幸，殆必不容以獲免也。因憶我生之初，其時文物燦然，凡百備具，俯仰裕如，尚無須乎我之營造（此詩造字音做，與閔予小子遭家不造之造字音同，今之做字，即為造之古音。世人不知，臆指其為由作字轉變而成，字典字彙胥從之，此不識古音之咎也。做字如果為作所轉變，則其字必不能再與作字相連成語。今人常習用做作二字，則做字必不得再為作也。做作即造作，文俱得通用也）。不意我生之後，至於今日，乃竟一變而為離罦之雉，驀逢此百端之憂患也。憂來無已，惟冀其長眠無復覺醒，庶幾得暫去於心耳。且夫捕免而用罦，雖較之羅為有準，然其機既發，則人力亦無復得以左右其間。至於罿，則當然可以無誤矣。罿一名罦，乃人手執之網，而可以左右惟人者也。罦之名罿，或以其童子可執故，即俗之所謂拍網也。有兔爰爰，而用拍網拍之，兔之緩既非不能及，罿之準又一惟意所向，則其所拍得者，寧容有別物。乃其離於罿者，則仍為雉也。此在捕之者，掩兔得雉，慰情勝無，方且即據此雉焉者而自鳴得計。傷哉此雉，以無辜而受禍，李代桃僵，竟坐視兔之爰爰者，從容以去，何不幸一至於斯耶。迴憶我生之初，安泰舒徐，尚無可以用我之處。迨今我生之後，乃竟遭逢不偶，日與此百端之凶事為緣也。然此凶事又豈我所樂聞者，無如其日相迫偪而無已。惟蘄其長眠而又復不聰，則庶幾神志得以稍安。而魂夢之間，不至以驟聞凶事，而驚覺不復成寐，以暫圖片刻之寧靜。然於事又奚補耶。此詩撫今追昔，俯仰身世，感慨蒼涼，讀之直使人滄然涕下。大抵人不至衰亂之年，則不知承平之為可貴。而人之未嘗目睹承平景象者，則亦不知衰亂之為可傷。乃惟是此過渡時間之人物，一身兩橛，前之與後，判若天淵。回首前塵，遂覺其無在不成感慨。白髮宮人，說開天遺事，談之者涕淚縱橫，聞之者亦神色淒黯也。周至幽王之世，已無復文武成康之舊，然其間故家遺俗流風善政，猶有存者。其以視東遷後之上替下凌，政變俗乖，散無友紀，寧堪寓目。詩中三尚字，其說西周，具有分寸。至言東周處，則惟以寐自勉。蓋一朝失足，勢成莫挽，雉離難改，兔緩已遥，地覆天翻，城郭非故，耳聞目見，盡足傷心。則亦惟有概付之不見不聞，一枕黄粱，知覺俱泯，庶可以省却許多之眼淚耳。待不傷心何處可，但願長睡不願醒。古之傷心人，何必其有異於今耶。然彼易免為雄者，或且奉雄而顧盼自雄，而目笑存之也。

吪、夢驚也。破斧四國是吪是也。字原本作訛，無羊或寢或訛是也。夢驚而謂之訛者，凡人睡眠驟醒，神魂未復，精神氣志，時復迷離而錯訛，故古人形容此種形態亦曰訛。特訛之義甚廣，故嗣又特變其文作吪，以專屬之夢寐一方。至周禮則別作噩，六夢中之有噩夢是也。象人張目錯愕之形，又或為形聲字則作愕，咢、噩之變也。亦象形義，俗楞字從咢，即其意也。楞讀如稜，絕無義意，殆取古愕字之異體，而以俗語讀之者也。楞或又用其切音作囈掙，牡丹亭傳奇所謂不由人打個囈諍，即謂不由人一楞也。方言謂睡覺而神魂未復者曰囈掙，而謂人之因夢驚醒或為無意識之言語動作者曰撒囈掙。其所謂囈掙，即詩之所謂吪，其所謂撒囈掙，即周禮之所謂噩夢也。特吪之音何以能轉為囈掙，則殊難攷得耳。

葛藟

葛藟、小序云、王族刺平王也。此序之王族字頗疑其非子夏之舊。以其合之於他序，為不類也。此詩之出自王族，讀詩中終遠兄弟句即可見。於義原無大出入。但序於揚之水，不言其為申后，於君子陽陽，不言為西周故老。而於此詩乃特著之為王族，以子夏文字之謹嚴，恐其無是冗濫之筆墨也。此二字殆子夏後傳序者，無意中所添入者。至續小序者，則已無從辨之，若續小序者之愚謬，則並此二字亦不能加之也。葛本陸生之物，故周南則言其施于中谷，邶風則言其託於旄丘。此葛之本性也，其於河殆風馬牛無關也。而葛不悟也，今其藟之緜緜者（藟之為言蔓也。葛稱藟，瓜稱瓞，皆專用字），乃在河之滸焉，其失所也甚矣。滸者，水旁之陸地，緜之詩所謂率西水滸者也。夫葛之藟非不緜緜也，而在河之滸，雖尚未廹近於水，其於藟之滋生，已無多餘地，則此葛之前途，當不難想見。此猶人之終遠棄其固有之兄弟，而強謂他人之父為父也。夫人之於父，豈可以漫然謂之者。今竟覥然而謂他人父，推其意亦不過冀人之憐而顧之耳。而孰意謂他人父，而人亦莫我肯顧耶。若果在其父，即不謂之，當亦無不顧之者也。而終遠棄其兄弟者不悟也，彼夫葛藟之在河滸也，雖尚未廹近於水，然至此亦當知河之無益於己矣。而葛則仍不悟也，則且直起而近廹之，乃一轉而在河之涘焉。涘者河之崖岸，蒹葭所謂在水之涘也。在河之涘，則河之真見矣。此猶人之終遠棄其固有之兄弟，而謂他人之母為母也。夫以謂他人父而不足，乃進而謂他人母，此與葛之以在河滸而不足，而進而在河涘者何異。推其意豈不以父主嚴而母主慈，謂他人父而不顧者，謂他人母，或猶可冀其撫我而有之耶。而孰知其謂他人母，而人亦莫我肯有耶。若果在其母，即不謂之，當亦無不有之者也。而終遠棄其兄弟者不悟也。又彼緜緜之葛藟，雖已廹在河涘，而其心則仍不肯信河之終不能益於己也。則且益廹而近之，乃一轉而在河之漘焉。漘者，水與陸之直接處，猶人口之有唇也。在河之漘，則已直肉薄於水，無復迴翔之餘地。其夙所御企於河者，俯拾即是，於彼於此，其情事立見矣。河而可恃，即移根入河焉斯可矣。河而不可恃，其欲返而之陸，恐亦有所不可得矣。然則此葛藟者，亦只跼促於此二者之間，前進不可，後退不能，以終志於此河漘已耳。豈不哀哉。此猶人之終遠棄其固有之兄弟，而謂他人之父母為父母。夫其謂他人之父母為父母，意初不注重於父母，不過以謂他人之父母為父母，即可以得與他人為昆弟耳。此其所以必遠棄其固有之兄弟也。然遠棄其固有之兄弟，而謂他人昆，而他人則終若莫之聞也，則亦徒然遠棄其固有之兄弟耳。而固有之兄弟則終遠矣。此又與葛藟之躑躅河漘，進退失據者何異耶。此詩人之所以託興於葛藟也。今按此詩雖為王族怨王之言，而其所謂終遠兄弟者，實仍指東遷之事言之。蓋平王苟安河洛，舍棄其舊日兄弟之國，而東依晉鄭。識者早知其不足恃。其時鄭既新建，鄭桓寄帑於虢檜之間，乃幽王八年事，其去平王僅三四年，其由咸林遷徙而東，當即在此三四年中。鄭桓死幽王之難，武公繼之，莊公又繼之，鄭始大），晉又內亂迭生，自顧不暇。其視宗周故地，邦畿千里，親賢併建，拱衛重重，以藩屏周者（周之畿內雖親賢並建，然究其實際，終親多而賢少，則前人之貽謀遠矣。而孰意平王竟委而去之也）幾不可以並語。初不待繻葛之射，而知王靈之不復振也。故詩人直以葛藟之施於河滸比之。近以興其終遠兄弟，遠以喻其舍根本之重地，而苟安於東都，為失策也。續小序者，不知詩所言兄弟者，為兄弟之國，序所言王族者，為王族之有國言之，而横加以棄其九族之罪名。夫九族也，詩何以專言其終遠兄弟耶。此公之知識，大抵並族與九族之分，亦不能辨，則其言尚安足道哉。

采葛

采葛，小序云，懼讒也。子夏此言，殆幾經擬議而後得之者。蓋此詩寥寥三章，章僅數言。而其所異者，又止葛月蕭秋艾歲等六字。空空洞洞，漫無所指，較之芣苢之詩之純以動作之原委為淺深者，尤難玩味。續小序者至此詩，乃竟止而不續。蓋子夏雖明言其為懼讒，而此公則並其所謂懼讒之處，而亦不能求得之，此其所以終出於閣筆也。毛鄭知力往懼讒二字上附合，而於字義，見不的切，故愈說愈遠。至集注則一筆抹殺，概指以為淫奔者思念之詞。此自宋人之本色，而足以為吾國二千年來讀書人之代表者。其於詩中僅見有一日不見如多日七字，他字則從未寓目。其必曰淫奔者，則先生於正心誠意而後，其心目中，舍淫奔外無他事也。今按此詩之所以為懼讒者，以讒賊之人，覆背善詈，雖日與相習之人，而一日不見，亦難保其不他往，而從而媒孽其間。若其口之所言，則固不得深以為信也。如彼之於采葛也，固人生之所有事也，人不能無事於絺綌，即不能無事於葛。為絺為綌，出而采之，事之常也。然采葛而出自彼，則我殊未敢，信其采葛外無他事也。故必待其歸來，而於心始稍釋也。然即此采葛之頃，而一日不見，在我之惵惵危懼，愈企望而愈不至，已不啻如三月之久也矣。今於彼之采葛也既如是，設彼忽一旦而有事於采蕭，則我心愈不能釋然矣。蕭之為用，雖不若葛之廣，然歲云暮矣，采蕭穫菽，取蕭祭脂，亦人生之所有事也。特在彼采葛猶不可深信，斯采蕭更不及采葛之常而可必，我又安得遽忘情於彼乎。則在此采蕭一日之中，而我之惵惵危懼，所以企而望之者，其為悠久者，殆更不止於三月，而直如三秋矣。三秋，則九月矣。彼之采蕭，其可懼也，已如是。謂更進而彼言采艾，斯我之心當更何如乎。艾者所以療疾，所謂七年之病，求三年之艾也。采艾雖亦為人生之所有事，特其事既不若采葛之常，復不如采蕭之暫，則其事直使人不能暫釋矣。故我於彼之所謂采艾者，此一日之中而不見彼，其惵惵危懼，其悠久殆有如三歲也。三歲則更非三秋比矣。此詩之大義，全在葛蕭艾三字，而以月秋歲應之，故子夏特詳其義為懼讒。至後世之讀書者，但見其字之為草頭也，則概以為草焉已耳。此種摸稜之見，又烏容以讀詩耶。此詩學之所由終不能明也。

侘傺軒說經卷十五

辛酉孟秋

臨清吳桂華秋輝氏著

大車

大車、小序云，刺周大夫也。蓋周之東遷，諸大夫實有以助成之。國人痛東遷之失策，以惡平王者？因並及於其時之大夫。設諸大夫不爲各便其私圖，而挾與俱東者，則平王雖欲圖苟安，恐亦格於勢而莫可如何也。無如君既孱王，不惜輕棄其祖業，臣復下駟，惟知自私其身家。君與臣相比，於是乎東遷之局，遂一成而不可復挽。此猶男與女之相比而犯法，在其初舉無不知法之不可犯，乃卒之理不勝欲，而兩者之目的，又復從同，則爲各遂其淫慾故，政令雖嚴，而亦在所不顧矣。故詩人即作爲男女之詞，以爲其時之君臣，立竿見影，目東遷爲淫奔，則其所以惡之者至矣。詩之本義，雖在刺周大夫，而詩卻絕不及大夫一字，所謂比也。從前之所謂大儒大賢者，曾不知詩之中尚有所謂比之一途。第見序以爲刺周大夫也，乃遍尋詩中，初不見其所謂大夫者何在。而文義又復皎然，絕無可資以施其變亂。幸其中尚有一毳字，爲人所不甚習見，於是遂即此毳字以大顯其神通，謂毳衣即爲大夫之所服（以情事論之，其時之大夫，真當以此衣衣之也）。獨是以大夫而衣毳衣，其事甚叔。載籍之言大夫之服者儘多，初未見有此特別之制。及再三詳攷，其制豈惟不見於大夫，即統一般人類言之，亦罕見有著此制服者（非無着者，特多不肯自言耳）。最後僅乃覓得一毳冕字，倘又係子男之服，與大夫無涉。計無復之，乃不得不強指此毳冕即為毳衣。且又從而為之說曰，天子之大夫四命，其出封五命，如子男之服。意殆謂此大夫之得服毳冕者，當由出封之故。殊不思大夫而出封，則初非大夫矣。子男乃五等爵之最下者，其服子男之服，復何待言。然則此詩又不為刺周大夫，乃刺周之子男乎，豈非怪事耶。特是毳衣也，既可以為毳冕，大夫也既可以為子男，則大車也，又何妨即以為墨車（禮大夫乘墨車）。夫大車非君子之所乘坐，前人非不知之，觀無將大車詩各傳注可見（大車載物之車，即今之牛車，今仍舊名）。無如毳衣既讓渡於大夫，則此事又胡不可以稍事通融者。況復檻檻然欄杆四繞，凡百乘車，即極之以天子之玉輅，亦遠不能及其穩固。論周之大夫，本應當即以此等車服為酧庸。毛鄭此舉，可謂誅奸諛於既死矣。然稍事屈尊，及今竟兩千餘年，其遭遇此一般之老頭巾，殆亦其助成東遷之小報施乎。其尤可笑者，序本謂刺周大夫，而說者乃竟說成為美周大夫。漢儒猶曲為之原曰陳古以刺今，而宋儒則直易之曰，周衰大夫猶有能以刑政治其私邑者。是大夫之功罪，今猶未定，而歧路之中，又復生歧。雖癡人之說夢，竈媪之說鬼，亦不是過也（此篇舊注，頗多可笑者。如因如菼如璊，而謂大夫之衣紅綠雜糅，五色俱備。解子字為子大夫，謂男女生前當異室而居等。苟無事時細思之，皆大足資人捧腹，而世人竟未嘗有一人能覺其不合也），又安望其能知正義乎。今按此詩之所謂大車，因車也。因車而謂之大車者，以其制本以大車為之（古者大車與乘車，其制絕異。大車直輮，乘車曲輮。大車駕牛，乘車駕馬。大車載物，乘車乘人。大車今猶古制。今之乘車，則為大車之變相，而迥異乎古之乘車，不得溷而為一也）。所異者，有檻與無檻耳。檻即闌楯，所以防囚人之外逸者。其狀畧似乎窻欞（謂舊式之窻欞，但有豎木，而以細木橫貫之者），故古又謂之蔥靈。左傳定八年陽虎以蔥靈逃，即是物也。杜注左傳，知蔥靈之為窻欞，而不知其即囚車，知二五而不知十也（蔥靈即當讀作窻欞）。在漢即直名為檻車（貫高以檻車詣長安，見陳餘傳），尤足為此詩稱檻檻之證。前人以次章言啍啍故，因並釋此檻檻作車行聲。其不通真思之可閔也。詩之所謂毳衣，囚衣也。囚之衣以毳為之，於他書無攷。知其然者，以詩之言如璊徵之也。毛傳云璊赬也，此自舊說之不可易者。說文取世儒之謬說，妄改此詩璊字之玉旁為毛作𣯍字，又從而解之曰以毳為罽也。其妄而謬謬而不通，直堪髮指。既云毳衣，又云如以毳所為之罽。此猶云布衣如布，絲衣如帛，葛衣如絺綌之類，天下古今有是不通之人語耶（說文爾雅二書，乃專用以收陋儒之謬說者，而人倫據之以為說經之祕鑰，哀哉）。至其於璊字，則仍無可如何，解之云，玉赬色也。並牽扯而及於爾雅之所謂虋者，（爾雅之虋，乃彼改之作𣯍曰，禾之赤苗曰𣯍，彼不知）已屬莫須有，乃全由不識詩中之糜字所附會而成。許氏則更欲因此詩璊字，改之作𣯍，亦可謂庸人自擾也矣。今攷許氏之所以必欲改璊作𣯍者，以此詩前稱如菼。菼為青色（即綠色），此乃人所共喻者。同一衣也，前既稱其青，後又稱其紅，殊覺不成義意，且紅衣似亦非大夫之所宜著（此念未嘗不是，惜不知求之於正義，終乃出於作偽耳），故遂不惜下此毒手。而菼字又無可變亂，於是乃不得不專肆其毒於璊字矣。無如璊之字可改，而璊之義終不可改，而讀者則仍作璊不作鏋，則亦惟有謹載其說於其自己所作之大著中，以備為謬種流傳之一助耳。至宋人作集注，亦與許氏同感一困難。璊之為赤色，既不可誣，而與菼之青色，又明相牴牾。搜遍枯腸，拈斷吟髭，卒莫由以釋此癥結。於無可通之處，而強求其通，乃為調停之說曰，璊玉赤色，此無可異也。下更說明之曰，五色備則有赤。此六字之精深玄奥，百鍊千鍾，在考亭大賢作注時，想應腸斷。而愚在今日讀之，亦不禁為之腸斷也。謂五色備則有赤，豈五色不備則無赤耶。且所謂五色者，果何色耶。其中有赤耶，抑無赤耶。如五色之中自有赤，則其有赤又何待言。如五色之中本無赤，則無論其為何色，與赤又有何關係。赤自為五色之一，然赤自赤，他色自他色，言赤無與於他色，猶言他色無與於赤。果其赤耶，則一色可也，即多色亦可也，初不必限於五，亦不必不為五也。果其非赤耶，則織論五色，縱千色百色，亦斷無從以變為赤也。又此六字，指玉言之耶，抑不專指玉言之耶。以玉言之，則既為赤玉，又烏得更為五色之玉。即不專以玉言，而既為赤色，亦不能以再為五色也。此豈非天下古今之第一妙文耶。大抵此公自正心誠意而後，意有所未通，則輙思以文字欺人，故作為似通不通之語，以明其於心固未嘗不通。不過我之所言者，爾不能明，爾自不通耳。

爾不見余之注耶，而顧敢謂余為不通耶。蓋余自豁然貫通後，衆物之表裏精粗，已無不到。吾心之全體大用，已無不明，何至於文義尚不通耶。愚之言此，雖近刻薄，然實切中朱氏一生之病。其於其各種大著中，往往不惜自欺以欺人者，胥源於此。其不通無可非，其不通而謬示人以通，則其至可鄙也（朱氏此等處甚多，前幾經指出，茲不再舉）。窺朱之用意，本欲云，玉之赤者，多備五色，以便為前章如英二字解結。既而嫌其語太明，其為牴牾亦易見，乃故改為此含渾摸稜，似通非通之語以代之。蓋朱氏亦深知中國人不能審理之劣根性，但就尋常語變亂之，即詡以為深，而囫圇溷過，不知放慮。此則朱氏之特識也。若愚則因此殊有不能不為此二千餘年之中國學者一哭者，夫如

英又何害於如瑞。凡言如者，豈必須專指其一事耶。詩之疊言如者甚多，寧容悉數。日升月恒，竹苞松茂等詞，即在一詩之中，而取義已各自不同。況茲更明明分之為二章，使必其所喻者同為一事，不惟無味，不且合掌耶（此義在前人幾無知之者。若如諸人之意，則必且各分章之詩，同為一章，各托興之物，同為一物，方合。然古人又烏肯為此無意味之詩耶）。如瑞言其色如英，安見其亦必言其色。衣之色，一言之足矣，又烏容以反復煩絮，而重複言之耶。一經道破，恐諸公地下有知，應亦覺從前之用盡蠻力，穿鑿牽扯之為可笑矣。此等極淺顯極微小之事，前后何啻數萬萬人，竟無人能放活其心思一步，豈不大可哀耶。如英言其衆，如瑞則言其色，此於義何始者。且首章言多，第

二章則就其中之一詳言之。而章之所由分義處，即在乎此。在漢宋諸公，更何從以夢見之耶。赤之為色，在古人初無有取之為衣者。赤芾乃下裳，非衣也。衣之者厥為罪犯，此制至後世猶然，即漢人之所謂赭衣也。知毳衣之為赤色，即可知其為囚服，此又以互證而明之者也。大車既為囚車，毳衣又為囚衣，則御此車服者之為何如人，夫何待言。而顧乃強指以為大夫之命服，寧不可笑人耶。此詩前二章，本為男女之詞，至二者之果誰屬，則初不必膠執。二章之詞意，大畧從同，以明其以相互的關係，意各在於縱慾營私，故不惜同惡而共濟。至卒章則為男女互相要結之語，與前二章之各屬一人者不同。蓋至是而志同道合，意決詞堅，止知有人慾，絕不復知有天理。雖法制當前，亦慼焉不顧，而甘心躬蹈之矣。其形容周之君臣處，可謂入骨三分。即其描摹男女間苟合之口吻，亦無不如聞其聲，如見其人。古人之文字，真足使人佩倒。乃後之人不惟於其喻義，茫乎莫知，即於其託諷之詞，而亦東牽西扯，卒解之使不復成語。豈非古人之大厄耶。詩意畧謂，東還之舉，必君臣相比而局始成。猶之乎淫奔之私，必男女相約而謀始就。當其未事之先，其事之利害是非，初非不了然於心。乃卒之理不勝慾，則儌倖之心生。彼與此各以私利相要結，志同道合，雖犯義干名，而亦有所不顧矣。設其時但有一方之不滿，則其事亦未必遽至於此也。今設有男女於此，男謂女曰，大車之有檻者，檻與檻相望也（檻檻、不一檻也。猶燕燕招招采采之類，非疊字之形容詞也）而檻之中衣毳衣者，其繁多猶葭菼之叢生也。觀於罹法者之衆，則知人苟犯法，冀其能倖免也難矣。然法制雖森嚴，我豈即因此而遂不爾思者。無奈我雖不自惜，但安敢望子之亦不自惜如我者。特畏子睹此法制之森嚴，而有所不敢。故我雖爾思，而亦無可如何耳。若我則固久拚以身殉子矣，此一方之詞也。設此方如是，而彼方果有所不敢者，則其勢尚不難中止。而無如彼方之心理，其不惜觸法以殉私者，正無以稍異於此方也。於是女乃更起而謂男曰，彼大車之嗿嗿然其聲甚重，則其所載之人之多可知。而其人所衣之毳衣，其鮮妍殆有如赤玉也。此不必以身臨之，即聞聲觀其色，已足使人股栗。則法之不可犯，更何煩再計者。然我之心亦豈即因此而不爾思者，特畏子畏此森嚴之法制，而不能偕我俱奔耳。若我則更早拚以身殉子也。此又一方之詞也。雙方一致，詢謀僉同，此則甘殉乎彼，彼則甘殉乎此，而實則各自殉其私利。所謂法者，在若輩心目中，固久已視同無物。大車毳衣，彼豈為我輩設也。官法如爐，已無奈人心似鐵。二人同心，其利斷金。利慾驅人，萬牛莫挽。此中但有人慾，何嘗更有一毫天理。於是男女更合詞以相誓曰，與其安善而各居異室，無寧甘蹈法網以死，死之後猶得以同穴（此二語義如此，乃純為男女間淫奔苟合之口吻。舊儒竟認以為男女居室，當然之禮，直令人可憐可笑。夫婦生前，豈有以異室為禮者耶。此則中國之所謂儒也）。生前不作比翼鳥，死後猶當作連理枝。寧為玉碎，不為瓦全。人生縱慾耳，又安能拘拘嫗嫗，墨守此無謂之禮防，坐令此望衡對宇，夢想眠思，相見而不得親，相親而不得暱。反不如禽獸之蠕動蠢逐，猶得以各遂其自由戀愛耶（實則禽獸之中，亦不盡主張自由戀愛者。如雁之不再偶，馬之不欺母，以及豺虎烏鵲之各有定匹等，實居其大部分。今人之專講自由戀愛者，其所取法，殆豬犬乎）。況彼所謂大車毳衣，更有時而竟得倖免耶。特志雖如此，而以身試法，在子或有所不信。其如謂予之言為不信者，則皦日在上，必有以監蒞予言之不誣矣。有如皦日，猶所謂有如此江有如此水之類，乃古人盟誓之習用語，皆指實物以證其為不可誣也。蓋二者之目的既同，趣舍既同，而復又重之盟誓，則此二人遂不恤其常為大車毳衣中人矣。東遷之事，何以異此。君既志在苟安，而大夫則又挾之以自重，以求各自便其私圖。鄭武即其中之一人。當時鄭桓以西周之封域狹隘，無可資以發展，用伯華語，別啓土於虢鄶之間。其所恃者，悉為王師。王師在西，頗感鞭長莫及之患。新基甫定，反側時虞不安。鄭武繼之，遂力主東遷，以便挾天子以蠶食其旁之小國，厚自封殖。左傳稱周之東遷，晉鄭是依。而東遷之初，在諸國中，鄭為獨盛，即其證也。王風之後，即次之以鄭，此亦其取義之一。緇衣之宜，乃鄭人一部分之私言，非當時之公論也。後人之讀史者，有文字處，尚不能見及之，而況此書闕有間，待孜察而始知者，又何望其能明哉。然則此詩之刺周大夫，即謂其為刺鄭武，亦無不可也（鄭桓武相繼為司徒，卿士在古即統稱大夫也）。

論王風

王風十篇，其原本刺平王者，直居其八。即黍離、君子于役、君子陽陽、揚之水、中谷有蓷、兔爰、葛藟、大車是也。丘中有麻一篇，詩中明稱子嗟（齹通。子齹即嬰齊，鄭罕氏後），子國（鄭子產之父），其為由鄭風之所闌入者無疑。是則其詩之不屬平王者，僅采葛一篇而已。然就各詩之體例言之，則其詩原本亦為刺平王，不難攷見。子夏序以為懼讒，亦第即詩之詞意，推測言之，初非詩之義止於此也。蓋風詩之為用，原為即小以喻大，言在此而意在彼，義意之間，其所包括者甚多。況此詩更為風中之比體，乃絕不以一字，略着跡象者，見智見仁，固各隨其情感也。懼讒亦其義之一。前曾就其義中言之，茲更就東遷之事覆勘之，則其義較前尤勝。蓋平王之棄宗周而東，其始原迫於勢之不容已。後乃遷延而不肯復歸，則殊非國人屬望之本意。意其始猶託詞支吾，國人雖甚殷憂，而望猶未絕。迨其後圖窮匕見，愈託而愈不成詞，則國人亦灼然知其命意之所存，希望之餘，已成絕望，故其情亦愈迫切。（子夏序詩，第見其上之託詞，愈變而愈加支離，其下之屬望，亦愈轉而愈加迫切，二者皆違反乎常情。乃即其殷憂不釋處玩味之，似出於懼讒）。詩意略謂人之於葛，乃人生之所有事也。其出而采之，亦勢之不容已也。獨至彼人之采葛，則私心竊不敢相信其為誠然，必待其歸來，而始能釋然於心。一日不見其歸來，而吾心之所以企望而憂疑者，已不啻如三月之久也。而果也彼之采葛也，又一轉而為采蕭矣。夫采蕭雖亦為人生之所有事，然其事已非復若采葛之為不容已，則其言更安可信者。彼之繼采葛而託言采蕭，其為藉詞延宕，流連不歸，已可概見，而吾心則猶未嘗遽以為絕望也。第其企望而憂疑也，亦不容不加甚。而一日不見其歸來，其悠遠直不啻如三秋也。乃其終則采葛采蕭而不已者，直一轉而為采艾矣。夫采艾不急之事也，胡汲汲以采之者，采艾而可假之以為口實，則其事故寧有終了，其歸期亦寧有制限。彼於采葛采蕭而後，更轉託其詞為采艾，則實已不啻宣告其永不復歸。一日如是，即一歲如是，即三歲亦如是。質言之即永世如是。企望者至此已無所用其企望，憂疑者至此亦無所用其憂疑，則其事已昭然若揭也。一日不見，如三歲兮，亦不過承上言之，不得不予以制限耳。實則尚有窮期耶。此皆為國人盼望平王而歸，而平王之所以支吾而不肯西歸之實在情形。主德與民望，相趨日遠，此周之所以遂東也。子夏序詩，第見此詩，所託者愈益支離，而相望者乃愈益廹切。采葛采蕭采艾，愈託而愈不成詞。三月三秋三歲，亦愈況而愈無制限，二者皆大違反乎常情。就二者詳味之，則其事非正人君子之憂讒畏譏，其情况當不至此，故特判定之為懼讒。實則千慮一失，未嘗即此詩之列入王風而一思之也。詩原無序，子夏之作序，其去作者，已二百餘年（指此詩之作者若在周南等則一幾四五百年也），故其序或有所授（如詩為某某作，及美刺某某等），或第就詩之本義，而推測言之，初不一致。其視古人與吾輩今日之視古人略等，初非若盲儒之見，一言其為子夏，使當其於詩義百密而不容一疏也。愚之此言，在盲儒見之，必以為此子神經病發作，即子夏之言詩，而亦有所非議，天地間寧容有是人者。實則此正中國人之見，乃數千年來所固結不破者。若在古人，實不顧有此輩人也。由此言之，則王風九篇（除丘中有麻），乃專為平王作，且專為東遷一事而作（揚之水之怨王，亦淵源於東遷也）。與邠風之專為周公一人而作者，其例正同。而何彼襛矣一詩，以平王之孫時所作，不歸入王風，而乃加入召南，其義亦可以想見。古人之為書體例森嚴，其取舍部署間，俱有深意（詩之序次，已經竄雜，即丘中有麻之闌入王風，已可概見，但大體則尚可想像也）。王風殿二南邶鄘衛之後，所以著東遷以前之地理。鄭齊以降，則概屬東遷後之地理。檜與魏，則國小而附見者耳。終之以邠，則國風終而二雅始矣。魯不自為風，除關係伯禽之詩，編入邠風後，餘則悉歸之頌，亦體例則然，與王風正堪對照也。人能知邠風則可以知王風矣（大雅中之出自周公者，甚多，則又不盡歸之邠風，則又為一事。詳後）。

式微

式微、小序云，黎侯寓於衛，其臣勸以歸也。文本甚明。蓋黎小國，密邇赤狄，日漸凌逼，國將不國。故黎侯不得已，赴愬於衛，望其舉方伯之職，連合與國，以共謀禦狄之策。乃流寓日久，卒不得請，而且禮遇日衰。其臣不忍其詢，知衛之終不能為己助，徒憒無益，因共勸其君以歸去。此詩之所為作也。毛氏不明詩意，乃誤認詩中中露泥中為二邑名，謬謂衛處之以二邑，黎侯因安之而不歸，已覺可笑。微論中露泥中，初不類乎邑名，其說全無根據。且衛又安得有此許多之邑，以安置他國來請之寓公耶。至朱子作集注，則尤為武斷，直改之曰，黎侯失國而寓於衛，其臣勸之以歸。夫黎侯苟為失國者，其臣更勸之歸向何處耶。似此自相牴牾之文，其不通即在目前。乃作者不覺，讀者亦不覺，數百年來卒無一人能覺。此等人尚足與之論是非耶。詩文甚簡短，且亦無甚寄託，故其義初不難攷知。特前人之言詩，率皆模糊影響，不能逐字各還其實義，因之祇今尚不免於惝怳迷離耳。今按式雖為一種發語詞，然實含有逐漸加甚之意。節南山式月斯生，即逐月斯生，雨無正庶曰式臧，即庶幾曰逐漸改善。微、卑微，此就主觀上言之。若在對方，則為輕忽，為簡慢。此微字指黎侯言，則第一義也。式微，乃逐漸而日見卑微。重言之，明其非一也。今方言中有所謂隨瀹者，正為經文式微二字之注脚。此則義存而文變者也。詩意畧謂，吾君臣流寓於衛，本以求其援助。今君之身既日見卑微，則他事復何望者。胡為乎眷眷於此而不知歸耶。若臣之不歸，則全以君故，設非為君之故（微猶非也。微我無酒，微管仲，皆是），則歸之久矣，胡為乎徘徊中路，而進退胥失所依據耶。露乃路之假借，古人常通用之。召南之厭浥行露，即厭冒濕而行路，其借露為路與此同。至下之畏行多露，始為露之本義也。中路乃進退失據之意，猶方言之所謂前不歸村，後不歸店也。蓋居此既無益，而又不得急歸，以別謀善策。前進既不可，後退又不能，則與人之徘徊道路之正中者何以異，而君竟甘居此式微耶。且君苟常甘此式微，則冀其常能徘徊此中路，又豈可得哉。式微　式微，君胡以尚不即歸。君之身不歸，則臣之身亦不得即歸。遷延復遷延，勢必至時機坐失。援既不可得，而國已不可救。流離道路，欲歸無家，吾君與臣將相偕以淪陷於泥淖之中，同感其行

不得也。噫噫之歎，至時雖欲歸，將向何處歸耶。然其事實胥原於君之一身也。微君之躬，則臣又胡為乎，坐令其至此耶。此詩一經解剖，則字字如土委地。前後兩章所異者僅有故躬中露泥中數字，而意境之層次淺深，已大行殊異。前章諷之以已然，後章悚之以未然也。知其然者，以黎之君臣此時苟已陷於泥中境地，則其臣不得復勸之以歸也。此又就文義而可以察知者也。世說載康成詩婢事，其引用此詩猶以泥中為泥淖之中。獨奈何康成大儒，反一遵毛說，而仍沿用之為邑名，其智識竟遠出婢子下耶。然此等弊皆原於漢人好逞臆說，而絕不知一求其根據之有以階之厲也（例如以中露泥中為邑名，原本何書，掇自何人，有無其証。則其確與不確，自判如涇渭。妄說絀則正義自野

，說文爾雅，早羣援以為笑談資矣。然中國人之不知求實，又豈獨一漢人哉)。

旄丘

旄丘、責衛伯也。責衛伯不言其為何人者，承前章式微之序言之也（此句下皆妄人所續，各序皆然，前已屢言之，不復贅）。伯之職任（伯、方伯，非五等爵之伯也），本所以屬諸侯（屬、猶序也）。諸侯為戎狄所侵，窮蹙而赴愬於伯，乃其職任之所當然，義之所不容辭者。今黎之君臣以見逼於赤狄（侵黎之狄為赤狄，見左宣十五年伯宗語），間關東來，以求援於衛。初非絕無所憑藉，而驀然以分外不急之務相干者之比，故詩人直以葛之附於旄丘相例。乃衛之君臣，洩洩沓沓，遷延復遷延，卒不見有佗輪隻馬之西驚。此黎之臣子所以心灰望絕，不敢謂丘之非旄，而轉怪葛之無節，其攀附為不力也。衛之為伯，不知其原本何世，孔氏作正義，臆斷此所謂衛伯者為宣公，非有何碻據，不過以此詩次雄雉匏有苦葉刺宣公諸詩之後，因揣測言之。實則詩之後先，初不盡以時代為序。黎侯二詩之前，實為谷風。而谷風所稱之王幾，乃指宗周而言，則其時代去宣公已不知凡幾，豈得即指為宣公時作耶。今即衛之世系攷之，則此之所謂衛伯者，當屬武公，至近亦須在莊公之世。蓋衛之先本甚微小，故世本載自康叔七世。至頃公，始賂周夷王而得為侯。頃侯子釐侯，釐侯子共伯，亦悉蒙業而安，無所發展。至武公弒共伯而自立，逆取順守，國勢始日臻強盛。讀淇澳及抑戒諸詩，會弁重較車馬戎兵，則其時之國勢，不難想見。用戒戎作，用逷（即惕）蠻方，則已自言其明明為伯矣。衛之為伯，實當在此時。迨莊公則終風無道，日月失常，視前已不能及。然席先世之餘威，或尚能自立擁有伯之虛名。自後則州吁阻兵，親離衆叛，衛宣承之，亦第追逐於鄭宋之後，自顧已虞不暇，更何能責之以義舉乎。今觀黎之見逼而求援於衛，其事初不見於春秋內外傳，則其為春秋以前事可知。至衛之卒允所請與否，則書闕有間，已無從攷見。然黎侯此時，卒未嘗失國，則有可斷言。左氏宣十五年傳，伯宗數赤狄氏之罪，責其奪黎氏之地，則其時似黎氏尚存，雖亡亦必不甚久，故伯宗及之。若黎國之亡，遠在春秋前，至此已一百三十餘年（以春秋計之，若論東遷，則一百八十年矣），則又與孔北海所云先零盜蘇武牛羊可並按者何異，在古人必不出此也。黎侯之求援於衛，正以衛為伯，其力又實足以援己，故屬望甚殷，而責之亦甚切。若如孔氏言，其人為宣公，則又何足責耶。是又何異於責人以從井救人耶。此詩之託興處，全在首二句。而全詩之大旨，亦全在於首二句。前人不知於物理及文義上玩索之，乃惟是一味胡亂穿鑿，以致詩義，全不成語。毛氏無端於旄丘下傳云，前高後下曰旄丘。其設想已奇。夫丘而前高，則是不可攀附矣，與詩意不正相反背乎。後下則益不明所指。豈葛之不得攀其前者，冀其可攀附於後乎。且先生於何處，曾見有旄字作前高後下解耶。後之妄人，因旄字不成義，更思並其字而改之，作為堥字，尤屬妄誕異常。毛之釋旄，不過不成義耳，至堥字則天地間，何嘗有其字，遑論其義耶。若其字他書一無所用，惟用於此一詩，且只此一處，尚得謂之字耶（所可憐者，爾雅說文，造出許多不經之字，其於六書中，乃僅僅懂得形聲一法，哀哉）。然漢人雖妄行穿鑿，其意中尚知此二語實別有寓意。至宋人則一筆抹倒，第以為丘耳，葛耳，此何足云者。不過丘之上長有一葛，人見其節長，知其多日而已。如是則丘既無與於葛，葛亦無與於丘。至於旄不旄節不節，則益非所論。宋儒之膚淺，其讀書強半如是。書中之字，尚未讀完，而其心中，已自覺了了，故其於書無所不注，無注而不荒謬也。今按葛之為物，必附託於高地，而其生育始遂，故葛之於丘，乃勢之所急需者。然葛之附託於丘也，必其丘先有其他之小草木，而後葛始得於其當節之處，發生枝蔓而攀繫之。大雅所謂莫莫葛藟，施于條枚。條枚二字，即不啻此詩旄字之注腳也（

唐風所謂葛生蒙楚，葛生蒙棘，義亦如此）。旄丘，謂其丘之草木蒙密毿毿然如牛之毛者。旄或亦省作毛。傳所謂沼沚溪澗之毛，出師表之深入不毛皆是。葛而得附託於丘，丘而為旄丘，此正其相需甚殷，而所欲急圖攀繫者。以喻小國之於大國，本所賴以生存者。然使其國雖大而非伯，則小國亦不得即舉此以相責。此猶葛固急需乎丘，然使其丘而為不毛之丘，則葛亦無所資以為攀繫。今黎葛也，衛伯則旄丘也。黎見偪而求援於衛，猶葛之得附託於旄丘也。乃求援多日，而卒無復命，此猶葛之既遇旄丘，徒見其節間之延長，卒不見其有節以相攀繫·葛無事乎丘耶，抑丘而非旄耶·旄丘有負乎葛耶，抑葛而有負乎旄丘耶。此其故果安在耶·今叔兮伯兮，多日而不得請，其不可解

，不猶是耶（此詩中所以連用兩何字也，何者，詰責之詞非疑問之詞，故序以為責衛伯也。古人之於文字，無浪用者也）。謂旄丘絕無與於葛，何以他不之處，而獨能處乎此耶·觀其能容以相處，則是亦自知其非無與也。既知其非無與，則當慷慨以從之矣，又何其久久以至於今耶。則其中當別有所以矣。今我所衣之狐裘已蒙戎矣，待命於此不為不久，匪我車之不東來，以求大國之援助也。乃叔兮伯兮，竟靡有與我同心之人也。是則並非葛之未嘗不急思生節以攀繫此旄丘，旄丘實深負此葛也。且我之所以攀附之者，豈第來此已哉，瑣瑣然以煩瀆之，追逐其後以尾隨之，可哀哉此流離之子也。則我之所以要結之者至矣，乃叔兮伯兮，則猶如充耳，而一莫之聞（褎、猶之假借，實

則為古之柚字。毛傳以為盛服，猶從其字之從衣着想。鄭箋則以為多笑貌，謂耳聾之人多笑，則純係信口胡云。褎字何從有笑義。笑貌已奇謬，多笑乃另為一貌，尤奇。朱氏竟從之。則以自戰國後，世固無通六書者也）。是則旄丘之終有負於葛，而不肯自盡其職任，非葛之徒知延長其節閒，而未嘗不急思生節以攀繫之也。全詩之正義，純託旄丘之葛言之。下惟詳言其相求之切，而相遇之疏。設此詩若除去首二句，人更何從知其相求者為何事耶。此前人之言詩，必須先求之於注與序也。獨不思作詩者，與序者注者，其相去或數百年，或千餘年不等。苟詩不自具有源委，則詩在當日，尚有能通之者耶。且詩人為從逆知後之人必當為之作序作注，乃故作許多無首無尾，似通不通之文字，以留待他人為之解釋耶。然中國後來之所謂學者，其於有文字處，尚不能通，更何論乎文字外之義理耶。前之作者，與後之讀者，同屬一中國人，而智識之懸絕，何竟至是。此吾之所以不能不太息痛恨於戰國也。

二子乘舟

二子乘舟，思伋壽也（以下乃續小序之妄人，抄撮《左傳》所成，不具論）。所謂思伋壽者，非國人之思伋壽，亦非衛宣之思伋壽，乃國人調諷衛宣思伋壽之詞也。蓋衛宣因宣姜之譖，不惜設謀以殘害嫡子，則其於人道已絕。乃不仁者以其所不愛及其所愛，嫡子去而素所愛憐之少子亦隨之俱殉，夷姜復因之而縊。衛宣雖人而獸者，乃目睹此家庭之慘變，妻子三人同時畢命，庭幃冷落，顧影淒涼。則一旦天良發現，其一種之說不出道不及之懊惱悔恨形情，當不難想見。蓋宣公縱有惡於伋，豈必並有惡於其母，何況更牽率以及於壽。其心縱不思伋與夷姜，壽豈其心之所能不思者。則由壽以及伋，一詳溯其始末根由，何一而非由一己一念之淫昏所致。壽固可惜，伋又何罪。至二十年來朝夕相共之夷姜，亦因此而齎恨以死。此其中豈尚復有幾希人道之存焉者。宣公苟尚具有心肝，其不至清夜自撾，失志發狂者，未之有也。衛宣之死，傳雖不言其何因，然以當時之情事推之，則以其荒淫無度久經匱乏之身，驀然受此神經上不堪容忍之絕大刺激，遂至一蹶而不可復振，固當然之事也。至夷姜之縊，左氏敘其事於伋壽爭死前，此乃圖文筆上之便利，因其為一時事，故隨便記錄之。此文純屬由事後追錄，其序次初不必盡衷於事實也（左氏此文，追敘於惠公出奔下）。夷姜胡為而無端自縊。且夷姜嫡母，伋嫡子，苟夷姜之死在前者，則伋此時方斬焉在衰絰之中，安得復有使齊之事，故知其必不然也。杜氏注左傳，見夷姜之縊為無因，乃為之說曰，以失寵而自縊。此實純屬逆臆之詞。夷姜之於衛宣，原本非偶，其改衛宣，至少亦須在三四十歲之間（夷姜為莊公庶妾。莊公歿後，中歷桓公之十六年，始歸衛宣。例以女子二十而嫁之文，則其年齒，殆幾近四十也）。故生一伋子後，嗣即不聞其再有所育。中更歷宣公之十九年，則夷姜死時，年已逾近六十，其失寵寧自此始。且以五六十之老媼，即失寵亦何至自縊。況衛宣之於夷姜，雖其外別有宣姜，乃卒不敢有所易視。則夷姜實有足以制服之者（說見前雄雉），觀其受宣姜之譖，特使盜殺伋子，而不敢明廢之，並顯黜夷姜，即其一證。失寵固不足為夷姜致死之原因也。大抵衛宣之寵愛宣姜，雖儼有並后匹嫡之勢（觀其分屬二子，於左右二公子，可見），而對於夷姜母子，則表面上實未敢顯示高下。故夷姜雖失寵，則亦安之。迨衛宣不勝宣姜之譖，欲殺伋以立己子，則亦未暇深思，而漫然允之。此殆天奪其魄，而淫人之不能令終也。乃不意以伋一人之故，壽既因代兄而授命，夷姜又因痛子而雉經，此皆其始念所不及料者。以無事之家庭，一變而為修羅之場，此其所以悔恨填膺，輾轉成疾，失足莫挽，而命亦隨之也。伋壽之死，夷姜之縊，衛宣之卒，乃緊相銜接之事，中間初無幾多之歲月。故左氏敘夷姜之縊，竟雜出伋壽前。惟衛宣之卒，則其懊悔百端緜延床褥者，不知其曾經若何之時日。二子乘舟之詩，即當於此時作也。國人之於衛宣，原本不以人齒。及其用讒殺伋，尤復滅絕人道。國人義二子之死，則其惡衛宣也，益加刺骨。故聞其因殺伋而並及於壽，且及夷姜，不幸之事，交互迭乘。悔而思子，乃不哀憐其所遭之不幸，而反引之以為快，從旁調謔之，其用意至為刻毒。若曰思子何大事，曾何足介意者。君所為自屬思子之事，所謂求仁得仁又何怨者。縱有時而願言思子，亦不過思子而已，此其外固絕無患害也。君但能不思，即無事矣。即思之亦不見其有妨也。蓋君固求其如是也。夫人方以思子而傷心，旁觀者不加慰解，反一若不知其事之為可痛者然。而佯以輕薄之詞，故相挑撥，其刻毒直有逾於強弓硬矢。實則思子之情形何如，況味何如，其於事之有害無害，各人自知，亦人所共知。其境遇已儘足令人領受，尚須有何患害耶。然此語而加諸衛宣，則不得謂之過於刻毒也。以其固不以此為害，而求其如是者也。詩意畧謂，方二子之乘於舟也，汎汎者但見其景而已（景即影，詳後）。苟於此時而願言思子也，雖晚而時尚可及。而無如中心養養然，左右不知所可，若思之，亦若不思之也。

養，今文別作癢，古文或作痒。正月之詩，所謂鼠憂以痒是也。養假借，痒則其專用字。痒名詞，養養，則痒之形容詞也。凡人之痒者，非苦非樂，非痛非快，心常木木然不知所可，其在神經上之一種感覺，實有非言語之所可形容者。世之人對於痒常用搔，亦不過假纖痛以亂之而已，無他義也（痒在心理上，竊意其為一種反痛之作用。人之生理，凡血液聚於一處，而凝滯不通，則痛，醫經所謂痛則不通也。反之，則血液驟虧，他處之血，不及來補之，則痒。人受蚊蚤所噬，原有血液，驟為所吮出，而動脈之血液，則因毛細血管之壓廹，不能驟行通過，以補其闕，故常發生此感覺。人之爬搔，殆亦圖活動其一部份之筋肉，而助血液之流行也。不知心理學家，以為然否）。故古人於心理之無可如何莫能為計時，輒借其字以形容之，即今語猶然。今人形容人之樂不可支者，輒曰心痒難撓（撓乃搔音之轉，孟子不膚撓即其義。則其義亦甚古也）。其形容人之百無聊賴時，則曰沒抓沒撓（抓乃爪之轉音，今人謂爪曰抓子，即其義也）。前者與此詩之作養養者義相近，後者即正月之詩之所取義也。方其影猶可見，而君心既養養然，不能自決，則二子之既乘於舟者，乃汎汎然其逝矣。二子既逝，則併其影亦不得見矣。至此時乃始復顧

言思子者，則亦惟有思之而已。然思之何傷者，初亦不見其有何弊害也。此至尋常事。前之養養然，固蘄望其如是，而惟恐其不可得者，人生何事不可為，思子亦一消遣法也。人於無事時而思子，當亦吾君之所樂聞乎。若然則豈直無害，而且有利，乃絕對的無害也。縱暇疵之，亦不能言其為有害也。此詩之刻毒處，全在此不暇有害四字，愈言其無害，而其害乃愈顯。吾人之於語言文字，故多有特反其詞以見意者。其詞愈過，則其為反激之意亦愈明。蓋物極則反，其辭氣之間，既超越乎常度，則在聆之者，即不得仍依常例領會之。諺所謂聽話須聽音，即謂此也。今即以害言之，有害可也，無害亦可也，此其常也。即其由無害而變為不有害，則已涉乎惝恍，而不及直言無害者之

較爲正確，然猶之乎可也。今乃於不有害之外，更加之以瑕字。所謂瑕者，玉之小疵，乃纖悉幾微美中不足之義。無害則無害耳，而乃云不有害。不有害則不有害耳，而乃云不纖悉幾微美中不足之有害。則聆其語尚得直認以爲無害乎。果爲無害，又何須若是言之耶。世有其人，則正俗所謂死於句下者也。此其文勢，與谷風之以不遠伊邇四字爲遠者正同。皆就其反面極言之，故令其超越乎常度，以表示其詞之爲反激者。此等語句，世人於言語上，尚能明之。而學者於文字上，則已無一人能解。此則因後世之學者，其智識固無以遠過於不學之人也（實則由戰國以後之學者，其智識不惟不過於不學者，且其於人情世故，或反不能及不學者之通。此則由後人誤以佔畢文字爲學，而不知學之真全在義理也）。不暇有害一語，泉水篇亦援用之，義亦如是。蓋上文虛擬許多返衛之事，以與其由衛來歸時事相對照。來既能來，返又何不可返。但使如此如此，以遄臻於衛，又何嘗有纖悉幾微美中不足之害者。口中愈言其無害，而其爲害乃愈無可如何。此乃計不得歸，故作如是快心之語，以自欺且自慰者。其爲反激之語，正與此同。苟其無害，又胡不竟歸耶。但彼詩之言此，則使人代爲之悲。而此詩之言此，則使人撫掌稱快。斯則由於語同而所以用之者不同，要其本義，則一無所異也。後人之讀此詩者，其心目中但知有伋壽二子之爭死，此外一無所見。其於詩言僅知有二子二字，其餘則除毛鄭孔朱等數人，因循例逐句作爲注疏之故，或嘗一塵其心目外，彼二千餘年，恒河沙數之學者，吾敢決其於詩之所言，固皆熟視若無睹也（若睹之，則又不成其為中國人矣）。子夏序此詩，謂為思伋壽，已屬至簡（序言伋壽者，恐人不知詩中二子之為何人。其言思者，則因全詩固為思二子而作也。至其何以思，及所以思之者為何人，則全具詩中，序例不得言，亦無待言也）。而不意後世之讀之者尤簡，三字之中，並能更將一思字畧去。全詩兩章，竟不難以伋壽兩字概括之。世有所謂眼大如箕者，似此之眼，尚有邊際乎。彼輩又嘗嗤人為貪看鴛鴦，忘卻金針。實則彼於鴛鴦，尚未能盡看，更焉從知有所謂金針耶。然而古人若矣。

景

景乃古影字，亦即古亮字，於文為形聲，從日京聲。京古音讀如涼，故景古音讀如亮也。景之所以從日者，以其義本為日之陰影。今北語謂日之陰影為陰亮（叶音，無定字，如墻陰則謂之墻陰亮，樹陰則謂之樹陰亮之類），甚多。然不對日言之，則不適用也），而以物置無日光處風乾，則曰晾乾（晾即景字。古人於字之偏旁，無定位也），皆其義之最初者。以義言之，則皆當作影，以音言之，則皆讀如亮也。景本為日之陰影，則凡陰影，亦皆得謂之景。詩二子乘舟，汎汎其景，此景字即其作影字用者。而其字與下文中心養養之養字為韻，則影字至春秋時，尚讀如亮也。景為日之陰影，其對日光言之，似為昏闇，而其實際則為明了。

蓋日之陰影，雖避去日之直射光線，却富於日之反射光線。日光強烈，人目當之，每不能堪，故人之利用日光以辨物者，必須就其陰影處始得明悉。今人於用目力時，輒曰移就亮處，即其義。凡所謂亮處者，必其地為日之直射光線所不能及處，而又為明處，此其定義也（今人於亮字之義，多誤與明字，溷而為一，此皆習而不察之故。然在口語上，則絕無溷用者也）。此皆景字之第一義也。景之為用，既為避去日光而能明，則引伸之，凡一切不見日光而能明之物，皆可謂之亮。北人呼月為月亮，實其義之最古者也（亮即影即景）。由月之稱亮言之，則月光乃由日光之返射所成。在上古之世，人民即早已莫不了然。無如中間文明喪失，無人更深求其故，故令一般無知小子，反津津然以為由外人發明之也。哀哉）。又夜間可以發光，而人得資之以辨物者，亦悉呼之為亮。如膏燭燈火之類，在夜間則可概括之以為亮，而於日間則不然（如北人於夜間，凡屬發光之器，則可概呼曰，取個亮來。而在日間，則不適用，必須指定其所索之器方可，無統稱也）。此其字今皆作亮，而在古文則仍作景。今其義之僅存者，惟見於士昏禮。記云，婦乘以几，姆加景。此景字即為膏燭燈火等之概名。而古人即讀之如亮者。蓋昏禮行事必用昏，凡車皆執燭前馬（前馬謂在馬前引馬）。而婦車則以有裧故（裧猶帷也），雖亦有燭前馬，而車中則不得見之。故婦之乘也，即先置以几，而姆（保母也）即從而加景於其上。其不謂之燭而謂之景者，以其物之不必為燭也。少儀有頫字，從火頃聲，當即爲此景字之異文，亦謂燈燭類也。鄭注以爲驚枕，囈語耳（舊注之胡說，直令人可恨。余非好輕薄前賢，以其說純乎無理取鬧也）。此景之第二義也。景之義既由日之陰影，引伸而爲昏夜之光，則再引伸之，凡一切破闇之光，及由闇得明者，皆可謂之景（即亮字）。景字至此，則直居於闇字之反對地位。今人於天之破曉，則曰天亮，或曰發亮（天亮與天明異，先亮而後明也，世多不察）。又人於闇處，望見光明，則以爲見亮。皆亮之義，對闇字言之者。論語書云高宗諒陰三年不言，此即古文中之以亮與闇爲對稱者。諒當爲晾之訛，乃景之異文，否則其爲同音假借。諒與晾（即景）二字不知其孰爲後先，要之，諒必非其本義，則可斷言也。至陰之爲闇，則

世多知之。陰與闇本一字，古音讀皆如菴，故陰之異文，時有作⿰阝盦者（敔敦），其所從與盦無異。後陰轉今音，而其作闇義用者，則不與之俱轉，故別作闇。猶晾之不隨景字俱轉，而別作晾也。諒陰若以今文書之，則當作亮闇，謂其由亮而闇，又由闇而亮，直至於三年不言也。質言之，則晝夜三年不言而已。此其文義，何等醒豁。乃一般盲儒，不知就本文求之，反從其他之絕無關係處，胡亂牽扯。見下文云君薨也，則臆指此諒陰爲治喪之廬。夫廬又名諒陰，果曾見何書者。彼古籍所無，數千年後之漢人，又何從而逆知之耶。且諒陰縱爲廬名，而古人之居喪，哭踊有節，亦豈有守制三年，即永遠伏處於廬中之理。況以文理言之，則爲高宗治喪之廬三年不言，此成何語耶。尤可笑

者，東晉梅頤作僞古文，不知此二字真義，暗中攟拾漢儒之謬說。因原文之不合文理也，乃特於其上冠之以宅憂字，謂其宅憂於此諒陰之中也。更取三年字，改作三祀，因商多謂年為祀也。下復綴以既免喪三字，以說明論語原有之三年字，其用心可謂苦矣。而不悟其於諒陰三年後，截去不言字，別為一句，則不復能成句也。蓋若以梅氏之意言，則論語當以高宗諒陰三年為句。但言其晝夜三年，而不言其事，古今安得有此句法耶（梅氏所作之僞古文，實全不類，此三篇為尤甚。其淺薄冗濫處，西漢之高手，即不屑為之，況其為商人耶。清初自閻若璩後，其攻之者，已至明且晰，故不再贅。要之，書非將諸僞書除去，而但留其散見他書之語於後，不足以見古書面目也）。此則景之第三義也。以上三義，皆景字之義之最古者。凡古書所有之景字，概不出此三義。若今之景字，其義乃最後，而其去本義益遠者，其於六書中幾於無可係屬。蓋京既非義，而日又於義無關，文與義兩不相蒙，在古人制字之初，寧有是事耶。今攷今之所謂景者，實由前人光景二字之所轉變而成。光景之稱，實以對舉而成一名詞。蓋凡物不能無平陂高下，則其處日光之下，有光亦必有景，其在今文，本當作影。乃屬景之第一義。實物有然，即情事際會，亦何莫如是，平陂高下，亦隨在各有不同也。故古人於事物之此等狀況，即以光景二字綜括之。猶云其所經歷之影象也。乃初言光景者，後乃畧而專稱景。初猶或知其為畧稱者，後則以引伸益濫，直誤以為景之本義，而景字遂又與情字為相對之名詞矣。此今文景字，文與義之所以兩不相蒙也。然以景字當光景二字，在秦以前各書中，尚不概見，則其義實起於秦以後也。惟是景之義既轉而為今義，其音亦一轉而為今音，讀若井聲。不惟與景之最初義，讀若亮者不同，即其後隨京之聲以俱變，讀若影者，亦復有異。三者之音既判，則不得不設法以志別之。乃遂以景之最初之字，劃歸其最後之義。而於其音之讀若影者，則於其右加以彡字。而於其音之讀若亮者，則去其日字，而於京字下承之以几，別作為亮字以當之，而景之一字遂化為三矣。又按亮字之起，必原本於戰國之世，以前此之人之於六書，必不肯為此。而後世之人，則又不解為此也。蓋亮之從几京聲（亮、古京字之變形也。亭字亦然。因京古文原本作京也），於義一無所當。其所根據者，即為士昏禮，婦乘以几，姆加景之文。意此時之其他景字，已轉成影音，而惟此字，則仍讀如亮。世儒恐其相溷，乃即其文義，作京於几上以代之。迨其後他之亮字行，而經則卒不可改。以經為人所共讀之書，改之不易（爾雅、說文，造出許多不經之字，而經之所從，則仍自若者，亦原於此。不然則經學之晦，無從救正矣）。其他之各種俗書，改之不改，在人視之，不甚以為意也。自秦以降，則世並不知經之此景字應讀亮，又安知即其義，作為亮字之根據耶。故可決其事之必出於戰國也。景字之源流轉變如此，彼不解六書者（如作說文、爾雅者）曾何足以知之。由此並可知，古所謂景行、景慕、景附、景從、景仰者，其字皆當作影字解。而今人之直以景字為仰字者，乃絶對的不成文理。而定之方中之所謂景山與京者，乃以山與京為屏蔽之義。猶云蔭山與京，其字亦為影字。毛氏之以景為大，固屬信口開河。而鄭氏之以景為明，雖與亮義稍近，於此處則無當也。然再深求之，則景字猶非其最古者。以景於六書為形聲，其制實始於商周之間，龜文尚無之。其字在商之作何字，則有不可知者矣（諒字亦形聲，故諒與景無從知其先後。至書稱諒陰，其果作何字，殊難臆揣也）。

蝃蝀通義

蝃蝀、止奔也。所謂奔者，謂男女昏嫁之不備禮，非如俗儒心目中之所謂淫奔，謂男女戀姦情密，相偕潛逃也。故周禮仲春之月，奔者不禁（見媒氏）。蓋古人霜降逆女，迨冰泮而嫁娶畢。周之仲春，實夏正之十二月，乃嫁娶者之最末時期，過此即為非禮（即所謂野合）。男女之應嫁娶者，遷延及此，其為無力可知。故王道為通其郵，凡在此月嫁娶者，禮儀可以不必備（今人趁年前昏娶，謂之趕不拘，猶本古意。不拘云者，即不必備禮之謂也），所謂王道必本人情也。士如歸妻，迨冰未泮，亦即此義。蓋謂在為士者，即不備昏禮，而歸之以妻，亦必須待冰未泮之時，言過此則將為禮法之所絶對不許也。仲春之月，不備禮而嫁娶，雖為王法之所不禁，然在實際上，社會仍不認之為盡禮，而命之曰奔者，於此可以想見古人於種種事務之認真。而不似後人之模糊影響，欺人自欺，皂白莫辨矣。奔惟其為昏不備禮之謂，故法令有時可以不禁。不然則男女戀愛，自由偕逃，此無論何地何時，所斷不之許者。而謂三代聖人之法有是耶（此種現象，惟近日提倡戀愛自由者，之家族之間時有之。然以其係個人私事，他人無權過問。若環球各國，初未聞有許此者也）。此詩序所言之奔字，正即指奔者不禁之奔字而言。故他人猶得以知之，猶得以止之。若果為偕遁私逃，則事前必不肯令人知之。既奔矣，人又焉從而止之耶。今更即以詩言攷之，則序之所謂奔者，其義尚不止此。蓋古者男昏女嫁，乃事理之所當然。外此而昏嫁不及禮則曰奔。奔之義雖無當於禮，然初非大遠於禮也。昏嫁之制止此而已。迨及春秋之世，禮制漸漓，世始有以女子而贅婿於家者。此在當時為創舉，故初無適當之名詞。此詩之作，即指此事言之。故篇中斤斤以女子有行，必遠父母兄弟為言。知女子之必遠父母兄弟，則可知贅婿於家者之非禮。子夏之序以為止奔，殆亦以其事無適當之名詞，於無可品目之中，姑因其同為昏嫁之失禮，而亦權目之為奔而已。實則此詩所言之奔，不惟非今人意中之奔，並非古人通常之所謂奔也。此事在後人則謂之贅婿。贅之為義，乃附綴懸疣之意，亦為無可品目之詞。迨戰國之世，宗族道衰，其制乃盛行於一般社會。直至漢初，餘風猶未盡泯。故秦碑漢律，皆詳示限制。而淳于髡且特以齊之贅婿自雄，此自當時之政令為之。若在春秋前，宗法盛行時代，乃絕對的不容有也（其有之者，殆必出於逃亡逋客。孤子一身，絕無宗族者，而在春秋時，則皆聚族而居，與族存亡。若是者，不易有也）。意當日衛人中，其流寓之故公逋客，因無有宗族子姓之可依，特變通而為此制者，一時之抱有同病者，乃羣起而尤而效之。詩人以其亂宗支而淆姓氏，於禮制顯相衝突，故特作為此詩，以促其反省。序云止奔，殆云欲遏止此不正當昏娶之澆風也。詩意若謂，蝃蝀之發現於東也，則人皆莫之敢指。人何以莫敢指，則以日在西而虹出現於東，乃天地陰陽交合之道之所當然，初無有可以容人指摘之處，故人亦遂末由指之。若反之，而日與虹發現於一方，吾知人之指之者，必紛然起矣。以其事之大反乎常也。蝃蝀者日之所生，而其發現也，乃適與日所在之方相反。由是可知，女子者，與父母兄弟，雖同生於一方，而其有行也，亦必須與父母兄弟相遠。二者皆事理之所當然，亦人人之所共喻。人苟欲免於指摘，舍此道固莫由也。且此義又豈惟蝃蝀之在東為然哉。彼夫朝隮也，而其發現也，必在于西，其義亦猶是也。朝隮者何，猶今人之所謂朝霞也。日射雲氣，幻成異彩，狀極絢麗，與虹實異體而同物。曹風所謂薈兮蔚兮，南山朝隮者是也（鄭注周禮直以隮為虹，全由於誤解此詩。虹又豈得稱之為薈蔚哉）。隮之為物，朝夕皆有之，大抵夕主晴而朝主雨。今田家猶多用以覘天時，茲云崇朝其雨，知古人亦猶是也。崇、毛傳為終，義雖無異，而文實不同。崇古充字，儀禮充酒皆作崇酒，謂充滿其酒也。崇朝亦得滿其朝，意謂不出其朝也。朝日在東，而其隮乃發現于西，故克能陰陽調和，不終朝而雨澤隨之。然則女子有行，而欲薪其家業之成就，觀於日之與隮，亦不得不遠其兄弟父母也。然此皆論其常也，不謂乃如之人也。乃以一身眷戀於昏姻二者之間（女謂男家曰昏，男謂女家曰姻。懷、眷戀也），謂之行不可也，謂之不行亦不可也。反道背常，舍先王之禮制而弗由，實大無信也。身為女子，而不思遠離其父母兄弟，妄冀其與男子同終身撐拄於家族之間，是乃不知天之所以命之者之實為女子也。使其苟知以命自安，則為女子之成規具在，蝃蝀朝隮，固人生所應取法也。此詩之詞旨，本甚明了。乃歷來說詩者，不知於詩求之，一眼注重序中一奔字。乃復於奔字上，臆加一淫字。於是乎一淫而無不淫，甚至於在天成象之虹霓，亦竟臆指為天地間不正之淫氣。妄誕至此，將何事不可以謂之淫乎。充其奄鄙之心理，豈天氣上騰，地氣下降，晦盲否陽，閉塞不通，乃天地間之正氣乎。然彼輩陋儒，除淫外，尚知有何事耶。

懷昏姻也一句，初本草草讀過，故初稿云然。既而覺其不適。以依文理論之，此四字當為遠父母兄弟之反面，不然，則文勢無由轉正也。因更就原文攷之，始知懷昏姻三字，一字亦不容以囫圇讀過。此三字實為一篇之轉關，亦全詩之斷案。後人於招贅之事，議論雖聯篇累牘，終亦不及此三字之一針見血也。俗儒以其不求甚解之眼光，全詩尚未讀完，便毅然援筆作注，又何怪乎其欺人自欺，而仍歸於不通哉。然則中國人果何時而能再生一有理性之人哉。

三百篇之作，不必盡出文人，而風詩則尤多發現於婦孺之口。而其義理之堅確，文字之精審，縱碩學鴻儒，終身以此為業者，摸擬之亦不能及其十一。在智識薄弱者，則別之為天籟人籟之作用。特是古人何以獨得天籟，後人又何以獨得人籟，豈天獨厚於古而薄於今乎。此皆由後人之智識日淺，故其於一切事理，以及於文字，亦無不日偷，故其結果如此。實則古時之編戶，其知識亦較後世之聖賢為高也（如朱熹輩）。吾嘗謂古人苟生至今時，見其子孫之渾濁若此，早應氣死。而今人反予智自雄也。然亦不過相率而為他人之奴隸耳。

從孫子仲

擊鼓、從孫子仲，平陳與宋，其事初不見於春秋及左氏傳。經傳對於隐桓間事，多從脫畧，初不得執之以疑詩。則所謂子仲者，自當有其人。古人無姓，則所謂孫者自屬公孫，亦無疑義。平陳與宋，即左傳攷之，則州吁使人於宋曰，君為主，敝邑以賦，與陳蔡從，亦當即此事。以州吁之立僅一年，舍此並無他事，與於陳宋也。惟子仲續小序者，乃横增一文字，命之曰公孫文仲，則殊難深信。古人之所謂文武者，概屬謚號。此詩作於當時，當然無謚可稱。至後代則並其名而失之，更何從而得其謚。子夏序詩，去之已二百年，尚無其名。則後之續小序者，並詩與序之義意，悉不能知，更何從而獨知其謚之為文乎。大抵續小序者之謬荒，對於一切人名時代，無不敢隨意揑造以自欺以欺人。其於各國之風，凡時代之無可攷者，無一不比附其前後可攷之詩，而妄加以指目。如鄁風柏舟則指之以為頃公。蝃蝀干旄，因其次定之方中後也，則以為文公。王風之兔爰，丘中有麻，則分指以為桓王莊王。以詩攷之，殆無一不為信口開河，羅取各國世及之時代，而就詩順數。實則詩之前後，絕不以時代為次第也。此之公孫文仲之名，殆亦以公孫子仲之名，不甚順口。而文仲二字，則以臧文仲之故，為人所耳熟能詳，因妄撰為此名。無如續小序者之去作詩者已四五百年，他書不見，果何所據而知之耶。然在後世儒生則必曰，其相去之時代較近，所言當必有本。當必二字，已不成理論。若其果可據，又何至詩之義，至今猶不明耶•此乃後儒初不詳古人之時代，其人苟一為古人，其心目中便認以為同一時代。實則古人之與古人，其遠近固大相懸殊也。然陋儒之識解果及此，又何以成其為陋儒哉（近之陋儒且以漢學名家矣，其於漢以前猶祖稱也，更安敢議其非哉。此輩之頭腦，大率以中國之經始於漢儒，中國之文字始於說文，前此更無所謂時代也。哀哉）。

辛酉中秋

臨清吳桂華秋輝氏著

騋牝三千

黎、來、麗，古本一音，故常可通用。藜字之異文或作萊，而麗字則時用之以代離字，即其證。黎本青黑色，此厥土青黎，及黎氏黎明等稱，所由來也。其在牛者，則謂之犂，其在馬者，則謂之驪，今語猶然。字雖有異，而其為黎字之同音假借則同。至驪之作騋，此猶藜之作萊，乃文變亦時代之關係也（大抵來字在先，而麗則較晚）。鄘風騋牝三千，實即驪牝三千。謂牝馬之為青黑色，乃至於三千之多。極言其純一不雜也。上文匪直也人，秉心塞淵，意即謂匪直人也，其秉心塞如淵水之平靜。即馬之牝者，亦悉作黎色，純一不雜，至於三千之多也。三句乃上下緊相呼應者。毛氏不知騋之本義，又不解秉心塞淵作何語，隨意指目。而於馬之身，又苦無可指，於是乃不得仍運用其圓滑之手段，含渾釋之曰，馬高七尺以上曰騋。夫古今來之言馬者多矣，豈有專論其尺數者哉。且馬縱論尺數，亦斷無由隨其尺數之異，而一一賦以名也。大抵漢儒之所謂自某某以上以下者，皆其窮於指目，而苟且支吾，指山賣磨之詞。如自腰以上曰屬，自股以上曰涉，自輈以上曰軌之類。世人亦甘受其欺，而不知一揆之理。殊不思天下寧容有此等恍惚迷離之字義哉。由此可併知論語子謂仲弓為犂牛之子者，並非斥仲弓之父為不善。不過謂其生性古執，不合時趣，不如仲弓之能為時王所貴。蓋夏尚玄，殷尚白，周尚赤，三代各有所尚。犂牛若在夏代，亦難得而可貴者。惜乎其生於周，故其與騂且角者之貴賤迥異也。前人不識字義，隨意妄解，謂犂牛為雜色之牛（論語集注，因此遂謂仲弓之父賤而行惡，真是該打）。若然則是對其子詈其父矣。豈孔子而有此哉。

君子攸芋　獻羔祭韭　褕袀袾

斯干、君子攸芋。毛傳、芋大也。鄭箋云，芋當作幠，覆也。皆不識其字而信口狂囈。芋何以為大，又何以當作幠字義。如可如是解釋，將無字不可以指作某某矣。今按其字實芊字。春秋內外傳，所假之以代楚國之姓者也。楚姓本作孏，見王子申餐敦。後以其文繁，多借用芊字代之，以芊亦安善意也（詳見拙著楚詞正誤）芊說文作𦍋，在各種字書中，則作芈，而左氏則實作芊，不作芈。此則由作字書者，知芊本為古羊字。今芊字之音義，與羊迥殊，則其字亦必當有異，因臆為此文，非真有所見也。說文釋其義為羊鳴，亦全屬囈語。不過因其字從羊，故造為此說。古人之於文字，豈能逐各物之鳴，而一一專制以名詞哉（各物之鳴之有專稱者，惟雉之稱雊。然鷕與鳴實有異。以雉有交媾義，乃求偶之鳴。雉之鳴如是，故常適用之，亦非為雉鳴特造此字也）。羋字於古文不概見，惟古羔字從之作羋，乃於羊之兩角間別作一畫，命其與兩角平，以表示其為羊之無角者之意。今人謂羊之無角者曰縣羊，縣與羋殆一聲之轉也。羊性本安善，故美善義養等字胥從之得義。羊若無角，則尤為安善，故引伸之，羋又有安善義。此即詩之所本也（今北人囑人之靜伏不動者，輒曰羋着罷，亦古義之僅存者也）。羔字金文不見，而龜文中習用之，字作羔。文多云貞之于羔（或云貞社于羔，或云貞酹羔），三小牢卯（次日也，因其日為丙寅）三牢，貞本年于羔等，不下數十見。初無人能識者。嗣即其文與今文對照之，始知其為羔字。蓋羔本羊之胎兒，例無角，故不

從羊而從羋，此正古人制字之精碻處。但羊之無角者，初不止於羔（如羋羊）。惟羋不足以表明羔之義意，故於其下更加以火（下之所從非山字，古山字不如是也），於羔之義始完。其加之以火者，以古人之食羔，例用火炮之也（古人於羔兔等小獸，多用炮。炮者以泥塗其外，用火炙之也。楊子又報孫會宗書，烹羊炮羔，斗酒自勞，是其俗至漢猶然也）。由是以思，則其為羔也審矣。但其於文義甚不合。蓋若以文義言之，則其字必為祭名，或鬼神之名號方合，二者舉非可以語於羔字也。繼又念字之中有禚，經傳雖用為地名，然必非本義（古地名國名人名，皆各有所本，未有因此以專制一字者也）。其字從示，則其為祭名也無疑（今山東尚有姓其字者，音如沼）。就字書檢之

，則其音與禴祀蒸嘗之禴同，而礿又為其異體。邠風則更有獻羔祭韭之說。至此始恍然龜文之所謂羔者，即禚、即禴、即礿，乃春祭之名。而邠風之獻羔祭韭，即指是言之也。蓋在一歲之中，畜類則以羔之生為最先，蔬類則韭之生為最先，故春祭例用二者。祭之名羔，指獻羔言之也（若周之釋菜，則指祭韭言之）。迨後世形聲之制興，則更從旁加示，以防其相溷。而後人又以禚字之為形聲也，則更用其他之同聲字，以代其羔字。禴礿等字於是出，而禚之本義亦於此不可復見矣。邠風之獻羔祭韭，在四之日，則正與仲春釋菜合。知古人之春祭用仲春，在周之先已然。古人多於此祭祈年，又春社之祭，亦距此不遠，故龜文云云也。古文止一羔字，而後世乃孳乳而成禚禴礿三字，則文字焉得不日益加多，而無用之字，亦隨之並進哉。此識字所以日感困難也。然則欲救今日文字之敝，則其道概可知矣。

如跂斯翼如矢斯棘如鳥斯革如翬斯飛

斯干一篇，頗極音節錯落之致。（按古人之所謂新宮者，即指斯干而言。鄉國之樂多用之，所謂下管新宮者也。其取用之故，當亦由其音節特異而然，與詩義固無關也）。已隱開後世長短句之先聲，而大體則仍為四字句。此後人之所由多忽視之也。如第三章云，約之閣閣，椓之橐橐，風雨攸除，鳥鼠攸去。約之與閣，椓之與橐，雨之與除，鼠之與去。皆韻。而閣橐與除去，又各自為韻也。末再以君子攸芋一長句收之，此音節之自然也。四章如跂斯翼，如矢斯棘，如鳥斯革，如翬斯飛四句，亦然。皆各自句中用韻，而末用君子攸躋一語收之。然世儒昧之者，則以中間如鳥斯革句，失韻故也。不知此鳥字實隹字之誤。古文凡鳥字皆作隹，無作鳥者。故吳清卿氏作說文古籀補，常恨不得鳥旁字。後得一鳥旁字，頗自喜。而不悟其文意已大似平安君鼎，無復為秦以前物。則古文至今，尚不見有鳥字也。授詩者第知古文隹旁字，後皆作鳥，而此隹字，亦遂循例改作鳥字。而不知此隹字適當用韻處，與下革字，乃有密切之關係者。改以為鳥，上下遂不相應矣。蓋隹本音追，即變音如隼者，與革字同叶入聲，與上下三句，正同一律。革字在今文實當作勒字，謂如鳥之廻旋也。詩於攸勒字，皆誤作鞗革。則此革字，亦事同一律，其為誤無疑也。攸勒古器無一作鞗革者，鞗革詩亦無一作攸勒者。今改其字，殆詩之原本如是。蓋古人於字之偏旁，每多意為增損。如戈本不從金，而作鉞，匜本不從皿，而作𥁕等皆是。此鞗字亦係因其為革質，而增革旁者。特不幸所增之革乃在下方，頗近乎條。漢人不識字，遂以條音讀之，至貽誤至今。其受病與麻之作縻正同。中國人之心理，但稍一變換其面目，即不能辨識其為某某也。使鞗字當日作鞦書之，則庶不致誤矣。若革則與勒同音，在當時當偶出於假借，後遂相沿而莫之或改，今當依古器正之也。毛傳訓革為翼，極可笑。首句已云如跂斯翼，茲又云斯翼，古今有如是重沓無理之文字乎。鄭氏更曲為之原曰，如鳥希革時之鼓翼，直足使人噴飯。鳥希而鼓翼，豈獸希革而亦鼓翼乎。書但云鳥獸希革，不言其翼若何。鄭氏何從知希革之必有事於翼乎。真可憐也。

侵鎬及方 往城于方附

六月、侵鎬及方。鄭箋、鎬也，方也，皆北方地名。殊不能明言其所在。蓋俗儒任私臆而不信經文，因疑鎬為周之京都。玁狁雖內侵，不應及是。故經文雖明明言鎬，亦不信之。其至誕妄者（劉向）乃臆造為千里之鎬之名詞，意殆謂凡距鎬京千里者，皆可名鎬。茲無論其說之無稽，若果如其說，則畿內之一切地名，皆可廢矣。下何以又稱至於涇陽耶（涇水即在鎬京附近）。漢人既不以鎬為鎬京，至宋人遂即以方為朔方。由是而縱橫千里，忽北忽西，忽遠忽近，玁狁之師，可謂出沒無常矣。有是理乎。今按鎬即鎬京，方即豐京也。豐京之豐，古文作[illegible]（召伯虎敦），然率有作[illegible]（靜敦、卯敦、邢侯彝等，甚多），從丰丰方聲。其作丙者，亦方字也。蓋豐本蔬菜名，後因用作地名，乃更作為形聲字以代之。書之作豐者，從其本字。古器之作⿴茻方者，從其專用字也。至豐之更轉為葑，則以⿴茻方已專用為地名，則不得不再作形聲字，以代蔬菜名也。⿴茻方之本文既從艹方聲，則再省之，其字即作方。此詩及出車王命南仲往城于方，二方字皆是也。往城于方之方字，本為豐之省，故下文不妨更重出方字，云城彼朔方也。世儒不通古人字，不諳古人典禮，見下文云城彼朔方也，乃亦解此方字為朔方。夫朔方也，而可單稱之為方乎哉。王命南仲往城于方八字，乃以上六字為一讀，下二字為一讀，蓋王于方命南仲往城也。古者命將興師，及一切大典禮，皆須於廟行之。周之太廟祖廟，及文武成三王之廟，皆在豐京，至康王始別立廟於宗周。故在周初之世，有事則必須往豐。即在其後，凡有大事，亦必須往豐也。王之命南仲于方，即本此也。此之方乃其受命之地，下之朔方，始為其往城之地。後人之溷而一之，不悉古人之儀制也。此詩之侵鎬及方，至于涇陽，乃玁狁內侵必由之路。蓋豐處鎬之西北，而涇陽則更在其西北。玁狁由西北來侵，故必須取道於此。豐與鎬雖兩地，然朝發夕至，相距實非甚遠，故書常稱王朝步自周則至于豐。至涇水則尤即在豐之附近，故大雅在豐京諸詩，常託興及之。如淠彼涇舟，及鳧鷖在涇等皆是。玁狁之內侵及此，實已近迫於畿輔。輦轂震撼，九廟動搖，周室之安危，岌岌乎有一髮千鈞之勢。則其倉卒間舍我穡事，命將出師，服不及成，馬不及比，殆皆有所不得已也。幸而尹吉甫膚公克奏一戰勝敵，追逐之于大原之外。不然，則驪山之禍，恐不必待之於幽王之世矣。尹氏此舉，於周實有再造之功。故周之貴族多懿親，而尹氏獨以異姓（尹以彼都人士章考之，殆姞姓），世執政柄。節南山之詩，稱其爲維周之氐，非倖致也。後之人讀書者，不知論世，於此一段歷史，竟無人能詳言之。如之何其能讀書也。

又按玁狁之禍，自文武成康後，亘西周之世「初未嘗止息。史冊雖散亡，然其載之於古器者，殆不下數十見。其爲禍大抵皆不及此次之猖獗，其受創殆亦皆不及此次之甚，故史遂以此稱宣王爲中興也。蓋宣王乘此戰勝之餘威，復繼之以伐蠻荊征江漢之舉。王靈赫濯，震耀一時，諸侯皆畏威懷德，而不敢目無天子，故遂以致車攻馬同之盛。實則玁狁繼此仍不絕爲邊患。故至平王鑑於驪山之禍，棄宗周而不敢復居也。

神之弔矣　不弔昊天

天保、神之弔矣。毛傳弔爲至，全係任意杜撰。弔字何處曾作至字用者。且與下詒爾多福之福字，亦不叶。音義之作都歷反，與集注之直音作的，胥信口開河耳。今按凡詩中，所有弔字，悉屬叔字之誤，其應作弔者不一二見。譯今文者不識古文，遂胥誤而爲弔爾。蓋古人謂善爲淑，而淑字則常假叔字爲之，不再加水旁（間有於其下加皿者，薛書之盄和鐘是也。盄和、前人皆誤釋爲盄和），若窈窕淑女及遇人不淑等句，則其從今文者也。叔字古文胥作弔，與今文弔字畧同。寡子卣以歒不弔康乃邦及盄和鐘等皆其以，以叔字作淑用者。若弔之本義、則爲伯叔之叔字，會意字也。其義在金文中不見，而龜文則其義甚顯。蓋文本作□也。古文於祖父叔兄等家族稱謂之字，皆從會意。如在主上者祖也（古人娶妻生子最晚，故孫之於祖，多從主上見之），其字則作且，以手扶杖者父也，其字則作□，以肩荷鉏者叔也，其字則作□。首有冠者兄也，其字則作□（若戴冠而跪則爲祝，故祝作□或□或□。今文同從兄，古文則一立一坐也）。由是推之，則女而抱人者妣也（抱人謂抱小兒也，即抱孫之意），文作□。有乳者母也，文作□。手執帚者婦也，文作□。此外又有女戴笄者□，女就井者□，其義今尚難斷定，然其亦爲家庭間之一種謂，則無可疑也（若孫之從子從糸，實爲子之繼續意。古人凡言繼續者，皆取義於絲，不惟繼續等字爲然也。又其所從之絲，亦與他字較異。蓋其下必作糸，爲不終止之形也。後字之作後，即從此得義。而世人皆溷而不察矣）。叔之本文作尗，然後人以其曲折之繁難也，乃就其筆畫而變通之，於是乎本尗也，而變為弔矣。蓋其所差者，僅位置之間（中畫筍斜下而不下達，則為古叔字矣），初無多歧異也。故今日所發現之古文，其伯叔之叔，絕無一作叔字者。則其改從今字，至早亦須出自戰國以後也。蓋今文之叔字，實為菽之本字。其左乃象豆莢形，右則以手摘之也。故叔字又可訓為摘字。九月叔苴是也。毛傳之訓叔為拾，不識文義，揣測言之耳。苴豈待其落地，而後一一俯拾之哉。無奈至後世，叔之借字盛行，而其本字反無人能識。無人能識，則就其筆畫求之，遂相率而誤以為弔。此固其所必至也。特是弔誤為弔，不惟其義不可通，其音亦絕不類。其本字既難於通貫，其借字亦無可通假，此其所以不得不望文生義，而信口胡云也。實則詩之言不弔者皆不淑，其義即為不善。不弔昊天，即不善之昊天，怨天之詞也。神之弔也，即神之淑矣，與下民之質矣為對文。若能作至，便不成文理也。而況乎其初無可以作至之明文耶。然此字之誤，正不止此一書，讀者其留心細察可也。

歌以訊之莫肯用訊

今世所傳毛詩，雖為古本，然其中錯訛之字，亦頗不乏，正不獨勒之誤革，淑之誤弔，以及噎之誤曀（終風），阜之誤阜（大田）已也（若終風之應作冬，揚且之應作祖，侵鎬及方之應作豐，則係存古字，不得謂之誤）。如墓門歌以訊之，及雨無正莫肯用訊。二訊字，皆當作誶。其作訊者，後世傳抄之誤也。故二字不惟不叶韻，亦皆於文義不甚通順。今攷其所由致誤之故，殆因小篆訊字轉作䛊，與誶字轉作誶者畧同，遂誤合為一也。實則二字在古文中相去殆如風馬。訊作㖕，而誶字則作䛧也（寡子卣）。則其誤當起自秦漢間也。誶字今多作詬詈解，此其引伸義。誶從言從卒，於文為會意，乃盡言之意，猶極言之也。由其惡意一方言之，故為詬詈。若由其善意一方言之，則為極諫。後人之用此字，多主於惡意一方，而古人則多主於善意一方也。歌以誶之，猶云歌以諫之。莫肯用誶，猶云莫肯用諫。其字不惟作訊字解不得，即直作誶字今義解之，亦有所不合也（歌以誶之猶可，若莫肯用詬詈，則不成語矣）。其義見之寡子卣。寡子者殆宋女嫁於他國而寡者。大亡之後，國有人為亂，故其卣銘云，子惟呼誶帝家以敦不淑康乃邦。蓋子氏至此，惟一意呼籲極言諸求其天朝敦伐此不淑之人，以康靜其邦國也。呼誶二字連用，且施諸帝家，則其字不得為惡意的，顯然易見。此器之作，當猶在春秋初間，故其義如此。至吳語吳王誶申胥，則已純乎今義矣。宜乎後人直認為形聲字也。

后稷不克

雲漢、后稷不克。克字毛無傳。鄭箋云，克當作刻，刻識也。其說既不經，又復不成語。故集注改訓云，克勝也。言后稷欲救此旱災，而不能勝也。雖視舊說較為近理，特文只云不克，何以即見其為欲救此旱災而不克，且又何見后稷之必不能勝此旱災耶。此皆不知其誤，而望文生義，妄行牽扯之咎也。今按此克字，在今文實當作顧字，與下上帝不臨之臨字為對文，謂后稷不顧其享也。蓋顧字在古文原作旡，象人舉首他顧之形。今既字所從者，即其字之悠遺者。說文妄改為旡，俗儒之妄作耳。既在古文作既，象人坐而對豆舉首他顧之形，示食畢也。旡字在龜文中，乃習見之詞，以龜文所占多為祭祀祈禱之事也。其詞或云帝不我旡，或云弗其旡，或云御于祖丁不旡，不勝縷述。旡間有作旡者，則筆勢之轉變也。知旡之為顧者，以顧字隸書，間或作頋（見日月篇，寧不我顧音義）。其所從之字，非厄非戹，實為旡之變形。殆旡字後人初從而添頁，迨其久之，莫從而認知其義，乃直以雇字易之，改之為形聲字也。至旡之所由誤克處，因旡既作旡，而克字則古作肖，文極相似。但取其口之右方稍移近中間，即與旡全同。而後人又不復知有旡字，此其所以意斷為克也。此等字苟非龜文復出，又何從審查其錯誤之曲折哉。

克咸厥功

閟宮、克咸厥功。鄭箋云，咸、同也。武王克殷，而治商之臣民，使得其所，能同其功於先祖也。其說極支離可笑。集注悉其謬，乃別為之說云，言輔佐之臣，同有其功，而周公亦與焉也。由前之說，則武王上同於太王。由後之說，則周公又上同於武王。其說雖不同，而其以咸為同則一。鄭氏之說猶知從上文大王翦商着想，而朱之說則全屬無中生有，任意胡云。要之，其為不通，則無以異也。蓋咸之義雖有時近乎同，而其與同字性質上之相差，直不可以道里計。後人之誤為同，實為不知咸之本義，模糊影響之了解，故有時可通，而至此遂竟不可通也。今按咸、畢也，謂完畢也。故咸字於文，從戌從口作𢦏。戌古斧字，故咸字又有直作斧形者。如咸彝則其文作𢦏（以文字推之，殆巫咸器也），下之口乃古丁字也。斧庋釘上，表示其功作已畢，會意字也（今之閒字，殆即其引伸義，以功畢則當閒也。至閒之今文乃間隙之間，特假借用之者。以古文閒作閒，從月在門上，示門有間隙也。又成字義亦同此，乃斧挂杙上者，可由咸字推定之也）。咸之義既為畢，畢則全備，故引伸之其義又為全為備。書之咸有一德，蘭亭序之少長咸集，胥其義也。此後人之所以誤認為同也。後人識字，但求知其概義，其本義則無人解研究之。故其於字義，多在模糊影響之列。而在古人則文有定義，各不相假，稍有出入，便覺扞格不通。在後人不知一己所見之未確，往往反疑古人用字之難解。此其所以對於古人文字，每多穿鑿附會，臆為牽扯也。即如咸字，在古器中頗習見之。如趩鼎云，王在周格太室咸。謂王格于太室事畢也，而或者則以此咸字，連下邢叔為文，釋之曰咸邢叔。無如古器之言邢叔者不一，皆不言咸，故其疑至今猶未盡釋也。又毛伯彝之言咸者凡再見，一命錫鈴，勒咸，一伐東國猒戎咸。謂錫鈴勒畢，又命伐猒戎畢也（下更有命吳伯呂伯遣等事）。此外更有數器，不具錄。以文義推之，則不難得其大凡。乃人因狃於咸為皆為同之義，初無人解道之也。此之克咸厥功，正用咸之本義，謂克畢大王翦商之功也。蓋翦商之事，大王始之，武王畢之。此咸字實緊承上文始字來。古人用字，無不具有爐錘也；然二千餘年竟無人解矣。

致天之屆　不知所屆君子所屆靡有夷屆君子如屆

前人於屆字，多釋作至，至今從之，然於義實多未安。今攷其所以訓屆為至者，初非有何依據，不過因譬彼舟流，不知所屆二語，望文生義，揣測為此說耳。其說於載驂載駟，君子所屆二語，似亦可通，故世悉不知其非，而梅賾至援之以入偽古文（尚書惟德動天，無遠弗屆，係出東晉梅賾偽古文）。實則屆之可強解為至者，惟小弁尚是似而非，至采菽則已不成語意。若瞻卬閟宮二詩，則雖極力為之附會，而亦不可強通也。蓋載驂載駟，謂馬之或三或四。下忽繼之以君子所至，然則此君子之馬，三耶四耶。今竟略去上句不言，惟言其為君子所至，豈非前言不符後語，上語歸宿，下語來脈耶（所至二字亦不合，謂之不知所至可也，若謂君子所至，則不詞矣。然此等處則無人能領會也）。此猶可曲為之說也。至瞻卬靡有夷屆，閟宮致天之屆二屆字，則雖以漢儒之武斷，而亦無能為力矣。故毛氏於此二字皆無傳。殆明知前訓至字之不可通，而又窮於擬議，姑掩耳盜鈴，模糊置之耳。迨鄭氏作箋，則首膺其困難以至字既不可通，勢不得不再就至字推測以遷就之，因更別釋其字為極字。而朱氏作集注亦遂因之。蓋改訓為極，雖仍不成語，然較諸至字，似尚為此善於彼也。無如靡有夷極，與致天之極，殊涉晦昧，無論古今文字，絕不容有此等不可了解之語句。古人苟非不通文字者，當有以知其必不肯出此也（後人對於古人文字，胡亂穿鑿附會者，大抵皆不知其自己之不通，而妄意古人為不通，故致勞其曲為疏解也。噫、古人苟如是者，則古人亦不足言矣）。今按屆字，於古文中，尚未能發見（古文中或有之，而今人尚未能識也）。其所從何字，殊難斷言。以今文言之，則從尸從凷。凷乃古塊字，其字似為形聲。尸有主字義（按今文尸字，多為古文ㄗ字之所變，乃象人蹲踞形。尸為祠祭之主，故尸有主字義。采蘋、誰其尸之，毛傳尸、主是也），其義當主於主觀一方。又尸乃象人之坐形（今之坐，若古之坐則今之跪也）。人坐於塊上，似又有發縱指示之意（古人平等者相遇皆跪。若高坐，則非有君臣上下之分者不能也）。意者上古之世，宮室筵席諸制未興，部落游牧，其酋長率衆逐處遷移，或當其發號施令時，即作此狀。後人即本此以作為會意字，亦未可定（古會意字，多兼形聲，如廟從朝得義，亦從朝得聲。屬從萬得義，而即萬聲皆是。此後世形聲字之所祖。然上古則絕無無其義而惟用其聲者也）。蓋今以古書所存諸屆字攷之，則其字無一不當作命字解，於其字之本義，多相合也。小弁譬彼舟流，不知所屆，實謂譬彼舟流，不知所命，謂不知其何所命駕也。即我瞻四方，蹙蹙靡所從之義。彼誤解為至，乃倒果為因也（有所命則有所至，命即命其所至也。故此屆字，亦尚可摸稜以解為至字也）。采菽載驂載駟君子所屆，謂馬之或三或四，則一惟君子之所命也。瞻卬之靡有夷屆，夷善也，亦平和也，謂靡有平善之命令也。閟宮之致天之屆，則其義尤顯，謂實行天之大命也。凡此諸屆字，類皆為命令之代詞。其與至字，雖屬差以毫釐，實乃謬以千里。而世人竟沿謬至今。則以國人之理性既失，雖指鹿為馬，亦終無人能辨也。若今人則更以屆字作期字解，益不可究詰矣。

又按節南山君子如屆之屆字，亦不可以作至字解，故毛傳不得不稍變其說改訓其字為極字（前人有此法，所以經文無不可解者。因其於字義，可以隨時改變也）。但君子如極，乃全然不能成語，反不如其索性強解作至，尚為近之也。蓋至字猶為動作詞，於全文雖不通，而在本句尚勉強成語。若極字則為形容詞，合之如字，絕無此文理也。今按此屆字，尤足為古人以屆為命之據。蓋此屆字與下俾民心闋，相屬成文。而與下君子如夷之夷字相對照，屆者命令，謂君子如有所命令，無一不俾民心闋然其失望。反不若君子平夷，無所命令，猶得以違遠於惡怒也。此之君子，即上文所言之鞫訩大戾，指尹氏也。四句乃極言其政令之不善。其為政令之代名詞者，止此屆字。此屆字一失其解，全章俱不成義意。然前人則不暇顧及其能成義意否耶。

載芟載柞

詩自戰國後，不惟其義無人能通，即其字人亦無由盡識。以同一民族，上下僅三二百年間，而智識之程度，相差乃如此之甚，由是可知邪說之貽害人心，其禍之烈，天地間直無其倫比。而教化一失，民德之墮落，雖影響亦莫喻其捷。世之不仁者，亦當思稍範其肉慾，而預為其子孫留一地步也（戰國之禍，皆淵源於人人欲縱恣其肉慾，以人類乃甘與禽獸同儔。故其近禍為互相屠戮，其遠害竟至於使一般人盡失其審理之作用。今則社會人之思想，又追蹤於戰國矣，其終極殊不忍揣測也。吾願智識界中人，一省察之也）。字既不能盡識，則於其不識者，不得不隨口杜撰之。而一般人民，同當此理解既失之餘，則有一妄人倡之於前，諸盲

以薅荼蓼

戰國後人，不能盡識前人文字，其事初無足異。即其不識而隨口妄讀，亦無足異。其最足為此二千餘年中人，理性既失，道德墮落之特點者，則其所妄讀之音，必須於原字絕不相蒙。以表示其讀作此音者，實確有所授，而非復他人之望文生義，推測偏旁者之所能比。故其所作之音，無一不出人意外。蓋其心有所歉，冀藉此以掩去其作偽之跡。乃因此而音義離奇，兩相背馳，其跡反愈不可掩。古人之所謂作偽心勞日拙者，正不啻為世間之此種心理言之。而不意此二千餘年中，社會之心理，殆無不若是，文字特其一斑耳。然其心理，則固無一不循此軌道進行者也。今綜合其妄讀之音，一一比較之，即不難得其大概。如杕之讀棣，頗之讀跬也，麋與釁之讀門也，芟之讀刪也，櫟之讀歷也。即各原字求之，皆絕不能得其所以讀某之義。而試一研究其所據以讀某之心理，則皆別有其字以立於其背後（如釁之意在門，芟之意在刪之類），而強加之於此字，以為不如此不足以欺人也。往復曲折，而但思為欺人計，此其所以於正義反不能明，而欺人人轉不能盡欺也（其所以得欺世至今者，非其技之工，特一般人皆失却理性，自不能辨也）。又如良耜以薅荼蓼之媷字，自漢以來，人皆讀若蒿。其事甚怪。薅從女從蓐。蓐從草辱聲。此字從何處，可得妄讀如蒿者。然世竟翕然從之，而舉莫之辨也。今細一尋其所以讀蒿之故，蓋北地俚語，常有謂採捋為蒿者（譯音）。世本無其字，乃不謂前之讀詩者，至此薅字，嘗不能識，而六書之旨，又久失傳，無從可資以攷定。於是遂即以其字，妄指作蒿之本字，而張冠李代矣。說文云，薅、拔田草也。正足以上合一般陋儒之意。蓋舊儒雖臆指薅字為蒿字，而於心終覺有歉，故毛鄭對於此字，皆未嘗加以注釋，以圖模糊了事。因其字苟詳說之，於文義尚多未合也。蓋俗所謂蒿者，乃以手拔。而此文明云有鎛斯趙，上下文顯相矛盾，如之何可形之於文字。而許氏作說文，則初未詳諗及此，乃遂本其所以得自其先儒先師者，大書而特書之。此則許氏初非專門之經學家，故其於經學之虛實，不暇致詳，而有此滅裂之舉也（許氏拔田草三字，尤有趣味。拔草可也，乃必曰拔田草。豈拔他處之草，即須另作一字乎）。今按薅字實蓐之繁文，而為耨字之假借。孟子深耕易耨之耨，即其本字。殆周初時尚無其字，故特假借薅字為之也。易繫辭耒耨之利以教天下，蓋取諸益。禮運講學以耨之。左傳臼季過冀，見冀却耨。周禮甸師掌帥其屬而耕耨王籍，以時入之。呂氏春秋，耨柄尺，其長六寸，所以間稼。則耨字在古時文字間固所習用者。乃不意一經妄人之附會，竟一轉而為蒿也。至薅字，在今文則已轉為褥。然其字必始於秦漢及戰國晚年。若在前此則固絕不許其有如是無理之文字也。蓋褥本非衣類，則其字又烏得從衣。惟時至戰國之季，六書失傳，世人始無暇致詳，但遇有器物之為布帛製者，即命以衣類（衾綢等字，於古文尚未有發見，殆亦後起字也）。楚詞褋字之作襍，即其例也。褥字在古文則皆作蓐，從草辱聲，形聲字也。今以字義推之，則古人之褥實皆以草為之，今之藁薦，殆即其遺製。蓋古人之牀榻，初不若後世之高，大抵皆席地而卧。草取其可以阻絕潮濕，故褥必編草為之。斯干下莞上簟，乃安斯寢，所謂下莞者，即指褥而言。莞或作菅（今之讀尖，亦妄人語也），至後世又轉作綸（見三國志注），亦音官，即今之所謂瑯琊草也。其草細長而柔韌，最適作褥，故當時人皆樹蓺之，以備作褥之用。陳風東門之池，可以漚菅，即其事也（今人不明古人情事，故對於古義，多所隔閡。如斯干載寢之地，亦其一事。若以今制言之，人縱惡生女，亦不至無情至此。而不知古人之牀與地，相差無幾，止上下之間耳）。古人之褥，即以草製，故其字即從草（其用草，殆亦以當時無木棉故）。左傳秣馬蓐食，潛師夜起，所謂蓐食者，即謂取食於褥上食之。蓋中宵而起，蓐不及收，即食於其上，所以形容其夜起之急迫也（此二字向亦無人解）。今人謂婦人生育為坐蓐，子初生曰落蓐，又曰落草，亦古義之僅存者。此媷字之從女，即象女子坐褥之形也。蓋古文之取義於坐者（即今之跪），多作女形，以女之義主靜。又居室之間，本女之所職也。凡安字妥字（即綏）等皆從此得義。媷之義亦如此。一以坐褥者，多為女子事，一以古文之作跪形，於女子便也。女字在古文中常作[illegible]，皆象其跪形，無作立形者。至金文始漸省作[illegible]，故古文之從女，不必其盡屬乎女子一方，而取義於安坐者，亦援用之。古文對字之從女即此媷字亦其一也（古文對字作[illegible]，象女子對燭形）。又有作[illegible]者，則其變也）。以薅荼蓼，即以耨荼蓼，謂以鎛除去其荼蓼耳。趙乃繚曲之形，見荀子賦篇，所謂繚趙也。由是言之，則鎛乃繚曲之器，即今之鋤。趙字特以形容鎛之形，非以言鎛之用也。毛氏既誤以趙爲刺，已將下文薅字之地步佔去，故其於薅字，轉不得不另生枝節也。不知就經文逐字推求，乃惟是任意胡亂指目，又安望經義之能明哉。

又按耨本爲除草之名，後引伸之，則所用以除草之器亦名爲耨。此易之所以與耒並稱，而呂氏春秋所以特詳其制也。今以其制攷之，殆即臣工良耜所言之鎛。管子之所謂銚，春秋戰國間之所謂櫌，而今日之所謂鋤也。古書中初不見有鋤字，凡言鋤者皆爲耨。至春秋時始有鉏字，然多爲人名（如買朱鉏，公將鉏，二商等），其是否即爲後之鋤字，殊難攷定。若櫌字則爲耨之異文，以憂字古亦爲捲舌音，與蓐字音相近也。公山弗狃，論論作公山弗擾（此擾字今皆讀撓，殊可笑。俗儒以擾（今音如繞，故作此怪音，乃並齊風猱字亦改讀爲撓。其無識妄改，直令人恨殺。詳見齊風。擾在古音，當讀如又也），即其證。至管子之言銚（男、耒、銚、刀），乃因詩之言有鎛斯趙之趙字得義（趙乃句曲之意，今方言猶時有之。大抵以平扁物下覆或曲折者，皆曰趙。如人以手置目上，則曰趙眼。即狀鋤之形式，亦曰向田趙，或向後趙也。俗多誤爲罩字，實未盡合也）。後乃因其狀以爲名，猶耨之因其用以爲名也（銚本音趙，後人又假其字以爲煮水器名，別音书，即茶銚藥銚是也。此則近時代之事。然今人則多知其讀书也）。耰之改名為鋤，不知始於何世，大抵當出於戰國。賈誼過秦論中，即以耰鋤並稱。實則耰即為鋤，二物仍本一物。在戰國前人，絕不容有此語也。知耰鋤之為一物者，呂氏春秋稱耨柄尺，謂其以金所為之柄也。此外別聯有本柄，則人各視其使為之，無與於耨之本體，故不計。稱其長六寸者，謂其刃之長為六寸也。更稱其所以間稼，則其為鋤益明。蓋鋤之用雖主於除草，然苗之初生，每傷於過密，無隙以容其滋長，則其稼亦難望成實。故禾苗之過密者，亦須除而去之，留有間隙，以遂其發育。其功用在於使禾苗之疏密相勻。是以耰又可以稱耘，即呂氏之所謂間稼也。由是言之，則舍鋤之外，更安有所謂耰者。世人讀書不求解，苟且含渾，無人能質言之耳（其為後儒辨者，或強就耰鋤二者，而判為大小，此乃中國人之習性，必曲為廻護，以成其誣。究之，二物之大小，於何分之。臆說寧足據耶）。呂氏所言之尺度，以今制較之，似為稍小，此乃因古時，採冶之術未精，金質甚為罕貴，故其時所制一切之金類物品，無不概從縮小，不至此一事然也（觀古軍器，即可知之。又得古兵中之所謂劉者，其全體之長，乃不過三寸，大似今鏟草人所用之物，乃顧命中冕而執者耳）。則鋤之即耰，又奚疑乎。

又今既知耰之即耨，以耨間稼即耘，即可知論語遇大人以杖荷篠之篠字，當從說文作莜或作蓧，其從竹者，實誤草也。蓋古文艸竹二字最易致誤，以所異者僅在二橫畫之上曲下曲也。莜即耰之異文，以攸憂同聲也。其作條者，以其柄以木制之，故下更從木。條字在古本亦攸聲也，古尤與蕭豪，常相通轉。繇之轉讀如瑶，舟之轉讀如潮皆是。攸之轉讀如條，亦其例也。但條字音轉，而憂不與之俱轉，故後世遂無能知蓧之為耰者。迨從艸者又誤而為竹，漢儒更臆解之為竹器，迨而與下植其杖而耘句，遂不能應矣。蓋子路初遇丈人時，適值往田，故以杖荷其耰。迨後至田畔時，遂植其杖於隴畔，而拾取耰以間稼。上之蓧字，正為下之耘字伏線。蓧字如解作竹器，則不惟無着落，竹器既非耘田之物，杖又植之於旁，然則此丈人其能徒手耘乎。然歷來讀者，初未有人知求一切實之講解也。又耰耘二字雖可通稱，然義實有別。耰乃耰之動作詞，凡用耰功作者，胥可通用之，耘亦即既括於其中。以耘不過為耰之一種動作也。耘乃間稼之專稱，義主乎均，所除者過盛之苗，非除草也。毛傳或耘或耔云，耘除草也。說文云，耘除田開獩也，皆似是而非之解釋。耘果可作除字解，則孟子云，不芸其苗者也。明明言芸苗，則當為不除其苗者也。天下寧有責人以除苗者哉。世人之於文義，強半皆如是摸稜，此其所以對於古書，動多誤解也。

滌滌山川　十月滌場

條字本從攸得聲，迨後語音轉變，攸則仍讀如憂，而條則轉讀如苕，其流極乃大異。然在古文中則二音初不甚分，故攸勒今文作鞗，讀如條，不得謂之為極端之錯誤。特是條字亦只此二音，此外不得更有他音也。乃雲漢滌滌山川，及豳風十月滌場諸滌字，世竟讀如狄，不得謂非怪事也。滌字在經傳中，乃所習見，其義只作洗濯解，別無異義。其於文從氵從條，當然為形聲字。而條字絕不能得有作狄聲之證據。則其字為戰國後人，不知六書，而逞臆妄讀，以貽誤直至於今，可斷言也。今攷其所以臆讀如狄之故，殆因滌之義為洗濯，而濯字在古實應具有濁狄二音。以濯亦為形聲字，翟本音宅，而時又可與狄字通用，故其形聲之字，其音亦當有兩也。然在古書中，則其字實多音濁，如逝不以濯之類。讀狄者殊不多見，今乃暗中竊取其音加諸滌字，以冀其當濯字異音之用。至其字之何以能讀如狄，則其義不惟造謠者不暇知之，即被欺者，亦無人見及之（實則至今兩千餘年，亦無人見及之也。哀哉）。不過以訛傳訛，即以滌為濯而已。後人之於文義，概如此也。今按滌從水條聲，其音當讀如苕，或轉讀如祧挑，則語音輕重，時有不同故也。其為義，實為今之刷洗，與通常之洗濯字，固不容以通用也。蓋滌之得聲如苕者，殆古時之帚，率以苕為之，刷必用帚，故以帚刷洗時，即謂之苕。而滌之義實為刷而兼洗，故其字特從水，而附以條音。豳風之十月滌場，正用其本義，即謂掃除而加以洗滌也。滌之本義，雖為洗刷，然引伸之，則凡以形容洗濯之期於最潔者，亦可謂之滌。雲漢之滌滌山川即是。蓋極意形容其盪除之淨盡也。知滌之應讀茗者，以書顧命王乃洮頮水之洮字，實為此滌字之異文。蓋古文於形聲之字，其主聲之字，本可以隨時移易也。兆與條音本相近，故從兆之字多音如條，如挑桃之類皆是。此洮字後儒以其不經見，乃臆讀之如桃，可謂謬千里矣（按從兆之字，讀陶者，僅桃逃耳。然古人謂逃為跳而免，則其音亦非盡如陶也）。人苟知二字之本為一字，則滌之應讀條而不得讀狄，自可想見。後世之讀書者，竟判而二之，又何怪乎文字日繁，而適用者，反日見其少乎。

又按顧命王乃洮頮水之洮字既為滌之異文如上述，更攷頮字，世皆讀如悔甚是。此殆陋儒不識其字，乃陰以醋字之義當之，而無意中乃適合者。蓋頮字從兩手捧水沃面，於文為會意。而醋字從面貴聲，於文為形聲。文雖不同，實則一字也。由此可知，盥字之世人讀貫者，實為大謬。以盥字，亦即此字也。盥字之讀貫，本無根據，大抵為後儒所信口妄讀者。殆一時不能得其本音，姑妄言之，遂誤至今耳。今知盥之亦當讀會者（前言音悔乃舊說，實則貴聲當如會，去聲，不得作上聲也。前以其音近，故未致辯），以頮之所從，與盥之所從者，本為一字。所從者一字，則勢不容有二音。特頮盥二字，於文皆為會意，其聲難臆揣。今以醋字之為形聲者證之，則二字胥當從貴聲可知。此則由參互印證，而可以決定之者也。蓋頮字所從之𠬞旁，在古文則當作⿱水臼，從兩手捧水。而盥字所從之𦥑，在古文則作⿴臼水，亦為兩手捧水之形。不過頮之取義，在捧水沃面，故其手特出於下方（以手在面下也。凡頁皆為古面字，說文所言㱃語也）。盥之取義，在下承以皿，故其手特出於上方（凡興與等字之臼字，皆兩手形也）要之無論從面從皿，皆足以表明其為洗濯面手，故仍不失其為一字也。若必分析言之，而謂頮為濯面，盥為濯手，則古人之言盥者，初不必專主於手。且盥之音貫，亦殊乏確證也。

以儀鄭注盥字古文皆作浣言之，則盥之音貫，似非無本。然鄭氏所說之古文，固多古誼，其中又往往有反今為古者。如謂熏古文纁，紒古文結之類，殊於情事不合。大抵鄭氏所見之古文，本為戰國後人所作，故不免時雜以今文也。盥如本音貫，則頮字亦當音貫。要之盥與頮同從一字，則聲亦不容有二也。意者貫與貴一聲之轉，或因時代之關係，致流為兩音，亦當然之事。如是則靧頮盥仍屬一字。而今人分作二聲讀之亦非也。又盥更可作浣則浣字亦為貫音（完本有貫音，如筦莞即管菅是）實四字本一字。而今人之讀頮或緩者又非，浣與澣，初不得以通用矣。

又按今友言有作數萬切者，當即盥字。則盥與頮，確非一字。然當讀為數萬切，不得音貫也。

不吳不揚　不吳不敖

俗儒不諳六書，對於字音，隨口妄讀，而又必須陰奪一意義與之相近者之音，以冒充之，十有八九皆然。如前所言之以删為芟，以濯為滌等，特其一二。又如吳字，其在古音如魚，後漸轉為無，此乃世之所共知者。故吳之在中國者，後經傳更別之為虞（虞號之虞，在古文原本作吳。而周彝器中常見之，如師酉敦之王在吳格吳太廟，靜敦之吳𠦬，毛伯彝之吳伯，皆是。後人因恐其與勾吳之吳相溷，故書作虞，而當時則無此稱也）。而從吳得聲之字，如俁娛誤等，其音亦然，此外絕不見有異音發現。而陋儒則第知其為國名，初不知其本義（凡字無有無本義者。國名人名地名，初不得即以為義也。其特制者，不在此例。然在上古時則絕無因此特制者也）。及見其有援用其本義者，反驚以為怪，而任意妄行改竄，其愚謬真大可憐也。吳於文從口從夨，夨即今文夭字。見散氏盤。乃象人之側首形，側首而語為吳，本會意字，其義至顯。所謂側首而語者，即今人之所謂交頭接耳，而史記所謂囁嚅作兒女子語也。主賓宴會酬對間，乃側與人語，為大不敬，故古人以為大戒。周頌之不吳不敖，魯頌之不吳不揚，皆此義，初無可異。且吳字除此外，更別無他義也。乃陋儒不知字義，竟妄取話字之音以強加之，又因話字之不當引以為戒也（話即言之異詞。告之話言，慎爾出話皆是，初不得以話為戒也）。更為之說曰，吳大言也，而其尤愚妄者。因此遂欲併其字而改之，令其從口從大作吳。許氏作說文即收之。殊不思古今幾曾見有吳字，豈東漢始有之字，而千餘年前之古人，即逆知之。若謂古原如是，何前此之人絕無一人用之，亦絕無一人言之，至此始發現之耶。設吳字果如其說，解作大言，則魯頌不吳不揚，揚字又為大言，曲禮所謂將上堂聲必揚也。如是則當解為不大言不大言，能成語耶。然在彼輩陋儒，則但知妄行穿鑿，固無暇計及此也（毛氏尚知顧念及此。彼即因不通字義，誤訓吳字為譁字，故於揚字，遂不敢遵用正解。特臆為之說曰，揚傷也。其說雖支離可笑，然其心尚知揚字若再遵常解，則將重複不成文理。至鄭氏作箋，則已不知毛氏用心之苦，乃直說之曰，不讙譁，不大聲。而不辨讙譁之與大聲，之為一為二矣。由此可見，民族思想，理性之失，因遺傳性，乃愈演愈烈也。又何怪乎朱氏之作集注，全詩之原文，並未讀完耶）吳乃低聲囁嚅，故與揚為對文。囁嚅近於卑鄙，故周頌又取以與敖字對文（敖即今傲字）。古人之用字，各有其次序淺深，初不容有幾微紊亂也。特良工之用心雖苦，其如此眼大如箕，心粗如麞之後人何哉。

罙入其阻

詩自子夏後，二千年中，雖經陋儒之變亂，所幸傳世者，仍為自古流傳之本。縱亦不免小有錯誤，然皆屬無心之失。且其來甚遠，初不同於後儒變亂之為，故在今日吾人猶得援據古文以改正之。此固由於前人對於古書，不肯輕改。亦因古本之行世已久，人所共見，驟改之，卒亦無人遵用也。宋儒雖武斷，對於經文，多所改竄。如大學論語等，而於詩尚未敢肆其辣手。乃不謂將至終篇，殷武篇罙入其阻之罙字，卒不禁故技復癢，竟毅然根據說文，改作冞字，且加以判斷曰，坊本誤作罙。指歷代相傳之本為誤，而自己新掇之本可憑。絕無充分之證據，而惟憑私臆以判定其是非（古本不乏錯誤之處，然須就當時文字證明之。東漢人言，爲足據耶），此乃宋人之本色。由是可知放下屠刀之不易也。今按罙字，本屬深字之古文，從木出穴下。所以表示其為深，乃會意字。迨中古文字漸繁，世人以深淺多就水言，因更於其旁加水，實則深淺初不止水為有然也。商頌之為詩本最古，故其中不免時存古字，此在當日六書之旨未失時，本不難一望而知者。乃至戰國後，傳者但識其義，而其音竟莫敢確指。於是妄者，乃臆定為面規反，舉世莫知其非而翕然從之，罙與深遂判然成為兩字矣。毛傳云罙、深也。雖不知其即為一字，然以深釋罙，義實可謂脗合（毛傳之訓釋字義，當以此字為最切實也）。不意及東漢之世，改經之風盛行，以罙字讀面規切，其音近乎米也。而罙字所從之穴下兩畫苟移下，加諸木上，又適成米字

・遂即本此義，而改書其字，為從冂從米，更臆為之說曰，罙、冒也。而字書之中，至此遂又多一罙字矣。此本陋儒之不通古篆者之所為，稍有識者，使當知其妄。以二字絕不容以相溷也（罙與冞形絕遠）。說文收之，已屬可笑（說文乃講古篆者，而其識如此，可憐可憐）。朱氏竟從之，則可謂之相賞於牝牡驪黃之外者矣（朱氏初不信說文，所謂漢學家者，以此為其缺點。余則以此為大幸也。設其信之，則經文不至變亂至何田地矣）。殊不思古今文字中，何嘗有罙字。縱或無其字，亦當有其語。若既無其字，又無其語，則其音與義何自來耶。若惟此一處見之，則後人又何自識之耶。如謂相傳如是，則諸家之詩，初未見有作此字者也。大抵前人之讀書，既不識義理，又不明時代，盲人瞎馬，隨意亂撞，其穿鑿多此類。特罙字之讀迷，已極怪誕。乃後人竟因其讀迷，更改其字為從米。父報仇而子行劫，可謂極癡人說夢之能事矣。今由罙字推之，並可知審字，原亦從罙從思省。其字亦會意字，深思為審也。後乃將其穴字之下二畫移下，與此正同。特其字因無人讀若米，未遂改作米字耳。說文所言之從宷不成字也（其字近係宷之宷而又非）。若諗則為審之形聲字，其從言者，乃以當審訊之義，亦一字所孳乳者也。又按魯頌來獻其琛，琛字從玉罙聲，為形聲字，其字讀深。則罙之讀深，益復瞭然，不待辨矣。

忘我大德，思我小怨，

谷風、忘我大德，思我小怨。怨字與上嵬萎為韻，殊不叶。或疑怨字古或有妃音，然氓之篇老使我怨，怨字自與岸泮晏宴旦反諸字為韻，與今音正同。則不得謂怨字別有異音也。今按此怨字，當為⿱妃心字之訛，即後世之悱字，質言之即是非之非字也。小非猶謂小過失。因非之為過失，乃出於無心，故其字特從心字。然從非從心，其字又與悲哀之悲相犯，故不得不更將其上所從之非字，另易一同音之字以當之不可，此⿱妃心字之所由來也。至悱字乃後起之字，若以古文言之，則其字不過為悲之異體（如悱惻即悲惻），而今文則多以為腹誹之義（如所謂怨悱而不亂）。實則古從心之字，未有以心字位為偏旁者也。迨後人不知⿱妃心之即非，但即其字形求之，頗近乎怨。又其義與怨字復不甚相遠，以怨與德固相對之名詞也，於是乎怨字行而⿱妃心字遂泯。無如其字乃適當用韻之處，義雖無礙，而音韻體例，則格不相入。與嵬萎既不同部居，與德字又不諧應。通韻轉韻，迄無一合，此其所以傳疑以至於今也。又德與怨雖為相對之名詞，而怨字施之此處，實有未合。因怨與德乃相對的，有大德者，不容更有小怨，若過失則為人所難免。其義實較怨字為長。人苟即二字深思而熟攷之，當自能了然於其故矣。

夷

夷狄之夷，在古文本作尸，象人之蹲踞形。論語之原壤夷俟，即其本義也。蓋古人之分別族類，多即其風習上特異之點標舉之，初無有自尊卑人之心，而故加人以不堪之名詞也。夷狄蠻貊之稱皆如是。其謂之夷者，謂其人不知坐跪，而相習於蹲踞。蓋古之人皆席地，如今之日本人然。其坐也，乃今人之所謂跪。其跪也，特聳身向前，如今人之所謂膝立而已。惟夷人則不解此，以蹲踞為坐。此在華人，乃大不敬，為社會所最忌者，故特即此點命其人曰夷人。今古器中所有之夷字甚多，殆無一不作尸者也。至狄則文本作翟，翟乃雉尾，則其人首好插雉尾，以為標識。蠻本作䜌，初不從虫。䜌乃連續之義，如䜌鈴䜌旂皆是（今皆作鸞或鑾），所謂緜䜌也。南人語音，聯續不斷，故得此名。貊一作貉，謂田獵也。邠風一之日于貉，乃其義之僅存者。北人以射獵為生活，故得此名也。迨後人狄或從犬，蠻則加虫，貴己賤人，夷異族於禽獸，此則教育道衰，人心不古之所致。在周初時，玁狁尚不從犬旁也。若今文之夷字，在當時本國名，左傳所載紀人伐夷是也。今使夷敦，乃其遺器（銘云，小臣守使于夷，夷頒馬兩金十鈞云云，故又名守敦），夷字作[illegible]，從束矢形，實為今文之所本。束矢即止戈之意，故其義為和平為止息（說文解夷字，謂東方之人，好挾大弓。以矢字為人形，而以己字為弓字，殊可笑。天下古今，有如是之弓形哉。殆許氏習見隸書弓字，故為此臆說也。夷字所從，與弗字正同，皆束縛形也。弗乃古縛字，故其從兩杖同縛一處。後因其常假作語助詞，始別作縛字耳）。凡經傳所用夷字，胥此義。從儒不知此解，乃隨意妄行附會。最可怪者，節南山之詩，夷字凡三見。而毛鄭竟能訓為三義，真可謂極怪誕之能事矣。一式夷式已，毛傳云，夷、平也。一君子如夷，又傳云，夷、易也。一既夷既懌，鄭又箋云，夷，說也。本一字也，而又同居一詩之中，而乃義意歧出，各不相同。然則彼後儒又烏從知其用意之如許曲折耶。今按夷之訓平，雖已非十分脗合（凡轉注無十分脗合者，以字各有義，初不容相假也。其十分脗合者，非原本一字，即語音有轉變也），然大致尚不相遠。若改訓為易，已格不相入。因易雖有時，義亦近乎平，然易終不得即作平字用也。且君子如夷之夷字，正承上文式夷式已之夷字來。蓋二夷字，皆諷勸尹氏釋政之意。前之式夷式已，乃勸其平靜止息，無徒為小人之所殆。後則言其如果能平靜者，則庶可以遠於民之惡怒也。兩夷字緊相銜接，若更解作易字，成何語乎（君子如夷，若改作君子如易，益難解矣），又烏用此注乎）。至既夷既懌之夷字，鄭更改訓為說，尤屬荒誕異常。懌字已為說，夷字又復為說，然則既說既說，世有此重複之文理乎。鄭氏作箋，殆並本句亦未之全讀也。不知此夷字，全本上相爾矛矣。此之既夷，謂其惡既經平息，不復相矛耳。至下之既懌，始復為由惡而轉說。舊儒不論字之本義，而逞臆亂指，又烏能以有當於經義耶。然世人誰更解為實事之求耶。若夷狄之夷之轉作今字，大概必原於戰國之世。

意前人或有假借爲之者，後遂漸失其本字，已多習用作尸字也。然字之本義，已不可問矣。

辛酉重九

臨清吳桂華秋樺氏著

曰求厥章

載見、曰求厥章，毛無傳。但於龍旂揚揚下云，言有文章也。故鄭注承之，即解章字作文章。云、曰求其章者，求車服禮儀之文章制度也，特是曰求厥文章。殊不成語意，此皆由不諳古誼，而望文生義，故說來卒不能有當也。今按古人謂凡賜物皆曰章，意殆謂賜物者，乃所以表彰之也（章彰古只一字）。此例在古文中甚多，如頌鼎云反入覲章，即謂反入覲見於君以謝賜也。又大敦云，大頌豚（膳夫名也）捨章馬兩頌睽（亦人名，殆即詩之蹶父也）捨章帛束。謂所賜馬曰章馬，謂所賜帛曰章帛，則章為賜之代名彰彰明矣。茲之曰求厥章，猶云曰求厥賜云爾。下龍旂和鈴鞗革正分言所賜之物，即所求之章也。然非有古器以證明之，則其義恐無有能言之者矣。

我龍受之

酌，我龍受之，毛傳龍，和也。殊不成語。且以龍為和，於古未聞，故鄭氏改訓之為寵，至今從之。並其音亦改讀如寵。實則寵之為義，乃主於施之一方，不主於受之一方。受寵可也，云寵受則不詞矣。今按龍字古恭之省也。古恭字率作龔，後之龔亦即其字，其於文作[illegible]，象兩手捧龍，為會意字，龍亦聲。凡古器皆然。至從共從心之形聲字，則後起者也。其最習見者，如頌鼎之皇考龔叔，皇母龔姒。邾公望鐘之翼龔威忌皆是。龔又通於供謂恭執也，畢段敦之命龔侍食（原文令龏[illegible][illegible]），邢侯尊之王射大龔禽（禽、即儀禮大射之所謂服不。龔禽、謂供為服不也）是也。龔之作龍，乃省文、古文中常有之。我龍受之，即我恭受之，猶云我敬受之也。古人文字，與今人固無大異也。所異者則古人文字字字確切，不似今文之模稜耳。特無如後人之不識何也。

凫鷖在亹　亹亹、文王　亹亹申伯

亹字在經傳中，至爲習見。如易繫辭成天下之亹亹，禮禮器君子達亹亹焉。春秋内外傳之以之爲名字者尤夥。即在詩亦屢見不一，則其字初非冷僻，不難概見。乃後儒不加深攷，隨意揑造，既訓之爲不倦貌（易注），又釋之爲黽勉（亹亹文王注），復讀其聲如尾，至今人皆從之。而世之武斷者，因說文忘收其字（說文忘收之字甚多，六經之字，其不備者，已不勝僂數，愚儒必別指一字以當之，其思想直可憐憫。彼獨不思其於國姓，尚能忘之，他更何論哉），乃竟別指一娓字以當之。無識者亦遂奉爲圭臬，即據之以上改經文（崔靈恩周伯琦事，說詳字典亹字下），真可謂愚而好自用者矣。今按亹之音尾，在一切經義及字義上，絶無有絲毫之根據。其在他書，信口讀之，尚無大礙。而詩經則有音韻之約束，殊難以意爲改易。如凫鷖在亹之亹字，其下竟與熏欣芬艱等字叶韻，則其不得讀尾，已昭然若揭。此字不能讀尾，則他字亦不容讀尾，此乃當然之事，初無逞擬議者。況他書更無有必須讀尾之處，則人又何從其字之必須讀尾，而此處之亹，與他處之亹，確非一字耶。乃不意異想天開，竟置其他亹字於不顧，別訓此亹字爲山絶水，而改其音讀如門，以求合韻。音既不同，義復特異，一若此字乃專爲此詩所特造，與他字絶不相干者。然則在前人何必定用此，而故令其與其他之亹字相犯耶。亹之改讀如門已奇，而山絶水三字，尤行誕怪，天地間何物可謂之山絶水耶。凫鷖在山絶水，成何語耶。鄭氏作箋，知其不通，因其讀之作門聲，而又兼言山水也，乃更臆為之說曰，亹之為言門也，燕七祀之尸於門戶之外，故以喻其來也云云。所言直是一篇囈語，雖漢之讕言，亦不至是（余非好為輕薄前賢，凡通文字者，請取此段鄭箋讀之，若能明其語，余當知罪。此箋大約為先生醉後作，故其自己亦不復自知其所注為何句。苟先生醒後，復取閱之，恐自己亦當失笑也。蓋此公腦筋本不清，而又因其腹中，常有其所自注錯誤不明之禮作祟，遇有可以牽扯之處，輒節外生枝，胡亂牽扯，以致並其所注之原為何書，亦往往忘卻。此節則尤可笑者也）。蓋其意中已忘卻經文，原為鳧鷖在亹，而竟將鳧鷖二字截去，改之為公尸在門，故致說來七亂八糟，絕然不成語意。朱氏作集注，始為申明其意曰，亹、水流峽中，兩岸如門也。其說雖較能成語，殊不思亹之所以讀門者，乃漢儒為叶韻故，隨意捏造者。文字中從興之字甚多，何嘗有一能得聲如門者。釁爨璺等音，其字悉屬心微母，何以能轉入明母耶（至爾雅之故造一虋字，以代糜字，實因此詩亹字讀門之無根據。世人不識糜字，亦妄讀如門，故特借其字，以為此字作一偽證據。前人作偽之心，極為曲折。若移其心，用向正義上，其成績當不至若是。無如習俗移人，卒不能一軌於正，終亦只獲得一心勞日拙之結果耳）。且此詩所詠者，率指涇水而言，故首章言在涇為水名。下即分言其在涇之何處。如在沙在渚在潀，皆為當時之實境，亦皆為河流之通常所共有。因涇水本一陸地之普通河流，初無甚特異之處也。若如集注所云水流峽中兩岸如門者，則其地必龍門伊闕，或長江之三峽，錢唐之龕赭，方足以當之。涇水又安有是耶。要之，亹讀如門，已不可信，況更本之以立說，又安望其有當耶。今按亹字即穩之本字，平靜也，安適也。後人不識其字，乃不得不別取一穩字代之。穩字於古書絕不見，古文字中，亦無可攷。且其字從禾，則其字非由後起，亦必係強奪他同音之字，而久假不歸者，可斷言也。穩之為義，乃吾人日常習用，不容古反無其語。有其語即不容無其字，古人文字，實較今人為完備。其以舊有文字為不足用者，特後人不識其音或失其義耳（特古字各有定義，不能意為出入。又或習用假借，本字轉或忘卻，此古文之所以見為少也）。亹字從興從宜，宜乃象屋下有俎，古文作[illegible]。興乃象四手捧同形，古文作[illegible]。同乃重器，今於屋內二人捧之置俎上，則其為穩重可知。其於文實為會意字，而興字又復為聲。凡古初之文字類如是也。興字之所以為聲者，以興加玉上為璺，音讀如問（裂紋也），故亹字亦遂音問上聲。古於四聲，不甚注重，因其音之差別，僅在緩急輕重間也。至此詩亹字，則又當讀作平聲，非直用以叶韻（古人之詩，初無其音本不如是，而特變之以叶韻者。凡後人之所謂叶者，皆不明語音之有轉變，各時代自不同耳），以其字已由形容詞，變而為名詞也。此所謂亹者，乃謂水流之平穩處，故以興公尸之熏熏也。今更以音義攷之，後之潯字，殆即由亹字轉變而成，特制以為水之安流之專用詞者。今人但知潯之義，為水之邊際，雖不得謂之誤，然如謂之為禾兵禾戎，能成語乎。又其言禾文單，故以役配之，尤失古人之義。古人之於文字，絕無有因其字數不足，而任意填湊者。況禾字下可與相配之字，幾不勝僂述，更烏容以強拉一絕不相干之役字補砌之耶。大抵孔氏之書，本用以解釋傳箋。故其於傳箋不合之處，雖不時舉發之，然終仍必曲為緣飾之。此則其體例所關，非其心全無黑白也（孔疏此等處頗多，特後人潦草讀之，不知其苦心耳）。今按此詩之役字，其非本義，初不難一望而知。凡古文之若此者，率出假借。以古人假借之例，本以其所假之字，與原文不通為條件也。乃今即役字之同音者求之，殊乏可以相當之字。苟此役字為不誤者，則此役字之本文當為易，而後人之從而加土作場者也。按甫田云，禾易長畝。彼之禾易，與此之禾役，實同為一字。毛氏於甫田傳云，易、治也。乃全為不識字義者之無稽囈語。若如彼言，則治長畝，成何語耶。況其更改長畝為竟畝（長字不知何以又能作竟，前人於此等處，胥瞢然一無所知），則其意本當云禾治竟畝，謂治禾乃竟其一畝也。今試問人之治禾，僅竟其一畝，其為優乎，抑為劣乎。其為拙乎，抑為敏乎。而前此之注者不知也，古一夫而受田百畝，今僅竟其一畝，尚得謂之農夫克敏乎。然此等事從前之讀書者不知也，但模糊應之曰，禾治竟畝耳，此即所謂農夫克敏耳。讀書者之知識若此，其他何足論哉。若以責備賢者之義言之，則中國古代文明之不傳，皆此一般人之咎也。不知禾易長畝云者，易即信南山疆場翼翼，疆場有瓜之場，即今之所謂隴也，隴者禾之行列也。禾之每行為場，而合諸行以為界則曰疆，此古人之所以每以場與疆為對文也。禾易長畝，即謂禾之場其長及於畝，禾之場其長及畝，即足以見其勤。因百畝之田，如以開方之法計算之，則其長僅及於一百五十四步零，因不能以終畝也。在前人不通算術，或且以長僅及畝為少。使其苟即其實數算之，則知禾之每隴長及一畝，則以開方計之，其為田已二百有罕也。人苟能知禾易長畝之為禾場長畝，則可知禾役穟穟之為禾場穟穟。毛氏之聰訓役字為行列，不得不謂之為幸中也。蓋場之為義，即禾之行列也。古人文字，有可以意推者，此類是也（然意推須明達者，若漢宋人之隨意妄改，則又當別論矣）。然中國人自戰國以後，又安得所謂通者哉。

黍稷重穋

豳風、黍稷重穋，禾麻菽麥。閟宮亦用之，則曰，黍稷重穋，稙稚菽麥。在下句雖稍異，而上句則同。毛氏於豳風傳云，後熟曰重，先熟曰穋。是明以重穋，為熟之先後矣。乃其於閟宮，則又置重穋二字於不顧，別傳之云，先種曰稙，後種曰稚。是又以稙稚為種之先後矣。此何等文法耶。黍稷後熟先熟，與禾麻菽麥相連，已不成語。况更云黍稷後熟先熟，先種後種菽麥，更成何語耶。故前人即多疑之。因其言後熟先熟也，而黍稷實黍先熟而稷後熟。乃更曲為之說曰，先種後熟曰重，後種先熟曰穋。其意殆以詩言黍稷重穋。若如毛說，則當云黍稷穋重，或云，稷黍重穋方合。故特改毛傳之所云熟之後先者，為種之先後也。蓋必如是四字之文理，始相符合也。無如穋字不甚習見，其字又從禾旁，則臆解其為熟與重，尚可勉強敷衍。至重字乃古今人之所習用者，其義人皆知之。今忽無端而驟加以先種後熟之義，又復於古於今，絶無所稽攷，殊足以滋人之疑問，此固當然之勢也。故一般誕妄者，乃思併其字而改之。以重字之不從禾也，則改之使從禾。然改重從禾，則又成穜字，與原有之文犯複。則索性併改其重字為童字，臆定其文為穜。重字既為穜，則穋字本不必改者，因其與世俗所讀之音未甚合，亦就勢改之，使其一改而無不改，作為稑字，以世俗之讀穋為陸也。此正家人寡固盜污遂行淫者。蓋其改重為穜，乃不得已。而其改穋為稑，乃可已而不已也。此等怪誕之思想，直不啻為兩漢人之普通心理。蓋中國人自經戰國失去理性以後，其心理概如是也。今若以常理言之，人之不得已而改經，為原文之不可通也。原文不可通，而起而改之，求其可以通也。今觀其所改之字，不惟其義之不可稽，乃轉至併其字而亦無之，則又何必有此一改耶。重穋二字，今雖不得其義，然其字固為人之所習知也。若穜稑字，則何時何地，曾有其字，而為先生一人之所特見耶。改成字者，而必使之不成字，其居心果何等耶。吾知苟執其人而問之，彼亦當爽然自失也。然在彼誕妄者，初不能自覺也。豈惟其人不自覺，即受其欺者，亦絶無一人能覺也。如有人出而相質，則必且力為迴護之。此等現象，求諸中國人，當莫不然。古所謂舉國皆狂，反以不狂者為狂也（此中國之所以必不容有通人也）。今按穋之讀陸雖不得謂之誤，然其音實為寥字之入聲，非從翏之字之當讀陸也。此之穋字之讀陸，正以其與下之麥字為韻，故特從其促音。若其在通常言之，則其字實當讀廖去聲，音如今音之料，急促讀之。則其音，始轉而為陸也。故欲求其義，仍必須於廖字之音求之。若轉而為陸，則直可決其百無一當。以北音舒緩，凡入聲字，猶多轉以為平。今乃從事其已經轉變之音，而冀求得其本字，又何異於南轅北轍耶。竊嘗即重穋二字研究之，則古人之所謂重穋者，實即後來之所謂秫也。秫在今俗呼為高粱，在古則或單稱之曰粱。曲禮所謂粱曰薌萁是也。其義已詳前維穈維芑解中，茲不贅。知重穋之為秫者，以穋之音本當讀如今音之料。而今人之所謂料者，實為飼馬之芻，即唐書所謂立仗馬食三品料者是也（見李林甫傳）。但料字在古本為平聲音撩。故莊子盜跖篇云，料虎頭，編虎須，即假料字以為撩字，今去聲韻中，亦不收之，即緣此故（此第即今義言之。實則古之所謂料者，其字不一。周語之料民於太原。其字當作料，即周禮之所謂糾民。其從米者，殆當時徵稅於民，故特變其文也。至史記孔子世家料量平，則其字實為斗之繁文。斗在古文時作料，見儀禮。茲用以量米，故別作料。若意料料想諸料字，則其字又為量字之轉。故在唐以前，料字尚無去聲也）。迨至隋唐間，其音漸轉作去聲，世人始復假之以代馬芻之料字。其所以假用料字者，以其本字已無人能知，故不得不另求諸其他同音之字也。不知此料字，即當為黍稷重穋之穋字，後人不識其義而失之者也。蓋穋者本為禾稼中之一種，乃專藝之以飼馬者。在今人則謂之合子（譯音），其大體全似秫，而較為細弱。所秀之實，亦亦癟瘠不甚堅好。惟叢生如葦，收數較秫繁多。藝之者，則併其本莖穗實相和而寸斷之，用以飼馬。因其本既細弱，故馬得食之。又其中本雜有粒實，故不必再加菽豆。意者古人之飼馬，多用此物，後世因展轉統謂馬之芻豆皆曰穋，此料之稱所由來也。至重穋之所以為秫者，因秫與穋，竟體相同，所異者僅本有粗細，粒有大小。秫之一本，可以當穋之十餘，秫之一粒，亦可當穋之五六，其視穋之全體皆加重故時謂之重穋也。秫即今之高粱，乃粒食中之最賤者，意古人亦以之飼馬。惟其本甚粗大，馬不能食，故其飼馬也，反不及穋之常。此馬芻之所以特以穋聞也。由此並可知古人之飼馬以穋。今人之飼馬，則以穀之藁本，或乾草雜菽粟等以代之，其為用仍一等乎穋。蓋穋之為用，則單純的。而後人所用，乃由各物以調和者也。舊日之儒者，並秫尚不知其為何物，更何論乎穋，更何論乎重穋之即為秫。三百篇初無秫字，凡言秫者，皆以重穋代之，殆當時秫之名尚未大行之故。今即重穋之名觀之，則其種之發生實較晚，且即出於穋之變種無疑。故秫在晚周時，人尚僅用以造酒（月令、秫稻必齊。又曲禮粱曰薌萁，亦謂秫。則似粢盛亦用之。然初無明文，且其時已在戰國後矣），初不聞有食之者。在當時言粒食之賤者，則曰稷食（見禮記），或曰豆藿，絕不及秫。似其時食秫之風猶未盛。若今人則又以秫為貧賤者之重要食品，而稷食豆藿，轉至絕跡矣。此又人類食品轉換之一大關鍵也。漢儒不知細攷，但疑秫為重要食品，不容三百篇中，轉無其物。乃強即生民詩中之維糜維芑句，横被以赤粱粟白粱粟之名。而誕妄者，乃至並改其字以實之。李代桃僵，張冠李戴，殊足令人噴飯（詳見維糜維芑解中）。彼又烏知詩中自有其物。特無如彼自不識何哉。世人於五穀尚不能分，其他何望耶。

殿天子之邦

釆菽、殿天子之邦。毛傳云，殿、鎮也。意雖近似，而詞旨殊謬。殿之義何以得訓為鎮，故孔氏作疏，不得不曲為之原曰，軍行在後曰殿，取其鎮重之義故云然。其説亦殊可憐。軍行於後，何以即為鎮重。豈得據此，遂以證明殿之即當為鎮。若如所説，則直應釋為後天子之邦矣，不愈趨愈遠乎。然在孔氏則為體例所拘，不得不為此違心之論也。今按古文殿與奠，本屬一字，二字皆定字一聲之轉，其音皆如定，義亦相通。特用之者，不免時有差異耳。禹貢奠名山大川，即定名山大川。孔傳訓奠為定，尚合古義。其字象兩手捧尊，意謂安定也。故安定器物時多用之，即奠爵奠觶奠雁等是也。殿字即臀之本字，人之用以坐者也。其從殳者，乃股之轉注（轉注之義，世多不明，說文所說，亦不甚了了。詳見別論）。尻乃展之變形，謂股之所由分展也。殿亦音定，而人之坐亦謂之定。則其與定，音義幾全同，故古文即常以其字代定字。即此詩與板之篇民之方殿屎是也。殿字人既習用作定字，則於其本義，轉恐其無別，於是更即其原文下加以肉字作臀，以當其本義，即俗所稱黑臀者是也。殿雖加肉，然其音仍讀定。知其讀定者，以臀字有時，即以定代之也。周南麟之定，實即謂麟之臀。以其詩之作也甚古，當時或尚無殿字，遑論乎臀。其於文止作定，因臀之義本取乎定也。後之謬儒，不識臀字，乃妄讀其音如豚，世人竟至今從之。編詩韻者，遂以其字，入十三元，亦可謂極盲說盲從之怪事矣。臀字從殿從肉，明明為形聲字，殿字何來，得有豚音。此稍通六書者之所能知。而二千餘年中，竟無一人，能見及此，亦足以徵社會心理之理想薄弱矣。所最可笑者，臀既誤讀為豚，而在實用上，之應作定音者，轉無其字。於是不得不別就定字，再加以肉以當之，即俗傳之腚字也。諺有所謂賣却親兒招贅者，其即是之謂乎。若軍行在後之曰殿，其義仍原本臀字來。行陣之名稱，多取喻於人物之身體，如兩側曰翼，兩翼之間曰肱等皆是。臀於人物，屬於後部，故軍之後部曰殿也。不深求字義，而茫昧解釋古人之文字，故無望其能有當也。

民之方殿屎

板之篇、民之方殿屎。毛傳、殿屎，呻吟也。其說甚怪。殿屎何以即為呻吟，殿字既不可以訓呻，屎字更不得以訓吟。如謂二字乃疊字之形容詞，則殿屎既非呻吟之聲，而一切愁苦哀傷之狀況中，亦絕不見有其音如殿屎者。就二字綜合分析，一再研求之，殊不能得其與呻吟，有幾微之關係。然則毛氏之以殿屎為呻吟，無亦曰姑妄言之，想當爾爾耶。其說之離奇怪誕，雖在東漢人之荒謬，已頗覺其不安，故說文乃擬直舉二字而廢之，各易之以附有口旁之字。特精心結撰，前無古人，後無來者，專以用為此二字之替代品之漢篆二枚作唸吚（此公終日閉門靜坐，專以揑造文字為事。又復因心作則，絕無絲毫之拘束，宜其所造之字，當大有可觀。乃殊不然，綜觀其造字之法，始終不外乎形聲一門。其作偽之程度，與作爾雅者，殆相伯仲。若茲二字，則並形聲之法，亦多不合。如殿從古則音定，從今則音店，今改作唸，則當讀念矣。屎本音尸，而俗則音西，今改作吚，則當讀尹矣。念尹二聲，復何與於殿屎耶。然在彼則別有深意也，曰念轉音，尹伊者聲也。於造偽之中，更加以種種無謂之做作，此心勞日拙之明證也）。其愚妄雖可笑，然其心猶知既為呻吟，則字當從口。茲乃明作殿屎。顯然不合，故不如直截併其字而改之，庶可冀吾說之得伸也。今字雖未果改，而其為呻吟也則如故。此則中國人之心理，久已無復判斷是非之能力，而研究一事，尤為其天賦之腦筋中之所本無。故能知其不合者，已世不經見，知其不合，而又不能研究以求其合。其結果亦止有姑置之，而疑以傳疑之一法。此其所以雖經歷極綿遠之時間，而真義卒無由發見也。今按二字之義，本非甚難解。人但即本字求之，則其義已不難了了，特人皆熟視之若無睹耳。殿之為定，前已言之。屎者人下部所出之糞，今屎字之本義猶然。其作矢者（史記廉頗傳，一飯之間，已三遺矢矣。唐書、金盆玉椀，乃須狗矢乎。又語錄之乾矢橛，皆是），特語音微有轉變，故假借亏矢字代之耳（今人讀矢如侈，而屎則讀如史。若以假矢作屎言之，則矢之本音，當如史也）。屎乃會意字，於古文本作𡰪。上之尸，本夷字，乃象人之蹲踞形。下所從米，似米非米，乃糞字之所從。說文載官溥說，似米非米者矢字。其音雖未可信，其義則是也（米字頗似古鳳字之足，其音當如糞。介伯敦、米自他邦，竊疑其為舊自他邦之假借。或為奉字音，以古文每假古鳳字作奉字也）。人蹲踞而尻下有糞，其意至明。至今之所謂屎者實為臀，屎從臀出，故即謂臀為屎。古文中往往有如是者，如乳由乳出，而即以出乳之部為乳也。殿屎猶今人之所謂落臀，乃蘇息之意。民之方殿屎，謂民至此，甫得落臀，從事蘇息。蓋時當大亂之後，人民奔走流離，不得寧居已久。至此而稍得安坐，已屬萬幸。驚魂乍定，喘息未遑，以外之事，不惟無力顧及，亦無暇顧及。故下文云，則莫我敢葵也。二句乃緊相呼應者。前人於上句，不得其解，故其於下句，亦莫識所云。以極明瞭之文，乃至二千餘年，無人能解。則社會之智識為何若，當不難攷見矣。

則莫我敢葵

板、則莫我敢葵。葵字毛無傳，以其義已見於采菽天子葵之傳中也。及攷彼傳，則又云葵、揆也。義仍不明。二葵字俱從艸，則其為假借字無疑。葵既出於假借，則其本字之當作揆，亦不為誤。特再一攷其所謂揆者，則殊涉於含涵矣。攷定之方中，揆之以日，傳云，揆、度也。其於義頗欠了了。蓋漢儒於所不知之義，多好以度字攏塞之，其注茹字為度即此意。因度字若以動詞言之，則可指為度量，以名詞言之，又可為法度，於隨時變換處，較他字為易也。特是字苟非其本義，無論如何必不能以適合。即如此度字，若但云度之以日，尚可勉強成語。如云天子度之，或則莫我敢度，此成何語耶。既不可云天子度量之，或則莫我敢度量，又不得云天子法度之，或則莫我敢法度。然則此度字，寧有一當耶。且此揆字在當時固常習用之，初不止詩言爾爾。如孟子上無道揆也，下無法守也。及先聖後聖，其揆一也諸揆字，尤非度字之所能解釋。況更有所謂百揆端揆等字，尤為人所習用，而於義俱有所不通也。初亦莫明其本義，及後讀大射禮，既拾取矢梱之之文，鄭注云，古文梱作魁，始悟所謂揆者，實由魁字孳乳而成，殆即魁之異體字。其義為梱，而癸字則其同音之假借也。蓋魁字本從丩鬼聲，於文為形聲。丩之義為糾結，故魁之義為梱。今人謂作結曰魁去聲者，即古義之僅存者也。梱者約束之謂，故魁之義為約束。凡一部之長，必能約束其下，故凡能約束其一部者，亦謂之魁。此殲厥渠魁之稱，所由昉也。魁既由約束之動詞，一轉而為約束一部之名詞，則所謂魁者，又有綜合之義，實仍為一義也。後人既習用以魁字當酋長之稱（士冠禮，白屨、以魁附之。正謂附之以結，以為之飾。此魁字正今人之讀如去聲者。前人不識字義，任意妄談，謂魁為蛤，謂以蛤粉塗之，直是無理附會。魁何以為蛤。即魁果為蛤，以蛤粉塗之，亦不能云，以蛤塗之也），乃更別為以形聲字，以代魁之本義，即今揆字是也。揆字從手癸聲，其取義與魁畧同。然視魁字，已稍形濶落。因手之動作甚廣泛，不如魁字從丩，於約束之義，為明瞭也。但世既習用揆字，而與魁又判而為二，故各書亦多沿用之，特其義尚無大出入。及近世則不惟不知揆魁之本即一字，乃至併其義而失之，而二字遂無人能解矣。魁也則以為從斗，揆也則以為度（按後儒之以揆為度者，大抵因書稱百揆，又稱百度之故，而不知二義各有當也），東西牽扯，而卒不能盡合，此固當然之事也。今按諸揆字，若以今義言之，則皆當解作栶字。各書之運用，雖稍不同，約不出於約束及綜合二義。如揆之以日，謂約之以日。約日猶云尅期也。天子葵之，謂天子綜合而約束之也。則莫我敢葵，謂莫我敢約束。因民方得稍定，喘息未遑，無人敢再約束我也。由此推之，則當子所謂上無道揆，下無法守者，謂上無道以為之約束，下無法以資其信守。道字法字，皆當作一讀，非道揆法守，聯屬成詞也。至其揆一也，則謂其綜合之則一也，猶云其歸結一也，諸字仍原本一義也。然世又焉有能知其為一義者哉。

履帝武敏歆

生民、履帝武敏歆句，歷來說詩者，紛如聚訟，然卒無一能通者。以履帝武敏之下，忽贅一歆字，古今初無此文理。故無論如何緣飾，終無以自圓其說也。今按后稷之生，正當神話時代，見跡履拇之事，容有其說。然亦只當云履帝武敏，而與歆字無涉。其為之說者，乃因一歆字，敷衍之曰，歆歆然如有人道之感。豈僅一歆字，便具有此許多之義意耶。且下文攸介攸止，正承履帝武敏四字來，言履帝之足拇，而隨其所至（介、至也）所止。若中間橫亘一歆字，上下文義，俱為之隔斷矣。況攷諸上下文，則此詩敏字，乃適當用韻處，與上文祀字，下文止字俱相叶。蓋拇字古音讀如米，與諸字正同居一部也。拇字之作敏，則拇敏古本為一字，皆從手母聲，至後始判分為兩字也。故敏字古音亦讀如米，觀農夫克敏，與上止于喜否諸字相叶可見。因母字古原讀米，故從母得聲之字，皆讀米也。至歃字之由來，殆後儒因字音轉變，敏字俗讀如氏上聲，與上下諸韻不合特附誌其本音於下云音拇。迨幾經傳寫，後人不知其為注字，而拇字又失去其半，僅餘一手字之偏旁，乃誤與音字合為一字作歃。其作歃者，以古文手旁與文旁，故不甚分也（手作𠂇，文亦有從𠂇變者，亦有從攴變者，不一也）。分注之字，既合為大字，遂致溷入經文，而無從分辨。然茍以詩之體例及文義言之，其錯謬固了了可按也。此說雖近於奇掓，然於古並非無徵。爾雅釋訓引此詩，正作履帝武敏。武、跡也，敏、拇也。則是當爾雅時代，詩義雖久淪亡，然尚未嘗有此字之闌入。近人不悟其為衍字，或因爾雅此文，改歃字使歸下句讀，作歃攸介攸止，則益復支離不通矣。歃字之溷入，殆在入漢以後，故毛氏即據之以立說。三家之詩，今無攷。然其所傳之本，尚不如毛氏之較為近古。則其說之如何，亦不足盡信也。由此觀之，則爾雅之作，或竟出於秦漢之間，視毛氏當前出四五百年也。

又按拇與敏，古只一字。敏字之義，即由拇孳乳所生，故古書拇字至罕見，惟咸卦咸其拇。但子夏則作踇，荀氏則作母。其在原本果何若，今已無從決定。然以詩之作敏證之，拇乃後起之字，固無可疑也。蓋每本母之繁文，每從手，即拇之本義。但拇為大指，即所謂巨擘，實別具有首出造極二義。敏字之今義，即由此而成。故凡古所謂敏者，要不出此二義。師嫠敦，汝敏可使，猶云汝極可使，或首為可使。甫田，農夫克敏，猶云農夫克極其功力，或人人皆臻首選。至左傳魯人以為敏之敏字，尤非解作第一首出之義不可。蓋自古子孫，無有肯暴揚其先世之惡者。今華耦竟以其祖父之惡，用為詞令，雖曰大義滅親，殊有乖於子為父隱之義（華耦事見文十五年）。故魯人謂之為敏。所謂敏者猶云首屈一指，闢所未聞也。第一之稱，雖多用為褒獎，亦須視其事之本體何如，以得失善惡各有第一也。魯人不加褒貶，而但稱之為第一，其為譏自在言外。前人不知敏之本義，釋之為捷，而指以為譏。使敏果為捷，則直褒詞矣，又焉從而得其有諷刺意哉。

特是敏原功力諸極之義。然業精於勤，故引伸之敏又有勤意，與黽勉之黽字通。凡所謂殷士膚敏，惟學遜志務時敏，敏而好學等敏字皆然。俗悉解作捷字，則為引伸而又引伸者，於古義多不能當也。蓋人從事勤則程功疾，故敏之於疾，並非絕對的不容。而世人又或多以敏捷二字，相連成詞。後人不察，遂致二字，溷成一義。其實古人無此摸稜之字義也。

肆筵設席授几有緝御

履帝武敏之下，歆字本衍文，既如前述。然細攷之，詩之為衍文者，初不止此一字。行葦肆筵設席，授几有緝御之御字，亦其一也。蓋此詩自席字下，已轉入入聲職陌韻，直至嘉肴脾臄下，始復轉入去聲語遇韻。今乃於甫轉席字韻之初，下忽繼以去聲御字，與上下各韻，胥不叶。而以文義論之，其句又適當下句，為不容不用韻之處。前人苟有一能通古韻，及詩之體例者，其遺誤應不至直至於今也。若其訓釋之不成文理，猶為其第二義。今攷毛傳云，緝御，踧踖之容也。乃純為毫無根據，任意牽扯之談。授几有踧踖，亦復全不成語。故鄭氏不從之，別箋之云，緝、猶續也，御、侍也，兄弟之老者，既為設重席，授几，又有相續代而侍者，謂敦史也。以緝御二字，聯綴之而為相續代而侍之敦史，雖望文生義，尚知從字義上着想。視毛說之一味妄談者，似勝一籌。然即如其說，以緝為續，以御為侍，無論授几有續侍，不成文理。而僅一續字，亦不能強解之為相續代，僅一侍字，亦不能即解之為敦史也。且敦史之制，有何根據耶。今按此二句，乃正承上章，或肆之筵，或授之几來。故即用其語，而加進一層。二語乃分承上二語，故其文義，為相對的。二者皆概括言之，初無舊說之老者少者之七亂八糟也。二者之制，苟就周禮司几筵之文一攷之，原不難了解。惟句末妄羼入一御字，遂致雄善辨者，亦不能復通其語矣。蓋古人之藉地用筵，其禮儀之隆者，則筵上復加以席。筵席二字，雖有時可以通稱，而分別言之，則為二物也。其制禮經（謂儀禮）言之甚詳，難以備述。若几之制，則每敦一几（敦食器）。常禮及凶事，則用仍几。仍几者日常習用之几，所謂素几也。禮、吉事變几，凶事仍几，仍者不變之詞也。若有加禮則變其几（謂吉事）。几制凡五，玉彫彤漆素。素即仍几，乃其不變者，餘四者則因事而變。苟非朝覲祭祀及待遇外國賓客，凡在國中，則例用漆几。司几筵所謂，甸役，則設熊席右漆几是也。甸役謂郊甸之中饗會宴飲之事。熊席者五席之一（五席，莞、繅、次、蒲、熊。此外別有萑席，亦曰葦席。上所云設席，即設熊席也。右漆几者，凡大典禮左右几。筵外賓則左几，國中之事則右几，故雖諸侯之祭祀，亦右几也。是右漆几者，乃國中宴饗之定制，亦最隆之禮數

也。此詩之有緝二字，即為右漆二字之假借。右有之古通，世多知者，以又右有三字，古通作又也。儀禮有司徹，右几厞用席。鄭注，右、古文作侑，即其證。以侑字古亦通作有也。漆緝二字本同聲，漆之得義，即原於其能緝止器物，使固結堅緻（戢字亦由緝字孳乳而生。緝之本義，見儀禮，喪服、斬者何不緝也。今北土猶存其語，俗誤為刺，非也）。漆字在緜之章，與室字相叶，故知其與緝字同為入聲也。肆筵也，則為之復設以熊席。授几也，則為之右以漆几。此正承上文之肆筵設席，而暢言之，以見其禮意之優渥。文義極為諧暢。乃前人既不知於古人几筵之制，加以詳攷，而又不幸有此絕不相涉之御字闌入，全章遂溷亂，不復成句讀。然人苟能就文理及音韻上，一審察

之，其謬誤固昭然可見也。及再一攷察此御字之由來，乃秦漢間習詩之儒，因不識下文罟字之為何字，特附誌其音於罟字之右旁。而罟字之方位，適與右行之緝字並列，迨幾經傳寫，而此側注之御字，乃竟參錯而竄入緝字之下。此正所謂殃及池魚者。而數千年竟無人察知，可歎也。知其然者，以罟字之音正讀御，别與上句𦡀字相叶。自此側注之字失，而罟字之音，亦無人復解。乃至一味亂指，或謂之讀罷，或謂之讀岳，卒之與音義，絶無一合。而此章亦不堪復讀。一字之誤及全章，其影響視生民篇之歆字為尤大。此所以一章之中錯誤迭出，非一一疏正之，幾無從復睹古人真面也。今更為分攷如下。

洗爵奠斝

授几有緝之下，既闌入一御字，後之讀者，遂不復知首句席字之已經轉韻，而誤以此所闌入之御字為韻。三句或獻或酢之酢字，與御不叶，尚無大礙，而四句則為詩所不容不叶韻之處。使其字若為人之所習見者，則御字之不合，或尚有人能見及。無如其字乃為洗爵奠斝之斝字，不惟無從以證明御字之是否為韻，乃並其字亦不能識之。反須假御字以審定其音之當居何部，此其所以經讀斝字為古雅反，音嫁也。夫使斝字果音嫁，則其與全章之字，無一可叶，是此章首六句，乃東西雜湊，全然無韻，除頌體外，風雅中有如是之詩格耶。今攷其所以俗讀如嫁者，則以此詩之御字，闌入甚早，計其時當猶在於戰國時代．當時古音，尚未大轉，習詩者既不識罤字，不得不轉就御字求之，以二字例應相叶也。於是乎乃臆定罤字爲音賈或假，以二字當時皆讀如古，與御字同居一部也。迨秦漢間語音轉變，賈之與假皆轉作今聲而此不幸之罤字，遂併其不韻之韻而失之矣。實則此罤字縱勉與御字相叶，而下文或燔或炙之炙字，仍無可叶也，而況乎其並與御亦不叶耶。今按此罤字，本爲觶字之異文，音如至，與席緝炙，正居同部。蓋此詩自席字轉韻後，六句中實四用韻也。知罤字之即爲觶字，非徒爲其叶韻。洗爵奠觶之文，在禮經中，不啻以百十數，而罤字則絕不經見。以傳禮者習用觶字，即有作罤者，亦改而從觶也。觶與爵形略相似，而有大小。爵以酌酒，觶以酌醴。爵小而觶大，故爵尊而觶卑。有獻則用爵，無獻則用觶。一獻則用爵，再獻則用觶，三獻別加用觚。是則觶之與爵，實具有聯帶之關係。禮之隆者，有爵則必有觶。而爵之用，或反不及觶之廣。故洗爵奠觶，在宴饗上，幾成爲一固定之名詞。其言洗爵奠觶者，觶有時可以辭洗，爵之奠不如觶之習也（以上第就其大體言之，而二者有時通用，故文字上，亦時復相通。若有爵無觶有酒無醴，則曰醮，乃禮之至簡者，世不恒用也）。此以義言之，知罤之必當爲觶者也。若更以字義言之，則更足徵罤之即觶。蓋觶之從角從單者者，其字初非形聲（若爲形聲，當讀如單矣）。其所從之單，即爲觶之象形字，後人特恐其與單一之字形相溷，故復加以角耳。蓋單字於古文本作單，其上之所從者，乃象觶之兩柱形，初非從口。下乃象其腹，乃其一足之形，亦非從鬼或畀。古器中有所謂旗單卣者，其文作，竊意其即為觶之一體，特其器非觶耳。斝之所從，畧亦同此。其上之二口，亦為二柱形，中作冂者，乃象其前後之流。下斗字，一以表其容量，一以斗之字形，與甲亦畧相似也（由此可知，觶之容量為一斗）。此以字義言之，亦可決其即為觶也。無如詩教失傳，六書亦無人能解，斝字遂成為無音無義，舉世莫識之字。其誕者，因其字之不經見也，乃妄意其為前代之器，此明堂位之所以有殷斝之囈說也（禮記之所收本雜，其尤謬者，當以明堂位及祭法二篇為最。不惟其出為較晚，且其識解極謬，直有與禮經相反背者。月令王制，雖明知其出自後人，然其謬戾，尚不至如斯也。余別有詳論。後之讀禮者，於二篇當分別觀之也）。後儒又因其俗音讀如稼，更曲為之說曰，其上畫以禾稼，爵而能飾。施以畫已奇，縱解畫為刻畫，世幾曾見有畫為禾稼之爵。然則其所云畫禾稼者，果何所本耶。且詩為周作，所述為周事，何為舍棄其目前所實用，而又音韻適合之觶，反取材於世不經見之前代古器。況其所謂前代古器者，於載籍更一無所徵引耶。漢人之謬妄，其類此者不一。然原其所以致誤之本，則仍不外乎誤認觶字為韻，此所謂一誤再誤者也。

嘉殽脾臄

御字罕字，一誤再誤，全章遂無由得其用韻之所在。而至於其轉韻之字，益無由知。此嘉殽脾臄之臄字，亦復臆解支離也。毛傳則云，臄、函也。其難解尤勝於無傳。蓋臄之本字，人或猶得以偏旁之故，推測而知其為肉類，與上文脾字，以類相從，於義尚不甚相遠。迨一經解作函字，則嘉殽脾函，益令人無從索解矣。中國人之注經，本知有傳而不知有經。毛既訓臄為函，於是說詩者，乃專就函字附會。鄭注則云，以脾函為加，故謂之嘉。其意中之所謂脾函者，初無明白解釋，今已無從揣知。何氏則於函字旁，復加以肉字作⿰月函（原本從肉者，釋作不從肉者，又復強加以肉，然則何必多此一釋。無理性人之心理，真令人不可解），亦不言其為何物。說文則云，函舌也，又云口次肉也。謂之為舌，既無可徵信，謂之為口次肉，則口次之肉不一，究有何處謂之函耶。服虔通俗文，則尤為武斷，乃併經傳而統釋之曰，口上曰臄，口下曰函。本欲強解函字為臄字，却不意其反與臄字顯相矛盾。蓋二字若一為口上，一為口下，則二者乃相對的，絕非一物，則臄又焉容謂之函耶（蓋人當理性既失之餘，已無復能辨若者之為經為傳，但知糊裏糊塗，一味亂扯。至其究竟，則其一己亦莫能自辨其所云云也。哀哉）。其荒謬之尤甚者，則或更改臄以為醵字。夫醵乃會飲之名，所謂周道猶醵者是，本非名詞，嘉殽脾會飲，寧復成語。且明明謂之嘉殽，更何得羼入酒字義意，乃竟有併原字改之者。此種人不知其意在明經，抑意在誣經也。今按膢字，本即腒之異體字，謂脯脩也。古文形聲之字，其主聲一方，每得以同聲者，相互替代，前已屢言之，此亦其一也。腒字在禮經中，乃至習見者。內則、凡食夏宜腒，士相見禮摯（即贄字），冬用雉，夏用腒皆是。腒即所謂束脩，本條切之乾肉（殆即今之鹹肉。今人餽人用火腿，猶有古束脩遺意。其用主於夏者，取其不餒敗也），與脾同為佐酒之佳品，故謂之嘉殽。凡佐酒之物，統謂之殽，今語猶是也。至明顯之文，必解之使不復成語，漢人之說經類如此。此則不可以常情測者矣。

或歌或咢

此章之誤，殆皆由此句一咢字而起。前人因不識咢，故於其旁特注一御字。御字誤竄入緝字下，而咢字遂不知其為譁，妄讀如稼，通章無韻。而咢字仍不可復識，於是乎雖欲逞臆亂讀，而亦無從求得其聲韻之標準。乃遂不顧一切，而盲人瞎馬，信口成聲，竟命此咢字為五洛反音岳。其讀之為岳者，因北人讀岳，率作謠去聲。讀者之本意，原為園有桃篇有我歌且謠之文，擬直讀作謠。但歷數全章，其句末之字，無一作平聲者，茲忽羼入從平聲之謠字，顯然不合。故特委曲其心，權讀之作岳字，然其意固在乎謠也。乃不解事之作爾雅者，不知前人所以讀岳之本心，徧判分咢謠為兩字。咢謠既判，遂不得不另與咢字，杜撰一義以資充補。搜索枯腸，竟居然於有樂曰歌，徒歌曰謠之外，湊成一義，曰徒擊鼓。真可謂極掰造之能事矣。夫不曰擊鼓而曰咢，已奇。然則其他之言擊鼓者，皆非徒擊鼓。擊鼓二字，實兼言雜有諸樂器，而曰咢者，始為擊鼓耶。又何以古今載籍中，習言擊鼓，絕無一作咢者。豈鼓之為物，例不得徒擊，僅作此詩時，曾徒擊一次，以外更無復能為此耶。且咢字從兩口形，與擊鼓何涉，而竟為擊鼓之專用名詞耶。孫炎知此，乃曲為之說曰，咢之為言，謂聲驚咢也。是又以咢字為愕字，而咢字又不得讀如岳矣。謂徒擊鼓聲驚愕，豈擊鼓更雜以他樂，反不驚愕耶。究之徒擊鼓三字，全然不成義意。其為此語者，乃窮於擬議，特藉此聊以塞責耳。今按此咢字，初非僻字，實為語字之異文。後人

昧於六書之旨，始穿鑿而成為種種怪說耳。咢字原本作罕、嗣因形近，乃轉成今字。罕從兩口相對，午聲。與罵之從兩口相對馬聲者，形聲之誼正同，意謂對語也。諸書習用語字，罕字遂無人能識。然以字義論之，罕與語雖同為形聲字，語視罕實較為寬泛也。蓋語者兩人對談，從兩口為確切。若言則所包者最廣，凡出口成聲者，幾可以通用之，故其義反不甚顯也。語咢雖原本一字，在習用上則不無微異。以咢字從兩口作對語形，故常用作動詞。而語字從言得義，故常用作名詞。因之二字，遂有日漸分離之勢，咢字乃復一變而作晤。陳風可與晤歌，可與晤語，可與晤言諸晤字，其實皆咢字也。晤之從日，殆由於文體變遷致然。晤之義為對面（此乃後義，觀詩言尚仍限定於語言

方面也），何來有日字義也。意晤字本從吅從吾聲作𠷎，乃㖾之異文，以吾午原本一聲也。後因改作隸書，以其從兩口不便，乃併兩口字，為一日字。且移其位置於左側，而世人遂無由知其原為㖾字矣。㖾既轉而為晤，又漸移轉其對語之義為對面，其原本為語字之動詞者，胥用語字代之，此語字之所以有動名二義也。知咢字一原作㖾者，楚辭重華不可咢兮，莊子醉者遻物不慴二遻字，各本多作遻。史記乃至作牾，其字即從㖾，而又附加以辵義者也（按遻字即詩之晤字，亦即遇字，其音義本相通也）。至此詩咢字，乃古字之僅存者，實即語字之動詞。與上嘉殽脾臄之臄字相叶，自為一韻。或歌或咢，謂或歌或對語也。此詩義意分明，音韻諧婉，本不甚難通。乃自無端加入一御字，而又誤讀其二字，全章遂不復能成文理矣。

遭我乎峱之間兮

還、遭我乎峱之間兮。舊注峱乃刀反，音如撓。毛傳但以為山名，初亦無人詳其所在。以其為齊風，僅知其當在齊而已。今按峱從山狃聲，何從得有撓音。雖蕭豪古與尤通，然亦須各相其本音，而不得概論。大叔于田將叔無狃，戒其傷汝。狃字叶語麌韻，又何能轉入蕭豪。且字亦別無徵引，可證其應讀如撓也。今攷其所以讀之如撓者，大抵如左傳公山不狃，而論語則別作弗擾。擾字今讀如饒上聲，遂亦妄意此字，亦當為饒音。漢人好異，乃竟舍棄其狃字之本音，而別讀如撓。不知擾字在古時，本從手憂聲，與狃字之音正同，故假擾作狃。擾雖轉作繞，狃不必隨之以俱轉也。狃尚不必轉，則從狃得聲之峱字，更安必其轉。今乃竟轉其音如撓，又何怪乎求之而不能得其地耶。今以其字義求之，狃字實仍當讀如狃。狃，牛之上聲，峱山即牛山也。古人於人名地名，往往各隨其語音之緩急輕重，而顯生差異。不狃弗擾，即其例也。牛山乃齊之大山，即近在齊之郊外。孟子謂牛山之木嘗美矣，齊景公登牛山而隕涕，皆其地。故言齊國之山者，必首及之。此詩所言，正國人郊外游獵之事。牛山乃其最近者，故可決峱之必為是山。特是其音一變，則雖以人人耳熟能詳之山名，亦無一人能領會及之矣。此古書之所以多難解也（古書強半為今北方之土語，苟非音讀轉變，多無事研索自明。而無如人皆不解切實求之也）。

有杕之杜

有杕之杜一語，全詩中凡三見。兩見於唐風，一見於小雅鹿鳴之什。杕字率讀如狄，其誕妄者，或竟直改作狄字（見注疏），可謂勇於自信矣。毛傳云，杕、特貌。至今從之。其說甚怪，所謂特者何貌。特已是貌，天下更焉有所謂特貌。且有特之杜，亦復不成語意。杜之生也，初不必其為特立者。而詩人之言杜，何以必言其特。杜之特不特，於杜絕無絲毫之關係。特者此杜，即不特者，亦仍為此杜。世幾見有杜之特者，便大有異於其不特者耶（篇中特不特云云，實不成語。姑就舊注言之）。今攷毛氏之所以訓杕為特者，殆其心目中，原本不識此字（此字為他書所無，惟見於詩），又不解就六書，深究其義，第見杕杜章（即唐風之第一有杕之杜），其所興者為求助，因妄意凡求助者，必其勢孤。以杕杜興求助，則此之所謂杜者，亦必孤。而又適有一杕字，不得其解，遂即以此孤字，加入杕字，故特注之曰特貌也。特是此篇猶可以言以特字興求助，若下篇則所興者，為求游飲食。小雅則所興者，為征夫代歸，與特字又何涉，而必言其為特耶。況以杕為特，更何所本耶。今按此杕字，實為杙之異文，本當音代。弋大古本同聲，而此字又為形聲字，故弋大可以互用也。杙者接木之枝，乃以此木，移接於彼木者，故含有替代意，因即命之曰杙。此乃杙之本義。若後人之以杙為木橛（如左傳臧堅以杙自抉其創而死，即後義也），乃由此義所引伸者，以其原體本為木橛也。杜之為木，其本樹所生之實，率酸澀不可食。必以他木接之，始一變而為梨或甘棠，稱果中之美品（可與甘棠章參看）。故杙之有無，乃杜之美惡之所由係。若其無杙，則直棄材耳。此詩人之所以屢託興於杙杜也。杜以有杙而湑湑菁菁，故人以無助為可傷。杜以有杙而生於道側，故人肯來遊而食之。杜以有杙而實葉俱茂，故夫以得代而室家和說。三詩之所取義者，皆全在一杙字。而歷來之說詩者，率皆拋棄其字，視若閒文，又烏容以得詩意耶。此種事實，乃婦人孺子之所與知者。而二千餘年之碩學鴻儒，竟畢世鑽研，茫然無睹，則秦漢以降之儒者，尚足與之言大事哉。

鴇

鳥旁字中，有為人所最習見，而歷來無人能詳其物者，則鴇字是已。鴇字近人以之呼妓之養母，初不詳其所自始。其不學者，或附會之曰，鴇從七十鳥，乃鳥類中之最淫濫者，遇鳥輒交，故人以此妓母。其從七十，則概言其所交鳥類之多也。此齊東野人語，本不足道。然攷說文，其解鴇字云，鴇、鳥也，肉出尺胾（四字怪極，不知許公是做夢，抑或發汗，忽然間搆成此四字，乃竟編入此字下。段氏至此，亦不得不謹注之曰未聞矣），從鳥𠤰聲。又於匕字下，特造出一𠤰字云，相次也，從匕十。鴇字從此，費盡許多蠻力，終亦說不出其所從之𠤰為何義（匕十何以即相次耶），更無論其為何鳥矣。由是觀之，則在漢人已不識鴇之義意，又何怪乎近人之信口開河耶。故唐風鴇羽章毛傳云，鴇之性不樹止。音義云，鴇似雁而大無後指。正義云，鴇鳥連蹄，性不樹止，樹止則為苦。集注亦沿其義，就諸家之說觀之，則似天地間自有此一種鳥類，其名為鴇，似雁而大，既無後趾，又復連蹄，絕似乎家畜之鵝，而又能飛。據毛說則不樹止，據孔說則亦可樹止，惟以為苦。在諸公言之鑿鑿，宜乎其為人生習見之禽鳥矣。然試問二千年來，無論何時何地，曾有人一見有此鳥。吾知苟執此鴇之一字求之，雖遍及五洲，亦不容以有此物也。況既言其不樹止，詩何以偏言其樹止。如云因其本不樹止，得設言之，以見其失所。則此種全無理解之言論，古人絕不出此。三百篇中，曾見有詠鴻雁而集於灌木，賦黃鳥而止於河洲者耶。且鴇如不樹止，則凡木皆其所不能止，何以必興言及於苞栩等之灌木。且詩人之所託興者，不為人日常習見之物，又安從得此健翮凌雲、曠世莫覩之變形之雁鵞以自擬耶。大抵歷來說詩者，既不識鴇字，更無從詳知其物。惟見大叔于田詩中，與首手等字叶韻，知其當讀如保而已。既而詳味詩言，知其所言者為失所，以集于苞栩等為失所，則其鳥當為不樹棲者，故特注之云鴇之性不樹止。特是不樹止之鳥甚多，鴇果當作何形狀。因詩言其肅肅也，而他詩之言肅肅者，厥惟鴻雁，此見諸小雅者也。以此遂更臆定其形為似雁而大，其必加而大二字者，以不如是則其全形將悉成為雁也。於是既以鴇為變形之雁，遂即以雁之不能樹止者，說鴇之不能樹止，此無後趾連蹄諸說之所由來也。無如穿鑿再三，其大體仍不離一雁字。則除雁之外，更從何處再求得其所謂鴇耶。此吾之所謂雖遍求之亦必不能得也。今即字義攷之，則所謂鴇者，實即今之白項烏也。鴇之字本當作𩿧或䳄，從烏從爻，乃會意字。爻亦聲，謂烏之黑白駁雜者也。古文凡形容文采之駁雜者，率用爻字。爻即駁也。白項烏北地俗名山老鴰（俗名鴉為老鴰，殆亦聲轉也），其形似鸛，文采黑白相交，故謂之鴇。引伸之則馬之黑白相交者，亦謂之鴇（如大叔于田）。後更制為專用字則為駁，隰有六駁是也。爻字在隸書中，體格殊不整飭。後因漸取其下之作交乂形者，矯而正之作鴇，而爻字遂變作七十矣。後人因卆不成字，乃更變而作午，去原文益遠，而益不成字矣。又孰知稍經移易其方向，其音義即瞭然畢現哉。鴇雖樹止，然灌木若苞栩等，則非其所宜止。栩者即今之苞櫟葉，枝條蒙密，絕少間隙，可以資其盤桓，桑棘楚穀等皆然。故凡木棲之鳥，皆以止於此等樹木，為不得所。以黃鳥之微，尚復如是（兩交交黃鳥章，可參看），鴇體較大，故其止之也尤難。樹止之鳥，非不論何木，皆可謂之得所也（前人於詩所言之草木，皆茫乎莫辨，故其理想之粗淺如是）。若今人所言之鴇母，乃保姆之變稱。世人以其業賤，不欲以正字加之，故借用此字。實則鴇之為鳥，殊不惡也。

侘傺軒說經卷十八　　辛酉良月

臨清吳桂華秋樺氏手著

瓠匏壺

詩之言匏者再，匏有苦葉，酌之用匏是也。言瓠者三，齒如瓠犀，甘瓠纍之，幡幡瓠葉是也。言壺者一，八月斷壺是也。毛傳、說文、草木疏、集注，皆涵三者為一物。牽纏糾葛，莫可辨晰。書生之不諳物情，其可笑率復如是。惟陸佃埤雅，辨其不同曰，長而瘦上曰瓠，短頸大腹曰匏，似匏而圓曰壺。匏苦瓠甘，復有長短之殊。就三者言之鑿鑿，其說視舊說為近，頗似具有徵驗者。然按之實際，則除其言匏之形狀，尚不相遠外，其言瓠及壺，率皆似是而非。其於舊說，殆猶五十之笑百步耳。今按三者之名稱，至今尚無大轉變，其物亦為人生日常之所習見。苟持以問諸田夫野老，雖婦孺亦不難僂晰言之。而老師宿儒，積世相傳，竟不能得其崖略。蓋彼輩之於名物，率於紙上得之，故仍於紙上求之。苟非紙上之所曾言，雖其物即近在眼前，亦必搖頭而不敢深信。此中國之名物學，在紙上者為一部，而在實物上者，另為一部也。實則詩所謂瓠者，至今仍名為瓠，乃蔬菜之一種，除取以佐食外，殆無他用。據詩言觀之，似其葉亦有時可食，然今人則罕有取用之者。此殆古今人之食味不同，非物性之有改易也（古人食品，與今人異者頗多，如蘋蘩荇等菜，乃其最顯者。此雖原本於食味之變遷，而烹制之法，亦各自不同也）。古人於瓠，往往稱之以甘，亦原於其物之用供食品之故。蓋古人於物之可食者，輒目之為甘或旨，非其物之果甘且旨也。瓠之稱甘，與苦之稱旨正同。東萊呂氏不達此旨，因詩稱甘瓠，當必復有苦瓠，遂謂瓠有甘有苦，甘則可食，苦則不可食。此皆望文生義，意其當然，非瓠果有不可食之一種也。甘瓠使必有苦瓠，豈甘棠更別有苦棠耶。匏與瓠雖從夸，族類亦不甚相遠，然其實際則大異，蓋一以供食用，一以供器用也。瓠之必不可用為器，猶匏之必不可用為食。二者殆不惟甘苦之不同，其堅柔亦相去懸絕也。匏古音蒲牢反，至今則轉為皮牢反，此則古今人語音有輕重，故口齒之清濁，因日久遂不免微有出入也。古音既轉，世俗乃別撰為瓢字以代之。驟視之，匏從夸包聲，瓢從瓜票聲，相去似尚不甚相遠。實則瓠之所以從夸從瓜者，瓠食品，實為夸類之瓜。乃會意字，瓜亦聲（瓜古音孤，故瓠字從之得音。凡最初之形聲字，大抵皆會意字所轉也），非謂夸類，胥可以作瓜觀也。今瓢字從瓜得義，豈瓢也，而可以謂之瓜乎。凡此種似是而非之字義，在六書之誼，未失以前，可決其無是。此亦國人心理，日趨昏媮之顯證（類此者，如亮之從几，袋之從衣等，甚多，皆一望而知其為後世字也）。匏本不可食，而其葉當幼弱時則尤苦，故詩特以有苦葉，明匏之幼弱不可用。又云苦匏不材，供濟而已。蓋匏之為物，雖與瓠為同類，而其為用，卻絕相反，故特以苦名也（若如舊儒之思想，則苦匏外，必別有甘匏，可供食用者，方合。試問古今寧有是耶）。匏除供濟外，更可析而為二，以為挹注之器。大雅酌之用匏，即指是而言。顏子之一瓢飲，亦此物。

後世之酒瓢，即從此濫觴也。至壺則今人之所謂胡盧。今音嘩緩，不如古音之凝重，故一變而為其切音。此猶孔之變而為窟窿，巷之變而為胡同也。壺與瓠音極相近，故有時竟可以通用。莊子之所謂五石之瓠，與後世胡盧之作瓠盧皆是（而其實則相去絕遠，幾不可以道里計。其與匏，在文義上雖無甚關係，而在實際上，反為同條而共貫。蓋壺之與匏，其所異者，僅在形狀，其功用固全然相等也。故匏用以濟水，壺亦用以濟水。抱朴子所謂，中流失楫，一壺千金也。其製為他器，亦頗似乎匏，惟以形狀不同故，其供用各有所主。匏之體頸短而腹圓，故直剖之，而以供挹注。若壺之體，則為狀雖多，要以長柄細腰，如兩圓形相累者為最普通。故但即其近柄處截之，取出其中原來之種子，則大腹皤然，即可以代瓶盎之用。農家多取其物，以藏貯一切瓜瓠蔬菜之種子。邠風八月斷壺，即謂時至八月，一切種子，皆近成熟，故特斷截壺之上口以備用，蓋以待貯來年之種子也。三者皆人生日常習見之物，而合之詩意，尤覺訢合無間。舊注於匏則云瓠也，於壺又云瓠也。而於幡幡瓠葉，則又因八月斷壺之言，謂瓠葉乃農夫之食。東牽西扯，想彼一己，亦終不知其果為何物。所謂儒生者如是，豈不哀哉。

苞櫟 柞 栩

經傳所有之櫟字，世皆讀作歷，殊難索解。櫟本形聲字，從木樂聲。樂字在古今載籍中，絕無有作歷音者。而此字獨讀作歷，誠不可謂非咄咄怪事也。六書之旨既失，後儒於不識之字信口開河，本無足怪。然要必各有其致誤之原因，而櫟字則遍覽各書，絕不能得其必應讀歷之所在。豈惟不見其應讀歷，而讀歷反時見其不合，而必須另改作他音。此又何所根據，而知其字之必讀歷耶。攷樂本有岳（北音讀如要去聲）、洛（北音讀勞去聲）二音。二字本為入聲，故或又讀如月與羅去聲，與歷字俱絕無絲毫關係。櫟字既從樂得聲，當然亦不能出此二聲。今按晨風山有苞櫟，櫟字與下駁字樂字叶韻，則此字自當讀洛或羅去聲，即樂字之本音也。此字既證明其讀洛，則其他櫟字亦悉應讀洛可知。集注沿訛襲謬，乃注云音歷。又以其於韻不合也，更注之云，叶歷各反。夫歷各反即洛字也。明知其應讀洛，反謂其音歷。既音歷，又不能不別讀為洛。然則何苦而必謂其字為音歷耶。櫟之音洛，徵諸六書，合諸古韻，皆其確然，無復疑義者。更求諸今語，亦復如是。蓋櫟者即槲，在他詩或曰柞，或曰栩（又或名杼，則栩之異體字也）。其子則名橡，或曰皁斗，可以染皂。其枝條甚蒙密，故為一切鳥類之所不宜棲止。其材又極奇曲樗散，不中繩墨，故莊子遊於櫟社，而歎其不材而得全其天。惟其葉特肥大，故北人多樹之以飼山蠶。今齊魯之間，猶呼其葉曰苞櫟葉。櫟即音洛，苞或轉音如薄，以北音讀薄，亦如雹也。舉此問人無不知者。若改稱苞歷，則雖老於農圃，應亦無以應命矣。似此證據鑿鑿之字，而世反相率遵奉其羌無故實之歷音，則國人自戰國後，已無復有實事求是之心理也。

榛 山有榛 樹之榛栗 其子在榛 止于榛 榛楛濟濟

三百篇中之異物同名者有杞，前已詳言之，然初不止於杞已也。其所謂榛，亦須分別觀之。蓋杞有二，一為喬木，一為灌木，而榛亦復如是。且杞之屬於灌木者，雖非美材（左傳、我有圃，生之杞乎。是即以杞為惡木也），然其實及葉皆可食，人猶或采之以供饌。若榛則其佳者，固為嘉卉，而其劣者，則直為惡品，二者之相去，幾如薰蕕之不可共語。而乃同冒一榛之名，此人之所以多回惑也。故毛傳獨於山有榛下，傳云榛木名。初不言其何木，以後屢見，皆不復議及，殆以為說已見前，無須復道也。鄭箋則始終無解釋。蓋前人之心理，於詩人所託興之草木鳥獸，概視為無關，不過見從草者，則曰草耳，見從木者，則曰木耳。至其為草爲木之果何爲，則歷來初無人念及。此其於詩義之所以終不能通也。其於鳥獸，亦復如是。信如其說，則全詩之所託興者，直可以草木鳥獸四字盡之。而詩人之必分別言之者，適以形其多事也。嗚呼，古詩人之知識，果如是之摸稜不通乎。此等糢糊影響之概括觀念，正足以代表三代後人喪失其審理作用之心理。在古人初不至於昏愚若是也。今第就此榛字論之。簡兮及定之方中，一以之興美人，一以樹之以備琴瑟，則其木當然其爲美材可想。而鳲鳩青蠅旱麓，或以之與棘梅並咏，或以之與楛同稱，則與爲類者，皆爲惡木，則其木必與前者殊異，亦不難比附而知。蓋文義瞭然，初不容以意爲牽合也。今更攷漢儒後，人之說此字者。陸璣草木疏云，榛栗屬，其子小似柿子，表皮黑，味如栗。孔疏於簡兮章引之，以後則無復異說，似其意亦以諸榛字爲一木也。惟音義於鳲鳩章注云，字林云，木叢生也，榛木之字從辛木，云似梓，實小如栗。按其言初似知此榛當別爲一木。入後似梓實小如栗云云，則又合二者而爲一。既云叢生又何得云似梓，豈梓固叢生者耶。至實小如栗之說，則係援用陸璣，而盡失其旨。陸云味如栗，並不云實如栗。音義不加細攷，因其曾與栗同賦也（樹之榛栗）。硬攷狀其味者爲狀其實。舊儒之不知就實物攷察，而純乎以意爲附會類如此也（物之形狀，可以意爲攷易乎，可歎）。若旱麓則孔疏則更引國語韋昭注，以榛爲似栗而大。是皆不能明榛之果爲何物，而依附舊說，憑空臆造者也。今按陸璣之說，實係確曾見榛之爲物，而據實言之者，故其所言，與實物無一不合。今之榛其形態正復如是。至其餘諸說，皆初不知榛為何物。而惟根據陸說，而又欲泯其沿襲之跡，必思妄意改竄其一二字，以自殊異。殊不思物之形態，寧可以隨意改易耶（此法朱氏尤擅長，故雖鳩薇蕨旨蓄等，竟不難憑空臆造之。此後世之所謂大賢也）。特是陸氏所言之榛，惟可以解邶鄘二風之榛，而其餘之榛則異是。此不第文義為然，實際上亦復如是也。蓋榛之屬於果樹者，其生產止限於關外，及太行山一帶，他地則無之。二地之所產，其形亦小異，然不甚顯著也。今街市所售之榛子即其物，陸氏所謂皮黑，似柿子者也。邶鄘二國皆在太行山左近，故其諷詠每及之。若曹及大小雅，則相去已遠，不必有是物也。至三詩所云之榛，乃榛之至普通者，其物幾於到處有之。其惡幾為木類中之冠，其為用僅古時婦人，取以為有喪者之笄而已（見檀弓，榛以為笄，長尺而總八寸）。榛之為木，其形狀幾一同於棘，故鳲鳩青蠅，皆以榛與棘並言，驟視之初無以辨也。故除詩外他書之言榛者絕少，以其物固可以統於棘也。惟就二物細辨之，則棘有實，而榛則無實（棘即今之酸棗，魏風云其實之食，即謂此也）。棘之發育稍高大，而榛則弱小，且其針刺，較棘尤多。故其不材，殆更視棘遠過之，今北地土人，猶呼之為毒格榛（譯音，格音各），即是物也。旱麓儕之於楛，楛荊類，與榛同為棄材，荒旱之地多生之，故詩人託興及之也。二物雖同名，而二者之名，同至今未改，初非難知之物。特無如世之人，不知就實物研究何耳。

薺

谷風，誰謂荼苦，其甘如薺。薺字毛鄭皆無傳注。至集注則云，薺、甘菜也。殆亦因其對苦言之，又經文自稱為甘，故特作為此糢糊影響之言耳，非真能實指薺為何物也。若後人之說薺者，則呂記引本草云，薺味甘，人取其葉作葅及羹，亦佳。初不及其形狀，且亦絕無所本，其不足據，殆與集注同。爾雅云，蒫、薺實也。郭氏注云，薺子味甘，尤為望文生義之詞。書云實，故注言子。詩言甘，故注亦言甘。究之，其所謂蒫者，已為羌無故實之物，無跡可求，其所言薺實，更安足攷。薺尚不知其何物，又何論乎實耶。陶貞白名醫別錄，菜部上品中有薺云，薺類甚多，此是今人所食者，葉作葅羹亦佳。本草綱目云，薺有大小數種，小薺莖扁味美，其最細小者名沙薺，大薺科葉皆大，而味不及。其莖葉有毛者，名菥蓂。大薺味不佳，並以冬至後生苗，二三月起五六寸，開細白華，結莢如小萍，而有三角，莢內細子如葶藶子，其子名蒫，四月收之。師曠云歲欲甘，甘草先生指此，釋家取其莖作挑燈杖，可辟蚊蟻，謂之護生草云云。看他東牽西扯，一味亂說，一時似菜，又一時收其子，又一時取其莖，又一時名之為甘草。奇形怪狀，想令其自己亦不能質言其物。大抵皆由爾雅蒫薺實，及菥蓂大薺，又舊說謂月令靡草二種皆薺類之言，聯合薈萃所成。無如所牽扯者過多，一草殊難於具此許多形狀也。好在世本無有實事求是之人，誕者妄言之，後人即妄信之耳。世間果何人曾見此草耶。惟晉夏侯湛，及齊卞伯玉皆有薺賦，則是當時確曾有蔬菜名薺者。特其形狀，與陶氏所言者，當迥殊。今南土尚有其菜，世或即以為詩所言之薺，實則不然。詩人所言，其物必為極普通者。且詩出邶風，尤不應反取材於其地所無之物。況薺菜雖可食，然味殊不甘。此詩甘字，乃正對苦字言之，則其物必其極甘者，初不得以普通之言甘者，如甘瓠甘棠之類當之也（甘棠亦頗甘，惟甘瓠不必甘耳）。今按此薺字，實即今之荸薺也，乃一種水草，葉挺生如錐，高一二尺，中空有膜，根下結實，如小蒜，味極甘。北地沿澤中皆生之，為水果之至普通者，故詩人取以為甘之喻。其名荸薺者，亦如壺名壺盧之類，用其切音也。其實物即在眼前，而普然不識，反取資於憑空揑造，此種著作家，謂之為詩之蠹賊，豈過甚哉。

荼苦

三百篇中所言之草類，其最習見，而最不易知者，當莫甚於荼字。此字不第詩人習言之，即其他之古籍中，亦數數見之，注者因其說不一，亦第各就其文，而隨時杜撰以應之。一義不合，則別撰一義。同一荼字也，作爾雅者，竟判而為五，注詩者亦判而為三，名實之紛歧如是，其名尚為足據哉。爾雅本秦漢間陋儒，即諸經所載之名詞，隨意杜撰所成，其言本無一哂之假值。今但即詩言攷之，毛傳於谷風，則傳云，荼、苦菜也。其為望文生義，與集注之以薺為甘菜同。至鄭風有女如荼，又不可以云有女如苦菜也，則又變其說曰，荼、英荼也。其所謂英荼者，其令人難解，殆尤甚於荼。蓋人雖不知荼為何物，其名人尚習知之。至所謂英荼，則不惟人不知其物，直並不知其名矣。此等注有之何若無之耶（此等作用，殆與注雎鳩為王鳩同。不過隨意改易其一字，其實則仍不知為何物也）。傳更繼之云，言皆喪服也。其言尤怪。皆字似兼上如雲言，如雲如荼，何以即可決定其為喪服。二章之所指者，初未嘗聲明其為服飾。審如其言，則古今來凡言女之白者，皆當就其喪服中言之耶。鄭箋初亦不知毛傳英荼之為何物，乃別為之說曰，荼、茅秀也。以茅秀之色本白也。特是茅一小草，其秀何得別有專名，且茅秀名荼，果何本耶。亦不過因此所謂如荼者，乃以形容其白。草類中茅秀稍為潔白，遂逞臆妄指耳。實則既為茅秀，又安得名荼耶。至良耜之以薅荼蓼，則集注又以荼為蓼類。蓼何物，其類又當作何狀，絕無鄭注以為苦菜，仍係原因於舊說也。蒜本名苦，後人以苦字，習用作形容詞，乃復轉其名為荼，語其實則仍一物也。故古人之言苦者，輒以荼況之，即谷風緜之章所言者也。蒜之味至酷烈，性能毒人，故又稱荼毒。蒜之色甚潔白，故形容白色者，多假用之。有女如荼，及國語所言者是也。蒜之苗葉，鳥銜之可為巢，此邠風所以稱捋荼也。蒜與蓼雖充食品，然其野生者極蕪穢而毒烈，此周頌又稱以薅荼蓼也。一得其義，則諸結俱解。視舊說之紛紛者，又何異於癡人說夢乎。然似此名實俱失之字，其能幸而攷知之亦僅矣。

又按荼之可食者在根，而蒜之可食者亦在根，故取以為喻。於此可以知古人體物之細。陋儒以其粗謬荒誕之心思以注詩，為蔽其能有當乎。

荼

邶風、隰有荼，唐風采荼。毛傳皆以爲荼大苦也。大苦何物，想毛氏自己亦不知之。殆前人有讀楚辭者，見有大苦之名，乃不知其物，乃強以合諸此物，以便其左右支吾。蓋有人問以大苦，則對以荼。有人問荼，則更對以大苦。其實則荼也，大苦也，無論其爲一爲二，要之以不知其物而已。毛氏之爲此，原係指山賣磨，而後世之說此者，則殊煩搜檢已。本草因不得其物，乃從大苦字反面着想曰，大苦、甘草也，蔓延生，葉似荷，青黃，其莖赤有節，節有枝相當。毛氏以荼爲大苦已奇，本草更以大苦爲甘草尤奇。甘草也，何以謂之苦乎。且楚辭明以大苦爲食品，世見有食甘草者乎。或又謂荼似地黃，荼尚不得其物，更爲從定其所似乎，世間豈果有物名荼者乎。況風人所咏，率皆日常習見之物，何得毫無義意，而取資於種種人所不見之藥名，豈詩人作詩，固不欲人之通其義耶。今按詩之所謂荼者，實今文蓮之古字也。荼古音讀如鄰，其轉音則爲憐，古音真文先固爲一韻也。今俗書憐鄰等字，猶作怜邻，即其遺意。山有榛，隰有荼，猶鄭風之山有扶蘇，隰有荷華。蓮乃生於沼澤者，故唐風以采蓮於首陽之巔，爲不可信。此皆其義之至顯者。一般陋儒不知就詩義及字義求之，乃雜取本草，任意附會，又何異南轅而北轍乎（今字典於蓮字下云，古文荼。是二字之轉變，前人已知之）。

薁

苓字讀靈，初不得謂之錯誤。然因其與古音稍有出入故，後人遂無由知其爲蓮。三百篇中之類此者，正不知凡幾。邠風六月食鬱及薁之薁字，亦復如是。後人讀薁字如郁，故歷來之說詩者，舉不能舉其物。毛傳之指以爲蘡薁，不過特於薁字上，別揑一字，自欺以欺人耳。古今載籍中，幾見有蘡薁其物耶。後儒不諗其欺，乃專從字面上附會。因李類中有名郁李者也，郁與薁之俗音同，遂強指薁爲李類。其尤謬者，則並解鬱字亦爲李類（並見注疏，或又以爲棣類，可謂盡胡說之致）。茲無論其說之絕無根據，殊不知此詩之所述者，乃田家之正當食品，胡得忽注意於一李類，而糾纏不已。此但觀下句烹葵及菽句，即可知其必非無關重要之果品。諸公但知望文附會，初未嘗知就詩義上一致索之也。今按薁字從草奧聲。奧自音傲之入聲，雖間或音轉近郁，然初非正音。凡從奧得聲之字，皆音奧，其讀郁者悉不得謂之合也（如澳燠噢等，皆音奧）。從草奧聲，則其字實今文之藕，爾雅所謂荷芙蕖其根藕是也。夏正六月，乃新藕正清脆之時，俗所謂花下藕也，故古人即取食之。其物極普通，其事亦極習見。乃因字音一誤，數千年人竟熟視無睹，則不盡古今聲音之變。欲從事於名物之學也，難矣（鬱疑爲芡實，即雞頭也，俟攷）。

葵

歷來之治名物學者，率不知就實物研求，而專從事於故紙堆中，東牽西扯，改頭換面，以自欺以欺人。故讀其書，則累牘連篇，璀璨滿紙，一若真曾有其物者。而掩卷求之，則終身或不能得一物。昔人謂後之書生為紙上談兵，而若郭璞、陸璣、陶隱居輩，實可謂之紙上之博物，又何怪乎其併五穀之不識耶（中國有不識五穀之大博物家，亦可以自豪矣）。今更即一最習知之草類言之。豳風七月烹葵及菽，葵字毛鄭皆無注。其為藏拙，抑闕疑皆不可知。至本草乃以鴨腳當之。夫鴨腳自名鳧葵（魯頌、言采其茆。毛傳云，茆，鳧葵也。尤為無理），霜降然後收之，所謂霜林收鴨腳也。豳風七月烏得食之。況其物北人絕少種之者，更何據而即認為古人所習用之葵耶。綱目又引王楨農書曰，葵，陽草也，其菜易生，備四時之饌，本豐而耐旱，味甘而無毒，蔬茹之要品也，今人不復食之，亦無種者。其說純為嚮壁虛造，但目之曰陽草，而又絕不言其為何物。世果有此佳品，今人何竟不食之。今無種者，何以知古人之以為要品。則其說尚有一顧之價值耶。今按葵本有二。一花草類，花大如盤黃色，隨日而轉，以蔭其足，左傳所謂鮑莊子之智不如葵，葵猶能衛其足者是也。一則此詩所言，及士虞禮夏秋用生葵之葵，以及終葵等稱，皆此類。乃蔬菜名，即今人之所謂茄子，南北朝人之所謂落蘇也。其實熟於夏秋間，故豳風食之以七月，儀禮用之於夏秋，實紫色圓大如椎，故椎又有終葵之名。考工記大圭長三尺，杼上終葵首，註以爲終葵椎也，是也。商人有終葵氏，後目人之醜惡者，曰終葵（俗作鍾馗）。初殆因其人首大，與身不稱，如茄實然，遂相沿而爲獰惡之通稱也。經傳所言無一非近在目前之事，但即實事求之自不難得其梗概。況日用飲食之物，古今雖不無微異，然要不容相去太遠。世之説者，乃反即怪特之花草或藥物求之，則古人豈皆爲藥博士哉。可歎也。

莪

前人對於詩中名物，不加攷求，隨意妄指，故十有七八，不能衷諸事實。其尤甚者，經文已明言其非，而傳注則力言其是，後人亦遂模糊遵用之。是直不啻與原作詩之人，抗顏相向，以爭其一字之得失，是非注詩乃駁詩矣。詎非事之至怪者哉。如莪字，毛傳據爾雅云，莪、蘿蒿也。蘿蒿之名，初未嘗經人稱道，其物更無從實指。後之注爾雅者，乃不得不專從蒿字上附會。舍人曰，莪一名蘿（蘿自有其物，何曾名莪）。郭璞曰今莪蒿也。陸璣疏云，莪蒿也，一名蘿蒿也，生澤田漸洳之處，葉似邪蒿而細科，生三月中，莖可生食，又可蒸，香味美味，頗似蔞蒿也云云。綜觀諸說，大抵始因蓼莪有非莪伊蒿一語，遂斷定莪爲蒿類。以下種種，皆由此一字而生。或於蔦字上加一蘿字，或並不加他字，而直稱之曰莪蔦。至其形狀，亦即就蔦之形狀，而稍加點竄以實之。故一則曰葉似邪蔦，再則曰味似薁蔦，總不離一蔦字。審如其說，則莪不惟似蔦，且直名蔦。窺其用心，要不外實做其蔦類二字而已。特是詩明言非莪伊蔦，是則莪自莪，蔦自蔦，莪既非蔦，蔦亦非莪。雖二者不無相似之點，而其實際之相去，必有大相逕庭者。故詩人始假以為喻，而復力為辨別其是非。若其物果相去不遠，同為一類，則詩人又何必斤斤焉以聲明其奚屬耶。此等處初不必論其實際何如，但以文理言之，如云蓼蓼者蔦類，非蔦類伊蔦，是否成語，此不難一望知之。蓋蔦與蔦類，雖不必一致，然尚非絕對的不相容，中間初不容加此有

力之別白也。況其所指為蔦類者，無一非空中樓閣，望文生義，絕無從得其實際。世豈果有一物名莪蔦，可供人之實驗者耶（陋儒之敢於捏造杜撰，自欺欺人者，賴中國人已失卻理性，無人解何之為實事之研究耳）。今按莪字爾雅釋為蘿蔦，雖屬妄誕，然未嘗無幾微之合處。則作爾雅者當日，或竟有一線之明機，無意中徼倖臆得其實物，亦殊難料。不過彼雖臆知之，而以其名之鄙俚，不便形諸楮墨，乃更妄羼入一蔦字，以冀與詩義相合。遂以立後人踵事捏造之標準，此亦事之所或有也（又按今人呼紅蘿蔔之葉，曰蘿蔔纓，以其狀如纓也。亦曰蘿蔔蔦，則以其葉之形式言之。爾雅之稱蘿蔦，或即本此。是則西漢人尚能知其物也）。蓋其所謂蔦者固謬，而其所謂蘿者，頗足以資

吾人之研究。因莪固今人所稱之紅蘿蔔也。紅蘿蔔之稱，乃對白蘿蔔言之。白蘿蔔，即載籍所謂萊菔也。不知者以音之相近，或轉紅為胡，一若其種之自異國至者，殆未嘗深攷也。莪在秦漢間，或已轉稱為蘿蔔。作爾雅者，以其不雅馴，乃私以蒿字易去其蔔字。一因其葉微似蒿，一則其時或尚無蔔字也。知莪之為紅蘿蔔者，因紅蘿蔔之葉，其初生全似蒿，既長，則其美惡大有辨。蓋紅蘿蔔乃蔬菜類，其下則結為根莖，紅嫩甜美，為食品中之佳品。而蒿則為一種蕪穢之草，一無可取，直棄材耳。蓼莪篇之託興即以此。蓋父母之於子，無論其美惡，無一不望其有所成就，鬱為良品，而子則不必果能符父母之望。如蒿之初生者，人見其蓼蓼然也，則莫不冀望其為紅蘿蔔，以其葉固相似也。乃既長，則真象見矣，非紅蘿蔔而為蒿也，其失望為何如者。父母之望子，何以異是。而哀哀父母，生我乃枉自劬勞也。次章之匪莪伊蔚，義亦如此。蔚乃茺蔚，即今之益母草，其葉亦自與紅蘿蔔相似，故及之。益母草之蕪穢無用，與蒿相類，謂之為蒿類，尚可。若莪之非蒿類，乃絕對的。一解為蒿類，全詩之義意，便悉不能通也。紅蘿蔔水陸皆生之，故中阿中陵中沚，無有不宜，蒿類中又烏足以語此。況菁莪篇，乃以培植菁莪，喻培植人材。古今來又烏容有以蒿類喻人材者哉（蒿本惡草，歷來無有以之喻正士者。所謂蒿艾蒿蘭，舉非美稱也）。

荍

三百篇中，有有注反不如其無者，如黍稷楊柳等。其名稱既極普遍，其實物亦為人人之所周知，但舉其名，聞者自無不了然於心目。使必加之以注釋，則其種類繁多，既虞挂漏，而方言土語，異域殊音，不舉之，則無可資以解說（如云黍、黍也。稷、稷也。則不成文）。若必一一詳列，則傳注之所稱，反不如原文之易於領會，又何異於治絲而棼之耶（如楚謂乳為穀，吳謂稻為緩。設注云乳、穀也，稻、緩也。則人將何從索解乎）。然此猶為本識其物者言之也。若世之經生，其於事物，本一無所知，故無所不用其注。其所賴以為注者，又專恃憑空捏造，望文附會，以徼倖其苟合。是以凡物一經其注，則雖極通常之品，無不立即一變而為奇花異草，只應天上，難得人間，卒之於莫可究詰而後已。此但即前舉四者言之，即莫不皆然（說別見），其餘更莫從悉數。蓋一般陋儒之心思，固全在乎指山賣磨，使人莫可究詰，庶可以為其藏拙之地也。茲更即陳風視爾如荍，貽我握椒之荍字言之，荍即今人之所謂荍麥，至今仍沿用其字（聊齋誌異荍中怪）。無識者，間或訛其音，轉作雀麥，然初不甚行用。荍乃農作中之一種產品，凡天時荒旱，雨澤愆期，他物皆以過晚，而不獲樹藝時，惟荍尚能生之。其在穀類中雖為下品，然較之一無所得者，尚為遠過，故其種殆為人人之所周知。茍非不辨菽麥，如後世之經生者，初無須有人，更為之解釋也。荍之實，外作黑色三角形之硬殼，中藏麵粉，白中帶微綠色。熟之則變為闇黑，形頗粗惡，且味微苦，故中產以上人鮮食之。詩所謂視爾如荍者，亦以喻其輕賤，不甚愛惜之意。惟因其外有硬殼，與椒畧同，故特取以與椒對言。椒在食品中，乃氣味之至香烈，而為人之所重視者。其於荍殆不啻處於相對等之地位。貽我握椒，猶謂貽我以最厚重之情誼也。此詩本以刺世俗之淫亂，時過境遷，情誼即隨之而衰歇。故前章言穀旦將近之時（此章南方之原之原字，確係誤字，但莫由攷得。故穀旦二字，亦不能得其充分之根據，惟知其為好合之嘉會而已。下章鬷邁字，亦係根據此原字來，故亦不能得其確詁也），相得若何之樂。至此章則言穀旦已過，視之隨亦無足輕重，殆如荍麥然。乃不意彼所以貽我者，竟為最厚重之握椒也。荍之與椒，雖取其叶韻，而二物形質之構造，實畧相等，貴賤復顯分軒輊。於此可以見古人體物之工。以心粗如甕之今人，其能窺見古人用心之妙處者，已曠世不遇，更何論乎其能通之耶。今觀毛氏於荍字傳云，芘芣也。其所謂芘芣者，不知其果為荍麥之異名與否。蓋語荍麥則盡人皆知，語芘芣，則至今尚未遇有知之者也。至鄭氏則說此詩云，我視汝之顏色，美如芘芣之華然。謂視爾二字為視爾之顏色，謂如荍二字，為如芘芣之華。不知其何所據而知其所比者，必為顏色與華（鄭氏惟謬作此解，故下句椒字，不得復解以為喻詞，而止可認之為事實，以椒既無花，且不可以比顏色也。特是無端而貽以一握之椒，果何謂乎。此所謂作繭自縛也），且並不知其意中之芘芣為何物，與其華為何若，則亦只可認為一說而已。至李巡注爾雅則云，荍、一名蚍蚽。但就芘芣二字之草頭，改作虫旁，其注與無注等（此第即其大體言之。實則改草從虫，便當是虫名。蚍蚽乃白蟻，是荍又動物矣，可笑）。郭璞云，今荊葵也。於芘芣外，又添出一荊葵名字，益使人莫能了解。郭復說其狀云，似葵紫色。此語則又從荊葵字生出，所謂葵者何物，似葵者何在，悉不明所指。所謂紫色者科耶葉耶華耶，抑無一不紫色耶。此等處當惟郭氏自知之，實則即郭氏自亦不必知之也。謝氏則又云，小草多華少葉，葉又翹起。其說尤奇。草之大小，以何為準。華葉之多少，更以何為比例。豈其華能常開，致其葉永見為少耶。至葉又翹起一語，尤足使人噴飯。葉之翹起，何足異者，豈他物之葉，皆下垂者耶。

大抵此公則更絕不知荍之為何物，惟見其從草也，則注之曰小草。以世初無稱大草者也，見鄭氏言芘芣之華也，則又注曰，多華。華何以見其多，則又注曰，少葉。少葉二字，實為多華言之也。既言其少葉，又見其名荍音如翹也，則更附會之曰，葉又翹起。此一又字，實又為少葉二字言之也。綜觀其言，則除從鄭箋，求得一華字外，其餘則概由此字所牽扯而出。其言翹起，則又與俗儒言楊楊起，柳下垂者，同一穎悟，言之津津，而按之實無一物。此正中國儒生之長技，為稍知人間有羞恥事者，之所敬謝不敏也。惟陸璣草木疏，則所言稍具形狀。至其所說之物，果即為今之荍麥與否，尚難斷定。要其心目中，實嘗識有一物，而與前此諸公之全憑臆造者，不可以同日而語，則無可疑也。特其言與今日所見之莜麥，頗多出入。或所見為莜之別種，亦未可知，以莜之種類，固甚繁也。陸疏云，芘芣一名荊葵，似蕪菁，華紫綠色，可食微苦。荊葵之稱，北土初無此名，殊難卒辨。其云似蕪菁，則直可決，其物之非莜麥。蓋陸以蕪菁為蔓菁（見谷風疏），蔓菁之與莜麥，相去殆不止千里。陸指以為相似，則其所謂荊葵者，必係別為一物。陸又云華紫綠色亦不合。莜綠葉紫莖（亦有不紫莖者），略近澤蘭，其華乃白色，白香山詩滿村蕎麥花如雪者是也。又陸於言華下，即繼之云，可食微苦，初不言其可食者為何物。若在莜麥，則除礱取粉麵外，殆絕無可食之處。似不得若此概括言之，是則陸之所說，實少是處，惟微苦二字，與莜麥之味相合耳。嗚呼，以極普通之名稱，極習見之物品，一經諸公之注釋，擾攘二千餘年，竟無一人能知其物，且愈穿鑿而去之愈遠。此等人之說經，謂之為誣經，豈過言乎。

豕豬豚彘豝豭豵豣

中國自戰國後，學者之於文字，率皆但能求得其概念，便嘐然自以為通，而不復知再為充分之研求。迨一旦徵諸實際，遂不覺手足失措，瞠目結舌，而莫知所云云。乃不得不東牽西扯，隨意指目，自欺欺人，以求暫解目前之厄。三百篇中，所有之草木鳥獸，十之八九，皆失其真，殆無一非若輩階之厲也。今即就豕之一部論之。則凡所謂豕也豬也豚也彘也豝也豭也豵也豣也，此自若輩視之，則第以為豕而已矣（彼輩更有一法，較此尤廣泛者，則類字是也。苟有相去太遠，而不容以臆指者，加以類字，則鹿不妨以為馬矣）。夫謂之為豕固也，然同一豕也，又何若是之紛紛然耶。且文字中，更有必不容以含渾者。如騶虞首章言五豝，次章則言五豵。邠風上句言私豵，下句則言獻豣。使概解以為豕，尚成義意耶。若輩亦知其不容以溷解也，而當其識字之初，實又未嘗為此詳晰之研究，於是乎乃不得不望文生義，相率而趨於苟免之一途。遂臆解謂豕之牝者曰豝，豕一歲曰豵，豕絕有力者豣，或又謂豕生三日豵，豕三歲曰豣。各逞其胸臆，信口開河，以滋聚訟，絕不一求諸實際。蓋諸人之說經，原本不求其根據，故無人不得以恣其欺誕也。獨是謂豝為牝，雖不合，猶尚能成語也。蓋豕固有牝牡之分也。至言豕而論及其年齒，已奇。論年齒之不足，乃更論及其同胞之有幾，不尤奇之奇乎。且豕又豈以力稱者，茲更云絕有力豣，然則豕何以見其為有力無力乎，況謂之為絕有力耶。寧非絕世之奇文耶。今按豕在今人口語上，則謂之豬，實由一方之慣語，所沿襲而成，而原其總名，則當稱豕。豕之壯者，則謂之豝，亦謂之豭（豭或省作猳），二字一聲之轉也。其牝者則謂之豬。左傳既定爾婁豬，盍歸我艾豭，此其證也。其小者則謂之豚，豚字古作𧱓（見庚敦），從手，言其可以手挈也。禮羔豚而祭，百官皆足。與羔並言，則其為豕之小者可見。豚又謂之豵，謂其猶從於母也。豣一作肩，乃豚之正壯盛者。豕之美在于肩，其發育亦於肩特著，故獲此稱也。至彘則為野豬之總名，古文作[illegible]（龜文），從矢貫豕，言其物非射不得，猶雉為野雞，字亦從矢也。是則諸字悉各有其本義，而不得相假。在戰國前，各字亦絕無溷用者。乃至教澤中漸，人慾日滋，人民之智識，乃日即於墮落。自孟子時彘與豕已經無別，更何論於後來者乎。

晨風

前人於字義，率不知研究，而惟恃任意胡扯。故其於少冷僻之字，解釋幾無一不謬誤。乃其尤可恨者，其於人日常習知之字，偏舍棄其常解，而必變亂之，至使之不可復通而後已，真不知其是何肺肝也。如秦風鴥彼晨風，鬱彼北林。詩明言其為晨風，則亦為嚮晨之風而已，此原無所用其穿鑿者。乃陋儒則必為之說曰，晨風鸇也。誠可謂咄咄怪事矣。夫晨風何以為鸇，而鸇與此詩又有何關係，而乃平地妄生枝節，擬為此不通之謬論耶。在古人即物定名，義原取其分晰，以便人之領會（其偶有異物同名者，乃異地之不謀而合，非古人之本意也）。若此物而蒙以彼物之名，則人又烏從而悟其意中之所指耶。如晨風者，乃人人所共知之物，初非世之所不經見者。設更名鸇為晨風，則偶一言及晨風，人孰知其所謂晨風者為鸇耶。且謂鸇曰晨風，果何處曾有其根據。若如所說，則終風凱風谷風大風，又何不可解之為種種之鳥名耶。大抵此公見此詩晨風上用一鴥字，鴥字從鳥，遂妄指此晨風為鳥類。根據之有無，固其所不講者（但求變亂經義而已），特是谷風上亦冠以習習，習字亦從羽者，胡為又不釋之為羽族耶。且此之晨風若為鸇，則與下之鬱彼北林，成何義意。經既不言其集，又不言其止，無端而平地添此一鸇。鸇既無與林，林亦無與於鸇，上下二語，各指一物，絕然不相連貫，世有此汎濫無歸之文理耶。今按晨風自為嚮晨之風。嚮晨之風，其力最為剽疾銳利，即今人所謂曉風也。晨風剽疾銳利，故特形容之，謂如鷹隼之迅厲。鴥字原本形容詞，初不必專指鳥言之也。晨風之迅厲既如此，則凡物當之者，應無不開矣。乃彼北林之鬱鬱不開者如故也。是則晨風雖迅厲，終無如此北林何也。此正以興下未見君子，憂心欽欽之情狀。蓋謂心之憂鬱，如北林然，雖有鴥然之晨風，亦無於其蘊結也。上句鴥字，正對下鬱字言之，而以晨風針對北林，興起下文。四句乃一氣呵成者，若如舊說，尚能成語耶。而作爾雅者，乃竟牽此不通之義，有如瓌寶（爾雅所收諸義，概如是。吾真服其善於抉擇，蝍蛆甘帶，其若人之謂乎）。至漢人遂致有諒無晨風翼之作，則謬種流傳，直至今不替矣。

稌

周頌、豐年多黍多稌。毛傳云，稌，稻也。音義因之音稌為杜，是直以稌為稻之異體字，而二字實為一字矣（稻端母，杜亦端母，故二字為一聲之轉）。然攷稌從禾余聲，余音予音舒，其轉音為徐為荼，絕無音杜者。大抵後儒以稌字不甚行用，不識其音讀。因相傳以其義為稻，遂即以稻字為本音，與余字之音荼者相切，臆斷而為杜音。世人不察，乃相率而盲從之也。然稌字若果為稻之異體，則稌字斷不得與稻字同用。今攷內則，則二字並見，斯二字之必非一字可知。二字非一字，則二字之非必同出一母可知也。今按釋稌為稻，爾雅亦沿用其說。郭璞注云，今沛國呼稻為稌。是稌者確乎為稻之異名矣。乃一就其實地驗之，則殊不然。大凡前人所謂某地某物名某者，類如是也（此即俗語所謂指山賣磨，大抵隨意指一遠地，使人不可稽耳）。及攷說文，乃知沛國人之所稱者實為稬，初不名稌。郭氏特改變其名稱指鹿為馬，以便為其作注地耳。說文於稌字下云，從禾余聲。周禮牛宜稌。於稬字下云，沛國謂稻曰稬，從禾耎聲。則稌與稬在許氏確然分為兩事，固未嘗溷而一之也。今即稌字之音義攷之，則稌字實即稬字，而稬字乃即今文之糯字。郭氏之以稬為稌，實無意中而偶得其合。惜其不能證明之，乃反以貽掩耳盜鈴之誚耳。蓋稌從禾余聲，余本音需，而耎乃需之異文。禮經擩字或作捼（辨捼醢），濡字或作渜（渜濯棄于坎）即其顯證。稬字今轉作糯，變禾從米，義亦無大出入。殆稌字既被後儒誤讀作杜，

實際上無以應用，乃不得不別作稬字以代之。耎需古通，遂更由稬而作糯耳。糯在北地，呼曰江米，殆因其産於長江流域故然。稌字之從余，或即由此。余乃徐之省文，亦即徐之本字（徐古文作郐。凡地名國名之從邑，皆後世所加也）。徐即今之江北一帶，說文之所謂沛國者，亦即其地。稌為其地之所産，遂即以其地名之。古形聲字，其主聲一方，故多含義意也（若後來之稬糯，則純乎形聲矣）。糯雖為稻之一種，乃稻類中之特黏者，其與稻猶稷之與黍。謂之為稻類則可，直謂之稻則不可也。内則脯羹雞羹析稌，稌謂之析，則以以糯為飯，其性黏著，多固結成塊（古人之飯，概用甑蒸，即今人之所謂乾飯），脯羹雞羹清利，故能析釋之（舊注於此句幾不成語，解析字為乾牛

羊肉，或竟改析為折，亦無的解。孔疏乃以脯羹雞羹屬上句，而以析稌犬羹兔羹為句。下句和糝不蓼句，遂致全無着落，其蔽皆由於不明析稌二字故也）。牛之宜稌，義亦如此。若豚之肥臓，則於稌不宜矣。此即由一析字觀之，則稌之為黏著之物，不難想見。黏著之稻，固舍糯莫屬也。稌既為糯，則其字當讀需，與下秭醴妣禮皆為韻，虞與支齊，時可互通也。乃自人誤讀為杜，而此詩遂失一韻矣。

荇

關雎、參差荇菜。毛氏據爾雅傳云，荇、接余也。所謂接余者，初不知其為何物，就實物上攷察之，亦絕不見其名。陸璣草木疏云，接余，白莖，葉紫赤色，正員徑寸餘，浮在水上，根在水底，與水淺深等，大如釵股，上青下白，煮其白莖，以苦酒浸之，肥美可食。就其所言之形狀論之，似為今之野荷葉。但野荷葉青莖赤，與陸說適相反。且不聞可食，更從無接余之稱，陸殆臆取其物以當之也。爾雅所言之草木名稱，十之八九，出於臆造。特鄉曲陋儒，隨意撰成，以苟且支吾，暫免諸生之問難。故即爾雅求之，反不及就經傳求之，或易得其物。因爾雅一書，本全為欺世作也。至其尤謬妄處，則並妄改經文荇字作莕字，試問古今載籍中，幾見有莕字耶。改荇為莕，果何所取義耶。今無端於荇字之外，妄增一莕字，而又絕無其物，文字上實際上，絕不見有一人沿用。似此種無謂之駢枝文字，除變亂經文外，更何用耶。說文於荇莕二字兼收之，許氏之知識，原本與作爾雅者，不相上下。蝍蛆甘帶，乃其性之固然，初無足怪。段氏注說文，因亦遍求而不能得其所謂接余之物，乃原本其所見，舉從來羌無故實之舊說，而悉廢之。按云，荇菜今江浙池沼間多有，葉不正圓，花黃六出。北方以人莧當之，南方以蓴絲當之，皆非也。根據經文，絕不肯為陋儒指山賣磨之伎倆所束縛，可稱痛快。惟攷其所指為荇菜者，實尚非其真。蓋段氏所言之荇菜，在江浙間，本名杭菜，其菜悉藝之於園圃中，乃為一種陸菜，並非水草。

段氏徒以其名音如杭，而荇字從行，原有杭音，因意其即為荇字。無如其於詩所稱，左右流之者，實有未合。故段氏亦只能言其池沼中有之，而不敢確指為水草也。今按荇菜，實今人之所謂田字草。乃一種萍類，葉浮水上，四出如田字，下有細根可食。而今人則鮮食之者，此猶如蘋蔘古人以為菹，而今人則屏絕不用。此非由於物性有改變，乃古今人之食法，各不同也（古人食菹，乃用以擩醢，故菹菜多取其清脆，而不必有味。若後人則絕無此種食法，故不復入用也。詳見菹字攷）。此說前人久有見及之者。曾見之近人所作之毛詩名物圖攷中。余無其書，今已莫悉其詳。惟其說猶有未嘗見及者。則荇菜之得名，原與今人之所謂田字草者，同一取義。田以字形況之，荇亦以字形況之也。蓋古文行字本作卝，其象形殆較田字尤肖。因其草之葉，本作品形，四瓣中，各有微凹，不似田字之直作方形也。荇本名行，嗣以其質為草，故更加草頭。迨文字轉變，今文之行字，與古大異，其命名之義，遂無人復知。陋儒原皆不辨菽麥者，不知其物，乃憑空撰出接余二字，權時就急。而一般全無理性之國人，亦遂舍棄荇菜之名，而專從事於接余上，牽纏附會。微論天下決無物名接余者，即有其物，而其去荇菜，尚隔一層。接余之果為荇菜與否，猶待研究，而况乎併其所謂接余者，而亦不可得耶。說文爾雅，實六經之蟊賊。自二書出，而古代文明，遂二千餘年，無人窺見。其書其人，實不得不謂之應世運而出。然苟非在於既失理性之中國，則其說亦不能行也。

蝱

載馳、陟彼阿丘，言采其蝱。爾雅及毛傳，皆訓蝱為貝母，至今人承用之。然貝母又一名蝱，於古書初無根據。陟阿丘何以必采貝母，尤復絕無義意。殆舊儒不明詩義，第以載馳之詩出自許穆夫人也。而下文又以興女子善，乃肆臆向女子身上附會。而貝母之名，頗近於女子，遂即臆指蝱為貝母。此猶鄭氏以中谷有蓷，與下有女仳離，遂臆指蓷為益母也。今按蝱乃吮食牛馬之蠅，故其字從虫，今方言尚復如是（但俗讀作上聲）。凡詩人之言采者，率為植物，則此蝱字之出於假借，有可斷言。爾雅以蝱字之從虫，於其臆說為貝母者不合，乃別撰莔字以當之。夫莔字不惟杜撰（爾雅說文，固專以杜撰為能者也，而惜乎其杜撰皆不成理也），且從草同聲，又何從得蝱音。豈其意以漢之陋儒，於明字多作朙，特取用其半以當明字耶。然明字之半，豈即可以指為朙耶。況同字故自音迥耶。其說之謬妄，原不足當識者之一顧。惟管子地員篇，其言位土云，其山之旁，有彼黃虻，及彼白昌，山藜葦芒，羣藥安聚，以圉民殃。其所謂黃虻者，當即為此詩之蝱。則其物實為藥之一種，不難考知。特是必謂其為藥中之貝母，殊難深信，因貝母初不甚黃也。今竊即蝱字之音義求之，似其物殆即為今日之蘑菰。蘑菰者，蝱字切音之轉也。其物本無定名，故古人多假蝱字代之。後之人語音轉變，日趨嘽緩，故遂取用其切音，而復製為蘑菰字，以應實用。實則蘑菰亦非其本字，初不過取其字之同音者，加以草頭，與古人之假用蝱字者，

同一用意耳。蘑菰產於下濕之地（然非澤沼），故山阿之地盛有之。詩所言之阿丘，乃謂山阿之丘，與管子之言山旁者同意。陋儒既不知蝱，又不識阿丘之義，而妄行附會（毛傳用爾雅云，偏高曰阿丘。夫丘之偏高與否，與蝱何關。且偏高何以即謂之阿耶，直是信口胡說），烏在其能得經意耶。古人於蘑菰，初不食之，惟以入藥，故管子云云。後人之誤以為貝母，殆亦因其形狀稍相似。而蘑菰後世又不常入藥，故遂致張冠而李代也。詩意畧謂，阿丘者蝱之所生產，故欲采蝱者，當先陟阿丘，此不易之道也。而女子之善懷，亦何嘗不如是。救災恤鄰者，大國之事。欲圖存衛，則必當控于大邦。欲控于大邦，則必須先往唁衛。此亦事之當然者也。所謂行也，而許人乃尤之。衆既穉

而且若狂，是殆知我之將采蝱，而尤我之陟阿丘也。此章文義極明（如此章許人尤之之尤，即下章無我有尤之尤。百爾所思，不如我念，即此章女子善懷之有行，而許人尤之之無禮。陟阿采蝱，近之興善懷之必有道，遠之即以興控于大邦。義本一貫，表裏通明。而無如竟有此許多作傳、作箋、作爾雅、作說文之種種陋儒，必不容其義之大顯於世何也），人苟就原文讀之，即不難得其大意。惟此章所喻處，煞費研究。然苟即文義，及物理上詳細玩索之，初亦並非絕無線索可尋之處。惟自一般陋儒不知而強為知，妄加解釋，導人入於茫昧無稽之界。而本義遂無人更能作義理上之推求，而此詩乃至終古無人能通矣。豈不哀哉！

蠋

東山、蜎蜎者蠋，烝在桑野。毛傳云，蠋、桑蟲也。至今從之。獨是桑之蟲不一，豈桑之蟲統名蠋。蠶專以桑為食，何以與蠋又別為一物。且所謂蠋者，果何形狀。其在今為何物，世卒無一人言之。是蠋之名雖見於詩，而其實轉亡於今也。毛氏之傳以為桑蟲，初非能確知其物，不過以蠋字從虫，知其物為蟲。而下文又云烝在桑野，因臆指以為桑蟲。苟其如是，則交交黃鳥止于棘，黃鳥豈可以即目為棘鳥。營營青蠅止于榛，青蠅豈可以即指為榛蠅。此等注釋雖有之，而人終末由識其物，則又何必多此一番紛擾耶。後世之言此詩者，以爾雅有蚅烏蠋之文，解蠋為蚅，則人益莫知其物。郭璞以韓非子有蠶似蠋之言，乃注以為蠋似蠶，大如指。亦係影響之談，絕不能確有所指目。蓋前人之治名物學者，率不知於實物求之，乃惟是紙上談兵，東牽西扯，改頭換面。讀其文似有其物，而求其物，則即叩諸言者，亦嘗無所知。三代後之所謂學者，概如此也。今即韓非之言觀之，則所謂蠋者，實非桑蟲，乃今人之所謂豆蟲也。韓非云，蠶似蠋，人見蠋則毛起，蠶則婦女捉之，利在故也。由此可知，蠋之形甚似蠶，而無其利。即其物而求之，則厥惟豆蟲，因舍是別無有似蠶而不擅其利者也。豆蟲乃生育於禾畝之內，專以麻（芝蔴）豆之葉為食故名。形絕似蠶，其色澤種類不一，大小亦不等，至老則成蛹，化為蛺蝶，與人絕無利。韓氏所言之蠋，實即指此。惟其蟲別亦兼食他葉（余家有一枸杞甚茂，後不知何處，來一豆蟲，不二日而葉幾盡，知豆蟲初不專食禾稼之葉也），而生於桑內者，則殊罕見。與詩所言，悉在桑野之義，頗相牴牾。竊意詩言之蠋，乃指今之山蠶而言，山蠶實以桑田為生活地者。若韓非所言，則又後世之所謂蠋者，故二說絕不可以並容（若山蠶則仍為蠶之一種，非無利者也）。大抵三百篇所言之名物，至戰國時，已多所舛誤。韓子所言，殆沿用當時之謬說。呂不韋作月令誤以鵙為伯勞，而於鳴鳩戴勝，不知其原為一物，其弊亦猶是也。世人之知攷古者已難，而古之中，又必須審知其時代，以辨認其是非。則古今人之能及此者，果幾人哉，此經學之所以久晦也（陋儒見爾雅說文，已相駭為天書，若聞此語，恐舌撟而食不下也。哀哉）。

辛酉十月中澣

臨清吳桂華秋輝氏手著

以妥以侑

古人凡祭祀燕享，主賓飲食酹酢之會，其即席之初，對於所御一切飲食，必先有祭。其祭也，於酒醴則啐之，於肺肝則嚌之（啐嚌舊注皆訓為嘗，乃不明字義，模糊逆臆之詞。啐含而吐之，嚌嘗其味而吐之也），於豆菹則取少許遍擩（即濡字，染也）醢（肉醬也），而置之於豆間。禮經載其儀節甚詳，其祭古人即名之曰妥祭。妥之義為安為定，今人祭祀之安神，燕享之安席，其遺意也（但今人所為，乃以安賓。而妥祭則係請賓為之，與事實適相反）。乃自戰國後，禮經失傳，世儒於六書之誼，昔無所知。不知妥字上已從爪（妥從爪從女，乃摖女使坐。故其義，為安為定。爪即手也），而又嫌其非專用之名詞，乃於經文之言妥祭者，皆於其旁更加以手作挼，或假借其同音之字作墮（士虞禮）。其妄者則經改其字作綏，此則由於不識挼字之為後人所妄改，而其字又極怪僻，因更臆改為此字也（綏祭亦士虞禮）。以此之故，全書妥祭，遂無一作妥字者。惟特牲饋食禮，主人拜受爵，尸拜送，主人退，佐食授挼祭文下，鄭氏注云，退者進受爵反位，妥亦當為挼，尸將嘏主人，佐食授之挼祭，亦使祭尸食也。云云。則是鄭氏所見禮經，此妥字尚未盡改。今文之作挼者，特因鄭說而一例改之耳（經文受角，鄭作受爵，亦不同）。特是妥祭之妥字雖改，而妥尸之妥，則仍從本文。夫所謂妥尸者，謂奉尸以舉行妥祭也。而妥字本只一字。今妥祭既改為挼祭，則奉尸挼祭，何得更謂之妥尸，豈尸自挼祭，乃以自安乎。然禮經雖經妄改，而他經，初不及隨之以俱改。故挼字惟見於禮，他經則仍作妥字。詩以妥以侑是也。但詩與禮文字各異，後人遂無由知二字之本為一字。此歷來說詩者，所以不得不依文訓義，釋妥字為安字也。無如以安以勸（毛傳，侑勸也），殊不合語意。因上文以享以祀，享祀乃指禮制言之，而繼以安勸等通常從用之詞，頗嫌不類也。不知妥祭之後，繼之以侑食，乃享祀一定之禮節。既為享祀，則必有妥侑。以妥以侑，即所謂以享以祀也。或謂以妥即妥尸，不必即為挼祭，似亦可通。特是所謂妥尸者何為，妥尸之稱何自而起，則妥尸仍即為妥祭也。妥祭之改為挼祭，其影響於此詩者

尤小。其最大者，則為論語之鄉黨篇。因篇中曾記孔子之妥祭云，雖疏食菜羹，妥祭，必齊如也。蓋以形容夫子對於妥祭之誠敬，不以物之微賤而有所輕忽也。乃當日所傳古本，妥字下適有闕蝕，遂輾轉而成瓜字。因妥字古文從爪下女作，而瓜字古文，則作爪下一圓形作。妥字中畫，不下通貫，即近似乎瓜也。妥字既誤瓜，後儒即原本瓜字穿鑿附會之。有引曲禮瓜祭上環者，有以雖疏食菜羹瓜，六字合成一句者。要之無論如何牽扯，卒之不成語義，因古今初無此等句法也。至宋儒，則雖能灼知瓜字之為誤字，然不知就文字義理上，加以精密之研究（此亦難怪，宋儒本不識字，如之何其知研究耶）。乃惟是逞臆亂猜，妄行改竄，故朱紫陽論語集注云，陸氏曰魯論瓜作必。

其所謂陸氏者，不知其又謂那位聖賢（宋人之不顧羞恥，相互標榜，此謂彼為聖，則彼謂此為賢，故後世之所謂聖賢者，幾盡出於有宋一代，而國域亦淪於夷狄矣）。其所謂會論者，亦不知其所指何本。若世果有所謂會論者，而會論此字適作必，則其書豈惟陸氏一人始見之，又何必云陸氏云云耶。大抵此公一生以改經自任，其目的全在欺世盜名（其所注之書，大抵如是）。其心目中，竊擬改此瓜以為必字，而又恐人識其無據，因瓜之與必，相去太遠也。於是乎託之陸氏，又從陸氏託之會論，暗之中藏過自己，而改經之志願遂矣。朱氏注書往往有託名某氏某氏者，其用心大率類是。不知者猶或讚揚其不沒人善，殊不知其實為諉過地也（如其注草蟲，以薇為迷蕨，託之胡氏。實則胡氏之言，與之全不相符。所同者，僅山間人謂之迷蕨一句耳）。乃此說一倡，歷宋元明清四代之學者咸從之，卒無人議其非者。此則由於中國人之理性已失，亦以禮經之原文已變，世無由推得其本字也。獨無如改瓜為必，論字形既大不相同，而每食必祭，古人又何嘗有是事。宋人去古，已近二千年，果何徵信，而竟能臆造此典禮耶。攷古人飲食雖有祭，然其祭亦須視其事之情誼如何，而後行之，此猶今人飲食之有安席。如謂今人飲食，必須安席，有是理乎。古人之妥祭，正復如是。故食禮，主人親饋則客祭，主人不親饋則客不祭（見坊記）。蓋其祭惟主賓揖讓酧酢之會，始舉行之。若日常朋舊過從，從容飲宴，則儀文概從脫畧，初無事乎此繁文縟節也。賓主周旋，尚不必其皆祭，而乃謂家庭燕處，朝饔夕飧之間，必須有祭，且祭必如齋，夫子何若是之不憚煩耶。與經言不明相反悖耶。在宋儒不讀書，而好逞臆說，其紕謬多此類。後之人則又以與其苟且之性質相反故，不甚讀禮，故其謬卒無人發覺。實則人縱能知必字之不合，亦不易推知其原本之為妥字也。此則舊儒之妄改禮經，有不得不分尸其咎者矣。

廼立皋門皋門有伉廼立應門應門將將 附鶴鳴于九皋

緜之篇、廼立皋門，皋門有伉，廼立應門，應門將將。毛傳，王之郭門曰皋門，王之正門曰應門。鄭箋，則以諸侯之宮外門曰皋門，朝門曰應門，內有路門，天子之宮，加以庫雉。二說頗相出入。後儒之說此，亦第依違於二者之間，而無所是正。蓋二門之名，至秦漢間陋儒之偽撰明堂位時，已不復能解（禮記中之極謬者，以明堂位祭法二篇為最，殆所言無一不謬，將來須除去之也。別有論）。後人之襲謬承訛，牽纏附會，如治絲而棼，初無怪其然也。今屏棄種種謬說，但即二門之名簡言之。則皋門者宮之正門，後世又稱為臺門，在魯則為雉門。應門者宮之次門，又稱路門，在魯則稱庫門。異名雖多，語其實則仍為兩門。陋儒不察，乃因其名稱之異而妄行指目，以致節外生枝，糾纏不清，殊可笑也。正門之所以稱臯門者，因北人俗呼臺曰臯，今語猶然。然其字則久經迷失，故其書之也則作閣。實則閣字北音讀如各，無臯音也。臯門猶云閣門，乃作閣於門上者。但閣字古人惟以為收庋食物之器名（檀弓其餘閣也與），不作樓觀解。故禮記又稱之為臺門，以閣之制固為臺也（臺閣二字，在北俗初不甚分，故濟南北極閣，俗亦呼北極臺。但綜其常例言之，則下實者為臺，下為室或容人通行者，則為閣。若今之城樓，則介乎二者之閒者也）。禮器稱天子諸侯臺門，又稱家不臺門。郊特牲稱大夫臺門為僭禮。其餘之言臺門者甚多，論語邦君樹塞門，管氏亦樹塞門之二塞字，據禮記言之，亦悉為臺字，以字形相近而誤也（邦君樹塞門，即禮所言臺門而旅樹，反坫）。臺門之制，其式殆猶今之城門，天子諸侯皆有之（左傳定三年，邾子在門臺。杜注、門上有臺。是邾雖小邦，亦用臺門也）。其稱臺者，不過言其制。至天子則仍沿古語稱之為臯門（臯門本亦言其制，觀禮記之改稱臺門，則臯之義，至春秋晚年已失矣）。而魯則避天子之稱，改稱曰雉門。其稱雉門者，以其門之上有雉堞故也。知魯之雉門，即臺門者，以經書雉門兩觀災。觀者即今樓，因可以游觀得名。雉門上有兩觀，則雉門之即為臺門可知也。至應門之為次門，亦可即其名稱得之。凡應膺字，古文悉作𤸰，應侯鼎，以及其他錫命車服之所謂金膺朱膺等皆然。古人之言應猶今人之言胸也（金膺朱膺，以及詩所謂鏤膺鉤膺，皆謂馬纓，因其當胸故名。至纓乃冠綏之稱，若棺纓矛纓等，則古稱英，後人之悉改從纓，乃以其質言之，古無是也）。所謂應門者，乃以人身之部位況居室。今人謂大門曰頭門，穿堂曰腰房，義猶是也。次門居院宇之中前部，在人身為胸部，故古人呼為應門也。應門又呼為路門，路者古人名車之謂。應門之內即外朝，車駕胥止於是，故又有此稱也。至魯則改稱庫門，殆亦不敢同於天子之故。其稱庫，當以庫藏即在此門內也。庫門之為次門，在禮記隨在可徵之。郊特牲云，孔子曰，繹之於庫門內失之矣。蓋繹者所以享尸。按禮經，尸於禮畢後，當出於廟門之外，至繹時主人再出外往迎之。有司徹一章，言之甚詳。前之出者，神之事終，後之復入者，享之以人禮也。出入之間，乃人神之所由別（祭統云，尸在廟門外，則疑於臣，在廟中，則全於君。正可為繹不得於門內注腳）。故繹禮多有行於祭之明日者。左傳宣八年六月辛巳，有事於太廟，仲遂卒于垂，壬午猶繹，即其事也。若尋常祭祀，則亦可以同日行之，儀禮之所言者是也。然尸則必出，而後再迎之入。迨後世儀文脫略，尸之出並不逾庫門，而主人即迎之入。則是出者初未嘗出，其身仍在廟中，與前此之所以為神者無別，乃失禮之大者（此節舊注極誕妄可笑。鄭氏謂繹當於廟之西堂。隨意胡說，一無根據。後儒亦隨之說夢，至今日卒無一人知繹為何事者，真堪痛恨。鄭氏於三禮皆有注，而竟茫無所知，亦怪事也）。明堂位胡亂牽扯，乃謂庫門為天子之臯門，雉門為天子應門。若然則庫門是廟之大門，尸雖未出廟，然已出雉門，其失禮又不至若此之甚矣。此皆合諸典禮，而了然可見者。而陋儒不知細攷，但一味任意揑造。解經乎，抑誣經乎。臯門應門，乃天子諸侯之所得共有，故太王得立之。後儒天子諸侯之辨，殊屬節外生枝。不過周自太王，即稱臯門應門，後有天下，遂仍沿之不改。至諸侯雖亦有兩門，然以不敢上同於天子故，乃特異其名稱，魯之雉門庫門即其例。鄭氏不明此義，乃謂天子於臯門應門外，別有庫雉二門。試問先生於魯之外，幾見天子有稱雉庫者。而魯於雉庫外，又幾見有稱臯應者耶。癡人前不得說夢，真我國儒生之謂也。

又按臯即中古之所謂臺，後世之所謂閣。由此可知，小雅鶴鳴于九臯之九臯，即所謂九成之臺，猶鳳巢於阿閣意也。蓋臺至九成，則其地居高臨遠，位極尊顯。鶴鳴於是，實為上下四方之所共屬耳目。故其聲下聞于野者，上復聞于天，以喻天子秉天出治，首出乎萬民之上。其聲教政令之為得為失，實天人之所共鑒，初不得以輕心掉之。發乎邇者見乎遠，誠乎中者形乎外，與他人之無關係者不同，其地位使之然也。此詩小序以為誨宣王，故詩特舉此以為之喻。毛傳不明詩義，以臯字之音近膏，古人又常以膏澤連用，乃臆解之曰膏澤也。後儒即本之以九臯為澤中水溢出所為坎，自外數至九，喻深遠也。其說煞費人思索，殊不能知其意中之所云云者為何物。水溢出何以為坎，坎又何以自外數之（就其言揣測之，似指水之漲痕言之。漲痕之多少，乃由水之漲落為之，與澤初無多大關係。且澤乃止水，其漲痕亦決不能為坎，更何論乎其坎之名皐否也。鄭氏之胡說亂道，不顧事理，多此類），此坎何以即名為皐。文字事實，胥無根據。大抵其說皆由毛傳身隱名著一語，所牽合附會而成。獨是此詩，序明言其為誨宣王，豈宣王身為天子，反可以謂之為隱乎。鶴鳴于九澤之下，其聲何以反聞于野于天，此在事理上亦所不通。若謂鶴之鳴自能如是，則又何必言其必于九皐耶。要之，皐之本義，久已無人能識，其隨意妄言，亦其勢之所必至。特是一經之謬解，世之人遂即襲謬沿訛，更無人再知為確切之攷索，此古義之所以卒不可復也。哀哉。

又河洛之間，有地名成皐。成皐二字，似即為城樓之謂，當指其地之形勢言之。苟即其地攷察之，或不難得其據也。

迺立冢土

迺立冢土。毛傳云，冢土大社也。是也。社之本文原作米，中作木外塗以土。乃會意字，社即由土得聲。凡古貞卜文字，社字悉如是也。世俗習於簡易，乃多由土字代之。以社之音固如土，而祀社即所以祀土也（社之神為后土，故民間之社，又名田祖）。冢、元也，大也。凡冢君冢嗣冢宰等，皆此義。稱國之大社曰冢土，乃夏商間之通稱。伊訓云，具訓于蒙士。蒙士二字，即冢土之譌誤也。社之義主於刑戮，故軍行則祭之。凡有刑戮，皆須於社前行之，甘誓所謂，不用命戮于社是也。社為行刑戮之地，故凡有刑章，亦即於社前宣讀之。伊訓之具訓于冢土，即此義也。後儒不識冢土之義，乃以字形相近之故，誤迻錄為蒙士（二字在古今文中，俱極相近）。說者乃釋蒙士為下士，謂其句專承上文臣下不匡句來。夫卿士邦君有罪，不以責其人，乃專以責其臣下，有是理乎。且臣下也，又何得謂之為蒙士乎。此正可據此詩改正之者也。

行道兌矣　松柏斯兌

緜之篇，行道兌矣。毛傳云，兌，成蹊也。皇矣篇，松柏斯兌。毛傳又云，兌，平易也。同一兌字，而義意歧出，且松柏斯平易，尤不成語。蓋毛氏釋詩，但知就經文隨意敷衍，初未嘗即字義一研究之也。今按脫悅挩，古文胥作說。而說字古文（前古之文），又悉作兌。禮緇衣所引說命，悉作兌命，此其證也。由是可知傅說之說，原本作兌。後世以兌字變作瑞音，與古音之讀月者迥殊。乃特加言旁，以識別之。以說字當時多假作悅字故也。但今以出土商代龜卜文字攷之，則傅說之名實作戉，在龜文則作，象圓斧形也。卜詞中之貞問戉者，殆十餘見（但即鐵雲藏龜言之）。其詞或云戉其來，或云戉不其來，或云戉其獲戉不其獲，戉其至戉不其至，如此者數數。其尤異者，則一骨曰，貞立賢曰戉，又曰貞戉其無災。其餘之言戉者，幾難放枚舉，則戉為人名，昭然可見。觀其下之之勤，即可想見其望之之切。書謂說以旁求得之，則此戉之即為說可無疑也。戉本圓斧，乃古人用以伐木者（今戉作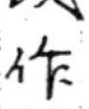形，乃本圓形而縮入者耳，今文作鉞），故古人伐木亦曰戉，動靜字也（戉本名詞，以戉伐木，則動詞矣，此猶斧斧扑扑之類）皇矣柞棫斯拔，松柏斯兌。兌即戉字。柞棫小木，拔之已足。松柏則非用戉伐之不可，故稱兌也。古人伐木所以通道，故引伸之，通泰亦可曰戉。此緜之篇所謂柞棫拔矣，行道兌矣也。戉之義既轉為通泰，則心之通泰，亦可曰戉，此今悅字之所由本也（即說字）。然習用既久，世或恐其與戉之本義相溷，乃别作為兑字以代之。兑古文作㕣(見兑敦)，從八從口從人。八即分字之所從，其義為分裂。今北俗謂以手裂物使分曰八開，即古八字之本義。俗又或增手作扒，不學者之妄作也。人心暢適，則口開張，乃會意字，實為悦之本字，由戉所孳乳者也。故在上中古時代，僅有戉兑字，後世語音，各隨其時地轉變，兑之音，或轉為瑞，或轉如脱(今北俗猶謂一樂為一脱。脱去聲尾雜兒音，殆即悦字之轉變者也)。於是乎稅銳脱説等字，俱從之得音。而兑之本義，轉不可識矣。以兑字本應讀作月也，兑之本義失，而人乃轉取説字以代之。而兑字乃專用為卦名，實則卦名豈反有專造之字哉。惟尚文在古文時代，説尚作兑，故編禮記諸儒，猶得引用之。其作兑不作[illegible]者，因二字在上中古時代常通用故也。然因此並可知尚書顧命一人冕執鋭之鋭字，實為戉之形聲字。而今文之所謂一人冕執鉞者，乃執戉之訛。戉乃古文斧字，其形甚近乎今文戉字，故誤以為鉞。及至鋭字本即鉞字，反不敢再認為鉞，乃即仍其本字存之。而其義遂至今無人能道。張冠李戴，而張反無冠。古文之類此者，殆不容數計也。宋儒注論語，於首章説字樂字之分，極力辨晰，卒不成義。殊不知説乃暢適痛快，樂乃歡欣鼓舞，兩字之義，原自不同。不知於字義求之，逞師心而妄加分别，烏容以有當乎。

又按説字，今北俗讀如朔，或如稅。然在上古時代則讀如月，曰字即其本字也。曰字古文作[illegible]，乃象開口而中有物。及兑字興，乃象人之開口，故於其旁更加以言，亦得為曰字。蓋人開口而有言，即是曰義，而音又從同，此說字之所以與曰並行也。迨後世兌之音變而從瑞，先儒恐傳，兌之名，或隨之轉讀如瑞也，乃特於其側作言旁以識之。以其時說字，尚讀如月也。詎後此說字之音又變，世儒不得已乃更於說字上，另加符號（如作朱圈等是）以為識別。是則傳說之名由曰兌說說，至此凡四變矣。讀古書豈易事哉。

混夷駾矣維其喙矣

緜之篇、混夷駾矣，維其喙矣。毛傳，駾、突，喙、困也。殊不成語。鄭氏乃申之曰，混夷、夷狄國也，見文王之使者，將士衆過己國，則惶怖驚走，奔突入此柞棫之中而逃，甚困劇也，是之謂一年伐混夷，太王辟狄，文王伐混夷，成道興國，其志一也。東牽西扯，信口亂噴，直是一篇夢話。上文方言太王作廟，曾何與文王事。而乃憑空忽增出一文王之使者，且此使者，並率有許多之將士。其將士之衆，乃至於過於人之一國，寧不令人噴飯。至彼混夷者，則第望見此使者，遂即惶怖驚走，奔突入此已拔之柞棫之中而逃，且甚困劇。然則此之所謂混夷者，其國究有幾人，其人究若何微細，何至於一見使者，即惶怖驚走。且詩明言柞械已拔，而為混夷者，竟能率其國衆，奔突而逃於其中。豈彼混夷，乃竟如近人小說所稱之紅柳娃乎。大抵此公曾見孟子稱，肆不殄厥慍，亦不隕厥問，文王也之文，遂強以此詩歸諸文王。而稽諸史册，文王又嘗有伐混夷之事，遂併以此二句為文王之伐混夷。特是綜覽全章，絕不見有征伐字面。乃因上文稱行道兑矣也，竊意道通則當遣使，遣使則此使者或當多率將士，混夷望見將士故逃，逃入於柞棫之中，故甚困劇。似此無情無理，隨意捏造，即黄口小兒，負墻野老，亦應嗤其荒謬。而中國之所謂大儒者，乃竟侈口而談，著書立説，據為典要。國人之智識如此，能不為我神聖之先民一哭乎。殊不思孟子之言，乃係斷章取義，不過謂文王當時之情境如此耳，非謂此詩即為文王作也。不然下文云憂心悄悄，愠于羣小，孔子也。柏舟之詩，前乎文王者，幾三百年，豈其詩亦可指為為孔子作乎。此詩至下章，虞芮質厥成，文王蹶厥生二句，始及文王。詩尚未及其人，又焉得先及其事。且經文原止有駾喙二字，又焉容兩字之中，使具有如是之多之事實之義意。解經而於經文之外，逞臆捏造，縱言之成理，亦不足為據。况其自己説來，即如醉言，如囈語，離奇怪誕，絕不衷乎情事。此等謬説，適足以代表三代後一般儒者荒謬愚闇之心理而已。集注知其謬，依照文義仍以此章歸之太王，甚是。惟此二句，仍依傍舊説，而稍加修改，注之曰，駾、突，喙、息也。其以駾為突，仍用毛義。其改訓喙字為息字，則以史記匈奴傳，有跂行喙息之文，乃臆改而為此義。且爲之說曰，混夷畏之，而奔突竄伏，維其喙息而已。維其喙息四字甚奇。夫所謂跂行喙息者，謂鳥獸以足跂立而行，無鼻而以口喘息也。維其口息，已不成文，況既解喙爲息，何得更云喙息。朱氏之不顧文義，勉強牽扯多此類。殊不知文字非勉強牽扯所能解也。今按喙者，鳥類之口之通稱，亦謂之味或作噣。鳥類之口部，甚長而突出，故凡物之口長而突出者，亦通謂之喙。左傳之深目而豭喙，少儀之羞首者進喙祭耳是也（二喙者皆指豬言）。鳥類之喙，至爲尖利，其殘害他物也，惟資其喙。故詩特取之以喻混夷之殘害吞噬。駾者脫之本字，厥後脫字行，而古義因而遺失者也。蓋駾字從馬從兑，馬人立而張口（兑字象人之張口，說見前），其義爲脫銜（銜即今嚼子），乃脫之會意字，兑亦聲，上古初無有純粹形聲字也（自商以前爲上古，周及春秋爲中古，戰國後則不可問矣。形聲之制，大抵椒始於商周之交，而盛行於後世。戰國後人所椒之文字，殆無一非形聲者也。形聲制行而文字繁，亦形聲制行而文字滑。故形聲者，文字升降之大關鍵也）。迨後世形聲之制大行，或别爲脫字，或别爲蛻字，大抵皆以兑爲聲，而别從月虫以爲義。實則脫之義，與月及虫，初無甚直接之關係。在上古之人之取義，絕不至如此之廣泛也（其從肉者，不過以肉或脫骨，其從虫者，不過以虫或脫殼。然僅標一肉字虫字，殊不得即謂之具有脫義也）。鳥類之殘害吞噬資乎喙，駾其喙則其毒虐無所施，猶混夷之擾害侵陵，恃乎其林深箐密，出沒無常，人不得而窮之。

今柞棫拔而行道兑，則其平日所依以肆其毒虐者，至今日悉剷而去之，殆不啻鷙鳥之拔去其喙，雖欲為患，而已無所憑藉也。此之所謂混夷，即皇矣篇之所謂串夷（皇矣篇稱串夷載路，載路者就道之謂，猶言即敘也），混與串一聲之轉也。篇中言串夷之載路，亦在於作屏修平啟辟攘剔之後，則混夷之息其毒螫，胥由於伐山通道，先有以傾覆其巢穴，與此正堪互證（此章但言柞棫，而彼章所言菑翳灌栵檉椐檿柘，亦悉為灌木，足見混夷之所依以逞其毒噬者，專在出沒隱翳於一般灌木之中，使人無從踪跡。故一經芟夷之，而其技即窮也）。混夷在孟子則稱之為獯鬻。獯與混亦同聲，至鬻字則其尾音之延長者也。駾喙二字義本甚明，舊儒以不識駾字，乃至並其所稔知之喙字，而亦不敢直用其本義。胡亂牽扯，以遷就其妄訓駾字為奔突之謬解。犧牲其所已知，以殉其所未知。不知為知之，知之為不知，以此求之不亦難乎。

縮版以載

縮字原本有二音，今人悉讀之如朔，於古音一無當也。縮一音出，乃縮之本義，謂物體因有所約迫由大變小之情狀也（物體之自縮，以物理言之，亦非無所約迫）。縮與漲為相對之名詞。物體由小而大則為漲，由大而小則為縮，故縮之義又為退，所謂退縮不前也。縮既為受有約迫而改變其形狀，則以物約迫之使改變形狀者，亦謂之縮。故北人謂以繩索約物而力迫之則曰縮，即今鄭義之所從也。縮為自外而之內，故又有收斂義。郊特牲云，縮酌用茅。左傳云爾貢包茅不入，無以縮酒。皆謂祭時奠酒於地，先用茅藉之，使酒悉收入其中，不致淋漓於地上，故曰縮也（言酒縮入其中也。舊儒不審物情，乃妄釋縮酒為漉酒。夫酒豈茅所能漉，且酒又豈有臨祭時始漉之者哉，可笑也）。以上諸義皆音出，各地方言悉如是。又縮有退縮義，故俗謂恇怯，自餒亦曰縮，惟其字作去聲，讀如處所之處，乃以音別義者也。其一則音豎，謂立也直也順也。其義乃古今人所習用者，經傳中所有縮字，強半屬於此義。其字與橫字為對文，橫者平直，縮者立直也。縮古亦謂之縱，然在口語上，則多謂之縮。禮檀弓古者冠縮縫，今則衡縫。又儀禮所有縮字殆以數十計，如云橫三縮一，橫三縮二等，不勝僂數（今諺語橫三縮四，當即本此）。皆與橫對言，其義不難一望而知。又古人以縮為順，以橫為逆，故其稱不順理者曰橫逆（見孟子），今語則第謂之曰橫。其稱順理者則曰縮，孟子自反而不縮，雖褐寬博，無不惴焉，自反而縮，雖千萬人吾往矣。即其義也（趙岐注孟子訓縮為義，乃不識字義，而臆揣之詞，朱氏改訓為直是也）。縮既為順，故縮又可作順字用，此亦禮經所習見者。鄉飲酒云，磬階閒縮霤，謂順於霤也。士虞禮云，入設于几東席上東縮，謂在几東順于几也。諸如此類不一。閒或與順字互用，如燔俎在西塾上南順等是也（亦士虞禮文）。此義在古書中甚顯，其在口語中，亦極習用。乃世人理性既失，不好讀書，尤不好讀禮，遂至於口語中之所縮者，不能求得其字，乃至假用豎字以代之。又因豎者乃廝役之稱，不見有縮義也，乃更臆改其下所從之豆字作立，杜撰為竪字，以濟其窮，其陋亦太可憐矣。然推原其故，亦未始非不加深攷，而一概妄讀如朔字，有以階之厲也。縮之讀朔，原係出之轉音，初不得謂之不合，亦不得即謂之合。殆當時傳授語音閒偶有轉變，後無人矯正之，遂貽誤至今也（又數字，亦有讀朔者，弊亦如此。其弊殆原因於南音也）。緜之篇縮版以載，作廟翼翼。原謂縮立（即側立）其版以載土築垣。其縮字原當音豎，於約迫之義，固無關也。蓋築垣者，率以兩版相對側立，以杙固定之，中閒所距，即為垣之厚。然後再實土於中，杵築之，令堅實，如是者層累而上。迨達其所需高度，去版削平之，而垣即成，即下文所言者也。今人所用築垣之法，尚復如是，乃日常所習見者。而鄭氏乃注以縮字云，以索縮其築版。是固謂築垣之版，乃以索縮之者也。鄭氏幾見築版有用索縮者耶。鄭氏殆僅知縮字有讀出之義，而不知其有讀豎之義，因望文生義，而為此說也。至毛氏則云，乘謂之縮。其所謂乘者，較縮字尤為難解。其意殆欲與邠風亟其乘屋之乘字，硬添一佐證。若以其義言之，則彼傳乘字為升字，然則升版又何謂乎，其言尤不足辨矣。

捄之陾陾

聞嘗謂朱子叶韻之法，全係信口開河，高下清濁，惟意所命。實則其法在漢人已前知之，不過不如宋儒之無所不用其叶而已。如緜之篇，捄之陾陾。陾字從阜耎聲，耎字乃需字之異體。觀禮經擩字或作揳（辯揳醢），濡字或作渜（士喪禮）可見。需之轉音或為軟，故暖又作煗。而北史蠕蠕，音如亂平聲，字亦作蝡。壖字亦入先韻（古無軟字，今或別作輭，實懦字之轉音也）。是則此陾字，原本來母，實為隆之異體字，不得轉而入日母也。乃漢人以其從而字也，乃讀之為耳升反，是音如零矣（說文音而，注云、築墻聲也，音義皆極可笑。此明云捄之，何以即為築墻耶）而集注則更注之曰音仍，雖與舊讀微異，而其弊則同。其意殆因下所用者皆庚青韻，故仍就庚青韻中遷就之也。實則古人之用韻，初不必盡與後世之四聲韻諧合。不即文字求之；而唯特唇舌，相互逆億，固未有能得者也。隆字從土降聲，其義為土之隆起。陾之從阜，義亦如是，故二字可決為一字。陾字通隭，後別作壖，乃由通用字，而轉作固定之名詞者。其音又復轉入先韻，而二者乃不可以復合矣（需之或轉束，或轉先，而本音乃在虞魚。猶厲之或讀列，或讀賴，或讀戾，或讀立，或讀勒，皆原於時地不同，其語音之尾聲，輕重不等，遂成差異。古字之如此者甚多，不遑一二數也）。

周原膴膴堇荼如飴

緜之篇、周原膴膴，堇荼如飴。毛傳、堇、菜也，荼、苦菜也。純乎一味支吾，絕不能明言其為何物。至其義何指，則益無從攷求。鄭氏作箋，亦第就其言，而曲為附會之云，原、周之原地（此則因左傳周邑有名原者，遂不顧文理，穿鑿附會之，以示其博。實則此時，何嘗已有原邑耶。此公之不通，即使其不妄加穿鑿，經文已無幸，況其特意加以變亂耶。天生此公，真經學之蟊賊也）。在岐山之南，膴膴然肥美，其所生菜，雖有性苦者，甘如飴也。以堇為菜蔬之總名，以荼為苦菜之專名，古今寧有此文理。果如所說，謂之荼堇可也，又烏容倒轉言之，而謂之堇荼（如人稱韭菜，絕不容稱菜韭也）。況以菜為堇，果何所根據耶。且田土縱肥美，更何得變味苦之物而為甘。若然，則是其物產失厥恒性矣，何以反謂之為膴膴哉。況今據實際攷之，古所謂荼者，乃今之所謂蒜，蒜詎有變甘之理。即如舊說以荼為苦菜，苦菜亦絕非可以言甘者，更何論乎又從而形容之曰如飴耶。然此說自毛鄭以來，率遵用之而莫之或改。其稍有出入者，不過後人以釋堇為菜，語太支離，於是乎有以堇為蘿者（廣雅），謂今三輔之間猶然。羌無故實，其言初無足辨（謂堇為蘿，而蘿又不言其為何物，則亦同為無其物而已）。爾雅謂芨堇草，郭注以為即烏頭，引晉語驪姬譖申生，寘鴆於酒，寘堇於肉語為證，則堇乃毒藥矣。毒藥又烏取乎其甘如飴乎。正義又引內則堇荁枌榆之文，謂堇乃美菜，與荼又復不類矣。大抵諸人，率因舊說釋堇為菜之總名，於文義未安，竊意其亦當為一種草名，與荼相類，而又遍求而不得其物。謂之毒藥既不可，謂之美菜亦不合，此其所以聚訟，直至於今也。今按此詩，不惟堇字之義不可知，即人所共知之荼字，亦豈即可謂通。荼之為味，乃與飴極端相反者，夫以古人體物之工，又何至來此擬不於倫語耶。不知此所謂堇荼者，非謂荼亦非謂堇，乃合堇荼二字為一名詞。即所謂如飴者，亦非謂其甘，乃謂其黏密膠沾，有似乎飴也。堇荼者，黏密膠沾之土，即近人之所謂陶土，或亦名粘土。其泥在北人則謂之膠泥，在古人則謂之堇荼也。堇荼二字，在內則則作謹塗。其說炮云，編萑以苴之（苴、炬之通假），塗之以謹塗。鄭氏注云，謹當作墐，聲之誤也。乃膠柱鼓瑟之詞。大抵謂粘土曰謹塗，乃當時之一種俗語，初無定字。故詩作堇塗，而禮則作謹塗。詩先而禮後，在作此詩時，或尚無習用之字，故隨手取其同聲相近者代為之。及後人詳加攷定，乃始改用作謹塗字。以其質本為塗泥，而性最緊張也（俗語緊字，實由古謹字所蛻變而成。今北俗猶有諺語曰，膠泥地、性緊。今之所謂緊，即古之所謂謹。而今之所謂膠泥，即古之所謂謹塗也。二者正可參看）。邠風之以謹為塗，正由此義引伸而成。鄭氏反謂謹當作墐，殆第見其字從土，遂倒因而為果耳。雍州之土極粘，故其於田為上上，而人民之陶復陶穴，習於穴居，亦原於此。蓋土粘則其為穴也，無坍塌傾覆之患。若在他處，則土質鬆浮，縱為穴亦不能成也（非不能成，但不久即坍塌耳）。詩美之曰如飴，可謂工於體物，以飴之固結力最大也（飴蜜在各物中，其固結性為特大，故烹物欲其不失味，多遍塗以飴蜜）。此句正緊承上句周原膴膴來，特頌言其土質之美，以為下文築室作廟張本，乃一篇中最重要之關鍵。蓋惟其土質之肥沃如是，故太王遂止之而不去也。後儒第因一荼字，而乃顛倒牽纏，百計穿鑿，而卒之仍不成意義，此則拘牽於字面，而未能即文義上一揣測之也。言土地之美，何以獨及一荼，言荼之美，何以稱之曰如飴，此皆其極不近情理者。然苟非內則之言，則堇荼二字之本誼，恐終古無能識之者矣。

陶復陶穴

陶本古窯字，音亦如窯，故凡古書，陶字無不讀窯者。陶本作匋，乃會意字。外勹所以象窯（左側短者，所以象窯門也），中藏缶，缶者瓦器，窯之所自出也。窯之外形頗似阜，故匋又從阜作陶。此陶丘之名，所由昉也（爾雅丘再成曰陶丘，直是無理妄言。丘何者為一成，何者為再成，丘豈有以成計者耶。其為此說者，不過為其釋大伾為山再成曰伾，作陪襯耳。特大伾山形之為兩截，此自其形式如此，大伾之名，原非由是而起。其強解伾字為山再成，已奇。今更由山而推之丘，可謂敢於胡說者矣。郭璞不知其用意，更誤會其旨，謂一丘戴有兩丘，曰陶丘。是則此公所見者，乃今日回回人之墳墓，益成笑柄矣）。陶之制不知所自起，尸子謂神農作瓦器，乃戰國人無稽之語，無足置信。惟唐堯以陶稱，則或即剏始於堯，亦未可知。若堯字當即為陶之異體，從三土相疊，象埏埴之形也。又唐都冀州（今山西。直隸有唐山，後世不學者之附會也），其地密邇雍州。或其人多習於窯居，人即以是稱之，亦或然之事。蓋陶之為用，雖原以制器，然因其制，上下四旁皆土，古人之穴居者似之，因亦謂此穴居之制曰陶。豳之篇所謂陶復陶穴是也。穴居之窯，與制器之窯，初非同物，而世人每溷而一之。則以穴居之制，惟限於謹塗如飴之雍州，為他地所無故也。今陝人尚名其制曰窯，特無人知其原本作陶字耳。陶復者，謂於一陶之中，別闢作陶，如院字然，乃貴者所居。陶穴則但即厚土穿穴而居之，制甚簡陋，乃通常賤者之所居也。此句在身親窯之形狀者，見即知之，特難為一般不識世務之腐儒道耳。乃不知何世，一般腐儒，更讀陶字如桃，於是乎陶字既失其義，而在實際上所謂陶者更失其名，乃不得不別撰一窯字當。特是羔聲如高，與陶之本音又不符，而無識者，乃不得不更撰為窑字，以矯其失，此世人之所以習用窑字也。所可怪者，毛氏少長雍土，乃生平何以並陶之不識。其傳此詩云，陶其土而復之，陶其壤而穴之。但即經文上，加以三五語助詞，若可解若不可解。殆全無理解，而姑藉此以掩蔽其陋。若鄭氏則齊人，其於其日常所習見之事，尚不能知，更何望其目光能及於二千里外。故其言曰，復者，復於土上，鑿地曰穴，皆如陶然。寥寥十四字，不惟使人不明其義，乃至並其句讀，亦無從剖析。此乃此公之長技。而近世所謂漢學家者所目為古拙者也（吾觀古人文字，第見其巧，未見其為拙者也。即吾好古人文字，亦第好其巧，初非欲效其拙也。若拙者，則吾自有之，初無與古人事。古人求拙，方當求我，我又胡為而求之古人耶。自有此古拙之名詞，吾不知何以謂之不通矣）。獨朱子作集注，乃改注之云，陶，窑竈也，復，重窑也，穴，土室也。始復古義。朱氏於窑之構造，殆曾親見之者，故能言之鑿鑿若此。惟其音陶如桃，而於注中乃別出窑字，是其於陶之即窑，尚未悟及。此則宋人初不知於字義講求，而第資冥悟之咎也。

又按陶惟音繇，故經傳繇字，常與陶字通用。皋陶之作咎繇，喜斯陶之作喜斯繇是也。

皋陶之義，初不詳。今按皋既為臺之古稱，則臺狀之陶，仍即復陶之義。其得此名，或以其形為此，或指其居言之，皆未可知也。晉得絳縣老人，使君復陶，以為絳縣師。則是晉之貴者，猶有居復陶之習，故亦與老人以復陶，使君有之。杜注拘於楚子圍秦復陶之文，臆解復陶為主衣服之官。不知此句苟解為官，與下句以為絳縣師句，不相衝突乎。至楚子圍之秦復陶，自是冠名，因其形式而名之者。據此而遽目復陶為衣服，已涉離奇，乃更謂之為主此衣服之官，不幾於癡人說夢乎。

錡

邠風、既破我斧，又缺我錡。毛傳、鑿屬曰錡。殊足令人捧腹。漢儒對於一切名物器皿，大抵皆指東說西，隨意亂道，至此則並亂道亦不復能成語矣。夫謂錡為鑿屬已經無徵不信，絕對不成義意，然猶成語也。茲則云鑿屬曰錡，則是所謂錡者，非徒為鑿屬之一種，乃為凡鑿屬之統名。鑿之屬無一定之制限，而所謂錡者，亦將與之以無制限。然則所謂又缺我錡者，果缺何物耶。抑將凡鑿屬而俱缺之耶（其尤怪者，毛傳下章銶字，則云木屬曰銶。夫木屬寧容以屈指數，茲乃概之以銶，豈凡木屬皆可名銶耶。而銶之本字，又從金不從木，何以木屬之總名，反從金耶，真可謂胡說亦不成話矣）。蓋此公之說詩，木屬指山賁磨，初無正確之觀念。因上句言斧，竊意其下句當為鑿。而鑿之中，實又不見有名錡者，於是乃造為惝恍無定之詞，曰鑿屬曰錡。其意初非謂凡鑿屬皆曰錡，乃深冀望鑿屬之中，有一名錡者，以實其言。而又不可必得，因特設此漫無邊際之詞，以求其幸中也。豈知範圍愈濶，其幸中也，亦愈難，因天下將無物，可以充滿其範圍也（如此云鑿屬曰錡。鑿屬之範圍廣矣，然鑿之一種，又不足以當之矣，則其弄巧而實拙也）。今按錡字，在古今載籍中，初不少概見。則欲確定其為何物，似已無從。特以上章之曰斧曰斨者推之，則其物當仍為斧屬，因上文之斨，固斧屬也。今更即其字之音義言之，則其字當為我字之形聲字，其本義當為有齒之斧，實後世鋸類之所從濫觴者。我字之本義，久無人識，故錡字亦無人知也。故我字在古龜文中作[illegible]，乃象斧形，而前有三齒（齒不必三，文字聊以示意耳）。後漸沿而作𢦏作我，而古義盡失矣。是我本為器物名，其文字即象其形。嗣因其音與人之所以自稱者相同，乃假借而為自稱字，至其本義，乃不得不更作錡字以代之。知錡字之即為我字者，以其音義全同也（除假借外）。蓋我字在上古時，其音本與今錡字相出入（今錡字宜音宜，不得音歧也）。義娥（古娥字）等字，即從之而得聲。故我字在夏商間，乃一變而作台（台音伊）。及至商周時代，我字與奇字，又相率而轉入歌韻。我字則至今未改。而奇字原本從可得聲，故猗（即倚）掎椅等字，在三百篇中，皆與歌相叶，音如俄。節南山小弁湛露諸詩，可覆證也。錡字從奇字得聲，其本音亦當如是。而下文又與吡嘉等字為韻，則其音之如我，更無復疑義。錡之音既如我，而以文義推之，其器又為斧屬，而我字則本象斧形，在古文上，其義至顯，則二字之本即一字，有可斷言。然苟非有此錡字，參互考證之，則我之本義，將無復有能知之者也。

韎韐有奭

昔有童子從師讀，適其師升屋，墜而折足，乃改肄。顧其父亦操皋比業者，一日有人以重幣延之課子，舉家皆喜形於色，而此子獨泣涕不食。叩其故，則以其父一為師，必將墜屋折足，故不欲也。竊謂天下苟無此童子則已，果其有之，則斯人必我中大儒鄭康成先生之後身也。蓋此公之說經，絕不解就經文上為適當之考索，乃專意經文外，橫生枝節，東牽西扯，務必使全經不可復通而後已。而一考其所持之理由，殆無一而非為教師墜屋折足之類。此種肺肝，吾不知其有意為之，抑其生來原本如是也。如其注禮經見經云冠某冠也，則必注云服某服。夫冠之與服，豈聯屬不可解者。冠某冠固有時服某服，然其事豈即一成不易者。乃此公一見有某冠某服者，嗣後復見某冠，即代為決定其為某服。復見某服，亦即代為決定其為某冠（實則經文但言其冠，初與服無涉。或但言其服，與冠無涉。而此公則必代為補出，畫蛇添足，以炫其博也）。此又與童子見教師墜屋折足，推定凡教師皆當墜屋折足者何以異。乃世人於童子則笑之，而於大儒則尊奉之也。特是此等處，雖屬蛇足，然尚於經義，無大害也。至其解瞻彼洛矣，乃竟因韎韐二字，而臆造為諸侯之子，朝王服用士服之說，則直肆其矯誣，以私造典禮，變亂經義矣。此詩為諸侯朝天子之詩，原文甚明，本無可肆其變亂。獨此公因韎韐二字，曾見於士冠禮中，遂臆指以為士服。諸侯何以服用士服，則更因士冠禮中有天子諸侯之元子士也之文，臆指以為此來朝者乃諸侯之子。諸侯之子何以得朝於天子，則更臆指為此諸侯之子，實已繼位為諸侯，因初除三年之喪，未受爵命，故仍服士服而來，就前王言之，故謂為諸侯之子也。絕無根據，任意胡謅。時而謂之諸侯，時而謂之諸侯之子，初不過全為一士字勉強撮合。待是既繼體為侯已除三年之喪，則是此諸侯之子，君其國者，已經三年，此三年中，其在本國，固常須服用士服耶。然伊古經傳中，何以絕不見有，諸侯即位，服用士服之紀載耶（諸侯服士服謂未受爵命，若天子則繼位後，更無復有賜以爵命之人，不且將以士服終身耶）。其說之不通，初不容以殫述。而夷攷其所持以構成此不通之說者，實由於其於士冠禮之義意，並未能讀之了然之故。蓋其誤認韎韐為士服，根本上已屬錯誤，。由是而歧又生歧，愈牽扯而其去本義也愈遠。其終結之歸於不通，固必然之勢也。夫冠禮之有三加，原非謂三次所加者，悉為士之冠服。故經云三加彌尊，喻其志也。若三者同為士之所常御，又何尊之可言，且所謂喻其志者何指。此但即經文玩味之，則三加之冠服，乃以次而尊，以喻將來之志應如此。其義至顯，初不難以領會。蓋三者除初冠之緇布冠為士之所常服外，以後之三加，皆以次遞加而上者。故每進一級，則賓每降階一等。玄端雀韠，則士之禮服也。皮弁素韠，則大夫之朝服也。爵弁韎韐，則卿士之軍服也。後二者，皆非士之所得服。其所以如此者，正以喻士之志，當每進而愈上，有如此冠也。知皮弁素韠，之為大夫朝服者，至蔘韠大夫素，士爵韋，又云朝服之

以縞也，自季康子始也，則大夫之朝服，例用素也。知爵弁韎韐之為卿士軍服者，尚書顧命，二人爵弁執惠，立于畢門之內。既執兵，則所御者，當然為軍服。而二人所立之地，次於綦弁者一等。綦弁者諸侯之服，詩其弁伊騏，有頍者弁，会弁如星是也（騏綦通，頍古稽字，亦綦通，如星亦指綦言，三詩皆指天子諸侯言）。降於諸侯一等，則其為卿士無疑（韎韐之為軍服，即下文以作六師句觀之即可見）。又左傳鄢陵之戰，郤至服韎韋之跗注，所謂韎韋之跗注者，即此詩韎韐之注腳也。蓋俗呼韠芾為跗注，以其下注於足跗也。齊人呼華山為華不注者，不字即跗字之通用（見鄂不韡韡注）。謂其山形中裂，如韠芾然。華則形容蒨麗也（若以今語言之，則為花戰裙也）。韎韋，

謂韋之赤色者，其用韋者，以其能禦矢石也。其謂之韐者，乃其專名，以其製固合二韎韋為之也。其謂之跗注者，則以其通常之製言之。蓋凡下裳，皆得謂之跗注，韎韐亦其一也（古所謂裳，即指芾韠韎韐言之。別有考）。是時卻至已為卿士，故其服如此，此尤卿士韋服御韎韐之確証也。此詩本指諸侯之入為卿士者言之，故特以韋服，而代將王家之六師，與下章之鞞琫有珌，原同一例。乃不意邂逅此讀經不熟之鄭公，竟強奪以歸之士。奪之不已，乃至謂諸侯繼位，須御三載士服。說經如此，其與洪水猛獸，又奚異耶（此公因士冠禮曾取用韎韐，遂即指韎韐為士服，殊不得不謂之荒謬異常。然細繹之，則其心中，似尚不無一隙之明。設非然者，彼或即根據此二字，以此詩為天子相諸侯舉行冠禮，彼逐臭之夫，亦必翕然從之也。惜此公未設想及此也）。

赤芾在股邪幅在下

古之人上衣下裳，裳之外復加以韠，然後以帶束之（就經傳攷之，似古所謂衡者，即指帶而言，謂其橫於腰也，故玉藻不言有衡制，然尚未得有確証也，茲仍原本舊說）。其所謂衣者，只此而已（衣之中復有襦，然不必備，大抵猶今之裏衣也）。韠在上古謂之芾，至春秋季年，始轉稱為韠。此非名稱有改易，因芾本音福，字音遷變，福字漸轉作逼音，故芾字亦隨之而轉作韠也。芾字之古文本作巿，原為象形字。上一橫象其肩，肩外之飾兩幅相並，中一直則象其會也（會即縫）。肩與下之兩幅，似不相聯屬者，明肩之外有衡以緣之，衡之下始為縮幅也（衡今俗作橫，縮今俗作豎）。此猶古衣字作仌，上之領與下之袵袂，亦不相聯屬，所以明其為衰也。古者天子朱芾蔥衡，諸侯卿士大夫赤芾朱衡，下大夫士菽芾金衡。此外更有所謂韋芾回衡者（見趩尊），當即指韎韐言之。厥後時代遷移，名器日濫，雖天子制服，亦不時賜人。如番生敦，毛公鼎，皆有朱芾蔥衡之文，則其他之等威，當亦不免隨時更易。曹一小國，而赤芾至於三百，此詩人之所以歎也。迨及春秋之末，天子之名器，不復足以役人，於是乎家自為制，而芾之嚮以朱赤為尚者，而轉而以素。玉藻云朝服之以縞也，自季康子始也。康子世卿，而棄赤用縞，則是時當無復有用赤者矣。儀禮所載，多春秋末年事。故冠禮所陳，除三加之韎韐外，再加即為素韠，初加乃為爵韠。爵韠者謂其色似爵頭（爵古雀字），殆猶是昔之菽芾（菽芾，一曰幽芾，一曰黝芾，一曰緼芾，即黑色之帶也。菽、今之黑豆也），而素韠乃直以當昔之赤芾矣。若在前此，則素韠實喪者之服也（見檜風），此亦可以觀世變矣。玉藻一篇，乃七十子後人所記，故其文今古雜糅，頗不一致。如其曰一命緼韍幽衡，二命赤韍幽衡，三命赤韍葱衡（韍即芾字），乃雜記前人之說。至其言韠制，則又曰，君朱，大夫素，士爵韋，則又今制也。二者扺牾，殊不相入。又其書多錯簡，其言芾制，乃離析為三，一出韠制前，一出韠制後，而中間又橫插入一命緼韍幽衡數語，復錯落不成句讀。竊疑其所謂芾者，即古之衡。故古器之言命服者無芾，而今制則無衡也。又按君芾用朱綠，即所謂葱衡也。大夫素芾，則以後世大夫之赤芾，易而為縞，故朱衡亦易而為素也。士之緇芾，即所謂幽衡也。以前人之言芾與衡者，兩相對照，則衡之即芾，可無疑也。三百篇之作，大抵皆在孔子前，故所言多古制。邠風之我朱孔揚，為公子裳，斯干之朱芾斯皇，皆指天子言之，故皆用朱。至采芑則方叔亦命朱芾，是卿士已漸及之。而采菽咏諸侯來朝，乃猶沿用赤芾者，則以其時去宣王未久，其制猶未甚濫也。赤芾在股，邪幅在下，二語本皆指韠言之，非謂赤幅之外，別有衣名邪幅者，更出於芾下也。芾之制，下直注於蹠，故又名蹠注。蹠乃足蹀，其下惟足耳，更有何物乎。毛氏不知邪幅之制，乃臆為之傳曰，邪幅幅偪也，所以自偪束也。語雖不合，且牵強可笑，然尚不甚相遠。以由其所言幅偪二字推之，其所謂幅，殆猶指芾言之。其所謂偪，乃謂其緣，故云自偪束，初未嘗離邪幅與芾而二之也。芾之緣，本不必盡邪，毛氏之以邪幅為芾緣，原非本義。鄭氏作箋，則並毛氏之所謂幅偪者，而亦莫名其意。運其萬物在我之手筆，而判斷之曰，冕服之謂芾，其他之謂韠。說已大奇，衣服之名，乃隨冠服為變易乎。且所謂其他者何指。設人不幸，易其冠而不易其服，則此服將遂無名乎。寧非怪事耶。其下抄撮玉藻，尚無錯誤。惟至其解服字，則已寓有深意曰，脛本曰股。是其意謂經之所云在股者，乃在於脛之本，至脛以下，則非所在也。若然，則所謂芾者（即所謂韠），當不滿二尺，而今之韠，乃長三尺者何耶。豈古人之脛本，固能長及三尺耶。恐古今初無此長大之人也。其下遂至捋其愚陋不通之見曰，邪幅，如今行縢也，偪

束其脛，自足至膝，故曰在下。斯此公之意了然矣。蓋此公不識古制，妄意邪幅為行縢，由是遂妄分股與脛為膝以上膝以下，而於芾之長短，則已忘之（芾之長，初非至於膝以上也）。第經傳之言古人服制者多矣，何嘗有行縢其物者。即以行縢言之，人之久於行路者始服之，故曰行縢（殆即今之裹腿），初非人人之所通用也。今諸侯來朝天子，詎皆跋涉奔走而來，胡為竟著此不制之物，豈真如杜甫所謂麻鞋見天子者耶。寧非笑談耶。後儒之不通，尤甚於鄭，故多採用其說，而求之莫悉所本。乃強以左傳帶裳幅舄，及內則偪屨著綦之文，指幅即偪。偪與芾初非一物，然亦無以見偪之即為行縢。不知古所謂幅與偪者，皆芾與韠之異體字。二書所言，不惟不足證其為二物，實反以

證明其為一物也（韠又作縪。既夕禮，縓縪、緆、緇純。縓即緼，縪即韠，玉藻所謂一命緼韍是也。緆、細布，純、緣也。言此緼韍以細布為之，而更以緇緣其外也。五字皆指韠而言。鄭氏於古人衣制，全無領會，乃逞臆一味亂注，卒之全不成語，可笑也）。不知此之所謂邪幅者，乃正指芾之幅言之。芾之幅不必邪，而此之幅則邪也。蓋韠之制天子直，公侯前後方，大夫前方後挫角，士前後正直。前後方，及正，皆用全幅。其有邪幅者，惟後之有挫角者，以後世言之，實大夫之命服也。今諸侯服大夫之命服，且更申之云，天子之所予，此其所以為刺也。今按此詩所言，路車乘馬玄袞及黼，或驂或駟，以及此章之赤芾而邪幅，皆以形容其錫予之薄，故諸侯怨之，而無以收天下之心。世儒不明古制，不知時會之遷移，而憑空逆億，此其所以子夏雖明著其為刺幽王，而亦無從得其說也。此詩惟刺其賞薄，故託言中原之菽，人皆知采之，而柞之枝，亦惟葉是賴。則天子之於諸侯，其鄭重當何如者，而其賞乃如此，亦苟且相與安之而已（篇末二語，乃是正義）。詩刺其薄，而世人反不見其薄。以就詩所言，若在成康之世，原不得謂之過刻。惟時至宣王以下，名器已濫（觀采芑可知）。而幽王之所以懷諸侯者，猶復援用舊典，至使列國諸侯，其車服或反不及乎王朝之大夫。相形之下，所以不勝其觖然也。玉藻之以挫角之芾，歸之大夫，殆亦就名器已濫後言之。若此詩則為濫之始也。古今來文章制度，無百年而不變者。故考禮制者，尤須注重其時代。若後儒則並其實物而不知，又何望其知所輕重矣。

辛酉冬至月

臨清吳桂華秋輝氏手著

犉

無羊、誰謂爾無牛，九十其犉。犉字甚罕見。作爾雅者，不得其義。以犉字之音，與脣近也，遂即脣字附會之曰，牛黑脣曰犉。夫世之理牛，豈有專論其脣者。牛之脣有何特異處，而乃特即其脣以命之名耶。以脣論牛，其說已大可笑。而毛氏傳詩，則以為言黑脣者，必其脣之色，與體色異者也。不然何以獨見其脣為黑色乎。於是乎更從而附會之曰，黃牛黑脣曰犉。於牛之上別加一黃字。而犉之稱乃不專主於脣，更須兼論其牛矣。殊不知爾雅之所以言脣者，特以其音相近。至脣之色非赤則黑，原無甚殊異，其言黑者，亦不過姑指一色以實之，意在乎脣，初不在乎黑也。毛氏不體此意，乃更於脣之外，參入以體之色，則於原本言脣之義盡失矣。前後兩大儒，信口開河，乃愈謅而去題愈遠。吾恐癡人之說夢，竈嫗之說鬼，其離奇亦不過如是耶。特是古今來人之言牛者多矣，曾幾見有一及於其脣者。人之言牛，初不及脣。則此前無古人，後無來者之名稱，果何由而起，豈詩人專為解此詩之犉字，特別撰成斯義耶。今按此犉字，本即淳字。因其言牛也，故改用牛旁。古文往往如是，如闇之義本為門，因其言車也，故更改用車旁作輡。參之義本為三，因其言馬也，故改用馬旁作驂，皆此例也。淳之義本通純，謂其色之純一不雜也（周禮地官，質人掌其淳制，註、淳作純）。左傳襄十一年，鄭伯賂晉侯廣車軘車淳十五乘，謂廣車軘車，一色者各十五乘也（杜注謂兵車之稱曰淳，乃望文生義，信口穿鑿耳）。九十其犉，謂牛之一色者，其多即至於九十，以見其他之不一色者尚多也。鄘風之騋牝三千，即此義。騋即驪，謂馬之驪色而牝者，已至三千之多，則其他之牡及各色者，更爲容以數計。非謂三千外更無馬，此之九十，亦非謂九十外更無牛也。句中一其字，其義至明，謂九十乃其淳者也。舊儒不知就文義攷索，乃專意逞臆妄指，胡牽亂扯，又何怪其愈解釋而愈不通乎。

域

中國自戰國以後，人心陷於獸慾，其思想日趨於鄙近，而社會之智識，亦遂一落千丈，不可復振。故其視春秋之末，相去雖僅百數十年，而程度之相差，殆不止於天淵霄壤。退化之速，言之實堪驚怪也。惟其智識日低，故其於三代之文明，於最短時間，竟至於破壞淨盡，諸子百家之反道敗常者，無論矣。即所謂儒者，其荒謬不通，支離怪誕，已令人不勝唏歎。不惟於古聖賢之道德政治，大義微言，絕然未嘗夢見，即其於前人所遺極明瞭之文字，而亦朝絃暮誦，劌心嘔血，卒無由以審知其義，則其他更何論哉（戰國時之儒，除孟子外，殊鮮通者，即荀氏已遜一籌，此但觀於周禮、祭法、明堂位、月令、諸篇，其不通即不難攷見一斑。若爾雅公穀之作，其出於秦前後，尚難攷定，惟其荒謬，更遠超乎前書之上。竊意戰國時人，其不通之程度，尚不至此，則其書當作於西漢也）。三百篇所言之名物，皆其時婦孺所與知，日常所習用者。故謳吟，直遍乎上下。迄今雖遠隔兩千餘年，苟能即實物求之，尚不難於推知其崖略。乃當時之所謂經生者，設教授徒，著書立說，儼然以先覺自命，而於眼前事物，十之中反誤其八九。蓋審理之作用一失，雖有極顯確之佐證在前，而彼亦目迷五色也（如定即臀，人之所共知也，而彼則曰，定非臀，乃額也。仇即怨仇之人，人之所共知也，而彼則曰，仇非怨家，乃良匹也。其如此者甚多。在後世之經學家言之，幾竟視以為天經地義，吾恐在有理性者視之，當無不詫異也）。

雖然，限於社會之遺傳性，其宜知而不知，猶可說也。以一旦苟懲其不知而深求之，則不知者即不難變而為知也。乃不謂其於不知也，不惟不肯自以為不知，且自以為大知。不惟不肯自以為不知而別求知，且以為他人皆不知而己獨知。他人之求知者，方當轉而求我。則是本陋也，乃轉而為妄矣。本求智識也，轉而詐欺矣（今之所謂漢學家者，即傳授此心法）。蓋其研經，非為義理，乃以此為職業也。漢代經學之壞，此亦其一因。自漢以後，至於今日，皆然。故歷來言經學者，其目的無一不在於經學以外。十之九為利，而其一則為名也。其超出於兩者之外，而一以經為事者，三千年來，其惟予一人乎。余苟肯禍一國而為利，當不難為康有為梁其超。余苟肯欺世而盜名，亦不難為章太炎劉申叔。二者皆不屑為，然則予其窮乎）。說經者既志不在經，而惟以欺世盜名為務，其間之尤欺誕者，遂乃專意搯摭經書中，人所疑不能明之字面，捕風捉影，憑空揑造，叙為種種無稽之怪說，以求合乎當世之人心。而聞之者，亦第喜其新奇，而競相傳誦。至其於文字上義理上事實上，確能有合與否，則絕不慮及。蓋理性之喪失，舉國皆同，已演成一般人之普通性，固無望其一能為審理之攷慮也。殊不思古人出言，最忌無稽。齊東野人，通儒所笑怪，為夫子之所不語，初非有意為之。以稽之以理，根本上絕不相容。人苟非自欺欺人，更安所得其語以語之耶。況三百篇為道達性情之書，一人作之，即全國誦之，聲入心通，要在於人人共喻。故凡所託興，取材雖富，却無一不近在目前。因託喻苟稍涉隱僻，人且聞之而無從知其命意之所在也。乃不意後人以失其理性而喜怪，因此反竟以誣及古人，一若古人為詩，非求人知，乃專為誌怪作者。嗚呼，詩苟如此，則詩之亡久矣，又何望其上下風行，即物抒情，聞歌知感耶（尚書託始于堯典，而三皇五帝之說，反盛倡於戰國之世，而許行乃至上託於神農，理亦如此）。即如騶虞者，騶人虞人也，故禮稱騶虞之義為樂官備，謂樂其官之備舉其職也。官字正指騶虞言之，此無可易者也。而說者則曰，騶虞者義獸也，白虎黑文，不食生物者也。信口而談，絕不知其出何經典。虎既不草食，又不食生物，然則此虎殆不食而生者乎。又如六駮，今雖尚未能確指其物，然以上文苞櫟，下章苞棣樹檖推之，其亦必為木之一種，則有可斷言。陸璣謂梓榆一名駮馬，謂其皮斑駮似馬也。義頗近之。而說者則曰，駮如馬，倨牙食虎豹者也。此種馬不知何代有之，抑何地有之。馬草食，故不倨牙（凡草食者牙皆平）。若既倨牙，則絕非馬，不知其何以反冒馬名（駮本馬名，即鴇字，叔于田所謂乘乘鴇者也。說者以駮之義為人所習知，乃故改其字作駮，一若此字之原為駮，非駮也者。不知駮與駮原只一字，古文從交者，故時作爻也。如猗重較兮之較，在古器中，無不作駮者。即改駮為較，亦不見其為倨牙食虎豹之馬也）。駮以虎豹為食，天下安得有此許多之虎豹，以資其生活耶。且隰胡為而有此怪物，此怪物又何以必為六（六駮乃一名詞，此二字大抵皆出於假借，不得析言之也）。於輿言未見君子之前，何以無端忽及此怪物。在古詩人，不且為語無倫次耶。此外如晨風，晨間之風也，而彼則曰否，晨風鸇也，然則晨間之風轉無名矣。螽、蝗也，而彼則曰否，螽固蝗，而茲則非螽，乃螽斯也。螽斯何物，即今之所謂蟈蟈也。而蟈蟈之有羽與否，則彼初不知也（至爾雅則因此並析彼螽斯之螽斯，亦強解作名詞．推其意不過欲與此螽斯作陪襯耳）。其餘之類此者，不可悉數，已散見各篇，茲不絮論。至其尤謬者，則彼何人斯為鬼為蜮之蜮。語其實本非僻字，而盲儒因一時不得其音義，乃竟藉之，以大肆其無稽之怪說。無論無理，肆口讕言，雖三尺童子，亦當能知其謬妄，而蓋以出諸口者。而我國之所謂大經學家，大博物家，大道學家者，反無不醉心其說，而後生為之踵事增華，曲相附會，直至於今，絕無一人，能解其為欺謾者。所謂國民知識者，其墮落乃至如是。若自其聰明神聖之先人視之，其痛哭流涕，當如何耶（古人見此，亦必不痛哭流涕，不過說以為原本人也，茲何以竟變為獸耶。而今人因以獸為目的者也）蜮者，毛傳云，短狐也（短狐字見大招。阮　校十三經注疏，因蜮有含沙射人，及射工水弩之說，乃徑欲改此狐字為弧。此真中國人之知識也。蓋中國人初無理想，而惟知事他人已成之學說，或事業，而從而附會之，以求沾其餘瀝者也。質言之，則中國人者，無理想，無獨立性質之國民也。為人若此，其何以對三代上之國民哉）。引而未伸，初未言短狐為若何情狀（夷攷其時，怪說久已盛行，而毛氏獨畧而不言，豈亦知其言太俚，而有所羞以不肯出諸口歟）。然以蜮為短狐，已涉怪誕。狐獸類，蜮虫類，短狐何以轉名蜮，此即字義上言之，已不能通。毛氏此傳，雖似不甚以怪說為然，然其以蜮為短狐，蓋猶是指山責磨之伎倆也。至洪範五行傳（五行之說，戰國以前即無之。若以五行而牽連及於洪範，則西漢亦所未有，攷古者當知其世也）則曰，蜮如鼈三足，生於南越，南越婦人多淫，故其地多蜮，淫女惑亂之氣所生也。如鼈三足，乃陋儒臆造以說能字之文（左傳稱鯀化為黃能，入於羽淵。陋儒以能陸獸，何以能入淵，乃妄解以能為三足鼈，而神禹及成為鼈種矣。此等謬妄之儒，想至今猶在拔舌地獄中也），今更假借之以說蜮。可見一般陋儒，其頭腦之簡單，即任意捏造，亦說不出幾多形狀也。

三足之鼈，何以即見為淫惑。女必如何始可謂之淫，而後乃能有此特異之氣，以生此特異之鼈。且其所謂南越者，乃今廣東嶺外一帶之地。其地在宋時，猶且為流放罪人之所，其在宗周，直不啻窮髮天池。蘇公生長王朝，何從知其地之有此怪物，而託之吟咏。即使彼獨知之，而其物為人生之所不常見，更何從想像而賦之以名耶。此其怪猶未已也，又云一名射影，在水中，人在岸上，影見水中，投人影則殺之，或曰射影，或曰含沙射人，入皮肌其創如疥然。誠可謂極胡說之能事矣。人影初無知覺，其射何從知之。而人影見射，何以即見殺。況人即見殺，亦終無由知為其影之被射也。其說之不通，想其一己，亦自知之，故又改稱射影為射人。乃又云其創如疥。夫如疥，特稍作病癢耳，此乃人事之常，鮮所留意，更安見其必出於此物之為祟者。人不必皆入水，入水又不必皆遭射，而遭射更復無關大痛癢。則此絕無僅有之遭逢，果烏從覩見之耶。且更何從決定其物之即名蜮耶。然服虔則附會之曰，遍身濩濩或或故名。夫濩濩或或四字之形容詞，可謂妙絕古今。即遍求諸文字語言，恐亦不能有兩。蓋此公冀何或字上附會，而苦無其語，乃就方言中恍恍惚惚四字，改頭換面，因而變成此絕世無聞之怪聲。其情可笑，亦可憐也。而陸璣則更為之引進之云，江淮水皆有之，南人將入水，先以瓦石投之，令水濁然後入即此故。陸氏此語，乃專為舊說所云南越兩字與情事不合，故特遠迎此怪物，過嶺渡江而北（陸本江淮間人，乃無端與鄉里間，憑空添此一種特產，可謂誼切桑梓。然尚未並將婦人多淫等云云，一併牽入，當不勝其遺珠之憾也。前人之指為南越，原係指山賣磨，近恐有人實地攷求，為之揭穿，初非不能近指。若陸氏則白晝眠中見鬼矣）。好在若輩之造化在手，高下因心，雖萬里亦猶如庭户，不過筆墨間一轉移事耳。特是陸氏所主者，乃射影說。既云射影，又何必人之入水，人若入水，不轉無影乎。又云以瓦石投之令水濁，夫人所能入之水，必非歸涔坎窞，其清濁豈瓦石投之之所為力。川澤溪澗，若必待瓦石投濁然後入，則將無入水之日矣。水之濁者不必投，水之清者，又豈投之能濁耶。況清濁與影已無復關係，豈南人竟至於若斯之愚耶。此外則更有可發一噱者。孫思邈云，射影一名射工，其蟲無目而利耳，能聽聞人聲，便以口中毒射人。其說尤怪。無目利耳，容或有之，然聽知人聲可也，豈並能聽知人影。若云射人非射影，則人在岸上，蟲在水中，彼將向何處射耶（孫說見大招注）。此公於所著醫方，尚託之於龍宮，此等言論特其餘技耳。所可憐者，諸公於蜮之情狀，言之津津，鬥險出奇，一若曾目睹其物者。乃一叩其蜮字之究讀何音，則又或讀或，或讀域，各不相謀。然則其物果何名乎。並其名而不知，又何所據而知其名之即為此字耶（大抵諸公所言，或稱短狐，或稱射影，或稱射工，此外更有稱水弩者。微論天下必不容有此怪物，即使有之，亦無見其物之即名為蜮，況併其字音而不知耶）。今按蜮字，不惟不音域，並不音或，實則音蟈，乃今蟈字之古文。後世於或字外加囗，隨儒因不復能知其原為一字也。蓋古國字原本作□（見龜文），中方者，象都邑，外作繩狀以圍繞之，而以兩手，牽合其端，表示其界限，為力所能及之地。至金文，則日趨簡易，乃取原來之曲線，直之而立於一傍，更以下之兩手，橫之而分屬於上下，遂成或形，毛公鼎國字猶然，初非從口從一從戈也。或字之從戈從一，本為國字之變形，故國字在春秋初年，無加囗者，因加囗則於義為複也。厥後於六書之誼，漸即不講，而或字又時時借作他用，於是始有於或字外，更加以半囗者。國佐鑰始作國（又名西郭鑰），周距末始作或，則其世已在定哀以降矣。蘇公此詩，作於西周，則其字自應作蜮。乃世儒不知文字之有轉變，竟判蜮與蟈而二之。此蜮字之所以遍求而不得其物，終不得

已而誕妄之說應之也。蟈之為物，原本有二，一螻蟈，即今之所謂蛙（蛙在口語上，讀如外下平聲）。螻蟈二字，實為蛙之切音。月令螻蟈鳴，周禮蟈氏掌去蛙黽，皆是也。此詩所本，亦即此義。蟈潛於水，故云不可得。猶四月匪鱣匪鮪，潛逃于淵意也。又其一則為蝗類，青色長股，無羽而有羽鞘，能相切作聲，今世俗呼為蟈蟈，亦曰蟈子。陋儒妄指以為螽斯者，即是物也（蟈子之雌者不能鳴，世俗呼之為母尤（譯音），尤字當即域音之轉也）。春秋莊十八年，秋有蜮，乃指此言之。蜮之性，嗜食菽類之葉，雖不甚傷稼，然過多則亦足以成災。以葉多被食，則禾稼亦不能生也。惟其事甚罕，故春秋二百四十年中，僅此一見，初不若螟螽之多，殆亦一種天災也。陋儒不知細攷

，並此蜮字，亦以種種之怪說當之，尤為無理。春秋之義，不成災不書。魯非水國，又從何處來此許多之三足鼈，以致形成禍患耶。然攷此種怪說之興，其來甚遠。公羊傳云，蜮之猶言惑也。是公羊氏，已不能識其字。其所謂惑者，今雖無從求得其說，但以惑為言，則後來種種不可究詰之事，當悉已萌芽於此。大招云鱅鰅短狐，又云蜮傷躬只，則楚季世，其說久已盛行（惟大招以短狐與蜮為二，而毛傳則一之，是則歧之中又有歧也），固不待於漢人之洪範五行傳也。韓昌黎云，今之人不求其端，不訊其末，惟怪之欲聞，彼又烏知其道之不始於今耶。吾民族之智識，其能有復返之一日乎，則全球大同，世界偃兵之期不遠矣。

蘞

唐風、蘞蔓于野。蘞字毛鄭皆無注。陸璣草木疏云，蘞、似栝樓，葉盛而細，子正黑，如燕薁，不可食也，幽州人謂之烏服，其莖葉煮以哺牛，除熱。其說殊不明了，幽州人亦無知烏服之名者。今藥中有白蘞子，不知與陸說是否一物。究之其草為一種藥草，初非一般人所習見。詩人託興，必不肯稍涉隱僻，使人聞之，不能明其用意也。今按蘞即世俗所稱之大碗花也。蔓生，葉細碎，其花近似牽牛，作喇叭狀，北地田野多生之。其瓣皆單式者，惟其草有一種特性，世傳於五月五日日未出前，在田野取其草，由門前羊溝內，輸入家中植之，則其花變作複式者，號轉種蘞。余試之良然，此真物理之不可測者。觀其以複式者為轉種，則其本來之未變者即蘞可知也。又此詩次章云，蘞蔓于域，尤足為此草之證。蓋其花雖亦自秀倩可觀，然因其過多故，藝之者絕少，人皆以凡卉視之。田畝之間，恐其害稼，見輒除去。惟兆域墳墓等，耕耨所不及之地，尚可以容其發生。詩以蘞之蔓于域，與葛之蒙于棘，連類成文，其義至顯。蓋葛不得蒙楚，而猶有棘，與蘞不得蔓野，而猶有域，雖非得所，然猶得資之以為生。若並此無之，則將無以自存矣。此詩人之所以深為獻公憂也。

菅　莞　苕

菅與莞本即一字。古文形聲之字，其同聲者，每可互易也。菅字或通作筦（磬筦將將），即其鐵證。官與完，古音本不相遠也。然二字雖同為一字，而在實用上，因相沿慣習之故，漸分而為二。但即其草名言之則作菅。可以漚菅，白茅菅兮，露彼菅茅，以及逸詩所謂無棄菅蒯，傳所謂編菅皆是。若以其既作成之器物言之，則作莞。下莞上簟，及周禮司几筵，所謂莞筵者是。二者雖異而實同，猶菲本草名，而其作成之器物亦曰菲。後乃以匪（即篚，後人以其多假作非字用，乃更加竹），扉等字別之也。菅乃茅之一種，葉細長而柔韌，漚製之，則可以績成種種之器物。古人之槈，多以菅製之，故槈字古作蓐。而蓐亦即名莞，莞筵之製大畧同此，特其用與形式，不無稍異耳。至編菅之制，乃取未漚之菅而粗編之，以備包物之用者。蓋古人無紙，凡包物，其貴者 則以玄纁布帛。其下者則以編製之草，今稱包物之草曰草紙，其遺義也。菅與茅本同類，相去無幾，故二物悉可入用。詩所稱白茅包之，及易所稱藉用白茅，皆指已編製之茅而言，非茅自能包物也（前人不知此義，故對於野有死麕章，講成種笑話，閱此當啞然矣）。菅之質更精于茅，則編菅之更適於包物，斷可知也（編菅編茅，製雖畧同，然編茅粗而編菅精，編茅厚而編菅薄。左氏極形容國人不忍爇郤宛之家，故不言編茅而言編菅。編菅猶今言薄紙也。此義亦從無人識）。舊儒不知二字之原為一字，乃信口開河，於莞字讀官，於菅字反讀為尖，事已大奇。菅字明從官字，何處更得有尖音耶。至其於二字之義，訓釋尤怪。毛傳白華篇云，白華，野菅也，已漚為菅。其說殊令人莫解。白華與菅一物耶，抑二物耶。白華既為野菅，則下不應更有菅。果如所說，則野菅菅兮，成何語耶。又云已漚為菅，所謂已漚者，果指何物言之耶。其指白華言之耶，則上言白華下言菅，一物兩名詞，相屬成文，古今絕無此文理。況下文更有露彼菅茅之語，已經被漚之物，尚何露之足云耶。其非指白華言之耶，則其未漚前，又何名耶。音義知其不通，乃於陳風漚菅下改注云，茅已漚為菅。不惟於白華之菅茅並稱不合，且菅已為已漚之名詞，何得更謂之漚。豈所謂漚菅者，乃取已漚之茅而復漚之耶。左傳亦稱武城人拘鄫人之漚菅者（哀三年）

，則漚菅乃古人常事，幾見有稱漚茅者耶（若
如音義所稱，則當言漚茅，不得言漚菅也）。
不知菅與茅雖屬同類，然菅貴而茅賤，第貴者
亦須賤者以約束之，以刺申后之不能匡正幽王
（或疑菅茅乃分指申后褒姒，不知此詩至鶖鶴
之喻，始及褒姒也），至成褒姒之亂。其義甚
明，舊注云云，全然不能成理。其成此不通之
說者，特因常見有漚菅之文，而強行以漚字拉
入之耳（毛氏之意，殆直以菅字，作漚字用，
如云白華漚兮，而不悟其不通何也。然集注猶
用其說）。鄭氏注斯干篇云，莞、小蒲之席也
。小蒲二字怪絕。蒲則蒲耳，豈得因其小，而
遂別易一名。古人筵席，各有定制，寧有小大
之分。且其所謂大小者，果以何為標準耶。蓋
此公本不知莞為何物，因毛於此文無傳，而周

禮司几筵有莞筵莞席之文，乃臆知其為席名。
而莞字從草，莞筵之次一等，則為蒲筵，遂妄
意其亦為蒲製。其指以為小者，因諸侯祭祀蒲
筵之上，加以莞席。莞席在蒲筵上，則其制當
較小也。此等推理殊足令人失笑。夫五席之所
謂熊繅莞蒲葦者（舊注五席為莞繅次蒲熊，有
次席而無葦席。此乃不明五席之制，而循文摭
數，故高下等級，凌亂無次。而數至熊席，五
數已滿，乃逕將萑筵葦席一種棄去之。前人之
不明事物，不耐詳數，類如此也。不知經所謂
次席者，非別成一種，次乃重字之意，即承上
文之繅席言之。蓋天子惟大典禮，如御席三重
，此外無御之者，故次席不為定制。謂之次席
，不過謂仍用上之繅席而重之耳。若葦席則上
下貴賤，凡遭喪禮所通用者，與五几中之素几

，正相對成文，寧容屏之於五席之外。五几之玉彫彤漆素，與五席之熊繅莞蒲葦，其次第正各各相值。最下者素几葦席，喪事無飾，故用之。自餘則以次而貴。五几已有授几有緝御說。若葦席之上則為蒲，以蒲製者也。再上為莞，以菅製者也。再則以繅以麻製者也。極貴者為熊席，乃以熊皮為之，非常人所能御者也。筵與席畧同，在下者為筵，在上者則為席，故二字又常通用。歷家儒家，於古人筵席之制，無一言之了然者，故詳著之），皆以其質言之，初無有言其大小者。同稱為席，則總括一切言之，不得更於其一類之中，再以其形式為分別也。五席中既有蒲席，即不得再有蒲席。若如所說，則蒲席一種，寧止可分為大小耶。莞之位置，在乎蒲之上，繅之下，則菅之為用，

其貴不及麻，而其賤亦不及蒲可見。古人之為褥率用之，故下莞上簟之文，禮經屢見之（既夕禮），不第詩言有然也。菅在秦漢前，用途甚廣，故人多樹藝之。以其劣於麻而可績，貴於茅而易長也。自木棉興，遂與麻同漸歸於淘汰。麻因他用，猶未至於全廢（古人之布帛服御，除絲外悉為麻也），而菅則幾近乎絕跡矣。間餘有少數區域，特植之以為緝屨之用者，然甚罕見，今沂州府人製帽之瑯玡草，即是物也（三國志孔明羽扇綸巾，綸音官，即是物。爾雅謂東海有草名綸，亦由是物傳訛也。蓋此草績成後，甚似綸也），其地仍名菅草。土人知其為綸，而不知其為菅。此則由於菅之名，久被後人誤讀為尖也。差以毫釐，謬以千里，其此之謂歟。

螟

前人於其所不知之字，隨意妄讀，以致實用上，文字與口語不相應。故攷古者其物雖近在目前，而終不能有所領會。有其名者失其物，有其物者失其名，此歷來治名物學者，所以十有八九，不相脗合也。三百篇中，其似此者，不遑縷述，已數見各篇。又如螟字，本音眠，即世俗所稱之螟蟲也。體小於蠶而有毛，黑色而有赤點，長僅寸餘。其來也，遍地蠕蠕，一望無際，幾令人無插足處。所過之地，禾稼之葉一空，其害殆與蝗相伯仲，而較蝗稍罕見。以視諸其他災祲，則為尋常事矣。故春秋之書螟者三，僅視螽為稍少（螽即蝗），其為物可見矣。冥與民古本一音，其轉音皆為眠，故眠字，古文作瞑，孟子若藥不瞑眩是也（二語本出說命，但係偽書，故仍稱孟子）。世人知瞑字之讀眠，而於其他從冥得聲之字，則概讀作冥聲，詎非知二五不知十耶。然以此之故，世之讀詩者，遂不知螟之為何物，而種種囈說以起。以害稼者，人人知有眠蟲，初不知有冥蟲也。作爾雅者，以不識字故，不知詩所言螟螣蟊賊者為何物，乃異想天開，不即物以攷察之，一以其所食之部位斷曰，食心曰螟，食葉曰螣，食根曰蟊，食節曰賊。至其食之者之種類性質，則無復辨。一若有一物焉，初食其心，則名曰螟，繼食其葉，則又改名曰螣，由是而根而節皆如是。然則此食之者誰耶。有一蟲而兼食數處者，其將逐其所食之處而名之耶。抑有數物同食一處者，其物遂無復辨耶。如謂四者，乃即其所食之處之蟲，而擇要言之，則四者必各有其形狀也。而今俱無也，然則其說，亦只等於胡說而已，於實事無當也。不然螟吾知其食葉，非食心也。然則螟螣其謂之螣可乎。此等謬不成理之怪說，而世俗竟奉之為經典。苟非全國人俱失其理性者，寧容二千年竟無人一致疑乎。

舜

有女同車，顏如舜華。舊注舜為木槿，殊乏確證。舊儒所釋草木之名，多不足據。此之以舜為木槿，殆亦以舜與槿音稍相近，因遂臆指之耳。然舜與槿雖居同部，却非同母，以槿字為見母，舜字為審母也。古今來字音轉變，十之八九，皆變其部而不變其母者。如厲能變而為列賴戾辣，列賴戾辣之同部者，不能變而為厲也。舜之不能為槿，義亦同此。又古人初無藝花之習，故三百篇所言之花，無一非郊野所生，人所易見者。而木槿則必出於人之特植。月令之以木槿紀候（木槿榮），未始非淵源於此詩也。今按北地有一種野花，草本，叢生郊野間，葉大而麤，花略如葵，紅黃白各色兼有，人初無藝之者，而得地輙生，所在多有，土人呼為蜀介花，或為蜀季花，無能知其字者。曩嘗疑其當為蜀錦花之訛。今以聲音之轉言之，當即古之舜花也。蓋舜之母音本為蜀，故其音無論如何轉變，終不能脫其蜀音。蜀介蜀季，則其語尾之轉變不同，若蜀錦則其切音也。此較之木槿，似稍為可據者也。

栲

唐風、山有栲。毛傳據爾雅釋栲為山樗。此仍屬漢人指山賣磨之慣技。實則栲之何以為山樗，初無人能言之也。故陸機草木疏中已疑之曰，山樗與下田樗畧無異，葉似差狹耳，吳人以其葉為茗，方俗無名此為栲者，似誤也。陸氏於前人舊說，多所附會，茲竟聲言其謬，亦足見其說之太不足據矣。今按栲即今人之所謂核桃。核桃二字，原非其本名。不過後人失其本字，因其音尚與核桃相近，而其果又食核而如桃，故即以此二字當之。又作胡桃，則以北俗讀如胡之故。實則口語上，仍讀其本音如河套，無讀作核桃者也。河套二字，即為栲之切音。俗又呼笆斗為栲栳，亦因其形似也。栲在詩中常與杻對言。杻之為木，余尚未經實驗。據疏言，葉似杏而尖，其為木多曲少直，枝葉茂好，疏華如楝，而細蕊。則其大體多似栲。惟其實不可食，故南山有臺，以之自喻，亦猶臺萊桑楊杞李也。

樞　扶蘇　樗

唐風山有樞。樞字本樗之假借。樞之本義為户樞，乃日常之所習用，從未有木名樞者。而樞樗同聲，故詩人即假以代樗之用。此猶以堂代棠，以方代豐也。樗即今之椿樹，乃材之極賤而最易生者，小雅所謂蔽芾其樗是也。世之陋儒不知其字之出於假借，遍求之而不能得其物，乃憑空捏造一茎字以當之曰，樞、茎也。此等指山賣磨之無聊技倆，苟方寸中稍具有辨別是非之能力者，當無不知其為妄。蓋文字之所貴有傳注訓釋者，本因意有所不知，將賴之以求其知。今樞字雖不知其義，其字尚為人之所共識。若易樞為茎，則不惟其義仍依前茫昧，乃並其字，而人亦無由識之。此種訓釋，求知乎，抑求惑乎。其在作為此語者，初不過不肯直接自承為不知，乃特造為此絕不成文之字以自適。若曰樞即為荎，子知荎即知樞矣。實則荎之不可知，尤甚於樞。設更有以荎為問者，則彼必更演為種種不可稽之談，使人不可捉摸，終至於不得要領而止。而其問題，則早由樞而變為荎矣，此漢人不傳之秘訣也。無如中國人自戰國以降，其審理之性，已完全喪失，偶有所問，但彼有所答，即自視以為了解，絕不解為徹底之研究。人有問我者，我亦若是答之而已。此經學之沉晦，所以竟至千數百年也。迨郭璞注爾雅，因注已轉而為經（爾雅世固認以為經者也），荎字又須別為作注，而其字實無義之可言，不得已乃仍即樞字之義推之，注之為刺榆。其注為刺榆者，因樞字詩原與榆為對文，妄意其當為榆類，非刺榆果名樞，又名荎也。

特是榆與刺榆，至今人尚統稱為榆，絕無專名，則在古可知（大凡一種木名，常含有若干種類，遂類而名之，無是理也）。下句既言榆，上句仍言榆，古今寧有此文理。郭氏於名物學，本無甚心得，強半因文附會。況此二字，原屬憑空捏造，羌無故實，則其說之支離剌謬，固當然之勢也。至樞字雖屬假借，然其原本為木名。則依各章之義例推之，一望可知。而荎字乃特變而從草，此無他，不過因荎字若改而從木，則人將皆知其為桎梏之桎，而不得執以欺人矣。欲憑空捏造一世所本無之字，亦不甚易之也。然即此亦可知其謬已。

又按鄭風之山有扶蘇，扶胥二字，即樞之切音，其義亦即為樗。鄭音嘽緩，故綠為茹藘，樗為扶蘇。毛氏以扶蘇為小木，特望文生義，信口開河耳。實則鄭之山有扶蘇，即唐之山有樞也。此更可由比類而得者也。

螽斯阜螽

螽之書於春秋者，不勝僂數。其為蝗較然易見。顧螽雖為害稼之蟲，然其生殖之繁，實為生物中所僅見（產子之多者，在水族中，惟有魚耳）。據目驗者云，蝗之產卵土中，其數常為一百。迨經孵化，其九十九為蝻，其一則為蛆。產卵之孔直下。其出也，則蛆在前導之，穴地而旁出。既出之後，蝻漸踴躍而為蝗，蛆則蠕動不知所終。此屢驗不爽者也。尤奇者，蝗自受生以來，其腹中即先寄生一蛆，隨蝗生長，而即依蝗為生活。迨其卒也，漸由胸腹，而上抵其頭部，終則以傷及其重要機關，蝗死而蛆亦與之俱斃。故凡物之死，皆事前先作示疾狀。而蝗則有正在飛翔間，倏忽墮地以死者。此則以蛆在內部，突然傷及其要害，力不能勝而遂僵，事前有所不及知也。春秋書雨螽于宋，左氏以為墜而死也，正緣此故。此乃蝗之所特有者，初不得強以歸之他物也（注左傳者，不直釋螽為蝗，乃曰螽蚣蝑之屬，殊不解其命意。蚣蝑之名，刱自漢儒，世亦無其名也。又按漢儒所言蚣蝑之形態，甚似今之蚱蜢，在吾鄉土語，則呼為扁擔，因其體長而兩端狹也。諸處亦絕無名蚣蝑者）。詩人以后妃之子孫衆多，因即託螽以起興。此正古人之工於體物，擬必於倫處。乃一般陋儒，狃於後世褊淺滯謬之心思，以為蝗乃害稼之物，不應以之比人，更不應以之比后妃。無識之士，所見略同，亦遂深以此為古人病。無如螽之為蝗，實世人之所共喻，殊無法以施其變亂。不得已，乃併將下文斯字，合之於上，作為一名詞曰，詩之所言者，非螽也，乃螽斯也。人知有螽，人必不能知有螽斯，則此螽斯者，乃為吾所獨有，而無妨於隨意變亂矣。特是螽斯之名，雖可誣指，其物則究為何物者，是不可不更誣指一物以當之。於是望文生義，以為螽斯雖非蝗，然名之中尚有一螽字，則又不宜大遠於蝗，因即蝗類中求之。見其不害稼而又為蝗類者，惟蟈蟈為然（春秋書有蜮，蜮即蟈字。是蟈亦有成災之時，然其事甚罕，近兩千年，尚未再見也），遂臆指此螽斯為蟈蟈，即集注所謂長角長股色青，以股相切而鳴者也（此節即其大意言之，蝗類中初無以股相切而鳴者。其作為此言，特以邠風有斯螽動股句耳。若以其言求，則天地間絕無此物也。毛傳以為蚣蝑，因屬指山賁磨。陸機所云長而青者，似為今之蚱蜢。其云似蝗而小，斑黑，其股似玳瑁者，又為今之土螞蚱。二者不惟不以股相切而鳴，且俱不能鳴，尤不見其多子，故此舉其稍近者言之，當之以蟈蟈也）。顧蟈蟈雖不害稼，誰則見其有羽者。諸家之注者，雖說各不同，亦初無一人言及其羽。然則詩所言薨薨緝緝者，指何言之耶。此殆與漢儒釋鵙鳩為鶥鷚，而忘其不能鳴者，殆同一笑柄。而二千餘年人竟不之知，則其腦筋之簡單為何如耶。且螽斯羽三字，因斯字為語助詞，始能相聯成句，猶之乎麟之角，有之字然後成句。今若塗去之字，成何文理耶。此種無俚之謬說，原不足以欺世。乃中國人之心理，則專好聞此，此古書之所以多為所變亂。不知古人之託興，義各有其所主。節其一端，初非舉全體以況其人。此詩之託興於蝗者，取其多子。至其害稼不害稼，於詩意絕無關係，即與其所頌揚之人，絕無關係。狼跋之篇，曾以狼分喻周公父子，豈周公父子，以此遂化為狼耶。大抵後世是非之見愈不明，則其無理之忌諱愈多。充斯道也，則雖比之以麟鳳，不猶是夷人於禽獸耶。罕譬一途，將於是乎息矣。其尤可笑者，作爾雅者，因此之螽斯，命名甚奇，欲多方牽扯以為之證，乃併小雅中之拼彼鷽斯，亦割截下二字，以為鳥名。此則所謂，癡人前說不得夢矣。

又按螽既為蝗之通名，則隼螽乃蝗之大者，無俟贅言。乃作爾雅者，更別指以為蠜。其所謂蠜者，遍稽古書中，初無其字。或又以蠜為負版，與詩所稱趯趯者又不類。大抵此等字皆陋儒假以欺人隨意揑造者。古今來，曾無一人引用，尚得謂有其字耶。李巡注爾雅乃謂阜螽為蝗子，名實顛倒，殊堪發笑。陸機和之云，今人謂蝗子曰螽子。夫螽既為蝗，蝗子稱螽子，乃當然之事，豈得以蝗子稱螽子，便足徵阜螽之亦為蝗子耶。以羌無故實之爾雅，而強欲注釋之，則牽合附會，其弊必至於此也（爾雅一書，即令作者讀之，亦必不能識。即令作者解之，亦必不能解。本係空中樓閣，予人以不可究詰，藉以為藏身之固。世人不知其紿，而偏欲注之，豈非自討苦吃乎）。

焉得諼草言樹之背

諼、忘也。終不可諼兮，及永矢弗諼皆是。詩意畧謂，草以諼名，則顧名思義，其草當令人善忘。第草縱能令人善忘，其奈草自為草，我心自為我心何。計惟有取此草以樹之我之背上，庶此草得以與我心接近，而我心之憂，或可望其暫時弭忘。獨是天地間焉得有此樹草於背之事，則是我心之憂，終於不可忘也。此詩之旨，全從一諼字生出。以草既名諼，因對之以設為離奇之想，莫須有之事。末復以焉得二字點明之，以形容其憂實無計可以弭之使忘，非謂諼草果能以使人忘也。諼草即今之金針菜，俗又名黃花菜，乃人所常供食用者。果能善忘，則舉國將無一頭腦清醒之人矣。乃癡人前說不得夢。後儒因此遂以諼草為能令人忘憂。又又以詩言樹之背上者，為不近情理也，更改訓背字為北堂（背為北堂，然則胸為南堂乎，可笑）。若然，則樹諼草於北堂之上，又何難事，詩人何至並此亦不能之，而諉為焉得乎。詩人本設言為事之所必無，而後儒則必欲強解為事之所恒有，豈非有意與詩人為難乎。此詩以諼字生意，實為後世子夜讀曲等歌，以蓮為憐，以梧為吾之所本。說文偏欲改其字為藼，無論其絕不成字，且此詩若除卻諼字，尚成義意乎。

莫

魏風、言采其莫。毛傳、莫、菜也。此乃指山賣磨，望風捕影之詞。蓋其意以為，詩既言采，則其物當然可食。凡草之可食者，例得稱菜（菜之得義，即言草之可采者也），故即以園圃之菜字釋之，聊文飾其固陋。不知人之所取資於草者，其途甚多，寧止限於食用一端。不求實際，而妄希意外之掇獲，固未有得者也。陸機疏云，冀州人謂之乾絳，河汾之間謂之莫。其言是矣。乃又牽於舊說，謂其味酢而滑，始生可以為羹，又可生食，五方通謂之酸迷（此說似俗稱之土裹酸），今人繅以取繭緒。則又似是而非。大抵前人之言名物，概係紙上談兵，即間有所得，亦必東牽西扯，改頭換面，盡失其真象而後已。不知就實物以改正謬說，反就謬說以改正實物。夫實物豈可以容人臆改者，亦不過併其物而失之而已。今按莫即後人之所謂蒨，字又作茜。根可以染絳，世俗所稱紫草者是也。初本名莫。莫末同聲，故以莫染韋，其韋即名韎韋。傳所稱韎韋之跗注，詩禮所稱之韎韐，皆由此得義。至秦漢間，則莫之音又轉如茅蒐。茅蒐者莫之切音，猶菲之為茉莒，綠之為茹藘也。漢儒不知茅蒐之即為莫，又不知韎韐之稱，韎言其色，而韐則言其製，乃溷韎韐二字而一之，謂茅蒐即韎韐之轉音。特是韎固可以轉讀為茅，韐更何由以轉讀如蒐耶（說見鄭箋小雅韎韐傳。即鄭說觀之，則漢儒之於茅蒐，亦不知其為何物也）。至後世之稱紅色者或云韎韐，或變其文為靺鞨，則皆係沿康成之誤，古固未有以韎韐為色名者也。莫之為

草，雖無地不生，而尤以晉地所產者為良。晉都之名絳（絳即古紅字，絳之古音固讀紅也。絳之得義，原於洚水，洚古音亦如紅。今書則轉而為渾，水之渾者，其色多紅也。觀黃河謂洚即知之，二水古皆名洚水也。至後世絳之音既轉而如醬，故世人又多以絳字代醬色之用，非古義也。若紅字則古工字之繁文，其意即為絲工，漢沿女紅字，乃其本義，古人不甚行用也），殆即淵源於是。其名之特見魏風，當亦由此。顧莫雖產於晉地，然原本於陸草，初非卑濕之地所生。彼汾之沮洳，而彼猶言采其莫焉，其節物備用之意，固未可以厚非。而求非所有，責過於供，此彼其之子，美雖無度，終所以殊異乎公路也。次章之桑，三章之藚，義亦如此，而更有進。桑與藚俱堪以供用之物，

獨惜求之於汾之一方一曲，則非其地。桑之不生下濕，尤甚於莫，而蕢則更甚於桑。此皆序之所謂儉不中禮也。不然，儉為美德，又焉有其可刺者哉。

茹藘　綠　蕢

鄭風、茹藘在阪。毛傳，茹藘、茅蒐也。此乃因出其東門章，有縞衣茹藘語，知茹藘當為染草。而彼固陋之腦筋中，第知之供於染用者，惟有茅蒐。恰又不甚悉其物，於是遂即指之以為茹藘。至茹藘之何以即為茅蒐，固彼之所不問也。彼殆直以茅蒐為染草之代名，而不知染草可以概括茅蒐，茅蒐不得以概括染草也。此論理式如云，牛家畜也，豕亦家畜也，故牛即豕也。毛氏之以茹藘為茅蒐，弊正猶此。此種誤，若質言之，則人將無不失笑。然出自漢人，則較之其他之信口開合，隨意捏造者，似猶覺此為稍有根據也。今按茹藘，綠也。其草可以染綠，故即以其草名，小雅之薄言采綠是也。但各國之語音，輕重緩急不同，故在周則稱綠者，在鄭則稱茹藘。茹藘二字合讀之，則仍為綠字。此猶菲字，在周南則稱芣苢，而後世或轉而稱夫須也。爾雅以綠為王芻，殆猶是其以雎鳩為王鴡。乃不識其物，憑空造出此二字。以欺人自欺之詞，不獨後世無其名，即古時亦無其名也。綠之為草，既為人所資以染色，而其物又微而艱得，故小雅稱其終朝不盈匊。而東門之墠，亦以茹藘在阪，形容其地之絕無人過。以在阪則為人所易見，茹藘則為人所共求故也。又綠在諸色中，其品至賤，古惟賤者服之，故莊姜以綠衣黃裳，興賤之僭貴，而出其東門，亦以縞衣茹藘，與綦巾對舉，明其服之者之微賤。古書中之言綠色者甚鮮，殆亦由此。設茹藘為茅蒐，則其所染者為赤色。玄黃朱乃古人所通用，又安見其人必不若如荼者耶。若蕢字則又當為綠之轉音，毛之以蕢為水舄，乃因上文有彼汾一曲之語，妄意其草之當為澤生者。而彼所知澤生之草，又惟有水舄。觀其於芣苢，尚強以馬舄當之，則知此公於草類中，所知僅此，且又非真知。大抵於服藥時，見有此名目，因即舉以說詩。實則並不知其為何物，故旋又自以為車前。車前與馬舄，相去寧可以道里計。彼不過見其同為藥物，遂比而同之，以欺人之不知者耳。馬舄即水舄之大者，水舄又名澤舄（今人則書作澤瀉）。望文生義，遂更以水舄之名，當此詩之蕢。乃不意其所揣測者，適正與詩義相反。蓋蕢若果為澤生者，則采之於汾曲，正得其所，又何以為儉不中禮耶。至澤生之草，何必其即為水舄，水舄何以即為蕢。此等理論，初不得與漢人言之。

漢人之智識，但能知水舄以水名，當為澤生物。藚稱釆之於汾曲，亦當為澤生物。同為澤生物，則藚即為水舄而已。蓋猶是其以茹藘為茅蒐之故智也。他如爾雅之以藚為牛唇，則又原於其以馬舄為車前之誤。以車前俗固呼為牛舌科也（車前之葉似牛舌，故俗有此名。若改舌為唇，則又不成義矣）。郭璞注爾雅，則又以水舄為續斷。至所云寸寸有節，拔之可復，則又為木賊。截鶴續鳧，虎皮羊質，綜其弊，則皆原於俗讀藚如續。因純從續字附會之，續斷取其名，木賊則取其實，合二物為一物。癡人說夢，勢必至此也。陸機謂水舄即澤蕮車前草大，則仍沿馬舄即車前之誤。至云其味亦相似，徐州廣陵人食之。則又因不明詩言釆之者何用，故更附會為此說。實則無論其為澤舄車前，世固未有能食之者也。綠之轉藚，藚當讀如毒。凡從賣得聲之字，如瀆讀櫝犢等類然，惟續之音為例外（此即今音言之。今北人讀若序，以聲論則當為去聲，猶今人之讀玉如遇也。至古書若何，則不可知矣）。碌碡古為雙聲（碌碡今俗音如六州），則綠藚二字，實一聲之轉。續之延長音為陸續，當亦由續之發音字為陸故然。是綠之與藚，亦雙聲也。藚之用同於莫，而其不生濕地，尤甚於桑。且更不似莫之為當地之所出，故詩人因託興及之。陋儒不諳詩義，一味捕影捉風，東西亂指，可憐亦可笑也（然竟以此欺盡二千年之中國人，陋儒可憐乎，中國人可憐乎，必有能辨之者）。

又按漢縣中有取慮，屬陳留郡，集韻以為在今之臨淮。取慮在古本國名。古器中有取慮盤，銘曰，取慮二子商鑄其寶盤，用媵之麗奴，子子孫永寶用。知奴實為其國姓，他皆無攷。今以緑之或為茹蘆言之，則所謂取慮者，當即為古之录國。录之為國，雖不見經傳，而在古器中則數見不鮮。如录伯敦，录旁仲駒父鼎。又太保敦銘云，王伐录子，聽叡人反，王降征命于太保云云。則录在當時，固非甚微弱者。初則稱子，繼乃稱伯（太保敦為成王時器，录伯敦則遠在其後，至早亦當在宣王時也），則是原為子爵，周初成王曾伐之（其地在商奄之間，則王之伐录，殆以其黨於武庚故。以時代攷之，當不相遠也）。歸服後，乃漸晋而為伯。至其滅於何時，雖不容懸揣，然觀漢縣尚存取慮之名，則其亡亦必不能甚早。否則以附庸久夷於他國之郡縣，亦未可知也（古者縣大而郡小，與後世正相反。觀鐵之戰，趙簡子謂上大夫受縣，下大夫受郡，可知）。取字師古音秋，又音趨。所言雖不當，要其讀取如平聲則同。實則取當讀走平聲，音如鄒，以趣馬古固作走馬也。取本音鄒，故聊字從取加邑，亦即音鄒。孔子之父紇，為聊大夫，故或稱孔子為聊人之子。魯與淮接壤，魯之聊邑，即古取慮之故壤。录由取慮復變為聊，猶邾由邾婁復變為鄒。以地域攷之，想當然也。知录之音取，可轉為聊，即可知，緑之音，亦可轉為緅。論語君子不以紺緅飾，所謂緅者正為緑之轉音。緑賤色，故君子不以為飾。後儒不明其義，乃臆解緅為赤色，此誠所謂一孔之見。不知古之童子，其飾概用赤（

見玉藻）。即以成人論之，赤芾赤舄，正服方且用之，何有於飾。且素衣朱襮，素衣朱繡，明詠於詩，豈其人皆自明其非君子耶。茹藘取慮，四字雙聲，而又疊韻。綠緅二字亦然。若解緅作赤，不且與下紅紫不以為褻服句相矛盾耶（紅紫之不為褻服，紅因其為公服所用，不宜於褻，紫則惡其奪朱也。後人讀書，不加詳攷，輒以其一孔之見概之，此古書之所以多不可讀也）。又紺字乃今之所謂淡青色，前人或稱為碧色（即俗所稱之磚末色，宋人或號為天水碧），亦非正色，故與綠同不用為飾。舊注以紺為深青色尤謬。深青即青，亦即玄，古人之飾正用此。蓋除為人子者之純采外，餘皆純青（純、緣也，即飾也。詳見青衿攷中）。以青之色較為雅素故也。今云不以青為飾，然則君子當以何者為飾耶。惜不得起一般謬儒而一問之也。

常棣　唐棣　常　唐　堂　棠　棣

小雅常棣之華。常棣一名唐棣，逸詩唐棣之華是也（見論語）。又單名常，采薇維常之華是也。又單名唐，桑中爰采唐矣是也。字又作棠，召南之蔽芾甘棠是。字又通堂，秦風之有紀有堂是。又或單稱棣，則晨風之山有苞棣是。名稱紛然，並見於詩，恰無一相同者。然細審其音，要不出棠棣二字之外。棠乃後起之專用字，常唐堂皆其假借，棣則其概括名詞也。棠棣即今之棠棃，棃字當即由棣字轉出。古書無棃字，觀棣字從隶得聲，音如棃去聲。則棣字在當時或原本讀隸，後乃漸轉而為平聲，亦未可知也。棃在果品中，味極甘芳，出產亦極衆盛。大江以北，殆無地不生之者。在詩人體物之工，不容反無一字及之。且其時又非不知其物，如後世之石榴葡萄者然。觀全詩屢寄懷於有杕之杜，即可見。以杜之有杕者，不為棠棃，即為棃也。審是則棣之即棃，似無可疑也。蓋棃及棠棃，天然生出者極罕，十之八九，皆以杜為本，由他木移接所成者（參觀有杕之杜解）。既有棠棃，即當有棃。顧古書初不見棃字者，以棃字古原作棣，故有棣而無棃。反觀後世，棃字興而棣字遂不再見，則二字實即為一字之蛻化，蓋顯而易見。此猶菘字興而遂不見有葑，蓮字興而遂不見有荼也。棠棃之所與棃異者，實較小，皮作赤黑色（俗稱為紫棠色），質鬆而不脆，與郭璞陸機輩所說之楊檖正相合。乃彼輩不取以釋苞棣，反捏造一楊檖之名，取以釋樹檖，真所謂別有肺腸者也。

侘傺軒說經卷二十一

辛酉冬至月

臨清吳桂華秋樺氏著

不寁故也

遵大路、不寁故也，不寁好也。二寁字，甚屬罕見。遍攷各書，絕無一涉及之者，則其字實為古今來之孤字；其真相已無從攷知。惟後儒皆讀之為市坎反音潛，則殊難深信。載籍中從疌之字皆音桀，如捷箑唼等皆是。其於韻歸入聲葉屑部，何從更得轉入去聲諫部。殆讀者本不識其字，而疌字筆畫，又畧似乎建，乃隨口以建字之音賦之，遂傳訛以至於今也。讀者於其字尚不能識，則其義之不通，乃當然之事。蓋歷來之所謂經生，於人所共通之字，猶必解之使不通，況其字本無人能通，又安得望其億而能中耶。毛氏用爾雅之說傳云，寁速也，至今咸遵用之。特是不速故也，不速好也，寧復能成語義。故鄭氏於此，不得不更解故字為先王之道，好字為善道，以遷就之。其用心不可謂不苦。無如不速先王之道，不速善道，仍復不成語義何也。今按此寁字，實疐字之誤。二字形極相近，因而輾轉致訛。寁字雖不成字，而疐字之義，前人又多不能通，故雖誤，而亦無人能識其真相。襲誤沿訛，潦草讀過而已矣。疐乃啻之本字，猶云異也，音如悌，故古薙字（俗作剃），常假用之。載疐其尾，禮士疐之是也。不啻故，猶云不異於故。不疐好，猶云不異於從前之好。不疐二字，實古人習用之詞，迨秦漢之世猶然。惟後人多假用啻字，以當疐字，而不啻之本作疐字者，遂無人識。此殆由於文字變遷之故。若此作此詩時則啻字方讀如的，不得代適字用也（古文啻字，乃今文之嫡字，古器中甚多。多云嗣乃祖考啻官，謂繼承其祖考之嫡系與官祿也）。今古書中用適字者尚多，強半為後人注誤。惜行篋無書，未能一一指出也。

卬盛于豆卬須我友

生民、卬盛于豆。舊注皆訓卬為我，讀若昂。以匏有苦葉章，卬字故訓我也。於文義雖亦可通，然語句穉嫩，殊不類古人語氣。且卬字雖訓我，其在語氣上，實不無多少分別。故卬須我友句，卬字乃與我字互見。以二字雖同為自稱之詞，而廣狹輕重之間，各有所當，初不得以一概視也。我字之音，由周至今未變（音在吾我之間，故吾我二字，通用全無分別。若在周以前，則我字之音，與台字時相出入。詳說既缺我錡攷中），人皆知之。若卬字則今音轉而為俺，雖原本一母，而其尾音，已由陽韻，積漸而趨入鹽覃（觀此可悟詩中嚴字，往往與陽韻通押之故，楚詞猶然）。故數千年來，絕無有知古文之卬，即今文之俺者。以致歷來文學家，對於俺字，第知其爲俗字，而相戒不敢入文。而於詩中卬字，亦第依文訓義，知其爲自稱之詞，而不能確實有所指示。實則卬之轉俺，初不必精於韻學者能言之。今但取卬字以促音讀之，則其音自轉入上聲，而成俺。此乃聲音轉變之自然，惜無人能見及此也。俺字與我字，在口語上，雖大半可相互代用，然其不容相假之處亦甚多。即如卬須我友，若改作我須卬友，與口氣便覺不合。人能知口語上我與俺之分，即可知文字上我與卬之分也。生民之詩，前章方稱誕我祀如何，下忽改稱俺盛于豆。揆之方言，尤乖語氣，恐舊說未必悉當也。今按詩中於仰字，多省作卬，瞻卬及雲漢之詩皆。此詩卬字，亦當爲仰字之省。蓋仰者敬恭之詞，猶對越上之意。書所謂仰維穆考，即其義也。句法較舊說，亦覺凝鍊。特恐難爲所謂漢學家者道耳。

鬼方

鬼方之名，見於易既濟未濟兩卦，及詩蕩之篇。說者皆以鬼方為遠方，莫能確指其所在。宋黃震因易言高宗伐鬼方，商頌則言高宗伐荊楚，乃合二者為一事，謂鬼方即指荊楚而言。吳江陳氏非之，雜引干寶易注，及文選所引世本注，謂鬼方不屬南土。然二說皆出自後人，憑臆而談，絕無佐證，初不得援以為據。今按傳世古器中有梁伯戈，銘云，梁伯作□戈，用伐鬼方蠻，宮行元用。謂鬼方為蠻，則是鬼方確為南夷之一蠻。而紂之時有所謂鬼侯者，當即為此國之侯。黃氏之說不為無見也。

會同有繹

古禮淪亡，今所存者，惟士禮十七篇。朝廷宗廟之事，久已無徵，故會同之禮，雖為宗廟中極隆重之大典，後之人亦無由稍窺其梗概（論語、公西華謂宗廟之事，如會同，端章甫，二者皆執一以概其餘。蓋宗廟之事，會同為大，端服之事，冠禮為先。但舉二者，則其餘可知也）。彼時見曰會，殷見曰同云云者，特就來朝者之一方言之，與會同之禮無當也。古者朝覲宴饗之事，必須於廟行之，故公西華謂會同為宗廟之事。蓋會同乃朝廷典禮之最大者，諸侯來同必有饗，饗之先必有祭。經傳記朝覲之事，往往兼及於祭，如殷士之祼將於京，有客之亦白其馬等皆是。他若鄭之朝晉亦云，見于嘗酎，與於執燔。則是至春秋之季，古禮猶未盡失也（古器中類此者尤多，如邢侯彝、䣄伯敦等，不遑悉數）。今即經傳之遺文參攷之。諸侯之朝，多以春秋，殆即為享祀之期故然。既覲於天子，即命為大祀之賓，而從而饗之。世皆知二王之後有助祭之舉，實則助祭者，初不必即限於三恪也。相維辟公，天子穆穆，凡會同於天子者，舉所有事也。車攻紀宣王狩獵之事，而序美其復古。夫遊畋乃明王所戒，其事復何足稱道。不知此所謂復古者，正以其徒御不驚，大庖不盈，非以事佚游，乃以供宗廟之鼎俎，故詩人從而美之也。赤芾金舄，會同有繹二句，實為一篇之主腦。赤芾金舄者，諸侯之命服。會同者宗廟之所有事。繹則祀事既畢以享賓也。蓋諸侯以時見於天子，天子乃與之狩獵，採取禽獸，以共襄會同大典。會同之後，

復繹之以樂賓尸，此正與古人狩獵之禮相合。夷厲以降，久廢不行者，而宣王復之。故當時之君子，特咏歌以紀其盛。不然盤遊無度，正荒淫無道之主所優為，徒一狩獵，更何復古之足云。羽獵長楊，又豈明王之所有事哉。赤芾金舄，乃諸侯隨從天子，共同狩獵之服。會同有繹，則狩獵之大原也。諸侯以赤芾金舄而來朝，則必有會同之禮，會同之後，則更必有繹以盡其歡。會同與繹，皆有事乎鼎俎，故於未事之先，特偕同來朝之諸侯，從事乎狩獵以充庖。則是其狩獵也，初非樂於遊畋，乃全為宗廟之祭享而起。舍此二句，則此狩為無名，與後世之但侈車馬之音，羽旄之美者，又何以異。豈楊雄司馬相如輩，猶極言之以為戒者，古之人反從而揚其波耶。乃歷來經學家，徒狃於時

見曰會，殷見曰同之文，率以會同二字，爲朝覲之代名詞，絕無一人能知其爲典禮之名稱者。若二字果爲朝覲通用之詞，公西華，又安得指爲宗廟典禮之一，而與章甫並稱耶（章甫冠禮名，則會同亦必爲典禮名）。且此篇本言狩獵，何以中間忽插入諸侯之朝覲，況有繹二字，合之更不能成語耶。乃舊注既不明會同之義，因而於繹字，亦莫明其指（前人於繹字，無一人能者，故注疏中笑柄甚多，詳皋門有伉節。惟鄭氏注絲衣，以爲明日復祭，似爲近之，而謬實千里。繹乃祭畢享尸賓，初非又祭，其事亦不必在祭之明日。惟大事一日不能畢，始用明日耳。有司徹一篇，所記皆繹尸賓之禮，而無如世人熟視若無睹何也）毛傳謬指以爲陳字，殊足令人噴飯。以繹爲陳，實無從得其證佐。且其說尤怪誕可笑。蓋其妄訓繹爲陳字者，乃謂赤芾金舄，初非諸侯服之，特於諸侯來朝時陳列之也。孔氏作疏，知其不通，乃爲之委曲其說。謂爲諸侯服之，而各陳列於其位。雖少近理，然人豈可以稱陳列耶。且通篇皆言狩獵，而中間忽加入許多陳列之諸侯，此何義耶。豈諸侯即陳列於狩獵之際耶。大抵自戰國以降，後儒於古者朝覲宴饗祭祀之禮，無一人能通者。雖有儀禮，亦無人解讀。故明堂位等，陰陽家無稽之謬說，得以闌入經文。而儒家乃爲陰陽五行家所竊據。鄭氏更變而加厲，於禮經覲禮後，又妄竄入諸侯覲于天子一大段。不倫不類，任意胡云，致後人幾無從得古人之真面（覲禮末段之增加，其出於康成無疑。以此公雖注經，乃深信緯書者。盛靈仰汁光紀等，尚能入注。又妄以明堂位月令，加入禮記，無一非陰陽五行家言，大反於儒者。此段與明堂位，如出一手，則其文當亦為明堂位中之散文。而此公乃以之竄入禮經中以欺世，故吾謂鄭氏名雖注經，實儒家之罪人，而陰陽五行家之忠臣也）。然吾人苟即禮經而詳考之，知古人凡大典禮皆行之於廟，則登明堂朝諸侯，種種兒戲之談，胥不值一哂矣。

又按周秦間諸家蜂起，其最無假值，最無意味者，實莫過於陰陽家。細按之，絕無絲毫之義理。總其大凡，不過曰，方象地，圓象天。天玄地黃，東西南北，配青白赤黑。六方又或變為五方，以配五行。凡數則必紀以五。再則四為四時，十二為十二月，三百六十為一周天（觀禮末段之三百四十，實當為三百六十，因小篆四字與六字相似而致誤也。因此誤字，知其文乃舊陰陽家言。康成特竄經中，初非其所偽作。以此公筆墨，並此亦不能作也。觀詩譜序可見），如此而已。問其種種造作，何所用之，則其自己亦不能解。乃其說自七十子後，即竄入儒家，而竊其柄，至今尚無人發其覆。韓昌黎稱，火於秦，黃老於漢，佛於晉魏梁隋之間，而不知其早已陰陽五行於戰國也。蓋自儒裂為八，而社會民族之理性，又因政教之壓迫而喪失，故真能通儒教之本原者，二千餘年，竟無一人。則諸家之假託附會，因其勢之所必至也。

決拾既佽弓矢既調射夫既同助我舉柴

決拾既佽四句，佽柴同居支佳部，而調字則無論古音今音，皆無與之相叶之理。朱氏作集傳，謬謂中間調與同自相叶，兩端佽柴，隔韻相叶。微論調與同相去有如風馬（楚辭同字乃周字之誤，非同能叶調也），且古今寧有此怪體耶。今按調字乃治字之誤。治字古作𤔔，與調畧相似，遂致誤耳。又石鼓文有我弓既寺句，寺即今持字。此調字以文義論之，亦以改用持字為合。然其字與調字相去絕遠，恐不容有此誤也。其尤可誤者，助我舉柴之柴本如字。舉柴，謂舉火焚田也。大叔于田，稱火烈具舉，招魂稱懸火延起，皆指此言之。蓋射獵之具既備，則必須縱火驚起禽獸，以便殺戮。此皆初獵時，所當然之事。讀此即可想見古人田獵之大概。乃後世陋儒，不知舉柴之義，穿鑿附會，妄訓柴字為積字，其說已大可笑。夫柴也，何以得竟訓為積耶。且此所謂積者，果何物耶。徵諸上文，則決拾弓矢射夫已耳，豈所謂積者，即此物耶。若云禽獸之積，則文中尚未及於禽獸，何以即言及其積耶。而無如癡人之前，說不得夢。毛氏之訓柴為積，本屬一種讕言。乃後儒變本加厲，始更以柴為禽獸之積。繼乃悟以柴為禽獸之積，太涉牽強，則起而並柴之本字而改之作㧘。試問天下之讀書人，曾見古今載籍中有㧘字否耶。古人之所無，彼作說文者，果從何知之耶。夫古人猶之今人，射獵所得，豈有委之不顧，堆積一處，必待他人助之始舉者。然則又烏從其物為某某所得，而獵較之說，何自起耶。因一人之妄說，即不卹改經以從之。人謂漢儒為經學之功臣，余視漢儒無一非經學之罪人也。今經學之得傳於世者，卒為古本，而諸人改削之本，終無人顧。則社會之間，似尚不無是非也。然謬儒執一部謬妄無稽之說文，猶斷斷不已也。蛣蜣轉丸，蝍蛆甘帶，余莫如之何已。

野有死麕白茅包之

野有死麕，白茅包之。漢儒皆以為以白茅包死麕之肉。於古人之情事，雖尚未能十分了徹，然似為近之。至宋人則一切不顧，乃改訓為吉士用白茅包死麕，以誘懷春之女。其說直可令人噴飯。茅小草，麕大獸，小草何以能包大獸。且懷春之女，與死麕何與，而乃藉之以為調情之物。是則漢儒之心目中，尚能知茅與麕為何物。而宋人則於經文中所言之名物，並未嘗加以審視，惟恃其方寸中虛靈不昧之心理，以逞臆妄言，因之以成此怪誕不通之謬論耳。然漢人雖知白茅所以包肉，而於古人之包肉，所以取用白茅之故，則初無一人能言之了了。其曰用示潔清，亦不過因經文中有白字，乃揣測而為是言。實則物之外而別用物包之，何一而非示潔清，豈獨於茅有然。且以茅之微細，以之包死麕之全體固不可，即以之包其肉，亦豈即可以適用。世幾見有以茅草而能包物者耶。是則漢儒與宋人，其所見雖不無百步五十之異，至其無當於事理，則彼此固無殊也。今按古人之所云茅與白茅，驟視之雖同為一物，而其實則性質之相去絕遠。世之人不辨菽麥，對於古人之文字，多潦草讀過，不求甚解。故常溷二者而一之，此其所以支離而不可通也。蓋茅之色本不白，故古人於通常之茅草，無言白者。如晝爾于茅，及易經之拔茅連茹皆是。此皆指生茅而言。若其言白者，則別為一種經人工特製之茅。曾受有一番之漚洗，故其色潔白如雲，而與尋常茅草之或青或黃者絕異。是則茅與白茅，雖同此一茅，實具有已製未製之分，初不得以此白字為概括之形容詞而忽畧之也。古人於茅，其所以特製之者，以其時造紙之業未興，凡包物藉物與束物，多取資於是，雖絲麻布帛，亦未嘗不可入用。然於物之賤而易污者，則不得不更取材於此等無足輕重之草，以濟其窮。故白茅之於古人，實日用不可缺之品。此經傳中所以屢見而不一見也。大凡茅之用以包物或藉物者，既漚之後，必再編製之，而後始可入用。如此詩所云白茅包之，及易所謂藉用白茅，皆指既經編就之白茅言之，非白茅即能以包物藉物也。編茅之用在於包，故其名又有包茅之名。召陵之役，齊桓責楚人包茅不入，王祭無以縮酒。所謂包茅者，即謂此編成包物之茅。縮酒即漉酒（縮、古音豎。橫豎古皆作衡縮。縮漉音近，故假用縮字，其本字實當作漱也。此時尚無漱字），亦曰釃酒。蓋酒之釀成，必漉之始可用。縮茅疏而多孔，故以漉酒為宜。伐木篇云釃酒有藇，所謂藇者，殆即指此物言之也（毛傳云，藇，美也。直不成語。藇從草得義，又安得美意耶）。後儒不明古義，既誤解包茅，謂為茅之用物包之者。更妄解縮酒為以酒灌於茅上。今古禮具存，幾見有以酒灌茅之事耶。漢儒以己所不知，輒私造典禮以應之，其荒謬類如是也（如其因不解亮闇即昏明義，乃臆[illegible]為孝子居梁闇之間之說，其可笑亦如此）。包茅由編製而成，故就其物質言之，亦可名曰編。公食大夫禮云，甸人陳鼎七，當門，南面西上，設扃，鼏鼏，若束，若編。其所云若束若編者，束所用以束，編所用以包，二者皆以備賓下退後卷俎之用。蓋禮於賓退後，有司須卷俎肉，包而束之，致之賓館。故其卷之之物，於事先即備之。鄭氏不明句讀，乃以下一鼏字，合若束若編為句，乃以茅為鼎蓋。不惟與本文不通，而下文有司卷俎，將以何物卷之乎。又按此既卷之俎，即曲禮之所謂苞苴，其字本當作包俎。文悉變而從草者，以包之者固為草也（苞苴即祭肉。蓋古人之以祭肉饋人者，皆以編若束包之，故字皆從草。孔子非祭肉不拜，則其禮意乃極隆者。而世人乃用以為賄賂字，豈孔子而獨拜賄賂乎。殊可笑也）。茅之用不限於包肉，而包肉則必須用茅。以俎肉易於沾濡，一經包之則將不可復用。古之人愛惜物力，故特以此無足輕重之物代之也（今人裹肉用粗紙，或植物之葉，意亦猶此）。古人之包物雖用茅，然因時代之遷移，習俗之好尚，其在實際上，實不止於專用茅，凡與茅相類之草，皆得用之。蓋物質進化，例由粗而漸及於精，雖古代亦有然也。小雅云，白華菅兮，白茅束兮，二語正指卷俎之編與束言之（菅亦不白，其言白者，與茅同義）。白華之菅，乃以白茅為之束，則是用以包者，已易而用菅。惟所以束之者，則仍用茅，此亦物質一大升降也。蓋菅本茅類，而柔韌則更勝於茅。故以二物較之，則菅細而茅粗，菅貴而茅賤。凡茅所能作之物，菅無不能之。菅原多用以作蓐作席（即所謂第也，古文作莜。古人下莞上簟，莞即菅也。司几筵，五筵中有莞筵。詳見菅字攷中），至是則更編以包物。傳稱雖有絲麻，無棄菅蒯，亦即包物言之，非菅蒯亦如絲麻之可以為衣也。詩本刺申后之不能約

束幽王，言白華之菅（華即今花字。白華猶今言白花花也），必賴有白茅之索以束之，喻貴者常賴同類之賤者，以約束之，始得以呈其功用，而不容以放棄之也。菅既較茅為精，故編菅之用，或反駕編茅而上之。抑或並行，而別有精粗之分，皆不可知。然後人之習用編菅，則不難攷見也。昭二十七年傳，子常令國人爇衍氏，或取一編菅焉，或取一秉秆焉，國人投之，遂弗爇也。編菅乃包茅之薄者（猶今人之所謂薄紙），秉秆乃麻析碎稭，人秉之以代燭者（猶今人之所謂紙撚），二者皆極細微之燃料，不能引起大火之物，故國人雖投之卒不能爇也（舊注不知編菅所以代紙，乃誤以為蓐，因更誤秉秆為藁荐。若然則皆大物，又焉有不爇者哉）。然由此可知，編菅在當時，乃家所

習有之物。而編茅之製，則至此已不復有聞，或已歸於天然之淘汰也。若夫以茅為束，則行用甚久，豳風之宵爾索綯，即謂以茅為索。宣十二年，若為茅經，哭井則已。所謂茅經，亦謂以茅為索，如經狀也。不過用以束苞苴之物，較此為細而已。迨秦以降，造紙之業興，而茅與菅乃悉歸無用。木縣之利溥，而麻枲又復失勢，乃不得不下降而奪茅與菅之席。及至漢初，世人遂不復知茅與菅之為何物矣。

綯

豳風、晝爾于茅，宵爾索綯。綯世皆讀如桃，大非。毛傳云，綯、絞也。尤謬。絞動詞，非名詞。宵爾索絞，索絞者何物。雖云承上于茅言之，然古人初無此等不安定之文法也。且何所據而知為綯即絞耶。鄭箋及孔疏，知絞作動詞之不合，乃連上索字，一併解作名詞，云夜作絞索，以待時用。其意殆以為絞亦索類。然古今來幾見有物名絞者耶（絞與今義同，即五刑中之絞刑也，與縊相類而有別。左傳絞縊以徇是也）。況索與絞俱解作物名，更從何處，得有作字耶。嘗攷以綯為絞，其說原出爾雅。大抵作爾雅者，既不知何者為綯，更不知何者為絞，乃合二字而一之。人問以何者為綯，則曰綯絞也。又問以何者為絞，則更曰絞綯也。絞與綯互相推諉，質言之，實一無所知。此等佞倆，本不足以欺人。然中國人之心理，自戰國以後，其審理之性，已完全喪失。其知識之程度，能知求綯為何物者，已千百中不得一二。蓋不知而求知，乃人類智識中之高尚者也。乃此方懷疑，而彼妄者，早直起而應之曰綯絞也。夫絞果何物，綯又何以為絞，此在問者，乃當然研究之事。而無如在理性喪失之中國人，則必不解再為此進一步之研究也。即間有頭腦稍清，力求研究其果為何物者，而其問題，已由綯而變而之絞。縱攻苦終身，亦可決其必不能有貫通之一日。以舍綯而言絞，即或有得，亦是絞而非綯，況其所言之絞，更為無稽之妄言也。蓋理性薄弱之人，遇一問題，偶有人向他方牽引之，類無不逐漸遷。一轉移間，或且

不自知其當日研究者之為何事。中國經學之不明，胥坐此弊。愚嘗謂中國之經學家，乃研注非研經，即此義也。乃其尤可笑者，綯絞絞綯，互相推諉，卒之仍無一正確。此其弊本不難知，而甘受其欺者，以六書中有所謂轉注者也。乃又從而為之說曰，此轉注也。嗚呼，轉注者，制成文字之一格，與後人之解釋文字何與。夫以古人之聰明神聖，又何至如此之無意識耶。今按綯草索也。凡草為之索皆名綯，今北語猶然。音如窰去聲。綯從草匋聲。匋即陶乃古窰字，音亦如窰，秦以前無讀桃者（詳陶復陶穴解中）。自匋訛為桃，不惟陶失其義（陶冶之陶，尚與義為近，然亦引伸之動名詞，非本義也。又如陶丘，乃謂丘之如窰者然。凡窰之制，其上之為烟突處，必更高起，故望之如

大丘戴小丘之狀。後儒不知陶之為窰，乃轉謂丘再成曰陶，殊可笑也），即從匋得聲之字，亦多不可解，綯即其一也。索綯即索所得之茅為草索，左傳之所謂茅絰者即其物。蓋古人於麻枲，多用作衣服冠履之需，凡麤用之繩索等，率以草代之，茅及菅蒯，皆所取資也。厥後木緜興，而麻枲失其勢，茅類之位置，漸為所奪。後人遂不復知其效用，此亦舊說訛誤之一原因也。

羜

伐木、既有肥羜，羜讀如著。毛傳、未成羊也。說文五月羔也。義雖無誤，而措語殊欠明了。今按羜乃羊在母胎中之未成形者也。唐人之所謂豹胎，當亦此類。今北人仍沿用古名，但聲轉如紂。著紂原本一音，猶軸字，或讀如諏，或讀如朱下平聲也。

鄂不韡韡

常棣、鄂不韡韡。毛傳，鄂、猶鄂鄂然，言外發也。真不成語。鄭箋云，承華者曰鄂，不當作柎，柎鄂足也。其義甚是，而其詮解鄂不二字之義則非。蓋鄭特尋究文義，意其當然，非能知其所以然也。苟承花者曰鄂，則鄂已是花足，鄂爲客再言足。氏之臆爲此說者，不過以上文已言華，故遂以鄂爲承花者。不知上之華，乃指花之全體，概括言之，此之鄂不則就華分析言之也。言華，則鄂不已含於其中，鄂不合之乃所以爲華。若如鄭說，則必華之稱專屬之自花足以上方可。幾見華字有作如是解者耶。今按鄂，今文則作萼（當作詩時，尚無其字，故假鄂用之），謂花英之含苞未放者也。今俗名骨朵，殆即由鄂字之音轉變而成。花跗即承於其下，迨既放則萼變爲英，而跗則掩覆不見矣（萼之爲花苞，乃即近義言之。攷鄂侯敦鄂字作噩，正象旋轉之花瓣形。是則古人於花，不論其已於未放，凡自跗以上舉謂之萼，即東洋之所謂花冠也。向疑噩字之從四口，謂象人之張目錯愕形，殊非。說見吡字解中。人生之學問，初無止境也）。質言之，則花之將放未放者，其自跗以上則曰萼，自萼以下則曰跗。劍之制頗近於花，故自鐔以下名曰趺，自鐔以上則名曰鍔（鐔者劍托，今俗名吞口，又曰護手），即此義也（鍔字見莊子說劍篇）。萼跗相聯，而後成花，猶人必兄弟相得，而後能成事。若以鄂不二字，俱解作花足，則不成義矣。又鄭氏謂不當作柎尤謬。柎乃動詞，左傳公柎楹而歌，虞書予擊石柎石皆是，何得解作足字。後人之改用跗字甚是，然此筆就後世言之。語其實則不惟不得改作柎，并不得改作跗也。蓋古今載籍中所用之不字，惟此字為其本義，自餘皆其假借而引伸者也。不字古作不，本花跗之專名（今俗呼花底盤，東洋則呼為花托）。故其字即象其形，上▽形表示所以承萼者，下个則其倒捲形也。帝字即從之得義。帝本古蒂字，文作帝，特就原不字，中加以蓋形。以蒂乃花跗之變形物，跗變為蒂，多作蓋形，故不字中加蓋即為蒂也。在花則為不，在果實即為帝，二者在古人分析甚清。世人多溷而一之，實大誤也（蒂由名詞轉為動詞，故去果實之蒂亦曰蒂。在書多假用疐字，禮、士削瓜者疐之，即謂削去其瓜蒂也。蒂於果實為尾，故引伸之，凡去尾亦曰疐。狼跋載疐其尾是也。尾於身為細，故再引伸之，則凡由根際伐去細物亦可曰疐，即燒薙行水之薙，與今俗剃髮之剃也）。不為花足，引伸之，凡人物之足，亦可曰不，此華跗注之所以作華不注也。後人恐其相溷，乃更作為跗字。則其字當起於春秋之季，古無是也。人足曰跗，本由花足所引伸。今反更以人足喻花足，倒果為因，不亦大可以已乎。然自戰國以還，六書之道，即闕焉弗講，古義之湮沒者何限。鄭氏能知不之當作跗，已自可貴。乃宋儒好改漢說，而此詩獨採用毛傳，一字不易。舍其可通，而取其不通，則誠不知其是何心理矣（或當以鄭主改字之故，然毛說果成何語耶。跗今俗作趺）。

又按，不之本義雖為花足，然華不注之不。雖與華字相屬成文，却不得即作本義解。以不字下尚有注字。如以華不二字相連作一名詞，注字無論若何解釋，亦不能成語也。舊說之不通，多坐此弊。蓋或以注為上注，跗為華之下端，既非上注之物，或以注為下注於水。不言華獨言華跗下注於水，亦與情事不合。況止一注字，亦不容有許多義意耶（前說見杜注，後說見留青日札）。不知此文華字，乃形容詞，不注二字，始為名詞。鄂不之不字，不得作跗。而此不則實為跗字，其作不者，乃由其義所引伸。且當時尚無跗字也。跗注之名，左氏成十六年，鄢陵之戰，楚子謂郤至云，有韎韋之跗注，君子也。始見於傳。此之不注，即彼之跗注，華則言其華麗如花也。跗注者，古謂之芾，後又音轉為韠。士喪禮則作縪。其以韎韋製者，則曰韎韐，諸侯卿士之軍服也。而世俗則統稱之曰跗注，以其由帶而下，直注於足也。跗注之制，上狹下廣，由兩幅相交，而中有會（會、縫也），山之形似之。上狹下廣，中有裂紋，由巔而下，如劈全山為兩。此其形狀，但在濟南城中，即可見之。惜後人不通古誼，類皆為謬說之所迷誤，無由識古人狀物之工也。古人之跗注，未聞有用花者。君朱，諸侯卿士赤，大夫黝（亦作幽），士緼。春秋晚年，則前之為朱赤者改用素，其四周皆有緣。最上者黻純，下者則用線緣（線即緼異體），亦不見有甚繁之飾。是則華之云者，特對山言之，非跗注果有花者也。古義就湮者，垂兩千餘年，而其義却仍不出本傳之中。中國人腦力之薄弱，乃至如此。吾殊不勝為民族之墮落憂也。

丁丁

丁丁再見於詩，一椓之丁丁，一伐木丁丁是也。丁本如字，即今俗所謂叮叮者是。二丁丁字，皆斧斤相應之聲，與今義亦正合。乃音義家不知何據，竟妄注此丁字為陟耕反音爭，後世亦翕然從之，卒無一人能傾言其謬者。則以秦漢以還，世人能知實事求是者之少也。今按丁與爭，雖同居一部，而丁為端母，爭為照母，發聲各異，絕無可以相通轉之理。以古今人之語音，有直轉無旁延也（即如丁字可轉為打，而決不可以轉為爭）。晉魏以前人，初無有能通音韻之學者。又見詩中丁字，或叶城字，或叶嚶字，悉屬庚部韻，與世傳之韻本部居各異（今韻以丁歸青部，城嚶則同屬庚部），因妄改丁字為爭音，以蘄與今韻相脗合。此正所謂截指適屨者。俗儒之無意識，其荒謬類如此也。

顛巔

秦風，有馬白顛。傳、白顛、的顙也。義是而語欠分曉。蓋顛乃古頂字，故顛字從頁真聲。頁字乃象人面首形，古文作𩑋。上之𦣻，即𦣻（首）之省，下儿乃人字也。人首之極端為顛，故顛即從頁得義。真古音讀如丁田丁鄰之間，故顛更從之得聲也。顛字之母音為丁聲，故顛之本義，後乃轉而為頂字。至顛倒之顛，原本出於假借。顛之本字變，而假借之字，初不必隨之以俱變。此今文顛字，所以反若為顛倒字所專有也。顛之義本為人頂，引伸之，則馬頂亦得曰顛。馬以顙為頂，故白顛即為的顙，然不得因此遂謂顙即為顛也。顛之言頂，故頂在古則曰山顛。山之稱顛，本取喻於人。於文易溷，故更加山字以別之。巔字於文雖近形聲，實會意字也。采苓采苓，首陽之巔，正謂採蓮於首陽之山頂。所以與人言之不可信。其於顛字，殆仍為一義所孳乳也。

權輿通義

秦風、權輿序云，刺康公也。今即詩義放之，則所謂刺康公者，乃刺其為惠之不終。此詩次渭陽詩後。渭陽前後兩章，此詩亦前後兩章，且詞旨遙遙相對。則此詩之作，實晉人因康公之絕晉太深，故特即其前日送舅之詩，代為作答，以反唇相詰。譏其為太子時，尚知顧念母族，而有車馬瓊玉之贈。即位以後，乃反置母族於度外，而絕不與通。夏屋渠渠，乃所以暗映前詩之路車乘黃。每食四簋，乃所以暗映前詩之瓊瑰玉佩。此詩之冷嘲熱諷處，全在末句一權字。蓋謂為太子時，權不由己，乃反有贈。及即位以後，大權獨攬，乃反見絕。有權與無權，前與後乃判若兩人。豈其繼位為君，承其位，獨未承其權歟。不然，何有權時，反不無權時若耶。今放康公在未即位前，對於母族之情誼，特為隆厚。惠公之見執，則親隨其母登臺履薪（登臺者，所以絕人之救援。履薪者，示將自焚。穆姬蓋以攜同其子女，闔室自焚，要脅穆公。文義本至為明瞭。乃歷來經生，類不通事理，不知就即文求義，反憑空偽造為種種典禮，以自欺而欺人。謂古之宮閉者，皆居之臺，以杭絕之。穆姬欲自罪，故登臺而薦之以薪，左右上下者，皆履柴乃得通。其說極可笑。臺榭者游觀之地，乃反謂之居罪人。穆姬本以死相要，故穆公稱歸而喪，乃反謂之欲自罪。至履薪乃謂左右上下者履之以自通。左右上下者何罪，而併令之行於薪上耶。此種不通之謬說，沿襲至今，竟無一人能解，豈不大可憐耶）。文公之歸，復為詩以送之。其眷念

母族之心，即晉人，亦不能不深感之。乃不幸於甫經即位之初，以送公子雍之故，晉人自食前言，無端而備成令狐之敗。一腔熱血，驟遇此一瓢冷水，既憤晉人之無良，致已憑空見詒，復深悔其平日用情之誤。創鉅痛深，故終康之世，終不肯為東道之通。此自人情所當然，初不得執此以為康公病也。推原兩家啟釁之由，曲雖在晉，然在晉人則初不自承，反指公子雍之送。謂康公實有利晉之心，此但觀後來呂相絕秦之言可見。血口噴人，尤足令人聞之憤憤。康公之痛心疾首，終身莫釋，此亦其最大原因也。此詩作自晉人，故其言亦但責康公以得權忘舊，置昔者念母之言於不顧。而於其所以致此之故，悉略而不言，一若康公當日之念母，全為得權計。故一朝當權而遂背之者。

實則康之得權不得權，與晉何與。其得權初非晉力，則其絕晉，又何關乎得權不得權。乃晉人偏執是以為言者，則以兩家國交之絕，適丁康公即位之初，故晉人得執之以為口實。若以其實事言之，則晉之立君，或資乎秦，秦絕無有須乎晉者。晉人以權不權譏康公，殆猶未免乎以己度人也。是則此詩之所謂刺者，原無足取。特因是可知，晉人於令狐之役後，未嘗不自知理曲，而急欲求利於秦，以上嗣獻穆以來之餘緒。無如晉人既艱於自訟其非，聲明道歉。而康公則以以德易怨之故，懷憤太深，亦不肯於輕於俯就而盡棄怨嫌。坐是以婚媾之親，兵連禍結，亘數世而未有已。其罪雖不在康公，然康公苟非持之過急，寬其既往，而仍一秉乎渭陽之初志，則獻穆交好，未始不可以重修。是此詩之作，雖以刺康公，實仍以望康公也。特釁隙已成，蠲除不易。極亂之世，雖強為令狐之盟，不旋踵而遷背之，秦晉之交，卒不可以復合。其釁雖自康公開之，而開之者，初不在康公也。詩人諱卻令狐之役，乃專以責之康公，康公初不任咎也。權輿之輿字，本當作與，乃語助詞。其作輿者，以古人於文字，多出假借。詩中之若此者甚多。蘼暇之暇作盬，爾汝之汝作戎，皆此類。至與之作輿，左傳中之王叔伯輿，輿與常互見，即其前例。陋儒不知古文有假借之例，乃妄合權輿字而訓之曰，始也。權輿二字，何嘗成文理。即成文理，又何以能釋作始字。此其不通，不難一望而知。而世人竟從之至今，此殆中國人所獨具之特點也。若夏屋即魯頌之所謂大房，乃承肉之俎之特大者。四簋雖遜於夏屋，然尚遠勝於不飽。此乃退一步言之，猶渭陽之贈車馬而言玉也。以詩以飲食況情事，實為風詩中之比體。陋儒不明六義，見詩言飲食也，則直指以為賢者爭飲食。或且更引後世楚元王事以食之一若康公之世，已若有如後世之所謂食客者然。是則癡人前說不得夢矣。

綢繆通義

唐風、綢繆序云，刺晉亂也。蓋晉自昭侯以後，五世大亂，人民之陷於水深火熱者，垂數十年。故武公雖以不義得國，百姓亦相與安之，非義之也。諺云，饑者易為食，渴者易為飲。觀於其飲食之易，益足以徵其厄於饑渴之久。序不以為頌武公而以為刺亂，蓋傷之也。詩意略謂，束薪為炬，所以照夜也。今方自綢繆束薪，而三星已在於天（綢繆者，籌謀之意，猶方言之所謂張羅也。鴟鴞之綢繆牖戶即此義。舊注以為纏緜，特因其從糸而臆說之耳）。綢古音朝，繆古音寥，今方言照料字，殆其遺音也。則照夜之具未成，而夜色猝至，臨渴掘井，其勢已有所不及。漫漫長夜，亦惟有任其愁苦昏闇已耳。乃今夕何夕，方宛轉於愁苦昏闇之中，忽意外而見此良人。良人者，雖不足以照夜，然未始不足以破寂。於百無聊賴之時，慰情勝無。得此亦差強人意。即使子之身代處之，其將如此良人何耶。且子之對此良人也，非以為得此為已足也。照夜者炬，良人雖足以破寂，然究不足以照夜。前圖未遠，予豈肯以苟且自了，遂負初心者。故束薪不可得，而予乃轉而綢繆束芻。束芻者，縛草為炬。其為光雖不如薪之烈且耐久，然其用則一，且質賤而易求。乃無如我方綢繆束芻，而三星已在隅也。三星在隅，則夜已深，並芻亦不易之得，則且奈之何耶。似此情切勢迫，而所謀輒左。此夕何夕，乃適有此良人之邂逅，子兮子兮，即令子設身處地，其將如此邂逅何耶。然予雖不能不承認此邂逅，而此邂逅要不足以當束薪。蓋束

薪自束薪，良人自良人，義各有當，初不得以此而易彼也。故予以束薪束芻，迭次失敗，至此乃不得不出其最後之手段，舍束薪束芻，而求之束楚，斯其情迫而志愈苦矣。束楚者即周禮之所謂楚焞。以楚為束，本所以備灼龜之用。以之當束薪之燎，束芻之燧，雖遠弗逮，然降格以求，惟此尚不失其類。明雖未融，以視彼晤對良人暗中摸索者，其得失正大相逕庭。而無如我方綢繆束楚，彼三星在户，早已夜色將闌。如是則束楚既不可必得，而得之亦將無濟於用。處斯心灰絕望之際，乃惟是彼粲然之良人，來相邂逅。則睹此粲者，雖非當日初心之所願，而前途已無能為力，又何能併此阻絕。特以自困而無補於事情，即在子，對此粲者，應亦作如是之感想也。子兮子兮，其果如此

桀者何耶。細玩此詩詞意，則曲沃併晉後，晉之遺臣作此以自解者，其情哀，其詞苦。千迴百折而志不渝。卒之力竭聲嘶，亦祇承認武公之堪以靖亂，而終不予之以正統。讀此猶可想見當日三代直道之公，而權奸盜人家國之不易。若在春秋季世，則三家之專魯，田氏之篡齊，人皆視之若固然。苟聞有作此語者，或且目笑存之矣。曲沃自桓叔而後，椒聊蕃衍，其於晉國久已視如几上肉，殺戮惟我，廢置惟我。然時閱五君，卒未敢取而代之者，未始非此等堅貞不貳之臣民，有以閑其口而奪之氣。迨久之禍亂益深，生民益困，而心目中所望以興復者，束薪束芻束楚（束薪束芻束楚，乃暗指孝鄂哀等五侯之立），皆事與願違，所謀輒左。迴天有志，而返日無戈，矢盡道窮，乃不得不低首下心，姑就此邂逅之良人，權謀暫時之蘇息。而又恐他人之不見諒，故歷叙其苦衷，末更作爲情語以動之曰，子兮子兮，如此良人何。蓋論舉事之初心，本非謂對此良人，即可以坐銷長夜。而無如束薪束芻束楚，至再至三，無一不歸於失敗。乃惟此所謂良人者，周旋左右，猶時可假之以自寬。此無論何人，當亦不能推而遠之，而甘自陷於寂寞。斯猶久居空谷者，聞似人而喜，初非有取於似人。特以與人之睽隔已久，但得其似者，亦不覺其躍躍於心，而不能自已也。此詩遺詞命意，宛轉關生，寥寥三短章。其於老成謀國之孤忠，與其後之屢起屢仆，智窮力竭，計無復之。不得已而隱忍偷安，以蘄保境安民之意，俱躍然紙上。後世文文山，以勢窮見執乞爲黃冠，即此意。此等文字，若在後人為之，恐聯篇累牘，亦不能如是之情深而文明也。至舊說之胡牽亂掣，全不成語，茲不復贅。凡稍通文理者，得吾說而證之，其謬自不待辨也（至可笑者，舊說因詩有良人字，乃妄指詩所言者，為昏姻之事。夫人豈有當昏姻之夜，而尚有束薪者哉。且束薪束芻等字，從來經生，全無一人曾加以研究者。此則中國人之特性也）。

緜緜瓜瓞民之初生自土沮漆

緜之篇、緜緜瓜瓞，民之初生，自土沮漆三句，歷來解說，無一能成語者。蓋舊儒於興之體例，悉不能了了，故其於詩中託興之物，多任臆妄指。致上下文義，隔絕不通，下之語句，遂多不可解。而文字之訛亂，亦無由審知，此篇殆其最顯見者也。經生家之不達物情，余前曾屢言之。顧其不達物情也可恕。其最可惡者，本不達也，而偏自以為達。東牽西掣，嚮壁虛造，以自欺而欺人。後之讀書者，其不通殆猶一邱之貉。既有人以造之於前，即無望其更有人正之於後。沿訛襲謬，縱其說極支離可笑，亦無人有就其眼前所習見之物，以攷定其是非。謬種流傳，此經學所亦亘兩千餘年而終晦也。即如瓜瓞者，本瓜蔓之專名，即今人之所謂瓜秩。瓜之稱瓞，猶葛之稱藟，草之稱蔓，初無甚深邃之義。此但觀上文緜緜二字即可見。緜緜者，聯續不絕之意。瓜瓞而稱緜緜，則瓜瓞之本體，必為聯續不絕者可知。而瓜之連續不絕者惟其蔓，則瓜瓞之為瓜蔓，初無所庸其疑議也。此其義本極明顯，絕無可以容其變亂穿鑿之餘地。乃一般謬儒，以此瓞字之世不經見也，竟視之以為絕好之題目。不顧文理，不顧經義，標奇炫異，遂大顯其偷天換日之神通。毛傳則云，瓜、紹也，瓞、瓝也。已經怪絕。瓜草名，又食物，何嘗名紹，豈古今有稱瓜為紹者耶。七月食瓜，豈可以稱七月食紹。從弗念厥紹，豈可以稱從弗念厥瓜耶。至瓝字則古今初無其字。爾雅之臆叔為此字，不過為此詩瓞字，作指山賣磨之用。蓋因其不解瓞字

，特造為此字，人有問者，則曰，瓞瓝也。瓝又何物，則曰瓝瓞也。二字相互為循環，則二字皆不解而解。此乃秦漢間人，解經之秘訣。其所以然者，以世人自戰國以降，理性喪失，偶有疑問，但稍加支吾。其目的即移而之他，必不解為第三問也（此事說出，本至可笑，而數千年人，竟不辨其欺。此種特性，實中國人所獨有也）。以瓝釋瓞，其結果等於未釋。至其所以特造為瓝字者，則以當時既釋瓜為紹，紹有勺音，因就便造為此字。以紹釋瓜，更以紹之音釋瓞，此正諺所謂一客不煩二主也。毛氏之以瓜為紹，本因其不知興體。見此句之所謂瓜瓞者，與上下文不類。且上云緜緜，緜緜有紹續義，遂臆釋瓜字為紹字。釋瓜為紹，遂更釋瓞為瓝。二字之產出，實原本紹字來。初

不過欺人自欺，別無深義。洎鄭氏作箋，乃更傅會之曰，瓜之本實，繼先歲之瓜必小，狀似瓝，故謂之瓝。其說之怪誕，實可謂達乎極點。按鄭氏之所謂本實者，說者謂為近根之實。近根之實，乃近先歲之瓜，故必較先歲為小，。其所謂狀似瓝者，瓝乃勺之誤，謂其小如勺也。此說至今尚沿用之，實堪噴飯。瓜之繼先歲而生，全體皆然，何以獨近根之實為然。又謂近根必小於先歲，則數傳而後，將由小而至於無矣。又云狀似勺，故謂之瓝。瓜之狀，豈有似勺者。且瓜之種類不一，勺之大小亦不一，安得謂似勺即為小瓜耶。今即全信如其說，謂瓜近根之實，歲益以小，狀如勺，故名曰瓝。是則瓜瓞者，乃指瓜實言之，瓜實乃纍纍者，幾見有瓜實乃緜延者耶。若謂此緜緜，乃即

瓜種之由來言之，則又何物不可以言緜緜者。天地之生久矣，凡有生之物，皆緜緜也。而乃曰緜緜者，瓜生近本之小瓜，然則其他之瓜，，皆非由先歲種子所生者乎。況瓜於其近根之實，特異其名曰瓞。然則其遠根之實，又當何名。其不遠不近之實，又當何名。且各物之結實，其位置寧有一致者。使各因其結實之位置而易其名，則天下又安有如是許多之名耶。此等村俚之談，吾知雖齊東野人，亦難以出諸口。而堂堂大儒，顧反侈談之，不以為怪者，則以中國之所謂大儒，其知識初不若野人之多也。今試為推求其好為誣妄之由，雖多淵源於不識經義，而說經而意不在經，特假借經學之名，盜為荒誕，苟求取悅於庸俗之耳目，實為其最大之原因。蓋自來缺乏理性之國民，其結果無

不好怪者。韓昌黎謂不求其端，不訊其末，惟怪之欲聞，數語實括盡三代後中國人民之特性。其所以然者，因其心目中，初無所謂理。故凡在極無理之事實，在彼聞之，而反以為快也（予嘗謂中國人看報紙，直不如看西遊封神，亦以其不知揆之於理，但圖其熱鬧也）。舊儒之對於經文，任情誣衊，即為此心理之表見。如以騶虞為白質黑章之虎。駁為馬倨牙能食虎豹。蜮在水中射人影，及此詩之近根者，獨為繼先歲之瓜，遂漸而小，皆其類。此等謬妄不通之說，苟稍明事理者，即不難直斥其支離可笑。乃時閱二千年，襲謬沿訛，卒無一人能自覺者。則以理性缺乏，久已成為一般之社會遺傳性。入其中者，殊不容以自拔故也（印度之大愛達，流傳亘三千年，婆羅門視為聖典，祖孫傳誦，其視我國儒生之於經學，殆尤過之。乃訛謬相沿，幾全失其本來之真面。卒之，賴歐洲學者之研究，其真義始復傳於世。其情事殆與我國儒生之不明經學相等。但經學今經予此次之闡明，或者可稍紓己國文化，假手他人之恥乎）。但舊儒既妄指瓜瓞為小瓜，不惟與本句緜緜字不通，而於通章義旨，亦全然失其統緒。故下文自土祖漆句，祖雖誤沮，卒亦無由竊知。蓋託興之指趣既非，上與下失其呼應，則全詩如一盤散沙，更何從而得其線索。此其所以經文雖有誤，而亦不能自覺也。今按此詩之緜緜瓜瓞，遠之所以喻遷岐，近之實以興下文之自土祖漆。興者原所以興起下文。前所取喻，下必從正面申明之。上與下互相呼應，此乃興之定體。人苟知緜緜瓜瓞之為瓜蔓，即可知自土祖漆之祖不得作沮。人苟知自土沮漆之沮為祖，即可知瓜瓞之為瓜蔓。二者之相關，乃直如影之與表，固不容有絲毫之假借也。瓜瓞者託根於此，而結果則常及於彼。緜緜之瓜瓞，則尤以形容所及之遠。此以喻立國者，發祥於此，而滋盛繁昌，或在他處。周之建國，昉自有邰，厥後逐漸東遷。直至太王遷岐，始代殷而有天下。此猶瓜瓞之緜緜滋生，愈蔓延而及愈遠。卒之其託根於此者，其結果轉在於彼也。此詩本以咏太王之遷岐，然在太王遷岐以前，已先有自杜遷漆之事。故詩特推本言之云，民之初生，自土沮漆。蓋以見周之遷都已屢，初不始於太王。此猶瓜瓞之蔓延，由近而始遠也。土即古杜字，字或作屠，韓奕之出宿于屠，即其地。杜之作屠，猶檀弓之杜蕢，左氏作屠蒯。杜即今陝西之杜縣，漆即今之漆縣，乃漆水之所從出。二地皆在渭水左近，相去初不甚遠。前人因不明詩義，故於周人居杜居漆之事，世久無知者，其時代已無從詳攷。然二地皆居渭之上流，則其事要必在公劉涉渭為亂（亂治也）以後，當不難想見也。顧由杜遷漆者，雖無從攷其何世，而以詩言之則太王之遷岐，實由於漆。故下文云，率西水滸。蓋其遷乃循漆入渭，又循渭而至于岐下也。周人之居杜居漆，載籍雖無可徵，而在傳世古器中，尚有可以得其梗概。　　云王在杜居（其器偶忘之，見玩書。且不止一器），則杜實有周前代廟可知。又　鼎載有漆宮之名（見陶齋吉金錄，漆作桼，從木從雨，與今文正合。漆木名，後人因漆水而增水，非也。其名亦偶遺忘，侯故）。凡古之所謂宮者，皆謂廟，則漆之有周廟，亦可概見（漆宮後世又轉作漆室。室亦廟名，所謂太室世室也。漆室見國語）。大凡古人之曾都於其地者，皆有宗廟。蓋古人有所營造，必先宗廟故也（今放古人之於廟，猶今人之有廳堂，凡典禮皆就廟行之。故前為廟，後即為寢。寢者人所居之室也。此制在東遷後，即漸變革，然尚不甚相遠。若後世則於古人廟制，嘗不復知，故見古禮之多言廟，每致懷疑也）。杜與漆俱有周人宗廟，則周人之曾都其地無疑。證之詩言，固若合符節也。又吉日為宣王田獵，大饗諸侯之詩，其文云漆沮之從，天子之所。古者之燕饗，必於廟，則漆之有周廟，尤顯然也。又各書皆載公劉遷邠，太王遷岐，皆云其自邠，初無言其居杜與漆者，今以其情勢放之，則周自公劉遷邠後，雖一遷再遷，要仍不出邠境。是邠者國名，杜與漆乃其二邑。言邠，則二邑自渾括其中。故雖自漆遷岐，而孟子則仍曰去邠也。自杜徂漆，乃周人自於其境內，流轉遷移之事，故言者罕及之。而此詩之作，乃周公之所以頌揚其先祖，故必舉其詳。且以此之自杜徂漆，為通章之自漆徂岐，立竿見影。瓜瓞之緜緜，自初已然，非由驟致也。此詩文字，本至明順。自字所以喚起徂字，而緜緜瓜瓞，正以興其自此徂彼。蓋有所自即有所徂也。乃無如所謂先儒者，因詩書中常見有漆沮之名也，不幸而此文之所謂徂漆者，雖上下顛倒，而文字却相差無多。於是乃不顧文理，臆改此徂字為沮字。無識之士，所見略同，亦遂羣然奉之為標準，而徂字乃變而為沮。雖然，謂之漆沮可也，天下寧有所謂沮漆者耶。漆沮本漆水之名。謂之沮者，乃謂其沿澤沮洳，本複姓之名詞。非漆之外，更有所謂沮者存在。故歷來稱漆者，率以漆沮名之。如漆沮既從，漆沮之從，猶歟漆沮，絕無有舍漆而言沮者。孔氏傳禹貢，謂所謂沮水者不可見。沮本非水名，如之何其可見耶。審是則沮漆之絕不成語，已可概見。今縱謂沮漆為二水名，而自土沮漆，又成何語耶。然先儒則不患其不成語也。原文不成語，吾為易之，則成語矣。因為易之曰，自用，土居也。此真可謂廻天倒日矣。用居沮漆雖不甚通，亦自成語。特是自何以能強改作用，土何以能強改作居耶。若字義可以若是解釋，則可以成語者字尚多，又何必專指自土二字為用居耶。大抵前人之解經，其志本不在經，不過假是以為惑世侮民之具。而由於其思想之卑劣，其智識亦日即昏瘉。縱令其一意為經，亦絕不能有所發見。道德墮落，智識未有能明晰者也。然人之為所誤者，已兩千餘年矣。人為所誤乎，抑人之自誤乎。此又當各人撫心自問者矣。

又按自經義不明，中國史書之急待修正者極多，以為遷亦一不通經義者也。如此詩之遷杜遷漆，韓侯之出於召伯，魯公之封許，康王之由應侯入繼，尹氏　在周之有大功，衛宣之死，由於悔恨等事甚多。此外之不見經傳，但見金文者尤夥。吾特恐以中國人之劣敗腦筋，恐無人足語於此也。

無小無大

泮水、無小無大，從公于邁。箋云，臣無尊卑，皆從君行而來，是以小大為小臣大臣之稱。令攺農卣云，惟正月甲午，王在𤲞居，王親命伯智曰，毋俾農弋，使厥友妻（此字不可識）農，廼䕭厥奴，厥小子小大，使毋又田，農三拜，稽首，敢對揚王休，從（此從字本當在前田字上，因脫落補書於此）。據銘文觀之，似所謂小大者，乃指小子之長幼者而言（小子猶小臣，乃當時一種侍者之名稱，非謂年齒之大小也），與詩言不類。大抵此稱在當時習用之，有時以稱職位，亦有時以稱年齒也。

臨清吳桂華秋輝氏著

緇衣義

緇衣序云，美武公也。所謂美武公者，乃美武公之好賢不倦，禮意久而彌隆。故詩人以緇衣之宜者，敝而改為，以興其於適館造請以還，又復饋之以餐。詩義本極明了，故紀云好賢如緇衣。乃無如後儒不明詩義，見序稱美武公，不知所謂美武公者何在。以詩有敝而改為之言也，硬行於武公之外，拉入一桓公，以權當既敝之緇衣。其於詩之首二句，似有着矣。獨是下所云，適館授餐者，又何指耶。大抵前人皆不明興之體例，不知詩人於其開端所託興之義，下必點明之。乃反舍卻本文，而於其全無文字處，捕風捉影，妄行附會。無論其於詩人託興之本意，必無望其有合。即拘文牽義，勉可粗通。而於一詩之中，上與下竟形成兩橛，各為義意，既不相通貫，又全無關合。試問古今中外有如是之文理耶。嘗謂以續小序者奄陋，其於各國時勢，多罔聞知。乃不彼於何處，竟得知鄭桓武父子有相繼為司徒之事。而此詩乃首蒙其禍。諺云，癡人前說不得夢。蓋謬妄之徒，與其多知一事，反不如其不知之為愈也。世之經生，固無在非此癡人比也。

將仲子

將仲子序云，刺莊公也。其所謂刺莊公者，乃刺莊公之失教。故詩人特設為教弟之言以風刺之。其稱仲子，明教之者之為伯也。踰里踰墻踰垣（里、里之周垣，即今之所謂圩，乃國人共有者。墻者家之垣，乃合族共有者。垣則室之墻，乃一人所獨有者，然不得直解為壁。蓋古者聚族而居，一家之中，又分為若干室。故室者家之單位，非專指居室言也）。愈遍愈近，折杞折桑折檀（杞、枸杞，至易折。桑則進於杞，檀則堅木，至不易折者），其所傷亦愈演愈烈，逆跡之彰著如此，而為之伯者，顧獨默無一言，是有意縱容之以養成其惡，而激起父母諸兄國人之討也。不知而縱之，是不智也。知而故縱之，是不仁也。不智不仁，二者必居其一。吾恐為之伯者，雖百喙亦無以自解也。蓋里之有杞，墻之有桑，垣之有檀，乃父母諸兄國人所共有，初非一己之所得私。己雖愛弟，其如父母諸兄國人何。且人茍愛弟，亦斷無以縱之使踰里踰墻踰垣為愛者耶。故三詩中皆以仲可懷也一語為宕筆，以見人果真愛其弟，決不容有坐視其多行不義，而絕不一為之所者。此正以防陰賊險狠之徒，得以假口於愛，而有所狡展。以愛與不教，其事初不可並容。既坐視其身陷於惡而不知教，則不得復謂之為愛也。此詩文義甚明，凡曾讀左傳首冊者，當不難一望而知其旨。左氏識失教也四字，乃純然採取當時君子解說此詩之言。其曰稱鄭伯者，謂明以指出此詩中與仲子相對之人。鄭伯之伯字，實對仲言之。下文謂之鄭志者，謂即鄭人作此詩之志。當時鄭人稱風詩曰志，所謂七子賦詩，不出鄭志是也。謂之鄭志，猶云本之鄭詩也。左氏意中，本先有一部鄭風，故其斷案，即援用時賢，論斷此詩之語。末復以謂之鄭志一語點明之，謂經書此伯字，實針對鄭詩中仲字及各叔字而言，初不等於牧伯，及五等爵中之伯。後人不明詩義，因亦不明左氏立言之旨。對此數語，多草草讀過，付之於若可解若不可解之鄉。究之，稱為鄭伯，何以即見其失教。而鄭伯之失教，何以又謂之鄭志。恐詩亡後，卒無一人能了了言之也。左氏文中，於鄭伯之陰賊險狠，形容備至。至其斷案，乃專取此詩失教二字者，以古人之於斷案，要在有以折服其人之心。鄭伯克段之事，其慚德甚多，何勝悉數。惟責以失教，則彼必無詞，孟椒之盟臧紇以犯門斬關即此意。古人云非妄折獄，惟良折獄，殆謂此也。蓋段苟不自為惡，則鄭伯又何自克之。段苟為惡，則鄭伯又惡容不克之。是鄭伯之忍，實段有以成之。此在他人，寧容謂之過舉者，特是鄭伯兄也，段弟也。兄弟之間，詎漠不相關，而視若秦越人之比。在他人不教而誅，猶不免鄰於殘暴，況在於為之弟者。既為之弟，則教之之責有攸歸，更非他人之可以旁貸。今鄭伯對於段之狂暴，一則曰焉辟害，再則曰為自斃，三則曰將自及。及聞其襲鄭，始驀然出師以討之。一若前此之不知其事者，則其處心積慮，故意有以養成之，自昭然不可為諱。故但責以失教，則段之惡，不啻皆鄭伯之惡。自請京之日起，段固無日不在鄭伯之羿彀中。此但觀於其不教，即可斷定其早有殺弟之心也。續小序者，知此詩為克段之事而作，而不明詩義，故胡亂掇拾左傳而成文，於詩言反一無所當。甚且謂莊公之失道，為小不忍則亂大謀。一若莊公之失教，為真不忍其弟者。其愚妄殊堪憐笑。至朱子則盡掃前說，而逞臆妄指，謂之為淫者相謂之詞（踰墻可謂為淫者所為，踰里又豈淫者之事。豈此淫者，乃併欲盡淫此一里之人乎。且淫者之必為仲子，又何義耶）。此則此公於誠意正心而後，理淨欲純，其方寸之虛靈中，舍淫奔外，已無他物。故其視此等情事瞭然，絕不稍涉淫穢之詩，而亦只見為淫。仁者見仁，智者見智，主觀既異，則所見自與人不同也（將古請字，說詳丘中有麻）。

叔于田

叔于田序云，刺莊公也。其所謂刺莊公者，叔狂妄而逼上，國將不堪，而莊公絕不加以裁制，一若初不知其事者。故詩人作此，戒叔以諭莊公。原其義，亦譏失教也。此詩之稱叔，一如前篇之稱仲子，乃當時凡為人弟者之通稱。叔本為國人稱段之名詞。而此詩之主旨，則專在於就此一字喚醒其迷夢。令其顧名思義，一念及其所處之地位，而悚然自戢其欺君無上之心。而為之伯者，鑒斯情形，亦當有以曉喻而制裁之，無俾其習於為非。履霜堅冰，而自陷於罪戾。蓋作者於伯叔二者之間，早有以窺其閒隙。特其事未至，既不便於明言，而又不忍坐視禍患之來，而默不一語。於是乃作為此詩。一以望叔自知其為叔，而自戢其罔上之雄心。一以望居叔之上，而負教叔之責者，早自振作，克盡其為兄之道，俾禍亂得以潛消，而不致釀成動衆興師不可嚮邇之勢。此國人之代為伯叔謀，實所以自為謀也（禍成必出於爭戰，其禍則仍國人當之）。故篇之中，對於叔極意形容，至謂叔之外幾無人堪以飲酒服馬。其頌揚叔，可謂至極也。叔愈無上，則為之上者，愈覺難堪。凡此皆所以儆叔，而冀以激起叔以上人之覺悟。又熟意老奸固成竹在胸，日冀其如此，且惟恐其不如此耶。叔不自知其為叔，故除己外便視若無人。伯復不以叔為叔，故對於叔之任性妄為，絕不加以訓廸。特恃其稔惡而除之。其於作詩者之深心，卒無一方，知所領會，而終以釀成廩延之戮。叔之蠢蠢不足責，而伯之故意縱容，隱忍含宏，一任其陷身於不義，恐百喙亦無以自解也。謂為不知，則叔之無上，國人固已頌言之。謂為有知，則是甘心讓叔，而退居於不如之列，後來又何以有克段之舉，是左右終無一可也。而推其本則仍原於當日之失教，故序卒判定為刺莊公也。後之讀書者，眼大如箕，其於文字之連篇累牘者，尚熟視若無覩。則其視此等文字，褒貶揚抑，僅關係乎一字之間者，其茫昧固無足道。乃世人因此詩之極力揚段，竟誤認為段之不義，果能得衆。而作者乃為黨篡助逆，如後世之劇秦美新者，則可謂寃殺古人也（劇秦美新，猶劫於當時之勢則然。若段則舉事而失敗者，詩人猶不薄其失敗而頌之，是其無識，併不莽大夫若也）。

大叔于田

大叔于田序亦云，刺莊公也。今按此詩之刺莊公，與前二篇微異。前二篇皆在事未揭曉以前，故詩人猶以為兄之義責莊公，望其有以教段，勿使之終陷於不義。而此篇則在既經揭曉以後。國人至此，羣已了然於其前此之不教，乃別具深心，特以慫其惡而除之。此等陰謀，即以施之他人，亦嫌殘忍。而竟以施之母兄弟，斯其人豈猶可以常情相責，故篇中直比之為虎。而深惜叔段之不度德不量力，日游於人之彀中，而不自知。卒至於身敗名裂倉皇出奔之愚。篇中於段之謬妄，極意形容，然卒無一語加以深責，反若不勝其憐憫。則是段本無知，而人之利用其無知，以致使之至於此極者，其情乃大可惡。歷來讀詩者，不知讀全文，反認此詩以為譽段（苟讀全文，則馬慢發罕釋掤鬯弓，豈亦譽人語哉）。此則癡人前之不得說夢也。詩意畧謂，方叔之于田也，所乘者為乘馬，謂之乘馬，雖無異於普通之馬，然馬至於乘，亦大可特矣（此殆指其方為公子而言）。而叔之對此乘馬，執轡也，則調和直如執組（組、絲束也）。而此乘馬之兩驂，亦復如翔舞然，樂受叔之驅策。乘此可乘之勢，範之以道，將何事不可為者。乃未幾而叔在藪矣。此正叔利用此乘馬，藉以奮發有為之機會。乃火烈方具舉（古之田者，先舉火以驚起禽獸，而後從而馳射之），而叔竟若視此乘馬為不足有為也者，反舍棄之而襢裼而暴虎。且果暴得之而獻於公所，則叔之勇武，誠可謂壯矣。然須知虎終非可暴之物，而襢裼則事尤可危。今雖由徼倖獲得，然請叔切勿即狃此以為常，恐其終有一日暴起而傷汝也。此章之旨，乃專指姜氏之請制請京言之。蓋叔以母弟之貴，加之以姜氏之愛，所憑甚厚，本自足以有為。乃於舉事之初，妄希非分，竟舍之而請制請京。與虎謀皮，其事已屬甚險。雖徼倖而京城得請，須知此等事或含有別項危機，初不得因此即認為虎之可狎。一朝暴發，恐終非襢裼之所能為力也。然叔困能暴之故，其于田竟乘之黃矣。乘黃，馬之最貴者，所謂路車乘黃也。叔之乘此乘黃，固自遠勝於前此之乘馬。而此乘黃，亦復兩服馬則前上騰驤，兩馬則雁行隨之，秩序肅然，以敬受叔之驅策，其憑藉視前尤厚矣。而此時叔所在之藪，火烈亦俱已揚起，禽獸奔竄。此正叔乘此乘黃，踴躍圖功之時，亦此乘黃仰賴叔

有以自見之時，而叔果何如者。夫叔非善射者哉，叔非善射而又良御者哉，抑何其忽磬而控之哉（磬、勒也。文王世子、磬於甸人，謂令甸人勒殺之也。此義世多知之，茲不詳攷），抑何以又縱而送之哉。磬控縱送，任意所之，凡所以極馬之力者無不為，而又無一不出人意外。乘黃至此，蓋已不堪命矣。此章之乘黃，乃指叔之在京言之。京城人初非不歉於叔，而不肯聽其使令，且深欲奉之而有所表見。所謂兩服上襄，兩驂雁行也。無如叔馭不以正，乃竟以之謀篡，此則京城人始願所不及。故於其磬控縱送，無一不詫為未見，而深以為苦。子封帥師，而京城即叛太叔段。職是故也，然乘黃則自此已矣。叔之乘黃既失，則叔之于田，乃不得不乘乘鴇矣。鴇者，黑白相雜之馬，馬

之最下者也（乘馬則但言馬，其中高下，初無一定。乘黃則其最貴者，乘鴇則其最下者也）。然叔在倉卒中，得此似亦稍堪自慰。而此乘鴇，亦復兩服齊首，兩驂如手，外觀之，似亦無殊於乘黃者。然而此時則叔之在藪，火烈已具阜矣。阜者極盛，蓋得失正將於此時告決，而叔之馬何以竟慢哉。叔之馬慢，正賴有叔之良御以補救之，而叔何以竟發罕哉（發罕二字，就罕字字面言之，似為希罕，乃詫異之詞。然與發字相聯，殊不成文理。或更從而說之曰，發為希罕之聲。若於原文之外，可以臆增之聲等字，則之色之狀之語等，何不可以隨意加入。即更加入以其聲如何如何，其語如何如何，又何不可者。文字至此，尚有效力耶。然漢人傳箋固多如此也。今按此罕字即楚茨我孔熯矣之熯，即今文汗字。古無專字，故概從假借，即熯字亦假借也。人至事急無策時，輒發汗，此人情所同然者，在古人亦無以異也。叔既無如此馬何，則叔之良御，已可想見。特叔之善射，或尚可以補救於萬一。而抑釋掤哉（掤即左傳執冰而踞之冰，箭筩也），而抑併鬯其弓哉（鬯、韔之假借），是叔之所謂善射者，亦掩旗息鼓，則叔之技已窮矣。以此等能力，而其初竟能襢裼暴虎，虎果可暴乎，襢裼果足恃乎。毋亦虎將傷汝，而故以可暴者啗汝乎。將叔無狃，戒其傷汝，蓋知汝必有此釋掤鬯弓之一日也。此章之乘鴇，則指京叛太叔後，叔逃于鄢言之。鄢之不可恃，其與京寧可並論。京既變亂，鄢更何能為。雖暫不能不受叔之驅策，而其力視京又何如者，其慢固意中事也。

所憑借者，既不足恃，而人又無能，斯其終則惟有釋掤鬯弓而一走而已，尚何言哉。此其所以卒有共之奔也。今綜合此詩之前後論之，叔之初乘有乘馬，其憑藉本亦足以自豪。乃無端而竟舍棄之而襢裼暴虎，識者早代為寒心。以虎非可暴，尤非襢裼可暴。凡事之大遠於事情者，其中必含有他意。暴虎而得，初不得即認為常然也。然叔則以是而易乘馬為乘黃矣。使叔於此，懍然以前事為戒，逆取而順守之者，亦未始不可以始終得有此乘黃之力。而叔則狃於前事，其意中常深信虎為可暴，茲更加之以乘黃，則虎更易為者。乃絕不顧及乘黃之力，而磬控縱送，一為我意之所欲為。蓋以其襢裼暴虎之雄心，至是乃併欲責之於乘黃，而乘黃乃不得不敬告不敏矣。乘黃既敝，其勢不得不下求之乘鴇。夫乘黃所不能任者，乘鴇又烏足以當之，其慢固意中事也。此時所望者，惟叔以叔固能襢裼暴虎者也。而叔對此，則亦惟有發罕而已，釋掤而已，鬯弓而已，一籌莫展，束手待斃，其技亦只如此而已。然則前日之襢裼暴虎，其事可恃乎？抑不可恃乎，至此亦當有以自悟矣。此詩三章，蓋已將左氏鄭伯克段于鄢一篇事實，包括淨盡。而要其指歸，則始終以段之妄干非分，為襢裼暴虎。暴虎者固非，而虎之故示人以可暴，則尤非也。而況其為之虎者，乃在其兄，此其所以對段但消其愚而轉無苛責也。

又按此詩忌字，舊注但以為語助詞。語助詞甚多，乃文字中之一種總括語，寧容以此解釋字義者。此猶書一字問人，人但答曰此字也。此種答案，其人果為識此字乎，抑不識此字乎。今解忌字為語助詞，又何以異是（前人之解經大抵如是。平心論之，此猶其近是者也）。今按此忌字，實哉字之假借。或因其聲近兮，疑為兮字，乃不識古韻者也（兮忌不同母，萬無相通之理）。蓋哉字古音基，其轉音則為記。此則古人於四聲，初不甚確定故也。故哉字在詩中，無一讀今音者。其作平聲用者，則君子于役哉字，與期塒來思叶。終南何有，哉字與梅裘為韻。黍苗哉字與牛字為韻（裘、牛，古俱叶支韻）。園有桃，哉字與其之思為韻。其通假則為夜如何其等之其，實為何期等之期，此其屬於平聲者也。其作仄聲用者，則殷其雷哉字叶子字為韻。陟岵哉字，與役已止寐棄偕死等為韻。其轉音則為，彼記之子之記（記詩本作其，而禮記引詩則作記，今亦讀記，故援用之，以便與前述其字別），往近王舅之近（近、古音記，故北山以近與偕邇叶韻），此忌字，亦其一也。忌近記，古止一音，故得通用。此篇二三章，後半語助，皆用哉字。驟視之，似為輕薄譏誚之詞，實則有久知其必然，而當局者，獨不信其有然。而今竟果然之語氣，猶云君亦有今日哉。二詩神氣，全係乎此。蓋因其不知懍傷汝之戒，但狃於虎之可暴，固逆知其必至於此也。此篇以將叔無狃戒其傷汝二句為主腦。下二章，不過臚陳其不知戒而果為所傷之事實。其事早在人意中，故其語如此也。前人誤認此詩為譽段之詩。雖由於其不知就經文深加玩味，而不明此字，亦為其一大原因。蓋不了然其語氣，則無由得其命意予奪之所在也。然與前儒講及語氣，恐又未免蹈失言之咎矣。

清人

清人序云，刺文公也。此詩之旨，賴左氏夙有明文，故舊說尚無大謬誤。惟續小序者之叙述此事，則殊堪發笑。以此公本不能文也（如欲觀古人之劣文，但觀續小序足矣。無識者，動輙謂古之文皆可貴，見此當啞然矣）。今舉其劣文，迻錄於下。彼所謂漢學家者，得無動其嗜痂之癖乎。文云，高克好利而不顧其君（憑空加以斷語，已奇），文公惡而欲遠之（句尚明順），不能（句調奇。此不能亦不知其何由見之。若然則是高克必不可去，更無所謂退之以道者矣），使高克將兵，而禦狄于竟（此而字又奇），陳其師旅，翱翔河上（忽又夾雜此兩句泛話，不知何用）。久而不召，衆散而歸，高克奔陳（此三句直寫左傳，尚無大謬。惜與上又不甚相接）。公子素惡高克（此公子不知何指，宜乎鄭氏直以公子素為人名也），進之不以禮（既云惡之，卻又進之，可謂不以禮），文公退之不以道（使之將兵，何得謂退之），危國亡師之本（之本兩字又奇），故作是詩也（此等文字，竟誣謂子夏作，子夏寧不痛絕哉）。忽長忽短，忽斷忽敘，忽而公子，忽而文公，忽而禦狄于竟，忽而又翱翔河上。禦狄之事，尚無終結，下忽責以久而不召。七亂八糟，可謂極胡說之能事。即醉漢之讕言，病人之譫語，亦不過如此。最奇者，公子素惡高克，進之不以禮句。此十一字，至今亘兩千年，竟無人能解。謂公子為一讀乎，則所謂公子者何人。謂公子素為一讀乎，則當時既無其人，高克之進，亦無可考見。且既云惡之，何下又進之，其進之更何由見其不以禮。此等文字，吾知雖絞盡後人腦汁，亦斷無人能明其命意之所在。以此等人而傳詩，豈非詩之大阨乎。

今按高克之使，乃狄人侵衛，鄭衛接壤，鄭防其侵入，故特次師於河上以待之，非直以禦狄也。今乃云禦狄于竟，一若狄已侵入鄭竟，特使將兵以禦之者。果爾則狄之去留，尚未分明，何得即責之以召還耶。左傳載此事云，鄭人惡高克，使帥師次于河上，久而不召，師潰而歸，高克奔陳，鄭人為之賦清人。寥寥數語，情事備具。續小序者，直錄其文，即與序恰合。乃愚人多妄，偏不肯就此撒手，添頭接腳，必使古人極明了之文字，改至不可復通而後已。吾真不知天地間何以竟生是人也。此詩文義甚明，無俟甚繁之解說。初清人出發時在彭則駟介旁旁，二矛重英，軍容之壯，焜燿一時，乃不意徒以供河上乎翱翔。既而移駐在消，則駟介雖自麃麃，而二矛之英，則已零落，而惟剩重喬，然閱時雖久，仍自從事乎河上乎逍遥也。及久之而更移屯在軸，則駟介至此，亦已不復麃麃，而陶陶（音遥）若無事矣。而乘此駟介者，在左者則引馬盤旋，以資消遣。在右者，則抽矢指揮，以為娛樂。彼莅中軍之大將，亦惟有左右顧盼之以相與作為游戲而已。軍事至此，尚可言哉。而在上者之不召，則如故也。此其所以終於潰歸也。此詩之所當研究者，首當在彭消軸三邑。彭當即古之彭國。古器中彭女彝，及車叔鼎之見事于彭皆此地，周初尚存。牧野之師，猶備從龍之列，不知何時滅為鄭邑（其事似在東遷前）。至消軸二邑，非在彭以外，相次以遠。即在彭以内，相次以近。益遠者則朝命所遷移，益近者，則潰歸所經過。此於載籍無徵。苟實地調查，或尚可得其遺跡。惜余未嘗一至南鄭也。

羔裘

羔裘序云，刺朝也。今按序所云刺朝者，乃刺不朝也。夫為人臣子，而不朝其君，其心目中寧尚有君在者。此在於疏遠小臣，猶可諉為情勢所格。今以一國之中，發號施令之人，乃久不願朝，其朝廷之間，尚可問耶。詩人惡其無君，故特即其所常服之羔裘刺之。羔裘者，卿大夫燕居之服，所以别於朝服也。蓋古之卿大夫，朝則御狐裘，退朝則御羔裘。檜風所謂羔裘逍遙，狐裘以朝是也。惟狐裘為朝服，故旄丘之詩，以狐裘蒙戎，見其朝御之久。終南何有之錦衣狐裘，彼都人士之狐裘黃黃，亦悉指朝服言之。惟羔裘為燕居之服，故羔羊之皮，詠自公退食，羔裘豹祛，詠自我人居（居，謂燕居也）。二者乃衣服之定制，故古人於人臣之在朝在室，即以其所服之裘定之。此詩亦其一也。顧狐裘與羔裘，二者雖同為卿大夫所常御之服，而二裘之中，實别具有一種特異之點。其事實正相反背者，則狐裘久御之，漸由滑澤變而為蒙茸。羔裘久御之，反由蒙戎變而為滑澤也。狐裘之蒙戎，說已見旄丘。若羔丘之滑澤，則檜風之如膏，與此詩之如濡皆是。蓋狐之毛本直，久經服御，則由直而曲，故其現狀為蒙戎。羔之毛本曲，久經服御，則由曲而直，故其現狀反見為滑澤。此乃物理上之所當然，而為古人所習知習見者也（若戰國以後人，則絕無能識者矣。智識之墮落，尚可道里計哉）。詩意畧謂，羔裘服久，而後其皮毛始見滑澤。今若人所服之羔裘，其滑澤乃直如水濡，則其服此之專且久可知。其於此裘，洵可謂經直且專一矣（直、徑直。侯、專一也。侯字詳解別見）。特彼其之子，其所以長日服此羔裘，曾不肯以暫易者，義果安在。意者殆將以表示其出發命令之不可渝變乎。不然，何以竟直且專一如是耶。今更進觀其羔裘，乃復以豹為之飾（凡大夫之羔裘，例以豹飾，其袪與袖，見唐風）。夫豹本有力之獸，以之為飾，所昭示其孔武有力也。因其具有此力，所以御此羔裘也。愈得以徑直且專一，蓋苟非有特殊之力者，恐其雖欲如此之徑直且專一而有所不敢也。彼其之子，此其所以為邦之司直乎。彼之所以日服此羔裘，而從事宴居也。而其直侯又復有力之三德（采用舊說，而稍易之。舊以三德為剛克柔克正直，直是隨意亂指，然終疑其別有說也），亦隨之而日形彰著。其光輝之璀粲，正

不難於此一表驗之也。彼其之子，此其所以為邦之俊彥也乎。此詩通章，只言羔裘，而其人之專橫拔扈，欺君罔上情形，自在言外。羔裘者燕居之服，言其如濡，則其久可知。下復讚其洵直且侯，則是不惟久，且始終未嘗一易可知。始終服羔裘未嘗一易，則是其始終燕居，而未嘗一朝。夫以舍命之人（舍命即發出命令，乃古人當國之謂，另見）。而乃久不一朝，則其於國政，卒未嘗一聞之君，而皆自專之，又可知。而夷攷其所以如此者，實緣其力。力可以凌君則凌之。邦之司直，固應爾爾也。而乃羔裘宴然，三德迭懋。所謂邦之彥者如是，則又烏用此朝為矣。彼羔裘之如濡，不亦宜乎。今攷鄭莊卒以其當國之專且久者，厥惟祭仲。而其力之足以劫君者，亦惟仲。此詩序遵大路

女曰雞鳴前。彼詩皆刺仲而作，則此之所刺者亦為仲，確無可疑。觀於宋人執仲，要以逐忽立突。突入而忽即出走，則其權力之橫，絕一國，不難想見。君之廢立，尚惟彼命是從，則其心目中，更安有所謂君者。無所謂君更安有所謂朝者。傳云祭仲專，鄭伯患之，使其壻雍糾殺之。突為彼所立，後猶不堪其凌侮，而欲殺之。斯其縱橫恣睢，震主疑君，氣燄之薰灼，必有非常人之所可忍受者，故鄭厲始出此下策。苟非忍無可忍，以鄭厲之貪榮慕利，不義得國，想斷不肯輕棄其萬乘之尊，徼倖於匹夫，而為此孤注之一擲也。此詩所言，正可以見其專橫之一斑。且當權柄政，而全然不知有君，在此時代中，鄭亦別無其人。則此詩之作，其為刺祭仲，固不難稽之史傳而得也。然詩為刺祭仲，而序言刺朝者，此則子夏當時，以此詩之造意甚微，以美表示不朝，以如濡者示久，以直且侯者，示並不知有朝，以舍命不渝者，示其為當國者之不朝，以孔武有力者，示其所以不朝之由。層層進入，而又悉用反言，隱相譏刺。深恐世之讀詩者，死於句下。不細玩語味，或且竟認以為美詩。於是乃稍變常例，本所以溯詩之緣起，或文字外之主人者，權降而為文字上之解釋。明指其為刺，且直示其所刺者為朝。人苟能明此詩之大旨為刺朝，則其他自不難玩索而得。此其所以不言刺祭仲，而言刺朝者也。在子夏心苦分明，本以為下等人說法。乃不意一般無理性之人，眼大如箕，心粗若麤。傳誦二千年，雖子夏明言其刺朝，究不知其何者為朝，並不知其何者為刺。不惟不獲序言之益，且深以序言為苦，蓋以序與詩互相矛盾也。既感其相矛盾，而又不敢輕加以非議。於是乃臆為摸稜之詞曰，言古之君子以風其朝焉。其意殆謂詩言之所美者，乃古之君子，而序以為刺者，乃刺今之人也。續序者於百無聊賴之時，輒為此絕無影響之談以自解，而世人亦競從之。究之，詩何嘗言古，又何嘗言今。使果如所說，又何美之不得指為刺耶（凡美者，皆可以謂之刺不美者）。然以後人之有感覺而無理想，詩之寄託，顯於此者，尚茫然不知領會，則此等詩之受誣，固其所也。

遵大路

遵大路序云，思君子也。此詩子夏亦就詩言詩之詞，殆謂人之於君子，其攀援趨附，懇其無相捐棄，正宜如此，初非作此詩者之本意也。續序者，以序有思君子之言，遂臆造為，莊公失道，君子去之，國人思望云云。憑空架誣，直是癡人說夢。集注盡舊說，別為之說曰，淫婦為人所棄，故當其去也，攬其袪而留之云云。無如不見其淫，此自是考亭本色。惟其言為人所棄哀懇求復等情狀，却多與詩言脗合。特因其生有淫癖，故直認此詩為見棄前事，而不悟其為見棄後事也。此詩若僅就表面言之，則當云棄婦遭故夫於路，冀其復見收，故哀懇之云云。則於詩之正喻虛實無不畢到。今乃無端而加以淫之罪名，則不得不指此為初棄時事，而全篇之語妙，全失矣。今按此詩所言，雖為棄婦之詞，而其意實在於刺忽。忽祭仲之所立，在位三月，於仲初無齟齬。特仲因不勝宋人之脅迫，逐忽而立突。則是逐忽者，原非出於仲之本心，此與婦人無端而為人所棄者何以異。迨後突因陰謀殺仲，不克而出奔，忽於此乃乘機復入。此又與棄婦因故夫之不得於新婦，而覥顏哀懇見收者何以異。身之進退，其權一操之權臣，而己反低首下心，惟恐其不得當。為人君者，其鄙污屈辱若此，其情亦大可憐矣。無我惡兮，無我魗兮，其一種醜忍無恥之情形，直足令聞者起栗。出之於夫婦，已覺其不堪，而乃出之於君臣，其醜尚忍言乎．此詩託之於遵大路者，明其所攀援者，實當路之人•摻（即操）執其袪，則驀焉相遇，不敢冒昧，致遭峻拒。無我惡者，蓋恐其果我惡而終擯絕之。不當故也者，則自明其雖經見棄，卻絕無芥蒂。其未見棄前之故情，固依然無恙也。此章殆隱射忽在未逐前，初非有惡於仲。而己亦深諒仲之逐己，非出於本心，故特以舊情動之。及彼當路者果為所動，知彼已有幾分容納之意。於是遂更進而摻執其手，更丐其無以我為魗。實則我之好，仍無異於昔日，決不至如他人之中途見背也。此章乃隱射己之見逐本無所開罪，而彼後來者，反起而圖君。今再蒙收録，其情好猶是未逐以前，無虞其或如突之起而相圖也。蓋至是而男女之交成，而忽果繼突而入矣。大抵古人為詩，雖極平常語，其中亦必有所影射，一字一句，絕無泛設者。後人以習看後代有詞無意之文字故，一例潦草讀過，又安望其有得於詩義耶。

女曰雞鳴

女曰雞鳴序曰，刺不說德也。此亦子夏就詩言詩，標明詩義，以防後人有所誤會之詞。指之為刺，則以防讀者之誤，認為美。指之為不說德，則以防讀者之誤認為德。此與羔裘之言刺朝，同一用意。乃無如防者自防，而誤者自誤。世之讀詩者，由漢至今，殆仍無不以詩中所言之男女為賢，而以序為非指詩言之（以詩之所言者為古事，而序之所刺者，則為今人也）。此固原於後人智識之墜落，然亦後人道德墮落之所致也。蓋惟後人之道德墮落，故於古人之舉，以為刺者，不惟不覺其可刺，反覺其為賢。以古人之所刺者為賢，自必以古人之所言者，為是美而非刺。此其所以序雖明言之，而仍無補於後人之迷誤也。今即詩之大旨畧述之。

男女方當同夢之時（昧旦即昧爽，初非常人所應興之時。下文明星有爛，正所以坐實此昧旦。皆所以形容女之嗾男，非時而起也），而則力嗾之起（觀士曰昧旦之文，則士本不欲起，而女則復紿之以子興視夜，蓋知其既興則不得再眠也。而此時則明星燦然，猶是昧旦，即鳧雁亦非翱翔之時，而乃曰將翱將翔，以將而論，又何時不可耶。此數語乃極力形容女與男之絶無情愫，同床各夢之情形。至弋鳧與雁，亦不過其託詞耳），而使之弋取其分外不可知之鳧雁，則其情亦畧可見矣。乃不意此意外不可知之鳧雁，竟弋言加之矣。此在女本藉之以爲遠之之詞者，而今竟見之實事，殊非初念之所能及此。然彼既有此鳧雁，又烏容不與伊共饗之者（宜饗也，別見）。於是遂一變其前此冷淡之面目，而相與歡然飲酒。既飲酒，又恐其不能常饗，乃更要之以偕老，矢之以靜好。蓋前此冀其去而惟恐不速者，至此則轉恐其抉所有舍我而他適矣。且不第空言要結之已也。而又出其雜佩，厚相投贈，反覆其詞，以動其歡心。殷殷拳拳，若惟恐有不當其意者。一鳧雁之得失，前與後竟判若兩人。男與女之間，情愫毫無，而相互以利爲市。夫婦之交至此，而人倫之道息矣。此子夏之所以指爲不說德也。然此猶專就此詩之表面言之也。若作詩者之本義，則實指厲公與祭仲之事言之。蓋厲公與祭仲，本非能相得者。及宋人要其逐昭公而立己，則感其有立己之德，亦相與安之，共享此弋獲之鳧雁（厲雖當國，其大權實仍操之仲），故詩人以共享鳧雁喻之。此厲之所以終不能堪，而謀殺仲也），且深相結納，若惟恐或失其意，而已便不能自存也者。君臣上下之間，惟知有利，置名分倫常於不顧。此又與彼男女之相市以利者何異，此詩人之所為慨然也。觀厲公之終不能堪祭仲之偪，欲除之而不敢討，乃陰囑雍渠圖之，則其平日於仲之不敢稍有違言可知。偕老之盟，雜佩之報，凡所以要結仲者，無所不至，自屬當日實情。而無如仲自恃功高，一意專橫，全不為稍留餘地，卒致陽結之者，乃思陰圖之。此則當日詩人之所不及料也。

與子宜之

女曰雞鳴，與子宜之。毛傳、宜、肴也。此則下文有宜言飲酒之文，飲酒須用肴，因即臆指此宜字為肴字。實則宜字幾見有作肴用者。釋言之文抄詩傳，不得反據以證詩傳也。今按宜於文，象屋下有俎，乃會意字，其義為宴饗。鳧鷖之公尸來燕來宜，魯頌之宜大夫庶士，皆其本義。即祭社之名宜，亦以凡祭社必大饗也（古者祭必有饗。饗即饗祭神之肉，祭神即所以饗人。故古人宴饗之禮必於廟行之。凡經讀儀禮及祭義者，自不難攷見。社之名宜，即取義於饗。凡出師必先饗士，入亦如之，故其祭即以宜名之。後世祀社之禮雖廢，而出入饗士之典，尚仿行之，實古宜祭之遺蛻也）。此宜字，亦即其義。與子宜之，即與子饗之。宜言飲酒，即饗之則更當飲酒。若解作肴字，則當為與子肴之，肴之則更當飲酒，能成語耶。然漢人解經，固未有求其能成語者也。宜乎世之不通者每以漢學自託也。

有女同車

有女同車序云，刺忽也。續小序者，不明序言刺忽之義，見詩中有彼美孟姜語也，則臆指為鄭人刺忽之不昏於齊，且謂齊女賢而不取，卒以無大國之助。其說之謬，幾不可究詰。忽之一生，惟其辭昏一事，尚足稱道，故當時君子，即謂其善自為謀，又曰自求多福。鄭人何至反以此見刺，且忽所辭之齊女即文姜。忽若婚於齊，則彭生之禍，不在魯桓而在忽矣。古之詩人，又安有如是之是非顛倒者哉。故此說宋人即不取之。而朱子乃直指為淫奔之詞，此則淫之一字，已深盤踞於朱氏之腦筋，故於詩無不見為淫。毫無影響之詞，猶不難於誣指（如將仲子風雨等篇），況此詩明明有女字。又曰彼美孟姜，如聞其聲，如見其人，則其艷情綺思，觸緒紛來。固當然之事也。特是見與女同車者，即謂之淫，則天下將皆淫人矣。詎非怪事哉。今按此之刺忽，乃因子突居櫟，聲勢日彰，而忽若不聞不見。兄弟對峙於一國之內，不思自強，以漸有所表見。乃讓任其實逼處此絕不知早為之所，則此國寧尚得為己有也者。則他日大陵之入，在詩人固早見之也。因特託為與美女同車者以刺之。畧謂己有車而與他人同之，此其事已大屬危險，以人將莫適為賓主也。然使此同車者，而為常人也，猶可說也。而此同車之女，則其顏色之昳麗，直如朝舜之華。其生質之美，既足以動人之瞻視，而於其將翱將翔之際，復有佩玉瓊琚，佐其外以為之飾。是則內既足於己，外更豐乎助，彼人之美，雖孟姜亦不是過也。誠哉其為美且華贍也（美指人言，都指衣飾言。美承第二句，都承第四句，二字各有針對。舊注都為閑，直是信口開河。都之義為豐為富，與今方言所謂濶者相似。釋之為華贍，似尚不甚相遠也）。所與同車者如此，則此車寧尚得認為己有者。人有視，視彼美。人有聽，聽彼美。己雖與之同車，而相形之下，愈增其醜。人視之，幾同無物。彼或且儼然自命為車之主人，又誰人肯一顧視及之者。蓋即當此同車之頃，而此車之主權，已潛移於彼美之身，而無如彼當境者之冥然罔覺也。彼當境者之不自覺，苟僅為暫於一時，則久之或且翻然有醒，而急圖所以自保。而今則彼同車之女，其顏色之昳麗，不僅如舜華，而直如舜華之英，有目者無不見之。且將翱將翔之際，其隨身之佩玉，更將將而鳴，有耳者亦無不聞之。彼之美日即彰著，而與之同車者其見偏乃日即急迫。彼人縱無目而不見其顏，豈併耳無之，即其佩玉之音，而亦不聞之者。彼美孟姜，其德音實令人聞之不能忘也。而彼當境者，故猶是如故之冥然罔覺也。則雖同車，亦只尸居餘氣而已，此車尚得認為己有哉。此詩以顏喻突在櫟之勢力，而以佩玉喻魯宋衛陳，助突之各國。各國既為袲之會，同謀納突，而突亦自以鄭伯名義，四出於各國周旋。莊四年之齊侯陳侯鄭伯遇于垂，即突在櫟與各國交通之一斑。佩玉將將，其聲聞久播於四境。而廻視忽與子儀等，雖備位國中，乃惟是處堂燕雀，苟且偷安，絕不聞有所振作。內既失臣民之心，外復無大國之援，直不啻坐以俟同車者之吞併。內蛇之死，其機固不難預決也。詩人瘏口嘵音，冀以喚起忽君臣之迷夢，早謀所以自立。而無如懦弱無志，習於性成。身既見弒，而子儀卒膺其咎。此則詩人所深為咨嗟太息者也。

山有扶蘇

山有扶蘇序云，刺忽也。此詩之為刺忽，初無甚深義。不過刺忽無君人之度，居其位而才不足以堪之。寄命權臣，日惟以佻達自恣其逸樂。君人如此，國事可知矣。狂且狡童，此詩人所以深譏其不類也。詩意畧謂，就其小者言之，在山者吾見其有扶蘇（扶蘇，毛傳以為小木，又改其字為扶胥，初無確證。舊注所言草木多不確，此傳亦難深信。竊疑扶蘇當即為樞之切音，唐風所謂山有樞者即此。然此詩之託興甚濶落，殊難攷定之也，故權從舊說），在隰者吾見其有荷華。凡物各有所託，即所託者必當其物，今在朝廷，則當然見其有君矣。君之為君，其風裁器宇，當必雍容華貴，如世所傳子都者然（子都雖為人字，然都字實形容詞，即洵美且都之都字，含有富麗意，故此以雍容華貴釋之）。殊不意不見有子都，乃僅見有狂且也。此非朝廷也歟哉，何所見者，竟與其所宜有者相左耶。茲更就其大者言之，則在山者吾見其有喬松，在隰者吾見其有游龍（龍、毛傳以為紅草，殊謬。龍若為草名，文不當云游龍，以草故未有能游者也。鄭箋以游龍為放縱，尤謬。隰有放縱，成何語耶。至後人龍古馬蘢之說，直是愈趨愈遠。諸人之為是紛紛，不過以上章荷華為草，此句亦當言草，故爭從草上附會。以文理論之，此句之所言者若為草，則必須以游龍二字，為一複名方可。蓋草既不得冒龍之名，即草偶同於龍之名，作者更不應以游字形容之，故使之與龍之本名相溷。然上句喬松之喬為形容字，則此游亦當為形容字。

有斤斤自守，安民息事，而不多予之釁隙，庶禍患無自而生。而己之地位，亦得以暫保。今故傳云，初鄭伯將以高渠彌為卿，昭公惡之，固諫不聽。昭公立，懼其殺己也。辛卯弒昭公而立公子亹，是則忽之與高，初非相得之人。即忽之與卿大夫不能以久相安。此亦其一斑。詩人以叔兮伯兮者，譬之於風，則高等之欲弒忽，已非一日，雖國人亦皆知之。觀於忽弒而全國無異詞，即從之而立公子亹，則忽之弒乃人人意中之事，概可想見。風其吹汝，風其漂汝，此國人之所以一再為蘀警告也。又徵諸史云，渠彌與公獵，射殺公于野。是忽之見弒，實由於與其所素惡之人，共謀田獵之樂致然。倡予和汝，倡予要汝，其端固皆自忽啟之，而故予人以見弒之機會也。倡和乃逸樂之事，田獵亦逸樂之事，二者相類。不便明指為田獵，因以倡和代之。夫以素有嫌隙之權臣，而己以孑然無助之身，臨乎其上，則隨時隨地，皆是危機。計惟有畏而遠之，使彼無可乘之機，庶其禍尚得以稍緩。今乃不惟不知遠之，反暱之而共為田獵，是不啻呈身虎口，而有以促成其弒也。左氏引當時君子之言，謂昭公知所惡，其言乃歐後語，譏其知所惡而不知遠。其言與詩言身如待吹之蘀，而猶要求其謀之之人，以共倡為逸樂者，可謂重規疊矩，叔兮伯兮，則高伯殆鄭之同姓也（魯公子達稱渠彌為高伯，以魯亦姬姓故。不然，伯既非封爵，亦不當僅以伯為字也）。此篇寫忽之憨態，直使人可憐可笑，雖後世之晉惠劉禪，亦無以遠過。春秋於忽稱鄭世子，其弒亦不書，而始終以鄭伯予究，初不得盡諉為魯史闕究也。

又按倡予和汝，倡予要汝二句，皆當以倡為一讀，下三字為一讀。此與丰之駕予與行，駕予與歸，同一句法。此乃鄭風中所獨有者，他詩不多見也。

狡童

狡童序云，刺忽也。此篇之刺忽，義頗廣泛，衡之於當日事實，殊難確指詩之大旨。乃刺忽之惡惡而不能退，與公子達之謂昭公知所惡同意，初非指一時一事言之。至其後來之果以是隕身，則尚非此時之所逆料也。全詩大意，與集注之所言者略同。意謂彼狡童兮，乃不與我言。然子雖不與我言，但以此故，豈遂使我不能餐哉。則不與我言，亦只徒不與我言已耳。抑彼狡童者，更進而不與我食，但此亦何害者，豈得以子不與我食之故，即使我不能息哉。兩章皆所以形容狡童之不足畏。縱其惡之，而亦無如若人何。故為所惡者，反作為輕薄之詞，以相譏誚。此詩不必即指高伯之事言之，然正可即是以見其一斑也。至狡童之稱，則似昭公當時自有此美諡，故詩人即常藉之以為之代名。觀山有扶蘇及褰裳可見。不然，作詩者初非一人，恐不能若是之不謀而合也。且觀昭公之行徑，權臣專國而不一問，揮之即去，招之即來，浮沉民上，身命且不能自保。乃惟是一味憨跳，日夕恣為逸樂，即魯昭之猶有童心者，其昏庸亦不至如此（觀魯昭所為，尚時有生人氣，若鄭昭則全無人氣矣）。則國人諡之為狡童，正不得謂之為過論也。

褰裳

褰裳序云，思見正也。子夏此序，雖亦第就詩言詩，然殊不免根本錯誤。殆子夏時，世之習詩者，率常節用此詩首二語，作為思慕想念之詞。子夏習聞之，故遂不暇致詳，而釋為思有所就正之義。蓋古人咏詩，概皆取其中一二語有合，不必盡用其本義。此但觀於左載各人所賦之詩即可見。然即持此以概全詩，則不必其果有當也。子夏之於此詩，實不能不謂之百密之一疏。此乃人情之所不能免，正不必曲為賢者諱也。今第就詩之表面言之，子惠思我，褰裳涉溱，則作此詩者，初非思人之人，乃為人所見思之人。下又云子不我思，豈無他人。則作者不惟為見思之人，且似甚不以其人之思之為可感佩者。亦復譏之為狂，以為狂童之狂乃如此（且、如此也。詳見北風既亟只且解）。調笑輕薄，則無論思者與見思者，寧得一謂之正。宋儒謂此詩為淫者相謔，義雖未合，然語意固自爾爾也。故思見正之說，合之詩言，實未見其有合也。今按此亦刺忽之詩。詩人之作此，乃特用以為遵大路作答詞者。蓋前既以棄婦求歸之詞，隱刺忽之哀籲仲祈請復入，此則更在仲一方面，託為男女相謔之詞，以明子亹子儀皆君也。子之得歸，實當感我之大惠。涉溱涉洧，乃狂童之善自為謀，顧反以為患而思我。如果以思我而言，則思我者正多，初無勞子屛居溱洧以外之人，垂此厪慮。須知思我不足異，假口思我，而竟得褰裳以涉溱涉洧，實子之狡。吾不知狂童之狂竟至於如此也。此篇及遵大路篇，同寫昭公之醜怨復國，頑鈍無恥。遵大路從正面寫，此篇從對面寫。合觀二詩，則於其當日歸國之前後情形，概可想見。鄭莊奸雄，而其子竟昏庸如是，此其中殆有天道乎。

又按忽之立甫三月，即為祭仲所逐。復入後亦止兩年餘，即為高伯所弒。綜計前後，在位不及三歲，而刺忽之詩，乃多至六篇（遵大路，有女同車，山有扶蘇，蘀兮，狡童，褰裳），幾佔全風四分之一而強（鄭風舊二十一篇，今更以丘中有麻加入，則實為二十二篇）。或疑以忽之不材，鄭之詩人，何以竟對之殷拳若是。不知忽也者，鄭莊之世子，乃分之所當立。苟非甚昏愚，則蒙業而安，後來兄弟互爭之禍，自無自而起。無如童心未化，狂狡自恣，太阿倒持。始既甘心為他人之息惟，迨搒祛見諒，復褰溱洧之裳，乃故態依然，闒茸猶昔。同車有女而不自知，言食示威而無如何。卒之狂風一吹，而此子然無著之，遂飄搖而身隨之隕。嗣是則子亹子儀，亦相繼而死於非命。東門之墠，終須待丰昌者之錦褧言歸，而神器始復有主。家國紛擾，至此已二十有五年。追原禍始，殆皆由於忽之據非其有，有以階之厲也。國人之望忽也切，故其刺忽也至。至忽之習與性成，終不能有所感悟，而急國所以自奮則非詩人之所敢知也。

丰

丰序云，刺亂也。今按此詩乃全感傅瑕等之弒子儀納厲公而作。文之意指甚明，其託喻亦極淺顯。通篇寫小人反覆無常，隨勢力轉移情態，維妙維肖。君臣之間若此，不惟人倫滅絕，而廉耻之道亦息矣。蓋徵諸前日，其器宇未嘗不丰昌也。然彼之器宇自丰昌，而外無所假。以極其丰昌之致，則予之視彼，要亦無以大遠於人。故當時雖俟巷俟堂，以待予之出送出迎，而予卒未之一應。及今思之，則殊堪自悔也。何以自悔，則以其人之衣錦褧衣，裳錦褧裳也。衣裳俱以錦褧，則彼之丰昌，以有所增飾而悉以表現於外，此人人之所爭欲仰附者。使其當日即衣此衣裳此裳，予又安得有不出送迎之事。無如丰昌者宜於錦褧，而丰昌者初不必盡能錦褧。此予當日所以雖信其丰昌，而仍不免以輕心掉之之故。今則彼之衣裳故已如此也，我豈可重蹈覆轍，而不急思所以補救之者。叔兮伯兮，祈幸勿以前日之事為意，子果出者，予不惟不敢不送，請即命駕，予且與偕行。子果入者，予不惟不敢不將，且直不待汝之先行，而遠迎之於子之所在，而命駕與子偕歸。俟巷俟堂之謬誤，予方且悔之終身。叔兮伯兮，幸勿峻拒，庶予得希附末光，而勉圖自贖也。此詩首章喻厲公之出，傅瑕等絕無所表示，致其眷戀。此即厲語、原繁，所謂寡人之出，伯父無裏言也。厲原鄭君，與瑕等初非泛常，故託言為丰。謂之丰者，以其地位，固自遠異於常人，且厲之出奔，由於無佐，故特就其資地言之也。次章則言厲公之自櫟復入。厲已得櫟，其勢已較前有進，故更託言為昌。昌者博大。謂其魄力，已有異乎丰也。厲至大陵，瑕猶出而禦之，則是俟堂而猶未出迎也。及兵敗見獲，勝負之數已決，此詩所謂衣錦褧衣，裳錦褧裳時也，至此始用轉面目，親弒其君，及其二子，以圖納新君。此其事傅瑕為之，初不止傅瑕一人為之也。何背因心，炎涼轉瞬，視其君曾不如雞犬。前日奉之以拒敵，今日即殺之以歟敵，惟求個人富貴之不失。而綱常倫紀，胥非所問，此其與禽獸，又有何差異者。駕予與行，駕予與歸，作者第形容其曲意獻媚新君，而置其弒君之惡於不論，未嘗非忠厚也（按此所刺者，乃鄭之一般舊臣，初非但為傅瑕一人而作，故不言弒君事也）。是蓋鄭莊以梟雄陰鷙之材，一生惟以權術，沾沾自喜。儒葛射王，黄爾見母，鄢共克段，名義綱常，在彼久不知為何物。取人以身，故其所引用，亦無非狼疾梟獍之流。當彼生前，其材智足以駕馭之，未始不深資其力。迨一瞑弗視，斯羣龍無首，跳梁莫制，其禍遂中於子孫。置君也，則不如奕棋。弑君也，則不如屠豕。變亂相尋，亙二十餘年而後定。誠以朝廷間，欺君罔上，專横殘忍，已相習成風。所競競者，惟一己之權利。其對於君，原不過視為具文，故殺戮存廢，舉無不可以便宜行之也。鄭伯之殺傅瑕，可謂大快人意。惟原繁則以前之不送不將，後並不肯為伯叔之呼（前稱子，後改稱伯叔者，昵近之詞）。以與行與歸自贖而見詰責，自縊以死。此則厲公之所以為厲也。

侘傺軒說經卷二十三

壬戌上元後六日

臨清吳桂華秋輝氏著

東門之墠

東門之墠序云，刺亂也。此詩之作，乃鄭人自閔其無君，想望厲公之自櫟復入以治己。雖時事之擾亂有以迫之，然其事初不得謂為好惡之正，故序指以為亂。凡序之所謂亂者，非泛指時局言之，實以著明其事之大遠於義也。如丰刺鄭人之從厲，綢繆刺晉人之從武，序皆指以為亂。此詩之旨，亦猶之乎彼二篇也。蓋鄭自莊公以後，大權旁落，強臣世執國柄，為之君者，不過徒擁虛名於上。至厲公以不忍其訽，圖之不克而出奔。繼之者子忽子儀又皆甘心為他人之傀儡，而不知自奮，故鄭實有君而無君。迨厲公據櫟獨立，前後十七年中，雖偏隅自安，不克如當國者之名正言順。然君職克舉，以蕞爾一隅之地，內撫臣民，外聯與國，竟能使諸侯聞知有己而不知有鄭（凡經所書鄭伯者皆突。子儀在位十餘年，從未一見經傳，所見者其立及其弒耳）。以視彼神器坐擁，君臣相與，置國事民情於不顧，苟且偷安，宛其死矣。以坐待他人之入室者，其相去何殊霄壤。無主之墠，又何如有形之栗。其實利足以及人，民心無常，惟惠之懷。則其引領東望，日冀其人之我即，雖非君子之用心，亦人情也。詩意畧謂，夫墠者野外祀神之地（金縢之所謂為三壇同墠，傳所謂請墠聽命者，皆是。凡古人之祀神必於廟，其不得於廟者，則為墠以代之。周公之為墠，所以防人知。鄭人之請為墠，所以拒子圍之入也。若壇則小於墠，乃築於墠上者。墠之制以代廟，壇之制則以代几筵也。後人不加詳攷，始則溷壇墠為一，繼且以墠為壇，因之有登壇之說，而墠之稱遂泯。實則墠可登壇不可登也。漢人之杜撰祭法者，本思沿用古稱，貌為曆古，而不悟其不通也），此固人人所敬仰而趨奉者也。今東門之墠，乃有茹藘在其阪焉。茹藘者綠之切音。小雅之所謂終朝采綠，不盈一掬者是，乃草之可以染綠者也。綠草為人人所需用，又其草初不甚易得（詩所以言不盈一匊也），人見之未有不采之者。使其僻處幽隱，或尚疑之為倖免。茲乃儼然在乎彼高曠蕩平之坂，予人人以共見。則是此墠虛擁其高尚尊嚴之虛位，不惟主之者無其人，即過之者亦無其人也。此但觀於茹藘，即不難灼知者也。夫吾人之所屬望於墠，而敬仰趨奉之者。然惟是楳然無與之墠，實望其人之撫有此墠者，有以運用之。齋明盛服，以與我人人造福，今非無其人也。乃不惟其人惟其室，其室雖甚邇，而其人則甚遠，是有人仍無異於無人也，則又為用此墠為耶。今試比而觀東門之栗。栗之與墠，其相去啻不可以道里計矣。一則名高位崇，為萬民之所瞻仰。一則戔戔微物，隨地滋生，其為材曾楩楠杞梓之不若，此寧可相提並論者。然栗之為物雖微，而其實有時可以供人之食用，號為嘉卉，則人不容舍之而去。初不見其下之家室，鱗次櫛比，踐然其有序耶。有其名無其實，墠之地位雖尊，而茹藘亦在其阪。無其名有其實，栗之為利雖微，而家室亦踐然從之。然則吾又何樂徒守此闃寂無人之墠，而不思嚐此人所共逐之栗，務虛名而棄實利，甘心為此無益之殉耶。特是安土難於重遷，我之心雖思之，而勢殊不能即之，此亦當為為果者所深諒者。但我不能爾即，子豈不能我即。甚勿以我之不爾即，即疑我心之忠於墠，而不肯翩然下即，以慰我之思也。此詩以墠比子儀，以栗比厲公。名義昭然，初不容為有貳心於櫟者所自作。殆當時君子作之以刺其時之謀納厲公者，與丰之篇之用意略同，故序亦同用一語。然觀於茹藘在阪之言，則子儀之不為臣民所屬，已可概見。厲固不義，鄭之君臣，尸居高位，全不以國家為意，致令人生室邇人遠之歎。亦有以為淵魚叢雀之敺，此風雨之詩，所為，思見一不改其節之君子，而其心則喜也。

風雨

風雨序云，思君子也。續序則云，亂世則思君子不改其度焉。通觀此公所續之序，除經傳有明文者外，惟此一句尚為可取。至其文字之拙劣笨重，則仍不失其本色（按文當云，思君子不以亂世改其度也。或云，君子不以世亂改節，故思之也。皆可。看他一則字，一焉字，直是令人百思不到。此等筆墨，後來惟鄭康成深得其妙。今之漢學家，雖刻意學之，終嫌失之於明順也）。此公之文字，原不容以理論，似此者已不可多得，讀之者以意逆志焉可也。蓋此詩之詞意甚明，雖在作續序者之不通，尚不難以審知其意。則彼即物窮理，自詡為物之表裏精粗無不到，心之全體大用無不明者。當必更有以微顯闡幽，補前人之不逮，乃意中事。

今觀其言，則以作此詩者，為淫奔之女，而所謂君子者，乃所期與淫奔之人。風雨雞鳴，則無論其如何（指凄凄、喈喈、瀟瀟、膠膠、如晦、不已、言），概指為淫奔之時。夷瘳喜則在彼更所不論總括之則淫而已矣。是全詩三章，在彼所見者，除風雨雞鳴四字外，僅有君子二字。至彼淫奔字，則全由君子二字生出。世無君子，又安得有行淫者乎。彼既以淫為君子之事，則風雨雞鳴，更何妨通目為淫者（蝃蝀在東，於昭在上之天象，猶不難指之為淫，則又何事之非淫者。以是知淫之一字，盤踞於中國一般儒生之心理中，已非一日。特皆不如朱氏之純粹以精，集淫之大成耳）。特是淫奔必須冒風雨往來，已令人不解。至雞鳴則天已向曉，淫奔者不卜夜而卜晝，尤屬咄咄怪事。君子之淫奔，乃

獨在乎此時，豈君子之淫，固有以異乎衆人之淫乎。朱氏於淫，固研究有素者，不知其何所見而云然也。在朱氏淫者見淫，此中秘奧，初非吾等門外漢，所能懸揣，只可存而不論。若漢儒舊說，亦多有未盡合者。以其所知者，僅為末章之義，首次兩章，尚未能為徹底之了解也。今試舉詩義，畧述如下。雞聲之鳴與已，所以應乎天色之明晦。天明則鳴，天晦則已，此其常也。若風雨之夕，天色之明晦，由陰霾所蒙蔽，每失其真。則為之雞者，既失其正當之標準，其鳴其已，當必即隨此外界之風雨，而與為變易矣。乃事殊不然，方夫風雨之凄凄然，蕭颯而淅瀝也，其勢之足以影響乎雞鳴者甚緩，而雞鳴則喈喈然舒徐和諧（喈喈、和聲也。詳見葛覃及北風喈字），勢若與之俱緩。此

猶世變未深，君子之操行，不激不隨，初亦不甚顯著。世有如此之君子，亦既見止，憤世之心，不覺為之一平也（夷本作㚅，象束矢形，乃會意字，謂和也。和引伸之即平，故平乃其第二義。舊止知其作平字解，實則當兼用和平二義也）。然雞鳴非第為是喈喈然也。及夫風雨由淒淒一變而為瀟瀟。初淅瀝以蕭颯者，繼乃奔騰而砰湃，其勢之急，幾將駕向者之雞鳴而掩之。乃雞鳴於此，亦即立改其向者平和之態度，膠膠然高下齊鳴，喧成一片，勢亦若與之俱急。此猶世變日深，君子之操行，亮節高風，亦復日形顯著。世有如此之君子，亦既見之，憂世之念，不覺為之一瘳也。且夫雞鳴之喈喈而膠膠也，初非其有所庸心於風雨也。在鳴者我行我素，應鳴則鳴，其心並不知有風雨，更何有所謂喈喈膠膠，特是有風雨以形容之。因其為淒淒，故人之聞之者，覺其為喈喈。因其為瀟瀟，故人之聞之者，覺其為膠膠。即充風雨之力，而能使既明之天如晦。在雞之鳴者，則仍應鳴則鳴，絕不能因此而稍已也。是則君子之操行，本自性生，絕不肯隨俗而有所改易。雖人之所以觀君子者不同，在君子則自有其一定不移者在。同流合汚者固非，即矯俗厲名者亦非也。世有如此之君子，亦既見止，不誠令人心喜也乎。此詩列東門之墠後，青衿前。則此詩之作，殆亦鄭之君子，見國人多有貳心於櫟，其始終不變節者，幾尠其人。故託為此詩，思以一見其人為快。思之之切，正以感見之之少也。鄭之人心若此，則厲公雖欲不為大陵之入得乎。

父母，故絕不知一加參攷，有無憑證，即臆指此青衿為有父母之服。殊不思既有父母，又何至坐視其佻達耶。抑其子之佻達，非父母之所得問，惟學校方能以問之耶。乃世之言詩者，既習於此種謬說。及至漢人，因其言之常與曲禮相衝突也。乘其不明玉藻深衣之制，東牽西扯，作為深衣篇，末即以此義羼入之，以示其調停，而不知其適以資識者之笑柄也。特世儒不知深衣本為此詩而作，反競引之以釋此詩。是猶言詩者不知爾雅說文本緣詩而作，反資之以改詩也。然人苟能知深衣之謬，則其言之不足據，當可不辨自明。惜謬種流傳，至今將二千年，尚未有人為之指破也。斯則非僅關於學術之事矣。茲謹將其謬點，說明如下。

深衣辨

深衣一篇，乃漢之陋儒，不明玉藻所言深衣之制，而又防人之問難，因之東牽西扯，指山賣磨。作為此篇，用以變亂人之神志，導之使入於無何有之鄉，不暇再為實事之研究，而己庶得以自藏其拙。此乃漢人自欺欺人之慣技。獨怪人之甘受其欺者，墜身惝恍中，亘兩千年，竟無一人或悟，殊大可哀也。蓋漢儒熟知問難者之心理，但與之一再支吾，一轉移間，即無人復能知其原本問題之所在。己有所不知，而又不欲示弱於人，故其說經，遇意所不能明者，率用此法。一部爾雅，殆全由利用世人此種心理而作者（如雎鳩者何，王雎也。王雎者何，則仍雎鳩也。綠者何，王芻也。王芻者何，則仍綠也。實則雎鳩與綠，明著於詩，雖古今之名稱有不同，尚實有其物。若王雎王鴋，幾見有一齒及之者。然世人至此則但解求王雎王鴋，無人更解求雎鳩與綠矣。此則中國人之特別心理也）。此篇之作，亦猶是也。其篇雖名深衣，而對於深衣之制，却無一語敢質言之。惟雜取長毋被土，短毋見膚，續衽鉤邊等，一切衣服之籠統名詞，強相支吾，以資點綴（惟要縫半下句，乃竊取玉藻縫齊倍要句，而顛倒其文，與深衣尚能有合，餘則無一語有着落也）。甚且謂一衣之制，其多乃至十有二幅，此豈尚為情理之所有。又謂袂圜以應規，曲袷如矩以應方。袂豈有圓，領豈有正方如矩者。此之不已，乃更牽連而及於帶。帶之制又何與於衣者，而乃一併夾雜入之，詎非怪事耶（又據玉藻以衽與袂對言。則袂乃今之底衿，漢儒胥誤而為袖，此篇已以袂作袖解。則其書之晚出，更顯然可見也）。蓋此公於玉藻所言深衣之制，胥茫乎莫解。不解而謬以為解，乃不得盡捨棄其體制之確實可按者，而胡亂以規矩方圓權衡平直，十二月等，種種空滑無稽之字面，指東說西，故與人以莫可究詰，使之不暇復為實事之研究，則吾事可畢，吾名亦無傷也。今觀其以袂為袖，以緣為邊，皆非古義之所有。則其書之作，至早亦不過在西漢之中葉。蓋應方應圓應十二月等，已全然屬於陰陽五行家言，漢初儒家，尚不甚沉迷於此等謬說也。至其尤可笑者，深衣本成人之服，觀其常與玄端對舉可知（玄端見士冠禮）。今篇末乃無端闌入以童子之衣緣，豈成人之服，乃獨沿用童子之衣緣乎。寧非事之大可嗢噱者耶。竊嘗攷其所以有此謬說者，實原其平日讀詩，對於鄭風青青子衿之言，何況溺於舊儒青衿為父母在者之服之謬解。及見曲禮有為人子者，父母在，冠衣不純素，孤子當室，冠衣不純采之文，覺其言與舊說，明相矛盾。以青衿即是純素，純素即不純采。純素不純采者，乃孤子當室之服，非父母在者之所宜著，二說實不並容也（此未始非一線明機。惜心有所見，不知詳加攷求，以明定其是非，終乃出於作偽。此漢人之所以為漢人歟）。私意欲有所調停，於是遂乘此篇造作典禮之便，併將彼問題附帶解決之，一勞永逸，以免他日說詩時再另起爐竈。而不悟此之深衣，與彼之青衿，一屬於成人，一屬於童子。雖同為衣制，其相去乃不啻千里也。今觀其言云，具父母具大父母衣純以繢，具父母衣純以青，如孤子衣純以素。此文繢字實暗襲記文中之采字。彼殆見他書采字，常與繢字通用，因遂假用之以泯其盜竊之跡（其改縫齊倍要，為要縫半下，亦此意），而不知繢本繪之異體。記之言采，乃指朱錦言，與采繢之采絕異，固不容以一概論也。今即以采繢之義言之。深衣以儼然儒者之服，乃以采繢其衣領，閉目思之，不允堪令人發笑也乎。今更即其言觀之，則彼之意明明以記之所言，父母存者，歸之於大父母。而以詩所言之青衿，歸之於父母存者，別以純素者歸之孤子。於采與素之間，憑空插入一青字，致使純采者，不得不轉而為純青，具父母者，不得不轉而為具大父母（歷來各書，言為人子，何無涉及其大母者。除喪服外，此實寂聞。幸而其所加入者，僅青一層，若遽推之，則幾何不並及於高曾耶）。截鶴續鳧，已大可笑。然人猶未及思青與素既判而為二，彼更將以何者當素耶。世人受其欺而不能自覺，率由未嘗即其言而加以實事之研究也。今攷記之言素，本係對采言之。飾素即為采，無采即為素，素非白之謂也。白之稱素，亦因其純潔無文故，乃素之引伸義，不得謂凡稱素者，概為白也（今語尚然）。凡物之無飾者，概曰素。故食之無葷者，亦曰素。而素富貴素貧賤等，且以素字作本來解也）。蓋古者童子，衣緇布衣，其有父母者，錦緣錦紳，並紐（紐、當即用以束帶，且懸佩物者。青青子佩，殆即指紐而言），錦束髮（童子不冠，記所謂冠者，指束髮言之也），皆用朱錦，與衣異色，且富文采，故謂之純采。若在孤子，則其年雖尚為童

子，而身已當室，既不宜仍若一般為童子者之華麗，又父已不存，又不能無所表示，以誌哀悼。是以舉凡前之用朱者，悉改而用青。衣既青色（緇青黑色也），緣又用青。青已為素色，而對於衣，亦復質素而不見為飾。記所謂孝子不服闇者，即指此而言，故謂之純素。是記之所謂采者即謂朱，記之所謂素者即為青。其不曰朱與青，而曰采與素者，實兼其對於冠衣之用言之也。異色相耀則為采，同色相濟則為素。髮與緇布衣皆青色，故於朱則為采，於青則為素也。今既不以青當素，而以青當采，然則所謂純素，果係何色者。吾知彼必將曰素白也。此在言之者，似成理矣。特古今來雖世情萬變，請問既非喪服，世有以白為緣者乎。成人尚不聞以白為緣，而謂童子乃能以白為緣乎

。若謂為喪服，則喪服不緣，此乃人所共知者，更何暇論及其緣之為何色耶。大抵作者第知陋儒之所以說青衿者，以記言之，則當為純采。而以有良心之關係故，實又不容即指青為采。於是乃取記之所謂純采者，改為純繢。推而上之，而即以純青者，代居其位置。此在純采，鵲巢鳩據，其勢已積不能平。殊不意直接受其排擠之純采，地位雖失，尚有可以自立。而暗中受其剝奪之純素，乃竟因此而虛有其表，終且瓠落而無以自存耶。意本在於調停，乃卒之進退失據，於彼於此，皆不可以自通。古今來之所謂調停者，類如是也。顧中國人偶遇事變發生，莫不以調停為得計。觀於此，亦可以知其效矣（天下事有是非而無調停，凡所謂調停者，即淆亂之代名詞也。中國人於事變學說，無不以此道行之。此亦喪失理性之表徵也）。

揚之水

揚之水序云，閔無臣也。序所謂閔無臣者，閔子儀之臣，皆傾心於外，雖有之而實不如無，故詩人閔之也。此詩之作，乃由鄭之臣子，多貳心於櫟，潛導厲公以代鄭者。故作者曉之以兄弟之義，冀有以止之。續序者，隨意亂指。因前此各詩，多云刺忽，遂併此詩亦歸之於忽。初不知刺忽之詩，止於褰裳，自丰以下，已轉而入於厲公復國之事。從前經生並詩之有關乎厲公者，尚不及知，則其胡亂而歸之於忽，亦自然之勢也。詩意略謂，水之漂木，水之性也，然亦需視其水為若何之水，其木為若何之木，而後始可以定其漂與不漂，初不得一概論之，謂凡水即能以漂木也。如彼清淺靜止之水，無論其為大木也，即成束之楚（楚今之紅荊，在木類中，其質量為較輕者，再下則為蒲柳矣），其力亦不足以流之。何者，水之勢小而其所欲流者大也。此猶人言雖不可不信，然亦須視其言若何，與其所言者之事理若何，而後始可以定其可信與不可信。其不可概論，殆一如乎水與楚也。今人言之欲離間者，乃在我兄弟。夫兄弟之情，已非他人之所得離間，況予與汝之外，更別無其他兄弟。汝非予無弟，予亦非汝無兄。則勢以孤而愈見其可珍，此其情誼，又豈尋常間之一般兄弟可比。人言雖善，當亦無如予兄弟之情何也。然予則深恐汝誤聽之也。無信人之言，人實廷汝。願汝權衡於人言與兄弟之間，而一思之也。特此猶但就其人之言言之也，若更舍其言而進論其人，則人言之不可信，益瞭然矣。如彼清淺靜止之水，投之以束楚，已不能流，若更投之以較重之束薪（薪，木柴，較重於楚者也），則其不流，有無煩再計者。如予與汝之終鮮兄弟，則天地之間，其真相愛悅者，惟予二人，更無第三者，可以參乎其列。彼言者之紛紛，又奚事者，豈其人之親，反更進於我兄弟耶。以毫無係屬之身，而乃進而參預人天性骨肉之愛曰，我之所以為子謀者，更切於兄弟。斯其人果何如耶。其信愛汝，抑或假託為愛汝，而欲藉汝以自謀私利耶。此其情偽之易見，當無殊於揚之水不流束楚者，更重之以束薪也。無信人之言，人實不信，此但觀其人，即不難知其言之實為迋汝也。此篇次青衿後，出其東門前。通篇歸重於兄弟，而斤斤以人言之不足信為戒，則其為厲公子儀兄弟而作，當無可疑。故厲公以桓十五年秋間入櫟，除其年冬間，魯宋陳衛四國會袲伐鄭，圖納之不克外，越一年，昭公弒，子亹立。次年齊人殺子亹，子儀立。又閱十四年，始侵鄭入之。通計其居櫟者，亘十七年，前後三君。鄭與櫟雖兩君並峙，然壤地相安，二者之間，絕不聞有侵伐之舉。忽與亹在位曾無幾時，又國家多故，其不暇及此，猶為當然之事。若子儀則在位者十四年，歷此緜長之歲月，而實偏處此，竟能相安無事。此既不謀討伐，彼亦不圖侵略，封疆各守，幾於相忘於無形，此寧得謂之為倖致者。今即詩言，並當時之情事觀之，殆厲公當居櫟之初，僅區區一邑，實力甚微，始不過恃諸侯之援。繼而子儀嗣位，以其為同母兄弟，因以和親之說進，約其兩不相犯，以謀保全其目前之地位，而徐以圖實力之擴充。鄭之君臣本習於晏安，所謂燕雀處堂，不知有大火之至者。亦遂深以其言為可恃，而全然不復以櫟為意（實則以鄭君臣之昏愚偷惰，即無此說，亦決不能以伐櫟也）。迨櫟之實力日充，鄭之臣民，鑒於其勢之強，而歸而往者日衆。故旦起而侵鄭，不俟國門之入，而子儀之首已離，外蛇勝而內蛇遂死。此其機緘，在詩人固早已見及之也。蓋鄭之與櫟，初以一國對一邑，其力儘足以克之。有女同車之詩，其所以儆戒之者，既深且至。乃當局者若聾若瞽，竟漠然不一置念。坐視其羽翼既成，侵鄭之風聲日緊。鄭之君臣對此，又惟有相顧失色，絕不能為一籌之展布，引頸待戮。其情形真有令人可憐可笑者。斯其成敗之數，初不待交綏而已決。讀東門之墠諸詩，固以見鄭人之無志節，要亦其君臣之愚懦有以致之也。此詩之作，殆當厲公未舉事以前，侵鄭之謀已顯露。作者知鄭必無倖，而又無策以拯救之，故特動以兄弟之情，冀其顧念天倫，罷息干戈，仍復從前之相安無事。此亦於無可如何中，姑作此萬一或然之想，所謂無法中之一法也。至其託之人言者，雖所以為厲公留地步。然觀於篇予與歸，子不我即等語，則厲公之侵鄭，實鄭之內應有以促成之。是知賊臣之擁戴勸進，附鳳攀龍，思假手舊君以結新寵，亦當時之實在情形。在若輩利用他人骨肉之爭，陰圖個人之富貴。此若以正義言之，本無足信。無如厲公原非真知有兄弟之義者。當其勢力未成時，不可不有兄弟，迨聲勢已振，則有兄弟或轉足為進行之阻。維予與汝，何若有予而無汝。維予二人，何若併二人，而統歸予一人。人言雖不足信，予汝二人，實亦不容並存也（今之占易者，以兄弟為劫財之神，其此義乎）。卒之，大陵一舉，而向之所謂二人者，果共餘其一。此則作者之所逆料，而有所不忍言者也。惟是厲公與子儀二人，確否為同母兄弟，於傳無徵。除昭公之出自鄧曼，厲公之出自雍姞，明見於傳外，其餘若子亹子儀等，皆不言所自。今按子儀死後，原繁尚稱，莊公之子，猶有八人。此詩作於其生前，不容反稱其僅有二人。即此推之，則此詩所言之兄弟，為指兄弟之同母者而言，似不無徵信。不然，以子儀君臣之苟苟淺淺，政散民流，全國之民心，皆傾向於櫟。而厲公乃相與安之，直待之於十四年之久，中間復絕不聞有展土開疆之事。此其中尤非有特殊之關係，不克至此。眷念兄弟之情，而相比以安，或亦其最大之一原因也。迨其後不勝鄭人之擾，而興師返國。雖不得謂非其本心，然觀於師次大陵，而鄭人已起而相納，則知其前此之遲迴審慎，心目中未嘗無幾許之天倫骨肉在也。是則鄭突之較之乃父，而尚為此善於彼者也。

又按後儒於鄭突，多所訾議，或斥其篡兄，或病其忌刻，甚或且併其圖祭仲之事，而亦指以為過舉。此真一孔之見。所謂扣槃捫籥者也。春秋始終以鄭伯予突，於昭之弒，子亹之殺，子儀之立，皆不書。論者以與其說不合，乃謂魯怨忽黨突，春秋為魯史，故其言然。然則春秋乃黨惡之書乎，何其無忌憚一至於此耶。今按厲公之為人，雖不無可議，然在鄭國中，實為中興之令主。鄭非突，則民流政散，國早以魚爛而亡。陋儒不明詩義，對於當時之情勢，瞢然一無所知，乃惟是拘垢索瘢，浪恣痛癢無關之腐論，甚且以之誣及聖經，亦徒見其不知量而已矣。蓋鄭自莊公歿後，其所遺以保厥子孫者，如祭仲高渠彌傅瑕等，類皆奸雄陰鷙，但知有權利不知有王章名分之流。而忽之童騃，又甘心為之傀儡，以致太阿倒持。為之君者，不過徒擁虛名於上，故鄭實有君而無君。忽雖名為君，而實則無人視以為君。此但觀羔裘山有扶蘇諸詩，即不難想見者也（經於桓十一年癸未五月書，鄭伯寤生卒，不言忽立。下即書云，九月，宋人執鄭祭仲，突歸于鄭，鄭忽出奔衛。而於十五年突之出奔，則書云，五月鄭伯突出奔蔡，鄭世子忽復歸于鄭。秋九月又書鄭伯突入于櫟。以後始終以突為鄭伯，凡忽亹儀之弒皆不書。經非謂忽為不當立，特立不三月，旋即為其臣所逐。實既不足為君，而名又不列於諸侯，復不成其為君，雖分所應立，經又烏從而承認之耶。若突之立，無論其正與不正，然既為君矣，三年之中，連列於諸侯之會，國之內外，咸目之以為鄭君。又烏得以其偶爾出奔，即能改其位號。況出奔三月，旋復入居鄭地，則更不能奪彼以與此。此正後來書公在鄆公在乾時之先例，非有所厚於突也。若忽則前既不以為君，後此之入，乃祭仲等之私意，為諸侯之所不承認。觀於自忽入後，前後十七年，諸侯間絕無與之往還者。而凡有諸侯之事，仍以突當之。則是祭仲等雖連易三主，列國國始終未予承認也。既不認其為君，則其弒其立，又何以書。況在國者，又明明有一鄭伯耶。觀諸侯之始終不認祭仲等之立忽，至於十七年之久，猶可想見春秋初年，其人心猶有古人強毅之餘風。而祭仲君臣之不材，一味淺劣，全不知內政外交為何事，亦於此可見一斑。腐儒不察，但以忽為世子，在所當立也，竟欲翻古人二千年之成案，不大可笑乎）。至突之入，跡雖近於篡兄，然其機實發自宋人。觀宋人既執祭仲以求納突，又復執突以求賂，則未事之前，突與宋人，非有成謀，甘心賣國以求榮可見。洎其既入之後，宋人多責賂，則奮起相抗，絕不肯以其有立己之私德，遂多所假借，斯其情益顯然

矣。是突之篡雖不能謂為非其本心，然亦忽之不堪為君，致使其廢立之權，操之於臣下，有以招之也（忽果為君也者，豈執其一臣，即可以放逐之哉）。若其患祭仲之專，而思所以除之，此正英明之君，所當有事者。豈為人君者，坐視其臣之驕橫跋扈而不一問，乃為無忌猜耶。特時適承子忽放任之餘，大權之旁落已久，欲除之而無其力，乃不得已而下與雍糾謀之。其為計雖近於拙，要其張主權，強公室，振奮乾綱，絕不肯以苟且偷安，甘作權臣之傀儡，其志正未可厚非也。至其謀之不克，而奔於蔡，此正為他日魯昭書公遜于齊之先例。若入櫟之仍書鄭伯，則猶之書公入鄆公在乾侯也。魯不以昭之得罪權臣出奔，削其位號，豈鄭獨應以突之得

罪權臣出奔，削其位號乎。或疑魯未嘗別立君，鄭已別立君，二者似不無殊異。不知忽之權立，不過樂其易與（祭仲等一般權臣），可以恣吾之玩弄，且藉之以杜求納突者之口，純出於少數人之私意。其歸國之醜態，遵大路褰裳二詩，可謂形容盡之。當時諸侯不承認之，國之有識者，不承認之，而謂聖人之作春秋，乃獨承認之。是豈謂權臣之終不得討，而直以立君之柄予之權臣耶。天下有如是蔑倫悖理之讆言耶。突之出，全由於遭權臣之忌。人既不予其出，則權臣所私立之人，人又為從而承認之。如承認之，不且一國而有兩君耶。此忽亹子儀，雖迭立三君，而春秋所以終不予也。特突在名義上，雖尚不失為鄭國之君，而所有不過區區之櫟。鄭國全部，悉操之於忽亹子儀等手中，實則悉操之於一般權臣之手中。故國中雖變故頻仍，頻年易主，絕無有議及納突者。則以突之英明，素為羣臣所忌，知今其當國，已將必不能如前之縱恣自便也。是突與權臣，實處於不並容之境。使突而非人傑也者，則撫此蕞爾之櫟，縱能自保，終亦不過如魯昭之老死乾侯而止。今讀自手以下諸詩，則全國大多數之人心，競趨向此區區東門之栗（栗所以比櫟，謂之東門，櫟在東也。後世誤讀櫟字為栗音，殆由此也）。求其如風雨出其東門之不變節者，幾如麟鳳。此在鄭人言之，有君而外求君，雖鄰於亂，而在突則必有足以動人之謳思者在，其情事固彰彰也。列國之所承認者在突，全國之人心，又趨向於突，則所有與突為難者，僅為把持朝政者之三五權臣。故返旆一揮，權臣授首。全鄭之大，即絕無復有揭竿反抗之人。彼忽與子儀輩，權臣自立之，亦權臣自殺之，曾何與於突事耶。是故忽之逐，非突逐之，權臣逐之也。突之出，非忽能出之，突戰不勝權臣而自出也。突之入，非突戰勝子儀而入，戰勝於權臣而入也。突之前後，所與為敵者，惟有權臣。忽與子儀，僅為權臣抵抗突之一種器械，初不得直認為突之敵體。執祭仲而忽即見逐，獲傅瑕而子儀即見殺。綜厥始終，突何嘗與忽與子儀，一相角逐者，而顧猶以此病突耶。突之得國，純得自權臣之手。故一朝正位，殺傅瑕，治雍糾之獄，羣奸褫魄。自忽以來，喪失之君權，始得宴然復歸於上。使非有此番之振

作，則上替下凌，綱紀蕩然，冠履倒置，恐不待再傳，即瓦解土崩，國將無以為國。十七年中，三易主而三見殺，非其己事耶。鄭國二百餘年之歷史，實突有以開之。而其弊端則悉自莊公種之。後世曹操司馬，則惜其有莊而無突也。若夫因國櫟而殺檀伯（檀伯即曼伯，亦莊公子，突之庶兄弟也），因不貳而殺原繁，則其罪之大者，世人之罪之者亦以此。蓋傳於突之事不多見，而詩又為世所不明，因即執此一事，而論定其為人。鍛鍊周內，並其不當訾議者，而亦指以為罪。此則無理性之中國人，所必至者。好惡必察，固不可與後世之陋儒言也。

出其東門

出其東門序云，閔亂也。此詩辭旨甚明，其義理亦極淺近。惟陋儒不明序言閔亂之旨，不知凡序之所謂亂者，皆指義理言之，如治命亂命之亂。乃竟誤以為禍亂，因造為公子爭五爭（五當為互之訛。後儒不知，乃強為牽扯，求以足五之數，殊可笑也），兵革不息，男女相棄氏人思保室家等支離可笑之詞。不惟於詩義無當，且稍知當日之事實者，皆知其謬。蓋當日之公子，除宋人求逐忽立突外，絕未嘗有互爭之事。且其爭也，亦不以兵革。而男女相棄，人思保其室家，尤不成語。人之思保其室家，豈因男女相棄而始然耶。朱氏不取其說，但即詩之本義言之，所見未嘗不是。無如此公因正心誠意之故，淫之一字，已充塞其腦筋，象因心造，凡百事物，無一不見其為淫。況此詩明明有女字，更為淫中之主體，身有淫具，又烏容以不謂之淫。於是乃特於詩義之外，別加以論斷之詞曰，人見淫奔之女，而作此詩。夫詩僅言其如雲如荼，何以即見其為淫奔。東門闉闍，又非行淫之地，何以見此女之有，即為淫奔。此等理論，殊令人莫明其所以然。且以詩義言之，其淫不淫於詩義又何關耶。是則宋儒與漢儒，其相去實猶百步之與五十也。今按此詩之所為閔亂者，亂即前所云刺亂之亂。社稷有主而外求君，所謂亂也，人競從於亂，而無計可以止之。乃不得已而標明己之旨趣，以冀人之一省，而知所以自反，所以閔亂也。蓋是時人心競傾向於慄，全然不復以其所固有之君為意，故君子作為此詩，冀有以喚醒之。全詩之義，即孔子材不材各言其子之意。詩所託言者，為美不美各言其妻，其本義則為賢不賢各言其君也。詩意若謂出其東門，則有女如雲，其美且盛也。然雖則如雲，殊非我思之所存，此非我之好為矯激。以女雖美而遠隔東門，其美初無與於我，我雖思之，亦終於無益也。若彼縞衣綦巾者，雖無如雲之美，然此我所固有者，對之亦聊足以自樂也，又何必徒艷羨他人之美，而作為是無益之思耶。人如知此，則其人之遠，不必遠隔東門也。即但有一門之隔，僅須出其闉闍（闉闍月城之內門，在東門之內者也）。而其女之美，不第如雲而如荼（荼、蒜也，言其潔白也），其情親而勢便，雖較前有加，當亦知非我思之所往也（且、舊注為語助詞非。語助詞之且，作如此解，與此且字，不相脗合也。此且字實徂之省，往也。思且猶云志之所之也）。以縞衣而間以茹藘者（茹藘者，綠之切音，染綠色之草。此以色言之，即綠色也。茹藘之為綠，猶苦本草名，而其味即為苦。綠，間色，賤者之服，故取以為綦巾配也），自有可以供我娛樂之人。彼其美如荼者，我縱思之，其即能與我為娛耶。亦徒見其妄而已矣。蓋人生之遭逢無定，美惡高下，要當各隨所遇，而以義命自安。舍其所固有，而妄有所希求，非徒無益於事實，祇以自擾。家室之間如是，即凡事無不如是也。然則彼紛紛而引領東望，若不勝其眷戀而歆羨者，又何為耶。此詩之託之東門，與東門之墠，東門之栗之東門，同一用意，以櫟在鄭東故也。此詩為櫟而發，即此兩字，不難確定。不然，鄭之城門多矣，詩人胡獨斤斤於東門乎。

野有蔓草

野有蔓草序云，思遇時也。此亦但即詩之表面言之，非其本義也。此詩託興之範圍甚寬，其究為何事而作，殊難確指。今但觀其次出其東門後，溱洧之前，則此詩必仍屬之厲公，可以想見。試更即詩意推之，則此詩之作，非鄭人歡迎厲公復國之詞。即厲公復國，當時鄭之舊臣中，有以詭遇而厚邀恩遇者，故詩人特作此以刺之。以詩中邂逅之義言之，則後說是也。故厲公謂原繁曰，納我而無二心者，吾皆許之上大夫之事。而原繁則謂其以官爵行賂勸貳。是當時子儀舊臣，因貳心於厲公，而加官益祿者，實繁有徒，此詩殆即指若輩言之。上以官爵勸貳，下即以賣主求榮，上與下相互以國為市，全無復綱紀名義之存。此與男與女相互為淫慾，而倉猝苟合者何以異。邂逅相遇，即適願偕臧，野生之蔓草，竟厚霑零露之瀼瀼者。蓋此與彼各有所挾，其目的既同，而又以相互為用者也。此詩之大旨，與大車之刺周大夫者，約畧相同，而較為含蓄，故子夏竟不覺其為刺。朱氏之滿腹淫奔，惟此詩尚為近之。然因不明首二語之為託興，主賓淆亂，竟謂男女之相邂逅者，即在野田草露之間，則又未免於癡人說夢矣。詩意畧謂，蔓草微物也，蔓草而有於野，所託又至疎遠也。然彼零露，曾不以其微且遠也而遺之。則彼美人，其獨能以遺我乎。以彼眉目之清揚（揚、朗也。清揚指眉目言，然不得謂清揚即眉目也），常婉然在我心目中，如或見之。今一旦邂逅相遇，倉猝之間，果得以適我之願，則知我心乎彼美，彼美亦未嘗不心乎我也。有此邂逅，彼自詡為匪我思存者，應亦知我之心不徒勞也。且彼零露於彼野生之蔓草，又豈止漙之而已哉，更瀼瀼而稠疊有加，曾不以其微且遠也，而稍有所疎畧。則我又豈可以微遠自安，而不力謀，邀彼美之一盼者。彼美之清揚，固婉如其可見，而時予人以可思也。今一旦邂逅相遇，不惟適我之願，且直與我相偕而共謀室家之樂，是與野草而厚蒙瀼瀼之露者何異。我幸有此邂逅，彼美想亦同幸有此邂逅也。彼自詡為匪我思且者，對此當深悔其作計之拙也。此詩與前篇，不啻作一反證，而與後篇，又同一意旨。則此篇為刺鄭之舊臣而作，當無疑義。序所云之思遇時，猶云思逢時，微偉之詞也。是子夏固不以此詩為美也。

溱洧

溱洧序云，刺亂也。此篇之所刺者，與前篇褰同，亦為鄭舊臣，以貳心而厚蒙恩遇者而作。惟其情事甚曲，其比擬亦甚精細，不似野有蔓草之直以苟合而如願，偕臧相例者，顯而易見。故驟讀之，幾有不知其語含諷刺者。此等詞旨，在後人雖為之章解句櫛，恐亦無人能解。而古人竟以之動草野之謳吟，則古今人智識之相去，其尚可以道里計耶。今此附詩之正喻兩義申言之。渙渙者，水流散渙無力之貌（毛傳以為春水盛貌，適得其反），言其易涉也。溱與洧方渙渙然，喻鄭國中民情散渙，伐之固甚易易。士指厲公，女指當時在位貳心之臣，蕳者香草，貴雖不及勺藥，然秉之亦頗堪自怡。士與女方各秉其蕳，則二者各有所執持，儘可藉以自安，而無像再為分外之營求。溱洧雖有可乘之機，而亦不必涉之，以別有所覬覦也。此以喻厲公既有樂，諸貳心之臣，亦各有其祿位，儘可各安其業。鄭國雖有可伐之釁，而亦不必乘之，以別圖厚利。猶士與女既有蕳可秉，則溱洧之渙渙不渙渙，可不問也。乃士於此尚無甚野心，而女則殊不肯自已，反挑士以涉洧往觀。士初猶以既已如此謝之（且、如此也）。此以喻鄭臣乘機潛導厲公以伐鄭，而厲公初猶遜謝。其曰既且者，以厲公前固嘗君鄭故也。乃女仍嬲之不已，堅請其往觀，且歆之以子苟涉洧，洧之外地域廣大，其可樂之事甚多，且將盡以屬子，其視區區徒秉一蕳者，殆不容以數計。於是士亦不能自堅，欣然涉洧，而與女恣為戲謔，以共享洧外之樂。末士復以勺蘖贈之，以答其勸之涉洧之盛情。蓋自是士既兼撫有洧外之利，而無復以一蘭自封。女亦以勸駕之功，賞賚有加，而易蘭以勺藥矣。是則溱洧之渙渙，適以作成二人之苟合，而二人之苟合，又各為其利也。然溱洧之間，自是遂永為二人戲謔之場矣。此以喻厲公納鄭臣之謀，伐鄭而克，遍以上大夫之位，酧謝鄭臣中之貳心於己者。臣以賣國而受賞，與女之以苟合而獲贈何異，此詩所謂贈之以勺藥也。次章之義，大略同此。其曰瀏其清矣者，凡水流緩則瀏清（瀏即流之動名詞，俗作溜，實即流字，在口語上，凡流字之作動詞者，則作平聲，其作名詞者，則作去聲，今古類然。如中流，俗則曰大溜，隨流，俗則曰隨大溜。此乃俗語之優於文言處。此瀏字亦當讀去聲。舊讀平聲，且注之曰深貌，此乃信口開河之詞，水豈有深而反清者哉）。瀏清則涉之尤易，士與女皆殷厚而盈滿，則較秉蘭尤有進。溱洧雖極易涉，而以既經殷厚盈滿之人，似亦無庸再涉之，以求增益。以下則盡同前章。其一再言之者，則以為女者不一其人，其心口事實則如一，故不憚複言之也。此詩苟非深悉鄭國歷史，及當日之情形者，幾無由辨其比附之跡，而不知其言中有物。後人心粗如麈，又復不解詳加攷求。則雖子夏明言其為刺亂，非如漢儒之誣指當時為兵亂（鄭自厲公居櫟後，十餘年中，絕無兵戈之事。續小序者，因不明序言亂字之義，特造為兵革不息，男女相棄等云云，皆囈語也）。即如宋儒之妄指當時為淫亂已耳，又誰知良工之用心苦耶。詩中純以伐鄭之事，坐罪於女一邊。

雖體例宜然（詩原爲貳臣而作，故特注重之），然合之以上諸詩，則苟非鄭之臣民，傾心擁戴，納欵輸誠，有以助成之。厲公或即以櫟老，亦未可知也。特是厲公苟不復國，則以子儀之庸懦，臣民之渙散，鄭亦不能爲國，其紛亂將不知更伊於胡底。審是則厲之伐鄭，實有近乎應天順人，未可以厚非也。惟事在春秋初年，左傳言之甚略（左傳於春秋初年事，皆甚脫略。殆因年湮代遠之故，以詩攷之，其當參補之處頗多，惜歷來無通詩者也）。其於諸臣謀復辟之事，僅在厲公對原繁語中一及之。而羣情之趨附，如東門之墠、青衿等篇所言者，則概不之及。故後儒於厲之復國，每多謷謷。今詩傳互觀之，自當知其言之迂濶，而無當於情事也。特無如世無有通詩者何也。

說鄭風

鄭風二十一篇，其屬於武公者一，屬於莊公者三，屬於文公者一，其餘十六篇，則概屬之昭厲二公。誠以二公所處之時代，君孤寄於上，臣專橫於下，實開千古未有之變局。其事之前後得失，固鄭國存亡一大關鍵也。今統觀各詩義意所指陳，類皆關係乎政治綱常之大，絕無一稍涉於猥褻者。顧其詞則類多託之男女之間，又其風趣輕薄，口角謔浪（如狡童、褰裳、山有扶蘇，其尤著者），全無幾微莊重嚴肅之致文字如此，則其聲韻之駘宕柔靡，當必有特異於他國者。孔子謂鄭聲淫，殆即此意。無如宋儒不明聲詩之辨，因此竟咬定一淫字，以上概全詩，累牘聯篇，非淫女即淫婦。一若前人之錄詩，特爲一般無恥男女作速記者。不知三百篇，乃涵養性情之書，人心所賴以矯正，又烏能容此淫賤無恥之言詞濫廁其間，作導淫之先驅耶。又言聲音者，常以鄭與衛並稱。今即兩國之詩攷之，則兩國乃適相反對。蓋衛則事淫而詩不淫，故以事而論，則新臺墻茨鶉奔桑中等，相望於冊。而其詩則特剛正嚴厲，或直祝其遄死，或深憾其不殄，或明斥其不淑，或隱刺其辱祖（揚且之晳也）。其嫉惡如仇之概，千載下猶若或見之。若鄭則事不淫而詩淫（此詩字指詞音言之，非詩之全體也），故以事而論，無一不關於政治綱常之大。而其詩則特為佚蕩狎褻，自表面觀之，直若淫奔者之互相倡和者然。二國之風，其所謂淫者各異，而一在於所刺之事實，一在於所賦之詞采，要皆與詩之本義無當也（孔子獨謂鄭聲淫，不謂衛聲淫，當以此故。以即詩言之，衛固不見為淫也。至後人以桑間一詩故，乃舉之與鄭相匹。或其樂音，與詩初不必相類，亦未可知也）。今即鄭風之大體言之。則記所謂政散民流，誣上行私而不止數語，可謂盡之。蓋鄭自莊公後，太阿倒持，大權散而在下，如羔裘、女曰雞鳴、遵大路、褰裳等篇所刺者皆是。政柄之轉移，初無一定，民之生其間者，既無名分可資依據，則不得不隨外界勢力之消長，以為依歸。久之乃沿習而成為一般人之慣性，勢之所在，即踴躍爭趨，曾不知裁之以義。故厲公以一隅之地，聲氣漸振。全國即望風吐欵，甚且利用之以邀擁戴之功。君子但觀於自丰以下諸詩，即可知鄭民志節之頹墮矣。是則鄭民之流，實由於其政之散。其政既散，則本無所謂上，何有於誣。

無所謂公，更何有於私。其誣上行私而不止，又必至之勢也。然其弊則皆自莊公開之。人但汲汲於目前之利，而不惜貽子孫以莫大之憂，觀於鄭風，亦可以爲鑑矣。

丘中有麻

丘中有麻序云，思賢也。其所謂思賢者，乃周既東遷，舊日莊氏之賢有司，多爲平王留置東都，反以其地建爲侯國，錫諸秦仲。西周人士追思舊人之賢，而作是詩也。詩意畧謂高曠之地，必植以嘉穀，猶嘉穀必宜託之高曠之地，故丘中必有麻。麻者人之所賴以衣者也。麻非丘則無所託以竟其功，丘非麻亦無所資以呈其用，二者固常相需也。茲若以廣義言之，則朝廷者一國之丘也，子嗟之賢，其所以覆被吾民者，則猶之麻也。今朝廷既遷而之東，則所謂丘者，已不在此而在彼。麻常依乎丘，猶丘不離乎麻，則彼之並子嗟而留之東，固當然之事也。特是彼之留子嗟也，非真能知子嗟之賢，藉留之以遂其衣被蒼生之志也。彼不過請其常迤迤而來，以為其丘中之一種點綴而已。是則彼雖留子嗟，於子嗟初無所增益也，然在我則永失此子嗟已。又丘之中不惟有麻，更必須有麥。麥者人之所賴以食者也。丘與麥之相需，其重要正無異於麻。而子國之飲食吾民，則又吾民之麥也。彼既留子嗟，則其必更留子國，亦當然之事。無如彼之留子國也，亦同之乎子嗟，初非望其能以厚萬民之生，不過芻豢養之，請其常就食於彼（將即古請字），以成其為丘之形式而已。然子國自此亦非復我有矣。且丘之中除麻麥外，又必須有李。李之關係於吾民者，雖不若麻麥之急且要，然其所以益我之身，適我之口，固亦人生所不可缺者。回溯舊日之賢有司中，其可以為吾民之李者，若之子某某者，幾難悉數（之子猶言某某，不一其人

，故無從確指也）。使彼苟能為吾人憖遺其一二，則雖失去我子嗟子國，在我民慰情勝無，似猶不難於自聊其生。第彼之意既汲汲於完成其為丘，丘之中又必須有李，則彼又烏容不舉之子而並留之者。特是彼之留之子也，在彼之自為謀，固屬當然之事，無可厚非。無如既奪我子嗟子國，又復奪我之子，凡我民之所依賴以為生者，一一皆留之於彼，我民其將何以自存耶。豈徑置我民於不顧耶。然彼初非盡忘情於我民也，且亦未嘗對我民而有所薄視也。彼雖盡奪我民所視以為麻麥李者，留而置之東都，乃特別貽我以佩玖，以為之代，是彼之意，固自殷然也。以佩玖與麻麥李較，其品格之高，聲價之重，寧只倍蓰。其奈就我民之直接關係言之，寒既不若麻之可以為衣，饑又不若麥

之可以為食。即求其如李之可以快口腹佐滋味，放其一枝之長者，亦不可得。佩玉槃兮，余無所繫之，我又焉用此有名無實之佩玖為耶（左哀十三年，吳申叔儀乞糧于公孫有山氏曰，佩玉槃兮，余無所繫之，旨酒一盛兮，余與褐之父睨之。言佩玉雖重無裨於饑渴，不如旨酒之微，可以濟急。酒止一盛，而與褐夫共睨，明己之與一般賤豎，同其饑渴也。佩玉二語，正用此詩意，可見詩在當時，固無人不讀也）。則對此佩玖，愈令我追思子嗟子國之子之賢，而不能自已也。詩中佩玖，乃隱指秦仲言之。蓋平王既以西周之地，錫諸秦仲，改建侯國，則向日人民之分屬卿士大夫之采地，而隸之於有司者，茲乃直接隸於諸侯，其地位視前，不為無進。特廉遠堂高，可望而不可即。名義雖尊欲求如舊日賢有司之切近拊循痛癢相關者，已杳不復得。此佩玖之所以終不及麻麥李也。佩玖指秦仲言之，故王風亦即於是告終。以後西周人之詩，則轉而為秦風矣。詩之次序，固自井然也。

又按前說王風時，曾因此篇中子嗟子國之名，又其次第與鄭風接近，疑其為自鄭風竄入者。嗣又攷之，鄭雖有子齹子國，然其時代，皆遠在襄昭之世。詩之至晚者，不逾文宣（月出株林），不容更收及其後。又詩中將其來施施，將其來食等，皆非美詞，更非所以留賢之道，則此詩當亦為刺詩。因更即詩中彼留二字詳玩之，如悟此亦刺平王之詩，且為詩中之最有關係者，故詳述其義如此。以是知讀書貴精審，初不可以一孔拘也。壬戌花朝前三日。

侘傺軒說經卷二十四

壬戌花朝前二日

臨清吳桂華秋輝氏著

雞鳴通義

雞鳴序云，思賢妃也。此詩之義甚明。所謂思賢妃者，不過因後人怠於朝政，特舉古賢妃之所以儆戒其君者，咏歌之以資為當時之借鏡。續小序者所言，雖文理稺笨不通，其大旨初不甚相遠。惟其臆指為哀公，則殊屬謬妄。攷各國之詩，皆起於東遷前後，無遠出宣王以上者。觀還之篇明明屬僖公，而續序亦指為哀公。則知此公之腦筋中，止知齊在襄公前，有所謂哀公者，其餘則一無所知。故於襄公前之詩，則一概歸之哀公。此猶其以柏舟之詩，歸之於頃公也。不知由哀至襄其間已歷八世，時代綿遠，豈有哀公獨存此二詩，餘遂一躍而至襄之理。觀各國之風，世次皆緊相銜接，則其說之出於信口開河，可無俟煩言也（謂此公於襄公前，僅知有哀公，似鄰刻苦。讀者但即其所續各序觀之，自當知予言之非過論也）。此等詩絕無事實之可指，其究屬何世，原不容以攷知。子夏特定為思賢妃者，正以齊之近代，即風詩勃興之代，齊僖襄前之一二世也。初無賢妃可當此詩，故以思字冠之，以明其非當時之實事。不然，齊之建國，歷年久，閱人多矣，后妃之賢否不一，安知非其人之自作，以儆告其君者耶。詩意畧謂，雞鳴則朝盈，今雞既鳴矣，則朝之盈乃當然之事，不難想見。亟起而視朝，此其時矣。然細聆之，乃匪雞則鳴，實蒼蠅之聲也，則為時尚早也。既而東方明矣，東方明則朝者尚極其昌盛矣。視朝者至此，已無可再緩矣。然細察之，乃匪東方則明，實月出之光也。則為時仍稍早也。未幾而蟲飛薨薨矣，則雞果鳴而東方果明矣。當斯時也，予豈不以與子同夢為甘者。特是因予之與子同夢，使子不得起而視朝，則會者以不得子且自歸矣。屆時廢朝，庶無以予甘與子同夢之故，反以干子之憎惡也。子之起而視朝，亦所以免予於罪戾也。此詩明白如話，幾於老媼能解，故古今說者，尚無大謬。惟必欲強指其時代，則非鑿即滯矣。然後世經生，則固以鑿與滯為必不可緩者也。

還

還之篇序云，刺荒也。其所言刺荒者，乃刺齊僖之荒棄國政，連年奔走，汲汲以平宋衛兩國於鄭為事。甚且屈意媚衛，不惜以生女苟且納諸衛宣（須參觀匏有苦葉義），以促其成。事成之後，又遍告四國，夸之以為功（齊侯使來告成三國，見隱八年傳）。邦人醜之，故特狀其誇大之態，以隱相譏刺也。詩意略謂，子之還歸，乃遭遇我乎牛山之間（峱即牛山，另有攷）。牛山本通國之獵場，則其為方校獵而歸，可勿問也。身後更驅從兩壯盛之豕，則其為校獵所得，更可不言而喻。是其此番之校獵，固明明極其得意也。乃因其得意之極，反揖我而謂我為儇（儇，輕捷之貌）。其果以我為儇乎，抑其以儇自誇乎，當必有能辨之者矣。三章四章，義略同此。茂與昌，則指其威儀言之。兩牡之不易驅從，更進於肩（肩即豜，乃壯盛之豕，說詳獻豜于公。牡亦指豕言，奉時辰牡，既有肥牡皆是。肩之牡者，較牝為難制也），狼則更進於牡。山道山陽，隨在可遇，遇便揖談，談即轉而以獵事見訣，是其身殆終日不離乎獵場，且常以所獲二醜相隨，以自鳴其得意也。一得自喜，意氣驕矜，暢然志滿，則諸事尚可問乎。此序之所以謂之荒也。兩肩兩牡兩狼，皆以喻宋衛兩國。而齊僖以局外之身，竭力斡旋，卒以平之於鄭。觀於瓦屋之盟，春間已有會期，至秋始成。且觀左氏齊人卒平宋衛于鄭之卒字，則其間實大費周折。而宣姜荒謬絕倫之婣事，亦遂因此會告成。其所以不惜舍己芸人如此者，初不過藉此以見好三國，冀結之以為聲援，且以博鳩民息事之虛名而已。而齊之襄亂，實由於此，參觀下列三詩自見。惜左氏對於當時之記載，頗形疏略，其事實之可指者無多耳。然其大致尚不難攷見也。

又按春秋於隱桓莊閔僖五公間，所書各事，多與詩言有關，左氏亦然。春秋為孔子所手定，而詩則為孔子所雅言者。故詩中所言之事實，求之春秋，無不得者。惟世人既不知詩，而經文又僅撮舉其概，不詳其事實之節目，遂無人研究及此耳。詩與春秋，固互相表裏者也。

著

著之篇序云，刺時也。凡序所云刺時者，謂時有其事，因即其事以刺之，即後人所言譏諷時事之意。其義各有所指，非謂當時人盡如是，羣舉而刺之也。如衛風氓之篇序云，刺時也，則刺夷姜之淫衛宣也。伯兮有狐並序云，刺時也，則刺當時之臣民，先出惠公，而後又諂附之也。若此篇之云刺時，則因宣姜之事，以刺齊僖也。其言極尖利，其意極刻酷。通篇皆作為宣姜之詞，而語態又極猥暱，其盡情奚落，與衛風之匏有苦葉篇，殆相伯仲。蓋宣姜之事，其荒謬處，不獨古所未有，即求之數千年後，亦不復概見。而當時兩國之君，竟公然出此，故兩國之人，無不深惡痛絶，而不惜極意形容，以醜詆之也。此篇通體，皆以而字稱脚，舊皆模糊視以為通常之語助詞，殊非。而字之作語助詞用者，實當今語之呢字。如逸詩唐棣之華，偏其反而，豈不爾思，室是遠而。若以今語解之，則當為棠棣之華豈不美，奈其已偏反呢。偏其反謂其如角弓之反張，花將萎之狀也，以興下爾之美，余豈不思，奈爾之室遠呢。而而字即純屬推諉口吻，故孔子直斷其為未思。惟室遠故思，若室近又烏庸思耶（論語舊注全非）。此詩乎字下若再著一而字，簡直不成語氣。蓋乎字之轉音為今之麽字，乎之轉麽，猶謀之轉謨也（謨謀本即一字，由音轉岐而為二）。麽字下再加以呢字，殊屬不詞也。不知此而字，乃即今語之你字。而字古本音你，而爾在此音幾於不分，故你字特從爾字得聲。又膩字古之作胹，音亦如你，皆其證也。古書中而字之作爾字用者，雖更僕數，其義人皆知之，此而字亦猶是也。蓋北地尋常男女夫婦之間無稱謂，率以你我他等泛常名詞代之（朋友間亦有如是者，所謂爾汝之交也）。一以表其暱近，又實無正當之稱謂也（夫妻雖有其名，然世無稱者，又不可以年齒序，如兄弟姊妹等。又不可以名字相呼，如尊長之對卑下。又無官爵地位，可以表示。以二人本屬平等，又至暱近，過尊過卑，皆有所不可。過尊則近於自尊，過卑又鄰於自卑，其結果故如此也）。然其語亦惟鄉曲市井間用之，若有特殊之地位者，則更別有特定之稱謂。如論語所記邦君之妻一章，即可以見其一斑。後世夫人相公等，乃其遺意，惟非所語於一般齊民耳。此詩作者因痛惡齊僖父女之淫賤無恥，故特假為鄙賤猥褻之語，以形容其醜態。此詩之妙處，全在乎此。設非此字，則詩中之主客，將莫從指其確屬何人矣（古者凡男子之冠者，皆著充耳，俟客亦常事，何從知此之俟者必為夫，而見俟者必為其妻。後儒之以為刺不親迎，其說固謬，然尚知其為有涉於昏姻之事，則其初似亦有所受之，特失其事實，而輾轉傳訛，終乃以詩中俟字，歸咎到不親迎上耳）。此種詩須純以土語說之始見其妙，乃所謂土風是操者。世人於充耳，尚不知其為何物，而胡亂解釋，妄造典禮，則其他更何論哉。今攷充耳，乃冠之一部，從兩側披拂下垂者。觀古冠冕字，皆作冂冃（冂字見盂鼎冠衣芾舄，冃則古文鳳字所從。鳳古卜詞作鳳，其義為鳥之戴冠者也）可見。又前代之冠或有翅，乃其變形（戲場中所用之王帽，及公子帽，至今尚有其遺意）。其位置適當耳際，故即以充耳名之。實則充耳乃冠飾，非耳飾也。曲禮，為人子者，冠衣不純素，孤子當室，冠衣不純采。純，緣也，亦飾也。衣之純指領袖言之，青衿之所言者是。冠之純，即指充耳言之，此詩之所言者是也。充耳之制，乃以絲為紞，結玉於上以為之飾，其玉即所謂瑱（惟喪服及殯服用角，見檀弓及士喪禮）。玉與紞同色，其色即視衣緣以為轉移。為人子者用采，即朱色，詩中所言之瓊華瓊瑩瓊英皆是。說文以瓊為赤玉，實古義也（瓊殆即今之瑪瑙）。若為孤子，則其色轉而用素。素之為義，乃對采而言，凡色之雅淡者皆屬之。青亦即素之一種，為當時所習用者，非謂白也。以素以青，皆為孤子之服，所以別於用瓊者也。

然用采用素，其制皆就通常之人言之。至國君則特用黃，故別名為⿰黃充。⿰黃充者，黃充耳之會意字也。大戴禮⿰黃充纊塞耳，掩聽也。舊注以為黃色，譬語耳。又別名黈，黈本作⿰黃㞷，㞷乃古往字（足趾離位而前，亦會意字），從黃往聲，實為⿰黃充之形聲字。叔家叔匡銘云，哲德不亡，孫子之⿰黃㞷。假⿰黃㞷作光，則其字本音光（或光去聲，古四聲不甚分也）。東方朔傳，黈纊充耳，所以塞聰。其語似本戴記，或即為⿰黃充字之異體，亦未可知。審如是則⿰黃充亦當讀光也（⿰黃充為會意字，故不必音充）。乃至古文變隸，㞷字既由㞷變而作往，故⿰黃㞷亦因之變而作黈。世儒不知其本從往字，誤以為從主得聲，或讀為天口切（廣韻），或讀為他口切（集韻），或直讀如主。皆所謂望文生義，信口開河者也（又說文收有黈字，說之云鮮明黃也，全不成義，其字殆亦為黈之變形）。充耳之以黃，乃國君之特制，故曲禮不及之，然其制之雜見於載記者不一，初不難攷而知也（後儒不知黈之即充耳，乃臆擬為以黃綿為團，用組懸之于冕，垂兩耳旁也。則是人君於充耳之外，又別懸此物，與充耳同一位置，同一作用，同一制度，何古人之不憚煩耶）。此詩之作，乃因齊僖公女，明知其所適者為衛宣，偏嫁名於其子，故特於其于歸之時，作為宣姜之詞，以猶豫者，示其譏刺。蓋所適者其父，而託名則為其子。茲迎娶業已至國，則彼拱而俟者，究屬何人。因念他物不足憑，而充耳之色，則可以為其特識。以若為其父，則久為孤子，其充耳當以素以青，而又為國君，則更當以黃。若為其子，則瓊華瓊瑩瓊英已耳。此雖不識其人，固不難於物驗之也。然我心之所適者，則以素以青以黃者也。而彼又託名其子，則又當以瓊為飾。心猶豫而狐疑，乃遂作為齊語曰，俟我于著了麼 句 你 句 著者門屏之間，堵之所當俟之地也。充耳是以素的不 句 你 句，然其充耳雖以素，因其託名於其子之故，則又不得直用其素，於是更為之轉念曰，素之外又蒙之以花〔紅玉之〕了麼 句 你，尚外覆也。充耳微物，素則素，瓊則瓊，素蒙以瓊，則瓊而已，又安見為素。特我所適之人，子其名而父其實，其制固當如是也。不知其果如是否耶。抑又思之，或彼不欲人見，不俟之于著，而俟之于庭，亦未可知。庭者，著之內而堂之前也。因更私計之曰，俟我于庭了麼 句 你 句，充耳是以青的不 句 你，青之外又蒙之以晶堂的紅玉了麼句你。思之又重思之，或者彼，深畏人知，並不肯俟之于庭，然必須俟之于堂，實當然之事。特我所注意者，乃彼為國君，則其充耳，固當以黃者也。因更私計之曰，俟我于堂了麼句你句，充耳是以黃的不句你句，黃之外又裳之以紅玉之花英了麼句你句。此種詩若在知古制者，通古今言文之變者，但將詩中語助詞，易以今語，其意自見。無如俗儒既不通文義，而師說中絕，模糊影響，但知其為有關于昏姻之事，而莫知其詳。因見詩中有俟字，遂妄臆歸咎到不親迎上。夫不親迎何足刺，春秋二百四十年，曾見國君有親迎者耶。王姬下嫁齊襄，即何彼穠矣之所為咏者，猶館於魯，而由魯以至齊，豈得以此見譏耶。乃齊人因此謬說，至今竟不親迎，則又為杜十姨伍髭鬚之類矣。

東方之日

東方之日序云，刺襄也。其所謂刺襄者，以齊僖荒於外務，置家國之政治於不問，為之臣者，習知其弊，亦第虛與委蛇，全不以家國為事，國勢自此始衰也。詩意畧謂，人之有妾媵，以當夕也。當夕則夕時當在室中，此一定之理也。乃今東方之日既出，時已朝矣，而彼姝者子，乃在我之室，則我室之中，又烏用此彼姝者子為耶。然彼之在我室，初非前此即存我室，乃履我之跡而來就我也。是則不獨彼姝夜間，未在我室，即我亦未在我室也。我之夜不在室，猶可言也，而彼姝，亦夜不在室，其情尚可問乎。無如我已不在室矣，則彼之在室不在室，又誰復防閑之者，亦惟任此室作無人之室而已。既而東方之月又出矣。東方月出，則時已入夜，正彼姝者子，在室當夕之時矣。而彼姝者子，顧反出而在我之闥。闥者室之門，所以出外者也。夫當夕舍室而外出，不惟其形跡可疑，且所司何事者。然彼之發也，非其敢自為發也，及履我之跡而發者也。則我先棄舍此室而外出，彼始敢乘我之不見，而舍棄此室，而別有他圖也。惟此室則竟成為無人之室矣，又何望此室之能治哉。此序之所以言刺襄也。此詩自小序外，而千餘年，殆無一能解者。而其詞義極明了，初非若著之篇之須先明古制，而竟與之同一沉晦。則以世人之智識，業經墮落，雖有淺顯文字，彼亦不解為逐字之研究也。豈不哀哉。

東方未明

東方未明序云，刺無節也。此亦第就詩之大意言之。實按之，則亦為感宣姜之事而作。蓋名為適其子，而實適其父。此種錯亂顛倒之舉動，雖齊僖父女同一醜行，而其事實齊僖主之，在宣姜不過遵奉嚴親之詔命而已。此詩之作，不啻為彼父女二人之爰書。自公召之，自公命之（命令古通用字也），主名所在，斷案凜然。而不夙則暮，宣姜於衛宣父子，固無之而或可也（氓之篇屢言三歲，則宣姜之納，實在衛宣即位後之三年。瓦屋之盟，正在是年，故兩齊婣事之成，淵源於是會，確無疑義。是時伋子方三歲，故謂之夙。而衛宣此後十餘年即死，且去衛莊之歿，已二十年，則其年至少，亦須在四十左右，故謂之暮）。詩意畧謂，上衣下裳，此定制也。然興居要必有一定之時，從容穿著，而後始不致因急遽而發生錯誤。今東方尚未明，而即急遽而起，故衣裳遂顛倒易位。特其所以顛倒易位者，初非出於其本心，實緣公先有此不時之召，因廹而成此錯亂之舉。是則其顛之倒之也，直不啻自公召之也。且夫放其時，東方豈直未明，實則東方並未晞。晞即後世曦字，乃東方初變色之貌，所謂晨光之熹微者也。於此時而促之起，則裳衣之顛倒，實所難免之事。而公之命乃適發布於此時，是則其所以倒之顛之者，直不啻自公命之也。然設使此不時之召命，因以演成顛倒之錯誤者，或偶出於無心之失，猶可原也。今進而窺其隱微，則其心固特以此不時之召命，廹人以不得不顛倒以成其用者，是猶折柳以樊圃，雖有此樊，復何益於事者。彼狂夫亦瞿瞿然，知其不難踰越也，則其結果，欲欺人而適以自欺而已。蓋樊圃者當以枳棘，玆僅當之以柔弱之柳，不且多此一舉耶（樊即藩本字，樊會意，藩形聲也。樊即今所謂籬，説詳青蠅）。然在彼既不能時夜（辰夜猶時夜也。莊子見卵而求時夜，即其義。古謂時為辰，蓋天有十二辰，一日一周。而後人則以一日分為十二時，故古之辰字，實當今之時字。若古之時字，則謂春夏秋冬，以三月為一時，與今文絶異。至今文之所謂時，實古是字之變態也。是時二字，在古文同從日從㞢，相差無幾，故常通用。詩中是時常不分，職是故也。若辰夜莊子作時夜，則知其時代之相去遠矣。今北語猶謂時為時辰，乃古語之留遺也），則凡厥召命，非失之過早，即失之過晚，而義又不得不遵而承之，斯亦惟有終其身於顛倒之中而已，吾又如此召命何哉。此詩歸罪齊僖，對於宣姜特從末減，可謂得情理之平。至宣姜後來之潰而横決，乃所謂家人寡婦，因盜污遂行淫者，其惡因實亦由此種之。然初詩人此時之所敢知也。

南山

南山序云，刺襄公也。以詩之大意言之，當云刺魯桓。此云刺襄公者，以詩本作自齊人，其刺魯桓者，正所以刺襄公也。蓋齊襄兄妹宣淫，行同禽獸，已不可復以人齒，談之且污人齒頰。故篇中直擬為雄狐，而深責魯以不應縱文姜使歸。此非有所愛於齊襄兄妹，此其人已無足責也。詩意畧謂，狐本淫獸，而雄狐則尤不可近。然雄狐雖淫，苟非與之以可乘之勢，則其惡亦無自而滋。故有南山之崔崔，而雄狐始綏綏然思逞其欲。此猶如魯之道義有蕩缺，而齊子始得由之以歸齊也。蓋禮女子之適人者，父母歿無歸寧之義。惟魯失其道，故不得歸者而竟聽其歸。夫既不難於悖棄禮義而徑曰歸止矣，則又何有於懷思戀愛，以求快其歸來之大欲耶（又有古通用，曷又即何有也）。今夫葛屨以兩為用者也，而茲乃五兩。冠緌以單為用者也，而茲乃雙之。人之以一夫為不足用，而不厭多求者，其道何以異是。然魯道即有蕩，齊子亦遂即以此五與雙者為用（庸、用也），而無復顧忌。夫既已用之矣，又何有於即其道以從之耶。由是言之，則文姜於義本不得歸，其所以毅然旋歸者，正以實行其五兩雙緌之主義，初不得以為異也。所不可解者魯耳。今夫蓺麻者，必須先或衡之，或縱之，耕治其畝，而後麻始得有所託而資以成長。猶娶妻者，必須先告之父母，而後始免於為父母所不容也。茲魯人之取齊子，初非未嘗告諸父母而私取者也。特既曰告之矣，又何有於鞠養之，而及任令其歸而就食於齊耶。豈魯以通國之大，竟不能養此一人耶。抑又聞之，析新者則必須有資於斧，非斧則新無由克。猶取妻者必有資於媒，匪媒則妻不可得也。茲魯人之於齊子，初非無媒而私相結合者也。明分照然，則妻固魯人之妻，乃魯人所握有全權者。特既曰得之矣，又何有於極止之，而乃任令其自由而浪遊於齊耶。豈魯人並無管轄其妻之權，其妻之取得，禮制上固賦有特別之缺陷耶。此詩鞠字，即北風昔育恐育鞠之鞠。此詩極字，即孟子又極之於其所往之極，皆深責魯人之詞。蓋文姜既歸魯，則其起居行動之間，魯人實尸其咎。苟魯人一閑之以禮，則彼兄妹縱非人，其獸行亦何自發生。雄狐之綏綏，為南山者，不能不負其責也。此詩三四兩章，皆以取妻為言。則所謂魯道有蕩者，實指魯桓言之。乃孰知其方一見譎（譎乃詰責之義，非後世譎降之譎也），遂即召彭生之禍，身命反隨之而殞。蓋桓之失，不遵守父母死女子不歸寧之義，而親偕文姜如齊，大防一決，後事遂無從收拾。彼獸行之兄妹，又何事不可為者。拉脇之舉，固屬窮凶極惡，然正可以為世人蔑視古禮，瀆亂男女之大防者之鑑戒也。一違乎禮，而即殞其軀，殲德之彰聞者數世，可不懼哉。

甫田

甫田序云，大夫刺襄公也。此詩之刺襄公，與陳風月出篇之以儆舒怵靈公者，用意略同。蓋齊襄既以淫於文姜之故，拉殺魯桓，障礙既除，益復肆無忌憚。會禚享祝丘，如齊，會防，歲有所聞，醜聲之播，達乎四境。是時魯莊雖尚幼稺（魯桓死時，莊年甫十三，以實年計之，則不足十二），國亦微弱，不敢聲討。然以人情論之，則其默默中痛父之亡，耻母之醜，疾首痛心，而必思得當以報，乃意中事。故末章即直以為言，怵之以幼稺者非常此幼稺。淫惡既不可長，隱患尤不可不預防。維莠驕驕，維莠桀桀，在佃甫田者，固為勢之所必至。須知此驕驕桀桀者，增高繼長，其後來正大可憂也。至魯莊之覿顏事仇，知有母而不知有父，一任其母舅之禽處獸愛，全然不以為意，反甘自附託於我甥之列（反不若後來之夏徵舒窍糾慢受，猶具有幾多羞惡耻辱之心），則殊非詩人之所及料者。此猗嗟之詩，所以深為致惜也。詩意略謂，佃田者必先視乎其力之所能及，而後其田事克舉，弊害不得而乘之。若一意貪多，而強佃廣大之田，則力所不周，彼亂苗之莠，將驕驕然不可遏抑矣。此猶如思人者當無思遠人，思遠人而力不能致，亦徒忉忉然徒勞其心而已。忉忉者憧擾不寧之狀也。且彼佃田者，苟強佃廣大之田，其力終不能周，其莠必且驕驕，進而為桀桀。桀桀者，錯雜特出，驕驕之極致也。此猶如思人者，而妄思遠人，其勞心亦必將因憂而懼，由忉忉轉而為怛怛也。怛怛者驚懼不安之貌，匪風所謂我心怛兮是也。且吾所謂思此遠人，其勞心將由憂而懼者，豈漫無所見而云然哉。想君之心，亦非不知其中大有可懼者存。不過以其人婉兮孌兮，總角丱兮，童子何知，齒稚力弱，無如我何耳。須知歲月不居，時節如流，未幾相見，而總角者，即突易而為弁。此猶莠之驕驕者，終必進而桀桀，實事之無可避免者。屆時年富力強，而父母之仇，銘心刻骨，其禍患尚忍言耶。吾竊願思遠人者以甫田為戒，而無以貽將來之禍患也。此事三章一氣相生，末章忽轉到曾莊身上。看似兀突，而意實一貫。後儒心粗如甕，既不知逐字求其真義，乃復任意解釋，謬相比附。既以桀桀為猶驕驕，又以怛怛為猶忉忉。審若是則兩章猶是一章，在古人又何必畫此蛇足，其與末章之全不貫串，更無待論矣。然在無理性之中國人，安望其能讀古人之縝密文字哉。

盧令

盧令序云，刺荒也。此詩之刺荒，與還之刺荒，似同而實異。僖之荒乃荒於外畧，而襄之荒則荒於外淫。其所以荒者不同，而其為荒則初無二致，亦可謂令父令子矣。盧者獵犬，即今之所謂細狗。其狗骽長身細，奔走迅疾，善於逐獵。體多作黑色，故特以盧名，盧即黑之代名詞也（古書旅弓旅矢，間作盧弓盧矢，即弓矢之黑色者也。盧為本字，旅為借字。漢儒之謬不識古字，不知旅之出於假借，怪其不見有黑字義，乃妄改旅字為玈，世竟翕然從之，殊屬可笑。旅之原從㫃從二人相從，若改其旁之方作玄，其右尚能成字耶。然二千年來，中國又何嘗有一識字之人耶。哀哉）。此詩以盧況襄公，而以令令重環重鋂者。惜其不善用其美，而反以為累，其惜之正所以刺之也。詩意畧謂，盧也者，犬之美者也。盧之美而飾之以令，則相得益彰，其美乃愈形昭著，此事之常焉者也。乃茲以一令之不足，而又益以一令（令即鈴之省，古人文字常如此。舊注以為纓環聲，無論其與下二章之重環重鋂不合，且不言纓環而但言其聲，依文字言之，則是盧之自身，能作響矣。古人寧有是不通之文字哉），則重疊繁複，是其所以為美者，反適以為身之累矣。此殆猶其人既美，而於美之外，又加以汎愛也乎。仁本美德，而此之所謂仁，則隱寓有愛博而不專，且溫存暱近之意，似褒而實貶也。且盧以令之外復加以令，其為飾雖贅，然其為身累，尚不甚十分綦重也。乃茲之盧，則直於環之外，又重加一環，環雖亦所以為美，而實盧之身之所由關鎖。環而重環，則其為身累也甚矣。此殆猶其人既美，而於美之外，又加以鬈鬛也乎。且盧之重環，其足為身累，猶不得謂之極重也。乃茲之盧，則於鋂之外，又重加一鋂。鋂也者，金製之索，乃纓之異文。其所異者，以金製者則為鋂，以麻縷製者則為纓。文雖各有所主，而於語言稱謂之間則一也。易坎卦係用徽纆，注、纆索也，正可為此鋂字之轉注。毛傳妄釋為一環貫二，乃不得其解，純從上章重環字，穿鑿附會而成。微論重一環貫二，絕對不成語，且一環貫二，果成何制度，天下安有此不成器物之名詞耶。盧之有鋂，雖亦所以彰明其美，而盧之身以有所絜繫，行動間之不得自如，亦正由此。鋂而重鋂，則相互牽掣，其為身累視重環又不可同日語矣。此殆猶其

人既美，而於美之外，又加以于思之鬛也乎。于偲，即今之所謂連鬢落腮鬍，謂鬚之侵及於腮者也。鬈之與偲，一如首章之仁，驟視之幾不見其為刺，而疑其於上文之所託興者不相應。不知此種詩，乃正以其不相應為用，所謂言者無罪者，即指此而言。實則所謂不相應者特其表面，若一研究其裏面，則絲絲入扣，絕無可以游疑，蓋其本義，早已畢含於喻義之中。至其正面之點明處，雖巧為避就，而其用意之所在，自皎然其若揭也。鬈之與偲，不過表示其人之雄武，本亦屬美之一端，猶之乎美而且仁，悉原於其人天賦之美，初無可加以非議者。乃襄公竟以此而釀成雄狐之醜行，推原禍始，則實皆其天姿之美，有以致之。蕙以香自焚，膏以明自煎，設非其香其明，其結果或不至是

也。故詩人特以其人之美而且仁，擬之以盧之令而重令。以其人之美而且鬈，擬之以盧之環而重環。以其人之美而且偲，擬之以盧之鋂而重鋂。其為美也，乃適所以自困，有美如斯，反不若無美之為愈矣。此詩詞旨，殆近於懲熱羹而吹冷虀。因襄公之荒淫，乃竟歸咎於其美，以為人生而過美，其結果或反足為身累，而動陷於惡。此乃詩人，一時有激之言，亦意有所專指之言（觀詩中其人之其字可知），非謂人之不當美而且仁且鬈且偲也。特如其人，則適以此自困耳。由是可知襄之為人，固儀觀偉然而多髭者。雄狐之行，襄固尸之，而其天生之一副賤骨，實亦有以大動文姜之欲者。故此喪倫蔑理之事，遂乘間發生。而其所謂美者，乃適以成為其罪惡之媒介，有美而不能善用其美，則又惡用此美為耶。又人之髭鬚，固所以表見其人之雄武。然鬚者腎之苗，自來多鬚者，性每好淫。澤陂之詩，以其人之碩大且卷為美（卷即鬈之省，猶鈴之省作令也），意亦如此。今俗諺所謂十個鬍子九個騷者，其語當自古已然。後人不善讀詩，或以此竟謂古人以多髭為美。不知睅目皤腹者，傳亦稱其于思于思，又何嘗即指為美觀也乎。言各有當，固不容以濫施也。

敝笱

敝笱序云，刺文姜也。此詩之刺文姜，文義甚明，篇中齊子之稱，已明明點出，無煩贅語。惟世儒因不明篇中敝笱之喻，意欲求得其主名，於是乎續小序者，則以為所刺者為魯桓。謂其不能防閑文姜，故至淫亂，實純屬囈語。攷桓公以十八年正月，會齊侯于濼，遂與夫人如齊。至四月丙子，旋遭彭生之禍。在齊並未得歸，身即薨適，至此後文姜之如齊，桓又為從而防閑之。若前此則文姜初未如齊，更何所謂不能防閑耶。大抵此公既不通經，又不讀史，故任意說來，無一不繆。然此正後世漢學家所馨香俎豆之者，未始非二千年來，中國思想界之代表也。宋儒徵之經傳，知其不通，乃易之以魯莊，似為近之矣。然攷桓公歿後，魯人即絕文姜不為親，故於莊元年三月，即書夫人孫于齊。左傳云，元年春不稱即位，夫人出故也，三月夫人孫于齊，不稱姜氏，絕不為親禮也。以傳文推之，則桓公之歿，夫人初未敢即歸，故魯莊以夫人出故，不得舉行即位之禮。若三月之孫于齊，特因其在齊而遂絕之耳，非文姜業已返魯，至此又復出之也。至此後文姜之時齊時魯，在魯人亦即浮沉視之。蓋既已絕不為親，則其來其往，只可任其個人之自由。以其曾為夫人故，既無法以阻其不來，又以絕不為親故，復無計以禁其不往。人道之變，法律之窮，勢固有無可如何在也（集注哀痛以思父，誠敬以事母云云，腐儒之見，酸氣撲人，直令人作三日嘔。若如所云，則是魯人之絕不為親，亦為過舉矣。母殺其父，而子不過問，仍須誠敬以事之，何其知有母而不知有父耶。吾真不知彼俚酸揭怪，自命為聖賢者，果是何肺肝也）。人子遭此禍變，旁觀者只有代傷其不幸，而謂詩人反舉此以為刺乎。有以知其必不然矣（觀春秋於莊元年三月書夫人孫于齊後，二年十二月，書夫人姜氏會齊侯于禚。四年二月書夫人享齊侯于祝丘。五年夏，書夫人姜氏如齊師。七年春，夫人姜氏會齊侯于防。其冬，又書夫人姜氏會齊侯于穀。八年冬齊侯即遇弒。七年之中，書夫人者五，絕不言與公偕，則左氏絕不為親之說，昭然可按。惟所當注意者，夫人前之會禚享祝丘，皆為齊地。自四年冬公及齊人狩于禚後，五年之如齊師，雖不言其地，而七年之會防會穀，則皆為魯地。以此可知，姜自孫齊後，即流落于齊。迨四年冬，齊以狩召魯莊，莊不敢不往，齊即乘間以文姜為言。魯莊不得已，乃迎之歸魯。猗嗟之詩，當即為此時作。展我甥兮，蓋識其自此始復承認為我甥，非謂其為齊侯之子也。文姜既復歸魯，其行動遂不能復如前此之自由。自五年如齊師後，欲有所圖，則齊侯不得不枉駕，于防于穀，皆其事也。古文簡質，其事實須以互相參證而始明，凡春秋之全經皆然。惜後人智識墮落，無人能為文字外之研究耳。實則中國人之智識，即文字亦不能識。如四年之夫人姜氏享齊侯于祝丘，祝丘即祝阿，即今齊河縣地，乃齊之屬地，與禚接近。而注者乃以為魯地，羌無故實，而隨意亂說，不惜自欺以欺後人，此其所以為中國人乎）。不知此之所謂敝笱者，實指禮制言之。蓋禮之防微杜漸，本所以絕患於未萌。猶笱之制魚，必其完全無缺，而後始得以呈其用。若一經蕩決，則體質雖存，而殘破不完，履霜堅冰，終必變本加厲，至於效用全失而後止。笱之與禮，初無異致也。詩意畧謂，笱本所以制魚，然笱為已敝之笱，則雖儼然在梁，則不惟魚之小者，以有隙可乘，無從制止，而一決而莫可收拾，終必至於魴鰥之大，亦不難於出入自由。此猶齊子之歸也，原為禮防之所不許，然禮防既敝，則其歸之也，又何怪其從之如雲耶。如雲喻其迅急。蓋既不復以父母死女子無歸寧之禮為顧忌，則人欲橫恣，更何憚而不為也。魴者今之鯿魚，鰥者今之黑頭魚，皆魚之大者也。且在梁者笱為敝笱，則其魚之逸出者，將不惟魴鰥，而更為魴鱮。鱮者今之鰱魚，俗又名厚子，謂其脊特厚故也

。鱮之生成長最速，而味則最薄，諺所謂買魚得鱮，不如啖絮是也。蓋藩籬一決，勢必至瀕而愈進也。此猶齊子之歸寧，既已破壞禮防，則其從之也，始則如雲之疾，繼必且如雨之驟，固當然之勢也。夫魴也鰥也鱮也，所謂大魚者，皆不難繼續逸出，則其小於此者可知。質言之，則笱雖在梁，其實已一無所用，然在魚之心目中，或尚知有笱之見者存也。不知積漸成習，不惟笱之效用全失，終且併此既敝之笱而淡然忘之。而魚且唯唯然結隊游行，一若行其所無事。此齊子之歸，一再不已，終乃如水之就下，安之竟若本於性生也。此詩本無甚難解，且事實亦為世所共悉。惟陋儒不熟察文理，妄讀從字為去聲，謂文姜之歸，其媵嫁之姪娣等皆從之，殊堪發笑。與齊襄通者

不過文姜一人，豈其姪娣亦皆與齊襄通乎。余真不解若輩之肺肝果何狀也。

（本篇有眉注，然因未說明注於何句下，故另錄之如下。以文理推之，以置於時齊時魯句後為妥）

則始終棲遲齊魯邊境，而卒不敢一歸魯。會禚享祝丘，猶齊人飾穆伯之棺，以置諸堂阜，示意魯人，欲其自取之也。蓋文姜在齊，非驢非馬，既難於處置，而又不敢歸魯。故齊特處之於二國境上，以便其與魯人乘機疏通，冀收覆水。禚與祝丘，實同屬一地也（杜注以禚為齊地，祝丘為魯地者不確）。無如魯人之痛惡文姜者太深，居禚者雖三年餘，而魯人直全若不知其事然者。故齊襄不得已，卒以大國之力，挾母舅之尊，而有狩禚之召，文姜始復歸于魯。自後之會防會穀，則皆歸魯後事，其地亦不必盡齊地矣。

鰥

敝笱、其魚魴鰥。毛傳，鰥、大魚。其說雖囫圇可笑（豈凡大魚皆可名鰥乎），然意尚不差。而鄭箋則別以鰥為魚子，謂魴也鰥也，皆易制之物，殊屬荒謬絕倫。鰥之為魚子，已絕無根據。且既為魚子，則其細已甚，又豈笱之所能制，何有於敝笱。況魴固鄭氏所認為大魚者，魴之與鰥，一為大魚，一為魚子，一為笱所能制，一為笱所不能制，何詩人之言，若是之不倫耶。今按鰥今之黑頭魚也。其魚常以類相從，漁者得其一，則其餘輒徘徊不去，必連續有所得。世人多以其徘徊不去者，為母子，或父子，謂之為孝魚，不忍食之。實則其魚皆牡，固無牝也。古謂人之無妻者為鰥即此義。其所以徘徊不去者，乃繫戀其所吐之白（白者魚之精，牡魚吐出，牝魚之子着之，即能孵化，故牡魚腹中有白，牝魚腹中有子），非別有所繫戀也。鰥魚所吐之白，常在一處，故漁得者每非一。世以其常相聚處，故命之曰鰥，從魚從眔，所謂眔維魚矣者，實會意字也。陋儒既不識六書，又不諳物理，於鰥之本義既模糊影響，莫能確指其何屬。而於無妻之稱，則又因眔上之從目，乃更曲為之說曰，無妻者愁悒不寐，目恒鰥鰥然也。所謂鰥鰥然者，殊令人無從臆知其為何貌（古今無以鰥鰥為形容詞者）。如謂魚目不閉，則凡魚皆然，不止於鰥，何以見其必鰥鰥然耶。不知詩之言魴鰥，猶次章之言魴鱮，皆言其魚之大者。蓋鰥之易於成長，猶之乎鱮。若魴則魴魚赬尾，必河之魴，其為大魚，乃詩所屢見者。鄭氏不審文理，乃狃於爾雅之妄說，竟釋之為魚子，則其識更遠出毛氏下矣（毛氏時已有爾雅，毛氏不從之，其中自有定見。若鄭氏則威靈仰汁光洽，尚可入經，他何論乎。故毛鄭雖一丘之貉，而毛究非鄭所敢望也）。

載驅

載驅序云，刺襄公也。此詩之詞旨，與前篇畧同，亦同指一事言之。前之云刺文姜者，所以著明詩中之主人（即齊子）。此之云刺襄公者，明其所由主動之原因也。二序乃以相互為用。主動者為襄公，而被動者則為文姜，刺文姜即所以刺襄公，刺襄公亦即所以刺文姜。故攷詩中，絕無一語及襄公。而序特指為刺襄公者，溯其事之所由來也。乃一般陋儒，不知即文求義，反逞其私臆，對於明著之文字，隨意加以變亂。見前篇序為刺文姜，則以詩中齊子為文姜。見此篇序云刺襄公，則又以詩中齊子為襄公。同一名稱，同一文字，而猶不難於胡亂指目，則其他又何論乎。今按此詩，不過以車服之盛，行人之多，形容文姜之無恥，初無甚深之義。詩意畧謂，彼疾驅之而薄薄然者，簟服而朱鞹，非儼然夫人之車耶。既為夫人之車，又胡為而驅之薄薄然耶。薄薄、車行疾聲。簟服、古作簟弼。朱鞹、古作朱虢（古器中甚多），皆上公之命車也。及徐而察之，乃知魯之道義闕失，而齊子乃乘間而夕發也。夫夕者正征車所當止息之時，所謂日既西傾，車殆馬煩之候也。茲齊子乃既夕而猶發，意者其奔馳勞頓，尚未達其止息之所，故不得已而夤夜征行耶。乃進而察其所駕之四牡，則濟濟然調和柔馴，非久經況瘁之狀也。再察其所垂之轡，亦復瀰瀰然安詳有節，非失路倉皇之態也。然則其發夕也，非已夕而猶不得不發，乃自夕而始發也。夫戴星而行，惟罪人及奔喪者。彼夫人胡為如是，進求其故，乃魯道有蕩，而齊子急於燕享，其母弟也（豈弟二字，義極繁複。豈古作豈，即凱字，乃飲食宴樂之事。弟之義甚多，故姑作此解）。夫和親燕樂，亦人情所有，胡為一夕亦迫不及待，而必犯夕而發者，意者其亦知其事之可醜，不欲人之見之，特乘夜以避人耳目耶。若然，則是其尚有羞惡之心，天良猶未盡泯也。特夕豈長夕，見其終無人見者，吾意其車行所至，一聞汶水之湯湯，而行人即已彭彭然矣。湯湯水聲，彭彭稠疊貌，猶今言雙雙也（古謂雙為朋，與彭通，故古謂雙生子曰朋生，今文則多作彭生）。偏時齊子雖欲避之，其又為由避耶。乃不謂魯道有蕩，齊子初不畏此也。蓋其若翱若翔，一若全不知其有人焉者，不惟不畏人見，且若惟恐人之不見也。是則吾之前以其夕發，為避人計者非也。

何以知其然也，茲汶水則滔滔矣。其聲之大，不僅湯湯然也。而行人之多，則更儦儦然，或羣或友（詳小雅），更不止於彭彭然也。而魯道有蕩，齊子不惟於道所經行之處，肆其翱翔，且到處以游以教，全然不以汶水行人為意，若其心尚知羞惡者，寧有是耶。是則吾向之以其夕發為避人計者，實大誤也。計不出此，則其所亟亟者為何事，吾不得而知，人亦可以從而想矣。此篇主腦，全在發夕兩字，而以驅字為之眼目。從各面逐層推測，而於其正面，則始終不肯穿破，此古人之所以不可及也。此詩所指乃莊七年春，夫人會齊侯于防之事。防在泰山左近，與汶毘連，由魯至防，則必須渡汶，故詩即以汶起興。古人之語，固無泛設也。

侒傺軒說經卷二十五　　壬戌三月朏

臨清吳桂華秋輝氏著

期我乎桑中要我乎上宮送我乎淇之上矣

桑中、期我乎桑中，要我乎上宮，送我乎淇之上矣。毛傳，桑中、上宮、所期之地，淇、水名也。此種囫圇訓釋，雖有不如其無。蓋三者之為地趾與水名，凡稍通文字者，即不難知之。至其果為何地與何水，相期相要相送，又何必在此，則不惟素來無人能知之，且絕無人解研求之也。今按桑中者，謂公桑之中，上宮者蠶室也，二者皆近川為之。故衛之公桑蠶室，即在淇水之上。淇水者，衛都內之水名也。祭義云，古者天子諸侯，必有公桑蠶室，近川而為之。築宮仞有三尺，棘牆而外閉之。及大昕之朝，君皮弁素積，卜三宮之夫人，世婦之吉者，使入蠶于蠶室，奉種浴于川，桑于公桑，風戾以食之。歲既單（殫之省）矣，世婦卒蠶，奉繭以示于君，遂獻繭于夫人。夫人曰，此所以為君服與。遂副褘而受之，因少牢以禮之。古之獻繭者，其率用此與。及良日，夫人繅三盆，手遂布于三宮，世婦之吉者，使繅。遂朱綠之，玄黃之，以為黼黻文章，服既成，君服以祀先王先公，敬之至也。云云。殆不啻即為此詩之注腳，而數千年來，竟無人拈出，可哀也已。審是則公桑蠶室，乃三宮之夫人及嬪嬙命婦（世婦謂貴族之冢婦，至二十七世婦，八十一御妻等謬說，乃秦漢間陋儒，率臆造成，以逢迎當世人君色荒之惡者。世婦猶云繼世之婦，即冢婦。冢有惟一之義，何至其數多至二十餘。至御妻之名，其村俚直令人聞之欲嘔。妻者、齊也。一與之齊，終身不改，以二妻稱者，古亦無聞。茲乃云多至八十餘，尤屬可笑。況謂君用為御，乃秦漢以降，之一稱謬稱，古人更焉得有此名義。而一般謬儒，方且為之計算其若何當夕，無法分配，乃竟至於一夕而御數人。若果如此，則為國君者，其不至疲於奔命者，幾希矣。此何等事，而乃容有此印板文章哉）萃集之地。此詩本以刺宣姜之強通昭伯（即公子頑），故詩意畧謂，人之欲得美食者，必當求之於其出產之地（唐、棠梨，美果。麥、美餐。葑即菘，美蔬）。此猶人之欲得貴族美婦人者（姜、弋、庸，皆當時之貴族也），亦必須求之於其會萃之所，（彼其上之公桑蠶室，固一般貴族美婦人會萃之所）也。茲何幸彼美婦人，始則期我於公桑之中，繼復要我於上宮之內（上宮之稱，殆川上之宮之簡稱也），

事畢後，更復送我直至淇水之上。情意殷拳，茲如之何使人勿思耶。貴族者，一國之表率，茲詩人乃直以為誨淫之目標，則其刺之也深矣。此詩首章孟姜字，已明明將其主名指出。下之孟弋孟庸，不過藉作陪襯，以泯亂其顯指直斥之跡。所謂言者無罪者即此，非人人皆如此也。凡詩之分章，大抵多以每轉愈深為常例，惟此詩則否，此詩人之巧為運用也。閔二年傳云，惠公之即位也少，齊人使昭伯烝于宣姜，不可強之（此何等事，而齊人竟能強之。春秋初年，諸國之無恥者，惟齊為甚，蓋僖襄父子，實人類中無恥之尤者也），生齊子戴公文公，宋桓夫人，許穆夫人（衛之得以中興，實深賴有此一強，天道真不測哉）。觀此詩期字要字，則此事之發動，實女先乎男，與左氏所言正

合。惟傳於春秋初年事，多疏畧僅舉其大綱。以詩言推之，則二人之茍合，或即發軔於公桑之中，亦未可知也。要之，傳文之有待於詩義之補苴者甚多，由是以觀，則左氏作傳時，詩義已無人能明。漢宋諸儒之謬釋妄解，固其所也。

揥

君子偕老、象之揥也。毛傳云，揥所以摘髮也。其說殊可笑。蓋此公見上文有鬒髮如雲，不屑髢也語，而於此文揥字，又不知其為何物，乃逞臆往髮上附會。又見揥字於文，有似乎摘（蓋古摘字作擿，固商字本作啻也），遂強揑摘髮二字成文，即作為此字之注解，藉以免其一事不知之恥（諸般謬妄之說，皆誤於此語。實則聖人尚曰不知為不知，豈有人而事物無不知者哉）。實則髮之物，非可摘者，豈有專備一物，以摘之之理（正義知其不通，乃曲為之說曰，以象骨搔首，故云摘髮。然搔首又豈可謂之摘髮也耶）。且上文雖曾言髮，豈通章便當皆言髮。若然，則上句玉之瑱也句，與髮又有何關係耶。聞嘗遍攷古人佩物，初不見揥之名，古籍中亦絕無言及之者。及後讀魏風佩其象揥語，始悟此所謂揥，即芄蘭之所謂觿。語言有重輕，故文字因之以不無歧異也。攷內則既冠之男子及婦人，皆左佩小觿，右佩大觿。故此詩詠宣姜及之，而魏風之好人，亦得佩之（葛屨所詠為在位之人，不得以為女子，以詩言左辟可証也。左辟見另條）。觿之制以象為之，與詩稱象揥正合。知揥之即為觿之異名者，因觿之形狀，以芄蘭之莢證之，知其為解結錐。而葛屨之詩，義在刺褊，而觿之用，正所以解急者，與褊急之性適相反。故詩人特假以為言，謂彼左辟之上，雖宛然佩其解急之象揥，終亦無如其褊急之心何，是以為之刺也。參觀互證，則揥之即觿，毫無疑義。揥之不概見於他書者，因後世已改而稱觿，故其原名反隱也。

最可笑者，後儒又因孔氏搔首之說，憑虛想像，繪而為圖，作玉簪花之含苞狀。癡人說夢，真令人哭不得笑不得也。

左辟

葛屨、宛然左辟。毛傳，宛、辟貌。婦至門，夫揖而入，不敢當尊，宛然而左辟。其說乃以辟為避字，殊屬支離可笑。全詩中何嘗有夫婦字，更何以見為婦人至門，避其夫之揖，豈凡言辟者，便當為婦人避其夫之揖耶。且但言其避絕不及其所避者為何故，古今寧有此文理。若如所說，則信口開合，謂其避何事不可耶。故此詩序但以為刺褊，即在續序去之荒謬愚妄，亦只云其君儉嗇褊急（褊急可也，儉嗇又為一事，何得牽入），而無德以將之，初不言其為女子。惟此公因篇中有摻摻女手語，乃臆解好人二字，為好女手之人（好女手之人，五字何等奇絕），於是乃白晝見鬼。更因一辟字，將一篇昏禮拉雜闌入。其實原文俱在，何嘗有至門夫揖等之紛紛者耶。集注不從其說，別解好人為大人，則其謬宋人已灼知之。惟其讀辟仍作避，注云凡辟而讓人者必左，則其弊與前正同。蓋宋人之不學，初無殊於漢人，漢人所不通之文義，宋人亦萬不能通也。今按此辟當讀本字，在今文則當作襞，襞謂襞積。前漢書師古注云，襞積即今之裙褶是也（見司馬相如傳）。特謂襞積為裙褶，雖不得謂之不合，然直謂襞積即裙褶，則又似是而實非。蓋襞積乃皺褶堆疊之意，裙褶有然，不僅裙褶有然也。此詩之辟，乃指帶之襞積言之。古者自士以上之帶皆有辟（此士指在官者言之，若居士則否）。所以為飾，亦以便於佩物，其制因等威之高下，各有不同。玉藻云，天子素帶朱裹終辟。□□（此處有脫落，且係錯簡。以文義推之，當云諸侯之制）而素帶終辟。大夫素帶辟垂。士練帶，率下辟。居士錦帶。弟子縞帶，并紐約用組三寸，長與帶齊。紳長制，士三尺，有司二尺五寸。子游曰參分帶下，紳居二焉。紳韠結，三齊，肆束及帶。勤者有事。則收之，走則擁之。大夫帶四寸，雜帶。君朱綠，大夫玄華，士緇，辟二寸，再繚四寸。凡帶有率，無箴功。此一節詳記古人各種帶制，至明且悉。惟簡編錯落，又間有脫字，今已無從臆補，不無遺憾，然其大體尚不難攷見。漢儒不知就經文詳加攷訂，乃惟是信口開合，困心揑造，卒乃不惟經義不能盡通，即經文之釐訂，亦不能盡合（以上述之文，與舊注較之，即知）。此則漢人之積習，不獨此一事為然也。今欲知辟之體制，當先明帶之大凡。古人之帶，本用以束腰，有餘則下垂之，此小雅所謂匪伊垂之，帶則有餘也。然其制亦惟自大夫以上則然。垂帶而厲，與狐裘皇皇並詠（狐裘大夫之朝服），皆指大夫言之也。若自士以下，則其帶僅以束腰，不復下垂，其下垂者，則別用紳。故紳之制，僅詳於自士以下，而大夫則無之。以大夫之帶，自足以當紳之下垂也（即此可知，孔子之加朝服拖紳，乃以朝服表示前官，以居士表示今位）。帶之體制甚寬，天子諸侯之制雖不傳，然以大夫之帶四寸推之，則至少亦為四寸，至士以下則為三寸（以用組三寸，長與帶齊知之）。體寬至三四寸，則腰間一切佩物，殊不便直接繫之於帶，故居士以下，其佩物則必須別制為紐。而士以上，則即假辟用之，詩以佩其象揥，係之於左辟，即此義也。蓋辟者襞積，襞積者，帶之側緣之突出隆起者也。古人之帶，皆織成者，故記稱凡帶有率無箴功。其兩側之緣，在有辟者，則每二寸為一曲，兩端與帶相聯，中則突出帶外，如近世所作之花邊狀，又如水波紋，起伏隆起，命之曰辟。記云，辟二寸，再繚四寸。辟一曲為二寸，故再曲則為四寸也（繚、曲也）。辟之制雖所以為帶飾，然因其之突出處，與帶相離，中間有間隙，頗便於佩物，故自士以上，凡佩物，皆於辟繫之。若居士以下，則無辟，故必須別制為紐，此記於居士錦帶，弟子縞帶以下，特綴以并紐約用組三寸長與帶齊之文也。紐者所以結佩，組者所以繫紐，二者僅以當一辟之用也。天子諸侯皆終辟，則其辟直徹帶之終。大夫素帶辟垂，則其帶之辟，僅至於垂處，橫於腰間者有辟，其垂者則無辟也。士練帶率下辟者，率謂帶兩端之結合處，如今之帶扣然。率字有牽曳之義，即本於此。凡帶皆有率（記文），不過帶之垂者，帶常餘於率之外。而士以下則帶止於率，其云下辟者，則以帶有兩側，若士則僅其向下一側有辟也。有辟則不復用紐，無辟則用紐，此即詩與記，可參觀而知者。鄭氏注禮，乃臆解辟字為裨字，謂為帶以外，別襄（俗作鑲）以緣，其說與記文凡帶無箴功之語，正相牴牾。因更強解凡帶二字，謂概指居士以下之帶言之，若士以上之帶，則皆有箴功。與記文明相矛盾，竟不恤改經以從我。此等說經，與洪水猛獸，又何殊耶。帶之辟與裙之褶，其制約略相似，故後人但知裙褶之為襞積，而不知辟之名實淵源於帶，所謂數典而忘其祖也。若夫紳之制，士雖云長三尺，然其實殆皆為二尺五寸，其云三尺，不過存其說，以辨等威而已。其說於子游之言，可以攷見之。其云紳韠結三齊，韠之長二尺五寸，紳亦二尺五寸，故紳韠相齊。結者襪結，其高雖無明文，然以三分帶下紳居二語推之，則結之高去地為一尺二寸五分，故與紳韠為三齊也。肆束及帶，則謂紳長二尺五寸，一折之則為一尺二寸五分，再折之則為六寸餘，三折之則為三寸餘。士之帶三寸，故再折而止之，與帶適相等也。凡此所言，皆為二尺五寸之制，不言其為三尺。或者子游為居士，其說特為居士言之，亦未可定（士指在官者或命士言，居士則士之退閒者也。今人稱在籍之官吏為紳士，即本於此）。但紳若為三尺，則出於韠下者又五寸，與前說無一相合矣。此者當俟攷者也。又按詩所以言左辟者，以揥乃小觿，其用主於緩結，與褊急之行正相反。攷之內則，小觿實為男子左側之佩；故詩言云然。若右側所佩之大觿，今已無從攷知其物。但即其名稱言之，則其物當亦為骨角所制，其作用與小觿當亦約略相同，殆即為今俗所謂之提鞋靶，佩以備納履用者也。小觿所以緩襪結，大觿即所以納履。古人佩物備用，必為日常之所習用者。古今人不相遠，以情事推之，想當然也。今人於提鞋靶，尚視為必須之物，與布撣同重。布撣即所謂紛帨（布撣之名，前所未有，實則今尚無確名。其作用乃以巾布之屬，振去塵土者。謂之為撣已非，然因其無名，不得不從俗，姑立此名稱也），則大觿即提鞋靶，可斷言也。世有通人（以前事推之，甚為難言。無通人者已二千餘年，此後或旦暮遇之乎），當不以予言為河漢也。

又按古文佩字作[illegible]，訊字亦從之旁作[illegible]，其上之∞，殆即辟形也。佩下之巾，當即為佩形，此可即文字，推見其概畧者也。

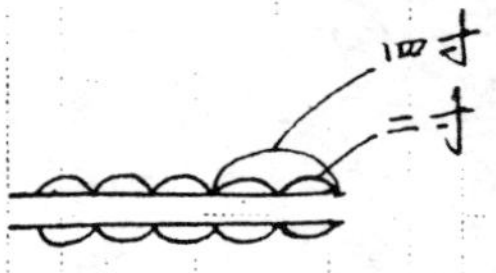

帶辟圖

梅

漢儒之謬妄，有出人意計之外者，不第其日食黍稷，而不知其為何物也。即如梅之名，自古迄今，未之或改，幾於婦孺亦無不知之。然漢人之所謂通天地人之謂儒者，其識解初不可以常人相例，故其說亦特與人異。今按梅之見於詩者凡五，一、召南摽有梅，二、秦風之有條有梅，三、陳風之墓門有梅，四、曹風之其子在梅，五、四月之侯栗侯梅是也。摽梅最先見，傳與箋皆不及之，似其意亦知為梅即今之梅，其義無煩注釋。如獻羔祭韭之韭字之例（韭字亦無釋，以其物固人所盡識也）摽梅傳云，極則隋落者梅也。凡果品何一非極則隋落，其語囫圇，故謂之無傳）。乃至秦風，則又傳云梅枏也，其事已怪。然其字本屬借用，其胡言亂道，猶有可原。至陳風則仍傳云梅枏也，而四月則復傳箋皆不具，斯其命意實不容以理解矣。故枏即今文楠字，乃木材之至美者，所謂楩楠杞梓是也。枏今尚稱楠木，與梅何涉，安得併為一談。況枏乃材之美者，梅乃材之下者，二者適相反，尤不容強為撮合。今即其意推之，殆梅為南方之木，而毛鄭諸儒，多偏在齊東，其地素無其物，而又耳目閉塞，絕不知宇宙間，尚有所謂梅者。蓄疑於心，不幸而枏字在隸書中，與梅相近（蓋枏字之冄，左畫右轉，中加一點，即為母字，故與梅之從木從每者相近也），而又不知其何指，於是遂用其轉注之法（六書中之轉注，非此謂也。此所謂轉注，特指山賣磨耳），謬合為一，以行其指山賣磨之慣技。問何以謂梅，則枏是。問何以謂枏，則又梅是。梅之與枏，循環無端，而實則同一不知其為何物。殊不料名實俱在，人世中自有知者。枏自為枏，梅自為梅，各有所當，不容妄指也。特是梅在果品中，古人雖以為佳果，所謂山有嘉卉是也（嘉卉即指栗梅言之，舊注謬不成語，而其質則相率以為賤材。蓋梅之體，虬幹縱橫，文疏而理曲，其不中繩墨斧斤，殆視櫟木，尤為遠過。故墓門以其所萃者惟惡鳥（鴟、惡鳥也），而鴟鴞以其子在梅，為不得其所，此皆以梅為惡木者。至後世則以其凌冬發花，目之為高人，擬之為節士，斯真所謂顯晦有時，而不得以一端槩者已。若終南何有之有條有梅，梅字實為枚之假借，其所謂條梅，即汝墳伐其條枚之條枚。陋儒不明古文義例，既謬椅梅為枏，更臆指條字為柚。然則禹貢之厥木惟條，其地之木，乃惟生柚之一種乎。殊可笑也（又爾雅謂條爲榴，尤謬。天下何嘗有木名榴，榴又何嘗成字。試問學者，有一書曾言及榴木者乎。書所未有，則其字又何自本耶。爾雅僞撰之字，多此類。承其衣鉢者，則爲說文。好在其所僞撰之字，亦祇存其自作之書中而已，於古於今，皆無當也。條梅別有攷）。

頓丘

爾雅之謬不成理，信口狂囈，前已言之屢屢，茲無論其全無影響者也。即或間有所得，乃因其純出耳食，知其然而不知其所以然，東抹西塗，終亦必至並其本義完全喪失而後止。蓋其心本非有真知灼見，而又好發爲無稽之說，以自欺以欺人，其弊必至於此也。如其釋詩之頓丘爲敦丘，此誠不能不許之爲千慮之一得者。以頓本敦之借字也。乃進而觀其對於敦丘之解釋，一則曰，一成爲敦丘。夫丘之成初非關於人力，爲有以成計者（成、猶就也。臺之稱九成。蓋樓觀之屬，以一層爲人力之一番成就，繁纓之稱就，義猶是也。此外無稱層爲成者。此之稱丘爲成，與釋山之稱山爲成，皆囈語也）。成之義猶就，蓋謂人力至此一結束，臺之以一重為一成（古所謂臺，猶今之樓也，或稱為臯，後借用闍字，古無樓稱），即原於此。猶繫纓之以一結為一就也。蓋其以頓丘為敦丘者，乃自來傳說云然，至敦丘之義意，在彼固瞢乎莫解。此猶歷來經學家，知雎鳩之摯而有別，而對於摯而有別之究當作何解釋，則全然莫知所指，二者固同一謬妄也。郭璞注爾雅，於敦字注云，盂也。其義尤謬，然其尚知敦為器皿。丘之取名於敦，其義為象形，則較舊說似稍有進步。然盂者，其製大似今之碗，與敦相去，殆不啻千里。大抵郭氏第知敦之為器具，而盂則亦為器具，因妄指二者為一器。實則郭氏不惟不知敦並不知盂，不過欺世人之能識古器者無多，因遂為此臆說耳。又誰知在今日地不愛寶，古器之發現，自兩宋以來後先相望，而其間之所謂敦者，猶為特多。蓋敦者食器，乃人生日用之所必須，故在古器中，亦數數覯之也。敦之製體雖不一，揆其大致，則以底蓋相合，為匾圓形者，為最普通。丘之取象於敦，殆亦以其頂平而圓其四周形有以似之也。今按此詩本衛人影射夷姜與衛宣之事而作（谷風亦然）。此章所叙，乃衛宣未得位前與夷姜勾結，陰圖柄國之事。蓋衛宣當州吁時，方避居於邢，而敦丘即後來之所謂平丘（平丘之會，見左昭十三年），國語韋昭注（魯語）以為衛邑，在今直隸長垣縣西南五十里者是。注左氏者，以為在河南陳留縣北者（說見讀左補義，其書甚謬），實出後人之附會。敦丘者衛邊鄙之邑，與邢接壤，乃由衛往邢，所必經之路（邢今直隸之邢臺縣也）。送子涉淇，至於敦丘，一以明其相送之遠，直至邊境，見其情深。一以著詩中之所謂泯者，其人始本居邢，故特以其所經行之地，令人於言外想知其所送之為何人也。傳於衛宣之所以得位之故，初不詳。但云衛人逆公子晉於邢，冬十二月宣公即位。即其與夷姜之事，亦但云，初宣公烝於夷姜生急子云云，此外一無所及。且於宣之迎立，說之曰，書曰衛人立晉，衆也。一若衛宣之立，實出於全國之公意者。以此知當左氏作傳時，詩之義已多不能明，故於詩言，全無所領會也（以詩義攷之，隱桓間事，左氏之所遺漏者多，甚而尤以衛鄭兩國為最）。今以詩義攷之，則衛宣竊位之謀，班班可見，此章之所謂來即我謀者，即謀此事也。抱布貿絲，雖為二人晤見之託詞，實則隱含有交換之意。其交換之條件，即姜助宣得國，而宣以姜為夫人是也。二人之要約，當在春夏間，而二人之苟合，亦即於此開始，急子之孕，亦在此時。觀谷風云，昔育恐育鞠，及爾顛覆（詩之表面，雖謂恐家貧，艱於撫養。實則因身未分明，突然生子，奸情敗露，大為得國之障碍也），及命名急子之意可見（大抵納夷姜未幾，急子即生，故有是名也）。其曰秋以為期，則是石碏之謀，早已有成竹在胸，而夷姜以為先君遺愛故，亦與知之。觀州吁之見殺于陳，實為九月，則秋以為期之語，為不虛矣。夷姜本莊公舊妾，而宣公則莊公之子。莊公歿後，中又隔桓公之十六年，則夷姜此時，至少亦當在三十五六歲左右。若宣公則春秋方盛，其不惜屈身以就之者，乃全為覬覦大位之故。雄雉于飛，譏其不忮不求何用不藏，亦指此事而言。蓋夷姜雖為妾媵，然因其為先朝舊人，又其劣跡尚未彰著，故其在宮府之間，頗具有一部份之勢力。宣公之迎立，大抵胥由夷姜暗中所主持鼓吹而成。當時內外上下，既不疑其有他，而同時行輩中，其堪以承繼者，又復無幾（宣公外，惟左公子洩，右公子職，為同出於莊公耳。觀後來宣公託急壽於二人，則二人之年，實皆出宣公下也），故其計竟從容得售。次章云，以爾車來，以我賄遷。又谷風極言其來墍時之窘困，而致怨其以我御窮，則是夷姜下嫁宣公，實有所挾以俱來者。迨一朝即位，二人遂假面揭穿，向之為先君之未亡人者，竟一變而為新君之內助。然勢成莫挽，國人雖知受紿，而事已無可如何。此固參合各詩，所不難玩索而得者。不然，宣公縱極荒淫，如曹惠之烝於賈君，又何至竟以此半老佳人為主婦，甚且至於謀納宣姜，尚不敢於明目張膽，而託名急子，以避其衝。蓋衛宣以齊大非偶故，後雖二三其德，然每一念及其富貴之所由來，對於夷姜，終不敢顯然捐棄，此雄雉于飛，所以歎其自貽伊阻，而轉憐其上下其音者之實勞我心也。故此詩中頓丘字，實為通篇之眼目。讀者知頓丘之所在，即可以推知其所送之人。知其所送之人，即可以推知此詩中之主人。此正古人之善於點題處，使無此語，則全詩將無所繫屬矣。然世人眼大如箕，對於明白顯易之文字，尚不能領會，似此種微言興旨，又安望其能知良工之用心苦哉。

宛丘

爾雅之釋丘，全無有一語是處。即間有偶合者，亦卒因其非出於真知灼見，胡牽亂扯，終必歸於不通而後已。如前說敦丘外，其於宛丘，亦復如是。蓋當時之陋儒，既不嫻經文，又不明字義，其於訓釋，惟恃逞捉風捕影，隨意亂道，如小兒猜謎然，無倫無理，信口指目。在彼意中，固深望其言多而幸有一中，殊不計其岐多而適以亡羊也。如其曰宛中宛丘，所言未嘗不是。蓋宛即今文之椀（俗作碗），金文之盌（右里皎盌）。丘以宛名，正謂其四周而中央下，其形如宛然。宛中者猶云窪中（後之窪字即宛之轉變），又云污中（易杯樽而污飲，污即窪字）乃中間凹入之義。其解釋宛字，不可不謂為至明且晰。無如舊說雖相傳如是，而陋儒於宛中之義，已莫知所謂。於是憑空虛造，更為中之曰，丘上有丘為宛丘。此說一出，不惟宛中之義全失，而陳風宛丘一篇，亦遂不可復通矣。蓋陳風之刺幽公，乃全由宛丘託興。宛丘者四高中下，中有所作，外無從以望知之。故其詞曰洵有情兮，而無望兮。以喻幽公，以小國晏然自足，盛事鋪張，幾如夜郎之不知漢大。殊不悟其乃偃仰於一丘之中，只可自怡，而不足以動衆。雖始則擊缶，繼且伐鼓，而因其局促於宛丘之中故，聲聞不能及遠，所備之鷺翿鷺，亦惟有無冬無夏，終年植之而已（值古文之假借，實則當作植，謂植立也）。初無人聞聲相應，而為應節之舞蹈也。詩義如是。今若改訓宛丘為丘上有丘，則居高臨下，不惟與無望字相衝突，而下二章，亦不成語矣。然二千年來之學者，其對於詩義，率皆模糊置之，卒無一人曾加以適當之研求。作爾雅者雖謬妄，視世人之朝生暮死，熟視無覩者，尚猶有進。人心之陷溺，可勝慨哉（由是言之，考亭之僞聖賢，終較人之絕不以聖賢爲意者，爲較勝也）。

侯人

讀衛鄘諸風詩，知左氏作春秋傳時，詩義已不能盡明（觀其於衛宣及鄭昭厲二公事，均不甚詳悉可見）。讀曹風則知後儒作周禮時，詩義更多所放失。以二書較之，則周禮爲尤後（以左氏所畧者，猶爲言外之事實，而周禮則並文字，亦多誤會也）。然其書之不可廢者，以其時五十六篇之古禮猶存（即儀禮，至漢則僅存十七篇耳），故其言多有根據。惟作者於情勢多所不通，每見古書中所言及之人，輒指之爲官，而又本其陳設置輔之。每有一官，不計其大小，輒有徒屬數十或數百人，以致所謂官者，幾半農夫，鬧成種種笑柄。向於讀三禮說中，已詳言之。如其於夏官中，列入侯人，亦其一也。按侯人者，猶云侍人，乃左右侍奉之人之通稱，今人稱侍曰伺候，即此義（侯候本一字，後人恐其相溷，乃於其中間，加一畫以別之，全不成文義矣。伺當即侍之轉音）。候人，或稱侍人（此侍人與後世之所謂侍人不同），亦曰侍臣，當即為書之虎賁。漢之期門羽林近之侍衛皆其遺制。初惟設於天子，嗣漸推及於諸侯，後則卿士貴臣亦僭有之。其制居則司拱衛伺應（左傳商臣使潘崇掌環列之尹，所謂環列之尹者，亦其變稱），出則司保護警蹕，在前者執殳以清道。殳即後世之所謂棍，亦謂之杖，鹵簿中之開路棍，乃其遺蛻（殳即杖，俗謂之棍，古亦謂之梃。其物原極習見，陋儒不明其真象，乃援據攷工記，謂殳之制，其長若干，又積竹為之，八觚，一若古人之殳，皆刻板製成，絕不容有絲毫之出入然者，天下寧有此理。殳之制未必無長丈六積八觚者，然謂凡殳皆如是，寧非笑柄。猶如今人之棍與梃，而謂其製必以何物，長短巨細若干，非如是則不得謂之棍與梃，詎有當耶。經書義意，大半為此種刻舟求劍之說說壞，然秦漢間之所謂儒生者其執謬不通之心理類如是。若說文則因不識秦八體書中之急書，誤認及字為殳字，乃更剏造為殳書之名。謂殳者伯氏所執，尤足資人捧腹。天下之物，豈曾有某人執之，以後便可謂凡執某物者，皆某人耶。然世人則方且奉之為金科玉律，而絕無一人能見及其謬也。此則國民普通性之所關，初不得責之於一家一人者也）。衛風伯也執殳，為王前驅，即指是言之也。其在後而切近王身者則執戈，其證甚多，古文侍字即作㧓，象人執戈形，吳清卿氏，誤釋為

伐字，殊謬。畢段敦，念畢仲孫子，令供𢦏退
，即令供侍退。退字下加以辵者，乃進食之意
，猶求字加辵，其意為往求（說見關睢）。此
實商周文字變革時之一種體例，為後人之所不
知者也。又邢侯敦，侯錫諸𢦏臣百家，□用王
乘車馬（中一字不可識），即謂錫之以侍臣百
家，車馬得同於王者。以上皆西周器，故侍字
尚從會意制。至以後則變左之戈字作止（止戈
文頗相近，但不下貫耳），右之手執形作又（
即手），文作𡳿（見寺季故公敦），即寺字，
此侍臣之所以又稱寺人也（古之所謂寺人，不
盡屬閹人）。此外如顧命，以二干戈，虎賁百
人，逆子釗于南門之外。干字似有誤，此乃以
天子禮迎康王入都，二干戈，即二執戈。後世
楚子圍之二執戈者前導，衆皆識其僭君，即此

義。又伯晨鼎，王之冊命中有夾戈，乃其制之
見於諸侯者。若齊慶舍之命王何執寢戈，則權
貴亦僭之矣。由是言之，則荷戈與殳，原皆屬
侯人之事。但在前者自在前，在後者自在後，
初不得以一人兼之。乃茲之所謂侯人者，則不
自量其力，既荷戈者，又復兼荷殳，則顧此失
彼，終必不能勝其任。以興下曹以小國，而乃
服赤芾者三百人，其勢亦必不能堪也。文義甚
明。惟侯人即為一班侍衛之人之通稱，則主境
上導引賓客者，亦得曰侯人，以其職司畧同也
。故周語單襄公謂敵國賓至，侯人為導，而以
侯不在疆，知陳之將亡。此之侯人，與詩之所
指者，名同而實微有異。抑或春秋以還，名器
日濫，何之僅備之於國君者，後或更推及於敵
國之賓，亦未可知。然觀於為導之說，則其執

殳前驅，執戈前導，固與舊制同也。作周禮者僅即後來之制為說，而又不知其曾有執殳之制，故於詩義，疑不能明。此正所謂刻舟求劍者。又大射禮侯人嘗主量射侯之道，此公幸偶忘之，未嘗載入周禮也。

維鵲有巢維鳩居之

古之五鳩，後來尸鳩之名者，惟有鳲鳩，前於五鳩辨中，已略言之。鳲鳩猶言尸鳩，謂其如祭祀之尸，一無所為，而却為一切之主。尸之或訓為主，即原此義（如誰其尸之，誰尸其咎等，尸字皆作主字用）。觀其命名，則其鳥之性質，已概可想見。蓋鳲鳩者，即今之布穀，乃即其鳴聲號之。古又謂為戴勝，則以其首，有突起之羽毛，展之如華勝狀（狀如今之摺扇）故名（爾雅之訓為秸鞠，純係憑空捏造。謝氏乃注云布穀類也，尤可笑。鳩即布穀耳，豈鳩之外，別有名布穀者耶。舊儒之不明物情，其可笑多此類）。其性不善營巢，常即他鳥之空巢居之。古以其不勞而得為他巢之主，有似乎尸，因即以尸目之。然此亦特就其大概而言，實則鳩不必皆有巢，故往往有巢於人家烟突，及山石之隙縫者。蓋鳩之所居者，必為他鳥遺棄之巢，而其勢又不可必得，故凡有可以容身之處，亦不得不暫依之，非盡能巢居也。召南云，維鵲有巢，維鳩居之。陋儒不達物情，或有因其言，而妄臆為鳩常奪鵲之巢者，俗所謂鵲巢鳩據者是，其說尤謬。殊不知詩人之言，亦就其大概者言之，非謂其必然也。蓋鵲之性，極好營巢，終日拮据，惟營巢是務。迨巢成生子，即便棄去，而别營新巢，故鳩所得之巢，為鵲所遺棄者居多。此二物之性行相反，非鳩能逐鵲而奪其巢，亦非鵲憐鳩之不善營巢而讓之使居也。詩以鵲有巢，卒乃使鳩居之，以興男子有家，必須娶妻來治之。男之與女，猶鵲之與鳩，其性行似相反，而實相成，不然，鳩既無巢以自安，鵲亦無以為之代守其巢矣。此等處足見古人體物之精，取喻之切。而後人則不惟不識物情，乃至併其物亦不能識，豈不哀哉。

又按鳩所得之巢，必為他鳥遺棄之巢，故其所得之巢之美惡，在鳩之一身，亦全無把握。曹風之鳲鳩，即本此得義也。就鳲鳩之一方言之，其巢之最美者，厥惟在桑。以鳩之性極喜食桑椹，如得巢於桑，則居與食皆甚便故也。衛風謂吁嗟鳩兮，無食桑椹，月令謂戴勝降于桑，皆指鳩之喜食桑椹而言。曹風以鳲鳩在桑喻得所，意亦猶此。然鳲鳩得在于桑，在其一身，固極得所，特其子也兮，初不得挈之同居。則其一身雖安，而其心實不能不分寄於其子，以興起下文淑人君子。其儀雖一，而其心則糾纏紐結，殊不能與其儀相應也。此序之所以謂為刺不一也。若下文之其子在梅，其子在棘，其子在榛，皆極言其子之不得所者。梅之枝幹糾結，既非營巢之所，棘則不惟糾結而並有棘，榛則糾結有刺同于棘，而更不如棘之有實可食。三者乃逐層遞進法。其子如是，其母雖在于桑，其心安能不紛。下之其帶伊絲云云，皆申明此義也。帶之以絲則純，弁之有璂則雜（璂詩作騏，小雅作頍，皆借用，詳見有頍者弁說中）。其儀不忒則一，而欲以之正是四國則雜（即此及緜蠻黃鳥止于丘隅二詩觀之，則後儒之作大學者，於詩義固茫然也）。以紛雜不一之心，而欲正是國人，胡以不能萬年耶。末章乃反詞，此詩蓋以刺其君但知修飾威儀，而不知精一乃心，故其語云然。陋儒不知序言刺不之意，乃臆擬為朝從上下暮從下上等謬說，則適足以資人捧腹而已。

摻摻女手可以縫裳

魏風、葛屨，摻摻女手，可以縫裳。毛傳，婦人三月廟見，然後執婦功。其說絕不見於他書。既涉無稽，且果如所說，則詩所謂女者，實為未廟見之婦，詩人又何得直謂之女，豈已婚猶謂之女耶。未廟見不成為婦，不過謂其尚未備乎為婦之道，豈得因此即可謂未廟見則猶全乎女。女者女在父母家之稱，至夫家猶稱之為女，非事之大可嗢噱者乎。況詩止言女，初未嘗言其為既成婚而未廟見，果何所據而云然乎。然則凡言女者，其人概為既成婚而未廟見者耶。蓋此公見詩以女手縫為刺，而又不知其所以為刺者何在，於是乃妄造典禮。因禮有婦三月廟見之文，遂附會而成此不通之說。實則羌無故實，橫生枝節，與詩言不惟無當，且直相反背也（詩本言女，而傳偏言未廟見之婦，非反而何）。今按此篇正可與考槃一篇參看。蓋古者女子無鍼黹之事，即間有所參預，如女執懿筐之類，亦係游戲或學習性質，而非其職責之所在（其有關於生計者，則又當別論）。故內則記女子之事父母，惟佩容臭（容即鞶鑑，臭即芳香物）。及嫁時，庶母等送之出門，始施之以鞶。鞶盛箴管線纊，以為婦功之始（見士昏禮）。是以內則記婦事舅姑之禮，始具有右佩箴管線纊施鞶袠之文。蓋箴黹者婦之事，非女之事也。此皆其事之明載於禮者，故莊姜以考槃，而矢獨居，明為婦而遇人不淑。而此篇則以用女手縫裳，刺褊急不中禮。旁參互證，則女子在家無箴黹之事，顯然可見。是以古稱婦工，而不言女工（漢詔錦繡纂組，害女紅者也，紅即工字。然此後世事，古禮亡失，故云然，初不得上例古人也）。漢儒不知詳攷古書，而惟恃信口開河，憑空誣造，焉在其能有當耶。

自堂徂基

綠衣、自堂徂基。基即古階字，階基古本一字也。階字讀如基，至漢魏時猶然。古詩阿閣三重階，與齊妻細稀等為韻可見（詩見西北有高樓）。蓋階者室之始基，故階實基之本義。後因引伸之義盛行（基本之義），乃別撰為階字以代之，然文異而音則無異也。此詩本為繹賓尸而作，所謂繹者即酧賓尸之名，儀禮有司徹一章即其事。舊儒不知繹之義意，第見春秋書壬午猶繹，知其事在祭明日。又見孔子謂繹之於庫門之內為非禮，知其不當在門內。又不幸孔子言此，與祊之於東方同舉，於是乃臆斷為繹乃祭而又祭之稱。又謂繹當於廟門外西室，其說幾令人噴飯。數乃祭之大忌，古詎有祭而又祭者。門所以別內外，既在門外矣，更安得有室，況更別之曰西室。則廟門外，究當有幾何之室，門在內而室在外，又爲用此門爲耶。若爾雅則尤爲荒謬，因此謬說乃於釋宮云，門側之堂謂之塾，而孫炎復注之云，夾門堂也。實可謂極癡人說夢之致。其說不惟不知何者爲塾（按塾即術，乃廟中之通道，後世技術之稱，乃其引申義。術猶道也），直並不知何者爲堂。堂今之正廳，乃全宅第之主室，寧有建於門側者，況更云夾門堂，豈凡室皆可謂之堂耶。大抵舊日儒者，讀書不知詳考，專一取前人謬說，穿鑿附會，隨意捏造，用以欺世誣民，又何望其能考見經義耶。此詩之自堂徂基，即少牢饋食禮之所謂，祝先尸從，遂出于廟門，祝反復位于室中，主人亦入于室復位，祝命佐食徹肵俎，降設于堂下阼階南，司宮設對席，

乃四人餕之事。蓋祭於堂上，而餕食則於堂下也。此乃尸出後，未入前，所行餕食之禮。此時一方餕食，一方掃堂燅尸俎。卒燅，復升羊豕魚三鼎於堂。既畢，乃以異姓者爲侑，出外以相尸。以同姓者爲擯，相主人，出迎尸與侑復入。即席，以次司馬舉羊鼎，司士舉豕鼎，主賓酬酢，是謂繹禮。特牲不繹，少牢之繹，與祭同日。太牢之制不傳，以春秋所言推之，則繹於祭之明日。詩云自羊徂牛，亦指太牢禮言之。若儀禮所載，則無牛也。世人讀書不求之書，遇有不知，則憑空捏造，以冀其幸中。以千年後人，而妄行推測，千年前事，庸有當乎。況其鄙陋之心思，並目前事，尚不能知，而菽麥鹿馬之莫辨者耶。然此則中國之所謂大儒者也。

椒聊

唐風、椒聊之實。毛傳，聊辭也。又云，椒聊，椒也。殊謬。聊字苟為語助詞，則前既不當與之字相聯成文，後更不當，於語助詞之下，更贅一語助詞且字。況椒實蕃，乃其當然之事，又何足為異，而特資之以託興。鄭氏知其說之不通，乃不於文字求之，而別於文字之外，憑空添出一捄二字，謂詩人之託興者，因一捄之實，蕃衍盈升，非其常也。其說雖較毛說為近，然原詩具在，何嘗言其實為一捄之實乎（一捄之稱亦怪特，大抵假艱深，文固陋，乃漢人之積習，不止一楊子雲也）。今按此聊字之義意，原詩中已言之甚明，初無待後人之解釋，但即詩言玩味，其旨自見。而世人竟習而不察，殊怪事也。蓋此所謂聊，即下所謂遠條，遠條二字，即是此聊字之注脚。椒之蕃衍無足異；而旁出之枝條，蕃衍竟至於盈升盈匊，實出尋常意計外也。聊古音讀如留，入尤韻，至漢猶然。劉安招隱士，歲暮兮不自聊，蟪蛄鳴兮啾啾，即其證。聊者由之音轉。盤庚，若顛木之有由蘖，注，木生條也。書所謂由，即詩之所謂聊。蓋古人於同音之字，多相互通假，又年代湮遠，文字亦不免有所改易也。由字舊注為木生條，其說似近而實非。木安有不生條者，木之生條，又安得有特制之名詞。此乃陋儒望文生義，糢糊影響之謬談也。不知由蘖二字，實即顛木之身分言之。蘖者古之芽字（說詳苞有三蘖），乃就木之上體而言。其所謂蘖，即今之所謂苦芽，謂已顛之木，生機未盡，所萌生之芽也（苦芽以柳木為多，其生機盛也）

。由者，乃就木之下體而言，謂由其地下之根，所蔓延而旁出者。蓋正本雖蹶，而宿根之生機尚在，故乘勢而別行突出也。書之由蘖，雖指顛木而言，然由蘖實為普通名詞。凡木之萌芽皆曰蘖，凡木從地下旁出之條幹皆曰由，根由之稱，殆即原本於此。有根乃能有由，由者根之發見於外者也（說文不載由字，乃別刱為從由從丂之怪字。試問博學先生，曾見書中曾有其字也乎）。由字除商書一見外，他無可攷（此由傳書之少，非不經用）。詩之聊字，當即與之代興，以二字之音義，胥相近也。今人形容人之無生趣者曰無聊，其聊字當即淵源於此。聊者，木之生機之所表見也。木之生機，不盡託於聊，而聊實為其生意之僅存者。若並聊無之，則正殷正文之所謂生意盡矣者，此與

人之窮途潦落，百事皆非者，恰同一情狀，故取以為喻。世人習焉而不察，或意以聊字為賴字，實非其本意也（賴者依賴，屬於客觀，聊者意計之所託，屬於主觀也）。此詩以椒聊喻曲沃，曲沃本晉之旁支，而就封外邑者，與椒聊之由正本而旁出者，其情事相同。然就常理言之，聊雖離本旁出，在外觀似獨自樹立，實則其盛衰榮悴，仍一同乎正本，且必不能超過乎正本。以其與正本，同具一根，且其生較正本為後也。乃曲沃獨以晉之旁支，駸駸乎殆有強大於晉之勢，且恃強跋扈，淩虐萬端，故君子積不能，託為椒聊之蕃衍，以相諷刺。椒聊且，遠條且，一再申明，蓋冀其念其本之所自出，與其本來之地位，而戢其併吞祖國之雄心也。前人既誤解聊字，遠條字遂無根。鄭氏更

別加一抹二字，與遠絛字，義更相遠。似此明白瞭亮之詩，而解說支離，竟無一人能明其義，可哀也夫。

又按詩人之摛辭選事，悉具有精密之觀察，絕無浪用者。言聊而託於椒，其中當別有特殊之義意，非就實物研究之，不能得要領。惜吾鄉此樹絕少，而足跡所到之處，亦復不聞有此，此自當俟諸後來之知者（存吾此說，後人自當特殊注意）。至古人體物之精，絕非後人鹵莽之心思所能想到，前於苕之華及青蠅之止藩止棘屢言之，此詩亦當如是也。

鳧鷖 既醉附

鳧鷖序云，守成也。其義甚晦，故歷來說此詩者，無不支離可笑。如續小序者云，太平之君子，能持盈守成，神祇祖考，安樂之也。漢唐人之說此詩，大率本此。實則詩但言燕公尸，何嘗有神祇，又何嘗有祖考。神祇祖考安樂，何以即是守成，此皆絕不成論理者。況其言，純出於憑空捏造，求之於詩，固毫無絲毫之根據耶。初亦莫明其旨，及後詳加參考，始知此之守成，與前篇之太平，皆所以發揮祭禮之精義，其事為當時夫婦之所與知，故不復明著其事（子夏作序時，祭禮尚未廢，故於既醉及此詩，皆不言其為祭禮中之何事）。其義則君子亦不必盡知，故於既醉揭其旨為太平，而於此篇，揭其旨為守成，是皆子夏為當時之人言之。及至後人，其能知古人祭祀為何事者，千萬人中，已不能得其一二（實則真能通於祭禮者，二千年來，尚無其人。此其弊，皆由於人多以後世禱鬼求神之狀態，上以懸揣諸古人也）。況茲更畧其跡而詳其義，則在於一般全無理性之陋儒，其相顧錯愕，目瞪口呆，而莫知所謂，固當然之事也。今按既醉所咏者，乃饋食禮中旅酬之事（旅酬之制，見特牲饋食禮中。實則其制初不限於特牲，凡祭皆有之，記文互有詳畧耳），故其詩曰，既醉酒飽德，又曰公尸嘉告。嘉告者祝嘏之詞，即記所謂，皇尸命工祝，承制多福無疆，于女孝孫來，女孝孫，使女受祿于天，宜稼于田，眉壽萬年，勿替引之也（以上嘏詞，見少牢饋食禮。按其詞與假樂篇，畧相出入，由是可知，假樂之假字，乃嘏字之通假。假樂一篇，即古嘏詞也。序以為嘉成王者，謂此詩乃當時公尸嘏成王之詞，其不明着為嘏詞者，以篇假樂字，已着明其為嘏詞，故不重贅也。後儒不知假之為嘏，乃妄意揑造，或訓假為嘉，或訓假為大，皆囈語也）。此詩自第四章以下，皆為嘏詞。即此篇及假樂觀之，古人嘏詞，皆臨時自作，初無一定，記之所載，特舉一以概其凡耳。凡饋食禮，旅酬以下，即繼以祝嘏，祀神之事，亦即由此告終。詩載嘏詞，所以明前言之醉酒飽德，指旅酬言之也。旅酬之制，無上無下，交互酬酢，乃正古人大同平等精神之所由表見。中庸指以為逮賤，猶其淺也（中庸旅酬下為上，所以逮賤也。下為上三字，亦有語病。旅酬非顛倒上下，乃畧去上下之跡耳。既渾然無復上下之跡，則更安有所謂貴賤者存。由此可知，中庸一書，乃君權既盛時作也），故序特揭其旨曰大平。大平者，平各不平者，以同歸於平之謂也（中國原始政治之真精神，其目的全在一平字，故古人謂治天下曰平天下。乃目的在平，而表面上，反特別制出種種差異者，則以人類不齊，君子以人人各得其所為平，而不以截鶴續鳧為平也。若近人之所謂社會主義，正得其反，孟子之駁許行，已足抉其病根。從其說，適以造成社會之不平而已。果為真正之大平，又何致必假武力以強迫他人耶）。若鳧鷖之所咏者，則悉為燕飲公尸之事，其義篇中已明言之。燕飲公尸，即緣衣序中之所謂繹，說已詳會同有繹解中。繹之制，常事則於祭之本日，如孔子所謂繹之於庫門之內（若在明日，則尸必出而歸，當無此失矣），及有司徹所記者是。大事則於祭之明日，如春秋傳所言者是。繹雖所以享尸賓，實則合凡與祭之人同享之。所謂燕毛者，亦即指此而言，故或又謂之宗，謂合宗族而共享之也。四章之來燕來宗，即此義（舊注訓宗為主，謬極）。陳風之越以鬷邁，商頌之鬷假無言，二鬷字，皆此宗字蛻變之異體字。以其為燕享之名，故從鬲義（鬲有養義，故鬻字從之，以鬲本食器也）。以其本淵源於宗字，故從㚇聲也。繹之所享者，皆前時與祭之品。則是前此之祭，正所以為今日之享，而今之所享，胥前此之成績。蓋自祝告利成以後，尸出而復入，則神之事畢，而人事以起。埽堂埶（即熱字，舊讀為燖字。不識字而妄指耳）俎（見有司徹），凡人之所享者，無一而非神所賜之福祿。爾酒既清，神清之也，爾肴既馨，神馨之也（二既字，皆指前祭時言之）。神既不惜以福祿賜人，則今日吾儕之式燕于宗者，皆為神福祿之所降。念天命之不易，承賜嘉惠，宜如何恪恭敬謹，以迓天休。故序揭其旨曰守成。守成者，恪守先人之成績而安享之，罔敢踰越之謂也。二詩之所咏，皆祭祀之事，而子夏獨推其義於政治者（大平守成，皆政治上名詞），則以古人之於祭祀，實為其政治精神之一縮影。約之則為祭祀，擴之即所以治國家，故古人之視祭祀也特重。而聖人亦謂明於郊社之禮，禘嘗之義，治國如視諸掌（今所傳祭義，尚可得其大凡），子夏意亦猶此。後人不讀書，不惟於祭祀之義意，不能周知，即能知古人之祭祀為何事者，亦無復幾人（世人多誤認古人祭祀，如後人之禱鬼求神然者，蓋以現時心理，上例古人也）。又何怪乎其對於子夏之言，目瞪舌撟，駭怪而不得其解耶。

室家之壼

既醉室家之壼。毛傳、壼、廣也。是乃誤會國語單子之言，而妄行逆臆者。無論訓壼為廣，絕無根據，而室家之廣四字，亦全不成語。鄭氏不從其義，而改訓壼字為梱字，所見甚是。惜其知此壼字之當為梱，而不知此梱字乃動名詞，非純粹之動詞。故其說來支離牽扯，而卒不能盡合。則以此公於文理，本不甚通（鄭氏之文理荒謬，讀其所作之詩譜序，即可見一斑。而嗜痂者，則曰此古拙也。嗚呼，古可也，拙豈文之所尚哉），因之以於古人文字，亦不能得其動靜之宜也。壼之為梱，即曲禮，內言不出於梱，外言不入於梱二梱字，可以證知之。然梱實動詞，其義為約束（即俗綑字，亦作捆）。大射禮，既拾取矢梱之是也。然以索束物曰梱，而所以束物之索亦曰梱。此乃由動詞轉而為動名詞者，實中外文字之通例（日本文字尤顯），猶束物曰束，而所以束物之物，亦曰束也（山東有姓束者，為晉疏晳之後，而自讀其音如梱，殊莫明其旨。攷古無束姓，凡姓束者，乃漢疏廣之後，因故省去其半。疏束北音相同，絕無梱音，其讀梱殆用俗音也。北音謂束曰梱）。梱字由動詞轉為動名詞，可於魁字證之。蓋梱字古本作魁，見鄭氏大射禮注，故魁字，從斗鬼聲（丩者紐結之義，糾料等字從之，俗作斗字，謬儒妄作耳）。士冠禮，白屨，以魁柎之，亦即梱字義。魁者，所以束屨者也（鄭氏不知魁字義，注云，魁、蜃蛤。謂以蛤粉塗屨，其荒謬直可令人噴飯）。魁梱原本一音，而有輕重。迨後世，魁音漸轉而為梱，於是始別𣎴為梱字以代之。然在古書中，則多作魁；或通假作揆葵，不作梱也（壼當即梱本字，其所從之㠯，殆囊形之變也。觀秦詔壼字可見）。魁梱本一字，故魁字所有之義，梱字亦備之。魁之本義為約束，如大射禮之所言者是。至所以約束之物，亦可曰魁，則士冠禮之所言者是。夏書之殲厥渠魁，以魁為一羣首長之代稱，乃因首長之能以約束其羣，猶魁之可以約其一束。是又魁之由動名詞而引伸者也。魁字由動詞得轉作動名詞，則梱字亦得由動詞轉作動名詞，原本一例。是則室家之梱，猶云室家之約束云耳。即思齊所謂刑于寡妻，至于兄弟之意也。鄭氏不知梱之為動名詞，但就動詞一方，勉強牽合，殊不思之字着一動詞，無論如何，亦難成語氣也。此所謂知二五不知十也。

越以鬷邁

陳風、越以鬷邁。此句歷來無能解者。毛鄭之以鬷為數，固全然不成文理（毛傳、鬷、數也。其外絕無他語，殊不明其意之所在。鄭氏附會之，因前章有不績其麻語，釋數字為麻數，訓之為總。孔疏云，麻縷每數一升，而用繩紀之，故鬷為數。王肅云鬷數績麻之縷也。不顧全文，四字中僅就一鬷字，穿鑿附會，其說絕可笑）。集注改訓鬷為衆字，亦不可通。今按鬷即宗字，乃祀禮畢後，宗族賓主，羣聚燕享之名。楚茨所謂諸父兄弟，備言燕私者，即其事也。古謂之肜，書載高宗肜日是。經傳則多謂之繹，車攻之會同有繹，春秋所書之壬午猶繹，記之繹之于庫門之內，序所稱之繹尸賓皆是。實則其事本名鬷，字又作宗，亦或稱為繹，乃一事而有二名。蓋自尸實一方言之則為繹，殆為宜之轉音，即燕享之意（詳見與子宜之解中）鳧鷖所謂公尸來燕來宜者是也。自主人一方言之，則為宗，即合宗族之意（燕毛之禮，即於是行之。楚茨稱諸父兄弟，亦為此也）。鳧鷖所謂公尸來燕來宗者是也。彤字舊皆讀融，殊未確。以字義言之，其字殆即繹之本字，其讀為融，則又鬷之誤會也。蓋彤字從肉（即月）得義，肉祭古只一字，文皆作夕，即象豕肉形。祭而謂之肉者，以古所謂祭，乃取所進獻之肉，逐一以手摘取其少許，置諸豆閒，以報先食，夕字中之兩小點，即其義。故即謂其祭曰肉。此猶祀天必燔柴，即命其祭曰柴（即祠，詳見另條）。春祭必獻羔，即命其祭為羔也（即禴，亦見另條）。祭即為肉，故從肉加手即為有。有乃侑之本字，從肉加手其義為助祭。後之用作有無之有，實假借也。肉祭有同從肉得義，故三字同音以（有右友侑，古並音以，故詩多用以與子字叶）。嗣後祭字與肉字分離，更改為形聲字，從有從示（祭上所從之𦙶，古文本作𦙶，乃有字之變形也），則三字之同為一音，益瞭然矣。古文從肉之字多音以，彤從肉得義，則亦當讀如以。繹以同聲，則繹即為彤之假借，可無疑也（繹從糸睪聲，其本義為絡絲，與享祀之義無涉）。彤本音繹，而後人乃讀如融者，則以鬷字從鬲，與融之從鬲者同。意當時之傳習尚書者，以彤字甚罕見，必有以鬷字注其旁，或釋其下者（觀於履帝武敏歆之歆字，授几有緝御之御字，皆以側注，闌入正文。則古人於生僻之字或義，多有注釋於其旁者，已可概見。傳注之萌芽，固不始於兩漢也），以二字義固相通也。無如教授失傳，後人不惟不識肜字，乃至並鬷字亦不識之。於是因其字之近融也，遂以融之聲，加之於肜。張冠李代，而二字之音義，乃並失矣。特世人雖不知肜之即繹，然故說流傳，尚能知其與繹為一事（尚書孔傳，以肜為祭之明日又祭，說雖不合，然其誤，與後儒之誤解繹字者正同。詳見會同有繹解中），至鬷字則絕無能知其義意者矣。今按鬷從鬲㚇聲。鬲有養義，故鬻獻等字多從之。繹之意在燕享，故取以為義。㚇與宗同聲，繹之日除尸賓外長兄弟衆兄弟內親私人皆與焉。凡同宗者畢至，故即以宗稱。其作鬷字，特其專用字，以防與其他通用之宗字相溷耳。東門之枌一篇，本以刺人之從君於昏者，穀旦者祭日之謂，以祭必占日吉而後用之也。前章言穀旦于差，差、近也。謂祭日將近，正需人樂舞時，而彼乃舍棄其正業，不績其麻，婆娑而舞於市，若可以常特者然。未幾而穀旦于逝矣，於時而宗燕亦邁矣（邁、往也，猶過也）。在彼雖仍欲婆娑而舞，而人已無復用武之地，則人之視之者，將賤如荍麥然。饑時雖間或假以療饑，轉瞬則棄之不屑顧及，核其所得，不過一握之椒耳。椒辛苦之物（古人謂辣為苦，見苦字解中），謂其徒博得一場辛苦也。此詩詞意，並臻絕妙，實足令違道干時者，發一深省。惜世無通者，乃竟湮沒至二千餘年也。又商頌鬷假無言之鬷字，雖與此同，然其字實當作宗。其作鬷特出於假借，猶鳧鷖之宜作鬷而反作宗也（來燕來宗之宗，本當為騣字，故與下文既燕于宗之宗字，不嫌重複。凡詩中有複韻，皆同文各義者也）。騣假於今文實當作宗㲉，謂宗祝之㲉，義別見。

侻傺軒說經卷二十六

丙申四月七日

臨清吳桂華秋輝氏著

豕

豕今音讀如斥逐之斥，而在口語上則謂之豬。今以字義攷之，似豕即為古之豬字，其讀斥者，乃後世之譌變，非古誼也。豕字在古詩中，無以之叶韻者，其究讀何音，直接已無從攷見。然綜合從豕得音諸偏旁字推測之，其音實當為豬字之入聲。北音平入每相通，則其字實即豬字也。例如豕字加辶則為逐，為豬入聲，北音則讀如豬。豕字加宀則為家，古音如姑，與豬同部（豬經傳又或稱豭，豭古音姑，亦豬聲之轉也）。豕加口為㖨，其異體字則為咮，尤足為豕朱同聲之證。他若豕加氵為涿（即濁字），豕加木加玉為椓琢（涿椓琢等字，或於豕字上，妄加一畫以為誌別，乃後世不通音義之妄人所為，實不成字也），又皆與逐同部，同為豬一聲之轉，統系昭然，絕無有一字之出入。夫從豕得音之字，既莫不讀如豬，而豕之本字，乃反讀如斥，古今寧有此體例耶。且更攷斥之為音，其與從豕者之各音，相去悉不啻千里。使豕之本音果如是，則其與從豕諸字，縱不必盡適，亦斷不能無一字之合。互證參觀，其訛誤自不難顯見。至其所以轉讀如斥者，殆暗由彘字蛻變而來。蓋彘字音甚近於斥，其義本為野豬（古文彘作𢑚象豕著矢形，明其為射獵所得者，猶雉從隹著矢，明其為野雞也），與豕之為家畜微異，故古書之用之者絕少。乃至戰國間，文言淆亂，或竟以之為豕之代名，不復問其為家生野生，而一以彘目之，孟子所稱五母雞二母彘即其例也。當時既統稱豕為彘，而在文字上，則以習於用豕，且彘字視豕字較繁，於是文雖仍作豕，而音則讀彘。相沿既久，而豕之本音，轉以之不傳。此猶櫟本音洛，而因俗呼其名如歷故，櫟字竟轉而讀歷也（晨風櫟字與駁樂叶韻，其音洛甚明，乃形聲字也。嗣因豫南人呼其木為歷木故，今各書竟悉讀如歷。然其字實無從得歷音也）。由是可知，今之所謂豕，於文本當作彘。而今之所謂豬，乃古之豕，但其音作入聲。若豬字則因其音與豕有平入之異，乃後起之異文（左傳既定爾婁豬，盍歸吾艾豭，則其字實起於春秋之季）。今雖沿之為通稱，而古書則不多見也。

假

假樂君子　假以溢我　既昭假爾　假哉皇考
湯孫奏假　騤假無言　以假以享　來假來饗
四海來假　昭假遲遲　烈假不瑕

假字之見於詩者，幾不勝僂數。如烈假不暇，假樂君子，假以溢我，既昭假爾，假哉皇考，湯孫奏假，騤假無言，以假以享，來假來饗，四海來假，昭假遲遲等皆是。毛傳悉為古雅反音暇，合以今音，殊不類。蓋古雅反既不得音暇，而暇之與假，其發音亦各自不同也。及詳加攷索，始悟毛傳之此等音釋，其淵源甚古，初非剏始於毛。毛氏之輯而為注，亦第由輾轉沿襲而來。至其合於不合之故，在毛氏恐亦莫明其所由然也。今按以假為古雅反音暇，以今人觀之，雖似剌謬，然在古音未變之前，三者實為一音，且適相脗合。後人以今音讀古字，故轉覺其可異也。蓋假者嘏之本字，乃神人降福之意，原本音古（今此字音尚未改）。嘏古音亦如古，故詩中王事靡嘏，率通作盬字（詳見王事靡盬解中）。若雅字古音本讀如虎（雅從佳牙聲。牙古互字，故牙字古叶居字也），樂紀以雅字與旅鼓武語古下等字爲韻即其證（子夏對魏文侯篇）。古雅二字相切，音亦爲古，則三者之音，固無一之不合也。由是可知，此等反切之由來，至晚亦須在秦漢之間。以下此即古音大變，更無人能解爲此也。至各詩所用之假字，義意雖間有不同，然胥爲假字之最初義，或由嘏字所直接引伸而來。假樂君子，即嘏樂君子，謂降福於此樂只之君子。其曰假者，全詩本當時之嘏詞也。假以溢我，即降福以益我。昭假即昭嘏，謂神昭命以福（召即詔

之本字，原作□；象人立壇上形。商立尸，故作立形也。凡嘏皆尸詔祝致之主人，須參饋食禮）。奏假即祝嘏，猶祝福也。祭所以祝嘏，祭後即繼之以饗。來假來饗，以假以享，饗饗同，皆謂先祭而後饗也。鬷假即宗嘏，宗謂宗人，假謂祝嘏。鬷假無言，謂宗人祝嘏無閒言也（左傳稱范文子其祝史陳信於鬼神，無愧詞，即此意）。假哉皇考，猶云福哉皇考，乃祈福之詞。烈嘏不瑕，猶云大福無疵，即所謂純嘏也。凡此諸假字無不可一以貫之。毛氏不知，或妄釋爲大，或妄釋爲至，已謬。鄭氏逞其私見，乃至並其字而改之，易爲格字，則眞說經之洪水猛獸矣。初不知假字之讀今音，乃秦以後事。古無麻韻，假字無由轉格也（今音假字與格同母，然古音則相去如風馬牛也）。

若假之今義，乃屬引伸而又引伸者。蓋神降之福，則有貸與意，故引伸之，則貸與可稱假。論語假我數年，左傳惟名與器，不可以假人是也。貸與稱假，再引伸之，則乞貸亦可稱假。孟子可以假館，左傳辭而假諸寡君是也。貸與乞貸，均得稱假，則假之意至此，已無異於貸之代名。更引伸之，則凡貸者，雖有而皆非真有，故遂一轉而又為偽之別稱。此義乃今所盛行，然秦以前，初無是也。讀古書而不知放古，烏在其能有當哉。

定之方中作于楚宮揆之以日作于楚室

鄘風定之方中四句，毛傳云，定、營室也，度日出日入，以知東西，南視定，北準極，以正南北。其說極可笑。度日影何以僅知東西，而不能辨南北。何日無中星，何中星不可辨南北。何以南必須準定，必待定之中而後辨南北，則人之能辨南北者亦僅矣。蓋此公本不知營室之中，與土功有若何關係。又因不識揆字之義意，誤以揆之以日句，為度日影以定方。遂併將上句，一齊拉入之，以免另起爐竈。至其合與不合，初非其始念所計及也。無如先觀日，後察星，經歷一晝夜之久，始能定方向，古人雖拙，亦何至若是。且四方乃互相對待者，既得東西，乃不辨其南北，既有南北，仍必別求其東西，不尤堪資人嗢噱耶。鄭氏知其謬，故別為箋之曰，定星昏中而正，於是可以營制宮室，故謂之營室，其說甚是。惟說來未能得其根據，故僅以星名為言。正義申其說，雖繁徵博引，至於計及其年之閏月（春秋書城楚邱，在僖二年正月），卒亦不得要領，此則疏於攷古之咎也。今按周語單襄公云，故夏令曰，九月除道，十月成梁，其時儆曰，收而場功，偫而畚梮，營室之中，土功其始，火之初見，期于司里（營室昏中，則大火晨見，火之初見，猶云朝也，火心星也）云云。是則營室中而興土功，乃伊古相傳之舊制。蓋其時場功既畢，嚴冬未至，天時人事，正適合於修築之工作也。邠風之上入執宮功，係之於十月納禾稼之後，亦即其時。宮功謂作宮室之功，鄭注以為可以上入都邑之宅，治宮中之事矣云云。實囈語也（自入已宅，又安得謂之上入耶。下于第索綯乘屋，即宮功之注腳）。定之方中云者，美其興築之不違農時，用民而民不病也。至解揆之以日句為度日影，則自毛以後咸踵之，初無一致疑焉者。此則因揆字之正義久湮，毛既於此詩臆釋為度字，以外各揆字，亦遂悉以度字釋之。雖間有不能通者，然勉強敷衍，尚不至十分矛盾（如天子葵之，舊皆解作天子度之，此度字即不甚可通。然牽強解之，亦似成語也），故人無由發見其不合也。殊不知此之所謂揆者，實古之所謂魁，而今之所謂梱，乃約束之義，其與度字，相去直如風馬。前人之釋以為度者，因度字之義，甚形廣泛，可以隨臆變換，故於所不知之字，往往以度字解之，如其於茹字即其一，不止此一字也。揆之以日，猶云約之以日，謂限之以時日也。限以時日，則其功可計日而畢，美其役功之不踰期不勞民也。此文曰字，本時日之日，非日月之日。乃舊儒因定字之為星名，遂聯想此日字，亦指天象言之。既誤曰為實字，則不得不誤揆字為測字。然其不曰測而曰度者，因測字語太切實，推諸他處多不合，不如度字活動油滑故也。此等謬誤，苟非揆字之本義，得以間接發明，吾知雖終古亦無人得以察見之也。揆字詳天子葵之解中。

簡兮簡兮方將萬舞

邶風簡兮簡兮，方將萬舞。毛傳以簡為大，鄭箋以簡為擇，皆不成語。集注又以為簡易不恭之意，亦涉牽強。此皆不得其義，而但即字面穿鑿附會之失也。今按此所稱簡兮簡兮者，乃鼗鼓之聲，商頌所謂奏鼓簡簡者也。蓋古人用鼗鼓以起樂，其聲簡簡然，而後眾樂繼之，商頌言萬舞首及鼗鼓即此意。茲方將萬舞，故先聞鼗鼓簡簡然，二句本緊相呼應。前儒不加詳攷，竟將前後二語說成兩事，已覺可笑。其尤謬妄者，或並將簡字易而為柬（偽撰詩說詩傳）。設其說得行，則與商頌歧出，將終無攷得其真諦之一日矣。殊令人言之恨恨也。全篇大旨，在以有力如虎，執轡如組之人，而令之左手執籥，右手秉翟，故使人不勝懷生非其地之感想，而遠寄懷於西方之美人。然美人爲西方之美人，則亦惟徒託懷思而已，終無解於目前之淪落也。山有榛，隰有苓，喻有賢君而後始能用賢。蓋必山而後始有榛，必隰而後始有苓（苓古蓮字）。人生懷才抱德，必當其時而後顯。使生當西京全盛之日，登明選公，俊傑在位，當不至瓠落如斯也。通篇皆慨歎之詞，集注自謦自嘲等說，悉緣於不通末章之義，而僅就俁俁字，如虎如組字，臆揣而來。使知其爲傷今而懷古，則知其說之無當矣。小序、刺不用賢也五字，義至清晰。若續小序者之囈語，則宋人已擯斥之無足齒也。

鶉之奔奔鵲之彊彊

俗儒之不通，有出人意外者。鄘風鶉之奔奔鵲之彊彊，鶉鵲二字，舊皆無注，以其物爲人所熟知，故不必再爲詞費也。乃不意宋人作集注，竟注云鶉鵪屬，殊屬怪事。夫自負以一物不知爲耻之儒者，乃竟於鶉鵪之不能分。然則彼輩日所標榜之虛靈不昧，衆物之表里精粗無不到者，果安在耶。此無他，蓋南宋之所謂大儒者，率皆其時衙官之子，生長華膴，其於人世一切事物，原瞢然一無所知，偶聞得一二夸夫欺人自欺之所謂身心性命之學，便昂然自以爲先聖先賢之所謂道統者，初不過如是。遂不通而自以爲通，覺天下古今之事物，無不可衡之以理，以臆爲處斷。故遇有所不知，絕不屑再爲實事之稽攷，但內求諸心，覺其理應如是，即暢然意滿，深信之而不疑。彼又烏知天下古今之所謂理者，寧有窮盡，彼所謂理，安知即人之所謂理。以一人之身，而能盡通乎天下古今之理，乃必無之事。即通焉，而彼此之所謂理者，又安必其即為一致。茍不能得其實據，烏從知人之所云，即必為我之所欲云耶。而況乎其一己之所謂理，初不必其果能成理耶。即如此詩鶉字，音義本明注為鵪鶉，其名原屬人人之所共知。然鵪鶉之名雖習見，卒無由輸入所謂大聖大賢之耳。蓋大聖大賢，深居簡出，朝稽夕攷，除紙篇外，皆以為無關於學問。斯時即有以鵪鶉相餉者，彼亦必以為今之鶉，初無當於古之鶉，而掩耳疾走。而況乎其於日食之黍稷，尚不能辨，語之以鵪鶉，幾何其不疑之為麟鳳耶。惟其不知鶉，並不知鵪鶉，於是乎因己之不知，乃疑人之不知。疑人不知，乃不以前之無注為無須注，而轉疑前人為不能詳。前人不詳，己又無以詳之，百般思攷，繼見鶉字與鵲字對言，遂即據理判定之為鵲屬。蓋凡在一詩同言或並舉者，必當為一屬，斯乃宋人之所謂理也（如其以薇為蕨屬，即其證）。無如鶉之與鵲，在彼大聖大賢者，雖熟視無覩，而常人之不識者蓋尠。今忽驟指以為同類，即三尺童子，亦當嗤之以鼻。乃數百年來，卒無有非議之者，則以其出自大聖大賢，故不敢也。特是鶉鵲二物，雖為人所習知，而奔奔彊彊，二形容詞，今尚未能攷得其義意。舊注合奔奔彊彊，囫圇言之曰，居有匹偶，飛則相隨之貌。全然不成人語。蓋鶉為候鳥，南北飛行，絕未有居者。且鵲與鶉之飛，僅由此達彼，初不同於鴻雁等，結隊遠翔，有相隨之事。由此可知，舊儒於鶺鴒本不知其為何物，特因此詩為刺宣姜與頑而作，附會而成此不通之言耳。以古人體物之精，則其取喻於鶺鴒，必各有其特異之點。而奔奔彊彊，在二物亦別有特殊之作用。是非各就其物，而深加體察，不能得其真義。吾願世之學者，一注意及之也。

町畽鹿場熠燿宵行

東山、町畽鹿場。毛傳、町畽鹿跡也。詞意囫圇，殊無由知其意之所在（此句疑有錯落之字）。町畽既為鹿跡，則下鹿場又何物。且跡為鹿跡，豈便應別具一名詞耶。集注以町畽為舍旁隙地，謂無人焉，故鹿以為場也。其說較舊說殊勝，然在文義上，仍欠妥叶。以鹿場為鹿以為場，已涉牽强。且鹿絕不聞有為場之說。況人雖遠出，家人自在，又何至即縱令麋來游，揆之情事，更多不合理耶。竊意此場字，即七月十月滌場之場，所以堆積及舂揄禾稼之地。其謂之鹿場者，鹿乃碌碡之合音。碌碡者在場中壓取粒米之物，與場正交相為用者，即今俗所謂碌碡場也。町畽注以為舍旁隙地亦非，隙地在舍旁，何以即得別名之曰町畽。此不過因上文言宇言室言户，而此二字忽從田旁，疑其為地當不能去人過遠。且去人過遠，亦不足見其荒落，故臆指以為舍旁也。實則町畽者，即莊子之所謂町畦，乃園圃中土封之界限，所以界畫蔬菜者。凡園圃必在於居室之近旁，所以便於邏守灌溉，與場之關係正相等，初不必係言舍旁，方足見其為近也。町畽鹿場四字，質言之即為場圃。蓋二者皆在居室之左近，故常以類及也。此句本與下熠燿宵行句相連成文，謂場圃之間，惟見有宵行之熠燿，亦所以形容其荒落也。前四句形容室內之荒落，此二句形容室外之荒落，層次至為井井。舊儒不諳文理，分上下二句為兩事，不惟上句不可通，下句亦無所屬矣（熠燿宵行，何足異，不有上句，則直泛濫無歸矣。町畽鹿場，分映上文之宇室户，宵行分映上文之果臝伊威蠨蛸。文正以錯綜行其變化，寓整於散，即此可見古人文字之精）。熠燿宵行，毛鄭以熠燿為名詞，宵行為助詞。集注則以宵行為名詞，熠燿為形容詞。以文義言之，自當以集注為是。惟毛鄭以熠燿為螢火，而集注則以宵行為蟲名，如蠶，夜行，喉下有光。說各不同，而實則一物也。蓋毛鄭所言者，乃螢之成蟲，而集注之所言者，則為螢之幼蟲。一物而時期不同，故形態各異。集注之以彼易此，不過以成蟲飛而幼蟲行，顧名思義，屬諸幼蟲為稍妥耳。然似亦不必若是之拘拘也。

騂騂角弓翩其反矣

騂騂角弓，翩其反矣。毛傳，騂騂，調和也，不善紲檠巧用，則翩然而反。其說殊謬。調和之角弓，何以反翩然而反，上與下正互相反背，古今寧有此文理。毛氏似亦自覺其不通，故特於二句中間，別加入以不善紲檠巧用云云。蓋不如是，則上句無從翻轉，下句亦無所承接，二者衝突，各不相容也。特是原文八字，何嘗有一語及此。文所本無，必須待後人於文外，曲為圓說，始能成義，則是古人為不通矣，有是理乎。今按騂強貌，乃由伸字轉而為形容詞者，今方言之所謂支生，即其義也。弓之用固主乎強（即伸張力），然亦必互相調和，有弦以維繫之，始得以效其用。倘一意於強，而騂而又騂（凡詩中疊字，多有用意，初不得作後世尋常之疊字觀。在後人則無復識此矣），則各走極端，不復受弦之調和，其結果必至於翩然反背。不惟其弓之效用全失矣，且適得其反矣。以興人由一身一家，分而為兄弟婚姻，本有日趨於相遠之勢。然彼此之間，有情誼以聯合之，則相遠者適以相成。倘遠者而一任其遠，則其結果亦必至於兄弟婚姻之效用全失，其禍或且較途人尤甚。此亦猶弓之反背，雖欲求其中止，而不可得也。騂騂二字，正為翩反二字之根，翩反即騂騂之果。上與下正互相呼應。乃二千年來，竟無人了解，良可歎也。

受爵不讓至于已斯亡

受爵不讓，至于已斯亡。舊說皆以爵字作官爵解，殊謬。官爵非人人之所能受，何得必其即至于已。受爵者既不讓矣，更何由至于已。且至于已何以即亡，此在文理上事理上，皆絕不可通者。而二千年來第盲說盲從，糢糊讀過，絕無一人加以澈底之攷察者，良可慨也。今按此爵字，實指飲酒之爵而言。此二句乃即飲酒以說明兄弟交相為瘉之弊害，緊承上文人之無良相怨一方二句，為之作一注脚。蓋人之無良者，其終必至於一方相怨。此猶飲酒者，彼此之間，往來酬酢，互相推讓，而後此不至有餘者，彼亦無虞不足，暢然滿志，而各盡其歡。若人人皆第知自快其私，絕不以他人為意，則受爵者一經到手，必且視之為己有，絕不肯以讓人，其爵將終無至已之時。縱或至已，則酒亦必亡矣。以涓滴猶存，其人必不肯以釋手也。一人受爵，而一切人遂無由得酒，其結果必至於相怨。此所為一人無良，終乃至於相怨一方也。此詩本祀神後旅酬燕毛，宗族姻戚等所作刺王之飫歌，故篇多即席指點語。如此之受爵，及下章之宜饇孔取皆是。惟後人不明古禮，於所謂繹者，尚不知其為何事，更何論乎宗與飫哉（國語稱公父文伯之母，宗不具不繹，繹不盡飫而退，二語古今無解之者）。其胡說亂指，固勢所當然也。

四月秀葽

舊儒既不諳物情，又復不明字義，故其於經書所言之名物，多隨意妄指，呼牛為馬，代李以桃，以致名實乖迕，而經義亦不可復問。實則古人之用字，具有分寸，絕無一濫用者。茍深明其字義，則其所言之物，自不難以攷求而得。無如後人之讀書，率皆囫圇溷過，因之以沿訛襲謬，習焉而不察耳。如邠風之四月秀葽，葽本即今之莠草。莠又一名幽莠，國策魏文侯謂西門豹曰，幽莠之初生也似禾，即其物。葽之音古如幽（古音蕭豪與尤通），其作葽者，特幽秀二字之合音耳。莠之為物幾全似禾，惟形體較小，秀雖早，而不實，故人特以莠名之。蓋秀者禾麥吐穗之稱（今北人猶稱禾麥吐穗曰秀穗。又爾雅謂不榮而實者謂之秀，若然，則聖人秀而不實者有矣之言，為誕語矣。此等謬不成文之囈說，孔氏正義已駁之，故不贅）。而草類中之同於禾麥，得以秀稱者，惟有此物。又其物徒秀而不實，此其所以特以秀草名也（莠字乃會意，非形聲也）。故人茍能洞明乎秀之義意，則葽之為物，自不難一望而知，以舍莠外，別無可以稱秀者也。乃自戰國以降，社會之心理，日漸流於脆弱，審理之作用，完全喪失。至作月令者，已不能詳言其物，因妄臆以為苦菜，已屬可笑（苦菜不惟不似禾麥，實則併穗而亦無之，又烏容稱以秀稱耶）。乃漢儒偽撰夏小正，則更剽竊其詞，就原文王瓜生苦菜秀二句，每句取其一字，中間別杜撰一謬不成文之萯字，使人無從究詰，以為藏身之固，攷之曰王萯秀。此本為漢儒自欺欺人之慣技，一部爾雅，大抵皆本此義而作。而俗儒無識，穿鑿附會，偏欲一一求其物以實之。實則並其字而無之，更何從而得其物耶，其愚亦大可憐已（月令所言之名物，雖多謬誤，然悉出於誤會，尚自實有其物。若小正則全屬任意胡說，專意揑造種種無稽及生僻之字，以貌為膺古，自欺以欺人。實則自有識者視之，殊不足一哂。如農緯厥耒，來降燕乃睇，杏稊等，其不通初不難一望而知，而無如世儒無通者何也）。

又按莠本草名，故字從草。至秀而不實之穀，亦曰莠（俗謂之穀莠），則又係從莠之本義，引伸而來者。蓋以其秀而不實，與莠草同也。以此可知小雅莠言自口之莠字，乃謂其言之華而不實如莠草然，譬喻詞非形容詞也。毛傳以莠字與上好字為對文，臆釋曰莠醜也，殊未免差以千里矣。又莠氏之稱，與華士正同義，世亦多習而不察，率以普通之惡人視之，亦非其本旨。

如蜩如螗如沸如羹

蕩之篇，如蜩如螗，如沸如羹。蜩之為蟬，即七月及小弁二詩攷之，其義甚明（蜩有周彫二音，猶蔓之為幽要也。其從周音者，今則轉而為稷紐。其從彫音者，今則轉而為吉了，二者皆切音也。今青州人則謂之稍遷，當為蟬字之切音）。至螗之為螳蜋，以音求之，亦至顯見。以其稱初未嘗變革，不過各地之語言有重輕，或用其切音，或用其合音耳。至沸羹二字，尤為日常所習用，絕無俟人之詳為注釋。是則此四字，人第即原文玩索之，其意自不難攷見，本無甚難通之義。乃無如世儒習於謬妄，原文四字中，僅望見一蜩字，即臆斷此下三字之義，皆當為蜩字。又以為蜩之鳴聲最亂，如蜩當喻亂意，則其下三字，亦當皆有聲能鳴，同喻亂意。但其說於羹字已不能通，然尚可模糊讀過。其最足為患者，乃首在一螗字。蓋螗之為螳蜋，文義甚顯，雖在不辨菽麥之漢儒，亦不難具知之。特是螗為螳蜋，義難易知。奈螳蜋之為物，實人人之所共見，其物不惟不能鳴，乃至並此微之聲息而亦無之。衡之以蜩之以鳴聲喻亂者，幾大有不可並容之勢，而蜩類中又絕無有可以臆指為螗者。窮思極索，而卒莫能通。至此乃不得不將良心一橫，施展其造化因心之手腕，隨意即造成一能鳴且亂之螳蜋。且僅造其一，尚恐無以見其鑪錘之妙，索性由一而二之，命之曰螗蜩蜋蜩。蓋猶是螳蜋也，乃即其本名，而析而二之，於其下更各係之蜩字。於是乎一螳蜋乃化而為二蜩，不能鳴者，亦遂變而能鳴且亂矣。人或叩以名，則曰螳蜋也。人或扣以實，則曰蜩也。不過通常之螳蜋不能鳴，而此之螳蜋則能鳴且亂鳴耳。人苟欲徵實其物，則更可執此詩相證，以為藏身之固，其設心不為不巧（後人之執爾雅說文以說經，其可笑正類此，蓋皆倒果為因也。但爾雅此文，雖謬妄可笑，然蜩與螳蜋，尚各有其物，其字亦尚可識。以視其他，僅杜撰一二無稽之字以欺人者，尚為稍有良心）。獨是天地之生久矣，古今來何嘗有此怪異之蜩，及變形之螳蜋。且果如其說，則經文當為如蜩如蜩，疊床架屋，重複填湊，古人又安得有此無聊之文理（若戰國以後，則文字之類此者多矣。漢魏人之賦，大抵皆根據於此等文理而成立者也）。況下文羹字，不得解以為沸類，則此螗字，更安得獨解以為蜩類耶。今按此文四字，不惟無俟乎

人之曲為解說，且一經妄解，於文義反不能通。古人之心思，初不似後人之簡單膚淺也。蜩即蟬，螗即螳蜋，二物不惟非同類，且直為敵體。螳蜋性極喜食蟬，每遇蟬輒捕之，國策所謂螳蜋捕蟬，不知黃雀在後者，即指此而言。如蜩如螗，喻其相搏噬，猶下文之如沸如羹，喻其相煎迫也。此章言紂之凶德，其對於臣民，如螗之於蜩，如沸之於羹，日惟以搏噬煎迫為事。故大小臣民，皆岌岌焉日虞喪亡之將至，而不獲安於其位。小大近喪，人尚由乎行，即書所謂小大戰戰，罔不懼于非辜也。而下二句實由上二句生出，若上二句但以一亂字概之，則上下尚相承接乎。亂者何人（此章本專指紂言，若如舊說，則非紂一人之所能當矣）。且小大近喪，人莫由行，又為何事乎。此章之

義，稍通文理者，一望可知。而謬儒不知就經文研究，轉逞臆妄加誣造，謬人多妄信哉。

蕭

蕭之見於詩者凡四，一采葛，一下泉，一蓼蕭，一生民是也。毛傳但注云蒿也。語雖不誤，然義意太形廣泛，殊難得其確旨。蓋蒿之族類繁多，蕭不過為其中之一種。謂蕭非蒿固不可，而謂凡蒿皆蕭亦不得也。以此之故，而謬儒之怪說，遂競起矣（諸說或在毛氏前，然毛傳多掇拾舊說，初非盡出自毛也）。爾雅釋草云蕭萩，其不通直可令人噴飯。萩雖從草，然實為木名，故左傳云，伐雍門之萩。貨殖傳亦云，山居千章之萩。管子禁藏篇云，當春三月，萩室熯造。注則直改書為楸曰，楸木鬱臭以辟毒氣。蓋古文之萩，即今文之楸，二者原本一物也。陋儒第見其字從草，而又無從得其物（木從草中求之，如何可得），適蕭字亦莫明所指，遂即轉注於蕭字之下，以備充指山賣磨之用。有人問以蕭，則曰萩也，再有人問以萩，則又曰蕭也。一轉移間，而二難俱解。此乃漢儒不傳之秘，而作爾雅者之無上妙訣也。後儒覺其太涉離奇，或意改其字為荻字。如李巡爾雅注云，荻一名蕭。陸機草木疏承用之曰，蕭今人所謂荻蒿是也。以萩為荻，與蕭雖同屬草類，然荻乃葦之別種（今俗呼為荻子），與蕭之為蒿屬者，相去直不啻狗馬。陸機雖曲為緣飾，於其下更綴以蒿字，無如實物所在，初非文字之所能轉移。古今來何嘗有所謂荻蒿者，可以供人指作蕭用耶。至許慎作說文，則尤荒謬可笑，蕭字下注云，艾蒿也，從草肅聲。許氏之以蕭為艾，殆因求前人之所謂萩者而不得（觀其於蕭字下即繼以萩字，可知此公於爾雅所載之種種謬說，固生平所最熟習者）。以詩嘗以采蕭與采艾並咏，而郊特牲又有蕭合黍稷，臭陽達於牆屋之文，知蕭當具有香氣。而艾不幸復與之合，遂即臆定以蕭為艾之異名。數千年來，率承此誤，齊高帝云，蕭即艾也，即用其義。段氏注說文，知艾自為艾，不得指以為蕭，乃又從而為之說曰，此物蒿類而似艾，一名艾蒿，許非謂艾為蕭也。其謂艾非蕭則是，而於艾之外別撰出一種艾蒿，以當蕭義，則殊〔誣〕未免近也。今按蕭之本義，前人非無偶而見及之者，特無心適合，言之不能確鑿，故人多忽畧視之，其說亦遂湮沒而不見。如鄭注郊特牲云，蕭，薌蒿也（薌古香字），實為蕭字顛撲不破之定義。蓋所謂蕭者，本薌蒿二字之合音。薌蒿之為蕭，猶茉莒之為菲，茹蘆之為綠也。薊蒿之名，今人尚沿用之，或以其色言，亦曰青蒿（其初生時則色白，前人以白蒿青蒿為二種，亦非）。葉作羽狀，扶疏四映，故古人特以蓼字形容之（翏本羽狀，故字從羽，蓼莪及蓼蕭皆是，他物不得濫用也）。蓼莪所言之蒿，亦即指此言之。以蕭之始生，其葉甚有似乎莪也（莪即今之紅蘿蔔）。蕭之莖葉，皆具有一種異臭，故古人郊禘時，以脂合黍稷爇之，以達馨香（當即為上古燔柴之遺意，今郊禘大饗之禮皆亡，已無從詳攷矣）。今人亦多索以為繩，夏夜焚之，以供驅蚊之用。但其臭與艾絕異，莖葉亦絕不相同，艾蒿之稱，可決其必不得有也。舊儒不求諸實物，而但就文字上相牽合，又安望其能有當哉。

斯干

小雅、秩秩斯干。毛傳以干為澗，甚怪。集注易之云，干水涯也。此不過以伐檀有河干之稱，因附會而為此說耳。茲無論僅一干字，必不容即以解作河之干或水之干。即如所說，而秩秩乃整然有序之貌，又豈可以施之於水涯者。。此與漢人解雎鳩為鶥，而忘其上文之關關，解螽斯為蟈蟈，而忘其下文之薨薨者何以異。似尚不若毛傳之並秩秩而改之，謂之為流行之貌之尚為胸有全文也。然此干字之義意，一時殊無從索解，後以古器證之，始悟此所謂干者，即邢侯彝（器見西清古鑑）。據銘文當名麥彝，以作器者名麥也。茲仍沿舊稱）之所謂庍（遣尊之所謂⿵冂干，睘卣之所謂⿵冂干，亦皆指此宮言之。干字上但加屋形，其義尤顯也，今岸字即

從此。古器之言此宮者甚多，不止此數器也）
，乃即宣王此次所考之室名。而經傳率稱此詩
為新宮，亦即本此字言之也。蓋干攼（今書作
扞）原本一字，而有動靜之殊。干名詞，而以
干禦敵以自衛，則為動詞，後人或加攴以別之
作攼，然在古文則固常相通用也。如毛公鼎及
師訇敦攼敔字（攼敔今文或作扞圉，或作捍圉），
攼皆作干。而大鼎（大乃作器者名，按其人即
宣王卿士之皇父）實已有攼字（文云大以乃友
入攼）。大鼎與邢侯彝皆宣王時器，宣王此宮
，本取攼字意。而詩仍從干者，一以二字本通
用，一以詩所從者多古體，攼字在當時，人或
視以為後起之俗字，故仍從其朔也。觀左傳郤
至解兔罝公侯干城句云，此公侯之所以扞城其
民也。知在春秋季年，二字人猶視為一字。特

後來六書道息，而古誼遂盡晦耳，若攼之作⿸广攼
，則又因此字係指宮室而言，故更於其上加屋
字形以別之。其於六書為轉注，至其本義，則
仍為攼字也。干之用在於禦外而衛內，宮室之
用亦然。以攼名宮，猶後世稱官署為衙。衙本
當作敔，攼敔義通，故古文二字常相連用（如
前所舉毛公鼎師訇敦皆是）。敔之轉而作衙，
猶攼之轉而作⿸广攼也（唐禮樂志天子之居曰衙，
其降而稱官署，原於近世。古無麻韻，衙本音
吾，或語，後之禦字，即由之轉成者。又天子
之宮曰衙，義亦與攼敔同）。干為新宮之名，
故當世即稱此詩曰新宮。其所以別稱新宮者，
以但稱干字，既嫌太簡，不便稱道，而斯干二
字，又不成文，至篇首秩秩字，則更係形容詞
，尤不通用（如兔罝不得稱肅肅，干旄不得稱

子子，皆其例），此其所以舍其文而特以其義行也。世儒不知干即新宮，因亦不知古人之所謂新宮者即此詩。故於大射禮燕禮皆注云，新宮，小雅逸篇也，其篇亡其義未聞（按禮稱下管新宮者，不遑縷數，此篇殆為管所專用之詩，當以其音節之鏗鏘頓挫故也），此固勢之所必至也。惟干即為所作之新宮，故下即與悠悠之南山對言，其迴環映抱，則有如竹之在苞，其巘蘖蔭覆，則有如松之壯茂。又因宮與山之相得益彰，推想及於人之與兄弟，當式相好而無相尤（落成燕飲，則必及兄弟，故詩人即景生情，用為本地風光。集注但以為頌禱之詞，殊失本義。若傳箋則絕非人語矣）。通章本一氣呵成，而其義則胥由首二句生出。舊儒既不知干之為宮，故於竹松兩喻，無從得其所指，

不得不別於文字之外，臆解為喻其時民衆殷盛，如竹之本生，其佼好如松之暢茂（但觀此二句，何等不通），其支離幾不成人語。集注知其不通，乃別訓此二句為形　宮室。其義雖較前為近，無如竹苞松茂，既非可以形容宮室之詞（集注云，言此室臨水而面山，其下之固，如竹之苞，其上之密，如松之茂，固猶可言也。所謂其上之密者，果何物耶。況其解苞字為叢生而固，尤不成語耶。毛傳以苞為本，尤可笑），而上二句既屬泛言山水，則詩中尚未提及宮室一字，此二句又安從得所謂宮室者而形容之耶。古今有如此文理耶。須知古人文字，格律謹嚴，一字之失，全章將胥被牽動。況此字本為通篇之主腦，一經誤解，則以下皆成游騎無歸。漢儒本不通文理，猶可說也，宋儒自

號善涵泳白文，吾不知其所涵泳者，果安在耶。茲譯錄邢侯彝於下，不識者闕之。

王令辟井侯出□侯于井，雩若□侯見於宗周，亡及，會王客豐京酬祀，雩若莅璧雝，王乘于舟，為大豐，王射，大供禽，侯乘于赤旂舟，從死，咸，時以侯內于寢，侯錫緇瑚戈，雩王在廞已月，侯錫諸侍臣百家，□用王乘車馬，金勒，冕衣芾舄，唯歸迎天子休，告亡斁，用供義寧侯顯考于井侯作冊，麥錫金于辟侯，麥揚用作寶尊彝，用獻侯，逆朝迎明令，唯天子休于麥，辟侯世屯魯孫孫子子，其永亡終，用廟□妥多友，享旂世□世令。

又按伐檀寘之河之干兮。舊注皆以干為水涯，亦非。干者防禦之義，實指河隄言之。蓋隄之用本以扞水，使不得外溢，故特以其用名之。干之義同乎防，其稱以干，猶其稱以坊也。隄與水涯，驟觀之雖似可通，而實際則謬以千里。然六書之誼既亡，初無人解研究及此也。

一之日于貉

邠風、一之日于貉。毛傳、于貉謂取狐貍皮也。說殊荒謬可笑。貉自貉狐貍自狐貍，二者原非同物，取狐貍皮，何以反謂之于貉。且于貉既為取狐貍皮，則下文之取彼狐貍，更作何解，古今寧有此疊床架屋之文字耶。鄭氏知其不通，乃別箋之曰，于貉、往搏貉，以自為裘也，狐貍以共尊者。其說判貉與狐貍為二，雖似較毛說為精。然詩但言于貉，于者，之也，往也（作靜詞用則為在）。不惟不言其為裘及自為裘，且亦並未言其往搏貉。鄭氏果何所據，而知此之于貉，乃以貉自為裘。下文八字（取彼狐貍，為公子裘），乃另成文理耶。宋儒本不辨鹿馬菽麥者（宋儒之本領，曰心曰性，此外則見木之偏旁者則曰木，鳥之偏旁者則曰鳥，則自以為衆物之表裏精粗無不到，其心之全體大用無不明矣。故鹿馬不分，菽麥莫辨，乃宋儒之傳授心法也），故朱子之作集注，全然不識 鄭氏心苦分明，用意之所在，反深有契於毛說。蛣蜣轉丸，蛆蝍甘帶，此固各有其默相契合者。且更為申明之曰，于貉，猶言于耜，謂取狐貍皮也。語尤難解。于貉于耜，語句雖同，然義實懸遠。于貉即語同于耜，又何以即可釋為取狐貍皮。若然，則于耜更取何物也耶。嘗味朱氏之意，殆本擬釋于貉為于田，既而嫌其無據，適見毛傳訓于貉為取狐貍皮，遂即假之以自藏其拙。實則，于貉縱可訓為于田，然謂之取狐貍，已不可通，謂之為獨取其皮，尤為不通中之不通也。以于田初不專取狐貍，即對於狐貍，更非專取其皮也。今按、貉者，邠邊戎狄之國名，與周世相往來，而以游牧為業者也。蓋周自不窋失官，西竄於戎狄之間，其地即為今日之邠。戎狄素以游牧為業，逐水草為轉移，絕不以土地為事，故周人得以自由立國於其間。在周人率其后稷之舊，耕鑿蠶桑，雖別自以農業立國，而其四旁之各種族，則仍沿其自太古以來，游牧之積習。若貉者即其種族中之一，居邠之近北，與周接壤，而邦交素篤者也。貉之名，國策中猶時見之，是戰國時其稱猶存。孟子謂夫貉五穀不生，惟黍生之，無城郭、宮室祭祀之美，故二十取一而足。又其時有貉稽，當即為其種人之歸化中國，而以其種名為氏者（今俗皆讀貉為貊，以為即貊之異體，殊謬。觀詩以之與貍裘為韻，裘古音以平聲，則貉字亦當歸支紙韻。至其應讀何聲，今尚難攷定也）。今由孟子之言觀之，則貉在當時，雖已漸成為半農業國，實仍未盡脫其游牧之故，故蘇秦又謂北有胡貉代馬之用，當亦其天時有以限之也。知貉之與周，邦交素篤者，今傳世古器中，有貉子卣，銘云，唯正月丁丑，王格于呂，㪤（字不可識。以文義言之，當為祭名，以字義言之，則為治田，疑其即為一之日于耜之耜字。㪤即治字，以治田為義，而仍由治字得聲，實治之轉注字也。舉于正月，與一之日正合。至其祭之後作何名，當另攷之），王牢于廟（廟之異體，猶廟也），咸（畢也），俎（或釋宜非，饗畢歸俎也），王令士道，歸貉子鹿三，貉子對揚王休，用作寶尊彝。器作于西周盛時，故王有格呂之事（呂即以按徂旅之旅，孟子作莒，其地在豐鎬之西，與周極近，故周初彝器之祀饗者多及之。以其勢便，多用之為異姓之賓也。太公即出于此，故或以國稱。凡古器中之稱呂者，皆指此而言。近人多誤以為後來山東之莒，殊非。若在東遷以後，則相去懸遠，中更隔一秦，則其名遂不復見矣）。王祠于呂，即以駱子為賓有以限之也。于駱猶言往駱，取狐貍而往駱者，以周自以農業立國，邠之境內，盡畫為畎畝封洫，絕無可以恣其田獵馳騁之處，故必須遠出境外荒蕪之草地中，始得舉行之。其必于駱者，一則以壤地相接，勢近而形便，一則以其素睦於周，主賓不致齟齬也。蓋周之於一之日于駱，後來積久相沿，竟成為定制，駱亦自歸附于周，受有封爵，而成為藩籬之外臣。今古器中有駱子卣，即紀述其事。七月之詩，本作於周室王業既成以後，周公當日，或即感於近事，而推本言之，亦未可知也。卣文云，唯正月丁丑，王各（格）于呂，敭，王牢于廡，咸（畢也），俎（或釋宜非，謂饗畢而歸俎也），王令士道，歸駱子鹿三，駱子對揚王休，用作寶尊彝。器之作不知何世，然更必在宗周之初年。以若在東遷以後，則周與呂相去懸遠，王更無格呂之事也。呂即皇矣篇以按徂旅之旅，孟子作以遏徂莒，甚得古義，惟莒仍當作呂。其地在今山西，與王畿接近（參看皇矣篇解），故王室有事（謂祀享等），常用以為異姓之賓，周初古器多及之，如靜敦毛伯彝等皆是。太公即為其國之所出，呂刑亦即為其人之所著。或誤以為山東之莒殊非也。敭字今文無攷，實即為田字之轉注。蓋田獵之田，與田畝之田，原屬一字，作者恐其相溷，故於田上別加㪍以別之。㪍者古治字，治田猶言于田，著其為動名詞也。鄐字今已無攷，繹其義，殆亦為郤之轉注。郤者當又為呂邊之地，晉之郤氏，意即以其地為氏者。其上之加广，乃著其為郤之宮室，此猶斯干之干，罍卣因其為宮名，特作庍也。牢猶言饗。俎者賓俎，見公食大夫禮，所謂有司卷三牲之俎，歸諸賓館是也（天子之饗禮已亡，故以公禮類推）。王格于呂以治田事，即以其所得，歸而饗之于郤。貉子以天子田於其地，因即來朝，王遂用以為賓，而歸之以三鹿。其牢禮不用牲而用鹿者，隨其所得，初無一定也。正月即詩所謂一之日。田于貉而王乃格于呂者，以天子適諸侯，必處其太廟，而貉則無宮室可居，故不得不暫即其近旁之呂，權行駐蹕。由此攷之，則貉當在呂之近北，以郤地言之，則為其東北也。取狐貍必于貉，乃郤人當日當然之事，然非有古器證之，則尚涉臆揣。然則謂古器之留遺，實有鬼神呵護之，以備為後世經義昌明之一助，當非過論也。

勿剪勿拜

召南、勿剪勿拜，毛無傳。鄭箋云，拜之言拔也，義殊突兀。拜何以即為拔，拜之義至習用，幾見有以拜作拔者耶。集注改訓拜為屈，殆亦因舊說太無理，特從人之拜跪着想，遂臆揣其有屈辱之意，姑從而為之說耳。較舊說雖稍近，至其無當於字義則一也。今按拜古文作𢫶，從𠦬從手。𠦬乃古風字，象樹木遭風枝幹披靡之形。旁加手為轉注字，意蓋謂此木之所以作受風形者，乃人手致然。今俗書之擺字，實即為其字之變形。蓋古人之拜，特軀體之一俯一仰（古人以跪為坐，跪乃其所常然，初無關於拜也），故引申之，人之拜手亦謂之拜（古人之拜有稽首不稽首之分，稽首者首俯至地，若拜手則兩手向前，首但稽至手而已），殆言人身之於拜，猶樹木遭風之一搖擺也。是則拜之本誼，原屬廣義的，其義正同今之擺字。嗣因引申之義行，人多假之以為禮儀之專稱，而本誼遂漸湮沒不傳。然在實際上，其應用本誼者，又不容猝廢，故俗儒乃不得不別作擺字以代之。至此詩則其本誼未失以前所僅存者也。勿拜猶言勿搖撼，乃較之勿敗而更加珍惜者。宋儒揣知其意，而無以得其通，則不通古文之咎也。二南所存多周未得天下以前之詩，故多存古誼，若後此則罕見矣。又古文多假風為奉，故風之初由朩木而𣎵𠦬而𣓀𣓀者，繼乃改而從手作𢱭。至石鼓則竟從三手作𢷎（古籀補以為奏非），小篆遂因之作𢍜，而𠦬之本義盡失矣。奉手為拜，訓為會意字，於義亦通。然實為後起之義，不足以概古書也。呆伯敦之拜字作[illegible]，故其幘字亦作[illegible]，知二字同從風字也。

舒爾脫脫兮

召南、舒爾脫脫兮。舊說以舒為遲緩，脫脫為遲緩貌，殊不成語。蓋舒字已為形容詞，於形容詞上，復附以形容詞，古今、初無此文理也。今按此舒字，實為古文[illegible]字之誤。讀如匄，猶言請也。[illegible]字見宗周鐘（[illegible]其萬年，畯保四國），他器間有直作割字者（無惠鼎），實皆匄字之通假也。脫脫猶今言退退，乃斥其遠離之詞。割爾脫脫，猶今言請你退退。爾字乃對稱之名詞，非語助詞也。至[illegible]之所以誤舒者，因舒於古文作[illegible]，與[illegible]字極相近。傳詩者不知[illegible]字之原出假借，又以其字不甚經見，遂輾轉而誤認為舒也。惟是一字之失，而全句遂不復成義。雖迭經漢宋諸儒，曲為緣飾附會，然於義終不能通。設非古文復出，其本誼將終無由攷見也。欲讀古書，其可不先識古文乎哉。

維師尚父

太公起於漁釣之說，戰國間人盛稱之，而前此則絕不見諸記載。妄者因之，遂更造為陰符六韜等，種種不經之書以實之。雖賢如孟子，亦且有避紂居東海，聞風歸文王之說，則其他更無論矣。腐遷據此，遂撰入齊世家。且更因孟子有太公望之稱，並撰為吾太公望子久矣之言，以為三字之解釋，真可謂如竈媼之鬼，愈出愈奇矣。古者父死子方能繼，文王既受命為西伯，安得更有王季以為之太公。且以父為太公，惟秦漢間人始有之，焉得上而推之於千餘年前之王季。荒謬至此，寧不使人腸斷。殊不知太公者，乃齊人追尊其始祖之稱，此與周既王天下，追尊古公亶父為太王，正同一例。不惟文王時，不得有此稱，即當其生前，亦不得有此稱也。今按太公本名望，尚父則為其字。蓋古人之字止有一字，而別以父字足之。商人之字，例用十干，故甲父乙父等稱，屢形諸傳志（而尤以古器為多）。周人則不必然，然其限用一字則同，太王之稱亶父，亦其字也（太王之名，今已無攷，古公乃其生前之稱，猶言故公。故古古只一字，故公者，失國諸侯之通稱。今古器有邿季故公𣪘，即其證。太王去邠遷岐，勢同失國，故當時即以此稱之）。此父字本屬廣義的，後人恐其與父子之父相溷，別假用甫字，然在當時則無此稱也。其在當時，為國人之所稱道者，實為師尚父三字。蓋其在伐紂時，爵德齒三者並尊，上與下舉不忍斥言其名，故特以字行，而別以其爵位冠之。其所謂師，乃三公中太師之師，非尋常之通用字也。太

公為先代遺臣，而年又最長，其於武王更別有輩行之關係（武王之后曰邑姜，實太公女。使果如楚詞所說，太公九十乃顯榮，更安得有女以適武王哉。故古代世子所昏者，多為貴族，則太公當日，實為呂國之宗主，可無疑義），竹書稱之共伯和者即此。作世本之謬漢，乃以衛頃侯當周夷王時代，頃侯之下，又有釐侯之四十二年，乃不得不下推武公之年代，以遷就之。故陋儒說抑戒武公之刺厲王，為追刺，謂其即位實在周宣之三十六年。殊不思宣王後十年即薨，以後為幽王之十一年，又平王之四十九年，即入春秋。則其即位至春秋，中間止有七十年。而此七十年中，武公自得五十年，子莊公得二十三年，孫桓公又得十三年始入春秋，則共得八十六年，然則此十六年，又從何處得

來耶。大抵世本不惟其所言春秋以前之年歲無稽，即其所言之世次，亦不足置信。稷契為母弟，或十四傳至湯，或十五傳至文王，一世之差，竟至六七百年，他何論乎。抑戒直稱厲王為小子，則武公之年代可知矣）。其在平桓時代，則有師雝父（其人曾師以伐南淮夷，又曾師以戍晉，與前稱之師和父，皆屢見諸古器，且不一）。此外如師奎父師湯父（皆見古器）等稱，皆原本於此，特或字或名，不必一定耳（其備位三公，而不以父稱者，如師虎師𢦚師酉師遽師訇師毀師寰等尤多，大抵皆其名。而其以父稱者，則多為其字，惟師和父為例外。此中當別有年齒輩行關係，故不一也）。太公原出自呂，故後人或稱之曰呂望（離騷），而其子孫即以呂為氏。故呂之國屬周最早，與周之關係亦至密切，蓋不啻為周師東出之門戶。文王之伐密，先以按徂旅。孟子作莒，其實當時則止作呂。其地在今山西榮河縣境。同治初，后土祠旁河岸中，圯出郘鐘十二，當即為其都城之所在（郘鐘呂已加邑，與呂太叔斧器同，殆皆為東遷以後文字，其後不久即見併於晉也）。太公淵源自呂，即非其嫡胄，亦當為其宗子。其所以克成佐命之勳者，實不惟其謀惟其力，故詩以鷹揚稱之。鷹揚者，形容其搏擊之厲疾，全然與陰謀無涉也。蓋周自龍興西土，異姓中之勤王最早，而實力又最厚者，惟呂為稱首。而太公實左右之，故其功為獨高。自此以降，直至宣王之世，尹氏代興，呂始就衰，，不甚見諸記載。其在前此百數十年中，則褒然為異姓諸侯長，無役不從，無燕不與，大有與國同休戚之勢。蓋其族既大，其境又接近王畿，故古器中屢及之。其在成王之世，則貉子卣稱王格于呂田（田原作[illegible]，乃治田獵之意，今無其字。詳見一之日于貉注）。毛伯彝稱王令呂伯，以乃師右比毛父，伐東國厭戎。穆王時則有呂侯作刑。厲王時則靜敦稱王以吳奉呂剛饗（靜乃宣王名，器為其為太子時作，故文稱文母，而不稱文考。吳、虞本字，後人因恐其與勾吳相溷，始加虎頭。器所紀者，為厲王大射於學宮之事。吳呂二人，蓋一同姓之賓，一異姓之賓也）。此外別有呂伯敦（見古鑑），雖不詳其何世，要亦西周器。其後有郘啟董鐘，郘太叔貳車之斧，則呂已加邑，當為東遷時制矣。呂之見併於晉，雖不詳其何時，要當在春秋前平王之世。故揚之水申后之刺平王，

怨其不能戍甫。甫呂之通假，觀呂刑或作甫刑可知。呂之亡當即由此（詩以申甫許三國遞稱。申者申后之所自出，甫者申之所自出，而許則為甫之所自出，故鄭莊稱許為太岳之胤。而其建國亦最早，成王時曾與三監同反，若甫則其裔之別在戎狄者。至申則至宣王時始封，實為甫之別宗，與齊略同，而益晚。三國之同時見伐，殆由當日諸侯，憤申侯之召戎弒君，故連類及之。晉之滅呂，虞之滅申，胥當由此，是以二國不復見於經傳。惟許派別既遠，憑藉亦較厚，得以幸存。詩之三國遞舉，亦由近及遠之義，即此可悟古人文字格律之嚴。向說此詩，忘舉此義，故補誌於此）。後晉以其地，畀諸魏氏，故魏錡又稱呂錡（錡又稱廚子或廚武子。廚亦地名，即韓奕之屠，隰伯之杜，自

土祖漆之土，為西周畿內地，與呂相毗聯者）
，魏相又稱呂相。其稱呂則同，然已易姜姓為
姬姓矣（魏畢公高之後，故今之以呂為姓者，
不必出一宗）。呂在周初，其關係之密切如是
。使太公而出自寒微者，果何由而能具有此左
右其全國之能力，且其國之君主，何反不傳。
由此可知，太公之於呂，原其祖國，其後之封
齊，殆亦如召公之於燕，不過別啟土以酬其庸
，設官分職，如外邑然。其身則始終輔佐王朝
，為異姓諸侯長，初不必果至齊（召公亦然）
。觀成王崩時，其子呂伋，尚身在王朝，同受
顧命。則知不惟太公，未嘗親就封，即其較前
數世之子孫，亦多供職王室，之國之日甚少。
一緣身膺重寄，在勢不得遠離。一緣齊處極東
，地形偏僻，草茅尚未盡辟（傳稱蒲姑商奄為
東土），可見周初疆域，至博興臨淄間，已為極
東。已外則草萊斥鹵，夷狄之人雜居之，華人
直甌脫視之也），故無煩親蒞也。檀弓稱太公
五世皆返葬於周，此殆簡冊失傳，後儒不明當
時情事，但見前五代之陵寢，皆不在齊，故臆
為此說。初不知其人原未嘗久居齊地，即其歿
亦全不在齊，故其葬亦悉依先兆。非於其身歿
後，間關二千里，以求有合於狐死首邱之義也
。太公之於呂，殆猶召公之於召，雖方隅別啟
，而其身則常依祖國。至其後之君齊者，果為
其嫡系，抑為宗子，今已無從確指（若召公之
於燕，則其嫡系，始終未嘗臨蒞，則可斷言也
）。要其前五世，則可即檀弓所言，決其初未
嘗離去宗周也。太公之系出名族，並非揚於側
陋，更可即古器証明之。今傳世之小子師望鼎

云，太師小子師望曰，丕顯皇考寛公，穆穆克盟厥心，悊厥德，用辟（嬖）于先王，得純亡射，望肇帥刑皇考，虔夙夜，出納王命，不敢不遂不盡，王用弗諠（忘）聖人之後，多蔑曆易（錫）休，望敢對揚天子丕顯魯休，用作朕皇考寛公尊鼎，師望其萬年子子孫孫永寶用。是器乃太公自作，觀其自稱其父曰寛公，又曰辟于先王，又曰帥刑皇考，又曰王弗忘聖人之後，則其累世載德，爲周股肱，自其前代已然。望之仕周，初不過纘承先緒，嗣父適（嫡、古器率作啻）官，絶非崛起草茅者比，已可想見。不獨耆年晚達，釣渭鼓刀（見楚辭）等，種種怪異之説爲無稽，即孟子之所謂避紂居東海之濱者，亦非事實。岐周去東海，殆二千餘里，望若爲一匹夫，紂更有何事須避（當時紂之凶德，實不能越今河南省一步，望遠在岐周，處文王宇下，何爲更通過紂之轄境，以避紂乎。魯仲連蹈海之説，因齊地近海，且帝秦則海内統一，無路可避，故爲此憤激之談，豈古代封建之時，而有是乎）。而乃不避之而西，反越之而東乎。大抵時至戰國，人心陷溺，其判斷是非之心已失。不求其端，不訊其末，惟怪之欲聞，故種種不根之説，遂蜂湧而起。黄帝時文字未興（詳見拙著倉頡考），尚不難有素書，而許行更能爲神農之言，則太公之被誣，又焉足論乎（近世人且斬將封神，而爲姜太公竪旗杆矣）。孟子識解之明通，實爲孔聖後一人，惟疏於攷古，故其論古事，詞雖博辯，殊不必適合於當時情勢（如其論明堂，論太王遷岐，論瞽瞍朝舜，論周公之封魯，太公之封齊，皆非當時情事，其餘類此者尚多）。蓋當日瞽說盛行，久已積非成是，苟非逐事詳加攷正，殊無從以明證其是非。故亦第就事論事，即其說之自相矛盾處以折之，初不暇繁博引，，實事求是，循循然為秀才生活也（又百里奚之事，當時亦盛傳，孟子辨之甚是。當由年歲近，故其詳不難知也）。若夫史遷作史，乃所以信今而傳後，亦復沿訛襲謬，信手掇拾，聯綴成文，絕不知有所抉擇，則無識之譏，恐有不能避免者矣（史遷紀五帝，知其言不雅馴，而不知其餘之不雅馴者正多，所謂不知類也）。

民雖靡膴

漢人說經，於其所不知之義，穿鑿附會之不足，輒思改其字以應之。蓋經書多日常通用之字，人人之所習見，縱或牽強委曲，巧為牽就，然終不免有多少之限制。惟併其字改之，則本無其字，又何患有人能識。而後其義意乃可以惟吾所命，暢所欲言。且字由我造，更不患其與吾言不相應。爾雅說文所載，種種前無古人，後無來者之字，皆根據此原理而出。而世人竟奉之為圭臬，謬儒且直據之以改經，良可哀也。即如小旻民雖靡膴之膴字，原即周原膴膴，則無膴仕之膴。前既訓之為厚（膴膴毛雖傳為美，然係籠統之詞，世仍以為厚也），已成通義。蓋膴從肉無聲，肉有厚義，故膚一訓厚，膴亦從之，義固不難以例推也。然若解此詩為國雖靡厚，殊不成文。故作爾雅者，極力遷就之，別訓為大。王肅即從之，且為之說曰，無大，有人言少也。其不通殆與訓厚者無異。鄭氏知膴字之本義，必不可通。乃改讀其字音如模，訓為法字，意蓋欲直改其字為模字也。模者模型，故引伸之，可訓為法。特字本作膴，何以竟臆改作模，實難令人置信。而所謂韓詩者，即應此問題而出（所謂韓詩者，自唐以後即不傳。然觀各書所引與毛詩互異之文，無一不謬。可知其書，乃魏晉間陋儒，欲改毛詩，偽託而作者，其不傳非不幸也），經改膴字為腜字。其改無為某者，意在仍從肉字，以存其本來，而從莫則又與膜字犯複，故不得不別用某字也。改膴為腜，而後讀模者既不患無根據，而解釋又可以隨意，正所謂一舉而三善備者。特此種怪異之字，他書絕無引用，彼果從何處得來耶。今按此膴字，雖非其本義，然其讀武則初無異。蓋古一字只有一音，絕無有隨意變換者也（變音以別義，其制起於秦以後）。膴字在今文則當作幠，謂覆蓋也。儀禮幠用夷衾即其義（儀禮此字甚多）。古時專用之字甚少，故多取同音之字為之，非好為假借也。民雖靡膴，謂民雖上無所覆蓋，與上國雖靡止為對文，謂國家雖下無所止戾（兩無正、宗周既滅，靡所止戾，正堪為此文注脚），乃就上下分言之（即此可見古人文律之細）。上句言國適言民，此句言民適言國。蓋國之所恃者民，國雖無所止，然在下者之或聖或否者依然。民之所戴者國，民雖無所覆蓋，然在上者之或哲或謀或肅或艾者如故。則是臣民之中，聰明賢智之士甚多，不盡昏愚，初不得任彼哀哉爲猶者之盡情斷送。如彼泉流，不辨良莠，不分美惡，而淪胥同歸於敗也。淪胥猶今人之言籠統。籠統二字，殆由淪字之切音轉變而成，囫圇二字亦然。故古人時用之，此詩抑戒兩無正皆是。舊注以淪爲率，以胥爲相，亦非是。二字乃複合之詞，不可以跡求也（若如舊說，則必云胥淪方合，然古今初無此用法也）。

侘傺軒說經卷二十七

壬戌秋仲

臨清吳桂華秋輝甫著

蕑

鄭風溱洧、士與女方秉蕑兮。毛傳，蕑、蘭也。鄭箋無異說。陳風澤陂、有蒲與蕑。毛仍云，蕑蘭也。鄭則云蕑當作蓮，蓮、芙蕖實也。蕑何以作蓮，蓮又何以為芙蕖實。直是任意改經，且任意命義。此不過因首章言有蒲與荷，下章言有蒲菡萏，毛傳即以菡萏為荷華。則是前後所指者同為一物，此章介乎其中，勢不得別有所指，故臆改以為蓮字。然蓮者荷之別稱，不惟與荷字犯複，且與菡萏之僅為荷之一體者不類，故又臆解其義為蓮實。直云蓮實，又恐顯著其為荷之全體之總名，故特變換其字面，稱之曰芙蕖實。此其作偽日拙，亦可謂之良工心苦矣。殊不思古人託物起興，其取義處，全在乎此。豈有疊床架屋，換湯不換藥，無意強言，重沓堆砌，再三向人絮聒者。此後世稍通文理者，所不肯為，而顧謂古人之不通如是耶。今按蕑之為蘭，此但就文義上推測，即不難想知之。特蕑之何以為蘭，及蘭之確係何草，初未有能言之者，則讀書不求甚解之咎也（陶潛之讀書不求甚解，世或以為達，實則此正中國人歷代相傳之劣根性，蓋非不求甚解，直不求解也。中國上古之文明，率皆為此種人所誤。與其不求解，何如併不讀書耶）。蓋蕑者蘭之本名，而茝蘭則為其切音（蕑音間，不音閒也），後更由茝蘭省而稱蘭，此蕑之稱所以不概見於他書也。茝、從草𦣞聲。𦣞、古文作𦣝，乃古積字，其字即象累石之形，姬字即從之得聲。鑄子簋姬字直作臣，更不從女，是知臣與姬同音，無異致也。古者於四聲，不甚辨析，故不惟積姬互通，而臣之本音，亦有時平上異讀，此猶蕑字澤陂叶卷悁，而溱洧則叶渙也。茝蘭二字見內則（婦或賜之飲食衣服布帛佩帨茝蘭，則受而獻諸舅姑），本複合名詞，故各書絕無有單稱茝者。自離騷單用之以叶在字，而世儒始疑其為二物。又當時不知在字之古音，本讀如基上聲（小弁、天之生我，我辰安在。與上梓止母裏相叶可見），乃更強茝字與在之今音相叶，臆定其音為昌改切音采，而茝蘭之本誼，後人遂無由窺見矣。但茝蘭二字，本已為蕑之切音，在文字上，雖積漸省稱為蘭，然在口語上，則殊難盡改。而茝字至此，已無人能識。於是即聲求字，乃別拈一澤字以代之，以澤與茝音既畧近，而其物又多滋生於沼澤間也（澤陂之詩即其證）。澤蘭在今人，則但即其實名之，稱之曰香草。其狀綠葉紫莖素華，與楚辭九歌之所稱者正合。且當春而生，至秋深始萎，莖葉華遍體芬香，雖枯不敗，故婦女多佩之以為薌澤之助。又與楚辭之春秋雜舉（楚辭多稱秋蘭，以其香老而愈烈也。而九歌卒章，則以春蘭與秋菊錯舉，則所以紀時也），及紉之以為佩者，隱相呼應。是則凡古人之所謂蘭者，即澤蘭，即茝蘭，亦即蕑。其在文字上，雖省稱蘭，而在口語上則否，此蘭之大畧也。乃不知何時（大約出自唐人），忽有妄人，謬以狀似馬蘭之物（馬蘭、藺之切音。今北地多用之以界地。又顏之推家訓，目苜蓿為馬蘭頭，則北方初無此名目矣），指謂屈子當日之所佩者即此。中國之真能讀書者，本無幾人，而又專好摹古人之皮毛（如陶淵明曾愛菊，遂藝菊以自命為高人。李白曾好酒，遂縱酒以自詡為名士之類，不一而足）。有屈子以為之招，無識者遂羣然和之。由是而素心魚子等名詞，乃攘取國香之位置，而桃僵李代之矣。特是其所指，以為蘭者，與楚辭之所言，無一吻合。不獨莖葉華渾然一色，且其香亦惟花時有之，萎敗則無復餘臭，似尚不如户服艾以盈腰者之猶可以上縈鼻觀。謂幽蘭其不可佩，至此乃真不可佩矣。幸楚辭尚非僻書，碩學鴻儒，間或有一寓目者。故自宋人，已著論辨之。然積非成是，辨者自辨，而蘭之實之不可猝復，依然如故也。此則中國人之天性然也。又茝字在今文中甚罕見，識之者絕少，故謬儒，或又意

其為芝之異體字，以後世多以芝蘭並稱也。然以茝為芝，驟語之，又恐人議其無根據，於是乃偷天換日，用其實而迂回其文，取芝之古文以代之，即芷是也。在為此說者，本冀人由芷之古文，自悟其即為芝之今文。殊不意癡人前不得說夢，今人於芝芷，固儼然認為二字，而不可通假。茝能為芷，而竟不能為芝，作者之苦心，未免徒呼負負已。作偽日拙，其此之謂乎。

菡萏

澤陂、有蒲菡萏。菡萏二字甚罕見，不惟義不可知，即字亦不可識。但戰國後之學者，焉有不識之字，及不知之義。果其有不識與不知，又何以為經學之大師，而坐享人主稽古之榮耶（用桓榮語。此語不啻為兩漢經師之讖供。經學之誣，率出於此輩人之手。蓋人鄙未有不貪，貪未有不妄，妄未有不謬者。爾雅說文，即此輩人之成績也）。世疑吾為不識其字乎，此實大謬。余所識又奚止此字者，如菡如歐，其字殆視菡字尤奇（前無古人，後無來者，焉得不奇。特字而從不為人所用，尚得為字焉否耶），而吾猶能識之，其字蓋皆菡字之異體。其異體者，吾猶識之，而顧謂於其本字，反不能識耶。此真所謂以私心測聖人也（爾雅說文，所造種種無稽之字，殆皆為此，諺所謂山賣磨者也）。此字在無識者視之，當莫不讀函，以陋儒於不識之字，率讀其半也。若我則不然，我乃真能識此字者也。此字雖從函得聲，然不得直讀如函，實當讀函上聲，為戶感切，音如罕。此萏非師承有素者，彼輩又烏從知之耶。若菡字則在不識者，或讀之為函，音如顯，尤謬。此字殆非形聲，蓋實當讀大感反，音如誕，與函之音大異也（漢儒之謬，半出於萏異於人，以自矜炫。蓋中有利祿以驅之也）。其字自來即作萏，別無異體者。原無異體，余亦不能贋作之也。不然，余但就艸頭，隨意撫拾一二音聲相近之字以足之，即漫指之以為其異體，又誰復能辨之者。然讀聖賢書，所學何事，欺人乎，抑自欺乎。是非君子之道，在他人或有之，余則不屑為也。至菡萏之義意，尤至易辨，此但觀於菡之異體作萏，即不難想知之，蓋指花之含苞未放者言也（由此可知，其造為萏字，別有用意，若欿字不過借以為陪襯耳）。特此花之未放者，不得統屬之一切之花。以若為通稱，則當先屬之蒲，而蒲固無花者也（以詩以有蒲菡萏，四字成句故）。然則此菡萏果何屬，則就詩攷之，除蒲外則惟荷與蕑。蕑雖有花然甚微，其放不放初無人注意，似不宜有專用之名詞。若然，則此菡萏，當非荷莫屬矣。自餘諸種草本，其可以臆指為菡萏者儘多，然無徵不信，余初不敢妄指也（看他何等篤實，何等謹慎）。此漢儒所以讀菡萏為罕誕（若後人則並讀二字為平聲如寒丹，則並不知下文儼枕之為仄韻矣。所謂每況愈下也），而並解之為荷華之未放者之所由來也。特是菡萏本形聲字，不讀其本聲，而偏別有所讀，其所讀之聲，果有何根據。又萏欿二字，果出何書，曾見何人引用。古今字書之所無，彼又從何處知之。況詩僅三章，首言荷，次言蕑，末忽復言荷，而竟置蕑於不顧，天下又焉有此種文理。鄭氏之欲改蕑為蓮，其事雖妄，然亦因舊說之太不成理，故不惜改經以殉之也（經可改，注必不可改，此漢學家之天經地義。故如聚漢學家之書，依其說而書之，全經可不遺一字，此真經書之巨厄也）。今按菡萏二字，不惟無異體，且無異聲，苟得其聲，則其義自見。彼舊儒之支離附會，皆原於不識字，而又苟求異人之咎也。菡萏二字皆從草，而即以函臽為聲。函本作圅，謬儒之僭造為欿字，雖不成文，似尚為稍識古字者（此指隸書而言。至荅之從含，則後人不識音義，誤以含函為一聲，因遂誤以為一字也。含今語轉作痕，函今語轉作緘，二字初不同母也）。其在古文則作（不欺敦）（毛公鼎、函皇父敦亦同）。其義大近乎今之陷字（如師匋敦毛公鼎同云，弗以乃辟函于艱。不欺敦則云，弗以我車函于艱），然殊非是（古文自別有陷字，說見下）。相其義音，當為今嵌之本字，而文則象古緘扎之形。今書信之稱函，而謂其封閉則曰緘，殆即本此。函緘原本一音，亦原本一字，特一為名詞，一則其名動詞耳（又古器中有函皇父敦，是古人曾以之為氏，於今書則無攷。近人以周之闞氏當之，尚難遽定，然其音實近之。而與今之讀寒者大異也）。是函自音嵌（嵌字既從欠，又從甘，而上復從山，胡拼亂湊，可決古必無此），不惟不得妄讀為罕，即俗之讀寒亦非也。臽者古陷字，其在金文作（宗周鐘，付孳敢臽虐我土），而龜文則作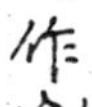，象人墜於坎中（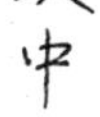上加兩手作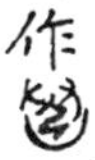即為丞，蓋拯本字，即從坎出人也）。後人既不識臽之本誼，乃復於其旁加阝（即阜），殊無義意。人之墜坎，奚必由阜墜之，而始見為陷耶。臽音如咸上聲，讀若險。是故從言則為諂音產，從門則為闞音掩，音各與險近而絕無誕聲，以其音母之相去太遠也。是則菡萏自音嵌險，初無別音。且古人之制為此字，亦專主於其音，其取用函臽二字，亦絕無他義，此形聲之所以不同於轉注也（轉注則用其聲，復用其義。若專用其義，而別於字外求聲，則會意字矣）。人苟知菡萏之音嵌險，則

其義即入耳可知。蓋菡萏者芡之切音，芡之稱在今語猶然，乃人人所耳熟能詳者。人但即其音就沼澤中求之，荷蕳之外，其與蒲並生者，當然必首及此物。以其物固翹然特出，觸目可辨也（古今來經學家，其解就實物求之者，二千餘歲，實無一人。今之黍稷，尚不以為黍稷，而別求其所謂黍稷者，況於其切音耶。又其人例為不辨菽麥者流，人即以芡與之，彼亦必不識。彼於楊柳梅榆等日常習見之物，猶不能知，又何有於沼澤中之微物耶。然非此則不足以為中國之大儒也）。既知有芡，則當然即悟其為菡萏，蓋所異者，僅在語音緩急輕重之間。知芡而不知菡萏，殆猶知十而不知二五也（然自來經學家率如是。故知菲而不知芣苢，知綠而不知茹藘，知蓮而不知苓，知莠而不知葽

。蓋諸公固盲於心，並盲於耳者也）。芡實俗或呼之為鷄頭米，中有實如薏米，而以其外形有似乎鷄頭故也。然芡之名則無不知之，以芡乃其統名，而鷄頭則專指其實言之也。此詩小序以為刺時，其所謂刺時者，乃刺時君之不明，致賢者淪落不偶。故特託為男女之詞，而以男子之美不見賞自況。有美一人句，乃一篇之眼目。蓋男女之所重者美，今美而仍不免於一人，此其所以傷也（自來於一人字，率滑口讀過，此此詩之所以卒無人能解也）。首章託興於澤陂有蒲，則必當別有荷以配之。蓋蒲者良材，而荷則花之美者，華實交榮，紅綠互映，始得以各極其趣。而人竟不能如之，故寤寐絕不能有所為。此通章之大意也。次章則退一步言之，謂澤陂有蒲，縱無荷亦當有蕳。蓋蕳之色雖

遠不及荷，而有香可佩，亦足以與蒲稍慰寂寞。三章則降而至於極地，謂無荷無蕑，亦必當有菡萏。菡萏之色與香，雖舉無可稱，然有實翹然突出水際，與蒲上下頡頏，亦儘堪借資點綴。而無如人之美者徒自美，乃併此而無之也。荷蕑菡萏，雖同為池沼間物，而每況愈下，各有其義意，不惟不得隨意亂指，即其敘次，亦不容稍紊。舊儒對於其名物，尚胡言亂道，又焉從而能窺見詩義者。此風之所由日衰也。

又此詩後序謂，言靈公君臣，淫於其國，男女相說，憂思感傷焉。其釋謬支離，殆不勝指目。最妙處在男女相說之下，忽雜湊以憂思感傷四字。方云說，忽又憂思感傷，真所謂變幻不測者。除病人譫語外，恐古今別無其匹也。

櫟栗辨

櫟、從木樂聲。秦風、山有苞櫟，隰有六駮，未見君子，憂心靡樂。以櫟與駮樂叶韻，則其音當讀如樂可知。乃攷之各書無不注為讀如栗者。竊嘗疑之，而斥其謬。洎後與豫南人遊，常聆其言黃栗木，初但以為栗而已。既而覺其不類，叩其字，則以櫟對，語其實則一名柞木，乃苞櫟之大而成樹者也。至是始知讀櫟為栗者，非無所本，然卒莫喻其故。嗣檢說文古籀補中栗之古文，始恍然於樂栗古本一字，因口語之不同，而有樂栗二音。後漸分而屬之兩木，然積習相沿，難於驟改。故其原本讀栗者，於文雖作樂，而仍讀如栗，則豫南人是也。蓋古者物無專名，其稱謂率以類相從。如其於鳥，凡手所執持者概曰鳩，弋獵所得者概曰雉，即其前例（詳見郯子五鳩攷）。樂者，果實之外殼之統稱，今人於松柏之實之外殼，曰松樂，草縣之實之外殼，曰花樂，猶其遺意（又俚歌中往往云，一朶蓮花，一朶蓮花落。此落字亦當作樂，猶言一朶蓮花，一個蓮蓬也）。櫟栗二木，其果實外皆有樂者，故在當時，同謂之樂樹。其於文則作⿻𢆶木，下從木，於其枝端，各作一◬形。中一點象果實，外象其殼，即所謂樂也。嗣因其音，與喜樂之樂畧同，遂多假用作喜樂字。而此時之⿻𢆶木，以臨文之便，亦漸省減而成⿻𢆶木字。世儒恐其借義與本義相溷，乃於其作喜樂字用者，即其兩側之△字，從其中間縮入之作8，以為之識別，即今⿻𢆶木字也。⿻𢆶木在當時，本有樂栗兩聲。此猶此之音呰音柴，虹之音紅又音絳，乃各地語音輕重攸殊之故。今讀樂者既轉而為樂，其本文遂為栗之所獨得。◬之文，本近乎古文之⊗（即西），故一轉而為⊕（見石鼓），再轉而遂為栗，此栗字從西之所由來也。樂與栗既判然為二，則二字宜各不相假。然樂之本文，既習於假借，則於其本義，不得不更加木以別之。古文之似此者甚衆，不遑縷述。文既作櫟，則讀音似不得復為栗。無如豫南人，其於樂樹，本讀如栗，今文雖作櫟，而其口語，其讀栗也如故。豫州又適有櫟邑，即鄭厲公之所從入者。彼人沿其習慣，自仍讀之如栗。而後人不明其轉變之所由，見其自稱如栗，名從主人，遂亦相率而栗之。而不悟其不可概論也。豫人惟以櫟為栗，故鄭風以東門之栗，隱指櫟邑。栗樂古惟通用，故嘉樂又曰嘉栗（左傳、嘉栗旨酒。嘉栗即嘉樂君子之嘉樂也）。又東山有敦瓜苦，烝在栗薪。此乃後世子夜讀曲諸歌之所自本，與樫栗出卜，自何能穀，同一體例。栗薪上常有樂（即俗所謂栗蓬），敦謂戰伐，有戰伐則如瓜之苦。今則進而在栗薪之上，言由苦得樂也。此等義意，非洞見文字之本源，後人幾無從揣測。舊儒妄相逆臆，乃釋栗木為甘木，豈栗木果有甘者哉（彼殆從苦字反面着想，故撰出一甘字，又為知此苦字乃對樂言之耶）。櫟者今之柞樹，其枝葉與栗略相類。惟櫟木高大，而栗則較小。至其結實，則櫟所結者曰橡子，不中食，其外殼，則可以染皁，故俗又名之曰皁斗。橡一殼一實，而栗則一殼二三實不等，且甘芳可食，其外殼多刺如猬然，與橡迥異，此栗之所以獨稱嘉卉也。若苞櫟，則櫟之初生，而作叢條狀者。葉甚盛，最適於育蠶，今東俗猶沿古稱。櫟之有苞櫟，猶桑之有苞桑，乃木之年齡有不同，其發育之狀態遂異，非別一種也。觀東俗稱苞櫟，音如薄落，知櫟之讀栗，乃豫人一方之土語。雖相沿自古，而要不得謂為其字之本音，故各國仍如字讀之作樂。今計惟鄭之櫟邑，循名從主人之例，或可讀作栗以存其真。其他櫟字，似宜仍讀樂，以免名實之有所舛戾（如苞櫟若讀為苞栗，將終古莫得其物矣）。世人以一概讀之，殊未免於截指而適履也。

栩 柞附

栩與柞櫟，前人率混合為一物。其有指以為二物者，亦第因爾雅釋木中，栩杼，與櫟其實梂之文，分疏兩處（嚴氏詩緝所主，若藝文類聚則更以柞櫟為二木。以柞為栩，以櫟為苞櫟，則幾於癡人說夢矣）。望文生義，意想其然，非於實物有所攷見也。故其言云，詩有二柞櫟，爾雅栩杼，唐風之苞栩是也。爾雅之櫟其實梂，秦風之苞櫟是也。不言其為何物，但就前人之文字上，牽纏附會。中國歷來之所謂博物家者，大率類是。故讀其文則博辯縱橫，實求之乃不得一物，即如此說，其言栩與櫟非一物，似也。乃牽纏至於柞櫟亦有二，豈栩亦可謂之為柞櫟乎。且詩但言栩，又何嘗言其為柞櫟耶。今按爾雅之以栩與櫟為二，非果能灼知二者之初非一物。其所以然者，特以一名為栩，一名為櫟，其名稱判然不同，故不敢冒然合而為一耳。蓋作爾雅者之於名物，本一無所知，其書除抄襲當時謬說外，餘則專一造為種種怪特之字，以備為說經時指山賣磨之資。實則此公於五穀尚不能分，更何足以與之言紛紜之庶物耶。其釋栩為杼，即本此義。緣彼初不知栩為何物，而又恐人之以此見詢，於是遂信手造成一杼字。以羽予北聲相近，有人問以栩，則我對以杼，有人再問以杼，則我更可援經據典而對以栩。循環無端，而肆應不窮。一部爾雅，其似此者，殆居其大半。而後世儒者，乃欲一一求其物以實之，幾何不為古人所竊笑耶。即如此杼字，本為詩杼軸其空之杼，乃織機上築緯之物，音本如住。然作者則實出於臆揣，乃不幸而與之暗合，其意中固讀如羽而不讀住也。爾雅之言，本義無故實。後之注爾雅者，不知其紿，因莊子有狙公賦芧之文，說者多釋芧為橡子。芧杼同從予得聲，遂不復問其為草為木，乃率然以為一物，而即以歸之於栩。橡子本櫟之所結，今栩之子既為橡子，則栩與櫟當然係屬一物。此宋以前人所以胥以栩櫟為一物，而混合不分也。嚴氏作詩緝，不識此義，竊疑其不一。不知其所疑為不一者，正前人之以為一者之所自本，嚴氏特未嘗即舊說而深攷之耳。但爾雅雖釋栩為杼，初不言為其實。且芧從艸予聲，橡子木實，於文何以從草。況橡子初不聞其名芧，狙公所賦，更何由知其必為橡子。是芧之為橡子，已不可必，乃更以推之於杼，不且愈支離而愈曼衍乎。竊以為芧者芧之古文，即今人之所謂芋頭，乃猿狙之所喜食者。芋草類故文從艸，與橡子之為木實者，絕無干涉，又烏容改草為木，而強之以附會荒謬無稽之爾雅耶。爾雅之以栩為杼，已屬滑稽，其曰櫟其實梂者，亦復如是。櫟之實名橡，初未見有名梂者。且梂字亦絕不經見，古今載籍，全不見其有是字，則其字之為作者所獨剏可知。字尚無之，更何論其實。是並不如杼字，於義雖不通，實際尚有其字也。柞櫟之為一木，說已見前（又東俗稱櫟曰苞櫟樹，或曰橡子樹，其稱柞樹者絕少。至其木則概曰柞木，所烘之炭，亦曰柞炭，絕不復稱苞櫟或橡子，似柞與櫟，又有樹木之分。然初無當於經義也）。至栩則今音轉如檞，字亦轉為檞，李商隱詩檞葉暗山路，即其物也。其木畧似柞櫟，惟葉差大。亦有芭生者，與芭櫟同，而葉之大，則幾倍之。東人亦以之育蠶。蠶之由芭櫟生者曰山蠶，其由芭槲生者則曰槲蠶（東蠶更有由樗樹生者，曰樗蠶，其所織成之絲，即椿綢也）。所生既不同，其絲亦微異，二物殆同類而異種也（栩櫟同類，故栩之芭生者，東俗率稱之曰槲芭櫟）。芭櫟芭栩，二者皆枝葉茂密，中無間隙，可以容物，故其在風詩，取喻亦畧相似。秦風之山有芭櫟，隰有六駮，即陳風之東門之枌，宛丘之栩。六駮者枌之別稱，芭櫟則栩之同類也。枌及六駮，則能容人而蔭不足以庇人。芭櫟與栩，則蔭足庇人，而不能容人。二詩正遙遙相對，此正可以對照而得者。他若唐風小雅之以鴇羽貫鳥集於栩與失所，悉足以證明栩之為物，乃鳥類之棲息，極感不適者。鳥以集木為常，茲何以反感不適，則以枝葉密布，中無隙可以託足故也。嘗謂古今之時代，雖有變遷，而庶物之名稱，率多沿而不改。其間有差異者，非音轉則為後儒所變亂，張冠而李代耳。栩之變為槲，猶葑之變為菘。人但即實物求之，其蛻化之跡，固了了可指也。特無如陋儒之專就文字輾轉附會者何也。

葍

小雅、我行其野，言采其葍。毛傳以葍為惡菜，乃籠統摸稜之詞。既稱為菜，即為草類中之可食者，何得復斥之為惡。若果惡，將必不可食，而不得復有菜稱矣。且葍者專名，豈得以概括的惡菜二字釋之耶。陸機疏云，葍、一名蔔（此乃沿爾雅之惡習，名稱在口語上，寧有定字，安見其字之必作蔔耶），幽州人謂之燕葍，其根正白，可著熱灰中溫噉之，饑荒之歲，可蒸以禦饑。其說不知當否。余客幽州久，初不見有是物，亦不聞是名。陸機南人，其疏乃屢言幽州，將無如北人之動言南越，故示人以遼遠者，冀人無從究詰耶。今按葍今尚名葍，初不名葍。其物蔓生，似蕨（俗名大碗花）。其葍之初生，柔嫩可食，青州人呼之為葍子苗。其根亦有時可食，乃野草之堪供食用者。其為用與薇蕨等，雖非可常御之菜，初亦不得斥言為惡也。葍之形狀甚類乎土俗所稱之燕子乙者（即大碗花之異名）。陸氏燕葍之名當由此附會，然初不名燕葍，其食法亦無著熱灰中者也。又饑荒禦饑之言，亦係意想其然。此等野蔬，但可偶摘，本非常供。豐年不加少，凶歲亦不加多，安得以之禦饑。若廣義言之，草根樹皮，尚可禦饑，又何有於葍為有然耶。大抵陸氏聞知有此種，而莫知其詳，第就其所聞者錄之，初不知其說之為適然而非其常也（如其所說之食法是）。然此在陸氏諸說中，已為其較切實者矣。

蜉蝣

蜉蝣、毛傳用爾雅說，釋之為渠略，固謬。然郭璞陸機輩之注疏却甚合，蓋蜉蝣今仍名蜉蝣。人就渠略求之而不能得者，還就蜉蝣求之，則固不難按圖而索。所可怪者，人既知蜉蝣之名之一本乎古，乃必曲為之說，而仍必訟言其為渠略。此則自漢以來經生之惡習，所謂重師說者，寧改經，勿改傳，有以階之厲耳。今逐錄郭陸二說於下，亦可以知其概矣。郭璞云，似蛣蜣，身狹而長，有角，黃黑色，藂生糞土中，朝生暮死，豬仔噉之。陸機云，蜉蝣，方土語也，通謂之渠略，似甲蟲，有角，大如指，長三四寸，甲下有翅能飛，夏月陰雨時，地中出，今人燒炙食之，美如蟬也。二說狀蜉蝣，俱確切不移。惟陸既知蜉蝣之為方土語，則是蜉蝣即其通稱，古今並無異致。何處更來此不古不今渠略之怪名，乃下必注之云，通謂之渠略。然則詩謂之蜉蝣，方土謂之蜉蝣，果何時何地，通謂之渠略耶。無亦曰爾雅夏小正毛傳云云耶。不知有此三書，此古今名物之學之所以變亂不可卒復也。然此茍對後世之經生言之，則將有斥以為大逆不道者矣。嗚呼，此中國人之所以為中國人也。

遂

遂、毛傳亦釋為惡菜。若以狹義言之，則遂與蓄，當然為一物矣。如曰通言其概，則又為用此泛濫無當之訓故為者。況菜之名，更不容以惡稱耶。鄭箋以遂為牛蘈，其字甚怪，其名亦未聞，更無由推知其形狀。陸璣疏云，今人謂之羊蹄，亦不言其為何物。不過就鄭之所謂牛者，易之以羊，鄭所謂蘈者，易之以蹄，第就文字上推陳出新。如問其厥狀如何，想二公俱無以應也。由鄭之說，雖不識其字，尚可知其為艸，由陸之說，則幾上同乎動物之一肢，並其為草，亦不復知矣。遂何以即為牛蘈，牛蘈又何以即為羊蹄，其間毫無所繫屬，果何所據而云然者。如此注法，則一部本草，何不可以一即字謂字盡之乎。不求實際，乃徒隨意變換其名稱，名雖百變，其如其物之終不可識何耶。今按遂，今尚沿用古名，青州土俗，或謂之遂菜，乃野草中可食者之一種，其用與蓄等。狀如石竹，開小紫花，大如粟，土俗於其名稱，多書作竹字，以其略似竹形也。遂竹同音，故常相通用。遂本形聲字，但寫其聲，初無關於其義意也。遂為野生植物，任人採擷，絕無所愛惜。初非若園藝植物之出於人為，而不可輕以假人者。注以為無足輕重之物則可，斥以為惡菜，則殊嫌過當也。至牛蘈羊蹄等稱，不知世間果否曾有其物。即云有之，亦必與遂無涉，以遂既不似牛，又不似羊蹄也。顧世之言名物者，不求之遂，乃反就牛蘈羊蹄上，牽纏附會。不知攷稽，縱極詳博，其於遂又何當耶。而況乎其所謂牛蘈羊蹄者，更不可必得耶。然中國人之不信經而信傳，幾成為第二天性。寧信世之有牛蘱羊蹄，必不容其有遂，此經義之所由日湮也。

苞棣

隶、龜文作眔。金文作眔，象目中出水，乃泣之本字（泣、從水立聲。今人讀如器，殊非）。古人常假借以為追字，音如待，古器中習用之，今北土方言猶然（俗或書作帶字，非。帶名詞，非動詞也）。泣之轉追，猶屬之轉賴也。隶音如泣或逮，則凡從隶得聲之字，要不能出此二音，隸之音泣，逮之音追，即不啻為之代表。棣從木隶聲，其字不讀逮，即應讀隸，本當然之事。今攷秦風棣字與檖醉為韻，則其讀隸，更確無疑義。乃世人竟相沿讀之如狄，殊怪事也。初不知古之所謂棣，即今之所謂梨。棣與梨乃一聲之轉，唐棣今俗稱唐梨，即其証（唐梨或作棠梨，宋代鬼詩所謂殯宮空對棠梨花是也）。若本讀狄，則與梨之母音，根本不同（狄、端母，梨、來母），更何由轉變而成今字耶。大抵中國自戰國後，六書之旨既湮，世儒對於文字，多臆為高下，而又好標新領異，以求苟異於人，此言文之所由日趨日遠也。棣雖為今之梨，而苞棣則實為今之杜，此猶有杕之杜之實為今之梨也。蓋棣之始生皆為杜，杜必接之以杕，始轉變為梨。有杕之杜，乃杜之已變為梨者。其實芳甘，故人皆思飲食之（唐風）。苞棣乃梨之初生為杜者，其實酸澀，故以喻在上者有實可以啖人，而人不能食。棣與杜原本一木，特因人力之移接而變，故古人常以相互為文。陋儒不諳物性，見其言杜，則謂之杜，見其言棣，則謂之棣，又烏在其能有當耶。

鱒

九罭之鱒，毛傳箋釋以為大魚。其言籠統，初無足道。郭朴謂鱒似鯶子赤眼者。陸機謂鱒似鯶而鱗細於鯶，赤眼。二說畧同，皆以為鱒之形，小異於鯶，而大體則相似。其說雖未可厚非，然質言之，則固皆噴飯資也。蓋鱒與鯶特一聲之轉，古之所謂鱒，即後之所謂鯶，二者原屬一物，又有何不可相似。二公不知其為一物，而又不能明言其相異之點，乃徒即其體之大小，與鱗之巨細，強為分別。豈同此一魚，而發育之時代不同，即可以指為異類耶。鱒在今土人又轉音讀如俊，實為鱒之去聲，由此可知前人所稱之鯶，亦當讀如渾，而不得讀如惲。尊之與渾，所差者僅在口齒輕重之間，今各處尚有讀二字為一音者。世儒不加詳考，乃惟以意為音釋，此今古名稱之所由多不合也。

旱麓

毛傳所存，雖多屬秦漢間經生之謬說，然其中實間有相沿自古，而為後來人之所不解道者。前於雎鳩傳之摯而有別四字，曾具言之。特其數甚鮮，在全書中，殊不概見。茲於其傳旱麓之旱字為山名，乃僅見之。亦可謂之披沙揀金，時時見寶也已。今按旱之為山名，自戰國以後，已無人能言之。觀鄭氏箋此詩云，旱山之足，林木茂盛者，得山雲雨之潤澤也，喻周邦之民獨豐樂者，被其君德教。正義於此文，雖原本毛傳，仍釋旱為山名，然觀其文中潤澤字，及獨豐樂字，則鄭氏意中，固自認此旱字為旱乾之旱，而與毛義意岐出。其所以然者，以旱山之名，於載籍實無所攷見。毛氏雖釋為山名，而古今初無一人能實指其地，則其地之有無殊難徵信。似不如經易之，而直截認作形容詞，於解說上，尚覺較為順利也。殊無如此章大旨，乃以榛楛之得託於大山為幸。初非謂山獨有意，庇此懸舟，而使之獨免於旱。若如所說，則是天旱時，山麓之所存者，唯有榛楛，而山頂成為納汚藏垢之所矣。今攷此旱字，即秩秩斯干之干。古於四聲不甚分，故干旱二字常通用。而干亦有時讀旱。干城左傳則引作扞城，捍敔古器則間作干吾，即其明證。古人於地名，初無專字，故凡字之同音者，皆適用之。旱本山名，其在古文則作厤，散氏盤銘詞中屢及之。其最顯著者則云，降以南，封于同道（同、文作[illegible]，似為凡之轉注字，當為凡伯封地也），陟州剛，岡登厤，降棫，二封（此外尚有登于阪源，封割厤□□剛厤等文，以中有二

字，尚難確定，不具引）。謂厤曰登，則厤之本為山名可知。散氏盤所紀，多屬周豐鎬二京地（詳見學文溯源）。曰降以南，則厤之為山其位置適當周京近畿之南可知。詩所云之幽幽南山，殆即指此山言之也。蓋此山本名厤，後（此，因即名其宮曰厤宮。厤古通厈（邢侯彝））宣王作宮於厈（遣尊），厈（褱卣），亦或省作干。干古音如捍，故厤又通旱。是知秩秩斯干之干，後雖用作宮名，然其得名，實原於山。故其詩首章，純即山與宮之形勢，相互立言。前第知干為宣王所作之宮名，初不知其得名，實別有所本也。周之豐鎬二京，相去僅二十五里，旱山之距二京孰為遠近，未經身歷，雖難驟言。然觀邢侯彝云，王格豐京，酬杞。又云，蒞壁雝。又云，王在厈。則所謂旱山者，實與豐京相密邇，宣王所作之宮，亦即在此。

然其跡久湮，苟非古器猶存，後世幾無從尋其遺蛻。今古文復顯，與詩言正相為表裏，方域瞭然，似不難按圖而索也。

旨鷊

陳風、邛有旨鷊。毛傳用爾雅釋草文釋之曰，鷊、綬草也。郭璞注云，小草，有雜色，似綬也。陸機更疏云，鷊五色，作綬文，故曰綬。二說但就一綬字，輾轉附會。郭云有雜色，陸即申之曰五色。郭云似綬，陸即實之曰作綬文。至鷊之何以即為綬草，而綬草果作何狀態，則古今來初未嘗有一人能言之，亦古今來初未嘗有一人曾見之。此等羌無故實，指山賣磨之訓釋，又何必徒勞楮墨耶。今按鷊從鳥鬲聲，乃鷁之異體，原本鳥名。但詩既以旨稱，又以上章旨苕例之，則其為草名之假借，已無疑義。然原名既出假借，則欲研求其草之果屬何草，勢不得仍求諸其舊有之文字，而不得不別求之於其音，以假借之法，固專以音為用者也。鷊音如鷁，今攷草類中之與鷁同音者，惟有藙字。內則三牲用藙是也。漢儒不知藙為何物，第見毅在隸書中，有類乎殺，而禮又與蔥芥韭蓼薤梅等並舉，知其可以和肉。適椒之別種，有名榝者，遂誤合以為一物，而即以從木之榝，當從艸之藙。故鄭氏釋內則云，藙，煎茱萸也，漢律會稽獻焉。爾雅謂之榝，厥後陶隱居因徑以藙為榝之誤字。陳藏器雖辨其非，然仍以藙即為榝之異名，則雖辨仍等於無辨，其誤遂相沿以至於今。蓋彼輩徒見楚辭以榝與椒並稱（離騷椒專佞以慢慆兮，榝又欲充夫佩幃），爾雅亦然（椒榝醜菉，釋木文）。椒可和肉，榝亦可和肉，於內則之言正合，而不悟榝之外更別有可以和肉者也。殊不知藙與殺，在今文雖相類，而在古則否。且榝從木而藙則從艸，草與木之區別，其相去寧只菽麥。古人雖至愚亦不至模糊若是。況榝本南產，而禮經則作自北人。當時南北之風氣，尚未大通，安得責兆民以致此難得之產（內則開篇云，后王命冢宰，降德于衆兆民）。觀今北人，尚絕無有以茱萸入食者。則可知禮所謂藙，與離騷所謂榝，二物固不可混同也。然則藙者何，即今土俗所稱之小茴香也。其葉如麥蒿，而長大如茗，其苗之初生有異香，柔嫩可食，北人謂之曰茴香苗，故詩特以旨稱。蓋凡古之所謂旨者，皆其可食者也。既老則於其頂端作白花，結實如小麥而差細，雖不中食，而香特烈。北人凡煮牲畜之肉，必參入少許，如薑桂然，用以獻其腥羶之氣，而助長其芳馨。禮所謂三牲用藙者，實指此言之。與詩所言，雖同物而異用。其謂之小者，因草類中，別有一種結實作八角形者（俗或謂之八角），常與之同用以佐味，俗或亦謂之曰茴香。其實較大，故特以大小別之也。茴香之名，殆因其能回復肉類之香氣而稱，故二物皆適用之，初非古誼。知藙之必屬於此者，以八角之莖葉皆不可食，詩不得以旨稱也。若檓則自屬木本，與椒畧同，故古或目之為越椒（伯棼之名即此。棼、芬之假借字也），本草言之甚詳。不惟北地之所無，且除其實代作椒用，聊堪佐味外，自餘一無可食，與詩之言旨亦不合。一經道破，其誤自不待煩言而解。至後儒因漢人有鷊為綬草之說，更推廣其義，謂鷊為吐綬鳥，則又如癡人說夢。其流極將有不可究詰者矣（如膠鬲當解作綬人，寙楀當解作綬木矣）。

厹矛

小戎、厹矛鋈錞。毛傳、厹、三隅矛也。殊謬。實則古今載籍中，何嘗見有厹字。字尚無之，更何由得其義意。且孔傳尚書顧命，既以三隅矛為惠，茲何以又別目為厹。況厹若為三隅矛，則厹乃名詞，何得更與概名詞之矛字相聯成句。孔疏知其無稽，乃曲為之說曰，蓋相傳為然。殆亦無從為諱，故不得已而為此莫須有之說也。今按厹乃古勾字之異體，而今勾字之所從出也。蓋勾古文本作叫（見金文駒敦等字偏旁），即今句字。句勾原本一字，故今文勾尚多作句。迨春秋以降，句由叫漸轉作句。古器中雖不經見，然由句字之古文作句，鉤字之古文作鉤推之，則今文從勹之字，在古文多從丩，可無疑也。嗣後句勾二字之語音，漸趨歧異，句則曰近乎虞，勾則曰近乎尤。當時學者，恐其相溷，欲強加以識別，因就句字之原本從方口者，改而從尖口作句，以為字音今古之分。此猶公之本作厶，而今轉作公，弘字本作弘，而今或作弘也。乃後來傳詩者，不知古文之勼，即今文之勹，因誤認以為九字，以九之古文固作勼也。從九從厶，古今初無此怪字。然在當日作者，亦第就原文書之，以附諸闕疑之列，非必其果成文字也。無如後世之學者，事事不及古人，而惟其師心自用，恥一物之不知，則遠勝古人。見其字之從九也，則臆定其音如仇。見厶字有三隅象，而下文又言矛也，則臆定其義曰三隅矛。無如勾本副詞，下文矛字始為名詞，若厹既為矛之特稱名詞，下不得更言矛也。勾矛，矛之有橫枝者，與戈形稍異

蓋戈之枝偏於一方，而勾矛則兩端如一。惟其枝為稍短耳。其旁出之枝亦曰喬，清人所謂二矛重喬是也。喬本木上曲之名，矛之枝似之，故亦沿其稱。又古之所謂勾者，實為今之矩形，矩字即原本於是，與今人之所謂勾者殊異（後人變矩形之勾為矩，而專以勾字屬之今義，然在古則無矩稱也。勾原本作句，與矩同音），故今日出土之古矛，絕無作勾形者。後儒不通古誼，憑文想象乃竟繪矛形作勾狀（見詩經圖注。且更分二矛為酋矛夷矛，尤謬），是不惟不識勾，且併不識矛之為今日之槍矣（古人常用矛以刺，若如所繪，則無可用以刺矣）。然茍非古文再出，則終古將無由識厹矛之為何物也。

鋈

小戎、陰靷鋈續，及鋈以觼軜，公矛鋈錞諸鋈字，毛傳釋以為白金，殆純屬揣測之詞。自古所傳之白金，除銀錫外，幾見別有一種特名為鋈者。此不過見鋈字從金，意其為金類，而僅釋為金，又嫌其過於囫圇，因隨意指目，妄加以白字耳。孔氏正義，知其說之無稽，乃別取劉熙說釋鋈為沃，謂銷此白金以沃灌靷環。其說尤謬。蓋鋈若為沃，則純屬動詞，不得更為名詞。不惟沃續二字兩動詞連用，絕不成語，且鋈已不為白金，又何處得有所謂白金者而沃之耶。豈一鋈字而動詞名詞兼備，可釋以沃白金三字耶。今按鋈，從金沃聲，讀如饜飫之飫，乃銅之本名也。沃在古本讀如育，故飫字從沃得聲，音亦如育。常棣飲酒之飫，與孺字為韻（孺古乳字，從子從需，需亦聲，言其為子之所需，會意字也）。角弓如食宜饇（飫之異體），與取字為韻，即其證。銅在古或名為呂（間亦作鋁，張仲簠），或名為鑪（亦作鎛，僕兒鐘），或以鑪呂並稱（其單稱鑪者，或稱赤鑪，見邾公華鐘。或稱黃鑪，見曾伯霥簠。以銅之色有赤有黃也。或釋錯非），音皆與沃字相近。古形聲之字，其諧聲一方，本無定體，則其變膚呂而為沃，殆亦猶饑之作飢，鑼之作鐲也。銅之稱自戰國始有之，故經書中不概見（指詩書易儀禮春秋言，若左氏傳則習見矣）。乃銅字興而一切古名遂隱，然其間亦間有沿襲舊稱，而一時未盡改易者。漢書食貨志，民盜摩錢以取鋊，其所謂鋊者，即為鋈之異體。師古釋以為銅屑，說文亦然，是特不知鋊本為銅之本名，而僅從上文一摩字揣測而為此說耳。實則古今文字，其義意初未有若是之狹隘者也（金銀之屑，尚無專名，豈銅屑獨得別稱鋊，若然則鐵錫等屑更謂何耶）。鋊音如浴，其音與饜飫之飫正同。鋈音如飫，則鋈與鋊，實音同而字異。不過後來沃字變而為今音，無人更知鋈字之本當讀浴，乃不得不別取谷聲，以制為鋊字矣。是則銅之稱鋈，至漢時尚未盡泯也。

觼軜

小戎、龍盾之合，鋈以觼軜。觼字舊讀如厥，殊謬。觼從角從夐，角夐二字，全不成義，其非會意字可知。此外無論其為形聲轉注，要必為一聲一義，相合而成。今觼字讀厥，與夐字既有如風馬，若謂其從角聲，則古今又絕無以夐為義者。以凡為義者，概係名詞，而夐則為一種形容詞也。由是可知，觼之讀厥，乃後儒不識其字，而隨口杜撰之詞。其既不讀夐，又不讀角，而必讀為不狼不狽之厥者。蓋心有所慊，恐有人識其不識而讀半字也。凡前人之讀杕為第，讀頍為跬，讀穈為門，其自欺欺人，皆同此一心理。實則字各有義，義各有聲，其識與不識，初不得以矯誣為也。今按觼從角夐聲，實為古扃字之異體。夐本古窘字，其字從人被覆於網下，乃窘之會意字。蓋人離於網，其勢必窘也。其在古文當作𦋐，從爪從冂從夏，象以爪執網覆人也。夐之單文雖不見，而瓊實從之得聲（竊疑唐風獨行睘睘之睘，本當作夐，以睘字初不見有扃聲也），今讀音如窮，實為一聲之轉。然以字義言之，則當讀如窘平聲也（今人在口語上，窘扃實為一音，特在文詞上，乃分為平上耳）。夐既音窘，而觼字從夐得聲，則音亦如窘。窘扃原本一音，而觼字又從角得義，表示其為一種器物之名，則觼之即扃，固不難逆揣也。扃在後世則謂之管，乃所以封鎖一般關鍵者之總名，故門之橫管曰扃（今扃字之從戶即以此），鼎之橫管亦曰扃（見儀禮），兵車之前備有橫管，因亦曰扃。左宣十二年，楚人惎之脫扃是也。扃為橫管，軜則所以受此橫管者，故其名曰軜。軜猶言納，其從車特轉注字耳。在楚辭則別從木作枘，實本一字。後儒或臆讀為芮，非通訓也。此句實承上文龍盾之合句來。蓋龍盾本建於車前，藉以為車之屏蔽。特其制有二，分列左右，如門然。平時則闢之以便人之出入，戰時則合之若一，以禦矢石。詩之言合，殆指將戰時言之也。合之則必取其堅固，故特用銅以為之觼軜。觼軜者所以合盾，亦盾之所由合也。二句本緊相銜接，不容間斷。盾無觼軜，則盾無由合，觼軜無盾，則觼軜無所施。舊儒於字尚不識，更何論於其義意。故說來支離附會，全然不能成語，此固勢之所必至也。

蒙伐有苑

小戎、蒙伐有苑。毛傳，蒙、討羽也，伐、中干也。直是夢話。蒙之與羽，相去不啻千里。此公殆因禹貢有蒙羽其乂之文，蒙羽二字偶然相值（蒙羽乃二山名），遂即臆指蒙字為羽字。而討羽之稱，尤屬離奇，天下古今，寧見有討羽其物者。此不過既謬解蒙字為羽字，而僅一羽字，猶嫌其泛濶，與詩所言之兵事無關。於是更就羽字上加以討字，以為討有殺伐之義，討羽即所以表示其為攻戰之羽也。其不曰戰羽而必曰討羽者，因戰羽二字，文義太顯，恐人或詰其無稽。謂之討羽，則其文在似通不通之間，冀可以冒之為贋古也。漢儒揑造臆說，其必取其不通者，實同此心理（如鄭改賓載手仇之手仇為手斞，既祖填池之填池為奠徹之類），其心目中，殆以不通者始為古也。若伐之為干，義尤奇拗。載籍中之言干者多矣，幾見有別名之為伐者。伐之為干已奇，況更申之曰中干乎。如此解釋將何物不可指以為伐耶。今按此文伐字，實當為戎字之誤。以戎字古文作戎，伐字古文作伐，形極相近，因輾轉以致此也。戎字在秦地本讀如汝（大小雅本西周人所作，故往往以戎代汝。而常武首章至以戎字與士祖父為韻，若邶風旄丘，則與東同同韻，完全成為今音矣），故大小雅中，往往即假借以代汝字，此戎字亦即其類。特彼之所代者為汝，而此之所代者，則為櫓耳。櫓字於經書及古文中皆不見，顯然為後起字。抑或當時已有其字，病其筆繁，因特假此字為之，皆未可定。又按戎從戈從甲，以甲禦戈，與櫓之為用畧同。

而戎字或即為櫓之本字，亦未可知也。櫓者以木為質，而用皮革以蒙其外，戰時執之以禦矢石者。左襄十年傳，狄虒彌建大車之輪，而蒙之以甲以為櫓即其事。蒙戎有苑，正謂所用以蒙於櫓上之皮革等物，斑駁陸離，苑然有文（其無文者，或施以繪畫），與上下之文義正合。毛解伐字為中干固謬，然櫓者干之異制，或其字雖訛，而其義猶尚流傳於世，在毛氏固確有所受之也。而卒無如其以蒙為羽何也。

竹閉緄縢

小戎、竹閉緄縢。毛傳，閉、紲，緄、繩，縢、約也。音義則根據攷工記弓人。鄭注以閉為柲，指以為榜弓之檠，殊於情事未合。檠乃常時之所用，兵車何得載此長物。且弓已交於韔，安得又復用繩縛之於檠耶（其以柲為檠亦未確，茲不贅）。今按閉本當作必，乃同音之假借，實為一般戈矛之柄之通稱。故必字古文作必，從戈從八。弋者，上象其刃，下象其鐓，中間左右二點，乃指示其命義之處。凡指事之字類然，猶上下之加點於上下也。後儒因必字多假作語助詞，於其本誼，乃特加以木作柲，左傳所稱剝圭以為戚柲是也。其在近世則音轉如柄如把，要皆一聲而音有輕重，其在古文則止有必字也。竹閉謂積竹以為必，取其堅韌不撓。蓋竹性中空，慮其或有撓折，故破其竹而積壘之，別用繩以約其外，則虛者皆實，雖大力亦莫之能致敗矣。又毛訓緄為繩，訓縢為約，亦適得其反。緄古文作⿰昆糸（無惠鼎），其異體甚多，且有作⿸尸日者，則直象其束縛之形，義尤顯）。從糸從昆。糸即縣字之所從乃其音，昆即象其束成之必形，下象鐵，上則其束縛之文理也。緄在今則音轉為綑，因緄原從糸昆聲，昆音坤不音滾也。縢則為束縛用之褊帶，古所謂履屩羸縢即其義（羸當作贏，謂赤其股，而僅用縢以束其下也。羸與履乃對文，俱屬動詞。若羸乃長義，長縢義亦可通，然變而為形容詞，與上文不適應矣）。羸縢在漢世則曰行縢，即今之所謂裹腿，乃行人用以纏股之長帶。徵之此文及魯頌之鉤膺緑縢，知縢乃一般束

物之帶之概名詞，初不得謬作為動詞解也。今古器中所紀錫命之文，其有武功者，多載有戈琱戟緄必之典，是必之用緄乃特制，非尋常甲士之所得通用。然則此詩所指，或即就其主帥之車言之，亦未可知也。質言之則曰緄必，詳言之則曰竹必緄縢。蓋用緄之必必以竹，而緄竹為必必以縢也。舊注知閉之當為柲，而不知其實當為必。知緄縢之當為繩約，而不知其實當為約繩，正所謂知二五不知十也。

鳶雛隼

鳶、唐韻、韻會，或作與專切，或作余專切，並讀如宛，近世咸從之，殊謬。惟莒州諸城間讀如焉，尚稍存古誼（鳶舊本音淵，彼處人讀淵亦如焉，故鳶讀焉也）。然亦中古以後之轉音，非本義也。鳶乃形聲字，從鳥弋聲，凡鷁鷊鷰等字，皆其異體。音固如弋，不讀宛也。就中惟鷰字，差為近古。因鷰乃會意字，不純主乎形聲，中古以前，固無所謂形聲字也。今龜文中有[illegible]字，當即為鷰之本字。以從鳥之字，古骨從[illegible]，而屰字則古作𢆉。其變𢆉從屮，猶告字今文之變𢆉從屮也。鳶在今則謂之鸇（鸇從亶得義。亶有回旋義，楚詞則加之作邅。鸇之飛好回旋，故又有此名），俗或目之為雀鷹，其鳥好逆風而飛，故從鳥從屰，屰者古逆字也。春秋僖十六年，六鷁退飛過宋都。左氏釋之曰風也，甚合經義。蓋鷁本逆風而飛，若風之速度，超過於鷁飛之速度，則在鷁雖覺其進，其結果適成其為退。後世經生，全不知鷁為何物。因淮南子有龍舟鷁首，浮吹以娛之文，乃臆指鷁為水鳥，謂畫其象於船頭（文選子虛賦浮文鷁注）。不惟其說與風無關，且古今船舫，幾見有此怪制耶。殊不知此之所謂鷁首者，實指船上桅竿之相風鳥言之。蓋鷁飛逆風，而相風鳥之用，以首向風，以尾示風之所向，與鷁全同，故即取象於鷁。迨流傳日久，漸失其義。人第見其為鳥形，乃隨意指目為鳥，實則鳥之與風固絕無關係也。鷁與鳶原為一字，故今人於風箏，又謂之紙鳶（其義與相風之鷁全同），以風箏之制，固亦以逆風為用者也。

世儒不知鳶之即鷂，鷂之即鳶。鳶之義為逆風之鳥，乃妄臆謂古之風箏，當作鳶形，殊笑談也（彼於鳶之為鳥尚不知，更何從象其形。且風箏又豈可以一例拘耶）。古詩安得晨風翼，不能凌風飛。其以晨風為鸇，雖不免蹈襲舊注之誣（見文選十九首），然其以鸇之飛為凌風，則殊有當於物理。知事實所在，固不乏人仰觀而自得也（特難為不識實物，專就書本研求之漢宋學家言之耳）。至鳶之讀焉，大抵由春秋閒年經生誤讀四月之詩倡之。以詩有云，匪鶉匪鳶，翰飛戾天，匪鱣匪鮪，潛逃于淵也。此詩鳶字，本與隔句鮪字叶韻（鮪古音弋，今俗轉如祭，別見）。而不知者，乃誤以叶下天淵。叶弋為天淵，故其結果適得焉聲，世因即假其字，以當語助詞中之焉字。嗣又恐其與鳶之本誼相溷，乃更稍移其上端之弋字，與下鳥字相聯以為識別。說文知焉之為鳥，而不知其即鳶，杜撰之以為黃鳥，所謂知二五，不知十也。（弋本作弋，今改從下）。

又按鳶字毛無傳，鄭箋則云，鳶、鴟類也。亦不言其何鳥。說文則汎以鷙鳥釋之，語尤摸稜。鷙鳥之族類甚多，豈得概以鳶目之耶。蓋若輩鹿馬莫辨，惟知在文字上輾轉糾纏，其荒謬原無足責。彼於鶉尚釋之為鵰，鱣尚釋之為鯉，尋常日用之不知，其他更何論耶。今攷鳶本名隹，嗣因引申以隹為鳥類之概名，及假借以當惟字。後儒或更於其旁加鳥作雔，或於其下加十作隼，三百篇中併用之，實一物也。其加鳥者，以當時已不知隹之本誼（隹在龜文作□，金文則作□，正象鳥形，較鳥字尤肖），第取隹為音，而加鳥以為轉注字（在鳥則為雝，在馬則為騅，在心則為惟，在絲則為維，在草則為萑，在木則為椎，在金則為錐，在水則為淮，在山則為崔，在土則為堆，在石則為碓，在目則為睢，在口則為唯，在手則為推，皆轉注字。惟隹之所之為進為會意）。其加十者，以隹之飛自下視之，適成一十字形也。今濟南此物甚多，翱翔太空，觸目可辨。抱朴子曰，鷹之在下無力，及至乎上，聳身直翅而已。聳身直翅四字，正不啻為十字下一注脚。惜其但見其飛甚高，與戾天之義正合，臆知其為鷹，而不知其即雝即隼，更無由知其為鸇為鷙為鷫。然較諸秦漢以來之說鷹者，則可謂識有獨到者矣。其最可笑者，秦漢人所妄續之

曲禮（曲禮自禮曰君子抱孫以下，皆後人之所貂續，故荒謬百出。說別見）有云，前有水則載鳴鳶。夫鳶幾見其有能鳴者。此與漢儒以雎鳩為鶚，而不知其不能鳴者，正同一笑柄。而世儒竟普不知覺，亦可憐矣。

又左僖二十四年傳，鄭子臧好聚鷸冠。歷來注者皆以鷸為翠鳥，大抵胥逆臆之詞，殆因鳥類中其可以飾冠者惟翠鳥，故附會而為此說也。實則翠鳥之別名為鷸，古今來絕無確證。而鷸字從鳥矞聲，純屬形聲字，又絕無義意可放。今按此鷸字亦鳶字之異體，非別有有鳥名鷸也。戰國策謂鷸蚌相持，漁人得利，鳥之啄蚌者，惟鳶為然。而矞弋同聲，以鴥鷸等字例之，其為一字尤屬顯然。若在翠鳥，則初不以蚌為食也。後之言名物學者

，知其不通，乃不得不謂鷸有二，飾冠者為一鷸，食蚌者又為一鷸。此幸而此字亦兩見，設再有援用者，當不知其果有若干種也。鷸冠殆以鷹羽飾冠（鷹鷸同類），殆即後世之所謂雄冠，乃勇士之服。好聚鷸冠，猶言好養勇士。故鄭伯惡而殺之以絕後患，此但觀一聚字可見。左氏本七國初人，其敘春秋初年事，每多錯誤。此篇但責子臧服之不衷，殆亦但據舊文，而未暇深攷也。

鱣

鱣、今俗作鱓，或作鱔，乃至習見之魚類，婦孺之所共知者。但舉其名，讀者即當自了然，原無須詳為之注。乃毛傳以鱣為鯉，已覺可笑。郭璞識其非（當由鯉魚太習見之故），乃云，鱣、大魚，似鱏而短鼻，口在頷下，體有邪行甲，無鱗，肉黃，大者長二三丈，今江東呼為黃魚，即是也。陸機復和之曰，鱣出江海，三月中從河下頭來上，身形似龍，銳頭，口在頷下，背上腹下皆有甲，縱廣四五尺，今於孟津東，石磧上釣取之，大者千餘斤，可烝為臛，又可為鮓，魚子可為醬。觀其所說，似為今海中之沙魚。其物不惟今河中無之，即江中亦復罕覯。如郭氏說，則其物自名為黃魚，何以知其即為古人所說之鱣耶。陸氏沿襲郭說，特心知其物原生長海中，與衛風之言河水者不合，故特曲為附會。謂其三月間由河下頭來上。又云，今於孟津東石磧上釣取之。夫釣魚安有定處，孟津距海，相去二三千里，海中之魚，何以必於此處釣之。殆此公第知孟津為河所經行之地，初不知其去海之遠近，特借之以為河之代名。若曰鱣本海魚，但亦有時入河，故衛風不害其詠河水。其孟津云云，乃其偽造之證據，而不悟其刺謬而不可通也。至其謂鱣長二三丈，縱廣四五尺，重千餘斤云云，尤足令人噴飯。按後漢楊震傳云，有冠雀銜三鱣魚，飛集講堂（都講取魚進曰，蛇鱣者卿大夫服之象也）。使鱣果長大如是，則鸛銜一鱣已不能勝，更何有於三耶。顏之推不知舊注之不合，乃反以班書為誤，謂當作鱓。殊不知鱓乃俗字，古書中絕無有作鱓者。孫卿云魚鼈鰌鱣，韓非子云，鱣似蛇。二者皆不得解作巨體之怪魚，豈古人皆不識字耶。鱣黃地黑紋，長者不過三尺，大者不過三指，形似蛇，故都講以蛇鱣並稱。顏氏之言甚確，獨惜其墨守舊說，卒不免為先儒之所誤耳。

鮪台附

鮪、毛傳爾雅並云鮥也。茲姑無論鮪何以即當為鮥，且遍攷魚類中，絕不見有以鮥名者。惟有一種小魚，俗呼為各迭（譯音）者，其音與鮥為稍近。其魚似鮎而小，體作黃黑色，無鱗，兩翅有刺，觸之螫人，與陸氏所云之盛頭魚，亦畧相類，惟鉅細則懸絕。至其稱，東萊遼東人謂之尉魚。則徒以鮪字俗讀如尉，特變易其字，以証其當為一魚耳。實則二地皆近在呎尺，初未見其曾有此魚也。若王鮪之稱，則為漢儒指山賣磨之慣技。如其不知雎鳩為何物，則加一王字，謂之王雎。不知綠為何物，則加一王字，謂之王芻皆此類。初不過藉此以杜問者之口。後儒乃就王字生義，謂大者為王鮪，小者更名叔鮪。又或謂各地語音不同，江淮間曰叔，伊洛曰鮪，海濱曰鮥，皆囈語也。今按今讀鮪如謂，已非其本音，人更烏從求得其物耶。鮪古本讀以，凡詩中有友右等字皆然。今讀鮪惟音以，故當時或即假用台字代之。台者古以字，大雅所謂黃耇台背是也（台本假借，故不從魚。後儒作爾雅，乃妄加以魚字作鮐，殊謬）。鮪在今則轉音如祭，以祭與有古本一音也（詳學文溯源）。其魚無鱗，背有斑剝之黃黑色紋，故北人謂之為祭花魚，祭即鮪也。老人背上常斑剝如鮪，故謂之鮪背。今人於人身之患風汗瘢者，猶戲呼之為祭花魚，實古誼也。鮪在江淮，或謂之鱖魚，或謂之鮭魚，又皆為鮪字今音之轉。其魚在魚中為最美而最普通者，雖婦孺亦具知之，茲不詳贅。

壬戌九月

臨清吴桂華秋輝氏著

蒙彼縐絺是紲袢也

君子偕老、蒙彼縐絺，是紲袢也。毛傳、絺之靡者為縐，是當暑袢延之服也。全不成語。何以謂之袢延之服，袢延之服，又何以必當暑。袢字可強釋為袢延之服，紲字又何解。大抵舊儒於意所不通者，輒造為種種不成義理之言以亂之，不至此一事也。然毛傳雖不成語，而千餘年來，卒沿用之，則以中國人之能讀書者少也。今按此章，歷來所由致誤之原，胥本於誤解篇首瑳兮瑳兮二語。二語既誤，以後便游騎無歸，此其所以謬戾百出也。展之義本為笑，後世或別作囅（莊子囅然而笑，俗或別作辴字，謬也），古人則胥作展。即如此章展如之人兮，其義亦謂笑如此之人兮。後儒釋為誠字，不知而姑為之詞也。瑳者，乃今之所謂靨渦，竹竿巧笑之瑳即其義。人之美者，每一展笑而兩靨各生一渦，故詩中重稱之，此猶瞿有兩玼（玼音叙，後世之叙本此）也。絺葛布之細者，縐者柔軟之意，謂其緯線之縐起者也。蒙者覆面之謂，孟子西子蒙不潔之蒙字本此。蒙彼縐絺，謂以彼縐絺覆面。文本甚明。陋儒第見一絺字，知其為葛布，遂臆指以為當暑之服，特囈語耳。紲其異文或作絏又或作緤，乃控馬之索。袢、左傳作靽（韅靷鞅靽），乃鞶之轉音（左傳鞶厲游纓），即今之所謂馬肚帶也。紲袢所以制馬，乃馬得紲袢，愈以顯其神駿。以喻縐絺所以韜蔽其面光，而面得縐絺，乃愈以形其發越。四句皆所以形容其生質之美，與前章之言服飾者迥別，故下文即以一顏字總括之。若為衣服，與顏字又有何關涉耶。乃不幸此公知周禮有展衣之名，而絺字又適為葛布，於是遂抹殺一切，但就此二字，撰成義意。又自覺其於末句太畧，因更揑砌而成袢延之服四字，以點綴之。說經如此，不亦大可以已乎。然後世之所謂漢學家者，方且為之穿鑿附會，而神明奉之也。

邛有旨苕

陳風、防有鵲巢，邛有旨苕。邛字舊讀為其恭反，音如節。毛傳、邛、丘也。殊謬。邛之為丘，於載籍絕無所攷見。殆當時陋儒，妄臆其如此，毛氏遂援之以為定義。今觀其解防為邑，則是前人於此詩久不得其解，僅望文生義，但求其於本句可通。即習見之字，尚不惜改變其說以遷就之，況邛字更為人之所不習見，復何所憚而不可以隨意指目耶。今按邛、病也。其字從㔾工聲。㔾字今文多轉作卩，御即等字是也（御古作[illegible]，從人執杵。即古作卽，從人就食）。巧言匪其之恭，維王之邛，乃其本義，於此句實不可通。竊嘗即其字形觀之，知其字原本作卬，後人不明詩意，輒轉附會終乃併其字形失之，此其所以貽誤直至於今也。蓋仰字經文多依據古文作印，雲漢及瞻印二詩皆然。因仰字古文但作卬，從人以爪蔭目。字已從人，故其旁不得復加人。至今文則恐其與印字相溷，乃於其左側所從之爪，減其其中畫，以為識別。而其字乃不幸而適與今文之邛字相類。實則印字本假用古仰字，二字同聲，初無異致也。印既近邛，而仰有旨苕，於事實又絕相遠。以既云仰則必在高處，而高處初非苕之所能生，因遂臆定其為邛字。其所以易印為邛，且即以丘字解之者，因丘字古但作丠，其形與工字殊近（丠字見古幣）。而隸書丘字，又多加卩作邱，尤類乎邛，故遂成此怪說也。特改印作邛，又復逞臆詮釋，於本句雖勉強可通，但上文防者隄防，乃障水之物，為下濕地之所特有，於鵲巢亦非其所宜。茲既不難改印作邛，更

何有於改防作邑。此正如庖丁解牛，奏刀既熟，視凡牛無不可殺也。殊不知此詩之旨，正以相反得義。防本不可以有鵲巢，而乃謂之有鵲巢。印本不可以得旨苕，而乃謂之有旨苕。顛倒事實，信口捏造，下文之侜字，即指此而言。毋書作譸（書敘有譸張為幻），俗則作謅，今北語猶謂人言之荒誕無稽者曰謅，或曰胡謅，實沿古義。若如所說，則邑中而有鵲巢，丘上而有旨苕，乃當然之事，又安得謂之謅耶。毛氏知侜為張誑（按文當以侜張二字為一讀，，誑也二字為一讀，今從俗讀），而偏欲即其誑言而實之。世有所謂圓誑先生者，其毛氏之苗裔乎。

中唐有甓

防有鵲巢、中唐有甓。毛傳、中、中庭也，唐，堂塗也，甓、瓴甋也。三字中，惟其解甓字尚為近似。而後儒乃偏欲併其近似者而改之，亦可謂毛氏之不幸矣。蓋詩但言一中字，初不得即指為中庭。而堂既名堂，堂塗尤不得復名唐。因二字同音，而地又相聯，語言稱謂之間，人將不悉所指。況唐堂古常通用，故唐棣或作堂棣。且遍稽古書，不惟堂塗名唐之說不可攷，又幾見古人曾有堂塗之怪說耶。至其釋甓為瓴甋，余獨謂之為近似者，以瓴甋之名，今雖不傳，然相其字皆從瓦得義。而瓴甋之稱，音近零滴，與今之所謂滴水瓦正合。於詩義亦不相剌謬，故特為分別指出，以旌其千慮之亦有一得。此二字殆相沿自古，想毛氏自亦不明其所謂，故得保持以至今。此與其但知雎鳩之摯而有別，而不知其為雁，但知旱之為山名，而不知其即斯干之干者，情事畧同。蓋彼雖沿用其文，至其意中果以為何物，則殊難確指。以彼若果知瓴甋之為屋瓦，將無事於勉強牽扯，而必解中唐二字為中庭堂塗也。觀郭璞注爾雅，直釋瓴甋為甗甎，又云，今江東呼為瓴甓，（按甗甎之名亦怪特，而瓴甓之稱，今亦無攷。大抵前人於名物之學，但知就書中之文，顛倒變亂，輾轉附會，無一人能即實物求之也）。則是自漢以來，已相傳以瓴甋為甎，故晉書陶侃傳亦直用甓以代甎字，想毛氏當日，亦未必其不然也。殊不知甎之制起於近古，自戰國以還始有之，故今出土之甎，以君子館甎為最古。至以甎布地，其制尤後。觀秦人猶多用甎以飾墻，故其陽面多具有花紋文字（如今榆次故城所出，及舊傳十六字甎可見），則以前可知。蓋古者壁用版築，初非若後世之用墼堆壘。甎之興僅用以緣飾其內面，故其制如此。若以甎代墼（青州人謂之墼，燕趙間則謂之坯），而併以之布地，則至早亦須在西京之季，不得以上例古人也。由斯以談，則此詩之作，甎之制尚無之，更安得即執之以為言。此不過詩亡而後，漢人就實際求之。堂中初不見其有瓦，而堂外則或見其有甎，因遂併舊傳瓴甋之舊說而亦改之。觀漢書高帝紀，猶有高屋建瓴水之言，則是瓴之為瓦，當時非無傳者。特謬儒以其與傳注不合，而屏棄之耳。今按甓者瓦之代名，今北俗猶稱瓦一枚為一甓，而於甎則否，是其確證。蓋屋瓦之制，在簷端參差下垂，極有似乎古人帶下之辟（辟詳宛然左辟解下），故有此稱。甓字乃辟之轉注，非形聲也。甓在屋上，初有堂中之所有，故詩人取之以喻侜，其義與防有鵲巢同。不過彼之侜猶在遠處，而此則近在眼前之事，而亦出之以侜耳。此詩人之心所以由忉忉而惕惕也（忉忉不安之意，惕則懼也。傳以為惕惕猶忉忉也，亦非）。又按漢人猶未改席地之制，故其改甓為甎，而尤必改中唐為今之甬道（俗則曰迎路，蓋其由堂直達門外，為迎送之所必經也。甬道二字則稱者絕少，然前人筆記中曾用之，實則不若迎路之雅而確也。若堂塗二字，則直不成文。塗者行旅之道，非可以概用於門內也）。以其時堂中猶布席，不惟無取乎布甎，且布甎人亦莫得而見也。若今人則堂中遍布以甎，不知者或轉疑其解堂中為堂外，為多事矣。此讀書之所以貴論世也。

死生契濶

擊鼓、死生契濶，與子成說。毛傳契濶，勤苦也。（說，數也。）其說殊不成語。故鄭氏作箋，不得不別訓說為悅，以遷就之。謂從軍之士，與其伍約，死也生也，相與處勤苦之中，我與子成相悅愛之恩，志在相存救也。雖勉強成語，然如其所說，則文　止有死生勤苦，與子成悅八字，古今焉有此不通之文字。且下文吁嗟濶兮之濶，即緊承此文濶字而來。此之契濶，如果為複合名詞，則下濶字又作何解耶。況以契濶為勤苦，於載籍更絕無所徵耶。今按契者古刻字，凡今人之所謂刻，古人皆謂之契。大雅之爰契我龜，實即爰刻我龜。小雅之契契寤歎，實即刻刻寤歎。至後人或更加金作鍥，如戰國策之鍥朝涉之脛，荀子之鍥而不舍（勸學篇），左傳之畫借邑人之車鍥其軸（定九年陽虎事），皆後起之俗字。觀後漢人猶以鍥字代刻字（劉陶傳寬鍥薄之禁。鍥薄即刻薄也），則二字之本爲一字，雖晚近人亦具知之也（若說文方言之指以爲鎌，特不識字人之囈語耳）。蓋在古時六書之誼未失，知契已從刀，必不容更加金致滋繁累。迨後世則字義漸無人講，人第見契字世多習作名詞（即契券），故於其作動詞用者（即彫刻），特加金以爲識別。語其實則鍥乃契之一種轉注，此刻字既行，而鍥字遂不復再見也。至此文之契字，則又介乎動詞與名詞二者之間，即所謂動名詞，乃契券所由得名之廣義。質言之，猶云界劃也。蓋契券之成，由於刻劃，故即謂其所刻成之物曰契。實則即刻即契，刻劃所成者，又豈止契券一端。世人但以契之

名歸諸契券，此僅就其習見者言之，非通義也。契之由契而成即曰契，猶畫之由畫而成即曰畫。今如指某一種之畫曰畫，而謂其餘皆非畫，庸有當乎。究之契者，乃以刀劃物之通稱，而其所劃成跡，亦即曰契。今人稱以刀劃物曰刻，而其所劃成之跡，亦即曰刻（或曰刻口），其義正與古合。死生契濶，意謂死生之際，其間之界劃，甚爲寬廣。戰鬥雖生死交關，然存亡相半，其未必即生者，亦未必即死。故臨別之時，曾與子約有成說，且執手相告，謂他日幸而不死，當與子相偕共老。而今已矣，吁嗟乎。向之以爲寬廣者，今則相逼而來，間不容髮。蓋有死無生，而不我肯活矣。夫我之爲此言，在子或不即信，而疑我爲故作危詞，即我亦何嘗不深願其或有不信，而得以逃死者。吁

嗟呼。其事乃千真萬確，而無絲毫之猶豫矣。蓋洵如是矣，子其可不以我言為信，而猶癡心想望，冀有以踐夫前日之成説耶。嗚呼。執手寧容再得，偕老竟成虛願。不知生樂，焉知死悲，茫茫爾路，生死別矣。孰謂為之，孰令致之，彼蒼者天，曷其有極。此篇之作，乃征人在軍，訣別其家人之詞。後來老杜之兵車行新婚別等篇，意境與此略同，而無此沉痛。而韓愈之祭十二郎文，又似從此生出。即此可見古人文字，沾溉後人之深也。此詩前章，乃追述其平日在家，與其家人要約之語，入後始轉入近事。鄭氏以為從軍之士，與其伍約，殊堪嘔噱。同伍何人，豈可與之執手言偕老者。鄭氏殆有見於兩漢之世，男寵盛行，因疑古人卒伍之中，皆佞倖傳中人物，寧非笑話。魏王肅覺其謬，乃臆改為國人室家之志，欲其如此。亦多刺謬。子我之稱，乃專用之名詞，豈可以概諸國人。況其中毛解説為數字，謂成説為相與足成男女之數，其可笑殆與鄭氏等。又何怪乎孔穎達作正義，屏棄其説，而仍宗鄭氏耶。大抵自漢人謬解契濶二字為勤苦，上下兩章，遂成兩橛。後人雖臆説百端，要不過以誣易誣，終不能以得其通。蓋前後兩濶字之線索已失，全章便無所歸宿也。古人文字，豈可以臆為更張哉。

衆維魚矣　旐維旟矣

斯干、衆維魚矣，實維豐年，旐維旟矣，室家溱溱。二句古今之異說甚多，大抵皆不成義意，茲不詳贅。今按衆螽之假借，爾雅易螽為蠓字，雖不可據以為信，要可知螽之得名由於衆，在古已有其說，故周南以之喻子孫衆多，非惟其實，亦緣其名稱云耳也。衆者蠓之省，抑或為螽之假借。雖不容臆斷，然以下句旐維旟矣之句法衡之，則衆之為名詞非動詞，可決指也。蝗子之化魚，世之人皆熟知之，無煩縷述。蝗者害稼之物，今一變而為可食之物，故其兆為豐年。猶旐者旗上之斿，以帛之獨幅為之。旟者旗之本體，以帛之合幅為之。今由獨幅一變而為合幅，如人之由隻身而有室家，故其兆為室家溱溱也。前人既不明旐與旟之制（詳見彼旟旐斯解下），而又不知蝗之可化而為魚，因臆解衆字為衆人。夫衆人為魚，正左傳所謂吾其魚乎者，何不祥如之，而乃指以為佳兆乎。從此可知，古人雖言夢，亦必有所根據，初非若後人之隨意妄談。至戰國以降，對於前人之事跡，尚不難信口誣捏，故三皇五帝之說，多出於是時，又何有於夢境之迷離者乎。

無不潰止

召旻、如彼歲旱，草不潰茂，如彼棲苴，我相此邦，無不潰止。全章無韻，殊乖常體，而章末潰止二字，尤為不詞。今由其字形推之，則此止字，實者之誤也。蓋者者古書字，原本作米，象刻木形。·象刻痕，猶雕之作琱（即周，乃雕刻本字，雕刻玉之名，故方形象玉，而以·形象雕刻也）。古文字皆刻木為之，故刻文於木即謂之書。嗣因所刻之文，即其口之所語，故下更加口作沓（如諸女匜，突敦等皆是）。後又因所刻者，不必即其語乃口之所欲語，遂復於口中加·作沓（如兮田盤，史頌敦等）。至西周以降，因沓字常假作他用（如諸及今者字）乃更於其上加聿象手刻形作書（如頌鼎頌敦頌壺，突敦之分書書字作尹者，義亦如此），遂完全成為今字矣。沓、古讀如諸，者字亦如之，故人於其作語助詞者，輒加言作諸，然在古文則無是也。此詩之作，在東遷前，故者猶作沓。後來之傳詩者，因沓下之口，稍有剝蝕，又疑其上之四·為泐痕，乃誤認以為止字。以止字古文作㞢，與此極相似也。不知者乃韻字，與上苴字茂字正叶。此字一失，而全章遂無韻。且此潰字，本承上文潰茂之潰字而來，而者字則指上棲苴言之。若改作止字，不獨本句不可通，而上下亦不相呼應矣。此後儒之所以臆說百出，而卒不能通其義也。詩之大旨，謂如彼歲旱之時，百草皆不能潰其種子而出，以發榮滋茂。然其中實不免有伏棲之苴，一時雖遭遏抑，其生機實未嘗盡絕。一旦旱勢稍衰，則乘間竊發，而不可遏抑矣。我相此邦，其禍機之隱伏，正復如是，固可決其將來無不潰者也。此以喻朝綱紊亂，當時雖倖無事，然終必有不可為諱之一時。與前二章緊相銜接，義本一貫。乃原文既誤，而解之者又不知就文義推測，又何怪乎其貽誤直至於今耶。

彼疏斯粺

召旻、彼疏斯粺。毛傳云，彼宜食疏，今反食精粺。以粺為精，殊屬淑見。粺可為精，則將何粗之非精乎。鄭氏援據九章算法，證明粗於粺者，尚有糲之一種，然終不敢斷言粺之即為精也。蓋九章粟米之法云，粟率五十，糲米三十，粺二十七，鑿二十四，御二十一。是粺較米中之最粗者，僅下一等。即在鄭氏之專恣武斷，亦不能曲為之附會，而強指為精。僅改原文之生數（即三十、二十七、二十四、二十一）為約數（即十、九、八、七，蓋以三乘十九八七等數，即原數也），以見其相去尚不懸遠，此亦可謂無聊之極思也已。況九章之法，出自漢人，其說初不足據。除糲食外，幾見有以粺御等字稱米者耶。今按粺從米卑聲，乃粃之異體字。書仲虺之誥，若粟之有粃，實其本誼。不過古人於形聲字，多隨意拼湊，故從卑者或從比耳。粺者即今人之所謂卑穀，乃穀粒之不堅實者。粒不堅實，故其在諸粒中，最為卑下。他粒之糠，皆已脫去，而彼以卑下之故，舂揄不及，獨得倖免。必精製始能除去之。粺之於文，本會意，非形聲也。彼疏斯粺謂彼既為疏食（即粗製之食），斯即不能免有粺穀之羼入。一喻今既遠過於昔之富，斯即不能免於今之病，二者實大概相引。然疏之有粺，雖不可免，在食時正不難剔去之，茲則故為不自替也。替者剔之本字，獻可替否，即獻可剔否，謂剔去其不善者也。上下文本一貫，又何事乎穿鑿附會為哉。

職況斯引

毛詩之譌誤，除行葦篇外，則以召旻為最著。者之誤止，前已詳言之。至職況斯引句，其弊亦復同此。而世人絕無能察知者，則以中國人之判斷力，久經消失，雖至乖謬，在彼亦視之如無物也。今按此章原文云，維昔之富，不如時，維今之疚，不如茲，彼疏斯粺，胡不自替，職況斯引。時茲替三字，皆用支止韻，而章末引字，乃獨不用韻，又非送聲，如騶虞麟趾然，古今初無此怪體。今以下章校之，知此句與上胡不自替句，乃相互顛倒，故致如此，非原本無韻也。職況斯引，本在胡不自替上，猶職況斯弘，本在不烖我躬上。替躬二字用韻，故引弘二字，不復用韻。蓋詩惟下句必須用韻，而上句則無妨於意為出入也。此以詩之體例言之，可決其顛倒者也。且以詩義言之，意畧謂，維昔之富，雖不如是（是時古本一字），然維今之病（疚、病也），亦遠不如茲時（茲、指昔言之。不如茲，謂不如昔之無病也）。既貪今之富，即不能免於今之病。如彼疏食，斯必不能免於粺米，其勢實況斯而相引（職、實，況、比也）。苟猒其粺，又胡為不早圖替去之耶。然替去其粺，則疏者非疏矣，猶替去其疚，則富者亦非富矣。此胡不自替句，實綜上正喻兩面言之，而職況斯引句，乃其關鍵。此以詩義言之，亦必上下易置之，語始能通也。茲併將下章說明之，則此章之為錯簡，其弊自見。下章云，池之竭矣，人第見其自瀕而竭，然全體實同蒙其害，初不云自瀕。泉之竭矣，人第知其自中而竭，然全體實同蒙其害，初不云自中。蓋溥斯害矣，實相況而同斯弘大，顧猶望其獨不烖我躬耶。二章同一格句，亦同一句法，知職況斯弘之必在不烖我躬上，即可知職況斯引之必在胡不自替上。特此二章，歷來無人能通曉，故無人能知其誤耳。吾甚願後之人，有以慎思明辨之也。

執競

周頌、執競武王，無競為烈。執競二字，殊不成語。後之人雖百端附會，於文義終不可通。蓋文本不通，無論如何，必不能強通之也。今按此執字，實古文敦字之誤。蓋敦字古文本作孰(見古鑒尹卣)或孰(伯致敦)，從人執亯。食熟，而人始得執而亯之，是孰乃熟之會意字，在古文初不加火也。後因誰字之語音漸轉而如孰，人始假其字以代誰字，而於其本字，更加火以為之識別。此猶其本箕本字，而箕反加竹。午本杵本字，而杵反加木也。特孰字在古文中，甚類乎執。因執字作執(集古錄員鼎)，不惟同從丮，且其左方亦極相似，此原本孰字之所由誤為執也。孰競武王，猶言誰人能與武王相競。無競維烈，謂其所以無人能競者，為其功烈為不可及耳。上下兩競字，正互相呼應，而孰字無字，實為之樞紐。孰字一失，又何怪其全篇皆不適哉。

鼐鼎及鼒

周頌、絲衣鼐鼎及鼒。毛傳云，大鼎謂之鼐，小鼎謂之鼒。其說殊怪。鼎之大小，俱別有專名，更有何物，可謂之鼎耶。且鼐鼎及鼒之上下，絕無一形容詞動作詞及之，乃憑空而羅舉此二器，果何為耶。今按此鼐字實鼏字之誤，傳詩者不識字，因文近而致誤耳。蓋鼏字從鼎上加冪，乃會意字。古人於鼎鼒，上必加絡布冪之以表潔，凡祭饗皆然。有司徹云，乃熱尸俎，卒熱，乃升羊豕魚三鼎（此少牢饋食禮，故鼎俎中無牛而代之以魚），無臘與膚，乃設扃鼏，陳鼎於門外，如初。此詩所咏者即其事（自漢以來，絕無人知繹為何事，故鄭氏於此文，引特牲禮而不知引此）。鼏鼎及鼒，即所謂設鼏。若改為鼐，不惟不成文理，且古今來幾見有鼐字耶。此字之誤，殆出於隸書既興而後。因乃字於古文作了或[illegible]，與冖之作冂，絕不相似也。當時經生殆不識古書中有鼏字，而此詩之鼏字，上端右側適微有剝蝕，因妄意其為隸書中之乃字，遂改書作鼐。至古今果否有其字，則非所計也。後人不知其誤，見鼒為鼎之小者，遂即臆解鼐為鼎之大者。不知鼒之小，乃對鼎言之，非對鼐言之也。自羊俎牛（其中尚有豕），其鼎之大小不一，而皆須設鼏，故鼏鼎以及於鼒。此句正緊承上二句言之，所言皆熱俎設鼏之事。蓋尸出後，佐食徹肵俎（即脈俎，亦即神俎，又謂之尸俎），降設於堂下阼階南，故欲往視其熱俎，則必須自堂俎基。基者古階字，二字古皆讀如稽也。既卒熱，則自羊俎牛，皆升於鼎，乃設扃鼏於各鼎之上，即詩所謂鼐鼎及鼒也。設鼐既畢，然後陳鼎於門外，主人復出迎尸入，而繹禮乃於是乎舉行。詩之所言，與儀禮正合。舊儒併字之不識，更何足與議禮乎。

侯彊侯以

載芟、侯彊侯以。毛傳，彊、強力也，以、用也。惟強力惟用，寧復成語。乃至今沿用之者，則以初無人能求得其碻詁，故難知其謬，亦不得不勉從之也。今攷其所以致誤之由，實原於不知彊之為古疆字。蓋疆字從弓，從田有界畫，乃疆之會意字。其字從不加土，至戰國以降，人或假以作強弱之強，俗儒始於其本字加土以別之，在古文則無是也（古文之加土者，惟董武鐘，然其器至早亦須在戰國季世也）。左傳是君也死，彊其稍安，杜氏亦同蒙此誤，故妄從彊字絕句，致不成語。此皆不識古文轉變之咎也。若以字則為場字之假借，古時凡同音之字，皆相互通用。故場字除疆場有瓜，疆場翼翼外，其在甫田之禾易長畝，則假場作易，在生民之禾役穟穟，則假場作役，此之作以，殆猶是也。疆者田之畔，場者田之隴，故兩字常相對言。左傳中殆不勝僂述，如怒君之疆場，疆場之事君勿與知等皆是。此之侯疆侯場，猶上文之侯主侯伯，侯亞侯旅，皆以相對成文。若如舊說，不惟無所根據，尚復成何文理耶。然沿誤已數千年矣。

倉兄填兮

桑柔、倉兄填兮。不惟難解，抑且無韻。古今來異解百出，至今仍懸為疑問。竊嘗即其文字推之，知此兮字，實當為分字之譌，以文近而致誤也。蓋兮之與分，不惟今文相近，在古文亦極類似。以兮字古文作亇（兮田盤），而分字則作分也。填從土真聲，乃塵之形聲。土星又一名填星，則以塵土本為一物，後人臆改為鎮字，失其義矣。填分在今文則當作塵氛。古無從气之字（气字似為乞字之變形，氣字實從之而得聲），後人失其義，凡類乎氣者，皆變而從气，在古人初不至若斯茫昧也。倉兄在楚詞則別作愴怳，實為轉注字。九辨愴怳懭悢兮、去故而就新，乃其義之別見者。舊注以為失意貌，恐不確。愴怳搶攘，當為一聲之轉，殆不寧貌也。倉兄填分，謂搶攘不寧於塵埃之內。觀下章四牡騤騤，旟旐有翩二語，則芮伯實因見使於下國，睹其民生之凋敝，作為此詩，故其語云然。下文云倬彼昊天，寧不我矜，即疾痛呼天，祈其矜憐此塵氛之倉兄也。矜字叶真文，見何草不黃，與分及民句正居同部，初不僅其字形之相似也（此詩首章，上句叶尤，下句叶真文。次章上句叶支齊，下句叶真文，上下各自相叶，實為詩中之變格）。又按小宛哀我填寡，由此義亦可釋以為塵末寡小，較舊說之釋填盡者，相去亦不止天淵也。

（卷二十九缺）

侻僁軒說經卷三十

癸亥仲夏

臨清吳桂華秋輝甫著

卷耳

周南、采采卷耳。毛傳卷耳、苓耳也。苓耳之名，叙於爾雅，他不經見，其為指山賁磨可知。作廣雅者，又附會之，以為枲耳。夫枲自為枲（枲、詩作苣，今轉作䒗），幾見有物別名枲耳者。況更云亦名胡枲，江東人呼常枲。若然則直是枲類矣，與耳何與，與苓耳更何與。矧所謂苓耳枲耳者，不論有無其物，與詩所言之卷耳，亦不見其必當為一物耶。及攷其所言之形狀，則尤堪噴飯。郭璞則云，葉如鼠耳，叢生似盤。世雖無其物，然尚知向耳字上附會。至陸機則云，葉青白色，似胡荽，白華、細莖、蔓生，可煮為茹，滑而少味，四月中生子，如婦人耳中璫，今或謂之耳璫，幽州人謂之爵耳（陸本南人，凡所謂幽州人者，皆指山賁磨之詞，猶北人言王雎，則諉之於江淮，言蜮則推之於南越也）。是則其物並不似耳，惟其實有似乎耳璫。文王之時，耳璫之制尚未興，而當時之人，即能取之以名物，寧非怪事。況其說與郭說，顯相背馳。而世之學者，顧能兼收並蓄，絕不以為歧異。然則彼輩意中之所謂卷耳，果當作何狀態耶。其憒憒不亦大可憐耶。今按卷耳或單名耳，內則則作栭，後人或別作栮字以代之（集韻、類篇、字彙），今人則概稱之曰木耳。其物原屬一種菌類，專生枯木上，故以木名。在古人謂之為卷耳者，卷即古捲字，其物似人耳而拳曲，故特以卷字形容之也。內則栭字，與芝字相屬成文，芝即今之所謂蘑菰，與卷耳正同類。蓋在草者則為芝，在木者則為栭。二物本一氣相生，而同為蔬食中美味故也。木耳今人常食之，世所習見，不詳贅。

苹

鹿鳴、食野之苹。毛傳苹、蓱也。殊謬。蓱乃後世妄人所杜撰之蓱字。月令為呂不韋門客所撰，字正作萍（萍始生），此外何嘗更有所謂蓱字。蓋萍乃會意字，義謂水面平浮之草。謬儒不察，妄意其為形聲字，率臆改其所從之平字作并，尚能成義意乎。若謂之為形聲字，則其字當由二獨立字合成，世見有形聲字從艹氵者乎（菹亦會意字，若蔆蕅菠等，則後人之妄作也）。毛傳以苹為蓱，以音求之，未始不可相通。然文明云鹿食野之苹，蓱既非野之所能生，而鹿乃陸產之獸，亦不得赴水，而食此零星不勝之微物。鄭氏不從其說，正不可謂之非特識也。惟其別釋苹以為藾蕭，則其謬與毛氏殆同工異曲。蕭已為香蒿二字之合聲字，則安得更有物曰某某蕭者。蓋蕭乃蒿之一種，不得更有物別為蕭之一種也。郭璞注爾雅，特改藾蕭為藾蒿，不為無見。今觀陸機疏云，葉青白色，莖似著而輕脆，始生香，可生食，又可烝食。則其物仍只是蕭，即香蒿，亦即青蒿，亦即下文所言食野之蒿之蒿，兩詩所指，何得同屬一物。且經本言苹，注者果何由而強指之為蒿。殆鄭氏既知毛傳之不通，而自己又不能求得其物，第見下章之所言者為蒿，因妄臆此苹字亦當為蒿類。而又不得直言為蒿，以與下文相侵犯，於是乃特捏造成此藾蕭二字，以便於其指山賣磨。吾知藾蕭之果為何物，在鄭氏當亦不能具言之也。今按苹今仍名苹，惟苹字在上古本讀上平聲（今則讀下平），今口語上尚相沿未改，故其音一轉而為蒲公英，再轉而為婆

婆丁，實則合三字而連讀之，皆古音之苹字也。其草有葉無莖，葉生皆平鋪地上，故以苹名。其初生葉面有小刺，斷之有白漿沁出，肥嫩可煮食，鄉野人多采食之，故鹿得之以為美物（鹿性最公，每得美食，輒呼其羣共食之，從不自私，故詩人託以起興）。迨既老則從其葉之中心作長梃高七八寸，作黃花，如小菊。其種子甚多，頂顛皆生有纖毛，隨風飄蕩。故其散布極速，幾於無地無之。此乃草類中之極普通者，雖婦孺亦觸目可辨，特無人知其為苹耳。又按蒲公英之名，本草已載之，則是秦漢間人（本草乃秦漢間人作，託之於神農者，故其名多同後世），已不能知其本名，而但即其時之土音記之。至今人則除少數之學者外，其知為蒲公英者已鮮，但呼之為婆婆丁。即此更可

以攷古今語音之有輕重矣。

彤管

靜女、貽我彤管。毛傳云，古者后夫人必有女史彤管之法，史不記過，其罪殺之。后妃羣妾以禮御於君所，女史書其日月，授之以環以進退之。生子月辰，則以金環退之。當御者以銀環進之，著于左手，既御著于右手，事無大小，記以成法。似此一片譫語迷離，幾令人不知其所言者為何事。文止云彤管，而隨意妄加以之法二字，已經不成文理，乃更即其自所妄加之法字，杜撰而成為種種怪誕離奇之法制，且綜舉而納之於彤管二字之中。試問古今來果有此概括之文字乎。況所謂彤管之法者，於古書絕少傳聞，彼千餘年後之漢人，又烏知之。豈事之不傳於古者，反詳於今乎。鄭氏作詩箋，見毛氏除於彤管下，加以之法二字外，其餘連篇累牘，徒知自解其自己所加之之法二字，而於彤管二字之原文，却絶未嘗有一字道及。於是乃引申其義釋之曰，彤管、筆赤管也。所言雖不必當，然其尚知詩之所言者為彤管，則其視毛氏之東塗西抹，全不知其所言為何事者，其相去已不可道里計矣。特是筆用竹管，此乃自蒙恬後始然，在前此削竹點漆，其必不適於今之毛穎可知。是則今之筆初不必同於古之筆，則古筆之用管與否，亦殊難臆揣，況管必用彤，於古史更無徵耶。今按彤管者，朱漆之管，婦人用以盛箴（俗作鍼、針）者也。內則、婦事舅姑，右佩箴管，即其物。其云彤管者，朱以為飾也。古者女子既嫁，然後執婦功，故魏風以令女子縫裳為刺。是則彤管者，在女子固無用之物，而以之贈男子，則尤屬無用。以在女子現雖無用，將來猶或有用之之時。而在男子則必無望其或能效用也。然在受欺者，則初不暇計及此也（此章之彤管已可笑，至下章之荑，乃白楊之華，人之所共賤者。而在受之者，猶以為洵美且異，則其愚正未易瘳矣）。

凌陰

七月、三之日納于凌陰。毛傳，凌陰、冰室也。集注從之。今按凌陰之何以為冰室，冰室之名凌陰，果何所依據。無亦見上文一納字，知納之必當於藏冰之地，而藏冰之地，則古稱冰室因遂比附之而即以凌陰二字為冰室耶。獨是冰室自冰室，凌陰自凌陰，凌陰之不可以為冰室，猶冰室之不可以為凌陰。蓋冰室雖不離乎凌陰，要不得謂凌陰即為冰室也。此凌字本當作陵，即岡陵之陵。後世因漢人用以為墳墓之稱，乃多改用嶺字，陵與嶺實古今字也。陵陰猶謂岡陵之陰，其地背陽為日光之所不到，氣候較寒，故宜於藏冰，非陵陰即必藏冰，藏冰即可謂陵陰也。若凌乃後起之字，古文初無從冫者。凌者冰之別名（今北俗猶稱冰曰冰凌），其稱乃昉於近古。周禮作於秦漢之間，其官有凌人，實其字之最先見者。陋儒見冰可謂凌，而此詩之陵陰，又相傳而解作冰室，因遂臆改其原本之陵字作凌，以蘄合冰室之義。殊不思陵字若果作凌，則凌陰即為冰陰，二字尚能成義意耶。自來愚者好奇，淺人多妄，不知古今多少奇書，斷送於若輩之手，又烏止此一字為然哉。

潝潝訿訿

小旻、潝潝訿訿。毛傳云、潝潝然患其上，訿訿然思不稱乎上。其說殊怪。文但於潝潝訿訿下，各加一然字，表示其為形容詞，即全不置意。一若人但即此一然字，即不難於了然也者。實則何謂之潝潝然，何謂之訿訿然，雖在前清之漢學大家，恐亦然其然而不能言其所以然也。至所云患其上與思不稱乎上，尤屬譫語迷離，令人莫能究詰。如以潝潝然為患其上貌，訿訿然為思不稱乎上貌耶。則人之患其上，與別有所患，思不稱乎上，與別有所思，初不必別換一種面貌。何以見此之潝潝然者，必係患乎上，訿訿然者，必係思不稱乎上。若謂此潝潝訿訿者，非必患其上，與思不稱乎上者，則詩止云潝潝訿訿，絕未嘗有一語及其上之何若，彼又何所據而知其患且思者之必屬乎上耶。吾不知世所謂漢學家者，又將作何妙論也。今按此訿字本音柴，與下之哀違依底等為韻，自來皆讀如紫已非。字尚不識，更何論乎義意耶（此有泚柴二音，隨地而異。此之本誼，後人別加足作跐，莊子秋水篇跐黃泉而登大皇是也。若讀柴聲之處，則別作跴字當之，此不通聲音轉變之過也）。潝潝訿訿，在今語則轉變而為乞乞擦擦，乃交頭接耳，切切私語之貌。又或簡言之曰乞擦，小人之情態，常自如此。蓋面抑廷諍，彼既有所不敢，而明目張膽，有所建白，又恐將來或負失言之咎。故當衆默不一言，而反鬼鬼祟祟，與左近同列中人，囁嚅作兒女子語。若欲言若不欲言，不言卻又明示人以言，意在使當事者詢而得之。則事成已既可居以為功，不成則己亦不任受過。下文發言盈廷，誰敢執其咎二語，正所以為此文注脚。千古小人，固如出一轍也。

沔彼流水朝宗于海鴥彼飛隼載飛載止

小雅、沔彼流水，朝宗于海，鴥彼飛隼，載飛載止。沔、舊音勉。毛傳云、水流滿也。殊謬。水流則流滿則滿，流滿二字，寧復能成義意。況丏之有勉聲，皆後起之字，古文初無從丏者，未始非原本此詩沿誤也。又鴥字音聿，傳以為疾飛貌，亦大謬。鴥從烏從穴，係由兩字合成。既不得謂之象形指事，而穴烏又不成義，二字之音，又無一與聿或通，則會意形聲轉注，亦無一合，在古人固不容有此無理之字也。今按沔乃古泛字。左傳宣十五年，於文反正為乏。所謂反正者，正指丏字而言。古文作丏，筆畫全同正字，而右側反轉而下行，表示其為反轉之義。許氏不識古文義例，乃於正部下別臆造一亚字，以當反正之義。初不知古人於文字，固反正兼行（此例古器中甚多，其不可通融者，惟左右二字耳），其識別初不在此也。又其於丏部下，但云不見也，象壅蔽之形。徐注却引禮經乏參侯道居侯黨之西五步云云，解丏為乏。故段玉裁疑古經乏本作丏。是丏之為乏，唐宋人尚或知之。至說文所收之丐字，固古今所絕無而僅有也（又按今文賓字中從丐，似即為乏之正字。蓋賓字古本作㝠，即頒字，後又加貝作賓，因所頒者多為貝也。頒賓古同聲，故通用一字。至戰國末二音漸異，世因別造為賓字，下從乏從貝，乃貿之會意字。賓從宀貿聲，實為形聲字。因此時代，六書中止尚知有形聲一途也。丐丏形相似，丏或即由丐字轉來，亦未可知也）。沔彼流水，即泛彼流水，謂猶彼泛濫之流水。泛濫者縱橫四出，全然無所歸宿之貌，孟子所謂泛濫於中國是也。鴥者旋之入聲，從鳥穴聲，今人謂鳥之迴翔者曰打鴥。謂旋風所捲起之塵沙樹木，亦曰鴥起。與詩之言晨風（非鸇）及飛隼正合，以二者皆鴥之適用字也。鴥者，迴旋無定，其義與沔之縱橫無歸，情事畧同。然彼泛濫之流水，其終也，要仍朝宗於海。抑彼迴旋無定之飛隼，其終也，載飛而仍必載止。以喻現時雖亂，亂久則必當思治。乃不意我兄弟及邦人友，竟一於亂而莫肯念亂。誰無父母，何竟此沔然之流水，鴥然之飛隼之不若耶。此詩沔字，正對下朝宗于海字，鴥字正對下止字言之，乃互相反映之詞。洎被後儒妄讀妄解，而古人之語妙全失矣。

荇菜蘋藻附

荇、爾雅云，莕、接余。此不過漢代經師指山賣磨之故智。其以荇為接余，猶其以雎鳩為王雎。蓋心本茫無所知，而又不欲自暴其短，遇有問者，則隨意撰一名詞以應付之，若曰甲乙也。如有人再進而叩之以乙為何物，喜則東海南粵，更隨意指一窵遠不可知之地，使人無從究詰。怒且斥以為煩絮，而怪其故意為難矣。好在中國人自戰國後，亦絕少人能再問也。毛氏傳詩，沿用其語，初不過人云亦云，本非果能求得其物。至陸璣輩作注，乃不得不玩索經文，而別求一物以實之。其所得儘有合者，惟其隱去其本名，而仍沿襲爾雅所撰之偽名，令人反不能了了，為可憾耳。如其釋接余曰，接余白莖，葉紫赤色，正圓，徑寸餘，浮在水上，根在水底，與水深淺等，大如釵股，上青下白，鬻其白莖，以苦酒浸之，肥美可按酒。按其所說，大似今之蓴菜，雖與荇不合，大致尚不甚相遠。然不云蓴菜而偏云接余，試問古今來曾有一地名蓴菜為接余者耶。且蓴菜南產，非中原之所有。文王時其地尚未沾王化，不應於岐周之地，乃寄懷於三千里外之水鄉（知此則可知郭璞陸璣等江南江東等語之謬）。況蓴菜之何以即為荇菜，亦絕無據以說明之耶。今按荇菜即召南之所謂蘋也。關雎之作，在三百篇中為最古，故其於庶類之名稱，多沿前代。其以蘋為荇菜，猶其以雁為雎鳩也（采蘋稱有齊季女。齊之封，在成王既誅武庚以後，而此又為其季女，則至早亦須在康王時代，去關雎之作殆百年矣）。蘋、葉圓徑寸餘，飄浮水面，其當莖處微凹入，狀似馬蹄形。面綠色，背青白色，下有海綿狀之子囊。莖青四五寸，圓細如釵股，數莖共聯為一叢（本草謂一叢四葉，合之如田字者謬），下生根鬚，浮游水中，不著土。夏秋間開小白花，略如蓮，亦有作黃花者，其種類不一。池沼間到處有之，俗呼為水浮蓮，或又呼為萍蓬草，則蘋之切音也（萍蓬二字合讀之即蘋字）。齊人則呼為荇胡盧芽，當即為荇之轉變。荇之稱在各地當亦有之，覩本草綱目，即以蘋莕二者為一種（莕乃漢儒偽撰之字，古併杏字無之，更安得所謂莕乎）。則荇之為蘋，在前人已能就實物上攷知之。特其不知古今名物變遷之理，乃因其種類之不同，舉前後各名，強行分配，又別出萍蓬草一節，為過鑿耳。蘋在古本名荇菜，因凡菜多植

之於地，而此菜獨能行動故。其加艹乃後來之轉注，猶其以求為逑也。上古之名詞，多屬概括的，則此之荇菜，或竟兼藻言之，亦未可定，因藻之與蘋，固同能行動者也。藻今名聞草，實為藻之切音，因二字合讀之，即藻字也。其種類亦極繁夥，通常所引用者，大抵皆指其作旌節狀者一種而言。論語山節藻梲，藻梲（此字當讀脫，今俗書作托字）即今之所謂枅栱，以其用細木層層上拱，下小而上大，狀有似乎藻也。蘋藻、古人用以芼魚。而芼魚之用蘋藻，則為女子于歸前，宗室教成之祭（詳見采蘋章）。昏義云，古者婦人先嫁三月，祖廟未毀，教于公宮，祖廟既毀，教于宗室，教以婦德婦言婦容婦功，教成祭之，牲用魚，芼之以蘋藻，所以成婦順也。正所以為此詩注腳。此

詩本文王求后妃時所作，故一方託興于雎鳩，一方託興于荇菜。蓋男贄用雁，女祭則用蘋藻也。後人不識何者為芼，因並不識何者為荇菜，更無論乎其所以求之者為何事，望文生義，隨口亂說。說既不通，乃遂一筆抹倒，謂古人之託興，全無義例。彼又烏知凡所指點，要皆須本地風光，其義例固若是其謹嚴耶。興言及此，吾不禁為三千年前作者一哭也。

此稿換前作荇菜攷後半，因前攷實大錯誤也。二年之間，其見解差異如此，攷古初非易事也。而愚人偏好護前，則其終亦惟止於錯誤而已。癸亥六月初十日早未暝。

從前攷今按字接下。

苓

鹿鳴、食野之苓。苓字、毛傳但云草也，直是指山賣磨。若然則從艸之字，止用一艸字括之可矣，在古人又何事區分類別，必一一指目之乎。蓋毛氏至技窮時，輒為此無聊之語，以圖搪塞。如豐水有芑之芑，亦復如是，正不止此一處然也。至說文則改訓曰，苓、蔒也。此不過東漢人因洞悉舊注以苹為蘋之謬誤，而改訓以為蘋蕭，蘋蕭者，本西漢人所偽造之蔒之代名。是則全詩三章，前二章所言者悉為蔒，此章又焉能獨異，故索性前中後通亦指為蔒以歸一致。蓋若輩之心目中，固自以古人之為詩，止有一章，餘無論若干章，概屬無意強言，藉充篇幅，其義意，初與前章無異。即宋儒亦深染此弊（故集注中常云義同前章）。殊不思此等無義意之文字，在稍通文理者，所不屑為。而竟公然以之上擬古人，抑何其敢於厚誣古人之甚耶。今按許氏之以苓為蒿，雖屬可笑（以上章已言蒿，下章必不容再言蒿也），然考其實，則其視鄭氏之臆指苹為藾蕭者，尚為近之。此正孔子所謂多言豈不或中者，當亦許氏當日嚮壁虛造時，所念不到此者也。蓋苓雖非蒿，卻純屬蒿類。特古人所由託興處，全不在此，不過事實上之偶然相值，正不得以此遂併謂苹亦當為蒿類也。苓在今則其音轉為茵陳（神農本草），或作因塵（廣雅及吳譜本草），二者實皆苓字之切音。李時珍謂其草經冬不死，更因舊苗而生（實未見其然），當名因陳，乃望文而曲為附會耳。茵陳葉似青蒿而背白，北地到處有之。春初生苗高三五寸，居人多采食之。洪舜俞賦云，酣糟紫薑之掌，沐醯青蔯之絲，即指此而言。又李時珍云，今淮陽人，二月二日，猶采野茵陳苗，和粉麵，作茵陳餅食之。不知今尚然否。惟茵陳性能去濕，北人多用以釀酒，名茵陳酒，今京津一帶盛行之，齊魯間亦間有造者，此則世人所共知也。苹蒿苓三物，蒿勝於苹，苓更勝於蒿，乃逐層遞進法。三者人皆采食，故鹿得之以為勝品。而食時先喚其同類，以興起下文有嘉賓必須有厚貺。前人不明詩意，又烏在其能摸索而得其真象耶。又陸機草木疏云，苓、莖如釵股，葉如竹，蔓生澤中下地鹹處，為草真實（此句殊難解），牛馬亦喜食之。此亦理想之詞。攷其所說，大似於今之竹葉，即詩之所謂遂者。其物不惟不名苓，且直與苓字無纖毫關係。大抵陸氏所說諸草木，強半尚實有其物，不過其名稱則陸氏想象古書隨意分配，以名實求之常不合。然以較爾雅說文之強半憑空捏造者，已覺遠勝。此亦學術之一進步也。

芼

關雎、左右芼之。毛傳、芼擇也。蓋毛氏之意，以為既采之矣，則必當擇之，故其於字義雖不合，然其心尚知文章之必有次第。至作爾雅者，他字多取毛義，而此字乃獨易之曰，芼、搴也。則其識更遠出毛氏下，並文理亦不通矣。夫搴之與采，有何分別。既云采，復云搴，天下有此重複無序之文字耶。集注之棄而不取，不為無見。乃更別為之注曰，芼、熟而荐之也，則又謬以千里矣。夫熟自熟，荐自荐，荐者不必皆熟，即熟者亦不必皆荐。二者判然，初非常相聯屬之事，安得有一字而兼此二義者。果其有之，則論語必熟而荐之，但云必芼可矣，何古人之不嫌詞費耶。蓋朱氏既以采字之義，併入於流字之中，作順流而取之，則不得不更以毛傳擇字之義，併入於采字之中，作取而擇之。以上二字，既各含有兩義，而此字之舊義，又已為上文占去，則不得不別杜撰兩義，以為之配。以不如此，則於文為不稱也。適見舊注，以荐為作菹以供宗廟，明雖不取其義，而暗則喜其恰好與此處解結。供宗廟則必荐，荐則必先熟之，此其所以釋為熟而荐之也。殊不思古人文字，焉有可以任人隨意訓釋之理。且芼字之見於禮經者，不一而足，有一可以作此義解者耶。他處不能作此解，而此處獨作此解，則氏又從何處，知此之芼必有異於彼之芼耶。今按此芼字古本音冒，其字實即由冒字孳乳所生。蓋冒者乃覆被於上之總稱，故引申之，凡覆被於上之物，皆得曰冒。在髟則為髦，在㫃（今此字已失，乃旗類之總稱）則為旄

，在目則為眊，在老則為耄（人老則心上有所覆被），而在草則為芼。文字上雖有種種差異，而口語上則實仍一冒字也（其字即今之帽字，從毛而不從冒者，冒乃後起字，古作冃，象人戴冠形，其語根實出自毛。因毛乃覆被於外之物，故引申之，覆被於上亦曰毛也。由名詞而動詞，故由平轉去）。芼者，以蔬菜少許，覆被於食品之上之謂。由動詞而名詞，故所用覆被之物，亦即曰芼。是以芼字，實兼有動靜兩義，此芼字則動字也。芼用蔬菜，故字特從艸，其制殆溯源於祭。蓋古人食先必祭，祭則手摘其所食之物品少許，置諸一側，以示不敢先之意。故祭字從月（肉）從又（即右手）從示（今作尸，即所以象神者）。然此特就其常例言之。若其為不便手持，如濡魚鉶羹庶羞等物，汁滑既苦沾濡，體氣復感灼熱，雖在勇夫，亦殊難染

指於鼎，於是不得不稍示變通，以為救濟。所謂變通者何，即芼是也。昏義云，牲用魚，芼之以蘋藻。公食大夫禮云，鉶芼，牛藿，羊苦，豕薇，皆有滑。是芼之用逐物不同。然此不過言其大略，實則諸物不常有，而祭則無時或間。故士虞禮又云，鉶芼，用苦若薇，有滑，夏用葵，冬用荁。特牲饋食禮亦云。葵則今之茄，荁即今之芫荽，二物相代，使可終年。又其物無地無之，故更舉之，以為變通之例。所謂使民宜之也。芼之設本所以代祭，故少牢饋食禮云，上佐食羞兩鉶，取一羊鉶于房中，坐，設于韭菹之南，下佐食又取一豕鉶于房中，以從，上佐食受，坐設于羊鉶之南，皆芼，皆有柶，尸扱以柶祭羊鉶，遂以祭豕鉶。由是可知鉶之芼，乃用柶扱以祭。又內則云，雉兔皆

有芼。雉兔所以為羹，其祭當亦然，以鉶之所盛者，皆為羹也。芼在魚，或又謂之膴，或兼綜其用言之，謂之膴祭。膴後或別作幠，亦為覆被之意。詩民雖靡膴，士喪禮幠用夷衾，二字實即一字也（今北語尚謂覆為幠）。少儀云，羞濡魚者（必濡魚始有膴，亦即有芼），若腥魚，則振祭之與俎肉同。可參觀少牢饋食禮），進尾，冬右腴，夏右鰭，祭膴。此單以膴名者也。有司徹云，司士朼魚，亦司士載，尸俎五魚，橫載之，侑主人皆一魚，亦橫載之，皆加膴祭于其上。又云，司士羞湆魚（湆即濡），縮執俎以升，尸取膴祭祭之。此兼以膴祭名者也，要其實皆芼也。若芼之在庶羞者，則其名又別稱為大。大亦有覆被意，故古文壺字從之（壺古文[illegible]，大即其蓋形）。而今音則轉作搭，

公食大夫禮云，士羞庶羞，皆有大。又云，贊者北面坐，奠，取庶羞之大，興，一以授賓，賓受，兼一祭之。此所謂大，實即庶羞之芼也。芼之制今北人尚行之。其名稱不一，或謂之翹（去聲）頭，或謂之搭頭，又有謂之供頭者（此頭字與前異。北人於祭神之品概曰供，此物加供之上，猶人之有頭，故有此稱），但無人知其即古之芼。而各處有用之以祭者，亦有不祭而徒為美觀者。其用品亦各不同，約不外乎菠菜茄子紅蘿蔔黄花菜，亦有染熟鷄卵白及洋粉為紅色，以間之者。大抵皆取其五色相宣之意。雖與古之夏葵冬荁不盡合，尚不甚相遠，亦可謂之告朔之餼羊矣（按北省更有澆供之制，乃供品既陳後，別用清水，和薑末鹽花等，以匙澆於供之芼上，此即古人之所謂滑也）。此詩所託言之荇菜，本所以為芼魚之用。既采得之，則必用以芼之，而其功始完。猶君子之求淑女，本所以謀室家之樂。既得以琴瑟友之，終必得以鐘鼓樂之也。人苟知芼之為何事，即不難以由昏義以推知荇菜之為何物。不此之求，而惟事嚮壁虛造，如之何其能有合於詩意耶。

抱布貿絲

氓之蚩蚩，抱布貿絲。毛傳云，蚩蚩，敦厚之貌，布，幣也。至今從之，殊謬。蚩蚩何以反爲敦厚，而以幣易絲，乃極尋常之事，與人之敦厚不敦厚又何關。蓋前人向以主觀解經，其主觀之所在，不論其文字如何，無不可以強而從我，初不止此一二然也。今按蚩蚩乃愚貌，今其字別作癡。布即布帛之布，麻織物也（古無木綿，布概用麻織）。布賤而絲貴，今此氓乃自抱其布，而欲貿人之絲，此其所以爲蚩蚩也。抱布貿絲，即後來淳于髡豚蹄篝車之喻之所自本。蓋喻其所挾者小而所求者大。若布果爲泉布，不惟趣味索然，且泉布尚可云抱耶。此詩本衛人影射衛宣及夷姜之事而作，衛宣以一庶子，避州吁之亂，出居於邢。後見州吁不能和其民，乃潛歸而勾通夷姜，以事成取爲夫人爲條件，要其在莊姜前爲己揄揚，以覬覦大位。夷姜者莊姜之侍妾，而莊姜則家之主母，一國之臣民，所羣焉頌仰者也。此種條件，有得無失，與抱布貿絲者何以異。故詩人即用之以爲調笑之詞，斥其愚實喜其黠也。後其計竟售，而夷姜雖爲夫人，終以老妻士夫，而有宣姜之事。蓋勢力之結合，固未有能久者也。明乎此詩，則衛宣得國之事瞭然矣。

麀鹿

前人於其所不識之字，往往隨意亂讀，而又恐人或識其讀半字，故其所妄讀之音，更必與其字絕對無關。古書中其類此者，不遑悉數。歍之讀聿，觼之讀厥，頍之讀跬，皆其例。而麀鹿之麀讀如幽，亦復類此。靈臺、麀鹿攸伏。陸德明音義云，麀音憂。毛傳云，麀、牝鹿也。其義則是，而其音則非，以古今來絕無呼牝鹿如憂者也。今按其字實為牝字之轉注。蓋在牛則為牝，在鹿則為麀，文雖有異，而口語上實仍一字也。左襄四年傳，亡其國恤，而思其麀牡，即古人以麀為牝之證。若讀作憂牡，尚成義耶（舊以麀為專指鹿言，而牡則為通用字，故不成義）。麀從鹿匕聲。匕與麋音近，嗣其音漸轉而從麋，後人因更撰麋字代之，而麀字遂永歸於淘汰。此麋字既興，而麀字所由不見也。蓋古者謂牡為鹿，牝為麀，故常以麀鹿為對文。至後世語音漸改，則別以麋鹿為對文，此固不難於比較而得者也。鹿與麋雖一物，而牝牡之秉氣各異，故鹿角解於夏至，而麋角則解於冬至。舊儒不知就實物攷察，乃因左氏有逢澤有介麋，與將賜汝孟諸之麋之文，臆解以為澤獸（見說文）。嗚呼，豈得以其物之偶見於澤，即可謂之為澤獸耶（若然則屈原之行吟澤畔，亦可謂之澤人矣。可笑）。且澤中之獸多矣，又豈凡獸皆可謂之麋耶。其尤可笑者，謬儒不知後世之麋，在上古原名為麀。乃於其偽撰夏小正也，因月令有麋角解之文，於十一月既曰麋角隕墜，於十二月又曰隕麋角。但知一味剽竊，全然不自知其所言者為何物。以此等知識，而強思作賊，其愚妄亦大可憐矣（夏小正之謬妄，觸處皆是。茲不具論，另詳）。

維鳩方之

鵲巢、維鳩方之。毛傳，方、有之也。至今從之。實則方何以得訓有，不惟於古無徵，於各書亦不一見。況上既云維鵲有巢矣，下豈可再云鳩有，以與上重沓且衝突耶。今按此方字，實方之古義之僅存者。二南多西周初葉之詩，故其文字間，多含古義。後人第以今義讀之，此其所以多扞格不通也。方之本誼，實為古分字，因方與分古只一音也。故方字古文作才，一象物體，中作𠃌乃古刀字。以刀貫乎一之中央，示將分而為二之意，其於六書為會意。方位之稱，即緣此而起，猶今人之言部分也。維鳩方之，猶云維鳩分之。蓋鵲棄其巢，而鳩得入而居之，不曾與鵲共分此巢也。迨西周中葉方分之音漸分離，而方字又積慣假作今義，於是乎乃不得不別制爲分字，而以原有方字，專屬今義，二字始判然獨立。故古分字亦只作小，僅不過即才字之一而中斷之，小異其筆畫以示區別，其義意則猶是也。然自分字出，世遂無復能知方之本誼者矣。

被之僮僮

采蘩、被之僮僮。毛傳云，被、首飾也，僮僮，竦敬也。本屬當時之一種臆說。不惟古絕不聞有首飾名被者，即僮僮爲竦敬，又烏容有此名詞耶（竦自爲竦，敬自爲敬，二者義各有當，安得合二字爲一名詞。若然則竦而不敬，敬而不竦，不敬而竦，不竦而敬，不竦且不敬，等等，又當作何名詞耶。正不必論其有無根據也）。鄭氏則爲之箋曰，禮記、主婦髲髢。是直以髲髢即此之被矣。無如遍攷禮書，絕不見有此文。髢字尚屬常見，而髲字則合一切載記而亦無之。彼鄭氏果何所據而云然也。及後讀少牢饋食禮，主婦被裼文下，鄭注云，被裼讀爲髲鬄，古者或剔賤者刑者之髮，因被婦人之紒爲飾，因名髲鬄焉，周禮所謂次也，又追師掌為副編次，云云。始悅然彼所引之禮記，即彼所自己改竄之經文。改竄經文以從我，將何事不可為者。說經如此，又何患乎其無證佐耶。究之被褐何以即當讀髲鬄，髲鬄何以即為詩所言之被，與周禮之次。一味東扯西牽，隨意亂指，所謂經神者如是，彼洪水猛獸更當何如耶。且彼於詩既云髲髢，於禮則又云髲鬄，即彼於一己之主張，亦無定準，其言更何足據。蓋彼於詩作髲髢者，以髲髢者，以髲鬄二字，全然為文字所無，驟出之恐滋人疑問。好在經文僅一被字，以一髲字當之已足，故下特易一髢字，以使人知其所指。因其意中固自以為被即髢也。至禮經則明言被褐，原本二字，若第以髲字當之，將不成語。而髢字又音地，與褐之音錫者，相去絕遠，於是乃不得不更以鬄字易之。經文本指衣而言，故二字皆從衣。鄭既妄指以為首飾，故特改二衣字為髟，以合己說，至其能否成字，固不暇計及也（且當時風氣，愈不成字，人愈以為古。蓋在漢人意中，古人固較彼更為不通也）。周禮乃偽書，且僅言次，既無涉於被，更無涉於髲鬄，其言初無足辯。若髡刑則有罪者始膺之。即戰國人之所謂須靡。須靡者鬚眉之假借，蓋併其鬚眉而盡之也。然初不聞人曾需用其髮。至賤者苟不獲罪，在上者又烏容以其婦人飾髮，即執而髡之之理。左傳蒯聵見己氏之妻髮美，使髡之以為呂姜髢。乃後世無道之君之亂命，非三代以前，即有此謬舉，且豈以為定制也。況古婦人之用髢，乃髮寡者借以自飾，原非人人之所需要。故衛風云，鬒髮如雲，不屑髢也。蓋髢即今人之所謂鬏鬏（按即髭字，或作鬏髻），或又謂之義髻（見唐人妝樓記）。髮苟自美，即無有須用之者。鄭氏乃認為古人之一般定制，是豈古之貴婦人固皆其患赤鬜者耶。寧非事之大可笑者耶。今按被即裼，以其被服於外，故古人直名之曰被。其制男女皆有之，詩袒裼暴虎，所袒者即此。衣錦尚絅（詩作褧），所尚者即此。楚子圍之翠被，亦此物也（今之外罩馬掛等，皆其變形）。其在女子，又名曰宵衣。昏禮姆纚笄宵衣，又婦沐浴，纚笄，宵衣以俟見皆是。宵或又作綃，詩素衣朱綃，綃即宵也。少牢饋食禮，主婦被錫衣移袂，主婦贊者一人，亦被錫衣移袂。二語即鄭氏髲鬄二字之所本。裼今本作錫，今即其文讀之，實當以被錫衣為一讀，移袂二字另為一讀。蓋其衣自名錫衣，移袂則言其制也。其名錫者，乃以其質言之。錫即緆之假借，乃麻布之細者。詩蒙彼縐絺，為絺為綌，皆指此而言。至戰國時則多假用錫字，凡禮記之所謂錫冕等，經鄭氏所妄改為錫字者，皆其字也。錫之作裼，乃係文字上轉注之例。因其指衣言之，故又改書作裼也。移侈通，侈袂猶云廣袂也。錫衣所以被於外，故特廣其袂，以便被服。凡錫衣之制皆如是，以其衣有時而被有時而袒也。鄭氏注經，並句讀尚未明了，即逞臆妄改古人文字，謂之為有意誣經，非過論也。僮僮即易經之所謂憧憧，咸九四憧憧往來，朋從爾思。憧憧者往來不定之貌。僮憧同聲，例得通假，釋文載憧之異文作僮，是在前人，固已能攷知二字之原本一字也。僮僮謂其在廟中執事往來之狀。太宰之禮雖亡，然以特牲少牢二禮例之，則主婦從始至終，視饎薦豆設敦獻尸獻祝爵主人旅宗婦等，其事甚多，不勝縷數，大牢必視此更繁。其可攷知者，則禮器曰，大廟之內敬矣，君親制祭，夫人薦盎，君親割牲，夫人薦酒，卿大夫從君，命婦從夫人。則夫人之於祭，殆與君並重。鄭氏號精於禮者，乃其言在公者，僅濯溉視饎之事。視饎是矣，他事不言，却憑空反揑出濯溉二字以加之。遍攷禮經，不惟主婦無此文，即主人亦無此禮。孔疏不得已，乃強引宗人視壺濯之文以當之。然所視者壺濯，非濯溉，且其事屬宗人，不屬之婦人也。蓋此公因大雅有饋饎濯罍濯溉之文，不知所謂。因主婦有視饎之禮，欲併濯罍濯溉二事歸之。以其為禮書所無，乃特於此間文中，預先埋伏一偽造證據。作偽心勞，不知鄭氏果何苦出此也。嗚呼，此其所以為經神歟。

又按裼即錫即緆，原本一字，皆由緆轉變所成，即為今之外罩之濫觴，既如前述。乃時至戰國初葉，世儒因詩有袒裼暴虎之文，誤認以為裼即是袒（若然則直為袒袒暴虎矣，能成語乎。毛傳袒裼、肉袒也，即沿其誤），遂別假襲字以當裼字，而直以裼當袒字。此檀弓所以有曾子襲裘而弔，子游裼裘而弔之說也。此與后字本侯之異文，周人因后妃之稱，轉而成為天子之妻之專用字者，同一義例。即此可知，文字之變遷，在古人已所不免。執後者以例前者，其義意或即不可通。乃後人或竟執秦漢間一般妄人所臆造之文字，斷上通於經，烏在其有當於古義耶。

夏而楅衡

魯頌閟宮、夏而楅衡。毛傳，楅衡，設牛角以楅之也。語甚冗突。鄭箋云，於夏則養牲，楅衡其牛角，為其觸觝人也。其說皆本於偽周禮，地官封人云，凡祭祀飾其牛牲，設其楅衡。故傳箋云云。殊不知周禮乃秦漢人之所謬撰，其為此說，正采用當時謬儒解詩之語，不得反取之以證詩也。其謬之極顯見者，即如此節所言。封人乃掌守封疆之官，猶如今人之界牌者然（古人邦國皆植木為界，其名曰封。邦字其動名詞也。故封之古文，從手植木，作𡉚，或作[illegible]。封之內即所謂邦也）。其人皆散處於四境，古人雖至昏愚，亦豈有反使邊鄙之人，而返入國中，飼養牲畜之理。更無論既云飾其牛牲，下又云設其楅衡。牛牲果用何為飾，若謂楅衡即其飾，在古人亦必無此重複無理之文字耶。況縛橫木於牛角，遍稽古籍，皆不言其制，彼秦漢人，又烏從而知之者。如謂防牛之觸觝，則牛何時不當防其觸觝者。豈必當其已卜為牲，而於人絕少接觸時，反起而防之。且縛衡木於其角，則其觸觝之範圍將加大，亦殊非防之之計耶。此蓋戰國時謬儒，因不明此句之義，因衡本古橫字，而下文又有白牡騂剛云云，遂杜撰而為此義。然楅字乃古服字（即箙，原作葡備，箭箙也。見儀禮），幾見有所謂楅迫者。此猶其於赤芾在服，邪幅在下之文，不知邪幅所指，乃赤芾後方之缺角，而亦妄解為用布幅以偪迫其服也。今按此楅字係出假借，其原文本即芾字。蓋此自春秋以還之一種風氣，本有其字而不用，反假借同聲之字以示新異。詩中之類此者甚多，不止此一字也。然其間又有一必要之條件，則其假借之字，必須於上下文義，絕不可通，以防人之誤會。即此文之槅字，何莫不然。槅者箭箙，槅衡寧能成義耶。乃謬儒不知此例，於古人之惟恐其通者，反必欲通之。甚至於穿鑿附會，妄造典禮而不恤。吾不知其何心，乃必與古人為難也。亦徒見其愚且妄而已。芾衡者，謂祭服，所謂朱芾葱衡，朱芾金衡者也（二者皆諸侯服，下此則有朱芾金衡，赤芾幽衡等不一。芾者韠，亦作韍，衡則大帶也。說另詳）。秋而載嘗，夏而槅衡，謂入秋而始嘗祭，當夏而芾衡之祭服已成，與牛何與。且原文中又何嘗有一字及牛者。若謂此文係本下文之白牡騂剛言，則二句必倒轉之始通。蓋尚未點明其主體，而即泛言其事，古今初無此文理耶（前人注左傳以且告車來甚衆語，歸之仲叔于奚，同此荒謬）。文字果得如是解釋，則下文犧尊將將，萬舞洋洋，又何一不可據之以說槅衡耶。然世固無一人能知其謬也。

又按魯用周正，其所謂秋者，乃今之五六七三月，嘗者獻新麥之祭，其制當麥秋已後，約在今之五月間。世儒不察，竟因此文，釋嘗為秋祭，初不知此秋乃周之秋，實當今之夏也。此亦後人粗疏之一斑也。

生民概說

吳桂華

生民一篇，自戰國謬儒翔為姜嫄行祀郊禖，見大人跡而履其拇之說，漢人復於文外闌入一歆字，更從而為之說曰，歆歆然如有人道之感（文止一歆字，而義之曲折乃如是之多，一何可笑）。後人遂咸謂后稷之生，乃不夫而孕，其棄之之故亦因此。殊不思古何嘗有所謂高禖之祭，經傳具在，何處曾見此名詞。周官月令，乃根據此說所附會而成，不得反資之以為佐證也。為此說者，實因既不明此詩之義，而於商頌天命玄鳥，降而生商二語，莫識其指。於是乃信口開河，臆翔為此怪誕之祭名，以為一箭雙雕之計。吾國人之習性，原本為不求其端，不訊其末，惟怪之欲聞者。而后稷之誣，乃遂沉埋至於今日。前人中之心地明瞭者，亦有時察知其謬。然其自為說，則仍多牽強不通，視舊說無以遠過，故人亦不甚采用。蓋學問之道，攷知其非為一事，求得其是，又別為一事也。余對於此詩，懷疑者殆數十年。雖逐漸攷知履帝武敏下之歆字，乃由俗儒側注之所闌入者，其例與行葦授几有緝下之御字正同。敏乃韻字，與上文祀字，下文止，正叶。爾雅引此文尚無其字，則其誤自當始於漢武以後也（爾雅之傳，始於終生，則其書之作，當距此不遠）。嗣就其文義推之，又知其所以見棄之罪案，實全在乎以赫厥靈，上帝不寧，不康禋祀，居然生子四句。而四句之中，又僅能推知，以赫厥靈句，為謂其啼聲甚洪大。以靈臨古常通用，古人謂哭曰臨，今義乃由引申而來，故古臨字作[illegible]，從人目落淚。靈下所從之口亦然（特臨從見靈從（雨耳）。又下文實誕實訏，厥聲載路，兩讀字正從此句生出，不然便無着落也。至下三句，則始終莫能了了。此處不了了，則上下文之大義，直無從說起。以此文乃通篇之關鍵，此關不通，雖零星別有所發見，要皆屬枝葉也。數年來余嘗向石朋言之，並告以余所研究之結果，磋商者不知凡幾，終則仍以疑義置之。歲甲子八月廿七日，石朋忽過余告曰，昨夜就枕後，偶思及生民之詩，取上下文熟玩之，始恍然於后稷之生乃適在廟中，正當禋祀之時，已自不吉，而又啼聲洪大，驚其座人，致使人神（即所謂上帝，乃指為尸者言之）不安，幾不得康寧以卒事，此其所以惡而棄之也。予雖不詳禋祀為何祭，然前既以禋祀而祓無子，茲又當禋祀而生子，則知中，所謂誕彌厥月者，謂彌禋祀之月，非謂后稷在母之月。生子出於祈禱，此其所以稱居然也。余聞之乃心開目明，距躍三百，幾如積世沉疴之去體，雖百朋之錫，不是過也。其能使余如此者，惟憶前此數年間，偶攷得論語，五十以學易之五十，及常棣烝也無戎之戎字，及此三者而已。因本石朋之言而精研之，不惟石朋之說之無以易，且因此始得知古人文字之精，而吾人乃全不了解，為可歎也。后稷之生，實當今十一月之朔旦，正當舉行祠祭之時，猶今人之於正月元旦者然（元旦生子，今人亦多以為不吉）。故文之終篇，皆全以此祭為線索，以此起，以此結，中間凡遇關節處，又皆用正筆以點明之。而通篇文字，乃莫不若網在綱，同條共貫，絕無有一絲外溢。細鍼密縷，真所謂裁縫滅盡鍼線跡者，真令人不容不泥首及地也。知此祭為祠祭者，以篇中既再言禋杞，後於三祀字之中，又復中明之曰，以興嗣歲，二者皆所以表示其為祠祭也。蓋祠字在古本作柴，謂此祭獨燔柴以告天也（說詳拙著學文溯源）燔柴者使其烟氣昭聞於上（本詩載謀載維四句即言其制），故又謂之為禋。禋者煙之轉注字，古無是也（竊意煙在古當止作⿱囱火，從囱從火。囱者牖形，即今所謂烟窗，火從囱出，會意字也。火與土古文相近，後訛火作土，因於其旁更加火字。禋字之興，當在烟前，故特就本烟字，加之以示，以注明其為祭也）。祠之制在周用正月朔，在商則用年前十二月朔。伊訓云，太甲元年十有二月乙丑朔，伊尹祠于先王（漢書律歷志所引孔壁古文，非今之僞古文）即其事。二者實同

一日，因周之正月，即商之十二月也。祠在周為正月朔，故云以興嗣歲，舊歲之終，即新歲之始也。今第就詩之概畧言之，意謂生民之初，乃有所謂姜嫄者。姜其姓，嫄媛異體字，女子之美稱也（即此可知姬姜聯姻，由來已久）。因其無子，乃於禋祀時，向天禱求祓免之（祓即今所謂拔苦）。既禱之後，乃履帝足跡之所在，而隨其所至而止（介或作屆，皆假借字，猶至也），以幸其有身。此所謂帝，乃后稷之所從出。古書不載，今已無攷，後儒紛紛，皆囈說也。果也，始而震動，繼而漲大（夙有盈義，故荀盈字伯夙，而盈字即從夙得義），既而生產長大，是即後來之后稷也。然此乃綜其前後始終言之也。當其距禱祀方週一月建之時（誕發語詞，猶今人之言當，或曰單說。彌、

滿也，亦遍也），又逢禋祀。而后稷乃以初生之子，竟如羊之產羔然。在生時，即不備橫折縮副，諸般難產之苦。既生後亦復無菑無害，一若行所無事者然。設非如是，使姜嫄早有所感覺，則臨祭時，儘可避而不往，而不至產子於祭場矣。夫祭天嚴肅之地，而生子於是，已大不吉。乃不但已也，而啼聲大震，聞者皆抱不安。即為尸之上帝，亦局促不寧，禋祀亦不得不草草終了，不能康靜以卒事。然姜嫄則居然生子矣。特子雖生，而人以其生時所值如此之不巧，乃共議所以棄之，此后稷之所以名棄也。當其始本欲置之於狹隘之巷，人跡鮮所經行，冀其自斃，而牛羊乃從而覆而乳之（字、乳也）。嗣見其久不死，復擬舉而置諸平林。乃會當此時，而正有人伐此平林，則人見之，仍多不便，於是乃別置諸寒冰之上。則經此冰凍，當必無生理矣，而鳥乃下飛而覆翼之。人欲殺之，而天乃若必欲生之。人見此異，於是乃更議收而育之。當收之之人至，而鳥乃去矣。鳥去而后稷失所覆翼，乃又呱矣。今更即其呱聲觀之，實既延長（誕、長也。見旄丘），又洪大（訏、大也。見溱洧），幾盈滿乎其抱歸所經行之路。宜乎其前此之上帝不寧，不康禋祀也（按今釋家謂佛初生時，據地作獅子吼，當即脫胎於此）。后稷生時之異既如此，當其方匍匐學步之時，乃已復奇偉凝重，有若成人者然。而自知就其口之所食，不復依賴於哺乳。且當此時也，即好以樹藝為嬉戲，於是乎或藝之以荏菽（今大豆也），而荏菽則旆旆然其茂盛（旆旆、或作肺肺，東門之楊是也。楊豆葉相近，故均云然），而其所作之田隴（禾役、本當作禾場，今人之所謂隴也），亦復穟穟然，故有條有理（穟古只作遂，因其指禾言之，故加禾，轉注字也。遂後又作隧，謂溝也。穟穟猶今言條條）。藝之以麻及麥，而麻麥則濛濛然其茂密。藝之以瓜瓞（瓜瓞猶今人言瓜秧，詳見緜），瓜瓞則唪唪（唪唪、或作芃芃，或作幡幡，一音之轉也）。然其暢發，是則后稷當兒戲之日，其為穡之成績，已與衆不同矣（後世陋儒謂孔子少時嬉戲，常陳俎豆，設禮容，即本此附會。實則孔子之大，何嘗在乎俎豆禮容，而孔子終身亦何嘗以此為教者。況俎豆何物，而兒童得以為戲耶）。玆但論后稷之穡，初亦非無道以處此，而漫然以得之也，此其中實具有相之道焉（相、輔助也，凡相國相師皆本此，故不容於其下再增有範圍之字）。其所謂相之道維何，則以豐滋之草，足以奪穡之滋養力也。即刜而去之。穡之本端視乎種，而種則求發育完備而色黃，且其發育時為極茂者。於是乎乃宜分者（方古分字。說見鵲巢）分之，宜聚者聚之（苞、聚也），宜補種者補種之，宜鋤去者鋤去之（褎、古袖字，聲如猶，旄丘及此，皆假借也。其本字在論語作耰蓧，即今之鋤也），然後乃能由發芽而吐秀，而堅實，而完好，而優異（穎、新異也），而飽滿（栗謂飽滿如栗實然也）。后稷之為穡如此，故遂能以田自力，而即於有邰之地，以自立家室也（有邰說詳篤公劉下）。當后稷初立家室之時，而天又特降之以優良之種。其種維何，則維秬維秠（舊說以秬為黑黍，秠為黑黍之一稃二米者。

茲姑從之，後當詳攷）維麻（其作糜者，乃轉注字）維枲（即芑，以上二者皆別有攷）四者是已。然自得此嘉種以後，而所藝之秬秠，乃恒可以計畝而獲（謂種無虛擲，種無不獲也。穫穫同，亦轉注字也），而所藝之麻枲，亦恒可以肩任而背負（謂其收穫量之多也）。由是既足食（秬秠），又足衣（麻枲）。而后稷乃以之而歸，始用以自行禋祀於上帝矣。蓋未有家室以前，禋祀自有主者，故茲云肇也。但后稷之祀，果如何者，則取其稼穡之所得，或先以杵臼舂之。既舂之後，則須去其穅粃也，則或又從而揄之（揄，今口語讀如柔上平聲，揚也）。揄之而恐其有未盡也，則或又從而以箕簸之。簸之而舂之有未脫者，則或又從而以手蹂之（蹂揉同，從足從手，用不一也）。於是而米乃告成。遂復以水釋之（今所謂淘也），其聲叟叟然。以火蒸之，其氣浮浮然，而粢盛於以告備矣。夫后稷之于祀，其虔誠精潔如此，亦可謂至矣。而不但已也，乃又圖謀之思維之，而於舊制燔柴以外，別擬為告神之法。蓋恐燔柴而神或有不至，故更假此以速之也。其法維何，即取香蒿（蕭者二字之合音），雜之以制祭時割下之脂，更取牡羊之脂以攙之（軷猶攙也。後儒見鄭氏月令注引祀行文有此字，遂臆指以為祭道神，謬矣。別有說），然後爇以黍稷，投之火而燔之而烈之，使其臭上升。即戴記所謂，蕭合黍稷，臭陽達於墻屋，既奠然後焫蕭合羶薌者也（此事惟見郊特牲。後儒胡亂牽扯之妄說甚多，皆囈語也。又謂羶當作馨尤謬。其所謂羶者，正謂其取羝以軷。謬儒既誤以詩言為兩事，乃併欲取古人之文字改之，以滅其跡，可笑亦可惡也）。此制實惟后稷刱之，故詩即引之，以為上文裡字之點綴。蓋其制實由裡所類推也。在后稷之為此，特用以興起嗣續而來之新歲之趣味耳。於是羶薌既合，天人道通，卬乃得取前此所具之祭品（卬今俺字，見人涉卬否說）。盛之于豆，于豆之外，或更盛于登，而黍稷之香，乃始上升，上帝亦遂居然歆而饗之（此句正所以為上文上帝不寧之迴顧）。夫上帝之所由歆饗之者，豈不以聞知其臭，以為下界胡為而其臭至於如是。及下而察之，乃知其為后稷之初為祀也。自時厥後，上帝聞臭，即知其為后稷之子孫為祀，而欣然來享，則庶乎其永無罪悔，以直至于今也乎。此等文字，吾敢決其無論在何時代，必當為第一等最精美之文字。即無論譯成何國文字，亦必當為其國之第一等最精美之文字。無如吾兩千年來，智識墮落之中國人，竟聾然以不解解之何也。

又按生民、篤公劉、緜、皇矣、大明五篇，乃有周一朝之開國歷史。諸篇一氣相承，且各篇中，又互相呼應，似即出諸一人之手，殆周初時一大作者也。自春秋前，古所謂史者惟有詩書，而二者自孔子後，又無人能通，此其所以一變而為戰國人之神話歷史也。古人之受誣，沉霾殆兩千餘年。向者崔東壁曾有見於此，而擇焉不精。且其於詩書，實全未有所攷見，大抵仍沿襲漢宋閒人之謬說，故其成績殊寥寥，不足以酹其初志。吾願世之學者，一惟就經書之本體求之，置戰國後人之一切謬說於度外，全不使有絲毫，得犯吾之念慮。則古人之真，庶幾可復見乎。

秋楎又誌

癸亥仲冬

臨清吳桂華秋樺甫著

伊威　虵　蝪

豳風、伊威在室。毛傳援用爾雅云，伊威、委黍。此乃漢世經生，指山賣磨之慣技。遇有所不知，輒隨意揑造一不通之名詞以當之，藉以眩惑見詢者之耳目。而問者見名詞一經改變，亦遂若快然自足，絕不解再為進一步之研究。實則天地間果否有物名委黍，即有其物，而其物又何以即為伊威，在彼固全不計及也。至郭璞注爾雅，乃更别撰一名詞曰鼠婦，此亦無可奈何之舉。蓋庶類中實不聞有委黍之名，不得不特就黍字之音，以穿鑿附會之也。郭氏注書，初不盡詳其形狀，故但改易一名詞，即可以支吾了事。迨陸機作疏，乃獨承其弊，以其書例須詳言其形狀，而不得以空言搪塞也。今觀其言云，伊威、一名委黍，一名鼠婦，在壁根下甕底土中，生似白魚者是也。今即其所說之形狀言之，其云在壁根下甕底土中，似世俗之所謂土鼈，又名潮濕蟲者。但其物之生，絕不似白魚。其似白魚者，惟有書蠹，但又與在壁根甕底之說不合。且二物與伊威委黍鼠婦三名詞，絕無絲毫關係，何得即強指為一物。陸氏殆欲求其物而不得，而臆指為土鼈書蠹，又恐人因其習見而議其短長（即二物絕無人稱為伊威委黍鼠婦），因遂謬合二物之形狀為一，使人不能得其要領，而後此黑幕乃不虞為人揭穿。兩漢以降之經生，其自欺欺人多此類。朱子之說雎鳩及迷蕨等，實同此一副手段也。今按伊威二字，實為虵字之切音，即今人之所謂蝎虎也。蝎虎在文字上，每作壁虎。然通詢多處，絕不見有作此稱者，當係文人之所臆改。蝎虎二字，似亦由虺字之切音轉變而成，或謂其性好食蠍故云然。惜未嘗得諸實驗也。蠍虎在文字上，又名守宮，源出爾雅（實際上亦無此稱謂）。則以其好依託閒廢無人之屋爲窟穴，若代人守護宮室者然，與詩義正合。若陸氏云云之土蠶書蠹，則無論其室之曠廢與否，凡陰濕之地輒生之，在詩人固不應無端而忽感念及此也。虺之即爲蝎虎，在東漢時，已有人見及之。說文以虺字列入雖字及蜥蝘蜓蚖等字之間而注云，以注（咮之假借）鳴者。而於雖字下則注曰似蜥易（今作蜴）而大。蜥下云蜥易也。蝘蜓下云，在壁曰蝘蜓，在草曰蜥易。蚖下云。，榮蚖，它（即蛇）醫，以注鳴者。是許氏明

蚖，又皆蝎虎在文字上，同類而異名者也。及再攷之

明以虺及雖蜥蝘蜓蚖等爲一類，而雖蜥蝘蜓於詩，則不惟不知伊威之即虺，乃併無人能知虺之即蝎虎。在毛鄭等或未見說文，不得不踵襲前人之謬。至朱子作集注，則遠出數百年後，仍不知詳加稽攷，而一祖述其荒誕之怪說，疏忽之咎，殊難爲賢者諱也。按斯干爲虺爲蛇下，毛鄭皆無傳，或其時人皆習知虺之物，故不復再爲詳細之解釋，亦未可知。迨孔氏作正義，始疏云，釋魚云，蝮虺、博三寸，首大如擘。舍人曰，蝮、一名虺，江淮以南曰蝮，江淮以北曰虺。孫炎曰，江淮以南謂虺爲蝮，廣三寸，頭如拇指，有牙最毒。郭璞曰，此自一種蛇，人自名爲蝮虺，今蛇細頸大頭，色如交綬文，文間有毛，似豬鬣，鼻上有針，大者長七八尺，一名反鼻，如虺類，足以明此自一種蛇

。就上所云云，則所謂虺者，僅不過蛇之一種。而諸家談空說怪，信口開合，或謂其南北異名，或謂其別自一種，或謂其頭大頸細，或又謂其博三寸而頭僅如拇。亦不過顛倒錯亂，使人無從求得其物，以議其短長。殊不思蛇本為概括名詞，言蛇則凡屬蛇之種類，已無不概括於內，又安得於全體蛇類之中，特抽出其一，以與其全部之總稱相對舉。此種文理，在稍明字義者，當無不知之。而舊日經生，乃反奉之為金科玉律，其頭腦之冬烘，真令人不解其何竟至此也（以上種種怪說，大抵皆因斯干以虺與蛇併稱，附會而成。蓋彼輩意中，固自以前既言蛇，後所言者，亦必當仍為蛇也。此與彼輩於聯章之詩，動指為義同前章，正同一誕謬。若然則全詩皆疊床架屋語矣，豈非笑話）。虺之為蝎虎，初不僅說文為然。今攷虺字在古文本作畾，見虺甗。畾虺甗原文見古籀補。舊多指為即仲虺作器，然相其文字，實類晚周。傳稱叔孫豹之兄亦名虺，殆其人也，象虺在田間形，故書敘仲虺史，記作中畾（劉向自稱為仲虺之後，亦作中壘）。其從四田者，會意亦所以形聲也。四田乃古雷字，雷虺音近，而虺又有產於田間之一種，因制以為字。古名詞多屬概括者，體勢畧同，即不妨援用一名稱也。虺與蛇雖形體殊異，然其為陰幽閉藏之物則正同，故詩人以為女子之祥。虺之性全類蛇，而尤以田間生之一種為特近。其行之郤曲，與蛇無異。畾字中之所象者，即其行跡。世人因其與蛇有關，故亦多以蛇呼之。在關內則謂之為蛇醫，河以南則謂之為蛇郎中（俗呼醫為郎中），故有此名），而衛河一帶，則曰馬蛇（蛇俗音訛如梢），以其有四足如馬，而其行則蛇也（兖徐間有謂之地出律者，實近世之俗名也）。即此可知古人以虺與蛇同稱之確切，又何必於言蛇之外，重複言蛇，始得謂之一類耶。虺更有水生之一種，名為榮螈（即說文之榮蚖），現未攷得，不知其俗名若何，要其在古人同稱之為虺。則以他物較之，可無疑義。他若文字上所稱，除蜥蜴即蛇醫之轉音外（由是言之，則蜥蜴當作蜥蜴，其作蜥則相近而誤也），詩所稱胡為虺蜴之蜴字即本之。如雖及蝘蜓守宮等，實未嘗見有人稱道。凡漢人所言之種種名字多此類，存而不論可也。

枸

小雅、南山有枸。毛傳因爾雅無文，乃用宋玉風賦云，枸、枳枸。已大可笑。枳枸來巢，本謂木之支曲者，鳥因而巢之。枳枸二字乃形容詞，非謂有木名枳枸也（枳謂駢枝，枸謂勾曲，其例如梧桐）。及陸氏作疏，乃別云，枸樹高大似白楊，有子著枝端，大如指，長數寸，噉之甘美如飴，八月熟，今官園種之，謂之木蜜。陸氏所云，今時殊未見其物。即云有之，其物亦自名木蜜，與詩之所謂枸者無干。至朱子作集注，既直用陸說，乃獨於原文枸字下，別增入枳枸二字，謂枸枳枸，樹高大云云。是殆強合毛陸二說而一之，意謂枸即枸枳，其所以來巢者，正以其有蜜之故。嗚呼，實物所在，又爲容以望文生義，以意爲出入耶。是真癡人前說不得夢矣。實則三百篇以還，古今之言草木者多矣，幾見有木名枸及枳枸者耶。今按枸、從木句聲，乃最初之橘字，與枸杞之枸音苟者不同。橘字之興，實發生於戰國之季。矞在古初無句音，故遙從矞聲，而其聲如聿。至楚辭其文始見，若禹貢乃戰國時所譯之今文，不得謂夏初即有其字也（矞字後來之有句聲，殊未由悉其轉變。惟今人以璚為瓊之異體，則殊可笑。璚為形聲字，無論如何，矞決不得有瓊音。其傳訛至是者，秦漢間之儒生，於習見之文字，每好作異體，而其所作之異體，要亦不出乎形聲一途，此但觀於爾雅，即不難知其伎倆者。而其時矞字既相沿以為有句聲，於是以瓊琚之琚字，亦遂別書為璚，以居字亦屬句聲也。世人見其以瓊琚為瓊璚，乃日久傳訛，竟誤以為璚字即瓊字。其時已無人知解六書，因遂傳訛以至今日，此亦後人所不可不知者也）。橘字之興雖較晚，然其稱謂，則自昔已然。初從句聲作枸，即此詩之所言者是。至戰國以還則又別從具聲，作椇。內則芝栭蔆椇是也。後儒不知古今文字有轉變，而於形聲一道為尤繁，乃臆為之注曰，椇、棃之不臧者。其說直可使人噴飯。微論棃類中絕不聞有名椇者，內則所言乃加豆之實，不取其臧者，反特擇其不臧者以入饌，天下寧有此不情之舉耶。厥後橘字興，而枸椇皆廢。經學家復信口開河，遂字加以附會，世遂無復能知三字之原本一字者矣。

椇

小雅、北山有椇。毛傳引爾雅云，椇、鼠梓。李巡注云，鼠梓一名椇。此等無聊之訓釋，直可令人噴飯。郭璞注云，楸屬也。其囫圇與李略同。蓋郭第知古之所謂梓者，即今之所謂楸，茲既名鼠梓，當然為楸之一種，故直注之為楸屬也。至陸機乃曰，其樹葉木理如楸，山楸之異者，今人謂之苦楸是也。是不過仍就郭氏楸屬二字而演繹之。除楸之一字外，絶不敢有一字指實，不過略易原文鼠字為苦字，較李郭稍為膽壯耳。實則椇字何以即為鼠梓，諸公之所云云，果為鼠梓抑為椇，而於椇及鼠梓之外，何以又別名為苦楸。且既稱今謂苦楸矣，果何由知其即爾雅所言之鼠梓，及小雅所言之椇。毋亦因爾雅有一梓字，遂隨意妄指一梓類以附會之耶。今按椇實古文之桂字，及桂字與，而本字乃久廢不用者。此與上文枸之為今文之橘者，正同一義例。所異者，枸椇橘文字雖殊，而在聲韻上，古今尚無大異。至椇之與桂，則文字既經懸絶，而古今聲韻之相差，尤如風馬。苟非於文字聲韻之變遷，極深研幾者，當無人能通其突奧。此其所以亘二千年，而卒迷誤至於今日也。蓋椇從木臾聲，臾在今雖讀如予，而在古實讀如桂字。以臾字固象形之櫃字。臾於古文本作[illegible]，象兩手與風箱形，由此可知櫃原為風箱之專稱。後世之稱木箱為櫃，乃因其形似風箱，而引伸稱之者。論語有荷蕢，説文引壁中古文蕢作臾，即其義。故貴字古文作[illegible]，亦從之得聲（古鑄字亦從臾，以鼓鑄須用風箱也）。又古稱片時曰須臾，臾亦當讀櫃，以二字乃晷之切音也。臾古既讀如貴，楰從臾得聲，則楰字亦當讀貴。至後世臾字既轉作今聲，世人因更假用圭字之聲以代之。此三百篇後，絕不復見有楰字也。枸之與楰，猶臺之與萊，桑之與楊，杞之與李，栲之與杻。品雖較遠，其臭味則大略相同，所謂何敢參差也。依此原理，故初頗疑楰字為柚之古字，與臾之今聲既合，而與通章之韻字尤叶。特以臾在古全不見有此音，又橘柚相去太近，古人比類，似不至若此重複，故仍決定為桂字也。

兕

詩、我姑酌彼兕觥及殪此大兕。毛皆無傳，似當時學者，尚習知兕之為物，故不復再加以注解。至爾雅乃釋云兕似牛，已謬。郭璞復從而附會之曰，兕一角，青色，重千斤。人遂無復更能目擊此怪物矣（集注採用郭說，乃更釋兕字以野干二字，不知何據。竊意干字乃牛字之誤，朱氏據誤本增入，認以為兕之別名者也。兕原有野生之一種，以兕為野牛，尚不相遠，惜無從是正之也）。然攷之古書，則兕乃獸類中至習見之物，器物上所賴以供用者甚多。其角既可以製為各種用具，其革尤為製甲之上品。故攷工記云，兕甲六屬（周禮雖秦漢間謬儒之所偽撰，而攷工記卻遠在其前，確屬戰國時文字）。左氏傳云，牛則有皮，兕犀尚多，棄甲則那（那、奈何二字之合音）。此外之言兕者，幾於不遑僂數。謂其果如郭氏所說之怪物，則其物殆較麟鳳為尤罕，人欲一見之，且永世不得，更安望藉之以供日用耶。今按兕者即今日之水牛，性喜水，凡藝水田者多畜之。吳中多水田，其種尤繁，故或又呼之為吳牛，文字上之稱為水兕者以此。而角如常牛，而長大，且數倍之，故特以其角名。兕字古文作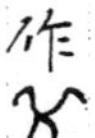（見祖乙爵），即象其二角形。郭氏妄指為一角，殆由犀牛而誤會，且不識文字之本誼也。水牛多作青灰色，故文字上或又稱青兕，凡古書中所言之青牛，亦多指此。老子騎青牛過函谷關，雖屬一種讕言，然所謂青牛者，實即兕。因常牛脊骨隆起，極不適於騎用，而水牛則脊背寬平，肋腹龐大，安穩殆無異床褥，故牧豎輩皆喜騎之也。水牛皮略如象，雖有柔細纖毛，然不足以蔽體，故冬畏寒而夏畏暑（古稱吳牛望月而喘，即其畏暑之證。又冬日則須築宮以蔽之，見范石湖詩。至極寒則更須以草為衣被之，王章傳所謂臥牛衣中對泣，即衣水牛者也）。至其革則極堅厚，古稱兕革，絕不見有稱兕皮者，即此故。若在後人，則無能復為此辨矣（今人稱象皮即其證）。兕之皮既如象，而其力又特大，視常牛不啻倍蓰，與象亦相近，故古人又常以兕象並稱。亦有與虎並喻者（論語、虎兕出於柙），則第以勇力言其猛鷙同也。此就兕之各方面言之，其即為今之水牛，絕無疑義。乃一入經生之口，則支離怪誕，信口開合，必令後之學者，永世不能知其何物，於其心始慊。此種心理，真不知其何所用意也。

又按兕犀二字，古人常相通用，故在古書中，二字之取意畧同。大抵多於兕為近，然亦有並稱者，則左氏傳之兕犀尚多是也。今以字義言之，兕字指角言，而犀字則指尾言（犀從牛從尾）。二者雖同屬牛類，確非一種。兕則豐於角，犀則壯於尾，古義昭然，不可溷也。至其革之適於製甲則畧同，故左氏同稱之。（今甘涼間有一種旄牛，其尾極長，最適於製旌旄，世皆呼之為犀牛，當即為犀之本誼。惟其物今內地已不生之，未得詳加以攷驗也。凡古書所言之犀，厥惟此種。後世所言通天駭雞辟塵等，以角為貴之犀，乃邊徼之所生，初非中國產物。至戰國以來始有之，其名稱偶與古同，世遂誤以當古之犀。實則古之犀其異在尾，而今之犀則其異在角，其名實顯然不附，初不得強指為一物也。今犀之見於載籍者，當以戰國策張儀之稱犀首始。今犀之項有獨角，長於解決，凡所抵觸，無不洞徹。儀之辯論似之，故有此稱。世稱銛利為犀利亦以此。此若以上古之犀言之，失其旨矣。蓋戰國南北之界已大通，故南方之犀，亦應時輸入。若春秋前則其地尚淪於荒裔，古人更無由懸想，而知有此物也。犀在今南土亦罕見之，多產自安南緬甸等國，故莫詳其形狀。舊說謂有鼻端額端頂端具有三角者，不知然否。究之，非經義所關，存而不論可也（衛風稱齒如瓠犀，犀係借用。然既有其字，故為詳說之）。

鉦人伐鼓

采芑、鉦人伐鼓。毛傳，鉦以靜之，鼓以動之。鄭箋云，鉦也，鼓也，各有人焉，言鉦人伐鼓，互言爾。集注用之，殊謬。蓋其意中所為互文者，謂鉦人鳴鉦，鼓人伐鼓。設其如是，則文第云鉦人伐鼓，是為詞不達意。且鉦以靜之，鼓以動之，二者之為用正相反，又焉有同時並奏之理。況下文伐鼓淵淵之伐鼓，正承此處之伐鼓來，絕未有一語涉及伐鉦，鄭氏果何所據，而強增原文四字為八字耶。再者鉦鼓皆所以出令，全軍胥視之以為進退，果使兩人分掌之，則此進彼退，其如號令之不一何。此在事實上，所絕不能有者。故正義引大司馬，鳴鐃且卻，聞鉦而止，及鼓人三鼓，車徒皆作，聞鼓而起之文。僅以證明毛傳之鉦靜鼓動之義。而於鄭氏之所謂各有人焉者，絕不能得其根據，且不惟無以證明二者之各屬一人。至其引周官鼓人云，以金鐃止鼓，又引說文以為鉦即鐃（此說未確詳後），則適足以為二者之並屬一人之反証。蓋以鉦止鼓，其職屬諸鼓人。反言之，則伐鼓之責，其職自當屬諸鉦人也。鉦人鼓人，第各就其一事言之，初非有兩人也。周禮本秦漢間謬儒偽託之書，其言原不足據。即所云鐏鐲鐃鐸等器，亦悉屬戰國間徒兵之制，而與春秋以上之車戰無關。孔氏引之以釋詩，已屬無當。乃其言亦復如是，彼鄭氏果將何以自解耶（漢儒於意所不通之處，輒目之為互文，而任意顛倒錯亂以解釋之。此文及楚茨首二句是也）。今按古人兵車之制，鉦與鼓皆置於車上，惟元帥一人司之，以節一軍之進退。鉦之地位，即懸於鼓旁。左宣四年傳，伯棼射王，汰輈，及鼓跗，著於丁寧，即其證。丁寧者鉦之切音。越鼓跗即著於鉦，則鉦原置於鼓旁可見。此外各軍之主將，亦各有鉦鼓，以自布勒其師。桓五年繻葛之戰，曼伯為左拒，祭仲足為右拒，原繁、高渠彌，以中軍奉公（鄭莊），命二拒曰，旝動而鼓是也。今方叔之所率，其車三千（計二十二萬五千人），殆全師盡起（古天子六軍，以三千之數計之，當以五百乘為一軍），其司鉦鼓者，當必甚多，初不容以縷數，故但舉其所司之器物言之。其曰鉦人而不曰鼓人者，明其所司者不惟鼓。其曰伐鼓而不曰擊鉦者，以時方振旅，所伐者惟鼓，不及鉦也。文本瞭然，別無深意。乃自鄭氏從字句間，妄生枝節，而原文遂不可通。殊不思古人文字，若必待後人之增減改削，而後成義，豈古人盡屬笨伯耶（若戰國後之古人，又當別論）。又說文以鉦為鐃，亦誤。鉦者今之鑼，故箭射之能著其上。鐃今尚名鐃，乃鈸之大而厚者。漢以後軍樂中習用之，故漢有鐃吹諸曲（今僧家梵唄時亦用之。西廂記傳奇中，所謂法鼓金鐃是也）。鐃以兩為用，與鉦絕異，不用時則平置於地，非可懸挂之物，箭烏得著。許氏不識鉦，並不識鐃，故臆合二者為一物，以圖省事。近人或竟據之，以駁東坡樹頭初日挂銅鐘之誤，亦惟自鳴其陋而已。

有子七人莫慰母心

前解凱風，第依文訓義，初不知所謂母氏者何人，其七子亦無從指實。兹更詳加稽攷，始知此詩亦指宣姜言之，而所謂有子七人者，謂壽、朔、戴公、文公、齊子、宋桓夫人、許穆夫人也。此詩序但以為美孝子，似亦未能詳攷其人，而僅即詩之大義言之。今詳玩詩意，初非他人作以美孝子，乃實為孝子之所自作。故篇中皆自責之語，甚至自愧其不如黃鳥。而於母氏一方，則絕不敢存有纖毫之怨望。孟子論此詩亦以為孝子所自作，蓋詩中語氣，固不得以移作他人也。今攷七子中，惟壽為最長，其死亦最早，後來之五子，彼皆不及見，可決其與此詩無關。他若惠公（即朔）戴公文公，雖係男子且皆曾為君，然胥於詩才無聞。至其餘之三女子，齊子宋桓夫人許穆夫人，則皆有天縱之詩才，其詩皆為三百篇所著錄。如泉水則為齊子所作，河廣則為宋桓夫人所作，載馳則為許穆夫人所作，皆其班班可攷者。此詩雖不知出何人之手，要其必為此三女子無疑也。

干旄通義

干旄序云，美好善也。語殊晦澁，故歷來說此詩者率向招賢一方做去，以干旄為招賢之具，以素絲為聘賢之束帛，以良馬為賢人所乘之車。特是招賢而用旄旟旌，古何嘗有此制。又古之乘馬，以四為極，更安得有五之六之者。況解素絲為幣帛，與經文所云紕之組之祝之者，顯相剌謬耶。今按此詩乃僖十八年冬，邢人狄人伐衛，圍菟圃，衛侯（文公）以國讓父兄子弟及朝眾曰，苟能治之，燬請從焉。眾不可，而後師於訾婁。國人感之，因互相激厲，而為此詩也。訾婁者漕之切音（漕、傳作曹，古入尤韻），由此可知，所謂浚者，實指漕而言。知其非楚丘者（衛之都城），以詩所言乃陳師之事，傳稱師于漕，不言師于楚丘故也。此詩三章，實分三種人言之。第一章乃庶人相謂，干、竿本字，後人加竹，轉注字也。旄者今之髦頭，謂旗上下覆之羽毛。後儒以為始于秦文公伐南山之梓樹，齊東語也。古人建旄即須設旐，玆但言旄不言旐者，舉大可以括小也。旐者繫匹帛於竿之上旄之下，狀如今旗上之飄帶，在後世或謂之旃（今以字義攷之，旃似兼旐與斾言之，故文作旃。㫃者旂形，人為旐形，而冂則為斾形也。左傳亡大斾之左旃即其證。孟子庶人以旃，殆戰國時於古人旂制，已不能詳剖也），乃召集一般車徒之徽幟。出車謂設此旐矣，建彼旄矣，車攻謂建旐設旄即其證。孟子謂招庶人以旃，亦謂此也。素絲，謂斾也，斾以素帛為之，其色白，故六月謂白斾央央。其制為臨戰時始結之於旐之末端，作燕尾形。左昭十三年平丘之會，八月辛未治兵，建而不旆，壬申復旆之，諸侯畏之。杜注謂軍將戰則旆是也（出車所咏為城朔方，雖設旐建旌而不旆旆，六月所咏為伐玁狁，故云白旆央央，亦此義）。紕即比，因其指上素絲言之，故旁加糸，乃轉注字，猶云附也。素絲紕之，言以素帛比附於旄上也。古戎車率用四馬，良馬四之，謂戎車既已整飭也。彼姝者子，乃指文公言之，感其以國讓，故善之也。詩義畧謂，彼孑孑然之竿旄，則在後之郊矣，其在郊者，以庶人之數衆多，非郊外不能容也。是招集吾庶人之徽幟已建，而為吾庶人輩所當有事之時矣。且不止此也。建而復旆，更以素絲之帛比附之。而駕車之四馬，亦復良駟整齊，則是戰鬥即在目前矣。然則吾輩對於彼美善之君子，其果將何以畀益之耶。吾知其必當有以自致也。此則庶人之相與言也。第二章則士相謂。旟者以方形之旂綴之於旄旐之下，在後世或謂之旗，乃合帛為之。旐用獨幅，旟則用合幅，故無羊以旐維旟矣，為有室家之象，以其由單而之複也。旟者士之徽幟，孟子所謂召士以旗是也。組猶云繫，駕車用四馬，兹言五之者，別有一馬，以備補充也。詩意畧謂，彼孑孑然之干旟，則在浚之都矣。都者城之外郭之內，即鄭風之所謂闉闍也（前說鄭風，從舊說釋為月城，非）。士之數少於庶人而多於大夫，故在都招集之為宜。是則招集吾士人之徽幟已建，而為吾士人輩所當有事之時矣。且不止此也，旟之上復以素絲之帛組繫之（旆仍繫於旐上，不繫於旟上，其不言旐，猶之首章也）。則既與以建功之機，駕車之馬於四之外，又別以一馬補充，則更與之以建功之具。處斯時會，乘此車馬，然則吾輩對於彼美善之君子，其果將何以贈予之耶，吾知其必當有以自售也。此士之相與言也。第三章則為大夫相謂。旌者，以長形合幅之帛，縮懸於旄與旐之下，即世所謂坐纛旂者，乃大夫之徽幟，孟子所謂大夫以旌是也。祝乃假借字，本當作紨，謂糾結之也。良馬六之，則更用二馬以備補充，視士為更進矣。詩意畧謂，彼孑孑然之干旌，則在浚之城矣。大夫數少，城內已能容之，且居中以馭外也。是則招集吾大夫之徽幟已建，而為吾大夫輩，所當有事之時矣。且不至此也，旌之上復以素絲之帛糾結之，則既與以建功之機，駕車之馬四之外，又另以二馬補充，則更與以建功之具。處斯時會，乘此車馬，然則吾輩對於彼美善之君子，其果將何以忠告之耶。吾知其必當有以自勉也。此大夫之相與言也。全詩層次井井，有條不紊。推其原本，皆由衛文讓國一語，激發而來。序謂為美好善，殆謂國人美衛文之好善，能以國讓，因作此詩也。然而義太迂曲矣。

如輊如軒

六月、如輊如軒。毛傳但云，輊、摯也。其義已無從究詰。鄭箋云，從後視之如輊，從前視之如軒，車適調也。就輊軒二字，囫圇吞過，絕不言其何指，卻憑空添出從後視從前視兩層，經文中何嘗有此等文字耶。後人不知其說之謬，望文生義，乃不得不臆解為車之後高者為輊，車之前高者為軒。後漢書馬援傳中已用之（臣居前不能使人輊，居後不能使人軒）。注輊、車之覆而前也，軒、車之卻而後也，即原此義。特是此文本所以形容上文之安字，若其車時覆而前，時卻而後，則天下之不安，孰甚於此。且同此一車，既前高即不得同時又復後高。即後高即不得同時又復前高，又安有前後視之而並見為高者。高下者相對之詞，若等高則無所謂高矣。況輊字即不經見，人猶得以臆為解釋。若軒字則為古書中之習用字，曾見何處，有作車之前高解者耶。豈古人文字，固可以隨人妄為指目耶。今按輊今文作輜，甾至同聲而異體。古文形聲字，往往而然，飢饑擢棹，其尤著者也。輜者重車，故古人呼載物之車為輜重。前漢書韓安國傳擊輜重是也。軒、乘車也。舊制大夫始得乘軒，春秋傳乘軒者三百人，及鶴有乘軒者，邴意茲獨得乘軒皆是。輜車穩重，乘車安適。而戎車如之，所以為安，初無他義。此但就文字求之，即不難得其大凡。乃舊儒不此之圖，反舍卻古人之文字，而臆行附會，又烏在其能合於古誼也。

髧彼兩髦

栢舟、髧彼兩髦。髧字舊皆讀如諵。殆前人誤所從之冘，畧與沈字之所從者同，因臆讀作沈（即沉）音也。特博攷各書，髧字絕不再見，而髮類之形容詞中，亦絕無作沈音者。傳釋以為髮垂貌，實緣其並不識髦為何物，故說來無一不可哂也。今按髧者實為突之轉注字。古文突字作冗，見鄭膚公鼎，象人戴弁形，詩所謂突而弁兮也。冗與今文冘字極相近，故遂輾轉而誤為一字。其從髟者，因此文冗字，乃指髦言之，髦本髮飾故也。髦者古未冠笄男女束總角之朱錦，其制有兩，故曰兩髦。兩髦分束於首之左右，狀如突起，故曰突。後人既不識古制，又不通古文，乃惟是望文臆為推測，宜乎其訛誤相望於編也。

艽野

小明、我征徂西，至于艽野。注但釋艽野為地名，又云蓋遠荒之地。語殊囫圇。此等解釋，與無注者，又何以異乎。今按艽者，即今藥草中之秦艽，乃秦西鄙荒遠之地之一種特產。其以草名，猶鳥鼠同穴之以物名也。本草稱秦艽產岐州涇州鄜州者良，此殆猶指其在內地者言之。竊意秦西荒遠之地，必別有產生此草特盛之區，故古人特標舉之以為地名。倘遇秦人，當詳詢之也。

不憖遺一老

十月之交、不憖遺一老。鄭箋云，憖者、心不欲自強之辭也。語殊難解。孔疏云，說文云憖肯從心也，言初時心所不欲，後始勉強而肯從，故云心不欲自強之辭。語亦支離。此等注疏，初不必再求其所解之字作何解，即其自己所下之注釋，恐亦自己亦不能解也。此外則爾雅云，憖、願也，強也，且也。韓詩又云，闇也（以闇作憖，闇字果作何解耶。漢儒於所不識之義，往往故作此循環定義，以自欺以欺人，乃其慣技也），其全無根據，隨意指目，殆猶一丘之貉。蓋彼於憖字之音讀尚未識，又何望其多言而或中耶。今按憖字，舊皆讀為魚覲反，音如謹，已謬。憖、從來從犬從心，既非會意字，更何從得有謹音。其讀謹者，初不過信口開合。一妄人倡之於前，衆愚人隨之於後，相沿而不敢改耳。蓋若輩本不知六書為何物，誤以為凡字皆可以隨意命聲，隨意定義。故凡於所不識之字，全不知就字之本身上反覆研究，而一以詐欺之行為了之。彼於吳字尚能讀如畫，而解作大言，橥字尚能讀如門而解作赤粱粟，更何有於此不經見之字耶。竊嘗即憖字之文字義意推之，此字實從來得聲，音如今音之淚。蓋來字在古前，固皆讀作入聲也。靈臺以來叶亟，大東以來叶疚，皆其顯而易見者。憖者，無意中之殘餘。今北地方言之所謂剌（讀如辣下平聲）辣（二字譯音），即為其字之轉音。古所謂憖，即今語之所謂剌辣也。剌辣二字之義，甚似乎今文之遺漏，而微有別，故古人常合遺字為文。魯哀公誄孔子，亦用此語，知此語在當時固所習用也。又文十二年，秦晉河曲之戰，秦行人夜戒晉師曰，兩軍之士，皆未憖也，明日請相見也。此憖字實出於假借。蓋北人稱疲勞音如憖，今語猶然，而在文字上初無相當之字（或作累非），故不得不即假憖字代之。杜注釋憖為缺，亦不過望文生義，意其當然。正義因附會之曰，憖者缺之貌，今人猶謂缺為憖也。彼既讀憖如謹，幾見古今有謂缺為謹者耶。攷證古書，方言乃其最要之證據，然初非注疏家之所謂方言。因注疏家之方言，皆其於經義有所未通，而嚮壁虛造，藉為僞證者也。其端自揚子雲開之，而鄭康成則更即其範圍而擴大之。孔氏不過竊其緒餘而小試之耳。作僞心勞，吾不知諸公果何苦為此也。

鮮

鮮、古細字，音亦如細。此凡在戰國以上之古書皆然。新臺之首章，以鮮字叶泚瀰。公劉度其隰原，皇矣用其語，而別假鮮字以代隰字皆其證（前人不知此義，毛傳承爾雅則云，小山別大山曰鮮。鄭箋則云，鮮、善也。竹書則直以鮮原為地名。大抵皆不得其解，而望文附會也）。由此可知，鮮民之生，乃細民之生。春秋傳葬鮮者自西門，乃叔仲帶因叔孫係餓死，有同於細民，阻其不得以卿禮葬（前人因此或直解鮮為餓死，作僞列子者本之，實則絕無根據也）。尚書之惠鮮鰥寡，乃惠細弱及鰥寡。其他之以鮮作少字用者，亦係由細字引申而來，蓋凡物細則必少也。鮮從魚從羊，乃會意字。以二物之肉至細，因標舉以為例。後世之轉而平聲音如仙，實一聲之轉。若其轉而屬諸臭味一方面，則是由實質上，轉而歸諸臭味上。肉細則味鮮，猶是一義之蛻變也。然鮮之引申義既轉今音，則其本義，亦不得不隨之俱轉。細音原屬上聲，故鮮字亦轉而為仙之上聲，音如顯。今方音之所謂稀罕，即其字之切音也。及細字起，而鮮之本誼遂盡失矣。

天降喪亂滅我立王

桑柔、天降喪亂，滅我立王。毛無傳。鄭箋云，滅、盡也，天下喪亂國家之灾，以窮盡我王所恃以立者。其說支離，幾不成語。集注獨其謬，別為之訓曰，言天降喪亂，固已滅我所立之王矣。但依文字解釋，其義意自明，蓋此等文字，原無待乎解釋也。惟此立王所指為何人，不惟未加以深攷，且故設疑陣曰，此詩之作，不知的在何時，其言滅我立王，則疑其共和以後也。尤謬。朱氏既承認此詩為芮伯作矣（朱序、舊說此為芮伯刺厲王而作。春秋傳亦曰，芮良夫之詩，則其說是也），豈但承認芮伯而不承認芮伯為厲王時人乎。且更疑其在共和以後，則此立王更何所指乎。豈共和時周室曾別立王乎。寧非怪事耶。今按此詩所稱之立王，實指夷王言之也。周之衰雖兆於夷王，然王實甚得人心，又以疾早終，不克永世，故稱天減。春秋昭二十六年傳云，至于夷王，王愆于厥身，諸侯莫不竝走其望以祈王身。則夷王之歿，為一時朝野之所痛惜，可以想見。芮伯因厲王之無道，愈以追念前王之不得令終，乃情事之所當然。若在他王，又安得謂之為天降喪亂耶（按竹書夷王在位僅八年，杜注愆惡疾也，則是夷王固以惡疾早逝也）。朱氏但知改小序，乃至併其必不可改者，而亦妄疑之。甚矣成見之誤人也。

侯彊侯以

載芟、侯彊侯以。毛傳云，彊、力也，以、用也。鄭箋云，彊、有餘力者。周禮曰，以彊予任民，以、謂閒民，今時傭賃也，春秋之義能東西之曰以。集注從之。其說殊謬。以彊為彊力者，此以字面言之，義尚可通，至以以為閒民，則殊涉駭異。春秋傳謂能左右之曰以，乃屬動詞，初非謂有人可以名以。即如所云云，則人之可以受人左右之者，又豈惟閒民，閒民又豈必皆為傭賃。況三代時計夫受田，數各一定，要視乎一人之力所能及。在強者不患其有餘，即弱者無虞其不足，又安有所謂有餘力者。人人各有分田，又安有所謂閒民，更安有所謂傭賃。周禮本秦漢間謬儒偽撰之書，其於三代時之社會情形，絲毫全未嘗夢見。乃惟是本其當時之狀況，而復附會以其迂謬不通之理想，以厚誣古人。前既誤一新莽，後又誤一王安石，其流毒可謂至烈。至鄭氏後，世儒乃更以之說經，又何怪乎其扞格不通，作繭適以自縛耶（孔氏正義，多引用周禮，其究於經無關，徒多費一番筆墨）。今按、疆即古彊字，疆字在古器中，初無加土者（加土者，惟有動武鐘，初非三代器）。以其字已從二田，不得疊床駕屋更加以土也。疆者田界，故於二田之間加以一或二（師遽方尊，仲師父敦，餘多從一）以象疆形。其從弓者，以古之田皆以弓計也。然當時或又假之以代強字，則以其同音，而同時又別無強字故（疆之從弓，殆以其為弓力所及故。古者地長一畝，廣百步，畝之制當由弓力得來。反之則弓力之能射及疆者即為強，是疆之為強乃引申，非假借也）。因二字一為名詞，一為形容詞，語意截然不同，固不難於一望而知也。至今文興，始於其本誼加土以別之。而以其本字作強，譯今文者，於其所能通之義，固悉以己意，譯作今文。而此句則歷來莫得其真解，故不得不仍即原文書之，付諸疑以傳疑之列。此猶揚且之皙也，揚且之歆也二且字，不敢直譯作祖，而仍從且字也。至以字以疆字推之，則其字實當為場之假借，因古書常以疆場為對文，如疆場翼翼，疆場有瓜。而左氏傳中尤習用之，如怒君之疆場，疆場之邑，一彼一此等，幾難悉數。蓋疆者田之外界，而場則又為疆之中田之小界，即今之所謂隴也。此文以字，既與疆為對文，音又同場，則其即場字，不難確定。至場字此文特假借作以者，當以場字之興較晚，殆至西周之季世始有之（信南山為刺幽王詩），故前此各詩中多出假借。如禾易長畝，則場假作易，禾役穟穟，則場假作役皆其證。因本無定字，而同音之字又甚多，作者亦第隨意採用之，初無所容心於其間也。侯疆侯以，猶惟疆惟場，言或從事於疆，或從事於場也。文本甚明，特難為不通古誼者道耳。

有虞殷自天

文王在上，有虞殷自天。毛傳云，虞、度也。鄭箋云，有、又也。又度殷所以順天之事而施行之。集注仍沿用其說，然語殊夾雜不成理。以有虞殷為又度殷似矣（虞初無度字義，茲不具論），此外僅餘自天二字，乃竟委曲牽合，增加而成為所以順天之事而施行之十字，古今有如此文理乎。康有為嘗病漢人好增字解經，實則彼憑空增出若干字尚不能通，若禁其不增，彼將無所用其解矣。蓋漢人解經，除偽造典禮，杜撰名物外，惟賴此以為救苦慈航也。今按此文中虞字實為誤字，前人之輾轉穿鑿，初非得已，其愚衷尚不無可諒。蓋此虞字原本當作吳。當譯今文時，譯者第見其與殷字相屬成文，殷為國名，則此吳亦當為國名。而在西周時之吳，後來皆改書作虞，因意此吳字，亦當作虞。以虞在古惟稱吳也（師酉敦之王在吳，格吳太廟。靜敦之王以吳風呂剛饗。毛伯彝之王命吳伯，皆指虞而言。後之加虍，殆因其與吳相犯故也。至吳彝則為人名，無從知其為虞否矣）。譯者於揚且之皙也之且字，因不通其義，不敢譯作祖。或歌或咢之咢字，因不知其為罕誤譯作咢，皆其證。吳即語本字，從口從矢（即夨、側首也，後蛻變為今歪字），象耳語形，頌不吳不揚，不吳不敖，皆其本誼（語之所以與言異者，即在乎此。于時言言，于時語語，若以今義言之，則直複語矣）。嗣因慣習相沿，乃全與言字相溷，而文字上亦遂別造一從言從吾之形聲字以代之，吳之本誼遂隱。此詩作於周初，故其義猶從古也。般、重也，申也，即般般之意。有虞般自天，在今文言之，則為有語申自天，猶嘉樂之章自天申之也。五字之外，不必再增一字，而文義自明白雪亮。不通而強求其通，特自討苦吃耳（又按虞古多讀仄聲，抑之篇、以用戒不虞叶謹爾侯度是也。此文虞字或因其與語同聲假借，亦未可知。要其字之為語則無可疑也）。

維清通義

周頌維清，序云，奏象舞也。其說之當否，今已無攷。毛傳云，象舞、象用兵時刺伐之舞，武王制焉。漢儒皆本此立說，故其解文王之典句云，天下之所以無敗亂之政，而清明者，乃文王有征伐之法故也，文王受命七年五伐也（鄭箋）。其說直可令人噴飯。釋典為法已謬，乃更實指以為征伐之法，尤屬怪誕。然則堯典乃堯征伐之法乎，且文王之七年五伐，果遵何法乎。集注云，此亦祭文王之詩。亦只以文中有文王字，而約畧言之，其於詩義，仍茫乎其莫解也。今按此詩仍為祀清廟之詩。當時之儀節，既莫傳於後，則其為何時所用，已無從懸揣。惟就詩意言之，則清廟，維天之命，及此詩三者所指乃一事而相為首尾，皆祀文王於清廟，以配天也。清廟乃祀事初開時所奏，故篇中但形容廟之肅穆，及多士奔走之無射。中間秉文之德，對越在天云云，特以點明所祀者之為天與文王而已。維天之命，則為祀事進行中，詔嘏受嘏時所奏（詔嘏、詩多作昭假。假本字，嘏後起字也），故其詞云，假以溢（即益）我，我其收之，駿惠我文王，曾孫篤之。蓋天之嘏我，即所以駿惠文王，我收其溢，即所以篤文王也。至此詩則為祀事將終，祝告利成時所奏。篇首維清二字，實自為一讀，下文成禎二韻，即與此相叶。清即謂清廟也，緝熙猶今言繼續，一音之轉也（舊注釋緝熙為光明，與學有緝熙于光明句，顯相牴牾。故宋儒已改訓緝為續，惟其以熙為廣，仍有未合）。文王之典，謂文王之法則。文王克受天命，今但能繼續文王之法則，篤文王即所以篤天命也。肇、始也，禋、燔柴也，成事畢告利成也。凡祭天必首先燔柴，使煙氣昭聞於上，而後出迎牲，故燔柴又名禋。迄、猶至也。肇禋迄用有成，謂由燔柴以至於禮成，統祀之始末言之也。祀之始末，一遵文王之舊典。天祚文王，天自不能遺其曾孫，此其所為周之禎祥也。三篇一氣相生，層次井井，且篇中皆以天與文王伴說，則其為一事無疑。舊儒於祭法，絕不知深攷，但見一從示之字，即模糊以祭名二字了之。否則混舉虞禮喪禮等，全不干涉之事，作無謂之糾纏。究之如治絲而棼，七牽八扯，即自己亦莫明其所謂。又何怪乎解經說禮之書，汗牛充棟，而於古誼，竟全無一字道著乎。

賚

周頌賚，小序云，賚、大封於廟也。下又續云，賚、予也，言所以錫予善人也。周頌諸序，不獨續者，係出衛宏手，全然不成義意。即首句亦多不通，與風雅各序不類，可決其非盡屬子夏原文。意非原序失去，即當為謬儒之所妄改。此類在大雅中，已自不乏，而以頌為尤夥，正不必強為之詞也。即如此所云大封於廟者，詩之中絕不含有此意。且攷後人之所謂大封者，於當時之情勢亦不合。周之初雖嘗大封同姓，然皆陸續所封，初非一時驟然發現此許多之無主廢地，而可以任封之者之隨意界畫，瓜分豆剖也。此等觀念，皆由後世儒生，不明當時之情事，而誤以後世經營力爭之天下，衡上古封建之天下（孟子即不免此弊，而王制周官，益無論矣），而不悟其固不可以同年而語也。今詳繹此詩之語意，似以前尚別有文字，而此章特繼續言之者，此但觀於文王既勤止一既字可知。如無上文，則所謂勤者何在耶。左宣十二年傳楚子引此詩，以為武之三章甚合。蓋此章不惟前有所承，後亦有所未盡也（傳以此為武之三章，以桓為武之六章，以武為武之卒章，則武樂至少，當有七章。三章已確有可指，其餘四章，當亦即雜於周頌之中，不難次第攷出。昔孔子嘗抱雅頌不得其所之憾，乃未及修正而歿。余之憾亦同此，不知其能得償否也）。今但即其本文言之，文王既勤止，曰既曰勤，則其勤之（止之古一字）之實，自在前章，初不容以臆揣（然若在漢人之解經，及清人之作八股，則又為最好之題目。而郢書燕說，齊東野語，凡字面之有關於文王者，皆事實矣）。我應受之，應即膺，亦即身，言我當身受其勤之之賜也（此我字，乃武王自謂。武樂不必即武王作，則其詩可知其益非武王所作。不過武王為此舞中之主人，故稱我耳。此猶今人演劇，其扮演何人者，即當以何人為我也。不然武王乃死後之謚，何以其六章卒章，即自命為武王哉）。敷時繹思，敷、左傳引此作鋪，古今字也。敷猶言展布。時古是字，指所應受於文王者言也。繹深細不絕也，思心思也。我徂維求定時周之命，徂往也，猶言前進也。此九字為一句，言我一往惟求定此周所受之天命而已。此定字實直貫下文命字成句。所謂定者，乃定是周之命，蓋天之所命，須以人定之也。小雅訏謨定命，定命二字，即本於此。雖左傳引此已從定字絕句，然斷章取義，語實不完也。於繹思，於歎詞，繹思即上文敷時繹思之繹思。蓋歎敷政實所以定命，其繹思，乃所深當繹思也，此所以重嗟歎之也。此篇文義至明了，惟語句參差，故讀者多失之。初不知凡所謂頌者，其用不一，往往雜諸象舞金奏，故有時用韻，有時又不用韻。有時句長，又有時句短，大抵皆相其節奏為之。後儒一以其讀風雅之法讀之，烏在其不所如輒左耶。

又按樂記，武樂六成後即復綴夾振而駟伐（殆即所謂亂，樂之將止，象樂合作也）。則似武樂原本七章，而其卒章即為亂。此詩為其三章，則於樂當為三成。記云三成而南，則此詩所咏，乃南征時事。但攷之詩書，文武皆不見有南征事。則記所謂南，乃謂王化之南被，猶周初風詩之皆命為南也。蓋商周時紂都已偏於極北，紂之淫風，不受感化，故文王之化，乃南漸以及於汝墳江沱，即所謂南國是疆也。此詩惟言繼文王之後，敷政定命，旁無所及，與記言亦相吻合。循是以推，其未知之四章，似亦不難確指也。

緇衣

鄭風緇衣，舊解但以為深黑色之衣，前作通義時，亦即從之，以其於大義尚無甚出入也。今詳攷之，始知舊說之僅依文字訓義，尚未能悉當於當日之情事。蓋緇衣者在古文本當作戠衣（或作戠），即今文之織字，乃卿受三命為司徒之命服（古止有三命。至秦漢間謬儒，乃更臆擬為九命之說，以致奸雄假之，演為九錫之事。實則古書具在，幾見於三命外，別有所謂四命五命者耶。余常謂秦以後無一能讀書人，非苛論也）。再以上則袞衣黹黼，為上公服矣（上公乃爵，與司徒之為實職者不同）。鄭桓鄭武父子相繼為周司徒，同拜織衣之命，故詩人即借其衣以起興。知其服織衣，即知其為司徒。古人文字，固無有汎濫無歸隨手掇拾者也。惜古人命服之制，在戰國初人，已[即]不能具詳。玉藻一篇，在戴記中為最古，意當為七十子之門人所作。以後此則併玉藻之所言，亦不能明知之也（此但觀於後儒所作之深衣一篇可見）。玉藻於韠制下，綴以一命緼韍幽衡等數語（此數語當在韠下廣二尺至博二寸下，中間有錯簡。大抵此篇錯簡甚多，有為前人所知者，有為所未知者。屢思訂正之，未遑也），而已不能明言其所謂。則後來之說詩者，誤認此緇衣，即尋常服着之緇衣，亦當然之事也（又按春秋初年，似不當即有緇字，蓋在當時尚作茲也）。今幸而出土之古器日多，而所紀冊命之文尤夥，命服之大畧，十已可推知其八九（惜至今金文家，尚未有能致力於此者。以諸人大半為古董性質，多注重於物的方面也）。茲特即武公之孫厲公㝬受三命之文，迻錄如下，則大致當可瞭然矣。

第一命　㝬鼎

隹六月初吉王在奠（鄭本字）丁亥王各（格）大室井（邢）叔右㝬王蔑㝬曆令史懋易（錫）㝬載市（芾韍）冋黄（衡）作司工（即司空，但古止作工。此外並有司居，見揚敓）對揚王休用作尊彝㝬其萬年永寶用。

按此六月乃周惠王三年，魯莊公二十年，今曆之四月。年內惠王遭子頹之亂，出居於溫。此年春鄭伯㝬和王室，不克，執燕仲父。夏，鄭伯遂以王歸。王處於櫟，櫟鄭邑，故銘文云王在鄭也。禮天子適諸侯，必舍其祖廟，故王將冊命，先格大室也。王以㝬有勤王功（蔑曆二字，至今未得其確解，相其大指，殆嘉獎勤勞之意），因特錫之以載（從韋、𢦏聲。韋言其質，𢦏、古聲如茲，即緇）芾冋黄（即所謂蔽韍幽衡也），使作司空。此器即其時所作也。載芾冋黄，玉藻作緼韍幽衡非。

第二命　㝬敔

隹十有二月初吉王在周昧喪（爽）王各（格）于大廟井（邢）叔右㝬即受王令作冊書（原文本作即令王受作冊尹者八字。今正之）卑（俾）冊令㝬曰令女（汝）正周師司𢼸（即今稽字，在古本讀稟。古於司空上司徒下，別有此官，似今之財部也）易（錫）女（汝）赤緇市用事㝬對揚王休用作尊敔㝬其萬年永寶用。

按此十二月仍與上同為一年事。是年秋王及

鄭伯入于鄔，遂入成周，取其寶器而還。傳稱秋而銘文稱十二月王尚在周者，以王之入鄔入周，初非一時之事。事始於秋，傳特終言之，不必其還時仍為秋也。觀下文云，冬王子頹享五大夫，則王之還鄭，似即在此十二月初間（不然，傳於王子頹之事，不得復言冬也）。蓋王自冊命後，即匆匆而返（其還鄭之故，傳不具詳。大抵鄭一國之師，不敵五大夫及燕師衛師，故不得不退出也）。此器乃歸國後所追鑄，故他器皆詳紀其日之甲子。而此則但概言之曰初吉，以閱時既久，不暇致詳也。赤綴芾，即赤芾綴純，謂芾用赤色，外以環紋之錦緣之也（綴謂以環紋相連綴，殆即今之古錢文也。綴舊皆誤釋環以此）。不言黃者，舉其大也。玉藻謂二命赤黻仍用幽衡，然他器多作赤芾朱黃，或赤芾金黃，恐不一致也。

第三命　㝬鼎

隹三月既生霸乙卯王在周令㝬作司土（徒）司奠（鄭）還黻隶（洎）吴（虞）隶牧易（錫）戠衣䜌對揚王休用作旅𪔀彝㝬其萬年永寶用。

按此三月乃次年之三月，即周惠王四年，魯莊公二十一年也。去年冬王還鄭後，王子頹復入成周，享五大夫，樂及徧舞。鄭伯聞之，見虢叔曰，寡人聞之，哀樂失時，殃咎必至。今王子頹歌舞不倦，樂禍也。夫司寇行戮，君為之不舉，而況敢樂禍乎。奸王之位，禍孰大焉，臨禍忘憂，憂必及之，盍納王乎。虢公曰，寡人之願也。至此年春，乃胥命于弭，鄭伯將王自圉門入，虢叔自北門入，殺王子頹及五大夫。鄭伯享王于闕西辟，樂備，王與之武公之畧，自虎牢以東。此器之所紀，即其事也。徒古只作土（司徒司作厥考尊彝），後始加征。司鄭還檣，謂司由鄭還後之一切收入度支也。洎吳者，吳古虞字，虞本王畿地，謂兼及虞之職貢。洎玫者，地尚未詳，當亦王朝屬地。傳所謂武公之畧，自虎牢以東者，殆即合二地言之也。戠衣即詩之所謂緇衣。此衣本黑色，故古又謂之玄衣。迨至戰國間，茲轉為緇，是以譯今文者，遂又直譯作緇字。義雖猶是，但無人復知其為命服矣。據他器參攷，凡戠衣，則黼純，朱芾蔥黃。茲僅言戠衣，亦特舉其大也。䜌謂䜌旂，乃三命之車制，車之僅言䜌，猶服之僅言戠衣也（車制莫詳於番生敦毛公鼎，可參看）。玉藻謂三命赤韍蔥衡，亦不盡適合也（黃即衡，謂腰間橫束之大帶，舊注以為佩玉之衡，可為噴飯）。

以上三者，皆鄭厲公器，而所紀乃適當三命。又其人其事其地其時，無一不與傳吻合，且其人又正屬咏此詩者之子孫，則引以證詩，可謂天造地設。竊嘗疑古器之留貽，其中實若有神護。此在科學家，當無不笑其迷信。然余固深惡戰國以降人之神話者，而獨於此等有重大關係處，不敢信其為偶然。蓋古器之毀壞殘佚者，已不知凡幾，而其所以得保全至今者，實為其什百中之一二。乃即此一二之殘餘，核之於古代之文明，強半皆含有極重大之關係，甚且古書中有非不能明者。此既非人力之所能左右，而文字又非歷來人之所能識，天然之淘汰力，何以能扶擇如是之巧耶。此余之所以不能無疑也。又按緇衣詩義，似以為指厲公作，尤為恰當。蓋鄭自桓武莊厲，四世皆執持王政，初不僅桓武為然。適館似即指王居鄭時言。還而授餐，即三命之錫，虎牢之賜也。若徒作好賢解，殊嫌寬泛（若然，則此詩乃惠王所作）。惟此詩自子夏來即以為美武公，而又次將仲子前，為鄭風壓卷，則其當屬之武公，又確有可指。雖鄭風篇次，間有為後人變亂者，如褰裳本當次遵大路下，今乃遠隔五篇。子衿本當次東門之墠下，今乃中亘風雨一篇。其尤謬者，清人係文公時詩，宜居卷末，今竟次莊公諸詩後，突忽諸詩前皆是。惟緇衣係開卷之第一篇，人所注目，恐不得即援用前例，而強謂為後人之所改（若果為厲公詩，則厲公受命，不久即卒，當次清人前，溱洧後）。意平王當東遷時，先曾適鄭，後乃歸於成周，因遂冊命鄭武，如惠王然，故詩云云。蓋周之東遷，本晉鄭是依。又東遷之初，威命雖不及遠，然近畿之國，猶時行巡狩，如惠王之巡虢狩，巡吳（即虞，見師酉敦）狩皆其事。是則平王之至鄭，乃其常事，正不必如惠王之遭變始然。不過其事不傳於後，不如惠王之於傳有徵耳。姑錄之，以備參攷可也。

又按古人冊命之禮，例用三人。即一為右，乃居受冊命者之右，而贊之以行禮者。一人受王（即冊命者）之意旨而作冊書。一則即所作成之冊書，代王宣讀之，即以授之受冊命者。初無論其所冊命者，為一命再命或三命，其制莫不如是。此乃事實上所當然，非以此為典禮之隆殺也。其見之傳者，左僖二十八年傳，王命尹氏，及王子虎，內史叔興父，策命晉侯為侯伯。賜之大輅之服，戎輅之服，彤弓一，彤矢百，旅弓矢千，秬鬯一卣，虎賁三百人（虎賁古器作虎臣）。曰、王謂叔父，敬服王命，以綏四國，糾逖王慝（即盂鼎所謂闢厥匿也），晉侯三辭，從命。曰、重耳敢再拜稽首，奉揚天子之丕顯休命。受策以出，出入三覲。此節文字，乃紀古人受命之禮之極詳悉者。其所云，尹氏王子虎叔興父三人，即一為右、一作冊（即策），一冊命者也。古器銘識，其紀受命者，乃其一大部分，其禮制大概同此。如頌鼎。則右者為宰弘，作冊者為尹氏，冊命者為號生。且云受令冊佩以出，反入覲章，此正與傳所云出入三覲者，互相發明。古器之紀受命，亦以頌鼎為最詳悉也。此外則寰盤（按寰即環），右者為宰頵，作冊者為史黹，冊命者為史減（此字未碻，從舊釋），制亦同此。蓋禮之隆以此為備，初無有更加於此者。然亦視當時在側之人以為斷，與受命之大小無涉也。其在常時，大抵以右者一人，作冊與冊命者合屬一人者為多。以必作冊畢，然後能冊命，故即以作冊之人，宣讀之以付受命者，於事較為直截也。今古器中之所紀，類此者殆十八九。如師酉敦，則右者公族鴻釐，而作冊及冊命者則為和門。吳彝則右者宰朏，作冊及冊命者則為史戊。趩尊則右者邢叔，而作冊及冊命者則為內史（不具名）。望敔，則右者宰朋父，作冊及冊命者史先等，幾不容以悉數。蓋右者居於受冊命者一方，而作冊及冊命者，同居於王之一方，兩方乃正相對待者，故多不三，少亦不下二也。惟免敢則右者作冊者及冊命者，同為一人，即所謂邢叔右免，即受王命作冊書，俾冊命免是也。實為違反常例，即此可見。當時之行色匆匆，苟且成禮（當時鄭師殆已為王子頹所敗，即將退出成周，還歸於鄭，故致如此。傳雖不具，不妨以勢推之也。不然王既入周矣，何為復歸於鄭，而令王子頹入之耶）。故其制如此，實古今所僅見也。後世謬儒，所不知古人之所謂受命者為何事，乃妄以其胸臆中所預想之級數（即一三五七九），強以施諸古人，謂古人受命，亦須至九。更謂其所用之擯（上所謂右及作冊之命者皆是）視命數之半（論語鄉黨君召使擯集注，其說原於周禮）。如上公九命，則用五人，以次傳命。其說直令人噴飯。無論其於古無徵，若如所說，則一命之擯，僅須半人，更從何處尋此奇形片體者，以供命耶。然古今來初未嘗有人覺其言之異也。即此亦可見，民族之智識已。

（卷三十二缺）

臨清吳桂華秋輝氏著

殷其靁通義

殷其靁序云、勸以義也。此等文字，洗刷琢鍊，追魂動骨，在後人幾莫知其意之所指，更從何處得以偽託。彼世間妄人之貂續臆改，皆其不知足而為屢者也。為序雖同，而欲望其脗合而無間，此必不可得之數也。此序若在今人為之，則當曰其妻勸以義也。然其字又苦無着，則又必當曰，周人或宦於異國，其妻勸以義也。古人之文字，首重謹嚴，決不肯使一字泛設，凡春秋以前之文字皆然。子夏在聖門，素以文學著稱，故其文之高潔如此。世人讀詩序，當與論語春秋尚書易之卦詞爻詞，同用一副眼光。俗儒狃於讀漢以後重犯冗闒之文，影響迷離，囫圇讀過，如之何其能知良工心苦耶。序不言勸者之為何人，勸之者之為何事者，以其人其事，具詳於詩中，序初無須於代言之也。序之作乃為明詩者言之，非為茫無所知之人，充翻譯作句解也。衛宏後序，乃云，召南之大夫，遠行從政，不遑寧處其室家，能閔其勤勞，勸以義也。本欲闡明序言勸以義之意，而牵纏半日，卻仍是囫圇還他四字，一何可笑。至召南之大夫云云，尤謬。召南何地詩中明云南山，豈南山乃召南境中之山乎。周南召南，雖以地域為次，而詩卻不限於此。故周南中有汝墳，而召南中屢言南山南澗。此猶邶鄘衛之同為衛風，魏唐之同為晉風，不得即據此以強分疆界也（周南召南，雖不判地域，卻判時代。周南殆皆文王時作，召南則後此繼續而作也。此猶唐風始晉僖而終於晉獻，以後則盡歸之於魏風，同此一例）。若集注則併勸字義字，而抹去之，第以為婦人思其君子。蓋朱氏既不明詩意，而又習於後世遊子蕩婦，淫啼浪哭之言，故其所見乃如此。而不知秦漢以前，固無人肯作此醜態也。歷觀古今儒者之不明此詩，其大弊皆坐於不知靁為何物。而於陽側下三字，亦復滑口讀過。此乃全詩之主腦，而皆屏而棄之，宜乎其於全詩中，僅見有振振君子，歸哉歸哉二句也。今按靁也者，乃天氣晴明之預兆。凡陰翳晦冥之會，一得靁即豁然開朗，故未雨而靁者，多不成雨。而積陰不開，一聞靁聲，則未有不漸即晴霽者。終風曀曀其陰，虺虺其靁，亦以天氣之陰晴無定（陰則陰，靁則晴），形容衛莊之喜怒無常也。此日用尋常之事，而兩千餘年來碩學名儒，竟無人或知，相率置此二句而不論。而後人亦無復追論之者，則以春秋後之所謂儒生，其人率皆日用不知者也。使其知此靁字之義意，則全篇將勢如破竹矣。詩意若謂，彼殷殷然之靁聲，已在於南山之陽矣。南山謂終南，周之所依以為都，古之所謂旱山千山，後之所謂驪山皆是，故周人多託之以起興。山南曰陽，今在南山之陽，雖尚陽一山，然此晴明之兆，已去此不遠。向之窮陰蔽塞，晴明無望，其違斯而去也。宜也，即所謂義也。何斯時晴明在望，而猶違去斯地，一若莫敢或遑者耶。夫往者不可諫矣，然既違又何不可以復歸者。彼振振然英姿颯爽之君子（振振即後之森森，舊解以為仁厚貌，殊謬。螽羽稱振振，軍服亦稱振振，豈得以麟趾一章概之耶。且麟趾亦未嘗言其仁厚也）。尚其歸哉歸哉，以共享此晴明之遇也。然殷靁在南山之陽，晴明雖已有望，地猶在遠也。今則循山而北，已轉出乎南山之側矣，是則晴明之象，已相逼而至，乃人之所將逢而不暇者。何斯時而猶違去斯地，一若喘息之不遑耶。夫違斯既違斯矣，然既違豈不可以復歸者。彼振振然英姿颯爽之君子，尚其歸哉歸哉，以共享此晴明之遇也。然殷靁在南山之側，雖晴明已相逼而來，猶未能即至也。而今則由側漸轉而出於其下，則已臨於斯地矣。晴明者人之所樂處，其違斯而遠出者，亦何嘗非求其如此。今已不假外求，何斯時而猶違去斯地，一若莫敢遑處者耶。夫違斯既違斯矣，然既違豈不可以復歸者。彼振振然英姿颯爽之君子，尚其歸哉歸哉，以共享此晴明之遇也。三章一氣轉下，字順文從，絕無絲毫困澁。而歷來竟無人能解，則其他之辭微意婉，造意曲折者，更何望其能夢見耶。此三百篇之所以沉晦至於今日也。

又按余以此篇為婦勸其夫之詞，仍原本於舊說，以君子為婦對其夫之尊稱。後序及集注之所本，亦即為此。然君子之稱，初不僅屬之夫婦之間，余他篇屢言之。此之從舊說者，以其於義尚無大礙也。特就振振二字言，則其說殊未甚妥。以振振乃多數之形容詞，夫一而已，不得援之以為用也。蓋振古音申，振振即後之所謂森森，乃羣材林立，英英競爽之詞。故螽斯以螽羽之說說，興子孫之振振，而麟趾亦以興公子公姓公族。子孫及公子公姓公族，皆以多為貴者，則振振之非單獨之形容詞，不難確定也。不止此也。左傳均服振振，既為軍人之服，則其必非少數可知。此其證據之尤顯然者，婦人又安得如是之多夫耶。是則此詩乃明友相詔，及時出仕之詞，即後世之所謂反招隱也。昌黎韓氏有云，聖天子在上，可以出而仕矣。此物此志也。侘傺生又誌

甘棠通義

甘棠序云，美召伯也。語意原極明晰。且全詩亦無甚深義，不過愛人而因以及物之意。故歷來說此詩者，亦無大刺謬。衛宏後序云，召伯之教，明於南國。特畫蛇添足耳。實則所謂召伯之教者果何指，所謂南國者，又何地耶。集注、召伯循行南國，以布文王之政云云，乃因衛說，而益暢演之者，所謂癡人之說夢也。特詩雖淺顯，而一經後世之所謂大儒者之手，則無不立行改觀，紕謬百出。此詩三章所差異者，僅有伐敗拜茇憩說六字。即此六字，而已乖舛不能盡通，則其於詩，又何望哉。甘棠、舊注皆以為杜梨也，殊謬。凡棠梨之類，其初生率皆為杜，實小而酸澀不中食，必用他木接之，而後始或為棠或為梨，所謂有杕之杜也。梨

詩作棣，棠或作唐常，乃一音之假借。棠又或通稱為唐棣常棣，猶今人之呼為棠梨也。棠味甘，又或稱之為甘棠。其稱甘乃對杜言之，既為棠則未有不甘者也。甘棠原為人之所愛，以其華既美麗，而實又芳甘也。人之愛戴召伯，正復如此。況其物更曾與呂伯發生關係，則愛人以及物，見樹而思人，又何得有一刻之或忘，此通篇之大旨也。蔽芾者，枝葉披拂蒙密之貌，蔽芾古同音，音皆如密（古形容字，概屬雙聲）。形容詞在古本無定字，而芾者古人覆裳之下飾（制畧如今之戰裙）。蔽則有蒙蔽義，故即用二字以代之也。詩意若謂，彼蔽芾之甘棠，本人人之所共愛也。而茲之甘棠，則尤當深加護惜，勿得剪之，且勿得伐之也。以召伯舊曾茇於其下也，吾人之愛召伯，本更甚於

愛甘棠。今召伯既曾茇於其下，則縱不為甘棠計，亦當為召伯計，又烏容縱其斧斤，而不為吾召伯留此紀念耶。蓋召伯既非吾人之所能常見，但得能常見其所茇之甘棠，則想像流連，見甘棠如見召伯焉，亦可以稍慰其饑渴之想。奈何其可伐而去之耶。茇者拔舍，今之所謂行帳也。蓋旅行者，中途不得宿所，則張幕於野，棲止其中，以避霜露。臨行時則拔而去之，故謂之茇。字亦作跋拔，實一字也。故昔人謂旅行為跋涉，跋謂野宿，涉謂渡水，皆旅行之苦況也（鄘風、大夫跋涉，舊注謬）。左傳反首拔舍從之，亦謂田首自拔其行帳以從秦師也（舊注尤謬）。以文字論之，字皆當作犮，蓋犮古作肖，從弋從又。弋者今之橛，以又（即右手）起橛，實拔之會意字也。其從艹作茇者

，乃拔草之轉注字。其從足作跋者，乃跋足之轉注字。今拔字之從扌，則以六書失傳，初無人知犮字之已從手，故出此疊牀架屋之舉也。舊儒不通字義，見茇字從草，即附會之曰，茇、草舍也（說始鄭康成，集注因之）。殊不思行李之往來，匆匆一宿，又何暇於結茅卜築哉。夫其樹而為召伯所曾棲止之樹，則吾人之勿得根本伐之，固已。然吾人之思念召伯，豈但已哉。即如此蔽芾之甘棠（乃指又一甘棠言），吾人不惟不得翦之而伐其根本也，即就其枝葉而敗壞之，亦不可也。何者，以召伯雖未嘗宿於其下，實曾憩息於其下也。既為召伯之所曾憩息，則吾人見甘棠即如見召伯，又何必其果曾茇於其下者。且吾人之思念召伯久而愈殷，則凡物之可以想見召伯者，方且珍惜維護之

不暇，又豈但求其能勿伐之，而即無所憾。是則此召伯所曾憩息之甘棠，吾人即間或敗其枝葉，亦有所不可。則吾向者，於其所茇宿之甘棠，而第戒人以勿伐，殊未免於疏忽也。然再思之，豈惟前所云二甘棠之可愛，則凡一切之甘棠，吾人不惟不可伐之，不可敗之也，即搖而擺之，亦不可也。搖擺初不必即有損於甘棠，而亦不能必其果無損於甘棠。爪膚動本，物因以戕其生者夥矣，吾人又如之何其不慎也。搖而擺之猶不可，則吾益悔向之所謂勿伐勿敗者之為疏忽矣。因既為與召伯有關之物，則見物即如見召伯，更何伐與敗之足云耶。至吾所云凡此蔽芾之甘棠，吾人皆當勿翦勿拜者，則以凡此甘棠，皆為吾召伯之所說（今俗作悅）。召伯說之，而吾或拜之，負甘棠即負召伯矣，

是豈吾人之本意耶。夫召伯之愛此甘棠，初未嘗明言之也，亦未嘗或示之意也，實吾人以臆揣得之。蓋召伯苟非有所偏好於甘棠，何以茇則於甘棠，憩又於甘棠。豈無他木，乃惟此甘棠是認。則其心之必說此甘棠也，固不難想見也。召伯既說此甘棠，吾人又何可不共體召伯之心，以共擁護此甘棠，正不必其所曾茇憩者，吾人不可以伐敗也。但見甘棠，吾人即拜之，亦不可斯已矣。即此足徵召伯之德之入人者深，而人之思召伯，乃始無微而弗至也。拜古攞字，古今載籍中之拜字，無慮千百，惟此字是其本誼，以外皆引申也。蓋拜字古本作𢷎（大鼎。其異文極多，大致如此。手在右者較夥），從手從𠦪。𠦪古風字，從風偃木形，古幘飯等字胥從之。太皞以風為姓，故或加女作𡛜（杞伯敏父敦。邾亦風姓，世傳姓曹或郳者誤也），轉注字也（古人於姓多加女，以姓惟女子用之也。傳文從風，今文也）。以手撼木，如風偃形，乃攞之會意字。古人謂稽首為拜者，因稽首乃上體之一俯仰，猶樹木遭風之一攞動也。乃自拜之借義行而本誼反隱，至近人始別撰為攞字以代之。然亦俗語上用之，尚不可以入文也。召伯之時，去古未遠，故尚留此僅存之碩果也。

摽有梅通義

摽有梅序云，男女及時也。蓋男女及時，相約為夫婦，而恥為茍合，故女子作此詩以貽男也。衛序云，召南之國，被文王之化，男女得以及時也。此直既不通詩，又不通序，一味勉強敷衍。男女之及時不及時，與被化不被化何。豈召南之國，不被文王之化，其男女即不得及時耶（謂之得及時嫁娶可也，但曰得及時，豈其人皆夭折耶，可笑）。集注用之，乃稍易其語句云，女子知以貞信自守，懼其嫁不及時，而有強暴之辱。語尤怪誕。女子縱嫁不及時，何以即當有強暴之辱。天下古今，幾見其曾有此野蠻無理之部落耶。而顧謂其得被文王之化而始然耶。今按此詩歷來之所以無人通者，皆由於篇首三字之誤解。智識墮落之民族，率皆惡難而喜易，故其於詩，類皆將其篇首起興之句，了草混過（俗所謂自己哄自己），而專讀下文。甚者且直謂其於詩義無關，而濫充篇幅（集注先言他物，引其所咏之詞，即此意）。彼又烏知，全詩之主腦，胥在於此。頭腦不清，下文更從何處得明耶。如此詩摽字，舊皆釋以為落，然鄘風柏舟，寤辟有摽，又以為拊心貌，然則此字果應作何解耶。謂拊心貌有梅，固不成語（反之謂寤辟有落亦然），故又謂之為拊心貌也），即謂落有梅，而於落梅之間，橫加一有字，古今亦豈有此不通之文理耶。況其說胥出於師心之所臆造。攷之載籍，驗之人事，絕無所根据耶。摽字除此二詩外，絕不經見。則以其義久經儒生汩沒故。蓋彼既以摽為落及拊心貌，而實際上又絕無是事，又安得不成為棄物耳。幸今俗語中。尚相沿承用，吾人賴得以稍窺其梗概。彼日用不知之大儒，固無暇顧及此也。摽在今多讀去聲（音如表去聲），乃聯合異體之物，固結使一之謂，質言之即粘合也（然粘合二字實不足以盡其義，今分裂之物，外用繩束而為一，亦曰摽是也）。今魚類如製之膠，俗作鰾（音亦作表去聲），而他種膠類，當其當應用時亦通曰鰾（如當其獨立時，則仍曰膠），實古誼之僅存者。今人謂人之朝夕偎傍不離者曰摽，亦其義之一（引申義）。寤辟有摽，謂寤（寤、今所謂醒）而避（避、古皆作辟）去，而又（有又古一字）粘合而來也。梅性黏，善於粘物，古人常用之（此義久失，余亦未及實驗，以經義言之，當不誣也）。故其於通達兩家情愫，而撮合男女成為昏姻者，亦謂之梅。蓋梅字古本作某，從木上有甘物，乃會意字（見王伐許侯鼎。原作謀用，今所傳古文之作槑，實由籀文之所沿誤）。今形聲之梅，實後人所別造，周初時尚無其字也。古凡從梅聲之字，殆皆作某，觀許侯鼎可見。媒之加女，又後世之一種轉注字，猶謀則加言，煤或加火也。知梅媒之本為一字，則此詩之關鍵，不煩言而解矣（梅與杏，古人同稱曰梅，故杏字特從某之倒文。而杏字亦不見於詩，春秋時始有地名北杏，殆古惟有梅，杏乃後起也）。詩意若謂，凡粘合物者，必須有梅（此有字是何動兩）。當其實尚有十分之七，則是其材尚多，而無憂於不給也。然已落其三，則雖無憂其不給，而亦不可遂恃其為可常給也。求我心目中之庶士，迨此從容不迫之時，而選擇其吉日良辰以早從事也。蓋此時雖有選擇之餘地也，而今則非其時矣。蓋摽之必須有梅，此乃事理之常，而無可移易者也。今則其實已去其七，而僅餘其三矣。是則存者，已不及乎其落者之衆。落落晨星，凋零可待，已無復從容選擇之餘地矣。然及今求之，尚未為晚也。何我庶士之不悟耶。夫摽之必須有梅也，此固無論何時，而必不可以移易者也。不言摽則亦已矣，苟言摽者則仍必須有梅也。舍今不圖，則在樹者已無餘，縱將來傾筐以求，亦必須尋覓其物，而後始得以備用。甚勿謂屆時無梅，而即不妨於苟且從事也。以摽固必須有梅也，求我庶士，迨及今日速尋其人而謂之也。此詩大旨，與野有死麕略同，皆所謂發乎情止乎禮義者。男女及時而思昏嫁，本人情王道之常，聖人之所不禁，惟無禮而及於亂，斯為禽獸之行耳。故文王之求淑女，及此詩女子之求庶士，在古人皆不自諱言，此其事本無可諱也。然文王之求淑女，所謀河洲之樂，此詩之求庶士，所以速其行媒，皆所謂磊落光明，內不疚於神明，外無慚於清議者。惟野有死麕之吉士，不思備禮，而出於誘，斯厲聲加之矣。自後世一般謬儒，矜情飾貌，欺世盜名，一若男女之間，乃人生絕大污點，必不近人情，始足以為聖賢者，此其所以衍成老妻敦倫等諸醜態也。在古人又何嘗有是哉。

又按今人謂以絹帛或紙張相粘合曰褾，其字當即為摽字，蓋凡粘合古人同謂之摽也。惟摽之用梅，今人已不詳其制。以意推之，殆古無麵粉，故常取給於此。迨漿糊興而其制遂隐。否即古人為糊，常用梅和之以避蠹，因梅性酸蠹之所不食也。若孟子摽使者出諸大門之外之摽字，乃擯之轉音，與此不同。戰國時字，初不必盡與古合也。以摽為落或拊心貌，則除漢人所撰之爾雅及說文外，固絕然未之前聞也。

小星通義

小星序云，惠及下也。語既明了，且亦無甚深義，故歷來說此詩者，於大旨尚無大剌謬。衛序云，夫人無妬忌之行，惠及賤妾，進御于君，知其命有貴賤，能盡其矣。其拉雜稺弱，雖依然故我，然較之他篇，似尚能成語。故集注更為簡括其詞，而於其上別添出，南國夫人，被后妃之化語。蓋彼輩說詩，原不論詩中曾否有此文字，而概可以由己意附會也。至其溷兩章之義為一章，又歷來說詩者之通病，正不止此一處為然。實則彼於一章之中，亦僅見其三五字，便已自謂了然於胸，其餘初概置不論，又何望其能綜其全篇而論之耶（此正吾國人腦筋簡單之正確表示。蓋惟腦筋簡單者，其人始無所不通，且不待詞畢，即已通也）。今按此篇乃妾媵以義命自安之詞。齊家之道得，則妾媵自無不自安，此小星之所以為正風也（正變之說，出於大序，然大序初非子夏作，故文極凌亂。而衛宏輩又不足以語之，當出於西漢時也。今按風實有正變，正風二南，變則十三國風也。至雅則但分大小，無正變矣）。嘒古哱字，亦即古啐字，蓋哱即啐而吐之也。肅肅迅疾，嚴肅之義。宵征猶夜行，謂侍主人主婦之寢也。參、參宿，原本三星，故名參，今人作七星者誤也。昴古謂之沫，易豐卦日中見沫是也。因其由十一小星，攢聚而成，溺鬱迷離，形如人之唾沫，故有是名（今俗或謂之葡萄星者，亦此意）。及後沫之音漸轉如昴，因別作昴字以代之，然其義失矣。衾、單被，裯、複被也。抱衾與裯者，所以侍主人主婦之寢，妾媵之職也。士昏禮、主人說（脱）服于房，媵受，婦說服于室，御受。姆授巾，御衽于奧，媵衽良席，在東，皆有枕。北上，主人親說婦之纓，燭出，媵侍于戶外，呼則聞（從主人者曰御，從婦者曰媵，實皆婢妾也。衽設臥具也），即其事也。昏夕如是，常時亦必如是。士如是，公家應亦不外是，可例推也。詩意畧謂，彼嘒然之小星，三三五五，儼然亦得附託於東方之天上，則是其體雖微，而託身未嘗不高也。以視余之肅肅然中夜征行，勞則勞矣，而猶得夙夜附託於公家，則職雖微賤，固亦非一般人之所能企及也。彼天下之求其在公而不可得者何限，其望我未必不如我之望小星。我之不得隨小星而在東，猶彼之不能隨我而在公也。揆其所以致此之故，實皆命之有不同也。特是彼嘒然之小星雖在天，然其為小星則仍自若也。不觀之參與昴乎，昴小星也，豈得以其同在於天，而便可以於參之大宿相比擬者。是則身份之大小，初不得以地位之高下，而有所變易也。猶我之肅肅宵征，雖夙夜在公，要仍是抱衾與裯，而侍主人主婦之寢，又烏容別有所希冀者。人之有主媵，猶星之有參昴。猶是人也，猶是星也，大小不同，斯貴賤各異，實皆命之不相猶也。兩章一氣說下，一以在公自慰，一以抱衾裯自安，而皆歸之於命。妾媵苟皆如此，又何來綠衣白華之禍乎。惜後人知此義者之少也。

江有汜通義

江有汜序云，美媵也。此篇亦無甚難通處，詩與序俱明。作此詩者乃媵（即詩中之我），而二南之所以取此詩者，以其雖見擯而無怨，仍處處為嫡打算，故序以為美媵也。此雖在天下之至不通者，似亦無所用其不通矣。乃漢宋兩家竟以此而大開其戰，則信乎通有止境（通斯止矣，通而過求其通，則又不通矣），而不通之不可以常理測也。攷漢人之於此詩，其所望見者，惟第三章之沱字。故衛宏後序曰，勤而無怨，嫡能悔過也。文王之時，江沱之間，有嫡不以其媵備數，媵遇勞而無怨，嫡亦自悔也。詩明云不我以，不我與，不我過，則是明明棄而不用，反云其勤而無怨，則所勤者為何事耶。後又云媵遇勞而無怨，則媵又遇何勞耶。

彼衛氏果何所見而云然耶。其尤怪者，舍前二章不論，獨瞀及於第三章之沱字，曰文王之時，江沱之間。然彼江汜江渚，又當作何解耶。豈有此一章，彼二章即可作廢耶。此亦可謂極不通之能事矣。彼宋人者，又只知以改序為事者也。然志在改序，而於詩實又不能不從序之所解（序與解同出於漢人，雖非一手，却同出一源）。故名雖改序，而實則所改者乃子夏之序，於衛宏之謬說，強半仍沿用之。非其不欲盡除之，因其不通，較漢人尤甚，不得不勉強承認之也。而於茲篇，則得所假手矣。何者以漢人之以江沱之間為說者，因尚書有岷山導江，東別為沱之文。沱本為水名，故得曰江沱之間也。至宋人則苦心孤詣，遠徵博攷，偶然發現第一章之汜字，亦可為水名，即左傳之所謂出在鄭地汜，今之所謂汜水者也。得此證佐，遂毅然注之曰，是時汜水之旁，媵有待年於國，而嫡不與之偕行者，其後嫡被后妃夫人之化（既稱后妃，又稱夫人，拉雜可笑），乃能自悔而迎之。在漢人以為江沱之間者，宋人乃以為汜水之旁。在漢人不說其初者，而宋人則不顧其後。背道而馳，各不相下，獨可憐中間之江渚，古今來絕未有一垂念及之者。豈所謂中立乃免耶。抑其間亦有所謂幸不幸耶。今以二者推之，則又何妨更有人焉。以左傳諸宮為說，別以為諸宮之側，而與前二者，三分鼎足，舉此詩而車裂之耶。吾恐彼小說所載之鵝籠書生，其變幻又何以加茲耶。說經至於如此，尚可謂之說經乎哉（若待年之說尤誕，想朱子必有所本，大抵非周禮即漢後之謬說也。彼輩於妾媵之制，初不明其所以然，故致有諸侯一娶九女之説，此皆俗儒曲學阿世者之所為，在後儒初無一能見及之也。其説甚長，當另論之）。然此詩舊注，實亦有淵源古義，而為碩果之僅存者，則其以水決復入為汜是也。蓋汜字原本只作巳（後始加示），文作[illegible]，象人之跪拜形，今月支中之巳，其本誼也。水之決而復入者，於文相似（即[illegible]象水流之屈曲形，撫膝之臂，即象其決而復入形也），故因以為名。凡大水皆有之，不獨江也。詩意若謂夫江則必須有汜，雖有時與江並流，然其終仍歸之於江，於江初無所損，且有時可以調節江之容量者也（江不能容，始決為汜，迨其能容，仍歸於江）。猶嫡之必有媵，亦所以調節其勤勞，而初無損於嫡也。乃之子之歸也，竟不我以，是直不明江汜之理也。夫不我以則不我以矣，其後也，當必自悔也。然江之有汜，或猶且惡其有時與江並行也。縱使不有汜，要其必當有渚，固不可免之勢也。渚者水之所滙，蓋經流一時宣洩不及，適遇污下之地，遂滙而存之，所謂東滙澤為彭蠡，即其類也。亦凡大水皆有之。古文多即假用豬字，滎波既豬，即其義。導菏澤被孟諸，亦其字之假借也。至後世轉注之道興，始多改從水旁，古無是也（今詩概為戰國間所譯，故時有錯誤，特較之尚書為較少耳）。渚之於江本以供儲需之用，有餘則歸之，不足則足之，予求予求，又不與江爭道，此似可以無所嫌於江矣。猶媵之於嫡，有勞則任之，有怨則歸之，操縱自如，指揮任意，而一遵其調遣，似亦無所惡於嫡矣。乃之子之歸也，竟不我與。此並不明於江渚之理者也。夫不我與則不我與矣，其後也，乃夫婦失和，塊然獨處，既無人相與慰藉，而又無同情之人，為之維持彌縫，以為轉環之餘地。猶江之無渚，一瀉無餘，而莫能為繼，乃勢之所必至也。然江之有渚也，或猶可曰，渚之容積畧大，恐奪其流也。若微之而至於沱，斯乃必不容少者矣。沱池古一字，即江之名沱，亦即池字也。池者大水旁之沼沚，渚之具體而微者也。夫我之於嫡，亦何汜與渚之敢望，特江之有池而已。江之於池，有餘則泛溢及之，無餘則仍反而注諸江，特以供江之緩急而已。而不謂之子之歸竟不我過也，夫不我過則不我過矣，是江並不容其有池也。然江無池，則遇緩急絕無迴旋之餘地。此之子所由，雖塊然獨處，而卒一籌莫展，愁思無聊，乃惟自嘯而自歌也。嘯、王風作歗，今俗作哨，撮口噓氣作聲也。人至窮困無聊時，輒作此狀，歌則長言以自遣也。二者皆形容其困頓無俚之情態，語雖似怨嫡，實所以為嫡惜也（若悔而迎之之說，則全詩絕無一字道及，宋人或當於夢寐中及乩壇上得之，我未之前聞也）。

又按小星之媵，媵而得與者也。江汜之媵，媵之不得與者也。得與者以義命自安，不得與者怨而不怒。此以子夏之他例推之，二詩當必同曰美媵也。今以不得為媵者反曰美媵，而明明為媵者反曰惠及下，子夏似不致如此顛倒。且攷小星之所謂惠及下者，全篇亦初不見惠義。豈以嫡能備媵，即可謂惠及下耶。然則江汜當曰惠不及下，而顧曰美媵何耶。竊疑二詩在當時，實全曰美媵，後人因其重複，始取小星之詞而易之。愚見如此，不知其果有合否耶。

野有死麕通義

野有死麕序云，惡無禮也。此序亦無甚難解。然一經後人之手，則無不笑話百出者，蓋若輩於詩義一無所知，而惟特其鄙俚之臆想，妄行附會，故雖有極明瞭之序，亦無如其豚奔豕突何耶。如衛序云，天下大亂，強暴相陵，遂成淫風，被文王之化，雖當亂世，猶惡無禮也。除原序四字外，其餘五句及一猶字，全如囈語。不惟於詩義毫不相關，即於序所謂惡無禮者，亦絕無干連。詩及序但言惡無禮，與天下之大亂，成淫風，當亂世等，又何涉耶。在漢人已可笑，而宋儒乃更奇中出奇。謂南國被文王之化，女子有貞潔自守，不為強暴所汙者，故詩人因所見以興其事而美之。信如所說，則是南國女子，殆無不為強暴所汙者。及其被文王之化，始有二於此，故詩人遂傳以為美。衛國者朱氏之故鄉，試問何年曾經歷此野蠻無理之時代，全國幾無完人，致有一不被污者，即相詫為鳳毛麟角耶。至其解說詩義，尤足使人噴飯。於首章則曰，言美士以白茅包其死麕，而誘懷春之女也。次章又曰，言以樸樕藉死鹿，束以白茅，而誘此如玉之女也。則是被誘之女，原有兩人，一為懷春之女，一為如玉之女。而其所以誘之之道亦不一，一以白茅包死麕，一以樸樕藉死鹿，束以白茅。二事曾否即前所言美士一人所為，抑別有一人，朱氏初無明文。然其非一事，則顯然易見。獨至第三章，則第曰此章乃述女子拒之之詞。此女子者，懷春之女子耶，抑如玉之女子耶，豈二女子之詞，竟如出一口，而合詞共拒之耶。夫以同時而誘二女子，已奇。誘二女子各異其道，而此二女子者，偏共尋至一處，而同用一詞以拒之，不尤奇耶。寧非天下之怪事耶。今按此詩，取喻曲折，比興繁複，苟非逐字詳為研究，誠不易窺其窔奧。吾非責古人以必通，但不應強不知以為知，造成此種種笑話，自欺而因以欺人也。此詩之第一癥結，首在麕字。其字毛鄭皆無注，至陸璣乃云，麕、麞也，青州人謂之麏。此字一失，而前與後遂成兩橛，此朱氏之所以以見誘者為有二女也。殊不知麕乃古麞字，實即鹿之別名，下文之所謂鹿，即此文之所謂麕也。鹿性最能羣，每遇美食，則呼其侶，故人即以麕呼之。左傳求諸侯而麕至，其本誼也。後人失其義，始別撰麞字以代之，而麕字遂音義盡失。陸璣謂青州人，謂麞曰麏，余在青州久，初未見一人曾為此稱也。懷春、毛傳云，不暇待秋也，亦謬。彼所根據者，乃詆蚩秋以為期之言，不知彼乃實有所指，非通制也。古人昏嫁，例用今十一十二正三月，所謂士如歸妻，迨冰未泮也（出正月則冰泮矣）。蓋吾國本以農立國，故必俟場功畢後，因事未興以前，相為昏嫁。其時正當周正之春，故凡謂女子之思嫁為懷春也。白茅，毛鄭皆以為，所以裹肉，大旨尚合。至朱氏乃直以為用白茅包麕，則是並禮經之未曾讀。麕之為物，豈茅之所能包耶。古今寧有如是長大之茅耶。然漢人之以白茅為裹肉則是，其以白茅即普通之茅則非。蓋茅固未有生而白者也（當時生時則青，所謂包匭菁茅也。既枯則黃，所謂黃茅白葦也。後人所用之白茅，皆沿此而誤）。其言白者，皆謂曾經漚製之茅，特儲之以待用者，非生茅也。蓋古者無紙，凡藉物及包裹，除貴重者用布帛外，餘概以草類代之（而包肉則尤舍此莫屬，以肉本食物，固主清潔。然肉汁沾染，包之之物，亦遂即不可復用。今人之裹肉，或用紙，或用植物之葉，絕無有用布帛者，即此義）。茅及菅蒯，皆其選也（三者實同屬茅類）。特茅之生者，較他草雖稍柔韌，然因其多含礦物質之故，終易斷折。故必須漚去其礦物質（以矽質為多），而僅餘膠質（即所謂有機物質），其柔韌力乃倍加。麻紵之須漚，亦由此也。既漚之後，礦物質去，而其生前所具之植物色素，亦隨之俱去，故遂變而為白也。古人之用此白茅，非猶視如常草然，而隨意狼藉之也。或編之以為純焉，或索之以為束焉，即次章之所言也。純在他書或作編，以純本由編成也。左傳或遺一編菅焉，菅能編，茅亦能編也（猶菅須漚，茅亦須漚也）。公食大夫禮，旬人陳鼎，設扃，冪，若束，若編，即所以備下文有司卷俎之用。編者所以包，束者所以束也。即此可知，易所謂藉用白茅者，亦謂白茅所編成之純。非泛然取少許亂雜無序之茅，即以藉之玉下也。此義向無人明之，故其於古書多不能通。苟能知此則王祭無以縮酒之句，亦無所用其穿鑿附會矣（縮酒即蔌酒，或作漉酒，即釃酒也。說詳伐木）。若樸樕則今之所謂榾柮，謂已樵成之薪也。古者分肉，必烹之半熟，而後分之，所謂腥也（熟讀儀禮及禮記自知之，不詳贅）。此外更有足為全詩梗阻者，則為舒字。舊注以為徐也，因更以脫脫為舒遲也。集注以其不通，乃改曰，舒、遲、緩也，脫脫、舒緩貌。茲無論其如何，但曰遲緩而舒緩然兮，能成語乎。且彼既舒緩矣，更何慮其近而撼我之帨耶。初不知此舒字乃古句字之誤，猶今言請也。蓋舒字古作[illegible]（使舒敢或曰录敢），不一而足），而句字則古作[illegible]（宗周鐘），二字形極相類，其果否為一字，所不敢知（若為一字，則舒字亦得作句字用也）。要之，此字之必當為句，可無疑也。此數處了然，則全詩自可迎刃而解。今試即其大意述之畧謂，麕也者，人人之所欲得而食之者也。然欲得之而必須多方徼逐而求之，則人或殫其勞而不為。今野外乃有自死之麕，不勞而獲，且俯拾即是，此應為人人之樂為者矣。特世豈無以麕之出於自死也。賤之而擯而不取者，斯無論矣，若其取之，則必仍須以白茅包之，固當然之事也。蓋包以白茅，所以取其清潔，此不第為死麕計，亦所以自為計也。士苴視之，在死麕固不堪，而已乃常享此不潔之物，於事亦未為得也。今有女而懷春思嫁，其情形與麕之自死者何異。人莫不思得妻，今妻乃自欲嫁之，此豈非事之至便者。顧或者以其懷春也而賤之，斯以已矣。若其仍思取之，則必仍須以禮將之，亦事之所當然也。蓋不第為女計，亦所以自為計。了草苟合，在女固不堪，而已卒得此不貞之婦，於事亦未為得也。而不謂余向之所認以為吉士者（吉士，猶言良士也），竟不此之圖，而出之於誘也。夫世之出於誘者，事雖可惡，然其情亦時或可原。則以繁文拘滯，情意隔閡，一時實力不能至，則其潰而橫決，猶可言也。若茲則豈其然乎。試仍即死麕言之，其燀之必須以薪也（古者分肉，必烹至半熟而後分之。觀古祭禮可知，即論語之所謂腥也）。則在林者自有樵成之樸樕，而今在野者之有死鹿，則益無俟煩言。以云白茅，則或為純或為束，亦一一俱備，是則所須者，僅一舉手之勞。彼有女之如玉待沽，又何殊於是耶。夫禮之輕而易舉如此，今子竟不禮之求，而出於誘，則是子本不知有所謂禮也。無禮之人，人之所惡，請爾（即舒而）退（即脫）後，且速行退後，無得進前而撼我之帨，而使我之尨出而吠子也。尨吠喻惡言。古之女子，左佩紛帨（見內則），故女子生設帨於門右（帨猶今汗巾，所以拭物也。紛青白相間之文）。帨佩於身，撼帨猶言近身也。三章一氣相生，虛空粉碎，試問舊說，曾有一語道著否耶。

何彼襛矣通義

何彼襛矣序云，美王姬也。此篇詩及序，俱極明顯。王姬者誰，則詩中自詳之。平王之孫，齊侯之子，已確切指實，似無可以肆其滑稽之餘地矣。乃衛序則曰，雖則王姬，亦下嫁於諸侯。車服不繫其夫，下王后一等，猶執婦道，以成肅雝之德也。此公開口，即令人解頤。想當日匡鼎說詩，亦不過如此。其序之得傳，未必非當世咸以為笑談，特假之以供噴飯捧腹之助，如今人所傳之笑林然者。不然，何其無不令人絕倒耶。如其云雖則王姬，亦下嫁於諸侯，其詞若甚有憾者。豈其不下嫁於諸侯，天子當自娶之耶。抑一為王姬，便當不嫁耶。曰猶執婦道，豈天子之女，下嫁於人，即可以不執婦道耶，非笑談耶。若夫車服不繫其夫，下王后一等云云，胡牽亂扯，直同醉漢囈語，詩義何嘗有此。詩但言車，幾曾及服，更何有於繫夫不繫夫，下王后不下王后。不盡同於無敵放矢耶。集注本此，因亦有不挾貴驕其夫家之說。則以朱氏之智識，與衛氏畧等故也。歷來說此詩者之大謬，全根本於二南皆文武時詩之謬解。其說不知叔自何人，亦不知其何所根據（在戰國前，初無此說）。而世儒奉之，乃竟若金科玉律，殊不可解。即如此詩平王之孫，齊侯之子，明明指春秋莊元年夏，單伯送王姬，秋、築王姬之館於外，冬、王姬歸于齊之事。所謂王姬者，乃桓王女，平王孫。所謂齊侯者，乃齊僖之子，襄公諸兒也。此事經傳俱在，按册可稽。乃謬儒寧信其無根之謬說，而置經傳於不顧。甚至並將詩中平王解以為平正之王，齊侯解以為齊一之侯。解經如此，明經耶，抑誣經耶。今按此詩之主腦，惟在一襛字，即末章之絲緡，亦襛字之餘波也。襛、韓詩或作茙。韓詩本漢時妄人所傳，其所載之異文，無一非出於臆造，其不傳非不幸也（按其所以作茙者，因毛傳襛、猶戎戎也。遂臆為此字。即此可知，毛傳之所本，固遠出齊魯韓三家之前。故毛傳一出，而三家遂廢也）。襛本形容詞，原無定字，古惟假借農字為之。自轉注之學興，於是乎因用而異其字。在水者則作濃，在酒者則作醲，在禾稼者則作穠，在衣服布帛者則作襛，實一義，且同為一字也。此襛字，指花之重疊繁複言，故從衣字。質言之猶謂複也（集注改襛作穠殊謬，古本無作穠者也）。唐棣即常棣，亦即棠棣，即今之棠梨也。其花艷麗而繁複，外紅中白，畧近今之海棠（海棠即因此得名）。故古人言花之美者多稱之，因古人固無以藝花為事者也（中國古人，初不為此無謂之舉，此亦可見上古文化之一斑矣）。詩意畧謂，何彼若是之重疊繁複耶。則以其為唐棣之華也，唐棣之華，固應若是之重疊繁複也。然則此曷為而不肅穆雝和耶。則以此車乃王姬之車，固應若是之肅穆雝和也。試更進一步論之，何彼唐棣之華，即應若是之重疊繁複耶。則以其華之紅者如桃，白者如李，二者相合，故能成此穠艷也。然則此車又曷為不肅雝耶。則以乘者為平王之孫，御者為齊侯之子，二者相合，更為得而不肅雝耶。由此可知，美之相得而益彰，猶物之相合而成用。不然，如彼釣者之於絲，何為必合之以為緡耶（緡、古繩字，乃一音之轉，猶澠池今人之轉為免也。舊注以為綸非，綸動詞，猶今之紡，蓋用輪績之也。載記之王者如綸，則又以動詞轉為名詞者，非古誼也）。則以絲之弱，不如緡之強也。然則彼齊侯之子，與平王之孫，其相須亦如是已矣，又豈第此一時氣象之肅雝也哉。即詩言觀之，知王姬之歸，齊襄實嘗親迎於魯。然魯史不具其事者，則以前既書單伯送王姬，後書築王姬之館于外，末始書王姬歸于齊。使齊不親迎，則單伯直送之齊，或齊自使人逆之于周可矣。何必於半年前，即先送之魯，而魯適新喪，又別為之築館于外，擾攘久之，始自歸于齊耶。是則齊侯之親迎，不待書而自見，此正古人文字之謹嚴處。後人以其不求甚解之眼光讀之，為在其不視以為斷爛朝報耶。

又按二南之分以疆域，而其詩却自以時代為序，前已言之。采蘋稱有齊季女。攷齊之封始于呂伋（舊以為太公者非，詳見齊魯開國攷），已在乎武庚既伐以後。又稱其季女，則至早亦須當成王晚年也。若此詩則更作於東遷八十年之後，其時代尤屬懸遠。彼以二南為皆文武時詩者，誠不知其何據而云然也。至此詩之所以歸入召南者，則以王室自東遷後無風。王風一編，乃平王一人之詩，且同指東遷一事言之。其詩皆西周人所作，他作不得附入，故不得已而歸之於此。以周之東都，實召南舊地故也。歷來人併十五國之所由分，尚不足以知之，更何足與言體例哉。

騶虞通義

騶虞序云，鵲巢之應也。此決非子夏原文，實後世妄人所臆改者。彼第見周南以麟趾為關雎之應，因妄臆此篇亦當如是。殊不知序之麟趾為關雎之應者，乃因公子公姓公族之振振競爽，悉屬齊家之成效，故指以為徵應，非謂凡末篇皆所以應首篇也。至此詩之所咏者，乃謂騶人虞人，各盡其職，與鵲巢之咏親迎者何與。豈親迎所以治騶人虞人，而草木禽獸，必須俟國君親迎，而後始能以滋生繁殖耶。而謂子夏能作是語耶。衛宏本不知詩，又烏從得察知此序之謬。故糢糊而為之說曰，鵲巢之化行，人倫既正，朝廷既治，天下純被文王之化，則庶類蕃殖，蒐田以時，仁如騶虞，則王道成也。此公發語，本無倫次，至此文則實經營結撰，煞費苦心。看他初由鵲巢而牽及人倫，繼由人倫而牽及朝廷，又由朝廷而牽及天下，而後牽及庶類，牽及蒐田，牽及騶虞。中間經種種過渡，種種曲折，始得將原序四字，牽合到一處。而實則逐層拖卸，皆毫無義理。以人倫與庶類，本無關係之可言也。集注沿用衛説，卻將謬儒之原序刪去，可謂衣知良工心苦，苟非為此四字，彼衛氏何為必若是之費力耶。此詩文極淺顯，且亦無甚寄託。乃自漢以來，絕無有能了解之者。則以不知何人，謬指騶虞為一種天上少有，地下難尋之怪物名，世人喜其新異而從之。於是乎全詩三句，先言葭，次言豝，末語僅二字（吁嗟乎，皆語助詞）。又無端忽歎及此怪物，而全篇遂不成人語。語之不成，而望通其義，寧有當耶。按賈誼新書，猶自以騶虞為騶人虞人，是西漢之初，古誼尚傳於世。然繼此則怪物之説寖盛，迨魏晉人或竟繪之於幡，而作為國家之典禮（其制殆始於東漢）。至其於詩義之通不通，則非所論矣。故怪物之説，其所根據者，曰逸周書王會解。然古何嘗有所謂逸周書，所謂王會者。不惟古無其事，且其於古人朝會之禮，全然不知為何物。其所臆想，正與當時之情事相背。顯然係偽作明堂位，及妄撰覲禮祀方明之木者，一般五行陰陽家之謬儒之所偽撰（凡自戰國來，凡謂儒無不謬者，故孟荀為較勝也。後孔子道興，不宜承用此字）。彼既可以騶虞二字為怪物，然則何字不可以為怪物，即彼茁者葭，又何不可指以為四怪物名耶。豈惟此四字可作怪物，即以全詩為怪物之題名錄，亦無不可也。叩其為物，則不世出也，問其所以命名之義則無所言也。甚且反援詩為證，以為詩所言即此物也。文字如此，不且失其效力耶。然其說之得行者，乃正以其為為怪物故。因智識墮落之民族，無不喜怪，但有人言怪，即無不為之曲原其說者。如此之騶虞，初不過言其為白質黑文之虎，尾倍於身而已。繼則以彼若但為異色之虎，詩胡為而無端詠歎之耶。於是乎不食生物，不履生草，應信而至，種種美德，乃聯翩而至。試問騶虞獸也，若不食生物，其自能烹飪耶，抑專食礦物耶，否則竟不食耶。若不履生草，其能拔之而後行耶，

抑其能與人雜處，所在之地草即不生耶，否則生之於草地之中，將立橋耶。彼但知為騶虞之義計，乃全不知為騶虞之生活計。食既無可食，行又不得行，為獸若此，宜乎其不能自存於天地之間也（按此數語乃從前人說麟之泛套得來。蓋若輩之腦筋，止能就故紙堆中販竊，於人情物理，舉無所知也）。實則古人文字，又烏容以作此解者。騶自騶，虞自虞，此不必另為解，且亦不容另為解也。蓋吾所謂騶人虞人者，乃自後人言之，故特說明其為人，若在當時，固自曰騶虞也。騶虞皆微賤之官，騶主駕御，虞主山林禽獸。騶在古本曰趣馬，古文則作走馬。走古讀如鄒，故後變為趣騶。司馬遷報任安書，所謂牛馬走者，實古誼也。騶字左傳尚未見，至國語則所謂訓羣騶知禮（晉語），及騶徒繻者，即屢見於冊，此亦可以攷知其時世矣。若虞之名，其來尤古。堯典伯益之上下草木鳥獸，即曰作虞。厥後經傳之言虞者，幾不遑悉數，

如若虞機張，即鹿無虞等皆是。蓋虞之從虎，虞人乃其本誼。若詐虞之虞，實假借也。人既知騶虞非怪物，則全詩自無難解處。蓋虞主草木鳥獸，則葭蓬豝豵，乃其所司。騶主駕御，一發而獲五，又其之力也，此其所以重歎之也。詩意畧謂，彼紛然而出者其葭耶。葭者今之所謂蘆葦之大者也。葭古音姑，故今轉盧音，若加則古無此韻也（古無麻韻）。庶草之繁蕪已可喜，茲更戎車一發（發即齊子發夕之發，猶楚辭之言發軔也），而獲五豝焉，則其獸類之孳生尤可喜也（豝古音不上平聲，豬之轉音也）。然一發而獲五，此非駕御得法，則獸雖多亦不足以致此。吁嗟呼，騶之有賴於虞也。然葭猶為人所須用，其加意長養之，固其宜也。彼紛然而出者，非蓬乎。蓬者，今之所謂鰜蓬科，草之無用者也（今人或以之煮鰜），則其於尋常之草類，亦無不加之意也。茲更戎車一發（天子諸侯田獵之車亦曰戎，或作田車亦可），而獲五豵焉。豵者乳豬之從母者。則是不惟加意於其大獸，於其所孳生之乳獸，亦併加之意也。然一發而獲五，此非駕御得法，則乳獸雖多，亦不足以致此。吁嗟乎，非騶更無以見虞也。蓋二者交得，而其美乃愈彰也。此詩原序不知何云，攷射義曰，騶虞樂官備也。其較之子夏他序，若合符節，則其所援用者，或即為子夏原序，亦未可知。所引四詩，除貍首不見於三百篇外，於采蘋則云，樂循法也。而今序則作大夫妻能循法度也。於采蘩則云，樂不失職也，而今序則作夫人不失職也。詞義皆大畧相同，惟序言則冗散枝蔓，與子夏之他文不類。而記言則精嚴簡括，恰與他序如出一手。則似記之作也較早，其時詩序，尚未為一般謬儒之所擾亂，所引即子夏之原文（詩無貍首，故其文亦與三詩之同用樂字者不同。殆別有所傳，或記所自撰以足之也），不然，恐無若是之巧合者也。又此詩次何彼穠矣後，則其時代當尤晚。然樂記云，散軍而郊射，左射貍首，右射騶虞，而貫革之射息也。則似當武王時，已若有此詩也者。不知樂記之作，在載記中雖較為近古，特其時已遠出乎春秋以降（殆戰國初葉百十年中產物），故其所言古事，多有不合。而但即其當時目之所見以為懸揣（未下車而封某某，下車而封某某者，皆於情勢絕遠），不得信其實然也。射之用樂，古人所無，故郊特牲載孔子曰，射之以樂也，何以聽，何以射。蓋重譏其非禮也。儀禮亦戰國時物，而射禮大射禮，皆不載有以樂為節之事（其於樂則燕飲時備之，非為節也）。則知射之用樂，乃春秋晚年之一種變禮，孔子常非之。故傳禮者，亦不詳其說。後儒不知，反疑古禮原本如是，殆未加以深攷也。此詩在各詩中，音節至為殊異，章僅二句，末語特其送聲，乃獨立於詩外者（古歌詞皆有送聲，見郭茂倩樂府詩集。其詞初不與歌詞相連，猶今南北歌詞之有合前，竹枝詞之於竹枝女兒也。夯歌綽號，皆其遺意）。故首章與葭豝，同用魚虞韻。二章既轉東冬，仍自可以獨立為韻。蓋吁嗟乎騶虞五字，除嗟字外，餘四字悉同一韻（騶即趨，乃一字之轉注，在馬為騶，在人則為趨也，古同虞韻）。揣其音節，當由吁嗟乎三字呼起，而後再重讀騶虞二字以應之。本句中自相呼應，故無論詩轉何韻，仍自成聲也。宋儒不加詳攷，乃臆叛為叶韻之說，謂首章虞字，當讀如牙，二章虞字，當讀如烘，殊堪絶倒。微論古無麻韻，即牙字尚讀如互（牙即互字）。設如所說，則全詩何字不可讀如牙，何字不可讀如烘。推而廣之，則盡舉三百篇，皆讀之如牙或如烘，又何不可耶。特是終日牙牙牙牙，烘烘烘烘，在一己縱或能知其語，而在聞之者，尚知其所作者，為人語耶。語言至此，不且等於無用耶。此等怪誕之理想，殆非宋人不能出此。洪興祖謂楚詞些字，當讀為娑摩訶三字之合音，義亦如此。蓋彼輩於文字，固自以為可以信口妄讀也。惜其未就文字之本身，一思之也。

又按、貍首舊皆以為逸，鄭氏之注射義，初亦云然。後又云，下曾孫侯氏是也。鄭氏之說經，原係不論文理，不論情勢，而但以能妄說纖名。彼於威靈仰赤熛怒，尚能說經，況記既明稱之為詩，而貍首又相率以為逸詩者。則以此之詩，合之於彼之逸詩，又烏不可耶。但古今之逸詩多矣，而古今之所謂逸詩者亦多矣，此即可以隨意亂指，謂此之詩，即為某所遺乎。其說果信，則何種逸詩、不可以指為貍首耶（古無逸詩，凡所謂逸詩者，皆後人所作。其真者惟論語唐棣之華四句，其餘則不惟不得謂之逸，且全不成詩也。別有論）。今按其詩曰，曾孫侯氏，四正具舉，大夫君子，凡以庶士，小大莫處，御于君所，以燕以射，則燕則譽。此種劣詩，三百篇中，曾有之乎。開手曾孫侯氏（四字），即已不講，謂同姓之為侯者乎。而侯乃王爵，初非氏也。所謂四正者，又何物耶。下更拉雜而至於大夫君子庶士，至其終則御于君所，以燕以射而已。而謂古人乃有此夾雜無謂之詩耶（然在戰國末年人，則此即詩矣，且非此不足以為詩矣。此三百篇之所以卒無人解也）。茲姑無論其詩之優劣，但篇既未言其為貍首，記者亦未言其所引者，即為貍首，彼鄭氏何由而知此詩之即為貍首耶。宜後人之終不從之也（後人於貍首，仍謂之已逸）。殊不知其詩初未逸，即檀弓所載原壤登木之歌詞也。其詞曰，貍首之斑然，執女（即汝）手之卷然是也。陋儒不知其即貍首之詞，乃以為原壤之所自作，謂貍首乃所以喻木之文理（因原壤登木故云然）。然則下文之執手，又執誰之手耶。蓋前人之解經，多僅解其一二字，即以為已通，其他皆視同無物，類如是也。古人名篇率以其起手一二字，此詩首言貍首，故即以為名。至知此貍首，即射義之貍首者，尤在其第二句。以射義綜其義曰，嘉會時也。此文執手卷然，正握手言歡之意。蓋詩原以貍首之斑然，溫輭可愛，喻下所執之手。二者所言，正如玉盒子蓋，脗合無間，何不過無人能指出而已。今就二者思之，尚有待於他人之強為之詞耶。惟貍首之是否即此二句，實屬疑問。蓋原壤所歌，不必即畢其詞也，此之殊不敢妄下斷語。特以文義攷之，上句以貍首為喻，下句既已點明其為手，則已無餘蘊。再以騶虞證之，騶虞原本二句，茲以二句配之，亦所當然。

至其後之或否另轉他韻，如騶虞之由葭豝轉蓬豵然者，所不敢知。要其意為已盡，則可斷言也。貍首之作，殆出於詩亡以後，故三百篇不載之。而其詩亦自不類，即此可知。騶虞之作雖稍早，亦不得以其列在召南，即認以為東遷以上詩也。秋驊又誌

附録

吴秋輝先生事略

先生名桂華字秋輝，山東臨清縣人。父名允升，母王氏，世以農爲業。

先生生於民國紀元前三十五年。天資穎悟，風神駿爽，齠齡受書，卓異不群。少長，性喜詩賦、小説，不肯學爲時文，故爲童子試時，即以善詩賦知名於鄉。十八歲，廢學卧病，始涉及時文。次年得入學餼，然終不肯爲舉子業。新學肇興，考入山東優級師範學校，研究科學，凡理化、天算、史地諸科，類能旁通，著有《算法易解》、《算法正宗》等書。

先生在優級師範畢業後，回籍辦教育事業。民國元年，復返濟南。時國體初更，政潮紛亂，先生爲某報主筆，沉毅敢言，對於時局痛加批評，人咸以爲快。既見時事日非，遂抱消極主義，潦倒窮愁，日以詩酒自放。每值風月之夕，泛舟明湖，狂歌豪飲，笑駡萬端，人多目之爲狂。然性情所激，文亦真至，其《侘傺軒詩詞》兩卷，藻聯日月，氣挾風霜，在近代文壇上放一異彩，非偶然也。

民國六年，先生始治《楚辭》，發現其中字句多僞，著《楚辭正誤》四卷。嗣因考查古韵，涉及三百篇，覺篇中注疏，多失真義，因正其訛謬，考其篇什與時代，作《三百篇通義》。自是之後，先生遂漸拋其詞章生活，而致力於經史。

民國八年，游居京師，主持《民意報》。公餘乃紬繹群經，討論古史，遂恍然悟及古代文化多爲戰國時一般妄人所破壞，失其真相。撫卷惋惜，遂以發揚古代文明爲己任。嘗曰：「吾將在古代文明史上開一新紀元，而在學術史上起一大革命。」先生抱負之遠大蓋可想見。

先生治學考古，一用科學方法，其最要工具爲古文字，其次則证之以經，驗之方言，所著《學文溯源》二卷，爲治古學者樹一導炬。其書上溯三代古文字，窮本索源，一矯後世説文之弊。民國十一年，由京返濟南，益自砥礪，賃小樓一間自居，不與時人通往來，以故時人鮮有知其居處者。民國十三年春，山東國學研究社成立，請先生講經學。先生出其講義授學生，時論大嘩，以其説經，駁斥先儒，獨標新義也。當時惟莒縣王石朋先生極力稱贊，謂先生説經，義理考據皆高出前人之上。由是先生之學漸知於世。

先生才識高遠，意志堅强，平生對於事物少所許可，知音者鮮，遂亦甘老牖下。旅况蕭條，身無長物，卧榻而外，惟典籍數卷，筆硯數事而已。人不堪其苦，先生不改其樂。披覽古書，沉思往事，研精探微，心解神契，躊躇自樂。偶有奇辭奥義，詰屈不通者，必旁求博徵，得其真諦而後已。故先生著作，多所創見，或推翻古人成案。然證據確實，義旨宏遠，足使聞者驚心，見者嘆服。晚年著作盈篋，生計日困。人或勸之鬻稿自給，先生笑曰：「我豈賣稿求活者耶？」民國十五年秋，所著律吕、貝幣諸雜考成。歷下學者欒調甫、張默生等勸先生將諸稿付諸剞劂，於是乃致書於梁任公先生，並謄以近著數篇。梁先生復書，深爲贊許。內有「先生識力横絶一世，而所憑籍之工具極篤實，二千年學術大革命事業，決能成就，啓超深信不疑」等語。於是先生擬將近著一部份輯成發表，以與海內學者相商榷。爾時，清華大學國學研究所聘先生爲導師，並派學生藍文徵等赴濟南敦促先生早日命駕；北京大學研究院亦相繼派員禮聘先生爲導師兼教授。不意竟於是時感冒風寒，兼之咳嗽，積久漸劇。其夫人馬氏携二女自臨清來濟侍疾，時歲聿雲暮，明春病勢愈重。先生自知不起，環顧著作未竟之稿嘆曰：「吾以數十年之精力研討古籍，今方徹底了悟，著述未及一半而病入膏肓，豈非命耶！天之生我，果爲何者！」言已捶床太息，憤懣欲絶。轉囑其幼女吴少輝曰：「我死之後，你要把我所著作的一些稿件，好好保存；張默生先生所借的《詩經通意》稿三十二卷，乃重要文稿，切記索取。」言已遂飲恨而卒。時民國十六年五月二十八日，享年五十一歲。

從此中國學術界少一導師，良可痛惜！

其遺著數十種，除由其女兒吴少輝保存者外，尚有部分散於其侄吴保彝或他處者，急待搜集，厥後整理成書出版，將先生之學發揚而光大之，斯又後人之責也。

有關《吴秋輝先生事略》的幾點説明和補充：

一、《吴秋輝先生事略》兩種，冀蔚懷先生寄贈《吴秋輝先生傳略》鈔件一種，文字偶有歧異。上文乃據各本互爲參照校訂增補。依材料及行文體例而言，此文尚不足以稱「傳」，故仍以取《事略》爲宜。

各本均未署撰者。據家慈吴少輝回憶，似爲王石朋先生手筆。然尚乏直接佐证，姑存是説待考。

二、先外祖《思舊録》殘卷中，有手記文字「光緒三年丁丑八月初九日予生，是歲生肖屬牛，故先祖特錫小名曰『大壯』」的記載，故其生年當可斷爲公曆 1877 年。享年五十周歲。

又，由於命運多舛，鬱鬱不得意，故自號叫「侘傺生」，亦以「侘傺」爲軒名。各本皆未提及，特補於兹。

三、光緒十六年，族人欺其家中無長丁應門，謀欲蠶食其産業而興訟。先外祖時方十四歲，無計入衙抗辯，乃伺於道，候知縣出行時，當街攔轎陳辭。辨析精嚴，儀態萬方，侃侃而談，儼然一副成人風範。知縣訝其才情，乃善慰之。嚴斥族人「欺詐弱童」，决以日後永不得興訟。自是鄉里皆對其另垂青目。

四、所遺稿本有數卷封面中有「山東展覽會日日紀聞社」、「山東民生日報社」及「山東通俗報社」印鑒，意或爲其在濟從事報業生涯時之報種名稱。

五、先外祖膝下子女七人，依次爲大鳳，二鳳（玉峰）、小十、玉清、男孩一（歲餘夭亡）、玉芳、玉真（少輝，即家慈）。現存世者唯家慈一人，其餘姨母均先後作古。

其中男孩之夭頗蹊蹺。初有腹瀉起病，病情輕微，經二老爺（先外祖胞弟）診治，未幾而亡。因當時薄有家産，而先外祖嫡支僅此一子，深曉個中利害。事後，先外祖曾爲此深責先外祖母不明事理，責之曰：「請誰診治不可？何爲專找老二？」然則亦無可挽回矣，且「家醜」不便張揚，事遂寢。後數年，二老爺爲訟事赴濟，叩頭觸地，長跪不起，爲此向先外祖謝罪，並以兄弟之份，祈爲訟事周旋，先外祖則憤然不諾。

此子之亡也，若果與二老爺相干，則亦封建社會罪孽之例证。

六、先外祖臨終前，將書稿悉付家母，除《事略》中所言，尚囑其「書稿之出版面世，須在二十年之後」。蓋爲其學説在當時頗不易爲一般人所接受（即使而今亦與正統之學説大相徑庭）。家母謹遵所囑，守護書稿未嘗少離，即使移櫬亦未參加。遺稿之出版迄今五十八年尚未面世。

七、藍文徵，字孟博，吉林省舒蘭人氏，清華大學研究院畢業。民國二十一年八月，曾執教於青島市立女子中學。

八、冀蔚懷先生寄贈其珍存《吴秋輝先生傳略》鈔件時，所附《題記》附後：

《吴秋輝先生傳略》原解子義兄藏本，洋毛邊紙紅綫十行稿本，以鋼筆行書手鈔者。辨認字迹非易，然決非默生、子義兩公手迹。友人中王熙如、王筱石（石朋公哲嗣）所鈔歟？似近而難決。惟此作與尊家打字油印本對校，缺少清華大學國學研究所派有專人藍文徵等親至濟南敦促早日命駕，先生已允受聘，不意竟歸道山。此節史實，信而可徵，如再過數十年，恐难徵信。打字本、油印本俱失此一重要史實，誠莫大遺憾。爰將原鈔本復製成册，珍存吾家；忍將原鈔本贈呈吴少輝、張乾一先生哲嗣張樹材同志，冀能繼承令先外祖未竟之業於萬一。默生公曾爲我演述吴老治學與生活種種，言猶在耳。子義兄與藍孟博君同爲内子姜素真授業師。我五八年後以右派賦閒，曾受命子義兄參校《齊魯方言存古》，得睹吴老手校稿本，想見先生治學謹嚴。吴老逝年，我始游粤，歸來次年，正投身農民運動工作中，無緣拜識吴老也。「吴老生前摯友」之著文，實梁兆斌兄之誤。此兩校本，於十年浩劫中失之，迄無覓處。幸我歸還子義兄時，曾鈔留兩校本尺寸頁數，並已全目録，存備參考。默生、子義兩公後先謝世，解夫人金惠仙賢嫂將歸全部查抄殘卷交我珍存，以此移交吴老外孫，作爲增補重大遺漏之依據。

冀蔚懷原名三綱沐手題記於濟南寓宅。

一九八三年仲夏夜

九、張默生教授所撰《現代學術界怪杰吴秋輝先生》一文，爲現存描述先外祖生平治學和生活事迹之最詳者。張碚同志《憶先父張默生》一文（《中國當代社會科學家》第五輯，書目文獻出版社，1983年）中，亦作簡要紀述，可參閱。

另，梁兆斌先生《梁啟超與吴秋輝》一文（見《濟南日報》1981年11月29日三版「文史拾錦」欄），有數處史實傳誤，將於該文後另作訂正。

張樹材於石河子醫學院

一九八五年十一月二十六日誌

先外祖吳秋輝先生軼事補

張樹材

幼時曾聽家慈吴少輝（玉貞）零星講過一些外祖父生前的趣聞異事。往訪的學者舊友亦每每以其乖常的性格和特殊的生活習慣爲談資，以是稍知其「怪」。至於學術上的造詣，雖也曾耳食一二，但爾時幼小，並不懂是甚麽學術。及我少長（十五歲），即於1949年在第一野戰軍第一兵團參軍，西出關外，轉瞬三十多年，亦未嘗留心於兹。因此，對先外祖的生平，除有一「怪」字的淺淡印象外，鮮有所知。

1982年春，公出途經西安，在家中見到金蕙仙先生（已故山東省政府秘書長解子義先生夫人）寄予家慈的一份《濟南日報》。在1981年11月29日第三版上，載有梁兆斌《梁啓超與吴秋輝》一文，纔第一次接觸有關先外祖的文字資料。自此引起了進一步瞭解先外祖生平的興趣。繼而翻閲了家藏的一些材料（已見《臨清地方史志》所載）和有關書信，如《致梁任公書》、《與康南海論（尚書）真僞書·附答書》、《再致康南海書》等等，對先外祖有了個粗略的印象。

由於材料缺乏系統性，得不出具體、完整的概念，曾想搜尋一份編年體傳記資料，但無所獲。經詢及家慈，知早在三十年代，張默生教授曾撰有《現代學術界怪杰吴秋輝先生》一文，收入其專著《異行傳》中。史料豐富翔實，基本概括了先外祖一生事蹟。惜其所贈被友人輾轉借閲而年久失落，迄無覓處。遂冒昧投書北京圖書館、上海圖書館請求查找。「北圖」很快函復，將其所藏版本的出版時地、版次情況相告，然因舊籍尚未整理，未便複印；「上圖」館藏則屢托他故未允複印，以是延擱未果，怏怏者有日。

是年秋仲，湊巧赴寧公幹，承南京圖書館特藏部協助，查得該書重慶版，並蒙惠予複印之便，中心之銘感歡躍概可想見（1984年曾見中國人民大學所藏版本，封面爲豐子愷先生題畫）。當即携歸客邸，匆匆粗覽一過，却産生了深深的疑惑和不安。

天地之大，固無奇不有，古往今來世人之行爲怪僻者亦不少見。然該文所描述先外祖的生活「惡習」種種，其荒誕不經超乎想像，過份得無法接受。私念默生先生爲聳人聽聞，或不無誇張之處。

赴甯途經西安時，家嚴、慈曾囑我奉謁南京博物院研究員、古文字古器物學家王敦化（熙如）先生。家慈説：先外祖既殁之初，一山東大漢排闥而入，直奔靈堂撫棺大慟。當時未及動問爲誰何，經詢及他人，方知爲王先生。其時就讀於齊魯大學文學院，年僅二十餘。半個多世紀不明下落，近自金蕙仙先生處獲知其居處，並幾度書信往還，追懷舊事。王老與解子義、欒調甫、張默生等，皆曾熱情追隨和師事先外祖，爲門生中唯一健在者，作爲「怪傑」一文的歷史見证人，正可就教。

王老是年已八十又四高齡，然身體健壯，精神矍鑠，思想敏捷，談鋒犀利。既知先師後人來訪，極致熱誠。競日與我講述先外祖生前種種，侃侃而談，如數家珍，自朝伊夕，略無倦容，龔奉儀師母屢催稍事休息，亦不予置顧。先後歷時兩日，意猶不盡。我以「怪傑」之真實性相詢，王老說：此文未發表之前，默生先生曾與之認真核對材料，出版之後亦曾細讀，絶無虛妄處。至生活之怪僻，不過舉其點滴言之，多有未盡處。並舉其親身所歷之荒唐事例若干（後又經家慈證實，如王老所言，殆有過之）。始信默生公治學嚴謹，是以實事求是的科學態度評價歷史人物，筆下無虛，不愧爲我國當代名家。惜十年浩劫中深受摧殘，及「解放」後，曾於1978年專程至西安訪晤家嚴、慈，敍說數十年懷念先師及關心遺著出版面世之殷切。豈料返歸川大不久（1980年）即與世長辭，張夫人王默君教授亦相繼謝世。所以，無緣拜識默生先生當面討教，誠屬一大憾事！

敦化老于「文革」中，當亦未免於劫。當時「南博」要求「自覺」、「主動」銷燬所謂「四舊」。王老忍痛將一生的豐富收藏，包括乃祖所遺精裝《聖經》在內的大批古舊圖書付之一炬，卻不忍把先師遺作銷燬。甘冒風險，把當年手抄詩文和石印講義《詩經正誤》等匿於櫃底，使之得免於劫火。其中《佗傺軒詩賸》即其夫人龔奉儀先生手抄（爲海内孤本，曾爲解子義先生收藏），字迹工整婉麗，我曾疑爲印刷本。（龔先生出身南京匯文，後讀齊魯文學院）對我所借用的先外祖遺著，鄭重叮嚀：用畢務須掛號寄還（已予寄還）。可見其對吳著的珍視。

至於王老對先外祖的評價，盛贊先師乃「曠世奇才」、「學識之博大精深，爲一生所僅見」、「治學數十年，遍視古今人物，可斷言，前無古人，後無來者」。尤其對《詩經》的研究見解，「絶無倫比，非常人所可企及」。臨別一再重囑：「吳老師遺作，是我國古文化中罕見的瑰寶，這份中華民族的寶貴文化遺産，務須竭盡全力收集齊全，珍重保存，以俟日後發揚光大。」王老對於先外祖學術成就的褒揚，是否過頭？我是門外漢，又繫親屬之故不便置喙，但這位知名於海内外的高齡學者，對於老師的景仰和醉心，的確使我倍受感動。近聞王老病癱，不能捉筆，嘗面允爲先外祖遺著作序之請，尚未著墨。唯祈王老早日康復，再履前諾。

有關康有爲先生遊學濟南的一段史實，依王老所說，原期以五日爲學界講「經」，頗爲轟動。然自第二日始，先外祖即與之展開了公開的學術論辨。至第三日，康先生即被吳老雄論所屈，立足無地而匆匆離去。經查現存吳、康間書信内容，是知爲私人通信性質，純屬學術論争範圍，無一語涉及「小康」、「大同」的政治主張。這與「怪傑」一文中所說的「筆戰」有否關聯，尚無法查證。康先生筆戰敗北則二說無岐。至是否公諸報端，亦尚無實據。

與胡適之先生的一段際會，「怪傑」文中未述及。王老說：胡先生爲海内名家，之濟爲學界説《詩》，禮遇甚隆。全城遍貼海報，定以時地，門票且已發出。吳老聞悉後，於前一晚赴胡先生下榻的旅館造訪，二人單獨晤談約二小時許，及吳老辭出後，胡先生即囑旅館訂票，於翌晨乘火車啓程還京，斷然取消了此次演講。濟南學界對吳、胡二人談話内容雖不甚了了，然咸知吳老於《詩經》的造詣非常，胡先生決非對手。故當時傳聞：「胡先生一夕聞道，自慚弄斧班門，能掩旗息鼓，決然北還，亦可謂通達人，不失爲保全面子的明智之舉。」

1984年，曾就去京開會之便，繞道濟南，即王老所説以上兩事請教於冀蔚懷（三綱）先生。冀老亦學界耆宿，長於國學，對吴著素有研究，曾協助解子義先生審校過先外祖遺稿，與張默生、王敦化諸公亦有舊。康、胡兩先生去濟講學時冀老適在濟。冀老所説情況與王老無異，並證實胡先生當時（約1924年）下榻於濟南最大的「津浦大旅館」；康先生是1925年到濟，當時作爲中學生的冀老，曾到車站列隊迎接。冀老與解子義先生交厚，接觸吴著頗多，並珍藏《吴秋輝先生傳略》鈔本達數十年之久。解子義先生生前整理的先外祖的遺著清稿多種，文革以後已發還金蕙仙先生，現全數贈與冀老珍存。

先外祖遺著的整理出版，半個多世紀以來，恒爲許多學者和友人關注，亦是家父張乾一（元亨）之素志。然早年戰禍連年，生活動盪，無暇旁顧。解放初期，一度較爲安定。但因曾於抗戰前長期擔任武訓學校董事長，從事研究並多次著文、組織展覽宣揚武訓精神；於西北人民藝術學院中文系執教時，又曾於批武訓前夕撰文介紹武訓生平事蹟，從而受到「武訓」的株連而倍受迫害。更因自1925年起，終生從事教育，數十年來師友學生遍佈於海内外，且知名於社會和學界者亦甚衆，其作爲歷史見證人，歷次運動的「函調」、「實調」應接不暇，每每亦不免「池魚之殃」，故未遑著手。前數年，應齊魯書社之約，家父以九十高齡，自春至秋不辭晝夜，整理出約二十餘萬字書稿，爲齊魯書社編定爲《吴秋輝字説輯存》，已納入出版計劃。其他著述則尚有待於來日。

解子義先生於文革前，曾廣爲收集遺稿和組織整理，作了大量工作。然文革初起，解老懼書稿有失，遂全部寄還舍下。文革中，雖仍未免被抄没之厄，然尚得以保全大部分，其實有賴於解老之先見。然解老於文革中則被迫害致死，令人哀痛惋惜不已。

1985年4月，曾就遺稿的整理和出版問題，就教於北京大學歷史係主任鄧廣銘教授。鄧老予我以悉心指導，促盡速著手，乃於返回新疆後，按所指點要求，理出《侘傺軒説經》（亦名《説詩解頤録》）之前兩卷，送呈鄧老審閲，一並望轉社科院歷史所張政烺教授審閲。鄧老閲後曾指出不足處，將於日後繼續整理時予以注意。西南師院中文係劉又辛教授，長期來對吴著的整理出版亦極致關心，給予很多指教，今歲三月家嚴去世後，並曾約我去該院進修一二年，以協助指導整理工作。然因我原從事醫學學術工作，赴師院進修可能性極微；去年十月，又調人大作行政工作（教科文衛），則進修專業更無可能。又辛兄殷殷之約，祇能有待機緣了。

多年來，遺稿散佚不少。主要原因是保存不善，陸續爲友人借閲而未歸還或僅部分歸還者居多。所借種類及借閲者亦難記憶。少部分爲文革後發還時已失落，無法查找了。但大部分仍有存。據目前見於資料或手稿的著作種類附於文後，以供參考。其手稿中除少部分爲零散篇目外，多數是成卷或多卷本，如《説經》現存三十一卷，收入之獨立篇目四百七十七篇。其他零散篇目未成卷帙者，則有待於專家指導分類清理。至「怪傑」一文，臨清市史志辦張偉同志，於專程赴西安收集先外祖生平資料時，亦曾予複印攜歸。此文《文史哲》於 1984 年已擬刊發，後因故而未予刊用。

對於先外祖的遺著處理及有關資料的收集核實情况已如上述。並借此機會，向關注先外祖遺著出版和研究有素的先輩學者致意，文中或有失實及不當之處，並祈不吝賜教。

整理後記

有關先外祖吴桂華(秋輝)先生的生平事跡，在張默生教授所著《異行傳·現代學術界怪傑吴秋輝先生》一文中有較詳記載(此書國内各大圖書館皆有藏)。另，齊魯書社一九九七年出版的《侘傺軒文存》以及北京圖書館出版社二〇〇一年出版的《説經》(手稿影印精裝四卷本)中均有介紹，兹不贅。

我少小離家遠走新疆，先外祖遺作僅有耳聞未嘗寓目。一九八二年赴寧公幹，先慈吴少輝(玉貞)囑我前往拜謁南京博物院王敦化(熙如)研究員，蓋因王老當年就讀齊魯大學文學院時，曾與解子義、欒調甫、張默生先生同時師事先外祖門下。從王老處得以聆知先外祖當年之軼聞趣事，並示以所珍存的手鈔本及石印本數卷。囑我返疆後，收集遺稿陸續整理油印分贈友人。此後即將「文革」中被西安市五中紅衛兵抄没後返還之遺稿攜回新疆，於工作之餘著手整理。因油印本費時費力，且印數有限，其後則選定其一生最主要著作手稿《侘傺軒説經》，利用工作之餘用現行稿紙進行標點整理，以期日後排印出版。奈因公務繁雜，餘暇有限，先後歷時近十年始克完成。因先嚴張元亨(乾一)早年任職山東省立十一中校長時，現西南師大劉又辛教授就讀於該校，且日後研究領域與先外祖相類，遂得以與劉先生取得聯繫，給予我多方指導和鼓勵。並應我所請，慨允爲之作序，不勝銘感。

一九八四年秋，去清華大學參加CUJA研討班。先嚴囑我順便赴北京大學鄧廣銘先生處問候(因先嚴執教山東省一師時，鄧先生於該校就讀，師生情誼篤厚，終生音息往還不斷)。遂約在京工作的姨表姐周永芳(二姨吴玉峰長女)，攜已抄清的樣稿，同往鄧先生處求教。鄧先生留閱後指出：一、不宜使用簡體字，否則易造成文字混亂，産生歧義；二、依原稿體例不須分段，用逗、句號斷開句讀即可。並轉請社科院歷史所張政烺教授進一步審閲。張政烺先生閲後函稱：「這部稿子我仔細看過，研究《詩經》，運用古文字學、聲韻學、訓詁學(主要講假借)解釋《詩經》中的疑難字句，以説明詩旨，很有創見。……近代學者運用古文字學解釋《詩經》成書者有林義光《詩經通解》（二十年代）、于省吾《雙劍簃詩經新证》（三十年代）、聞一多（見全集）（三十至四十年代）。吴氏的成就比起這三家來有過之、無不及，而成書年代比他們都早……」等語。亦曾在致齊魯書社函中建議：「此書鈔寫整齊，可用影印法出版，以免排版校對增加許多錯字。」自第十五卷始，即按鄧先生所示進行整理。但此前整理的十四卷，所用文字繁簡不當、標點錯誤等，則不遑重行整理。因此，將爲閲讀帶來的諸多不便，尚望讀者鑒諒。一九八七年三月，鄧先生致函表姐周永芳取回樣稿。此後亦曾就教於任繼愈、楊向奎、何茲全先生。一九九八年三月六日，三位先生連署的推薦信中，認同張政烺先生對該書的評價，並補充寫道：「……我們也讀過吴先生的部分原稿，覺得他的成就是比較突出的。本世紀廿年代，……作《詩經》研究者還有另外一派，就是顧頡剛先生等人用現代歌謡内容與唱法來研究《詩經》，以爲詩三百是樂歌而不是徒歌。這兩派各有所得，而吴秋輝先生與顧頡剛先生是這兩派的帶頭人。……我們以爲齊魯文化，本爲我國五千年文明的核心内容，爲了發揚這種傳統，主張刊印這部有關《詩經》的著作」等。

去歲十月，小妹與小弟張東園攜複印書稿前往齊魯書社接洽出版事宜，得到書社大力支持。但因外觀頗多污損處，不便影印，尚需進一步清理，因而小妹張東蕙攜稿來疆。經我與小妹、小女張翼青三人不捨晝夜，梳理三遍，存疑處則對照手稿加以修訂，歷時十日方始完成。然整理稿中仍有格式、體例、字迹等不盡人意處，雖經出版社提出，已無力重新謄録，謹此説明。當此書即將面世之際，更蒙我國著名學者任繼愈先生不辭年事已高，百忙中抽暇爲之賜序，深所銘感！在此並對多年來關注吴著的各位學者、方家們的指教和幫助，表示由衷的感謝！

張樹材於新疆石河子

二〇〇八年六月十九日

圖書在版編目(CIP)數據

侘傺軒説經/吴秋輝遺稿.—濟南:齊魯書社,
2008.9
ISBN 978-7-5333-2093-5

Ⅰ.侘… Ⅱ.吴… Ⅲ.詩經—文學研究 Ⅳ.I207.222

中國版本圖書館 CIP 數據核字(2008)第 128601 號

侘傺軒説經

吴秋輝 遺稿

張乾一 吴少輝 輯存 張樹材 整理

出版發行 齊魯書社
社　　址 濟南經九路勝利大街 39 號
郵　　編 250001
網　　址 www.qlss.com.cn
電子郵箱 qlss@sdpress.com.cn
印　　刷 金壇市古籍印刷廠
開　　本 787×1092 /16
印　　張 69.25
插　　頁 2
字　　數 700 千
版　　次 2008 年 10 月第 1 版
印　　次 2008 年 10 月第 1 次印刷
標準書號 ISBN 978—7—5333—2093—5
定　　價 320.00 圓